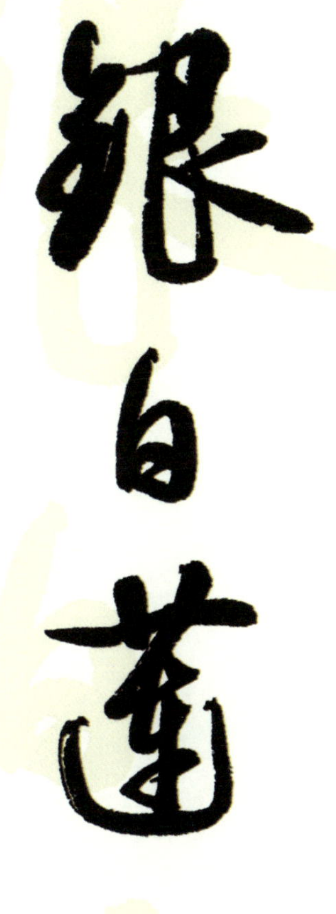

钱良营作品集·中短篇小说集

作家出版社

作者简介

钱良营

河南周口市淮阳区人，中国作家协会会员。

在《十月》《当代》《青年文学》《北京文学》《清明》等杂志和报纸发表作品多篇。著有长篇小说《包公下陈州》《老街坊》《丁国庆的幸福梦》《草帽虎之恋》等六部，出版中短篇小说集《会走的湖》《陈州故事》等。《老街坊》获河南省精神文明建设“五个一工程奖”等多个奖项。另有二十余部作品获奖。

中篇小说

银白莲

楔　子

老人是一位八十多岁的老男人，人长得精瘦，背稍驼，一脸的沧海桑田，眼神儿倒很有灵光，门牙掉了几颗，嘴巴老是合不拢似的。从他那合不拢的嘴巴里，常常吐出一些陈芝麻烂谷子的破事。讲那些的时候，也不管人家爱听不爱听，只管说。他是我家的邻居，爱和我叨唠一些前三朝后五帝的旧事，我戏称他老古董。他好像没有子女。唔，是没有。早些年，和他一块儿居住的是一位看起来比他还要老相的老太太。据听说那老太太年轻的时候是个女游击队长，与敌人干过仗，新中国成立后当了官，再后来就离了休。从我记事起，老古董和那个老太太就整日地拌嘴，一天到晚地吵架。其实也没什么大不了的事情，都是为一些鸡毛蒜皮的小事争论个不休。听他们只是拌嘴，也没有往大吵大闹里发展，更没有出现大打出手的场面。对于我们这些喜欢热闹的娃子来说，多少有些扫兴。因为早想着要看一出武打戏，看看这个女游击队长的手段究竟如何厉害，如何用武力征服老古董。然而，始终没能看到精彩的一幕。每次拌嘴，都是以老古董的最先闭嘴而偃旗息鼓。看起来，老古董比那个老太太要温和忍让些。这很好，省得发生流血事件。老古董的温和和忍让击败了老太太。老太太比他先走了一步，去了马克思那里。追悼会相当地隆重，市里县里都来了领导参加追悼会。看来，老太太真不是个凡人！不过，老太太没有给我留下好的印象。至于什么原因，且不去说她了。那个老古董，他年轻的时候，我不知道他啥脾气。现在，他的性子很温和，“温良恭俭让”，这句话说的就是他。和我差不多的脾气。因此，我俩成了忘年交，我喊他老古董，他喊我小秀才。他认为我很有知识，被叫作小秀才当之无愧。我觉得这老古董怪有意思，很是可爱。再说，我还是个有同情感的人。老太太去世后，老古董一个人孤孤单单，实在孤独可怜。出于同情心，我和他来往就多了些。

这个老古董，除了温和的一面，还有执拗的一面。我们俩成了无话不谈的忘年交之后，他每天都要给我絮叨一件事。他知道我是搞文字的。他说，他在当地的晚报上经常看到我写的一些文章。他很喜欢读。其实，那些狗屁不如的文章，真的没有什么意思，都是一些应景之作。可这个老古董，他说他就是喜欢。他张开缺了几颗牙齿的大嘴笑着对我说，他是我的粉丝。天哪，这个可爱的老古董，他竟然懂得“粉丝”这个时髦的词语！不知道他是奉承我还是有别的目的。直到他要求我能把他讲的这件事写下来，我才知道他吹捧我的真正目的。呸！这个老古董！让我钻进了他的圈套，让我白白地得意一回！

我觉得这是费力不讨好的事。是啊，现在报纸电视网络等传播媒体，每天都在报道和传播着许许多多的新鲜事，什么女明星为情自杀啊，讨不到工钱的农民工跳楼自尽啊，一个穷困潦倒的下岗职工突然中了两个亿的彩票大奖啊，某国大使馆被恐怖分子的飞毛腿炸弹炸飞了天啊等等，这些新鲜事整日把人们迷得神魂颠倒，谁还去关注六十年前发生的一件破事？

正当我为答应不答应老古董的要求犹豫不定时，陈州城里又发生了一件事。其实，这件事很简单，根本不值得大惊小怪。然而因为有一些好事的人，唯恐这件事传不到联合国去，就把这件事炒大了，沸沸扬扬的，其影响不亚于在安阳挖出了曹孟德的墓。

是一个开发商，把一片老屋子推倒建大楼挖地基时，挖出了一堆白骨头。这堆白骨头好像是埋在一个人家的锅灶底下，因为上边残留着一些草木灰的痕迹。如今，陈州城的人早已经不用这种锅灶了，可见，这些白骨不是近些年遗留下来的。让人感兴趣的是，从这堆骨头里还寻到一个银白莲——是一个用白银制作的女人的发簪，由六个花瓣组成一朵盛开的白莲花，做工极其精细，非常精巧玲珑。居民居住区里是活人生活的地方，挖出了人的白骨，从首饰上判断还是一个女人的尸骨。这个女人为什么被埋在活人居住的老宅区里？陪葬的物品为什么只有一个银白莲？这有点不正常。虽然不正常，如果没有好事者去宣扬，把骨头扔掉，把银白莲当成一件旧玩物收藏也就算了。然而经过一传十十传百的宣扬，这件事就变得扑朔迷离起来。

老古董也听说了这件事。别人听后一笑了之。可是这个老古董却去了工地，看了已经被弄得乱七八糟的白骨，又缠着人家要那个银白莲。人家当然不给他，只拿给他看看。谁知他看了银白莲，竟老泪纵横，嘴里念叨着，就是它！就是它！我的小白莲！我的小白莲！我终于找到你了！

这个老古董，简直是疯了！他把那堆白骨收了起来，又买了口棺材装了起来，然后，请殡葬馆的人把棺材埋到了公墓里。这还不算，他回头跟人家要那个银白莲。说那是他的宝贝，是他打制的！银白莲必须物归原主！

谁都认为老古董是个不可理喻的老糊涂！的确不可理喻！

他要没要到那个银白莲，我不得而知。然而老古董缠上了我却是真的。非要我把这件事写下来。我不愿写，他只管讲，每天看到我下班回到家，就上了门，一个劲地给我絮叨。后来，渐渐地我竟被他絮叨的那件事吸引住了。我进入了这个老古董所营造的那种氛围内，我被那个说不上来有着什么意义的故事感动着。我就把老古董讲的记了下来，以连载的形式在晚报发表。就是下面的故事。其实也不算个故事，充其量是那个时期的一些生活片段。

连载一：周家少爷的罗曼蒂克

陈州城解放的前一年，于月芬嫁给了周姨太的公子周祚嘉。也就是说，于月芬当了一年多的少奶奶，周家就被穷人挖了浮财，没收了家产，银店和商铺都充了公，周老关辛苦一辈子在乡下置买的百顷田地也被穷光蛋们“土改”掉了。

周姨太把这一切都归结于“扫帚星”于月芬。于月芬没嫁到周家的时候，周家是什么气象啊，整个陈州城，那是没有能比的大户人家。豫东这一带，一提起周家，就连流浪狗也都要翘翘尾巴、“汪汪”几声献媚称赞的。

于月芬却不这样认为。于月芬嫁到周家待的这些天，就如坐牢子一般，要多难受有多难受。周家的深宅大院里规矩太多，让于月芬适应不了。按照婆婆周姨太的要求，于月芬是要脱胎换骨的。做了周家的媳妇，就是周家的人。既然是周家的人，一切都要按周家的规矩行事。周家的规矩太多，在公公和婆婆面前，是不能仰着脸大声说话的。即使有话要说，也要细声细语，决不能粗声大气，信口乱说。对待自己的男人，则要一顺百顺，要把自己的男人当皇上看，才是妇道人家的本色。在仆人面前，则一定要端出做主人的架子来，不能嘻嘻哈哈——奴才就是奴才，主子就是主子，得分出个大小分寸来。而这一切，恰恰是于月芬都难以做到的。

周姨太是个十分刻薄的女人。于月芬在她眼里，那真是坐着不是站着歪，媳妇没个媳妇样，主子没个主子样，真真是乡下的一个野丫头。看不惯于月芬，也拿于月芬没办法。怪就怪她那个宝贝儿子周祚嘉。周祚嘉被于月芬勾了魂，不娶于月芬，周祚嘉要死不活。周姨太当然不愿让她的宝贝儿子死掉，才不得不把于月芬娶进门。

说起来，于月芬的娘家和周家是门不当户不对。于月芬的娘家是城南于桥坝村的，家里虽有几亩薄地，每年有些收成，但全家老老少少十几张嘴，也仅能勉强糊口，遇到灾年，还要糠菜参半，保住十几张肚皮不被饿瘪。这样的穷户人家，周姨太是看不起的。可是，有些时候，事情往往不是以周姨太的看不惯而发展的。周祚嘉的婚事就是这样。

周祚嘉这个情种，那一天从庙会上回来，躺在床上不吃不喝，两眼直直地望着屋顶，像中了邪一般。周姨太吓坏了，忙招呼人请郎中。郎中号了脉，说少爷脉象过虚，是被什么物什把精气神吸走了。周姨太听了更慌，请了郎中又请巫婆，药也吃了，鬼也拿了，可周祚嘉的病情还是不见好，且一日一日地重了。周姨太到处求神拜仙，许诺谁若治好了儿子的病，南周楼子那十亩莲花土地就让谁白种，一粒租子不收。

重赏之下有人求见周姨太。

这个人不是别人，是周家银店里的相公子黄之昌。旧时陈州人把学徒叫作相公子。相公子黄之昌在周家银铺当学徒已经两年，银匠活还没学会，不是人笨，是大师傅把“活子”掖着藏着怕徒弟抢走了饭碗。烧茶倒水一应杂事倒是得心应手，人也勤快，无论谁使唤，都颠颠地去忙活。铺子里没有个不喜欢的。人也年轻机警，嘴皮子能要，死蛤蟆也能说出尿来。不知道从哪里听来些故事，讲给周祚嘉听。和周祚嘉虽是主仆的关系，但早已是好朋友。那天逛庙会，两人一块儿去的，是周祚嘉找了理由让黄之昌陪他去的。

黄之昌见到周姨太，说，姨太，少爷这病我是能治的。

周姨太看他小小年纪，又不是郎中神汉，咋能会治好儿子的病？

看他精灵古怪的样子，莫不是来骗那十亩莲花地的？儿子的病可不能耽误到他手里。便没好气地说，小孩子家添啥乱子。少爷的病请了多少郎中神汉也没能治好，你能治好？

黄之昌有板有眼地说，姨太别不信。我这是单方，单方治大病。

周姨太半信半疑，说，你就说说你那个单方。

黄之昌说，不过，我有个要求，您得答应。

周姨太说，不就那十亩地的事吗？

黄之昌说，地我不要，我不种地。整天风刮日晒的我受不了那个罪。

周姨太问，你想要啥？

黄之昌说，您家的金银财宝再多，我也不稀罕。我到您家银铺当相公子已经三年，可是，吃饭的手艺没学到一点，师傅的尿壶子倒是提拎熟了。姨太要是可怜我，就让大师傅把他那全套活儿别掖别藏地传给我。

周姨太一听，就这点要求，好办。只不过还是怀疑黄之昌能有啥办法治儿子的病。也是病急乱投医的一个心情，满口答应道，只要能治好少爷的病，师傅再不传你手艺我不依他。

黄之昌听周姨太如此说，便道，其实少爷的病说大也大，说小也小……

周姨太着急地说，你这猴小子，就别卖关子了。

黄之昌心里说，我不卖关子，我这方子就不显主贵。他不紧不慢地说，用我这方子，不吃药，不扎针，不吓神，不求佛……

周姨太打断他的话，你这孩子，莫不是来唬我？

黄之昌说，姨太，您再给我个胆我也不敢唬您呀。

周姨太说，你就快说说你那单方。

黄之昌这才把自己的“单方”如此这般地讲了。

黄之昌讲的是个俗不可耐的故事，无非是周家的三少爷在逛庙会时，与一位天仙般的女子邂逅相遇，一见钟情等等。这样的故事，在许多书本上都有描述。笔者就不再浪费笔墨，耽搁读者的宝贵时间了。

周姨太听了黄之昌的讲述，半信半疑。难道自己的宝贝儿子也像书上写的那样，公子哥爱上了贫家女？周家的规矩是相当严格的，历来，周家少爷的婚姻大事少爷本人是做不了主的。门当户对的选择，三媒六证的说合，定亲换帖等一系列烦琐的程序都是少不了的。直到进入了洞房，两厢还互相不识庐山真面目。周祚嘉的外遇一见钟情虽然书上有类似的记载，但画上的烧饼不能充饥，庙会上碰上个女子就想娶回家当老婆，是犯了周家的大忌。别说老爷那里说不通，就是周姨太本人也觉得别扭。可是，儿子毕竟是自己的心肝宝贝啊，这样要死不活地躺在床上，总不是个事呀。不为别的，为了儿子，什么礼节、门第都不顾了，周姨太只得降低标准，娶进了这个媳妇。心里想的是，儿子非穷丫头不娶，许是中了邪症，把这个丫头娶进门，权当为儿子冲个喜，过个一年半载，儿子对穷丫头的心劲儿凉了，托媒婆子说一个门当户对、知书达理的大家闺秀做媳妇，以周家的权势，是不成问题的。

然而，天下事孰难预料啊，容不得她周姨太替自己的宝贝儿子纳小，国民政府说垮台就垮台了。共产党的新政府一掌大权，世道变了，风气也变了，事情都颠倒了个过。主子不是主子了，奴才也不是奴才了，婆婆也不是婆婆了，媳妇也不是媳妇了……总之，天下大变了，世风转向了！

连载二：穷人家的闺女没教养

城南于桥坝的于老虾做梦也没想到会攀上周家这门子亲戚。于老虾养了四个儿子，都和于老虾一个德行，一色的蔫头蔫脑的老实庄稼头。于老虾四十五岁时，又日弄出个闺女，在于桥坝曾作为一件罕事被乡邻们嘲弄。那个时候，人们的生育水平差，人到四十五还能生孩子，是很稀罕的事。不像现在，八十岁的老头子娶个二十多岁的二奶，还能鼓捣出比孙子辈还小的儿子来。于老虾这个老生子闺女，比起她的几个哥哥，简直不像一个爹娘生出来的。打个比方吧，如果把她的哥哥们比作拴牲口的木头桩，她则是村前小河里夏季盛开的一朵亭亭玉立的白莲花。于老虾把这朵白莲花视若掌上明珠，就是她的几个哥哥也把小白莲妹妹奉为了至宝。一家人哄着呵着这个小妮子，家里有一口好吃的也是尽了她，穿戴上也是比了大户人家的闺女打扮。虽然是农家出身，却没让她掂过一天的锄头，家里穷得叮当响，硬是把闺女送到了学堂里念了几年书。于老虾扎了底子，要把这个老生闺女培养成一个大户人家的千金小姐型。这样地娇宠，小白莲花于月芬这个穷户人家的丫头，却养成了大户人家千金小姐的性情。所不同的是，大户人家的千金，是养在深闺人未知，而于月芬是放纵在乡野上。于月芬浑身散发着乡野气息的芳香，与那些大户人家的千金自有不同的魅力。难怪周家的少爷周祚嘉在庙会上万人攒动的人流里，一眼就看中了她，竟追了她十几里路。周祚嘉说，他喜欢的就是她身上的那股子乡野气息，朴素自然，没有丝毫的矫揉造作，没有大家闺秀的那股子酸不啦唧的假羞答。

因为和周家联了姻，成了亲家，于老虾在乡党们的眼里，也自然尊贵起来，他的四个木头桩儿子，也一个个冒出了新芽儿，把乡党们的眼睛都映得花花绿绿的。于老虾一家在于桥坝想不把腰杆子挺直都不可能。

于月芬自从进了周家门，体会到的是另一种生活的滋味，吃喝穿戴都是不愁的，周家的少奶奶衣来伸手饭来张口，比起她在于桥坝当闺女的时候，日子要舒坦得多。但是，只一个舒坦，是与于桥坝不能相比的。在于桥坝，于月芬过的是一种无拘无束的日子，上上下下地被爹娘哥嫂们宠着，虽然吃的是杂粮粗饭，却有一种自然的天伦之乐。而到了周家，虽然过的是锦衣玉食的生活，却又平添一种从骨子里透出来的反感。特别是婆婆周姨太对她的挑剔，真真是让她站着不是坐着歪。吃饭时说她的嘴张得大了，牙齿露了出来。女人家吃饭只能小口小口地抿，怎么能把牙齿露出来呢？上下的嘴唇还吧唧吧唧地响，真是穷人家的闺女没有教养。穿衣着装也看不惯，说她穿得不合时宜，上下的搭配不协调，水红的布衫子把个上身子束绷得怀里像揣了两只小兔羔子，葱绿的裤子把两个屁股蛋子兜得活像一对碓碓头，真是穷人家的闺女见识短。走起路来，没见她消消停停地小步走过，像个大男人去赶集似的大步流星地跑，真是穷人家的闺女野性子大……还有更让人难以启齿的事情。周祚嘉一个十七八岁的大小伙子，心里渴盼的一个娇滴滴的女人藏在金屋，那一股馋劲儿上来了，不分夜黑和白日，想要了就要。两人如胶似漆地缠磨在一起，一日一次两次地做，三次四次的也有。半月的工夫，周祚嘉脸瘦了一圈，眼睛塌了坑，眼圈子也黑了。周姨太心疼自己的儿子，但又不责怪自己的儿子没节制，而是把怨气发泄到了于月芬头上，骂于月芬是个吸男人精血的小狐狸，是个不知羞耻的馋猫猫。骂骂不解气，干脆让用人搬了张椅子，自己坐在周祚嘉新房的窗外，听到里边有响动，就敲窗户棂子，敲得砰砰响，像赶贼似的。通常是两个人儿玩得正尽兴，外边的声音骤然响起，弄得两人很扫兴。

总之，于月芬在周姨太眼里一百个不是，张嘴就是“穷人家的闺女怎么怎么样了”。于月芬那里，自有一种反感，心里怨道，张口闭口穷人家闺女，可不就是穷人家闺女！一个“穷”字，也没掖着藏着，还不是你周家托媒婆子三番五次地上门求的亲。你嫌弃俺穷，俺还说你为富不仁哩！天下哪有这样当婆子的，啥事都要管个铁实，哪有婆子偷听儿子和媳妇睡觉的？让外人知道了，不戳塌你个老不正经的脊梁骨？怨是怨着，气也气着，日积月累，积怨越深，摩擦越大。于月芬对周姨太的挑剔一开始是忍着，让着，后来就是怨，就是气，就是暗暗地抵触，再后来，实在是气不过，就低声地辩白、拌嘴。辩白、拌嘴其实是一种反抗，是怨气的发泄，是一种受了委屈之后的不甘。

这在周姨太那里，就是一个大逆不道的罪。小媳妇敢与婆婆顶嘴，还不是蹬了鼻子上脸，这不反了天啦？周姨太要教训小媳妇，自己不动手，她挑唆儿子周祚嘉去教训，让周祚嘉为自己出气。周姨太之所以这样做，是一举数得的目的。一是，让周祚嘉在女人跟前显示当丈夫的威风，也免得以后的日子里周祚嘉成个怕老婆的男人；二是，于月芬是周祚嘉自己相中的女人，让周祚嘉去教训她，是淡化周祚嘉对于月芬的感情；三是，让于月芬意识到，在周家稀罕你的也就是你男人周祚嘉，你的男人教训你，说明在周家已经没有人稀罕待见你！

在周姨太要死不活的强逼下，周祚嘉当了全家上下人的面，做了一次男人要做的事，不轻不重地打了于月芬一耳刮。理由是和婆婆顶了嘴。

这一耳刮打得没有道理，于月芬为此伤透了心，恨自己嫁错了门。在娘家时，何曾受过这样的窝囊气？何曾挨过这样冤枉的打？看起来，大户人家没什么好，个个都是狼心肠！没进大户家的门时，向往的是那种殷实富足的贵人生活，一脚踩进来，才发现豪门的冷酷、人心的残忍。男人周祚嘉，说是对自己一百个好，还不是骗人的鬼话？他哪里是喜欢自己，还不是把自己当成了发泄的工具，需要自己身子的时候，觍着脸子，就是让他跪下磕头他也不能不磕，一旦完事，就把她撇得远远的，把她一个人抛在家里，自己则联络一帮狐朋狗友胡吃狗游，一天到晚不着家。本来就对这个绣花枕般的男人没有什么好感，竟又毫无道理地挨了他的打，怎不让于月芬伤心？那个时候，于月芬连死的心都有了。在周家，她尝到了人间地狱般的滋味儿。

幸好，周家院里，还有一个男人热心热肺地关照着于月芬，让于月芬存了一些念想，要不然，于月芬就真的没有一丝活下去的勇气。

连载三：黄之昌打制的白莲花

这个男人就是相公子黄之昌。

黄之昌也是读过两年私塾的人。他十五岁的时候，父亲病故，欠下一笔债，家道中落，黄之昌中断了学业，经人介绍，到周家银铺当相公子。说这话的时候，他已出落成一个英俊潇洒的小伙子，中等个儿，四方白脸，眉清目秀，人又聪明，说起话来，有板有眼。心眼又活，办事机灵利索，在周家是很受待见的一个人。于月芬能进周家的门，黄之昌是半个牵线人。在少爷周祚嘉那里，把黄之昌当成了贴心贴肺的哥们儿对待，面子上还是主仆的关系，背地里却不分彼此，周祚嘉走到哪里都要把黄之昌带到哪里。周家少爷能享受到的待遇，黄之昌都间接地享受到了。有了和周祚嘉的特殊关系，再加上周姨太的嘱咐，黄之昌仅用半年的工夫，就掌握了银器制作的手艺。不过，那个时候，黄之昌已经很少有时间待在银匠铺子里做活了。周祚嘉老是把他叫走，他不能不跟着走。这样一来，他就有了大量的时间接触周家的少奶奶。

在黄之昌的想法里，于月芬能嫁到周家来，首先应该感激他黄之昌。他对于于月芬是有功之人。一个穷丫头摇身变成了富冠陈州城的周家的少奶奶，没有他向周姨太推荐“单方”，是不可能实现的一件事。然而，和少奶奶的几次接触之后，才发现，少奶奶非但不承他的情，对于嫁给了周祚嘉，当了周家的少奶奶，似有悔意。锦衣玉食的生活给少奶奶带来的不是幸福。随着时间的推移，这种感觉越来越强烈。虽然于月芬并没有口头埋怨过黄之昌，但是，看到于月芬活得并不快乐，也不幸福，黄之昌内心里也感到了一种内疚和不安。到了得知周祚嘉动手打了于月芬的时候，黄之昌的心也忽然地疼了起来。这个男人，简直是个畜生！于月芬多么好的一个女人啊，是你要死不活地非要把人家娶过来，现在又如此对待人家，这不是畜生是什么？黄之昌连杀周祚嘉的念头都有了。这种念头一闪现，黄之昌自己也吓了一跳。人家打自己的老婆，挨你黄之昌哪根筋疼了，犯得着你如此咬牙切齿地诅咒人家？再说，少爷对你也不薄，为了一个女人挨了打，你去杀人家？杀人是要偿命的！黄之昌一会儿这样想，一会儿又那样想，翻来覆去地想，不知道自己为什么老是去想这样一件于己无关的事情。说是不要去想了，可是又挥之不去。后来就渐渐地明白了，之所以忘不掉这件事，其实，是因为一个于月芬。于月芬偷走了他的心。于月芬这个像白莲花一样的漂亮女子，其实一直都被他惦记着。于月芬虽然是他主子的女人，可是，于月芬并没有真正成为他主子的女人。于月芬和周祚嘉不是一路人。于月芬是绽放在农家水塘里的白莲花，于月芬是属于农家的，是属于穷人家的，周家的富贵之水油性太大，养不了这朵白莲花。于月芬和自己才是一路人，都是从农家院里长大的，都是被乡野的风吹拂大的，都有一种放荡不羁的野味儿。其实，于月芬是很喜欢他黄之昌的。这一点，过去没有意识到，现在回想起来，是那么真切。于月芬和周祚嘉说话时，一副小心翼翼的样子，要说又不敢说，不敢说又想说，总是吞吞吐吐、瞻前顾后，而与他黄之昌说起话来，是那么开心，那么无拘无束。两人说起在乡下逮蚂蚱的事，爬树逮知了的事，说起在农村的私塾房里捉弄私塾先生的事，都非常地开心，有时候笑得前仰后合，有时候笑得掉下了眼泪。少奶奶没有了少奶奶的尊严，仆人也没有了仆人的卑微，那个时光是多么的开心啊！后来，有一次，黄之昌对于月芬说，少奶奶，你看看你，进了周家，当了少奶奶，越发地好看了，赶明儿，我给你打朵银白莲，你戴到头上，保准儿更好看。于月芬睨了黄之昌一眼，嗔怪道，别再喊我少奶奶，怪难听的，都把人喊生分了。黄之昌说，不喊少奶奶，你让我喊啥？于月芬说，爱喊啥喊啥，反正不要你喊我少奶奶。再听你喊少奶奶，你打的银白莲俺也不要。黄之昌急忙说，好！好！俺不喊你少奶奶，俺喊你月芬姐，中吧？于月芬又睨了他一眼，说，中！

黄之昌用自己的积蓄，真的给于月芬打了一支莲花形的银簪。是他用了六个夜晚，悄悄地打制成的。那支银簪999的纯银度，一共是六个花瓣，每一片花瓣，黄之昌都是精心地打磨，六个花瓣很匀称，也很光滑，没有任何瑕疵。黄之昌打制的时候，就想到，一定要制得光滑些，以免夹了于月芬的头发。黄之昌把银白莲送给了于月芬，是偷偷送给她的。他还怕于月芬不敢戴。可是，第二天，他见到于月芬的时候，就看到于月芬光滑的发髻上戴上了那支银簪，酷似一朵银白莲。

后来，他听说，就银白莲的事情，周姨太还疑了心，让周祚嘉询问于月芬头上的银白莲是哪儿来的。于月芬一直不肯告诉周祚嘉银白莲的来历。周祚嘉没办法，只得编了瞎话，骗周姨太，说是她娘家陪送的压箱底的嫁妆。周姨太才罢休。

连载四：人不能自贱，要好好活下去

黄之昌对于月芬的好，还是被周姨太发现了。

那天，周祚嘉要黄之昌跟他一块儿下乡逮兔子，临走的时候，忘了带网兜子，让黄之昌回去拿。黄之昌走进了周祚嘉的屋内，网兜子还没寻到，却看见里间床上躺着的于月芬。几日不见，于月芬憔悴得像害了痨病的人，一双呆滞的眼睛盯着房顶，好像那房顶是囚她的牢笼。黄之昌看到于月芬的样子，不由得心里就疼了起来。于月芬病成这个样子，周祚嘉却还有闲心去乡下玩耍，可见周祚嘉真是个无情无义的人。想当初为得到于月芬他那一副要死不活的样子，至现在才意识到这富人家的少爷个个都是负心的贪色狼，把想要的女人得到手了，玩腻了，就如一块抹桌布似的又扔掉了。豪门冷酷，一点也不虚假啊！想想月芬姐到了今天这一步，自己也是有责任的，就越发地觉得对不起月芬姐了。有了一种负罪感，就想着如何能让于月芬好起来，哪怕月芬姐的心情能好一些，他黄之昌的心也不至于那么地疼了。想着，就对于月芬说，月芬姐，别老跟自己过不去，想开些，就什么都过去了。

于月芬听了这话，眼泪如泉涌般地流出来，她背过身去，留给黄之昌一个抽搐的背影。

本来还没有哭，自己的一句劝，倒把人家的眼泪勾出来了，黄之昌越发地内疚，不由鼻子一酸，也哭道，月芬姐，都怪我，惹你生气了。

于月芬抽抽泣泣地说，我啥时怪你了？我怪自己的命苦！一蒙黑进了这个院子，人家还以为有享不尽的荣华富贵呢，其实，还不是猫狗不如的生活！

黄之昌劝道，月芬姐，日子都是熬的。慢慢熬吧，总会好起来的！

于月芬说，好起来？啥时是个头啊？兄弟，姐死的想头都有了！

黄之昌急忙说，别别！姐，好死不如赖活着。你要死，不白便宜了他们周家。对了，月芬姐，我给你讲个故事，你听了这个故事，就不会想死了。黄之昌听于月芬要死的说法，真怕于月芬一时想不开寻了短见。如果于月芬真的寻短见死了，那真是太冤枉了，太可惜了。他黄之昌不想让于月芬死，打内心里不想让她死。可是，他又不能一直守在于月芬跟前。他就想起了他曾经救过的一个人。那个人被人打得半死不活了，还充满着求生的欲望，还要活下去。月芬姐的状况比起那个人，就算不得什么，为什么要死呢？黄之昌决定用这个故事，来鼓励于月芬活下去。他看于月芬在认真地等着听他讲下去，他就在离床边不远的一张凳子上坐下来，讲了下去。

也就是半年前，我那夜守铺子。小半夜的时候，我听见铺子的门响，起初还以为是个偷儿呢，就掂了根棍，守在门后，若是那偷儿砸门进来了，我就劈头夯他一棍。可是，等了一会儿，并没有砸门的，只是有节奏的敲门声“笃笃、笃笃”。我断定不是偷儿了，才大着嗓门儿问，谁？外边传来一个微弱的声音，掌柜的，救救命吧，我遇到歹人了，被人打断了腿，走不动了。月芬姐，我这个人，心太善，也好事，只要遇见有难的人，就把不住想管。我就打开了门。月芬姐，你猜，我遇到了一个什么样的人？

于月芬显然也进入了黄之昌所营造的故事氛围中，她擦了擦眼泪，有些焦急地问，是个啥样的落难人？

黄之昌说，一个浑身是血的人，并且，还是一个女人。

于月芬“啊”了一声，问，深更半夜的一个女人跑出来干啥？

黄之昌朝外看了一眼，压低声音说，早先儿传，游击队里的一个女共产党被警察局的人给抓了。原来，就是那个女共产党。游击队的人来救她，救她的人又跑散了。那个女人受了重伤，却还抱着求生的欲望，敲咱铺子的门，是要求救她的。

于月芬说，亏得是你，若遇到那心歹的人家，再把她送警察局里去，不就没命了。

黄之昌说，月芬姐，你算说对了。我黄之昌是个有难就帮的人。我帮那女人绑扎了伤口，又给她找了吃的、喝的，趁了天还没大亮，让她换了我的衣裳，送她出了城。

于月芬说，兄弟，你这样一讲，我还真要好好活下去。听说共产党就是专一和豪绅恶霸做斗争的，是为了救穷人出火坑的。周家也是豪绅恶霸，周祚嘉他娘就是豪绅恶霸，我不能死，我要和她做斗争。

黄之昌说，这就对了。月芬姐，你……这么好看，要是死了，真太可惜了……

于月芬羞红了脸，兄弟，姐哪儿好看？倒是兄弟，人长得齐整，心眼儿又好……

两人正悄悄说得热闹，不想，周姨太正从门前走过，听到里边一男一女的说话声，探头一看，不由大火，随扯了嗓子吆喝道，快来人呢，看这贱女人大天白日的勾引奸夫呢。她这样一吆喝，满院子的人都跑来了。

黄之昌一看，料定周姨太这个心狠手辣的女人是要陷害他和于月芬，事已至此，自己纵然浑身上下长的都是嘴，也说不清个原委，还是三十六计走为上计。主意拿定，对于月芬说，姐，看来又要让你受冤屈了。不过，人不能自贱，你要好好地活着，等有了机会，兄弟一定回来救你跳出这火坑。说完，破窗而逃。

连载五：区政府里的保卫科长

一年之后，陈州解放，民国政府垮台，人民新政府成立。

新政府里有个年轻的干部，穿着黄色的军装，戴着红五星的帽子，腿上扎着绑腿，很是英武干练。认识他的人，都知道，他原来是周家银铺的相公子黄之昌。呵，这个小伙子，出息了。原来是被周家赶跑的，没想到跑出了出息。真是山不转水转，才年把的工夫，这小子就人五人六地回来了，并且当了共产党的干部。不得了啦！

周家垮了。周老关被人民政府镇压了，周家的大公子周祚太、二公子周祚风在解放的前几年都留洋出了国。周家仅剩三公子周祚嘉和他的女人于月芬，另一个是周姨太，三人被撵进一个小院子里住。周家的豪宅被区政府没收了，成了区政府公所。

区长是个女人，二十五六岁的样子，叫宁铁英，人们都喊她宁大姐，也有喊她宁区长的，还有人喊她宁队长。之所以喊她宁队长，是在游击队里当过队长。宁铁英就是被黄之昌救下的那个女人。黄之昌从周家逃走，投奔了宁铁英。宁铁英所领导的党的地方武装叫豫东游击队。黄之昌聪明机警，又是宁铁英的救命恩人，很受宁铁英的器重。加之对陈州城的地理状况比较熟悉，宁铁英安排黄之昌当游击队的通信联络员。那个时候，游击队与敌人展开了“拉锯战”。经过艰苦卓绝的斗争，宁铁英所领导的地方武装，配合南下的解放军大部队解放了陈州城。宁铁英和黄之昌都分在区里工作，一个是区长，一个当了保卫科长。当时的任务是清匪反霸、减租减息、清算倒粮、分配果实。民国政府虽然垮台了，但是，反动势力的土匪恶霸抱着幻想，盼着蒋委员长带着大军打回来。既然有了这种念想，对共产党领着穷小子们镇压他们的人，分他们的田，挖他们的浮财，没收他们的家产，怀着刻骨的仇恨，他们组织了一支号称“反共迎蒋特务队”，化整为零，潜伏下来，与共产党的新政府负隅顽抗。形势产生了戏剧式的变化，两年前，宁铁英他们与敌人的斗争，是敌人在明处，游击队在暗处，现在翻了个过。躲在暗处的敌人向带头清匪反霸的积极分子打冷枪，常有人被捆绑着扔进井里，有的被碎尸后装到麻袋里，然后扔进水塘里。

斗争十分严峻，黄科长的工作也十分艰巨和繁忙。黄之昌除了参加清匪反霸的斗争，还肩负着保护宁区长人身安全的重任。宁区长办事果断决绝，打击敌人毫不手软，一些土匪恶霸闻听宁铁英的名字就心寒胆战。宁铁英成为敌人暗杀的第一目标。为保护宁区长的安全，黄之昌除派两名身手不凡的同志，在宁区长外出时当随身保镖外，还在宁区长的办公区和住宿地加强了警戒。

宁区长的宿舍是周祚嘉和于月芬原来的新房。周家被赶出这个大院子的时候，黄之昌让保卫科的人把这所房子仔细地搜索了一遍，看敌人有没有留下对领导同志的安全存有潜在隐患的危险品。派人搜查后，他还不放心，自己又查了一遍，最终也没查到什么。后来，他来到靠南边那堵墙的窗子下。他站在窗子下，想起了一年前在这里发生的情景。物是人非，他不由得产生了一种感慨。这个地方，曾经是他的禁地，贸然地一次踏入，却被人赶得仓皇而逃。如果不是逃走，难以想象的后果将等着他。不错，他逃掉了，但是，却把一切的责任和灾祸留给了那个女人。周姨太不会放过她的，没有的事还要捕风捉影，还要鸡蛋里挑骨头，私自和一个男人在内室里幽会，被周姨太逮了个正着，她还不借此对她横竖都看不惯的“穷人家的闺女”大发淫威？他不知道那个女人承受了多大的屈辱和磨难。这种担忧和怀念他不是今天才有的，不是重新站到这个窗子跟前才有的，而是从这个窗子逃走之后，就产生了。并且一直陪伴着他，一直萦绕在他的脑海里。他不知道自己为什么总忘不掉这件事，为什么总是替那个女人担忧着？现在，重新站在窗子跟前，他突然产生一种冲动，一种怜悯，还有一种莫名其妙的激情。他产生了强烈的欲望，就是想见到那个女人，向那个女人展示自己的现在。他，一个被人看不起的相公子，成为了新政府的保卫科长。他穿着军装，腰里挎着枪，他看到别人看他的目光里有了一种敬畏的神情。他想，自己在别人的眼里，一定魁梧高大得不得了。现在，他有了保护她的能力。只要他愿意，他就不会再让她受委屈。那个周姨太，她胆敢再为难欺负那个女人，他就治她。轻者把她关押起来，再不然就赏她一颗“花生米”，送她上西天，找她的周老关报到去！

黄之昌这样想的时候，就派人把这个窗子用几块木板钉了起来。他就是从这里逃走的，宁区长住到这里，敌人若是从这个窗子里跳进来，谋害宁区长，那是易如反掌。太危险了！这就是安全隐患！难道只有敌人留下定时炸弹和地雷才是安全隐患？可是，哪有那么多定时炸弹和地雷？

你们这些人就是蠢！

他嘴上训斥着他的部下，心里还在想着另外一件事。其实，就是另外一个人。这个人现在怎么样了？见到这个女人的欲望越来越强烈了！

连载六：宁区长看他时的眼神怪怪的

周家的人搬到另外的小院子之后，基本上足不出户。周姨太把周祚嘉和于月芬看得更紧。不让周祚嘉出门，是怕这个混账小子惹是生非，闹出什么麻烦来。对于于月芬则是一百个不放心。

这个穷人家的闺女，在娘家疯野惯了。周家得势时，她还不服管教，早不晚的要个小性子。现在，共产党来了，穷小子们闹翻天了，分了周家的房子和田地，连周家当家的头也给砍了。周家的人哪个不是痛哭流涕的？她可好，没事人似的，该吃吃，该喝喝，该睡睡，一副没心没肺的样子。就如她不是周家的人，周家的败与她无关似的。周家落到这一步田地，她非但不痛苦忧愁，眉眼里倒有了得意活该的样子！这个女人，是个祸根，会给周家带来更大的灾难。以周姨太的意思，趁了和那个相公子勾搭的机会就把她赶走。可是，混账儿子不愿意，说啥也不愿意。说是黄之昌到屋里来是他指使他回来拿东西的，大天白日的就那么一会儿，两个人能干出啥事呢？还怨她当娘的拿了屎盆子朝自己的儿子媳妇头上泼。穷人家的闺女没赶走，周姨太倒落得里外不是人。无论咋说，儿子是心头肉，是牵着筋连着心肝的宝贝，儿子护着他的女人，当娘的也无可奈何，啥事也只好迁就着过去了。可是，现下世风变了，周家落势了，穷光蛋们都长了胆了，都要造反了，外边的穷人到她周家来造反那是挡不住的，就怕窝里的人也造了反。不让于月芬出去，就是担心于月芬跟那些穷光蛋学匪了。把于月芬看得紧紧的，于月芬就如一只关在笼子里的小鸟，只能听到笼子外边的风声。

黄之昌要走进这个院子，是不需要任何理由的。即使不需要任何理由，他也要找个充足的理由。那天，他找的理由是，搜查一个畏罪潜逃的人。这样的理由在那个时期非常充足，因为经常有一些被羁押在区公所的坏人逃跑。有这样一个理由，地主婆周姨太是无论如何也不敢拦阻黄之昌的。

的确如此。周姨太看到黄之昌时，先是一愣，继而脸上便挤满了不自然的讪笑，随后又极其亲热地抓住了黄之昌的手，犹如久别重逢的亲人似的，念念叨叨地说，哎呀，小黄啊，这些年你到哪儿去了？可想死你周姨了！你说说，你在咱周家那几年，姨待你怎么样啊？像亲儿子一样啊！家里有好吃的，只要祚嘉能吃到的，少了你一口没？呃？

黄之昌皱着眉头，把手从周姨太已经不太细腻的手掌里抽出来。这个女人如此给自己套近乎，还不是看到自己身上穿着的这身军装？这个女人妖得很，猫脸狗屁股，什么样的花鼓点子都能想出来。别看她脸上笑着，心里不定咋恨着咱呢。可不能中了她的圈套。便说，周姨太待我黄之昌如何，咱们谁心里都有数！不过嘛，要说承周姨太的情，还是有的，当初若不是周姨太让人抓我，我能逃出火坑吗？

周姨太一听这话，脸上就挂不住了，急忙辩解道，小黄啊，当年那档子事，纯粹是姨的一个误会。你不知道啊，自打你走后，姨就是一个后悔。小黄多正派的一个孩子啊，姨咋就把你给想歪了呢？其实，要怨，还是怨那个穷……怨祚嘉的女人不省事，是那个女人把咱娘俩给闹生分了。

黄之昌心里说，啥脏水都朝月芬姐头上泼呢，真不知道月芬姐是咋熬过来的。当下要紧的是看到于月芬，不知为什么，这些日子，一个让他牵肠挂肚的人就是于月芬。今儿得了空，找个理由是来看看于月芬，不能被这个地主婆子花言巧语地缠住了。正要说进去搜查，周祚嘉和于月芬已闻声从屋里走了出来。

周祚嘉是大变样了，头发乱蓬蓬的，面色蜡黄，颧骨高耸，竟有了三分像人七分像鬼的样子。周家少爷的威风已经远去了，虽说不上十分的落魄，但遮掩不住的惊恐和慌乱从那陷进眼窝里的神情中暴露无遗地释放出来，传递给了他曾经的小伙伴。说实话，黄之昌对周祚嘉还是有一些感恩的念头的。周祚嘉当少爷时没欺负过黄之昌，倒给了黄之昌很多方便。正如周姨太说的，周祚嘉有了好吃的东西，总是想着给黄之昌吃一口的。就是大师傅最后能把手艺传给他，也是他督促着周姨太才成功的。这个落难的少爷，让黄之昌产生了同情感。对方张着嘴，向他伸出了手，想说又不敢说的样子，想握他的手又怕遭到拒绝。黄之昌伸出了手，握着对方伸在半空的手，他感觉那只手是冰凉的，就像死人的手。他的体温暖不热那只手，他只是握了一下，就松开了。他想说一句话安慰对方，可是却一时想不起来该说些啥。

于月芬呢，变化不大，只是略瘦了些，身上的穿戴不那么讲究了，衣服的颜色不那么鲜艳了。啊！发髻！发髻上还戴着那支银白莲！的确是的！尽管头发有些纷乱，银白莲被纷乱的头发遮掩得隐隐约约，但是，黄之昌还是一眼就看到了。银白莲！黄之昌亲手打的银白莲竟还戴在这个女人的头上，这让黄之昌的心里涌上了一种莫名其妙的感动。

其实，月芬姐也不过二十岁多点，比自己才大了两个月，怎么就打扮得这么老气呢？周家是地主，是剥削阶级，是人民的敌人，可月芬姐是穷人家的闺女啊，是不能和周家的人一样对待的。

那个时候，他望了一眼于月芬，觉得不够，又望了一眼，再望了一眼，还是不够。他想，他没有白跑这一趟。他见到了他想见到的人，尽管没有说一句话，可是，他望过去的眼神里，把所有的话都代替了。他相信，月芬姐是懂的，能读懂他眼神里的语言。在他看月芬姐时，他看到月芬姐也正好用眼睛看着他。月芬姐的眼睛里充满了热烈，充满了期待，似乎还有一些哀怨。月芬姐嘴张了张，想说些什么，可是最终也没说什么。不过，黄之昌已经懂了，从月芬姐的眼神里，他知道月芬姐想要给他说的话太多太多，月芬姐竟一时不知从何说起。其中最要紧的几句，应该是这样的：这些天，你跑哪儿去了？你怎么才来看我啊？姐想你啊！姐在这里如坐牢子一般，你快想办法来救姐出去吧！那个时候，黄之昌萌生了一个念头，他在心里说，月芬姐，你等着，我一定要救你出去！你不能被这个地主婆囚禁在这如地狱一般的院子里。你还年轻，你有文化，我要让你过上新生活，我要让你也和我们一样开始新的生活。

黄之昌例行公事般地搜查了一遍，自然没有搜查到逃跑的敌人。回去后，他向宁区长讲了于月芬的故事，他讲得很生动，他把于月芬说成了一个又聪明又胆大又热情又娴静的女人，总之，于月芬在他的嘴里成了一个千般好的女人，成了世界上独一无二的好女人。一个男人如此盛赞一个女人，同样是女人的宁区长笑着对黄之昌打趣道，小黄啊，我看你被你的月芬姐迷住了。小心啊，人家可是有夫之妇！

黄之昌的脸红了。他狡辩道，宁区长，哪里啊，我只是觉得，像于月芬这样一个女人，本来就是穷苦出身，被老地主家糟践成这样，如果咱们不救她，她会冤屈一辈子的。能让于月芬参与咱们的工作，对咱们下一步到地主老财家挖浮财更为有利。

宁区长说，小黄，我只是开个玩笑。不过，男大当婚，你自己的婚事也该考虑了。有机会，大姐给你物色一个……

宁区长没说完下边的话，就拿眼盯着他看，眼神怪怪的，让黄之昌心里有些发毛。

黄之昌脱口而出，宁大姐，我要找就找像于月芬那样的女人。这句话一出口，他自己也吓了一跳。急忙掩饰道，大姐，我是说，我要找个能像于月芬一样有点文化的人。

宁区长收敛了笑容，道，小黄，跟了大姐这两年，你肚子里繁的什么蛆，能瞒得了大姐？放心吧，大姐一定给你找一个比于月芬好的女人。

在黄之昌的再三要求下，宁铁英才勉强答应，让于月芬到妇救会工作。那儿缺个识字的人。

连载七：女人都是哄好的

于月芬做梦也没想到自己能够出来工作。是的，真没有想到！在周家那个如魔窟般的房子里，她过着度日如年的生活。那个男人，那个说是爱她爱得发疯的男人，天天对她发泄！那哪里是爱？就是兽性的发泄！他把她当成了发泄的工具。没有抚慰，没有温情，没有关切，只有发泄，没完没了地发泄。发泄完了，便如死猪般睡去。除了他的发泄，她还要面对周姨太如锥子般的眼神。周姨太看她的目光，不是一个婆婆看媳妇的目光。婆婆看媳妇的目光是挑剔的，或者是欣赏的，再不然就是不满意的。而婆婆看她时，就像看一个陌生人，就像看一个贼，就像看一个仇人。对婆婆的眼神她无法忍受。对婆婆蛮横无理的指责她更是无法接受。面对这个家庭，面对她的男人的残酷的发泄，面对婆婆敌意的眼神，她溃败了，她几乎要成为一个疯子。这种暗无天日的日子什么时候是个头？她觉得这真是一种生不如死的日子。外边的日子正在发生着天翻地覆的变化，外边的新生活多姿多彩。可是，她却被囚禁在这个地狱般的魔窟里。谁能来救救她呢？终于来了，小黄，黄之昌！黄相公子，是你啊！当初，是你把我送进这个魔窟里的啊。我恨死你了黄之昌！是恨吗？不不，为什么睁眼闭眼都是黄之昌？为什么念念不忘的一个男人叫黄之昌？黄之昌！黄之昌！即使周祚嘉趴在自己的肉体上发泄时，她的意念里还是黄之昌。精明聪颖的黄之昌，憨厚朴实的黄之昌。于月芬明白了，自己在这地狱般的魔窟里能够坚强地活下来，是有一个信念在支撑着她。黄之昌逃走时，向她说的那句话，她印在了心里。她相信他的话一定能够兑现的。现在，他终于来了，把她救出了火坑。岂止是火坑，是魔窟啊！是地狱啊！

于月芬到区政府工作了，成了一名区政府的女干部。一切都是新鲜的，一切都是新生活。太阳是新的，月亮是新的，树木是新的，花草是新的……一切都是那么可亲可爱。工作有些陌生，不怕。有黄之昌前前后后的帮助，还有宁区长的指导。宁区长没有区长的架子，和自己说话时，喜眉笑眼的，让人感到亲近和热乎。再加上她读过几年书，脑子也不笨，很快对工作就适应了，就熟悉了。热情一旦焕发出来，工作的积极性就别提了。一个旧政府被推翻了，一个新政府刚刚建立，一切都是从头开始，有许许多多的工作要做，有许许多多的事情等着去办，的确是一个繁忙的时期。于月芬能加入这个繁忙的队伍中来，心情的确很愉快。

刚出来时，她每天干完自己要干的工作，到了晚上，还要回到那个小院子里去。这是周祚嘉对她的约束。其实，是周姨太对她的约束。周姨太要周祚嘉这样约束于月芬。不然，这个女人就不是你床上的女人了。周姨太这样吓唬周祚嘉说。周祚嘉离不开于月芬，如果于月芬成了别的男人床上的女人，他周祚嘉不死也得疯掉。于月芬必须得每天晚上回来，这是周祚嘉答应于月芬出去工作时两人的约定，做不到这一点，于月芬就不能出去工作。当时没考虑那么多，只要能出来工作，管它什么约定不约定的。可是，后来面临的是，工作太忙了，好像整天有干不完的活，每天都要加班，有时候还要加到深夜，甚至干到通宵的时间也不少。这就出现了问题，每逢加班到很晚时，黄之昌都要送于月芬回去。黄之昌也有自己的工作，也是很辛苦的。可是，无论多辛苦，他也要坚持送于月芬。有时候，黄之昌忙完自己的工作，也不能去休息，要等着于月芬忙完，无论多晚也要等。后来，于月芬就决定从家里搬出来住，住到了区政府院子里。宁区长、黄之昌等区政府的干部都住在这里。这里一天到晚忙忙碌碌，又都是年轻人。笑声、歌声、喧哗声，一天到晚地不断。院子里到处充满了朝气蓬勃的景象。

初提出住到区政府时，周祚嘉怎么也不同意。可是，就如一只小鸟一旦被放飞到了大自然里，如果再想把它抓起来关进笼子里去，的确是一件很难办到的事情。于月芬不管他周祚嘉愿不愿意，她还是和大家一样住进了区政府里。这样，她有了更充裕的时间干工作，她的心情也更加愉快了。随之变化的是她的精神和面貌。她脸上的忧愁消失了，取而代之的是幸福和满足，光泽和红润也回到了她的脸上。她天生丽质清秀，这时候，人们看她的时候，她已经不再是一个被打倒了的地主家的倒霉了的少妇样子，她又变成了一朵亭亭玉立的刚出水的白莲花。真的不错。这个小媳妇儿，怎么到了这儿变成了一个小丫头模样？

宁区长以女人的口吻感慨道，小女子天生清纯，小黄这小子，咳……可不能让他犯了错误啊！

于月芬擅自毁约，让周祚嘉十分苦恼。他苦恼的原因很简单。于月芬住在家里的时候，于月芬就是他床上的女人，他什么时候要她就什么时候要，他愿意要她几次就要她几次。可是，自从于月芬住到区里后，于月芬已经不再是他床上的女人。他只能抱着枕头空守住房。

比起周祚嘉，于月芬的外住让周姨太甚为恐慌和担忧。周姨太首先想到的是，这个穷人家的闺女，会不会成为周家的叛徒。穷光蛋们到处都在挖浮财，老周家虽然被没收了房产和田地，但家底还是有些的。多亏老头子看得远，在共产党没打进来的时候，就把一些家产藏了起来。这个穷人家的闺女到周家时，虽然没直接让她参与隐藏家产这件事，但多少她还是知道些的。怕就怕这个女人把这事举报出来。周姨太还想到了第二层，这个女人是个风骚货，看她和姓黄的穷小子眉来眼去的，还不是早就勾连在了一起，只是把祚嘉这个傻小子蒙混在鼓里，还替他们说好话。如今，穷人家的闺女终于和姓黄的混到了一起，两个人什么样的事干不出来？一个是关系到财，一个是关系到人。让周姨太隐隐心疼的是，要坏了！这个女人，真的就是周家的祸根！要让周家人财两空的就是这个名叫于月芬的穷人家的闺女！

周姨太在恐慌之中，给周祚嘉分析利害关系。在此之前，她一直把自己的儿子当个小孩子对待，现在，她不能再把他当成小孩子了。她要周祚嘉去把自己的女人哄回来。是哄回来，不是强逼回来。强逼是不行的，穷人家的闺女的脾气她知道，你越强逼，她越强硬，再加上她已经是共产党的干部，有共产党给她撑腰，是绝对强逼不得的。是哄回来。儿子，女人都是哄好的。一日夫妻百日恩，儿子毕竟是和她同床的夫妻了。若哄不回来她，你就别回来了。她住哪儿，你就住哪儿。周姨太如此叮嘱周祚嘉。

周姨太的主意给周祚嘉注入了兴奋剂。他想于月芬想得发狂。他有几次悄悄地去了区政府的门口。这个地方他是很熟悉的，这是他生活了二十多年的地方，可是，现在，这个院子已经不属于他周家，而是属于共产党的，共产党说它是人民的。人民的政府大院子门口有两个持枪的人把守着。他要进这个院子不是随便就能进的。他是地主家的阔少爷，是人民的敌人。一个敌人要进这个物是人非的院子，是不是有什么企图？是不是要搞什么破坏？他几次到了门口，都泄了气，无功而返。周姨太给他出了主意，他马上有了充足而正当的理由走进了那个院子。院子里有他的女人，他为什么不能进去呢？他可以找很多理由进去。比如，他去给她送件换洗的衣裳；吃饭的时候，给她送顿饭，等等。为什么以前没想到这些理由呢？以前，只是一个强硬的想法。去找她就把她拉回来，不管她同不同意都要把她弄回来。现在，周姨太的一个“哄”字，让他开阔了思路。是的，女人需要哄。自己的女人更需要哄。不哄是不行的。

那天，周祚嘉特意理了发，把脸上的胡须也刮干净了，换了身干净的衣服。这样一整理，他的邋遢相没有了，人精神了许多，还是一个年轻小伙子的模样。他找了几件于月芬的衣服包上，去了区政府。

进去的时候很顺利，持枪的人问他找谁？有什么事？他都一一回答了。持枪的人没有为难他，只是告诉他，于会长在哪儿办公，让他送了衣服赶快出来。于会长？这称呼很陌生。不过，确实是于会长。自己要找的是于月芬，持枪的人却说他要找的是于会长。究竟于月芬是不是于会长，还是找到她再说吧。办公的地儿不难找到。周祚嘉对这个院子的每一块砖头都熟悉，还能找不到人家给他指出的明明白白的一个地儿？很快就找到了。

那个门口挂着一个木牌子，木牌子上写着几个字：妇救会办公室。门虚掩着，周祚嘉敲敲门，里边有了回音，谁呀？请进！

既然请进，周祚嘉就推开门把自己请进去了。

里边的人正趴在桌子上写字，听到人进了屋，才抬起头，在看到周祚嘉的那一刻，满脸的惊讶，你，怎么来了？

周祚嘉说，我怎么不能来？我……想你。

于月芬脸红了一下，说，这儿是办公的地方，有什么事回家再说。

周祚嘉说，月芬。他想起人家喊她会长，又改口说，于会长，你已经五天没回家了。

于月芬说，啥会长，妇救会就我一人，人家抬举罢了。稍停，又说，这些天太忙，过了这几天，我就回去。你快走吧。

周祚嘉说，你要实在没空回去，就算了。我有空，我在这儿陪你。

于月芬正色道，周祚嘉，这儿是人民政府办公的地方，不是任何人都可以待的。你快走吧，不然，保卫科的人会把你赶走的。

周祚嘉忘了一个“哄”字，少爷脾气上来了，说，于月芬，我是你男人，你是我老婆，你别吓唬我。这儿是啥地方，我最清楚。你能在这儿待，我也能在这儿待。保卫科能把我的鸡巴咬吃了！

于月芬气得脸色铁青，她哆嗦着嘴唇，说，你，你怎么这样说话？现在是新社会了，说话要讲文明，不能骂人。

周祚嘉冷笑道，新社会咋了？我又不犯法，共产党把咱家的房子田地“共”了，难道连我的老婆也“共”了？

听了这话，于月芬的头一下子轰了。其实，于月芬对这个让她伤透了心的男人以及那个如地狱般的家，早已经心灰意冷。她还年轻，新生活刚刚开始，她的路还很长很长。黄之昌，还有宁区长把她领到了一条无比宽阔充满了锦绣前程的大道上，她只能在这条大道上走下去，其他别无选择。她一直在寻找机会，想要摆脱套在她身上的羁绊，摆脱禁锢在她心灵的那张网。可是，机会一直没找到。黄之昌给她说过，月芬姐，过去的都过去了，一切从头再来。小黄还对她说过，月芬姐，你一点也不显老，就像没出阁的大闺女似的。小黄对她开玩笑说，月芬姐，咱俩今世成不了夫妻，到来世你一定要嫁给我……小黄给她说了很多话，这些话是不是暗示？从这些话里，听出来小黄是非常喜欢她的。是的，小黄喜欢她，她早就看出来了。其实，她不是也非常喜欢小黄吗？小黄比起那个周祚嘉要强十倍，一百倍。可是，是这个小黄呀，把她和那个令人厌恶的男人牵连到了一起！为这一点，她恨过小黄，也怨过小黄。现在她已经不恨了，也不怨了。小黄是个非常仁义非常贤德的男人，他一直为别人着想。他为自己牵线的时候，是想让自己能过上荣华富贵的好日子的，并没有恶意。怨和恨早已经变成了爱和念。现在，听周祚嘉在这里胡说八道，她的脑子轰了一下，又突然变得十分清醒。是的，应该比较清醒和理智地对自己的事情做个了断。让周家知道，她不属于周家。她迟早有一天要与周家决裂的。晚不如早，既然周祚嘉找了过来，就这样吧，也只能这样了。

想到这些，于月芬冷冷地对周祚嘉说，无论你说些什么，我都不给你计较。你走吧，别再想着我能回去。从现在开始，周家是周家，我是我，咱们井水不犯河水！

周祚嘉一听，心里变得透凉，这不是要和我离婚吗？在周家，只有男人把女人玩腻了，说休就休了，哪有女人休男人的？可是，这世道变了，周家被穷光蛋们整得连个屁也不敢放了。对眼前这个已经当了什么长的女人，他周祚嘉还敢来硬的吗？还是照老娘的话办吧，哄，女人都是哄出来。想到这，周祚嘉膝盖一软，跪了下来，连鼻涕眼泪也流了出来，月芬啊，你可不能这样，你要是和我离了婚，我就活不下去了。你不知道啊，我整夜整夜地想你，你是我活下去的支柱啊！月芬，可怜可怜我吧，看在咱俩夫妻恩爱一场的分上。

于月芬是希望周祚嘉和她大闹一场的，那样事情的处理会果断些。周祚嘉却来这一套，让她意想不到。面对这样的情况，于月芬有些束手无策，不知所措。于月芬是一个吃硬不吃软的女人，碰到硬茬，她的不服输会和你决战到底的。遇到周祚嘉又是跪又是哭哭啼啼，她的心理防线不攻自破。这个可怜的男人，毕竟和自己同床共枕了几年，并且有那么多次的肌肤之触。这个男人也确实是爱她于月芬的，甚至把她爱到了骨子里。可是，关键的是，那个家庭，就像一座魔窟，她不脱离他，就逃不出魔窟对她的羁绊。更重要的是，她对他没有感觉，没爱可言。当时与其说嫁给他不如说是嫁给了周家。水往低处流，人往高处走，她于家能攀上周家这个门槛是她爹于老虾和她的几个哥哥都求之不得的事情。她能嫁给周家大户，在于桥坝是人人都眼气的事呀。时过境迁，谁能想到世道说变就变，于家没沾周家一分钱的光，现在还背了周家的亏，分田分财的时候，说于家和大地主周家是亲家就都免了。于家亏呀，都亏在于月芬身上。在于月芬的心里，是早已经想着要和周家断了的，一直没得机会。今天，遇到了机会，也下定了决心，可是，碰到周祚嘉这个样子，她的心肠又软了下来。正不知所措间，黄之昌来了。

黄之昌看到眼前的情景，就什么都明白了。但是，他却装着什么都不明白。他用责怪的口气问，这是怎么了？月芬姐，你是不是难为周少爷了？怎么让人给跪下呢？快起来，快起来。这儿是区公所，是办公的地儿，让人看见了多不好。

周祚嘉这才站起来。人是一副难堪的样子。黄之昌曾经是他鞍前马后的用人。那个时候，他要这个男人朝东他就不敢朝西，他要这个男人打狗他就不敢撵鸡。可是，现在却翻了个过。周祚嘉成了仰人鼻息的用人。不，连用人也不如呀。这个黄之昌，这个曾经跟在他屁股后边转圈儿的黄之昌，现在是他心头的一块痛，是他周家的一块痛。别听他“月芬姐”叫得好听，两个人说不定早已勾搭成奸了。看两人眉来眼去的样子，还以为别人看不出来吗？哼！哼！黄之昌，黄之昌，告诉你，于月芬是我的老婆，你要得到她，没那么容易。大不了鱼死网破！

周祚嘉少爷的架子是摆不起来了，只有将就着整整衣领，道，黄……干部。

黄之昌急忙纠正他，祚嘉，我不喊你少爷，你也别喊我干部，新社会要平等，你就喊我小黄吧。

周祚嘉说，好，小黄，我是来让于月芬回去的。于月芬来当干部，是你让她来的，现在，你说句话，让她回去。

黄之昌问，干得好好的，为什么让她回去？

周祚嘉冷笑着，好好的？我看不好。再不回去，她就要野了。

于月芬说，姓周的，你别胡说八道！

周祚嘉说，我胡说八道？我的女人，没有谁比我更了解。随后压低声音对黄之昌说，小黄，看在过去我待你不薄的分上，对这个女人撒手吧。我知道，你是喜欢她。可她是我的女人，我不允许任何人抢走我的女人！

黄之昌不禁打了个寒战，不错，自己从内心里对于月芬是喜爱的，并且在与月芬姐的接触中也有自然地流露，可是这只限于他的内心和两个人之间。而周祚嘉如此说，难道他已窥透了他的心底，发现了他和月芬姐的不正常的接触？如果真地如此，这个混账东西在这儿闹起来，他和月芬姐都将面临着非常难堪的局面，特别对他的影响是不堪设想的。宁区长曾经多次敲击他，要他注意影响，和于月芬保持一定的距离。有一次他和于月芬单独在一起，两个人亲昵的样子正好让宁区长看到了。后来宁区长还单独找他谈了话，告诫他说，于月芬可是有夫之妇。再说，她毕竟是地主家的少奶奶，让她到区里工作，完全看的是你的面子。你如果和她好上，是要犯大错误的。不但是作风问题，而且是立场问题。不，月芬姐也是穷人家的闺女，虽然嫁给了周祚嘉，可是，她没有做过害人的事。黄之昌想替于月芬辩解。可是，宁区长威严的目光制止了他，他把想说的话咽回了肚里。然而，无论如何，黄之昌就是抛不开对于月芬的……爱。黄之昌不得不承认，他对于月芬其实是真的爱着的。而且不是现在才爱，而是看到她的第一眼，也就是说，他和周祚嘉在庙会上第一次看到于月芬时，他和周祚嘉一样，都同时爱上了她。只是，他没有条件去爱，他不是周祚嘉的对手。他只有眼巴巴地看着他爱慕的女人成为别人的新娘。面对现在的局面，他该如何办？是下命令让人把周祚嘉驱赶走，还是先忍让一下，同意他把于月芬带走，再从长计议？在他犹疑不决时，他看到宁区长走过来了。时间不允许他犹豫，他低声对于月芬说，既然家里有事，你就跟他回去看看吧。明天早点来上班，啊！

于月芬的眼泪立刻流了出来。从内心来说，她极不愿意回到那个如地狱般的魔窟里去的。可是，如果自己再坚持下去，周祚嘉这个混账东西也许不会罢休，再闹下去，黄之昌就会受到影响和伤害。这些，都是她不愿意看到的。她只有委曲求全，跟这个混账东西回去一趟。

连载八：银白莲失踪之谜

一连三天，于月芬也没有来上班。

在这三天里，黄之昌一副魂不守舍的样子。他在心里设计着种种可能，是周祚嘉不让她出来？还是她自己怕出来工作太辛苦而改变了主意？再不然是得了病？每一种可能都被他自己否定了，最终还都是不可能。既然能设想到的都不可能发生，那么究竟是什么原因耽搁她三天不来上班？黄之昌想不明白的时候，就有些郁闷，情绪有些低落。他这种情绪很反常，谁都能看出来。宁区长更能看出来，宁区长简直是火眼金睛，黄之昌心里想些什么，她一眼就能看穿。虽然能看透他的心思，却不一下子戳穿，而是要迂回一圈，最后才回到那个问题上。那天，她突然问他，那个小于呢，怎么一直不见她了？

黄之昌心里正乱，猝不及防的问题让他不知如何回答，是不见她了，我也没看见她。这等于什么也没回答。

宁区长看他一眼，笑笑说，找找她吧。她毕竟已经是区里干部，她的人身安全也是你保卫科长的职责范围。

黄之昌心里一惊，她的人身安全？难道……

他看了一眼宁区长，见宁区长正目不转睛地看着他，他的脸立刻红了。他急忙躲开宁区长的目光。他觉得那目光里有一种火辣辣的东西。他不敢正视那目光。

宁区长说，小黄，难道你的心里仅有那个女人？

宁区长这句话问得很突然，让黄之昌有些不知所措。他结结巴巴地说，这……宁区长，其实，我和月芬姐啥事也没有。黄之昌说完这话，就有些后悔，他觉得自己很笨。这不是不打自招吗？

宁区长笑道，既然没有，这就很好。看来，我没有看错。只是……小黄，你是个很有前途的人，可不能在男女作风上出了问题。在自己的婚姻大事上，你有很大的选择空间，不能在一棵树上吊死。小于……很不适合你！

这真是一针见血。黄之昌喜爱于月芬，是发自内心的。要说谈婚论嫁，把于月芬从周祚嘉那里夺过来给自己当老婆，黄之昌还真的没想到这一步。现在经宁区长一挑明，黄之昌反而心底豁然开朗了。过去那么郁闷，总有一种说不清道不明的烦恼。那种郁闷和烦恼，不正是被于月芬给搅和的吗？现在，明白了，自己是要娶于月芬做老婆的。什么思念，什么爱恋，什么喜欢，自己就是想要于月芬。于月芬在他心里扎了根，长成了一棵树。这棵树是任何力量也拔不掉的！想到这，他对宁区长说，宁大姐，我不知道小于适合不适合我。可是，我只知道，我很适合她。我知道她早已经讨厌了周祚嘉，她早就想逃出周家的魔窟，只有我，才能救她！

他说这话的时候，看到宁区长的目光渐渐地冷了下去，黯淡下去。

宁区长说，可惜呀，可惜呀，小黄。有了恨铁不成钢的意味。

黄之昌带了保卫科的两名同志，去了周祚嘉的家。

对于黄之昌来家里寻找于月芬，周家的人显示出一种慌乱和急迫。

周姨太表现出一副焦急的样子，连珠炮似的反问黄之昌，小黄，祚嘉他媳妇前日就走了，说是去区政府工作。怎么，她没去区政府？她能去哪儿呢？说着，急得掩面哭起来，边哭边数叨，媳妇儿啊，我说不让你出去工作吧，你偏不听。咱们这样的人家，共产党会相信咱吗？这不，把你哄出去了，却又来家里找你，你要是有个三长两短，周家可指望谁啊……一把鼻涕一把泪的。黄之昌从来没想到周姨太会为于月芬而悲情，这有些意外。周姨太对于月芬一直看不起，即使于月芬突然死去，她也不会如此悲情。显然，周姨太的表现过于夸张。

黄之昌向周祚嘉仔细讯问了于月芬的出走时间，周祚嘉倒是回答得干脆，说是回来的第二天早饭后就走的。如果周祚嘉说的属实，于月芬已经失踪了三天。这三天，什么样的可能都会发生。不祥的征兆袭上他的心头，看来，月芬姐是凶多吉少。黄之昌不再听周姨太的絮叨，他把周家反反复复搜查了几遍，结果，没有发现任何蛛丝马迹。

从周家回来，他把情况向宁区长做了汇报，宁区长没有表现出特别的意外和惊讶，她说，她能去哪儿呢？这个女人，也不是敌对势力暗杀的对象。你负责寻找吧，注意，不要让周家胡搅蛮缠地跟我们要人。

自此，黄之昌开始了漫长的寻找工作。他去了于桥坝。于老虾听说女儿不见了，号啕大哭，他说，都是俺害了女儿，本想着让女儿去享清福的，可没想到女儿自从嫁到周家，没有过上一天的好日子。俺闺女的命苦啊！现在闺女又不见了，准是周家把她害死了。政府要给俺做主啊……

找了许多地方，都无结果，黄之昌又来到周家。于老虾的哭诉让他对周家的疑心加重。于月芬活不见人，死不见尸，她一个弱女子，能到哪里去了？说好的第二天来上班，照月芬姐的脾气她不会不来的，可是，她竟然没有来。都怪自己粗心大意，如果看她没来能去找找她，事情也许不是这样的。这样想着，就觉得月芬姐的失踪自己有责任，就觉得心里很内疚，越发地焦急和痛苦。

他做出了一个大胆的决定。那天，他让保卫科的人把周祚嘉“请”到了附近的一个破庙里。周祚嘉是被人蒙着眼“请”来的。由于眼睛看不见周围的环境，周祚嘉不知道自己被带到了哪里，他表现得非常恐慌。他以为是土匪绑他的票，他吓得浑身打战。他苦苦哀求着，说好汉们只要饶他一条命，他会让他的娘把他家所有值钱的东西都拿给好汉们。直到黄之昌拽掉了蒙他的眼罩，他才知道，他遇到的不是土匪。黄之昌冷冷地看着他。这个时候，当年那个对他俯首帖耳的小相公子，完全把他当年的主人当成了敌人。周祚嘉这才明白，他们把他带到这里来的目的，不是图钱财，而是跟他要人。可是他假装糊涂，他以攻反守。小黄，你把于月芬找到没有？是你要她出去工作的，现在活不见人、死不见尸，不把于月芬还我，我跟你们没完！

黄之昌说，周少爷，你原来不是这样的！于月芬去了哪里，你比谁都明白，你们周家比谁都清楚。今天让你到这儿来，是给你一次机会，因为咱们毕竟有过特殊的关系，我给你一次坦白从宽、宽大处理的机会。我希望你不要执迷不悟。

然而，周祚嘉死猪不怕开水烫，无论黄之昌使出什么招数，逼他说出于月芬的下落，他都是铁嘴钢牙不改口。难道是自己的怀疑错了？于月芬的丢失与周家无关？黄之昌陷入不可名状的混乱状态中。

对周祚嘉的审讯以失败结束。但是，黄之昌对周家的怀疑并没有放弃，他从不同的侧面对周家进行调查，只是行动上采取了更为隐秘的措施。尽管隐秘，周家还是发现了黄之昌的行动，周家对黄之昌的行动恐慌不安。

一天，周姨太突然来报告，说是于月芬有下落了。于月芬跟随大军去了南京，这不，从南京寄来了一封信，要家里人不要挂念呢！

事情好像突然有了结果，于月芬若跟了大部队去了前线，周家就不会再向区政府要人了。然而，黄之昌却在周姨太拿来的那封信上看出了破绽。信封上的地址只注明南京某某部队，并没有详细的地址，信的内容很简单，寥寥几句。最主要的是字体，有着明显的伪造痕迹。于月芬写的字清隽秀丽，如她的人品。然而，这个模仿者尽管竭尽全力，也没能达到真切的目的。周家拿出这封信，其目的就是说于月芬有了下落，不需要再寻找了。可是，黄之昌总不罢休，他一定要查个水落石出。他去了南京，当时南京也已经解放。他在南京找了十多天，得到的结果是，信封上注明的部队番号根本不存在！

周家提供的信件果然是假的，这更说明一个问题，于月芬的失踪跟周家有关联的。黄之昌连天加夜地从南京赶回来，决定把周姨太和周祚嘉抓起来严加审讯。可是，等他带着保卫科的人到周家抓人时，周家已人去房空。

补记：来自大洋彼岸的信

这好像是一个只有开头没有结尾的故事，在六十年前，的确是这样。那时，黄之昌寻找了整整三年也没找到任何线索，事情不了了之。银白莲从此消失在滚滚尘埃中。

三年之后，宁区长和黄之昌在区政府大院里举行了婚礼。他们的新房就是周祚嘉和于月芬的新房。这让黄之昌产生了很多的感慨。宁区长比黄之昌大了四岁。她在被捕期间遭受的酷刑使她失去了生育能力。在自己的婚姻上，她选择了自己的下属黄之昌。对她来说，也是无奈的选择。她不愿把自己嫁给那些虽有职务但是却比自己大了很多岁的自以为对革命有功的老男人。那样，她害怕自己既没有孩子，又没有快乐。嫁给年轻而又充满了朝气的黄之昌，她起码心情是愉快的。婚后，她曾对黄之昌说，其实，自打黄之昌到游击队投奔她之后，她就开始对他留意考验。多次的考验得出结果，他是一个女人可以托付终身的好男人，是个负责的男人。

当老古董执意要给我讲这个故事时，宁区长已经去了另一个世界，银白莲却出人意料地浮出了水面。但是，一道难以破解的谜让老古董进入了癫狂的壮举中。他说，他要找到杀害于月芬的罪恶凶手。向凶手讨还血债，以祭奠于月芬女士的在天之灵。

谁都觉得这是一件不可能实现的事情。可爱的老古董的荒唐、可笑和不肯放弃的执着，让人哭笑不得。我企图劝阻老古董不要再去做这件徒劳的事情，但是，老古董坚决不听。他几次去了现场，经过多次观察、测量，他得出的结论是，挖出白骨的地方，正是周家原来的厨房。据此推测，于月芬是被周家杀害后埋在了厨房的锅台下。老古董懊悔得要死，怎么当时就没把周家的锅台下挖一挖呢！现在即使已经断定是周家杀害了于月芬，可是周家的人都没了影子，要杀周家的人祭奠于月芬，看来也是不可能的一件事了。周家的大公子、二公子都在美国混得不错，都是搞科学研究的。三公子周祚嘉和周姨太也辗转投奔了他们，加入了美国国籍。要杀一个美国国籍的人头祭奠于月芬，恐怕要得到国际法庭的批准。

我认为故事已经有了圆满的结局，我把它们用键盘敲了出来，然后在晚报上连载发表。故事取得了意想不到的轰动，那一段时间，整个陈州城的人都在谈论这件事。许多热心的读者，给我或写信，或打电话，就有关这个故事，提了很多的问题和看法。还有人骂我瞎编了一个故事，是为了赚取一笔稿费；还有人说我欺骗了读者的感情，耽搁了他们的宝贵时间等等。这些可爱的读者令我啼笑皆非。

没过几天，我收到了一封来自大洋彼岸的信件。这让我很是诧异。在美国的洛杉矶，我既无亲戚，又无朋友，是谁给我来的信？我怀着期待和好奇打开了信封，抽出了里边的信。信是用中文写的，并且里边夹杂着许多的繁体字。

读完信，我才知道，我在晚报上连载的那个故事，通过互联网这种现代化的传播媒体，已经传到了美国。给我写信的那个叫周祚嘉的老人，就是在互联网上看到了连载的那些文章，才给我写这封信的。他在信上解释，杀害于月芬，不是周家的本意。他把于月芬叫回家的那天晚上，宁区长来到他家。宁区长对他和他的母亲周姨太说，你们让于月芬到区政府去上班，是你们周家妄图复辟的贼心不死，把一个女人安插在共产党的新政府里，企图拉拢腐蚀我们年轻的男干部。但是，无论多狡猾的狐狸也斗不过好猎手。实话告诉你们，小黄是我派到你们家的卧底，懂吗？什么叫卧底？有人举报，你们周家存有大量的浮财。你们隐匿不报……哼，到时候，就让你们周家人财两空！我们周家本来没有杀害于月芬的意思，可是，宁区长的一番话，让我们感到，周家即将遭受灭顶之灾，周家的末日要到了。而把周家送上绝路的就是于月芬！我母亲对于月芬又恐惧又恼恨。只是在那个时候，我们也没有要杀于月芬的意思，我们只是想阻拦她，不让她再去区政府工作。可是，在我们的阻拦中，发生了争执。于月芬出手打了我的母亲，这让我有些怒不可遏。即使到了那种地步，我还没想到要伤害她，我只是想制服她，想教训教训她，给她点颜色看看。可是，结果，我没能够制服她。在我抓住她的手，把她朝屋里拉的时候，我母亲在背后用一根木棍打在了她的后脑勺上，她就那样倒在了血泊中……

我不知道该不该把这封信的内容告诉老古董。正在我犹豫不决的时候，突然得知，老古董生命垂危，被送进了医院。原来老古董又去向开发商要银白莲，他说他已经一无所有，只剩了银白莲。银白莲是他的念想，他必须要讨回银白莲。开发商不给他，他就和人家闹了起来，在和保安的拉扯中，他突然倒在地上，口吐鲜血，昏了过去。

我不免替老古董焦急起来，人早已经香消玉殒了，你还要那个银白莲有啥用啊？

（原载 2011 年第 3 期《天津文学》）

等待离婚

1

荞荞扛着锄头挽着篮子从地里走到村头的时候，看到小花正和黑虎纠缠在一起。小花被黑虎缠死了。也就是说，黑虎的阳器进入了小花的体内，小花如何挣扎，也脱不开身。两只狗屁股对屁股，叽里哇啦叫着在人圈里打转转。

一群男人和孩子围着小花和黑虎吆喝叫唤。男人们啧啧着嘴议论：

黑虎这个小流氓，想睡谁家的“女人”就睡谁家的“女人”，简直是个“小皇帝”呀。

它家主人高黑子想荞荞都想疯了还没得手。它倒好，三天两头来宠幸小花，让高黑子眼馋不馋？

黑虎这个混蛋，乱伦啊。小花是高黑子送给荞荞的。算起来，它和小花还是亲兄妹呢。

啥兄妹不兄妹的。狗和人不一样，它们可以近亲结婚。呵呵！嘻嘻……

孩子们就是逗狗玩。有两个大点的孩子，拿了一根长棍，企图把棍插到小花和黑虎的屁股中间，把两只狗抬起来。可是小花和黑虎不愿和他们配合。两只狗转着圈，躲避着孩子插过来的木棍。

看到这样的场景，荠荠的脸红了。

记得下地的时候，为防小花从家里跑出来，她特意把门关严实了，又在外边的门扣上别了个小棍，若没有人把门扣上的小棍取掉，小花绝对打不开门自个儿跑出来的。遇到交配的狗，若是别人家的，她会躲开去，绕过人群走进村子。可是小花是她家的狗，她绕不过去的。有个男人看见荠荠过来了，老远就打招呼，荠荠嫂子，小花下了崽可想着给我留一只。说着，暧昧地笑着，又冲着另外的男人挤眼。那几个男人便都坏坏地笑，也都七嘴八舌地说着一些不咸不淡的荤话。这些话让荠荠更加的难堪，但是又不好发作，只是觉得委屈，脸上火辣辣的，心里酸溜溜的。

荠荠冲着那些不怀好意的男人说，想要狗崽，让你们家老婆生去。这句话，算是对那帮臭男人的反击。荠荠知道，自己一张嘴，咋也对付不了那些男人的数张嘴。和他们纠缠下去，吃亏的是她自己。反击了一句，草草收兵。她把那些男人的揶揄笑闹全当了一阵风。

她放下篮子，挥了锄头，把一股怨气朝那两只做爱的狗撒去。黑虎见荠荠的锄头挥过来，吓得拖了小花就跑。小花身材娇小而又苗条，被肥壮的黑虎拖得趔趔趄趄。拖了丈把远，黑虎终于甩脱小花，自顾得意而去。小花在地上打个滚，迅速爬起来，跑到荠荠跟前，摇头摆尾地阿谀着荠荠。荠荠踢了它一脚，它只是叫了一声，并不躲开，又扑向荠荠的脚，卖力地嗅着荠荠鞋子上的灰尘。

篮子被谁撞歪了，里面碧绿的荠荠菜撒了一地。荠荠菜长在麦田里。荠荠在麦田里干活时，随便采摘的。正是春望的时候，荠荠菜鲜嫩可口，蒸吃，凉拌，都好。自家地里长的野菜，又不花钱，每年春天，荠荠都摘一些，吃不完还可以晒干，放到冬天里吃。听娘讲过，她娘生她之前，手里正在择荠荠菜。后来生下她，就给她起了这个名。

荠荠在朝篮子里捡荠荠菜的时候，一抬头，看到远处的一棵大柳树旁，一个男人背靠柳树，悠然自得地吸着烟。黑虎已经跑到那男人跟前，摇头摆尾地向那男人邀宠。那男人便蹲下身子，非常惬意地为黑虎梳理着油光的毛。那是主人对一只圆满完成任务胜利归来的狗给予的最高奖赏。

男人叫高黑子。

荠荠看一眼高黑子，再看一眼，就什么都明白了。是这个男人，把小花放出来的。

荠荠没有怨怪这个男人。

她欠这个男人的太多，她怨恨不起来。

2

荠荠回到家里，果见院子的大门是被人打开的。一只母鸡下了蛋，咯咯嗒嗒地叫着向主人炫耀，还有几只母鸡正在院子里觅食，它们也不时地昂起头叫几声，以回应那只下了蛋的母鸡。院子里一地鸡屎，一片狼藉，连下脚的空都很难找到。荠荠放下锄头，掂起扫帚，一边朝院子外驱赶着母鸡，一边呼啦呼啦地扫着院子。

东间房里，一阵哼哼咳咳的声音传来。荠荠明白，准是公爹高继全又拉在了床上，不然不会有这种声音的。高继全自从瘫痪以后，喉咙失语，每当需要她帮忙时，总是用这种声音召唤她。荠荠放下扫帚，急忙走进东间房里，一股刺鼻的屎臭味迎面扑来。荠荠下意识地捂了一下鼻子。

高继全躺在床上，上半身裸露在外，苍白的皮肤裹包下的瘦骨显得狰狞而又可怖，灰白的头发和胡须像杂草一样覆盖着头颅和脸皮，若不是那双深陷在眼窝里的眼睛还有些灵动的话，谁都会把那当作一具陈尸。见荠荠走进来，那眼睛动了一动，嘴里发出唔唔的响声。那唔唔的声音只有荠荠明白。荠荠说，知道了，这就给你收拾。高继全不再唔唔，闭了眼睛等着。

荠荠掀开被子，高继全的下半身就完全裸露出来。屎尿搅和在一起，涂满了高继全的下身。连裆里的那丛灰白的“杂草”，也被搅和成一绺一绺的。荠荠拿着一块干棉布，从上到下地擦着，擦到“杂草”中间时，掩藏在“杂草”下的如蚂蟥般的丑陋东西露了出来。荠荠感到一阵恶心，她急忙把自己的视线移开，不去看那东西。擦完前边，又翻过身子擦后边。确认基本擦干净后，把暖瓶里的热水倒在水盆里，换了干净毛巾用水又擦了一遍。然后，换了褥子和被子。

高继全这才睁开眼，一双眼睛空洞而无神地看着荠荠，虽然空洞无神，但分明又有湿润的东西向外浸润，张着嘴似乎想说些什么，却什么也说不出来。

荠荠知道高继全想些什么。她为高继全掖了掖被子，急忙走了出来。当她重新回到院子里的时候，委屈、羞辱渐渐从心底冒上来。

她蹲在地上，真想大哭一场。她克制住，没让自己哭出来。家里除了躺着一个瘫痪的病人，再没有其他人，鸡狗都是些只会张嘴吃食不会说话的动物，她哭给谁听呢？街坊们听见了，也只会说她是自作自受。还是不哭吧。她觉得自己不该哭。眼泪改变不了生活的现状。就不哭吧。她擦掉眼角已经潮出来的湿润。今天是星期六，上中学的儿子高鹏就要回来了，她得为他做一顿好吃的。儿子十三岁，正是长个头的时候。可是学校的伙食差，总是吃不好。荠荠就趁儿子回来过星期的时间为儿子改善一下生活。还有高继全，虽然是个瘫子，饭也是不能少吃的，而且总想吃点好的。少喂他一口，就眼巴巴地看着你，看着饭碗。简直是饿死鬼转生的。

荠荠刚要进厨房，见门口有个人影一闪，一个人已经走进来。是高黑子，身后跟着他那只黑虎。

小花一见黑子，叫着扑向黑虎。

荞荞拿起一根棍，去打小花。小花吓得跑出门去。

荞荞问，是你把门弄开的？

高黑子说，小花急了，把门撞得扑通扑通响。

荞荞有些生气，你不招惹它，它会急？话出口，又觉得很不合适。补充道，你不到我家门口来，咋能知道小花急？

高黑子龇牙笑道，狗跟人不一样。狗到了发情的时候，门是挡不住它的。你就是设几道坎，也挡不了它。人就不一样了。人再急，也会装着，自个扛着……

荞荞看到，高黑子那张黝黑的四方脸上，是一脸坏笑。张着大嘴，上下整齐的白牙龇着，像要一口把她吞下去。

荞荞不想再听他说下去，就赶他走，你快走吧。瘫子饿了，我得给他做饭。

高黑子说，又撵我走？老爷子早巴望我搬过来住呢，你没看出来？

荞荞说，他是他，我是我。我不同意。我说过，我等高海子回来给我打离婚（证）。高海子不回来，我不会嫁给你。

高黑子嗔笑道，我等着你。不过，咱们先加强感情交流不是？再说，今儿，我有意外收获。一只野兔闯进了我的网里，咱们合伙打打牙祭。今儿是星期六，高鹏该回来了，他最喜欢吃这个。说着，变戏法般地从背后的筐篓里取出一只褐色的野兔。野兔的四只蹄子被捆着。高黑子掂着兔子的耳朵向荞荞炫耀。野兔便蹬抓着被捆的蹄子，企图逃掉。

荞荞心想，他倒把事情想得周全，嘴里却说，谁稀罕。说着，转身走进厨房。

高黑子知道，这就是荞荞同意让他在这里搭伙了。

3

这个村子叫高堂店。村名有些意思。老人们讲，高家的祖先为了让子子孙孙都尊奉礼义廉耻孝的道德，孩子到记事的时候，都要进行拜高堂的程序（相当于有些地方的成人礼）。正屋的墙上挂着老太爷辈们的画像（也有写着老太爷辈们名讳的牌位），条几上摆着各式供品，香烟缭绕，红烛闪闪。程序是很庄重肃穆的。孩子的爷爷和爷爷同辈分的老人正襟端坐在正屋的太师椅上。父亲则带了记事的孩子，跪在下首，听爷爷们的训词。爷爷们分别以礼义廉耻孝为内容教育孩子。直到孩子听得连连打哈欠，才被允许磕过头拜祖宗，完成了整个拜高堂的礼数。高堂店由此而来。时过境迁，高堂店虽然还叫高堂店，但拜高堂的程序和礼数早已不复存在。世风俱下，高堂店再也不是过去的高堂店。村民们不再把礼仪道德挂在嘴上。外来的风刮进了高堂店。高堂店的村民在追求时尚的同时，也就把老祖先的礼数忽略不计了。

荠荠是十几年前嫁给高堂店的高海子的。那时候，两人的婚礼惊动了整个高堂店。之所以隆重，是因为高海子是高继全的独生子。而高继全又是乡水利站站长，是国家干部。国家干部高继全娶儿媳妇，自然有别于村里其他人家。高继全全待客。也就是说，高家的亲戚邻居都被请来喝了喜酒。除此，最让村人艳羡的是，高继全把乡里的书记、乡长等一干人马也都请过来喝了喜酒。这是很了不得的事情。书记乡长都肯给高继全面子，可见高继全很了不得。高堂店又有谁能请动了这些人？宴席大摆三天，大戏唱了三天。高堂店人因了高继全为儿子办婚礼，过了三天大年。不，就是过年，也没这么热闹过！新媳妇荠荠是坐了小轿车过来的。据说，那辆深蓝色的小轿车是乡里陆书记的专车。连乡长也不是轻易能坐上的。高继全能把车借来拉儿媳妇，也足见高继全在书记心里的地位不一般。

如此排场的婚礼，让新媳妇荞荞很满意。荞荞娘家村子离高堂店十多里。荞荞在娘家那边也是百里挑一的俊女，人长得好，又贤惠，又懂事理。娘家人依了荞荞的自然条件，本来是要为她找一个吃官饭的人，或者城里人家的男子，最不济也要找个当兵的，不然就有些亏了荞荞。可是，对了多次相，有工作的嫌弃她没工作，城里人怕娶了她增加生活负担，既没工作又不是城里人的她又不愿意。很是矛盾。相来相去，总没有合适的。后来，有两个人进入她的挑选范围。一个是高堂店的复退军人，叫高黑子。另一个是高海子。高黑子是她的傍院大娘给她介绍的。荞荞的大娘是高黑子的姨。高黑子退伍回来，来看他姨。他姨正在荞荞家串门。高黑子去了荞荞家，遇上了荞荞。那时候，高黑子穿着绿军装，高个子，四方长脸，黑灿灿的，俩大眼，眉毛又浓又长，留着平头，头发又黑又密。给人留下印象最深的应该是他的牙齿。高黑子的牙齿上上下下各十颗，长得特别整齐，又瓷一样白。满嘴牙齿很让人羡慕。荞荞看到这个男人的第一眼，就记住了这个男人的牙齿。当时，高黑子看到她，对她笑了笑。一笑，就露出了整齐的小白牙。这个人好奇怪，脸皮那么黑，却长了那么整齐的一嘴小白牙。荞荞心里猛地一动，生出了一种好感。直到多年后，荞荞才悟出令她心动的原因。后来，在大娘的牵线下，她和高黑子单独见了一面。这次见面，就相当于男女双方正式地相亲。如果双方没有意见，按照程序，就是择日换帖子订婚，把婚事定下来。荞荞在别无选择的情况下，高黑子的条件还是令她满意的。可是，就在双方的家长为两个人操办婚事时，荞荞的表姐来到荞荞家。这个表姐是荞荞远门子姑姑的一个闺女，在乡水利站工作。表姐是公家的人，很忙，没事很少来荞荞家串门的。说了一阵家长里短，果然进入主题，原来是来给荞荞提亲的。表姐说的是水利站长的儿子。说水利站长的儿子个子有个子，脸面头齐整，长相没得挑剔，高中刚毕业，马上就办招工手续等等。表姐把水利站长的儿子夸成了一个白马王子。最让荠荠和她的父母动心的是，不久的将来，水利站长的儿子就会成为乡水利站的一名职工，吃国家的皇粮，每月拿固定的工资。两相比较，觉得水利站长的儿子条件要比高黑子强。就答应先见个面。暗里把高黑子这一头先放放。私下揣的想法是，水利站长的儿子确如表姐所说的那么好，高黑子那边就回绝掉。如果水利站长的儿子不如高黑子的条件，就还按原来的计划办事。在农村这叫“脚踏两只船，又想去河北，又想去河南，哪边条件好，船就驶哪边”。水利站长的儿子和高黑子是一个村的，以防高黑子得知荠荠脚踏两只船的消息，见面是在秘密的情况下进行的。见面的地点不在高堂店，也不在荠荠的娘家柴庄。表姐把两人见面的地点安排在乡水利站。水利站长的儿子虽然不像表姐说的那般好，但基本上也说得过去。与高黑子相比，个头低了些，但却比高黑子胖了些，这一点两人比平；脸面头呢，水利站长的儿子皮肤比高黑子白，但眼睛和嘴巴都没高黑子好看，特别是牙齿，水利站长的儿子是黄牙根，两个龅牙，不笑看不到，一笑就如剥了皮的狗牙。好在人不能一直笑，水利站长的儿子就不可能像剥了皮的狗一样一直龇着牙。这一条两人又比平；再比下去，高黑子的条件就都是弱势了。比如，高黑子虽然当几年兵，可是，现在退伍了，还是农民。而水利站长的儿子就不一样了。水利站有内招指标，水利站长的儿子专等着指标下来填表、盖章当公家的人了。在这一条上，水利站长的儿子以绝对的优势压倒了高黑子。而这样的条件，不正是荠荠梦寐以求的选择对象吗？再有，水利站长家的条件比高黑子家要强得多。高黑子弟兄们多，且都是农民。和高黑子结了婚，就成了地道的农村妇女。嫁给水利站长的儿子就不一样了。水利站长就这么一个独苗子。水利站长是国家干部。高堂店没有他的责任田，而乡里有他的房子住，据说水利站长还准备在城里买房子，一旦儿子被招了工，就把老婆接城里去住。既然老两口都进了城，独苗子也是要进城的。荠荠若嫁给独苗子，不也要进城吗？反复比较，坚定了荠荠的决心：把脚踏到一条船上。这条船在高黑子家只是打了个旋，就驶向了水利站长家。

4

高堂店的人说，可惜了，荠荠这朵鲜花咋就插在了牛粪上呢？不，是牛粪倒好。可又不是牛粪，是狗屎。比狗屎还臭的东西。被表姐夸为白马王子的高海子被村里人私下骂为狗屎。

高海子高中没毕业就被学校劝退。说是劝退，比开除好听。高海子能进入高中学习本来就不是凭分数录取的，是水利站长为学校出了一笔赞助费才勉强被录取的。高海子学习不怎么样，干坏事却有一套。高海子被他爹娘从小就惯成了好吃懒做的恶习，这种恶习很难改掉。水利站长望子成龙，寄希望于高中教育能把他的独生子培养好，即使培养不成一个乡党委书记的接班人，也要培养成一个水利站站长的接班人。可是，高海子哪里体谅老子的良苦用心，读书和写字是让他很头疼的事情。所以，这两件事他都不乐于做。他乐于的是吃喝玩乐。吃喝玩乐都不用动脑子，且很快活。在别人听课的时候，他要么睡觉，要么任自己的脑瓜天马行空般思考着下课之后的去向。这两件事都不做的时候，课堂上就不平静了。他的前前后后都会受到他的骚扰，他拽拽前边同学的衣领，用后背顶翻后排的课桌。讲课的老师就不得不停下来维持课堂秩序。有时候，他干脆不去教室。第一次不去教室，他的理由是拉肚子。拉肚子是需要休息。老师巴不得他整天拉肚子休息。因为，教室里少了他，老师可以安心讲课，不必再去维持课堂秩序。脱离了束缚和约束，他像脱缰的野马。他从厕所里跳到学校院墙的外边，这样他的吃喝玩乐有了更大的发展空间。他很快交结了社会上的一群小混混。他们在一块儿打牌、上网，到馆子里吃喝。水利站长给的钱不够花，他领着小混混在馆子里吃了饭，在欠账簿上签上水利站长的大名。馆子的老板找水利站长要钱。一笔不小的数字把水利站长吓了一跳，弄清了事情的原委，狠心教训了高海子一顿，还是把账还了。虽然把账还了，又告诫馆子的老板，再让小兔崽子签单你自个替他买！馆子的老板不是高海子的爹，自然不愿替他买单。高海子又领了小混混下馆子的时候，就被撵了出来。后来，高海子和小混混们找到了一个挣钱的门路，就是向年龄小的同学收取保护费。先有人找小同学的茬，把那些小同学揍一顿，然后再有人出面，去保护这些小同学。这些小同学对保护他的人很感激，便乖乖地拿钱表达心意。打人的人和保护人的人拿了钱一起去耍，很开心。高海子有时候充当打人的角色，有时候又充当小同学的保护神。自己也能挣钱花了，自是得意。

被学校劝退是在高三阶段。同学们都在备战高考的时候，高海子却与一个小混混为了一个女孩子争风吃醋大打出手。那个小混混的鼻梁子被他打塌了。小混混的家长告到学校，要求学校惩罚打人凶手。学校在查明了事情的原委之后，把水利站长请进学校。事情的处理结果，一是水利站长包赔小混混一笔钱，小混混不再到法院起诉打人凶手；二是学校提前发给高海子一张毕业文凭，而高海子必须退学。

高海子回到家里，农活是干不进去的，单等着水利站长为他安排工作。安排工作并不是一件容易的事情。大学毕业生多如牛毛，就是研究生谋到一份合适的职业也不是一件容易的事情，何况连高中也没读完的高海子？谁养的狗谁知道自家狗的啥德行，水利站长对高海子了如指掌。水利站长望子成龙，可是朽木不可雕也。龙是成不了的只能成条虫吧。趁了自己这块水利站长的招牌挂着，赶快给自己找个儿媳。不然，等水利站长大权旁落后，恐怕娶儿媳妇也是件难事。

得知自己的顶头上司要给自己的独生子找儿媳，荠荠的表姐马上想到了荠荠。其实，表姐为荠荠说这个媒是怀了私心的。表妹荠荠若成了水利站长的媳妇，她就和水利站长攀上了亲戚。能和自己的顶头上司成为亲戚，这机会谁会错过呢？

5

举行婚礼那天，荠荠在众多的人群中，看到了一个身影。那个身影忙忙碌碌，跑里跑外，倒不像是为别人家的事帮忙，就像为自己准备着盛大的婚礼。那个人，很少把面孔扭向荠荠这边，好像不需要朝这边看，又好像是故意地躲了这边。荠荠只能看到那身绿军装，那个留着短发的后脑勺。荠荠看到这些的时候，心里“别”地跳动了一下。又忍不住多看了一眼，从那个留着短发的后脑勺，似乎看到了那两排整齐的小白牙。荠荠的心除了又加速跳动了一阵后，还萌生了一种渴望。那个时候，她产生了一种奇怪的念头。她渴望用自己的舌头去触舔那嘴小白牙。那个奇怪的念头变成了一种渴望。她渴望着那个人走过来，哪怕把身子转过来，让她看一眼他的嘴，他的牙，他的眼睛。可是，没有。后来，那个身影消失了，直到婚礼结束，她再也没看到。可是，在她眼前，又一直恍恍惚惚地晃动着那个身影，那张脸，那双眼睛，那口白牙。直到进入洞房，直到天很晚了，她的男人高海子喝得醉醺醺地走进洞房，她的眼前还是那一切。那个晚上，也就是别人说的洞房花烛夜，喝醉的高海子强行进入了她的体内。而在她的意念中，那不是高海子，而是另外一个人。是高黑子。高黑子！她几乎要叫出高黑子的名字来。后来，她被高海子满嘴的酒气熏得要吐。她才意识到，骑在她身上的那个男人不是她意念中的那个人，而是高海子。直到那一刻，她才意识到，那个绿军装，那张黝黑的四方脸，那满嘴的小白牙，已经不属于她。

过了许多天，才知道高黑子和高海子竟是门第不远的弟兄。

高黑子比高海子大两岁，是高海子的堂哥。高黑子亲弟兄四个，排行老大。高海子便随了其他兄弟喊他大哥。这样，本该是一对夫妻的男女，在称谓上发生了变化，高黑子成为荞荞的大辈子哥，荞荞则成了高黑子的弟媳。按照高堂店的习俗，大辈子哥和弟媳的来往是要谨慎的，稍有闪失，被人抓了把柄，就要被人嘲弄一辈子。荞荞自从在婚礼上看到那个背影后，就再也没看到过那个影子。好像那个人消失了，好像那个人压根就不是高堂店的人。两家相距不远，如果大了声地说话，在两家的院子里，互相能听到对方的说话声。荞荞知道了这一点，就特意去捕捉邻家院里传过来的声音。可是，那个人的声音，她一次也没捕捉到。

不过，毕竟在一个村子里住，又是相隔不远的邻居，故意地躲避是持续不久的。

那天，婆婆借了邻居家的簸箕用过后要去还。荞荞从婆婆手里接过簸箕，说，我去吧。荞荞走进那个院子，就看到了那个男人。那个男人光着膀子，正在冲澡。男人的一身腱子肉被水冲洗着，散发出油亮的光泽。

男人看见她，有点慌乱。急忙扔下水盆，去找自己的衣裳。还是那件军褂，很快地遮着了那身腱子肉。身上没来得及擦干的水把衣裳浸成了一块一块的黑斑。男人在做这些的时候，也稳定了自己的情绪。看一眼荞荞，又看一眼，才道，你咋来了？

簸箕本来是婆婆来还的，荞荞主动承担了这项任务，其实是借了机会来打探这个男人的情况的。现在面对了这个男人，却又十分地慌乱，急忙躲避了对方的眼睛，甚至连对方的脸都不敢再看，游移不定的目光漫无目标地在院子里寻觅着。听了男人的问，也不知如何回答好。

男人打破了僵局，说，屋里坐会儿吧？

荞荞这才慌乱地说，不，我……该回去了。说着，逃也似的走出了那个院子。

6

高黑子剥去野兔皮，把皮钉在房子的墙上，对荠荠说，等晒干了收起来，冬天里给你老公公铺身子底下。

荠荠说，血糊淋拉的，能铺吗？

高黑子说，晒干了就好了，又保暖又隔潮。

荠荠低声说，这阵儿你倒想得周到，当初他差点把你的腿打断，忘了？

高黑子道，当初是当初，现在是现在，和一个瘫子计较啥？说着，已经麻利地把兔子开膛破肚，取出肚里的杂碎扔给黑虎。黑虎刚要去吃兔子杂碎，小花就奔了过来，抢过了杂碎，叼起来跑到外边，在一棵树荫下吃着。黑虎跑过去，却不与小花争抢，在一边看着小花狼吞虎咽的样子，嘴张着，舌头伸出好长。

高黑子骂道，黑虎这孬孙，知道疼小花呢。

荠荠接道，小花太自私。有了好东西吃，也不让黑虎一口。

高黑子笑道，女人嘛，不都是这样。

荠荠发觉自己又跳入了高黑子给她设下的一个圈套，想到在村头黑虎和小花纠缠在一起的情景，道，高黑子，以后你再把小花放出去让黑虎欺侮，我……我就把小花勒死。

高黑子继续嬉皮笑脸，说，荠荠，你真忍心？

荠荠发狠道，你看我敢不敢！

高黑子说，你敢。你真敢。以后，我让黑虎也挺住，不再找小花。和我一样挺住，中吧？说着讨好地看着荠荠的脸。

荠荠说，你爱挺不挺。反正，高海子不回来和我打离婚（证），我是不会和你结婚的。

高黑子说，见过别扭人，没见过你这么别扭的人。高海子都走了快十年，没信，说不定死在了外边……

茅茅抢白道，你又咒他死？他死了，老头子谁养活？

高黑子道，这些年，他不在家，谁养的老头子？茅茅，你一个人扛着，我心疼。

茅茅有些感动，觉得有股暖意在心里流淌。她克制着。停了一会儿，埋怨道，见过痴呆人，没见过你这么痴呆的人。恁多好的大闺女你不娶，偏等着俺这过门女。俺有啥好，人老得脸上都起了枯粗皮。

高黑子不再吭声，把兔子冲洗干净，剁成一块一块的，放进锅里，然后，又熟练地把大葱、生姜等料放到锅里。

看着高黑子忙碌的样子，茅茅一脸茫然。茅茅想不通，这个男人为啥总舍不掉自己呢？

7

和这个男人相亲的事，后来终于被高海子知道了。

那时候，他们的儿子已经出生。虽然有了孩子，高海子还是心里烦。原因是，高海子到水利站当职工的希望破灭了。大多的机关单位都在减员，水利站也不例外。本来人就多得两个人干一个人的活，两个人抢着一个饭碗，怎么能再增加一个人和那两个人去抢一个饭碗？不但不能增加，还要减少。水利站长高继全年龄大了，自然要首先把位子腾出来，让给年轻人。这样，不但高海子没能当成端铁饭碗的职工，连端铁饭碗的水利站长高继全也退位回到了高堂店。

其实高继全的退位也是有特殊原因的。高继全犯了错误。他的错误是“带球撞人”。他的后任在他乡里那间非常干净的住房里，抓住了他和茅茅表姐的现行。他的后任带人破门而入的时候，两人赤身裸体，水利站长还趴在茅茅表姐的身上做“俯卧撑”。因水利站长和乡书记的特殊关系，这件事只能秘而不宣。但是，水利站长实在无颜面在水利站干下去，只得借精简人员的机会退位回家。高堂店人把水利站长的退位当成是荣归故里。他“带球撞人”的事直到在他患了脑中风瘫痪之后，村里人才有所耳闻。不过，那已经不算什么事了。那时候，有点权的，有些钱的，如果没有个仨俩相好，就被人讥为窝囊废。与那些人相比，水利站长偶尔的一次“带球撞人”算得了什么？

可是，不能原谅高继全的是他的独生子高海子。高海子风闻了老头子和荠荠表姐的风流韵事以后，就把自己不能当成水利站职工的原因归结到这件事情上。由这个原因，又排查出更为深层次的原因。深层次的原因，是荠荠表姐勾引了老头子，才使老头子犯了错误。由这个深层次的原因又排查出更为深层次的原因，那就是荠荠的表姐之所以有条件能勾引老头子，是因为荠荠的表姐得到了老头子的信任，而这种信任，是因为她把自己的表妹荠荠介绍给了老头子的儿子当老婆，荠荠这么愿意嫁给他高海子当老婆，为荠荠表姐得到老头子的信任创造了条件，也为荠荠表姐勾引老头子创造了条件，也为老头子犯错误制造了条件。由此，高海子得出结论，不是荠荠嫁给他，高海子进乡水利站当职工的事情不会泡汤。荠荠才是祸水，才是丧门星。是荠荠毁了他的前程！后来，又风言风语地听说，荠荠在和他对相之前，已经和高黑子相过亲，并准备定亲。这件事更刺激了高海子。高黑子是他同姓的大哥，荠荠竟然和他对过相。既然对过相，有没有其他行动？比如，握手、亲嘴了没有？还有，他们上床了没有？越想越觉得不对劲，越想越觉得荠荠有问题。忽然想起，听人讲，女人和男人第一次办那件事，是要流好多血的。可是，高海子怎么没看到荠荠流血？这是一个非常严重的问题，关系到他高海子的尊严问题！他决定从这个问题入手，抓到荠荠的把柄，狠狠地惩罚荠荠。

那天晚上，高海子准备好了一切。等到荠荠把孩子哄睡，高海子脱去了荠荠的衣裳，连内裤也脱去了。直到一丝不挂的时候，荠荠还没意识到惨剧正在悄悄上演，她还以为高海子与往常一样要与她做爱。直到高海子拿出了一根绳子，一把钳子，一个穿了线的钩针，她才意识到，高海子的行为有些反常。正在疑惑不解的时候，高海子扑向她，用绳子捆她的脚和手。她挣扎着，厮打着，可招来的是高海子恶狠狠的拳击。高海子警告她，如果再不老实，就一刀杀死她！她不明白自己犯了什么错，遭到丈夫这么冷酷的对待。她失去了挣扎的力量，任凭高海子把自己捆在了床上。接下来，他还能把她怎么样呢？他也只能这样恶作剧了吧？荠荠闭上了眼睛。荠荠的心太善良了，她实在没想到自己的丈夫会用如此残忍的手段对待自己。在她闭上眼睛的那一刻，高海子用钳子夹着她的下身，拿起钩针缝她的阴户。她疼得大叫起来，高海子，你疯了！快放开我！高海子恶狠狠地说，不许叫唤。老实说，你和高黑子睡过没有？荠荠这才明白高海子如此对待她的原因。她说，高海子，我和高黑子就见过两次面，连手都没碰过。你把我放开，咱好好说话。高海子说，你把我当傻子呀。没碰过，你的处女膜谁弄掉的？面对这样的责问，荠荠不知如何回答。她苦苦哀求道，海子，我是清白的，你不能这样对待我！高海子说，看你的嘴硬，还是老子的钳子硬。说着，又用钳子夹荠荠。救人呢！快救人呢！荠荠忍受不了这种残酷的摧残，终于大声呼救起来。孩子被吵醒了，大哭起来。接着，婆婆、公公也都过来，荠荠才被救下。婆婆劝荠荠，天上下雨屋檐下流，小两口打架不记仇。这事不可传出去，让人听了笑话。荠荠也只有在心里记恨高海子，出去是不好张口的，真怕人笑话。后来，又闹了几次，荠荠就想到了离婚。高海子一听荠荠要离婚，就拿出一把菜刀，说，再说离婚，先杀了你，再杀你娘家人，然后，我自杀。我高海子说到做到，不知你信不信？说着，砰一刀，先剁了自己左手小指。荠荠吓得再不敢提离婚的事。

除了荠荠生气，还有一个人生气，那就是前水利站站长高继全。高海子当不成水利站职工不单怨荠荠，其次还怨高继全。可是，他又不能用对待荠荠那样的方式去对待高继全。对待高继全，他有另外的方法。高继全这个老骚牾，性欲特别强，退休在家没事可做，三天两头的和他的老妻在床上翻“烧饼”。高海子掌握了这一点，就去骚扰他们。每当高继全在他的老妻身上使劲的时候，高海子就砰砰地去敲屋门，妈，快起来，黄鼠狼把咱家的鸡叼走了。他妈就连忙地起来撵黄鼠狼。有时是撵狗或猪，总之，是有点事让他娘做。每次都弄得高继全很扫兴。除此，还用其他法子报复高继全。亲爹在他眼里成了仇人。高继全先是气得牙疼，后来，就得了脑中风。患这病与高海子坚持不懈地报复有关，但高海子却不认可。说是老骚牾乱搞女人留下的病根，自作自受。

高继全住院抢救，娘和荠荠都守了高继全治病，高海子没有了发泄的对象，又不愿去伺候老骚牾，给荠荠留下一张纸条，上写几行小字：

离婚协议书

荠荠，我不愿看见你和老骚牾。不愿待在这个家等死。我要出去干大事，挣大钱，等挣了钱回来和你打离婚。你要等我十年。如果你不守妇道，和高黑子好，我杀了你娘家一窝！

高海子

高海子一走了之，从此杳无音信。

就是这份不公平的协议，让荠荠一等数年。

8

高黑子弟兄四个，他是老大。仨兄弟都先后娶妻生子，另立门户，分家独过。而他还孤身守住老娘，让村里人很难理解。这个高黑子，不瞎不瘸，不聋不哑，还当过兵长过见识，日子也过得去，人长得也算齐整，虽然脸皮黑点，但被众多的优势掩盖着，也算不得个大毛病，咋就娶不上老婆呢？日子久了，才知道是他自个挑剔。先是提亲的很多，有的和女方见一面，有的连面也不见就回绝了。如是三番五次，提亲的人就少了，后来就根本没有了。都在疑惑，是高黑子已经有了意中人，还是高黑子身体有毛病？后来，高黑子出去打了两年工，钱有没有挣到，大家都摸不透。过罢年，人们都陆陆续续朝外走的时候，高黑子却再也不出去了，嘴上说的是在外挣不到钱，还不如在家种地呢，实际是啥原因，渐渐地弄明白了。

那时候，高海子已经离家出走。荠荠这一两年来受高海子的虐待全村人都知道了。高黑子从村邻们只鳞片瓦的谈论中听到了一些情况。高黑子听到这些的时候，心都碎了。天不知，地不知，只有他自己知道，那么多人给他提亲他都回绝了，真实的原因，是没有碰到"跟荠荠一样的女人"。"跟荠荠一样的女人"是他选媳妇的第一标准。这个标准是他自己跟自己定的，遇不上"跟荠荠一样的女人"，他绝不降低标准。这个标准是荠荠嫁给了高海子以后定的。高黑子到姨家去串亲戚，第一眼看到荠荠，就把荠荠刻在了心里，第二次相见后就产生了立马与荠荠拜堂成亲的渴望。可是，后来发生的突变让他始料不及又伤心欲绝！怎么会成这样？荠荠本来快成了他的新娘，怎么突然就嫁给了高海子？他不敢相信！可是，毕竟是事实，是不可改变的事实，是水泼地上不能舀起来的事实！是生米做成了熟饭的事实！伤心欲绝的高黑子曾经冒出了一丝邪念，杀死高海子，抢走荠荠远走高飞。这样的邪念让他自己也吓了一跳。不能，不能！理智让他把邪念赶走了！高海子毕竟是和他门第不远的本家弟兄，高继全就这么一个独子，杀了他，断了高继全的后，他的良心会永远得不到安宁的。再说，杀人是要偿命的，就是逃到天边，也是要被杀头的。想到那样的结果，将会给荠荠带来更大的痛苦和不幸，高黑子只有把痛苦一个人承受。在确信荞荞不能成为他的新娘之后，他选媳妇的标准就是“跟荞荞一样的女人”。可是，他始终也没有遇到过一个“跟荞荞一样的女人”。这样，他就把自己的婚姻大事搁置了起来。

那年，他打工回来，正碰上荞荞陪着高继全从医院回来。

高继全的病花去了家里所有的钱，也没能痊愈。命是保住了，却全身瘫痪，喉咙失语。医生说，也只能这样了。回去调养吧，别断了药。就出院了。借来的三轮车上，一边躺着高继全，一边坐着麻木的荞荞，还有她的婆婆和刚过两岁的儿子。儿子小鹏还不懂事，小家伙摆弄着自己的小鸡鸡，嘴里嚷着，尿，尿。车停下来，荞荞把着小鹏尿尿。

高黑子在车前边走，听见车响，回过头就看到了荞荞。当然荞荞也看到了他。高黑子停下来，等车赶上来。荞荞伺候小鹏把尿尿完，对开三轮车的说，走北边那条道。本来走南边的路近些，临时选择走远路，是要躲了高黑子的。

但是，躲是躲不过去的。车到自己门口时，高黑子已经等在那里。高黑子看了一眼荞荞，又看了一眼，心里便有些沉重。就是刚才远远地看见荞荞觉得有些异样，心里不踏实，才赶过来弄个明白。眼见的情景让他突然明白了荞荞要躲避自己的原因。荞荞这个要强的女人，这个别女人，这个实正得不透气的女人，是怕别人看不起她，笑话她。多苦多难的事她一个人担啊！高黑子沉重的心隐隐地痛起来。荞荞这个女人呀，让他心痛！

当时面临的问题是，如果不是高黑子在，老的老，小的小，还真的没办法把高继全从车上搬到屋里去。有高黑子在就好了，高黑子一个人把高继全背到了屋里，放到了床上。高黑子又帮着把其他东西搬进屋。临走的时候，荞荞凄然地对他一笑，连个“谢”字也没有。

过罢年，高黑子不再出去打工。

9

婆婆是在高海子出走的第七个年头死去的。婆婆的死有些古怪，也有些突然。上午说有点头疼，荠荠要领她去医院看看。她说啥也不去，说不碍事的，熬熬就过去了。中午在厨房里干活，就倒在了锅台门口。当时荠荠正给老公公喂饭，听到厨房里有异样的响声，忙赶过来看，婆婆已经不省人事。荠荠吓得大喊，快来人啊！快来人啊！把高黑子喊来了。两人急忙把婆婆朝卫生院送，可是，走到半路，婆婆的身子已经硬了。

婆婆是个好人，知道自己的儿子混账，待荠荠不好。这么个好媳妇，打着灯笼也难找啊！混账的儿子丢下了家，丢下了这么好的媳妇跑了。婆婆只有骂自己的儿子混蛋，作孽，还能有啥办法呢？婆婆待荠荠就特别好。就像待自己的亲闺女一样待荠荠。这几年，婆媳俩操持着地里，操持着家里，伺候着瘫子，伺候着孩子，多苦多累两个人担着。荠荠之所以不离开这个家，除了孩子的因素外，婆婆给她的体贴也占了很大因素。现在，婆婆走了，把一个瘫子和一个孩子交给了她一个人，把一个破碎的家留给了她，荠荠感到天要塌了，地要陷了，自己的眼前只有绝路一条。那个混账的东西不知道在世界的哪个角落躲着，是死是活，总得有个信呀。不是要挣了钱回来和荠荠打离婚吗？可是，你躲到了哪里？荠荠等了你这些年，你还要荠荠等多久？在婆婆的坟前，荠荠号啕大哭，她用号啕发泄着自己的委屈，诉说着自己的磨难。

婆婆的死，使这个家雪上加霜。过去是两个人忙，现在变成了荠荠一个人忙。忙家里，忙地里，忙大人，忙孩子，荠荠像一个陀螺似的转，转，总有忙不完的话。除了忙，还有令人羞耻的事情要面对。过去，瘫子屙床上、尿床上有婆婆收拾，现在呢？荠荠没有了退路。第一次为老公公擦身上的屎，荠荠是闭着眼睛擦的。她拿起一块干布仓皇地擦着。由于没去看，有屎的地方没擦净，没屎的地方又沾上了屎。不干净，水利站长感觉不舒服。不好表达，就用绝食来示意。一次，两次，荠荠就把瘫子当成了儿子小鹏。儿子屙了屎不都是荠荠帮他擦屁股吗？瘫子的屁股就是小鹏的屁股，瘫子的光肚就是小鹏的光肚。荠荠再去为公公做这些的时候，就没有了羞耻感。

10

高黑子不出去打工，除了干自己家的活，就是帮着荠荠家干活。帮了荠荠不少忙。地里的活，家里的活，高黑子该干啥干啥，就像在自己的家里。就像一家人一样。开始，高黑子干完活就走，从来不在荠荠家吃饭。

有一次，阴天，暴雨将至，高黑子帮荠荠把晒的麦子朝家里收。前脚进了屋子，后脚还没迈进来，瓢泼大雨就从天而降。雨一直下，虽然两家离得不远，但假如高黑子穿过这道院子回到那边的院子，也会淋个落汤鸡。荠荠说，没啥好吃的，有现成的荠荠菜，打几个鸡蛋做臊子，手工捞面，赶上了，将就着吃点吧。高黑子说，再加点蒜汁，我最爱吃。荠荠把面端来，看着高黑子埋了头，呼噜呼噜吃了两大碗。高黑子抬头，见荠荠不转眼珠地看着自己，心里便一漾一漾的，有了热流在身上跑，上上下下地跑。也痴痴地盯了荠荠看。荠荠倒不好意思了，说了句，这么好的吃手啊，是个猪，也好喂。荠荠是拿高黑子与高海子比较。高海子吃饭挑剔，荠荠做的饭他从没说个好，经常骂荠荠做的饭像猪食，荠荠把饭给他端到跟前，他吃一口，若不如意，连碗都摔了。看着高黑子吃她做的面吃得如此香，自己有了一种感动。因此，便笑侃高黑子。这句话听着是骂高黑子，却让高黑子听出了一种疼爱，一种关切。高黑子很感动，也很冲动。可是，毕竟是大白天，毕竟屋里还有个瘫子，理智战胜了冲动。他拍着肚皮，说，还真没吃过这么好吃的面。如果能天天吃上这样的面，给个神仙也不换！这句话就有了意思，也是一种暗示。荠荠的脸红了，说，只要不嫌俺做的饭孬，就常在这里吃。高黑子忙说，不嫌孬，好着呢。冲着荠荠乐，一嘴白牙亮晶晶的，闪着光泽。荠荠把头低下了，掩饰地擦着并不脏的饭桌。她知道这个男人想的啥，自然理会话里的含义。这个男人一直不找女人，又不出去打工，她知道他为了啥。那个时候，她心里常常冒出一个念头，错了，是自己错了，船本该驶向这个男人的，可是，却去了另一个地方。看到这个男人的样子，她心里便有了隐隐的痛。她觉得自己很对不起这个男人，是自己耽误了这个男人，欠了这个男人。这个男人好，是真的好，自己和这个男人不配了。有时候，她就快要挺不住了，可是，一想到高海子留给她的那份“协议”，一想到屋里那个瘫痪的老公公，一想到还不懂事的孩子，她就咬牙挺住了。她得挺着。她要等高海子回来，等和高海子打了离婚手续，再说。高海子这个人是个混蛋，是个混头魔鬼，如果不和他打离婚就跟了别人，高海子一定不会放过她。高海子会报复她的娘家人。因了自己连累娘家人，不是荠荠希望看到的。还有，她现在还是高海子的女人，高海子的爸就是她的爸，她有责任伺候他；孩子是高海子的孩子，也是她的孩子，她有责任抚养他。如果她离开这个家，面临的是老公公没人伺候，孩子也没人抚养。

有了第一次，高黑子就接长不短地吃荠荠的手擀捞面加荠荠菜打鸡蛋臊子。

这样，就有了闲话。好像高黑子的秘密终于被人发现了。原来一直不找老婆，是想着荠荠，是等着荠荠。前两年，高海子在家的时候，高黑子每年还出去打工。自从高海子一走没了音信后，高黑子就不再出去打工。给别人说打工挣不到钱，后来，就看出了端倪，原来是惦着荠荠。一天三趟朝荠荠家跑，干啥呢？说是帮荠荠做些事，鬼才信呢。一个瘫子躺在床上，不跟死人一样？

一个孩子不懂事，又去上学了。剩下一个孤男，一个寡女，啥事办不成呢？兄弟没影了，大辈子哥借机伺候弟媳呢。怪不得高海子教训他女人，怪不得高海子一走没了音信，原来早就知道媳妇给他戴了绿帽子！眼下真是世风不古啊，高家把老祖宗的脸丢尽了。什么礼义廉耻，什么三纲五常，都喂狗吃了。大辈子哥偷弟媳，这个事稀罕哩。

村子里风声渐起，刮到了荠荠耳朵里，荠荠坚决不让高黑子进自己家的门了。

高黑子再来的时候，把门拍得砰砰响，荠荠只装没听见。后来，高黑子跳墙进了院子。高黑子进了屋，还没等荠荠反应过来，就搂着了荠荠，把荠荠按在床上。

荠荠拼命地挣扎。

高黑子解去荠荠的衣扣。

高黑子疯狂地亲吻着荠荠的脸。

高黑子解开了荠荠的裤带。

高黑子撕扯着荠荠的内裤。

荠荠模糊的泪眼中，看到一排洁白的牙齿在晃动。那洁白的牙齿和她的牙齿碰撞在一起。她突然有了一种愉悦得要死掉的感觉。就这样死掉吧，她想。就这样悄悄地死掉吧，她不再挣扎。她放松了自己。她闭上了眼睛，等待着死。她渴望着那种死掉的愉悦。可是，等她把自己打开任凭对方摆布时，对方却终止了自己的行动。她睁开了眼，她看到高黑子已经从她身上爬起来，为她整理着凌乱的衣服，为她系好了衣扣和裤带。她不明白是什么突然让对方改变了主意。直到另一间套房里又传来了非常强劲的“啊啊”声，她才明白，是这个声音制止了高黑子。是瘫子在用自己唯一能做到的方式在解救自己。对这种解救，她不知是感动还是怨恨。她的泪水如泉涌般地放泄出来！

又响起一阵“啊啊”声，接着是一种沉重的闷响。高黑子和荠荠急忙赶过去，看到瘫子已经掉在了地上。瘫子是自己从床上朝下翻的，那声闷响，正是瘫子滚落地上时发出来的。瘫子不知从哪里抓到一根棍，见高黑子跟在荞荞后边，就拿棍子去打高黑子。可是，他根本够不到高黑子。荞荞把他手里的棍子夺了过来。

高黑子也不计较。两人急忙把瘫子朝床上抬。高黑子抬的上半身，荞荞托着瘫子的腿。高黑子抱着瘫子，瘫子用两只细瘦的胳膊搂着了高黑子。高黑子感觉自己的肩膀像被一把巨大的钳子夹住了。高黑子把瘫子放到了床上，瘫子的手没有松开，死死地搂紧了高黑子。直到荞荞帮忙，掰开了瘫子的手。

高黑子泪流满面地跪在了瘫子的床前。他冲着瘫子发泄，你放过荞荞吧，你积点阴德吧！高海子是个畜生！是个混蛋！是个魔鬼！他把荞荞苦害得这样，人不像人，鬼不像鬼！荞荞伺候你们老的、小的，她受多大苦、遭多大难，你知道吗？你还要霸占着她，你是个人吗？你的良心喂狗了吗？荞荞是个好女人，是天下最好最好的女人！高海子害了荞荞，是要遭报应的！告诉你，我要娶荞荞！我要给她幸福！我等了这么多年，我就是要等荞荞。你别想阻拦，你是拦不住的！

荞荞哭着去打高黑子，别说了，你走吧！你快走吧！高海子不回来和我打离婚，我不会嫁给你的。

瘫子闭着眼，浑浊的泪水从他眼角里流出来，像蚯蚓般顺着他苍白无血色的两鬓朝下流。

11

那天，天气很好，荞荞把瘫子的被褥都拆洗了，她正在院子里晒被单，村干部领着几个人走进了院子。

生人进了院子，小花很尽职地履行着自己的职责，冲着那些人汪汪地叫着。村干部笑着对荞荞说，荞荞，看好你家的狗。咬了客人，把你和小花都送到局子里去。在高堂店，监狱不说监狱，说成局子，是多少年的老说法，没有改，大家都听得懂。荠荠忙去呵斥小花。也不是怕进局子，她知道村干部是在同她开玩笑。自从高海子走了之后，村里男人跟她开玩笑的多了。村干部还算文明些。那些同辈的男人，啥污秽的话都说得出来，她不都咽下去了？

村干部说，这是县公安的领导，有些情况问你，你要配合。在村干部说这话之前，那几个陌生人已经把屋里屋外搜查了一遍。他们搜查得很仔细，不放过一个角落。其中一个把瘫子盖的单子掀了起来，看到如骨骼一般的一个光身男人，便把单子放下了。瘫子受到了惊吓，满眼都是恐惧，嘴里“嗷嗷”地叫着。

他们似乎一无所获。

然后，他们向荠荠询问，你叫什么？

我叫荠荠。

大名？

俺娘家姓柴。柴荠荠。

你认识高海子吗？

他是俺男人。

你看这个人是谁？其中一个人拿出一张照片放在荠荠眼前。

荠荠只看了一眼，就认出了照片上的人。她回答，他是高海子。她奇怪高海子的照片怎么在这些人的手里。从村干部那句玩笑话里，她已经猜测到这些人的身份。同时，隐隐约约感到，高海子出了事，一定是高海子犯下了大事。

这个人去了哪里？

荠荠摇摇头，不知道，走了快十年了。

他回来过吗？

没有。

来过信吗？或者打过电话没有？

没有。他走时留下过协议书。

什么协议书？

离婚协议书。

协议书在哪儿？

荞荞站起来去找协议书。后边一个男人跟着她，怕她跑掉似的。荞荞在一个小匣子里拿出一张纸，交给身后的男人。那男人仔细地看着纸上的字，脸上渐渐显出凝重的神色。他把那份协议书拿给其他人看。

村干部说，确实没见过高海子这个混蛋回来过，连他娘死，也没找到他，是荞荞一个女子埋了他娘。他把荞荞害苦了。村干部的话里，有了对荞荞的褒奖。

这个人若回来了，一定给我们打这个电话。一个人说着，取出一张纸条写了一串数字，交给荞荞。

荞荞困惑地问，我男人他做下了啥事？

没有人回答她。

那群人走时，交给她纸条的那个男人又对她说，不一定人回来了说。人没回来，只要得到他的消息，都要通知我们。怕荞荞不明白，又补充一句，得知人死了的信息也要通知我们。

这句话像重锤一样敲打在荞荞的心上。

后来，村里就传开了，高海子伙同人家抢劫银行事发了，在全国通缉呢！

也有人说，因分赃不公，高海子在火拼中，被他的同伙打死了。说什么的都有，归结到最后，就是高海子绝不会回来了。荞荞是瞎等他。

荞荞心里很乱，高海子生不见人，死不见鬼，她不知道自己该怎么办好。到现在，她不知道自己和高海子还算不算合法夫妻？事情到了这个样子，高海子协议上定的时间也已经到期，她该不该重新嫁人？其实，不和高海子过，是她渴望已久的。嫁给高黑子过日子，也是她渴望已久的。还有一层顾虑，若是现在嫁给高黑子，瘫子怎么办？孩子怎么办？想来想去，拿不定主意，决定找个人商量商量。找谁合适呢？还是确定跟高黑子商量。这两天一直没见高黑子的面，在以往是没有过的。自从高海子走后，只要没有特殊的事情去办，高黑子每天都要到荠荠家来一趟的。帮着干活，没活干也不走，找些闲话说会儿。

两天后高黑子又出现了。高黑子一脸肃穆的样子。荠荠见到高黑子，话没说出来，泪已经流出来。

高黑子说，我打听清楚了，高海子犯的是死罪。咨询了法律部门，你可以到法院起诉离婚。他们说，像你这样的情况，早就该和他离婚。夫妻分居三年以上，一方要求离婚，法院可以在另一方缺席的情况下判决。

听了这些，荠荠心里好像忽然开朗了。她本来是向对方讨主意的，在那一刻，她觉得自己有了主见。她不能光听男人的，她也要说自己的意见。想着，便擦掉眼泪，对高黑子说，咱俩要结婚可以，不过，我得提几个要求。

高黑子忙说，别说提几个，就是几十个我也答应你。

荠荠想着说，一呢，俺和高海子毕竟夫妻一场，就算他现在死了，从现在的日子数起，俺也要等“五七”之后和你结婚。“五七”就是五个七天，也就是三十五天。高堂店的风俗，人死过三十五天灵魂才能升天。

高黑子说，十年都等了，还在乎三十五天？

二呢，不是我嫁给你，是你过来和俺过。

高黑子迟疑了一下，说，在哪边都无所谓，只要和你在一起。

三呢，瘫子和孩子咱得养活伺候，这一点很重要。

高黑子停了好一会儿，才说，荠荠，你太善良了。这个家把你害成这个样子，你还想着他们。瘫子和俺爹是一个爷的弟兄，就是不和你结婚，俺也该养活他。孩子更不用说了。只是不知道这家伙愿不愿意改口喊俺爹。

荠荠说，你真心待他好，他长大孝敬你，喊啥都无所谓。四呢……

高黑子说，还有啊？

荠荠说，你不愿听就算了。

高黑子忙说，愿听，愿听！

四呢，咱们择个好日子办喜事，要办婚礼，摆酒席，请响器，放一场电影……

高黑子搂住了荠荠，荠荠，我的好荠荠。我都同意。我一定把婚礼办得排排场场。让你做一个幸福的新娘，做一个幸福的女人！

荠荠偎依在这个男人的怀里，止不住泪流如注。

12

那天下午，瘫子突然咳嗽得厉害，额头滚烫。荠荠和高黑子忙给他穿上衣服，开了三轮车朝卫生院送。

医生了解了病史后，感慨地说，瘫痪近十年了，人没死掉简直是个奇迹。他问荠荠是不是患者的闺女。“床前没有百天孝”，是说，再孝顺的儿女，能在病床前伺候病卧的爹娘一百天就是孝顺的了。这个女人，伺候了这个瘫子十年。在他眼里，就是亲闺女这样对待患者也是不易的。当得知荠荠是患者的儿媳时，医生非常惊讶和感动。诊断的结果是重感冒引发的肺部炎症。荠荠要求住院。医生坚决不同意。医生说，患者这样的症状我们不能收，收了也治不好。并好意安排道，回去多给老人家做点好吃的吧，时间不会长了，还是早些做好准备，等等。打了针，咳嗽不那么严重了。医生又开了一些药就回来了。

到家时天已经麻麻黑了，暮色中天又变了脸，下起了雨。开始是淅淅沥沥，渐渐地又哗啦哗啦。

院子里，小花一声一声叫得厉害。冲着厨房门叫。

荠荠把门打开，呵斥小花，别叫了。小花见主人回来了，长了胆似的，叫得更厉害。

高黑子踢了它一脚，骂道，再叫，杀了吃你！

小花受了委屈，并没停止叫唤。叫声低了，呜呜的，样子却比先前更加愤怒了。

俩人不再理会它，急忙把瘫子抬进屋里。安顿好，天彻底黑了下来。

荠荠说，我做点饭，吃罢，等雨小些了再回去。

高黑子说，我帮你烧锅。

两人一前一后向厨房走去。小花又跟在他们身后狂叫起来。

荠荠说，这个狗东西，今儿咋了？说着，已经推开厨房门，拉开了厨房的灯。在灯光把厨房各个角落都照亮的那一瞬间，荠荠和她身后的高黑子都惊骇地叫了起来。他们看到锅台的后边蜷缩着一个形同鬼怪般的人。那个人衣衫破烂，脸上覆盖着像杂草一样的胡须，眼里露出恐惧的光，两颗龅牙如剥了皮的狗牙一般从胡须下龇出来，显得更加阴森可怖。

荠荠惨烈地叫了一声，我的娘呀！就昏了过去。

（原载 2012 年第 4 期《清明》）

魂萦潘家岩

1

汪局长要去潘家岩旅游的愿望不是近日才产生的。

三年前，不，时间或许更早一些，汪局长就曾多次提出，要我陪他去潘家岩一趟。由于我一直很忙，抽不开身，汪局长的愿望就一直没能够实现。强调的理由是工作紧张，更重要的原因是，潘家岩那个鬼都不下蛋的地儿，是我已故母亲的伤心之地。母亲生前曾咬牙切齿地对我讲，潘家岩那里有狐狸精啊，姓汪的张口不离潘家岩，闭口不离潘家岩，是狐狸精勾了他的魂哩！母亲生前，对汪局长的外出监视很严。汪局长或开会或出差，母亲都要进行仔细的调查，直到确认汪局长不是借了开会和出差的理由去了她认为不该去的地方，她才放心。母亲去世的时候，给我留下遗嘱，告诫我说，断不可让姓汪的阴谋得逞，决不能让他到潘家岩去！听听，别人家的父母去世，留给子女的遗嘱，大多是财产和金钱的分配方案。而我的母亲，至死都不让她的丈夫满足一个小小的愿望。我当时判断，母亲之所以如此，一定有着她的原因。究竟是什么原因？她一直不肯明说，作为晚辈，我便不好意思细问。

汪局长再次向我提出要去潘家岩的时候，基本丧失了自己独立外出的能力。不然，他早就一个人去了潘家岩，还会再三再四地要求我陪他去？

汪局长名讳济含，曾经是我们那个规模不大的小县城里的风云人物。该局长曾为县人事局局长。在计划经济的年代里，人事局长手中所掌握的那种权力，有一种能呼风唤雨的力度。只是汪局长命运不济，汪局长没能在那么一个能呼风唤雨的位置上干多久，可恶的脑中风，造成了他的四肢瘫痪。后来，通过白衣天使们的精心治疗，虽然保住了性命，但留下了令汪局长痛心疾首的后遗症，他身体的左半部分也就是他的左臂和左腿都落下了残疾。汪局长行走时只有靠右腿的力量，而左腿带动着左脚行走时只能在地上画下一个又一个相当有规则的圆圈儿。左手老伸不直，五个手指很委屈地半弯曲着，犹如永远伸不直的挠痒耙。人事局长的位置也早已易主。汪局长人老身残，官瘾却没能满足，脾气便越发地古怪和暴躁。谁喊他老汪，或者汪济含什么的，他的脸上便多云转阴天，给你点颜色看看。既然如此，大家继续喊他汪局长。反正喊局长也不报税，何必让他老人家不开心呢！

就拿我来说吧，汪济含先生虽然是我的父亲，可是，我不能喊他爸爸，也不能喊他爹爹，当然更不能喊他老汪或者济含什么的。他最喜欢听我喊他汪局长。如果不喊他汪局长而喊他别的称谓，他便装聋作哑不理你。仅是不理你还好些，最让人难以忍受的是他对你“横眉冷对”！一个儿子老喊自己的老爸为局长，多少有些别扭，似乎也显得生疏。但是，没办法，已经别扭了这么多年，恐怕得一直别扭到他老人家寿终正寝。

在家里喊汪局长不会出什么麻烦，如果在单位里我要说汪局长怎么怎么的，这就让我的下属产生误会。那时，我已经很荣幸地晋升为我们那座小城的旅游局局长。那天，我在办公室讲，汪局长迫切要求去一个叫潘家岩的景区去旅游，这潘家岩究竟在什么地方呢？有什么旅游特色呢？到那儿去乘什么交通工具最方便啊？等等。下属误以为是旅游局汪局长要去潘家岩考察而不是那个叫汪济含的原人事局长去寻旧，他们连天加夜地搜查潘家岩的有关资料。可是查来查去，也没能查到有叫潘家岩的旅游景点。下属单位山河旅游公司的经理吴奇，倒是个细心的人。他给我汇报，伏牛山脉腹地有个景区叫蛟龙峡，距蛟龙峡风景区不远有个镇子叫潘家岩。中国著名的一条铁路叫焦（作）柳（州）铁路路过此地，潘家岩是挂在这条线上的一个小站。过去不怎么有名，因了蛟龙峡风景区的开发，游客的增多，潘家岩才有了点儿名气。汪局长要去的潘家岩是不是就是蛟龙峡？我把这几个特征给汪局长仔细地讲述了一遍，问这地儿是不是他要去的潘家岩？他听了一个劲地点头，似乎有什么触动了他的神经末梢，竟激动得有些颤抖，昏花的三角眼里流出两滴浑浊的泪水，嘴里含混不清地吐出几个字：焦柳铁路，潘家岩……蛟龙峡！

看来就是这个潘家岩了。

然而，究竟是什么原因，让汪局长这个已至暮年的病危老人如此刻骨铭心地牵挂着，非要在他有生之年去一趟潘家岩呢？难道真如我母亲生前所说，那里有狐狸精勾了他的魂？

小的时候，我曾多次听过，汪局长引以自豪地讲述他带着民工队去参加修筑焦柳铁路大会战的一些趣事。那是上世纪七十年代的事情。汪局长刚从部队转业分到机关工作不久，正值风华正茂的人生最佳时期。当时谁都意识到，去参加焦柳铁路会战是一件非常艰辛吃苦的差事，弄不好只有去的路没有回的路。因为谁都清楚，焦柳铁路要穿过人迹罕至的一座座大山和峡谷，所谓的会战就是要征服那些大山和峡谷，在那里钻洞架桥。那些不长眼的大石头被开山炮炸飞后落到谁的头上它都是不负责任的。即使侥幸躲过那些不长眼的石头，说不定还会遇上一些长了眼的猛兽和毒蛇！也就是说，活蹦乱跳的人去了，回来时是什么样的结果都难预料！即便有幸活着回来，但生活条件的恶劣和繁重的体力劳动，也让养尊处优的机关干部们“想”而生畏。汪局长所在单位的职工稍微有些资历的人都不愿去吃这个苦差。但是，分配到单位的一个名额必须要完成。这是一项政治任务。这样，军人出身且没有妻儿老小绊脚的汪局长怀着满腔热忱主动报名去充实了这个名额。

每当汪局长津津乐道而又骄傲自豪地讲述他人生最值得回忆的那段经历时，母亲于慧君女士总要抢白他，说若不是于副县长及时运作把他调回来，把不准汪局长的骨灰就撒在群山峡谷之间了。于副县长是我母亲的父亲，也就是我的外祖父。母亲抢白汪局长的时候，汪局长对于副县长非但没有感恩之意，反倒有些成见似的，说不是于副县长以权谋私别有企图把他调回来，他可能就不会委曲求全地和于慧君生活一辈子……忘恩负义的汪局长如此辩驳，于慧君总要和他大闹一场。接下来是两个人的冷战，汪局长住在他那寝办合一的房子里有家不归，母亲于慧君则是独守空房唉声叹气地抱怨自己的命苦……

那个时候，我刚上小学四年级，对于他们反反复复的争吵和冷战早已习以为常。猜不透的是，这两个人既然能结婚睡在一张大床上生下了我们兄妹几个，为什么又整日仇人似的唇枪舌剑？两个人的背后究竟隐藏着哪些不为人知的故事？始终弄不明白。

母亲去世后，汪局长的身体每况愈下。但是，他只要看到我，念叨的一件事就是要我带他到潘家岩去旅游。看着他渴望乞求的目光，母亲的遗嘱便失去了分量。我想，我得为活着的人着想，不能看着行将离世的父亲带着遗憾离开这个世界。再说，即使那里有如母亲所说的“狐狸精”，对于病魔缠身的汪局长来说，又能怎么样呢？

在一个金色的秋天，我终于违逆了母亲的遗愿，丢开了繁忙的工作，带着我的下属吴奇，帮助汪局长去完成他老人家多年的夙愿。

2

到达潘家岩火车站的时候，已经是下午五点。下了火车的游客在本来很寂寞的小站上喧嚣了一阵之后，很快地消失在小镇中的各个角落里。小镇面积不大，仅有的几条街道弯弯曲曲地伸向高高低低的楼房深处。楼房大多是二至三层的建筑，高低不一，错落有致，白墙红瓦，倒也别具风格。四周是苍莽的山，小镇就坐落在这连绵起伏的深山里。那一种苍翠欲滴的绿，还有如晚霞般的红，交织成一幅幅巨大的油画，悬挂在山的峭壁上，绿和红的浓汁，随时要倾泻流淌下来的样子。这里呈现着原生态的封闭和它不甘寂寞的骚动。不过可以看出，若不是焦柳铁路线的贯穿与闻名遐迩的蛟龙峡景区吸引来的大批游客，这个地方的确正如我母亲所说，是一个偏僻得鬼都不会来下蛋的穷山沟。

吴奇靠他的业务关系，已经联络了当地的一位导游来接站。导游姓潘，女性，二十五六岁的样子，模样挺俊俏，长得也很瓷实。普通话里夹杂着当地的乡土音，听起来生涩别扭，但却很响亮，人也热情，倒把那种生涩和别扭掩盖了。她极其热情地用非常职业的辞令对我们说："欢迎各位先生到我们美丽的蛟龙峡景区观光旅游。我是大家这次旅游的全程导游。我叫潘好，大家喊我潘导也行，叫我小潘也好。各位有什么要求和问题尽管提出来，我一定尽力满足大家。"

吴奇是个爱调侃的主儿，他揶揄对方："小潘，你这名字可沾了光，大家张口就喊你潘好，不好也是好了。"

潘好笑道："大哥，其实好就是一个女子和一个男子的结合——我好你也好呗。"

吴奇一听，更来了精神，但是有我在场，也不敢太放肆，只是说："希望小潘能为我们服务好。"

“这个自然，大哥需要什么样的服务我都能够满足。不过，大哥可不要有什么邪念哟！”小潘说着笑了起来，一副天真无邪的样子。

我不免为这个山里姑娘的大胆幽默而感慨。她看到我正把折叠的轮椅打开让汪局长坐进去，急忙过来帮忙：“啊，这位大伯，坐了轮椅还来我们穷山沟扶贫做贡献呀。看来，您老人家对这儿情有独钟啊？”

人家不过是随口奉承的一句话，却让汪局长激动起来，他抑制不住地说：“咳，小姑娘，你不知道，大伯的魂儿留在了这里呢！”

潘好越加好奇：“这么说，以前大伯来过这儿？”

汪局长伸出他那完好的右手，指着小车站和伸向大山深处的铁轨，哆嗦着嘴唇说：“这儿，那儿，我都去过，都去过……”

潘好说：“大伯是故地重游啊！大伯是不是来这儿修过铁路呀？”不等汪局长回答，便连珠炮似的说，“我爹曾给修路工人做过饭，他老人家整天念叨着那些修路工人的好呢！”

一阵山风吹来，一股凉意袭来。我怕在这儿站久了，让汪局长着了凉可就雪上加霜了，就说：“反正有时间聊，咱们先找个地儿住下吧。”

潘好便领我们向一个预订好的山庄里走去。

自从下了火车，汪局长就一直处在亢奋的状态中。我们推着他在山镇的小路上行走。他的目光在清澈透明的秋色中，炯炯地寻觅着所能目击到的一切。他在寻找什么？寻找他曾经留下的脚印？寻找他遗失在这里的梦想？然而，我却看到，他的目光正逐渐地暗淡下去，逐渐地失去了信心。也许时过境迁，他所急切寻找的东西都消失了？他亢奋的神情渐渐地消沉着，精神渐渐萎靡下来。待我们到达山庄时，已经是满脸沮丧的样子了。

车站离山庄有些距离。潘好在这个时间里，一路走一路向我们介绍了潘家岩的情况。四十年前，潘家岩原来就是一个小山村，只有二十多户人家。修焦柳铁路那些年，这儿成了大批修路工人和民工的临时驻地。修路的人们白天从这里出发，到深山峡谷间开隧道、架桥梁，到了晚上，又回到这里休息。铁路修好了，修路工人和民工都陆陆续续离开了这儿，可是，这儿从此渐渐兴旺起来。因为，这里建了一个小站，虽然南来北往的火车只在这儿停了短短的一分钟，但是，这一分钟打破了潘家岩的闭塞，使它与山外的开放缩短了距离。潘家岩这一带的山货从小站乘上列车运到了天南海北，又从天南海北把山里人需要的物资运回来。蛟龙峡景区发掘开放之后，潘家岩是去蛟龙峡景区游览的必经之路。潘家岩的人把来这儿旅游的人都看作是为潘家岩的发展做了贡献。的确如此，潘家岩靠旅游业一日一日地兴盛起来。过去，山里年轻人都巴望走出潘家岩，到外边去打工挣钱。现在，山外边的人都来潘家岩做生意。潘导指着道路两旁的宾馆、饭店、商铺和琳琅满目的旅游商品，说："这些都是山外边的人来开的铺子。外边有挣不完的钱，他们却离乡背井到这山沟沟里来做生意，图个啥？我问过他们，你猜他们咋说？"不等别人回答，她自己先说了，"这些人嫌城里空气不新鲜，到这儿来，呼吸着大山里的新鲜空气，随便把钱也赚到腰包里了。有的年轻男子，还找了山里妞儿做老婆，把自己入赘到大山里了。嘻嘻……"

吴奇听了，连忙道："这儿的空气真的很新鲜，景色又美，住在这儿，能多活几十年呢。潘好，有合适的山妞也给咱物色一个……"说着嬉皮笑脸地盯着对方。

我在心里埋怨吴奇过于莽撞了，怎么初次见面，就开这样的玩笑。谁知潘好却不介意，"嘁"了一声，笑道："吴经理真有这个心情，潘好可要做你的红娘喽。不过，山里的妞子可是辣得很呀……"

潘好还没说完，坐在轮椅上的汪局长却"哼"了一声，似乎对潘好的调侃有了不满。吓得潘好和吴奇立刻噤了声，都把要说的话咽了回去。

说话间，我们已经来到一座山庄前。山庄坐落在一座黛色的山脚下，是一座三层小楼。门前挺开阔，光洁的两扇玻璃门上分别贴着“游客之家”“宾至如归”的剪贴字。楼前有一片开阔地，错落有致地砌着几个花坛。杜鹃、美人蕉等一些叫不上名的花草正轰轰烈烈地娇艳着。一条小溪从山庄后边转过来，绕山庄半圈，然后又转个弯叮叮咚咚地向下游流去。有了花的多姿多彩和清冽的小溪流水相伴，山庄就格外幽雅清静起来。山庄的名字起得很怪，叫思寒山庄。正纳闷为什么叫“思寒”而不叫“思暖”的时候，从山庄里走出一个女子。

潘好叫道：“思寒姐，我把客人带来了。这些都是贵客，你可要小心地伺候呀。”这才明白，山庄名字的由来原来是根据主人的名字起的。

被叫着思寒姐的女子，长着一张标致的瓜子脸，眉清目秀，鼻梁端庄，皮肤白嫩，衣着颜色选择的是山里女子喜欢的艳丽和城市女人追求的素雅，上下搭配在一起，给人一种既淳朴又明艳的感觉。不俗。从面目和穿戴上真看不出她的实际年龄。潘好喊她姐，想着也不过三十岁上下吧。我凝视着这张脸，似乎有一种似曾相识的感觉，但又确切想不起在哪里见过这张脸。

女子倒大方，伸出手来，自我介绍道：“我叫顾思寒，喊我顾大姐好了。是这山庄的经理，有什么要求尽管给我说。”

“顾大姐？”我笑道，“我看应该叫小妹才对吧。”

潘好笑着对我说：“领导可别被她的假象骗了呀，思寒姐都快四十岁的人了，你还要喊她小妹？”

啊？我大吃一惊，真看不出，她比我还要大四五岁哩。看来，这山里秀色真的养人啊。我说：“若真是这个年龄，我是要喊思寒姐的。”

顾思寒笑着说：“我们山里人不会给年龄掺假，不像你们城里人，都把年龄朝小了说。听一位游客讲，一位要当什么局长的官儿，把自己的年龄减少了十多岁，算起来，比他自己的儿子大了不到十岁呢！”

在我们说话的时候，轮椅上的汪局长目不转睛地看着顾思寒，我看到他的眼神里流泻出一种神奇的亮光，嘴里竟突然冒出两个字：“莲……莲？”

顾思寒听到这两个字，似乎怔了一下，但那只是稍纵即逝的一个表情，不注意的话，很难让人察觉。我看到她弯下腰，仔细地端详着汪局长的脸，大概有那么十几秒的时间，她的声音比刚才更加的温和、柔软：“老先生，您需要什么？”

这声音感染了汪局长，他越加激动起来，他的胸腔里发出一阵嗡嗡的声音，然后，才从他的嘴里断断续续吐出几个字：“你是……莲莲……？”

这是一个让人尴尬的问题。在见到顾思寒之后，我真切地听到了汪局长两次提到“莲莲”两个字。看来，汪局长来潘家岩，一定与一个名叫莲莲的女人有关。汪局长来潘家岩修铁路的时间是四十年前，顾思寒即使现在是四十岁的年龄，也不可能是汪局长所认识的莲莲。只有一个可能，眼前这个女人，有可能与汪局长当年认识的莲莲相似。而汪局长找人心切，才非常唐突地这样问人家。我怕惹出什么难堪来，急忙说：“汪局长，这位是顾经理，山庄的经理。”回头对顾思寒说，“对不起，汪局长患过脑中风，思维有问题，请你原谅。”

顾思寒正若有所思地想着什么，听我这样说，急忙说：“没什么，这样的老人还到我们这儿来旅游，我们更应该照顾好。小妹，明日去蛟龙峡，你可要照顾好老人家啊！”

潘好说：“放心吧，姐。保证让客人满意。”

这时，吴奇已经办好了入住手续，推着汪局长走进了山庄内。

3

第二天一大早，潘好就把我们叫起来了，说是天气好，离蛟龙峡景区还有二十多公里的山路，还是赶早去的好。我们用了早餐，正准备出发，汪局长那里又出了幺蛾子。汪局长听说要去蛟龙峡游玩，说什么也不愿上车。问他为什么不愿去？是你提出要来旅游的，为什么又变了卦？汪局长不说为什么，就是不去。让人弄不清他究竟想干什么，究竟要干什么。我又生气又无奈。汪局长的脾气就是这么古怪，母亲曾为他这么个古怪脾气多次大发牢骚，说是下辈子嫁鸡嫁狗也不能再嫁他汪济含。连我的母亲也拿他的古怪脾气没办法，何况别人呢！

吴奇以为他担心去蛟龙峡太受累，就耐心地劝他："汪局长，您别担心，有我呢，别听小好说蛟龙峡山高路陡，又有野兽出没，咱都不用怕的！就是背我也要把您老人家背到那儿去。咱们大老远的跑来了，不就是为了来一睹蛟龙峡的美景吗？如果到这儿又不去了，不是太遗憾了吗？"

汪局长并不为吴奇循循善诱的劝说所感动，他把头摇了又摇。接下来又是潘好的劝说，潘好几尽口舌，又反过来说，去蛟龙峡并不很辛苦啊，有观光车，还有缆车，上上下下挺方便的等等，把她曾介绍过的蛟龙峡险境的话推翻了。潘好的劝说也无济于事。正为难时，顾思寒从大堂那边过来，见我们一直不上旅游车，就问有什么困难需要她帮助。弄清了原因，就对我说："如果老先生实在不愿去，就把他留下由我来照顾，你们去吧。"

我说："这不太合适吧？老人家的脾气……"

顾思寒并没理会我的话，低下头，征求汪局长的意见："老人家，既然不愿去蛟龙峡，让我陪您在潘家岩附近转转，好吗？"

没想到汪局然长竟然点了头，欣然表示同意。

事情到了这种地步，也只有这样了。我向顾思寒再三表示感谢，说游完蛟龙峡回来一定请她吃饭。

顾思寒笑着说："先生，别客气。你看，我和这位老人家挺有缘分的。"说着推了轮椅上的汪局长向另一个方向走去。

就在我们坐上车将要出发时，汪局长又大声嚷嚷起来。我急忙让车停下，下了车直奔汪局长："怎么了？是不是又要跟我们去蛟龙峡？"

汪局长摇摇头，说："你把小……好叫来。"

我不知他要干什么，但是，也不敢违他的意，只得请潘好下了车。

潘好走到汪局长跟前，很有礼节地问："大伯，有什么需要我帮助吗？"

汪局长好像在心里早就准备好问题，脱口而出："你爹，真的给修路工人做过饭？"

潘好回答："是呀，这还有假？"我突然想起潘好昨天向我们说过这个事。当时，这个话题没有引起我们的注意，而汪局长却留意记住了。

汪局长似乎还是不太相信，他继续问道："他，叫什么名字？"

潘好自豪地回答："我爹叫潘山豹。潘家岩没有人不认识我爹的。"

汪局长喃喃地重复着这个名字："潘山豹，潘山豹，果真是他吗？"

看来，汪局长与这个叫潘山豹的人一定有着不同寻常的关系。莲莲，潘山豹，是汪局长来潘家岩要寻找的两个人吗？若果真如此，也太一帆风顺了。既然潘山豹已经有了下落，莲莲说不定也会很快找到的。

汪局长急切地问："潘山豹，他现在在哪儿？快带我去见他！"

在一旁一直观察汪局长的顾思寒，突然插话说："您老人家要找他？还是我带您去吧！"

潘好却在一旁焦急地说："姐，咱可不能骗他……"

骗他？这是什么意思？难道顾思寒带汪局长去见的潘山豹，并不是真的潘山豹？顾思寒这样做有什么目的？潘好一连声地喊思寒"姐"，这两人究竟是什么关系？如果她们真是亲姊妹，为什么却一个姓潘，一个姓顾？一连串的问题在我大脑里萦绕，让我百思不解这两个女人究竟要玩一种什么游戏！当我正想把这些问题弄个清楚明白时，我看到顾思寒暗暗地向潘好递了一个眼色，潘好果然改变了话音，说："就让我姐带老先生去见我爹吧。咱们去蛟龙峡。"

我说："别急着走，我们和汪局长一块儿去见你爹。"

潘好有些为难地说："这……恐怕要耽搁游览蛟龙峡。"

吴奇插话说："小潘，我们可以把时间延长一天。明天再去蛟龙峡。"

潘好用征询的目光看着顾思寒，顾思寒说："就照客人的要求安排吧。"

谁知汪局长却不同意，他执拗地说，去见潘山豹，是他个人的事，没必要让我们跟着。如果我们非要跟他去，他就不去了。

汪局长如此固执，我们也真没有办法，只有分开行动。

在游蛟龙峡时，我一直心事重重。蛟龙峡童话般的美景没有给我留下太深刻的印象。我一直牵挂着汪局长。设想着他和潘山豹见面时会是一种什么样的情境？两个老人意想不到地重逢，会不会拥抱痛哭？最担心的是，千万别出了什么问题，这样的重逢最容易使人激动。而汪局长的病最怕过于激动。

在休息的间隙，我终于弄明白了潘好和顾思寒的关系，原来，她们的确是姊妹。只不过顾思寒随了母亲的姓，潘好随了父亲的姓。还有一个问题让我感到意外，原来他们的父母亲其实都已经过世了，就埋葬在潘家岩附近的一个山坡上。顾思寒答应带汪局长去见潘山豹，其实就是带他到那个山坡上看潘山豹的坟头。因此，潘好当时才制止顾思寒说"咱可不能骗他"。

在我把一些问题逐渐理顺了头绪后，潘好却突然不明不白地冒出了一句："也不知我姐是咋了，要带一个活人去见一个死人？她过去可不是这样的脾气，办什么事一定要把话给人讲明白的。"

吴奇听我们议论顾思寒，也插话说："小潘，你这个大姐也真是有些怪怪的。昨儿晚我都要睡了，她还到我房间里去……"

吴奇登记了两个标房，他提出要和汪局长住一个房间好照顾老人家，我觉得不合适，因为我毕竟是汪局长的儿子，照顾他是我的职责，就让吴奇独自住了单间，没想到顾思寒去了他的房间。想起汪局长喊她"莲莲"时露出的不自然神情，一团迷雾又渐渐地在我的心里升起。这个女人，她要干什么？

我问吴奇："啊？她真的去了你的房间？"

吴奇说："头儿，可别误会啊。人家也没别的意思，就是闲聊呗。哦，对了，她好像对汪局长挺感兴趣，话题大多都与汪局长有关联呢。"

本来要解开一个谜团，而这个谜团还没解开，却又陷入了更大的一个谜团里！这个顾思寒，思——寒？多么奇怪的一个名字。山里女孩的名字，大都叫花啊草啊什么的，而这个山里女人却有这样一个奇怪名字。不能不让人思索。思寒，汪局长叫汪济含。两人的名字最后一个字的读音都是"hán"，是巧合，还是有着某种联系？

4

山里的天气总是变化快，回来的时候，夕阳还是那么美好地给玛瑙般的山脉镀上了一层夺目的金边，然而，山风悄悄刮起时，雾岚渐渐地把夕阳和她的光芒吞没了。无边的翡翠变成了黛蓝色，随着雾岚的涌动，夜幕慢慢降了下来。当我们回到思寒山庄的时候，天已经彻底暗了下来。

汪局长已被顾思寒照料用过晚餐，安置到了房间休息。他躺在床上，闭着眼，一副似睡非睡的样子。听到我进来也没睁眼。我仔细端详着那张被岁月和病魔折磨得过于沧桑和扭曲变形的面孔，希望能给我的疑问找出答案。可是，却什么也没找到。那张脸紧绷着，让人看不透！

汪局长的这张脸曾经充满着青春的光泽而潇洒英俊过，让妙龄时的于慧君如醉如痴地追求和爱恋着。我的母亲于慧君生前不止一次地说过，是于副县长把汪局长从山沟里调回来的。母亲这样说的目的，是让汪局长永远铭记于副县长对他的恩惠。可是，后来，我却偶然地从汪局长的嘴里听到了另外的原因。那是关于汪局长和我母亲的故事。他们的故事其实我早就听到了一些版本。因为他们是我的长辈，我一直把它隐藏在内心里不愿向任何人透露。事情到了这个地步，我想我应该把其中的一个版本介绍一下，给亲爱的读者一个明白。

其实，汪济含刚从部队转到机关没多久，就被同单位一个叫于慧君的女孩子悄悄地爱慕上了。汪济含年轻英俊，充满了活力，一张国字形的脸正是那个时代年轻女子所选择对象的标准。除此，汪济含部队正营级的身份也散发出耀眼的光彩，把于慧君的眼睛都照亮了。这是一个有着美好前程的男子，把自己的一生托付给这个男人，是她唯一的选择。以她的家庭条件和她父亲的地位，她也许会有更优越的择偶空间，但是，她被这个男人迷上了。这个男人的一切都被她视为完满无缺。他成了她生命中不可缺少的一部分。她正准备向自己爱慕的男人射去丘比特爱情金箭时，这个男人却走了，去了很远的大山里。说是支援西部的开发建设。在汪济含不在的日子里，太阳在于慧君眼里失去了光辉，月亮在于慧君眼里变得暗淡无色。于慧君变得消沉和恍惚，一个容光焕发的青春少女突然变得沉默寡言面容憔悴，让她的家人非常焦急。在弄明白了宝贝女儿失魂落魄的真正原因后，她的父亲把汪济含从西部的深山峡谷中调了回来。半年之后，在于副县长权力的干预下，汪济含抵挡不住单位领导对他施加的政治压力，以及对他美好前程的诱惑，他和于慧君终于“花好月圆”。这样的婚姻，果然给他的仕途带来了好运，他从一名办事员步步升级，股长、科长、局长，若不是汪局长在他的盛年患了大病，他的官运也许不会仅仅定格在人事局长的位置上。

母亲于慧君虽然对汪局长倾心相爱，但是，汪局长对于慧君却没有真心地爱过。这让母亲很伤感。母亲骂汪局长是个自私的男人，是一个忘恩负义的没有良心的小人，是一个骗了她感情的伪君子！她太恨汪局长了，似乎有着不共戴天的仇恨。在我不懂事的时候，母亲这样骂她的丈夫总让我觉得可笑。长大后，我渐渐地体会到了，母亲之所以如此咬牙切齿地骂他，其实是母亲太爱他了，母亲太在乎他的感情了！可是，让母亲感到绝望的是，她所倾心爱慕的男人对她却很麻木，他从来没有给过她真正的爱，没有向她流露过真正的感情！他说他之所以和她结婚，完全是听天由命，是组织的安排。他说他对于慧君没有爱，没有感觉。他和于慧君女士结婚只是为了生活、过日子、生孩子，为了自己能有个好的前程。看到母亲痛苦不堪的样子，其实他的心里也很疼，也很痛苦。他真正的爱在西部那座大山里，在那个叫作潘家岩的山沟里！他的老丈人虽然利用手中的权力把他调了回来，可是，他的爱却永远遗留在了那里。做梦都想着回到那座大山里去。天哪，这对于慧君来说简直是个致命的打击！我可怜的母亲，把她的初恋和真情都给了这个男人，没想到竟换来了这样的结果。这让于慧君简直要发疯！

从我记事起，我家的生活从来就没有平静过。总是争争吵吵，为一些鸡毛蒜皮的小事争吵。这让我对他们充满了仇恨！可是，等我长大了，长在心里的仇恨却逐渐消失了，剩下的只有可怜。我觉得他们真是令人怜悯的一对老人。他们的婚姻充满了悲剧。汪局长和我母亲都是这场悲剧的主人翁！可怜的于慧君至死也没能听到汪局长对她说一声爱。她满怀着深深的遗憾和内心的伤痛，过早地离开了这个世界。汪局长虽然还苟延残喘地活着，但是，我看他一天也没有快乐过。如果我不满足他的愿望，在他有生之年带他到潘家岩做最后的一次旅行，恐怕他永远都不会原谅我，即使到了另一个世界，他也不会原谅！再说，这个可怜的老人，被爱他的女人诅咒了一辈子，却从来没有得到过自己的所爱，作为他的儿子，我要让他对这个世界尽量少留下些遗憾。这就是我之所以违背母亲的遗嘱，陪汪局长来潘家岩的原因。

现在，我不知道汪局长的愿望满足了没有？再有，作为他的长子，汪局长来潘家岩的真正目的是什么，我应该有知情权。现在，我还被蒙在鼓里，心里像被一团迷雾笼罩着。顾思寒领着汪局长都看到了什么？仅仅一个小坟包？看到那个小坟包的时候，汪局长是一种什么样的心情？既然潘山豹已经成了一个小坟包，那么，莲莲呢，有没有下落？

汪局长并没有睡着，他只是微闭着双眼假寐。好一阵，才把眼睁开，从胸腔里发出一种微弱而又悲悯的声音："不该走的都走了，都走了，还留下我这个背信弃义的人干什么呀？"

这声音让我的心里一阵战栗。汪局长一定受了什么刺激，不然，他不会连死的心都有了。

我急忙安慰他："别跟自己过不去。已经到了这个年龄，还有什么抛不开的事情吗？过去的都过去了，谁也不会跟过去的事情那么较真！"

"你住嘴！"汪局长突然提高了声音呵斥我，把我吓了一跳。即使这样，我还是希望，他能把自己想说的话说出来，也好让我心里明白，他究竟为什么这么失望和痛苦？可是，在说完这三个字以后，他却不再说话，眼睛又闭上了，把头扭过去，给了我一个脊背，那意思是告诉我，别再烦我了，我要休息了。

我决定找顾思寒了解一下，汪局长在潘家岩的这一天，究竟看到了什么，寻到了什么？

"即使你不找我，我也要找你谈谈。"顾思寒这样平静地跟我说。她的神态镇定，深邃的皓目像是两眼看不见底的井。不过，我还是不难看出，隐藏在镇定后边的是激动和不安。

我说："顾经理，我很希望能从你这里了解我父亲今天为什么那么悲观。"

顾思寒深情地看着我，用商量的口吻问："能不能不喊我经理？"

目光很柔，让我心里充满了温暖："那么，如何称呼你？"

"叫我一声……姐吧。"她的声音突然有些异样。

我感觉有些陌生，问："你喜欢别人喊你姐姐？"

"是的，特别是你。我做梦都想着有你这么个弟弟。"她这样说的时候，眼里竟涌出了泪水。

我还没有遇到过如此多情善感的女人，急忙道："别，别。大姐，既然你梦想有个弟弟，就让我做你的弟弟好了。"

她抽出纸巾，擦了一下眼睛，很快恢复了原先的镇定，不好意思地说："姐是山里人，没见过大世面，让你见笑了。"

接下来，她给我讲述了一个山里女人和一个男人的一段离奇故事。

5

带领民工拉石头、垫路基的年轻人姓汪，大家都喊他小汪。也有叫他小寒的，爱叫他小寒的是一个山里妹，这个山里妹在民工大伙上帮厨。在一次给大家盛饭时，山里妹听到有人喊小汪叫汪济含，山里妹就记下了。她不喊小汪，是因为喊小汪就像唤一只小狗儿似的。小狗叫起来的声音是"汪汪"的，山里人唤小狗时就叫"汪汪"。山里妹不知道有许多汉字可以读成"hán"，她只知道到了冬天，天气的确寒冷。山里的冬天来得早，民工队来的时候，已快到冬天了。应该喊小寒是没错的。她"小寒小寒"

地叫，没有谁认为她叫得不对，只是让男人们听着容易产生一种酸意。

山里妹那年也就是十八九岁的样子，虽然一身山里姑娘的穿戴和打扮，但是，那一种灵性和秀气是掩盖不住的。鸭蛋形的脸蛋被山风刮得如熟透的山果，是那种粉里透白的颜色，如清泉一般清澈透明的眸子给人一种清凉舒透的感觉，俊俏的鼻梁把整个人衬托得更加秀美。一身臃肿的棉衣，也没能掩遮住她苗条的身材。

民工队本来不要女子的，但是，山里妹家没有哥弟，父亲有病不能来。这种情况，换了别人家也可能就不要来人了。但是，山里妹家成分高，是必须要出一个劳力来参加开山挖洞的苦力劳动的。山里妹就替她的父亲来出工了。工地上女人很少，他们这一个工段，也就山里妹一个女人。山里妹被安排到大伙上帮厨。这是同村来的男青年潘山豹给她争取到的一份美差。有了这份美差，山里妹就不用跟男人们一起到山里头抡大锤、抬石头了。潘山豹是大伙上的厨师，他又是穷得几乎没有裤子替换穿的贫农家的子弟。他的意见，领导还是很重视的。再说，潘山豹极力争取让山里妹到厨房帮厨，在领导看来，两人必定有特殊的关系。能成就一桩好事，何乐而不为呢！这样，山里妹每天的工作就是在伙上择菜、刷锅。除了这些活之外，她还要在民工们开饭的时候，拿个大马勺朝民工碗里盛菜。这可是一件既能落好又容易得罪人的差事，谁能多吃点菜，或者改善伙食的时候，能得到多一筷子解馋的肥肉，就看山里妹的大马勺了。可是，山里妹总是那么不偏不倚，大马勺在她的手里，就如一杆带盘子的秤，她总是很均匀地把锅里的饭菜盛到每一个民工的碗里。碗是统一发下来的，是一种黄颜色的搪瓷碗，碗的外边还印着“焦柳会战”四个红字。规格大小一样，每人一个，打菜喝汤都用它。山里妹想给谁多打点菜，大家都能看出来。勺子大，碗是标准的，谁想多吃一口也瞒不了大伙的眼。山里妹打菜时总是那么公平，给每一个民工的感觉，都是这个山里妹是向着自己的，山里妹盛到自己碗里的肉比别人碗里的多。民工们都很满意，都很喜欢山里妹。这样，山里妹就成了这个工段的男人们拿女人慰藉自己心中对女人饥渴的谈论话题。男人们那一双双如贼似的眼珠儿，在山里妹的身上上上下下地瞅，瞅，好像永远也瞅不够似的。

只有一个人的目光是一种游移不定的样子。不是不愿看山里妹，而是有一种羞涩，还有一种自负。他看山里妹的时候，眼神跟别的男人不一样。他的目光在山里妹没有任何防备的时候偷觑对方一眼，然后又迅速地把目光移开。有时候偷觑对方的时候，发现对方也在偷觑自己，他的脸马上红了，像做错了一件事，或者如偷了别人的东西被人发现了一般，总是一个不自在。

山里的日子漫长而又艰辛，最要紧的是吃得不好。汪济含是军人出身，本来饭量就大，对这种超负荷的体力劳动和少汤寡水的饭食很难适应，人一圈一圈地瘦了下来，国字形的脸清瘦得如刀子脸，眼睛塌陷在两个洞里。尽管如此，还要好好地表现自己，毕竟是带队的班长，干活时不能落后于人家。

一次开饭时，汪济含去拿自己的搪瓷碗，却怎么也找不到了。明明记得放在了自己床铺边临时砌的一个石台子上，却不见了。为了使自己的碗与别人的有个区别，在碗底的一个小眼上还拴了一根蓝线绳。在大家吃饭的时候，汪济含去寻找那个带蓝线绳的搪瓷碗，可是，却没有找到。眼看大家都快吃完了，锅里的菜稠的没了，仅剩下些汤，即使找到碗，也只能喝些菜汤了。汪济含还在急头怪脑寻找自己的碗时，山里妹走到他跟前。山里妹手里端着一个如盆子一般大的粗釉大碗，这个大碗是用一种黏土烧制的，碗上釉子的颜色下蓝上褐，里边是白色，样子很粗糙，但是很大，容量是民工们用的搪瓷碗的两倍。这种碗被山里人叫作海碗。山里男人饭量大，都用这种海碗吃饭。山里妹把海碗递给汪济含，问:“人家都吃完了，你还瞅着找啥啊？”说着剜了一眼汪济含，那一眼分明地充满了爱怜。

汪济含一愣间，碗已经递到了他的手上。碗里的菜有大半碗，还冒着热气，显然是预先盛好又焐起来的。同时还拿来用一个蒸馍布包着的包，打开包，两个又大又软的花卷馍就露了出来，咬了一口馍，又暄软又热乎。刚要说一声感谢的话，一抬头，见山里妹已经转身走了，只给他留下一个婀娜的背影。汪济含低下头吃起来。他的吃相很不好看，也是饿极了的原因。可是，那碗菜总也吃不完似的，已经感觉自己的肚子撑起来了，并且，比平常要饱得多，然而碗里的菜还有那么多。剩下和倒掉都很可惜的，只有慢慢地吃。在细嚼慢咽的过程中就有了心思。自己的搪瓷碗莫名其妙地就找不到了，真是令人匪夷所思，这是过去从来没有过的事情。而山里妹好像早已经知道自己的碗找不到了。这个大碗和碗里的菜都是先前有所准备的。山里妹难道早已知道自己的搪瓷碗丢了？吃完饭去还碗的时候一定要问个明白。海碗里的半碗菜若放在搪瓷碗里是要冒尖的，汪济含终于把它吃完了。自从来到工地，还从来没吃过这么饱。真是饱了，一伸脖子连连打了几个饱嗝。站起来去刷碗时，山里妹已经在水池边等着，好像是专门等的，又像是无意的。山里妹抢过汪济含手里的碗，说："来，趁手了，我刷吧。"汪济含有些不好意思地道："哎，哪能再麻烦你，还是我来吧。"可是碗却被人家硬夺了过去。看着人家利索地刷着碗，搓着手站在一边，更添了一种感动和难为情，便嗫嚅着说："山里妹……"

"啥山里妹，俺有名字的，姓顾，叫莲莲。"对方纠正他说。

"哦，顾莲莲，我想问问，我的搪瓷碗，你见没？"

"打今儿起，就用这个碗。吃完饭就放在我这儿，再不会丢的！"对汪济含要寻找的搪瓷碗不说见也不说没见。

"这……怎能老用你的碗。"

"总不能学猴子用手捧着吃饭吧？"说着，抬头又剜了汪济含一眼。那一眼把汪济含的心剜得热乎乎的。

从那以后，每逢开饭时，汪济含无论去得早晚，那个粗釉海碗都盛着热乎乎的饭菜等着他。每到改善伙食的时候，汪济含还会得到额外的照顾。当然，这份照顾都是瞒着大家的眼光的。汪济含每顿饭都吃得香，吃得饱，体重很快增加了，脸上的肉也多起来，国字脸又回来了，脸上充满了朝气蓬勃的光泽。

粗釉海碗好像只是个开端，接下来，一个眼神，一个细小的动作，还有手与手的无意间的触接，都是心灵的碰撞，都绽放出了激情的火花。终于有一天，那火花把汪济含给燃烧了，也把顾莲莲给燃烧了。

那是一个偶然发生的事件。那天收工后，汪济含到一丛灌木后边去方便。在深山野林里，随处都是厕所，你只要避一下伙伴就可以了。当然，如果不怕伙伴们拿你开涮，在伙伴们面前也可以方便。汪济含从来不当着大家的面解决问题。他觉得那些民工在大庭广众之下把自己的“小宝贝”掏出来随意地撒尿有些不文明。他总要找个隐蔽的地方去解决问题。然而，他给自己找的地儿太隐蔽，蹲下不到一分钟，就感觉自己的裆部一阵钻心地疼，他低头看的时候，就看见了那条一尺多长的小青蛇悬挂在他的大腿根部，紧挨着“小宝贝”的地儿。那时候，他吓坏了，大叫一声，猛地站起，甩掉小蛇，提了裤子就跑。当他面色苍白，满头虚汗地出现在大家面前时，人家还以为他遇到了野猪或豹子。

“蛇……蛇……”他哆嗦着嘴唇，倒在地上。

人们把他的裤子脱掉，看到他的大腿根部被蛇咬的地方一片红肿。蛇咬的真的不是地儿，就差那么一点点，就咬到了他的“小宝贝”上了。

有人说：“哎呀，得赶快把蛇毒吸出来，不然，等到毒一扩散，这小子就没命了。”可是，怎样才能把毒吸出来呀，这该死的蛇咬的真不是地儿！如果咬在胳膊、腿上或者别的什么地儿，还好办。可是，偏偏咬在了一个不够光明磊落的地方啊！围了一大圈子男子汉，你看我，我看你，面面相觑，没有一个人愿意把自己的嘴去亲吻另外一个男人的生殖器！救人命虽然要紧，但是，男人的尊严更要紧。过后，被伙伴嘲笑谁谁吸了谁谁的“屌”，这一辈子算落下骂名了。如果现场只有一个男人的话，这个男人恐怕也不会见死不救的。现在，大家都在这儿，就有了依靠，谁都希望别人去做这件并不光彩的好事。

时间一秒一秒地过去，汪济含的生命在垂危之间。正当大家犹疑不决的时候，顾莲莲跑来了，她扒开男人墙，一眼看到了躺在地上的汪济含和他裆部的那片红肿。她什么也没说，时间也不允许她多说，她连看也不看围观的那些男人，把自己额前的刘海用手一撩，然后蹲下身子，趴在汪济含被蛇咬着的地儿，用嘴吸着……

后来赶来的医生说，事情真的有些后怕，若再延误哪怕半分钟的时间，蛇毒就会在伤者的体内扩散，到那时后果就很难设想了。

汪济含躺在卫生所里老是想着顾莲莲为他吸蛇毒时的那一幕。那情景，他是至死都不会忘记的。人家毕竟是一个黄花大闺女，当了那么多人的面，毫不犹疑地趴在自己的羞处来救自己，真的让他很感动。岂止是感动？那个时候，他就想，是不是上帝安排这个女人来救他的？这个女人，是他的救命恩人，他的命是她救下的，他用什么来报答这个女人？他想，他只有用他的一生来报答她！看来，只有用自己的一生，才能报答这个女人。其实，在吸蛇毒之前，两人已心有灵犀，只是隔着一层薄薄的纸，没有戳透而已。现在，这层薄薄的纸已经不存在了，他最隐私的部位已经在这个女人面前暴露无遗。一个男人最不应该让女人介入的地方被这个女人用一种非常特殊的方式介入，他如果不娶这个女人为妻，他的内心将永远不得安宁。本来就有了一种感情，那种感情就像春天里山坡上发芽的草木，蓬蓬勃勃地生长着，一天天碧绿苍翠起来。现在，又加了一种报恩。报恩给爱情增加了动力。汪济含的初恋在这个大山里蓬蓬勃勃地生长起来。他想，他没有理由不娶这个女人。

汪济含和顾莲莲的故事在民工队传为佳话，两人的关系迅速发展、发热、膨胀。用“形影不离”这个词来说明两个人当时的关系，是再恰当不过的。让两个人的关系明确下来的一天，是那个明媚的元旦节。那天，工地上难得放了一天假，汪济含和顾莲莲头天已经约好，要到蛟龙峡去爬山。那时候，蛟龙峡还没有开发为旅游景点，去蛟龙峡的路很难走，一条蜿蜒的羊肠小道在山间盘旋。他们沿着羊肠小道走向大山的深处。时令已到了深秋，满山的碧绿变成了明艳的黄和热烈的红，黄的如镀上了一层金，是红的点缀和衬托。大多还是红的色彩，红得如璀璨的晚霞，一片片，一簇簇，娇艳得让人心醉。脚下就是蛟龙峡大峡谷，一条如银链般的山泉，从一堵山腰上垂挂下来，形成一个大的瀑布群，泉水便张扬起来，肆无忌惮地四处飞扬，溅起的水花如大颗小颗的玉珠，飞起来，欢快地蹦跳着，嬉戏着，最终又落到了下边的石滩上，在山涧汇成了一条银链，叮叮咚咚地向下游流去。

这山，这水，此情，此景，让在平原长大的汪济含陶醉了。他对着远处的大山，禁不住高声呼喊：“我爱您！”

“我爱您——”从遥远的大山深处，传来了他的回音！

“我爱您，顾莲莲！”他用手拢在嘴边，形成一个喇叭状，以使自己的声音更高传得更远。

“我爱您，顾莲莲——”大山在为他作见证。

“顾莲莲，我要娶你做老婆！”他继续向大山表白着自己的心声。

顾莲莲早已经热泪盈眶。听着大山隆隆的回应，这个山里妹的心里，就如那四处飞溅的泉水，激动着，欢快着！那种发自内心的愉悦是无法形容的。她也想向汪济含那样站在一块高大的石头上向远处的群山喊几声：“小寒，我也爱你！小寒，顾莲莲愿意伺候你一辈子！”山里的女子毕竟是怕羞的，这些话只是在内心里想着，终于没有敢大声地喊出来。

就在那个时候，一件意外的事情发生了。汪济含又跨出一步，脚下是一块风化的石头，那石头承受不了一个激情男子的重力，石头滑落，汪济含也随着滑落的石头向下滚去。

“小寒！”顾莲莲惊叫一声，不顾一切地向下滑去。她出于本能要去救汪济含。

还好，在一丈多远的地方，有一个小平台，平台上是茅草和树叶。汪济含滚落到平台上，紧紧抓住了一棵裸露出地面的树根。

顾莲莲也落到了平台上，她扑向汪济含，急切地问：“小寒，摔伤了没有？快让我看看，伤在了哪里？”

其实没有任何伤害，听到顾莲莲焦急的声音，汪济含突然想起要搞恶作剧，逗逗顾莲莲。他闭着眼，闭着嘴，假装晕了过去的样子。

“小寒，你怎么了？小寒！快醒醒！”顾莲莲吓得声音都变了腔。

听到顾莲莲的声音，汪济含终于憋不住了，他扑哧一笑，猛地伸开双臂，搂着了顾莲莲。

顾莲莲被这突然的袭击惊得喘不过气来，她喃喃地说：“小寒，你吓死俺了。”

汪济含一翻身把顾莲莲压在了自己的身子底下，他用自己的嘴唇堵住了对方的嘴唇。顾莲莲显然不习惯这种方式，他听到顾莲莲发出一阵阵似怪似嗔的呜呜声。什么都不顾了，什么都静止了！尽管还是那么生疏，但是，在一阵慌乱和战栗中，终于完成了一个艰难的跨越！一切都是那么突然，一切都是那么新鲜、刺激！大山是那么安静，瀑布也安静下来，峡谷中的流水也安静下来，连雀儿也屏住了呼吸。但是，大山可以见证，瀑布可以见证，雀儿可以见证，枯草和树叶都可以见证，他和她，在这深山峡谷中融为了一体……

两人的密切交往让另一个男人产生了妒意，这个男人就是潘山豹。潘山豹长得很老相，二十多岁的人，看上去有三四十岁，脾气有些倔，不大爱说话，冷不丁的一句话能把一头牛气死。他向领导要求把顾莲莲安排到厨房帮厨，确实有自己的目的。其实，在没来大山里之前，他已经喜欢上了山里妹顾莲莲。顾莲莲虽然聪颖俊秀，可是在村里却是受人歧视的。根红苗正的小伙子，如果没有太大缺陷的话，谁也不会娶一个成分高的女子做老婆。即使这个女子长得很漂亮。因为娶一个成分高的老婆，自己一辈子要背上一个沉重的枷锁不说，恐怕还要连累自己的后代以及整个家族。潘山豹虽然早已经喜欢上了顾莲莲，但是，他一直在犹豫着，要不要娶这个“地主羔子”做老婆？他向领导要求把顾莲莲分到厨房帮厨，其实，就是希望能经常看到自己喜爱的女人。他虽然还没有明确表示要娶这个女人，但是，他的潜意识里，那是早晚一天的事。顾莲莲早晚一天要嫁给他，只要他愿意，他想什么时候娶顾莲莲就什么时候娶。他认为，以他三代贫农的身份，顾莲莲是巴不得嫁给他的。可是，后来，他看到顾莲莲与一个小白脸（其实，汪济含的脸只是稍微比山里人白那么一点点）眉来眼去的，顾莲莲对那个小白脸的特殊照顾，是瞒不过他的。顾莲莲偷偷地把小白脸的搪瓷碗藏起来，把自己家的粗釉海碗拿给小白脸用，还不是关照小白脸多吃多占又掩人耳目。顾莲莲对小白脸所做的一切，都没能瞒过潘山豹。但是，潘山豹一直以为，顾莲莲是一厢情愿地做这些事。那个小白脸，人家是从山外来的，是干部，是军“老转”，顾莲莲对人家多照顾些也是应该的，两个人不可能发生男女之间的私情事。那个小白脸，怎么会娶一个大山里的“地主羔子”做老婆呢？后来，潘山豹听说了顾莲莲为小白脸吸蛇毒的事情后，心里的醋坛子被打翻了。一个黄花大闺女，在大庭广众之下，不管不顾地趴到一个男人的那个地儿用自己的嘴巴吸蛇毒，在这个深山沟里长大的男人看来，这个女人如果不是傻透了，就是连一点女人的贞操也不要了。难道这个女人和这个小白脸之间真的已经发生了什么事？看到小白脸和顾莲莲亲亲热热又说又笑的样子，潘山豹心里就疼，他后悔死了，后悔自己把娶这个女人的事情耽搁了。现在所能做的，就是在心里暗生气，脸子整天吊耷着，就像谁借了他二百钱没还他似的。看到汪济含来厨房，像防贼似的盯着对方。顾莲莲朝粗釉海碗里打菜，他用勺子敲着锅沿，敲得叮咚响，意思是提醒对方，不能老是让你那个相好的多吃多占。顾莲莲再把好吃的藏起来留给汪济含，他都要找出来，放到大堆里去……这个倔脾气的老实男人，也只会用这种最低级的方式来报复汪济含和顾莲莲。

但是，对于两个热恋中的情人，这根本算不上是报复，他们甚至没有感觉到潘山豹对他们的嫉妒和醋意。两人的关系越加密切，并且，已渐渐地明朗化了。在整个工段，没有谁不知道这一对男女正在热恋中，也没有谁认为他们的关系不正常，都以为他们的结合是铁板钉钉的事，是不可动摇的事。关于婚事的办理，以及婚后顾莲莲的去向问题，两人都在一起商量了多次。汪济含有自己的事业，他不可能留在这大山里，只有让顾莲莲离开大山。但是，那时候，一个山里妹的户口要迁到汪济含所工作的城市去，是非常困难的一件事。这是他们所面临的最大的一个问题。而户口迁不过去，顾莲莲也无法走出大山。虽然有着现实的困难，但是，汪济含总是很乐观，他坚信人到山前必有路。他安慰顾莲莲，说："放心吧，我会想办法的。既然娶你做老婆，我就有办法把你迁过去。"

单位突然来了通知，要汪济含马上回去，说是有紧急任务。既然这么紧急，汪济含也不敢耽搁，简单收拾了一下，去和顾莲莲告别。

顾莲莲听说汪济含要走的消息，早已经哭成了泪人一般，一种生离死别的样子。

看着心爱的恋人如此悲情，汪济含鼻头发酸。他安慰对方说："莲莲，我很快就会回来的。等着我，我把事情处理完马上就回来。啊？"

顾莲莲什么也不说，只是一个劲地抹眼泪，眼泪像断了线的珠子，一串串掉了下来。

汪济含帮她擦着眼泪，但是，那眼泪总也擦不干净，一块手帕洇得水湿。后来，汪济含干脆用自己的衣袖替她擦。

终于要走了。顾莲莲去送他，两人默默地在山间的羊肠小道上行走。翻过一个山头，汪济含说："你回去吧。"顾莲莲摇摇头。继续向前走。又翻过一座山头，汪济含说："就到这儿吧。我很快就回来了。"顾莲莲连头也不摇了，她顾自向前走去。汪济含只得跟着她走。又过了一道峡谷，翻过对面那座山头，就有一条官道。官道上有通往城市去的班车。天已经不早了，如果顾莲莲再往前走，恐怕天黑之前很难赶回去。汪济含坚决不让顾莲莲再朝前走一步。他固执地说："你再送我，我就不走了，咱们就在这山谷里熬着。"

顾莲莲这才点了头，说："你走吧。"

汪济含朝对面那座山爬去，他爬到了那座山的半山腰，他听到了顾莲莲最后向他说的一句话："小寒，我把那个海碗给你留着——"

那句话从山谷下传过来，在整个山谷间回荡！

汪济含的眼睛湿润了，他向山下看去，他看到山脚下的顾莲莲变成了一个点。他向那个点挥了挥手，他对着那个点大声地喊道："莲莲，我一定回来的！"

"莲莲，我一定回来的——"群山万壑中共鸣着这个声音。

可是，莲莲终于没能等回她的小寒。

6

顾思寒给我讲这些的时候，语速缓慢、沉重，虽然没有声泪俱下，但是，也时时被自己的哽咽中断。讲到这里，她实在讲不下去了。这时，恰好前台的服务员来找她，她急忙掏出纸巾擦去眼泪，对我说了声"对不起"，就匆忙走了。

我这才明白，汪局长为什么那么坚决和固执地要来潘家岩。其实，这些年来，在他的心上，一直套着一个无形的沉重枷锁！如果不到潘家岩来一趟，他心中的枷锁至死也不会卸掉的。现在，“小寒”终于来了，可是，他心中的枷锁能够卸掉吗？他的精神能得到救赎吗？他的心灵能得到慰藉吗？九泉之下的莲莲会原谅他吗？这一切，我都难以确定！

我走回房间的时候，看到吴奇房间的门半掩着，一阵嬉笑声从门缝里飘出来。那是潘好的声音。潘好和顾思寒虽然是亲姊妹，她们的性格却截然不同。一个爽快、泼辣，说起话来快人快语；一个沉稳、娴静，说话不紧不慢。我觉得顾思寒还有许多要说的话没有说，再者，我心里也总觉得还有许多问题没弄明白，说不定能从潘好嘴里了解些情况。我轻轻叩了几下门，房间里的声音立刻停止了。

吴奇拉开门，见是我，很抱歉地说：“汪局呀，不好意思，打扰您休息了？”接着解释道，“都是同行，交流沟通一下，为以后开展业务打好基础。”

我笑笑说：“没有打扰，是潘导的笑声把我吸引过来的。”

潘好说：“汪局喜欢听我笑，我就多笑几声。”说着做了个鬼脸，“笑一笑，十年少。既让汪局高兴，又能让自己年轻，何乐而不为呢？”

“潘导这么热情，是应该加强联系。小吴，你要多介绍几个团队给潘导。”

潘好更加高兴，说：“局长英明。要发财大家一块儿发。汪局快坐下，为了以后的合作愉快，我先敬您一杯。”说着，掂起两瓶啤酒，递一瓶给我，很豪爽地碰了一下酒瓶，然后，一仰脖，咕咚咕咚，喝下去大半瓶。

我象征性地呷了一口。

茶几上摆着花生米之类的几个下酒菜，几个空啤酒瓶子扔在地上，还有几瓶开了口的啤酒放在茶几一侧。

潘好的脸已经绯红，是啤酒洇染的。看来，她已经喝了不少。她脱去了外套，里边是浅领的绿底黄花春秋衫，衫子很瘦，把她上身的轮廓都束了出来。

潘好见我坐在了她对面，兴致倍增，她眯着好看的杏仁眼，望着我，以挑衅的口吻说："汪哥，按你们平原的规矩，咱们行几个酒令，怎么样？"

这个小女子，连对我的称呼也改了。吴奇纠正她说："什么汪哥，是汪局！"

我连忙说："我倒是感觉喊汪哥更亲切些。"

潘好醉眼蒙眬地说："就是嘛！今儿就哥仨在这儿喝酒，没那么多官场上的规矩。就是喝酒，喝个痛快！来，干杯！"说着，又举起了啤酒瓶子。

我是醉翁之意不在酒，敷衍了一下，说："潘导，我看你和顾思寒不像亲姐妹俩。"

潘好问："您看出来了？"

"你俩的脾性、相貌都有差异的。"我说。

潘好显然已经把持不了自己，她压低声音说："汪哥的眼神真毒！今儿就咱哥仨，也不怕您笑话，我实话说给您听。我和思寒姐，其实是同母异父的姊妹。"

"啊？"我一副惊讶的样子，期待她能够讲下去。

潘好又呷了一口啤酒，说："我爹和我娘活着的时候，经常拌嘴。我娘老是喊胸口疼。她在我爹跟前好像有什么短处。从我记事起，没见她笑过，整天一副阴郁的样子。我爹是个粗人，脾气火爆，看见我娘成天吊着脸，他就烦。喝醉了就骂我娘是个骚狐狸，怀了野种嫁给他。他这辈子冤死了。可是，他又喜欢我娘，娘喊胸口疼的时候，就催着娘去看病。娘不去，他又骂娘。那时候，我和思寒姐还都不懂事，不知道爹这样骂娘是什么意思。娘每次听到爹这样骂她的时候，就要和爹大闹一场。娘和爹闹的时候，从来不骂人，她采取的方式是自虐自己。爹骂她，她就用头撞墙，发疯似的用自己的头去撞我家的屋墙，撞得咚咚地响，常常是血溅湿了墙壁。现在我家老屋的墙上还浸着我娘的血。我娘就是用这种自残的方式与我爹闹。这样的结果，败下阵来的是我爹。我爹一边搂着我娘，一边跟我娘道歉，莲莲，别这样，以后，我再不这样骂你了。我爹检讨着，还照自己的脸上打着耳光。反过来，我娘又去阻拦我爹。最后，两人都哭了，他们互相搂抱在一起痛哭。其实，我爹是很喜欢我娘的，可不知道为什么，他们又老是生气，时好时闹，从来没有平静过。”潘好的眼里发出幽幽的光，她讲到这里，点燃一支烟，吸了一口，吐出一股烟雾，好像把一肚子的烦恼都吐了出来。然后，又讲道：“长大一点的时候，才听说，我娘其实是无奈才嫁给我爹的。我娘怀了野种，肚子一天天大起来。她整天以泪洗面，等着那个男人回来，等啊等啊，可是，那个负心的男人始终没有再来。我娘的心凉了，也死了。在一个凄风夜雨的日子里，绝望的她拖着笨重的身子向蛟龙峡谷走去。我娘来到了一个悬崖边，对着空旷的峡谷凄惨地喊道：‘小寒，你在哪里呀？’山谷间回荡着她绝望的呐喊，可是，却没有人给她答案。她张开双臂，闭上了眼睛，就要向悬崖下跳去。就在那个时候，我爹潘山豹飞身上前抱住了她……其实，最不幸的是我姐。我娘被我爹救下后，就嫁给了我爹，没多久，就生下了我姐。虽然我姐是在我娘和我爹结婚后生的，但大家都知道，我姐不是我爹的亲生，她是个野种。我爹当然更知道这一点。他虽然喜欢我娘，娶了我娘，但是总感觉自己吃了亏，憋屈得很。山里男人娶了被另一个男人睡过的女人是一件很不光彩的事。我爹一直笼罩在这个阴影里。我姐的到来并没有让他得到身为人父的兴奋，反而感到烦恼和耻辱。他除了和我娘闹气外，对我姐也不好。他老是拿牛眼瞪我姐，我姐没有得到过他的一次爱抚，他甚至一次都没有抱过她。我的到来，给我爹带来了一些欢乐，他对我娘的态度有了好转，他们俩闹气的时候就少了。可是，对我姐，我爹更加的冷漠，他把父爱给了我一个人。我是他的亲生，有一口好吃的也要让给我，新衣服也是让我穿。小时候我和姐闹气的时候，无论是谁的过错，挨骂挨打的都是我姐。我爹对我姐的冷漠和仇视，在她幼小的心里扎了根，直到我爹死，我姐都没有叫过他一声爹……”

潘好泪光闪闪，我的心也如压上了一块巨石。这时候，我才意识到，汪济含非要来潘家岩的真正意义！“思寒”，原来就是“思含”啊！我苦命的大姐！怪不得初见到她时，总觉得眼熟，现在想想，她的眉眼，脸的轮廓，和汪局长多么的相似。

我想，我得马上去告诉汪局长，顾思寒是他的亲生骨肉啊！

7

其实，汪局长已经知道了顾思寒是自己的亲生女儿。汪局长在看到顾思寒的第一眼时，就把顾思寒当作了莲莲。顾思寒的长相除了具备汪局长的某些特征外，更多的还是继承了她母亲顾莲莲的血脉。她挺拔的鼻梁，富有质感的嘴唇，忧郁而又美丽的大眼睛，与当年的顾莲莲惟妙惟肖。难怪汪局长一看见顾思寒，就喃喃地呼唤“莲莲”。

正是这一声呼唤，在顾思寒的心里掀起了波澜。顾莲莲临终前，曾含着眼泪把顾思寒的身世告诉了她。母亲告诉她这一切，是怕她一个人留在大山里受人欺侮，希望她在大山里待不下去的时候去寻找自己的亲生父亲。可是，顾思寒像她的母亲一样刚毅，她就像山崖上生长的雪莲，顶风傲雪，坚强地生存了下来。当听到坐在轮椅上的那位老人喊她“莲莲”时，她就心存疑虑，难道这就是母亲给她讲的那个“小寒”——她的亲生父亲？

虽有怀疑，却不敢贸然相认，恰好老人不愿去蛟龙峡，她主动承担照顾老人。她推着老人转遍了小镇的每一条小路，每一个山冈，她遵照老人的意愿去了几个山民家。可是，物是人非，老人始终没有找到他所要寻找的东西。老人的眼里流露出失望和伤悲。顾思寒仔细观察着老人的一举一动，她越来越相信这就是母亲苦苦等了四十多年的那个名叫汪济含的男人。

天近黄昏的时候，她推着老人向一个山坡走去。山坡在小镇的东边，海拔不太高，又很开阔、平坦。山坡正朝着东方，那是火车从东边驶过来的方向。一条小道掩遮在绿树丛中，初次到这儿来的人，很难找到这条小道。越向上路越窄狭，走到大半山腰，轮椅就推不上去了。顾思寒对老人说："再有一百多米，就是目的地。那儿或许有您老人家希望寻找的东西。"她问老人还要不要向上走？老人环顾四周，依稀记得，这里是有些熟悉的。渐渐地就想起来，他和莲莲曾经多次来过这里。他们扯着手，互相搀扶着爬上了山坡。他们站在山坡的最高处，向东边遥望。他对莲莲说，翻过几十座大山，东边就是一望无际的大平原，那儿就是他的家，他工作的地方。等这儿的铁路修好了，他们就像鸟儿一样飞到大平原，他在那儿给她筑个巢，他和她在那个巢里生儿育女，等他们的儿女长大了，再带着他们的儿女飞回来……这些好像就发生在昨天。

老人决定爬上山坡，无论如何也要爬上山坡，也许这辈子是最后一次爬这个山坡了。在顾思寒的帮助下，他下了轮椅，两人向上爬去。与其说是两人爬，倒不如说是顾思寒驮负着老人在爬。老人每向上一步，都被顾思寒托举着，一百米的距离，用了近半个小时的时间。

还好，终于爬了上去。

爬上了山，就看到了两个鼓鼓的小土包。小土包上长满了各种花草，虽然时值仲秋，花儿还在娇艳着，红的、黄的、粉的、紫的，在夕阳的余晖中怒放着绚丽。两块石碑分别竖在两个小土包前。石碑上刻着字，原是涂了颜色的，经过风雨的冲刷，颜色已不鲜明，好在还能看清上边的字。一块碑上刻着"严父潘山豹之墓"，落款是"女儿潘好"。另一块上刻着"慈母顾莲莲之墓"，落款是“女儿顾思寒”。

看到墓碑，汪济含老泪纵横，他扑倒在坟包前，失声痛哭！

“莲莲，莲莲，我对不起你呀！”

8

就要走了。

在汪局长的坚持下，我们又去了那个山坡。按照我们平原的风俗，汪局长让我提前备了一份祭礼。在两个坟包前，我们献上了祭品，点燃了纸钱。汪局长忍不住思念又痛哭了一场，在我和吴奇的再三劝说下，才止住了眼泪，跟我们下山。

看到两个坟包，我产生了狐疑。按照平原的规矩，夫妻合葬只留一个坟头的，墓碑也只能刻在一块石头上，而他们为什么留两个坟头，立两块墓碑？并且墓碑上的落款也让人匪夷所思。

下了山坡，顾思寒和潘好已经等在那里。

避开所有的人，我把自己的疑问向顾思寒说了。

顾思寒凄然一笑，说：“我母亲至死也没与潘山豹同过床。她是为了我，为了掩人耳目才和他在一起过日子。其实，她一直在等……”

原来是这样，我不禁大吃一惊：“那么，潘好是怎么回事？”

“你真的以为我们是同母异父的姊妹？”

“难道不是？”

“潘山豹和我母亲真戏假做，我又不愿认他父亲，他始终觉得冤枉，但是，又不愿意离开我母亲。后来，他就抱养了一个婴儿。”

“啊，原来是这样。”看着远处正与吴奇谈得开心的潘好，我的心里产生了一种不可名状的感慨。

我们向汪局长走去。汪局长看到顾思寒来送我们，眼里充满了期望：“寒寒，你就真的不能原谅我，喊我一声爸爸？”

顾思寒眼睛却望着远处，说：“请您原谅。我这一生，从没有喊过这两个字。我是个野种，是大山的女儿，我没有……父亲！”

汪局长垂下头，他稀疏的白发耷拉下去，头顶部那片光滑的地方暴露出来。我听到他胸腔里发出了近乎忏悔的声音：“寒寒，我对不起你，对不起你的母亲。你能给我一次赎罪的机会吗？”

顾思寒回避了汪局长的请求，她把目光收了回来，幽幽地看着我，说：“弟弟，请让我这样称呼你，好吗？”

我点了点头，说：“姐姐。我终于有了姐姐，我很高兴！”

“请替我照顾好你的父亲，好吗？”

“谢谢！姐姐，我也有个请求，如果可能的话，离开这里吧，到平原去，一切由我安排！”我恳切地说。

“昨天，你父亲已经邀请过我。我对他说，我母亲在这儿，我哪儿也不会去的！”她像早已深思熟虑过的，没有任何商量的余地，“我母亲活着的时候，每日都渴望着，她一辈子都爱着的那个男人能够回来，带着她走，哪怕去天涯海角……可是，她没有等到。她走的时候很苦，很累。她用她的一生教会了我，什么叫执着和坚守！”

我心里一阵凄凉，眼泪几乎要流下来，我安慰她道：“你母亲很痛苦，她为一个爱痛苦着！我父亲也很痛苦，他也为一个爱。他和不爱的人生活了一辈子，却把真爱丢失了。他们这一代啊，把自己的心禁锢住了！”见思寒沉吟着没说话，我请求道，“既然如此，给爸爸一点安慰吧。其实，他心里很——疼。喊他一声爸爸吧。姐姐，弟弟求你了！”

她的脸上现出一种复杂的表情，可以看出，她的内心在经历着艰难的选择，渐渐地，她平静下来，坚毅和倔强的神情回到了她的脸上，她不容置疑地回答：“不！我喊不出来。我从来没叫过这两个字。上学时，老师教这两个字的时候，我从来不念的！”她说着，从坤包里取出一个存折，交给我。“原谅我不能接受你父亲给我的施舍。这是你父亲送给我的见面礼，我没收。后来他悄悄给了服务员，嘱咐服务员等你们走后再转给我。请你替他收好！”

我惊讶地接过存折，看了一眼，那上边存着六位数字。这是汪局长一辈子的全部积蓄。我明白，汪局长想拿这些弥补自己的内疚和不安，以使自己的良心得到一丝慰藉。然而，四十年的等待和缺失的父爱，是金钱能够买到的吗?

当我还要说什么的时候，她已经从随来的服务员手里拿过一个布包。那是一个印花粗布包。布包已经褪色了，显得很陈旧。她把布包交给了汪局长，非常平静地说:“这个布包是一位老人留给您的。她让我无论如何要想办法交到您手里。我非常感谢您，能在四十年后来看望她。我想，此时此刻，她老人家的在天之灵也许会得到一些安慰！”

汪局长接过布包，一层层打开，露出了一个粗釉海碗。

捧着粗釉海碗，汪局长双手颤抖。苍白无血色的面孔痛苦地抽搐着，嘴唇哆嗦着，却没有说出话来，浑浊的泪珠从眼眶里流出，顺着臃肿的眼袋流了下来。

（原载2011年第5期《牡丹》）

檀木匣子

1

陈州城的人，谁也没发觉朱麻子是什么时候大发的。只记得朱麻子小的时候是个混混，再往前说，有知道根底的，说朱麻子的爹朱老鞭是个打更的老光棍，一辈子没娶上老婆。朱老鞭老早起来打更时，影影绰绰看到济世堂门口的台阶上有一团黑，还以为是个“路倒”，仔细一瞅，却是一个婴儿。婴儿被一个铺底包着，不哭不闹，一双滴溜溜的大眼儿直直地盯着朱老鞭。朱老鞭逢人就讲，这娃子妖怪，不大点儿就勾人。没准是大户人家的少爷胡屌日弄出的罪孽，怕坏了自家老祖宗的名声才扔掉的。朱老鞭权当拾个狗娃子养着。这样一个没有根底的孩子，本不该有大出息的。可是，待朱麻子稍大点儿的时候，得到了一位贵人的相助，这位贵人偷偷给朱老鞭送来了足够把朱麻子养大的费用，连供养朱麻子读书的花费都备齐了。贵人是谁？始终没有露面。包裹都是在夜深人静时悄没声地从门缝里塞进来，等朱老鞭追出门，人已经去得没了踪影。朱麻子成人之后，又出人意外地当上了陈州城警察局的警长。好事人猜测，一定有人暗中相助才出息了朱麻子，不然，靠朱老鞭一个更夫，朱麻子别说当警长，就是给警长拎尿壶也不一定能挨上边呢！

朱老鞭直到死的时候，也没能知道资助朱麻子的贵人是谁，临咽气时，对朱麻子说，一定要找到恩人，要报答人家呀。可是，朱麻子尽管已经当上了警长，也没能查到朱老鞭所要寻找的贵人。

朱麻子大名叫朱金贵，只因脸上长着几颗麻子，便被人喊着朱麻子。朱麻子长相并不丑，头大额宽，浓眉豹眼，看上去是个福相，再加上一米八的身材，二十五六岁的浪荡岁数，穿一身黑色警服，越发显得魁魁梧梧，相貌堂堂。这样一个人物，如果没能在陈州城的街面上留下供人茶余饭后谈论的话题来，倒是不正常的了。

那天，朱麻子酒足饭饱之后，正剔牙品茶，无意间朝窗外一瞅，就目睹了吴氏在青石板路上婀娜而过的景致。当时，朱麻子的眼都瞪圆了。仔细一辨，方认出原来是付记杂货铺付眯眼的女人。

付眯眼长得弯腰驼背，可屋里的女人却是陈州一枝花。那女人长着一张颀长的瓜子脸，一双勾人魂魄的丹凤眼，红润的薄嘴唇儿。上身穿着一件粉红色镶绿荷叶边的带襟束身布衫，下配鹅黄色的百褶裙，头上乌黑油亮的发髻间，插着一朵郁金香。这样一位风姿绰约的女人在陈州城的青石板街上风摆杨柳般地袅袅走过，那是一种什么样的景致？

朱麻子咽了口口水，只恨自己怎么这么晚才发现陈州城里还有如此养眼的女人！

那时候，朱麻子也是乘了酒兴，噔噔径直走下楼来。可巧的是，吴氏正好走到酒楼的门口。朱麻子站在酒楼门口的台阶上“嘿”了一声，吴氏抬眼看去，见朱麻子一双醉眼正眯眯地勾着自己。吴氏是何等玲珑剔透之人，从朱麻子的眼神里一下子就看懂了对方。可是大庭广众之下，吴氏只是莞尔一笑，道，哟，朱长官啊！看您这两盅小酒儿一盖脸，人更精神了不是？

朱麻子听了吴氏的恭维，越发地血脉贲张，恨不得一口吞下吴氏去。但毕竟不是场儿，只得忍了自己，用话试探对方，付嫂啊，不在屋里守着眯眼大哥，不怕窑姐儿去偷了他？

吴氏“呸”地一口吐到地上，道，他呀，瞎长那鸡巴玩意儿了，废了！别说窑姐儿，就是仙女儿躺到他怀里，他也是井拔凉水洗鸡巴——硬不起来了。

朱麻子嬉皮笑脸地道，付嫂，那您，不急得慌？

死麻子，没正经的！吴氏娇嗔地骂了一句，人已经走了。声音却又飘过来，兄弟呀，得闲到铺子里去坐坐。

吴氏的男人付眯眼患的是伤寒病，人瘦得皮包骨头，一天到晚躺在床上，把药当了饭吃。屋子里整天弥漫着一股浓重的汤药味儿。付眯眼卧床不起后，吴氏挑起了付家的担子，成为付记杂货铺的女掌柜。付记杂货铺经营的是油盐酱醋、针头线脑、木锨扫帚驴眼罩、白矾石膏硫黄碱……五花八门，名堂不少，由于家里躺着一个药篓子，吴氏虽忙里忙外，生意也没见好到哪里去。

更让吴氏难言的是，自己如花似玉的身子，竟白白地被耗在付眯眼这个药篓子身上，外人眼里是有男人滋养着的女人，内里的寂寞寒夜让吴氏有难以启齿的煎熬。吴氏年方二十四，正值盛年，又是个水性杨花多情善感的女人。付眯眼刚和她婚配那几年，每日的如狼似虎，把个吴氏收拾得连走路都如驾了祥云的仙女一般快乐。自打生下个付大少，夫妻间“性”福的日子一日少于一日，再后来就大江断流，付眯眼真的如“井拔凉水洗鸡巴”，任咋着鼓捣也挺不起来了。吴氏这朵盛期的艳花失去了水分的滋润，而且又整日擦屎端尿地伺候着病痨，身苦心里更苦呀。面对如阴阳人一般的付眯眼，常常独自哀叹，这日子，啥时能熬出个头啊！

朱麻子是在当天下午天擦黑时走进付记杂货铺的。那个时候，铺子里影影绰绰，已经看不清人脸，吴氏刚送走一位主顾，就要关门打烊，去伺候躺在后房里的那位主儿，猛不丁地见走进个人，仔细一看，是在心里念想了一下午的那个人儿，立马感到铺子里亮堂起来，眼里心里也都明快起来。

朱麻子的酒劲儿早已经下去，他从外边进来，自然感觉铺子里光线是暗了些，一眼看到有点惊慌有点意外的吴氏又羞又嗔的样子，竟如雾里看花一般，越发地爱怜。

朱麻子没话找话地问：天还早着呢，咋就要关门了？

吴氏暗暗扯了扯自己的衣襟，让自己回过神来，声音也是软软的：稀客来了，哪敢呢。朱长官，您快请坐，俺把茶给您凉上。说着，已经手脚麻利地搬了凳子倒了茶。

朱麻子无意品茶，也没在凳子上坐下，而是在铺子里浏览一圈，确信那个伤寒病佬没在某个旮旯里猫着，便走到吴氏的背后，一把搂住了女人的腰。

女人没想到这个男人来得如此唐突，猴急的样子比当初的付眯眼毫不逊色，心想这男人难道都吃了枪药，说来就来？正思量着，已被一个硬邦邦的东西顶了腰胯。女人半推半就，如冻僵的蛇突然被暖热了一般，在男人的怀里扭动着，气喘吁吁地娇嗔着：您吃了我吧，您吃了我吧！

一对男女如干柴遇烈火，一个是急不可待，一个是久旱逢甘露，就在杂货铺货架背后的空地儿成就了好事。

从此一发而不可收，朱麻子成了付记杂货铺的常客。

朱麻子把他的业余时间都泡在了付记杂货铺里，出来进去，如在自己家里行走。两人赤身裸体地交欢，把付眯眼当成了死人，也不再避讳。而如死人一般的付眯眼无奈只有装聋作哑，任一对狗男女快活去——自己没了本事让自家女人快活，也只有放任一块肥肉任由别人去啃了。何况还惧怕朱麻子的权势呢！

生意红火靠的是人气。自从朱麻子走进了付记杂货铺，付记杂货铺的生意如过年的发糕——暄活起来了。朱麻子给付记杂货铺带来了好运气，吴氏借了朱麻子这棵大树的荫凉，不但人滋润舒坦得如春风拂面，连生意也一日一日好起来。铺子门面由两间扩为五间，左右的几家杂货铺纷纷关门改行。不改行生意做不下去了，大鱼吃小鱼，小鱼吃虾米，吴氏有朱警长关照着，就如一条鳄鱼，谁还敢和她同利？只有改行做别的买卖。在这一条街上，吴氏做起了独家生意，兴隆得很。也就是几年的工夫，付记杂货铺富冠陈州城。

2

吴氏和朱麻子好上的第二年，又生了个大胖小子。这大胖小子是谁的种，已经是只可意会不可言传的事情。然而，孩子无论是谁播下的种，都要给他一个名正言顺的名分，尽管明知道已经不是付家的根，但是，还必须记到付眯眼账上。孩子便随了他大哥付大少取名叫付二少。

一转眼时光流逝，付二少已经长到十多岁。付二少养得健健壮壮，又精明伶俐，比起大他几岁的付大少高出一个头顶。他哥付大少那真是随了付眯眼的样子长，就如没上底肥的葱秧子，又黄又瘦，弯腰塌背罗圈腿，不大点儿年纪就整日病歪歪的打不起精神，小枣核脸皱巴巴的，嘴一咧满脸的枯树皮。兄弟俩都是从一个皮布袋里蹦出来的，只因种子不同，差异咋就这么大？让吴氏很窝心，对大少越来越不待见。吃喝穿戴都尽了小的不说，干活打杂却把大的当用人使唤，稍不顺眼就抡起扫帚把子伺候。付眯眼看着心疼，在床上喘着大气，说，作孽呀，作孽呀！也不知道是骂孩子还是怨吴氏。吴氏听了，才不甘情愿地扔下扫帚。

对付二少的身份，付家的人能掩耳盗铃装聋作哑，然而却难堵街面上那些长舌之人的闲言碎语，渐渐地付二少就成了陈州城街面上背后谈论的话题。背后取笑也就罢了，也有那不慎之人大庭广众之下一不小心脱口骂出“野种”二字来，这就给自己惹出了麻烦。打人不打脸，骂人不揭短，吴氏并非软弱可欺之人，又有朱麻子撑腰，便底气十足地骂上门来，非让你把下野种的人给指认出来，否则，是绝不会善罢甘休的。骂人者自知祸从口出，对下野种者虽心知肚明，但哪里敢去指认？只有拿钱消灾，通常是一个“野种”骂出去，一块或两块大洋完事。

也有让吴氏发愁的时候，付二少这个野种越长越像朱麻子，眉毛眼睛、鼻梁和下巴都是照了朱麻子的模子刻的。按道理说，种什么种子结什么果，真长成朱麻子的样子也不算孬，比着与付眯眼生那个豆芽子要强得多。关键的是，付二少仿朱麻子是名不正言不顺的事，亲戚朋友虽然认可了付二少是付家的根苗，但是付二少偏就是一个活脱脱的小朱警长模样，连付家的一点儿血脉也沾不上，能不让吴氏焦心、尴尬？吴氏毕竟是付家明媒正娶的媳妇，百年之后要进老坟地去见付家的列祖列宗。名声的好坏由他人背后说说也带不到棺材里去，脊梁骨被人戳疼也能忍受，可就是怕死后被下了油锅架上刀山人不像人鬼不像鬼地活受罪，再被列祖列宗拒之“坟”外，落个死无葬身之地，那就可怕了。

一次和朱麻子缠绵之后，吴氏把自己的担心说了，并让朱麻子赶快想个遮人耳目的法子。孰知朱麻子也正为此事犯愁，只因家里有个头如柳斗、腰似水缸般的母夜叉般的老婆秦氏（乃前任警长的独女），风闻朱麻子在外边寻花问柳，自己下不出个蛋，就怨恨是朱麻子把种子下在了别人田里的缘故，三天两头和朱麻子大闹一场。朱麻子的脸上除了麻子外，又多了几道如被鸡爪挠破的血口子。吴氏的担心与朱麻子不谋而合，那秦氏一旦认出小朱警长是自家的肥水流进外人田里养出的苗子，还不和他朱麻子闹翻天？听了吴氏的话，绞尽脑汁，终于想出一个两全其美的法子来。付二少已经到了读书的年龄，何不让他去开封读官学？开封公立完小是一所寄宿制小学，学校包吃包住，让二少去那里读书，省心又省事，离家又远，人不在眼皮子底下，闲话自然也就少了，也避免了秦氏抓到两人的把柄。吴氏听了，虽然对付二少小小的年纪就离家外出一百个难以割舍，但从长远计议，也只有这么的了。

付二少被送到开封读书，除了学国语算术，还学绘画描红、音乐体育。付二少是个聪明人，又勤奋，五年下来，已经学了不少知识。个头儿也长高了许多，从一个调皮顽童变成了一个翩翩少年。小学课程已经读完，正要读中学，逢上小日本鬼子侵略中国，来攻打开封府，怕遭到小鬼子的炸弹袭击，学校只得放假，遣散了学生。付二少背了铺盖卷儿，从开封回到了陈州老家。没想到，付二少从此再无缘读书，而过早地走上了谋生的道路。付二少把自己没能多读书的责任归结到小鬼子头上，多少年之后，每念及此事，付二少还咬牙切齿地痛骂小鬼子，是小鬼子断送了他的美好前程，若不是小鬼子侵略中国，他付二少就不会中断学业，读大学，出国留洋都有可能。如果一直把书读下去，他付二少即使成不了科学家，起码也能当个教授工程师之类的大学问人。

付二少回到家里，才发现家里发生了很大变故。一是付眯眼病死了（另一种说法是气死的），二是朱麻子因为和他的老婆秦氏在打斗间，失手把秦氏的脑壳打破，脑浆白花花地流了一地（也有说朱麻子早已起了杀妻之意）。人命关天，朱麻子尽管是警察局的人，也逃不脱上断头台的厄运。好在正值天下大乱，趁了乱劲，朱麻子溜之大吉，黄鹤一去不复返，从此杳无音讯。没有了朱麻子里外照应，吴氏和付记杂货铺也都怏怏地一蹶不振。

付眯眼的死没有给吴氏带来多么大的悲伤，朱麻子的离去才让吴氏伤心失望。本来，两人私下盘算好的，等付眯眼（在阴间）过罢“三年”，再悄悄地变卖了付记杂货铺，到一个不为人知的地方，去做长久的夫妻，没想到朱麻子这个遭瘟的没良心货，竟一个人跑得不知去向。对朱麻子误杀秦氏，情知是因了要和自己做长久的夫妻心急所至，但也少不了埋怨。吴氏整日郁郁寡欢，每日也懒得梳洗打扮，昔日的风姿绰约远离而去。付记杂货铺的生意一日不如一日，渐渐地衰败下来。原来那些因畏惧朱麻子权势不敢与她同利而改行的商人又纷纷重操旧业，大有变成大鱼或者鳄鱼一口吞掉她的趋势。

付记杂货铺受人挤对，已经由五间改为两间，退到了十多年以前的地步。不，连十多年以前的状况也不如。那时候，还有个病秧子付眯眼撑着，现在，只剩下吴氏和付大少孤儿寡母，付记杂货铺破败相日渐显露，货架上没有了堆积如山的杂货，寥寥无几的陈年老货落满了灰尘。顾客进门看到这个破败样子，前脚刚迈进门槛，后脚又退了回去。付大少是个窝囊废，被吴氏拿捏得听见掉根针也吓得打哆嗦，又没读过一天书，只能在铺子里扫地抹桌掂茶水，什么台面也上不了。让他守铺子站柜台，看见那霸气的主儿拿了东西朝外走，也不敢跟人家要钱。吴氏变得神经兮兮的，一天到晚丢东落西，嘴里嘟嘟哝哝的，也听不清她嘟哝个啥。看到有男子进来，把人当了朱麻子，眼都瞪直了，眯眯地盯着人家笑，吓得人家拔脚就跑。

与付记杂货铺相邻的余家商行，老板叫余得珲。其中的一个“珲”字，在陈州城街面上很少有人能理解，都把那个字认作“浑”。浑，糊涂，不清不白，不明事理，余老板就是这样一个主儿。不过，有时候，余老板的浑是装出来的，因为有街坊发现，他长了个糊弄外人的脑袋。比如，买他二斤桐油三斤土漆，他在算盘上拨拉半天，多收人家五百钱，还讨巧卖乖说便宜了人家。人家回家后左右盘算都觉得吃了亏，拎着东西回头找他算账，余老板装模作样地又拨拉了几下算盘，实在蒙混不过去了，才一拍脑袋壳说，咳，算错账了，瞧我这脑门子咋恁浑？人家说，你是光朝里浑，不朝外浑。咋就不会少算五百呢！余老板脸红得像破鞋底子抽打的一般，连连向人家赔罪。

付记杂货铺有朱麻子照应那些年，余得珲改做油坊。干了几年油坊，生意如瘸子上床——一般（搬），撑不死饿不坏，就是个累和脏。一天到晚赶着拉磨驴围着油磨转圈儿，喉咙眼里，鼻孔眼里成天的一股油腻味儿，打个喷嚏也要溅出几滴油花来，闻见油星味儿就恶心，早想盘掉油坊重操旧业干老行当。可是，畏惧朱麻子。朱麻子到他的杂货铺里查过私货，说有人报告他的铺子卖过烟土，把他的铺子翻了个底朝天，货倒是没拿走，但都没法子卖了，红糖和大盐倒进一个柜里，碱面和白矾掺和到一起……咋卖呢？明知道朱麻子是故意来找茬口的，是为他那个姘头的杂货铺干独家生意扫除同利的，却连屁也不敢放一个。“同行同利是冤家”，在陈州城，有朱麻子遮天，谁敢和他的姘头同行同利，那是活得不耐烦了。余得琿是傻子还会把杂货铺干下去。余得琿不傻，便很知趣地把余家商行的招牌改为余记油坊。余记油坊开业那天，还上赶着下了帖子请朱警长捧场助兴，请朱警长多多地光顾余记油坊。那个时候，余得琿刀背子长脸上堆着阿谀的笑，心里却把朱麻子的八辈子祖先日弄了几十遍。当然，吴氏那个小娼妇也捎带着被他日翻了。余得琿韬光养晦这些年，终于斗败了朱麻子（他向人炫耀，他早就预料到朱麻子有杀身之祸）。

余得琿重新开张挂起了余家商行的招牌。余家商行和付记杂货铺隔壁，余得琿的目标是要和付记杂货铺的小娼妇对着干，要吃掉付记杂货铺。小娼妇吴氏有朱麻子撑腰的时候，那个浪样儿，骚狂得连陈州城也盛不下她了。小娼妇靠她那个 × 霸占了陈州城的生意，把他余得琿挤对了这么多年，让他余得琿在油坊里烟熏火燎油腻百歪地遭了这么多年的罪，余得琿恨得牙根子都是疼的。现在朱麻子跑了，小娼妇那个 × 不值钱了，余得琿要把小娼妇干死，要把小娼妇挤对出陈州城。他余得琿要出出这些年来的窝囊气！

余得琿埋汰吴氏的方式很多。

余家商行开业大吉的第二天一大早，付记杂货铺的门板上就挂了一样东西——破鞋。付大少开门的时候，把破鞋取下来拿给吴氏看，吴氏夺过破鞋，劈头盖脸在付大少脸上烙了几个“热烧饼”，付大少疼得龇牙咧嘴三天吃不下去饭。吴氏气没地儿撒，也只有拿付大少的核桃脸出恶气。吴氏猜出这一准是余得琿干的，但是，没抓到人家的把柄，若闹起来，吃亏的还是自己，只有打掉牙吞到肚里，先忍一忍。后来，门板上又被人抹了屎，付记杂货铺就如茅房般臭气熏天。这一次吴氏再也憋不住火气，跳着脚蹦到外边骂大街。被骂的人没出来，倒招惹了不相干的看热闹的人围了里三层外三层。这一闹腾，付记杂货铺的生意更加清冷了。赶集上店的人像躲瘟神似的绕过付记杂货铺，谁提起吴氏那个骚娘儿们，都要吐几口涎水，骂几声小娼妇。

3

付二少看到这些，一下子觉得自己长大了许多。

付二少盘算，家里弄成这个样子，只有靠自己才能改变。付二少读书时，算术成绩最好，记忆力特强，有过目不忘的奇才，做生意当掌柜正用得上。令人惊奇的是，付二少算账不用算盘，斤斤两两一报数，价钱他就报出来了，完全是在心里算的。人家还不放心，又扣着算盘珠拨拉半天，和他报出来的数字不差一厘，才惊叹付二少了不得，是个奇人。

付二少十六岁当了付记杂货铺的掌柜，陈州人称他二少掌柜。二少掌柜和那些企图吞掉付记杂货铺的同行同利冤家们斗智斗勇斗心眼，终于让眼看快要关门倒闭的付记杂货铺在夹缝中起死回生。

付二少按照自己的思路走活了三步棋，一是对付记杂货铺全面整修，柜台全部换成新的，货架用白油漆刷了，墙壁上罩了一层白灰，地面用青石板铺得平平坦坦，老门板拆掉，换成用红油漆漆得明光发亮的新门板。最惹人眼球的是金字招牌。老招牌被付二少劈成烧柴，扔进了锅灶里。用红木新做的招牌上刷了黑漆，黑漆衬托着四个金光闪闪的大字：“付记洋行”。字是陈州城著名书法家柳一笔的墨宝。谁都知道，柳老先生儒雅清高，从来不屑于为商人题写商家牌号一类充满了铜臭气味的方块字，而付二少能求来柳老先生的墨宝，令人惊讶和艳羡！新招牌把一条街都映得金光闪烁。

第二步棋，付二少把铺子里的老货统统清理掉，能用的免费发给那些日子拮据的街坊四邻。那几日，付家门前排起长队，有得到一个笊篱的，有得到一把扫帚的……都说付二少的好。好人必定有好报。付二少用这种方式，提高了知名度和威信，也给自家新开张的洋行做了宣传。货从开封进，既然是洋行，就要进洋货：洋火、洋油、洋烟、洋布、洋胰子、洋瓷盆子、洋瓷缸子……付二少亲自点的货，在陈州城没有第二家能比的。这一招又惊动了全城。

第三步棋，付记洋行开业那天，付二少重金聘请"旦花班"来助兴，旦花班不仅名震陈州，就是在整个豫东也是盖了帽的戏班子。旦花班唱了三天大戏，付记洋行门前人头攒动，首批进货被抢购一空。付二少连夜去开封组织货源。

如果仅仅局限于这三步棋，付记洋行的生意很难持久。付二少在涌动的人流里，看到了一些嫉妒的目光。那些人大多是陈州城的生意人，他们不是购物的，而是来探底的。付二少知道，这些人对付家有成见，他们恨不得置付家于死地。其中那个余家商行的余老板，看到付记洋行红红火火地开了张，眼里几乎要滴出血来。付二少知道，付记杂货铺的倒台，是余老板暗中使了坏，付家生意兴隆，他还不妒忌？

"同行同利是冤家"，但是还有"冤家宜解不宜结"之说。若要在陈州城站稳脚跟，这些人是得罪不起的。付二少人虽年轻，但是肚量大，"宰相肚里撑舟船"，付二少要让自己的肚子里至少装得下个木筏子！

那天晚间，陈州城得意酒楼里烛灯辉煌，笑语喧闹，高朋满座。光临酒宴的大多是陈州城商界的头面人物。余得珲也在其中。赴宴者接到的是内容相同的一个请帖，帖子的大意是，为振兴陈州之商贸，共谋发展之大计，特恭请您某月某日某时大驾光临得意酒楼……并略备薄酒，恭候您拨冗赏光云云。落款处没有姓名，只有"陈州商界晚辈叩请"几个小字。既然有酒有肉白白地伺候，管他谁请的呢，接到帖子的都来了，满满当当地坐了十多桌。可是，酒菜都上来了，请客者却迟迟未到。有等候不及的，先自划拳行枚喝起来。直到半个时辰后，门帘一挑，从门外缓缓走进两个人。来者一老一少。老者鹤发童颜，面孔清癯，身着藏青色夹长衫，袖口朝外挽着，露出雪白的里子，外罩紫红底米黄色印花的带襟马甲，显出富贵人家的气象来。少的上着灰色洋纱中服，下穿湛蓝色洋纱西裤，中西合璧，衬出了少年的英俊潇洒来。大伙定睛一看，老的竟是陈州名流书法家柳一笔，少者是近日被陈州商界毁誉参半的付记洋行的少掌柜付二少。

在一片惊讶的目光中，付二少双拳抱胸，揖恭叩首道：各位前辈，各位同行，晚辈二少对大家拨冗光临薄宴深表谢意。二少明白，各位今日能大驾光临，完全仰仗柳老先生荫德所至。柳老先生一代明范，德高望重，名贯豫东，老人家能躬身亲临，与各位在此同欢共饮，商榷陈州商贸之大计，乃是晚辈及其在座各位的荣幸。谨此，我代表柳老先生向大家恭敬一杯，祝各位前辈洪福齐天，生意兴隆……

付二少侃侃而谈，对大伙毕恭毕敬，为各位敬酒恭敬虔诚，态度和悦卑微，如儿子敬老子那样谦恭，让来宾享受到了被人尊崇的待遇，虚荣心得到了满足，人人都从内心对这个少年放弃了芥蒂，产生了由衷的好感。没承想这小子，在外边读了几年书，真长了能才了，出息了！懂事了！比他那娘老子强到了天上去，就是那个朱麻子也是不能相比的。心里这样想，低了声地悄悄议论，渐渐地一片赞誉之词响起。

这正是付二少所希望达到的目的。

宴席按照付二少所预计的那样热烈而有序地进行。

坐在酒楼一隅的余得珲，得知是付二少设的这个局，曾产生了一种上当受骗感。这个野种，玩这么邪乎的一套，看来是要在陈州城立旗杆、打擂台的，借了今天的局，来笼络人心，好做长久的买卖。依余得珲的脾性，当场就给这野种办个底掉，让他下不来台。但是，野种拿柳一笔撑门面，余得珲再长一个胆也不敢放肆了。柳一笔是谁呀，不但字写得好，还是县府里的幕僚，京城省府都有他的门徒干着大事，连县长也要敬他三分。陈州城的人谁敢在他跟前放肆撒野？面对这样的局面，余得珲也只有暂且把一肚子恶气咽下去。

让余得珲百思不解的是，这野种咋能请得动柳一笔？柳一笔从不和商界来往，一介书儒，自视清高，把金钱视为粪土，为什么竟被一个野种牵着偶线转？

得意酒楼一宴，使付二少在陈州城立稳了脚跟。那些曾企图挤对付记洋行的人，不得不把自己的尾巴夹了起来，就连余得珲也失去了见缝下蛆的机会，只能眼睁睁地看着付记洋行的生意一天天兴旺起来。

4

付二少除了忙生意之外，其余的时间里都去了柳家，成了柳家的常客。没过多久，付二少和柳一笔鲜为人知的关系全城人尽皆知。原来，付二少在开封上学时的一位谭姓恩师，是柳一笔的得意门徒。付二少从开封回来的时候，恩师托付他为柳一笔捎回徽墨、泾宣等上等的文房四宝。对于柳一笔，你如果送他金银珠宝之类，他有可能把你拒之门外，而这些东西都是他最喜爱之物。更讨柳一笔喜欢的是付二少，付二少聪慧、乖巧，写得一手好字，虽还嫌稚嫩，却是块好料，精细雕琢会有大出息的。柳一笔看了他的章法，内心称奇，这小子什么时间把自己的路子学走的？其实，是跟他的得意门徒谭恩师学的，但是，又比谭恩师更青出于蓝。柳一笔对付二少喜爱有加，破例收下付二少为徒孙。征得二少同意，为徒孙赐大号“少华”，取少年英华之意。

付二少做生意、学书法两不误，每日里倒也逍遥快活。

一天晚上，付二少正和柳一笔谈论古今书法大家的逸闻奇事，付大少匆匆找来，说是有客人从开封而来，联络一桩大的买卖。付二少忙告辞柳师爷，赶回付记洋行。一见来人，不由大吃一惊。原来此人是他在开封读书时的同窗好友，叫顾原，太康顾集人。因陈州距太康不过六十余华里，付二少曾经听说过顾原的一些情况，顾原从学校回来后，就参加了老若的陈太抗日游击队，陈是陈州，太是太康。陈太抗日游击队专打陈州城和太康城的小鬼子。老若是游击队司令，威震陈太两城，小鬼子对老若恨之入骨，谁若与老若有了牵扯，小鬼子定杀不赦。顾原一直给老若当参谋长，此前，顾原曾捎口信要付二少弃商从戎，参加游击队，被付二少拒绝。付二少干起洋行后，老实乖巧地做“良民”，驻在陈州城的小鬼子除了隔长不短地到付记洋行进行一番搜查外，付二少没有受到太大的伤害。因此，付二少不愿冒着杀头的危险去参加游击队。你抗你的日，我做我的买卖，各有各的活法。我付二少不当汉奸也不和日本人作对，就做个本本分分的生意人。没承想抗日分子竟找到了他的家门，若是被小鬼子知道了，还不招来杀身之祸？因此，一见顾原，又惊又怕，连话也不知从何说起。

顾原见付二少吓成这个样子，不由笑道，堂堂一介陈州儒商，面对玄机，智设鸿门，笑对群商，摇唇鼓舌，扭转乾坤，名震豫东，何其令人敬佩！而今见到昔日老友，却如此恐慌，难道我是青面獠牙的怪物？

付二少最喜别人的恭维之词，又最忌别人对自己猜忌和贬低。顾原深知付二少的性情，因此，便捡了恭维之词先奉承一番，又不忘夹枪带棒刺激一下。付二少果然静下心来，掩饰了自己的恐惧，强笑道，老友久违，今日一见，有些意外而已，哪里有什么恐慌？只不知顾兄冒死来访，有何事吩咐？

顾原这才不慌不忙从贴身衣袋里取出一封信来，递给付二少，一边道，我乃一介草木之人，安敢叨扰付兄？只不过帮人传信罢了。

付二少狐疑地接过书信，借着烛光看了。不看则已，一看惊恐之状又现于眉头。原来，信是恩师谭先生的亲笔。谭先生先在信中叙了师生情谊，而后又大谈抗日救国之大道理，希望自己的得意弟子，能在中华民族的危急关头，尽自己的能力，为抗击日寇做出贡献等等，最后，是具体的内容，要求付二少为游击队购买五十匹洋纱，另置火柴、蜡烛、盐巴等一类生活用品。

原来，自打小鬼子占领了开封后，谭先生已投笔从戎，投入了抗日的烽火中，现在是中共省委派到陈太抗日游击队的特派员。

付二少看完信，神情有些恍惚，有了一种刀架在脖子上的恐惧感，一时竟不知如何答复。老实说，恩师要的这些东西并不难办到，但关键的是，在小鬼子霸占的陈州城内，为游击队置办这些物品，是“通匪”的罪，是灭九族的罪呀。可是，如果推诿不办，又违了恩师的愿，日后如何面见恩师？若不是恩师为他和柳一笔搭桥，他付二少能有今天？能在陈州城立得住脚？恩师是对自己有恩的人，有恩不报非君子也。思来想去，是个左右为难的事。

顾原是何等聪明之人，早预料到他的顾虑和担心，便对他晓之以理，动之以情，从抗日救国、匹夫有责，讲到民族解放、解救劳苦大众……

面对顾原的慷慨陈词和一腔激情，付二少纵是铁人也要被熔化了。付二少答应，容他考虑一下，明天给顾原答复。付二少用的是缓兵之计。这么重大的事情，他要征求一个人的意见。若这个人支持他，他就照办，若这个人不同意他冒这种风险，他自有推辞，连恩师谭先生那里也自有说法。

付二少要找的这个人就是柳一笔，让柳一笔为他定夺这件事，是再妥当不过的。柳一笔是谭先生的恩师，柳一笔如果不支持他去做这件事，谭先生那里也就怨不得他付二少了；柳一笔如果同意他去做这件事，那么，事情一旦泄露，凭柳一笔在陈州城的威望，老先生也会竭力为他摆平这件事。付二少自以为考虑周全，万无一失，但是，却没想到，他为游击队提供给养，在小鬼子看来，是通共反日罪不容赦家灭九族的大罪，而柳一笔的威望是树在国人的心目中，小鬼子根本不拿柳老夫子当回事。

付二少听取了柳一笔的意见，为抗日游击队提供了大量的物资，尽管做得很机密，但还是被人发现了。

发现这个秘密的人是余得珲。

余得珲最见不得别人的生意比他强，特别是付家。付二少回来这两年，日子潇潇洒洒，生意越做越兴旺，吴氏那个小娼妇成了付家的皇太后，生意由着付二少去打理，她自己整天打扮得花枝招展，吃喝玩乐，打牌听戏，小日子过得滋滋润润的。而他余家的生意比着付家竟日益地衰败下来。余得珲对吴氏这个靠卖 × 起家的小娼妇，早已恨到了骨子里。小娼妇被他日趴了，小野种却又兴起来了，并且翅翎子越来越硬。余得珲整日愁着没办法扳倒他，这次终于逮到了机会。其实，付二少为游击队送东西，做得还是很隐蔽的，但是，世上没有不透风的墙，再隐蔽的事情，只要去做，就不可能不被人发现，何况，还有人一直惦记着他要对他见缝下蛆呢。

那天夜里，余得珲起来解手时，听到隔壁院子里有轻微的响动。余得珲本来就是个多事的主儿，且是爬墙头溜墙根的高手，深更半夜传来的奇怪声音撩拨着他，让他产生了弄个明白的欲望，不然，后半夜他就别打算睡安稳觉了。余得珲找了个凳子，让自己站在凳子上，可是凳子的高度不够，余得珲踮起脚跟伸长了脖子也看不到隔壁院子里的情景，只是声音更清晰地传到耳膜里。余得珲听着，好像是朝车上装货的响动，尽管那种声音很谨慎，余得珲还是辨别了出来，是那种把打好包的货物装到三轮独车上的特殊声音：“噗、噗……”这种声音对于余得珲来说并不陌生。可是，为什么要夜里装货，还偷偷摸摸地？余得珲越发地想弄个明白。他又找来几块砖头，垫到自己脚下，这样，他探着头，隔壁院子里的情景就一览无余地映进了他眼里。乖乖呀，整整的五辆三轮独车，货物装得满满的，少了说也有三千块大洋的货！不但看到了货车，影影绰绰中几个汉子，一个个伸头探脑的，手里好像还提着家伙……

一看二听，余得珲啥都明白了。怪不得付二少这个野种生意恁红火，原来暗地里偷偷和八路游击队做着生意呢！

付二少夜深人静干下的勾当，令余得珲心花怒放，他庆幸自己终于抓到了置付家于死地的把柄！

小鬼子血洗付记洋行那天，只在洋行里抓到了付大少，寻找付二少和吴氏，却怎么也找不到。就严刑逼打付大少，要付大少说出两人的下落。付大少哪里知道人去了哪里，又受不了残酷的刑逼，就胡连八扯，一会儿说在城东，一会儿说在城西。小鬼子照他说的地儿去抓人，哪里能找得到？付大少本来就软弱，被鬼子这么一折腾，也只有出的气没回的气了。看着实在逼不出个结果来，一个块头高大的日本宪兵一刺刀插进他胸腔里，然后挑起来，像挑个剥了皮的兔子，血淋淋的样子令人胆寒，也不顾撕心裂肺地惨叫，一甩枪托把人扔进了护城河里。后来有人去打捞尸体的时候，只捞出来个骨头架子，皮肉和五脏都被河里的鱼吃光了。

吴氏为什么能躲过这场灾难？她去了哪里？是什么时候逃走的？在陈州城始终是个谜。直到小鬼子被打败赶出了陈州城，逃回了日本国，也没人能解开其中的谜底。

5

付二少之所以能躲过这场劫难，是有人秘密地策划。

小鬼子血洗付记洋行的前一天，付二少去了开封。其实，去开封也没什么急事，是柳一笔要他去开封买些宣纸。陈州也有卖宣纸的，柳一笔非用开封卖的宣纸，而且，要他的徒孙亲自去买，这里边就有了缘故。这是柳一笔故意要把付二少从陈州城支走。难道柳一笔知道小鬼子要对付家下毒手？柳一笔并不知道，而是谭先生预测到的。货从陈州城运出来，送到游击队那里，谭先生担心付二少给游击队提供物资的事情一旦被小鬼子发现，小鬼子决不会放过付记洋行，付二少会有灭顶之灾。因此，就派人到柳一笔家，给柳一笔陈述了利害关系，让柳一笔想尽一切办法支开付二少到外边躲一段时间。为什么不直接通知付二少？一是对小鬼子能不能知道此事还不敢确定，把付二少支走也仅仅是个防备（之所以没让吴氏和付大少躲避也是这个原因，而吴氏的出走绝不是游击队安排的）；二是付二少最听柳一笔的，让柳一笔去安排省去了很多麻烦。

付二少到开封后，又遇到了顾原，原来，也是游击队有意安排顾原接应付二少的。两位同窗好友在开封叙旧、游玩了大相国寺、龙亭，很开心。付二少买了师爷要的宣纸，急着要赶回陈州。顾原却拉着他不放，也是谭先生安排好的，让付二少多在开封逗留几天，确定陈州那边没事了再放付二少回去。

待到第三天头上，就有消息传来，小鬼子火烧了付记洋行。

付二少得知小鬼子血洗付记洋行的消息后，止不住号啕大哭。后又听说母亲吴氏没有遇难，只不知去了哪里。记得自己出来那天和母亲告别时，吴氏的眼神里透露出一种犹豫不定的样子，几次欲言又止，好像有话要对自己说，可是，终究还是没有说。现在回想起来，才断定母亲是有什么事情瞒住了自己。究竟有什么事要瞒住呢？人又去了哪里？现下生死如何？正是兵荒马乱的岁月，吴氏生死未卜，让付二少心里又添了一份牵挂。思考再三，对顾原说，要走。顾原问他去哪里。去哪儿？陈州是回不去了，付二少已无家可归。河南地界到处都有小鬼子，付二少得罪了小鬼子，要躲着小鬼子，只有往西走，西边大山多，出了函谷关，小鬼子就追不上他了。说不定母亲也往西边去了，计划边走边打听吴氏的下落。但他不愿给顾原说。顾原劝他干脆参加游击队算了，付二少坚决不肯。为什么呢？那个时候，小鬼子气势汹汹的样子让付二少胆寒，他想不到小鬼子后来会被中国人打败，因此，他不愿与小鬼子作对，既然已经得罪了小鬼子，就要躲了小鬼子，找一个没有小鬼子的地儿去活命。他想，我就帮游击队走了点货，大哥就被小鬼子杀了，还烧了洋行，要是再参加游击队，小鬼子还不千刀万剐自己？这种恐日的想法，并没有讲给顾原听，怕顾原讥笑自己怕死甘愿当亡国奴。等顾原再劝说时，就有些恼了，撕破脸面，冲顾原发火道，我付二少落得这个下场，还不都是你和谭……害的，你还要把我往死里送啊？

话说到这个份儿上，顾原也只有任他去了。

付二少把给师爷买的宣纸包扎好，托顾原转给师爷，自己带了包裹，从开封一路向西，走许昌，过洛阳，还往西，一路走，一路打听，怕遇不测，自是小心谨慎，百般警惕。过了灵宝，就出了河南地界，到了潼关，进入陕西界，付二少才略觉安全些。

付二少惊慌奔波了十几天，疲乏劳累不说，连正经的一顿饭也没能吃上。那一天在潼关街上，东张西望要寻个馆子弄点吃的。馆子还没寻见，一拐墙角，正碰上一队小鬼子扛着枪迈着“咔咔”的步子走过来。付二少吓得腿肚子都软了，想跑也跑不动，就是跑得动，能跑过小鬼子的枪子儿？再说，肚子饿得咕咕叫，只觉得眼发黑心要跳出来的样子。急中生智，付二少忙闭上眼，假装肚子疼，朝地下一蹲，听天由命吧。然而，小鬼子像没看见他一样，一溜十几个，排着队，迈着一般齐的步子，“咔、咔、咔”，从他身边走过去了，连看他一眼也没有。付二少等脚步声远了，才睁开眼，回头看着远去的那群兵，有些迷茫和不解。心里思量，大概潼关的小鬼子和陈州城的小鬼子不是从一个地儿来的，他们根本就不认识他付二少，付二少为游击队置办货物的事情也传不到他们这里，既然如此，付二少在潼关就是“良民”，还怕小鬼子个啥？

付二少站起来的时候，发现裤裆里湿漉漉的，原来，憋了一个早起的尿一滴儿没有浪费地全撒在了裤子里。

后来，才听说，那天看到的不是小鬼子，而是驻扎在潼关专打小日本鬼子的军队。

付二少决定在潼关住下来。

潼关这地儿好，是河南到陕西的必经之路，历来是兵家必争之地；风景也好，有山，春天里山上的树木一片碧绿，到了秋天，树叶都变红了，远了望去，漫山遍野的红像西天的晚霞一样多姿多彩。付二少拿这儿与陈州做比较，感觉这儿比陈州好，陈州一马平川，到了冬天，四野里一片肃杀景象，连兔子也藏不住。更主要的是，潼关没有小鬼子，只有打鬼子的军队，在这儿把守关口。这很好。付二少是逃命来的，既然小鬼子不敢到这里来，说明这里很安全，他还怕啥？不过，为了更安全些，付二少还是给自己改了个名字，叫吴豫生。不用解释，只要了解付二少的人，就知道这名字的含义。在潼关，付二少就成了吴豫生。谁要想找到付二少也不是一件容易的事情。

为了叙述的方便，我们还是称他付二少。

付二少在潼关住下来后，把潼关的大街小巷都转遍了，把潼关的山和水都游遍了，直到发现包裹里带的钱剩下不多了，才想到了一个实际的问题，再这样坐吃山空，把钱发光了，就只有喝西北风了。潼关是关口上，西北风太大，还不把人噎死！从长远打算，要找个挣钱的门路。先想到盘个铺子做生意，可是，得一大笔本钱，偷人家也来不及，何况付二少也不屑于偷鸡摸狗的勾当；给人打短工吧，付二少又放不下架子，自己毕竟是读过书的文人，再说，当掌柜的惯了，怎么好听人家的使唤……思来想去，竟然冒出个主意来，何不去卖字求生？自己的字写得算不上炉火纯青，与王羲之、颜真卿那是没法比，但柳师爷夸过，行草隶篆练得还算有些功底，相当不错了。就决定先试试。在居住的小客店门口摆了张桌子，桌子上铺了毡子，毡子上放了笔墨纸砚，铺纸研磨，挥毫就写，竟然不感到手生，“唰唰唰”，白纸黑字，写得潇洒自如，一时龙飞凤舞，天马行空，竟招惹了里三层外三层的看客围了个水泄不通。看了，品了，开眼了，稀罕了，却没有一个人掏钱买的。第二天，还是那个样子；第三天，连他自己都泄气了，对自己的写字水平产生了怀疑。正思考着改行干别的营生，店老板走过来，把他写的字仔细研究了一番，开口道，小吴呀，你这字还是有些功底的，只是呀，咱潼关不时兴挂这个，白纸黑字，挂到屋里多晦气呀，跟死了人似的。咱潼关人都喜个热闹喜庆，大红大绿，花鸟凤凰，你这字上能配个花花就好看了，也好卖了。付二少听了，暗想，亏这老板还识得“功底”二字，这书法若配上花鸟凤凰，那还叫书法艺术吗？看起来潼关人真赶不上陈州人有文化内涵！

想是这样想，但为了肚子，还是决定照店老板说的试一试。付二少买来了红黄绿蓝各种颜料，又写起来。这一改进，真有了不同的景致，字不再是单纯的一个黑色，一撇一捺，一横一竖，都有五光十色的花鸟凤凰组成，书就成了画，画又是字词的组合，字和词又专拣吉祥如意的写，很是喜气祥和，福禄增寿。首画的几幅，很快被抢买一空，接下来，就有了供不应求的紧俏，下一幅还没写好，就被人定下了，再后来，是先付定金，等着取字。生意好得不得了。

看到付二少这么年轻，人漂亮帅气，又有文采，挣钱如此容易，一个人就起了眼，打起了小算盘。这人是客店的老板，为付二少出主意的那个人。老板姓韦，做事很精细，近五十岁年纪，个子不高。虽是陕西人，因和河南搭界，又兼做客店的生意，接触河南人多，生活习惯和说话的口气和河南人差不多。自打付二少住进来，就一直很关注他，先看付二少一副落魄的样子，人虽落魄，却掩饰不了一股才气，后果见其出手不凡，才华显露，便越发地喜欢上了付二少。先是对付二少兄弟相称，后来，不知什么时候改了辈分，竟称付二少贤侄。付二少凭空免了一辈，也不知何故，看人家确实比自己年长得多，也不再高攀，只是开头称大哥惯了，改口不易，只好打哑闷说话。渐渐地意识到，韦老板把自己免了一辈，于己是不吃亏的。

原来，韦老板是想招赘付二少做女婿。

韦老板有一独女，叫娇婵，年方十六，付二少是见过的。那天，付二少正在聚精会神写字，忽见一个女子迈着轻盈的步子走过来，付二少抬头看时，那女子已到跟前，女子衣着素雅，亭亭玉立地站在桌前。看那女子鼻梁秀拔，唇红齿皓，正凝目含笑，似娇似嗔地望着自己。身在异乡，眼前突然走来这样一个美妙女子，付二少如在梦中一般，竟呆呆地不知所措。

女子见付二少一副痴呆的样子，莞尔一笑，轻启红唇，声音竟如燕歌莺语：大哥，劳累了，何不用杯茶稍歇一会儿？说着，已经为付二少斟上一杯热茶。

付二少急急接过茶杯，却连个“谢”字也忘了用，两眼还是盯了女子看。从女子的眉眼间，终于看出了韦老板的精细，心里对女子的身份也猜出了八九。

后搭话中果然得知女子是韦老板的掌上明珠。

韦娇婵也是读过几年书的，后因战乱，辍学回家，一直待在闺中，甚感寂寞。听父亲说客店住进一个能写梅花篆字的年轻后生，又多赞誉之词，就耐不住出来看个究竟。一见付二少，果见其气度不凡，英气逼人，写的字龙飞凤舞，如云纬霞锦，先就有了几分好感。

那日，两人谈诗说画，评古道今，一直待到夕阳落尽，繁星满天，韦娇婵才被父亲喊走。

有了第一次，韦娇婵就经常不断地来看付二少写字。一来二往，彼此之间仰慕之情溢于言表。虽然话没少说，但最关键的词句却难以启口。原因是，付二少落难之人，母亲没有寻到下落，虽然已到娶妻成家的年龄，可是家在哪里，还是未知数。若对人家动了邪念，怕被赶出门去，连个落脚之处也没有了。因此，对韦娇婵就不敢有非分之想，把那一种爱恋搁在自己心里忍受着。

在韦娇婵那里，不知付二少根底，见人家貌美才俊，怕是高攀不上，又是女孩家，羞于启齿。因此，两人虽各有敬慕之心，但都掩饰着，就如窗棂上糊着一层透明的纸，你不敢去戳它也羞于去戳透。

韦老板早已把两人的形影看在眼里，只是对女儿疼爱有加，怕女儿嫁错了人家，就想着要对付二少多观察几日，看看这个后生究竟是不是个可靠本分的实在人。时间过去了两月，韦老板通过仔细的观察和验证，对付二少放了心，确认付二少是个靠得住的人，女儿嫁给这样的男人是不吃亏的。

一天晚上，韦老板备了一桌酒席，请了几位街坊邻居，述说此事，请邻居当月下老人，成就女儿的婚姻。邻居哪有不帮忙的道理，热情得很，很快传话给付二少。付二少也是巴不得的，压在心里很久的思恋终于像一只关在笼子里的燕子被放飞出来，自是欣喜若狂，也顾不得了遵从母命，独自把婚事应承下来。

韦老板一是怕夜长梦多，付二少变了卦，二是怕一对少男少女整日厮守在一起，把不住哪天惹出难堪来，便按照当地风俗，择了吉日良辰，为两人完了婚事。

6

付二少再次回到陈州城的时候，身后跟着一个女人，还有两个孩子。女人是他的发妻韦娇婵，孩子是他和韦娇婵的恩爱结晶。大的男孩，叫付韦；小的女孩，叫付娇。

小鬼子投降后，全国老百姓都欢天喜地地庆贺。身在异乡的付二少也很高兴，在骂了千刀万剐的小鬼子活该被打败之后，也勾起了内心的痛楚，想起了被小鬼子活活挑死的大哥，想起了至今渺无音讯的亲娘，想到自己被小鬼子逼得无家可归流离失所的时日，恨不得把小鬼子的亲娘日死还觉得便宜了他们！

又喜又悲的付二少有了新的想法，小鬼子被打跑了，娘会不会回陈州？就是还没回去，在陈州找娘也比这儿好找，就决定回陈州老家去找亲娘。他这种想法一冒出来，老丈人就极力反对，韦娇婵也眼泪巴巴的。

付二少说，我想娘，我得回陈州找娘。

老岳父说，你跟你娘亲，俺闺女跟她爹亲，你要找娘，俺闺女不能走，俺外孙跟他娘亲，也不能走。

付二少舍不掉孩子，更舍不掉韦娇婵，只得把迫切的念想放到心里。看起来是放下了，其实一直在心里搁着，抱定的决心是迟早也要回陈州的，私下里就处处寻找机会。殊不知天有不测风云，人有旦夕祸福，没过多久，老岳父突发急病，没等治疗就一命呜呼。付二少悲悲切切殡了老岳父，领了妻儿回到陈州。

尽管才四五年的光景，对付二少来说，却恍如隔世。小鬼子虽然被打跑了，但是，陈州城的景象却没有多大改观，只不过满地的红膏药旗换成了蓝膏药旗。付记洋行一片废墟，被小鬼子烧过的残迹还没有完全被风雨冲刷干净。不错了，走这么多年，还留着这块地儿没被人占去，就有了生活的希望。付二少决定哪儿摔倒哪儿爬起，把这片废墟清理清理，哪怕搭个棚子，也得先把生意做起来，然后，慢慢寻找娘的下落。可是，眼下吃住就是个问题，老婆孩子都是自己的，亲得不得了，决不能让他们冻着饿着。这时候就想起了柳一笔。师爷现在是个啥光景？走了这么多年，从来没有联系过。不是不想联系，而是不敢联系，怕连累了师爷，让师爷跟着受害。现在，小鬼子投降了，跑到他们那个岛上去了，咱还怕啥？

就去寻找柳师爷。

柳一笔家还住在那个老地儿，但是，景象却大不一样了，青砖灰瓦挑脊门楼，朱漆大门，红铜门环，青石台阶，门两旁还卧着两个张牙舞爪的石狮子，看样子都是才修的。门额上是老先生亲笔题写的“柳府”二字。从字上看出，师爷写字时心情不错，表达了一种志得意满的情绪。敲开大门进去，又是一种景致，青竹、紫藤、火红的石榴花，曲径通幽的青石板路，给人一种高雅而又神秘的感觉。不错，从院子里的布局可看出主人的儒雅和富足。

正房内见到了柳一笔。柳师爷十足的精气神儿，抗战胜利了举国欢庆，老爷子也特别高兴，又荣任了民国县政府的参议员，当上了县教育督学，真是喜事连连。人逢喜事精神爽，师爷好像年轻了许多，六十多岁的人竟如刚步入中年一般，鹤发童颜，满面红光。初看到付二少，竟十分地激动。听说付二少已经娶妻生子，更加欢喜，让人马上把母子三人领进府来。见了付韦，一把拦在怀里，爱不释手，亲了又亲，如嫡亲的孙子般。得知名叫付韦，便又亲赐一名，叫念祖，待以后读书时用。师孙又叙述分别之情，感慨人生多磨难，不由唏嘘感叹。最后，付二少说出自己的处境以及今后的打算，恳求师爷能帮忙暂寻个安身之地。柳一笔一听，道，哪里住呀，我这儿宽敞着呢，就住这儿！立刻让女佣许奶把西厢房腾出来，让付二少几口住进去。房子阔阔绰绰的三大间，比起在潼关的房子还要大，就是以前自己家里，恐怕也占不到这么大的地儿。就是吃的问题，也不用发愁，都在柳府安排了。付二少自是十分满意，不知如何报答师爷。照现下自家的情况，还真的没有回报师爷的条件，内心里只有把师爷当了亲爷爷待着，连称呼也把个“师”字减去了，直接地喊着爷，听起来更加地亲近了。师爷为二少减去的一个“师”字，也是百般地受用，对二少一家四口更是爱怜得视如己出。

说来柳一笔也是个怪人，守着份大家业，竟是无妻乏嗣。年轻的时候，娶过两房太太，竟没有为他生下一男半女，先后病逝归仙。第二房死的时候，柳一笔已年过半百。又有人为他牵线搭桥，劝他好歹再续一房，能有个后人，也使柳家一脉香火有了继承人。但是，柳一笔心灰意冷，只说自己命硬，是个克妻命，命中无女人相伴到老，不能再害了人家女子。从此，家中仅留女佣许奶，伺候他衣食居住。看上去柳一笔倒也快活。

这一切，都是付二少在柳家大院住下后得知的。

好事接踵而至，有柳一笔的大力举荐，付二少竟在民国县政府得到一份文书的差事，负责写写画画，倒也人尽其才。付二少有了用武之地，每日勤奋工作，不敢有半点懈怠，生怕因了自己的差错给师爷脸上抹黑。

虽然有公差忙着，但两件事始终放不下，一是在付记洋行的旧址上重盖新铺面，以图重操付家经商的老业。这件事比较好办，手里还有点积蓄，又张口从柳一笔那里借了些，选了吉日，放一挂鞭，拉线起夯，不到一个月的工夫，新铺子就建起来了。然后进货开张，都是走熟的路子，有经验，没费多少力气就操办好了。铺子不再叫洋行，都是一个“洋”字闹的，才让付家家破人亡，流离失所。因此又改了回去，还叫付记杂货铺，货也是大路货，不再进洋玩意儿，还是国货好，免得让人心生妒忌。

这件事放下后，心里还是惦念着吴氏。吴氏生不见人，死没有个信儿，就像在人间蒸发了一样。实指望小鬼子被打败之后，娘也能像自己一样回到陈州，可是，今儿等明儿盼，还是得不到娘的一点信息。付二少做梦都梦见娘回来了，搂着娘又是哭又是笑，把媳妇和孩子都吵醒了。娘啊，毕竟是自己的亲娘。不管人家对吴氏如何说三道四，对于付二少来说，自己是娘身上掉下来的一块肉，娘又那么亲着疼着百般地呵护着他，血脉上相连着，根子里牵挂着，付二少睁眼闭眼都是娘的影子。付二少一定要找到娘的下落，即使人死了，沤成了灰，也要找到那撮子灰。

生意开张后，有老婆韦娇婵打理，不讲钱赚得多少，算是个营生，有了零花钱，图了小孩子的嘴不受屈。

付二少除了忙自己的差事，就是到处打听娘的下落。只要听说一点卯影儿，或与吴氏差不多的情况，无论多远，也要跑去。每次满怀希望去，却又失望而归。中国地盘儿这么大，人找人，真是难死人！

这个吴氏，究竟去了哪里呢？难道是故意躲了不成？付二少整日疑疑惑惑。找娘已经成了他的一块心病。

为找娘的事正不顺心，又发生了一件事。

那天，付二少刚在办公室的凳子上坐下，就进来几个穿黑警服的人，问谁是付二少？付二少还以为人家帮他寻到了娘的下落，急忙站起来，说，我是付二少。那些人立刻围了他，然后用绳子把他五花大绑了。付二少才意识到原来不是有好事等他。可想想自己又的确没干啥坏事啊，这些人是不是搞错了？误会了？便问那些人，兄弟本本分分的一个人，咋就被捆了？哥几个是不是弄错了？那些人也不搭话，推推搡搡地把他带走了。

原来，是有人偷偷地把付二少告发了，告到国民党县党部，说付二少通共，为共产党的游击队供过货。这样的人怎能在民国县政府里当差？不杀他还不便宜了他？小鬼子侵略中国时，国共两党讲合作，共同抗日，按那时的情况，把付二少说成是抗日的功臣也不为过。可是，局势变了，小鬼子投降了，自己人打起来了。国民党要灭掉共产党，共产党要打败国民党，把付二少夹在中间，抗日功臣就成了通共的赤匪。

付二少被关进了牢子里，也没有让人家大刑伺候，就竹筒倒豆子般把为游击队筹集物资那件事说了个清楚明白。那时候，付二少还没有意识到，干这件事有多大罪责。为游击队提供给养，让游击队更好地打小鬼子，在小鬼子那里，算得上是个“罪”，落了个灭门抄斩，害得他无家可归，大哥惨死，娘下落不明，这些，付二少还能理解，因为小鬼子是坏得头顶长疮脚底流脓的侵略者，是咱中国人的仇敌。可是，你们警察局的人不是中国人吗，咋和小鬼子一样为这件事和他付二少过不去，还给他付二少扣上了通匪的罪？打小鬼子那阵儿，你们这些披黑皮的家伙咋都把头缩到鳖盖儿里去了？如今，小鬼子被人家共产党游击队给打跑了，又骂人家是“共匪”啥的，这还有个天理吗？我付二少就是为那些打小鬼子的好汉们提供给养了，你们就是砍掉我的头，我也不后悔！

除了让他交代给游击队提供物资的事，还拷问他是不是共产党，啥时间当的共产党？自己做过的事付二少敢承敢当，没有的事就是把头砍掉也绝不承认，一口咬定说：我连共产党的面也没见过，我咋能当共产党？人家更不信他：你没见过共产党？你认识谭为民吗？你认识顾原吗？谭为民就是谭恩师。付二少承认：这两个人他都认识。不但认识，还很熟悉，一个是恩师，一个是同窗好友。人家冷笑道：还说不认识共产党，一看你就是共产党的密探。老实交代，谭和顾现在在哪儿？这才明白谭恩师和顾原都是共产党。看来，是要从他这里打听谭恩师和顾原的下落，然后再去抓他们。想明白了这一点，付二少打定了主意，别说现在不知道两人在哪儿，就是知道，也不能干出卖朋友的事情。有了这样的想法，便装聋作哑，无论再问什么，都不说了。少不了受些皮肉之苦。

没找到娘让付二少郁郁寡欢，又被人打了黑枪坐了牢子，还被怀疑是共产党的密探而受到刑讯，付二少悲观极了，连死的念头都有了。付二少在心里琢磨，娘的迷失和自己的牢狱之灾，是不是有人在背后捣鬼？在陈州城，付家究竟得罪了谁？他付二少竟两次被人告发！显见得这人是要把付家朝死里整呀，是要付家灭门绝户呀！付二少想到这些，止不住一阵心寒。付家的厄运让他体会到了人世间的冷暖险恶。为什么人与人之间有那么多的嫉妒、仇恨、阴谋和暗算？这世界究竟有多少恩恩怨怨？这些恩恩怨怨又何时了？付二少曾经听说过有关娘的一些绯闻，尽管那些人言语污秽，但是付二少非但没有对娘产生憎恶，反倒对那些嚼舌根的人产生了怨愤，他觉得那些人很浑蛋，是咸（闲）吃萝卜淡操心。那时候，人家骂他是野种。他不懂野种是啥，后来懂了，也没有怨恨过娘，更没有怨恨过那个下了野种的人。他对骂他野种的那些人充满了仇恨，人家骂他一句，他曾经回骂人家十句，人家骂他是野种，他骂人家的爹是野种，爷是野种，祖先也是野种！在他的印象里，爹确实是个邋遢人，娘跟他算遭了大罪，没有得到过欢乐，没有享受过生活的幸福。这对于漂亮的娘来说确实不公平。嫁鸡随鸡，嫁狗随狗，一辈子守着鸡狗过，就是贞操？这太不公平。女人也是人，应该得到自己的幸福。娘寻找自己的幸福没有啥错，娘和她自己喜欢的那个人生下他付二少难道有多大罪过吗？付二少始终认为，娘是好娘，无论别人怎样看，娘都是好娘。被人家两次告发，也许是娘得罪了人家，把账记到了他头上，要从他这里找回一些心理平衡。如果是这样，付二少宁愿把所有的惩罚都承担起来！

付二少想到这些，陡增了一种视死如归的豪气！

付二少在牢子里关了三个月，本来还要关下去，所幸有柳一笔上下打点，最后又有柳一笔保释，才放出来。人虽然出来了，但是，差事却干不成了，身体也大不如从前。出来后，静心养伤，过了半年，身体才渐渐恢复过来。那时候，付记杂货铺的生意因了韦娇婵的打理，日渐兴盛，韦娇婵一个人忙不过来，付二少便重操旧业当起了掌柜。

7

祸兮福所倚，福兮祸所伏。且料付二少被民国县政府开除竟成了好事。没多久，陈州城解放了，国民党跑了，共产党掌了大权。掌了陈州城大权的人是顾原。人喊顾县长。老百姓扬眉吐气了，付二少也扬眉吐气了。付二少为共产党办过事，还差点把自己“牺牲”了。他付二少大小也算个有功之臣吧。得找顾原说说，能在共产党的政府里谋个差事更好，即使谋不到差事，就是以后做生意，也能让共产党对咱的杂货铺照应着点，不受人挤对，生意好做些，多挣些钱养活孩子老婆平平安安过生活。

真的就去找了顾原。顾原正忙得不可开交，一见付二少，先是惊讶，后是兴奋，说，老付同志，你还活着呀？就像付二少不该活着似的。

顾原的一声“同志”，把付二少的眼眶叫湿润了，心里也翻江倒海似的。能和县长是同志，这是一般的陈州人所没有的待遇。付二少高兴啊。这才觉得为共产党办事，值！付记洋行被烧掉，值！就是在牢子里被人家误认为是共产党挨了打也是值！真值！

新政府正缺人手，顾原邀请付二少到政府里来帮他做些工作，这正是付二少求之不得的，嘴上谦虚了句：老同学，你看我中吗？顾原说：咋不中，就是让你当县长也比我干得好。付二少受了鼓励，有了一种不可言状的冲动。

付二少又回到了原来当差的地方。不过，过去是给民国县政府当差，现在是给共产党的县政府工作。叫工作，不叫当差。新政府，新气象，新名词，一切都焕然一新。付二少脑瓜灵活，接受新事物快，很快也是满嘴新名词，说出来的话文雅了许多。如陈州人说的“今儿个”，现在改叫“今天”，“明儿个”叫“明天”，“夜儿个”叫“昨天”，回家喊韦娇婵不再喊“孩他娘”，直接喊“娇婵”，对外说“我爱人”或者是“我妻子”。付二少愉快而勤奋地工作着。付二少的工作还是写写画画。民国政府需要写写画画，共产党的政府也需要写写画画。共产党的政府是人民的政府，顾原说他也是人民的一员，也就是说，现在的政府也有他付二少一份。既然有他一份，他不勤勤恳恳地把工作干好就对不起自己。工作之余，在心里常常自责，其实，也不是自责，是后悔，后悔当初没有听顾原的。如果当初跟了顾原去打小鬼子，付二少即使当不上县长，起码也是局长或者科长。后悔之余，也有庆幸，幸亏被人告发，被民国政府开除了，不然一懵懂干到底，算是民国政府的旧官僚，是要被清算的，罪恶大的还要枪毙。看来他真是命大，冥冥之中总有人相助，就连妒忌仇视他的人也歪打正着帮他做了好事。付二少想，查到这个人，一定暖壶热酒，和他喝两盅。

比较起来，柳一笔的情况就有些不妙。共产党打进陈州城之前，民国那些官僚能跑的都跑了，也有人劝柳一笔跑。柳一笔坚决不跑。柳一笔一介大儒，虽然当了民国县政府的参议，但也只是做了一些自己想做的事罢了。比如，办学堂、架桥铺路、修葺古庙等，都是好事。没有做一件祸害百姓的坏事。除此，柳一笔年龄大了，不愿自己这把老骨头扔到他乡喂野狗。陈州人守着老陈州，死后魂儿也有个落脚的地儿。

可是，老百姓可不管你那一套，只要你是民国政府的人，就是坏人，就得杀掉。先是拉出来，戴了高帽子押到万人大会上，让翻身穷人控诉。逃跑的那些官僚所做的恶事，都清算到了他头上。他就是长一百个头，也抵不了那些罪。按照上边的指示精神，对民愤极大的地主恶霸，可杀可不杀的坚决杀，宁可杀错也不能手软。老百姓的唾沫星子几乎要把柳一笔淹死，刀也架在了柳一笔的脖子上，好在顾原了解柳一笔，据理力争，说柳一笔是在解放战争中英勇牺牲的谭为民烈士的恩师，曾为共产党办过好事，将功抵过，应该给柳一笔留下一条命。

柳一笔命是保住了，家却被抄了，财产没收了，活得不如意，苟延残喘而已。陈州一代名流，潇洒光彩了一辈子，晚年落了个如此下场，生不如死呀。

付二少悄悄地去看过师爷几次。看到师爷如今的生活，忆起过去师爷如花似锦的日子，有恍如隔世之感。共产党是为人民谋幸福的，柳师爷一辈子没做过一件坏事，只不过当了个参议而已，咋就成了人民的敌人？不理解也没办法。不理解也不能乱说。付二少唯一能做的，就是多去看看师爷，让爱人做点柳师爷平常爱吃的送去，比如，手擀面叶，下个荆芥叶，滴上几滴小磨香油，喷香，这些在当时都算比较奢侈的食物了。

一日，付二少正在政府里和几个同事聊天，儿子付韦突然跑来，付韦已年过六岁，长得小大人似的。一进门，便扯了付二少的衣角，说，咱妈喊你快回去，有急事呢！两个孩子都这样和付二少一块儿管韦娇婵叫妈，习惯了，付二少也没感觉有啥不对。见几个同事都捂着嘴笑，才想到孩子的喊法是错误的。脸一红，也不便解释，匆匆走了。

原来是柳一笔危在旦夕。柳一笔受不了生活和精神的双重折磨，一代大儒受此羞辱，生不如死呀，便选择了特殊的方式要了断自己的残生。柳一笔吞下了足够让他致命的大烟土。柳一笔从来不吸大烟土，不吸大烟土，不能代表他没有存放大烟土。在旧时代，陈州城里稍微富足一些的人家，都存放一些大烟土，自己家的人不抽，来了客人要抽，不能慢待，就备下点。虽知是违禁的，但也是一种礼数，少不了的。看起来是为客人好，其实是害了人家。柳一笔存放有烟土，却从来没害过客人，来了客人从没上过烟土，可是又一直存放着一碗烟土，难道他早预料到自己有用得着的一天而专为自己准备的？

付二少赶到的时候，柳一笔已经处于半昏迷状态。用比较科学的道理解释，大烟土已经在他的血管里挥发，产生了大量的毒素，毒素正在发挥作用。这种作用就是要置柳一笔于死地。好在这种毒素不像毒药那样快捷，它留给了柳一笔足够的时间让他安排他想办的事。柳一笔一生乏嗣，谁也不知道他最亲近的人是谁。弥留之际，他让女佣许奶把付二少喊来了。此刻，许奶哭哭啼啼，竟如自家亲人死了一般。付二少受了感染，也止不住大放悲声。

那一刻，付二少才深刻地意识到，自己和这个老头子真的有缘分。看到柳一笔在痛苦中挣扎，他的心碎了，他感觉就是自己的爹娘死，他也不会有如此的痛苦。他觉得马上要死的不是师爷，而是他自己。他真的伤心欲绝。如果能用他的命去顶替师爷，他会毫不犹豫地去死。他不知道自己为什么会和师爷有如此密切的缘分，自打和师爷见过第一次面，他就感受到了，这个老头子是多么喜欢自己，教自己写字，给自己讲故事，让人给自己拿好吃的，始终把自己当成了一个娃子，有了一种真切的呵护。有时候拿眼看他，上上下下地看，一看就是很长时间，看得付二少很不好意思。付二少想到自己的两次创业，师爷都是尽大力地帮他。没有师爷的背后支撑，付二少根本不可能把生意做那么好，能不能做起来都很难说。还有，小鬼子血洗付记洋行时，是师爷把他支走的，现在回想当时的情景，师爷那么急迫地让自己走，不容自己推托，分明已经得知了将要发生的事，是要救自己；自己被国民政府抓到牢里，不是师爷拿老命保释，恐怕自己也已化为灰烬；再有，娘的失踪也是个谜。每当他在师爷跟前讲起寻找娘的事时，师爷总是把话头引开，安慰他说，人的命天注定，各人自有各人的造化。她既然舍你而去，你何必再记挂她？想起这一切，看到生命垂危的师爷，心如刀割般地疼，不由双膝一软，跪倒在柳一笔床前，撕心裂肺地喊道：师爷，师爷，你这是何苦呢？好日子来到了，你为啥要走啊！

柳一笔睁开微闭的眼，两滴浑浊的泪珠顺着眼角流了下来。他喘息着发出微弱的声音：孩子，不是爷不想活下去，是……人迟早要死的……我……他伸出手，指着床头前的一个檀木匣子，说，你把这个拿去，有朝一日，交……交给……吴氏……

吴氏？那不是自己的亲娘吗？难道师爷和娘还有什么关系？师爷知道娘的下落？付二少泪眼模糊地问：师爷，师爷，究竟是怎么回事？你让徒孙知道啊！

从柳一笔的喉咙里滚出几个字：不要叫师爷。喊我……一声……爷……

付二少凄惨地喊了一声：爷——

柳一笔闭上了眼，脸上布满了微笑，瞬间，凝固了。

那是一个朱漆色的檀木匣子。匣子半尺见方大小，紫铜扣环，上了一把黄铜锁。钥匙上拴着一根粗线绳，线绳把钥匙连在了锁上。其实，只要想打开檀木匣子，即使没有钥匙，只需用个改锥，或者别的什么铁器，轻轻一撬，就能把匣子打开，就能看到里边存放的啥东西。可是，付二少遵守着一个老人的遗言，始终没有动过那个匣子。

柳一笔把檀木匣子交给付二少的同时，还留有一封遗书。遗书是柳一笔的绝笔，羲之体的狂草，写给付二少的，把来不及嘱托的话都写在了上边：

二少吾孙：

师爷是民国政府旧人，虽无大恶，但总归是中共仇人。现国民党大势已去，中共掌权，虽暂留吾一命苟延残喘，但余思之再三，自卜前景凶险，恐不得善终，故提前了却残生。人活六十古来稀，吾今一六有八，也算寿终正寝。足矣。弥留之际，有两事相托，一是女佣许奶，跟了我四十余年，虽终未收入房中，不得名分，但早已是按柳家之人相待。许奶有功于柳家。吾去后许奶托付与你，汝要以亲生待之吾才安心；二是你母吴氏走时急促，吾有一物欲托她转交一人，未及。现只有托付与你，如早晚见到吴氏，一定亲手交与她。如你母子无缘相见，待三十八年之后，汝再亲手打开木匣。内情详知。谨记！

民国遗老柳公耋

于民国三十九年秋月

柳公耋是柳一笔的本名，柳一笔是他的号，也是陈州人对他的尊称。是说，在当时的陈州，舞文弄笔的人没有人能与之相比的。多少年过去后，证明柳一笔的自我了断是不错的选择，不然，后来经历的多次运动，柳一笔都难躲过他自己生前预料到的厄运。柳一笔留下墨迹极少，到了二十世纪后期收藏热掀起后，柳氏墨宝竟成珍品，一幅四尺斗方竞拍价达到二十万元人民币，价格不菲了。

8

许奶十六岁到柳家当丫鬟，大了又当用人，一辈子没嫁人，也没出过柳家门，柳家败了也没个去处，因此，柳一笔才把她托付给付二少。遵从师爷的遗嘱，付二少把许奶接到自己家中，敬待如宾，每日三餐的伺候，虽无大鱼大肉，倒也荤素搭配，饭菜可口。许奶受到如此礼遇，十分满足。毕竟是出身寒苦，劳累惯了，乍一闲着，竟有些不习惯，帮韦娇婵干些家务，洗洗涮涮，扫扫擦擦，既帮了韦娇婵，又活动了自己的筋骨，倒也有益于身心。到了三年困难时期，人人都要束紧腰带为国家分担忧愁，付家的日子也常常断炊，孩子饿得皮包骨头。许奶能省一口就省一口，尽量留给了孩子吃。直到付二少发现，许奶每日都把自己的口粮悄悄分给了孩子时，许奶已经全身浮肿，回天无力。许奶临咽气时，向付二少讲了一件事，把付二少惊得目瞪口呆，犹如大梦初醒。此后，他对这件事守口如瓶，连对他最亲近的人韦娇婵也瞒得滴水不漏。

许奶病故于一九六〇年春季，付二少自作主张，把她和柳师爷安葬于同一墓穴。

由于经常不断地发生一些事情，付二少寻找吴氏总没有个结果。后来，因为付二少的人生又发生了一个重大的转折，寻找吴氏的事只有暂时搁浅。

付二少后悔当初走错一步棋。顾原调省里的时候，曾要付二少跟他一块儿走。付二少觉得日子过得挺好的，在陈州不错，人熟，地儿熟。到外边两眼一抹黑，哪如陈州好？更重要的是，守着老婆、孩子，就有了家的温暖。哪想到，来了运动，付二少第一个成了批斗对象。原因是，有人举报他在民国县政府里干过差事。举报他的这个人，不再掖着藏着，而是当面锣对面鼓地揭发他。这个人就是他的邻居余得珲。光棍最怕老邻居，老邻居知根知底，你做下那些事，瞒得了谁也瞒不了邻居，何况，余得珲一直惦记着他呢。余得珲当上了街道干部，看到付二少在县政府里工作，早就有了成见，先前也偷偷举报几次，因有顾原护着，都没能扳倒付二少，现在顾原走了，又赶上运动，余得珲总算找到了机会，大义凛然，把付二少的根底掀了个底朝天，连对那个小娼妇吴氏的怨恨都发泄到了付二少身上。原来在国民党的政府里干过事，那不就是国民党？那个时候，一提起国民党，国人都恨之入骨，把对国民党的仇恨都凝聚到了付二少身上。“反革命、右派、野种”付二少每日被批斗得鼻青脸肿，如丧家之犬。

这一段经历，在付二少漫长的生涯中，只能算一个小小插曲。付二少这样认为：人呢，活在世上，总会遇到一些磕磕绊绊，能在磕磕绊绊里走过来，那才叫精彩人生。比起历朝历代那些冤死的忠臣，自己还占了便宜呢。何况，自己在民国政府里还真的当过差，把自己打成“右派”也确实不为过，人家要“东风压倒西风”，可自个偏抬杠说，“东风不一定能压倒西风，有时候西风比东风更猛烈”，就剩个“野种”让付二少不服气，爹死了，娘跑得没音信，这样的历史遗留问题谁去查证？好在人家没在这个问题上大做文章，只是把它做个辅助问题提出来，臭臭他的名誉而已。

真正要认真对待的是肚子的饥饿问题，付二少被定为“反革命”、划为“右派”，从革命队伍中清除出来，固定的工资没有了。韦娇婵的肚子又格外地争气，先后又生下两个娃。许奶去世后，四个娃加上他和韦娇婵六张嘴，吃的倒成了大问题。不过，凭自己的聪明和骨子里保留的经济理念，付二少总能赚到买米面的钱，让一家人填饱肚子。

那天，家里断了炊，几个孩子饿得哇哇叫，韦娇婵愁得没办法，付二少安慰道，亲爱的，甭愁，米会有的，面也会有的。遂出去到一位老街坊那里借了两元钱。老街坊干的是肉铺，拿出一元钱先割肉，另一元拿去买面。买了面先不拿回家，把面卖给了油条铺子，一元钱的面一转手卖了两元，如此三番，净赚了十元（这种滚雪球的经济发展模式，在八十年代后期，曾让一部分国人积累了大量的原始资本，他们自以为是自己的创造，其实，至少比付二少晚了二十年）。把借的钱还上，才买了面提了肉回家，让孩子老婆吃了个肚儿圆。如果按这样的方法做下去，的确不错，既解决了温饱问题，说不定付二少还能让自己一家提前进入小康。可是，干了几次，却被人举报到市管会，付二少头上就又多了一顶帽子：投机倒把分子。付二少仔细想想，也不冤枉呀，一元钱赚了十元钱，不投机咋能赚？另寻门路吧。想起逃亡在潼关时，以卖字为生，不但养活了自己，还把老婆赚回来了。决定重操旧业。这可是凭手艺挣钱，算不得投机倒把吧？在街角支桌子干了一天，还好，没人来找麻烦，并且还卖出去几张字。第二天刚把桌子支好，就来了几个戴红袖章的人，说他散布“封资修”，把桌子掀了，笔墨纸砚没收了……既然写字也是“封资修”，付二少坚决不再写了。

要解决肚子问题，只有想其他办法。天无绝人之路，付二少决定凭力气挣钱：拉板车。板车可以用来拉沙子，拉煤，拉石灰，拉砖头，拉木料，拉粮食……只不过是个掏苦力的差事，得流大汗。没办法啊。想到明朝的开国皇帝朱元璋还当过叫花子呢，拉板车比叫花子强多了。

从此，付二少用自己的脚板丈量着自己走过的路。

这一条路很漫长，他丈量了二十余年。

不过，总算走过来了。更重要的是，老婆孩子都跟着他走过来了。韦娇婵一点儿也不“娇”了，熬成了老太婆，“爱人”成了老伴。孩子们都长大了，男娃子虎虎实实，女孩儿亭亭玉立。有人羡慕道，付二少这个拉板车的憨大，怎么能养得出这么一群有成色的孩子？付二少心里骂道：娘的！看不起老子？借你娘的窝咱去下个种，一准比你长得出息！

付二少拉了二十年板车，把自己拉粗野了，过去读的那些书都扔给狗吃了。

9

儿女们一个个都出息了，考上大学的参加了工作，没有机会上大学的也找到了挣钱的门路，不用付二少拉板车养家糊口了。付二少赋闲在家，用他自己的话说，是儿女们让他“退休”了，并且发给他足够养老的“退休金”，让他过着安闲自得的日子。说这些的时候，付二少已过了六十大寿，也是奔七的人了。

现在，付二少有了时间和心情考虑另一件事。这件事虽然搁置了很多年，付二少始终不能把它忘记，虽然由于种种的原因不得不把它封存起来。那个檀木匣子怕被人家收走，他用一个破麻袋装着，上边放着小孩子的破鞋子。有一次，几个年轻人到他家搜“四旧”，他主动把那个破麻袋掂出来，说，这都是“四旧”——四个孩子穿旧的鞋子，看有用你们就拿去。破麻袋上满是灰尘，还有老鼠屙的屎，臭味熏天，搜“四旧”的人被熏得捂着鼻子走了。

檀木匣子是压在付二少心里的一块病，随着年龄的增长，心病越来越重。一闲下来，就拿出檀木匣子和那封遗书仔细地研究。檀木匣子用一把小锁锁着，钥匙就拿在手里，只要他愿意打开，用不了半分钟就能打开。可是找不到娘，师爷要他三十八年后才能打开匣子，他不能违背师爷的遗愿。有时候就对自己提出一个疑问，为什么是三十八年，而不是三十七年，或者三十九年？师爷死的那年是民国三十九年，也就是一九五〇年。那时候，国人已经不那么记年号，师爷最辉煌的时光是他当民国县政府参议那些年，他怀着对那段时光的留恋走的，所以才那么记。五〇年之后的三十八年，应该是一九八八年。八八年意味着什么？啊！八八年自己刚好六十八岁，和师爷走的那年同岁。是的，不错。

师爷是计算好的，让自己到了他的那个年龄才能去打开檀木匣子。除此，还有没有其他用意？绞尽脑汁思考，也想不出与之相关联的问题。好在已经是八七年，距八八年仅有几个月的时间。看来找到娘的希望已经很渺茫了，决定到八八年元旦那一天，无论找到找不到娘都要把匣子打开。到时候，把孩子们都喊回来，当了孩子的面，看看师爷究竟给你们的奶奶留下的是啥稀罕物？

见付二少整天抱着檀木匣子研究，老伴说，真想知道里边是啥，就打开看看。

付二少说，不能。时间还没到，师爷看着呢。

老伴嗔道，瞎说啥，神神道道的。老爷子骨头都沤成灰了，还看着呢！

付二少神秘地说，你真以为师爷死了？没有。我天天都看见他在咱家的窗户外边转悠呢。

老伴道，真的，你看见了？说着伸手摸了摸付二少的额头，不发烧啊，咋净说胡话？我看得把孩子喊回来拉你去看病。

付二少连说，天意不可违！天意不可违！

孩子们被喊回来，强拉着付二少到医院做了一番检查，却啥病也没有查到。

到了年底，付二少越发地痴了，整日抱着檀木匣子，在屋里转悠。那么个好说话的人，竟没有了话，一天不说一句。有时候突然冒出一句，又没头没脑的，让人听不明白啥意思。老伴看着，越发着急。

有一天，突然来了几个人，衣服都穿得整整齐齐、鲜鲜亮亮的，头发纹丝不乱明光光的映人眼，一看就是官人们的打扮。一介绍，果然是县里领导。其中一位是招商办余主任，解释说，是负责对外招商工作的。余主任是余得珲的孙子，是邻居，看着长大的，付二少是认得的，比他爷余得珲有出息。余得珲死时，这小子不大点儿，还在他娘怀里抱着呢。余得珲死得惨，因为一次批判“走资派”，带头喊一句口号，把“谁拥护毛主席就跟谁亲”

喊成了“谁拥护毛主席就跟谁拼”，其实也不是故意喊错，是要急于表现自己，一激动就把自己“表现”成了“反革命”。那个时候，没有错还要找个错整你呢，余得珲犯恁大错会有个好结果？车轱辘般地批斗，陈年老谷子的旧事都抖搂了出来，原来还开过商铺，那不就是资本家？还给日本人报过信，举报过人家给游击队送物资，那不就是汉奸？还有很多罪状，一条条都挖出来了，人就被活活整死了。埋的时候付二少去帮忙，见身上打得没一块好地儿，屁眼儿被鞭炮炸烂了，据说，有人把鞭炮插到他屁眼儿里，然后点燃炮捻，“砰”一声就炸了……惨得很呢，那些人真能下得了手！付二少就感叹，人啊，命中没有的不可强求。余得珲是心太强了，才落得个这样的下场，不值。现在，看到余得珲的孙子当了官，又替人家高兴，说余得珲九泉之下也该知足了。

还有一位也是主任，姓叶，说是台办的。付二少不明白，问，怎么还有个抬办？现在运东西不都是用车拉，谁还去抬呀？倒不如有个拉办。来的人都笑。叶主任解释说，是对台湾工作办公室，不是抬东西的办。付二少一听，就警觉起来，台湾是个什么地儿？“我们一定要解放台湾”，几十年都把台湾与美蒋特务联系在一起，对台湾工作的人来找他，不会有啥好事。前几年才把“右派”和“反革命”的帽子摘掉，可不要再弄个“美蒋特务”什么的罪名，给孩子们招祸害。心里想着，态度就冷下来，说，各位领导要对台湾工作，找错门了，俺家不是台湾。叶主任笑道，付先生，你家不是台湾，却和台湾有关系。付二少急得直瞪眼，不等他说，老伴在一边也急了，说，叶主任，你这不是要俺老付的命吗？台湾在哪地儿俺都不知道，咋会有关系？可不兴乱说呀！余主任插话道，付先生把这事都瞒了三十多年了……付二少摆手道，没有的事，没有的事。小余，咱可是几辈子的好邻居，你可不敢瞎说！老伴拿起扫帚，一边扫地，一边怨道，刚过两天舒心日子，又来俺家下蛆，还让不让人活了？

叶主任终于看出了两位的担心，解释道，付先生，现在改革开放了，国家允许大陆和台湾进行民间交往……

付二少想，你这是下套呢，当年划我“右派”，不也是这么套的吗？我老付大江大海都过来了，可不能在你们这小河沟里翻了船。何况，还真的和台湾搭不上边呢。见老伴拿扫帚朝外撵人，觉得不太礼貌，一时性急，也是急中生智，把两眼一翻，就地儿一倒，歪在地上，任老伴大呼小叫，只装没听见。

叶主任一干人马慌了神，急忙叫来救护车，拉到医院急诊室抢救。这次真查出了问题，心肌缺血。挂了几天吊瓶，医生让他出院。他对医生说，出院可以，你得给开个证明，说我是“恐台症”，任何人不能再向他提台湾的事。医生为难地说，有“恐高症”“恐水症”，没有“恐台症”的，我不能乱证明啊。付二少说，咋没有？我就是，听见谁说“台湾”二字就头晕。好说歹说，医生才同意开了，在诊断证明上写道：该患者属疑难杂症，听不得“台湾”二字，一听“台湾”二字就犯晕，在我院尚属首例。

付二少视若护身符，小心地收好，拿回家，贴在了门上。

过了几日，余、叶二位主任又来看他，还拎了水果、中华鳖精等一类高级营养品。付二少不好把人家拒之门外，热情欢迎之外，指了指门上贴的诊断证明。二位仔细看了，相视一笑，果然不再提“台湾”二字。

余主任说，先报告个好消息，县里已经调查落实，付先生在抗日时期为共产党做过事，初解放那阵还在县里工作过，按照政策，应该享受老干部待遇。最近几天，文件就下来了。祝贺你老人家呀！

付二少听了，一时无语。好半天，才对老伴说，老婆子，掐掐我的胳膊，看疼不疼？我咋觉得像做梦似的！

老伴伸出胳膊，说，还是你掐我吧，我也是。

两位主任都笑。

余主任说，是真的，不骗你们。

付二少看人家认了真，说，啥待遇不待遇的，我这拉板车的粗人，咋配享干部待遇？不配的！

余主任说，咋不配，县里领导特批的呢。

付二少执拗地说，谁特批我也不配。给领导说，这干部待遇谁愿享谁享，反正不要搁我这儿！

余主任和叶主任看他那么坚决的样子，一时无语。稍停，叶主任转了话题说，我们这次来，还有一件事，是向付先生打听一个人。不等付二少说，就讲道，这个人，是咱老陈州人。在旧警察局当过警长，后来，失手杀了他的老婆，就逃了出去，投了国民党的部队，后来当了师长。打鬼子的时候，师长带的部队驻扎在漯河，派他的手下人回陈州接走了他心仪的女人。事情巧合，把女人接走的第二天，女人家的杂货铺子被小鬼子血洗一空，女人逃过了那场劫难……

讲者波澜不惊，听者却惊心动魄。这段故事，许奶临走的时候跟他讲过，他一直藏在心底，从未向外人透露过。可是，这个人为啥了解得恁清楚？

叶主任继续讲着，师长带着他的女人和部队，一直朝南走，过了淮河，过了长江，全国解放的那一年，师长带着他的女人逃到了……海外。

这一段情况，许奶没跟他讲。也许许奶也不了解这后来的事情。付二少明白，叶主任讲的女人就是他的亲娘吴氏，男人就是他在心里诅咒了无数遍的那个男人。付二少打懂事的时候起，听到人家骂他野种，就和人家玩命。稍大一些，对“野种”二字有了刻骨铭心的记恨，认为那是世间最恶毒的字眼。尽管他对那个男人恨过，但是，那毕竟是把自己带到这个世界上的人，自己的血管里流淌着那个男人的血液。恨了多少年，也牵挂了多少年，思念了多少年。那种牵挂和思念只不过是被时间的长河和世俗的观念淹没着。现在，一旦有人把那尘封的记忆打开，牵挂和思念就如决堤的洪水四处横溢。

付二少激动不已，老泪从眼角涌出来。他控制不住自己的情绪，颤声问道：他们……现在怎么样？

叶主任看一眼付二少，说，师长和女人在海外，生了一个儿子和一个女儿。现在，他们的儿女都过得很好。儿子是一个财团的董事长……

付二少急不可待地打断叶主任，不要说他们的儿子，只说两个老人，现在怎么样？

叶主任稍停了一下，说，两位老人的晚年很幸福。他们的最终心愿，就是能有一天回到大陆，与他们的长子，也就是他们最疼爱、最思念的亲人见上一面。可是，他们没能等到这一天……

付二少万没想到叶主任会给他带来这么个消息，先是目瞪口呆、浑身颤抖，后又捶胸顿足、号啕大哭：您好狠心啊！我等了您这么多年，寻了您这么多年，想了您这么多年，您却连个面也不让俺见？

叶、余二位也唏嘘不止。

老伴一边陪着男人哭，一边替男人擦眼泪，哭着劝道，她不想咱，咱还想她干啥？人都死了，哭有啥用？别哭了，哭坏了自己的身子是大事。

余主任也劝道：大姨说得对。咱们要向前看，好日子在后头呢。

叶主任说，两位老人临终的时候，跟他们的儿女留下了遗嘱，说有朝一日，要把他们的骨灰带回大陆，落叶归根，只有把他们埋到祖坟地，他们的灵魂才能安息。

余主任说，老人的儿子很孝顺，遵照老人的遗嘱，财团董事长要在家乡投资建厂，并提出要你老人家担任这个企业的名誉董事长。再过几天，他们就把两位老人的骨灰送回来。同时，考察一下投资环境。县里已经安排好了，请您老人家和您的家人到机场迎接……

去机场接人那天，县里派来的小轿车等候在付家门口，专等付二少上车，可是早等晚等不见人出来。司机鸣喇叭催促。老伴也急了，朝里间屋喊，老东西，快出来啊，人家都等急了，你还没有换好衣服？

喊了几声，没听见答应，走进去一看，不由大惊失色：老头子，你这是咋了？你快醒醒！快来人呀！

付二少的身边放着那个檀木匣子。

匣子已经打开，一本宣纸印刷的线装书掉在地上，蓝皮封面，上写着“柳氏家谱”四个楷体大字。翻开的一页上写着一行行隽秀整齐的蝇头小楷：

柳公耋　号柳一笔　柳氏二十九世孙

娶妻（一房）赵氏　无嗣

纳妾（二房）周氏　无嗣

纳妾（三房）许氏

　　生长子柳金贵（庶出。因由朱姓养大故又名朱金贵）

　　柳氏三十世孙

　　娶妻（一房）秦氏　无嗣

　　纳妾（二房）吴氏

　　　　生长子柳少华（庶出。又名付二少）柳氏三十一世孙

　　　　娶妻（一房）韦氏

　　　　生长子柳念祖（又名付韦）柳氏三十二世孙

付二少衣冠整洁，安详地坐在椅子上睡去，却再没有醒来。

（原载2016年4月号《东京文学》）

座 位

1

下午的全体教师会上，教务主任陶老蔫宣布季小桃代理四（3）班班主任，这让她有些意外。班主任是既辛苦又忙碌的差事，整日被一些杂七杂八的琐事纠缠着，你就是有分身术，也应付不完那些棘手的破事。散会后本打算堵了陶老蔫讨个说法，把这差事辞掉，陶老蔫却被校长叫走了。季小桃一肚子不满。出了校门，手机又老是不停地响，连续接了几个，就有些发呆，这些人咋像长了顺风耳似的，她这里还没打算接任这差事呢，人家就得了消息求上门来。

季小桃高挑个儿，肤色嫩白，面目清丽俊秀，加之一日三换的流行时装打扮着，走起路来就如一道风景，朝那儿一站又像一片彩虹，是全校上上下下公认的美人胚子。初进这所学校时人称小美人，过了一段又被叫作大美人，不知从啥时候起，又改口喊资深美女。有了美女的资本，在个人婚姻大事上才拿捏得比较严谨，小姑娘的时候她挑剔人家，后来和她同龄的男子大都好汉有主，娶了娇妻生了贵子，情势便急转直下，如小汽车爬山坡翻了跟头，把个儿颠倒过来了，人家又开始挑剔她。可是她自我感觉良好，硬撑着不肯降低标准。挑来拣去，就把自己“剩”了下来。

眼看已是年过三旬的大龄老姑娘，正是抓紧业余时间“全面撒网重点捕鱼”的关键时候，陶老蔫又给她“笤帚疙瘩安个帽儿”，宣布让她代理班主任。班主任的工作要比她原来的工作多花费数倍的时间和精力，季小桃大量的业余时间和精力都要为摘掉“老剩女”的帽子所耗费，现在却出现了拐点，要把她的时间和精力挤走，去照料那些孩子们。对季小桃来说，简直是雪上加霜，或者是忙中添忙。更让季小桃生气的是，班主任还是个代理，这不是作践人吗！只听说省长市长县长有代理的，哪听说过一个小学校的班主任还有代理的？

第一个电话打进来的是田甜的妈王凤。王凤是医院的妇产科副主任医师，和季小桃又是一个小区的邻居。季小桃的嫂子给她生侄儿的时候难产，季小桃从学生的家庭信息“父母”一栏里认识了王凤，关键时刻，这点人脉资源不能不利用。季小桃买了一箱红富士，一件精品牛奶，找到王凤，意思很明确，求王凤多多关照。王凤也是个爽利人，亲自操手术刀，在嫂子的肚皮上切了一道口子，取出一个六斤六两重的大胖小子。母子平安。在王凤的关照下，各项费用也减免了不少。王凤对季小桃家有恩，因此对王姐的独生女田甜也格外地照顾，季小桃教数学，就让田甜当数学课代表。其实在班里，田甜的数学成绩并不是最好，让田甜当数学课代表有些同学还提意见，有意见也要保留，季小桃就这点权力，不能不用。这也算对王姐的回报。

王凤在电话里说：“小桃，恭喜你！”

季小桃一下子没明白自己喜在哪里：“王姐，搞错了吧？”

王凤肯定地说：“没错，妹子，主任都当上了，还不是大喜事嘛！”

季小桃笑了：“啥主任呀，不过一个班主任，还是‘代理’，在学校里这不算个啥官儿，充其量是个孩子王。我正要找陶老蔫理论呢，这要命的差事咋就安到了我头上？”

王凤急了：“妹子，别别！在俺们这些家长眼里，班主任比局长市长的官儿都大。别的不说，就说孩子的座位吧，排前排后，排左排右，还是排在中间，不是班主任一句话的事儿！我说妹子，就这一码事，家长们还不都敬着你、上赶着巴结你！妹子，姐先给你打个招呼，你这主任一上任，咱田甜那个座位可得再给她朝前挪挪。上学期她一直坐在第四排，这学期得把她挪到第二排去！妹子，姐这点小要求不为过吧？”

啰啰嗦嗦一大堆，让季小桃哭笑不得，这代理班主任还没上任呢，人家就把你捧得局长市长似的，都哪儿跟哪儿啊？不过，也明白了王凤给她打电话的用意。座位是按照学生们个子的高低编排的，田甜长了个像向日葵秆一样高的个头，第四排还是季小桃和前任班主任牛洁打了招呼才调的。她还不满足。可是，既然求人家帮过忙，这么点小要求若拒绝了，是无论如何说不过去的，只好满口答应：“放心吧，王姐，你说的事我记下了。”

这边刚收了线，铃声又响起来，季小桃看了看来电显示，右手食指轻轻一点，掐了。可是，没过半分钟，铃声又固执地响了起来，季小桃想，这个电话若不接，恐怕会一直响下去，只得接通了电话。

一个富有磁性的声音传过来：“嗬嗬！小桃，刚升官架子就大了，连电话也懒得接？”

这是季小桃高中时的同学齐大全。季小桃和齐大全曾经有过那么一段历史，本来都已经过去多少年了，可是，人已经朝“三”奔去的时候，齐大全不知从哪儿又冒了出来，并且锲而不舍地黏上了她，就如“哥儿俩”黏胶，弄到手上，洗不净刮不掉的。

齐大全长得身材魁梧，国字形的脸膛，浓眉大眼，论长相还是挺男人的。上高中时，季小桃还是蛮喜欢他的，后来，经过一段时间的交往，季小桃发现，她和齐大全成不了事。齐大全家居农村不说，关键是这个人胸无大志，空长了一副伟岸的男子汉躯壳，学习成绩老是排在后几名，每次期末公布考试分数，连季小桃都为他脸红，他却大大咧咧，不以为然。还是个夸夸其谈的话篓子，你给他搬个梯子，他就能上天似的。俩人如放在蒸笼里的馒头，刚点了把火，才刚冒热气，季小桃就跳出了蒸笼，和这个“胸无大志、不求上进”的阿斗拜拜了。

后来，季小桃考上一所师范学院，论学问给中学生讲课也是绰绰有余的，可是为了能留在城里，毕业后自愿进了这所市重点小学。本科师范学院数学系的高才生教小学四年级的数学课，在别人看来是电线杆子挑灯笼——大材小用，但是，季小桃却没有觉得自己被小用。季小桃不是这山望着那山高的人，也不是多么求上进的人，她很满意自己的工作，一天上几节课，和天真烂漫的孩子们玩玩儿，让自己不泯的童心经常地流泻出来，心理上没有负担，又领着一份固定的工资，与多如牛毛的下岗女工相比，幸福到天堂里去了。

一次市局领导到他们学校来检查工作，就看到了齐大全。那时候，她才得知齐大全高中毕业去当了兵，复员后分配到市教育局当了一名司机。尽管只是一名司机，和季小桃之间似乎产生了一种新的关系，即上下级关系。在季小桃眼里，齐大全有了居高临下的优势。齐大全踌躇满志的样子，把季小桃气得不轻，心想，也不过当个车夫而已，有啥了不起的！那次见面分手后，季小桃懒得和他联系，齐大全倒是像狗皮膏药似的黏上了她，今天请她吃烤鸡翅，明儿邀她喝咖啡，一天打几次电话的都有。恨得季小桃严词警告他，说再这样纠缠她，就报警受到了骚扰。齐大全嬉皮笑脸地说：“你报啊，你去报啊，正好让警察给咱们当个证婚人！”把季小桃气得牙根子都是疼的。季小桃威胁他：“告诉你齐大全，本人已经名花有主，还是个现役军人，你若再不思悔改，我要起诉你上军事法庭。”季小桃听说过军事法庭比地方法庭威严，就拿这个吓唬他。齐大全却哈哈笑道：“还军事法庭呢，当我不知道？不要忘了，本剩男是军人出身，并且还当过侦察兵，那个叫啥王壮的通信兵不早被你一脚蹬了……”

他倒是把情况都摸清楚了，季小桃威胁恐吓不了对方，就只有狠狠地挖苦他，齐大全，你不就一车夫吗，别说在局里给领导开个破车，就是给省领导中央领导开车，不还是个半文盲？季小桃我堂堂的本科大学生就是看不起你！季小桃说了这话，自己也感到吃惊，是从什么时候起自己竟变得如此刻薄傲慢，净拣难听话来损对方呢？

不过，这一军倒是把对方将得哑口无言，好半天才说，你季小桃不就个大学文凭吗？你等着，我也拿个给你看看！后来听说，这个家伙真的报考了成人高教，并考上了武汉一所著名大学的汉语言专业。

这个厚脸皮的齐大全，并没有因为季小桃的冷漠刻薄而退却，反而加大了对季小桃的攻势，大有不攻破山头决不罢休的气势。自以为读了成人大学就和季小桃拉近了距离，还真的托人牵过线搭过桥呢。托的就是季小桃的顶头上司陶老蔫。那天陶老蔫说："郎才女貌，挺般配的呀，我就不信把你们俩拢不到一块儿去。"

季小桃生气地嘟着嘴，埋怨陶老蔫："你这人，胳膊肘朝外拐啊？你告诉齐大全，我季小桃不稀罕他那个'成人高'！"

陶老蔫反过来却对齐大全说："季小桃早就想和你破镜重圆呢，就是不好意思张口。你得上赶着表现自己。"

这阵儿季小桃心里正烦，听齐大全如此损自己，便恨恨地道："齐大全，别拿我孩子王开涮，我一个名不见经传的小学教师，哪里像你呀，教育局领导，'师'级待遇，多了不起呀！"

齐大全忙说："别别！我说季小桃、季老师、季主任、季姑奶奶，你这话要是说出去不砸我的饭碗吗？就像我齐大全是土匪恶霸黄世仁似的！再说我哪敢给你开玩笑啊，上赶着巴结还来不及呢。"

季小桃道："没别的事就挂了，这会儿正烦着呢！"

齐大全急忙说："别别！正事还没说呢。"

齐大全说的正事，是请季主任多多关照，开学后给侄子齐伟安排个好座位。"改天请你吃鸡翅，你不是最爱吃烤鸡翅吗……"

不等齐大全啰唆完，季小桃就把电话挂断了。

2

四（3）班原来的班主任牛洁请了产假。谁都知道，牛洁蜜月才刚度过，墙上贴的大红喜字糨糊还没干透呢，小肚肚也不显山不显水的，就突然请了产假。不了解情况的人，还真的以为牛洁的肚子里被她亲爱的那一半提前播下了种子。这种事情早已屡见不鲜，犯不着大惊小怪。而知道根底的人，明白牛洁玩的是金蝉蜕壳计。牛洁犯了事，这事若被市教育局追查下来，牛洁本人受到什么惩罚很难知晓，学校领导说不定也要跟着坐蜡。好在牛洁犯下的不是杀人放火之类的弥天大罪，不过是违反了教育行政部门的某项规定，私自向学生们兜售了一批辅助教材，得了一些蝇头小利，结果，牛洁这种靠赚学生发不义之财的行为被一位满腔义愤的家长告到了市教委。说起来，告到市教委的消息还是齐大全透露给季小桃的，连局长拍了桌子要派人下来严查的风声也是从齐大全那张破嘴里刮过来的。季小桃毕竟是和牛洁同班的同事，一个教语文，一个教数学，两人在平常没少互相关照，牛洁是班主任，班里事务管得多些，掌握学生家长的人脉资源自然就多了些。这个社会就是人与人之间的相互来往、相互关照、相互帮助和相互利用，而形成了一种庞大的社会体系，谁掌握的人脉资源丰富，谁在这个社会上就好混事，就好做人。牛洁掌握了全班六十多个同学的家庭人脉资源，这六十多个家庭乘以二就是一百三十多个家长，这一百三十多个家长乘以 X 就是 X 个社会关系，有了 X 个社会关系，还有什么事情办不成吗？可是，牛洁的事情偏偏又栽倒在这 X 个社会关系中的某一位手里。牛洁兜售教辅的事侵犯了这个人的利益，就被这个人告到教育局。既然面临着个人被调查处分、学校领导被株连的不妙情况，牛洁就“三十六计走为上计”。牛洁的新婚丈夫在远离这个城市的另一个大城市的一所军校里当教官，牛洁去那所城市是迟早的事情，既然发生了这档子事，就提前采取了“军事”行动，到新婚丈夫所在的城市过“产假”去了。牛洁的“军事”行动，在学校里知道根底的人除了学校领导，再有就是季小桃。

牛洁走后，教育局虽派人来进行了调查，可是，当事人已在千里之外，又不是非破不可的刑事大案，这种鸡毛蒜皮的小事，在其他学校也是经常发生的。不过民不告官不究，民若告下来，主管部门怎么着也得装腔作势地配合“严查”一下，好有个交代。可是发生在市重点小学这桩“强制向学生兜售教辅”的事件，当事人请了产假，学校也不愿把这件事弄得风风雨雨，调查组来后，相当地重视，组织专门接待小组。陶老蔫是小组负责人，陪着调查组去吃海参鲍鱼，喝轩尼诗 XO，吃饱喝足，又去卡拉 OK，还不尽兴，便又去洗洗捏捏，“非常严重”的事件大事化小、小事化了，最后化作桑拿房里的一缕青烟，被轰轰作响的排风扇轻轻地吸走了。事情不了了之。

季小桃一心为别人着想，帮助牛洁完成了金蝉脱壳，没想到却把自己推到了硝烟弥漫的前沿阵地。

回头看一下这所学校。学校是市重点小学，规模相当大。学校的管理者，对任课教师和班主任实行的是大循环制，所谓大循环，就是在三至六年级阶段，语数外主要科目的任课教师和班主任从三年级起接班，一直把这个班级送到六年级毕业。牛洁走后，一位新来的语文老师接了她的课，让季小桃接班主任。在其他人眼里，班主任是个名利双收的差事，除了能名正言顺地多拿一笔班主任津贴外，全班学生家长们的人脉资源所能提供的方便也是不可低估的。

季小桃是个追求时尚生活的人，本来就怕忙怕累怕操心，清闲惯了，而班主任这个活，苦死累死也没人心疼你。六十多个孩子一个比一个猴精调皮，在家里都被当了小皇帝小公主似的敬着，稍不如意就撒泼使性子，没准儿给你来个不告而别离家出走，在网吧里一躲就是三五天，跟你藏猫猫，家长和班主任急得报警发告示登寻人启事最后绝望地到河里打捞尸体……季小桃一想起自己即将面临的重重困难和艰险，心里就发憷。

季小桃终身大事没有着落，在这个世俗观念相当严重的小城市，她早被划入了剩女的行列。季小桃不想当剩女，可是，没有办法啊，也谈了不下十多个，竟没有一个让她季小桃为之“怦然心动”的，也没有一个像当年的青蛋子齐大全那样让她激动过的。她不相信世界这么大就没有一个比齐大全上点档次的男人！那个叫王壮的人，是牛洁的丈夫给她介绍的，两人还 QQ 了一段时间，后来见了一次面，那人又精又瘦，个子矮得可怜，大概只有一米六七，站在身高一米七八的季小桃跟前，如一只可怜的小羊和一只高傲的长颈鹿相 PK。在季小桃眼里，王壮等同于半残。季小桃没有责任和义务去抚慰一个半残人的精神感情，很客气地和人家拜拜了。

季小桃过去是个性情开朗的女孩，随着年龄的增长，渐渐变得深沉老成了。遇到自己看不惯的事常产生一种莫名其妙的烦恼，话也就刻薄犀利了。人家说她，这老剩女脾性变了。如果再不赶快找个男人嫁出去，连她自己都怀疑自己是不是有了病。季小桃每日上完课，批改完作业，剩余的时间基本上就是用来寻找新的目标。然而，陶老蔫这位领导太不近人情了，不关心同志的个人生活问题也就罢了，却还添乱。

3

陶老蔫不辱使命，终于把那帮“钦差大臣”打发走了。牛洁“兜售教辅事件”尘埃落定，拿出的意见是让牛洁同志写个检讨完事。陶老蔫诺诺应承，一定一定。可是，人在千里之外呢，向谁检讨啊？校长非常满意，口头对陶老蔫嘉奖的同时，也警告所有同仁们，如果以后再有此类事情发生，谁屙的屎谁去铲起来，别等着学校领导再去给谁打扫卫生。

那天，陶老蔫刚在办公室里的椅子上坐稳妥，季小桃就阴沉着脸走进来。

陶老蔫长了一张胖乎乎的圆团脸儿，白白胖胖，整日笑哈哈地睁着一双小眯眼，四十多岁的人看上去如二三十岁的大小伙子，人也柔和得没一点刚性，谁也没见他脸上出现过晴天转多云的情景。当了十几年的教务主任，从没和同志们发生过一次口角，是全校上下公认的老好人。

陶老蔫见季小桃漂亮的脸蛋上似乎能拧出水来，就明白是为让她代理班主任的事来发难的。季小桃冷若冰霜的样子，更让人怜惜和心痛。心想，怪不得齐大全那小子铁了心地熬她，这个女人真是可人啊！齐大全硬撑着把自己熬成了老剩男，若真能把这根青菜挖到筐子里，也是值得的。情知季小桃是来向自己发难的，却装疯卖傻，对季小桃说："季老师，我这里正要给你打电话呢。今儿，请你吃烤鸡翅。"

熟悉季小桃的人，没有不知道季小桃对烤鸡翅情有独钟的。而陶老蔫是个一毛难拔的铁公鸡，搁到平常，让他说个"请"字也会心疼半天，今儿却大方得像水盆里的螃蟹，趾趾爪爪都伸直了任人宰。可是，季小桃今天没有心情，她不能中了陶老蔫的"糖衣炮弹"。

季小桃站到面前，让陶老蔫有一种被美丽风景晃花了眼的感觉。季小桃虽然还没有发福，但是也不是小姑娘那种杨柳细腰的身形儿了，胸前那块自留地里是上足了底肥的样子，明显地丰满起来，穿着低领的水白色麻纱衬衫，丰腴而又白皙的胸脯便毫无遮拦地暴露在陶老蔫的眼皮子底下。虽然是被动地偷看了人家，却又像做贼似的心虚。

季小桃说："陶头儿，别拿烤鸡翅腐败我。今儿把话挑明了，这'代理'的差事儿是不是你给我揽下的？"

陶老蔫斜睨着季小桃："小桃，别跟吃枪药似的对哥说话。班主任这差事儿，有名有利，多少人盯着呢。哥慧眼识珠，在人群里扒拉来扒拉去，才举荐了你。你不但不请我吃肉串儿，反倒好心当了驴肝肺似的报答，让哥烦不烦啊！"

季小桃说："你爱烦不烦！这差儿我干不了，你另请高明吧。"

陶老蔫急了，忙道："别别，我在校长那里给你打了包票呢，说你一准儿能干出个样子来。现在任务都分好了，一个萝卜一个窝，都动不得的。"

季小桃一肚子怨气发过来："打包票还不是个'代理'？这不是拿我季小桃不当回事吗？你去给校长说，谁爱代理让谁代理去！"

陶老蔫明白了弯子在哪儿，解释道："哪敢小瞧了你啊，原来让你代理，是指望牛洁能回来的，没想到，人家黄鹤一去不复返了，连个等的指望也别想了，你这个'代理'也就是正式的了。"

季小桃这才明白为啥只给自己一个'代理'的头衔，却不知道牛洁要调走的事，就问："牛洁那破事不是摆平了吗？还让她回来继续干不就得了。"

陶老蔫苦笑道："调令都下来了，人也飞了，还能再回来。"又说，"你好赖给哥个面子先干一学期，等下学期我再想办法给你调整，中不中？"

陶老蔫用的是缓兵之计。季小桃也知道这差事既然安到了头上，要卸掉也确实不容易。但是，季小桃要和陶老蔫讨价还价，万一将来出了娄子，也能让陶老蔫替自己挡一挡。便一口回绝道："不中，别说一学期，就是一星期也不中！"

季小桃态度越坚决，陶老蔫心里越踏实，他了解季小桃的脾性，这个老剩女，嘴硬得像煮熟的鸭子嘴，其实心里已经认可了，只不过是要讨价还价而已。陶老蔫以退为进，笑眯眯地说："不中就不中，你不中我中。这样吧，班主任的名分儿你担，津贴你拿，活儿我替你干，总可以了吧？"

陶老蔫把季小桃绕进了一个圈子里，让季小桃无话可说。其实季小桃来撂挑子，并非真心实意。既然校领导研究决定下来的事情，作为一名教师也只有执行的份儿，没有挑肥拣瘦的份儿，找陶老蔫发牢骚撂挑子也只不过是撒撒气。更主要的原因是嫌班主任前边加了“代理”二字，与别的班主任相比有了低人一等的感觉，因此，才来闹个情绪。现在明白了其中原因，“代理”二字也抠掉了，心情就好了些，便就势下台阶，跟陶老蔫去吃烤鸡翅。

季小桃和陶老蔫也是常闹的，一路走一路还讨便宜：“‘见鳖不捉，一律同罪’，不吃你陶老蔫不是白不吃吗？”陶老蔫摆出一副任人宰割的可怜相，暗里却在偷偷地得意。

所谓的烤鸡翅也只是个名堂，并非单单的烤鸡翅。离学校不远的地方有个烤鸡翅小吃店，面积不大，却很卫生，一般的家常小吃应有尽有。招牌菜便是烤鸡翅，做得色香味俱全，焦黄鲜嫩，麻辣香酥，看着诱人，吃起来迷人，想起来馋人。这是剩女季小桃的最爱，除了自己经常光顾，和朋友以及同事们也是常来的。

季小桃和陶老蔫刚找了一张台子坐稳，就看见齐大全从门口那边进来，探头探脑地朝里瞅。陶老蔫笑眯眯地把头扭一边，假装没有看到齐大全。季小桃怀疑齐大全是不是有特异功能，怎么她到哪儿他就能闻风而至，像个跟屁虫似的。看到陶老蔫扭着头龇牙笑，方明白原来齐大全是有了卧底。进来时陶老蔫就去了卫生间，还不是趁那个机会偷偷给齐大全传递了信息？季小桃气得站起来要走，被陶老蔫一把抓住了，连声说：“不礼貌，不礼貌，人家毕竟是市局领导呢。”硬把季小桃拉到了椅子上坐下。季小桃杏眼圆睁：“啥领导呢，车夫一个！”

齐大全一落座，便反客为主，忙活得就像伺候贵宾似的，又是倒水，又是点菜。吃喝之间，殷勤地为季小桃夹菜，少不了对季小桃贩卖一些阿谀奉承之词。三人吃饱喝足之后，让陶老蔫白白地大方了一次，他刚说要请客，齐大全就忙去买单。

陶老蔫悄声对季小桃说：“‘见鳖不捉，一律同罪。’就给这小子一次破费的机会吧。”

4

每个班级的人数按照上级规定不得超过五十个学生。规定是规定，执行起来就比较困难，只能说制定这项规定的人没有到学校了解实际情况。这是没有办法的事情。季小桃所在的学校，许多家长托朋友走门子想办法把孩子送进来，都是有头有脸的人物，学校又不能不收，普及义务教育，学校没有理由不收学龄儿童入学。学校地处市区，正是人口居住密集的地方，因此，生源爆满，每个班级的实际学生数要远远超过规定的数字。季小桃的四（3）班，本来六十八名学生，开学时又转来两名，一所教室里，挤挤歪歪地坐了七十个学生。学生课桌横排四张，每张桌子俩人，一排八个人，共八排半，最后的半排本来只放两张桌子，增加了两个学生，又加了一张课桌，空间更显得促狭，后边的门都要堵上了。靠墙两边和中间各留一条道，供学生们出出进进和讲课教师到学生中间去巡回辅导所用。

季小桃现在面临的问题是非常严峻的。季小桃因为连连接到一些家长和熟人（有的只是一面之交）的电话，就有了不耐烦的情绪，现在，面临实际情况，班主任季小桃岂止是不耐烦，简直连跳河上吊喝农药的心情都有了。

一团乱麻！就是一团乱麻！没有当班主任的时候，虽然也是在这个班上课，那时候不管理学生的事务，还没发现竟有那么多让人头疼和麻烦的事情。都是十多岁大的孩子，说闹就闹起来了，养成的少爷公主脾气，一个比一个牛气和霸道，谁惹了谁都要告到季小桃这儿，让季小桃给个说法，一个又比一个精灵古怪，老师处理事情稍有不慎，就不依不饶地说老师偏了心眼。这些还都不是最头疼的事情，最头疼最麻烦的是座位问题。每到新学期开学，学生们的座位都要重新排一下的，原来的同桌，因为课桌的

“边界”问题闹过纷争，单等着新排时和自己要好的朋友排到一张桌子上去；还有的希望和成绩好的同学排到一起，也能得到一些帮助；小孩子的发育成长也不尽相同，个子高矮有了新的变化，也是要重新认定的……多种原因都需要把学生们的座位重新编排一下，家长都虎视眈眈地盯着，都等着新学期新上任的季班主任给自己的孩子排个好座位，能把自己的孩子排到前两排的地方去，最不济也要安排到第三排。季小桃接那么多的电话，大都是提出这个要求。有的絮絮叨叨表明自己孩子坐到前排的理由，有的转弯抹角地陈述了把自家孩子排到前排的利害关系，还有的大发牢骚，埋怨自己的孩子学习退步是因为前任班主任把孩子安排到后边的原因等等。学生的座位安排被家长看得如此重要，这是班主任在家长眼里被看重的主要因素。然而，一旦对为自己的孩子安排的座位不满意的时候，对班主任的那种怨言在任何场合下都要淋漓尽致地发泄出来的。如果真就这件事情埋怨也无可厚非，关键的是要由表及里由内及外，把一些无中生有牵强附会的鸡毛蒜皮的事都扯出来了。牛洁的“兜售教辅事件”就是个例子。就这个破事，季小桃是清楚的。班里有一个学生家长，给牛洁建议，说是某学校某班用了一种新编的辅导教材，使全班同学的学习突飞猛进，在全阶段由倒数第一一下子考到正数第一，劝牛洁试一试，并且把教材也带来了。牛洁一看，教材上的试题还比较新颖，从印刷质量上也看不出是盗版的，价格也不贵，定价上标明的是十六元，只收学生十元钱。当时刚过罢年，学生们的口袋里还有些压岁钱，牛洁征求了学生的意见，学生就把自己的私房钱抠出来买了一本。后来这位家长又照每本四元的价格回扣了牛洁，也就是二百多元钱，牛洁死活不要，这位家长硬把钱放下走了。后来教研组加班批改卷子，牛洁请组里老师吃饭，就用了这笔钱。这事谁都知道，谁也没放到事上去说。再后来那位家长就提出要牛洁给他的孩子调座位，那孩子长得人高马大的，坐在第五排已经够靠前的了，还想调到第三排去。牛洁没给他调，这位家长就把牛洁“兜售教辅”的事捅到了教育局。想想也够让人恶心的。这人也真够下作的，真是林子大了，啥鸟都有。其实牛洁也不缺那仨核桃俩枣的打醋钱，也是一番好心为学生能多学点知识，让学生拿零花钱买学习资料总比扔到网吧里有些价值吧，哪里知道人家是有目的地套了牛洁，结果就把牛洁给套了进去。这件事给季小桃她们上了生动一课，对那些爱耍小伎俩的人，千万不可留下把柄给他。

陶老蔫许诺只让季小桃挂号不让季小桃管事，也只是客套话，开学已经两天，陶老蔫连个面也没照。季小桃平常给人的样子松松垮垮，好像不着调的样子，其实，做起事来还是比较细致入微的。差事推不掉，压在她肩膀上不得不挑起来。这里有一句俗话叫“孝帽子戴你头上不由你不哭”，是说，只要把事交给你你就得干。已经到了这个地步，总不能把七十号人扔下不管吧。季小桃去找陶老蔫，刚走到陶老蔫办公室门口，就看见一群老师吵吵闹闹地缠着陶老蔫，提这要求的，摆那困难的，把陶老蔫磨叽得直抓头皮。季小桃骂了一句：窝囊废！回头走掉了。

没吃过猪肉，还能没见过猪走？季小桃自己给自己打气鼓劲，豁上了，本大姐先干一年让他们瞧瞧！

5

尽管学生和家长都急切地等着重新编排座位，都希望新任班主任季小桃能给自己的孩子安排个理想的位置，然而，季小桃却按兵不动，学生仍旧按照牛老师上学期给大家编排的位置坐，谁也不许私自调动。

季小桃之所以如此，是想把编排座位的事情压一压，稳定一下学生的情绪。放了一个暑假，都跑野了，懒散惯了，必须把他们如脱缰野马一样的性子收敛一下，把他们的精力先集中到学习上来。还有一层原因，接了那么多电话，又有那么多家长通过各种渠道给她打招呼，让她很作难，前三排只能坐二十多位同学，要求坐到前三排的大概有六十位，真不好办呢。季小桃采取的办法是“冷处理”，先把事情晾一晾，等家长们的迫切愿望冷淡下去的时候，再去做这件事，矛盾可能会减少一些。

然而，季小桃的冷静却让更多的学生家长焦躁不安，这些家长把季小桃看得诡异莫测，捉摸不透。这个老剩女，看似脾气哈哈大大，内心扎实着哩，她这是吊大家的胃口呢。由此联想到组织部门调整干部时的情景。组织部门每一次提拔调整干部不都先“酝酿酝酿”？放出风声把人们的胃口吊起来，让你把该做的做了，该找的人都找了，该送的礼都送了，该花的钱都花了，该跑的路子跑完了，才进入实质性的调整阶段。季小桃是不是也借鉴组织部门调整提拔干部的经验来应用于自己的工作实践？有了这样的猜测和疑虑，就开始了行动。看起来光靠打一个电话加强感情的交流是很难成事的，必须采取一定的必要措施。这样，四（3）班班主任季小桃在本学期开学初期，进入了她最忙碌和最辉煌的时代。季小桃的手机不停地响，有邀请她吃饭的，有要到她家去拜访的……更让季小桃惊讶不已的是，季小桃接连收到一些信息，信息提示她的手机卡里不断被充值了话费，每次三百二百不等。季小桃正奇怪怎么这么多人都傻了吧唧地把钱误充到她手机卡里时，接着就有学生偷偷地把那些充值话费的单据拿给了她。她这才恍然大悟，原来那些傻了吧唧的人是有着明确目的的。季小桃弄明白了这一点，哭笑不得，她查询了一下，就她手机卡上现在预存的费用，恐怕三年内也消费不完。季小桃没有办法阻止人家不朝自己的卡上充值，只得顺其自然。学生们向她展示的充值费单据她都留了下来。她知道那是家长们安排学生故意展示给她看的，若不是季小桃当了班主任，谁也不会傻了吧唧地朝她卡上充话费，现在充了话费也没准备当做了好事不留名的“雷锋”，不然，就失去了为她季班主任充值话费的意义，还不冤枉了自家的人民币？

季小桃当了同学的面，在每张单据上写上学生的名字，以备查用。学生把这些情况如实反馈给了自己的家长。那些家长们也放了心，好了，季老师这个人还挺会来事，都记下了，等着吧，咱的孩子一准儿能调个好座位。

学生和家长们都眼睁睁地盯着前三排的座位。原本坐在前边的学生生怕编排座位时把自己调到后边去，坐在后边的学生又等着调到前边来。看似平静的等待中却涌动着激烈的竞争和较量。编排“座位”，这个看起来再普通不过的小事，在家长们眼里是顶顶重要的大事。许多事情变得复杂起来，座位的价值也在一路飙升。一个小学的班主任竟是如此实惠，这是季小桃事先没有预料到的。怪不得那么多人都向自己祝贺“升官发财”。王姐说，班主任在他们眼里比局长和市长的官还大，这句话听着像是一句玩笑，仔细品嚼还有那么一点儿意思。局长管理一个局里的事儿，市长管着一个市的事儿，他们未必管得了一所小学一个班级的事儿。不相信，你让一个局长或一个市长来说句话，没准儿哪个学生也不会买他们的账，会把他们当成卖糖葫芦的老头儿在那儿穷吆喝呢。包括学生的家长也不会拿他们当回事儿，县官不如现管，季小桃是他们孩子的班主任，孩子学习的好坏，调皮不调皮，能不能进步，能不能评上三好生，能不能拿一张奖状回家，更重要的是能不能被调到一个好座位啥时候才能调座位，都掌握在这个漂亮的女老师身上，季小桃才是学生家长心目中最大的官儿和最有权力的人！

新来的两位学生安排在最后新加的座位上。其中有一位叫雷佳佳的男生，个子矮小，家长没来提什么要求，却来了一位姓刘的年轻人。陶老蔫忙里偷闲把那位刘秘书介绍给了季小桃，就匆匆忙忙地走了。

来人举起右手朝上推了推自己的眼镜，郑重其事地自我介绍说：“我是雷主任的秘书刘前途。是这个意思，雷主任嘛，本来要亲自拜访您的，由于这一段时间市里工作比较忙，所以就委托我来拜访您。”说着，变戏法似的从公文包里掏出一件包装精美的“阿玛尼彩妆套装”，“这是雷主任去香港考察时特意给您带回来的，请您笑纳。”

季小桃一看那包装，就识别出是地道的行货，价格一定不菲的。看着高雅昂贵的礼品，她心动了一下，这是一个漂亮女人不能不喜爱的东西，对于季小桃，是再好不过的取悦礼物。然而，素昧平生，却特意给我买的？让季小桃不由不心生疑窦，这个雷主任怎么知道他的孩子会安排在这个班，又怎么知道我季小桃担任他孩子的班主任？

季小桃把礼品还给刘秘书，说：“回去替我谢谢雷主任，可是我从来不喜欢用外国的化妆品，还是拿回去把它送给最喜欢的人吧。请问刘秘书，雷主任还有别的事情安排吗？”

季小桃看过这个叫雷佳佳的基本情况，知道雷佳佳的爸爸刚从外地调到市直某个重要部门任职，权力相当大。但是，季小桃没有感觉到雷佳佳爸爸的权力对自己这个小学教师有多么重要。

刘秘书拿着季小桃拒绝的礼物，显得十分尴尬，放下不是，装起来也不是，也只是短暂的难堪，迅疾脸上堆满了笑容，说：“季老师，您客气了，一点儿东西不成敬意的。”说着又把东西放到季小桃的面前，“是这样的，季老师，其实也没多大事情，雷主任的儿子刚转学过来，在您班上，请您多加关照。还有，小佳佳说，他听课时要踮起脚跟才能看清老师在黑板上写的字。佳佳个儿低，眼又近视。如果方便的话，请您把他的座位朝前边调调。”

一阵铺垫之后，终于接触了正题，不过，人家提的要求并不过分，别说是一个当官的提出来，就是平头老百姓提这样的要求，季小桃也不能拒绝的。季小桃笑着说：“刘秘书，本来短期内不准备调座位的，既然雷佳佳有实际情况，即使他的爸爸不是你们的主任，我也会考虑的。”

刘秘书连声说："谢谢了，谢谢了。我一定把您的话转告雷主任。"

刘秘书走的时候，试图把礼品放下，被季小桃断然拒绝。

6

季小桃仔细观察了一下，发现雷佳佳上课时果然都是踮着脚尖听课，老师板书的时候，雷佳佳探着身子，眼睛睁得大大的，好像生怕漏掉了黑板上的每一个字，鼻梁上的眼镜还常常地滑落下来。季小桃想，看来刘秘书说的是实情，不能耽搁了这个孩子。

季小桃决定先把雷佳佳调到前三排的座位上去。把雷佳佳调前边，就要把一位调到后边来。把谁调到后边呢？都巴望着再朝前挪挪呢。现在的小学生可了不得，小小年纪，却人小鬼大，敏感着呢，要把他朝前挪，自我感觉良好，突然再把他朝后调，就有了想法。家长也会马上找过来向你发难。看起来是桩简单的小事，弄不好要引起一场大的波动。

正发愁如何解决这个难题儿，看到了那个叫齐伟的男孩子，突然就有了主意。

齐伟从乡下转到这所学校的时候，季小桃没少帮忙。齐伟的爸是个包工头，手里赚了一把钱，就想把自己的儿子送到最好的学校接受教育。可是，包工头的儿子进入这所学校并没有特别的优势，这所学校的招生条件，除了有一个本市的城市户口外，户口还必须是这个辖区内的，否则，是很难进来的。家长和学生都认定只要进了这所学校，以后考清华北大是十拿九稳的事，即使考不上清华北大，还有科大复旦等等著名的大学院校兜底儿。家长和学生们的这种认识，让季小桃感觉可笑，这些人是不是太幼稚了？但是，人家就是这么想的，你能咋的？

齐大全是齐伟的叔，齐大全刚分到市教育局，上下关系还都不太熟络，再说，齐大全也有了多与季小桃见面和相处的正当理由。为侄子上学的事，齐大全找季小桃，要季小桃无论如何得把齐伟弄进来。

季小桃揶揄他："你不是局里的正'司'级高干吗？找我们校长去说，会给你面子的。"

齐大全说："一个小车夫，哪有啥面子，还是熟人好办事。就拜托你了。"

季小桃这才说："够条件的都快要把这所学校涨破了，还有那些有职有权的，利用自己的职权送来的学生，校方哪个敢不收？就你那个包工头大哥也要把孩子送进来，甭想！"

齐大全嬉皮笑脸地说："季老师，人家有职有权，咱不是有人嘛。齐伟他未来的婶婶在这里当教师，还怕进不了这所学校？"

季小桃一听翻了脸，义正词严地说："齐大全你是癞蛤蟆想吃天鹅肉！快走，别烦我！我给你办不成！"

话是这样说，最后，还是季小桃给办的。季小桃把齐伟说成自己嫡亲的外甥，死缠活拽，才把齐伟转进来。每个班里都爆满，别的班级不好安插，和当时的班主任牛洁说了许多好话，才插入了她们这个班。不是她季小桃，齐伟是很难转进这所学校的，现在，她季小桃遇到了难题，要齐大全帮忙应该不会有问题的。

季小桃给齐大全发了信息：晚七点德运茶楼见面，有要事通报，过时不候，后果自负。

齐大全哪敢怠慢，立即回信：得令。

季小桃走进茶楼的时候，齐大全已经在那里候着呢。

除了齐大全，还有一位中年男子。季小桃认出他是齐伟的包工头爸爸。和包工头见过两次面，第一次是齐伟到学校报到时，包工头送齐伟来，随便给季小桃送来一沓吉祥商场的购物券表示谢意。吉祥商场是这座城市规模最大的购物商场，包工头送来的购物券面值两万元，其实也就是用两万元现钞购买的。包工头出手如此大方，令季小桃愕然。作为一名小学教师，还从未收到过如此厚重的礼物。她觉得这份答谢礼太重了，她承受不了。就让齐大全把礼物悉数退还了。第二次是为齐伟调了座位后。齐伟初进班，坐在最后排，为了让齐伟朝前挪挪，季小桃给时任班主任牛洁打了几次招呼，牛洁才给了面子，把齐伟调到了第三排。包工头为了答谢季小桃，没有再送购物券，而是在全城最豪华的海天大酒楼里宴请了季小桃。季小桃没有独自享受，把牛洁、陶老蔫等人也都叫去了。那天，让几位辛勤耕耘的小学教育工作者们享受了一次啥叫奢侈和腐败。

看到包工头，季小桃心里暗暗埋怨齐大全，你傻啊，把这人也招来了，我这里咋给你说事！心里烦着，脸上还是很客气的样子。包工头毕竟是学生家长，在家长面前，班主任季小桃没有忘记自己的身份，她拿捏得十分得体。

包工头很善于言谈，从季小桃走进包间坐下，就不停地恭维感谢季小桃："小伟这孩子能进这所学校全仗季老师您了，您真是小伟的福星啊！""小伟可佩服崇拜您呢，他可是您的粉丝。""这孩子有进步还不都是您的功劳……"一个大男子为了自己的孩子，如此婆婆妈妈地向一个女人献殷勤，让季小桃不禁为对方感到汗颜。这些家长们，为了孩子的成长和进步，把在社会上那一套为人处世的人际关系淋漓尽致地发挥到了小学教师身上，真是可怜可悲呀！其实，大可不必那么多的谄媚和恭维。对于齐伟，季小桃做得很自然。齐伟这个孩子性格很内向，不爱说话，也不调皮，学习进步很快，任课教师都很喜欢他，季小桃对他所做的一切，大多是出于一个做教师的本性和天职，如果说有点私心的话，也是看齐大全的面子，季小桃虽然表面上对齐大全很苛刻、冷淡，实际对齐大全要求帮忙的事是很尽力的，毕竟是老同学，还有那么一段经历。这也是让齐大全锲而不舍地追逐季小桃的真正原因。

齐老板为了表达自己对季老师的感激之情，趁去海南出差机会，给季小桃捎回了一个礼物，"请季老师务必笑纳"。

这一次没有送购物券，却拿出了一个包装精美的礼品盒。从外包装上看，还不能确定是什么样的礼品，但至少可以确定，价值一定不菲的。

季小桃笑着说："齐老板，无功不受禄。本人一孩子王而已，实在不能为老板发财助一臂之力，怎能受此大礼？"

齐大全龇牙笑道："啥时候学得文绉绉的？我哥他就是一土财主，腰包里装那些碎银子，还不都是借了'让一部分人先富起来'的吉言，不收白不收。"

齐老板也急忙说："季老师，孩子交给您，省了我多少心，这还不是帮了我大忙？您得让我们做家长的表示一下感激之情不是？上次，就购物券那事，你把我这脸打得跟鞋底甩的一样，现在想起来还脸红着呢……咳，这一次，无论如何您不能再打我脸。"

季小桃急忙说："哪敢呢，既然齐老板有此美意，这情我就领了。"

齐大全看了一眼包工头，说："都是一家人，啥情不情的？"

包工头说："就是，季老师这么说，就嫌外道了。"

季小桃看齐大全眯着眼朝自己坏坏地笑，抢白他："齐大全，谁和你是一家人？坏了我名声你要负责任的！"

这两个人你一言我一语斗嘴，包工头怕齐大全得罪了人家，耽搁了小伟的事，急忙打圆场说："季老师，我这兄弟心直口快，话说得不称人意，心眼可好，您别跟他一般见识。"

季小桃尖刻地说："这人缺心眼，我不会和他一般见识的。"

包工头光想着自己的事，没听出季小桃是损齐大全的，就说："这就对了。季老师，还有个事情求您呢，小伟那孩子给我说，他那个同桌，上课时间好动，一会儿挠挠这个，一会儿碰碰那个，好像有那个啥多动症，人家的孩子嘛，咱不好说啥，季老师，您当了班主任，是不是把小伟的座位再给挪挪，让他坐在您眼皮子底下，也好管教了不是？"

季小桃想，包工头这礼不是白送的，托齐大全给她打电话还不放心，又买了礼物求她，这包工头对孩子的关心还是让人满意的。不过，季小桃本来打算给齐大全通报一下，让齐伟和雷佳佳暂时调一下座位，齐伟毕竟是齐大全的亲戚，而自己虽然还没答应齐大全什么，但总觉得与他好说话些，没想到他把包工头也带来了，她这边还没想好咋开口，却被对方先将了军。季小桃就不知该咋说了。

7

季小桃破例先把齐伟和雷佳佳的座位给调整了，但是，没有把齐伟调到前边，而是调到了后边。齐大全和包工头那里倒没发生什么地震，季小桃做的是齐伟的工作。齐伟把给自己调换座位的事瞒了他的包工头爸爸。

齐伟不像他的包工头老子那样有心计，非常实诚聪明的一个孩子，季小桃把齐伟喊到办公室，刚把自己的想法说出来，齐伟就懂事地说："老师，我知道把谁从前排调到后排都很困难，你别为难，你和我叔他是……好朋友，我不帮你谁帮你？让我和雷佳佳调吧，再说我个儿比他高，我的眼睛也不近视。"齐伟这么懂事，让季小桃心里感觉一漾一漾的，眼睛里有些湿润，她急忙回过头，擦了一下眼睛，说："你爸和你叔都要我把你再朝前挪挪呢。"齐伟小大人似的说："他们不了解咱班的情况，大家都眼巴巴地等着排座位时朝前挪呢。老师，你一直不排座位是不是有难处？我看这样也好，就先不排的，同学们倒安心学习了。其实，只要上课时集中精力听老师讲课，坐到哪儿还不都一样？"季小桃心里说，真是个懂事的孩子！这孩子从小在农村长大，包工头出来打工时，把孩子扔给了孩子的奶奶抚养，包工头挣下大钱后，才想着把孩子接到城里来上学，接受更好的教育，看来还算不错。不然，就可惜了这孩子的聪明了。

齐伟和雷佳佳调座位的事，在其他同学和他们的家长中引起了不小的波动，有些学生回家把两人调换座位的事给家长说了，家长们就有了想法，是不是就要重新排座位了？开学快一个星期了，新任班主任一直按兵不动。齐伟和雷佳佳的调整是不是个信号和先兆？这次可要抓着机会了，不给孩子争取排个好座位，就要影响孩子一学期呢！想想吧，这一学期，可要耽搁孩子进步的啊，耽搁了这一学期，下学期也会受到很大影响！在不相干的人那里，学生的座位是不足挂齿的鸡毛蒜皮小事，然而在家长们这里，却是头等重要的大事。为了给自己的孩子能调到一个称心如意的座位，一股新的波浪正在暗流中浮动。

季小桃全然没有发觉到这些，她的心情很愉快。学校统一定做校服，其他班级的校服款刚收了一半，四（3）班全体同学的校服款就交齐了，季小桃得到校长的嘉奖，表扬季小桃工作雷厉风行，对学校布置的工作能够迅速完成，别看是新任班主任，比那些干了多年的老班主任也不差。受到如此隆重的嘉奖，为以后晋职称和评模范都打下了基础。季小桃没有不愉快的道理。

包工头送给她的礼物是一条水晶项链，做工十分精细，晶莹华美，季小桃十分喜欢，试着戴在自己的脖子上，拿镜子一照，晶莹剔透的光泽在白皙的颈项衬托下，显得愈加华贵和高雅，季小桃爱不释手。可是，接受包工头这样一件礼物，总觉得没有道理，不太合适。想着，就把项链重新装好，盒子外边又包了一层报纸，让小伟给他爸带回去。

那天季小桃刚走出家门口，就见王凤急匆匆地走来，王凤见了季小桃，就火烧火燎地问："小桃，人家的座位都调了，咋就把田甜的给落下了？"

季小桃说："哪里呀，只是新来的一个同学个子太低，眼又近视，放到后边踮着脚尖听课呢，才临时给他调了个座位。"

王凤说："听说那孩子的爸是个大官，你才给人家调的吧？小桃，咱这老关系你可得照顾。不然，大姐可不依你！"

季小桃心里犯嘀咕，怎么为个座位就啥也不顾了，啥难听话都说出来了？这还没大调整呢，就说这么难听，真把她女儿给调到后边去，说不定要翻脸呢。心里想着，就说：“王姐，你说的这事我记下了，等调整座位的时候，我会让你满意的。”

王凤听了这话，才放了心，从手提袋里掏出一个盒子，说：“妹子，这美体瘦身仪，可好使呢，比吃药都管用。”

季小桃急忙说：“王姐，我不用这个，还是你自己用吧。”

王凤说：“跟姐还谦虚呀，拿着。”把东西硬塞到季小桃手里，才笑眯眯地走了。

季小桃拿着那个玩意儿，愣怔了好一会儿，心想，这东西值几百元钱的，算不算受贿呢？

季小桃和王凤分手去学校，刚走到校门口，就见门卫老乔和一位六十多岁的老奶奶在那里争吵，老奶奶扯着喉咙喊：“你欺负人咋的，这大门人家都进得，咋偏不让我进？”老乔也是个别扭人，拉着那老太的衣袖就是不撒手：“学校是不让闲人乱进的，你没事到这里凑啥热闹？”马奶奶说：“我不是闲人，我是马鹏的家长，是学生家长你就得让进。”老乔说：“学生家长好几千，谁都来还不把校园子装满？快走，马上就上课了，再捣乱我报警了。”马奶奶打岔说：“你跳啊，我一个老婆子还怕你跳井？”围观的人都笑了。

季小桃和马奶奶见过一面。那时候，季小桃还不是班主任。马鹏因借了同桌张帅一块橡皮不还，还把人家的鼻子给打流血了。马鹏是个单亲，妈妈在他三岁的时候就跟一个风水先生跑了，爸爸靠开出租车养活他和奶奶，一天到晚不进家，不跑车时在外边鬼混，喝酒打牌嫖女人，破罐子破摔，都是费钱的活儿。在当地不好混了，把儿子扔给老娘，一个人又跑南方去了。马奶奶管不了自己的儿子，只有管儿子的儿子。可是，这马鹏也不是让人省心的主儿，从小没有娘疼，奶奶就把他娇惯坏了，又受了他爸的影响，也是把日子拿来胡混的。这样一个惹是生非的孩子，三天不闹出一场祸事来他就算“三好生”——三天的好学生。马鹏把张帅的鼻子打流血，张帅的家长找到学校要个说法，牛洁把马奶奶喊来，希望马鹏的家长能向张帅的家长赔个不是，求得人家的谅解，可是，马奶奶不但没有好听话，还强词夺理说自己没娘的孙子在学校受了欺负，要牛洁给她家马鹏撑腰，把牛洁气得要吐血。季小桃刚好遇到这场面，也是看不下马奶奶的霸道模样，就说：“张帅他妈已经到公安报案，你家马鹏把人家打得头破血流，按条件也够判个三年五年劳教的，牛老师好心，才把你喊来和平处理这事的。”马奶奶被季小桃的一番话戗得直翻白眼，停好一阵，才换了一副笑脸，给自己找台阶下：“这闺女一说俺才明白，原来是自家孙子不省事，惹老师生气了。好，我道歉，我赔钱！老师啊，小鹏若有不是你要狠狠批评他，千万不可把他往牢子里送啊，恁大点个孩子坐了牢，以后谁还敢嫁给他当媳妇呢？”季小桃镇唬住了马奶奶，牛洁对季小桃刮目相看，从那以后，班里的事就经常讲给季小桃，让季小桃帮她拿主意。

看到两人在那里纠缠不休，季小桃走过去，对老乔说，马奶奶是她请来的家长，老乔才让马奶奶过去。马奶奶走进大门时，还回过头啐了老乔一口：“真是班头不厉害衙役厉害，不就是条看门的狗吗？”幸亏老乔没听见，不然，不会罢休的。

季小桃说：“马奶奶，讲话要文明。你这话要是在孩子跟前讲，还不让孩子学坏？”

马奶奶急忙说：“季老师，你放心，我不在孩子跟前说，我只在这儿说……”

季小桃生气地打断她：“在哪儿也不能说！”

马奶奶愣了一下，马上换一副笑脸，快快地说：“好，不说，就不说，以后多讲文明话。咳，季老师，其实，我来找你也没太大的事，只是，听说要重新给孩子们排座位了，俺家马鹏，你可要把他排到前排去呀。”

季小桃说：“都要排前边，后排总得有人坐吧？”

“那是那是。后排让那些听话的孩子坐嘛。不听话的孩子坐前排，离老师近，老师管教起来也方便。”

“你说得也有一定的道理，不过……”

马奶奶立刻喜笑颜开：“季老师，你同意把俺马鹏调到前排了？那俺可得好好谢谢你。”

8

下午放学的时候，齐大全打来了电话。季小桃想，躲是躲不过去的，看他齐大全能把她吃了不成，就接了电话，没等对方开口，就先发制人：“齐师傅嘛，是请我吃烤鸡翅吗？”

齐大全说：“季小桃，你少忽悠我！我跟哥打了保证，让小伟朝前挪挪呢，怎么调到了最后一排，你这不是欺负乡下人吗？”

季小桃解释说：“是这样，那个新转来的学生……”

齐大全打断她的话：“我不听你解释。本来答应大哥把小伟朝前边调呢，却原来是耍我和大哥。大哥正生气呢，你说这事咋办吧？”

季小桃好听话不管用，就果断地说：“这事也只有先这么办了。等大调整时，再把小伟安排前边来。”

齐大全说：“还忽悠我啊！你等着，鸡翅店，我这就过去，好好和你理论理论！”说着挂了电话。

季小桃没想到，刚调了两个学生的座位就惹来这么多的麻烦，齐大全这个平常在她跟前连大声说话都要看她眼色的家伙，也会对她发脾气，原来考虑得是不是太简单了。可是，既然已经调整了，再调整过来也不容易了，雷佳佳那里，那个未曾谋面的什么主任派了他的秘书对她表示了感谢，再把人家调回去，咋也说不过去。动别的同学的座位，更是难办的事情，刚刚调整了两个人的座位就引起这么大的波动，如果再调动一个还不更乱。那就干脆把座位全部打乱重新组合？可是，开学还不到一个星期，学生还没有稳定下来，势必要引起更大的混乱。满脑子乱糟糟的，还想着齐大全要找她理论，如果仅是齐大全还好，若带了包工头来兴师问罪，她季小桃也只好找个地缝先藏起来了。

还好，来的只有齐大全一个人，才暗暗松了一口气，看来真是拿了人家的手软，吃了人家的嘴短，见了人家还真不知道怎么开口。见只有齐大全，胆儿就大了许多，朝椅子上一坐，也不说话，只是瞪着眼，目不转睛地看着齐大全在那里忙活。

齐大全说："老看着我干吗？说话呀。"

季小桃就说："完了完了。"

齐大全莫名其妙地问："什么完了？"

季小桃还是那句话："完了完了。"

齐大全说："你有病吧？"说着伸出手在季小桃的额头上试了试，"不发烧啊，怎么净办糊涂事说糊涂话。"

季小桃扑哧笑了，说："齐大全，我发现你这个人特幼稚。"

齐大全指着自己的鼻子，不解地问："你说我幼稚？"

季小桃不以为然地说："不就为一个座位嘛，犯得着下这么大功夫公关吗？"

齐大全挖苦道："你不就这点小权力吗，六亲不认，上赶着去巴结那个当官的！"

季小桃翻脸道："齐大全，我是六亲不认！但你不能侮辱我的人格！那个当官的我连面也没见过，我一个小学教师巴结他干啥？我就是看人家孩子个头低，坐在后边怕耽搁了，才把他和小伟调换的。幸亏换的是小伟，若换的是别人，指不定会把我吃掉的！"季小桃说着，眼泪就在眼眶里打转。她想，她的委屈和难处，也只能在这个男人身上发泄，放到别的人，谁会容忍她这样任性地发牢骚呢？

齐大全听着，这话里就有了和他亲近一层的关系。齐大全锲而不舍地等待和追求，虽然遭遇到季小桃各种各样的刁难，他都把那作为是对自己的考验，从来没有放弃过。为了提高自己的身份和地位，从部队转业后，他求包工头大哥帮忙，上下打点活动，终于如愿以偿分配到市教育局工作，在他眼里，教育局是管学校的。自己到教育局虽然只是个司机，但无论咋说还是缩短了彼此的差距。季小桃挖苦他的学历浅，他业余时间恶补，终于考上了一所成人大学。完成了这些，他才觉得自己与季小桃的距离近了许多，他相信自己总有一天会征服季小桃的。小伟是大哥前妻的儿子，大哥抛弃了他的女人，把小伟视若珍宝，为了小伟，大哥没少花费心血，就是托季小桃把孩子送进这所学校，若没有出一笔择校费恐怕也很难进来的。就为了一个座位，齐大全向大哥做了保证，说季小桃不会不给他面子的，可是结果却令人失望。心里只是埋怨季小桃不近人情，却没想到季小桃还有这么多的难处。听了季小桃的话，心里就一漾一漾地感动着，想安慰对方，却又不知说什么好。看到季小桃两腮上挂着泪珠，他忙拿纸巾为季小桃擦泪。

9

又过了一个星期，陶老蔫找季小桃谈话，说是有些学生家长找过他，迫切要求季小桃把座位重新排一下。新学期重排座位，是个惯例，学生和家长都眼睁睁地等着，包括一些任课教师也希望赶快把座位重新编排一下，早排早安生，其他班级都编排过了，仅剩四（3）班不排，学生和家长都有意见。陶老蔫这样郑重其事地和她谈这件事，季小桃就不好再拖了。

季小桃走出陶老蔫办公室的时候，陶老蔫又叫了一声："季老师……"

季小桃回过头，见陶老蔫吞吞吐吐的样子，知道他还有事要说，又不好意思说出来，就急了，说："陶老蔫，跟我还掖着藏着啊？"

陶老蔫这才说："你班上那个叫张帅的，他妈是我高中时的同学……"

季小桃明白了，说：“别说了，不还是为个座位的事吗？我记下了。”

给学生排座位是班主任分内的事，看起来是个小事，做起来是个麻烦而又复杂的事情。其他任课教师一般不参与这事，谁也不愿引火烧身，可是有个别家长托亲戚朋友找到了，也不好推托。季小桃知道，陶老蔫说的所谓家长，其实是代表了一部分任课教师的意见。教语文和外语的刘老师和焦老师，多次和季小桃探讨过调整座位的事，她们似乎还有所指，也可能是一些学生家长走了她们的路子。季小桃不是也有过类似的经历吗？齐伟的事就是自己找牛洁给安排的。轮到人家找自己，也不能不给面子，都是同事，何况又是一个班级的任课教师。就这点小权力被人家看重，不帮人家的忙是说不过去的。

排座位的事情不能再推了，学生在等，家长也在等，任课教师也在期望着，陶老蔫一天找季小桃谈一次话，像问安似的。

季小桃充分征求了任课教师们的意见，把大家的意见集中了一下，在编排座位的时候，有的放矢地把那些任课教师所指的学生给予了照顾，同时把齐伟、田甜、马鹏，还有张帅等自己所掌握的一些特殊学生也给予了适当照顾。那个叫雷佳佳的插班生只能安排到第一排，并不是照顾领导的面子，而是这小家伙个头太低了，是班里的小不点儿。

众人期待的四（3）班编排座位的事，在一个周三的下午被季小桃搞定，看到同学们欢快地在自己的新座位上和新同桌喜气洋洋的样子，季小桃终于松了口气。原来考虑太复杂了，这么简单的小事把自己难为得像要上刀山下火海似的，这不是挺顺利地完成了？她的心情愉快起来，就拍拍巴掌，大声说：“唱支歌吧！”同学们也都兴奋地说：“好！”“唱歌！”不知谁起了个头，就唱起了“我和你缠缠绵绵翩翩飞，飞越这红尘永相随……”这首歌小学生音乐教材上是没有的，但同学们都会唱，是跟着电视上学会的。

季小桃很满意，但是却还有人不满意。

第二天，去学校时，在楼下又碰到了王凤。王凤看见季小桃，脸上很不自然。季小桃还以为是让田甜把她先前送的美体瘦身仪给退回去的原因呢，便主动搭话说："王姐，田甜的座位已经给调过了！"

王凤话里有话地说："田甜已经给我说过了，你照顾得不错啊，本来在中间坐得好好的，又被你照顾到边排上去了。"田甜本来坐在中间的四排，为了把她调到前边，就把她安排在了右边二排的位置，虽然偏了点，但毕竟靠前了，心想还是对得起王姐的，没想到人家还不满意。季小桃刚要解释一句，王凤撂下一句话就走了："咳，现在人情淡如水啊。想当初人家求咱的时候，咱姓王的二话不说就给人办了。现在求人家办这点小事，咋就这么难呢，还不就因为咱上边没当官的吗？"季小桃心里像突然被刀戳了一样难受，她要解释几句的，可是，人家连解释的机会也没给她留，就走了。

第一节课是数学，季小桃看时间差不多了，就急忙向学校赶去。她拿着教案去上课，还没走到教室门口，就听到教室里乱得像一锅粥。季小桃三步并两步走进教室，看到两个学生在地上滚成一团，其他学生有叫好的，有拍桌子的，大呼小叫，几乎把教室的天花板要震落下来。季小桃气愤地拍了拍教课桌，教室里才安静下来。

打架的是马鹏和齐伟。原来，马鹏那天来得早，在教室里和几位同学嚷嚷排座位的事，马鹏个头高，排在左边第四排，本来就是季小桃照顾他了，可是马鹏给他奶奶说了，他奶奶就骂季小桃"小妖精"偏向人家了，把自己的孙子没有排到第一排去。本来还要到学校找"小妖精"讨说法的，马鹏怕奶奶闹腾起来同学们取笑他，就威胁奶奶，说奶奶若去学校找老师闹腾，他就不去上学了。马奶奶没来学校，可是马鹏却在教室里把奶奶说季老师的话给同学们说了。他前排的齐伟听了，就说，你马鹏才是没良心的，不是季老师关心你，你要坐在大后排呢。马鹏就骂齐伟是季老师的一条狗，齐伟的叔和季老师有“男女关系”，两人你一言我一语互不相让，最后就打了起来。

季小桃弄清了事情的原委，十分生气，就批评马鹏说：“你这个学生怎么不知好歹，和你奶奶一样不明事理！”

马鹏最烦人家说他奶奶，听季老师当了全班同学的面说奶奶的不是，立刻犟嘴道：“你才不明事理！‘小妖精’，我讨厌你！”说着，把头一扭拔腿跑出了教室。

季小桃气得浑身发抖，好半天才回过神来。这时候，才听到学生们嚷嚷，老师，马鹏跑了。马鹏要逃学了！

季小桃追出教室，哪里还有马鹏的影子。

10

马鹏跑得无影无踪，不知去向。先是到家里找，后来又在外边找，找遍了有可能要去的地方，都没有找到马鹏的影子，这才到附近派出所报了案。

马奶奶到学校来闹了几次，哭天抹泪要季小桃赔她的孙子。陶老蔫好言好语地劝她，说马鹏一定会回来的，学校和公安正全力寻找，公安已经发了寻人启事等等，来安慰她。马鹏的爸爸也回来了，要见季小桃。季小桃躲了他不给面见，一听说马鹏的爸爸或者马奶奶来了，就急忙把自己藏起来。

季小桃在齐大全的陪同下，走遍了全城所有的网吧、歌厅等公共娱乐场所，还去了车站码头等地方，也顺着几条河的沿岸寻找了多个来回，也没找到马鹏的影子。

这个孩子究竟跑哪里去了呢？

季小桃就后悔，不该向马鹏发火的。马鹏本来就是内心受了创伤的孩子，马鹏没有母爱父爱，只有奶奶的爱抚，自己怎么就伤了他的自尊心呢？想来想去，又把根源归结到排座位上，若不是重排座位，马奶奶也不至于骂人，马鹏也不至于发牢骚，也不会和齐伟打起来。还有王姐，也和她言和语不和的，都在一个小区里住，过去一见面热情得不得了，现在背背脸就过去了。季小桃心里烦透了。这么个小事，自己咋就没有本事处理好呢？

过了大概一个星期，马鹏终于有了下落。原来准备去南方找他爸的，结果车坐反了方向，去了新疆的乌鲁木齐。在乌鲁木齐火车站，自己口袋里钱花光了，试图向人家的口袋里“借”点钱花，就被人家抓了，送到当地派出所。派出所警察没费多大工夫，就弄清楚了这个“小流窜犯”的来历，所幸没有借到人家口袋里的钱，构不成大罪，也仅够得上拘留几天的小错，还不够麻烦的，忙给这边的公安打电话，要这边快去人把孩子领回来。

孩子有了下落，季小桃悬着的一颗心才放松下来。心想，总算没把人家的孩子搞丢，不然，马家那里真不好交代的。正庆幸这件事有了结果，陶老蔫又找她谈了话，说是有人把季小桃告到了纪检，告季小桃向家长索贿，不但暗示学生让家长给她买礼品，还让家长替她交手机费，二百三百的不等，加起来好大一笔呢。问季小桃有没有此事？若是有，就出去躲躲，纪检来查的时候，他陶老蔫替她顶着。

季小桃听了，好大一会儿没说话，迟了半天，才冷笑一阵，说，有。就让纪检来调查好了。我季小桃身正不怕影子歪。说着，挺着胸脯走了出来。

她庆幸自己还不是爱占小便宜的人。那些人给她打进手机卡里的费用，她没能取出来，却按照同样的数目，把自己银联卡里的积蓄取了出来，为孩子们交了校服费，都是有据可查的。她季小桃不欠谁的，才不怕鬼敲门呢！

尽管话说得理直气壮，但是，一股凄凉和悲怆还是涌上了心头。

（原载2013年第2期《当代》）

会走的湖

1

第三节上课之前，同班同学武自力喊夏水生，说班主任谭老师通知，让你到她办公室去一趟。

夏水生一听说谭老师叫他，头皮都麻了，头发也支棱了起来。他很紧张，又很害怕。现在，他确实很怕见到班主任谭老师。他知道谭老师找他谈话的内容。但是，他又不能不去见谭老师。

他走进办公室门口的时候，见谭老师正在里边和几个准备上下一节课的男女老师说闲话。那个时候，上课铃响了。那几个男女老师都夹了课本和教案相继走了出来，他们从夏水生身边擦肩而过。夏水生低着头，没和他们说话，他们也对夏水生视而不见。办公室里只剩下谭梅老师。谭老师见夏水生站在办公室门前一副心事重重的样子，便招呼道，夏水生，进来吧！

夏水生就走进了办公室。

谭老师坐在办公桌后边，夏水生站在公办桌前边。

谭老师的面相并不凶，相反倒还十分的文静，白净的脸上架着一副镀金框的眼镜，眼镜后边的那双眼睛里也不失温和。但是，谭老师若是要批评人的时候，那温和的目光便变得十分锐利，直直地盯着对方，像两把刀子一样直戳对方的心窝。

夏水生就怕谭老师那如刀子一般的目光。他低着头。

谭老师问，夏水生，知道我找你什么事吗？谭老师的声音不高，就是批评人，也和讲课时同样的声调。只是前一种情况下用词比较尖刻。

夏水生低声道，知道。他抬起头，把目光移向窗外。他看到操场上，已经有同学们在那里打篮球。

谭老师说，知道就好。谭老师轻轻地敲了一下办公桌。请你把注意力集中一下。

夏水生把目光从窗外收过来，说，我不是不想交，我确实有原因的。

谭老师不容置疑地说，你还是不想交，任何同学拖欠学杂费都有自己的理由。

我真的有原因。夏水生强调说。

无论啥原因都不能再拖了！你困难，学校更困难。这是第六次找你谈话，连我都不好意思了，你难道不为此感到……羞耻？

我……谭老师，能不能……他嗫嚅着说。

谭老师摆手止住他，说，不要讲客观了。现在，农村生活条件也好了，八百元钱也算不得多大的数。关键是你这儿有问题。她指了指夏水生的脑瓜，继续说，现在全班就剩你一人欠学费，这影响了整个班级的荣誉。我劝你还是快点把钱交上来。夏水生，你也是个很要面子的学生，不能为这几百元钱丢人吧？见夏水生不说话，又说，其实，不是我逼你，是学校在逼我，每次开教师会，殷校长都在会上宣布一下各班拖欠杂费的数目，齐校长总结讲话时也定了期限……水生，你说我不难吗？

夏水生是位不擅于用口头表达感情的学生，听了谭老师的难处，他便把想辩解的话咽到肚子里。可是，要说他的脑瓜有问题才欠学费，他真的很冤枉。

他把手伸进裤兜里。兜里装着一封他写给齐校长的信，那封信足以说明他拖欠学费的真实情况。他近乎哀求地说，谭老师，能不能让我见见齐校长？

不行。谭老师用一种不容置疑的口吻说。夏水生，无论你有什么情况，今天下午三点以前必须把拖欠的学费交上来！这一节课是体育，下一节课是自习。我准你的假。你现在就回去拿钱——若拿不来钱就不要来上课了。

夏水生再一次把目光投向了窗外。那个时候，他的眼里饱含了晶莹的泪珠，他努力不让它们掉下来。

谭老师没有看到他当时的神情。如果她看到了，她也许会改变自己的决定。可惜她没看到。她冷冷地抛出了最后一句话，现在，你可以走了。

夏水生失望地闭上了眼睛，两滴泪从他的眼角里悄悄地滚落下来，他把伸进兜里的手掏出来，把泪珠擦去了。他知道自己再说什么也无济于事，就是把那封信交给谭老师，她也不会对自己宽限日期。

他没有再去掏那封信。

他低着头，满腹心事地走出办公室。

2

李中山正在办公室外边等他。李中山抱了个篮球，等他一块儿去打篮球。

这一节是体育课，一般情况下，高三班级的体育课都是自由活动。因为再有一段时间就要高考了，现在一切都要为高考让路。特别是体育课，对大多数同学来说都不是必考科目，语、数、外加上文理综合才是高考生们的主攻科目。因此，有的同学便夜以继日地专攻这些科目，体育、音乐课便改为了自由活动课。体育、音乐老师也落得清闲，上课铃响后，到教室给同学们报个到，这一节自由活动，大家可以留在教室内复习，也可以到操场活动活动。大部分同学都选择留在了教室里，只有一小部分到操场去了，或打打篮球，或攀攀高低杠。

夏水生和李中山约好体育课去打篮球的。这一段时间，夏水生太紧张了。夏水生的学习成绩在阶段排名时位列前十名，这个成绩是他拼出来的。他从农村来，能进这个学校上学很不容易，再加上家庭的困窘，母亲咬着牙供他上学，把希望都寄托在他考大学上了。他不得不努力拼搏。因了这一段的日夜拼搏，他感觉身体很疲倦，全身有一种说不出来的乏累，晚上睡觉老是失眠。因此便约李中山在上体育课时打打球调整一下自己。

在班里，夏水生和李中山的关系最好。两个人都是从农村来的，并且还来自一个乡，两人的村子相距不到十里。三年前来上学时，两人的家境差不多。按照当时他们的家庭经济状况，说不上十分殷实，但每个人的学费和生活费家里还是供得起的。可是去年，夏水生家里出了点事，他爸爸在外地打工时，被倒塌的脚手架砸了腰。这一砸就把他家本来过得去的日子砸碎了。在医院里治疗一个月，包工头就不管了。后来，爸爸被送了回来。他已经下肢瘫痪，床不能下，路不能走，更别说干活。家里担子一下子都压在妈妈身上。夏水生妈是一位非常要强的农村妇女，在突如其来的祸事面前，妈妈没有掉一滴眼泪，她把家里的积蓄都拿出来，为水生爸爸看病。昂贵的药把积蓄耗尽了，也没能治好爸爸的病。水生妈没有放弃，又把家里的羊卖了，猪卖了，甚至牛也卖了……家里再没有什么东西可卖时，水生妈才叹了一口气，对水生爸爸说，看来，这都是命，你只能躺在床上让我伺候一辈子啦！

那年暑假，水生回到家里，看见妈妈一下子苍老了许多。妈妈还不到四十岁，比班主任谭老师还小两岁。在水生的记忆里，妈妈一直很年轻，也很漂亮，她虽然和别的农村妇女一样要下地干活，要喂猪要做饭，但是妈妈很讲究，很注意打扮自己。她穿的衣服，从来没有汗渍印，都是用洗衣粉洗得干干净净的；她下地干活天凉一些的时候，要用围巾把头和脸都裹起来，而到天热的时候，都要戴顶草帽子。因此，妈妈的脸总是白净的，头发总是乌黑油亮的，眼睛也总是亮晶晶的。水生一看到妈妈的眼睛，总感到那里边有一种东西，那是一种非常神奇的东西。水生看到那双眼睛，就觉得有一股暖流在心里涌动，那涌动的暖流又化成了一种力量和信心。那个时候，水生妈的脸已经变得蜡黄，头发也出现了灰白，且干燥纷乱，眼睛里那种神奇的东西不见了，变成的是一种无奈。看到妈妈的样子，看到躺在床上骨瘦如柴的爸爸，水生不由得放声大哭起来。夏水生兄妹三个，他是老大，妹妹十二岁，还有一个弟弟才六岁，妹妹在上小学，弟弟才上学前班。爸爸没有伤的时候，爸爸打工挣的钱和妈妈在地里的收成，还顾得上这五口之家过日子的。可眼前的处境，不得不让水生有了想法，他已经十七岁了，他觉得家庭的这份重担不能再让妈妈一个人担。他要担起来。

新的学期开学了，李中山来叫水生去学校报到。那个时候，夏水生还在地里浇玉米。夏水生只穿了一个裤头，戴了一顶草帽，腿上身上都溅了泥水。李中山到地里找他时，差点就认不出他来。

夏水生知道李中山来叫他去上学，便说，李中山，你一个人去吧，学我不想上了。

李中山一下子愣住了。他直盯盯地望着夏水生，好一阵，才说，夏水生，咱们还有一年就要考大学了，咱俩不是说好一块儿考大学的吗？不考大学，咱们有什么出息？咱们有什么出路？你咋说变就变了？

面对李中山的责问，夏水生什么也没回答，他掂着铁锨向玉米地深处走去。

李中山在他背后说，是不是你爸妈不让你上了？我去找他们。我一定要说服他们！

李中山离开玉米地，向夏水生家走去。在村头，他碰见了水生妈，他认得水生妈，可是只半年的时间，他差点就认不出她来。

他迟疑了一下，才说，婶，我是水生的同学，叫李中山。

水生妈说，咳，中山呀，你来啦？快家里去，我到地里去喊水生。

李中山说，婶，我见过水生了。我是来喊水生去上学的。我们还有一年就考大学了。水生的成绩可好，考上大学绝对没问题。您供水生十年学了，不就是想让他考大学的吗？可仅剩一年，为啥又不让他上啦？李中山说最后几句话时，有点激动，不免带了些情绪。

水生妈听了，有些惊讶。她说，没说不让水生去上学呀！这个孩子，犟啥哩？我这就去喊他。学他必须得上。他若不上学，我就死给他看！说着匆匆走了。

夏水生终于没有犟过妈妈。那天，他和李中山一块儿到学校报了到……

李中山见夏水生从办公室里走了出来，便迎上去，说，水生，皱着眉头干啥？咱去打球。

夏水生没吭声，低着头前边走了。李中山就抱了篮球跟在后边。

路过操场的时候，夏水生没拐弯，继续朝前走。他朝学校大门的方向走去。

李中山在篮球架下站住了，他喊夏水生，哎哎！到了，水生！你还去哪儿？

夏水生头也不回地说，我不想打球了，我出去转转。

李中山说，我也不打了，我陪你去。他把球扔到篮球架上的球筐里，球落下来，立刻被几个同学抢去了。

夏水生走到门口，门卫老崔拦着他，问他不到放学时间出去干啥？夏水生小声说了一句什么，老崔便不再拦他。他很认真地从抽屉里拿出一个学生外出登记本。这时候李中山也赶上来了。李中山看见，夏水生正在那个破本子上记下了自己的班级和姓名。老崔接过本子看了看，又帮他记下了出校的时间：十点二十分。

两个人出了校门，向西边走去，西边不远就是城外。

城西边有一个很大很大的湖，叫雁窝湖。湖里蒲苇丛生，成群的大雁在湖中的小岛上栖息。白天，大雁掠过湖面，把自己矫健的身影倒映在湖水里。大雁在天空飞，鱼儿在水中游，这样，就像湖走动起来。同学们经常到湖边去散步。湖在下边走，他们在岸上走。他们和湖竞走。

夏水生和李中山也经常去和湖赛跑。

3

夏水生能到这所学校读高中，是他表叔刘文力帮的忙。那年，夏水生在初中升高中的考试中，分数不够县重点高中的分数线，离分数线仅差六分。按道理说，评判一个学生成绩好坏的标准，用六分的差距是很难说明问题的。可是，现实就是这么残酷。县重点高中的门槛就定在那个高度，别说是差六分，就是差一分它也会把你拒之门外。其实，在初中阶段，夏水生的学习成绩还是比较优秀的，每次模拟考试，他都名列前茅。初中的班主任把他作为尖子生培养，希望他能考上县重点高中。如果他能考上县重点高中，班主任不但可以拿到学校奖给的一笔奖金，在评先或者晋职称时都可以作为一个条件。就是因了对夏水生的期望值太高，才给夏水生造成了心理上的压力。有了这种压力，夏水生才发挥失常。这是他以及他的同学和老师们都没有料到的。眼看着平常比他考得差的同学都在中招考试中取得了好成绩，上了县重点高中。他非常羡慕，也非常惭愧。除此还有一种渴望，他太渴望上县重点高中了。因为只要上了县重点高中，离进大学的门槛就不远了。

水生妈也是个很要强的女人。这个女人和她的丈夫虽然都是在土里刨食的人，但却希望自己的三个孩子都能出人头地。而农村孩子能出人头地的最好的途径就是考上大学。水生没能考上重点高中，这让水生妈也很意外。在此之前，她觉得全县能有一个考上县重点高中的学生，也应该是她的儿子夏水生。然而，事实却不是这样。看到夏水生失落痛苦的样子，她比儿子还揪心地疼。平常都说水生的成绩好，每次都考第一，为啥这次考恁差？会不会是谁弄错了？她决心要让夏水生走进县重点高中那个大门。

她去找自己的表哥刘文力。刘文力是她姑母的大儿子，在县教育局工作。水生妈想，县重点中学归教育局管，刘文力在教育局工作快二十年了，大小也是个主任什么的官，刘文力总会查清水生的分数少统计了没有，即使没少统计，也就差六分，刘文力说句话，县重点中学也会破格收了水生的。

刘文力在县教育局教研室任副主任，在省里某大学毕业后，就分配到了教研室搞教研，一晃快二十年了，刘文力从新教研变成了老教研。刘文力的身材偏瘦，长脸，双眼深陷在眼窝里，被一副深度近视眼镜罩着，就像两眼深不见底的井。近几年，头顶微秃，据说，节省了不少洗发液，这是搞多年教学研究留下的丰功伟绩。

水生妈把自家菜园子里种的黄瓜、茄子、番茄摘了一大篮子。东西不怎么主贵，但都是自家地里种的，不打农药，不上化肥（上的都是草粪）。现在城里人不是都喜欢吃这个吗？水生妈想，贵贱也是个心意吧！

刘文力住在五楼，水生妈提了一篮子菜爬到五楼。那个时候，刘文力刚好下班到家，见表妹大老远的来了，很是热情。一边接了菜篮子，一边忙着倒水。其实，刘文力老家也是乡下的，只不过考了大学才成为城里人。虽然是城里人了，对娘舅家这个独生女儿从来没有慢待过。啥时表妹来了，都是热情有加。

水生妈自小儿和表哥就不生疏，小的时候，表兄妹俩就十分地亲近。虽然都过去了三十多年，并且都已成为人父人母，但是，骨子里的那份亲情还依稀可见。因此，水生妈便把水生上学的事以及自己的想法，直截了当地说了。

刘文力听了，对水生妈说，分数一般不会统计错，每个考生的考卷和成绩都是经过几遍复查才公布的。再说，即使有些误差，也不允许更正的。考生的考卷都密封了。

水生妈着急地说，那不冤了孩子吗？

刘文力叹口气，说，这也是没办法的事，规矩都是这样定的。别说中招，高招还有这样的情况哩！

水生妈说，规矩不都是人定的，这规矩就不兴改？

刘文力就开导表妹说，这规矩也不是对咱水生一个人的。全县、全省、全国都是这样，如果谁的分数错几分就去改过来，那还不乱大套？

水生妈不服气地说，孩子的分数判错了，可是孩子一辈子的事。

刘文力了解表妹的脾气，知道自己再怎么解释也说服不了她，便说，表妹，水生的分数也就这样了。不过，我找找重点高中的校长，看能不能收下咱水生。

水生妈一听，这才不朝分数上争了，遂道，中，表兄，只要能让水生上县重点高中，妹子好好谢谢你！

水生妈得了表哥那句话，回了家单等好消息。可是，眼看玉米都吐须了，红薯秧子爬满了地，秋花生花儿都开败了，估摸离开学的日子也不远了，却还没得到刘文力的信儿。水生妈急了，便又到城里去找表哥。

这次见到刘文力的时候，刘文力脸色灰不溜秋的。不等表妹开口，便大骂县重点高中的校长狗眼看人低，把他这个教研室副主任不当一回事儿。县里这书记、那县长、还有局长、科长什么的，凡是校长认为自己靠得上的、用得着的人物送来的择校生他都照顾了，唯有对他这个搞教研的，一管不了他的官帽儿，二给他送不了大礼儿，他娘的就是不照顾，并且把一副官腔打得像唱样板戏！刘文力本来就书生一个，为表妹的事去求人也是下了很大决心的，校长如此对待他，让他斯文扫地呀！

水生妈从来没见表哥这么恼过，他甚至把骂人的话都说出来了。表哥是个文人，为自己的儿子生恁大的气，这让水生妈心里很过意不去。水生妈的心寒得像掉进了冰窟里一般。水生妈想起上次自己从表哥这里回家后，把表哥同意送水生上重点高中的事讲给水生时，当时儿子所表现出来的那种高兴的样子，水生妈心里一阵难受。水生那么高兴地等着，盼着，可是，却等来这样一个消息。水生妈该如何向水生说呢？

刘文力平静了一下心情，对愁眉苦脸为难的表妹说，表妹，只要咱水生的基础扎实，到哪个学校学习都能考上大学。

水生妈说，可……水生，他就想上重点。

咱不能在一棵树上吊死！刘文力说着站了起来。全州师范学校你听说过吧？学校在咱县城设着，归市里直接管。那可是一所百年名校，比县重点高中的办学历史还长，教学条件、师资力量都很雄厚。只是这几年，因为师范生不分配，生源少了。听说，今年，他们要办高中分校，利用百年名校的优势办高中，这本身就很有吸引力。表妹，你看是不是让水生到那里去上？

水生妈说，这学校比县重点高中强吗？

刘文力说，我看，一点也不比他们差。教室和宿舍都很宽敞，实验室、电脑室、图书室样样都有，教师都是名牌大学毕业的。再说，他们收学费也不高，除此，离我家也近，有什么事水生来找我也方便。

水生妈听表兄如此说好，也就认好了。便说，重点上不了，水生能上这样的学校也就满足了。表哥就快帮忙找人说说。

刘文力说，我有个大学同学在那里教书，我去找她，估计问题不大。你回去准备吧，就让水生上这所学校。

4

那天中午两点的时候，刘文力正准备自己的申报材料。上边每年都要分下来一个特级教师指标。刘文力在官场上无所求，在教学研究上很下功夫，在国内许多杂志上都发表过教研论文。按照条件，刘文力早已达到了特级教师的标准。可是，这样的机会不多，去年下来的指标被别人争去了。今年他下手早，指标还没到他就找过王局长，陈说自己申报特级教师的各种理由，还把自己发表的教研论文和各种获奖证书提了一大包让王局长看。王局长也是从基层学校提拔上来的，是业务性的领导，对刘文力很赏识，看了刘文力那一大堆成果，当场就把那个还没到的指标许给了他。在刘文力那里，指标早晚都是要到的。他已到人事股打听过，人事股长告诉他，指标下来也就是最近几天的事。他得了实信，才悄悄地见缝插针地挤时间整理自己的申报材料。就在那个时候，刘文力接到了谭梅的电话，说夏水生出事了，让他立即到学校来一趟。

谭梅就是刘文力大学时的那位同学，送水生上学刘文力就是找的她。后来，刘文力才知道，即使不找谭梅，夏水生也能上那所学校。夏水生的分数，高于那所学校的录取分数线。那所学校虽然是一所百年名校，却是师范类，办高中是新起点。教师虽然是名牌大学毕业的，且职称也都相当高，但与重点高中的教师比起来，拼劲和教学经验都不能相比。首先论拼劲，全州师范学校的教师原来教的是师范生，师范生毕业后分配当教师，学生没有考大学的压力，课程也相对轻松。学生轻松，教师也轻松。教师是国家财政发工资，基本上是旱涝保收，课讲好讲差一样，讲不讲都一样。而县重点高中的教师，是凭所教的学生成绩分成败的，谁送到名牌大学的学生多，谁就是名师。名师奖金也高，荣誉也高，晋职称、分房子、子女就业都有照顾。学校给照顾，连县里也给照顾。县里上上下下都对县重点高中高看一眼。县重点高中的教师都有一股子拼劲。再说教学。全州师范的那些高级讲师改教高中，犹如大褂子改马甲，改得不好还不如原来的大褂子穿着舒服。原来都是教学生如何备课写教案的，如何为人师表的，现在要把数理化和ABC讲到精深度，确实要有个转变过程。而县重点高中的教师，每科都有名师，个个都是强将，从高一到高三，教师实行的是大循环，对学生进行的是强化教育，三年的教学内容两年讲完，最后一年是大备考，除了把学过的知识复习巩固提高外，再就是考山题海。所谓的“考山”，是让学生三天一小考，一周一大考，一月一模拟，半学期一选拔（经过考试把尖子生拔出来另设小灶）；所谓的“题海”，就是由各科名师把全国各重点高中的考题搜集起来加以筛选，再发给学生去做。学生往往是英语的试题还没做完，数学的试题又发下来了。

从哪一点说，全州师范高中分校都不能与县重点高中相比。当刘文力意识到这一点时，他就后悔把表妹的儿子夏水生送到了这所学校。可是，已经晚了，夏水生已经报名交了学费，且学费确实比县重点高中要低。学校的楼也很高，教室也很宽敞。夏水生和表妹对这个学校也都满意。再说，县重点高中夏水生也进不去。刘文力也就把自己的那份后悔渐渐地淡忘了。好在，市教育局对全州师范高中分校很重视，又从其他学校调进来几位教师，都是很过硬的教高中课的教师，充实到全州师范高中分校。市教育局之所以如此重视，是因为全州师范这些年老是招不到学生，已经成了市教育局的一个包袱和累赘。该学校大胆改革，利用自身的教学条件办高中，取其所长，避其所短，既解决了教师资源浪费的问题，又减轻了其他高中生源大的压力，确实是一件利国利民的好事，说不定此做法能给全国同类学校创造一个好的经验哩！市教育局岂有不支持的道理？

实话说，刘文力对这个表妹的儿子夏水生还是很关心的。除了节假日把夏水生叫到家里改善伙食外，还帮他解决了大量的作业本和课外复习资料。高二升高三时，夏水生爸出了意外，花去了很多钱，一时交不起当年学杂费，刘文力得知情况后，替他交了费用。弄得水生和表妹老是过意不去。水生一直很努力，学习成绩居全班前列。谭梅打电话给刘文力，说他给送了个好学生，是个很省心的孩子，考大学一本没把握，二本是没问题的。

就是这样一个学生，为什么突然出事了？究竟出了什么事？刘文力怀了一肚子疑惑，匆匆忙忙朝学校赶来。

到了学校，见了谭梅，看谭梅一脸凄凉。学校里的气氛也有点异常。过去他来看夏水生时，那些熟悉的老师还开他和谭梅的玩笑，而今天见了他，都是一副神情紧张的样子，只是向他苦笑一下，便匆匆走开。再看学生们，也都大敌当前的样子，虽然还不到上课时间，操场和教室外却没有一个学生。都被关进了教室里。刘文力想到自己进大门时，门卫老崔也不似过去那般友善，再三盘问他因何事进校，直到刘文力说谭梅有急事找他，才放他进来。

种种迹象表明，确实出了问题，并且问题还不小。刘文力急问谭梅，出了啥事？水生呢？

谭梅也不回答，头也不回地领他去了齐校长办公室。

齐校长叫齐志，年龄四十七八岁，面团脸，鼻凹里有一颗痣。脸部形象从整体上看，就像一张面板上放了一个两头尖的面包，面包的旁边又落了一个苍蝇。刘文力听谭梅讲过，齐校长原来在市教育局教育科，全州师范高中分校成立时调来当校长。行政级别比在市教育局高一级，属副处级。

刘文力和谭梅进去的时候，齐校长正在认真看一份材料。见两人进来，忙把材料放在桌上，又随手拿一本书压在上边，随后走过来，握着刘文力的手，用一种亲近而又低沉的调子说，啊，你就是夏水生的家长？

刘文力不知回答“是”还是“不是”好，犹豫一下道，我是他表舅。虽然不是他家长，只要不是发生了特别重大的事，也可以代表他的家长。

齐校长眼里出现一丝疑惑和不满，那是对了谭梅的。

谭梅急忙解释说，夏水生就是刘主任送来的学生，有什么事都是和他联系的。

齐校长立刻换了一种表情，显得有些激动地再次握了刘文力的手，说，这就好，这就好，是这样——咳！刘主任先坐下，咱坐下说。

刘文力在一把椅子上坐了。他的心里一直七上八下地吊着。

齐校长这才缓缓地说，事情是这样的……嗯？听谭梅说，你是县教育局的？这就好！刘主任，你也是搞教育的，知道现在教育上的事有多难办！特别是学校里的安全工作，有多难做，你就是强调得再严，你就是每天二十四个小时给他们讲安全，可是，还是有不安全的事情要发生……

刘文力的心都提到了嗓子眼里。他打断齐校长的话，问，齐校长，夏水生他究竟出了什么事？你就直说。

齐校长说，出了什么事？我下面就是要讲出了什么事。出了这样的事，这是家长、社会和学校都不愿意看到的！特别是我们学校。我们培养他快三年了，马上就要参加高考了，这个学生成绩又那么优异，考大学又是十拿九稳的事。可是在这关键的时候，他却出事了。唉！这给我们学校带来多么大的损失呀！

刘文力的心像被一块石头撞击着，马上就要蹦出来的样子。他不知道说话如此黏糊的校长，如何能管好一个学校！他站了起来，大声地问，你说，究竟出了什么事？他的声音之大，把对方和谭梅都吓了一跳。

齐校长稍一愣怔，说，刘主任，别激动嘛！对这件事，我们也很难过，我们向你和夏水生的家长表示……表示最沉痛的慰问！

刘文力一下子惊呆了，惊晕了！他不敢相信这句话。可是，这个让人厌恶的齐校长的确说出了这句让他意外而又震惊的话。他觉得有一种五雷轰顶的感觉！

5

下午四点的时候，水生家里的人赶来了。来的有水生妈、水生叔、水生伯、水生的姑母和姑父，还有几个半大小伙子，都是水生的堂兄弟，大概有十多个人。这十多个人坐了一辆农用三轮车来的。农用三轮车像旋风般呼叫着，直接开往全州师范高中分校。可是铁栅栏校门已经锁上，别说是一辆车，就是进一个人也十分地不容易。除了门卫老崔外，门口又增加了两个值勤的民警。这两个值勤的民警都穿了警服，是学校从派出所请来维持秩序的。

是表哥刘文力通知的水生妈。刘文力是个直性子，他不会像齐校长那样，把一件事弯弯绕绕地转了半天还切入不了正题。人已经没了，早晚都得让家人知道，早知道早痛，晚知道晚痛，反正也是一个痛。刘文力在电话上把夏水生溺水而死的噩耗直接告诉了水生妈。在他向对方说出这个消息的一瞬间，他听到对方撕裂人心的一声惨叫，接着是短暂的沉寂，再接下来便是抢天呼地的哀号。

此时，车上一片哭声和叫声。水生妈被水生的姑姑扶着下了车。“水生啊，我的乖乖儿呀，你咋就没了呀？”水生妈撕心裂肺的哭声，让每一个路人都为之动容。那绝望的哀号在城市喧嚣的上空回旋着，震落了一地的凄惨和悲愤。

从车上下来的人进不了门，便企图攀着铁栅栏门跳进校园里去。

值勤的民警一边劝阻着那些发疯的农民，一边打电话告诉校方，让他们快来人做这些人的工作。

很快地，一位五十多岁，身材稍瘦，长着刀子脸、鹰钩鼻子的男人从里边跑了过来。他是这个学校的副校长兼总务主任，叫殷显仁。是学校新成立的夏水生溺水死亡事故处理小组的副组长。后边还跟着几个年轻人，有教务处的孙老师，也有学校的后勤工作人员小祝，都是配合殷显仁工作的。

殷显仁来到大门前，见那些男男女女有哭的，有喊的，也有攀着大门要往里边进的，便扯了嗓子喊，大伙儿静一静，静一静！就这样闹法可解决不了问题呀！

他的声音又尖又细，完全是一副娘娘腔。就是这样非常特殊的男高音，才盖过一阵阵哭喊声。

水生叔——一个三十多岁的农民，冲着殷显仁提出了要求，水生在哪儿？是死是活先让俺们看看孩子！

殷显仁说，兄弟呀，咋会不让你们看孩子哩！马上就领你们去看！他向身后那几个年轻人一摆手，那几个人立刻拿出烟让着门外的每一位男子们。别看只是每人一根烟，却把那些男子们的暴躁、愤怒揉碎了。那些攀着铁栅栏门正朝里跳的男人们接了烟又跳回到门外边，女人们的哭声也不似先前那般高亢了。

殷显仁继续说，我是这个学校的殷校长，学校派我处理夏水生这件事。大家放心，我一定尽心尽力办好这件事，让你们家长满意！

孩子都没了，还满意个啥呀？水生叔愤愤地说。

咳，兄弟说得是呀！现在就是弄来一座金山银山也换不来夏水生的一条命呀！殷显仁擦了一下眼角，说，所以，大家都别急躁，都别做越轨的事。出了这样的事，我和你们一样痛心，学校从领导到教师、到学生也都很痛心。但是，人死不能复活，也不可能拿谁的命去换。如果能拿命去换，我这个老头子就情愿去换水生的命。

这个面相不太和善的瘦男人能说出如此贴心贴肺的话来，多少也让这群从农村来的善良农民受到一点感动。

水生伯说，殷校长，俺们不是来闹事的。俺们的孩子没了，俺总得来讨个说法。

殷显仁说，这位老兄说得多在理。谁家的孩子无缘无故没了，都得有这种想法，都会有这种要求，这想法和要求符合人之常情嘛。

水生叔说，你就说这事咋整吧？

殷显仁道，乡亲们大老远来了，总得先喘口气呀！咱这学校隔壁就是一家宾馆，我已为各位安排好了吃住。乡亲们先到那里去洗把脸，漱口水。等我把情况介绍一下，然后再领着去看水生。看完水生，咱们再商量处理的办法。大家看这样中不中？

殷显仁说得有条有理，且又如此体贴关心，就是有一百个不满也先搁在心里了。大家都同意。殷显仁便让老崔开了门，从里边出来，领了夏水生的亲属们去了附近的宾馆里。

6

现在，一份夏水生溺水死亡事故情况介绍，就拿在刘文力的手里。这份情况介绍以报告的形式已经上报市教育局和有关部门。谭梅告诉刘文力，是齐校长亲自修改并签发的这份报告。她还告诉刘文力，齐校长对这件事十分重视。齐校长在听说夏水生溺水死亡之后，第一时间就赶到了现场。在现场，他亲自组织了抢救工作，在抢救无果的情况下，为了不让夏水生暴尸湖岸，果断地决定，把夏水生的尸体装进了冰棺里，然后送进了县医院的太平间。

那个时候，刘文力一边低头看着手里的那份死亡报告，一边听谭梅讲着。谭梅所讲的事情经过与死亡报告书上的介绍大同小异，只是报告书上的内容更详尽一些，更文字化一些。而谭梅讲的则有些大而化之，有些笼统。谭梅对有些细节避而不谈，给人一种言多必失的感觉。谭梅给刘文力的感觉还有，就是她对这起意外事件很痛心，也很自责。她不想过多地对老同学说什么，她只是向老同学道歉，也向夏水生的父母亲表示深深的歉意。她说完这些就匆匆地与刘文力分手了。而刘文力仔细地琢磨这份报告，又品味着谭梅闪烁其词的介绍，心里便产生了太多的疑问。比如在夏水生出去的原因上，报告书上写的是："夏水生未经过校方允许私自走出校门"，而谭梅对夏水生出去的原因，却没有明确态度。在夏水生出校的时间上，也存在着很大的矛盾和疑点，报告书上写的是："夏水生午饭后，去的雁窝湖"，而谭梅也回避了夏水生出校门的时间。就报告书上所说的夏水生出校的时间这一点，让刘文力产生了更大的怀疑。如果说夏水生是午饭后出的学校，那么时间应该在十二点半左右。按这个时间推算，水生溺水死亡的时间应该在午后一点以后，而自己接到谭梅的电话通知是刚到两点的时间。一个学生从溺水到发现到救助，然后认定死亡、装棺运到太平间，整个的过程都发生在一个小时的时间内，简直是欺骗三岁孩童的把戏！还有，报告书上说，"夏水生是一个人出去的"，而谭梅对这个说法也是回避的。若按报告书上说的是夏水生一个人去的雁窝湖，那么，又是谁发现他溺水的？又是谁知道他是全州师范高中分校的学生身份的？又是谁把他溺水的事情报告给学校的？还有一个致命的问题，报告书上写道，"待 120 的医生赶到现场时，经检查夏水生已没有生命体征，随后，经校方同意，从殡仪馆拉来了冰棺，把夏水生的尸体装进了冰棺里，然后送到了医院的太平间"。从这些文字中，看出校方对死者的抢救已经做了最大的努力，表明他们以积极负责的态度对死者的遗体进行了安置。而让刘文力最不可理解的是，校方为何如此匆忙地把尸体装进冰棺又运到太平间后才给自己打电话？而医生判断死亡后有没有下死亡通知书？校方急于这样做是什么目的？他们难道不可以等死者的亲属来到后再做这样的处理吗？

太多的疑问，太多的不合情理，都在极力说明这样一种假象：夏水生的溺水死亡跟校方没有直接关系，夏水生是私自出的学校，并是在放学之后，而不是在上课期间出去的。因此，夏水生溺水死亡的责任在他自己，而不在校方，校方如果要承担责任的话，也就是对学生所进行的安全教育不够。对于这一点，报告中写道，“校方从夏水生溺水死亡事件中得到了血的教训，并马上对全体同学进行了一次安全教育活动”。刘文力真的不知道，就在事发不到一个小时的时间内，他们是如何对学生进行安全教育的，这些人为什么编起假话来就不知道还有“此地无银三百两”这句话?

夏水生死了，一个昨天还活蹦乱跳、充满了青春朝气的孩子就这样突然消失了，并且在死之后，还要自己背着沉重的责任枷锁！这对一个十七岁的孩子来说，太不公平了，对孩子的父母来说，也是不公平的！

刘文力决心要为孩子的死讨个公道，为孩子的父母讨个公道！

7

殷显仁略施薄恩，已让这群从农村来的男男女女受了感动。除了水生妈外，大部分人的情绪都稳定下来。

宾馆里房间是早已安排好的。房间里摆着各种各样的水果，还有香烟和矿泉水。房间是那种带厕所的标准间，一间房两张床，床单和被子都是雪白的，很干净。房间里还有沙发、电视。乡下人从来没住过这么高级的房子。殷校长说，房间费用都由学校负担。吃饭也在这座楼上的二楼餐厅里，想吃什么点什么，餐费也由学校统一结账。中午还没有吃饭的，现在就可以去吃。他这样一说，就有几个人想起来都是从地里刚回家就坐车赶来了，还真没有吃午饭。这会儿听殷校长提起，肚子便“咕咕”响起来。想着，人已经死了，早看到晚看到都是一回事，早处理晚处理都是个处理。死的已经死了，活着的是为死的而来，决不能把肚子饿着委屈了自己。吃！吃他娘的！反正有人掏钱，不能便宜了他们！一群人便跟着孙老师去了餐厅。

水生妈虽然没吃午饭，但是她也没去。在房间里一直哭着。因为是在宾馆里，也不敢大放悲声。失子之痛使这个女人的心如钢刀子割着一般疼。从接到刘文力的电话后，她的眼泪就没干过。丈夫出外打工，钱没挣到，又落下个残疾。满心的希望都寄托在这个大儿子身上，谁知又出了这天塌的事。自己的命咋恁苦哇！其实，儿子的死，在她身上早有应兆，只是一直没有朝这方面想。昨儿夜里她做了一个梦，梦见天上下雪了，雪把树上、房顶上、院子里都下白了。她正惊奇，这五月天正是麦黄梢的时候，咋会下大雪呀？就见那雪都化了，眼前变成了一个湖，那个湖在行走着。她正奇怪这湖咋长了脚会走，又见从湖里游过来一个人。那个人向她招着手。她仔细一看，那不是水生吗？便喊着让水生快上来。水生却不上来，说是要与这湖赛跑呢……这时候，丈夫叫她，水生妈，水生妈，你是不是被梦魇着了。她才惊醒过来，急忙从床上起来，跑到院子里，见太阳已升起老高，鸡们飞了一院子，屙了满地的鸡屎。她给鸡喂了食，把院子里鸡屎打扫干净，然后进了厨房做早饭，让两个孩子吃了饭去上学，又伺候着水生爸吃了饭，吃了药，自己也凑合着吃点，就下地了。可是，在地里干活时她咋也打不起精神，脑子里老是想着夜里做的那个奇怪的梦，心里烦躁躁的，活也干不下去，就提了篮子回家了。刚到家，就接了表兄刘文力打来的电话……

平时，水生妈还是一个很有主见的人。村里谁家有了事，都要请她拿主意。这会儿事落到了自己头上，反倒没了主意。大老远跑来了，孩子的尸身也没让看，就领到这宾馆里。这总不是个事。但是，碍着水生叔和水生伯等人的面子，也就不好说啥，心里只是把水生想着疼着，也希望有一个人能给自己出个主意，就想到了表哥刘文力。刘文力这会儿去哪儿了，咋连个面也不见呀?!

在另一个房间里，殷显仁正跟几个年轻人讲着话，现在第一步工作做得很扎实，家长们的情绪基本稳定了。但是，也不能麻痹大意！咱们要把工作做细，再做细，防止家长们的情绪反弹。按照齐校长的指示，这件事处理得越快越好，处理得越快影响越小。大家都知道，咱们这个学校很特殊，市教育局的领导是把咱们当了典型的。如果这件事情闹大了，就会影响学校的声誉。所以，不能让他们把事情闹大。咱们先礼后兵。对他们先以礼相待，如果他们真闹，咱们也不能太客气。县公安局的李伟局长是咱学校毕业的学生，齐校长已和他打了招呼，李局长让派出所的张所长专门来处理这件事……正说着，腰里的手机响了。他取下手机，看了看号，是齐校长的，便接通了电话。齐校长问，家长的情绪怎么样，事情进行到了哪一步？

殷显仁便把事情的经过尽量往好的方面汇报了。说，请齐校长放心，本人一定不辱使命，把这件事消化掉！

齐校长夸奖了他几句，又向他指示，虽然取得了阶段性的胜利，但也不可掉以轻心。要把握好两个原则，一是事故发生的责任不在校方，这一点要坚定不移；二是防止事件扩大，避免在社会上造成不良影响！

殷校长连连点着头，说明白齐校长的意思。说这话的时候，他的额头沁出了汗珠。

8

现在是三点十分，刘文力正在事发地点寻找蛛丝马迹。

在此之前，他带着几个疑问去了几个地方，他希望能在那几个地方寻找到答案，以此证明校方在夏水生溺水身亡事件中有不可推卸的责任。可是，他不但没能找到答案，而且又增加了更多的疑问。

他先到水生的教室里去。在教室门外，他还以为教室里空无一人。因为教室里很静，出奇的静。但是，他还是推开了教室的门。教室里的景象让他有些意外。他看到，教室里除了两个空位置外，其余的学生都在。他们神色凝重，凄然地默默地静坐在那里，既没人看书，也没人写字。

刘文力看到，在讲台的黑板上，写着几个白粉笔大字：沉痛悼念夏水生同学！

同学们正在以自己独特的方式与他们朝夕相处的同学告别。

刘文力的心里一阵涌动，感到自己的眼眶湿润了。

刘文力看到一张较为熟悉的面孔。这位男生叫武自力。除了李中山，武自力和夏水生的关系也很好。夏水生带武自力去过刘文力的家。刘文力走向武自力，低声向他提了几个问题，比如水生什么时间出的学校？和谁一块儿出去的？他出学校去干什么？在此之前和哪位老师或同学发生摩擦没有？

武自力惊恐地躲闪着刘文力的目光。对于对方的提问，只是一个劲地摇头，说不知道，刘叔，你还是问其他同学吧。

刘文力又用同样的问题询问其他同学，可是那些同学表现得比武自力还要恐慌。刘文力这才明白，或许已经有人给这些同学施加了压力，在大庭广众之下，同学们谁也不会向他坦言什么的。

刘文力只得从教室出来，向门卫房赶去。他知道，学生进出学校都要在门卫老崔那里登记的，哪班学生，叫什么，何事外出，何时出的校，何时回校的，都有登记。仅就此来看，齐校长管理学校的手段还是让人佩服的。

他找到老崔，向老崔询问学生外出登记簿。老崔好像早就知道有人要查看登记簿似的，便很利索地把登记簿从抽屉里拿出来，给了他。可是，他翻查了好一阵，昨天、前天都有学生外出登记记录，只有今天没有！他又仔细看了一下，发现在昨天的那一页下面留下了一个撕掉的痕迹。

看来，有人比他还要聪明。在通知他来之前，就已经把事件的真相进行了重新包装，使那份事故报告滴水不漏。

他出了学校大门朝西走，到雁窝湖也就是二十分钟的路。

雁窝湖是这个县城的一景。湖是自然湖，面积很大，水面有一千多亩。时值初夏，湖水清澈透明，湖里的水草像女人的秀发一般飘逸着。鱼儿在水草中间游戏。再远一点的湖面上，蒲苇的葱绿，形成一道绿色的屏障。湖岸栽满了垂柳，垂柳婆娑着，把它们妖娆的身姿倒映在湖里，微风吹动，湖里的柳枝也就飘动起来。这时候，若站在岸边，就会感觉，不是柳枝在飘动，而是湖在走动，湖在和岸上的人竞走。这确实是个消遣休闲的好去处，无论你怀了多么烦躁的心事，只要到这湖边走一走，马上就会心情舒畅，把烦恼丢到一边。

刘文力想，夏水生到这里来，是不是遇到了什么烦心的事？

这会儿，湖边很静，也许这儿刚淹死了一个学生，人们才不敢在这么短的时间里到这儿散步。远处有一个穿黄马甲的环卫工人，在清扫湖边的垃圾。刘文力怀了希望向那环卫工人走去。

环卫工人有五十多岁，因风吹日晒的缘故，面孔呈酱紫色，一双眼睛倒很明亮。年轻时一定是个很帅的小伙子。刘文力和他搭讪着，一问，原来是纺织厂的下岗职工，因家里生活困难，自己又没什么技术，才当了环卫工人。刘文力和他唠家常。他采取迂回的方式，先把自己和对方的距离从感情上拉近，然后再询问自己想要了解的事情。

环卫工人倒很爽快，一听刘文力问起今天学生淹死的事，便滔滔不绝地讲了起来。

当时，我正在这儿扫垃圾，从那边过来两个青年人，看样子就像学生。一个高点的，稍瘦，一个矮点的，挺壮实。两个人边走边说着话。只听那瘦的说，下午你照常去上课，看谁能把你撵出教室！矮个的“唉”了一声，却指着湖说，喂，你看，这湖在走呢，咱们走它也走。要不，咱跳进去和它比赛看谁跑得快？高个的说，天还不太热，别着凉了。矮个说，不怕。他们说着已走到那边。环卫工人指了指二百米远处的一个亭子，继续说，俩人在那边脱了外衣，跳水里去了。这儿经常有人来游泳，也不是啥稀罕的事。可是，又过了一会儿，那高个子却爬上岸呼喊起来，快来救人呀，快来救人呀。他这一喊，散步的人都跑了过去。高个子学生哭着说，我的腿抽筋了，没劲了，救不了俺同学，求好心的叔叔伯伯救救他吧。这时，人们随着他手指的方向看去。见离岸百米远的水里，有个人头在一拱一拱地挣扎。人群里有两个年轻人立刻脱了衣服跳下去了。我不会水，我要会水，也要跳下去救他的。那种场合下谁也不能见死不救呀！那两个年轻人水性很好，一会儿就游到了学生身边，一人架了学生一只胳膊，向岸上游来。两个年轻人把学生救上岸，岸上围观的人都鼓起掌来。可是那个学生却躺在地上，一动不动。就有人喊打“120”，也有打“110”的。那高个的学生说，他们是全州师范高中分校的，也有给学校打电话的。后来“120”“110”、学校的校长老师都来了，他们看学生已死，就商量了一下，打电话让人拉来了一个冰棺。在往冰棺里装那淹死的学生时，高个男生却死死地拦着不让装，他哭着说，你们不能这样呀，水生他不会死的，他的水性可好哩！他只是想休息一会儿。他妈还没看他一眼呢。都认为这孩子大概是吓傻了，才说胡话的。学校的老师们不听他的，硬把他拉开，把那叫水生的学生装进冰棺里拉走了。

环卫工人把事情的经过讲得很详细，很生动，刘文力如身临其境一般。此时，他的眼前浮现出了水生在水里挣扎呼救的影子。也许救他的人只是晚到了一分钟，水生就绝望地沉入了水底。想着那个充满朝气的鲜活生命已经成了一个冰尸，刘文力的心如刀割般地疼。

环卫工人继续说着，其实，那高个男生也不糊涂。孩子淹死了，总得等人家家长来看一眼才能装冰棺里吧！这道理他们就不懂？

刘文力急问，孩子淹死的时间是几点？

环卫工人说，也就是上午十一点左右吧！

刘文力又追问道，你没说错吧，不是午饭后吧？

环卫工人说，不是！肯定不是！我是十点来接的班，没多久就碰见了那俩学生。

事件的真相渐渐清晰明朗起来。看来，校方确实是隐瞒了真实的情况，水生在上课时间（而不是校方说的是放学后）到湖边一定有什么原因，不然，他决不会放弃学习时间出来游玩。夏水生正面临着高考复习的冲刺阶段，把时间看得非常珍贵。前天礼拜天，刘文力打电话让他到家里吃饭，他就借复习功课推托了。另一方面，校方急于把水生装进冰棺里拉走，也正是想把水生出校的时间从课间改为放学后，传达室里记录丢失也说明了这一点。如此一改，校方就堂而皇之地把责任全部推到了学生本人身上。除此之外，还有没有其他的原因？

刘文力想起了环卫工人讲到的那高个男生说的一句话，“下午，你照常上课，看谁能把你撵出教室？”这句话说明了什么问题？这需要进一步调查。刘文力想，找到李中山（他认定那高个学生就是夏水生的好友李中山），也许会找到答案。

刘文力向环卫工人告别后，匆匆向城里走去。他看了看手机上的时间，已经快五点，他想，水生妈他们也许早已经到了。

9

学校租了一辆轿车，拉了夏水生的亲属朝医院赶。

殷校长和学校的几个年轻人也坐同一辆车。殷校长坐在车上，还细声慢语地劝说着从乡下来的这群人。说“孩子没了，搁谁身上都一样地疼，但是，死人不会活的，要朝长远看，要保重自己的身体”等等。又说，“水生私自外出，不听老师的话才出了事”，学校领导很同情，虽然责任不在学校，但齐校长还是让尽最大能力去处理这件事。水生伯听这个老头说话挺家常、挺体贴人的，也都认可了他的话。想着水生是自己跑出去玩的，自己不小心淹死的。可惜是可惜，也怪不着人家学校。看人家学校对咱多关心呀，管住的，管吃的，咱没来到就把水生送进了太平间，学校对咱真是一百个好。有了这样的想法，就非常感激学校，非常感激殷校长，觉得孩子给学校添了麻烦，自己也给学校添了麻烦。就想着，到医院太平间看了水生，尽快把水生拉回去处理后事。

水生妈一路哭哭啼啼的。一边哭一边说，水生咋会淹死呀？水生的水性多好啊，水生自打小就在咱村西头那条清水河里洗澡，一猛子起（游）好远，咱村里谁不知他水性好呀！

殷校长便道，清水河咋能与雁窝湖比，雁窝湖的水又深又凉，里边还长了杂草，兴许水生是被杂草缠了腿脚。再说……常言道，淹死的都是会水的。

水生妈便哭道，我苦命的乖儿啊！

车子很快来到医院的太平间。人们下了车。管理人员把太平间的门打开，把人们领到装水生的冰棺前。水生妈看一眼躺在冰棺里的水生，见水生嘴角半翕着，眼睛也半合着，如睡着了一般，那一股疼从骨子里爆发出来，随之从喉腔里发出一声惨叫，那声叫如母狼误入了陷阱之后的绝望的叫，如此凄怆、悲凉。只这一声，人已死过去。好在是在医院里，护士医生马上赶来了。医生掐人中，按胸脯，又打了一针，水生妈才慢慢醒过来。

在场的人也都是眼泪汪汪的，心里的那份痛便通过眼泪释放出来了。

水生伯擦了泪对殷显仁说，殷校长，孩子也就是这样了。俺们想着，能早点把孩子拉回去，入土为安。

殷显仁意想不到事情会这么顺利，他内心一阵窃喜，急道，中！中！学校负责找车把他送回去。你们看，啥时走？

水生伯刚要表态，水生叔插话道，俺回宾馆商量一下再定。

殷显仁便说，那也好。正好学校还拟了份协议，学校的师生献爱心为水生捐了两万块钱，签完协议领了钱再走也中。

水生伯心想，自己不小心淹死了还得两万块钱，学校也够照顾咱了。自然很感动，就说协议签不签都中，咱庄稼人做啥事都不会反悔的。

水生叔却说，那也得听听嫂子的意见。水生叔毕竟年轻一些，从殷显仁的话里早听出一些毛病来，又见对方急于把人送走，就想着事情不能那么简单。只是看对方如此热情，也不好意思去问，只想着回宾馆里和嫂子等人分析商量一下再说。

回到宾馆，几个人都到水生妈的屋里商量事。正说着，殷显仁进来了，一手抱了个包，说是水生洗澡前脱的裤褂，都拿来了。说着便随手扔到了门后边。随后，又从衣兜里拿出一张纸，说，这是学校起草的协议，你们看看，若是没什么意见，就签字。签了字交给我，我让会计把钱给你们送来。

水生叔接过协议，说，殷校长，我们先看看，商量一下给你回话。

殷显仁只好出去了。

水生伯等他出去，说，啥协议不协议的，他能给咱两万块钱，咱就走。

水生叔说，哥，你咋恁糊涂，水生的命就值这两万块钱?

水生的堂兄也说，就是。水生是在他学校出的事，他就拿两万元钱糊弄人啊!

水生伯嗫嚅着说，人家不是说，水生是自个溜出去的吗?

水生叔说，我看事情没恁简单。那姓殷的对咱甜言蜜语，就是想快点打发咱走。咱不能冤了水生，咱得把事情弄个清楚再走。嫂子，你说中不中?

水生妈一直处在痛苦万状中，脑子里乱哄哄的，真的没有一点主意。只是认定了一点，水生不会无缘无故地去送死。就这样悄没声息地把水生拉回去，也太委屈了水生。就也想着把事情弄个清楚。听小叔子的话说得有道理，便点了点头，说，是表哥刘文力报的信，情况他该知道一些，还是等他帮着拿个主意吧。

当下商定，协议先不忙着签，等见到刘文力再说。

10

刘文力听门卫老崔说，夏水生的亲属都住进了宾馆里，他便来到宾馆。

他走进宾馆大堂时，正巧碰见殷显仁。

殷显仁认得刘文力，并知道刘文力是夏水生的亲戚。刘文力也认识殷显仁，却并不知道殷显仁是处理夏水生溺水死亡事故的主要负责人。

殷显仁判断，刘文力一定是来找夏水生的亲属的。殷显仁意识到，刘文力的到来，会给他的工作带来一定的难度。夏水生的亲属都是乡下人，工作好做。而刘文力是教育局的干部，对政策法规都了解深透，对教育界内部的一些情况也是耳濡目染。有些不合理的情况，在乡下人那里一解释，会很快变成合理的，而在刘文力那里，就会把这不合理的进行分析剖解，使更多的不合理凸现出来。把这些不合理再拿给那些乡下人去看，那些乡下人就会大彻大悟，他们就会发现自己上了当受了骗。而那些上当受骗的乡下人所表现出来的野蛮过激行为，将会给学校带来什么样的严重后果，殷显仁是想象得出来的。殷显仁就想阻止刘文力与夏水生的亲属见面。

但这是不可能的一件事。刘文力是专来找夏水生的亲属的。况且，夏水生是他的表外甥，他也应该是夏水生的亲属。夏水生是他送进这所学校的，夏水生的事他不可能不管。

殷显仁笑着问刘文力，刘主任，你怎么有空到这儿来？

刘文力却笑不出来。因为他一直在想着夏水生的死，但他还是很有礼貌地对殷显仁说，殷校长，我来找夏水生的亲属。

殷显仁便“唔”了一声，说，夏水生出事了。市教育局的领导非常关注对这件事的处理。他把“市教育局的领导”这几个字咬得很重，言外之意，你刘文力也是教育界的人士，对上级领导关注处理的事件还是少插手好。即使插手，也应该站到市教育局领导的立场上来。

刘文力显然听出了殷显仁话中的含义，他皱了下眉头，淡淡地说，领导能非常关注是好事，这有助于事件的处理。我希望学校能够客观实际地对待处理这件事。

殷显仁说，看来，刘主任对这件事也是很关心的。

刘文力说，夏水生是我表妹的儿子，是我把他送到你们学校的。

殷显仁说，原来是这样。刘主任，学校把处理此事的工作交给我了，希望你能配合我做好家长的安抚工作。

刘文力说，不知道殷校长要我如何配合？

殷显仁挑明了说，现在家长的情绪很稳定，我有把握能很快处理好这件事。但是，我不希望因你的到来，使家长的情绪恶化，把事态扩大！

刘文力冷着脸说，殷校长是说，如果事情得不到尽快解决，责任就属于我？你就不如明说了，家长假如对你们的处理结果不满意，都是我煽动的！

殷显仁尴尬地解释道，刘主任，我不是这个意思。我是说，咱们都是搞教育的，都知道教育的难处。

刘文力说，这是两码事。教育上的难处不是一个夏水生造成的，也不能以夏水生的生命为代价就能克服掉教育上的困难。我说得对吗，殷校长？说完也不听殷显仁回答，便上了楼，把殷显仁晾在那里。

刘文力找到水生妈的屋，见从乡下来的那些人都在，好像非常犯难地议论着什么事。见了他，像见了救星似的。

水生妈哭着说，表哥，水生他死得冤呀！我看见他在冰棺里，还睁着眼呢。你得替孩子做主啊！

刘文力劝着表妹，说，事情到了这个地步，你也别太伤心。

只是无论咋说，也要把水生的死因弄个清楚明白。

水生叔把殷显仁拿来的那份协议让刘文力看。刘文力仔细地看了，冷冷地笑着，问，你们打算签这个协议？

水生伯说，不签有啥办法？殷校长说，孩子是自己洗澡淹死的，责任不在学校。再说，人家还同意给咱两万块钱，这也够给水生办丧事用的了。

水生叔不满地说，你就看重了那两万块钱。

水生伯不服气地说，人死了也不能活过来呀。

水生妈擦了擦泪，擤了一把鼻涕，说，大哥，水生是不能活过来，但也得给他讨个说法，不能让他把过都背着。咱虽然穷，也不能白拿那两万块钱！

刘文力说，表妹有这个决心就好。我看这协议有毛病，协议说："夏水生是在课外私自离校，溺水而亡，他的死与学校无关。"据我初步了解，水生不是课外离的学校，而是上课期间离的学校，上课期间水生外出老师会不知道吗？是什么原因让水生在上课时间外出的？他平常把课外时间都抓得很紧的。再有，"校方对夏水生的抢救已经仁至义尽，在医生抢救无果的情况下，才把夏水生送进太平间。"他们在不通知家长的情况下，匆忙把水生装进冰棺里，送进了太平间，这本身就有许多令人怀疑的地方。夏水生当时被人从水里救上来，是真死，还是假死？在乡下，不是常有淹死的人，放在石磙上控水，过了一下午还有醒过来的吗？而他们仅凭医生一句话"这人没气了"，就匆忙把水生装进了冰棺里，别说是一个被水而呛高度昏死过去的人，就是一个大活人，装到冰棺里也会闷死！

水生妈听到这儿，又不由大放悲声。

刘文力用手制止着她，继续说，医生对夏水生死亡的诊断有没有通知书，这一点，还需要调查。而仅就不经家长允许，就擅自把水生装进冰棺里，他们就有不可推卸的责任！他们为什么急于把水生装进冰棺里拉走？一是把水生出校的时间从十点多改成十二点以后；二是尽快把现场处理掉，这些都已经很清楚。除此，我总觉得还有更重要的问题被他们隐瞒着。

水生叔说，表哥这样一说，咱心里就透亮了。他们是糊弄咱乡下人。

水生伯也说，怪不得那殷校长一个劲地给我唠，要我劝劝水生妈，早点签了协议。说这是明摆着的事，学校没责任，派出所的人都一直在呢。如果谁要到学校去闹，不但两万块钱拿不到，还要抓人哩。

刘文力“哼”了一声，道，两万块钱倒成了他们的施舍！

水生妈只是哭，这个在乡下非常有主见的女人，遇到这样的事，不知如何办好。此之前，只认为自己把一个活蹦乱跳的儿子送到学校里，突然就没了，咋着说也是冤的，也是要讨个说法的。来到后，听殷显仁说，理都是学校的，孩子的死学校没一点责任，就咋也转不过来这个弯。听表哥一分析，才明白理在哪儿，冤在哪儿。可是这理找谁去说呢？冤到哪儿去申呢？思来想去，自己是一点办法也没有的。便对刘文力说，表哥，协议不能签的。这事该咋办，到哪儿说理，俺们这些乡下人都不懂，还得你做主。

刘文力沉思着，好半天才说，表妹，我说句实话，不知你听着顺心不顺心？见水生妈点了头认真地听，便缓缓地说，孩子已经死了，这是事实，再咋着也救不了孩子的命。现在，咱们要争取的，第一，就是把整个事情的真相弄清楚，把孩子死的根本原因，也就是孩子离校的根本原因弄清楚，把事故的责任划分清楚。第二，让学校公开为水生开个追悼会，给水生一个说法。第三，在孩子的赔偿问题上（而不是“赞助献爱心”），要争取到一个客观的数目。能争取到这几点，既对水生有个交代，对家属也是个安慰。

水生叔说，学校不答复这几个条件，咱就到市里、省里去上访！

水生伯说，上访也不是个好办法，还是和学校好好商量。我看姓殷的心眼挺好。

水生妈说，就照表哥说的去争取。咱乡下人就是这个贱命，还能巴望让谁来替咱水生抵命吗？

11

殷显仁从宾馆出来，便去找齐校长。

他已经有所预感，由于刘文力的出现，夏水生的亲属决不会轻而易举就签那份协议的。从殷显仁内心来说，那份协议确实有点不公允。但作为处理这起事故的负责人，他能说什么呢？他的胳膊肘不可能朝外拐。他必须站到学校的立场上，为维护学校的声誉，维护学校的利益，去努力做。学校的名誉有他一份，学校的利益更与他有直接的关系，与他息息相关。

对于全州师范高中分校内幕，他了解得比较深透。由于教育体制改革，大中专院校并轨，大中专毕业生不再由国家统一分配，全州师范很快生源枯竭，滑到了岌岌可危的关门边缘。而与之相反的是高中教育，生源火爆，方兴未艾。像县重点高中那样的学校，已经由每级段十个班级，扩充到六十个班级。且每个班级的学生都超过了国家教育规定的标准，由每班五十人增加到一百二十多人。眼看着教室都有挤破的可能，却还有许多望子成龙、望女成凤的家长，找门子、寻路子把自己的子女朝这些学校送。这就形成了一种局面，全州师范把招生的桌子摆到大门口，也没有多少人去光顾。而县重点高中关了门，还有人往里挤。县重点高中生源充足，收费标准一涨再涨。且项目繁多，什么借读费、择校费、赞助费，高价生、平价生等等，统统按中招考试的分数划定的收费档次，考多少分，挂着哪个档次，就按哪个档次交费，最高的要拿到两万。这真是关住门卖芥药——痒了自来。进了校门，收费的项目并没有完，接下来，电脑费、保险费、实验费、补课费、资料费等等，费费都少不了。如此一来，县重点高中的那些在过去被称为“臭老九”的教师们，政治待遇和经济待遇都上升了一个令人眼羡的高度！县重点高中如此火爆，一时间，×× 附高、×× 远程高中基地，×× 实验高中、×× 重点高中分校等一批民办的、公办民助的学校，如雨后春笋般应运而生。这些学校八仙过海、各显其能，打出了自己较硬的招牌，纷纷与县重点高中争生源，把高中教育的这块蛋糕强行朝自己的盘子里切。那个时候，全州师范已揭不开锅了。一个能容纳八十个班级的学校，一年只招了一百零八个学生，而本校的教职员工数是三百多人，是学生的三倍！真是可怜又可悲！就在这种情况下，全州师范才办起了高中分校。高中分校的牌子一挂出来，就吸引了众多家长的眼球。经过近三年的努力，生源虽然还远远赶不上县重点高中，但每级段六个班，每班也能招到六七十名学生。一个百年名校经过了阵痛之后，终于凸现出一线生机。市教育局把全州师范高中分校作为本地教育系统的一个先进典型在全市推广，其目的是提高该校的知名度和地位，以吸引更多的家长把子女送到这所学校里来，可谓用心良苦。再有两个多月就是暑假。暑假对各高中来说，将面临着一场生源大战！全州师范高中分校本来就先天不足，弱不禁风。而在关键时刻，却发生了学生溺水死亡的严重事故。如果这件事处理不好，张扬得满城风雨，其后果是难以想象的！

齐校长正在办公室里等他。谭梅也在。

殷显仁把自己如何做家长的思想工作，现在家长的情绪比较稳定等向齐校长做了汇报。

协议签了吗？齐校长听他讲完，便直奔主题。他只看重结果，不看重过程。

殷显仁说，已交给他们，说是商量商量。

齐校长说，还是那句话，快刀斩乱麻。刚才，市局蒋局长还打电话询问这件事。并指示要尽快妥善处理掉，以防事态发展扩大。我也给蒋局长打了包票，说我们派出了最得力的干将殷显仁同志挂帅处理，一定会有好结果的。蒋局长对此很满意。

殷显仁听了很感动，说，谢谢领导信任，我一定尽力而为之。他想起刘文力那些话，又不安地说，夏水生亲属的工作都好做，我就怕有人去怂恿他们。说着，看了一眼谭梅，他知道谭梅和刘文力是同学关系。

齐校长说，要尽量少让他们和外界接触。我已和公安局的李局长打过招呼，必要时让他出出面。

殷显仁犹豫着说，是不是也跟县教育局打个招呼，县教育局的刘主任和夏水生是亲戚。

谭梅说，刘文力脾气很犟，如果拿领导压服他会适得其反。

齐校长说，今天中午我已见过他，看他挺忠厚老实的一个人，会起副作用？他的工作由我负责做，至于通过哪种渠道，我再考虑一下。你们一定把工作做细。谭老师尽量少与夏水生的亲属接触，要做好其他事情的处理。比如在夏水生出校的原因、时间上一定要统一口径，不能有半点马虎。这关系学校的声誉问题！还有那个李中山要保护好，事故处理不结束决不能让他出来。

谭梅说，其他都好办。就是这个李中山，中午让他吃饭也不吃，下午给他补课他也听不进去，一会儿又猛不丁地冒出一句，“湖走了，水生快去追啊！”……一副神经兮兮的样子。

齐校长说，可能受了惊吓。让教心理学的赵老师去陪陪他。

殷显仁还想说什么，他的手机响了，是留在宾馆里的孙老师打来的。他刚听了一句，“这边有急事”，就急忙挂断，和齐校长打个招呼匆匆向宾馆赶去。

12

刘文力走后，水生叔和水生的几个堂兄弟都觉得学校把他们乡下人看扁了，看低了，才把真相隐瞒着欺骗他们，糊弄他们。他们也不能太傻太憨，随意任人欺侮。几个人一商量，就决定先把夏水生从太平间里拉出来，堵了学校的门，在学校门口为水生摆个灵堂，然后再和学校谈条件。这是农村常用的方法，就是以陈尸的方式要挟对方答复自己的条件。他们也没和水生妈商量，就下了楼。

在楼下，他们遇到了孙老师和小祝，还有派出所的一位值勤干警。

孙老师见一伙人神色凝重地朝外走，便觉得不大对头，尽管还不知道他们要干什么坏事，但想着也绝不是干什么好事。孙老师便拦了他们，说，马上就要吃晚饭了，你们这是要到哪儿？

水生叔阴沉着脸说，俺们到哪儿去还要你批准？

孙老师一副大度的样子，很关切地笑着说，不要我批准，但我得问问。你们是学校的客人，学校得为你们负责是吧？不然，再出点什么事，谁都担当不起。

水生的堂弟快言快语地说，俺们要把水生拉回来，在学校门口给他搭个灵堂。

孙老师他们一听，果然是要闹事的架势，一时都紧张起来。

派出所的值勤警说，你们想把死人拉回来闹事呀，这是扰乱学校秩序，是违法的！

水生叔一听，便火了，道，你别拿大帽子压人，水生是这学校的学生，俺给他在学校摆个灵堂，犯啥法了？犯法的是学校，是校长，你咋不去抓他们呀！

值勤警说，你不要胡搅蛮缠，这对你没好处！

水生叔说，俺人都没了，还要啥好处？你当公安的，要把心摆平，不要唬弄俺老百姓！

值勤警还要说什么，孙老师拦了他，对水生叔说，老兄，都在气头上，言语就重了些。不过，我劝各位一句，拉夏水生不是谁说拉就能拉来的，得学校同意，因为是学校把他放到那儿的。

水生叔他们就傻了眼。水生堂弟说，俺自己的人还当不了家？

水生叔就说，俺找殷校长，让他给个说法。

孙老师就拨了殷显仁的电话。

不过一刻钟殷显仁就赶过来了，一听水生叔他们提的要求，就想，那姓刘的果真没起到什么好作用。看来问题又大发了。心里想着，脸上挂着笑，对水生叔说，你们的心情可以理解，谁家的孩子出了事，大人没有不心疼的，但是，事情既然出来了，就得有个解决的办法。把水生拉到学校门口摆灵堂，这不是最好的办法！这让人家一看，就会说，这家长不明事理，咋能把个死人摆在学校门口，这不是给学校难看吗？这不是要挟学校的吗？我劝一句，老弟，这事不能这么办。夏水生没了，学校和家长的心情同样悲痛，咱们得化悲痛为力量。咱们得坐下来，协商一下，拿出个最好的办法把事情解决了。

水生叔扭着脖子说，俺庄稼人嘴笨舌拙，说不出个条条框框来，俺就认一个理，水生死得冤屈！你们把责任都推到他头上，你们就没一点责任？水生是啥时候出的学校，为啥出的校？你们都得给个说法。水生淹死了，你们没经过俺家长的同意，就把他装进冰棺里，这违法不违法，这是学校的责任不是？

殷显仁一听，心想，这个人现在说出的话与前期判若两人，一腔一调里都受了姓刘的影响。看来，有那姓刘的在后边出谋划策，这帮庄稼人并不像自己估计的那样好对付。想着，殷显仁避重就轻地说，事实就是事实，都在那儿摆着。我再劝老弟一句，要相信学校，解决问题还得靠学校！可不能光听别人在背后瞎说。说着很亲热地拉了水生叔的手，走，老弟，咱去餐厅吃饭。孙老师，你上楼把人喊下来去吃饭。事要解决，饭也得吃。

一伙人便相跟着去了餐厅。

13

刘文力当晚就到出“120”的那家医院去了，找到出诊的那位男医生，问他是否写过夏水生的死亡诊断书。回答结果，没有。男医生说，他们的救护车赶到时，殡仪馆的车也赶到了，他们已经把溺水者装入了冰棺里。男医生说，别说是溺水窒息的人，就是一个大活人装进冰棺里也会闷死！

这一种结果与校方说的大相径庭！刘文力听着，心里升起一种悲怆。他问男医生是否可以出个证明？

男医生摇了摇头说，这不是我的职责范围。我说得太多了，也是出于对那个死去的学生的惋惜和同情才给你说这些话的。我想校方并不乐意让我这样说。他说着，轻轻一笑。

刘文力从那家医院走出来，已经到了掌灯时分。街上的路灯已亮，街两旁的商店琳琅满目，广告牌的霓虹灯五彩缤纷，争相闪烁着。街是喧嚣的，也是繁华的。一个中学生的死并没有给这喧嚣和繁华的大街带来一点儿痛苦。看起来，一个平凡的人在这大千世界里是多么的渺小，就如一粒沙子，被风刮起来，又轻轻地落下，融入尘土里不被人所知。

刘文力的心情很沉重。

他朝家里走的时候，接到两个电话。第一个电话是局里人事股长打过来的。人事股长告诉他，特级教师的指标已经下达，经局长办公会议研究，让你填表申报。局长让我通知你快把材料整理出来，别耽误下个星期到市里申报。刘主任，局长对你高看一眼哩，局里留一个指标，就给了你，多好的喜事呀，你可得请客。

请，请。刘文力答应着，挂了电话。对他来说，这确实是件喜事。年龄已过四十，对当官无所求，事业上不干出点成绩来，刘文力就有一种自卑感。而干出成绩的标准，就体现在晋职称或获奖上。因此，刘文力把这次晋升特级教师的机会看得很重。虽然是件喜事，但此时，刘文力的心情都挂在夏水生溺水死亡这件事上，所以也高兴不起来。

这时候，第二个电话又打进来。刘文力看到是个陌生的号码，稍迟疑一下，还是按下了接听键。

对方却静音，大概有十秒的时间。

刘文力问，你是谁？为什么不说话？

你是夏水生的表叔刘文力吗？对方很小心谨慎的声音。

我是。你是谁？

我是夏水生的同学。

刘文力听出来了，这个刚过变声期的声音正是那个叫武自力的同学。他急忙问，你在哪儿？

刘叔，我在校外的公共电话亭给你打的电话。老师盯得很紧，不让随便出校门，我是借肚子疼到街上买药才出来的。

刘文力明白了，武自力是想告诉自己一些东西。他急切地问，我能不能见见你？

武自力说，还是在电话上说吧。现在学校把我们班的每个同学盯得都很紧，你中午到班里去，谁敢跟你说话呀！

刘文力急切地问，你要告诉我什么就快说吧！

武自力说，水生死了，同学们都很难过。学校把责任都推到水生头上，同学们都气不过。其实，水生出校的时间是上午第二节课后，也就是十点多吧。第三节是体育课。上课前，谭老师把水生叫到了办公室不知说了些什么，水生出来后就和李中山出校了。现在出事了，学校便说水生是吃午饭时出的校，并安排我们，要有人问起都得这样说。

刘文力问，谭老师叫水生去干什么？

武自力说，可能与水生的补课费和资料费有关。水生还欠学校八百元的费用，谭老师在班里已经点了他几次名。我估摸谭老师又催他回去拿钱。

刘文力问，同他一块儿出去的李中山在哪儿？

武自力说，事情出来后，李中山就被谭老师叫走了，一直没有回班里。

刘文力明白了，他们把唯一的知情人隐藏起来了。

刘文力说，武自力，我代表水生爸妈向你表示感谢。

武自力说，刘叔，不用谢，每一个有良心的人都会这样做的。我得走了，再见！

再见！刘文力挂了电话，随即又给谭梅打电话，可是谭梅的手机处于关机状态。

武自力提供的信息说明，校方确实在编造谎言，推卸责任。他决定晚上加个班，把所了解到的真实情况，系统一下，形成材料，报给全州师范高中分校的主管部门——市教育局。

14

一连三天，校方和家长出现了对峙的局面。

对于家长提出的诸多问题，校方都没有给予正面回答，有的含糊其词，有的避重就轻，在夏水生出校的时间和原因这两个关键问题上，校方始终不让步。你说他是十点多出的校，你拿出凭据呀，你说老师让他出去拿学费，你也得有个证据呀。光凭你们口说是谁看见了那不行，你让他写证言来。他不敢写就说明他说的是假话。学校才是实事求是的。至于没经家长允许就把夏水生的尸体装进冰棺里这个问题，校方完全出于人道主义。那天正是中午，太阳很毒，在没有通知到家长的情况下，总不能让一个学生暴尸在湖边吧。

参与和校方谈判的主要是水生叔伯和水生的堂兄弟。水生叔伯他们都认死理。刘文力不易正面和校方冲突，把道理讲清揉碎了教给水生叔伯，可是一到桌面上，水生叔伯把那些道理又拎不清了。只是反复说，俺水生死得冤，把责任都加到俺水生头上决不行；或者说，俺把孩子交给了你们学校，现在孩子没了，你们难道就没责任？

殷显仁也知道水生叔伯的后边有人操纵着，这个操纵人便是刘文力。刘文力自己不出来和他们理论，他们也不希望刘文力出来。因为刘文力没有这群庄稼人好对付。刘文力若出来，他们编的一些谎言就会被有理有据地戳穿。

虽然在原则问题上不让步，但是，在对夏水生亲属的经济补助上（校方始终说是补助不是赔偿）却逐步加码。第一个回合增加了一万，变成三万；到第二天，殷显仁又狠心让步，增加到四万；到第三天上午，又增加五千；到了晚上的谈判，增加到五万。五万是齐校长定的最高额，这个数字早已透给了殷显仁，让殷显仁把握时机掌握。现在已经到了这个最高限度，殷显仁是死活也不再松口加钱了。

水生妈没有参与和校方的谈判，在水生姑的陪伴下，她每天一大早就赶到医院的太平间门口。她把买来的苹果、橘子、香蕉等果品摆在地上，然后点燃火纸，嘴里默默地念叨着。开始，有人还围了她，听她说些啥。可是谁也听不清她说的是啥。她就那样满脸是泪地念念叨叨着。也许只有躺在冰棺里的水生能听懂她的话。烧过的纸灰在太平间门口堆着，风刮过来，便像黑蝴蝶一样飞起，飘飘荡荡地在漫天中飞舞……

刘文力看到校方如此顽固地坚守着自己的错误做法，便把解决问题的希望寄托在市教育局。全州师范高中分校因夏水生溺水死亡事件暴露出来的诸多问题，已经充分表明这个学校严重违背了国家的教育方针和教书育人的宗旨，市教育局不能不管。他在两天前已经把自己调查的真实情况形成书面材料寄给了市教育局蒋局长。他在焦急地等待着消息。

谭梅突然给他打来了电话。谭梅这几天像失踪了一样，始终让他联系不上。他多次打她的电话，却一直关机，到学校找她，也找不到。后来，明白了，谭梅是在躲避他。现在突然把电话打过来，让他感到意外。他立刻接通了电话。

撒手吧！对方用低沉而忧郁的声音说。

为什么？

再坚持下去，对你对我都没有什么好处。

为了夏水生，为了以后不再有夏水生似的悲剧重演，我们还要什么好处？

我们不要什么好处。可重要的是，他们的欲望太高！现在，就是我承认，是我把夏水生赶出的校门，是我逼夏水生交八百元补课费才引起的这起意外事故，即使我愿意把夏水生溺水死亡的责任都承担起来，他们会同意吗？

他们是谁？

刘文力，我向你透露一点，我们这个高中分校，其实并非全是公有制，它是以公办民助的形式办起来的，市局的主要领导都是入了股份的！

啊？刘文力甚感意外。

所以，这所学校是不会向社会和家长承认它的错误的，也并不会为了一个学生的意外死亡而导致垮台。现在，学校已出到五万元补偿金，说是师生献爱心，其实都是校方出的，已经不少了。看在咱们老同学的情分上，求求你撒手吧！再坚持下去真的没什么好处！谭梅几乎近于哀求地诉说着。

此时，刘文力的脑子里几乎一片空白。他不知道如何回答谭梅好。一腔悲愤涌上他的心头，他止不住向对方吼道，为什么？为什么？为什么那些人变得如此贪婪、自私、阴险和无情啊？！

对方把电话挂断了。

刘文力来到局里，人事股长看见他，对他说，王局长正找你呢，快到他办公室去一趟。

刘文力进了王局长办公室。

王局长正在低头看一份材料，见他进来了，便示意他坐到沙发上。

平常刘文力很少进王局长的办公室，由于很少来，就有一些局促。

刘主任，特级教师的申报材料准备得怎么样啦？王局长把目光从桌上的那份材料上移到刘文力身上，目光里注满了关切和亲近。

正在准备，正在准备。刘文力非常感动。

唔，要把材料整好，拿到上边评，人家注重的是材料。当然了，你的成绩还是很突出的，不然，局里就一个指标也不会指定给你。刘主任，这是对你的工作肯定啊！此时，王局长的目光又换了一种神情，那是信任和大度。

谢谢王局长，我一定把材料整好，不辜负领导的期望。刘文力诚惶诚恐地说。

噢！好！好！还有一个事——王局长从抽屉里拿出一份材料，在手里摆弄了一会儿，才递给刘文力。

刘文力一看，正是他寄给市教育局蒋局长的那份关于夏水生溺水死亡事件的情况调查材料。看着这份材料在王局长手里出现，刘文力的头都大了，他张着嘴，不知说什么好。

王局长仍旧用非常平易近人的口吻说，刘主任，全州师范高中分校出的这事，暴露出他们对学生进行安全教育不够……

刘文力说，王局长，这不仅仅是安全教育的问题。

王局长摆了摆手，言辞变得严肃起来，还能有什么问题？嗯！这个学校直接归市教育局主管，我们是不好插手的！前天，他们的齐校长给我打了电话，说我们局有干部插手他们学校的事情，在背后唆使家长与学校闹纠纷。我说不可能吧？我们干部都有很高的素质和觉悟，怎能去干那样的事情呢？

刘文力不知说什么好，我……

王局长看他一眼，继续说，我对他说，你们学校出的事，由你们自己处理，我们决不去干预。可是，今天上午，市局蒋局却批转给我一个信件，唔，就是这个。我才知道，自己过于自信了，这让我很难说话。恕我直言，刘主任，这件事你做得很不妥！

刘文力申辩说，我只是想把事情的真相弄清楚，让夏水生的悲剧不再重演。

王局长不容置疑地说，你这样做有些草率，这个材料写得也片面。这样吧，全州师范高中分校的事情你不要再插手了。事情到此为止，他们的事情让他们自己去解决。我们帮不上忙也不要添乱子！刘主任，你要抓紧时间整理自己的申报材料，材料很重要。能不能评上特级教师，市教育局这一关也很重要呢！我的话你明白吗？

王局长找他谈话的目的已经非常明确了，刘文力还能再说什么呢？即使再说，也是徒然的。他点点头，站了起来，心情非常沉重地朝外走。

王局长很热情地把他送到办公室门口。

15

齐校长很满意，虽然拖了四天才把问题解决掉，但是也没造成大的震动，对学校影响不大，在社会上也没造成很坏的影响。尽管补偿金额达到了五万，但与同类事件相比，这个数字是微不足道的。殷显仁这家伙办事还是挺能干的，过了这个坎，得好好请他撮一顿。谭梅说，那个叫李中山的学生，精神有点恍恍惚惚的，老喊什么，“湖走了，湖走了，水生追不上了”，湖怎么会走呢？瞎说！千万别再出什么问题，得领他到医院去检查检查。

协议也签过了，五万块钱他们也领走了。殷显仁领着人到医院太平间去拉夏水生的尸体去了。校园里归于平静。只有教室里时断时续地传出老师们高一声低一声的讲课声。齐校长难得清闲地走到校门口，与门卫老崔打着招呼。齐校长想，老崔真是个很称职的门卫，学生出入校门的登记手续是他自己搞的，该怎么做，这老家伙很明白，对学校很负责。他说，为了学生的安全才这样做，作为门卫，他应该负起责任。全校教职工如果都像他一样敬业就好办了。

齐校长心情非常愉快地回到了自己的办公室。那个时候，他给市教育局的蒋局长打了个电话，汇报了一下事情的处理结果。对方很满意，并用开玩笑的口吻告诫他，以后不能再有类似的情况发生，不然，他是要掉帽子的！

上午十点的时候，殷显仁给齐校长打来个电话，说是水生妈和刘文力要见见他。齐校长一听，便紧张起来，愉悦的心情也一下子变坏了。他诘问殷显仁，事情不是都结束了吗？他们还见我干什么？不见！说着，把电话挂断了。可是，迟了一会儿，电话又固执地响起来，还是殷显仁的声音，齐校长，我看他们也不是要闹事的样子，他们说只是想交给你一样东西。要亲自交给你才放心。水生妈说，不然，她就不走了。水生的尸体也不往火葬场拉。

齐校长听了，再没有理由拒绝他们。

刘文力在前，水生妈在后，走进了齐校长的办公室，齐校长忙招呼他们坐下。

刘文力在齐校长对面坐稳了，才说，齐校长，事发当天我从你这儿出去时，就下决心要为夏水生的死讨个公道。可是，现在，我明白了，有时候公道是讨不回来的！现在请你放心，夏水生溺水死亡事件已经画上了句号。他的亲属，包括我，都不会在这件事情上僵持下去了。人已经没了，他的死因以及谁应该为他的死负责任，对于他的亲属们来说，已经没有什么实际意义了。

齐校长连声说，谢谢家长的宽容大度，谢谢你们的理解。

刘文力继续说，水生的母亲要求我陪她再见你一面，只是想把夏水生写给你的一封信亲手交给你。说着，从兜里掏出一张折叠的纸，递给了齐校长。这是整理夏水生的遗物时，从他的裤兜里找到的。

齐校长震惊地接过那封信。那封信是写在横格作文纸上的，字迹很工整清秀，只见上边写着：

尊敬的齐校长：您好！

我是高三（3）班的学生夏水生，很抱歉打扰了您的时间，可是我求您一定要把这封信读完。

我是农民的儿子。去年春天，我爸爸在外出打工时砸伤了腰，花了我家很多钱，也没能治好病，一直瘫痪在床上，我家里还有上学的弟弟和妹妹。现在，全家的生活担子都压在我妈妈一个人的肩上。她还不到四十岁，头发都全白了。我想回去挣钱，帮妈妈维持这个家，可是妈妈却以死要挟我一定要读完高中，考上大学！

尊敬的齐校长，我给您说这些，就是想请求您，我欠学校的八百元学杂费，请您让我缓一些时间再交。我往年从不拖欠学杂费的，这一次，我实在没有办法了。家里连买盐的钱都靠卖鸡蛋去换。我表舅那里我也不好意思再去张口了。上一学期，我的学费都是他替我交的，我不能再给他家增加负担了。我家今年种了十亩小麦，还有两亩大蒜，再有一个月就丰收了，等麦子、大蒜收下来卖了钱，我保证一分不少地把钱交给学校，我保证！

尊敬的齐校长，求您别再让谭老师赶我回去借钱了。我真的不愿离开学校，我真的想把这学期读完。再有一个多月就要高考了，我有信心能考上大学，考不上一本也能考上二本。求求您，齐校长，不要赶我出去借钱了。也不要为这事让老师在班里点我的名字了。我只想好好学习，真的！我一定能考上大学，我会为学校争光的！求求您，求求您了！

您的学生：夏水生

5 月 12 日

齐校长把信读完，沉默了好一阵，才感慨地说，怎么会有这样的事？这，我一点也不知情呀！

刘文力冷冷地看着齐校长，说，齐校长，我希望学校能在这封中学生的遗书里吸取一些教训。

齐校长连声说，一定！一定！

这时，水生妈把怀里抱着的一个塑料袋子打开，从里边掏出了五沓百元的钱，一沓一沓地放在了齐校长面前。在齐校长惊疑的目光下，缓缓地说，齐校长，水生没了。这是他的命。他无论是在啥情况下死的，俺都不怪罪学校。这是学校老师和学生给俺水生集的五万元救助款，俺一分都不要！俺交给你，你把水生欠的那八百元学费从这里边扣除吧，剩下的钱，查查还有没有交不起学杂费的学生，如果有，也从这里边扣吧！齐校长，千万千万不要再让老师往学校外边撵学生了！啊？

此时，齐校长的心里才感到一阵疼。他的眼睛湿润了。在他拿湿纸巾擦眼睛的时候，刘文力和水生妈已经站起来走了。

他们向学校外走去。他们的身影渐渐地消失在齐校长的模糊视野里……

（原载 2007 年第 12 期《长江文艺》）

意外事件

1

栾小小是在一个夏日的黄昏和绿雀交上朋友的。那时候，栾小小突然产生了一种想法，自己什么时候也能像一只小鸟那样飞向蓝天上去呢？

那个黄昏，天气闷热得让人透不过气来。汗水像雨水一样冲刷着每一个同学的面颊和脊背，教室里漂浮着濡热的汗酸味。寝室里更热，简直像蒸笼一般。十多个孩子住在一间狭窄的房子里，没有降温的设备。栾小小他们接了水泼到地面上，结果，到处都被浇得湿漉漉的，地面和床上散发出来的热气在狭窄的空间弥漫，熏得人发晕。

栾小小和夏雷爬到工字型教学楼楼顶上去吹凉风。

工字型大楼是这座城堡内的最高建筑，楼顶宽敞得像个大操场。然而，楼顶毕竟不是操场，四周没有防护栏，虽然又高又宽阔，却不是安全的地方。能爬到楼顶上去的梯子很狭窄，是专供工人维修楼顶时用的。通向楼顶的墙壁一角留着“禁止攀爬”的字迹，告诫同学们楼顶是他们的禁区，但也仅对那些听话而又胆小的同学起作用，像栾小小这种具有探险精神的顽皮学生对此却熟视无睹，相反倒激发了他们攀爬上去的兴趣。就是因了很少有人上去，楼顶上才显得安静和清凉。夏季的风从四面八方吹来，减弱了酷暑制造的热浪。站在宽敞的楼顶上，既可以让被高温折磨得疲惫的身心获得短暂的舒适，又可以观赏到城堡内外的风景。

栾小小发现了这个秘密后，就经常约他的好朋友夏雷偷偷地爬楼顶上看风景。

距城堡不远的地方有片树林子，每到春天，树林子就变得一片翠绿，成百上千只小鸟在树林里欢快地跳舞、唱歌，上演着一幕幕令栾小小非常好奇的故事。树林子旁边流淌着一条小河。夏天的时候，小河的水开始上涨，哗哗地向下游流去，流呀，流呀，一直流到秋风把树叶吹落的季节。栾小小把那片树林子叫作“春天的童话”。看到流淌的河水在明媚的阳光下发出粼粼波光，看到成群的鸟雀在绿叶间飞来飞去，栾小小多么希望能到那里去玩个痛快呀。然而，树林子和城堡虽然相距不远，栾小小和同学们却很少有机会能到那里去。不是不愿意去，而是城堡的大门关得很严。许多穿着灰色制服的保安轮流守候着大门，谁也休想随便走出半步的。

那天，他们刚爬上楼顶，就看到了一只小鸟。

小鸟的翅膀是淡绿色的，脖子和尖尖的头顶是稍深的嫩绿，腹部却是嫩黄色。栾小小从来没有看到过这种浑身长满了漂亮羽毛的鸟。在乡下，他看到的大多是灰灰的麻雀，褐色的老斑鸠，还有乌黑的老鸹。这只鸟形体如麻雀大小，但是却比麻雀漂亮多了！特别是那双淡绿色的翅膀，在晚霞的折射下，闪耀着明艳的光泽，煞是好看。由于叫不上这只鸟的名字，栾小小就叫它绿雀。

绿雀在离他们不远的地方，一边唧唧地叫着，一边左顾右盼寻觅着什么，像是来和小小他们约会，却又因了对方的迟到而露出一副不满的样子。

栾小小说，多好看的鸟啊，把它逮着，买个笼子养起来吧。说着，蹑手蹑脚地向绿雀走去。

夏雷嘎嘎笑起来，呸！瞎想，红点老师不会让你养鸟的！

没等栾小小靠近，绿雀突然展开翅膀飞走了。栾小小有些懊恼，埋怨是夏雷如鸭子一般的笑声把绿雀惊飞的。

不过，绿雀并没飞远，在距他们几步远的地方又落下了。这次，连寻觅的样子也没有了，就那么昂着尖尖的脑袋，叽叽喳喳地朝着两人叫，好像是说，“你抓不到我的”！调皮的样子有了挑逗的意味。

栾小小向夏雷“嘘”了一声，弯下腰，弓着身子，蹑手蹑脚朝绿雀走去。栾小小离绿雀越来越近。绿雀似乎没有发觉栾小小正向它走来，顾自喳喳地叫着。栾小小屏着呼吸，就在伸手要抓住绿雀的时候，绿雀又“哧”的一声飞走了。

不过，这次绿雀飞出去的距离更近，而且，栾小小还发现，绿雀显得十分吃力的样子，绿雀的叫声也有了一种让人心碎的哀鸣。栾小小这才注意到，绿雀的一只爪好像受了伤。绿雀蹦跳的时候，它的右爪始终弯曲着，只用一只左爪在蹦。那只受伤的右爪是导致绿雀飞不远的原因。栾小小想，绿雀一定很疼的，若不把它的伤治好，绿雀再难飞到远处的大树上去。一定要把绿雀的伤治好！栾小小这样想着的时候，更加小心翼翼地靠近了绿雀，一米，一尺……他屏着呼吸，那时候，他的心脏几乎停止了跳动。在绿雀将要飞去的时候，栾小小伸出了手。这一次，他终于抓到了它。

绿雀在栾小小的手里痛苦地哀鸣着。栾小小小心地捧着它，安慰它说，绿雀，好朋友，我不会害你的，我要把伤给你治好，让你飞得高高的。

绿雀似乎听懂了栾小小的话，它叫得果然不那么凄凉和绝望了。后来，它乖巧地卧在栾小小的手心里，只是偶尔地叫一声。

真是一只可爱的小鸟。

栾小小想起了一位叫赵传的大哥哥唱过的一首歌：“我是一只小小小小鸟 / 想要飞呀飞呀飞也飞不高 / 我寻寻觅觅寻寻觅觅一个温暖的怀抱 / 这样的要求算不算太高……”

栾小小轻轻地哼着那支歌，就像哼着一支催眠曲。绿雀在栾小小的哼唱中，很乖地闭上了眼睛。

栾小小看到，绿雀的右爪果然有一处被什么东西划破的痕迹。栾小小急忙捧着绿雀，回到了寝室。他在自己的枕头下，找到了一片创可贴。那贴片效果很好的，有一次，栾小小不小心划破了手指，就是用这种创可贴治愈了伤口。

栾小小揭开创可贴，小心地贴在绿雀受伤的右爪上。

2

在栾小小的精心呵护下，绿雀的伤终于好了，它又可以飞得很高了。想到绿雀飞到树林里、飞到蓝天上的情景，栾小小高兴极了。栾小小想，自己如果能有一双翅膀，和绿雀一齐飞到蓝天上去，那该多好啊。

那天，栾小小带着绿雀爬到了楼顶上，对绿雀说，好朋友，你的伤已经好了，咱们再见吧。记着哎，到了树林里，千万别把小小给忘了呀！

栾小小把绿雀托在手上，举过头顶。他想，这样，绿雀一定会飞得很高的。

绿雀鸣叫了一声，抖动一下翅膀飞走了。

可是，栾小小刚下了楼，绿雀又飞了回来。绿雀追着栾小小，在栾小小的头顶盘旋着，鸣叫着。栾小小仰起头，对绿雀说，好朋友，我要回教室了，不能和你玩了。老师发现我和你玩耍，会批评我的。

绿雀似乎听懂了栾小小的话，这才依依不舍地飞走了。

后来，不知从什么时候起，绿雀开始光顾栾小小的教室。栾小小在教室里上课的时候，绿雀叽叽喳喳地叫着，落到了教室的窗台上。绿雀企图飞进教室里边来，可是，它的翅膀怎么也钻不破那坚硬的透明玻璃，它只有在窗台上急切地蹦跳着。

绿雀到来的时候，正在打瞌睡的栾小小连一丝觉意也没有了。在此之前，那个脸上长满了红豆的男老师已经点了他几次名，并且曾走到他的座位前，用教棍敲击他的课桌，后来又试探着在他的脑壳上敲了几下。红豆老师用这种震慑的方式，要把栾小小的瞌睡虫赶走。可是，奇怪的是，等红豆老师刚转身走上讲台，瞌睡虫又爬进了栾小小的脑壳，栾小小的头又像鸡啄米似的一勾一勾地低了下去。红豆老师非常气愤地责备他，“朽木不可雕也”，就任他去打瞌睡了。栾小小后来才明白，红豆老师把他比喻成了一块木头，而且是一块坏掉的木头。

让他不明白的是，自己怎么会成了一块坏掉的木头呢？

绿雀的叫声把栾小小唤醒了。看到绿雀把透明的玻璃当成了敞开的门，栾小小心里好笑。栾小小轻轻地向绿雀招招手，表达的意思是，啊，绿雀，你来了，欢迎你。可是，那不是门，你进不来的。

绿雀用它坚硬的喙，啄了一下窗玻璃，又昂起头叫了几声。栾小小听懂了绿雀的话，原来绿雀在责怪他。绿雀说，好朋友，我是来找你玩耍的。可是，这是什么玩意儿呢，把门挡住了？你怎么不放我进去呀？

栾小小摆了摆手，那意思是，不是我不让你进来，是红豆老师不让你进来。

绿雀像生了气似的，在窗台上蹦了几下，“唧唧”叫了几声，有些撒娇的样子。绿雀责怪他，红豆老师不让我进去，你怎么不出来和我玩耍呢？

栾小小有些急了，他站了起来，伸出一个手指向外指了指。那意思是，你等一会儿啊，就要下课了……

栾小小还没把自己的意思向绿雀表达完整，他同桌的一位叫涂强的同学举手向红豆老师报告：老师，栾小小搞小动作！

栾小小吓得急忙坐直了身子。

红豆老师走下讲台，走到栾小小的跟前。

红豆老师阴沉着脸，用恨铁不成钢的眼神盯着栾小小，严肃而认真地说：栾小小，如果你真的不愿意听课，请你出去！

栾小小听出，红豆老师用了一个“请”字，这个“请”是个很礼貌的字眼，然而和“出去”连在一起，让栾小小感到了紧张和恐惧。“出去”是红豆老师惩罚学生的一种方式，立正站在教室后边，一站几十分钟，让人站得腿脚发麻。栾小小曾经多次尝过“出去”的滋味。他可不愿意被“请”出去。他低声辩白说：老师，我没有搞小动作。

涂强底气十足地说：老师，栾小小撒谎——他一直和窗外那只小鸟交头接耳。

红豆老师很欣赏涂强用了“交头接耳”一词来形容栾小小犯下的错误，他赞许地看了一眼涂强，接着走到栾小小跟前，揪着栾小小的衣领，把栾小小揪离了座位。

那时候，栾小小感觉红豆老师的手像钳子一样有力，以至于衣领勒着他的脖子使他喘不过气来。栾小小的两只脚离开了地面，几乎是被红豆老师拖到了教室后边。

栾小小被罚站在教室门外。

绿雀飞过来，围绕他身边边飞边急切地叫着，似乎声声在替栾小小鸣着不平。

听着那叫声，栾小小伤心极了！

3

栾小小被爸爸送进城堡里的时候，刚十二岁。

栾小小的奶奶——那个脸上长满了如榆树皮一般皱纹的老女人，舍不得孙子离开自己。

可是，奶奶是无奈的。

孙子是一只雏鸟，小的时候，奶奶用自己的翅膀护着他，现在孙子长成了大孩子，奶奶的翅膀已经遮不住他了，奶奶不能再把他护在身边，只得随他去了。

栾小小很小的时候，爸爸和妈妈就双双出去打工，把他留在家里，跟着奶奶生活。栾小小饿肚子的时候，就哇哇大哭。奶奶阻止栾小小哇哇大哭的办法，就是把在村头小商店里买来的劣质饼干嚼碎了塞进栾小小嘴里，或者，把自己家的老母鸡下的蛋炖成喷香的鸡蛋糕儿喂栾小小。两种食物比较而言，栾小小还是喜欢后者。奶奶要哄栾小小睡觉时，就把自己软不塌塌的奶头堵了栾小小的小嘴。在三岁之前，栾小小是噙着奶奶的奶头睡觉的。栾小小六岁的时候，开始到村里的学校去读书。

村里的学校在村子的东头，一排教室，三个老师。

在栾小小的印象里，教室又低又暗，窗户很小，夏天的时候，窗户敞开着，到了冬天，窗户被砖块垒严实了。老师怕把孩子们冻了，当然，自己也怕冻。老师是村里人，既当老师，又当农民。春天种庄稼和夏天收麦子的时候，老师就给孩子们放了假，让孩子们帮助大人们干些农活。他们也回去忙自家的农活。不放假的时候，老师就给孩子们上课。老师上课的时间没有规律，上午上课的时间大多是九点，也有九点半的，也有到十点的，甚至还有更晚一些的时间。不过，放学的时间都很一致，无论几点上的课，到十一点是必定要下课的。到了十一点，老师很负责任地匆匆忙忙给孩子们布置一些家庭作业，然后就匆匆忙忙地走了。至于孩子们的作业做不做，做得如何，孩子们一年内能学会写几个字，老师很少问过。因为老师的家里总有许多干不完的农活在等着，还想着自己家的地没有锄，也有的菜园子里需要浇水等等。这些活计是不能耽误的，自己不干，没有人替他们干。

农村的小学就是这样，县城里应该管理这些村小学的人都忙得要死，没闲时间下来管理，只有让村里人自己管。村里人自己又管不好，只得任这个样子熬下去。这是没有办法的事情。

栾小小的爸爸妈妈过年的时候才回来一次。

爸爸妈妈留给栾小小的印象，就是背着大包小包走进院子时那种自负的神情，就像他们是立了战功荣归故里的英雄似的。男人放下包，对栾小小拍拍手，叫，小小，过来，让爸爸抱抱。女人也扔下包，问小小，乖，想妈妈没？看着这两个陌生人都要亲自己，栾小小吓得哇哇大哭，藏到了奶奶的身后。奶奶护着栾小小，一边用教训的口气说，看把孩子吓的！

栾小小自小就没有“爸爸”和“妈妈”这两个概念，他最亲近的人就是奶奶。

奶奶慌慌张张地为他们烧热水、做饭。面对这两个自己要叫着爸爸妈妈的男人和女人，栾小小总是怯怯的，直到他们从包里给他掏出很多好吃的和过年要穿的新衣服，栾小小才意识到，这两个男女，可能和自己有某种关系。这种状况一直持续到栾小小听懂话的时候。然而，在明白了这两个人是世界上他最亲近的人时，栾小小反倒对这两个人产生了厌恶和仇恨。这两个人把他生下来，就一走了之，到大城市过他们的好日子去了。栾小小想，他们真狠心啊！他们怎么连老桐树上的小鸟妈妈也不如呢——栾小小看到过，小鸟妈妈生下的小雏儿卧在窝里，小鸟妈妈捉来了虫子，嘴对着嘴喂小雏儿。小雏儿吃着小鸟妈妈捉来的虫子，渐渐地长出了羽毛，渐渐地长大了，自己能飞翔了，就飞到田野里去捉虫子了。栾小小是多么羡慕小雏儿啊！

其实，栾小小是误会了爸爸妈妈。爸爸和妈妈到城里挣钱去了，带上他哪有空挣钱。不是不愿意要他，而是为了多挣钱才把他留给奶奶的。栾小小哪里知道，像他这样的孩子，在全国有成千上万，数都数不过来的。栾小小不知道这些，就在心里怨恨爸爸妈妈。

后来情况发生了一些变化，爸爸回来的时候，带回来的不是原来被栾小小喊着妈妈的那个女人，而是换了另外一个女人。这个女人瘦得像个螳螂，却比原来那个年轻得多，穿衣打扮也比原来那个鲜亮。看到这个女人，奶奶脸上很不高兴。奶奶不高兴栾小小也不高兴，总觉得这个女人像电视上看到过的某个女特务的样子。

爸爸对栾小小说，儿子，这是你妈妈，你新妈妈。喊妈妈！

栾小小“呸”地朝爸爸吐了一口痰，说，她是你妈妈，你新妈妈！

爸爸生气地要打栾小小，栾小小早已经跑出了门。

栾小小在跑出大门口时，听到爸爸无耻地对那个女人说，这孩子，不认你当妈，让我喊你妈，妈——栾小小听到一声巴掌拍击嘴巴的响亮声音在背后响起。

从那个时候起，栾小小恨死了那个女人，也恨爸爸。尽管爸爸每次回来都给栾小小买了许多东西，走时又给奶奶留下一些钱，但是，栾小小还是不喜欢他。

后来奶奶说，小小，也别怪你爸，是你妈坏了心肝，跟有钱的男人跑了，你爸才和这个女人好上的。再后来，听奶奶说，爸爸也成了有钱人，爸爸不知做了啥买卖，发了大财。爸爸财大气粗地买了小汽车，买了房子。那个像女特务似的女人打扮得又像个外国女特务了。

4

栾小小渐渐大了，小学读完了。村子里没有中学，只有乡里才有中学。可是乡里中学条件太差，吃住条件都差。栾小小的爸爸曾经在乡里读过书，对乡中学的境况亲身感受过。栾小小读完村里小学就要上初中时，爸爸回来了。爸爸牛皮烘烘地开着小汽车，在村头下了车，牛皮烘烘地给村里那些看热闹的村民打着烟排子，给小孩子们散发着奶糖。爸爸的高级香烟和奶糖让他赢得了村里人的羡慕和好口实。爸爸是专为栾小小上初中的事回来的。

爸爸听奶奶说要送栾小小去乡里读初中，就赶回来了。他在县城里给栾小小联系了一所学校，就是在全县有名的“巨才中学”，一个有钱的老板建起的私立中学。这所学校是寄宿制学校，学生吃住在校，半个月才一个星期天。学校比乡中学的条件要好，可是学费贵得吓人，每年要交很多钱。但是，爸爸有钱，下决心要把儿子培养成一个“巨才”。再说，把孩子送到这所寄宿制学校，爸爸落得个放心，也省了让奶奶多操心。可是，奶奶心疼钱，也可怜孙子，才十多岁大个孩子就要自己顾自己。在学校里吃饱吃不饱？饭堂里抢不过人家咋办？夜里睡觉蹬不蹬被子？奶奶总是放心不下，说还是在乡里读吧，好歹离家近点，常可以去看看的，再说，校门也不是总关着不让人进的，奶奶随时都可以去看孙子。爸爸坚决不同意奶奶的意见。爸爸说，孩子也不小了，不能总是放不下，要让他早些养成独立生活的习惯，让他自己学会照顾自己。

奶奶拗不过爸爸，栾小小就被送进了那座叫着巨才中学的城堡里。“城堡”是在这里读书的孩子们给它起的名字，因为它的四周被高高的围墙包围着，唯一的一道门又是钢铁焊制的栅栏门。走进这个院子，让人很容易就联想到在电影或电视里看到过的那些戒备森严关押犯人的大城堡。

爸爸把栾小小送进城堡里后，就不再来看他。已经两年了，爸爸一次也没再来过。爸爸不但没来看栾小小，连奶奶也很少看了，过年也不回来了。原来是那个女“特务”生了个小“特务”，爸爸只顾亲他的那两个“特务”，就把奶奶和栾小小都忘了。不过，栾小小的学习和生活费用爸爸还是得打过来的。这一点，还不错。表明爸爸的良心还没有坏透。如果不是爸爸的钱在起作用，栾小小或许早被撵出了这个城堡。

这倒是栾小小希望的。

可是，爸爸不希望，就按照学校的要求，把栾小小所需的费用打给了学校。学校接受了栾小小爸爸的钱，不但不赶走栾小小，还生怕栾小小自己偷偷溜走呢。学校制定了很多规矩来约束栾小小。当然，那些规矩也不是用来约束栾小小一个人的，而是用来约束城堡里所有孩子的。

城堡里的规矩很多，比如，栾小小有一篇文章背不会，就要被老师罚款十块钱。十块钱是栾小小一天的伙食费，栾小小因此就要饿一天肚子。比如，栾小小上课时扭一次头，就要到门后罚站五分钟，如果站立的姿势不好，再追加五分钟。比如……规矩很多，栾小小很不习惯，不但没少接受罚款，而且也没少挨罚站。

这让栾小小的自尊心受到了很大的伤害。也让栾小小对城堡里的一些人充满了恐惧和仇恨。

5

教外语的林老师对栾小小很好。林老师长得好美丽！林老师大大的眼睛，浓浓的眉毛，林老师的脸真白，白得像奶奶过年时蒸的白面蒸馍。奶奶蒸的蒸馍白得发亮，像涂了一层温润的奶油，出锅的时候，还在上边点上几个红点，真是好看极了。栾小小形容不出林老师白的样子，只能拿奶奶蒸的白面蒸馍来比。栾小小没有贬低林老师的意思。栾小小很喜欢奶奶蒸的白馍，也喜欢林老师，因此才这样来比喻。林老师的头发很长，也很黑。栾小小家村子的河边，种着一排垂柳，一到春天，垂柳的枝条在微风中摇曳着，阿那（婀娜）多次（姿）的样子，真是好看。林老师的长发就如阿那多次的垂柳枝儿。

林老师不但人长得好看，脾气也好。林老师从来没对学生发过火，也没惩罚过学生。一次也没有。学生若犯了错误，林老师就把犯错误的学生叫进办公室里，细声细语地讲道理。林老师在给学生讲道理的时候，大眼睛会说话似的盯着对方。林老师即使很严肃的时候，眼睛里也不缺失温和。林老师用这种温和感染着对方，使那些犯了错误的孩子认识到自己的过错，使那些想说谎话的孩子张不开口……

林老师对栾小小很关心，从没有因为栾小小偶尔的一个小动作就把栾小小请出去。栾小小做错了事，林老师帮助栾小小查找出犯错的原因，也帮助栾小小寻找改正错误的方法，使栾小小既能知道自己错在哪里，又能懂得错误的危害性，因此，栾小小很快能改正了自己的错误。栾小小在林老师的眼里，不是个顽劣不化的学生，相反，林老师还看到了栾小小的许多优点。比如，栾小小热爱劳动呀，不怕吃苦呀，爱帮助同学呀等等。栾小小脑瓜并不笨，他的英语成绩每次考试都在八十分以上，这就不错了。林老师经常这样鼓励栾小小，还经常在班里表扬栾小小。这样，班里那些老是歧视栾小小的同学也不再用一种怪异的目光来看待他了。

林老师对栾小小的关切和爱护，让红豆老师很有意见。红豆老师认为，林老师对栾小小有偏爱。栾小小这样的“朽木”，是无论如何雕不成器的。林老师不认为自己对栾小小偏爱，林老师用自己的方式教育学生，与红豆老师的教育方法不同罢了。由于两个人的想法和方法不同，有时候，免不了发生争论，甚至有过吵起来的时候。有一次，栾小小的作业没完成，红豆老师罚他到操场上站五十分钟。林老师看见了，把栾小小叫到办公室里，监督着栾小小去做作业。栾小小不懂的地方，林老师还耐心地给栾小小讲解。红豆老师在操场不见了栾小小，在办公室里看到林老师正帮栾小小补习功课。红豆老师很气愤，喋喋不休地怨林老师“多管闲事”“把顽皮学生宠坏了”等等。林老师好心遭抱怨，气得直抹眼泪。

看到林老师为了自己受到红豆老师的欺负，栾小小对红豆老师更加反感了。

他在心里诅咒，凡是红豆老师讲课时，决不好好听讲。气死他！

6

栾小小有两个好朋友，一个是夏雷，一个是威娜。

先说夏雷。夏雷和栾小小的情况不一样。夏雷是城里的孩子，夏雷长得精瘦，脸皮黄巴巴的，给人一种营养不良的感觉。和栾小小的结结实实、虎头虎脑形成极大的反差。

夏雷的爸爸妈妈都很忙，一天到晚有忙不完的事情。夏雷的爸爸忙着挣钱，妈妈在忙着花钱。夏雷爸爸的职业是工程监理。现在搞工程的特多，夏雷爸爸忙得就像飞转的陀螺一样，整日都有挣不完的钱。因此，爸爸就顾不得照顾夏雷。夏雷妈妈花钱的渠道虽然只有一条，然而，这一条就把妈妈的时间和精力占去了。妈妈的职业就是打麻将，成天连夜地打麻将，打得天昏地暗。妈妈一入牌场什么也不顾了，甚至连自己姓什么都记不得了。妈妈的脑瓜里只有“三皮”“白板”之类的玩意儿。妈妈更顾不得照顾夏雷。夏雷没被送到“巨才”时，爸爸和妈妈经常吵嘴。原因是，谁必须在夏雷放学之后回家照管夏雷。在这个问题上，两人经常闹得不可开交，各人有各人的理由，且都十分充足。只有夏雷没理由。学校没有给夏雷准备饭局和牌场，夏雷放了学就要回家。夏雷回到家，通常是孤单单的一个人自己煮方便面吃，有时不煮方便面，就啃方便面。后来，夏雷也找到了消磨自己孤独时光的方式。夏雷迷恋上了网吧。网络世界真是太精彩了，它既可以慰藉夏雷孤独的心，又能够给夏雷带来无限的乐趣。等老师找到爸爸妈妈，说夏雷已经几天没到学校上课的时候，他们才发现夏雷整日地泡在了网吧里。那个时候，两个人都很恐慌，也很气恼。他们解决的方式，是狠狠地教训了夏雷一顿。然后，就把夏雷送进了“巨才”。他们希望用城堡高大的院墙来禁锢夏雷迷恋网吧的心。

栾小小和夏雷之所以能成为知心的好朋友，就是因为红豆老师把他们两个人都划进了“朽木不可雕也”的圈子里。“人以群居，物以类分”，栾小小和夏雷常常因为写不完作业或者考试不及格同时受到惩罚。共享惩罚时使他们产生了同病相怜的感受，成为好朋友。

夏雷的妈妈是反对夏雷和栾小小交朋友的。夏雷妈妈发现夏雷和栾小小在一块儿玩耍，就警告夏雷，要远离那个乡下来的野孩子，免得他把你给带坏了。夏雷虽然答应了妈妈，可是妈妈并不能总跟着他，等妈妈一走，他照样和栾小小在一起。

在夏雷眼里，栾小小并不坏，他是个非常讲义气的好朋友。

栾小小之所以能赢得城里孩子夏雷的喜欢，是因为栾小小有许多优点，比如能吃苦，讲义气，为朋友两肋插刀。这些都是夏雷所不具备的。夏雷利用栾小小的这些优势，想干一些老师们不让干的事情时，就较为得心应手了。

比如，夏雷上网的瘾来了，怎样才能到网吧里去呢？没有栾小小的时候，夏雷无论如何也去不了网吧的，有了栾小小，夏雷去网吧就没有太大的障碍了。铁栅栏大门那里是走不出去的。夏雷白天已经侦察清楚，在城堡的东北角有一段围墙较低。其实也不是围墙低，而是那段围墙下有些建筑垃圾没有清理干净，上边又长了一些荒草，从视角上看，就把那段围墙看低了。夏雷之所以这么关注这段围墙的高度，是有自己的目的。他悄悄地带着栾小小看了两次，并把自己的计划告诉了栾小小，希望栾小小能帮助自己完成这个冒险计划。栾小小呢，夏雷是自己的好朋友，好朋友求自己帮忙，还有什么理由不帮吗？再说，夏雷的愿望也是他的愿望，帮助夏雷也是为了自己。这样，每天晚上寝室里熄灯后，就有两个黑影偷偷地从寝室里溜出来，来到城堡东北角那段围墙边。通常是，栾小小靠墙蹲下，夏雷踩着栾小小的两个肩膀，栾小小再慢慢站起身，这样，夏雷就可以爬上了墙头。栾小小是不需要有人驮的，别看他个子不比夏雷高，可是，他稍用力蹿一下，两手就攀着了墙头，然后，身子一纵，一条腿爬了上去。夏雷看着栾小小趴攀墙头的灵敏动作，简直佩服极了。他想，要是自己有这个本领，还用栾小小帮忙吗？不用。

两个人在网吧玩得开心，也很劳累，通常是在天快亮的时候，匆匆走出网吧，再从原路返回到城堡内。

两个人的游戏持续了一个多月，终于还是被人知道了。了解他们秘密的是威娜。其实，也不是威娜发现的，而是栾小小告诉威娜的。栾小小把这个秘密告诉威娜时，把威娜当成了自己最知心的朋友。

7

初次看到那个把头发梳得光溜溜的小女孩，栾小小就心烦。其实，也不是心烦，是心热。其实，也不是心热，是心跳。跳得厉害。

女孩儿的名字叫威娜。威娜长着一张很好看的娃娃脸，眼睛又大又明亮，嘴唇红红的，像涂了油膏。其实什么也没有涂，是那种自然的色彩。威娜是他们小组的组长。威娜是个爱面子的女生。当然喽，女孩子嘛，爱面子才是她们的本性。女孩子不爱面子，难道让男孩子去爱面子？栾小小认为，威娜爱面子不是她的缺点。可是，红豆老师老批评威娜爱面子、小心眼，把威娜批评哭了。栾小小在心里骂红豆老师，你这人缺心眼呀，怎么这样狠心批评女生？

尽管栾小小很喜欢威娜，可是威娜老是用一种不信任的鄙夷的目光看着栾小小，这让栾小小很悲哀。栾小小想，什么时候才能让威娜的眼睛看自己时不再是那种鄙夷的样子呢？

后来，终于遇到了一个机会。那次轮到他们小组打扫卫生。在擦玻璃的时候，威娜不小心从凳子上摔了下来。倒霉的是，威娜的一只脚崴了，疼得不能动。当时面临的是，必须赶快把威娜送到卫生室去。可是，威娜连一步路也不能走了。女同学背不动她，男同学又不好意思背她，就是有愿意要背她的，又担心威娜同学不让男生背。正在大家为难着急的时候，栾小小想出了一个主意，他把自己的书包背带解下来，然后，用背带把两只凳子交叉捆绑一起，这样，一个简易的担架就成了。让威娜坐在简易的担架上，同学们轮流抬着把她送到了卫生室。

从那以后，栾小小觉得，威娜看他的目光有了变化。威娜的眼睛里不再有那种鄙夷的眼神，相反，倒有了温和与友爱。威娜给栾小小说话时腔调也变得好听了。威娜不再嫌弃栾小小是个从乡下来的笨孩子。威娜的温和和友爱直抵栾小小的心窝，时常让栾小小感觉自己的心里一漾一漾的，就如哗哗流淌的河水一样不能够平静。栾小小的脑海里时常浮现出威娜的影子，威娜的圆脸蛋和大眼睛老是在栾小小的眼前晃啊晃的。

威娜在别的男孩子眼里是个矫情的女孩，而在栾小小眼里不是。相反，栾小小还特别喜爱威娜的矫情。女孩子就应该是矫情的，而男孩子是要有些男子汉的气派。那天抬着威娜去卫生室的时候，如果没有这种信念支撑着，栾小小恐怕在半路上就坚持不住累趴下了。而正是因为有了这种男子汉的坚持，才让矫情美丽的小女生威娜对他刮目相看。从那时起，威娜不再用一种趾高气扬的余光看自己，也不再是居高临下的样子对待自己。栾小小甚至发现，威娜有时候偷看他的时候，似乎还在笑着呢。栾小小甚至感觉出来，红豆老师惩罚自己的时候，威娜美丽的大眼睛里充满了同情。这种同情，让栾小小非常感动。一个男孩子在受到红豆老师的惩罚时能博得女孩子同情目光的毕竟不多。栾小小就想，自己一定要对威娜好，要保护威娜。如果有人胆敢欺侮威娜，栾小小就挺身而出，像“英雄救美女”那样保护威娜。栾小小希望有一个坏家伙突然袭击威娜，而这个时候正巧被自己遇到。可惜这样的“危急时刻”始终没有发生过，栾小小“英雄救美女”的梦想难以成真。不过，这抵挡不住栾小小对威娜日益剧增的喜欢。喜欢是什么？喜欢就是男女之间的事情，男人喜欢女人，就让女人当老婆，女人喜欢男人，就嫁给男人。嗬，栾小小喜欢威娜，栾小小就让威娜给自己当老婆。威娜也是喜欢他栾小小的，威娜也一定想嫁给他栾小小。不过，女孩子脸皮薄，不会轻易把这种话说出来的。栾小小想，自己是男人，自己一定要主动进攻，向威娜表示自己的心愿。

在表示心愿前，栾小小还想干几件让威娜更满意的事情。怎样让威娜对自己更加满意和喜欢呢？栾小小决定从一些细微小事做起，让对方对自己产生更大的好感。轮到他们小组值日的时候，该威娜干的活，栾小小都抢着替她完成了；威娜的三角尺掉到地上了，栾小小抢先为她捡起来，并且把三角尺上粘的一点灰尘也在自己的衣袖上擦干净。再有，一天上课时，红豆老师正在朝黑板上写字的时候，威娜和她身后的夏雷不知为什么发生了争执。红豆老师问是谁在课堂上吵架。栾小小怕红豆老师批评威娜，就站了起来，说是自己在吵架。红豆老师问他和谁吵的。栾小小看了一眼夏雷，见夏雷扭过头去，就回答，和我自己。红豆老师问，你自己怎能和自己吵架？栾小小回答，怎么不能？红豆老师很生气地走到他跟前，用教鞭敲着他的脑壳，说，我偏要听听你如何与自己吵架！红豆老师的教鞭落在栾小小的头上，让栾小小感到生疼，可是，他极力忍受着，没让自己的眼泪流出来。

他倔强地说，一个栾小小说，栾小小，老师在讲课，你不要打瞌睡。另一个栾小小就说，我就要打瞌睡。老师讲的课像鸟叫，听不懂……

栾小小的话逗得同学们哄堂大笑，有的同学甚至拍起了桌子。红豆老师气得脸上的小红豆都发紫了。

后来，让栾小小伤心的是，为这件事，夏雷和威娜都责怪栾小小。

夏雷说，你不该护着威娜那个臭女人。她放了个臭屁，“噗”

一声，又响又臭，明明是她放的，还不承认是自己放的。我好意劝她，以后有屁憋着到外边去放，别污染大家。她就骂我流氓。你说，这个女生可恶不可恶？

夏雷如此贬低栾小小心爱的女孩，让他觉得夏雷真不是个男子汉，尽管夏雷是他的好朋友，也让他对对方产生了意见。

栾小小说，威娜说你是个流氓你就是个流氓！你怎么和一个女孩的屁计较呢？别说人家没承认放过屁，就是放过，也是香的！

夏雷“呸”了一口，说，栾小小，你真小气，为了女人，连朋友也不要了！

栾小小也“呸”了他一口，道，奶奶说，鸡不跟狗斗，男不跟女斗，好男人绝不欺负女人。以后你再敢欺负人家，我不会放过你！

两人第一次发生了分歧。

栾小小希望在这件事情上，能看到威娜的眼光里对自己有一些感动和赞许。然而，他却看到了相反的目光。威娜看他时，有一股冷峻和严肃。这让栾小小很伤心。

栾小小不明白，自己明明是为了替威娜受过，为什么反倒让对方产生了仇恨呢？

栾小小决心弄个明白。

那次，他碰见了威娜，就大着胆子叫了一声威娜。

威娜问他，有事吗？

他本来是要询问威娜看他的目光为啥变了的，可是突然不知道该如何张口，慌乱中，竟说，以后，我再不驮夏雷爬墙头了！

栾小小的话让威娜莫名其妙又充满了兴趣。威娜问，爬墙头干啥？

既然心爱的女人对爬墙头感兴趣，栾小小就竹筒倒豆子一般把爬墙头的有关细节眉飞色舞地讲给了对方。

让栾小小始料不及的是，这件事很快被红豆老师知道了。

8

红豆老师是一位被校方认定的较为负责任的老师，他以对学生管理严格而多次受到校领导的表扬。但是，红豆老师只喜欢学习好、不调皮的好学生。像栾小小这样的学习差又顽皮的学生，红豆老师不但不喜欢，还想寻找多种理由把这样的学生撵出班级。如果班内没有这些调皮学生拉后腿，红豆老师的班级就可以评上先进班集体，红豆老师也能评上先进教师。不但能多拿奖金，为以后晋级职称也创造了一个过硬的条件。得知班内最让他头疼的两位学生违反校规爬墙头的消息后，红豆老师立刻把事情报告给涂老板，要求学校按校规来处理这两个学生。

林老师也听说了这件事，她找到栾小小和夏雷，详细地了解了两个人攀爬墙头的过程，一共爬了几次墙头？林老师听了他们结结巴巴的叙述，很生气，美丽的大眼睛里有了一种威严，那神情像一道利剑刺进了栾小小心里，让他感觉难受极了。那时候，栾小小真的很后悔，自己不应该爬墙头的。爬墙头这件事，连林老师对他都没有原谅的样子，这不是犯了最大的错误吗？可是，现在……栾小小低下了头，嗫嚅着说，林老师，以后，我再也不去爬墙头了。我向您保证！

林老师威严的目光一下子软了下来，变得十分的温和了。林老师说，你呀，你呀！有了恨铁不成钢的意味。

林老师让栾小小和夏雷分别写了一份保证书，然后，拿着两人的保证书走了。

林老师把栾小小的保证书交给了红豆老师，希望红豆老师不要把这件事交给学校处理。林老师用温和的口吻说，栾小小他们毕竟年龄还小，不懂事。现在，他们已经认识到了爬墙头的危害性，表示以后不再犯这样的错误。我们就给他们一次改正的机会吧！

红豆老师把两人的保证扔到一边，冷笑道，保证？他们写过多少次保证了？如果再不把这件事交给学校来严惩他们，以后，他们指不定会上房揭瓦呢！

林老师只是一位聘任教师，她又是刚从师范学院毕业两年的学生，学校和那些老资格的教师（包括红豆老师）都没有把她看在眼里。她自己对学校和一些教师管理学生的方式也看不惯，特别是那些变相体罚的“罚站”“揪耳朵”“拽衣领”等粗暴行为，让她很震惊。她想，为什么这些人竟用如此粗暴的手段来对待祖国的花朵呢？而校方对那些人的粗暴手段也是睁一只眼闭一只眼。林老师曾多次向涂老板建议，要求老师不要再用那种粗暴的方式来管教学生了。每当林老师向涂老板谈自己的看法时，涂老板都用一种怪异的眼神盯着她。

尽管如此，林老师还是找涂老板陈述了这件事的利害关系，希望学校不要拿这件事来惩处学生。

涂老板对她说，这件事你不要多管了。国有国法，校有校规。如何处理他们，这是学校的事情！

涂老板的话，让林老师很担忧。

9

身躯高大魁梧的涂老板是这座城堡的主人。涂老板原来是个开发商，在城市里盖了很多房子，赚了很多钱。后来，涂老板就拿出一些钱，买下了“春天的童话”附近这块宝地，建起了这座如城堡式的建筑群，为这座城堡起了个很诱人的名字，叫巨才中学。涂老板就成了巨才中学的校长。虽然涂老板很希望从此能改变人们对他的称呼，喊他涂校长而不再喊涂老板。然而，从他的形体和性格上看，涂校长都不像个校长，而更像个老板。校长应该是个有文化的人，有文化的人大多是温文尔雅的，或者是文质彬彬的，而涂老板讲起话来却是粗声大气的，训人的时候把眼睛瞪得像一对牛眼睛，很骇人的样子，一点文化人的风度也没有（他自己则说要从根本上克服文化人的那种酸相）。再说，涂老板投资建起的这所中学，来这儿读书的孩子，家长们都要为孩子缴一笔费用。不缴费是进不了这座城堡的。因此，把涂校长喊成涂老板也是名正言顺的了。好在，老板这种叫法没有降低了他的身份。现在好多人都喜欢被叫作老板。连大街上那些烤红薯、修鞋的人被喊着老板时都有了一种成就感，何况是涂老板呢！

应该说，涂老板是个非常有眼光的人物，他投资建起的这座城堡让他在这座城市成为一位知名人士。他成了民营企业家投资办学的先进典型和功臣而受到各级领导的褒奖。他的社会地位逐步攀升，政协委员，人大代表，劳动模范……各种桂冠让他成了明星人物。随着涂老板名气的大长，巨才中学这座城堡里的学生也越来越多——很多家长都慕名把孩子送到了城堡里。他们宁愿多缴一笔费用，宁愿舍近求远也要把孩子送来。“把孩子送进巨才，就给了孩子一个锦绣的前程”，巨才中学用这样的口号吸引了大批家长的眼球。望子成龙、望女成凤的家长们都排着长队把孩子送来了。

为严肃处理栾小小和夏雷“爬墙头上网吧”的严重违规事件，涂老板在城堡内兴师动众，把全城堡内的学生和老师都集中在操场上，让栾小小和夏雷分别做检讨。

那个时候，两个孩子面对着许多双眼睛简直羞愧极了。栾小小低着头，不敢正视那一双双饱含着不同神色的眼睛。那些眼睛里，有惊讶，有好奇，有幸灾乐祸，有同情悲哀……无论是什么样的神情，栾小小都觉得像一支支利箭似的，穿透了自己的皮肉，直达自己的心脏，使他有了无地自容的感觉。

更糟糕的是夏雷，夏雷竟呜呜地哭了起来。

后来，涂老板开始训诫夏雷和栾小小，训诫所有的学生，甚至连老师也被训诫了。

再后来，夏雷的爸爸和妈妈被涂老板通知来了。涂老板要夏雷的爸爸和妈妈把夏雷领回去三天，要夏雷在家过够网吧瘾再回来。谁都知道，涂老板的用意是什么，他绝不是让夏爸爸和夏妈妈领回儿子去进网吧，而是用这种方式惩戒夏雷。

三天后，夏雷被爸爸和妈妈送回来的时候，就变了一个人。夏雷的额头留下个大紫疤，脸颊也青一块紫一块的，神情呆呆的，木木的，和谁也不说话。栾小小和他打招呼的时候，他连哼一声也没有。栾小小想，难道夏雷变成哑巴了？

让红豆老师失望的是，校方不但没有赶走两位“爬墙头违校规”的学生，连栾小小的家长也没有被通知过来。栾小小的爸爸在接到城堡里的人打过去的电话让他来“接走孩子”时，却与打电话的人打哈哈，接走孩子？不到放假时间为啥要接走？是因为爬墙头了？这个小兔崽子，真是欠揍！不过呀，十个学生九个猴，一个不猴爬墙头嘛！呵呵，老师呀，小兔崽子再去爬墙头，你就把他的腿给我打断！好了，不讲了，怪浪费电话费的！我这里忙哪，回不去啦！孩子交给你们了，你们就把他当自己的亲儿子收拾！我不护短的。就这样吧……

红豆老师借这个正当理由把两个顽皮生开走的希望破灭了。这让他十分烦恼。

10

又发生了一件让栾小小难以接受的事情，威娜转学走了。

威娜走的时候，把栾小小叫到一个偏僻的地方。她告诉栾小小，自己不是故意要出卖栾小小和夏雷。那天，她无意中把这件事说了出去，被涂强听到了，是涂强告诉老师的。威娜说，她恨透了涂强。威娜还说，她最对不起的是小小。威娜又说，没想到涂老板会在这件事情上大做文章，先是让两个同学出丑，又借这件事在城堡内搞训诫，告家长……威娜反复解释，她的本意并不是这样，她把事情讲出来，只是希望有谁能够阻止两个人不再去爬墙头，以免不小心摔坏了骨头，没想到事情变得如此糟糕！看到夏雷鼻青脸肿呆若木鸡的样子，看到栾小小异样的神情，威娜伤心极了。她不敢正视两人的目光，也不敢正视其他同学的目光。现在，全城堡的人都知道是她把栾小小和夏雷爬墙头的事情讲出来的，是她出卖了人家，是她要在老师面前表现自己……栾小小曾经帮助过自己，自己绝不是有意伤害他。绝不是！虽然和夏雷发生过争吵，但是，威娜也绝不是借这件事报复他。

威娜伤心的样子，让栾小小感到了不安。栾小小不知道该如何安慰对方。

威娜最后说，她已经给爸爸妈妈打了电话，她要立刻转学。她一天也不愿在这座城堡里待下去了！

如果还要她待在这里，她简直要疯了！

听了这消息，栾小小感觉自己的心被谁猛地戳了一刀。他的大脑变得一片空白。

11

栾小小连一个好朋友也没有了。夏雷不但不理他了，还和涂强结成了同盟，扬言要给栾小小点颜色看。

涂强对栾小小早已经有了意见，让他最不能容忍的是，栾小小竟敢在威娜面前献殷勤。难道你栾小小真的不知道，涂强早就把威娜作为了自己的女朋友？在此之前，涂强已经给威娜写过三封情书，尽管每一封都被威娜原封不动地退了回来，但这并不能表明威娜不爱他涂强，也并不能表明涂强要把他早已经圈定下来的女朋友威娜拱手让给栾小小你这个猪头！

涂强比起栾小小，也并不是个多省事的学生。可是，红豆老师对涂强却很偏爱。因为涂强是涂老板的侄子。涂老板了解他这个侄子不是个省油的灯，就特意把涂强安排到以对学生管理严格著称的红豆老师的班级。这使红豆老师受宠若惊。红豆老师向涂老板表示，一定不辜负领导所望，把涂强同学教育成品学兼优的好同学。可是，让红豆老师头疼的是，他费尽了心血，也没能把涂强教育好，然而，又不能像对待栾小小等差生一样对待涂强。因此，在涂老板那里，总是报喜不报忧，夸奖涂强有进步，每一次都有很大进步。涂老板听说自己的侄子有了进步自然很高兴。既奖励了涂强，又表扬了红豆老师。涂强为此得意，在红豆老师谎言的掩盖下，俨然成为一名品学兼优的好同学。

栾小小的家长没把栾小小领走，成了一个老大难题。红豆老师为此十分气愤。红豆老师原以为涂老板要开除这个他不喜欢的学生的。可是，家长叫不来，连涂老板也没办法。栾小小成了一个让城堡里头疼的学生。也成了城堡里的“名人”。谁都知道了这个爬墙头的孩子是个“顽劣”学生。每个人都用鄙夷的目光去看他。栾小小就像一个瘟神，同学碰到他，都躲得远远的，就如躲得慢一点能把这个坏学生的“坏”粘到自己身上似的。有一次，他不小心把涂强晾在窗台上的鞋子碰掉了。这本来是一件非常小的事情，如果碰掉的不是涂强的鞋子，或者不是栾小小碰掉的，这件事情就不算个事情。可偏巧是他俩，事情就闹大了。涂强正愁找不到教训栾小小的由头，这次终于抓住了栾小小的茬口。

涂强：你怎么把老子的鞋扔到楼下去了？

栾小小：是不小心碰掉的，不是扔的。你怎么骂人？

涂强一拳头打过来：你这个猪头！明明看见是你扔的，还不承认！老子不但骂你，还要打你！

栾小小挨了一拳后说：涂强，我把你的鞋子碰掉了，这一拳算扯平了。你再敢打一拳，我就不让你了！

涂强拳头雨点般地向栾小小打来：你还敢给老子算账？你把老

子的鞋子弄掉，还把老子的女人搞走了。老子打你二十拳也不够本！涂强把“夺妻之仇”都算在内呢！

栾小小这才明白涂强如此仇恨自己的原因，原来借了芝麻粒大的小事报复他呢。栾小小也理不清自己是不是搞走了人家的女人，他也是个小男子汉，面对对方的拳头，该出手时就出手。

从体力上栾小小是不输给涂强的。尽管涂强先入为主，但是，最后，栾小小却逐渐占了上风。

那一场鏖战，两个人打了个平手。

涂强本来是要制服对方的，结果适得其反。他要寻找机会狠狠地教训对方一次。

结果就发生了一场有预谋的斗殴事件。

那天，栾小小被叫到城堡里一个非常偏僻的地方。

把栾小小喊去的是他原来的好朋友夏雷。栾小小还以为夏雷要和自己握手言好，就跟着夏雷去了。夏雷把栾小小约到那个地方，自己却没出面。那里站着一群人，栾小小只认识涂强，其他都不认识。面对这样一群人，栾小小感到了危险，他想逃离。可是没等他跑开，那些人已经把他包围了。

那些人揍他时，不打他的脸和头，单朝老师看不到的地方打，踢他的腰，打他的胸部和背部。他只有招架之力没有还手之力。后来，他干脆躺在地上，两手抱着头，弯曲着身子，任那些人像踢皮球似的把他在地上踢来踢去。他浑身疼痛，可是，他咬着牙，不让自己哭出来。他知道自己越脓包这些人就下手越狠。那时候，他想喊叫，可是，却怎么也喊不出来。他唯一的希望，是有一位老师能走过这里，来制止这件事情。

他终于看到红豆老师从远处走了过来。他像遇到了救星一般喊着：老师——他想，红豆老师看见这些人打他，一定会制止的。可是，让他想不到的是，红豆老师在听到他那一声喊叫时，只是怔了一下，并没有朝这个方向来，而是突然转过身急匆匆走了。就像突然又想起了一件别的什么事情要急着去办。

看到红豆老师走远的背影时，栾小小的心里像刀割一样疼。就在即将绝望的时候，他看到了一个熟悉的影子。

林老师拿着教材正准备去上课，大概听到了这边的声音，急匆匆向这边走来。

看到林老师来了，那些殴打栾小小的人才一哄而散。

12

林老师救了栾小小，为栾小小治好了伤，也很严肃地批评了栾小小。林老师批评他不应该和人家打群架，无论发生了什么事情都应该找老师解决，而不该和同学们斗殴。林老师决定把这件事告诉学校领导，让学校领导来处理这件事。只有这样，那些殴打栾小小的人才会受到惩罚，事情才有可能得到彻底解决。

栾小小听说林老师要报告学校，急忙哀求道，老师，都是我的不对。求您别告诉学校领导，不然，我会被学校开除的。我一定听您的话，不再和他们打架了！

看到栾小小眼里祈求的目光，林老师的心肠软了下来。她改变了决定，要找那些和栾小小打架的同学谈谈，希望他们以后不要再闹了。

其实，后来，连林老师自己都很后悔，她改变决定是错误的。如果能把他们打架的事情及时告诉校领导，也许会从根本上杜绝悲剧的发生。

13

城堡里的一切让栾小小成为一个头疼的孩子，一个悲观厌世的孩子，他厌恶城堡里的一切。只有绿雀飞来的时候，他紧皱的眉头才渐渐舒展开来，他孤独的心才得到一丝慰藉。

那天是自习课，栾小小趴在课桌上睡着了。

绿雀又飞来了，在窗台上蹦蹦跳跳地和他说话。

栾小小，你好吗？

我……绿雀，见到你，我才好！

嘻嘻……你有那么多朋友，还不开心吗？

不开心，他们都瞧不起我。

为什么呢？

因为……我爬了墙头。

啊，是这样啊？栾小小，以后你不要再爬墙头了，如果摔断了腿会疼的。

我……可是，夏雷斯骗了我。我没有了好朋友，我被人欺负了。谁欺负你了，让你那么伤心……

是涂强。如果他是一个人，我决不怕他的。可是，他领了那么多人……咳！我不甘心的。等着吧，我还要和他决战一场，以争高下！

别别！小小，你不要与他打了。你不是向林老师做了保证吗？

可是，他们还是欺负我，看见我就向我吐唾沫，还骂我向林老师告了他们的状。他们还骂林老师呢，说林老师偏向我，说我舔林老师……咳，他们骂得难听极了！就为他们骂林老师，我也要好好教训他们一次！

小小，谁受了伤都是很疼的。

不！我不怕疼！我就是要出口气，不能让他骂林老师，不能让他欺负我！

小小，我真为你担心。你还是不要理他了，你应该把他忘掉。

我忘不掉他。我讨厌他！我讨厌这里！我想走出这座城堡！

栾小小有些激动起来，他大声地喊叫着。绿雀，我的好朋友，我想像你一样飞到树林里去，飞到田野里去……我还想去找我的女朋友威娜。我不知道她去了哪里，我做梦都想见到她。

栾小小，你是不是得了相思病？

我就想威娜。我给威娜写了一封信。可是，不知道她去了哪儿？我要找到她，亲手把信交给她。

别急别急！栾小小，还有我呢，我做你的好朋友。这样吧，我教你飞翔。你学会了飞翔，就不用爬墙头了，就可以飞到城堡外边去，就能找到威娜了，就可以把信交给她了！

可是，我没有翅膀呀。

你怎么没有翅膀？你的两只胳膊，还有你的两条腿，就是你的翅膀。你会飞得很高的！

真的吗？

真的！就这样飞，就这样！

绿雀说着，展开翅膀飞起来。

栾小小也学着绿雀的样子飞起来。

就在他要飞到蓝天上时，“啪”的一声响，他从半空中落了下来。

他慌乱地抬起头，看到红豆老师拿着教鞭站在他面前，一副气势汹汹的样子。

他这才明白，自己刚才是做了个梦。

14

决战相约在工字型的楼顶上。

那天，栾小小爬上了楼顶，看到楼顶空荡荡的没有一个人。

栾小小以为，涂强一定害怕了，不敢来了。可是，刚过了一会儿，他看到涂强竟然爬上来了。让栾小小意想不到的是，夏雷也跟着他来了。

涂强说，以为我怕你不敢来吧？今天，当了你过去的好朋友夏雷的面，看我怎么收拾你！

栾小小说，夏雷，你不要插手，我和他单挑。

夏雷也不点头，也不摇头，他漠然地走到一边去了。他向远处看去，从他那里，可以看到远处“春天的童话”里的风景。身后发生的一切，好像与他无关。夏雷在那里望啊，望啊，身后的厮打声尽管很清晰地鼓入了他的耳膜，但是他却如没听见一样。直到他听见一声撕心裂肺的惊叫，他才蓦地回过头去。

那时候，他看到涂强握着一把闪着寒光的刀子，向他曾经的好朋友砍去。而后者大概意想不到对方会突然掏出一把刀子来对付他，因此，显得有些仓皇失措，为了躲避对方的刀子，他一步步向后退去，退去……

就在夏雷惊愕得要叫出声来的时候，栾小小已经消失在楼顶上。

那一刻，夏雷魂飞魄散！他不知道自己是怎样被人弄到楼下去的。

后来，学校通知他的爸爸妈妈把他领走了——学校给他们一笔钱，让他们去给夏雷看病——夏雷确实病得不轻，他已经不会说人话，从他嘴里不停地发出鸟的叫声：“唧唧，唧唧……”

谁都不明白他的话咋会突然变成了鸟语。

15

从那座工字型的楼顶掉下来的时候，栾小小学着他的好朋友绿雀的样子，企图把自己的翅膀张开。栾小小把他的两只胳膊当成了翅膀，他又粗又壮的胳膊在空中划拉着，两条腿也使劲地蹬爪着。他想和绿雀一样，欢叫着抖动起翅膀，飞到对面的树上去，或者飞到碧蓝的天空中去。但是，无论使出多大力气，他也没能够像绿雀那样飞到绿树或者蓝天上去。那个时候，他很生气，也有些懊恼，自己怎么连只小小的绿雀也不如呢？

耳边是呼呼的风声，就在他还没想好要飞到哪里去的时候，他已经重重地落在了地上。接着，他听到肢体接触地面时发出的沉重的一声闷响，他甚至没有感觉到疼痛给他带来的痛苦，他的灵魂就从脑壳里飞了出来，飘飘然地飞向了蓝天。

栾小小变成了一只隐形的鸟。

他的翅膀是灰褐色的，他的肚子是乳白色的，他头上的冠子长长的，是灰白夹杂的颜色，他的眼睛宛如两粒黑豆，虽然小，却很明亮；他的喙尖长而锐利，就如一把匕首。与别的鸟类不同的是，他却有四只爪，前边的两只粗而短，后边的两只细而长。别的鸟看他，只能把他看成是鸟类的变异。然而，连他自己也不知道，其实，别的鸟，包括他的好朋友绿雀都是看不到他的外形的，只能听到他的声音。他就如来无影去无踪的一阵风，或者是一缕空气。

无论他现在是一只鸟，或者是一阵风，或者是一缕空气，为了叙述的方便，我们依旧把他唤作栾小小。

栾小小真的能像绿雀那样自由自在地飞翔了。

他觉得自己的翅膀比绿雀的翅膀要大得多，洁白的云朵像棉絮一样从他身边飘过，偶尔遇到几只飞鸟，匆匆从他身边飞了过去，他欲向它们打个招呼，可是，那些鸟却“呱呱”地叫着飞走了。

他飞呀飞呀，在一朵如蘑菇形的云层下，他看到了一片绿色的树林和一条宛如银链般的小河流。那片树林和那条小河似乎很眼熟。啊，想起来了，原来就是离他们城堡不远的那个叫着“春天的童话”的地方。

栾小小终于能到那个美丽的地方去嬉戏了。

栾小小在一棵高大的杨树枝上落下来。他“吱吱”地叫着，希望能把他的好朋友绿雀唤过来。可是，整个“春天的童话”里都静悄悄的，没有鸟雀飞行和嬉戏，各种树的叶子也都静静地待在枝干上。树林旁边的小河里，水也好像静止了一般，只看到有微微的水波闪动，却听不到哗哗的流水声。在栾小小的印象里，这里应该是一片欢快的乐园。然而，鸟语，花香，小河，流水……似乎都静止在一种状态中。

栾小小不知道发生了什么事情。

栾小小站在那棵茂密的大杨树的枝丫间，向远处望去。那个时候，他看到了那座城堡里的建筑群，围绕着建筑群筑起的高高的院墙，闪着寒光的铁栅栏门。城堡内那一幢幢由水泥和钢筋浇注的楼房，每一幢都像一头张着血盆大口的怪兽，又像一个个巨大的鸟笼子。最醒目的是那座工字型的楼房，它的高度比栾小小现在所处的位置要高得多。那真是个庞大的怪物！从这个怪物的嘴里走进去的人，几乎都变成了呆若木鸡的小鸟标本。

看到工字型的楼房，栾小小似乎想起了什么，他的眼前迷茫起来。他觉得那个地方既熟悉又陌生。这种感觉让他对那里产生了兴趣。栾小小是个对一切都充满了好奇和兴趣的孩子。他想，这样的城堡他不能不去看看。

他抖了抖翅膀，向那座城堡飞去。

16

城堡里的确发生了大事。城堡的大门外，聚集着许多人，有男人也有女人，有老人也有孩子。他们声嘶力竭地喊叫着，伤心悲绝地恸哭着，就如发生了一场惨绝人寰的灾难。栾小小看到，城堡的铁栅门紧紧地关闭着，那些穿着灰色服装的保安如临大敌一般守候在门口。从他们紧张得几乎不敢喘大气的样子来看，说明城堡里的确发生了严重的事情。

铁栅栏门是挡不住栾小小的。现在，任何坚固和严实的门都挡不住栾小小。栾小小“嗤”地叫了一声，飞进了城堡内。

城堡内充满了紧张而肃穆的气氛。一双双惊慌迷乱的眼睛从一座座房子的窗户和门缝的后边泄露出来。看着那些眼睛，栾小小似乎都很熟悉。但是，又一时想不起在哪里见过。栾小小向他们发出友好的问候，可是，那些眼睛，竟迅疾地消失在了窗户和门的后边。

栾小小十分地迷茫。

栾小小看到，偶尔有一两个人从路上走过，脚步也是急促和凌乱的。栾小小想找一个熟悉的同学询问一下究竟发生了什么事情。可是，一个也没有看到，就连夏雷的影子也没看到。

一位身材高大魁梧的中年男子从一所大房子里走出来。栾小小觉得这个人很面熟，可是又一时记不起他是谁？这个男人的鼻子很大，且鼻尖被揉得红红的。仔细地看，通红的鼻尖上的毛孔依稀可辨。栾小小猛地想起来了，这个人原来就是这座城堡的主人。栾小小对这个人的记忆越来越清晰，记得这个人好像姓涂，人们都喊他涂老板。

涂老板给栾小小留下印象最深的是他的大鼻子。涂老板的大鼻子平常不太红，但是一遇到焦心的事情，就发脾气骂人。光骂人还不够，还狠劲揉自己的鼻子，结果就把自己的鼻头揉得通红，连毛孔也奓开来。看到涂老板的鼻头红得如鸡冠一样，栾小小就猜测到，一定发生了大事，不然，涂老板不会如此急躁和恐慌的。

栾小小正疑惑间，忽然，看到铁栅门缓缓地打开了，一辆白色的面包车，闪着红蓝两色的灯光开进来。栾小小知道，这是医院的救护车，只有救护危重病人或者伤员时它才肯这么叫唤着出来。救护车开进来的时候，围在门口的人争先恐后地向里挤，他们企图挤进城堡里来。但是，没等他们挤进门，就被那些保安驱赶走了。

栾小小还听到保安用鸟一样的声音对那些人叫喊，都回去！都回去！没有涂老板的命令，任何人不能进来！都等着听消息吧，是谁家的孩子跳的楼，会有通知的。

那些没能进入城堡的人声嘶力竭地喊着，为什么不让我们现在就看到孩子？我们不放心……

栾小小对这些大人们的过激情绪很不以为然。有什么大不了的事情呢！城堡里发生过多少事呀，这些大人们从来没有关心过。这些大人们全然不能理解孩子们被关在这里的感受，他们从来没有关心过城堡里居住的孩子。

栾小小好奇地跟着救护车向里边飞去。他从来没有这么近距离地观察过救护车，他从救护车的玻璃窗向里望，他看到车内除了一个司机外，还有两个人，这两个人都穿着白衣，戴着白帽子和白口罩。栾小小看不到他们的脸，因此也分辨不清他们是女的还是男的。不过，从两人的眼睛里，看出他们的神情非常地严肃和不安。

救护车停在工字楼旁，两个医生迅速地跳下了车，向一簇人群跑去。栾小小也好奇地挤进人群。围观的人大多是院子里的老师和勤杂工，还有一个烧锅炉的老头。栾小小记得这个老头姓袁，大家都喊他袁锅炉。袁锅炉一年四季都眯缝着一双被烟熏火燎烤红的眼圈。那时候，袁锅炉正大惊小怪地向围观的人们讲述着他看到的情景：吓死人了！吓死人了！先看到两个孩子在楼顶上拉拉扯扯，接着就看到一个孩子被另一个孩子推了下来，“噗”一声……

有一个声音呵斥他：袁锅炉，不可瞎说的！是被别人推下来的还是他自己跳下来的，要等到涂老板来认定的。呵斥他的是红豆老师。红豆老师说着，还用眼盯着袁锅炉那张抹着煤灰的脸。

袁锅炉吓得立刻把自己的嘴巴捂上了。

这时候，栾小小才看到人们围着的是一个面朝地下趴着的孩子。孩子四肢没有规则地弯曲着，一动不动，就像睡着了，并且睡得很熟的样子。围在他身边的人如何大惊小怪地呼喊和议论，都没有把他吵醒过来。

栾小小非常奇怪，这个孩子为啥要躺在这么坚硬的地上睡觉？更让栾小小不解的是，这个孩子睡觉还不盖被子。什么也不盖，就那么躺在让人看一眼都冷得浑身打寒战的如石头一般坚硬的水泥地面上。

两位医生走到睡觉的孩子身旁，其中的一位把孩子的脸翻了过来。这时候，栾小小发现，那个孩子的脸已经变得血肉模糊，眼睛、鼻子、嘴巴都分辨不清了。血水夹杂着一些白色的液体还在汩汩地从那些血淋淋的地方冒出来。

栾小小这才意识到，原来这个孩子不是睡着了，而是遭遇了不测。看到这个孩子被摔得面目全非，栾小小禁不住浑身颤抖起来，他觉得自己全身也疼痛起来。疼痛得难以克制！

栾小小看到那位医生站了起来，无奈地对涂老板说，对不起，我们无能为力。

涂老板却不容置疑地说，把他拉走——拉到医院去！说明我们尽到了责任！

医生却固执地说，不！这责任我们承担不起！

涂老板坚持道，拉走！我出这个数——七位数。说着伸出一个手指。

围观的人都没有弄明白七位数和一个手指的关系。然而，医生好像听明白了。医生摘下口罩（这时候，栾小小看出她是个年轻漂亮的女医生），笑了笑，说，不是钱的问题。是名誉和责任问题！涂校长办的是私立学校，还要维护自己的声誉，还怕承担责任。我们是人民医院，肩负着救死扶伤的重大责任。把这样一个没有任何生命体征的尸体拉到医院里去抢救，对于我们，其后果是多少金钱都难以弥补的！再说，现场也是不能随意破坏的，要等到公安来……

涂老板有些恼火，在这个城堡里，他的话还有人不肯听？这世界还有用钱通融不了的事情？这是他没有想到的。

涂老板俯下身子，看了一眼躺在地上的孩子，突然对女医生说，这个孩子明明还活着，你们却见死不救，是要负责任的！

女医生把口罩重新戴上，发出来的声音依然是那么清晰和执着，涂校长，我尊重的是事实——孩子有没有活着，相信我不会诊断错误的。请你相信，一位负责的医生决不会违背自己的良知！

涂老板没想到当了许多人的面受到一位女医生的奚落，这让他很没面子。

其实，栾小小对涂老板也没什么好感。涂老板很霸道，平时，在这个大城堡里，从来没有人敢和他顶嘴的。现在看到女医生竟敢奚落他，并且让他很难堪，栾小小就有了幸灾乐祸的心情。他巴不得女医生和涂老板再把事情闹得更大些。

局面有些僵。

可是，栾小小希望看到的好戏没进行下去。

这时，一辆警车呼啸着开了过来。围观的人立刻闪开来，为从车上下来的刑警让开了一条路。

那个躺在冰凉的水泥地上睡觉的孩子，还是被救护车拉走了。不过，不是去接受治疗，而是被拉去了太平间。太平间是干什么的？栾小小从来没有听说过，也不知道太平间在什么地方。从这个名字上，栾小小判断出，那一定是个很不错的地方，那里肯定要比这里暖和、安静。

栾小小在心里祝福那个孩子。

17

第二天一大早，城堡里又发生了一件让人意料不到的事情。

那天，有人到锅炉房打开水，见小房子的门板掉了，门板下压着一个人。那个人正是袁锅炉。

他被人抬到卫生室的时候，全身已经冰凉了。后来，袁锅炉被定为患了心肌梗死，来不及救治而死亡。因为死在锅炉房里，学校赔偿了家属一些钱，被家属拉走火化了。

18

还有一件事情更为蹊跷，林老师也突然失踪了。

了解根底的人，知道林老师为栾小小坠楼的事件曾找过涂老板，要求学校把这件事情的真相如实向有关部门汇报，并给受害家属一个说法。涂老板声色俱厉地拒绝了林老师，骂林老师是神经病，胳膊肘朝外拐，拿着他涂老板的工钱，还拆他的台。涂老板骂完林老师还不解气，又把全体教师和保安、后勤等人员召集到一起，非常严肃地说明，栾小小从楼上掉下来摔死，是他自己违反了“不准爬楼”的校规，从楼上跳下来的。栾小小是自杀的！在栾小小的衣兜里，找出了他写给女同学的“情书”。他是为情而死的。这么大点个孩子就谈恋爱，也是违反校规的。巨才中学为抢救栾小小，做出了最大努力。所以，栾小小死亡，学校不承担主要责任！大家一定要明白这一点，要统一思想，统一口径，栾小小是自杀的！每一位在巨才中学工作的人员都要维护巨才中学的名誉，不可胡说，不能把胳膊肘朝外拐！有个别老师替栾小小鸣冤，我看是昏了头了，我劝这位老师要识时务，要顾大局……

涂老板掩盖事实真相，推卸责任的行为，令林老师非常愤慨。林老师毫不犹豫地写了辞呈报告，交给校方，然后走出了城堡。

涂老板对林老师的突然辞职离去十分担心，就派两位保安暗中监视林老师的行踪。可是，仅两天时间，保安就把林老师给看丢了。一位保安向涂老板汇报，林老师是在第二天不见的。他们在林老师住的房子外守了一夜，后来就再也没有看到林老师出来。

另一位保安说，守夜那天，我去找厕所方便。回来的时候，留在那里的保安已经睡着了，林老师也许就是那个时候走出去的。

19

城堡里渐渐安静下来，一切似乎恢复了平静。上课、下课的铃声周而复始地响着。那些如小鸟标本一样的孩子们，一个个脸上都涂满了僵硬的灰色颜料，听不到他们的笑声，甚至连他们窃窃私语的声音都很难听到。看到这些，栾小小垂头丧气。这些人如此麻木是他没有想到的。栾小小怏怏地向前飞去，他希望能见到一位知心的朋友。可是，连一张熟悉的面孔他也没看到。他不知道他熟悉的人都去了哪里？

忽然，一道绿色的光在他眼前闪过，使他眼前为之一亮，啊？绿雀！他看到他的好朋友从他眼前飞了过去。他欢快地叫着，绿雀！绿雀！

他看到绿雀回过头来，茫然地四处寻觅，似乎在寻找他。

栾小小叫道，绿雀，我在这儿，你看不到我吗？

绿雀欣喜地叫道，是你吗，栾小小？你在哪儿？我怎么看不到你？

栾小小叫道，是我，绿雀。看，我就在你身边，你难道看不到我吗？

绿雀张开她的喙，试探着向栾小小啄来，啊，好朋友，让我们先亲亲嘴！他们都说你跳楼自杀了。我急得到处寻找你，没想到在这里遇上了你。

栾小小说，别听他们瞎说。跳楼的不是我，那肯定是个孤独的孩子。

绿雀说，是啊，我刚才听到你的同学们在悄悄争论，说那个从楼上掉下去的孩子没有妈妈，没有好朋友，老师骂他“朽木不可雕也”，还骂他很多难听的话，他才跳楼的。还有的说，他不是自己跳下去的，是有人把他推下去的……

栾小小说，那不是我。我为什么要跳楼呢？我有个好朋友叫绿雀，我才不跳楼呢！栾小小这样说着，像夏雷那样嘎嘎地笑起来。

绿雀也唧唧地笑起来。可是，我怎么看不到你啊？

栾小小说，啊？你看不到我？我就在你跟前。咳，你把我的嘴亲疼了，还说看不到我！

绿雀说，真的，我真的看不到你。不过……啊，这是你的嘴吧？啊，你的舌头真甜呀，简直让我舍不得放开了。

栾小小说，别别！让人家看见了，怪不好意思的。

绿雀说，你还不好意思。你没看见城堡里的那些孩子，瞅大人们不在，一男一女都搂在一起亲亲呢！

栾小小说，快别说了，那是早恋。那些孩子们被关在学校里，在大人的监督下，除了背书，还是背书，什么唱歌、打球……各种课外活动都取消了。无聊极了！无聊极了！

绿雀问，啥是早恋？

栾小小结结巴巴地说，我……也不知道。

绿雀突然问道，栾小小，你早恋过吗？

栾小小的脸红了，我……他不知说什么好。不过，受绿雀的感染，他马上变得愉快起来。他岔开话题，给绿雀讲了起来：我常常做梦的，过去，做的梦都是自己当了将军，骑着高头大马，带领千军万马打败了敌人。现在，做的梦是变成了一个白马王子。白马王子骑着一匹白色的骏马，在一望无际的草原上奔驰。突然，我的眼前飞过一只长着漂亮羽毛的小鸟，我仔细一看，那不是绿雀你吗！你欢叫着，叫声如嘹亮的欢歌。我向你追去，追着追着，你却不见了。一位穿着漂亮衣服的公主突然出现在我的眼前。奇怪的是，公主虽然没有骑马，可是，我却怎么也追不上她。原来，公主是驾着一片彩云在飞。我有些着急，飞身跃起，企图从骏马背上跳到公主驾着的那片祥云上去。可是，终于没能跳到祥云上……

绿雀焦急地问，后来怎样了？

栾小小沮丧地说，后来，我掉了下来。

20

城堡的大门口聚集了一些人，他们低声地议论着那个从楼顶上摔下来的孩子。

这些人怀着不同的心思，在争论着孩子跳楼的原因。

正议论着，十几辆大篷车开过来，停在不远的地方，男男女女几十口子从车上跳了下来，有的哭着，有的嚷着，有的没有哭也没有嚷却紧皱着眉头。这些人下了车朝城堡大门口涌去。

那些看热闹的人都停止了议论，翘首向大门口望去。

领头的一个男子三十八九岁的样子，中等个子，身材挺壮实的，人也很精明，穿着打扮虽然也是光鲜鲜的，可是，从黝黑粗糙的脸皮上看出来，他还是个乡下人。这人就是栾小小的爸爸。栾小小的爸爸现在已经不是地道的农民了，他在南方打工十多年，很走运的，一次偶然的机会发了财，自己当上了卖钢材的老板，换了个年轻的老婆（他和家人说是原来的老婆跟人家跑了），又生了个孩子，渐渐地把前妻为他生的那个叫栾小小的孩子给遗忘了。只有想起来的时候（这样的情况很少），或者栾小小打电话给他要钱的时候，他才会把钱打过来。至于栾小小学得怎么样，生活得怎么样，他是不会过问的。他没时间过问。在他的想法里，学校收了他一大笔钱，就是用来管教孩子的，把孩子交给学校他们就应该负责把人管好。因此，老师多次请他到学校来谈谈栾小小的情况，他都借路程远、工作忙没回来。当他得到孩子跳楼的消息时，他才感到意外和震惊，就不得不回来了。他是连天加夜赶回来的，可是，他还是回来晚了，他的孩子已经莫名其妙地跳楼死掉了，已经被送进了医院的太平间。这让他无法理解和难以接受。

尽管他自己也知道，他早已经和这个孩子有些陌生了，可是那毕竟是他的儿子，是他的骨肉啊！

乡下人就是这样，靠人多势众来解决突然给他们的家庭带来的伤害。其实，这些乡下人来的时候，只是想让城堡里的人给他们个明白，一个活蹦乱跳的孩子送进来了，怎么就突然跳楼摔死呢？为啥要跳楼呢？城堡里究竟发生了什么事？是啥原因逼得孩子非要跳楼呢？他们想就这些问题，和城堡里的主人谈一谈。他们有权利弄明白孩子跳楼的真正原因，城堡里的主人也应该向他们解释清楚。

他们来到大门口，见大门口围了很多人，还以为这些人是来声援他们的。他们就把痛苦写在了脸上，把悲愤也写在了脸上，最后，把仇恨也写在了脸上。

他们看到铁栅栏门紧紧地关着，那些保安如临大敌一般防备着他们，就如他们是一伙杀人越货的强盗，就如他们是侵略中国的小鬼子。

那些围观的人，面对着这群激愤的庄稼人，把他们曾经议论过的那些话题，又反复地议论了一遍，为了配合这些人的情绪，免不了加些“油醋”。

城堡里没有人出来和这些乡下人见面，更没有谁来回答他们提出的问题。只是有个保安告诉乡下人，这件事已经交给了县里处理，县里成立了事故处理工作小组。要想知道这些问题的答案，只有到县里去问，找事故处理工作组去问。

他们被堵在了城堡外边，连大门也没能进去。这样的结果再加上那些围观人的“油醋”，便激起了他们的愤怒。乡下人都是论直理的，他们把孩子交给了学校，孩子又是在学校摔死的，他们找学校讨要说法是天经地义的硬道理，让他们到县里去问事，这不是推卸责任吗？这不是鼓动他们到县里去上访吗？再说，到县里去找谁？工作组又在哪里？

这时，人群中有一个声音飘进了栾小小爸爸的耳朵里，学校是怕承担责任，才推你们到县里的。这里的老板，收了那么多钱，不好好教育孩子！

这样的声音对于栾小小的爸爸和那些乡下人，无疑是火上加油。听了杂七杂八的话，这些人的心里被燃烧的怒火烧得发狂了。他们对城堡里的人恨透了。他们失去了理智，他们认为再耐着性子等下去，就被城堡里的人欺负了。他们愤怒地向城堡里冲去！他们攀登上铁栅栏门，也有的干脆用自己比铁还要硬的手腕去拉扯铁栅栏门。铁栅栏门被这些愤怒的乡下人弄得摇摇欲坠，似乎就要坍塌的样子。

这时候，才跑出来几个保安开始阻拦。乡下人就和阻拦他们的保安撕扯起来。保安人少，乡下来的人多，有两个保安在撕扯中被愤怒的乡下人抓破了脸皮。血从那些破的脸皮上流下来。

情况有些混乱。

这种混乱的状况很快得到了制止。

不知道是谁报的警，也不知道是什么时候报的警，一大群荷枪实弹的防暴警察们突然出现在了栾小小爸爸他们的背后，还没等这些乡下人明白是怎么回事，他们就被戴上手铐，用警车拉走了。

城堡门前一片狼藉。

21

铁栅栏门很快被修复好，城堡门前又恢复了往日的平静。

一天早晨，一辆红色的出租车停在城堡的大门口，从车上下来两个人，一男一女，女的三十岁的样子，留着一头卷发，脸皮不太白，却很耐看。男的二十多岁，像女人的保镖。男的还背着一架照相机，一下车，就对着城堡门口拍起照来。

守在大门口的一位保安走过来，问照相的男人从哪儿来的，为啥在学校门口乱拍照片？拍照的男人不理会保安，自顾继续拍。保安有些愠怒，刚要发火，女人走过来，对保安说，你别问他，是我让他拍的。想知道拍照片干啥，就喊你们校长出来！女人说话很硬气，有一种很神秘的样子，保安不敢怠慢，急忙回到传达室打电话向学校领导报告。

涂老板亲自接见了一男一女。

照相的男人是女人的表弟。表弟在一家报社里工作（其实是当保安的），虽然没当记者，但是和报社的记者都很熟。两人到这里来的目的，是先把栾小小跳楼摔死的事情摸个底子，然后把情况报告给那些记者们，让记者把这件事写出来，发表在报纸上。

涂老板一听男的说出某某报社名字，脸上立刻布满了恭敬和谦卑的神情，连声说，原来是记者同志呀，辛苦了，辛苦了。

涂老板的谦恭让女人增长了胆量。女的自我介绍说，她是栾小小的继母，栾小小跳楼摔死这件事，她本来是不愿意参与进来的，因为，她毕竟只是继母的身份（小小活着的时候根本没喊过她妈，还骂她是女特务），她懒得管这件事情。可是，现在，她的丈夫被抓起来了，还有丈夫的亲戚和朋友也被抓了，家里剩下一个老婆婆不能出面管事，只有靠她来处理这件后事了。她如果再不管，是无论如何也说不过去的。因此，才带着在报社工作的表弟来，向学校讨要个说法。

涂老板听了女人的话，渐渐地把自己绷紧的神经放松下来。在此之前，已经来了十几拨自称某某报社或者某某电视台的“记者”，说是有人向他们写了举报信，反映校方在栾小小跳楼这件事上，为推卸责任而隐瞒了事实真相。“记者”们来要对栾小小坠楼事件的真相做全面的采访报道。涂老板想让他们拿出举报信来，但是被“记者”们严词拒绝了。他们说要保护举报人的安全，不会让他看到举报信的。“记者”虽然没让涂老板看举报信，他断定写举报信的人肯定是林老师，他在心里恨透了林老师。涂老板怕事情的真相在报纸和电视台宣传出去，影响了学校的声望，因此，他出了一大笔钱，拿给县里专门负责接待记者的新闻科，凡是打着“记者”旗号来了解这件事情的，立刻让新闻科的同志接待他们。新闻科的同志们的确很有办法，最终让这些人放弃了对栾小小坠楼事件的采访和报道，吃好喝好玩好之后打道回府。走的时候，每个人的挎包里还塞了一个鼓鼓的牛皮纸信封。新闻科的同志们工作做得真好，涂老板设宴招待了他们，一个个灌得烂醉送回了家。

涂老板本打算通知新闻科的同志来接待这一男一女的，可是，听完栾小小继母的一番话，就改变了主意。涂老板从女人的话里，听出来他们并不是非要采访报道这件事情，女的是来处理后事的，实际上是解救她的男人还有那些被抓的乡下人。男的来也只是个陪衬，虽然也拿着照相机拍了照片，可与先前来的那些记者扛的长枪短炮似的照相机相比，就像个儿童玩具似的。栾小小坠楼死了，说到底，校方是有责任的。涂老板做了大量的工作，就是要把校方的责任减少到最低限度，只有把校方的责任减少，才能消除这件事对学校产生的负面社会影响，在对死亡学生家长进行经济赔偿时避免他们狮子大张口。抓小小的爸和那些乡下人，是敲山震虎，把他们的气焰灭下去了，期望值也就降低了。可是，事情总要有个处理结果。栾小小的尸体放在太平间，是个火药点，是不安定因素的存在，把不定哪一天要引发爆炸。现在，这个女人来了，事情有了转机。栾小小的爸和他妈离婚时，栾小小的监护人是他爸，这女人是栾小小的继母。不管栾小小活着时喊没喊过她妈，这女人也是栾小小的合法监护人之一。从女人的话里，有了迫切愿望，就是赶快让她的男人和那些乡下人从监狱里出来。涂老板觉得是把栾小小坠楼事件处理结束的最佳时候到了。因此，等女人把话说完，就说，栾小小跳楼自杀，作为学校领导他也感到很震惊，很惋惜，对给家长造成的重大痛苦他也很同情。公安调查了栾小小跳楼的原因，从他的衣袋里找出一封他写给女朋友的信，判定栾小小是为情而自杀。他的那位叫威娜的女同学转学走了，让他产生了悲观情绪，对生活失去了信心，才跳楼寻了短见。咳，没想到呀，这么小的孩子，为了女人就去寻死。可惜了，真可惜了呀！当然，这些情况校方失察，也是有些责任的。

涂老板说着，从办公桌的抽屉里拿出一封栾小小写给威娜的信的复印件，递给女人看。

女人对信不感兴趣，只是接过来瞅了一眼，并没认真去看，就还给了涂老板，话里不无责怪的口吻，这么点大的一个小孩子，就在学校里挂了女孩子，真不愧是他老栾家的种！小孩子既然是自己寻死的，做家长的也怨不得谁。可是，你们不应该把他爸爸和那些人抓起来呀。人家毕竟死了儿子，心情悲伤，产生了怨气，才来讨个说法的。说法没讨到，又被糊里糊涂抓了起来。是不是有些过分了？

涂老板心里已经有了底，脸上却是十分同情和惋惜的样子，咳了一声，说，抓人的事我也是后来听说的。小小的爸爸带人砸了学校大门，打了保安。公安是按照违犯社会治安罪把他们抓起来的。我现在正找公安协调呢，争取尽快把人放出来。不过……说到这儿，故意停了下来，拿眼睛观察那女人的态度。

女人急切地说，你无论如何要尽快把人救出来！我男人一抓进去，我们那边的生意全耽搁了不说，他这边的亲戚、朋友都找我要人。我一个女人能有啥办法？有人给我出主意，让我请记者，我哪里认得人家记者？就想起了在报社当保安的表弟……女人说着，竟抹起了眼泪，声音里也带了哭音。

涂老板心里已经笑了。这个女人已经完全被他掌控了。他估计，对他开出的条件，她不会不答应的。接着，他拿出一份早已经拟好的“栾小小坠楼事故处理协议书”，递给女人，说，你作为栾小小的监护人之一，只要在这份协议书上签了字，我保证，栾小小的爸爸和那些人在两个小时内就会放出来的。

女人接过协议书，很认真地看完。协议书的项目很多，女人只记住了最主要的两条，一条是学校一次性向栾小小的家长付给资助款（没有说是赔偿款）十万元；另一条是学校撤销对栾小小爸爸及其同伙扰乱学校秩序的起诉。

女人犹豫了一下，还是在协议书上签上了自己的名字。

涂老板松了一口气，这件事终于得到了妥善处理。学校和他本人，都没有受到大的影响。县教育主管部门，只是给他们学校一个不注重安全教育的通报批评就算完事。还有他那个不争气的侄子，也逃过了一大劫难。这是很理想的处理结果了。

让涂老板意想不到的是，仅过了不到一个星期，情况突然急转直下。有知情人把栾小小坠楼的真相举报到了省市有关部门。省市组成的栾小小坠楼事件调查组，进驻到城堡内，对事件的真相重新调查认证。

22

一个晚霞落尽的黄昏，一位乡下老女人挎着一个竹篮，竹篮里装满了孩子喜欢吃的饼干、鸡蛋，还有一大包烧纸。

老人在离城堡大门很远的地方，把竹篮里的东西取出来，摆在了地上，然后划着了一根火柴。奇怪的是，老人并没有立刻点燃烧纸，而是用一大沓烧纸，包裹住了那根燃烧的火柴。

老人没有放声大哭，是因为她的眼泪早已经枯竭了。老人在喃喃低语，却没有人听清她在念叨些啥。

老人苍老悲切的脸让人看了心碎。许多人看到那张脸，都揉着自己发酸的鼻子走开了。

烧纸终于由里到外燃烧起来，渐渐燃烧成了一个火球。火球燃烧着，滚动着，形成了一道奇观！这时，忽然刮来一阵旋风，把燃烧的火球吹到了漫空里。火球消失了，黑色的纸灰翩翩飞舞。

一阵鸟的叫声突然在漫空里凄惨地响起，可是却看不到鸟的影子，只听到伴着呼呼的风声，有千万只小鸟在人们的头顶上鸣咽着、嘶鸣着。

老人抬起头，眯缝起老眼昏花的双眼，忽然大声叫起来，啊，俺的孙子！是俺的孙子呀！小小，快跟奶奶回家喽！

可是，那凄惨的鸟叫声却渐渐远去了……

（原载 2014 年第 3 期《延安文学》）

短篇小说

古　玉

上　篇

日本鬼子打进陈州城那天，璞玉坊老板安之然的千金小姐安玉珊跟人私奔了。

其实，那几天，生意早已淡了，几天前就传日本鬼子已占领了开封府，集结部队一路向南侵犯，国军兵败如山倒，只靠了共产党的游击队挡是挡不住的。陈州是开封南边的一个重要城镇，属兵家必争之地，陈州城沦陷是早晚一天的事，可万万没想到，鬼子来得这么快。

安之然是老陈州，璞玉坊是陈州的老字号，到他这一代，已单传了三代。璞玉坊近百年的历史，安家几代人，做生意都讲究个“和为贵”，无论是穷人，富人，贵人，贱人，进了璞玉坊都是客人，安家都是笑脸相迎，生意不成仁义在，买与不买，只要你到了这里，就如同到了自己家里一般。除了“和”外，还有一个字叫“仁”，安家做生意以“仁”字为底线，从不卖假冒伪劣货，玉就是玉，石就是石，啥成色叫个啥价钱，从不以次充优，以假乱真。璞玉坊因了这“仁、和”二字，便响得像大锣似的，方圆几百里，周家口、驻马店、界首、亳州、开封府等地的豪门贵族，为出阁的千金置嫁妆，都要差人到陈州的璞玉坊来购置一两件玉器压箱底儿。

到了安之然手上，生意越发地红火，但让安之然烦心的是，自己已年过四旬，娶了两房太太，竟没有生出一个男丁来。安之然越急，他的妻妾越是不争气，原配花氏自从生下了千金安玉珊之后，肚子里再也没有了动静；第二房苗氏开始动静不小，十月怀胎，谁知生下的竟是一堆“葡萄”，到后来，连“葡萄”也做不了扭儿了。

安之然便泄了气。

让安之然宽心的是，千金安玉珊却越来越出息，如一株亭亭玉立的玉兰一般高洁和优雅，一米七的个儿，瓜子脸，一嘴玉米牙如晶莹的白玉，一双大眼睛像两潭秋水碧波盈盈，两条乌黑的大辫子一前一后搭在肩上和胸前，豆青色的洋布带襟褂儿把上身绷得紧紧的，该鼓的鼓，该凹的凹。她在陈州城里古老的青石板路上走过时，马上就吸引了整条街上人的目光。

安玉珊在省立陈州师范读三年级，马上就要毕业了，在选择自己的职业时，和安之然发生了冲突。按安之然的意见，家中无男儿，安玉珊就应该女承父业，回家把祖传的玉业生意接管起来，这是安家祖传的规矩。但是，安玉珊死活不愿意，父女俩已背了店堂伙计和掌柜先生吵了几次嘴，都以安之然的失败告终。到这个时候，安之然才后悔，平时自己把闺女太娇惯了，把她娇惯得如此要强、倔强和刚烈。

开封府沦陷的消息传过来时，安玉珊从学校回来，劝父亲收拾了细软，关了玉店，带着家人到乡下亲戚家躲一躲，但是，视玉店如生命的安之然怎舍得了祖传的璞玉坊？他振振有词地对女儿说，日本人来了，能把我生意人咋的？八国联军进中国时，你爷爷不是照样开玉店？有钱的大户人家，都携妻带子“跑反”去了，但安之然店门照开，生意照做。尽管兵荒马乱的年头，来买玉器的人已寥寥无几。

安玉珊劝不过父亲，就让自己的老师，一个叫和祥的年轻人来劝安之然，安之然尽管不同意这个青年人也像女儿一样连劝带哄地让自己赶快逃出陈州城，但是从心里并不讨厌他。这人有二十二三岁，长得英俊魁梧，操着好听的东北口音，一问，果然是安东人，是安玉珊的国语老师。安之然对和祥的好意劝说表示感谢，但是，最终却没有被他说动。

当发现宝贝女儿两天已没露面时，安之然就令伙计和家人四处寻找。那个时候，日本鬼子已对城内的主要街道实行了戒严。鬼子在搜寻抓捕赤化分子，陈州城内充满了杀人的血腥气味。寻找安玉珊的人都陆陆续续回来了，安之然从他们哭丧的脸上已得到了答案。

安玉珊去了哪儿？是被日本鬼子杀害了，还是随着“跑反”的人逃出了城？若是出了城，一个千金小姐哪里又是她的安身之处？这让安之然坐卧不安。正在安之然为女儿的丢失愁眉不展时，伙计小波走进了他的房间。小波那年十六岁，是安之然收留的一个没爹没娘的孤儿，聪明伶俐，做事干净利索，很讨人喜欢，安之然便把他收了学徒，暗里渐渐地把祖传的制玉技术和经营之道都一点点地传授了。之所以如此，是在考虑着下一步收他为义子的。小波是何等聪明的孩子，他早已看透了安老板的心思，心里也早把安之然当作干爹傍上了。

小波见安之然在为安玉珊的丢失伤感，便道，干爹，有一句话小波不知当讲不当讲？

安之然听小波这样称呼自己，心里感到一丝慰帖，道，都这个时候了，还有啥掖着藏着的？

小波道，干爹，您也别太为姐姐的事伤心，据小波猜测，姐姐出去是早有准备的。

安之然问，她事先给你说过？

小波摇摇头道，干爹，她要给我说我能不告诉您？我是布袋里买猫，凭感觉估的。

安之然叹了一口气，这兵荒马乱的年头，她能到哪里去？

小波道，干爹也不用愁，姐姐走是有靠山的，她是跟了人……

安之然惊得一把抓了小波的衣襟，道，你小子胡说，我打烂你的嘴！

小波急忙求饶道，干爹，快撒手，小波说的都是实情。待安之然松开手，小波整了整自己的衣襟道，其实，姐姐和那和老师好，大伙儿都是知道的，只是瞒了干爹您一个人。有几次，干爹让小波到街上去买东西，小波都瞅见姐姐和那和老师走在一起，还见……见两人扯了手的。

安之然明白了，怪不得和老师来劝自己出城呢。

小波继续说，干爹，小波还听说，那和老师可不是一般的人哩。他说着，比画了一个手势，安之然看明白了那手势的意思，感到更为吃惊。干爹，您想想，他要不是这个，他为啥要领着学生到大街上游行，还抵制日货呢？

小波的推测，使安之然的心神更加不能安定。如果小波说的属实，女儿就是跟那姓和的私奔了，安之然虽然喜欢那姓和的，但这总不是个说法，安家在陈州城也是有名的大户，他安之然也是堂堂的富绅，闺女就这样不明不白地跟人家跑了，这让安之然的脸面朝哪儿搁？

安之然为女儿的出走牵肠挂肚，再加上小日本搞戒严，到处捕杀抗日分子，璞玉坊便关了张。

这一日，安之然正在后堂愁眉不展，忽听前边店铺里传来一阵阵砸门声，安之然急命小波去开门，但没等小波走到门口，一群日本兵已破门而入。

随日本兵进来的还有个中国人，安之然认识这个人，叫鲁来顺，也是省立陈州师范的老师。鲁来顺是河北保定人，至于怎样来的陈州安之然不清楚，安之然只清楚这个长着一双吊角眼的人恁想做自己的入赘门婿。那是半年前的一天，璞玉坊来了两个外地客商，客商牵着两头驮驴，驴背上的货物很重，驴压得直喘气，其中一位向安之然直言道，俺鲁家是保定府的名门望族，如今大少爷在陈州师范任职，咱家早为大少爷定了亲，可大少爷死活不愿意，却相中了贵府的大小姐，咱家老爷拗不过大少爷，便派在下带了薄礼跋涉千里来求亲……安之然明白是咋回事后，平心静气地对来人道，俺家小姐年龄还小，谈婚论嫁尚不到时候，再说，你家少爷不是受约束的人，俺家小姐也是读书之人，婚姻大事也非家庭包办，因此，这亲事断是答应不得的。两人碰了一鼻子灰，只得悄然而去。后来，鲁来顺自己又到璞玉坊来了几趟，安之然弄明白他的身份后，对其不冷不热的。

此时，鲁来顺见了安之然，已不同过去那种讨乖卖好的样子。他指着安之然，对一个为首的日本军官道，太君，这个，赤化分子的父亲，安，他的女儿，美女的是，他的玉店宝贝的有。

日本军官是驻扎陈州城的宪兵队长，叫板田，二十三四岁的样子，长得高大威猛，与排骨型的鲁来顺站在一起，像一头狮子。板田父亲在东北做生意，娶了个漂亮的东北女人，生下了板田，他是在东北长大的，十八岁那年，才随父亲回了岛国。日本对华发动侵略战争，板田是个中国通，便踏上了他罪恶的征程。

板田听了鲁来顺的介绍，笑了笑，用东北话道，安老板，不要害怕，咱们都是亲戚的，我的母亲，中国姑娘。

安之然一听他会说中国话，样子也不凶巴，怯就先退了三分，强打笑脸道，既然如此，请里边坐。

板田也不客气，一挥手，带头进了客堂，大咧咧地在椅子上坐了，对安之然道，安老板还是十分的亲善。本队长来，也就是寻找两样东西。

鲁来顺急忙插言道，只要安老板老老实实把这两样东西交出来，你在板田太君面前就是大红大紫的了。

一听板田要两样东西，安之然的心里就猛地一沉，但他强自镇静地道，店中宝贝有的是，你们若看中了请随意挑拣。

板田伸出右手食指，在空中画着圈，嘴里道，非也，非也！他向鲁来顺看了一眼，鲁来顺立刻心领神会，向安之然跟前靠了靠，道，其实，太君要的两样宝贝，安老板心知肚明，安老板若不便说的话，在下替你说出来。这两样宝贝嘛，一是安老板的千金玉珊小姐……

安之然暗道，这孬种果然要借日本人来报复咱家了，且听他如何放屁。

鲁来顺继续道，玉珊小姐是陈州城的一枝花，可惜被那姓和的小子赤化了。板田太君也是惜花怜玉之人，闻听小姐的芳名，特来拜访，安老板是明白人，不如乖乖地把小姐交出来，也免伤和气不是？另一件宝贝，就是贵店的镇店之宝——玉赑屃，满陈州城人都知道，你藏着这件国宝，板田太君是著名的收藏家，对这件宝贝他想一睹为快呀。

鲁来顺滔滔不绝地说着，安之然感到天旋地转。看来，自己的这两样宝贝都是鲁来顺这坏小子出卖给日本人的。鲁来顺自己得不到玉珊，又嫉妒和祥赢得了玉珊的芳心，便向板田出卖了和祥和玉珊，他是借日本人之手来伤害二人。至于玉赑屃，那是祖上从皇宫里的一个阉人那里出高价买下的。那个阉人偷了皇宫里的玉赑屃，想偷偷卖掉，当时几个洋人都出高价争买这件宝贝，后来那阉人良心发现，不忍把国宝流到国外去，便卖给了安之然的爷爷。那件玉赑屃质地通体如乳奶一般白皙，只有两只眼睛透出两点绿，那两点绿晶莹剔透，翠色欲滴，是玉赑屃的精华所在。安之然的爷爷得到这件宝贝后，便给他的后代留下嘱言，家可破，血可流，玉赑屃不能丢。玉赑屃就这样经了两代人之手传到了安之然手上。也怪安之然爱显摆夸张，平常与人谈生意时，不经意间就把玉赑屃的事透露了出来。几十年都平平安安过去了，哪想到现在竟来了个中国通的日本收藏家。

鲁来顺讲完，板田便瞪了一双圆眼虎视眈眈地盯了安之然。安之然暗自庆幸女儿出走了，真如小波说的跟了那姓和的，也算是福了，若不然落到这日本人手里，那才叫恶心。他定了定神，叹了一口气，不紧不慢地道，要说这两样宝贝，确实有过，不过那玉奡㞒早些年就被一个商人买走了。至于女儿呢，太不争气，和家里人赌了气，也走几天了，到现在也没个音信。女大不由爹娘，我这里正烦着呢，鲁先生见多识广，若得了我女儿的下落也来言一声。

鲁来顺阴阴地笑道，你那宝贝女儿去了哪儿我哪里知道，我看，是安老板把她送给姓和的那小子了吧。

板田便吼道，姓和的死了死了的，美女快快交出来！

鲁来顺道，安老板，太君要发怒了，你还是放聪明点，说说你女儿和那姓和的藏到了哪儿？

安之然正色道，鲁先生，咱们中国人可不能昧着良心说话。

鲁来顺冷冷地笑着，压低声音道，良心，你还讲良心？我的家人跋涉千里带了重礼到你家来提亲，你却给了他们个冷屁股。哼！现在就要你的好看哩。一边又提高了声音，对板田道，报告太君，这个人不老实，良心的坏了，美女、八路，还有玉奡㞒，统统藏了起来。

板田听了，凶相毕露，把东洋刀一挥，吼道，搜！挖地三尺，也要把美女、玉奡㞒搜出来！

日本兵疯狂地在璞玉坊折腾起来，立时，璞玉坊大难临头，鬼子见了中国的宝贝还有不眼红的？抢的抢，拿的拿，残留一片狼藉！

最终也没搜到想要的东西，板田恼羞成怒，命人把安之然的家眷和璞玉坊的伙计们集中到后院，当场用麻绳把安之然捆了，训斥道，三天内若不把美女和玉奡㞒送到宪兵队，安，死了死了的！

安之然被日本兵带着朝外走，在走出璞玉坊的一瞬间，他向庭院里那棵石榴树觑了一眼。这不易察觉的一个神情，被一个人看在了眼里，这个人就是小波。

安之然被关进了宪兵队里，家人都很着急，但也是干着急没办法，女儿出走自不必说，就那件玉奡㞒所隐藏的地方，除了安之然以外恐怕没有第二个人知道，谁又能把宝贝献出来呢？眼看期限快到了，安之然不着急，却急坏了另外一个人，这个人就是鲁来顺。

鲁来顺对美女安玉珊早已经垂涎三尺，可是，只是剃头的挑子一头热，安小姐却瞧不起他。鲁来顺在校内对安玉珊发起的强攻没有得逞，便央家人带来重礼到安家提亲。安之然的拒绝，令鲁来顺对安玉珊、安之然恼恨在心。后来，发现安玉珊之所以不爱自己，原来是和祥早已捷足先登，他要报复，既然自己得不到美女，和祥也休想得到。他要让他们都为此而付出代价。正在他苦思冥想考虑如何实施自己的报复计划时，日本鬼子进了陈州城，他辞去了陈州师范日语教员的职务，投靠日本人当上了翻译。他的报复计划正一步一步地实施。他知道，安玉珊是个非常孝顺的人，当她得知自己的父亲被抓，她不会无动于衷。还有那个共党分子和祥，日本人没进城，他就不见了，准是投奔了游击队，安玉珊也肯定和他在一起。和祥在师范校友中是公认的有情有义的人，依他的性格，他不会不出面来救自己未来的老丈人。可是，三天的期限就要到了，板田是个喜怒无常的人，期限一到，他若一怒之下，杀了安之然，鱼饵没有了，和祥和安玉珊就不会再上钩了。这就是鲁来顺着急的原因。

正在鲁来顺焦急之时，一个年轻人走进了宪兵队。这个自称安之然干儿子的人非要见板田队长不可。鲁来顺认出他是璞玉坊的伙计小波。看来事情将有转机，他立刻领小波去见板田队长。

小波见了板田队长，从怀里掏出一个蓝布包，他把蓝布包一层层抖开，只见白光一闪，露出一块晶莹剔透的白玉来，那白玉的造型正是一只精美的玉赑屃，两只绿豆眼发出莹莹的光，真是惟妙惟肖，令人爱怜。板田一见，眼睛都直了，他上前就要去夺小波手中的玉赑屃。小波却敏捷地一闪，跳到了三步开外，朗声对板田道，想得到这件宝贝，你得答应把俺干爹放了，不然，俺就与这玉赑屃一同撞在这墙上。说着，把玉赑屃高高地举过头顶。

板田摆手道，小朋友，大大的好，玉赑屃不能摔，安的，放了……

鲁来顺急忙上前道，太君，不知这个玉赑屃是真是假，还是先不忙放人。

小波在心里骂道，你这个狗汉奸，真是吃里爬外的混蛋！他狠狠瞪鲁来顺一眼，道，太君，他信不过俺，这玉赑屃俺就摔了吧！

板田道，别忙。他回头对一宪兵道，快去把安老板带上来。板田清楚，安老板和自己一样，视古玉如命，只要安老板见了这玉，根据他的态度就能断定这块玉是真是假。

不一会儿，安之然被宪兵带了进来。安之然看到小波，先是一怔，继而看到小波手中的玉赑屃，又是一愣。见小波神色冷静地看着自己，马上破口大骂道，你这个败家子，吃里爬外的家伙！你怎么能把祖传的宝贝拿出来啊？你干爹就是死，你也不能把它献出来！一边骂，一边就扑向小波去抢他手中的玉赑屃。

板田见状，确认玉赑屃是真品，急令宪兵拦了安之然，又答应放了安之然，小波才把玉赑屃交给了板田。

板田要放安之然，鲁来顺阻止道，太君，若放了安，那美女和八路就不会出来了。

板田摇了摇头道，鲁，你的蠢。安视玉如命，回去，一定找那姓和的来夺玉，到那时，哈哈……说着狂笑不止。

鲁来顺听了，伸出大拇指赞道，太君真是计高一筹，佩服，佩服！

当晚，板田大摆宴席，庆贺自己得了一件旷世之宝。欢宴正酣时，忽听一阵枪响，有人喊，八路来了！宴席立时大乱，鬼子像没头苍蝇似的乱窜。板田还算沉稳，他把东洋刀一挥，吼道，把门守好，八路进来的一个不能放过！

袭击宪兵队的正是和祥带领的游击队。和祥和安玉珊在两天前就听说板田带人抓了安之然，便计划今晚袭击宪兵队，救出安之然，打击板田和宪兵队的嚣张气焰。安之然被放的消息却没听到，他们便按计划行动，打进了宪兵队。

和祥带领的游击队和鬼子发生了激烈的枪战，然而，游击队兵力较少，虽英勇搏斗，但终因寡不敌众，死伤惨重。和祥从一个伙夫口里得知，安之然已经被玉飊质换回，便自己做掩护，让游击队员撤退。和祥拼到最后，子弹打尽，腿负重伤，被鬼子活捉了。

伤了右腿的和祥被带到板田那里，两人一照面，都大吃一惊。

鲁来顺见了和祥，狞笑道，和老师，想不到你会落到如此地步。

和祥不屑地看了鲁来顺一眼，轻蔑地道，老子就是死，也比给东洋人当狗强！

你……鲁来顺张口结舌，不知如何应答。

板田在一旁笑道，看来，鲁的骨头是没和的硬。

鲁来顺听得有些迷糊，这板田怎么竟夸奖起游击队来了？他对板田道，这位就是游击队的头子，美女安小姐就是跟了他跑的。

板田挥挥手道，我的明白，你的出去。

板田赶走了鲁来顺和宪兵，屋里只剩下他和和祥。这让鲁来顺很纳闷，板田究竟卖的什么药？抓了姓和的，不杀不用刑，这不是他的性格呀。两人在屋里，一会儿高一声，一会儿低一阵，倒像开会争论什么问题，这让鲁来顺摸不着头脑。大约过了两个钟头的时间，门一开，板田怒冲冲地走出来，吼道，和的良心坏了，拉出去，毙了！守在门外的宪兵立刻冲进屋里，拉了和祥就走。鲁来顺不由心花怒放，正暗自得意，没想到板田对自己招了招手，低声吩咐道，你，去审和，让他交出游击队和安小姐，什么刑都可以用，就是不能要他的命。

鲁来顺一听，如坠云雾中，这小日本究竟是怎么了，一会儿毙了他，一会儿又不要他的命，但既然交给他去审，鲁来顺就来了劲，这和祥终于落入了自己手中。他让人把和祥拖进了审讯房，用尽了所有的刑具，但是，和祥真是一条铁汉子，任凭皮鞭抽，烙铁烧，灌辣椒水，坐老虎凳，折腾了两天，硬是不吐露半点真情。鲁来顺本就是个阴险狠毒的小人，把刑讯房里的刑具用遍之后，他想出了更为恶毒的一招，让人扒光了和祥的衣服，又捆了和祥的手脚，然后自己亲自动手，用刀阉割掉了和祥的生殖器，把割下来的生殖器，装进一个鸟笼里，挂到了北城门楼下示众。完成了这一切，他怀着自鸣得意的心情去向板田禀报，板田对他实施的这一酷刑而震惊。他没有得到板田的奖词，等到的却是劈面而来的耳光。他不知道自己究竟错在了哪里，是你安排只要不要他的命，用什么样的刑都可以，现在为什么又怪自己呢？这小日本真是喜怒无常啊！

板田命人把鸟笼子取回来，可是，鸟笼子连同和祥的生殖器都已不翼而飞！

半年之后，游击队再次袭击宪兵队。这次带队的是个女队长。女队长漂亮潇洒，双手使盒子枪。游击队冲进宪兵队时，鬼子还在睡梦中，有惊醒想顽抗的，当场被打死在被窝里。俘虏们被押进一个屋里，鲁来顺也夹杂在那伙人中，他看到那个使双枪的女游击队长正是美女安玉珊，不由一怔。这时，安玉珊也发现了他。

安玉珊叫道，鲁来顺！

鲁来顺战战兢兢地站在了那里。

你们把和祥藏到了哪里？

他……被板田当苦工送日本去了。

板田呢？

他前天去了开封。鲁来顺看到安玉珊把枪口对准了自己，双膝一软，扑通跪下求饶道，玉珊，饶……

可是，安玉珊已经扣动了扳机，随着一声枪响，鲁来顺的头炸开了花！

下　篇

多年之后，中日友好青年访华代表团到中国访问，一个叫怀玉的日本青年，专程从北京赶到陈州，寻访璞玉坊的老板安之然。

安之然已年近古稀，他早已不从事璞玉坊的生意了。早在公私合营的时候，他听从女儿安玉珊的建议，把璞玉坊交给了共产党。一同交给共产党的还有安玉波。安玉波就是小波。在小波把安之然从日本宪兵队救出来不久，安之然便正式把小波收为义子，并改名安玉波，安玉波成了安之然的合法继承人。这样，安玉波连同安之然经营了多年的璞玉坊便成了共产党领导下的一个工艺合作社。到了八十年代末，工艺合作社分崩瓦解，吃了几十年大锅饭的员工们见大锅里已清汤寡水，连一片菜叶儿也捞不到了，便作鸟兽散，各人分头寻找自己的门路去了。

安玉波回到了他干爹居住的那片老宅，其实，他是极不情愿回去的，只因了那玉赑屃的原因，安玉波对安之然存了意见，虽然没有明说，但安之然心里明白。当初，安玉波从这片老宅子里搬出去就是因了玉赑屃，只是借了公家生意忙的理由，不到逢年过节，安玉波很少回到这片老宅子。安之然有他那已经升了副市长的女儿养着，日子倒也过得快活潇洒。照安玉珊的意思，早把安之然接到市里跟了自己的，但安之然舍不了他那老宅子，况且女儿终身未嫁，也是一个人孤身惯了，安之然想着自己跟了女儿总有许多不方便，因此，便一个人守了那片老房子。猛不丁地干儿子又回来了，还带回来了媳妇孙子，安之然一下子儿孙绕膝，竟是又一番天伦之乐。

那个时候，安玉波也是五十多岁的人了，几张嘴都来啃干爹，就是安之然没说什么，安玉波心里也是过意不去的。自己正是干事创业的年龄，总不能就这么闲着吧？思来想去的，就决定把安家祖传的璞玉坊老店重新开张起来。安玉波把这主意给老爷子说了，安之然再没有不同意的道理。要知道璞玉坊是安之然的一块痛啊！当年，作为县长的安玉珊回家做安之然的思想工作，要他带头把璞玉坊“合作化”了，当时，他心里头是一百个不情愿，但看到大势所趋，即使自己不主动去“合作”，人家也要给你“合作”了。大势所趋面前，安之然听从了女儿的劝告，主动把璞玉坊交了出去，这样安之然倒成了陈州城开明的商人。虽然日子很平静，但安之然的心里常常浮起一种内疚，安家经营了几代的璞玉坊毕竟败在了他的手里、毁在了他的手里，他能不在心里向祖先们忏悔吗？现在，听说干儿子要重新开张璞玉坊，安之然激动得老泪都流出来了。

安玉波聪明机巧，又兼了生意人的热情活道，璞玉坊在他手里，借了“古”字，又有创新，生意便日渐兴旺通达起来。

日本青年怀玉寻找璞玉坊的时候，很容易就找到了这个地方。

这时候，从副市长转任市政协副主席的安玉珊也已离休，赋闲在家，陪伴年近九十岁的老父亲颐养天年，父女俩或下棋，或谈玉，或论书，或评述诗画，倒也悠然自得。

如果不是语言的障碍，怀玉的长相与中国青年无二。通过翻译的介绍，才知道怀玉此行的目的。这是一段有关和祥的冗长的故事，笔者删繁就简把故事的梗概叙述一番。

那年和祥被鲁来顺阉割后，让宪兵队长板田大为恼火，又后悔不迭，但事已至此，板田也无可奈何，他只得以向日本输入劳工的名义，把和祥尽快地送回了日本养伤。板田为何如此关心和祥？原来，他和和祥是真正的表兄弟，他的母亲正是和祥的姑母。和祥和板田自小一块儿长大，和祥原来叫和子，参加了共产党才改名叫和祥，板田在中国时名字叫田子，回到日本才改名叫板田，在两人没有见面之前，谁也没想到对方是自己的表亲。和祥带领游击队袭击宪兵队时，两人照了面，才发现竟是原来亲如手足的表兄弟。

当时，板田赶走了其他人，屋里仅剩表兄弟俩，板田就劝和祥投降，和他一齐打击共产党的抗日力量。而和祥却正言拒绝，规劝板田放下屠刀，停止对中国人民的残害，快回他的日本老家去，两人各不相让。后来，板田拿出了小波用来交换安之然的那块古玉引诱和祥，他对和祥道，陈州这个地方，宝贝很多，表弟如果愿意同我齐心协力，再寻几个如它一样的旷世之宝，我就和你一块儿回日本。和祥不屑地道，陈州的宝贝再多也是中国的，你靠武力把它们掠夺去了，中国人民早晚要找你清算这笔账！

板田劝不动和祥，便把和祥交给鲁来顺，是想让鲁来顺对他用刑，让他吃点苦头，自己再好言劝他，没想到鲁来顺却对他施行了灭绝人性的阉刑。

和祥被板田以劳工的名义送回了日本后，经辗转，送到了板田家。和祥的姑母一见侄子被折磨成了废人，一边大骂板田，一边忙着为和祥疗伤，但是日本国也无回天之术，和祥便终身成了废人。

和祥伤愈后，日夜想念着他远在祖国的恋人，他知道自己已经成了废人，就是回到自己的恋人身边，他给恋人带去的已经不会是幸福，而只能是痛苦，是一辈子的痛苦！忘掉她吧！忘掉她吧！后来他想着回到祖国，去继续抗击日本鬼子对中国的掠夺和侵略，但是，人在天涯，隔海相望，他不知道，自己能如何回到祖国去，再加上有他的姑母呵护着他，他的姑母不愿意自己苦命的侄子再回到那片多灾多难的土地上去，他回祖国的愿望就一直没有得到实现。日本无条件投降了，他的表兄，那个在中国大陆曾狂妄不可一世的板田也被赶回来了，和祥看到板田那垂头丧气的样子时，心头的快意是不可言状的。

时间过去了十多年，和祥早已经从板田家搬了出来。他开始到日本人开的餐馆、酒吧打些零碎工度日，后来有了一些积蓄，自己开了一家小面馆，再后来生意便越做越火，小面馆改成了中国东北菜馆。在这期间，他收留了一个流浪街头的日本孤儿，这个日本孤儿叫腾三郎，后来就成了和祥的义子。和祥像亲生儿子一样对待腾三郎，他供养腾三郎读书，腾三郎长大成人之后，他把中国东北菜馆的生意交给了他，又为腾三郎娶了妻子。这个腾三郎便是怀玉的父亲。怀玉生下时，和祥执意给他的孙子起了个中国名字——和怀玉。

日子就这样波澜不惊地过去了。但是，在和祥的心里，却还有一块心病。

板田曾经向他展示的那个玉赑屃，他知道那是安之然家的传世之宝，也是中国的国宝。当年，他去璞玉坊时，曾听安之然讲过那块古玉。可是，小波为了救安之然，却把那块古玉献给了板田，那块古玉是安之然的命根子呀，安之然失去了那块古玉，不知道该如何的心疼。早在板田投降回国时，和祥就知道板田偷偷地把那块古玉带了回来。那个时候，他就规劝板田把玉赑屃还给中国人，但板田不肯。这些年里，和祥为让板田交出那块古玉没少动心思。

后来，机会终于来了。晚年的板田患了胃癌，为了救自己的命，他只得把玩了一生的收藏品送到古玩市场上去拍卖，其中就有那件玉赑屃。

和祥是在报纸上看到那条拍卖消息的。那天，他早早来到了拍卖场，那件古玉是他的必争之物。他以五千万日元的价格拍下了那件古玉……

和祥的故事让人感叹不已，安玉珊早已老泪纵横，四十多年过去了，她心仪的恋人在异国的土地上安然地生活着，刻骨铭心的思念像海潮一般地涌上了她的心头。在她的心里，那个伟岸的男人早已成了一座碑树在了那儿，她之所以终身不嫁，就是因为那座碑占据了她的心，而现在，那座碑因了这个日本青年的讲述，变成了活生生的一个人。

怀玉从随身的提包里掏出一个蓝布包，缓缓地把布包打开来，露出了那件玉赑屃，玉仍是通身晶莹发白，只是那两点绿早已暗淡失色了。怀玉以为，觅到这块古玉，安之然他们不定会激动成什么样子呢！谁知看了那古玉，安之然、安玉波等人并没表现出特别的惊喜与激动。只见安之然抚了那玉，平静地道，可惜了，可惜和祥那五千万了。

安玉波也道，没想到，这赝品蒙了小日本，也把和祥兄蒙了几十年。

怀玉惊问道，难道，这块古玉是假的？

安玉波道，是的，这块玉是个赝品。当年，干爹被板田抓走，限时三天不交出那块古玉，干爹性命难保，可是古玉藏到哪儿了，干爹没告诉任何人。就是拿玉赎人也找不到玉呀！全家都很焦急。在干爹临出门时，我看见他向咱院里那棵石榴树觑了一眼，我心里想，难道那块古玉被干爹埋在了石榴树下？在夜深人静时，我就一个人偷偷地到石榴树下去挖，挖到三尺多深时，果然见里边埋了一个瓦罐。我把瓦罐小心地取出来，掀开瓦罐的盖，便在里边找到了那块古玉。我照了那古玉的样子，连夜加班地干，用了两天两夜的时间，终于仿制出了这个赝品。

安之然老人道，当小波把赝品献给板田时，乍一见，还真的以为是那块古玉，但见小波暗里向我使眼色，又仔细一看，那赝品虽然也很逼真，但是却造型粗糙，眼睛的两点绿也不是那般晶莹剔透，便认定是个赝品，心里不觉庆幸暗喜，但也只是一刹罢了，怕板田从中看出破绽来，便假戏真做骂了小波一顿，只是当时委屈了小波。

安玉波道，当时只想着能救出干爹来，别说是挨顿骂，就是替干爹去死也是心甘情愿的。

安玉波如此说，让安之然和安玉珊听了内心里都是十分地感动，除感动之外，还有更多的内疚。因为后来，为了那古玉的继承权，安玉波曾和安之然父女俩闹过别扭。按照安玉波的意思，自己虽然不是安之然的亲生，但毕竟是名正言顺的安家的继承人，况且，还是自己护了那古玉没使它落入鬼子手里，并救出了干爹，从哪一方面说，自己都该成为古玉的继承人。他把这意思明里暗里都和安之然说过，但安之然要么装聋作哑，要么推托古玉丢失了，就是不肯把古玉交给他。安玉波为此很生气，猜想那块古玉他也许早已交给了安玉珊，便对安之然父女有了成见。

怀玉失望地道，这么说，爷爷倾家荡产拍下的这块玉赑屃却是个赝品？

安之然平静地说，是的，是个赝品。只这眼睛的两点绿就与真品不能相比。

安玉珊说，虽然是个赝品，可它也是日本侵略中国的见证。

怀玉急问，那么，真的呢？那块真的古玉呢？

这是安家父子都不愿触及的话题。

安玉珊说，那块古玉，我在三十年前就已劝说父亲交给了国家文物管理部门。

在场的人都愣住了。

安玉珊缓缓地说，之所以把这个秘密隐藏着，是父亲的意思。父亲是怕……怕失去他唯一的儿子，她说着看了安玉波一眼。安玉波听安玉珊如此说，内心就像打翻的五味瓶，酸辣苦甜一齐涌上了喉咙口，不知道自己该说些什么……

怀玉在离开陈州的时候，到璞玉坊来与安家父女（子）告别。临走时，安玉珊从屋里拿出一件礼物，要他送给他在日本的祖父。那件礼物被一块金丝绒裹着，怀玉不知道那是件什么礼物，当场就要打开来看，却被安玉珊阻止了。

怀玉在乘上开往东京的班机时，终于捺不住自己好奇的心情，他掀开了金丝绒罩，见里边是一个竹编的鸟笼，因时间长久，那竹条已经成暗褐色。鸟笼里放着一团黑褐干瘪的东西，怀玉认不出那是什么东西，看上去，就像一只展翅欲飞的鸟的化石。

（原载 2008 年第 1 期《牡丹》）

贞　女

陈州城东门里北侧住着一大片人家，这片人家都姓黎。这里被陈州人称作黎家门。

黎家门的族长黎七爷是个很守信用的人。他的长孙黎尚品还没有从娘肚子里出来，就被他做主，和城南门口乔四老的孙女乔依定了娃娃亲。待黎尚品从娘肚子里拱出来的时候，乔依已经年满五周岁。也就是说，未来的新娘子比未来的新郎官大了五岁。黎尚品的爹嫌父亲给儿子定下的这个媳妇儿年岁太大，有意把这门婚事辞掉。可是，话才开了个头，就被黎七爷骂了回去，妈了 ×，你让老子在陈州城丢人啊？老子吐口唾沫楔个钉。别说大五岁，就是大五十岁也是俺黎老七的孙儿媳妇！做生意是靠诚信取胜的。黎七爷是个生意人，说过的话一言九鼎，是不能随意更改的。

乔依自小机灵聪慧，鸭蛋脸上一双黑葡萄般的大眼睛扑闪扑闪会说话似的，一张小嘴说起话来脆甜脆甜，真是人见人爱。

黎七爷和乔四老是生意场上的朋友，两人又是拜过把子的干亲家。黎七爷每次来乔府做客，都没有空过手。或拿串刘麻子的冰糖葫芦，或拎包张老蔫的焦酥麻糖，再不然就是秦拐子的吹糖人儿。糖人儿是用糖稀吹出来的。秦拐子虽然腿瘸不好使，可是一张嘴却很好使，一团糖稀在他嘴上，要吹啥就是啥。有时是七仙女下凡，有时是八仙过海，有时是孙猴子大闹天宫……糖人儿好看又有故事，看够了玩够了含在嘴里就渐渐地化成了糖稀。小乔依最喜欢。每当黎七爷从乔府大门口的影壁墙那边转过来，小乔依就像一只欢快的小黄鹂一样飞过去迎接："黎爷爷——黎爷爷——俺可想您了！"黎七爷一弯腰把小乔依抱起，举过头顶，高兴地说："乖乖女，疼死七爷了！"

一闪过去十八年，到了民国时期。黎尚品长到十八岁，乔依已经是二十多岁的老大姑娘了。按照陈州城的风俗，二人到了这个年龄，早该拜了天地，结为夫妻。然而，只因为黎尚品一直在外边读书，从开封府读到了保定府，从中学读到了大学，二人的婚事便拖延下来。乔依十八岁那年，乔四老就向老亲家暗示过，孙女儿不小了，不能让她老待在娘家了。黎七爷听了，也是万分焦急。当初，孙子的这门婚姻是他求了乔家定下的。自己的孙子虽然还小，可是人家的孙女却是等不得了。咋办呢？黎七爷就一封一封地写信，催黎尚品回家完婚。信中言辞恳切，又迫不及待。黎七爷在信中写道，"哪怕是先回来把媳妇儿娶回家，你再去读书，爷的这块心病也算落地了"。可是，黎尚品这个不肖子孙，却是千般和爷爷作对的，总是找各种理由搪塞黎七爷。开始回信说功课紧张，孙儿难以脱身。后来又说，要抓紧复习，报考保定陆军学校。再后来就说，已经考进保定陆军学校。保定陆军学校是一所培养军官的学校，学员是不能随意请假离开学校的，更不准在学习期间结婚……儿大不由爹，何况是隔着一辈儿的孙子呢！看到黎尚品的回信，黎七爷的心变得哇凉哇凉！这可咋办呢？孙子是断线的风筝，越飞越高，要把他抓住已经不是一件容易的事了。可是，人家的孙女，还苦苦地待在闺房里。已经等了十八年，还让人家等多久呢？

黎七爷的侄孙黎尚良，时年三十岁，在陈州府衙里当差，早已是娶过妻小的人了。这人爹娘死得早，从小游荡惯了。虽然家有妻室儿女，可是，早不晚地在外边拈花惹草，衙门里那点儿差事费不够他一个人浪败的。没了钱花，就觍着脸找黎七爷借几个。黎七爷借给他的钱，大多是肉包子打狗——有去的路没有回的路。那日，黎七爷独坐堂上，正为孙儿的婚事犯愁，黎尚良又过来借钱。这一次借钱是因为和人家推牌九，输给了人家，如果到天黑还不了赌债，就要把自己的老婆送给人家睡一夜。黎尚良害怕的不是老婆被人家睡，而是害怕老婆被人家借走后，一双还不懂事的儿女哭闹着要娘，他可没办法哄他们。因此，才来借钱还赌债的。几年的衙役生涯，把黎尚良锻炼成一个善于察言观色的人。黎尚良悄声走进黎七爷的堂屋，看到黎七爷一副心事重重、心烦意乱的样子，心里便想，原来烦心事也不是都落在没钱人的头上，连七爷这个腰缠万贯的大财主也有烦心的时候呢！只不知七爷为何事如此愁眉不展？如果此时向他张口借钱，准要碰钉子。倒不如先把他哄得开心，让他从烦恼中走出来，再提借钱的事。想到这，黎尚良便为七爷倒了一杯热茶，小心地走到黎七爷面前，道："老爷，请用茶。"黎尚良没有喊七爷，而是喊老爷，这就抬举了黎七爷。原来"老爷"这种称呼是官称，只有小民把陈州府里的知府大人才喊成老爷。黎七爷一辈子生意人，哪里被人当着老爷喊过。只有这个贫嘴的孙子才把他当老爷一样敬着。黎七爷明白，这个孙子无事不登三宝殿，这么上赶着来逢迎拍马，还不是有事求他？虽然对这个孙子不待见，但是，一想到他毕竟在府衙里当差，见的世面多一些，就想着要向他讨个主意。便把黎尚品不愿回家完婚，而乔家孙女早已成了老大闺女守在闺房的事情如此这般地讲了。

黎尚良听七爷道出了心中的烦恼，心想，黎尚品读书把自己读傻了，连新娘子也不要了。这真是天下一桩奇事。陈州城的人，谁不知道乔家的孙女乔依是陈州城的一朵花？她那婀娜多姿的身子在大街上闪过，便把男人的眼都望直了、晃花了。这样一个美貌女子独守闺房，岂不白白地浪费了她的女儿身？黎尚品呀黎尚品，你真是放着艳福不会享！看到七爷为此事愁眉不展，黎尚良眉头一皱，想出一计，遂附在七爷耳边把自己的主意说了出来。黎七爷一听，担心地说，这不是苦了乔家女子？黎尚良说，七爷别怕！先把新人娶进家门，再写信告知尚品兄弟，新媳妇已经给他娶回家了，他不回来还有啥话可说？黎七爷没有其他更好的办法，也只好如此了。

黎七爷托媒人给乔四老传话，说是孙子黎尚品已答应回来完婚，拜堂的日子选在三月二十六。如乔家无意见，就把吉日定下来。乔家早已等候多年，哪里还有不同意见，巴不得黎家即刻就把人娶走呢。便满口应承下来。黎乔二府，一边是张灯结彩，准备迎娶孙子媳妇；一边是添置嫁妆嫁衣，忙着打扮老大闺女出嫁。

可是，吉日前一天，也就是三月二十五，黎家又突然捎信到乔府，说是新郎官公差在身，回来的日期延迟了。然而，吉日选定，不易更改，如果乔家不介意的话，先把新人接到黎家完成拜堂大典，等新郎忙完公差，回家后再与新人合卺。乔家一听，虽然十分生气，但是，事情到了这个地步，也不得不答应黎家。

第二日，黎府接亲的队伍从城东门向城南门逶迤而来。黎家接亲的队伍非常奇特，走在最前边的是响器班子，一路吹吹打打，好不热闹。随后，黎尚良身着官差服，牵着一匹枣红色大马走在后边。让观者惊奇的是，“坐”在马背上的不是新郎官，而是一只大红公鸡。准确地说，红公鸡不是坐在马上，而是被一条红绸带绑在了马背上——红绸带牢牢地缠着公鸡的爪和腿，然后，又固定在马背上，给看热闹的人留下的印象，便是老公鸡昂首挺立地“坐”在马背上。走在枣红马后边的是一顶接新娘子的花轿。再后头，是抬着彩礼的庞大队伍，一拉长溜占了半条大街……新郎官虽然没有来接亲，但是，这样高规格的接亲场面，也算给足了乔家面子。

原来，这正是黎尚良为黎七爷出的主意，先谎称黎尚品同意回来完婚，是让乔家为新人出嫁做好充分准备。等到婚期前一天，再放出新郎不能回来的消息。如果乔家听到此消息不发亲，就视为乔家悔婚毁约，黎七爷不担当失信的名声。如果乔家同意新娘出嫁，也只好请一只老公鸡代替新郎官拜天地完婚。等把新娘子娶到黎府，再引诱黎尚品回来。“颜如玉”藏在洞房，还怕引不回馋儿郎？按照黎七爷的脾气，这样绕圈子的把戏是不屑于玩弄的。可是，没有其他好办法，也只好采纳了黎尚良的主意。再说，古时也有过类似于这样的婚礼，黎家仿效古人的做法也算不得大逆不道。只要能把那个不孝孙子引诱回来，这办法还是不错的。

一顶花轿把乔依抬进黎府，和一只红公鸡拜堂成了亲。从此，红公鸡便成了乔依须臾不离的伴侣。本来说，新郎忙完公差就回来和乔依合卺的。可是，等了一个月，没有音信。等了半年，还是不得消息。一年过去了，黎尚品的公差仍旧没有忙完。

一晃过去了三年，乔依与红公鸡为伴，也不觉得十分的寂寞，每日为红公鸡梳理毛羽，修剪鸡爪。乔依还为红公鸡缝制了几件花色不等的坎肩，早上套在红公鸡的身上，晚上取下来细心地搓洗。每日把一只红公鸡打扮得干干净净、精神抖擞。红公鸡在乔依的呵护下，像通了人性似的。吃食的时候，除了乔依拿给它的食物才肯吃，其他人扔给它的食物，它连看也不看一眼。晚上，睡在新娘子房间的门后。拉屎的时候，自个儿跑到门外边找个旮旯地方解决。最让人感到惊奇的是，红公鸡自从和乔依居住一室之后，从不老早地打鸣叫唤了。它好像懂得了主子喜欢睡懒觉的习惯，怕惊醒了主子似的。

黎尚品没有回来，乔依不着急，倒是急坏了黎七爷。黎七爷每次看到乔依抱着红公鸡在院子里溜达的时候，就有一种负罪的感觉。他觉得自己欺骗了乔家，害了乔依这个好女子。孙子的背叛使他做人的诚信打了折扣，他再也无颜面对老亲家乔四老。被这样的自责折磨着，黎七爷患了重病。

乔四老听说黎七爷得了重病，买了几匣点心来看望。两个至交相见，自然有说不完的体己话。黎七爷最为内疚的是，孙子媳妇自从进了黎家门，就守了活寡。全是他家教不严造成的。他愧对老友啊！乔四老劝亲家也不必过于自责，人的命天注定，孙女守活寡，那是她自己的命，怎么能埋怨黎七爷呢！

乔四老如此宽心话，让黎七爷内心越加不安。病刚有好转，他便把生意托付儿子照管，只身到保定寻找孙子。拿定的主意是，孙子就是不做啥的破军官，也得回家和媳妇儿合卺。可是，到了保定一打听，黎七爷便傻了眼，原来孙子已经从学校毕业，去了前线打仗。时值北伐战争打响，万里国土硝烟弥漫，到处都是战场，黎尚品究竟去了哪个前线，无人得知。黎七爷无奈，只有空手而回。迟后年把时间，黎尚品音信全无，人是死是活，不得而知。

这时候，乔依在黎家已待了五个年头。乔依嫁到黎府时二十三岁，在黎府这些年，和红公鸡为伴，眉眼间的鱼尾纹深深浅浅地爬出来，再加上她懒得修饰打扮，老相便日渐显露，从背影上看，越发地像四五十岁的老太婆了。

乔依就这么孤灯形影地熬日子，黎七爷和乔四老内心都感到不安。两位老亲家做主定下的这桩婚事，把一个如花似玉的女子耽搁了半辈子，二人都心疼啊。一日，二人相聚，言谈之间都透露出让乔依改嫁的想法。乔依虽然已嫁到黎府五年，但是，人还是女儿身，再寻个普通百姓家还是不难的。可是，这个主意透露给乔依，乔依却一口回绝。乔依放出话来，说她既然嫁给了黎家，生是黎家人，死是黎家鬼。黎公子纵然一辈子不回来和她完婚，她也不会离开黎家。古人有“嫁鸡随鸡，嫁狗随狗”之说，她乔依嫁了红公鸡，就要和红公鸡厮守一起。谁若非要逼她改嫁，她就一死了之！听乔依如此慷慨陈词，黎乔二府再没有人敢提让乔依改嫁之事。

乔依“好女不嫁二夫”的贞节行为在陈州城传为佳话。有人把她的故事编成话本在民间广传。在这种情况下，黎七爷决定，在黎家门，为乔依立一座贞节牌坊。黎七爷如此做，是对自己内疚之心的一种宽慰。可是，立牌坊的事还没做，就发生了一件事。

乔依的贞节在陈州城广为传咏的时候，陈州府的官员却不以为然。那时候，陈州知府已经改叫县长，县长是民国政府新派来的，姓蔡。蔡县长鼻梁上架着一副眼镜，陈州人喊他眼镜县长。黎尚良还在官府里当差，只不过从差役提升为文书，薪水没有增加，但是，文书比差役喊起来好听。黎文书在陈州大街上走路的架势也和以前大不一样了。眼镜县长便是从黎文书嘴里听到的乔依的贞节故事。黎文书向县长讲乔依故事的目的，是要让县长对黎家门有所好感。没想到，眼镜县长听后，却不以为然地道："现在都啥年代了，还有这么愚昧的女子？委员长力求革新，主张自由民主；蒋夫人大力倡导男女平等，妇女要从封建樊笼中解放出来。乔什么……一……"黎文书忙说："乔依。"眼镜县长慷慨陈词地说："不管她是乔一还是乔二，也不能让她做封建礼教的牺牲品！我要亲自做她的工作，劝她改嫁，把她从封建礼教的樊笼中解救出来，为陈州广大民众和妇女们树立一个女性解放的典范！"

眼镜县长亲自到黎府做乔依的思想工作。

乔依听说县长亲自登门劝自己改嫁，便抱了红公鸡躲在房里，任凭外边的人把门敲得咚咚响，也不肯把门打开。催得急了，乔依便又放出话来，说是谁再逼她改嫁，她就立马死给谁看！

眼镜县长听到如此固执封建的女人拿死来要挟，害怕典范没能树起，再逼出人命来，只得摇头叹息无功告退。

乔依的刚烈和坚贞让一个人越发心痒难耐。这个人就是黎尚良。

其实，黎尚良对乔依馋涎已久。陈州城第一大美女独守空房，守了五年活寡，黎尚良早想趁虚而入，替那个不知在何处的本家兄弟开了瓢。可是，却一直寻找不到良机。听眼镜县长要把乔依当了典范树，真怕一朵鲜花便宜了外姓人家的臭小子。后见乔依誓死不改嫁，不由心花怒放。高兴之后，便盘算寻找机遇，与乔依合欢。

那日晚，黎七爷过六十大寿，写（请）了陈州当红旦角九里红唱《麻姑献寿》，族人都欢聚前厅看戏。乔依借口身体不适回房中歇息。

黎尚良看了一半，悄悄溜到后院，来到乔依住房。见房内灯光已熄，便壮了色胆，把门拨开。谁知人刚进屋内，一团黑乎乎的影子迎面向他扑来。立时，他的脸上被锯齿般的东西抓得像鹰啄了般生疼。他捂着被抓破的脸皮，借助窗外透进来的微弱光影，定睛仔细一看，看到那只老公鸡昂着头，虎视眈眈地盯着他，随时准备向他发起第二次进攻。黎尚良不由火起，心想，我这里便宜还没赚到，却先被你这畜生搅了好事，我岂能饶你！想着，便出其不意，扑向红公鸡，两手抓住了红公鸡的脖子。红公鸡纵然使出浑身的力气，扑扇着翅膀、蹬抓着两只鸡爪拼命挣扎，可哪里是黎尚良的对手？黎尚良死死卡紧红公鸡的脖子，不给对方留一丝喘息的机会。直到确认红公鸡已经被活活掐死，他才松了手。

也许乔依真的病得不轻，直到黎尚良走进屋内，和红公鸡进行了一场生死较量，又摸黑上了床，她竟然昏睡不知。黎尚良隐隐约约看到，熟睡中的乔依粉黛不施，却依然娇艳可餐，不由性欲大发，急忙把自己脱得精光，赤条条钻进了被窝。

直到黎尚良趴在了身上，乔依才猛然惊醒过来。黑暗中看到一个男人压了自己，便像鬼一样惊叫起来。

黎尚良恶向胆边生，一边伸出手捂了乔依的嘴，一边直挺挺地寻找入口。按道理说，黎尚良做这种事已是驾轻就熟，可是，这一次，他却找不到了入口，硬邦邦的一个“棒槌”在女人的两腿之间戳弄半天也没能入巷。慌乱之中，竟如大江决堤一泻千里，把自己的一腔激情喷射在了女人的肚皮上。

第二日，人们发现，乔依穿戴整齐吊死在顶子床上。

让人惊奇的是，那只红公鸡也穿着乔依为它缝制的马夹，躺在床上。红公鸡躺着的姿势，像一位浴血战死的斗士。

黎七爷是根据红公鸡的死和黎尚良被鸡爪抓破的脸皮判断出乔依的死与黎尚良有关。黎七爷一边为乔依立贞节牌坊，一边按照族规严审惩罚黎尚良。按照族规，要把黎尚良五花大绑，活活打死，再沉入环城湖内喂鳖。

黎尚良在临死之际，悄声向黎七爷透露，乔依算不得贞女，其实，她是个石女。她骗了黎七爷和黎姓族人这么多年。他黎尚良戳穿了这个弥天大谜，也算是将功补过。黎尚良死到临头，把这个天大的秘密透露出来，是想为自己减轻罪责，能求得黎七爷饶他不死。

黎七爷听了，冷冷一笑，道："你这个畜生！兔子不吃窝边草呢，你竟然干下这种辱没祖先的龌龊事！按照族规，必要处死的。念你在府衙里当着文书，本打算饶你一命。可是，既然你知道了这个天大的秘密，活口是留不得的。也只有死路一条了！"

黎尚良听了，不由顿足捶胸，后悔不已。

（原载 2014 年第　期《牡丹》）

古　桥

1

陈州桥多。最著名的有神龙桥、平信桥、渡善桥、八步桥、牛头桥，还有神仙桥、神马桥、神狮桥、飞龙桥、飞雁桥等等，这些桥除建筑年代长久、建筑形态各异外还有一个最明显的特点，即每一座桥都有一段神奇的故事。

单说城西柳林集街上的一座古桥。

古桥坐落在柳林集大街的西端。桥为两拱，全部用一米见方、三十厘米厚的青石块砌成，桥为东西方向，两桥洞中间上部一边镶嵌着龙头，一边镶嵌着龙尾，龙头朝南，龙尾甩北。桥栏杆也是用青石雕刻而成，每一个栏杆上都盘踞着一条青龙，两边各四根主栏杆，也就是八条青龙，再加上桥身上的一条龙，共九条龙。因此，这座桥被称为九龙桥。

九龙桥既是柳林集上的一道风景线，又沟通了陈州城通往城西侯家铺、西华营等地的要道。桥下是长年流淌的跃龙河水。冬春秋三季，跃龙河温柔驯顺，河水清澈，由北向南，缓缓流淌。但到了夏季，河水暴涨，逐渐变得汹涌可怖，河水一旦暴涨到淹没掉九龙桥两桥洞上方的龙首时，柳林集大街就会变成一片汪洋，沿河村庄也会被淹没。老百姓就呼喊着：“九龙发怒了，九龙发怒了！”千家万户携妻带子逃向他方求生。

九龙桥始建于何年代，是何人设计建造已无法考究。问起柳林集的人，都说:“早先就有。”至于多“早先”却谁又说不清楚。但一个有关九龙桥的故事却广为流传，又足以说明九龙桥的年代久远。

2

相传两千多年前的一天，一位骑着战马的威武大汉带着一队士兵，从东至西仓皇逃来，这群人又饥又渴，来到柳林集（当时叫固陵镇。为了诸君读着方便，且用它现在的名字表述），见沿街商铺林立，便抢的抢，拿的拿，把个柳林街闹得天翻地覆。那个大汉看着他的士兵骚扰百姓，也不去制止，他站在九龙桥上只顾自己发怒。这个人叫项羽，他在大骂一个叫刘邦的人，他骂刘邦是小人，奸诈阴险，出尔反尔等等。项羽正大骂刘邦，忽听有人大喊:“大王，刘邦追来了！”项羽一听大惊，挥起自己的战刀，猛地向九龙桥上的一根桥栏杆砍去，只听“咔嚓”一声，火星四迸，桥栏杆被削掉一块，那条盘在栏杆上的龙被削去了龙头。项羽这一刀不当紧，天威大怒，立时天空雷声大作，暴雨从天而降。项羽跨上他的战马领着他的士兵仓皇向西逃窜。

项羽刚走，刘邦便带着他的大队人马追赶而来。刘邦的人马虽多，但军容肃整，纪律严明。

刘邦骑马来到九龙桥头，立刻跳下马，走到九龙桥中心，命人摆上香案，他焚上几炷香，面南背北，行了九拜大礼。他的兵将也都跪拜默祷。

后来，就在现在的柳林集发生了中国历史上著名的“固陵之战”，刘邦在此大败项羽。

柳林集的老百姓都说，是九龙桥的九龙暗中协助刘邦打败了项羽，当了汉朝第一个皇帝。从此，柳林集一带的百姓对九龙桥进行供奉，每到初夏时节，人们接踵而来，到九龙桥烧香祭拜，祈祷九龙不要发怒，保护沿河百姓能够安安稳稳地度过夏天。

这故事显然带着传奇色彩。现在我要说明的是，前面有关九龙桥的描写和跃龙河的叙述，早已经发生了很大变化。也就是说，这两千多年中的某一年，或者某一天，或者不是具体的那一年和那一天，九龙桥上的桥栏杆已经不存在了，现在九龙桥只剩个桥身子，九条龙仅剩桥身上的一条龙。至于桥栏杆是什么原因具体什么时间被哪些具体的人弄得无影无踪的，是无法考证的事。跃龙河河水已干枯，河床变窄。现在你到那里去看，或许会把它看作一条沟。

3

我开始讲新的故事。

先从柳林集说起。柳林集是一条东西长的大街，有二里地长。中间一条路把集分成柳南和柳北，柳南住的全是陈姓村民，柳北住的全是钱姓村民，也就是说，偌大的柳林集陈钱两姓最多。陈、钱两姓的子孙世世代代在这个集上繁衍生息，两姓人家和睦相处，从来没有发生过矛盾，甚至连磨牙斗嘴的事也很少发生。

清朝道光年间，钱姓门户里出了个才子叫钱尊祖，这钱尊祖琴棋书画无不精通，特别是绘画方面，虽然没拜过高师，但由于他本人悟性高，再加之勤奋好学，所以作丹青在当时堪称陈州一绝。慕名向钱尊祖求画者络绎不绝，钱尊祖因此名声大振。求画的虽然很多，但钱尊祖作画像做人一样严谨认真，从不马虎潦草，对求画者从不敷衍搪塞，凡答应送给人家的画，都要细心揣摩，凝神思索，深思熟虑后，再铺展纸张，运笔作画。一幅画往往要画十天半月，真可谓笔笔精雕细刻，点点化石成金。绝不像现在的一些末流画家，一个模式一天画七八幅拿去换钱。因此，钱尊祖虽然不停地画，但留下来的作品极少，正因为极少才显得更加地珍贵。在当时陈州一带，谁家能有一幅钱尊祖的丹青，很引以自豪。

与钱尊祖对面相住的陈姓门户里有一位叫陈耀宗的人，家有资产万贯，一千多顷地，在柳林集是首富。陈耀宗和钱尊祖两家都居住在大桥附近，钱家住在东头桥北，陈家住在东头桥南，两人交往甚密，但两人脾气和爱好却截然不同。钱尊祖为人谨慎认真；陈耀宗则不拘小节，大大咧咧。钱尊祖知书达理，通晓四书五经；陈耀宗只读两年私塾，连《千字文》和《朱子家训》也背不下来。陈耀宗有个嗜好，喜欢收藏字画。凡是他喜欢和看中的字画无论花多大代价也要买回来。但是有时候，有些东西是金钱买不到的。比如陈耀宗看中了当时钱尊祖屋里挂着的一套四条屏，这套四条屏画着梅、兰、竹、菊。这是钱尊祖用了四个月时间画完的，用现在的话说叫作力作。画面用笔细腻，构思精巧，梅、兰、竹、菊做主题，配以蝶、蜂、蚱蜢、螳螂等小动物，更显得栩栩如生，富有情趣。钱尊祖把它当作传家宝传给后世。所以在挂画的一边墙上贴着一张纸条，上写："此画只可欣赏，不可求也！"陈耀宗虽然看中了此画，但朋友心爱之物，也不可强求，在以后交谈中，陈耀宗曾婉转地提出过想用自己最珍贵的收藏品换取这套四条屏，但都被钱尊祖用婉转的辞令拒绝了。

两位老人子孙满堂，到了暮年，陈耀宗还惦记着钱尊祖家的四条屏。临死之前，他叮嘱儿孙，钱家后代什么时候出手这套画，咱们老陈家也一定把它买过来。而钱尊祖在咽气时，也一再告诫子孙，宁可卖房子卖地，也要保住这套四条屏，传给后代。

4

星移斗转，花开花落。到了钱尊祖和陈耀宗的五世孙时代，时间已经是二十世纪中叶，社会发生了巨大的变革，故事发生的地点虽然没有变，但环境和人物已经有了变化，人物之间的关系也因时代的烙印发生了变化。

钱尊祖的五世孙钱修德，继承了祖上的秉性，为人谦恭谨慎，性情温和。他牢记家训，一辈子勤俭度日，勤奋耕作，到土改前夕，家中置买了十多顷地，在百年老宅上盖了一座小楼。因为人手少，农忙时节免不了请几个短工来帮助收割耕种。请的虽是短工，钱修德却像家人一样善待，从不苛刻慢待，因而在柳林集钱修德落了个“钱善人”的美名。

再说陈家。陈家传到五世孙陈求富，家道已经败落。原来打从陈求富的祖父起，陈家子弟就养成了好吃懒做的恶习，以至发展到吃喝嫖赌吸的地步，万贯家产，卖的卖，当的当，连陈耀宗收藏的一批字画也被陈求富的太爷们拿去换酒喝了，最后只落下两间破屋子。陈求富还算有志气的人，死守着这两间破屋以图东山再起，重振陈家雄风。

到了土改初期划分阶级时，钱修德成了当之无愧的地主，而陈求富却加入了贫下中农的行列。斗地主，分田地，分家产，钱修德家的土地分给了贫雇农，牛和家产也被人牵的牵，拿的拿。而陈求富一不牵钱家的牛，二不抬钱家的家具，他到钱修德家，楼上楼下地翻腾，里屋外屋地寻找，连墙缝里、梁檩上都扒腾个遍，也没找到自己要找的东西。

他去问已经倒了霉的钱修德：“那东西放哪儿了？”

钱修德装糊涂：“那东西不都被拿去了！”

陈求富说：“除了俺谁也不稀罕那破纸卷！”

钱修德摇了头说：“你稀罕的破纸卷早扔了。”

陈求富说：“没扔，咱弟兄俩谁也忘不了祖先的遗愿！”

钱修德说：“咱就把祖先的遗愿往子孙辈里传吧！”

5

以后的几十余年里，陈、钱两家的关系逐渐有了微妙的变化，虽然两家牢记祖训、互不打斗相骂，但从儿孙辈上来看，两家心照不宣，交往越来越少。直到进入八十年代，到了陈求富的孙子陈玉良和钱修德的孙子钱立杰这一代，关系才有了缓和。两人十六岁那年，同在县城中学里读书。上学时，二十几里的路都是结伴而行，在校里两人形影不离。这年暑假，两人放假回家，有一次，陈玉良忽然来找钱立杰。眼睛揉得红肿，像是刚哭过，他对钱立杰说："我爷病了，快要死了！"

钱立杰也说："我爷也在床上起不来了。"

陈玉良说："我爷就是不咽气，他想看你家一样东西，就想看看啥样。"

钱立杰说："我爷也没见过那东西，他也想看！"

陈玉良说："那东西藏在哪儿，找出来让他们都看看吧！"

钱立杰摇摇头说："不知道。"

沉默一会儿，钱立杰忽然说："我爷晚上要我背他到古桥上去，不知要干啥？"

"啊？那你就去！"陈玉良说完，来不及告别就向家里走去。

夜晚十二点的时候，钱立杰背着钱修德来到古桥上。钱修德挣扎着从孙子背上下来。他从腰间掏出一把瓦刀，喘着气对钱立杰说："你去，东边那个桥洞上边，从右边数第六块青石块把它用刀撬下来。要小心！"

钱立杰接过瓦刀，摸黑来到桥洞上边，从右数到第六块青石块，用瓦刀猛撬。

钱修德跪在古桥上，黑暗中瞪着一双苍老的眼睛看着孙子的一举一动。

孙子终于撬开了青石块。孙子从桥缝里边的洞里，取出个一米长的铁匣子。孙子抱着铁匣子来到钱修德面前。钱修德颤抖着手，抢过铁匣子，他企图把铁匣子打开，却怎么也打不开。他已经没有了打开铁匣子的力量，再说，因年代长久，铁匣子已生锈了。

这时，陈玉良也背着陈求富来到了古桥上。陈求富虽然老眼昏花，又是在黑暗中，竟把钱家祖孙两代挖宝的情境看得清清楚楚，他挣扎着从孙子背上下来，竟能单独跑几步，来到了钱修德身边，去抢铁匣子。

钱修德大吃一惊，把铁匣子抱得更紧。

陈求富像一个沉入大海的人，正在绝望之时，突然遇到了一艘救命的船，他央求道："修德，就看看，我就看一眼！"

钱修德这才放下心来，他喘着气说："还没打开。"

钱立杰和陈玉良立刻上前，从钱修德手里接过铁匣子，用瓦刀一阵猛撬，终于打开了铁匣子。铁匣子里，用桐油布裹着的正是一百年前钱尊祖所画的那套四条屏。原来，钱尊祖生命后期，正赶上太平天国起义，天下大乱，他怕这套传家宝流失，就从墙上取下来，用油布裹好，放在铁匣子里，在一个风高黑夜，把它藏到了古桥里。他认为只有古桥的九条龙才能保护这套四条屏。他留下遗言，此秘密一代只传一个人知道，不到天下太平，画决不能取出来。就这样，一套四条屏在古桥里藏了一百多年，竟奇迹般地保存了下来。

四条屏打开了。虽然是在黑夜里，但两位老人的眼前却突然亮起两道光，那两道光像是从古桥上那条千年龙首的龙眼里迸出来的。立时，画面上的梅、兰、竹、菊散发出清香，蜂、蝶、蚱蜢、螳螂都飞动起来，两位老人的脚下，石龙腾飞起来，古桥颤动起来……一瞬间，两位老人颓然倒下。

（原载2007年第2期《莽原》）

古　井

城里和南关明显的分界是一座砖桥。过了砖桥往南没几步就是甜水井，这甜水井有很长的历史了，有的说源于宋代，有的说是元末朱元璋在陈州与元兵打仗时领着士兵挖的。说法不一，究竟是何年何月何人所挖，在陈州的县志上没有记载，也无从考究。但是从古井上的几块青石板磨得光滑的程度，井沿的石块被上下的水绳拉磨出的几道深深的沟痕和石块砖缝中间长满的苔痕上，我们可以断定这眼井的年代确实太古老了。这口古老的井养活滋润了陈州城的人。在六十年代以前，也就是说，在陈州城的人还没有用上自来水以前，城里人吃的都是这甜水井里的水。

到过陈州的人都知道，陈州城四面环湖，湖里一望无际的水，但城内因地势高，却没有井。有一年，有人试图在城里打眼井，结果打了九九八十一天，打了二十多米深，井是打成了，但水却又苦又涩又咸，没多久就废弃了。

城里人吃水就到南关甜水井里去挑。

穷人不怕累，且挣钱不容易，就自个儿过桥去挑水用，而生活富足的人家就有专门挑水的送上门来，一担水五分钱。每一条街巷都有一个挑水人，早晨五点多钟，“吱呀吱呀”的扁担声和“嗒嗒”的脚步声，打破了小街巷的沉寂。水桶里的水上盖着一张翠绿的莲叶，那是挑水人从湖里采摘上来用井水洗净放在水面上，以防止水溅出来。挑水的走到黑漆的（或红漆的）大门口，吆喝一声："水来啦！"门"吱呀"一声打开，挑水人挑着水走进去，走到厨房间的水缸旁，扁担也不离肩膀，左右手一伸，一手拉起一个桶的襻子，然后用力一摆，水桶稳稳地放到缸沿上，桶一歪，水就哗哗地流进了水缸里。挑水人走出门的时候，主人就把准备好的五分硬币塞进了挑水人汗褂子的兜里。

朱万三家就住在古老的甜水井的附近。他自幼丧失父母，是吃百家饭、穿百家衣长大的。朱万三长到十六七岁的年龄，就开始挑水卖。百十斤重的水挑子在他肩上晃了两三年，把他晃成了一个身板结实、硬朗的壮小伙子。既然朱万三已长大成人，那么有关他的故事应该开始了。

那年，"草堂春"戏班子从开封来演出，轰动了整个陈州城。草堂春著名的旦角，从九岁起就唱红了整个豫东，被人称为"九岁红"。草堂春在陈州北十字街口的翠华楼演出，挂出的戏牌是九岁红主演的《秦雪梅》和《铡美案》，这两出戏都是九岁红的拿手好戏，因此，戏牌刚一挂出，戏票就被抢购一空。

朱万三想听九岁红的戏，戏票是买不到的，就是能买到他也买不起呀，每张票价五角钱，得十挑子水钱呢！但是朱万三有办法听戏。

晚场戏是七点钟开演，戏园子六点钟检票进场。朱万三五点半挑着水从南关甜水井往剧场子赶，把门的拦住他："喂，戏马上要开演了，谁让你还送水？"朱万三眼睛一瞪，反问把门的："咋，领班的没给你说呀，九岁红唱完戏要洗澡，单等着咱送水烧洗澡水呢！"把门的一迷瞪，朱万三就挑着水冲进去。水桶上没盖荷叶，水花四溅，把门的躲得快，不然，要被溅出的水弄湿裤子。

朱万三进了戏园子，挑着水到后台，他也摸不着灶间在哪儿，见一个门半开着，里边亮着灯，便喊了声："水来啦！"挑着水走进去。

这屋里原来是九岁红的化装室。九岁红刚化完装，正在换衣服，上身葱绿色的大襟褂刚脱掉一只袖子，朱万三就闯了进来。九岁红“妈呀”一声紧忙把大襟褂一扯，想遮挡住那已露出怀的一对大奶，但已经晚了，朱万三早已把一切看得清清楚楚。他见跳跃的灯光下，站着一位亭亭玉立的女子，那女子粉面黛眉，头上乌髻高绾。虽然对方想把自己脱掉一半的大襟褂遮盖住上身，但也是欲盖弥彰，那白皙的酥胸和腰间的肚脐还是露了出来，一对大奶好像两个白面圆蒸馍一样把衣服撑起老高。朱万三看得脸红心跳，他紧忙说：“我……我送洗澡水呢！”

九岁红自幼跟着戏班子学戏、唱戏，走南闯北，对男女之间也不甚计较，何况这是位送水的呢。她打量对方一眼，见朱万三上穿白棉布对襟汗褂，下穿皂色大腰裤子，身板壮实，一脸憨厚、一副窘态，便扑哧一笑，问：“你咋知道我好洗澡呢？”

朱万三此时对对方的身份已猜了个大概，他吭哧一阵，才答非所问地说：“我，想听你唱戏，没买到票，就来给你送水。”

九岁红听明白了对方的意思，对他说：“你把水送灶间里，就在台边听戏吧，谁撵你，就说……就说是我表哥。”其实，九岁红比朱万三还要年长几岁。

朱万三忙说：“中！中！我把水烧热，温上，再去听戏。”说着，挑着水去找灶间。

草堂春在陈州城一连演出半月。这半月里，朱万三每天为九岁红挑洗澡水，每天在台边听九岁红唱秦雪梅或秦香莲。这样，朱万三就和草堂春从上至戏班头下至拉大幕的小杂工都厮混熟了。除了听戏和挑水，朱万三连扫地、劈柴、烧火等闲杂活也干。大伙看他腿勤快，心眼好，又是本地人，熟悉情况，大事小事就托他去办。“小三子，去帮俺买包烟！”“小三子，去帮俺买包瓜子。”“小三子，补鞋的在哪里，去帮俺打个鞋掌！”……朱万三都是乐滋滋地去办。但是唯有一个人，朱万三对他恼恨在心，这个人就是在《铡美案》中扮演陈世美的演员，真名叫啥，朱万三弄不清，就管他叫陈世美。

朱万三第一次看《铡美案》，对秦香莲的贤惠和知礼大为赞叹，同时，又被秦香莲遭到遗弃感到同情和痛苦，因而他恨透了陈世美，他认为陈世美是个禽兽不如的坏蛋，挨包公铜铡是罪有应得。然而，铡不死的陈世美下台卸装后，喊朱万三："小三子，小三子，我的喉咙上火了，帮我到药铺买点泻火的药。"朱万三恨恨地说："你嫌贫爱富呀，你贪图富贵呀，活该上火，火烧死你才解恨呢！不去！"大伙就都笑。还是扮演秦香莲的九岁红替"陈世美"说情："那个贪图富贵的陈世美早被包公铡死了，咱这个陈世美可不嫌贫爱富。小三子，去吧！帮陈大哥把药买回来，不然，火烧死他明儿这戏就演不成了！"朱万三说："秦大姐，他把你害得轻，你还替他说话？"他喊九岁红秦大姐，这在旁人听来感到滑稽，又都大笑。在笑声中，九岁红从陈世美手中接过钱，硬塞到朱万三手里。朱万三虽然不情愿，但因为九岁红让他去，他就去了。

然而，陈世美吃了朱万三买回的药，不但喉咙的火气没治好，倒拉起肚子来，并且一天得往厕所跑几趟。原来朱万三在买药时，把泻火的药说成了泻药。这是朱万三为草堂春办得最窝囊的一件事。

草堂春结束了在陈州的演出，要迁台到陈州城南八十里远的槐店镇。戏班子打行李装车的时候，朱万三来找九岁红。

朱万三说："秦大姐，俺给你说个事。"

九岁红说："啥话你尽管说。"

朱万三说："俺……想跟戏班子走。"

九岁红说："这我可做不了主，你得找班头！"

朱万三说："你帮俺找班头说，俺跟着戏班子，杂活累活都包给俺，还有你洗澡用的水俺挑，只要管俺吃饱饭，有戏看就中，俺不要工钱。"

九岁红领着朱万三去见戏班头。戏班头听了朱万三提的要求和条件，觉得不花钱就捡了头拉套的驴，是个便宜事，再加上有九岁红说情，就满口答应了。

朱万三跟着草堂春东西南北地闯荡。别看朱万三大字不识一个，但对戏文却一听就懂，一出戏他看一遍就能记住戏里的情节，看两遍就能熟悉每个唱段，看三遍就能把段子唱下来。有一次，他给九岁红送水时，低声哼着韩琪杀庙的唱词，令九岁红大为惊讶。九岁红顾不得洗澡，对朱万三说："我把乐师喊来，你跟着板唱一段。"

朱万三说："我哼着玩的，怕唱不好。"

九岁红说："你试试吧！"就把乐师喊来。

乐师弦子响起，过门一完，朱万三就放开喉咙唱起来，他唱完《韩琪杀庙》，又唱《寇准背靴》，他的嗓音粗犷浑厚，带着金属般的磁音，音域宽阔高昂。尽管在有些声调上还拿不准。草堂春的人闻声而来，还以为戏班头在临时考试演员呢。一看，戏班头也和他们一样，在津津有味地听，方明白是咋回事。

从此，朱万三不但干闲杂活，也救场。何为救场？就是一场戏在演出当中，突然有演员患急病不能上场，就得有演员替补，过去救场的大都是戏班头。自从九岁红发现了朱万三能唱戏后，戏班头就着意培养朱万三，朱万三很快就成了救场演员。朱万三上场演出，那一招一式都是模仿别人，虽然动作还有点生硬做作，但台下的观众大多只听演员的唱腔，不细看演员的动作，因此，朱万三每段唱也能赢得观众席上的阵阵掌声。

朱万三能救场后，就常往九岁红屋里跑。过去，他到九岁红屋里去，一般都是送水，送完水就走。他虽然也想在九岁红屋里多待一会儿，多聊一会儿，但他那时有种高不可攀的感觉。自从九岁红发现朱万三会唱戏后，九岁红也时常唤朱万三来，两个年轻人在一起，又都喜欢唱戏，就有了共同语言，有时候，说说笑笑就磨蹭到深夜。

这时候，有两个人对九岁红和朱万三频繁的接触表示不满。

一个是陈世美。陈世美虽然在舞台上遗弃了九岁红，但在现实中，他却非常喜爱九岁红，他曾几次向九岁红表达爱慕之心，而九岁红却是装聋作哑，对他若即若离，现在看朱万三与九岁红打得火热，就产生了妒忌和怨恨心理。

另一个是戏班头。戏班头早把九岁红当成了自己的私有财产。草堂春里的女演员都是他的私有财产，他想占谁他就占谁，谁不随从他他就让谁滚蛋，唯有九岁红，他曾试图占有过她，但被九岁红拒绝了。也只有九岁红拒绝他他才不至于把她撵走，因为九岁红是草堂春的台柱子、摇钱树。但是，他觉得占有九岁红是迟早的事。他没想到，自己听九岁红的话，把朱万三留下来，两人却打得这样火热。他得找个理由把朱万三撵走。没有充足的理由，要撵走朱万三，九岁红是不会答应的。

事情来得巧，也来得快。这天演出结束，陈世美卸完装，就来找九岁红。当时，九岁红正在洗澡。陈世美从门缝里看，见闪跳的灯光下，九岁红白脂般的身子泡在澡盆里，热水蒸腾的雾气给人一种神秘感，九岁红两只细纤的手，在自己的小腹上揉搓着，又慢慢地下滑，在两腿中间揉搓着……陈世美看得心跳意迷，浑身的血都在澎湃，裆里阳物不知不觉硬朗起来，把裤子顶得像一把撑开的小伞。他正在过眼瘾，背后却突然遭到猛烈一击，他猝然倒在地上。

原来是朱万三。朱万三为九岁红送了洗澡水，并没有走开，他躲在不远处，暗中保护九岁红，看到陈世美趴在门缝里看九岁红洗澡，一股怒火胆边生。本来他就对陈世美没有好感，便抓起挑水扁担，向陈世美打去。

陈世美被当场打昏过去。戏班子正是借这个理由，当晚就赶走了朱万三。九岁红想拦也拦不住。

很有希望成为梨园新秀的朱万三不得不回到了陈州老家古井边，继续挑水为生。后来，县城里开通了自来水，他结束了挑卖水为生的日子，就到黄花酱菜厂工作。酱菜厂就在古井附近。制做酱菜全部是用古井里的水，朱万三在厂里的工作就是挑水，每天把十几口大缸挑满，就算完成任务。到此为止，他和九岁红的故事基本可以画上句号了。然而，到了六十年代末，那场史无前例的运动改变了许多人的生命轨迹。朱万三和九岁红的故事也得以延续。

九岁红是作为文艺界的黑帮下到陈州的，一方面接受批判，一方面接受劳动改造。而此刻的朱万三却春风得意，他作为工人阶级的代表，进了县工宣队。

那天九岁红从车上下来时，朱万三一眼就认出了她。虽然已经是十多年的光景，但此刻倒了霉的九岁红也没有显得多么颓废潦倒，尽管她的脸色有些苍白，眉间流露出凄然忧伤的神情，但给朱万三的印象还是那么美妙动人。

见面的场面是非常尴尬的，按照事先的布置，黑帮下车时，工宣队迎接的形式是高呼口号“打倒 ×××”。当朱万三看到九岁红时，到了嘴边的口号又咽了回去，九岁红也看到了他。她看到了人群中的朱万三穿着劳动布工作服，左胳膊上套着一个红袖章，她还看到了朱万三有些意外和吃惊的神情，她迅速看了朱万三一眼，就急忙把自己的目光转向了别处。

在各单位分配“黑帮”时，朱万三主动提出，把九岁红分到黄花酱菜厂。他向工宣队队长说，酱菜厂脏活苦活多，像九岁红这样的“黑帮”分子，就应该到最脏最累的地方去改造。工作队长同意了朱万三的意见。

朱万三就“押”着九岁红去黄花酱菜厂。九岁红背着行李，提着一个布兜，那里边装着一些简单的生活用具，她走在朱万三前边。走到没人处，朱万三就紧追两步，去取九岁红背上的行李。九岁红说：“你不怕受连累？”

朱万三说：“厂里人都知道我给你挑过洗澡水。”

九岁红说：“那是过去。”

朱万三说："跟现在没两样！"

朱万三提着行李在前头走，九岁红拎个布兜跟在后边，倒像是九岁红"押"着朱万三走。

两人走到古井边，正碰上一个人从井里拉上来两桶水准备挑走。九岁红说："我口渴了。"

朱万三把那人喊住，九岁红就趴在水桶上喝。

城内通了自来水，早不用古井的水。井台上长满了杂草。九岁红喝完水，伸头向井里看一眼，说："这水真甜！"

朱万三说："过去，城里人都用这井里的水。"

九岁红"噢"了一声，跟着朱万三向酱菜厂走去。

黄花酱菜厂是一个仅有三十多个工人的小厂，厂长何歉是一个与人和善的老头。已经到了快退休的年龄，他物色和培养朱万三当他的厂长接班人。何歉见朱万三领回个女"黑帮"，就说朱万三："你咋不挑个男的，干活有劲。"

朱万三笑笑没回答，就和何歉商量，把九岁红安排到了包装车间。包装车间在酱菜厂是比较干净轻松的车间，制成的各种酱菜产品在这里分装、装箱、贴签。九岁红白天就在包装车间里和几位女工一块儿干活，晚上也没啥事，就在住室里看看书报，比较平安地过了一星期。

按照上面的布置，厂里要每天晚上批斗九岁红，也就是帮九岁红洗涤灵魂中的肮脏东西。可是朱万三把上级的安排搁置了一个星期，上边再三催问，朱万三看瞒不过去，便和何厂长商量，决定在晚上开会批斗九岁红。

批斗会就在包装车间里开，三十多名工人或站或坐，九岁红站在灯下。经过几天的休养歇息，九岁红的精神已不那么忧伤，她感到这里的工人对她好，并没把她当"黑帮"看，觉得让她下到这里接受批斗和劳动改造，好像是把她送进了一个避风港。

批斗会由何厂长主持。按照惯例，何厂长先让九岁红交代她的"罪恶"，九岁红就从她九岁唱戏谈起，谈来谈去也没谈出啥"罪恶”来，何厂长还要让她往深处挖挖，朱万三就说：“秦……九岁红的‘罪恶’也就是会唱戏，用戏段子毒害人的。我看倒不如让她唱段戏，咱们工人阶级根据她唱的戏段子批判她。”他的提议得到了工人们的一致赞成，批判会场响起一阵掌声。

古装戏是不敢唱的，九岁红就唱《朝阳沟》，一段“祖国的大建设一日千里”唱下来，赢得工人们一阵热烈的掌声。戏唱了，但还是找不到批判的理由，大家就喊“再唱一段”，九岁红就又唱《李双双》，唱《刘胡兰》，一直唱到月亮西斜，才算罢休，批判会也不了了之。

以后每次批判会也就变成了九岁红的个人演唱会。

这事传到县里，县工宣队队长把朱万三喊去，询问此事。朱万三毫不隐瞒，他振振有词地说：“让九岁红唱戏，就是让她给大家提供批判的内容，不听她唱，谁知道她的罪恶在哪里？”

县里干部听他讲得有道理，也就没再追究。如果不是发生那件事，九岁红就可能在朱万三给她提供的避风港里躲过灾难，朱万三也不会弄得身败名裂，连酱菜厂厂长的位置也被人夺去。

那天晚上，开完“批判会”，朱万三送九岁红回住室。九岁红现在住的地方是朱万三原来的单身宿舍。朱万三送九岁红到门口，像往常一样，他站在门外。因为这间房子面积仅三个平方，太小了，一张床占去了大半个地方，进去两人就几乎没有了转身的地方。朱万三就在门口与九岁红说话。

朱万三说：“让你受委屈了！”

九岁红用眼剜他一下，说：“你不能进来说会儿话。”

朱万三就走进来。朱万三一进屋，屋里的空间显得更小了，他和九岁红离得更近，两人都听到了对方的呼吸声。

朱万三就问她：“陈世美现在咋样？”

九岁红迟疑了一下说：“他死了。”

朱万三说：“真被老包铡死了！”

“他是上吊自杀的！”

“啊！”朱万三像明白了什么，不再追问。

两人沉默了一阵，朱万三打破了这无言的尴尬局面，说：“我去给你弄热水，你洗澡吧！”

九岁红忙拦着：“别别！我现在已经不天天洗澡了！”

这时候，忽然停电了，屋里变得一片漆黑，漆黑的小屋里站着一男一女，两个人谁也没说话，但都能听到对方急促的呼吸声。也许在同一时间内，两个人的情感在同一个支撑点碰撞出火花，故事就发生了。

在那个年代里，发生了那样的故事，就像现在谁得了艾滋病一样可恶又可怕。朱万三受到了严厉的批评，并开除出县工宣队，在厂里接受劳动改造。九岁红脖子里挂满了破鞋，被革命群众拉着在陈州大街上游斗。

几天以后的一个清晨，一个汉子到古井挑水，他刚把水桶下到井里，“哎呀”一声，回头就跑，一边跑一边喊：“有人投井了！有人投井了！”

人们把朱万三和九岁红捞上来时，朱万三还紧紧抱着九岁红。

（原载 2007 年第 2 期《莽原》）

架　子

三百六十行，行行出状元。老陈州城内，理发师，修脚匠，裁缝婆，补锅佬……三教九流，五帮八派，各有各的行规，各有各的道数。过去叫行当，现如今称行业。行当也好，行业也罢，内里又有个一二三等之说，有那本行业内手艺精湛、又能说会道、处事公道正派者，大多被推为本行业的头儿。所谓头儿，乃本行业的佼佼者，新社会后，又有新叫法，叫状元。

那几年，居住朱家街的架子头单亮成为陈州城的风云人物，被陈州人誉为架子状元。

何谓架子？架子现在是看不到了。说的是二十几年前的事。陈州城历来把操办丧事视为对死者的尊重和敬慰。死者为尊，丧者为重，一般人家均设宴待客，举行隆重的祭奠仪式。整个的丧葬程序包括掐殃、入殓、定墓穴、行礼、押魂、出棺等。出棺是丧葬程序中最为关键的一道程序。这时候就用上了架子。架子队十人、十二人、十六人不等。孝子们行完大礼，架子抬了棺材往坟地送。这抬棺材的一班人被称为架子。为什么称架子？因为抬棺材要用家伙抬，这套家伙是专用的，有两根长十米、粗五十厘米的主杆，中间横两根较短的杆子，使用时有专用铆钉铆在一起，组成一个框架，棺材就放在这个固定好的框架上，前后各八人抬。出棺时，掌杆的一声吆喝：“小心招碰——起啦！”抬架子的“嗨”

一声抬杆上了肩，千斤重的分量就落到膀子上，不由你不走。这就是架子。陈州人把架子和抬架子的人混为一谈，都叫着架子。

那年，单亮随着大批知青返城，在家里窝了两年，才接到通知，被安排进一家街道办的厂子里去糊纸箱。那时他刚满二十岁，正是血气方刚的年龄，让他整天和一群老太婆泡在一块儿，他咋也蹲不着，再加上一月二十多元的工资，不够他吸烟喝酒的。一赌气，回家不干。

这时候发生了一件事，改变了单亮的生活命运。

离单亮家不远的赵家胡同赵新强家死了老爹，孝子在家守孝三天，大哭三天，也待客三天。这三天里，单亮一直在那儿帮忙。他和赵新强是小光肚时的朋友。第三天头上，是出殡的日子，眼看快晌午了，还不见事先已定好的架子来到，架子定的是城西王庄的，离县城也就三五里路，架子要是早来，打两个来回也该到了。陈州城殡葬还有个讲究，即有"男不过午"的风俗。就是说，若发殡的是男尸，必须在午饭前殡出去，若是过了午殡不出去，就会祸及后代子孙。主事人急得团团转，一个劲地吆喝："谁去定的架子，咋还不来？"

谁去定的架子？是单亮骑车带着胡老二去定的。定架子那天，胡老二交了定金，却把定架子用的两条烟扣下一条。当时单亮说："胡二叔，你把烟给人扣下，到时架子们可别找主家的麻烦。""没事，定金已交了，一条烟就是白给的。这帮人，能让他给咱城里人抬棺就是高抬了他们！"胡老二扔给单亮一根烟，走人。没想这句话，正被迎面赶集回走的王庄人听了个清楚明白，回去能不传话？

主事人找胡老二问架子的事，胡老二早躲得没了踪影，单亮就给主事人讲了事情的经过，主事人一听大骂胡老二："这个孬种，爱占小便宜的老毛病又犯了。快拿两条烟再去请，快！快！"

单亮带上两条烟，骑上车一口气到了王庄。果见王庄的架子们在村头拗着，有的蹲着吸烟，有的下地棋，见单亮满头大汗地赶来，也不理不睬。

单亮跳下车，给架子们一个一个敬烟，赔着笑脸说好话。

架子头板着脸说："你城里人高贵，死了不会自己爬到墓窑子里去，还得求俺抬？"

单亮笑道："那是，那是，啥人死了也离不开抬架子的！"就是在那一瞬间，一个大胆的念头在他脑海里闪现。

单亮好说歹说，架子们才迅速出征，赶在午饭前把赵家老爹抬了出去。

单亮要组织架子队，这消息像一枚炸弹在陈州城炸开。那时，陈州人还很守旧，思想没现在活跃。回城的知青娃要组织架子队，稀罕。自古以来，陈州城里人死了，都是由乡下的架子抬出去，谁也没有想过陈州城里人也要去当架子抬死人！

单亮不管人家咋说，他干自己的。他招兵买马，大张旗鼓地开了张。但开张一个月也没人来定。难道陈州城里这一个月没死人？不是！是人家信不过单亮，怕单亮的架子把棺材抬不到坟地，自己先累趴下。

不能等着人家上门来定了。单亮就在城里转悠，听到哪里哭声大作，打听准了，便和架子们过去。一帮子年轻人，搀孝子、接客人、扎灵棚、剪纸钱，啥活都干，该自己干的干，不该自己干的也干，热情得不得了，感动得主家不好意思再去乡下定架子，就让他们抬吧。

一次生，两次熟。单亮的架子队虽然经验不足，但是人都年轻，力气大，热情高，反应快，抬了几次，也没出大的偏差。一年下来，单亮的架子队在陈州城里站稳了脚；两年以后，谁家死了人，就说："快去找单亮！"三年过去，再有死人的户，主家就催问主事人："单亮定住了没有？"主事人若回答："还没哪！"主家就急了："快点让人去，年里年外老年人走得多，别让人家先定了去！”

单亮的架子生意在三年头上就红火了。

生意好了，人也精神许多。单亮留着陈州人较为流行的发型，短平头，人看上去很利索。四方脸，三角眼，脸皮微黑，正门的牙齿上残留着茶垢似的黄。一米七的个头，上身老穿着一件灰黑色的西装，里边却是圆领的蓝秋衣，鞋子是不讲究的，已经变得灰黄色的白运动鞋和一双从不上油的黑皮鞋经常替换着穿。现在谈论他的时候，他已经娶妻生子，妻子王慧英长得高大结实，个头比单亮还猛，生个儿子叫单蛋，像铁蛋子一样瓷实。单亮没结婚前只有老娘一个，爹是得浮肿病死的，死前，眼里噙着泪对单亮娘说：“俺死了先不要埋，放床上盖着，再以俺的名，到伙上去领几天的馍喂娃。”尸体放了七天，直到有了臭味，才急着央人买个棺材盛殓了抬出去埋了。当时单亮才三岁，三岁的孩子刚记点事。在穷困里长大的孩子，有两个较为显著的特征，一是心慈，见不得穷人受苦，看见比他还穷的人，就想着无论如何得帮人一把；二是喜欢钱，钱越多越好，因为怕再受穷。单亮基本具备这两个特征。

南城墙根的武家，弟兄五个，做官的做官，经商的经商，不能说是没钱的户。但是老娘死了，弟兄五个都不愿多出钱。每人拿一把锁把老娘的门锁了，等着分老娘留下的体己钱。主事的发话说，一个孝子先兑一千，把丧事办完再算账。主事的让人来找单亮定架子，单亮早风闻弟兄五个的不孝之事，想难为他们一下。来第一趟，单亮说：“不巧，那天可忙哩！”来第二趟，单亮说：“要不你推迟一天，或者提前一天殡。”第三趟，孝子们亲自来了，见到单亮，扑通一跪，哭着说：“单亮老弟，日子不能改，你咋着也得想办法把俺老娘抬出去。”单亮扶起各位孝子，说：“你老娘也等于俺老娘。这样吧，我抽出一班弟兄去。不过咱亲兄弟，明算账，扎棚、抬棺，全部活干完，钱可得加一点。”孝子问：“加多少？”“一千吧，总共三千！”“恁多？”单亮脸一板说：“我的人手不够，还得拿钱请人。”经商的孝子讨价还价道：“能不能少点，两千八咋样？”单亮三角眼一瞪，“少一分也定不住！”见单亮没有退步的余地，孝子们只得交了定金，说好了出殡的日期和时辰。

孝子出门后，王慧英用手指点着单亮的脑门，骂道：“你真黑心，坑人呀！”单亮说：“见鳖不捉，一律同罪。”

单亮虽然喜欢钱，却不取不义之财。

尚武街的刘家老爹死了。孝子是个胆小如鼠的人，连自己的亲爹也怕，不敢给老爹换衣裳，主事人说：“把单亮请来吧！”

单亮来一看，见尸体已经僵硬，胳膊腿都搬不动。他要把剪刀，要盆热水。拿起剪刀“嚓嚓”把尸体上的衣服剪掉。当剪到贴身的衬衣时，他的手触摸到一包硬东西，他不露声色地把剪下来的烂衣片裹到一块儿，扔在了墙角里。然后拿起毛巾用热水猛擦尸体四肢，直到尸体的四肢活泛起来，他才紧忙着为老人穿好寿衣。

临走时，主事人对单亮说：“主家说，那包破衣服请单亮老弟随手拿出去烧了。他可以多出几个钱。”

单亮悄声问主事：“这家几个孝子？”

“独苗一个。”主事不知他问这何故。

单亮即返回身，把衣服抱出来，对主事说：“把孝子叫来。”

主事还以为单亮当即要钱，连忙把孝子喊来。单亮当着众人的面，把卷到一团的衣服打开，从老人的内衣袋里掏出一个布包，打开里边包着的几十张一百元的票子。他把钱交给孝子，说：“老人家积攒的钱，足够为自己办后事用的，老弟，你可把事弄排场点，让老人家到那边也光面光面！”说完裹巴裹巴脏衣服抱走了。

单亮声名鹊起，在陈州城，老百姓可能记不住某局局长是谁，因为局长们都如走马灯似的调换，但架子单亮却无人不晓。单亮成了陈州城名人。

单亮已从过去单一的抬架子出棺，发展到缝制寿衣、扎花圈社火、冰棺储尸等。甚至连替孝子哭丧的活计都包揽下来。实际上，单亮的架子已发展成一个殡葬有限公司，他是这个公司的总经理。有一年，县里评选各行各业的状元并进行表彰，单亮被评为架子状元，上台领了奖。

活越做越大，钱越挣越多。单亮盖起一座小楼，那小楼上下三层，内楼梯，铝合金门窗，外墙贴着白瓷砖，光光的耀人眼，又买了一辆"时代超人"，黑颜色的，锃光发亮，跑起来一条街都映得明晃晃的。不过，车牌号不甚吉利，"4444"，人家车主嫌它晦气，挂牌照时都不愿要这个号，单亮不信邪，他偏要这个号，他说：在乐谱里它就是"发发发发！"用了这辆车，生意还倒更加红火。可是好景不长，突然传出，要实行殡葬改革，人死了火化，烧成骨灰，装到一个小匣子里，改土葬为火葬，不再浪费耕地。

单亮猛一听，蒙了，这不砸了饭碗吗？王慧英可来劲了，一个劲埋怨单亮："就你龟孙能，非得要那个'死死死死'的车牌子，这回你可死去吧，再也不'发发发发'啦！"

单亮抬手甩了王慧英一耳光，心烦地说："你吵吵个屌？听见风就下雨啦！殡葬改革还不定拖到猴年马月哩，别裤裆里夹不住个热屁！"

他不让老婆放热屁，自己却憋得慌。心里着急，紧忙整整衣服，换上皮鞋，用抹布擦擦皮鞋上的灰，开着"4444"朝县政府去打探消息。

县政府办的小魏接待了他，见单亮问殡葬改革的事，就开始做专题报告：老单同志呀，殡葬改革是一定要搞，不然，死人给活人抢耕地，用不了几年，耕地就要被死人占完，死人占完了耕地，那么活人怎么办？总不能都搬到月球上去吧！因此，殡葬改革是利国利民的大事，是关系子孙后代的……

单亮心里骂了一句，"胡闲扯淡！"便开车急奔民政局。这道理他都懂，要紧的是，殡葬改革啥时改，怎么个改法，他得摸清底细，他的架子们不能就这样砸了饭碗。他心里揣摩着：即使殡葬改革后，要把尸体烧成灰，还得有人去干这事呀！他必须先打听清楚，心里好有个底。

单亮来到民政局，直奔孙局长办公室，他和孙局长熟悉，连他的架子状元还是孙局长推举的呢！

孙局长一见单亮，便说：“正准备找你呢？后天开殡葬改革动员会，看来，你这个‘架子’要散架了！”

单亮心里“咯噔”一下，一屁股蹲在椅子上，半天没有说出话来。

孙局长见状一笑说：“伙计，别怕，殡葬改革也砸不了你的饭碗，就看你敢干不敢干？”

单亮立时来了精神，说：“只要架子弟兄们都有饭吃，啥事俺都敢干！”

孙局长说：“先给你透个风，咱县准备建个火葬场，因县财政一下子拿不出这么多钱，准备吸纳民众投资或者股份制的办法建，方案正在制定，近期就出台，到时就看你舍不舍得下本钱？”

单亮听着，心里踏实不少，他说：“孙局长，俺回去琢磨琢磨这事。”

不久，殡葬改革方案出台，县里将建火葬场和殡仪馆，实行公开招投标的办法，即谁投资，谁建设，谁管理，谁受益。投标的有好几家，最后，单亮以444.4万元的最高标底中标。

陈州实行火葬后，单亮的架子队鸟枪换炮。架子用不上了，取而代之的是殡葬车。谁家的老人死了，不再上门定架子，直接打电话给单亮，约定好出殡的日子。一溜十几辆面包车，老早开到办丧事人家的门口。还有响器吹吹打打，那曲调儿也大多有了喜庆的味道，什么“妹妹坐船头”，还有“百鸟朝凤”，总之要显出一种热闹气氛来。过路的人，还以为这户人家是办喜事娶媳妇呢！

（原载2010年第11期《安徽文学》）

抱鸭子的女人

玉莲回来那天，天上下着小雾蒙雨。雨虽然不大，但也把玉莲的身上淋得湿漉漉的。头上也是湿的。怀里像抱着一件东西。那东西被一个方格的头巾蒙着。是什么东西呢？搂得紧紧的，生怕被雨淋了。就像一个婴儿，但又不是婴儿。村子就那么大，谁家女子生下孩子，都是要被通知喝满月酒的。玉莲的爸耿结实还没通知村邻喝满月酒，玉莲哪里来的孩子呢？

玉莲的身后跟着一个男人。那男人左手提了个大方格的帆布包，另一只手，也就是右手，搭在自己的右肩上。原来还背个蛇皮袋子。男人的右手拽着蛇皮袋子的一角，右手就搭在了右肩上。蛇皮袋子鼓鼓囊囊的装满了东西。从很远的地方赶回来，总是要有些东西可带的。但是，用蛇皮袋子装东西，有些不可思议。为什么呢？总觉得，玉莲回来，与蛇皮袋子相伴，是不相称的。

看那男人，高高的个儿，脸盘子周正大方，眉毛浓浓的，眼睛亮亮的。人是很精神的，也年轻。这个人好面熟啊。啊，想起来了，这不是耿解放的外甥吗！这个男人叫牛贤，牛大庄的。因为男人和这个村子有亲戚，村里许多人都认识他。可是……牛贤，怎么和玉莲走到了一起？看两人的情形，牛贤就如玉莲的保镖，玉莲又像是牛贤的俘虏。牛贤虽然提了很重的东西，却紧紧跟着玉莲，生怕一步不跟紧玉莲要跑掉似的。让人不解，更让人惊奇。

三年前，玉莲也就是因了和这个男人的牵扯，弄得一直到现在，耿结实和耿解放还不搭腔。

因为下着雨，村里人看见玉莲回来的并不多。但总归是有的。其中玉芝看见了。玉芝那天从学校回来带东西，正巧碰见玉莲回来。玉芝看到玉莲时，先是有些意外，继而是惊喜。玉芝高兴地招呼道，玉莲姐，你怎么回来了？就像玉莲不该回来似的。

玉莲呢，对玉芝的热情和询问，像没看到一样。玉芝对于她，就如一个陌生的路人。这让玉芝感到意外。玉莲姐怎么能这样呢？即使你在外边挣了成千上万，即使你携金带银地荣归故里，也不该不理人吧，也不该如此傲慢啊。面对玉莲的态度，玉芝感到委屈。她想一扭头走掉。谁离了谁不能过呀！正在她要转身走开时，那个男人，也就是牛贤，向她摆了摆手，那意思是，你不要介意，更不要生气。玉芝也是认得牛贤的，便用埋怨的口吻道，她……

牛贤“嘘”了一声，用眼神制止了她。

玉芝感到奇怪，这个牛贤，什么意思呀？她又瞄了一眼玉莲姐，终于发现，玉莲姐已经不是原来的那个玉莲姐。原来的玉莲姐，瓜子脸，肤色白嫩白嫩的，透着红，是那种胭脂红（就连城里的姑娘也没有那么好看的肤色），眼睛大大的，亮晶晶的，就像两汪清泉，睫毛长长的，牙像白玉似的白，鼻梁高高的，翘翘的，都说像大明星巩俐。不，比巩俐好看。巩俐的脸团了些，把鼻梁也衬得凹了，就没有玉莲的显得好看。可是，现在的玉莲姐脸色苍白苍白，没有一丝血色，哪里还有胭脂红？眼睛怔怔的，痴痴的，没一点神，更没一丝光。头发有几绺搭在额上，被雨水打湿了，就像几根蚯蚓趴在上边，难看死了。人像中了魔怔一般。玉芝刚才怎么没有注意到这些呀。刚才只顾高兴和意外吧。现在看到玉莲姐这个样子，心里一沉，怨也没了。就想，玉莲姐一定发生了什么事，而且是不好的事。不然，不会是这个样子的。不但怨没有了，又萌生了一种心疼。看到玉莲姐这个样子，真的很心疼。就想着为玉莲姐做些什么。能为玉莲姐做的，就是帮她抱一下怀里的东西。她怀里抱的是什么呢？看着挺费力的。抱了那么远，一定希望有人帮她抱一阵。玉芝想着，就对玉莲说，玉莲姐，来，我帮你抱一阵。话说着，就已经上前去接玉莲怀里的东西。说是接，其实是主动朝人家怀里要，有了夺的意思。这个夺，显出玉芝的热情来。而在玉莲那里，却有了抢的意思。玉莲很慌乱，以为对方要把她的东西抢走，一边腾出右手去推玉芝，一边朝后退了一步。

这样的结果，玉芝没有接到东西，而盖在东西上边的方格头巾掉了下来。玉莲怀里的东西受到了惊吓，又似乎被惊醒，伸长了脖子"嘎嘎"叫了起来。

原来是只鸭子！

一只雪白的鸭子！

鸭子的身上，还套着一件酱紫色的马甲。

怎么是只鸭子？

玉芝一副愕然的样子。她不知道自己该如何办好。

玉莲轻轻地拍着鸭子的头，嘴里喃喃地说，乖，嘎嘎，别闹，嘎嘎，乖……那鸭子果然就不叫了，很乖的又把脖子缩了回去，把头伏在玉莲的怀里，像一个听话的孩子。

傍晚的时候，村里人都知道玉莲回来了。

并且让人匪夷所思的是，那么远的路，竟抱回了一只鸭子。

这个村叫耿大庄。其实名不副实，村子并不大，才几十户人家，村前鸡叫，村后住的人家竟能判断出是谁家的老母鸡下了蛋。之所以小，才叫大，是怕被大庄子的人家瞧不起。都是姓耿的，没有外姓，往上数三五百年的话，还是一个祖宗。村子是偏僻的，很偏僻。前几年，村里有人买了手机，可就是打不出去，也接不到外来的电话。以为买的水货，还找人家商家理论，结果是自己错了，原来村里没信号。再有，就是路也不好，晴天路面疙疙瘩瘩，一下了雨又泥糊塌塌。离去县城的官路十多里吧，这十多里，比城里人去一趟北京还要费时作难。村里人很少进城的，不是不想去，是因为不方便。太不方便了。这两年好多了。镇那边修了一座铁塔，好高。耿大庄买得起手机的人家就派上了用场。村长耿玉新，整天拿着个手机放在耳朵上，哇啦哇啦讲。还专找人多的地儿哇啦。显摆呗！哪那么多词呢，比美国总统奥巴马还能讲。让他当了耿大庄的村长，管几百口子人，亏了他的能才了。路呢，也比过去好得多了。一条砖渣路，通到了去镇政府的路上。虽然还不是柏油路，但毕竟不踩泥了。这功劳得归到玉新头上，是他到镇政府磨过来些钱，村里大伙儿又集了些，路修好了，就方便了。去镇上也方便了，去城里也方便了，去北京上海也方便了。真是钱多了，去美国英国也方便得多了。可村里人就是不去。美国英国哪里好，北京上海哪里好，不拿钱谁也不管你吃喝住！还是耿大庄好！

耿大庄确实好，土地好，种啥啥好收成。麦子呢，一亩打一千多斤，豆子呀，玉米呀，绿豆呀，花生呀……长得都比着讨庄稼人喜欢。到各家去看看，除了卖给国家的，谁家不是囤满斗流？玉新脑子好使，这两年，又带头搞塑料大棚，大棚里种瓜果蔬菜，一年五熟。这一下子发了，耿大庄任谁家都发了，钱多得没处放，就学了城里人，存到了银行里。银行真好，替人家保管钱，还给人家利息儿，这样的好事去哪儿找？耿大庄人就把花不完的钱存进银行里，既得了利息，又省得被遭瘟的耗子祸害。

景也好，村前是路，路边栽的树是槐树，槐树开的花又香又艳。主要是树荫好，夏天，在树下乘凉，比城里人开着空调还凉快呢。村后有条河，河是从上游过来的，叫清水河。一河清水把村子滋润得鲜艳绿叶。一群鸭子，在河里叨鱼、叨虫子，吃饱了，也累了，就大大咧咧地晃着肥胖的身子，到岸边的老柳树底下休息。岸上除了柳树，还有桃树、杏树、梨树。春天的时候，各种树的花都开了。红的、白的、粉的、紫的……一簇簇，一团团，远了看，耿大庄就是个花园子。哪里还能有比耿大庄更好的地方呀？

这么个好的地方，却发生了一件不好的事。

玉莲回来的那天傍晚，村里人都听说了。玉莲回来了，本来是件好事，可是却抱只鸭子回来，又是痴痴呆呆的样子，就不能不让人担忧。

为啥是这个样子呢？为啥要抱只鸭子呢？那么远的路，坐火车，坐汽车，说不定还要坐轮船，带点啥东西回来不好，偏带只鸭子呢？咱村里又不缺鸭子，清水河里养着成群的鸭子。这样想着，就觉得不正常，很不正常。

村里人都知道玉莲是要做城里人的。

那年，玉莲高中毕业考大学只差了一分，就没得上成。也真是的，不就是一分吗，算个啥啊？生产队那阵儿，社员挣的分那么金贵，也没把一分两分看在眼里。那个大学呀，咋就计较一分呢？这一分，把玉莲害苦了。拼着命又复习一年，分数下来时，更让人傻眼了。这次不是差一分，是差了整整十分！没有办法啊！耿结实就这么一个宝贝闺女。两口子都指望闺女能考上大学，以后好做城里人呢。耿结实做梦都想着做城里人的老丈人，做城里娃的姥爷。当然，最想做城里人的，还是玉莲。玉莲跟她妈她爸都说过，您就生我一个女娃，我要让村里人都看着，我要比那些男娃长出息。我要做城里人，让您也做城里人。靠上大学做城里人的梦想破灭了，玉莲在家睡了三天。到第四天，她收拾个包袱，对妈说，我要进城去。玉莲妈了解闺女的心思，挡是挡不住的。但一个孤身女孩家到城里去混世界总是不放心的，千叮咛万嘱咐，说城里不好了就回来，咱耿大庄吃的喝的不比城里差，就是电影电视不出庄不是也能看上吗？

玉莲走那天，村里人都没看见。

过了两年，玉莲回来时，可惊动了全村。玉莲是坐着小轿车回来的。小轿车一溜烟地从村子外开进来，一直开到玉莲家门口。

玉莲从车上下来，拿下了大包小包。玉莲很大方地从红色的皮夹里抽出几张百元票给了开车的司机。小轿车又开走了。玉莲在村里人惊叹的目光中，掏出大把大把的糖果，塞给女人和孩子，又拿出烟来，让耿结实分给男人们。那个时候，村里人发现，玉莲的打扮，玉莲的举动，连玉莲说话的声音，都不是耿大庄人的样子了。玉莲喊耿结实“爹地”，喊玉莲妈“妈咪”，把两口子喊得一愣一愣的。那些女人，见玉莲妈愣愣的不敢答应，都捂着嘴“哧哧”地笑。玉莲是城里人了吧？城里入就是玉莲这个样子吗？城里人都管爸叫“爹地”，管妈叫“妈咪”吗？总觉得有些别扭。又不完全像。农闲时，耿大庄的人也有出去打工的。搞建筑、拉货、到餐厅打杂等等，流些汗，挣点钱（有时候虽然挣不到钱，但也开阔了眼界），该回来时就回来了。在他们的意识里，只有耿大庄才是他们的家，城市只能属于城里人，与他们毫不相干。他们祖祖辈辈都是耿大庄的人。人回来了，城里人的规矩他们不会带回来的。

可是，玉莲却是作为一个城里人回来的！玉莲妈对村里人讲，玉莲谈了个对象，是城里人，并且是很有钱的城里人，玉莲很快要和这个城里人结婚。两个人结了婚，把耿结实和她也接过去享福。村里人都羡慕，耿结实两口子真有能才，养了一个有本事的闺女。一家人都成了城里人！看来，孩子不在养的多少，不在男娃女娃，只要有本事，一个顶一群呢！还有，孩子考不上大学也没啥，照样能做城里人。玉莲就是个样子嘛。玉莲回来只住了三天，就忙着走了。说是城里忙，工作忙，赶着回去忙工作。真是官差不自由啊！这次走的时候，玉莲带了大包小包。包里装满了红枣、柿饼、花生……都是远亲近邻们送的。带到城里去，让城里人尝个鲜。耿大庄出息个城里人不容易，不能让人家瞧不起咱玉莲。

那次一走半年多，好久没了信。一天突然打电话给耿结实，说是要结婚了。和那个城里的男人。让耿结实和玉莲妈都很意外。

虽然知道结婚是迟早的事，但也不能太马虎了吧。总得让那城里男人来耿大庄一趟，让老丈母娘、老丈人看一眼吧。还有，即使不要三媒婆、六证人，两家亲家总得见面说个话，择个好日子呀。再有，他耿结实就这么个宝贝闺女，且是城里人，就这么不吭不响地嫁人了，亲戚呀，邻居呀，村里老少爷们儿呀，咋说哩？你耿结实不吭不响地把闺女嫁了，你就不准备和人家来往了？你耿结实就是成了城里人，也不能看不起乡里乡亲呀！

耿结实代表耿结实的老婆，给来玉莲打电话，非常郑重地对玉莲说，闺女呀，男大当婚，女大当嫁，这道理我和你娘都懂。结婚可以呀，但是可能呀，你得让姑爷和姑爷的家人到咱耿大庄来一趟。让你婶子大娘姑呀姨呀舅呀妗子呀都看看……耿结实读过几年书，说起话来总爱咬文嚼字，以区别与那些没文化的人。他啰里啰嗦话没说完，那边玉莲撒娇道，爹地，人家已经……已经结了婚了。

耿结实蒙了，这闺女，咋能这个样哩，就是城里人家闺女出嫁，也不能先斩后奏啊！生米做成了熟饭，一盆水“哗”泼出去了，谁也没法子收回来了。还是玉莲娘有主见，说，不能让亲戚邻居说闲话，她结她的婚，咱办咱的喜事。让耿结实到城里封了果子，买了喜糖，亲戚邻居挨家送。放出话，玉莲在城里办婚礼，因路子远，就不回来了，这是男家特意寄来钱买的果子、喜糖，让亲戚邻居都尝尝。这样，亲戚邻居都知道玉莲已经做了城里人。接下来，就等着姑爷把耿结实两口子也接到城里去。

可是，等来等去，没等到姑爷来，却只有玉莲回来了。并且抱了只鸭子，一副痴痴呆呆的样子。

玉芝回家给妈说了玉莲回来的事，起初，玉芝妈还不信，数叨玉芝，你这个妮子，咋恁会出你玉莲姐的相哩？玉莲大老远的回家来，抱啥不好，就抱只鸭子？

玉芝委屈地说，妈，俺还能骗你。俺看见，那只鸭子，好像还……还穿着衣裳哩。

玉芝妈更加惊奇。听玉芝说得认真，由刚才的不信变得半信半疑。就是真的抱只鸭子回来，也不该给鸭子穿衣裳啊。忽然想起来了，说，玉芝，在电视上，看见人家城里人养的狗都穿了衣裳呢。你玉莲姐很要面子的，是不是钱挣得多，就给鸭子买了衣裳穿？

玉芝说，妈，城里人是时兴养宠物，有养狗的、养猫的，可哪有把鸭子当宠物养的。再说，玉莲姐那脸色也不对。

玉芝妈疑惑地说，能有啥不对呢，等会儿我过去看看。

收拾好家里摊子，就过去了。并且把晒干的大枣带了一兜，准备给玉莲吃。进了玉莲家的门，就听见有嘤嘤的哭声。是玉莲妈哭。听到这哭，玉芝妈心里一惊怵，就料到，玉莲是真的出事了。

玉芝妈和玉莲妈是一个爷的姐妹，两人一前一后嫁到耿大庄。玉莲爸叫耿结实，玉芝爸叫耿结果，两个男人是一个爷的堂兄弟，又成了连襟，亲上加亲了不是？虽然亲上加亲，但毕竟天长日久，就像上下的牙齿，也有磕碰的时候。平常的磕碰也就不提了，就一件事，让玉芝妈搁到了心里。玉莲做了城里人后，让玉芝很羡慕，给玉芝妈说，书自己也不想读了，让玉莲姐带上她去做城里人吧。玉芝妈也有这个想法，女娃家，书读得再多有啥用啊，不如早一天做城里人呢！和玉莲妈说话的时候，就把这个意思说了。非常婉转地要求，让玉莲有机会把玉芝介绍到城里去。可是，玉莲妈却装糊涂，把玉芝妈的要求没当回事，玉芝妈就不再说了。心里就结了疙瘩，就有了怨。还是亲上加亲呢，自己闺女成了城里人，就不能拉帮拉帮亲戚。就是不能拉帮也得有句话呀。

虽然有了怨，但对方一旦遭遇了难事，就把怨放下了，剩下的是惦念，是关心，是比之对方并不减少的着急，就想如何帮对方家把难渡过去，克服掉。玉芝妈急急忙忙地赶来，看到场面，就觉得玉芝说得对，玉莲是出事了。

那个男人，耿解放的外甥牛贤，村里人都知道，很憨厚老实的。玉芝妈来的时候，他正和玉莲爸、妈说话，他一个人讲，玉莲爸、妈听。声音不高，也就是刚，算是打了招呼。耿结实闷着头，一副又气又恼又没办法的样子。平时很有主见的玉莲妈这时却很无奈，无奈得只有抹眼泪。

玉莲坐在一个凳子上，一脸痴痴的样子。屋里的人之于她就像不存在似的。连玉莲妈进来也视若不见。怀里抱着那只鸭子，嘴里哼着：筛箩箩，打面面，我问娃娃吃啥饭，凉面条，打鸡蛋，呼噜呼噜两三碗……

这首儿歌，是母亲哄孩子的歌谣，耿大庄的女人都会唱。看来，玉莲脑子真有了问题，真的把鸭子当成了自己的孩子。做了城里人，怎么会变成这个样子呢？玉芝妈不由心疼起来，也着急起来。玉芝妈把大枣拿给玉莲，说，闺女，姨给你留的枣儿，可甜呢，你尝尝。来，把鸭子放下。说着，就去夺玉莲怀里的鸭子。

玉莲立刻警觉起来，她打开玉芝妈的手，睁着惊恐的大眼，说，别碰我的孩子！别碰我的孩子！

玉芝妈递给她的大枣，撒了一地。玉芝妈手足无措，一时不知道怎样做好。

玉莲妈不由大放悲声，娃啊，你咋能病成这个样子呢？你让娘的心好凉啊。城里人啊……咱再也不去当城里人了！

村里人都知道玉莲回来了。并且都知道玉莲得了一种怪病，把鸭子当成了自己的孩子。怎么就得了这个病呢？想想两年前玉莲回来时，多么光彩呀，多让人艳羡啊。这个闺女，一心要做城里人。城里人好做吗？不好做。乡里人到城里，去抢城里人的饭碗，城里人的饭碗有那么好抢吗？没有。乡里人到城里去，吃的住的苦不讲，就说干活吧，都是城里人不愿干的活让给乡下人干。脏活累活让乡下人干，他们还瞧不起乡下人。耿大庄那些出去打工的，大多都干不了多久就回来了。耿大庄的人才不愿伺候那些城里人呢，钱挣不多还受气。回家种田多自在。土里生金呢。耿大庄的人勤快，人勤地不懒，耿大庄的人聪明，聪明人在哪儿都能挣到钱。耿大庄的人不眼气城里人。耿大庄的人在自己的土地上挣钱，不也过得挺滋润吗！也只有这个玉莲吧，多读了几年书，一心要做城里人。也终于做上了城里人，也算给耿大庄的人挣回了面子。耿大庄的人虽然自己做不了城里人，看到自己村里人做了城里人，还是很自豪的。耿大庄的人也能像城里人一样，有高楼住，有海鱼吃，还可以指使别村的乡下人去扫街呀，挖屎池呀等等。可是，咋就突然有病了呢？这个苦命的闺女，是没有做城里人的福气呀！

玉莲的病，把村里人的心都吊起来了。都关心着，都焦急着，这可咋办呢？

玉芝妈前脚走，玉柱妈后脚就进了玉莲家。其实，玉柱妈已经好些天没来过玉莲家了。那次玉柱放风筝，把玉莲家的电视天线拉断了，玉莲妈骂了玉柱几句，说你个兔羔子，不长眼啊，到哪儿放风筝不中呀，就在俺家屋后放？玉柱妈听见了，有些生气，骂啥不中，骂俺娃是兔羔子。娃是兔羔子，生娃的娘不就是母兔子吗？娘是母兔子，姥娘呢？姥爷呢？还说娃不长眼，这不是咒着俺娃变瞎子吗？越想越觉得问题严重，越想越有气。肚里有气是窝不住的。跑到镇上买个新天线，送到玉莲家，气嘟嘟地说，天线坏了俺赔，可俺不是母兔子！这等于给玉莲妈办了难堪。虽然两人没有为此事拌嘴，但心里都结了疙瘩，少了来往。一听玉莲出了那么大的事，玉柱妈把玉莲妈骂玉柱的话就搁下了。骂句兔羔子算个啥呢，粘不到身上，带不到身上，再说，也不会真的就变成兔羔子。那件事相比玉莲的事，就不值当一提。玉莲成这个样子才让人挂念，让人心疼。玉莲变成这个样子，玉莲妈不难过吗？

玉柱妈把留着过年待客的柿饼子装了一篼，来到玉莲家。见玉莲妈一副伤心的样子，也陪着掉眼泪。

玉柱妈掉眼泪，玉莲妈更伤心，抹着泪向玉柱妈诉说，玉柱妈，你说说，嫂子的命咋恁苦哩？这都啥事呀，好好的一个闺女，咋说变就变成这个样子呢？俺的娘啊，可叫俺咋办啊？

玉柱妈哭着劝说，嫂子，嫂子，别哭了。哭坏了身子不又添难吗？玉莲的事有咱大家呢。大家合计合计，总有法子治好她的病。劝了玉莲妈一阵子，又劝玉莲，闺女，到家了，把鸭子放下，洗洗脸，该吃饭了。小时候，玉莲很听玉柱妈的话。玉柱妈没有闺女，看见闺女格外亲。特别是对玉莲，做了好吃的，总不忘给玉莲留一份。可是，玉莲把玉柱妈对她的疼爱都忘了似的，像没有听见玉柱妈的话，连头也不扭，继续哼着儿歌，身子一晃一晃地摇摆着，就像一个摇篮。怀里的鸭子，分明就是一个婴儿。玉柱妈叹了口气，一脸无奈的样子。

到晚上亮灯的时候，村里大多的人家都来了玉莲家。来的时候怀了一种牵挂，一种关心，一种与人家分担忧愁的愿望，一种帮人家排解困难的打算。按理说，乡里乡亲们这些淳朴的关爱，暖暖的，是难能可贵的，就是一块冰也是要暖化的。可是，到了这儿，才知道，玉莲这块冰，冻得太厚实了，也就说，是什么东西对她刺激太大了，这闺女心里伤了。靠乡情暖不了她。除了陪着掉眼泪，唉声叹气，什么也帮不了。走的时候，也只能无奈地安慰几句。那种安慰，明知道对于玉莲妈是不管用的，但又有什么办法呢？乡里乡亲的，也只能做到这些吧。

牛贤没走，他很晚去了耿解放家，让耿解放很意外。耿解放问，你怎么来了？

牛贤答，我送玉莲。

玉莲？她不是做了城里人吗？耿解放更加意外。

她被城里人骗了。也被……城里人害了。

啊？耿解放睁大眼睛看着自己的外甥。

那个男人，是个有妇之夫。他女人知道了，带着娘家人把玉莲打了。玉莲肚里的孩子打掉了。是个男娃，掉下来的时候，已经长出了小鸡鸡。玉莲病了。是疯。整天在那个城市游转，找她的儿子。后来，在一个养鸭场，找到了一只鸭子……牛贤讲着，声音有些哽咽。

这几年，你一直跟着玉莲？

牛贤摇了摇头，又点了点头，喃喃地说，我也在那个城市打工。后来，我自己才明白，我不愿离开那个城市，是为了玉莲。其实，玉莲心里也有我。她挨打被人送进医院后，第一个电话就打给了我。如果她心里没有我，会通知我吗？她嫁给那个男人，只是想改变自己的身份，想用另一种方式生活。是我无能啊，我不能……牛贤哽咽着说不下去了。

耿解放愣怔了半天，才叹了一口气，你这个憨娃。真憨啊！

第二天早晨一起来，牛贤就对耿解放说，舅，我要……

耿解放看了一眼牛贤，又看了一眼牛贤。牛贤就把没说完的话咽了回去。

耿解放是个认直理的人。他和玉莲爸妈的矛盾，其实是因了他这个外甥牛贤。牛贤是他亲姐唯一的男娃，在他眼里，牛贤多好个娃啊。孩子长得好，人又憨厚实在。姐给他说，牛贤这孩子和耿结实的闺女恋上了，得找人保媒，让两家的大人坐到一块儿把亲定下来，免得时间长了惹出闲话来。耿解放说，好啊。结实家那个闺女我打小看着长大的，人模样俊，又懂事，不是非，好着呢。耿结实人老实，厚道，我和他不见外，外甥这条大红鱼我吃定了。耿解放找耿结实给外甥保媒，觉得是十拿九稳的事，就把大话说下了。

第一趟说这事时，耿结实还很客气，又拿烟，又倒茶，临了说，事情是个好事，不过可能得听听闺女的意见。

耿解放说，兄弟，两个孩子在学校里都恋上了，你还听她意见？还是早点把事定下，时间长了，不定出啥事呢。

耿结实说，就这一个闺女，玉莲妈已经早晚把她宠坏了。现在又不是旧社会，儿女的婚姻当爹的尽量不能做主。我得听她娘俩的意见。

耿解放无功而返，心想，这个耿结实平常办事还是很利索的，咋一遇正事扭扭捏捏像个娘儿们。反过来想耿结实也没什么不对，儿女婚姻，毕竟是大事，耿结实征求意见也是对的，放在自己身上也可能会这么做的。过了几天，又找耿结实讨话。耿结实吞吞吐吐地说，哥，我看这事，恐怕可能先放放……耿解放有些意外，咋，闺女不同意？耿结实点点头。耿解放说，不可能啊。外甥跟俺姐说，两人都好两年了。耿结实说．闺女心气儿大。外甥能考上大学，婚事才可能定下。考不上大学……话没说完，意思却明白了。这等于把定亲的事堵死了。

耿解放感觉很没面子。这个耿结实硬把自己的脸打了。便有了气，心里说，您闺女心气儿大，您两口子也是狗眼看人低。俺外甥考上了大学不可能一定看上您闺女哩！就因了这件事，两人断绝了来往。虽然并没有争吵过，但心里都结了疙瘩，别别扭扭，不搭腔。

后来，玉莲和牛贤都没能考上大学，这事也没再提。

耿解放听了外甥的话，先前对玉莲爸妈的怨恨都抛弃了，余下的也只有对玉莲的同情和关心。

第二天一大早，他提了一篮鸭蛋，去了玉莲家。看到玉莲的第一眼，就感到，玉莲的病，比牛贤讲的还要严重。

那个时候，玉莲正把玉莲妈为她准备的饭，一勺一勺喂给鸭子吃。玉莲一边喂鸭子吃食，一边说，嘎嘎听话，嘎嘎吃饱了。

鸭子倒是很听话，玉莲喂到它嘴里的食，一伸脖子就咽了下去。咽下食时，还很乖地“嘎嘎”两声。

见耿解放进了屋，耿结实先是一怔，接着就是一脸尴尬。玉莲妈眼睛红红的，背过脸去，抹着泪。

耿解放说，听外甥说，玉莲回来了，我来看看。说着，把鸭蛋放到桌子上。

耿结实不知所措，嗫嚅着说，哥，你……这不打兄弟的脸吗？咳，过去的……

耿解放急忙安慰对方，过去的事别提了。自己养的鸭子下的蛋。记得玉莲小时候最爱吃。

玉莲妈说，哥，多亏了牛贤，不是他，玉莲说不定要死在外边呢。

耿解放说，外甥人虽憨点，可心眼好。说着劝玉莲，闺女，把鸭子给叔，叔替你放到河里养。叔在河里养了很多只鸭子呢。

玉莲抬起头，惊恐地盯着耿解放，你是谁？你不能抢我的孩子！说着恐慌地站起来，逃进里间屋，再也不肯出来。

耿解放尴尬地搓着两只手，嘴里讷讷道，这闺女！这闺女！

玉莲妈又低声哭起来。

耿结实怨恨道，哭哭，你就会哭。过去的当初，跟牛贤成亲，要不是你打绊，她至于可能这样？

玉莲妈争辩道，是她自己要做城里人，咋能怨我呢？

耿解放劝道，别吵了，还是商量商量给玉莲瞧病的事吧。

耿玉新到城里和一家公司谈生意，那家公司要在耿大庄建个生态园。说耿大庄地好，水好，风景好，空气好，建个生态园，让耿大庄成为城里人的后花园，吸引大批的城里人到耿大庄观光旅游。

耿玉新和人家签了协议。想着不久的将来，耿大庄成了后花园，大批的城里人到耿大庄来旅游，耿大庄不就成了城市吗？耿大庄的村民不就成了城里人吗？他耿玉新不就是管城里人的干部吗？玉新这样想着，就非常高兴。他和公司的老板喝了酒，喝得很多。人家把他送回来时，他还把高兴写在脸上，笑模笑样的。

他女人说，玉莲回来了，抱了只鸭子。

他打个嗝说，这个傻妹子，城里啥东西没有，就抱只鸭子回来？咱村里鸭子多呢，解放叔是养鸭专业户，清水河里成群的鸭子都是他养的，想吃鸭子肉，打个招呼，到河里逮一只嘛。

女人说，她把鸭子当成了自己的孩子。玉新感到了问题的严重性，说，国家号召计划生育，控制人口，咱耿大庄应带头响应。孩子还不让多生呢，她咋生只鸭子？

女人急了，说，你喝多少酒呀，净胡打岔。结实叔和婶子都来找过你。说玉莲疯了，让你想个办法……

玉新一下子清醒了，批评他女人，你这个人，汇报问题拖泥带水，这么严重的事情还绕个大弯。早说啊！

他女人委屈地说，不是我绕弯，是你喝多了酒。女人没听见男人搭腔，抬头一看，人已经没影了。

玉新来到玉莲家，一眼看到玉莲抱着鸭子坐在凳子上的神态，就感到一种揪心的疼。玉莲的眼神是空洞的，是呆滞的。这个玉莲怎么变成了这个样子？

看到玉新走进来，玉莲眼里发生了变化，她的脸上充满了惊讶和喜悦。在玉新还没想好说什么的时候，她已经站起来向玉新走来。

亲爱的，你回来了？你去哪儿了，让我找不到你？是不是他们把你藏了起来？看，咱的宝宝。多壮实呀。嘎嘎，这是你的爹地。快，让你爹地亲亲你！玉莲说着，把鸭子朝玉新的怀里送。

在耿大庄，玉新也算是见过大世面的人了，可是这样的情况，他还是第一次遇见。这个女人，也算是他的妹子吧，却把他当成了鸭子的爹地。就算做一次鸭子的爹地老鸭子也罢，可是，让玉新更为尴尬的是，玉莲把他当成了自己的男人。这绝对不可以。在耿大庄，和同姓的妹子不清不白是要被人骂作伤风败俗的。耿玉新很难堪，面对玉莲递过来的鸭子，接也不是，不接也不是。

玉莲妈急忙过来，拦住了玉莲，说，这是你玉新哥，你不认识了？

玉莲脸上的喜悦消失了，她惊异地望着玉新，小声嘟囔道，你不是嘎嘎的爹地，原来是玉新。玉新是谁？玉新是骗子吧。让他走，走远些。她一边嘟囔，一边抱了鸭子躲了起来。

玉新的脸上很难看。他在心里说，玉莲疯了。疯得不轻。这可不好。耿大庄有了这个疯女人，耿大庄的人任谁心里都不安宁。

玉新的到来，对耿结实两口子来说，就像来了个救星一般。耿结实说，玉新啊，你可能也许都看见了，俺家遭大难了，这可咋办啊?

玉莲妈一把鼻涕一把泪地说，玉新呀，你是干部，这事你不能不管!

玉新连连叹气，说，怎么会变成这个样子?让人想不到，想不到。

耿结实说，都是城里人把她糟蹋苦害的。

玉莲妈也后悔道，是啊，当初若不让她进城也不会变成这个样子。

玉新思考着说，不对，也不能都怪罪到城里。城里那么多人，得疯病的有多少?还有从乡下去城里的人多了去了，得疯病的又有多少?我看呢，是咱自己哪儿出了问题。是哪儿呢?玉新敲着自己的脑瓜，很费力地思索着。

玉莲妈和玉莲爸面面相觑，见玉新皱着眉头苦思冥想，两个人都为玉新担忧起来，觉得是自家的事儿难为了玉新，恁是很过意不去。

玉新像突然明白了什么，一拍脑门，说，其实呢，城市有城市的好，乡下有乡下的好。就说咱耿大庄吧，人家要投资建生态园，要为城里人建后花园，要吸引城里人到咱耿大庄来旅游。过不了多久，咱耿大庄也让城里人羡慕呢!玉莲的问题，就是没有看到咱耿大庄的好，一门心思想当城里人，就让城里的坏男人钻了空子，受了骗，就得了这个病。不过呢，玉莲既然回来了，回到咱耿大庄，就是咱耿大庄的人，咱不能不管。放心吧，我是干部，玉莲的事我会管的。

要让玉莲好起来，首先要让她把怀里的鸭子忘掉。玉新说，让她忘掉鸭子，然后，把她送到城里的医院去……疗养，玉莲渐渐就会好起来的。

玉新把治病说成疗养，让玉莲妈和耿结实听着很舒服。

可是，谁能让她把鸭子忘掉呢？那鸭子，分明就成了她的儿子，就是她的命。她与那只鸭子形影不离，就连吃饭睡觉也要抱着鸭子。

玉新说，让我试试吧。

到了下午，玉新又来到玉莲家。不过，这时候他换了一身穿戴，把自己打扮得像个城里人。他一进门，就对着玉莲笑。

玉莲迷惘地问，你是谁？

玉新说，你不认识我了？我是……他伸出手，对着玉莲怀里的鸭子说，来，嘎嘎，让爹地亲个嘴。

玉莲的眼里有一丝光亮在游动、游动。后来，那眼神终于被信任所替代。她很乖地把鸭子递给了玉新。

玉新接过鸭子，抱在怀里，学着玉莲的样子，一边晃动着，一边向门外走去。他很快脱离了玉莲的视野。

当他走到门外的时候，他听到了玉莲撕心裂肺的叫声，嘎嘎，我的嘎嘎！你这个骗子，还我的嘎嘎！

傍晚的时候，耿结实匆匆忙忙来找玉新，玉新呀，出大事了。玉莲找不到了！

玉新说，我安排你看好她，过了今晚，明儿一大早就送她去城里疗养，咋让她丢了？她能跑哪儿去呢？

耿结实说，从你抱走鸭子，就一直找。本来看着她的，后来，见她回了里间屋，还以为她没事了。我和玉莲妈就忙着收拾明儿去城里带的东西。可是，不知啥时跑出去了。咳，都是鸭子闹的，我看……先把鸭子还给她吧。

玉新没好气地说，鸭子在锅里呢，煮熟的鸭子飞不出去了。快去找玉莲吧！我喊大伙都帮助找。

天已经黑下来，耿大庄的人都出动了，打着手电，提着马灯，村前村后，厕所羊圈，像篦子梳头一样寻找着。

突然有人喊，清水河里有扑腾声，好像是个人！

果然是个人。是玉莲！水淹没了她的大半身，她还在朝河心走。因为有只鸭子被她撵着，扑棱着翅膀朝河心飞。她企图抓住那只鸭子。

牛贤第一个跳进河里，向玉莲游去。接着，玉新、耿解放、耿结实、耿结果等男人也都跳进了水里。

玉莲似乎没有发现有人来救她，她继续向河的深处走。河水眼看就要淹没她的头顶。

牛贤终于游到玉莲身后，他抱住了玉莲的腰。几个男人也扑上来，把她往河边拉。

玉莲挣扎着呼叫，嘎嘎！我的儿子！我要我的儿子！

女人是不忍心看那场面的，都站在岸上。渐渐地有了哭声。开始只有玉莲妈一个人哭，接着，玉芝妈，玉柱妈，还有村里的其他女人，也都哭了起来。

我的嘎嘎！我的儿子！玉莲边叫边挣扎。她不愿上岸，谁拉她，她就抓谁。玉新的脸被她挖破了皮，流着血。玉新大声指挥着，快拉住她的手，别让她挖人！牛贤就拉住了她的手不放。她低下头，狠狠地咬着牛贤的手。牛贤却没有松手，任她咬去。就有了血。血从牛贤的手上流下来，滴到河里，很快被河水溶化了，又加上天已经黑，谁也看不到那血。

可是，牛贤对他舅耿解放说的那句话大家都听到了：舅，我要和玉莲结婚！

（原载 2010 年第 7 期《牡丹》）

图书在版编目（CIP）数据

银白莲／钱良营著. -- 北京：作家出版社，2024. 9
（钱良营作品集）
ISBN 978-7-5212-2907-3

Ⅰ. ①银… Ⅱ. ①钱… Ⅲ. ①中篇小说－小说集－中国－当代 ②短篇小说－小说集－中国－当代 Ⅳ. ①I247.7

中国国家版本馆CIP数据核字（2024）第105768号

银白莲

作　　者： 钱良营
封面题字： 李纯博
责任编辑： 宋辰辰
装帧设计： 老　左
出版发行： 作家出版社有限公司
社　　址： 北京农展馆南里10号　　**邮　　编：** 100125
电话传真： 86-10-65067186（发行中心及邮购部）
86-10-65004079（总编室）
E-mail:zuojia@zuojia.net.cn
http://www.zuojiachubanshe.com
印　　刷： 三河市紫恒印装有限公司
成品尺寸： 152×230
字　　数： 283千
印　　张： 21.75
版　　次： 2024年9月第1版
印　　次： 2024年9月第1次印刷
ISBN 978-7-5212-2907-3
定　　价： 268. 00元（全五册）

攻坚

钱良营作品集·长篇小说

作家出版社

要办一场头等大事时，如果村支书不到场，就显得这个家族很没面子，会让村人怀疑这个家族的成员是不是平时在村子里为人处世不地道！不然，怎么连村支书都请不来？

金龙湾村的人都认为，龙凤云之所以熬到三十多岁才出嫁，全是因为他金大强。在村人们眼里，是金大强把她耽搁了这么多年，人家好不容易找个婆家要出嫁，你金大强连个面也不露，显见得是心虚，是没良心！其实，金大强顾忌的不全是这些，在他心里，还有一种隐隐的担忧。

二十多年前，他还是个少年的时候，一个女人的死亡刺疼了他的心。龙三娘的老生子闺女，被大强喊着明姑的女人，被龙三爹五百元钱卖给了一个男人做老婆。那个能出五百元钱的男人比明姑大了三十多岁。他的前妻病死了，撇下两个孩子。明姑对于龙三爹把自己像牲口一样卖掉，给人家的孩子当后妈，一百个不情愿。在出嫁前的那天凌晨，她投进了金龙河！等天亮明姑被村人从金龙河里打捞上来的时候，身子已经泡膀，面色苍白！那张膀白的脸，在金大强幼小的心里烙下了难以磨灭的印痕。每当明姑那张膀白的脸在他眼前浮现的时候，他就想到了龙凤云。他希望龙凤云嫁个比他好上一百倍的男人，他希望龙凤云能过上美满幸福的日子！然而，龙满福却为龙凤云包办了一个让她不满意的婚姻。龙凤云为此婚姻伤心痛苦，曾多次向金大强流露出厌世的情绪。想到明姑的悲惨命运，金大强对龙凤云更加不放心！龙凤云出嫁的日子，会不会发生什么意外？这种担心，越发让他对不能去龙凤云家感到不安。

乡党委蔡秘书打电话下通知的时候，特别强调，明天上午八点整，在乡里召开脱贫攻坚乡村振兴动员会，要求各村支部书记必须亲自参加，不得迟到！不得缺席！不得顶会！所谓顶会，就是通知支书参加的会议，不得让村长或者其他村干部代替参加！

金大强平日里和蔡秘书也是随和惯了，虽然蔡秘书把“三个不得”咬牙切齿地强调了三遍，金大强还是硬着头皮把电话反拨

作 者 简 介

钱良营

河南周口市淮阳区人，中国作家协会会员。

在《十月》《当代》《青年文学》《北京文学》《清明》等杂志和报纸发表作品多篇。著有长篇小说《包公下陈州》《老街坊》《丁国庆的幸福梦》《草帽虎之恋》等六部，出版中短篇小说集《会走的湖》《陈州故事》等。《老街坊》获河南省精神文明建设“五个一工程奖”等多个奖项。另有二十余部作品获奖。

第一章

天还没亮，金大强就从床上爬起来，骑了摩托车，向村去。快要到村外的金龙河大石桥的时候，金大强突然感觉自己身躯变得轻飘飘的。接着，一个他从他的身体里飞出去，独自着摩托车反身向东驰去，直奔龙凤云家。而另一个他则骑着摩过了大石桥，向乡政府飞速奔驰！

金大强快要到达乡政府的时候，突然发现，一位骑自行车人斜刺里冲过来。金大强睁眼一看，骑车人正是乡办公室秘书麻。由于车速过快，金大强躲闪不及，把蔡麻撞飞。他自己也“呀”一声，连车带人倒在路边沟里！

金大强惊出一身汗！睁开眼，发现自己并非倒在路沟里，是还躺在绵软温暖的被窝中。他才意识到自己原来是做了“南一梦”。

俗话说，梦由心生。金大强这个梦，与他昨晚希望能让自有“分身术”的想法大同小异！今天是龙凤云出嫁结婚的大喜子。金大强本来已经答应龙凤云的父亲龙满福，说要过去帮忙应。可是昨天下午，突然接到乡政府的会议通知，把他要去龙云家帮忙的计划打破了。按金龙湾村的习俗，村里谁家要办红喜事，村支书作为全村最高级别的村官，是一定要到现场去帮照应的。即便平常和支书有些隔膜或者交往很少的人家，在自过去，嬉笑着问："喂，蔡麻，今儿没麻吧？"

蔡秘书回道："还麻呢，反腐败！作为清河乡党委秘书，哥哥我要起模范带头作用——酒，戒了！"

金大强醉翁之意不在酒，忙捧场喝彩道："赞！赞！麻哥，兄弟给你点个大大的赞！不过，哥帮兄弟个忙吧，明儿的会帮我请个假。"又压低声音说，"咱不搞腐败。改天我请你喝小酒——用老婆给的私房钱。"

蔡秘书认真地道："金大支书，别来这一套！别说请我喝酒，就是请我喝十，我也不能替你请这个假！这次会议是季书记亲自主持召开的，布置脱贫攻坚、乡村振兴工作，县里扶贫办还要来领导作指示呢！季书记会同意你缺席？明说了，不得迟到！不得缺席！板上钉钉！"

金大强急忙拦着道："亲哥哥，还有不得顶替，是吧？兄弟明儿确实有十万火急的大事要办，分身乏术呀！请你高抬贵手，就让韩秀女参加会议……"

不等金大强说完，蔡秘书就批评道："十万火急的大事？就你这么个小村官，有啥大事？你那事有脱贫攻坚的事大？有乡村振兴的事大？有建设社会主义新农村的事大？你这个金大强啊，思想认识不到位！你要真有十万火急的事情要办，直接向季书记请假去！"说完便把电话挂断了。

蔡秘书不叫蔡麻，真名叫蔡林，皆因这蔡秘书嗜酒如命，且一喝便醉，一醉便成了"麻旦"，因此，有人便给他的名字加了个广，蔡林被喊成蔡麻。一般的情况下求他，只要有酒喝，这蔡麻是不会推辞的。今儿蔡麻一反常态，可见明天的会议非同一般，金大强哪敢再张嘴向季书记请假！

乡里的会议不能缺席，金大强只得给韩秀女打电话，让她代表村委，早点儿到龙凤云家去帮忙照应。又给龙满福打个电话，说明自己不能去的原因。其实，龙满福从内心里并不情愿让金大强来他家。如果金大强在龙凤云出嫁时在他家出现，对他和龙凤云来说，都是非常尴尬难堪的一件事！龙满福听金大强解释他不能来的原因，便连声道："好！好！好！"

金大强听出龙满福的三个"好"字，表达了对他不能去他家有种幸灾乐祸的样子。金大强并不计较，为了凤云，如果不是和乡里的会议时间相冲突，即便龙满福不愿让他去，他也一定要去的！

金大强骑了摩托，赶到乡里，本打算到会场点个卯再悄悄离开。或者会议中间借出去方便的机会提前离开。这是过去常有的事，会也参加了，又不误办自己的事。可是今儿一到会场，他就感受到不一样的气氛！主席台上，除了书记、乡长，还有从县里来的领导。红纸黄字的会标，格外醒目："清河乡脱贫攻坚振兴发展动员大会"。这次会议规模较大，参加会议的各村支部书记，乡政府各部门的干部、工作人员。前几排的位置上，还坐满了一些不太熟悉的面孔。金大强寻个位置坐下，悄悄地问一下邻座的一个熟人，才知道主席台上的县领导，有分管扶贫工作的副县长，县扶贫办的主任。前边那几排坐的人，都是从县里各机关抽调的干部，派到各村去的第一书记，协助各村扶贫脱贫工作的工作队长。金大强这才意识到，怪不得蔡林不为自己请假，原来今天的会议非同一般！村里扶贫工作怎样做？脱贫攻坚战怎么样打？乡村振兴如何搞？看来，今天的会议是要布置清楚的。自己如果真的耽搁了这次重要会议，说不定会受很大的损失！与这次会议相比，去龙凤云家照应帮忙的事情，就显得微不足道了！然而，龙凤云熬到三十多岁才出嫁，毕竟是耽搁在自己身上。和龙凤云好了那么一场，在她出嫁时不去看看，总觉得十分内疚！

能不能想个两全其美的方法，既把今天的会议精神领会了，又能到龙家去……金大强正暗自思考，只听主席台上季书记点名道："金大强！金龙湾村的金大强来了没有？"

金大强急忙站起来，答道："季书记，到！"这个"到"字是他在部队时养成的习惯，显示出一种雷厉风行的作风。

季书记摆了摆手，严肃地说："坐下吧！听说你准备请假？有重要的事情要办？我先给你敲个警钟，个人的事再大也是小事！会议不结束，连会场都不能出去！听见没有？"

金大强头皮发麻！这个蔡麻，没能帮上忙，反倒把自己给出卖了。季书记这是敲山震虎！看今天这场面，半路逃会是不可能的了，只有盼着会议早点结束。最好能在十一点前结束！他骑上摩托，二十分钟就能赶回村里。那时候，说不定接新娘子的车还没走呢。可是，越是着急，时间过得越慢！季书记本来就是高理论水平，下村里给群众讲话还是一套一套的，何况今日开这么重要的会，要给支部书记们作报告呢！季书记站在全省乃至全国的高度，讲了脱贫攻坚、乡村振兴的重大意义。在脱贫攻坚工作中，如何加强领导，发挥基层组织和党员干部的带头模范作用，如何排查摸底、登记造册、把各村的贫困户调查清楚，各村党支部要成为脱贫攻坚的火车头，支部书记要成为振兴乡村经济发展、带领群众脱贫致富的领头雁，等等，季书记一口气讲了二十几条。最后，季书记还讲了许多经典句，比如："一人富，不算富，全村脱贫才算富！"比如："支部书记带了头，百姓才会跟着走！"再比如："亏了支书我一人，富了全村千户邻！"等等，都是鼓舞基层干部带领群众脱贫致富的专业用语！好容易等到季书记把话讲完，县里其他领导，县扶贫办主任等又分别从不同的角度，对如何做好扶贫脱贫、乡村振兴工作讲了话。

眼看已经到了十一点，季书记才宣布散会。

金大强走出会议室的门口，习惯性地掏出口袋里的手机。会前把手机调到了静音状态。此时打开一看，发现十多个未接电话。除了未接电话，还有韩秀女发来的短信：金支书速回！龙凤云出大事了！

金大强惊出一身冷汗，来不及和别人打招呼告别，便骑了摩托，风驰电掣般地向金龙湾驶去！

第二章

龙凤云之所以熬成了老大姑娘，全是因为他金大强。他清楚，直到现在，龙凤云心里还想着自己，恋着自己。但是，婚姻上的事有时候就有点怪，真心相恋的人并不一定能成为夫妻。书上写的“有情人终成眷属”，对乡下人来说，完全是骗人的鬼话。如果不是骗人的鬼话，那就是对城里人说的，是那些读书多的人写的。乡下人的婚姻绝不是这样。乡下人的婚姻延续的依旧是媒妁之言，父母之命。金大强本身的婚姻就是一个佐证。

金大强和龙凤云从小学、初中一直到高中都是同学。金大强的学生时代，村里人还没有看出他有多大出息。他长了一个高而细的像秫秸秆一样的身材，圆圆的脸上是又灰又暗的菜色，鼻梁也不太高，只有那双眼睛是深邃明亮的，眼神里时常流露出一种深沉的目光。深沉忧郁得与他十几岁的年龄极不相称。这种深沉忧郁的目光来自一个十几岁的少年，绝不是偶然的。这与他从小就被村里人用歧视的目光来看待有关。

他七岁那年，和同班同学龙聪因为一块橡皮打了架。龙聪在挨了他不轻不重的一拳头之后，便连声骂他，“带犊子，带犊子……”龙聪的骂声引得同班同学对他一片嘲笑。那时候金大强还不理解带犊子的确切含义，但他听出那是一种羞辱，是一种咒骂，那好像是别的同学所没有的一个人生的污点！他被龙聪的咒骂和同学们的嘲笑刺疼了稚嫩的心，他感觉到自己的心在颤抖、在流泪！

那个时候，龙凤云勇敢地站出来替他解了围。龙凤云冲到龙聪面前，以自己是村支书女儿的高傲身份制止了龙聪的骂声。

龙凤云道："龙聪，你再骂金大强，俺回去告诉俺爸，收回你家分的责任田！"

龙凤云虽然声音不高，却一下子震慑了龙聪，让他立刻噤了声。他敢于辱骂金大强，但却不敢得罪龙凤云。因为龙凤云是村支书龙满福的宝贝女儿！而他的父亲龙老奔确实正为当年入社时交给集体的那片连花土地去求过龙满福。

龙凤云的那句稚嫩的话，如同龙聪的那句"带犊子"一样烙在了金大强的心里。直到多少年以后，金大强回味起那句话，还刻骨铭心地意识到，权力是一种多么重要的东西！如果他有一个当村支书的父亲，龙聪敢肆无忌惮地骂他"带犊子"吗？

金大强哭着问他的母亲"带犊子"是什么意思，金母抱着不谙事理的金大强泪水满面。金母没有给他讲"带犊子"的确切含意，只是哭声道："娃啊，咱娘儿们的命苦哇。往后在村里别跟人家孩子格（打架），咱不胜人家啊！"

金大强稍大一点的时候，他终于明白了自己的身份。原来他不是金龙湾村金姓的根，他是金龙河上游五十里远的一个叫王洼村的王姓的根。他两岁的时候，他的亲生父亲因得了急性脑炎过早地离世，撇下他和母亲孤儿寡母两人。他的母亲本来没打算改嫁，但却时常受到一个比她大三十多岁，且与大强的爷爷同辈的老光棍的骚扰。在王洼村实在待不下去了，母亲便背着他沿着弯弯曲曲的金龙河向下游走来。几天的跋涉劳累，母亲饿昏在离金龙湾村不远的河堤上。看到母亲躺在地上一动不动，幼小的大强趴在母亲身上"哇哇"大哭。

哭声引来了正在远处的田野里给玉米浇水的一个男人。那个男人叫金福。金福是个身体非常强壮的男人，只是长了一脸的麻子。麻子成了他的缺陷，到了三十二三岁还是光棍一人。善良的金麻子便背了这个饿昏的女人，抱了两岁的孩子回了自己的家。后来，金麻子便顺理成章地成了这个两岁孩子的父亲。金麻子给这个两岁的孩子起名叫金大强。金麻子三十多岁又娶老婆又得儿子，真是双喜临门，自是喜不自胜。虽然那是个特殊的并不富足的年代，但金麻子还是依照金龙湾的老规矩办事，该请的媒婆请了，该下的帖下了，三大媒人八大证婚一个都不缺少。酒席虽然不太丰盛，但也摆了几桌。请来了金龙湾村有头面的一大班子人。这对大强的母亲来说，确实是很长脸的事。因为金麻子并没把她当成二婚头来娶。两年多之后，金母又生了二强。按照一般的规律，如果有了自己的亲生骨肉，金麻子就不会再疼爱大强了。但二强的降生并没减少金麻子对大强的疼爱，他像爱自己亲生的二强一样一如既往地疼爱着大强。从地里逮回来的蛐蛐，一定是每人一只。从金龙河摸上来的鲤鱼，炖熟了他一口一口地喂着小弟兄俩，决没有丝毫的偏爱。这个善良的金麻子之所以如此疼爱大强，在他看来，大强才是他的福音，才是他的“媒人”！没有大强的哭声，他金麻子会发现那个饿昏的女人吗？他会有这个虽然清贫，但却有女人有孩子有欢笑有疼爱的家吗？庄稼人能有个这样的家太不容易了，他金麻子有这样一个家更不容易！

可是，好景不长，在一次给村里建房时，金麻子被房檐落下来的一根粗壮的榆木梁头砸破了脑袋，脑浆和着血水溅在了所有在场人的身上和脸上。

那根梁头本来是砸向龙老奔的。金麻子发现梁头在滚下来的那一瞬间，冲上去用自己的头顶着了那根梁头！那意思很明确，他要把梁头顶到一边去，使滚落的梁头不至于伤到龙老奔。结果那根梁头的重力全砸到了金麻子的头上！

金大强失去了他的第二个父亲，但五岁的他早已认定了那是自己的亲爸爸！有很长一段时间，他感到失去父爱的孤单，他哭着向整日以泪洗面的母亲要爸爸。金母告诉他，你爸爸出远门了，去了很远很远的地方。爸爸出了远门，但金龙湾的老少爷们没少关心他娘俩，每年的口粮不够吃的，队里便把金麻子的那份照样分给了他家。金母一人挣的工分少，年终决算时总要欠些工分，队里的工分就是钱，欠的钱队里都给免了，后来连大强在村小上学读书的学费也给免了。

长大一些的时候，大强渐渐地懂了，那个很远很远的地方是什么地方。其实，那个地方并不遥远，在金龙河向东南方向拐弯的一段河堤旁边，有一个小小的土丘。一年有四个时间，一个是清明，一个是七月十五鬼节，一个是十来一（也就是农历十月初一）送寒（衣）日，再一个就是每年的腊月最后一天，金母带着他和二强来给那个小土丘烧纸。他便知道了那个小土丘里掩埋着他的父亲金麻子。他再见到那个土丘就像看到了父亲那张慈爱善良又长满了麻子的脸！

他当兵回来那年的一天，忽然从王洼村来了几个男人，要他回王洼村归根认祖。他断然拒绝了！他说他的父亲就在金龙河的河堤旁。他的根就在金龙湾，是金龙湾收养了他和母亲，是金龙湾的老少爷们把他抚养长大的，他还没有报答金龙湾老少爷们对他的抚养之恩，怎么能离开金龙湾呢！

金大强还清楚地记得，龙聪骂了自己带犊子这句在金龙湾人视为最恶毒的话后，回到家并没吃到好果子！龙凤云向龙聪的父亲龙老奔告了这一状。

老实憨厚的龙老奔愤怒地责问龙聪："你这样骂大强啦？"

龙聪还在犟嘴，是他先用了我的橡皮……

话没说完，龙老奔粗糙的大巴掌已经打在了龙聪的脸上："妈拉个 × ！咱湾子里人谁家的孩娃你都可以欺侮，就是不能欺侮金麻子的孩娃！"

一边骂着，一边用手扯了龙聪的耳朵，拽着龙聪一口气奔到金大强家。见金大强正扑在金母怀里痛哭，金母也流着眼泪。

龙老奔对龙聪吼道："快跪下给你福嫂子赔不是！给你大强侄

子赔不是！以后再敢骂你大强侄子，我撕烂你的嘴！我要了你兔崽子的小命！”

龙聪在龙老奔的威逼下，向金母和金大强跪下了。

金母慌忙起身拉起龙聪，一边擦着泪向龙老奔说：“老奔叔，别怪孩子！都怪俺，怪俺命太苦了，怪俺家太穷了！连块橡皮也给孩子买不起。”

就是从那次以后，金大强便知道了自己是个带犊子。但也是从那时起，金龙湾的人再没有谁骂他带犊子。

金大强终于在贫穷中长大了，长高了。虽然他在金龙湾没有再受到歧视，但是，他已经从内心里感受到了自己与村里其他孩子不尽相同的身份！这种身份让他产生了一种自卑感，也造就了他具有其他村里孩子所没有的那种坚忍的毅力！

初中毕业后，他才十五岁，就要回家里干活。家里分的几亩责任田，全靠母亲一个人耕作。母亲一天到晚在地里耕作，犁地耙田、春种秋收、施肥除草，好像地里有永远干不完的活计。看着还不到四十岁的金母，满目的沧桑，满头的白发，满脸的皱纹和过早佝偻的身躯，金大强决定不去念高中了。他要回村里种地。他要担起这个三口之家的担子，要靠自己的双手到地里刨食，改变家里贫穷的面貌！

但是，金母不同意他辍学。金母逼着他去读书！

金母吓唬他说：“大强，你要是不去读书，不去念高中，娘就投金龙河里去死！”金母是哭着对金大强说的这句话。

金母的泪水淋湿了金大强的心！

金大强哭着说：“妈，家里地里，你一个人干活太苦了！”

金母说：“妈愿意！妈就是要让你去念书，念完高中再去念大学！上了大学成了公家人，咱家就不会受人欺负了，咱家就不会受穷了，妈也有福享了。”

金大强拗不过母亲，也为了让妈实现“有福享的”梦想，便继续到县城高中去读书。

这样，金龙湾村就有两个学生同时去县高中读书，一个是金大强，另一个是支部书记龙满福的女儿龙凤云。

金大强和龙凤云在村小学里同时读完了小学，在乡初中同时读完了初中。在这两个阶段，一个是两小无猜的天真童年时期，作为男生女生的两个孩子，都是天真无邪的。两人一块背着书包上学，一块放学回家，一块做老师布置的作业。作业做完了，一块到金龙河岸上的小树林里去给羊割青草。龙凤云没有金大强割得多，就偷偷地把金大强篮子里的草抓一把放进自己的草篮子里。有时被金大强捉住了，又象征性地抓回一把，但总是没有龙凤云抓走的多。到了初中阶段的少年时代，两个人的心理都发生了变化，那种“男女授受不亲”的格言便演变成为少男少女交往的一道鸿沟。两个人的心都还想着对方，都还渴望着去接触对方，但谁也不敢跨越雷池一步。少男少女的羞涩感，使两个人都不敢过多地接触。即便有短短的相遇，说上几句话，也是左顾右盼，生怕暗里被熟悉的目光盯了梢。

初中阶段很快结束了。如果金大强不去读高中或者龙凤云不去读高中，两个人没有了相处的机会，小学或初中时的感情或许会成为两人各自遥远的记忆。少年时期的青梅竹马，可能仅仅化作遥远的记忆。但两人都去了县高中读书，就有了机会，有了条件，特殊的感情就得到了恣意的升华！

金大强上高中的时候，还穿着金麻子留下的一件破蓝布对襟棉袄。到了春天，金母把袄里面的破棉絮掏出来，缝成夹衣给他穿。待下秋天气渐凉的时候，金母再把破棉絮装进去。

相对来说，龙凤云的条件比他优越多了。龙凤云虽然比不上城里那些女学生阔气，但她毕竟是龙满福的掌上明珠，是金龙湾村的公主。龙凤云每年都有两身新衣服穿！虽然布料是那种俗气的大红大紫的花色，但穿在龙凤云身上，便显出了美和艳来。龙凤云的长相并不俗。她的脸是那种典型的瓜子脸，眉毛细细的像两道弯弯的月牙，眼仁黑白分明，像一湾清水，抿嘴一笑露出一口齐整的玉米牙！

每周星期日下午去十多里远的县高中上学，龙凤云是骑着自行车去的。那辆自行车虽然只有六成新，且是“二八”型的老式加重型，但总比步行要轻松方便得多！

那天，龙凤云骑着车子出了村，过了金龙河上的石桥，便在桥头下了车，停在一棵老柳树下，在那里等着。等到十分钟左右，金大强背着书包从桥上下来了。龙凤云见金大强过来了，才推了车慢慢地往前走。她在等金大强赶上自己。

金大强终于赶上了龙凤云，见龙凤云有车子不骑推着走，便好奇地问：“咋不骑上，是车子坏了？”

龙凤云便道：“车子倒没坏，车座太高。”

金大强便说：“那就把车座降低点！”

龙凤云嗔怪道：“笨样，这儿哪有修车的！”说着拿眼去斜觑金大强。

金大强的目光游移不定地躲避着龙凤云的目光，看着远方的田野说：“要不，俺骑车带你走？”

龙凤云的小阴谋得逞了，自然很乐意，把自行车交给金大强，又从金大强那里接过书包，自己背了。

金大强的腿长，左腿一跨便上了车。他用两只脚踮地支撑着，直到等龙凤云在后边的车架上坐稳妥，他才蹬了自行车驶去。

后来的两年时间里，龙凤云的自行车座便一直没有找修车匠降低。每周来来回回二三十里路都是金大强骑车带了龙凤云。

金大强和龙凤云的故事就这样悄没声息地发展着。

高中阶段的青年男女，已经冲破了少年时期那种自我封闭的羞涩防线，他们萌发出来的感情像火山一样不可遏制地喷发着，他们用各种方式向异性释放着自己的情感的火花！在龙凤云那里，金大强的修长身材，金大强日渐丰腴起来的国字脸庞，金大强深邃而明亮的眼睛，金大强坚忍的充满毅力的个性，甚至包括金大强的致命弱点——自卑的心理，都是龙凤云的最爱！开始，两人虽然同年级但并不在同一个班级。后来，龙凤云以种种借口向班主任要求，把自己调到了金大强所在的班级。在金大强那里，虽然面对龙凤云，全身都萌动着一种冲动，但他却竭力把这种冲动压抑着！每当龙凤云向他示爱时，他常常想，这可能吗？龙凤云是支书的女儿，是金龙湾的“公主”，而自己是个没爸的儿子，家贫如洗。即便龙凤云愿意嫁给自己，龙满福会同意把自己的掌上明珠嫁给他吗？龙满福不会看着自己的女儿在自己的眼皮子下吃苦受穷的！每当想到这些，金大强的心里就充满了矛盾和痛苦！他时常在矛盾和痛苦的旋涡里挣扎。一个他说，放明白点吧，穷小子，你想娶公主当媳妇，早晚是竹篮子打水一场空，还是赶快死了那份野心吧！等高中毕业回到家，老老实实让叔伯婶娘给你介绍个门当户对的农家闺女吧！另一个他却说，龙凤云那么爱你，你也爱她，你能忍心割爱她？就算她家中的人反对你们的婚姻，但是，只要真心爱，就要勇敢地去爱她！家庭贫穷算什么？你们可以用自己的知识、用自己的能力去创造财富。只要肯吃苦不怕累，贫穷是可以改变的，命运是可以改变的！财富是能够创造的！

高中快毕业的时候，两人的秘密被龙满福发现了！

那个星期日的下午，龙满福开完会从乡里回来的路上，看到了让他震惊的一幕！

金大强骑着车从对面驰来，车的后座上坐着他的宝贝女儿龙凤云。如果单单是金大强骑车带着龙凤云倒也罢了，但偏偏在那个时间，他看到坐在后边的龙凤云两手紧紧搂着骑车人的腰！他看到龙凤云的脸紧紧地贴在金大强的背上！那张耐看的小脸蛋当时充满了幸福和甜蜜。龙满福之所以震惊，就是因为他看到这一幕后，立刻就意识到自己的宝贝女儿与这个金龙湾村家里最贫穷的金大强的关系已经不同寻常！他后悔自己没有及早发现这个秘密。他不了解自己的女儿和金大强已经走到了哪一步？不！就是走到任何一步，龙满福也要把自己的女儿拉回来。他的女儿绝不能嫁给金大强！以他龙满福的身份，他的地位，再加上女儿的长相和高中生的学历，龙凤云在全乡找个对象是随挑随拣的！甚至在城里找个拿工资的工人也是不难的！而他金大强，家庭贫寒且不说，仅是带犊子这一条，让他龙满福有何颜面在金龙湾当这个支书？除此，还有一个让他不能对人言讲的秘密，更不能使他和那个金麻子的遗孀成为儿女亲家！

那一刻，他看见越来越近的自行车，便背过脸去。

骑车人也发现了他，惊慌失措地从车上跳下来，扶着车站在那里，声音怯怯地说："大伯，您回来了？"

龙满福"哼"了一声，看见自己的女儿脸红扑扑的，低头不语站在路旁，便道："一辆破车坐两人，也不怕把车压坏？"

龙凤云争辩道："车座太高，俺的腿够不着脚蹬子！"

强词夺理！龙满福脑子里想出这句反驳女儿的话，却没有说出来，而是"哼"了一声，转身走了。

后来，龙满福在了解到龙凤云爱金大强已经到了不能自拔的地步时，他来到了金大强家。他没有见到金大强，他是故意趁金大强不在家时去找金母的！他以支部书记的身份和金母谈话，让金母感到意外。当金母从龙满福拐弯抹角的话语中听到龙满福找她的目的后，便道："你说的话俺懂，你放心吧！俺决不会再让大强去找凤云。凤云是个多好的闺女呀，不能让大强坏了闺女的名声！"

龙满福道："凭良心说，我对你家大强照顾得咋样？虽然是你带来的儿子，可我也没把他当外村的孩子对待不是？"

金母听他这样说，便寒下脸来，正色道："龙支书，孩子是俺带来的不假！但俺嫁给了金麻子，金麻子就是他爸，他和二强都是金麻子的根！让大强不和你家凤云来往可以，但你说啥带来的、外村的，这不是寒碜人吗？"

龙满福一听忙道："算我这嘴臭，不该说这话！你别介意，我是说……咳，不说了。总之，咱一个村住，低头不见抬头见，两个孩子来往多了，搁到谁家也不显好！”

那个星期六的下午，金大强回到家，感觉气氛不对，往常笑盈盈迎接他的金母一反常态。他喊了声“妈，我回来了”。金母没有停下手里的活，甚至连看他一眼都没有，只是鼻子里“哼”了一声。他急忙放下书包，去夺金母手中为猪剁野菜的菜刀。可是金母却不撒手，用另一只手把他推到一边，更加发狠地剁着野菜！一边剁一边眼泪就流下来。金大强着急地问：“妈，您是咋了，谁欺侮咱了？”

金母这才道：“人家养儿为孝顺，俺养儿让娘生闲气！”

金大强一听，急忙弯下腰，掏出手帕为金母擦去流到腮边的泪水，一边赔笑道：“妈，是二强惹您生气啦？待会儿他回来我揍他一顿给您出气！”

金母把菜刀狠剁一下，便停了刀，抬起头，仰脸看着大强，问道：“你说，你和龙支书家的大闺女咋啦？”

金大强一听，心里一惊，便沉下脸来。原来，母亲是生自己的气，看来母亲已经知道了自己和龙凤云的关系。从母亲难过伤心的样子来看，龙家人一定是来找过母亲，说了一些令母亲生气的话，不然母亲是不会如此的。果然，金母见金大强怔怔的样子，便说：“龙支书到咱家来过了。”

金大强听母亲如此说，什么都明白了。他一言不发地走进屋里。屋里的光线已经暗下来！他躺到床上，仰着脸怔怔地看着屋顶发黑的梁檩。他不想知道龙满福到他家来都说了些啥，又是如何给他母亲说的，但他已经清楚地意识到了龙满福的态度。龙满福的话一定让母亲伤透了心！

金母赶到屋里，看大强那种痛苦的样子，心里也不由难受起来。儿子不缺胳膊不少腿，要文化有文化，要模样有模样，咋就配不上你家闺女了？你不就是嫌弃俺家穷吗？你不就是嫌弃他是俺带来的孩子吗？可是，你家闺女喜欢他，这不是俺儿子的错！你倒来责怪俺儿子了！金母心里这番牢骚话，并没有说出来。毕竟家里太穷，自己底气不足，不敢高攀了龙支书家的闺女嫁到家里吃苦受累。因此，她只得轻声地劝着大强："儿啊，俺不是不让你和龙凤云好，是咱家攀不上她家那高枝！人家的闺女娇养惯了，到咱家能吃得了苦？咱庄稼人娶媳妇就是为了能干活、生孩子，过平平安安的日子。就得讲个实打实！"

金大强陷入了矛盾和痛苦之中。尽管龙凤云执着地痴痴地爱着他！但他是个孝子，他不能违背母命，他不能为了自己的幸福而惹母亲伤心痛苦！再说，也许龙满福和母亲是对的，龙凤云应该找个比他更优秀更富有的丈夫！他是个穷光蛋，他又有那样的身世，龙凤云嫁给他会得到幸福吗？与其让心爱的人嫁了自己跟着受穷受苦，倒不如早点割断这种感情上的牵连！

后来的日子里，他便有意地躲避龙凤云。每周日下午上学或每周六下午从学校回家，他都故意找一些借口耽搁自己，让龙凤云骑了车子先走。他宁愿步行奔波也不再和龙凤云同骑一辆车。在课余时间里，龙凤云找他出去散步或到街上买东西，他都借故推托。他用自卑的心把自己的真实情感掩盖起来！在行动上，有意地疏远着龙凤云。

金大强的态度，让龙凤云感到莫名其妙又万分痛苦！她不知道金大强为何要疏远自己，难道自己哪一点对不住金大强？或者在自己和他相处时，哪一点行为不当得罪了金大强？她从金大强游移不定的目光里，看到了对方对自己的躲避和疏远。而恰恰是那种目光，却更强烈地吸引着她！任她用任何力量也割不断那份情感和思念！

在他们高中将要毕业时，部队到学校征兵，这对金大强来说是天赐良机。只要能当上兵，既可以逃避饱受情感折磨的痛苦日子，又给自己的人生找了一个很好的出路——在那个时候，像他这样的家庭状况，能当上兵确实是不错的选择！报名、体检、政审等程序都瞒着龙凤云悄悄地进行着。直到入伍通知书下来了，龙凤云才在同学那里听到了金大强要去当兵的消息！

龙凤云在学校的操场里找到了金大强。

看龙凤云激动的神情，金大强故意以平静的口气问："有事吗？"

龙凤云的声音都是颤抖的，那里边满含了责备、怨恨和爱怜："为什么瞒着我？"

金大强的目光望着远处的一棵柳树，道："你不是都知道了吗？"

龙凤云的眼泪掉下来了，她痛苦地道："我不要自己知道，我要你亲口告诉我！"

金大强没有收回自己的目光，他答非所问地道："当两年兵回金龙湾，我还是个农民！"

龙凤云气得睁大了眼睛，她的声音都变了调："金大强，你什么意思？你心里明白，不是你检查上了兵我才爱你的！"

金大强终于把目光从那棵柳树上收了回来。他盯着龙凤云，一字一句地道："可是我不配！凤云，咱们要面对现实——你爸，他不会答应咱俩的！"说完，头也不回地走了。

剩下龙凤云呆怔怔地站在那里。

金大强当兵走的那天，龙凤云没有去送他。汽车启动的时候，他的目光朝人群里搜寻着。他没有看到那张熟悉的面孔。他想，龙凤云一定不知道自己今天走，也怪自己没有告诉她。如果她知道，她一定会来送他的！

其实，那天龙凤云正在家里和龙满福闹气。龙凤云很容易就弄清楚了金大强之所以疏远自己的原因就发生在龙满福身上。这个被龙满福自己娇惯的宝贝女儿和他争吵了整整一个上午！对女儿疼爱有加的龙满福在女儿的吃喝用度上，从来都是宽松放任的。唯独在女儿和金大强的婚事上，他坚决反对，并寸步不让。他让龙凤云对金大强死了心，只要他当着金龙湾这个支书，龙凤云就别想嫁金大强！龙满福甚至说，金大强要娶他龙支书的宝贝女儿做老婆，那是叫花子想娶皇帝的公主！而龙凤云也是铁了心要嫁金大强，如果龙满福执意要逼她嫁别人，龙凤云宁愿去投金龙河！

金大强当兵三个月时，收到了母亲让二强写来的信。信上说，家里一切都好，妈也好。只是咱家又添了一个姐姐。这个姐姐叫齐兰花，是龙支书老婆的娘家侄女，是龙支书让他老婆送来的。说是来慰问支援咱军属家干活，现在就在咱家吃、住、下田干活。样子也不算太难看，就是脸长了点，还有几个黑雀子，门牙大点。对了，支书他老婆说，等你当兵回来，就让你俩把婚事办了。到那时，俺才能喊她嫂子……

金大强没看完信，便暴怒地把信撕碎。接下来，又把同宿舍里所有战友的水瓶都无缘无故地摔了！

为此，他挨了班长一顿臭骂。

第三章

本来是个大喜的日子，龙满福家却闹成了一锅粥。

上午九点多的时候，被龙满福选作乘龙快婿的许大斗坐了花车前来迎亲。许大斗请来了全县最有名气的响器班子来助兴，全村男女老少像赶大集似的把龙满福的院子围了个水泄不通。

龙满福的四合院在村子东头的一块高地上，正屋是四开间的两层楼，墙壁用白水泥粉过，楼檐用带有喜鹊登枝图案的瓷砖镶了，窗户像城里人家的房子一样用的是铝合金玻璃窗，高高的大门楼也用瓷砖贴了面！一副镶嵌在门两旁的对联“紫气东来福满楼，向阳门第人气盛”，更显示出这家主人在这个村子里的特殊地位。的确，龙满福家的四合院在金龙湾村，那气势、那派头，都算得上是“小秃子摘帽——头一明（名）”！

迎亲的花车和响器车都停在院门外的村街口。

新郎许大斗下了车。

许大斗下车的时候，围观的人群里就发出一阵意味深长的笑。许大斗的个头有铁锨把高，但横向发展却接近于擀面板。他的头很大，眼睛也不算小，像两个铃铛挂在稀疏的眉毛下，扁平的鼻子下是一张阔嘴，下巴与脖子连在一起，让人分不出哪是下巴哪是脖子。更让人眼前一亮的是他的头顶，那是绝对的聪明绝顶的象征，头上三分之二的地方寸“草”不生！若要站在上面观察他的头顶，会把那当作一个硕大的葫芦。在葫芦的下端，也就是紧挨两个小耳朵的部位，长出了一圈稀疏的毛，就像谁在那葫芦上缠了道灰布条。许大斗穿了一身肥胖的西装。西装是浅蓝色的，胸前的左侧还挂着个显示名牌服装的标志牌。这身西装的价格一定不菲，但穿在许大头的身上，却无论如何也体现不出它的名牌效果来！

见围了那么多人，许大斗便嘿嘿地笑着，回身从车里拿出一条香烟拆开，向人群里散去。人群里那意味深长的笑便变成了言不由衷的问好声。

响器班子吹的是《纤夫的爱》，曲调高亢明亮，很是喜气热烈。被人们唤作百里红的唢呐手，长发绾在头顶，盘成一个高高的髻，那髻随着百里红演奏时头的晃动颤动着！吹到忘情处，百里红竟跳到了方桌上，边摇头晃脑地吹，边扭动着像蛇一样的腰身。这样，她胸前的两个大奶子便像两个藏在衣服里边的小兔子，随时都要跳出来的样子！

围观的人群里响起了叫好声和鼓掌声。

许大斗已经走进院子。

龙满福的老婆齐姑，前来帮忙的村干部韩秀女，齐姑的娘家侄女齐兰花，以及龙凤云的两个弟弟龙跃、龙进等在院子里迎候着新郎。

许大斗进院门的时候，齐姑就感到自己眼前一黑，心里像塞了麦糠似的又刺又乱！其实，对这个门婿，齐姑压根就不满意。且不说许大斗那长相和年龄委屈了自家闺女，单就二婚头这一条，就让齐姑觉得亏得慌！想想吧，一个如花似玉的黄花大闺女，媒茬提了不下三十好几个。那里边种庄稼的本分人，当兵回来的退伍兵，还有高中毕业的回乡青年，甚至还有给娃娃们讲课的老师，城里麻纺厂的工人，乡水利站的干部……挤着眼摸一个拣一个也比他许大斗强十倍、百倍！但龙凤云愣是一个也没看中。婚事一年一年地拖延下来，龙凤云从十六七岁的小姑娘拖到了三十多岁的老大闺女！

龙满福当支书兼村长那些年，说媒的几乎踏破了他家的门槛。打去年乡党委宣布复退军人金大强接了他的党支部书记后，他村长的职务已经有名无实。单等着换届选举时走个程序把村长的位置让给人家！龙满福在金龙湾已经不是跺三脚连金龙河水也要起三尺浪的人物了，谁还上赶着巴结他，非要给他家解决这个老大难问题？

龙凤云早已过了美好的青春时期，眼瞅着闺女三十出头了还没嫁出去，两口子便急得冒火！大儿子龙跃已经二十五岁，二儿子龙进也二十出头了，早已到了男婚当娶的年龄。龙满福发了话，闺女嫁不出去，媳妇就别想进门！最焦虑发愁的还是齐姑。胆小怕事的齐姑嫁给龙满福三十多年来，一直逆来顺受，低眉顺眼地顺着男人。男人说一她从不说二，男人对外说，俺家的公鸡会下蛋。她也就顺着说，是哩，俺家的公鸡刚从鸡窝里“咯咯咯咯”叫着飞出来，俺去收鸡蛋，鸡蛋还热乎着哩。听的人都撇着嘴笑，笑齐姑的痴和老实，笑齐姑的懦弱。为龙凤云的事，齐姑常常在心里自责和怨恨自己。其实，齐姑早就知道，闺女心里早已相好了一个男人，那是闺女从小学到高中都在一块上学的一个男人。那个男人就是娘家侄女齐兰花的丈夫，现在金龙湾的支部书记金大强。可不知船弯到了哪儿，龙满福就是不答应这门亲事。为了让龙凤云对金大强死了心，龙满福指使齐姑把自己的娘家侄女介绍给了金大强。满想着金大强和齐兰花结婚后，龙凤云便能忘了金大强，可是龙凤云对上门介绍的对象一个也相不中。开始，龙凤云还见个面，后来，只要一听媒婆进了院，便躲进自己的小屋里，任凭外边把门敲翻了天，她就是不开门！

龙满福见凤云这样，便把一肚子火发泄到齐姑身上，闺女恁任性都是你娇惯的！老人的话她一句也听不进去！挑！挑！到牲口行里买骡子买马也没她这个挑法！话说得既不论理又难听，齐姑却不敢反抗，只是赔着小心说，她爸，总得想个法子呀！龙满福恨恨地道，想她娘的鸟法子，都是你生下的这个罪孽，让老子一天也不能安生！

一甩手出了门。

那天，龙满福出去了整整一天，到天挨黑时才一步三晃地进了家。一进门，便吆喝道："凤云，快出来，老爸给你找了个好婆家！"

齐姑把醉醺醺的男人安置到椅子上，又忙着给男人倒碗水，才小心翼翼地问："男孩是哪庄的？人咋样？"

龙满福喝了一碗水，酒劲下去了大半。见凤云从自己屋里出来，在门外收拾着晾晒的衣服，显然是在注意听自己说话，便道："这个人家好哩！是前许村的，叫许大斗，包工程的，在县城里盖大楼哩。有钱！"说着，从内衣兜里掏出五捆百元大票。"这五万元是给的订婚礼。是前许村支书许得意说的媒。男的前妻伤了，撇下俩孩子，年龄大了点，但年龄大几岁知道疼人！闺女嫁过去就当娘，也省了生孩子的心……"

他越说越不照套，龙凤云侧着耳朵把爸的话全听进去了，没等龙满福说完，她便哭着道："要嫁你嫁给他，俺死也不会嫁给他！"说着跑回自己的屋里把门一关，号啕大哭起来。

龙满福便跳了起来，奔到凤云门前，骂道："有你这样的闺女给爸说话的吗？你以为你是金枝玉叶哩！你想找好人家，看看十里八村，哪家的好男人还没娶媳妇单等着你哩？就这，还是恁爸觍着老脸求许得意说的媒，还请人家喝了一场子酒才成的事！哼，这门亲就这么定了！你嫁也得嫁，不嫁也得嫁，就是死了也是他许大斗的人了！"

屋里的哭声越来越高。齐姑低了声对龙满福道："她爸，你进屋消消气，让云儿好好想想……"

龙满福火气更大："有啥可想的？她都恁大了，还想挑剔啊！"

龙凤云便哭着大声说："我也不是牲口，你说卖就把我卖了！"

龙满福说："咦，咦，你听听，她说俺把她卖了！俺养她三十多年了，吃多少，花多少，就顶这五万块钱吗？五十万一百万也不止！”

齐姑也道：“凤云，你爸说的也是，谁家闺女出嫁婆家不纳订婚礼？何况，咱还要置办些嫁妆——嫁妆将来还不都是他许家的！”

龙凤云哽咽着说：“我高中毕业后就给家里干活了，这家也有我一份，谁想赶我走，没那么容易！”

龙满福一听，哼一声道：“这是你闺女家说的话吗？实话给你说，好日子都定下了，三月初六的好，到那天许大斗来拉人，你不走也得走……”龙满福说完，把脚一跺回堂屋睡觉去了。

齐姑敲开凤云的门，又絮絮叨叨地劝说了凤云好大一阵子，凤云总算不哭了。

好期越来越近，龙满福和齐姑张罗着给龙凤云置办嫁妆，村里金、龙两姓人家远亲近邻，听说龙凤云三月初六要出嫁，也都来添香祝贺。老村长的院里日渐有了喜庆的气氛。

与这种喜庆气氛格格不入的是龙凤云的态度。龙凤云虽然没有再大吵大闹过，但她对这件事却置若罔闻。在外人看来，这件事好像与她没有任何关系。龙满福和龙跃去为她买的嫁妆，拉回来问她满意不满意，她冷冷地回答，随便！齐姑张罗着给她做嫁衣，问她选啥样的布料，她还是冷冷地回答，随便！齐兰花、金喇叭、韩秀女来给她套被子，问她套六床中不中，她还是冷冷地回答，随便！“随便”成了她的口头禅，成了她应对一切的辞令！她该干自己的活干自己的活，烧锅、做饭、喂猪、喂鸡，到面粉加工厂里接替龙跃或龙进操作机器磨面……总之家里正在操办的事好像与她无关，三月初六那个喜日子好像与她无关。

迎候新郎许大斗的那班人，见许大斗如此模样，各人内心所产生的感受是不一样的。龙跃对这个即将成为自己姐夫的男人，产生了一种自惭形秽的心理。他觉得姐夫如果再稍高一些，哪怕再高两鞋跟，姐夫的身材给人的印象有可能就是魁梧和高大。或者，姐夫的身板如果能瘦一些，哪怕能瘦个十来斤，姐夫给人的印象也许是干练和健壮。可是姐夫偏偏是这个模样……哎，姐夫这般模样，太寒碜人了！可是，无论咋说，姐终于可以出嫁了，姐出嫁了，自己娶亲的日子就不会太远了。

齐兰花面对许大斗，产生的是一种惋惜的、意外的又有点幸灾乐祸的心理。之所以意外，她觉得龙凤云嫁给许大斗，真是应了那句俗话，“鲜花插到了牛粪上”！她没想到，姑父会给表姐选这样一个龌龊的女婿。齐兰花之所以幸灾乐祸，知道龙凤云一直到现在没嫁，都是因为金大强。龙凤云和金大强恋爱了五六年，是姑父龙满福棒打鸳鸯拆散了他们。姑母从中牵针引线撮合了她和金大强的婚事。然而她和金大强结婚这些年来，日子也过了，孩子也生了，可她从没感受到过金大强对她有过切肤之爱。连他们行床笫之事时，她感觉到金大强完全是履行公事或尽义务似的。金大强对她从来没有过让她渴望的那种激情！后来她知道了是因为啥。日子长了，她终于发现表姐龙凤云之所以一直不嫁，是还在暗恋着金大强。金大强之所以对她齐兰花如此冷漠，还不是在心里想着龙凤云？意识到了这些，齐兰花便产生了戒备心理，她时时戒备着龙凤云和金大强。还好，她没有发现龙凤云和金大强之间的任何蛛丝马迹。她也和龙满福、齐姑一样，盼着龙凤云尽快找个婆家。龙凤云只有出嫁了，对金大强的那份暗恋才会自然消失。而自己也不必时时处处去提防金大强和龙凤云了。今天，看到龙凤云终于就要嫁出去了。在惋惜的同时，她也暗自松了口气。

村民金喇叭与其说是来帮忙，倒不如说是来看笑话的。金喇叭是金大强未出五服的堂姐（金龙湾村小学校长赵步初是倒插门嫁给她的），对龙凤云放着自己一表人才的堂弟金大强不嫁，到头来却嫁了个“大水缸”，金喇叭在心里说着活该，活该！金喇叭的心里话别人是听不见的。别人听不见她的心里话，她感到如果不把自己内心的不满和幸灾乐祸表达出来，就太对不起自己那张爱搬弄是非的嘴了。为了让别人听到她的心声，她一定要变了花样把心里的话说出来，不然，她就不是金喇叭了。那时候，她看许大斗进了院子，便迎上去，一把握了新郎的手，热情得像多年不见的老朋友似的，同时小“喇叭”开始广播，哟哈！许大斗同志，欢迎！欢迎！哎呀我的妈耶，许同志真是大老板哩！手上戴了这么多镏金放光的大戒指呀！这得值多少钱？瞧新郎官这长相，真是富态！再看看您这张大嘴，才真是吃山珍海味养出来的哩！还有新郎官这身板骨，结实得快赶上碾场的石磙子了！哈，凤云妹子嫁了您，还不是嫁给了财神爷，真是掉到福窝里去了……

金喇叭正自洋洋得意地发表着自己的欢迎词，猛不防一口痰吐到了自己脸上！定睛一看，见是龙凤云的二弟龙进正怒睁着一双豹子眼瞪着她！那情形，如果她再敢放个屁，对方就会拿镢头锛死她！别看金喇叭在村子里是出了名的悍妇，但是，她最怯龙满福家的这个二小子龙进。因此，对龙进吐到她脸上的唾液只当是下了场毛毛雨。她闭了口，用手绢擦干了毛毛雨，讪讪地躲到看热闹的人群后边去了。

龙进看着鼓嘴弄舌的金喇叭关闭了她那个小“喇叭”，也不好再发作。今儿毕竟是个特殊的日子，平常极爱惹是生非的龙进便对那个悍妇放了一马。看到许大斗，他的心里产生的是厌恶和羞怨。他觉得许大斗如果真做了自己的姐夫，那简直是他的奇耻大辱！他宁愿不要姐夫，也可以说，他宁愿自己再晚几年结婚，或者自己拉一辈子寡汉不娶老婆，也不能委屈了姐姐龙凤云！姐姐的模样和贤惠，不但在金龙湾没有可比的，就是这方圆十多里的村子，哪家能有比得上凤云姐的？凤云姐熬这么大，咋着也得找个称心如意的人家！就这样一个长得连狗熊都不如的人，金喇叭却翘嘴鼓舌地胡说八道，这不是埋汰他龙家吗？这不是朝人心窝子里扎软刀子吗？如果不是今天这样的场合，龙进早一拳头打在那张和面盆般的大脸上，把那张脸打瘪，打得她满地找牙去了！可是，今天不成。往下的事情还不知如何了结，龙进不能和这个女人计较较真！

此时，“啐”走了金喇叭，龙进冷冷地盯着许大斗。虽然一句话没说，但是，心里却在诅咒着对方，你是个啥样的鸟？真是癞蛤蟆想吃天鹅肉！也不撒泡尿照照你那副鳖孙模样子！想娶我姐哩，呸！等着吧，一会儿让你好瞧哩！

许大斗在众人的簇拥下走进堂屋。

龙满福矜持地坐在堂屋里，看到许大斗等人走进来，身子连动也不动一下。龙满福五十五六的样子，身材已经发福，留了农村人常见的短平头，一双眼睛不大，但那阴冷的目光，不管射向谁，都会让对方有入骨三分的冷彻，不寒而栗！几道皱纹从眼角耷拉下来，一直延伸到腮帮下面，和脖子里的皮肉融合在一起，像褪了毛的乌鸡屁股上的那块肌肉，疙疙瘩瘩的。他的如沟壑般的脸，特意被剃头匠刮得铁青，连一根细微的汗毛也看不到。他端着架子坐在那张黑油漆椅子上，更显出一种要做老丈人的威严来。他之所以不像别人那样忙忙碌碌地去迎接自己为女儿选定的男人，就是要端个做老丈人的架子给未来的女婿看的！也就是说，他要显出老丈人的威严来。这威严是摆给门婿看的。他要让门婿知道，你许大斗娶的老婆娘家爸是个很有威严的人！以后过日子要对老婆谦让着点，如若哪一点得罪了老婆，让老丈人知道了，决不会对你客气！再一点是告诉门婿儿，你的老丈人当了三十多年村干部，在乡里也算得上个响当当的人物，连乡里书记对咱也礼让三分。他龙满福在村子里即便算不得太上皇，可是，在村子里跺跺脚，谁敢“哼唧”一声？这么个有威严的人，教养出来的女儿也是有威严的！把女儿交给你，是对你的信任，是对你的放心。你的前妻死了，你要把心思全部放到这后续的身上，再不可朝三暮四，再不可花天酒地，再不可把大把大把的钞票扔到歌舞厅、桑拿房里去找野鸡鬼混！

龙满福之所以用这种态度警示许大斗，是因为他在拿了许大斗的彩礼钱后，隐隐约约地听到了一些有关许大斗的恶劣行径。

有人说，许大斗虽然丧了妻，但是，他那个“老二”却从来没休闲过（“老二”是金龙湾的男人对男性生殖器的一种称呼）。他把孩子交给了他乡下的老母亲抚养，自己则整天泡在县城里那些灯红酒绿的场合里鬼混！听到这些传言，龙满福曾对自己为女儿定下的这门亲事产生过动摇。他想悔婚，但这种动摇的念头很快消失了。他想，哪有猫不闻腥味的！一个四十岁的男人，正是如狼似虎的年岁，他没了老婆，找野鸡放放“腰水”也是正常的事（如果这个年龄的男人不找女人，还让人疑心他是阳痿病哩）。闺女嫁过去后，他也许就不会找野鸡了。如果他再敢胡混，他龙满福决不会放过他的！再说，如果悔婚，他要退还彩礼钱。而让龙满福难以启齿的是，那笔彩礼钱已经为大儿子龙跃订婚花去了一大部分！没有了悔婚的底气，龙满福只好摆出自己的威严来告诫女婿。别以为你找野鸡的丑事俺不知道，过去的事可以不提，今儿你把俺闺女给拉走了，若再敢去找野鸡，咱新账老账一起算！

许大斗看着老丈人铁青着脸坐在那里一动不动，一言不发，有一种泰山压顶的压抑感！老丈人不说话，他也不敢造次。默坐了一会儿，无话可说，便按照金龙湾的风俗，规规矩矩给老丈人、丈母娘每人磕了三个头。

这三个头磕完，倒是把老丈人的威严给磕下去了。老丈人阴沉的一张铁饼脸，终于驱散了乌云，露出了一点不太灿烂的阳光！龙满福从口袋里掏出一个红包——那是提前准备好的受头礼——塞到许大斗的西装口袋里。随后，慢悠悠地说出一句话：“过去听到的闲话都不讲了！往后，可要把自己当日子过哩！”

听了老丈人这句没头没脑的话，许大斗先是一愣怔，但是，立刻明白了老丈人话中的所指，急忙说：“爸，放心，不敢不当日子过哩！”

按照时辰，新娘该上车了。

金喇叭和齐兰花两人一人拿了面镜子，一人拿了把扫帚，到接媳妇的花车里去照妖扫邪。金喇叭拿着一面小镜子，在小轿车车厢里象征性地晃了晃，算是照了妖，把妖精赶跑了。齐兰花则掂了把扫帚，在本来已经很干净的车座上扫了几下，算是扫跑了邪气。接下来的程序，是送新媳妇上车。把新媳妇送上车的必是自己的娘家兄弟，娘家兄弟把新媳妇从闺房里背出来，迈着缓缓的步子，走向花车。这时，新郎已经打开了花车的门，待娘家兄弟把新媳妇放到车座上，新郎才把车门关上。管事的人就点了一挂鞭，掂着"砰砰叭叭"响的鞭围着花车转一圈，花车便在震耳欲聋的鞭炮声中和更加激越的响器声中缓缓启动了。

然而，当龙跃打开龙凤云的门时，却不见了龙凤云！

闺房里不见了龙凤云，一帮人赶紧找。

楼上找了，没有！

厨房里找了，没有！

厕所里找了，也没有！

家里的各个角落都找遍了，也不见龙凤云的影子！

齐姑拖着哭腔道："一大早就把她喊起来了，她表姐还忙着帮她梳洗打扮……兰花，兰花，你表姐去哪儿了？"

齐兰花从人缝里挤过来，一脸无辜的样子，急忙为自己辩解："姑哎，凤云妹子根本没让俺帮她打扮！俺才刚走进她屋里，她就把俺支应出来了……俺哪知道她去了哪儿！"

龙满福责问齐姑："你不是还让龙进给她端早饭吃吗？龙进呢？怎么也没影儿了！"

有人就急忙喊："龙进！龙进！"

还有人说："是不是龙进把他姐给藏起来了？"

这话犹如火上加油，把龙满福那张老脸气得如猪肝一样紫红，额头青筋暴跳，他咬牙切齿地说："他敢！"

正吵嚷着，龙进从院子外边走进来，一副没事人的样子，问道："谁找我了？"

齐姑一把拉了龙进，道："我的小祖宗，快说说，你姐去了哪儿？”

“我姐？她在屋里呢？吃早饭的时候，我把饭给她端过去时，她还在屋里呢！”在这个五口之家中，龙进和凤云最投心思，如果龙凤云真的丢失了，恐怕最着急的就是他。可是，他现在却是不慌不忙的样子。

龙满福从龙进的神情中看出，龙凤云的突然逃婚，准是与人事先密谋好的。而能帮她逃脱的这个人，就是和她事先密谋的那个人。而和她密谋的人，肯定就是龙进！龙满福虽然这样猜测判断，但是，却没有把话戳透。龙进既然帮助他姐逃婚，就决不会再把他姐出卖。自己若把事挑明了，反倒会让许大斗和众多的人疑心是他指使龙凤云逃婚的。对于闺女的突然逃婚，龙满福从内心里产生了一种异常复杂的感受。说实话，从接受了许大斗的彩礼后，他就对自己强行为闺女定的这门亲事有些懊恼。但是，却从不反悔。龙满福是个性格要强的人，即使他发现自己做错了事，也不肯纠正和悔悟，而一定要坚持让它错下去。龙凤云的突然逃婚，让他有了一种幸灾乐祸，有了一种侥幸，有了一种借梯下楼的轻松感。直到这个时候，他才突然意识到，其实，他把闺女嫁给许大斗是错误的！是把一朵鲜花插到了牛粪上！是把一块白布扔到了染缸里！是把闺女推到了火海里！可是，他顾及自己那张老脸没地方放，才没有勇气去解除婚约。现在，闺女丢了，找不到了，这可怨不得他龙满福了！虽然，内心里对闺女的逃婚不再怨恼，但是，表面上还是要做出一种气急败坏的样子。这样子是演给许大斗看的，也是给在现场的所有人看的。他要让人知道，他龙满福并非赖婚之人，他龙满福不是不守信用的人。闺女自己丢了，他有啥办法呢？

院子里外闹嚷嚷的一团，许大斗却稳坐在堂屋里，慢悠悠地吸着烟。他看着老丈人一家急得像热锅上的蚂蚁似的，心里便想，都是猪鼻子上插大葱装象哩！想悔婚就想出这个鬼招呀？想让我猫咬尿泡空欢喜一场啊？没门！我和你家闺女是三媒六证订的婚，彩礼钱我一分不少拿，什么三转一响就不说了，还有那金手镯、金项链、金耳环、金戒指，只要你老丈人说出来，我没少了一样！我许大斗花了几十万啊！若是这几十万拿到练歌房里去，我许大斗啥样的小妹找不到？这几十万足够我快活一辈子了！可是，为了娶你家的金枝玉叶，这几十万，我却连你家闺女的手还没能摸一下呢！我许大斗就在这等，等着你们去把新媳妇给我找回来！想到这，便找到了在歌厅或到桑拿房的包间里等老板去喊小姐时的那种感觉来！

龙满福在院里装腔作势地吼叫着，都是猪！都是死人！活泼啦啦的一个人竟没影了，她长膀子飞啦？快找去！家里找不着，还不到外边去找？

人们便分头去村里、村外寻找。

不见了龙凤云，村妇女主任韩秀女更着急。金大强开会走之前，特意安排她到龙满福家来照应帮忙，有什么事要处理好。龙凤云不见了，她也很着急，更感到了自己责任的重大！情急之中，便匆匆忙忙赶到村委会办公室，打开了扩音机，对着麦克风，一遍又一遍地吆喝起寻人启事来：各位老少爷们，现在广播找人，各位老少爷们，现在广播找人！谁看见龙凤云了，马上到村委会报告，谁看见龙凤云了，马上到村委会报告……

金大强骑着摩托刚过了金龙河桥，就碰见了他堂姐金喇叭。金喇叭叉着腰站在村口，正不知向几个村民讲着什么，一副眉飞色舞的样子。见金大强回来了，忙停了话头，迎着金大强道，哎呀，俺的大兄弟，你可回来了，咱村快出人命啦！

金大强清楚这个旁院堂姐说话从来就没个正着，都是有一加二，有风就是雨，翻个嘴挑个舌，搬弄是非是她的拿手好戏，传播小道消息是她的专长！不过，龙家究竟出了啥事？龙凤云现在是个啥情况？是急于要问清楚的。

不等金大强发问，金喇叭便悄声告诉他："龙凤云不见了！活不见人，死不见尸，接她的那男人在龙家拗住不走呢！"

金大强心里一惊，想，这大天白日的，人能去哪儿？听金喇叭说得有鼻子有眼，不由得不信，急忙问道："姐，是真哩？龙凤云能跑哪儿去，大伙没帮着找？"

金喇叭面露得意之色："兄弟，俺还能哄你？韩主任都在大广播里找人了！"

她话音刚落，就听见村委会里大喇叭又响起来了：现在广播找人，谁见着龙凤云了，请到村委会报告……

金大强方才相信金喇叭的话是真的，发动摩托骑了要走。

金喇叭一把拉了他的车把，道："兄弟，你到哪儿去？是到龙满福那老杂毛家吗？你可别去！那老杂毛遭报应了不是？本来你和凤云是多好的一对，可他偏棒打鸳鸯……"

金大强不想听她啰唆下去，骑了摩托"嗡"的一声向龙满福家赶去。

金大强赶到龙满福家以前，龙满福正坐在院子里的捶布石上生闷气。院门外的响器还在不知趣地吹奏着《纤夫的爱》，龙满福听着心里烦，便站起来，走到门口，没好声气地对吹响器的艺人道："都别号了，像报丧似的，俺还没死哩！"

百里红正吹得起劲，见院子里出来个老头子如此说话，便把唢呐一收，生气地说："你死不死与俺无关！许老板花钱请俺来助兴，俺吹得好坏由许老板说了算！他说俺吹得好，就多赏俺几两碎银子，他要嫌俺吹得难听，俺立马走人。不知你是从哪块地里蹦出来的虫子，也来说三道四！"说着，把唢呐往嘴上一放，竟吹起了一曲悲惨凄凉的哀乐来！

一段话把龙满福噎得够呛，又听她吹起哀乐，不由大火。龙满福在金龙湾何时受过这般窝囊气？他回身从院子里抄起一把铁锨就要与响器班的人拼命。

这时，许大斗从堂屋里走出来，上前拦着龙满福，道："您老人家消消气，别跟他们一般见识。曲子不想听了，咱就让他们闭嘴！生啥气——气到身上病还不得自己受罪？"说着，止住了百里红他们。

眼看日头偏南，出去找龙凤云的人都垂头丧气陆续回来了。不用去问，一看就知道没找到人。

许大斗也急了，在院子里不停地转，西装的扣子也解开了，领带耷拉着，眼看找到龙凤云的希望不大了，便向接亲的那班人使个眼色。

那班人便围了龙满福，七嘴八舌地责问道：

俺许家彩礼钱也花了，礼也送了，连你闺女的面也没见！

老家伙是故意骗婚吧？用闺女骗了咱许家的钱财，又把闺女藏了起来！

走，拉他到乡派出所去评理！

就有人上前去拉龙满福。

龙满福在金龙湾村人面前敢耍横，但被这伙人吵吵得早吓白了脸。见有人拉他去乡派出所，心想，这人可就丢大了。便支撒着手不让人拉他。这样你拉我挣，正闹得不可开交，就听门口有人道：“哪里来的朋友，别这样无理！”

那伙人便都停了手。

许大斗冷笑地看了来人一眼，见来人三十岁出头，高高的身材，穿一身半新半旧的草绿色军服，国字形脸上显示出成熟男人的锐气和坚毅果断，那双眼睛特别深邃、明亮，让人觉得此人气度不凡。许大斗心里已猜出了此人的身份。龙凤云年过三十未出嫁，她爸不得不给她找了自己这个二婚头，这个中的原因许大斗也听说过了。看到眼前这个人，他马上就想到，这也许正是龙凤云的旧情人，现任的金龙湾村支部书记金大强。

此时，金大强已越过众人，走到许大斗跟前，用非常友好的口气说：“我叫金大强，是金龙湾的村支书。如果我没猜错的话，你便是新郎官许老板？”说着，伸出手握了许大斗的手。

许大斗便放下脸来，苦笑道：“金支书，我本来是接不到人就不打算走的。看到你，我主意改变了！连你这样相貌堂堂的男子汉龙村长都看不上，他哪里会把我看到眼里？我现在明白了，他们一家就是合伙诓我几个钱。老子有的是钱，老子一万块钱能找一群小姐！再说了，就是他看上俺，龙凤云也绝对看不上俺。俺们走！”说着，领人出了院子，坐上花车走了！

第四章

许大斗对金大强说的那番话，让龙满福无地自容，又非常窝火。在金龙湾，龙满福何时受到过如此的羞辱？他觉得自己的脸面丢尽了，特别是在金大强面前。他觉得许大斗的话就像用巴掌打他的脸，而金大强是特意赶来看许大斗打他的脸的！金大强明着是替他解围，实际上是来看他的笑话！金大强巴不得他龙满福在金龙湾把人丢尽，他支部书记的位置才能坐牢靠！

龙满福从来没看起过金大强！在金大强当兵走了之后，龙满福也没能看出他往后能有多大出息。金大强虽然当了兵，但能改变他带犊子的身份吗？他家照样穷得住那两间破烂不堪的茅草屋！金大强不是金龙湾的种，这一点金龙湾人都知道。他能永远在外边当兵吗？不能！当个三年两载兵，回来后军装一脱，照样还是农民，还得归他龙满福管！

金大强走后，龙满福从龙凤云的态度上，看出龙凤云并没对金大强死心，她还恋着他。这让龙满福非常生气！但对宝贝女儿既骂不得又打不得。如何才能让龙凤云对金大强死心呢？正当他苦思冥想不得法子时，他的内弟齐顺来到他家。

齐顺是齐姑的娘家兄弟，龙凤云的舅。齐顺走这趟亲戚是向他姐和姐夫求援的。齐顺对齐姑说：“你娘家侄女齐兰花眼看过罢年都二十岁了，整天和村里一帮臭小子疯着玩，胡吃狗游的不干正事，说不定哪天就疯出点败坏门风的丑事来。她娘也管不了她，一说她疯扯，她还要死不活的！这闺女真是没法管了！姐夫当了这么多年官，见多识广，挑个差不多的人家让她出阁算啦！”

齐姑为难地道：“你姐夫干部当了二十多年，管事中，可从来没给人家说过媒……”

齐顺抢白齐姑道：“你侄女可不是人家！姐夫给群众开大会，一讲一大套，讲的还不重样，这媒人还当不了？”

坐在一旁的龙满福灵机一动，道：“你姐就知道我会当干部不会说媒？这条红鱼姐夫偏要吃哩！”

齐顺忙笑道：“姐夫只要给兰花找个好婆家，兄弟我买条大红鱼谢你！”

龙满福摆了摆手，道：“吃红鱼只是个说法，谁要你真买？”

齐顺道：“买！买！兄弟说话算数！”

龙满福道：“这现下村里就有个好媒茬，男孩长相不差，读过高中，当兵去了，年龄比兰花大一岁。家里有一个娘，一个兄弟正上初中。只是没了爸。”

齐姑便听明白他说的是金大强，心里有些担忧，但又不好说明金大强正和龙凤云好着，便打岔道：“只是家底太穷了，娘几个住两间破草屋，天不下雨了屋顶上还滴答着……”

听齐姑如此说，龙满福便狠狠瞪了她一眼，训斥道：“你就看人家现在家穷，将来两个孩子都长大了，又有文化又有力气，想富起来还不快？”

齐姑挨了吵，也不敢大声反抗，低声嘟囔着：“你不是成天嫌人家穷吗？”

在齐顺那里，听说男孩当兵走了，心里一百个满意！他知道，农村男娃憨了傻了当兵是去不成的。又听说是高中生，人长相也不差，还怕攀不上人家呢。便埋怨齐姑道：“姐，姐夫说得对！俺给闺女找婆家是图他个人，家底穷点怕啥？眼下国家政策好了，政府鼓励农民发家致富哩！他家不缺劳力，兰花嫁过去，加上他弟兄俩，三个大劳力，还怕刨不掉穷根？”

龙满福道：“还是兄弟看得远。如果兄弟同意，俺这就过去跟那男孩的妈去说说。”想了想又说，“兄弟，以我看，如果人家没意见，就让侄女先到他家去住……”

齐顺犹豫了一下，说：“姐夫，这不是跟旧社会送童养媳一样吗？”

龙满福把脸一沉，道：“兄弟咋这么说，新社会跟过去一样说法？人家是军属，侄女先过去，这不是拥军优属吗？是好事，政府还表扬哩！再说，让侄女先占了那个窝，就是那男孩再遇见比侄女更好的姑娘也不好变卦了！再再说，兄弟不是担心侄女和那些熊孩子干出不光彩的事吗？先住进金家，拴住她的心，兄弟不就放心了！”

龙满福说这一番话，都是经过深思熟虑的。他既然瞧不起金大强，无论如何不能把自家闺女嫁给金大强，就想办法断了龙凤云对金大强爱恋的念头，让龙凤云对金大强彻底死了心！而这个让娘家侄女鹊巢鸠占的手段，是再高明不过的办法了。只要金母同意这桩婚事，先让侄女住进金家，那就是先斩后奏！到那时候，金大强即使对龙凤云有念想，也得绝了念头。金母给他做熟的这碗饭，他不想吃也得咽下去！龙满福知道，金大强是个孝顺的儿子，对于金母给他定下的事，他是不敢打绊的。

齐顺不了解姐夫的别有用心，听姐夫说得十分有道理，便点头同意了。这样，金龙湾村支书龙满福亲自做媒，在金大强不知情的情况下，由金母包办，为金大强和齐兰花定下了婚事。一切都按当地的风俗办，由龙满福做主，为金大强和齐兰花换了八字帖（乡下男女订婚时写明男方或女方生辰八字的帖子），又请了龙老奔、赵步初等一班人做了媒证，吃了一桌。金母家拿不出彩礼钱，便把自己当闺女时戴的一副银镯子用一块红布包了，送给齐家，算是订婚礼物。而齐兰花按照姑夫的安排，选一个吉日，由齐姑陪着，来到金家住了下来。

对这一切安排，金母既满意，又犹豫，在整个过程中她表现得既被动又主动。她明白龙满福之所以对这件事表现出极高的热心程度，并非因为他家是军属，也并非像他说的是为给金家寻个好媳妇，以解金大强的后顾之忧，让金大强在部队苦练杀敌本领，英勇保家卫国。龙满福的用意她明白，龙满福的狠毒她更了解，如果她违背龙满福的意愿，她一家在金龙湾就无出头之日。好则齐兰花这闺女性子粗鲁是粗鲁了些，身材胖是胖了些，牙是大了些，但不缺胳膊不少腿的，不憨不傻的，地里活家里活都能干，啥都说得过去。乡下人娶媳妇不就图个实在——那龙凤云比着她还不是花瓶子一个——金母也就张罗着为金大强把婚事包办下来了。

金大强复员退伍那年，正赶上村里调整责任田。那个时候，谁家都想多分份地，有龙满福做主，金大强家便多分了一份，那份地是按齐兰花的名分分的。这就是告诉金大强，齐兰花是你的老婆已经木已成舟，已经铁板钉钉，已经一盆水泼到了你家院子里。你金大强就是想悔婚也办不到！在金大强那里，虽然和龙凤云仍是藕断丝连，暗里有书信来往，但他最不敢违也不愿违的是母命。见金母包办了一切，他也只能任天由命了。退伍三个月后，便按老规矩和齐兰花磕了头，拜了天地，完了婚。一年后，那索淡无味的婚姻竟结出了一个果——齐兰花给他生了一个男娃取名叫金蛋儿。这让金大强的心里多少得到些安慰。

而在龙满福那里，虽然金大强又成了他的村民，并按照他的意愿娶妻生子。但是，他的心照旧放不下来。女儿龙凤云高中毕业没能考上大学。龙满福到县城里求领导托朋友，终于在县纺织厂为闺女找了个合同工。龙凤云便当了工人。虽是厂里工人，户口却在金龙湾。每月 29 元工资，拿粗粮换细粮，活也不累，在质量把关车间，也就是对织出来的布进行质量检验，如果合格了就盖个小戳子，遇到不合格的就挑出来。龙满福最操心的还是龙凤云的婚事，他原以为金大强娶妻生子后，龙凤云就会断了对金大强那份念想，重新考虑选择自己的对象。但龙凤云对给她介绍的对像竟一个也相不中！龙凤云在当工人期间，按条件可以找个干部，或者找个小青工，按最低条件也可以找个城里街道厂子的工人，但龙凤云偏偏把自己耽搁了。又过了几年，县纺织厂越来越不景气，厂里要减人，龙凤云是合同工，首批便被减回了金龙湾，这样龙凤云便由城里工人又变成了金龙湾的农民。龙凤云不吃不喝在家躺了三天三夜。这三天三夜，龙满福又是急又是气，他急的是怕女儿憋出病来，气的是女儿不听话。在当工人期间，没有趁机会找个好婆家，如今又回村里当了农民，好女婿更难找了。好则龙凤云并没有憋出病来。她躺了三天三夜之后，起了床，洗了脸，喝了半碗糊糊，便扛把锄，来到自家承包的玉米地里，一句话不说，发疯似的锄起玉米来！她锄了一晌午玉米，疯长的野草没锄干净，玉米苗子倒锄掉了不少。

更让龙满福始料不及的是，金大强这几年竟悄没声息地出息起来！金大强靠复员时国家补贴的安置费办了一个蛋鸡场，经过四五年的发展，蛋鸡场规模越来越大，金大强首批进入了万元户的行列。当时还在县委办公室秘书科的小季，也就是现任乡党委书记季春阳，骑车子来金龙湾住了三天，挖出了一个养殖专业户的典型。立时，金龙湾养鸡专业户金大强的名字响遍了全县！广播上有声，电视上有影，县小报上还登了他的大幅照片和他的养鸡场。到金龙湾参观学习的人络绎不绝，金大强成了全县名人！金大强家越来越富了，金大强抖起来了。经金麻子手造下的那两间茅草房被推倒了，代之而起的是“明三暗五”——豫东农村旧时盖房子怕露富，在外边看像是三间，走进屋内才看出来是五间——的大瓦房。金大强蛋鸡场的鸡蛋龙满福也没少吃，都是妻侄女齐兰花孝敬他的。齐兰花感谢姑父为他选了这个好男人，便时不时地来看望龙满福两口。而每当看到齐兰花，龙满福便有一种酸楚楚的失落感觉。龙满福不免感叹道，真让人看不透，没想到那个小时候经常流清水鼻涕的带犊子竟然成了村里第一个致富的人！竟然能上报上电视！自己干了一辈子干部，也不过是在金龙湾风光一些。而这个带犊子本来应该是他的女婿，可他却拱手让给了小舅子！更让人难以接受的是，龙凤云眼看头发都熬白了，却不急不慌。那意思很明确，你龙满福不是阻挠我与金大强的婚姻吗？我就住在娘家陪着你！一辈子不出嫁熬着你！看你能咋的了我！

俗话说，是福不是祸，是祸躲不过。人若走了背运，喝口凉水也塞牙。龙满福正为女儿的婚事愁得夜不能寐、食不甘味，村里又有人向县里写了举报信。举报信由县里转到乡里，乡里又转到金龙湾。这封举报信经过一段时间的"旅行"，最后又到了被举报人龙满福的手中。由于举报信的内容牵涉到自己的隐私，龙满福是拿回家看这封信的。信是这样写的：

尊敬的县委书记大人，县长大人：

俺们是金龙湾的村民，俺向你们举报本村大恶巴（霸）、大流忙（氓）龙满福的坏事。龙满福仗着是村支书，骑在金龙湾群众头上作福作为（威）二十多年。他长期霸占着村里寡妇×××，村里人谁不听他的话，他轻了骂，重了打。改革开放了，他把村里的为（唯）一的集体财产面粉加工厂巴（霸）占了。尊敬的书记、县长大人，你们快派人来查查吧。把这个恶（巴）霸流忙（氓）赶下台！

金龙湾村部分村民

×年×月×日

龙满福看了举报信，气得浑身打战，咬牙切齿。他没想到自己一跺脚，连金龙河水都要起波浪的金龙湾村，竟敢有人打自己的"黑枪"！几十年来对他都低眉顺眼的老实巴交的金龙湾人是不是出了能人啦？出了圣人啦？不错，自己在村里是强势了些，是骂过人，因为分宅基地还打过人呢！但那能叫霸道？俗话说，打是亲，骂是爱，不打不骂能叫亲爱？其中有一条是霸占面粉加工厂。这一条龙满福更能说得清，那不叫霸占，叫赔偿！这些年，上边来人，吃喝花销都是他龙满福垫支的。龙满福心里有一本账，× 位领导 × 年 × 月 × 日来金龙湾检查工作，× 年 × 月 × 日去看望 × 位领导买礼品等等，一笔一笔都记下了。虽然记的数字比实际花的要多得多，但确有此事。面粉厂就那两台破机器，最后算账，集体的面粉厂归了龙满福不算，还欠他家一千多元呢！这能叫霸占？至于和女人睡觉的事，这都是前几年发生的。那时候龙满福像一头公牛，孩子都还小，和金家门里、龙家门里一些好看的媳妇有些瓜葛，双方都是情愿的。那些女人看中的是他的权势，想多分片宅基地，超生了少交几个罚款等等，有求于他，便半推半就地满足了他的欲望。这样的女人和他睡了又不缺一块少一块，反而把很难办的事都轻而易举地办了，都如捡了大便宜似的！他娘的，那个时候没人告发自己，现在倒有人告发自己！不知道这个“部分村民”是谁？龙满福把全村人都琢磨个遍也没能最后断定是谁写的这封举报信！查不出是谁写的信，但窝在心头的火不能不发。龙满福便在村里大喇叭上发火。龙满福在大喇叭上是这样吆喝的：村里大伙都听清了，有人打了俺老龙的黑枪！这个人阴得很呢！可是俺老龙不怕！俺老龙为金龙湾出的力还少吗？现在改革开放了，鼓励大家发家致富了，有些人就想着不要俺的领导啦！就到县里告俺的鸟状！哼，这个人是谁？俺老龙心里清楚着呢！你告俺，上边领导信俺，把你那告状信交给俺了！咱们走着瞧，和俺老龙作对，你不得好日子过！

龙满福这样吆喝，本来是敲山震虎，想给写告状信的人来个下马威，让写信的人再不敢到乡里去告状。谁知却适得其反，过了不到一个月，县里、乡里竟派了一个联合调查组到金龙湾调查龙满福。原来，又有村民把举报信递到了市纪检会。市纪检会领导看了这封举报信，认识到这是关系到一个村子基层组织政权能不能稳固的问题，关系到一方百姓能不能安定的问题，便把信批给了县纪检会，并要求上报调查处理结果。这样，就引起了县、乡两级领导高度重视。

那个时候，县委办公室季春阳秘书已调到清河乡任党委书记。季书记亲自过问此事，了解到龙满福在金龙湾确实作风霸道，村民积怨很多。但念其在基层领导岗位上干了二十多年，没有功劳也有苦劳，没有苦劳也有熬劳，经济上虽有些小问题，但是，还没有发现他有大的犯罪事实。便抱着保护老同志的态度，亲自和龙满福谈了一次话。季书记很会做基层干部的思想工作，他先是肯定了老龙的工作成绩，又委婉地指出了老龙工作方面存在的一些问题。

最后季书记说："老龙啊，你干了一辈子，够辛苦的，你就是自己不好意思提出来休息，但组织上不能不考虑啊！组织上若是不考虑，这不是对一位老同志太不关心爱护了吗？"

季书记说到这儿的时候，龙满福嘴张了几张，想说，谢谢季书记对俺老龙的关心，只要组织上信得过俺，俺不干到老死决不退坡！可是季书记不允许他干到老死。季书记没容他说话，就继续说："这样吧，老龙，金龙湾村支部书记这副重担就交给金大强吧！让他去历练历练，吃吃苦……"

龙满福一下子怔住了，不知道该如何回答，这……

季书记继续说："老龙，我知道，你是一个老党员，老干部，不好意思提出来休息，还想为党的工作多干几年。但是，组织上不能不考虑你的情况。组织已经研究决定，任命金大强同志为金龙湾村党支部书记！金大强同志年轻有魄力，踏实苦干，在部队时表现就很好。在一次参加地方抗洪抢险中，为抢救人民生命财产，还立了三等功，并在火线入了党……金大强虽然各方面都很强，但是，他毕竟年轻，基层工作经验稍差。所以，组织还决定，金龙湾村长的担子还由你暂时担着。你要协助大强同志把村里工作搞好。按道理说，你干了一辈子，组织上也该让你休息了——

这样吧，等到下次换届选举时，村长这副担子你再卸任。不过，你也不必太操心，工作交给他金大强去干，你在后边给他掌着舵就行！”

季书记用非常婉转的工作方式让龙满福易权金大强。季书记真是一副好口才，又会做思想工作，既把龙满福的党支部书记职务给免了，又给龙满福留足了面子，为龙满福铺了下台的台阶。

龙满福从季书记的话里也听出了弦外之音，这支书的权你交了，等于光荣退岗，如果还想赖着不交，等调查组查出问题把你撤了那就难堪多了！组织上这样安排，其实是对你的照顾，是对你的保护，是怕老百姓把你告下台！尽管龙满福心里一百个不情愿让出支书的位置，但面对这种情况，他还有何话可说？

龙满福让出了支书的位置，县里、市里有季书记出面做工作，举报信的事便不了了之。

龙满福从支书的位置上下来了，心里便结了个大疙瘩。他最初对写告状信的人有所怀疑，但目标还不够明确。到此时，他便认定写告状信的人就是金大强。金大强有文化，又年轻，成了村里创业致富的带头人。这几年翅膀是越长越硬朗，蛋鸡场也越搞越红火。过去俺老龙没把他看在眼里，现在他见了俺老龙一副趾高气扬的样子。过去穷得连自行车也骑不上，现在买了辆屁股冒烟的摩托车，从家里到蛋鸡场不到里把远的路，也是“呜”的一声来回跑——显摆哩！夸富哩！他和龙凤云好，俺老龙没答应他，他富了就故意在俺老龙面前显摆！呸！你就是一天刨一个金马驹子俺也不眼气你！可是谁想到这小子就打了俺老龙的黑枪呀！

龙满福认定金大强写告状信的理由有两个，一是娶不到龙凤云做老婆，他对自己采取的报复手段。二是告掉自己，他才能夺金龙湾的大权。现在这两个目的他都达到了！

龙满福认定写告状信的人就是金大强，因此，自打金大强当了支部书记，龙满福对金大强的笑脸便摆出了一副冷屁股相迎。季书记让他给金大强协助，他要么不闻不问，要么使蹶子打绊子拆金大强的台，给金大强办难堪。这样两人就形成了言语不和、貌合神离的尴尬局面。但毕竟有齐兰花这层子亲戚关系，对龙满福的百般挑剔和刁难，金大强一直礼让着。

金大强劝走了许大斗，龙满福不但没说句感谢的话，反而从屋里走出来，骂道：“仗着有几个钱烧包哩！俺老龙不尿你那一壶，咱们骑驴看唱本——走着瞧！”

不知道是骂许大斗还是另有所指，金大强劝也不是说也不是，只好出了院门，骑了摩托车走了。

第五章

金大强从龙满福家出来，先到了村委会，见韩秀女还对着麦克风播寻人启事，便把扩音器关了，没好声气地埋怨道："人既然自己跑丢的，能让谁看得见？别瞎吆喝了！"

听了这话，韩秀女便怀了一肚子委屈。韩秀女为找龙凤云，口干舌燥地喊了一上午，虽然没找到龙凤云，也算是尽了心了。可是，她一上午的辛苦不但没落好，还成了"瞎吆喝"，心里不免有些酸酸的味道。韩秀女嫁到金龙湾后，听男人龙聪说过金大强和龙凤云的关系，知道这男女之间的事，尽管夫妻不成，感情总断不了的。不然，龙凤云今天出嫁，金大强去乡里开会走之前，也不会千叮咛万嘱咐让她韩秀女代表村委会去龙凤云家照应此事。

其实，韩秀女对金支书布置的工作从来都是尽心尽力的，这里边有点缘故。韩秀女在没嫁到金龙湾之前，在娘家大小也是村里的妇女干部，负责村里的妇女和计生工作。嫁到金龙湾后，妇女主任的职务便没了。别看比芝麻粒还小的职位，可在全村的权力还是不小的，谁家婆媳不和、妯娌们闹纠纷、两口子打架斗气等等，都是妇女主任的工作！韩秀女在娘家已经习惯了干这些活，操这份心，猛一闲下来，便有了失落和寂寞感。那时候龙满福还当着支书，新媳妇韩秀女在娘家也是见过世面的，便找了龙满福，要求恢复她在娘家时的妇女主任职务。那天，她拿了条烟，到龙满福家。龙满福在家，齐姑也在家，龙满福对着本家远门子弟媳的登门拜访表现出非常的热情，他笑纳了韩秀女特意从她娘家给他带来的帝豪烟。听了新媳妇的要求，他的那双鼓鼓的金鱼眼便眯了直直地盯着新媳妇的胸脯子，好像要把新媳妇薄薄的绿底小碎红花的衬衣盯透似的。新媳妇被那双金鱼眼盯得发麻，她下意识地把双臂交叉着抱在自己的胸前，这样，她那双呼之欲出的颤抖的大奶子便欲盖弥彰。龙满福意味深长地笑了。新媳妇长得真俊哩，那脸蛋儿白白的，腰身细细的，两个圆圆的屁股蛋儿走起路来一扭一扭的，真招人爱怜！龙满福笑眯了眼说："人是挺精干的。只不过这妇女主任的职务，已经有了候选人。那闺女下秋高中就毕业——若是考不上大学，回来就当妇女主任，若是那闺女考学走了，弟妹才是个人选。因为人家是高中生，你才初中毕业哩，现在当干部不都讲个文凭吗？研究生当个县干部，乡干部得有大学证，村里干部咋也得个高中毕业证！"

他说的那闺女便是何寡妇的女儿何真。后来，何真高中毕业没考上大学，龙满福让她任村里妇女主任，但何寡妇死活不同意！何寡妇是信了主的。何寡妇说："天呀，俺的主！一个没出阁的大闺女整天在外边疯跑，去劝人家两口子打架，还管人家生孩子的事，这不是遭罪吗？"

何真不干，妇女主任这一职就空着。韩秀女有了去找龙满福的理由，这一次她去村委会找的龙满福。

龙满福正坐在一把被汗水浸得发亮的藤椅上眯眼休息。

天气很热，龙满福上身光着膀子，下身穿了个又肥又大的裤衩子。裤腰带松塌塌的，裤腰便落在了深陷在肚皮里的肚脐眼以下，这样，很浓的阴毛就非常张扬地露了出来。头顶上电扇呼呼地转着。电扇吹出的凉风从他头顶上下来，随着他的脊梁和胸脯子往下蹿，一直蹿到他的裤裆里。他感觉是贼舒坦贼舒坦的！一个夏天，只要不下地干活，村委会办公室里就是他的避暑胜地。

韩秀女站在村委会门口便看到了屋里电扇底下藤椅上的那堆

肉。肉上的黑毛也同时进入了她的视野。看到这一切，她想呕吐。但她又想到自己是来求人家的，便把想呕吐的秽污使劲地咽到胃里。她用力敲了敲门。试图通过敲门声，惊醒屋里那个睡相和坐相不雅的老男人，马上穿戴整齐，那样，她才能走进屋里去。

其实，龙满福早已听到了门外的脚步声，并且从那轻轻的脚步声中他听出来人是个女人。他偷偷地抬了一下他那臃肿的上眼皮，那个穿蓝底小碎红花衬衣的媳妇便进入了他的视野。这骚狐狸倒真会勾人呀，瞧她那让人爱怜的小样儿，尤其这几个月，被男人滋润着，更显得精神丰满了。龙满福心里一阵骚动，明明知道人已到门口，却动也不动。他知道这骚狐狸是来求他的，便故意做出一副欲擒故纵的样子，就那么四仰八叉地躺坐在那里。他就是让新媳妇看到他那个样，看到他那肥胖得不露筋骨的脯子，看到他那陷在皮肉里的肚脐眼儿。新媳妇看到他的这些，只要不回头走掉，就说明新媳妇对他这个远门子大伯哥还是有点意思的。直到听见敲门声，他才微微睁开眼，笑了道："哟，是弟妹呀，屋里边坐，这儿凉快！"他招呼着韩秀女，自己却一动不动。

韩秀女皱了眉头道："龙支书，你把衬衣穿上呗！"

龙满福怔了一下，心里道，你也不是十七八的黄花大闺女了，还装啥正经！心里这样想，嘴上自我解嘲道："庄稼人光膀子习惯了，这样凉快不是？弟妹看不顺眼，哥就把衬衣穿了。"说着，站起，提了裤衩把皮带束紧些，又把衬衣穿了。见韩秀女等他穿戴好才走进来，便明知故问地："大热的天，弟妹找我有事？"

"龙支书你说过，村妇女主任，何真不干就让俺干。"韩秀女单刀直入地说。

龙满福笑眯眯地盯了韩秀女，道："是这事呀？好说，好说，来，弟妹，坐到这电扇底下凉快。"说着，伸了手去拉韩秀女。

韩秀女想不到堂堂的龙支书又是自己的大伯哥会对她有歹意，便在藤椅上坐了，听他如何"好说"。

龙满福见她乖乖地坐了，心想，这骚狐狸怪听话哩，下一步就是“说事”。只要事成了，把你老龙哥伺候得法了，村里这计生专干，不，连村里的大事小情以后还不都由你说了算？想着，便慢慢地走到门口，把门关了。

韩秀女一见，忽地站了起来，冲到门口，要去开门。龙满福便伸手去搂韩秀女，一边低声道：“我的乖乖儿，你都送上门了，还怕啥呀？金龙湾的新媳妇哪有不让俺尝鲜的。来，快坐到椅子上把腰带儿松松……”话没说完，“啪啪”，肥胖的脸上便挨了重重的两巴掌。

韩秀女早已挂了脸，眼睛瞪得滴溜圆，一手叉了腰，一手指了龙满福的鼻子骂道：“你这个禽兽不如的畜生，想占俺的便宜呀？呸！俺要求当妇女主任，是因为俺在娘家熟悉妇女工作，熟悉国家政策。自嫁到金龙湾，俺除了干活，做家务，就没事干，才有了失落感。你眼睁睁地看着村子里的妇女工作没人管，婆媳吵架，两口子打架没人管，你却放任自流。俺要求干这项工作，是俺想趁着自己还年轻，要为村里父老乡亲们做点实事，帮那些困难的家庭户排忧解难！可你竟然趁机会占俺便宜。你看错人了！告诉你，金龙湾这妇女主任的差事姑奶奶俺不干了！”说完摔门而去。

金龙湾的妇女工作在全乡排到了倒数第一的位置，直到龙满福下台，金大强当了支书后，韩秀女才出任金龙湾村妇女主任兼计生专干。韩秀女之所以对金大强所交代的任务竭尽全力地去做，不但是感恩于金大强让她当上了村里的妇女主任，更重要的是，她觉得金大强这个人为人正直，诚实，心胸宽阔，办事公道，对任何人都没有歹心。就是对龙满福那样阴险狠毒的家伙，他照样是用一颗宽容的心去对待。龙满福支部书记被罢免后，便把一腔愤怒泄到了金大强身上，对金大强的工作，要么是不管不问，要么是使绊子，处处给金大强设置障碍找难堪。但是金大强都能平静地去对待，把矛盾消化了，把问题解决了，还说是老村长帮他解了围。没有老村长龙满福出面，这些矛盾就消化不了，这些问题就解决不了。

每逢听到这些，韩秀女心里便产生了一股怨气。她气金大强的过于宽容，她恨龙满福的奸诈阴险！时间长了，对金大强的气便转化成了一种莫名其妙的感受。这种气便不是气了，便成了一种怜，一种疼，一种爱。这种种感受在她自己的丈夫龙聪那里是从来没有过的！

不错，她的男人龙聪是一个好男人。龙聪有一个强壮的体魄，长相也不算难看，有一双能干活的手，脑子也活络。龙聪和金大强是初中时的同学。由于两个年龄差不多的孩子，在上学期间曾经发生过一些不愉快的摩擦，那摩擦就成了一片阴影，笼罩在两人的心头。这种阴影，在一个心胸比较宽阔的孩子心里，早就化为一丝淡云飘走了。而在一个心胸狭窄的孩子心里，却成为一片挥之不去的阴云，一旦遇到风雨，还会变成一片阴霾！龙聪虽然五大三粗的一个汉子，但是，心胸却是无比狭窄。少年时期那个由一块“橡皮”引发的故事，像一颗钉子钉在了他的心里，让他怎么也难以忘掉那钉子带给他的伤痛！

龙聪承包了金龙河河湾处的一段河滩，办了养鸭场，收入虽不及龙满福家，但在金龙湾也算是中等靠上的门户了。讲过日子，韩秀女应该满足了。可是在龙聪那里她硬是找不到与金大强接触时的那种感受，那种心悦诚服的心情。和龙聪在一起，她是一部机器，是一部没有感情、没有思维的机器。她做饭、吃饭，拌饲料、喂鸭，甚至行床笫之事，都是麻木不仁的。该做的做了，从来没想过为什么要做，从来没感受到一丝愉悦或快感！而和金大强在一起就不同了，金大强的一举一动都让她感到亲切，金大强的一个微笑都让她受到感动，金大强宽阔包容的心胸让她感受到了男子汉的魅力。这样，她就想多见到金大强，而因为金大强是支书，她也是村干部，就有了多接触金大强的机会。金大强是她的上级，她对上级布置给她的每项工作都是唯命是从！

听了金大强埋怨她瞎吆喝的话，韩秀女委屈了一时，但是，想想自己这么在大喇叭上喊话寻人，的确不太合适。人不但不会找到，还让全村人都知道龙凤云逃婚了。若是传到外村，影响太差了！心里不由一阵自责。金大强说了那句话后，对她苦笑了一下，便知道金大强为龙凤云的突然离去是十分焦急的，才对自己说话难听些。而他那声苦笑，也透露出他的自责和歉意！

龙凤云婚嫁时突然匿迹，他能不着急吗？

金大强确实着急，甚至比龙凤云的家人还着急！龙满福家的四合大院一丈多高的院墙，人是咋走的？这会儿又跑到哪儿去了？难道真如许大斗说的那样，是龙满福事先把龙凤云藏了起来？不会，龙满福耽搁了龙凤云，好不容易托人给龙凤云定了这门婚事，他怎能把她藏起来？但是，龙凤云要私自跑出那个大院子是很困难的，一定是有人帮了她的忙！这个帮她忙的人是谁呢？是齐姑？齐姑胆小怕事，一辈子对龙满福唯命是从，绝对不敢帮龙凤云逃走的。是龙跃？龙跃那个憨头憨脑的家伙，早巴不得龙凤云出嫁呢！龙满福放出的话，嫁不出闺女就不娶媳妇。这也是金龙湾的老规矩，都是大麦先熟，没有小麦先熟的道理。姐姐没有出嫁完婚，兄弟哪有先结婚的！这规矩城里人可破，金龙湾村还得按老规矩办！他龙满福家婚丧嫁娶之事，决不能坏了老规矩！龙跃想媳妇想得发疯，他怎会帮马上要出嫁的姐姐逃婚呢？是龙进？噢！龙进最有可能帮龙凤云逃婚！龙进和龙跃比，就不像一个模子刻出来的。龙跃长得人高马大，肥头大耳，论长相很像龙满福，而龙进却又高又瘦，人也比憨里憨气的龙跃精明。在龙满福家，龙进和龙凤云最投缘，姐弟俩都是念完高中没考上大学回来务农的，就都有了比一般农民有知识有文化的清高和才气。也就是这点清高和才气才害了姊弟俩。姐姐的清高是表现在她对爱情的执着追求上，而弟弟的清高是追求和向往城里人的生活，不安于脚踏黄土背朝天当一辈子农民，甚至对他爸爸干了一辈了还舍不得丢的村支书位置嗤之以鼻。

金大强最了解姊弟俩的性格。龙凤云逃婚，一定有人帮了忙，而这个人就是龙进！金大强经过冷静的思考，得出这个结论后，便略略放了心。他想，若真是龙进帮龙凤云逃的婚，就不会出太大的问题。

金大强向韩秀女说了自己的分析判断。韩秀女听了，连连点头说："还是你比较了解龙凤云。可是，龙凤云能逃到哪儿去呢？"

金大强说："我估计她不会离开村子的。这样，你去找龙进探探话。顺便通知村委会的干部下午三点来村委会开会——传达乡里的会议精神！"

与韩秀女分了手，金大强骑了摩托出了村委大院。他没有直接回家，而是去了蛋鸡场。

第六章

金大强的蛋鸡场建在村西头的那片杨树林里。那片地，过去被村里人称着废闲地。那是分给他家的责任田。因为离村子近，种庄稼鸡叨羊啃，种蔬菜瓜果小孩子摸大人拽，种啥啥不成。当初，金母为调换这块地，曾找过龙满福。龙满福便道："要是把这块地分了别人家，找你家换地，你同意吗？"金母只得作罢。金大强转业回来后看种庄稼不成，索性买了一车杨树苗栽了。没想几年过去，一棵棵杨树都挺挺拔拔地长起来了，树身已长到碗口般粗细。到了夏天，树叶遮天蔽日地留下好大一片绿荫！金大强的蛋鸡场就建在杨树林边。蛋鸡场南边，有一条小路通往金龙河河堤。

城里人爱吃土鸡蛋，说土鸡婆吃的是活食，下的蛋营养丰富。土鸡蛋价格便噌噌向上蹿！金大强把杨树林子四周用一道网围了，把鸡婆放进了杨树林里。杨树林子便成了鸡婆们的天堂。上万只鸡婆在树林子里的草丛里寻虫子吃，喝着野露水，你追我闹的，那场面好不壮观！金大强也不是光让鸡婆们寻虫子吃。有放也有收，每天黄昏，金大强把哨子一吹，嘟嘟嘟——鸡婆们便争先恐后地进了鸡场，上了鸡架，拌好的鸡饲料早等着它们。鸡婆们便上边抢吃着鸡食，下边下着蛋。金家人便眉开眼笑地把鸡蛋拾进篓里。一天要拾数百斤的鸡蛋。城里卖鸡蛋的小商贩都知道金大强养的鸡婆用的是土洋结合的办法，鸡蛋类似于土鸡蛋，便纷纷开了车到金大强的蛋鸡场贩鸡蛋。这样也省去了金大强一家卖鸡蛋的辛苦，尽管每斤少卖一两角钱。几年下来，养鸡场越来越红火。村头废闲地倒成了金大强家的聚宝盆。这让村里一些人红了眼，没想到一块种啥啥不成的废闲地让金大强家占了大便宜！

金大强还没到蛋鸡场，就看见金母站在鸡场边的小屋门口外向村里张望。看她一副焦急的样子，金大强不由一怔，心想，出事啦？鸡被人偷了，还是得病了？疑惑之间，已经到了金母面前。待他下了摩托，刚把摩托车扎稳，金母便挓挲着两只手，道："大强，你可回来啦！"

"妈，出啥事啦？"金大强焦急地问。

"快到屋里去！"慈眉善目的金母脸上露出了从来没有过的恐惧和慌张。

金大强急忙推开门，进了屋，尽管屋内光线不太好，她还是一眼就看到屋内小床上坐着一个人。这人虽是一身男装打扮，但丝毫掩盖不住女人的秀气。苍白的瓜子脸上挂着泪痕，一双满含凄怨和渴望的目光哀怨地望着金大强。

龙凤云！

龙凤云逃婚竟逃到了他的蛋鸡场！

这让金大强既感到是意料之外又在情理之中。刚才和韩秀女分析龙凤云的去向时，他的脑海里曾蓦然闪现出一个念头，龙凤云会不会躲到他家里呢？因为，他知道，龙凤云如果没跑出金龙湾，而躲到他家隐藏，对于龙凤云来说，或许是最安全的地方了！

"大强，俺劝凤云一上午了，让她先回去，她说她死也不嫁那个许大斗！秀女在喇叭里寻人，俺要去告诉她。凤云就说，只要你敢去，俺立马就投金龙河去死，吓得俺再不敢离她半步。大强，你快劝劝她吧。"金母在身后唠唠叨叨地说。

原来，在许大斗接亲的花车来之前，龙凤云就换了龙进的一身破衣服，在龙进的帮助下，逃出了家门。龙进把她送到村头，劝她先到城里高中时的同学刘惠家躲几天。可龙凤云执意来到金大强的蛋鸡场，她说，自己就是逃到天涯海角去，今儿也得见金大强一面。

金母忙活着喂鸡去了。

金大强给龙凤云倒了杯水，在龙凤云对面的一个小凳子上坐了。面对着昔日的情人，金大强感慨万千。尽管金大强已经有了妻子，有了儿子，但他毕竟是个有感情的血气方刚的男儿啊！

强扭的瓜儿不甜，他和齐兰花的婚姻，从一开始就是个迁就。他从二强给他写的信中，得知了齐兰花的一些情况。他就意识到，这是龙满福的一个阴谋。龙满福阻止不了龙凤云和他相爱，便使出了这“鹊巢鸠占”的一招。善良而柔弱的母亲呀，哪里能抵挡得了龙满福的阴招和软硬兼施？龙满福拿自己老婆的娘家侄女来替代龙凤云，是坚决反对他和龙凤云的婚姻！金大强是个有着传统观念的人，这与他的出身和经历有关。他能吃苦耐劳，又善良义气，他尊老爱幼，又孝顺。他的致命弱点，是“带犊子”的阴影留给他的自卑。因此，他既不忍心违拗金母，又难以抵挡龙满福为他设置的障碍！他只能听任了命运对他的摆布。他与齐兰花结婚前，曾动摇过，但他的责任感和自卑感促使他妥协了。爱情是什么？在他的认识中，爱情就是男女之间的结合，就是生育子女传宗接代。他们的父辈、他们的祖先不都是这样一代一代地过来的吗？什么罗密欧与朱丽叶，什么梁山伯与祝英台，什么花前月下、卿卿我我、男欢女爱，不都是书上的扯淡吗？不都是写书人创作出来的人间悲剧吗？他是个非常负责的男人，他的妥协是对母亲的妥协，也是他的孝心使然！母亲含辛茹苦一辈子，受了那么多的辛劳和委屈，他怎能再让母亲为自己的婚事烦心？

他和齐兰花结婚后，试图寻找过去和龙凤云在一起的那种感受，但是他失败了。齐兰花的庸俗，齐兰花的啰唆，齐兰花的自私，齐兰花的轻薄，齐兰花那种经常带了蒜味的口臭都令他反感，都让他在外人面前感到脸红！有什么办法呢？

夫妻二人就像一块胶布，谁贴上了谁都别想轻易地分开！

两人对坐一会儿，金大强尽量让自己的心绪平静下来，低声劝慰着龙凤云：“凤云，还是认命吧！”

龙凤云的泪水立刻像断了线的珠子般滚下来，她颤声道：“与其猪狗不如地活着，不如去死！”

金大强叹了一口气，没有再劝下去。他觉得自己的任何一句话，对龙凤云来说，都是苍白的。

他拿起一块毛巾，递给了龙凤云。

龙凤云伸手接毛巾时，触到了金大强宽大有力的手。这双手她曾触摸过多少次呀！她的纤细的手曾被这双大手握疼过。但那种疼令她开心地笑了。她从大手中抽出纤细的手，娇嗔地报复大手，但往往还是自己纤细的小手吃了亏。这双大手曾触摸过自己的脸庞，是那么小心翼翼，那么谨小慎微，就像一袭丝巾在脸上轻轻掠过，是那么舒适，那么醉人。这双大手曾抱过她。有一次下雨，她在学校的操场里摔倒了，脚踝错位了，不能动弹，又一时没能找到车子。就是这双大手抱起了她，不歇劲地把她抱到了校卫生室里……可是，这双大手早已不属于她了。她是多么渴望这双大手再握她一下，再摸她一下，再抱她一下啊！

龙凤云在接毛巾时，浮想联翩，便情不自禁地用双手握了递毛巾的大手。

在那一瞬间，金大强的心便热了，那种久违的刻骨铭心的感受涌上了他的心头。他的心一阵颤动，他的大脑膨胀起来。罗密欧、朱丽叶、梁山伯、祝英台……那些书上的人物，忽然从书页里走了下来，像影子一样在他眼前晃动。他的心被晃热了！他的眼被晃花了！那双纤细的手柔软得如微热的暖流一般，传导到了他全身的每一个血管里！他终于找到了多年以前的那种感觉，他不能自控地一下子抱紧了对方，就那样紧紧抱着、抱着！他感到对方也紧紧地伏在他宽大的怀里，浑身战栗着，像一株在狂风暴雨中抖动的小树，是那么柔弱，是那么渴望爱护……

不知道过了多长时间，也许是一秒钟，也许是一分钟，也许是一个小时，小屋的门突然被推开了！

推门的人是齐兰花。齐兰花是来给金大强送饭的。她看见金大强的摩托停在外边，鸡场里只有金母一人在喂鸡，小屋的门又关着。她虽然知道表姐龙凤云逃婚了，但是，她绝对想不到龙凤云会逃到蛋鸡场的小屋里躲藏。然而，摩托车停在外边，大强去哪儿了？她心里便起了疑，悄没声地打开了门，便看到了那令她意外而震惊的场面！

这个女人立刻像被马蜂蜇着了一般号叫起来！

第七章

是龙老奔帮金大强解的围。若不是龙老奔，把不准要出人命的！

那天，齐兰花连哭带闹，惊动了整个金龙湾。龙满福听说龙凤云跑到蛋鸡场与金大强私自约会，那才叫火上浇油！本来就怀疑是金大强写告状信打了他的黑枪，抢走了他支部书记的位置。虽然又妒又恼，却找不到发泄的理由。今儿光天化日之下，竟敢戏弄良家女子！这一次还不借了这个机会和他大闹一场，也让他知道龙满福不是好欺负的！他咬牙切齿地骂道："这个带犊子，窝藏了俺闺女，还假惺惺地跑来装好人，呸！呸！走，抄他娘的狗窝去！"便召集了龙跃、龙聪等一帮龙姓男人，抓了棍、扛了镢，怒冲冲直奔金大强的蛋鸡场而来！

按照龙满福的想法，是要把这事情闹大，闹得越大越好，能闹到乡里县里才好呢！让乡里县里领导都知道金大强是个啥人！让季书记了解他培养的这个振兴乡村的"领飞雁"原来是个作风败坏的流氓！让金大强在金龙湾丢大人，丢得他在金龙湾站不住脚，乖乖地滚回他的王洼老家去！

金姓人家一看龙满福领了一群凶神恶煞般的龙姓子孙去了蛋鸡场。眼看金大强要吃亏，也不能袖手旁观啊！金喇叭便召集金姓人家，连她那正为学生娃讲课的男人赵步初也被拉来了！金姓人家的队伍也拿了家伙，浩浩荡荡向蛋鸡场奔来。后边还跟着一群学生娃，都是赵步初老师的学生。

赵老师被人拉出来打架了，学生还听谁去讲课呢？便都跟了来呐喊助威！

金大强正股堆（蹲下）在小屋门前的一条凳子上，吃齐兰花给他送来的手擀面条。说实话，齐兰花擀的面条比面条机轧的面条好吃，面条柔韧细长，筋道绵软。金大强夹起一筷子面条，高高举起，然后仰着脸，张开嘴巴，把筷子夹起的面条送进嘴里，再吸溜着嘴，面条便很顺畅地进入他的口腔，经过短暂的咀嚼，然后通过食道进入肠胃。

龙跃等人赶到蛋鸡场时，金大强刚吃完一碗面条，又倒了一碗。看到来了这么多人，便站起来，像没事人似的，客气地笑了笑，对怨气冲天的龙满福道："吃碗面条吧，兰花手擀的，香着呢！"

龙跃一步蹦到金大强跟前，横眉竖眼地道："金大强，你鼻子上插大葱，装象哩！把俺姐藏哪了？快放出来！"说着夺了金大强的碗，"嗖"的一声扔到了鸡场里。只见母鸡们先是被飞来的不明之物吓得展翅乱飞，继而发现这突然飞来的不明之物并没有杀伤力，反倒有一股喷香的食物调动了它们的食欲，便"咕咕"地叫着飞奔而聚，围拢撒了一地的面条抢吃起来！

金喇叭等人刚好赶到。

金喇叭见龙跃那愣小子夺了金大强的碗扔了，便跳到龙跃面前，一手叉腰，一手指了龙跃的鼻子骂道："你这个猪不吃狗不闻的孬种！反了天哩！大白天敢夺支书的饭碗！"唾沫星子像小雨一般喷到了龙跃的脸上。

俗话说，一物降一物，石膏点豆腐。在金龙湾，龙跃仗了他爸的权势，敢在别人跟前耍横，可碰见这个母夜叉般的金喇叭，先是怯了三分。这里边自有缘故。

那是龙跃七八岁的时候，在河堤上玩耍，见金喇叭急急忙忙地钻进了一片玉米地里。孩童时的龙跃自有一种好奇心，还以为金喇叭去追赶野兔子，便跟了过去。谁知钻进稠密的玉米地里，看到金喇叭脱了裤子，掐了玉米叶正在裤裆里擦。玉米叶上沾了血，金喇叭又掐了新玉米叶去擦。龙跃看得心惊肉跳，特别是白亮亮的两大腿中间露出的那撮黑毛，更让龙跃产生了好奇心。只看到人头上长黑毛，怎么这金喇叭裤裆里也长了一片黑毛？

金喇叭发现了正窥视自己的那双眼睛。她慌忙提了裤子，去追赶龙跃。一边追一边骂道："你这个小兔羔子，不大点儿就要流氓！看老娘的光屁股，是想占俺便宜哩！"追上龙跃，揪了龙跃的耳朵要去见龙跃的爸妈。龙跃吓得哇哇大哭，躺在玉米地里连声求饶。金喇叭狠扇了龙跃几耳光，才善罢甘休。从那时起，龙跃便从心里对这个母夜叉产生了恐惧感。在村子里看见她，像老鼠见了猫一般，远远地躲了走。今儿见金喇叭凶神恶煞般地站到自己跟前，早已成了打败的鹌鹑斗败的鸡，先是怯了三分，吓得边向后退，边道："好男不跟女斗，俺不理你，俺找金大强要俺姐。"

齐兰花哭着从小屋里出来，见了这阵势，先是吓了一跳。又听龙跃嚷着要跟自己的男人要人，你家亲姐早跑得没了影儿了，俺男人到哪儿去给你找人？这女人该糊涂时是糊涂，该聪明时她决不糊涂！龙凤云逃婚到这里，金大强劝慰她，这都是人之常理。两人的好齐兰花早就听说了。并且知道姑父热心热肠地让自己嫁给金大强，并不是真心为自己好，而是为了拆散表姐和金大强两人。了解了这一点，齐兰花原先对姑父的那一点儿感恩之情早丢到路边沟里去了！所幸金大强没有像姑父说的那样一辈子没出息，没有像姑父预测的那样一直穷下去。金大强转业回来不到三年，就发家致富了，让她齐兰花住上了青砖到顶的大瓦房，让她吃上了一块面的白蒸馍，让她有了个白白胖胖的大小子，让她成了金龙湾村的第一夫人！姑父本来是要把她朝火坑里推，没想到她却因祸得福，没想到她齐兰花福大命好！齐兰花对他家的男人一百个称心，一千个如意！不过，今天猛一看见二人缠缠绵绵的样子，才产生了醋意闹腾起来。闹腾的目的是吓唬吓唬自家男人别真跟龙凤云好起来，借机吆喝几声，只不过是想把两人分开，把表姐赶走。没想到却惊动得全村子人都知道了。这事张扬大了，丢人的不光是表姐，她男人金大强更丢人！看龙家那帮人气势汹汹的样子，眼看自家男人要吃亏，便擤了一把鼻涕，拉了龙满福的衣襟，哭道："姑父啊，你得替俺做主，俺表姐逃到俺家，俺男人劝她回去，她就和俺男人吵了起来！"

龙满福一听，头皮都炸了，这理儿都成她的了！本来是你男人勾引窝藏了龙凤云，这阵儿却反过来了。他后悔自己不该来。当了几十年的村干部，咋恁不存气哩！也是一时气恼，想想这气恼也不是这会儿产生的。自打金大强接了自己的支书担子，龙满福不就对金大强窝了一肚子火吗？只是找不到发泄的机会。逮了这机会，是打算给金大强办个大难堪的，没想到经妻侄女齐兰花这么一搅和，自己倒成猪八戒照镜子——自找难堪了！但是，事已至此，龙满福不能白白地偃旗息鼓。这儿也没别的地方可藏，龙凤云能到哪儿去呢？准是被金大强藏到了蛋鸡场，若在蛋鸡场找到了龙凤云，看你金大强如何解释！想到这，便狠瞪了一眼齐兰花，恨恨地对龙跃等人说："还不快把你姐找出来！"

龙跃、龙聪等人便拿了家伙往鸡场里冲，金喇叭领了人拦在门口。金喇叭骂道："哪个龟孙子敢进这道门，除非从姑奶奶的胯下钻过去！"

赵步初一看这阵势，吓得脸都白了，颤了声音道："都别打架！都别打架！两军交战，必有死伤！圣人说，君子动口不动手，有话好好说！"说着，支撒着手去阻拦金喇叭。赵步初又瘦又矮，被人高马大的金喇叭用胳膊一甩，便朝后趔趄一下，一屁股蹲在地上。地上是一只母鸡刚拉下的一摊鸡屎，糊了赵步初一裤子。赵步初伸手一抹拉，又弄了一手。他站起来，见拦不住自己老婆，又去劝阻龙跃。满手的鸡屎涂在龙跃的衣服上。赵步初的行为，在龙跃看来不是劝架，而是挑事进攻，他胳膊一抡，一下子把赵步初推倒在地，赵步初倒在地上，“哎呀哎呀”直叫唤。

金喇叭一看龙跃欺负她男人，哪里甘心吃这个亏！自己的男人自己欺负，那是对他爱的表现，咋欺负都不为过！自己家的男人被人家摸一手指头都是心疼的，何况被这臭小子一拳打倒在地呢！金喇叭像一头母老虎般扑向龙跃。

龙家来的人和金家的人一看这一男一女搂抱在一起，像电视上的相扑运动员似的你推我拥，互不相让，还以为战斗就要打响了，纷纷摩拳擦掌，打算各找对手较量一番！

双方剑拔弩张，一触即发，眼看一场械斗就要发生！

这时齐兰花害怕了，事都是她挑起来的，金家、龙家都有她的亲人，双方若真打起来，伤了哪方都没个好。关键时刻，这女人急中生智，吆喝道：“姑父呀，凤云表姐从这儿走多时了——快让他们撵去吧！”

她话音刚落，像有人配合她一样，在河堤那边高一声低一声地吆喝道：“有人跳河了！快来救人啊！”

人们循着声音望去，只见从金龙河河堤上下来一个老人。老人银须白发，腰板硬朗，脸上的皱纹像核桃皮，一双慈眉善目的眼睛深陷在眼窝里，却炯炯有神。是老人站在河堤上扯了嗓子朝这儿喊的！

老人就是龙老奔，龙聪的父亲，韩秀女的公爸。龙老奔今年已八十开外，抗美援朝时到朝鲜战场打过美国鬼子，左胳膊被美国鬼子打残了。抗美援朝结束后，退伍返家，现在还享受政府的残疾军人生活补贴。龙老奔性格古板，但却为人正直，在金龙湾金龙两姓人家中威望极高。就连龙满福这个当了多年的村干部，对龙老奔也是敬畏三分。因为龙老奔既是他的本家叔辈，又是为国家立过大功的人。这些年，龙老奔帮他儿子龙聪在金龙河河滩里照看养鸭场，很少回村里去，对村里发生的大事小情也知少问少。刚才，龙聪正在朝河里放鸭子，匆匆赶来的龙跃和他嘀咕了几声，就被唤走了。龙老奔知道今儿龙凤云出阁，还以为是让龙聪去帮忙，走时还嘱咐龙聪少喝几杯酒，别喝得像醉鸭子似的。龙老奔一人在河道里放鸭子，临上午的时候，便瞅见堤上走来一个年轻人，走走停停，一副犹豫不决的样子，最后看见那人向河下坡走去……

金大强听龙老奔喊有人跳河了，心里猛地一怔，难道龙凤云真想不开，去投了金龙河？如果龙凤云有个三长两短，金大强会后悔一辈子的。龙凤云逃婚逃到他这儿，是让他帮她出主意的。谁想到两人一见面，便旧情复发，感情不能克制，重温旧情时被齐兰花撞上。如果不是撞上齐兰花，事情的发展或许不会这么糟糕。偏偏两人在一起的场面被齐兰花这个醋坛子撞上了。趁齐兰花在外闹腾的机会，金大强在茅屋里已给龙凤云安排了暂时避风的地方，让龙凤云沿着那条通向河堤的田间小道走了。没想到她竟然寻了短见！

正准备冲进鸡场里寻找龙凤云的龙姓人，一听龙老奔喊有人投河了，便呼呼啦啦向金龙河河堤上奔去。

金龙河蜿蜿蜒蜒地从西北而来，在村子南边拐了个弯，又波澜不惊地向东南流去。金龙湾就是因了此湾而得名。说起这金龙河的来历，在金龙湾曾流传着一个美丽的故事。传说多少年以前，这一带大旱，为求雨，成千上万的老百姓乞求上天。终于有一天，狂风大作，电闪雷鸣，一道金光从东方而来，这道金光舞动着，翻腾着，就像一条巨大的金龙在人们头顶上飞过。凡飞过之处，玉液琼浆般的雨水便落了下来。雨水滋润了田禾，滋润了树木，枯焦的田野变得一片葱绿。

金龙飞过的地方，便出现了一条河——这条奔流了不知道多少年的河流便被河两岸的人们叫作金龙河。

龙满福领了人跑到河堤上，见河里果然漂浮着一个黑点，正顺着河水一起一伏地朝下游流去。

龙满福把脚一跺，道：“还不快下去救人！”

龙跃等几个年轻人便“扑扑通通”跳进水里，向那黑点游去。

终于追上了黑点，抓到了，却原来是一件衣裳。捞上来一看，像是龙进穿过的衣裳。

龙进的衣裳怎么掉进了河里？

齐兰花便在一边喊道：“凤云表姐就是穿了这件衣裳走的！”

一伙人越发相信龙凤云是投了金龙河寻了短见，便重新跳进河里打捞。可是，顺河往下游打捞了十几里，也没打捞到龙凤云的影儿。

第八章

金大强主持召开金龙湾村全体党员和村委干部会议，传达、贯彻和落实乡党委召开的脱贫攻坚乡村振兴工作的会议精神。按照季书记的要求，金大强从乡里开会回来那天就应该传达，由于发生了龙凤云逃婚的事，会议便推迟了一天。季书记还让蔡秘书打电话催问此事，说要亲自来参加他们的会议。

金大强清楚，季书记是要让金大强成为金龙湾村带领村民发家致富的领头雁。用季书记的话说是“高看他一眼”，要把他当典型抓，为全乡各行政村树立一个榜样！可是金大强打心眼里不愿意当这个典型，俗话说，“枪打出头鸟”，还有“出头的檩子先烂”。不错，金龙湾是离乡政府所在地近些，离县城也不远，村民脑子活络，经济意识强，百分之三十的村民家里都有了致富项目。发动党员帮助那百分之三十的老弱病残困难户发家致富，也是应该的事。金大强就是想实打实地为群众办些好事，帮贫困户脱贫致富。可是，金大强头上有块阴影，这块阴影就是龙满福。有这块阴影罩着，金大强不愿当这个领头雁，更不愿做出头的檩子！但是不做又没有办法，季书记将着他的军，他没有理由不去做。季书记把他从一个被人瞧不起的“带犊子”，培养成全村两千多口人的带头人，他打心眼里感谢季书记。季书记的话他不能不听，季书记让他办的事他不能不办，季书记抓他这个典型他不能不当！

全村二十五个党员，除了外出打工的三个，就差一个龙满福，其他都到齐了。

开会之前，金大强特意去了龙满福家，和他商量开会的事。

金龙湾村首富大院里还被龙凤云投河自杀的悲愤气氛笼罩着。

金大强走进屋里时，看到当门的方桌上摆放着龙凤云的遗照。龙凤云的这张照片是用彩色照片翻拍的，照片的颜色变成了黑白色，但丝毫不减老大闺女的光彩和俊美。照片被木框镶着，又被黑纱装衬了。看着照片，金大强感到别扭。金大强感到别扭的原因，就是总觉得龙凤云没有死。为一个没有死的人设灵堂，难道不让人感到别扭吗？

没有打捞到龙凤云的尸体，龙家便认定龙凤云已经淹死冲到下游去了，所以便为龙凤云设了灵堂。金大强猜出了龙满福之所以如此做的用心，一方面是告诉村里人，龙凤云是个烈女子，龙凤云抗婚也好，和金大强约会也好，都是不愿受辱的。龙满福并没有因为失去这个不听话的闺女而失掉面子，反而因为养了个不受礼教束缚的烈女子感到脸上有光！另一方面，也是告诉许大斗，别再想娶龙凤云，因为龙凤云就是因了许大斗来迎亲而被逼投河自尽的。

龙满福躺在床上，眯着眼假寐。悲哀和怨恨还没散去，这两种神情笼罩在他的脸上，使他的脸更加阴沉难看，使他整个人都笼罩在一种可怖的愤怒之中！

金大强看见他，不由打了个冷战。

金大强给龙满福讲了召集党员干部开会的事，说乡里已经部署，要各村召开支部扩大会，贯彻县里乡里会议精神！当然，乡里精神也是县里精神，县里精神也是省里精神，省里精神就是中央精神——中央发出总动员，要在全国打一场脱贫攻坚、振兴乡村的战役！不能让全国落下一个贫困县，全县呢，不能落下一个贫困乡，每个乡不能落下一个贫困村，具体到金龙湾，就是不能落下一家贫困户，不能落下一个贫困人！季书记对他金大强的要求，比这个标准要高得多。季书记说，金大强，我要的不是你金龙湾村仅仅是让乡亲们摆脱贫困都有饭吃，是要你拿出在部队当兵时的那种敢闯敢干的拼搏精神，带领金龙湾村的父老乡亲，改天换地，让金龙湾村有一个天翻地覆的变化！把金龙湾村建设成为一个现代化的社会主义新农村！让金龙湾村的父老乡亲们过上比城里人还要幸福的日子！

季书记对他的要求，的确是一件功在千秋利在千家万户的大事业！可是，怎样保证不落下一个贫困人呢？怎样彻底改变金龙湾的面貌，让乡亲们过上比城里人还要幸福的日子呢？这就要靠我们这些党员干部，积极带头，大搞养殖业、大力发展以经济模式为主导的种植业，带领群众找致富门路，创办企业，把我们生产的农产品进行深加工，增值经济效益！每个党员，每个村干部联系一户困难群众。金龙湾村二十多家困难户，每个党员联系一户，每个村干部联系一户。全村党员干部和全体村民团结一心，心往一处想，劲往一处使，一定能让村民们脱贫致富！一定要让咱们金龙湾村振兴发展起来！

龙满福听金大强说这些的时候，一直默默无语。不过他的心里却在冷笑。办企业需要钱，需要技术，就凭你金大强，养个蛋鸡场还差不多，还想办企业，不是空想？前些年公社布置让大办乡镇企业，咱金龙湾化工厂也办了，皮革厂也办过，到头来不都赔个精光！还有面粉加工厂，若不是抵给俺老龙，机器也早当废铁卖了！俺老龙过的桥比你走的路多，吃的盐比你吃的面多！还说帮助困难群众，呸！别拿俺老龙当猴耍，你要帮群众就把自己的蛋鸡场让给困难群众去养！季春阳那小子花言巧语把俺哄下台，不就是让你展示的吗？不就是让你表现的吗？你就好好地展示吧！你就好好地表现吧！戳出来窟窿你自己去堵，俺老龙不去蹚你那浑水！

龙满福借口身上不舒服，便没参加会议。等金大强出了他家门，他便从床上起来，趿拉了鞋，披了一件夹衣，去了面粉加工厂。

会议开始的时候，蔡秘书骑着摩托赶来了。蔡秘书四十岁上下，个儿不高，留了平头，人长得挺精神，当秘书已十多年，全乡上上下下混了个热络眼熟，被人称为“风油精”秘书，哪儿有点鸡毛蒜皮的小事，让他去处理，准能处理得妥妥当当。可就是在喝酒上把不住自己的关口，常常是一喝就多，一多就醉，一醉就误事，前年就是因喝醉把自己的事给耽误了。

那是县委组织部李干事、王干事来考察他，考核提他当副乡长。中午吃饭时，书记陪两人吃饭，本来没他的位，他偏偏挤在饭桌旁凑个热闹。又不好撵他，只得让他挤着坐了。喝酒时，书记给李干事、王干事敬酒。书记敬酒用的不是酒杯，而是碗。“作风好转了，喝酒用碗了。”蔡秘书还没喝酒，头脑还算清醒，就向两位干事道出了用碗喝酒的缘由。两位干事便笑。见两位干事笑，蔡秘书便越发逞起能来，遂把在民间听到的一些段子也讲了出来。说到了省里喝洋酒，说洋话，搂洋妞；到了县里喝红酒，收红包，吻红唇；到了乡里喝白酒，说白话，摸白腿……刚巧看见季书记的司机小张进来倒水，便又道，司机们都是喝啤酒，说痞话，拉皮条！一桌人听了都是笑。其中一位干事心里便道，这个人工作能力还强，只是政治素质太差，怎能把民间的戏说之词拿到桌面上来？两位干事见满满两碗酒，一碗少说有三两，推托不能喝酒。也是一股豪气在胸，蔡秘书便当仁不让地替两位干事把酒喝了。反过来，李干事、王干事向书记敬酒时，书记说自己血糖高，只能以茶代酒，蔡秘书便说，领导给咱敬酒咱咋能喝茶？是咱没酒啦？说得书记很难堪，瞪了瞪眼没话说。李干事、王干事便道，就是，就是，书记要真不能喝就让蔡秘书替喝算了。蔡秘书也不推让，把给书记倒的两碗酒也一口气喝了。别人刚闻点酒味，他已喝了个烂醉，站起来趔趔趄趄上厕所里去解手，去了半天也没回来，还以为回屋里睡了。后来李干事也到厕所去解手，刚刚到厕所门口，就听见里边有个声音道，你别拉我，这酒我是不能再喝了！听出是蔡秘书的声音，心想这蔡秘书在厕所里还和人喝酒呀。急忙走进去看，见蔡秘书靠了棵小榆树站着，榆树根上有尿过的痕迹。再仔细看，蔡秘书的皮带束在了榆树上。蔡秘书正眯了眼去挣那榆树，他一挣，榆树一晃，就像被人紧紧拉着似的。李干事看了，不由暗笑，也不去理会蔡秘书，解了裤子去尿缸边撒尿。尿射到缸里"哗哗"地响，蔡秘书听了便嚷道："快别倒了，快别倒了，这酒我是一口也不能再喝了！"李干事一听，更乐，尿完，提了裤子走回餐桌，强忍着笑对王干事耳语一番，王干事听了也不由大笑。书记见此情景，知道准是蔡秘书出了洋相，便喊来通讯员，急命去找蔡秘书。待通讯员在厕所找到蔡秘书时，蔡秘书已经搂着那棵榆树呼呼地睡着了。

这样一个酒鬼，怎能提拔当副乡长？蔡秘书提拔的事便落了空。后来，蔡秘书也下决心要戒酒，可是，他要戒酒酒却不能戒他。当秘书这差使能少了酒？只要上了酒场，闻见酒香，蔡秘书戒酒的誓言就变成了空谈，常常又是喝得酩酊大醉。久而久之，全县上下都知道了清河乡有个叫蔡麻的秘书。

金大强见蔡秘书来了，一边紧忙着朝屋里让，一边吩咐人去通知齐兰花，让她在家里准备几个下酒菜。蔡秘书听了，便道："廉政！廉政！党员干部要带头搞廉政建设，这酒早戒了！中午拌个萝卜花，切个大葱段就中，要啥下酒菜？"

说得参加会议的人都笑起来。

一个叫金喜贵的村支部委员，抿了嘴道："蔡秘书，你若戒了酒，这酒厂不都得破产倒闭？"

龙老奔一听金喜贵说破产倒闭，便批评道："今儿大强要发动咱党员干部讨论脱贫致富的门路，这门路还没找到，喜贵你咋又让破产倒闭？"

大家听了，笑得更响。

金大强便清了清嗓子，提高声音道："大家静一静，现在开会！今天的会议主要是传达和贯彻中央省里县里乡里会议精神，研究咱们金龙湾村如何打好脱贫攻坚、乡村振兴这场战役！咱们村子啊，这几年，靠国家改革开放的好政策，已经有了很大变化，很大发展，村民们的生活方面，吃的、穿的、用的、住的，等等，都有了很大改善。就拿住的来说吧，过去村里大多住的是茅草屋，泥垛子墙，老鼠打洞把大床底下都打透了，闹得人家娶了新媳妇，新婚夜也不得安生——小两口在床上办事，老鼠在床底下办事，‘唧唧哇哇’的……”

金大强的话引得大家一阵哄堂大笑。

金喜贵笑着说：“大强，你说这话可实际！”

“现在呢，再不用担心老鼠捣乱了！有的盖起了砖瓦房，有的还起了小楼！别说是老鼠龟孙拱不动，连苍蝇蚊子想钻屋里都不容易！”

韩秀女笑着说：“大强，别说老鼠、蚊子、苍蝇的事了，还是说正题。”

金大强说：“我说的还不是正题？党和政府鼓励咱们发家致富，脱贫攻坚，目的就是提高老百姓的生活水平，提高老百姓那个啥的指数，对，幸福指数！咱老百姓住进了大瓦房，既不怕刮风下雨，又不再受老鼠那些害虫的骚扰！吃的呢？过去‘清早蒸红薯、上午熬红薯，晚上改改调，红薯剁轱辘’，现在，到谁家去看看，都是白面蒸馍、鸡蛋捞面……总之吧，咱金龙湾老百姓的日子比着过去，那可是好到天上去了！不过嘛，手指头伸出来还不一般长呢！有些人家的小日子过得还不好。你像那个何真家，孤女寡母的，何真年龄还小，她娘成天拖着个病身子，光吃药看病就把个家底吃穷了。还有村西头的满祥叔家，出了车祸，腿压残了，他老伴跑了，剩下他带着三个孩子，日子也够恓惶的！村子里还有几家困难户，住的房子还是早些年的瓦镶边（房顶一半是麦草一半是瓦），遇到连阴天下雨，外边太阳出来了，屋顶还滴滴答答地朝下落水，为啥不翻修？还不是‘罗锅上树——前（钱）紧’！我不一一说了。咱村里谁家穷，谁家富，大家心里都有数。今儿，咱们就是要把村里贫困户澄清楚，然后，再讨论出一个帮扶脱贫的方法来。我就先说这些。下面，请清河乡政府秘书蔡麻……不，蔡林代表季书记给大家作报告，大家鼓掌欢迎！”

蔡秘书便站了起来，向大家摆摆手，掌声便停下来。蔡秘书清了清嗓子，讲道：“都说金大强同志是茶壶里煮饺子，肚子里有倒不出来。我看不是嘛！金大强讲得很好，讲得很实际！比着那些县里乡里领导讲得不差，比着那些耍笔杆子的作家啦、教授啦更不差！乡亲们，同志们，今儿本来季书记要亲自参加金龙湾村脱贫攻坚乡村振兴工作动员会，只因为临时县里又通知个会，季书记去参加会了，就派我来替他讲几句。我，也没什么好说的。只是金大强同志让我作报告，我也就讲几句吧。为什么要打这场脱贫攻坚乡村振兴的战役呢？这个么，也就是说，咱们国家，要大力发展经济，要全民迈进小康社会！特别是要让咱们农村、农民兄弟们进入小康社会！啥叫小康社会呢？小康社会嘛，就是让每一个老百姓都有饭吃，都有衣穿，都有房住。这还不算，啥叫小康呢？光有吃，有穿，有房住还不能算小康！那么，究竟什么才算小康社会呢？我认为，要进入小康社会，要让农民兄弟们吃得好、穿得好、住得好……”

韩秀女打断他的话说：“蔡秘书，有吃、有穿、有住和吃好、穿好、住好，不是一回事吗？”

蔡林说：“那可不是一回事！有吃有穿有住，那是要求不高，只是才解决温饱问题，算不得小康！而吃好住好穿好，是在解决温饱问题的基础上又提高了一大步。家家安居乐业，人人生活幸福，社会和谐，民生安宁，环境优美。也就是说，让我们金龙湾村富起来、美起来、强起来！这才是小康社会！这才是社会主义新农村的美好愿景！”

金大强带头鼓起了掌，连声赞道：“蔡秘书水平高，讲起来一套一套的！”

蔡林谦虚地说：“季书记就是这样讲的，我只是把他的话搬过来给大家重复一遍。……刚才讲到哪了？好，我再重复讲一个问题。”说着，端起茶缸喝了一口茶水，继续讲道，“要让咱国家全面进入小康社会，就不能让一个乡落后，也不能让一个村落后，更不能让一户人家落后！再具体一点，就是说，进入小康社会，不能少了一个人！我打个比方吧，咱国家就比如是一座高楼大厦，每个乡，就是根基，每个村就是扎根基的砖和石头，每家每户和每个人，就是高楼大厦上的一块瓦！没有根基，大厦就不稳，而没有砖和石头，根基用啥铺？只要有优质的砖石，就能扎根基，只有根基牢靠，高楼大厦才能牢靠，才能顶天立地！没有瓦，天下了雨房子会漏的！因此说，咱们金龙湾啊，就是这高楼大厦根基上的一块砖！楼顶上的一块瓦！如果咱金龙湾还有一家贫困户，咱金龙湾还戴着贫困村的帽子，咱金龙湾就不是一块合格的砖石，就不能成为高楼大厦的一部分，咱们金龙湾咋能进入小康社会？咱们既进不了小康社会，还会拖国家的后腿！”

金喜贵插话道：“蔡秘书，咱金龙湾不能拖国家的后腿。咱金龙湾党支部和全村党员都要做好这块砖石！”

蔡秘书放下茶缸道：“说得对哩！每一个党员就是一块砖，哪里需要哪里搬！支部书记就是带头人，要能带领群众发展经济，脱贫致富。嗯，这个，季书记讲过，一人富不算富，大家都富了才算富！光你们支部的人都富起来了，党员都富起来了，还不行！还有群众呢，要带领群众富起来……”

龙老奔道：“政府发的低保、扶贫款，咱们党员都不要，都分给困难群众。”

韩秀女发牢骚说：“过去县里下派的低保救济款，都是一个人掖着藏着，根本到不了真正贫困户的家中，该吃的吃不上，不贫困的倒把低保领了！”

韩秀女说的一个人掖着藏着，指的是龙满福。龙满福当着支书时，村里大权他一手遮天。县里分派的低保指标，他说给谁就给谁，他把低保送给谁谁才是贫困户！他家的三姑六太、七大姨八大舅是不是金龙湾的村民都能享受下派到金龙湾的低保指标。村民们了解内情的，早就对龙满福存了满肚子意见。可是，都是敢怒而不敢言。今儿听韩秀女带头挑开了这事，没有不气愤的，纷纷指责那“一个人”，七言八语地吵个不停。

金大强了解大家的矛头指向，但是，今儿不是开批判会的，龙满福以权谋私发放低保的事也不是在这个会上能解决的。还是要大家统一思想、统一认识，研究讨论出脱贫的方法才是这次会议所要解决的问题。金大强摆了摆手说：“大家对谁有意见，可以在会后交换意见。咱们都是党员、干部，要有高风亮节！今天，主要研究咱们金龙湾村的扶贫脱贫乡村振兴问题。其他事先不要讲了，下面继续听蔡秘书给大家讲。”

蔡林也知道大家对龙满福有意见，但是，大家提的意见不是他蔡林所能解决的。再说，村民们的告状信，已经起到了作用，乡党委研究免去了龙满福的村支书，也算对他的处理。这种场合说这个事的确不合适，听金大强解了围，急忙接着金大强的话说：“金支书说得对哩！咱们党员、干部觉悟高，不能眼盯着政府发的扶贫款、低保等等！你们要想门路、找办法，搞养殖业，创办企业，因地制宜，创办一批投资少、见效快的农副产品深加工企业。比如：你们种的有高粱、有玉米、有豌豆、有小麦，这些都是造酒的原材料，又紧靠着金龙河。金龙河的水甜呀，你们是不是应该考虑建个酿酒厂……”

人们哄的一声笑起来。

韩秀女笑着道：“蔡秘书，俺们真要建了酒厂，得请你当品酒师。”

蔡秘书道：“那是，那是应该的。我免费当你们酒厂的品酒师。”意识到韩秀女的话里有讽刺的意味，便改口道，“不过，俺到那时就戒酒了，不能来当品酒师！”

金喜贵道：“蔡秘书品酒还用喝，站到风口闻闻还不知道酒的好坏？”

蔡秘书一听有人捧他，便得意地道："这个自然。俺蔡秘书别的本事没有，就这酒的质量，是娘（酿）造的，还是狗（勾）兑的，搭鼻尖一闻，就能分辨出八九不离十……"

金大强听他老在酒的问题上绕圈子，便知道这家伙酒瘾上来了，便拦了话头，道："蔡大秘书给咱们作了个很好的报告，咱们会后要好好地消化，落实……至于如何加快咱金龙湾村的经济发展，带领群众都富起来，我想，咱们在座的党员要首先带起头来，正像蔡秘书刚才讲的，咱们要根据咱们村的实际情况……"

金喜贵插言道："金支书，难道真要办酒厂？"

金大强说："喜贵叔，别着急，听俺把话说完。至于办什么样的企业，还不是咱自己说了算。"其实，蔡秘书的话已经给他打开了思路，蔡秘书提议办酒厂，但办酒厂技术含量高，投资又大，淌出来的废水又污染土地。想到这，便说，"根据咱金龙湾村的实际情况，咱要走种养加一体化的路子！"

龙老奔问："大强，啥叫种养加一体化，是不是让大家把责任田归拢到一块儿去？"

金大强笑了说："一体化不是吃大锅饭。啥叫种养加一体化？种就是规模种植，联产承包制加农户。把土地交给那些种田能手和农业大户去种，他们机械化耕作，腾出一部分劳力，来搞多种经营。咱们不但种粮食，还要种瓜果蔬菜，市场需要啥咱就种啥，啥东西赚钱咱就种啥。咱们村已经有了几家养鸭场、养猪场、蛋鸡场，但是还远远不够。剩余出来的劳力，可以再办一些养殖场。咱们有吃不完的粮食，有自己养的家畜家禽，咱们是不是搞个深加工企业，办个农产食品加工厂，把鸭呀，猪呀，蛋呀，粮食呀，加工成高级食品。这就叫种、养、加一体化。到那时候，咱村子里富得流油，家家户户都建起小洋楼，钱多得花不完，谁还争着吃低保、受照顾，咱村没有一个贫困户，国家给咱的低保款、救济款咱一分也不要……"

金大强的一番话，把大伙的心都说热了，会场上立刻活跃起来。

龙老奔道:“大强啊，你这个办法好，农产食品加工厂要建起来，俺养的鸭子再不到超市卖了，都供食品厂！”

金喜贵也道:“俺才养了十几头猪，早就想多养点，就是怕生猪卖不出去，这下可好了，俺回去就把猪场扩大，再养二十头。”

蔡秘书说让他们办酒厂，也是顺口说的。没想到抛砖竟引出玉来，便连连称赞金大强这想法好，还说回去要好好向季书记作汇报呢!

这边正兴致勃勃地议论着，忽听门外有人嚷嚷:“金支书哇，你不能见死不救呀，俺家都断顿三天啦，一家老少眼看要饿死了！”

金大强等人抬头一看，只见一个拄着拐杖的残疾人，在一个女孩的搀扶下，走进了院子里。

第九章

一瘸一拐地走进来的人是龙满祥，龙满祥看上去四十多岁。那个怯怯的女娃是他闺女叫穗儿。前几年龙满祥买了辆四轮车搞运输，专为建房工地送砖，日子倒也过得去。可谁知天有不测风云，在一次运砖途中，龙满祥被一辆迎面驶来的小轿车撞了。龙满祥当场被撞昏过去，小轿车司机见人倒在路上，前后无路人，便驾车逃了。幸好龙满祥被过路人发现，送往医院，命是保住了，但落下了一条腿残废。四轮车撞毁了，再不能开。治伤花了一大笔钱，又查不到肇事车主，家境便一日一日地穷困下来。老婆马翠花本来是靠男人拉砖挣钱养得吃嘴怕干活，见男人残了，再不能挣钱养活自己，便偷偷地跟一个修手机的游乡男人跑了。穗儿交不起学费，再加上龙满祥的拖累，学也辍了。为穗儿上学的事，赵步初找金大强多次，说龙满祥再不送穗儿去读书，我赵步初就要告他龙满祥。金大强问他告龙满祥犯了啥罪。赵步初说，我告他剥夺了穗儿的受教育权！后来，还是金大强帮穗儿交了学费，又做了龙满祥的工作，穗儿才返回学校上课。但是，只因为要照顾龙满祥，上学也是三天打鱼两天晒网。今儿早上，龙满祥去找自家堂哥龙满福，想给村里要扶贫款。龙满福对他说，金大强正在村室里商量发低保的事呢，你快去吧，去晚了就没你家的份啦！龙满祥信以为真，便让穗儿扶了他匆匆往这里赶。

龙满祥进了门，见除了村里党员干部外还有乡里蔡秘书，认定是商量低保款发放的事。便扑通朝地下一跪，道:“各位干部老少爷们，要发低保救济款，俺可是村里第一困难户呀！”

在座的人见龙满祥如此举动，都不由一愣。

金大强忙上前搀起龙满祥，道:“满祥叔，哪儿是说发低保的事，是商量办企业的事哩！”

龙满祥把眼一瞪，道:“金支书，你骗俺哩！有人都告诉俺了，说这次拨给咱村的扶贫款最多，低保养老钱最多。你骗俺，是想把扶贫款、低保款贪污哩？”

金喜贵家和龙满祥家住的隔了一道墙，以往因鸡毛蒜皮的家务事两家闹得不十分和睦。听龙满祥如此说话，金喜贵便不冷不热地道:“有些人吃救济还少吗？自己惹的车祸，整天撵着政府要救济，也不怕人家戳脊梁骨！”

龙满祥一听，便火了，骂道:“俺吃救济吃低保吃的是国家、是政府，不是你金喜贵的！你金喜贵从裤裆里蹦出来埋汰俺干啥？”

金龙湾人最怕被别人骂是从裤裆里蹦出来的东西。想想，是什么东西能从裤裆里蹦出来呀！

金喜贵一听这话也火了，蹦到龙满祥跟前，以牙还牙说:“你才是从裤裆里蹦出来的玩意儿哩！大强把心窝都掏给你了，你还血口喷人说他贪污救济款，你有良心吗？”

韩秀女便拦着二人说:“都别吵了，龙满祥你别在这儿胡搅蛮缠！今儿不是商量发扶贫款的事，是商量工作哩！”

龙满祥嘟嘟囔囔地说:“商量工作？俺没有饭吃算不算你们干部的工作呀！”

金大强说:“满祥叔，你放心吧，只要俺金大强当金龙湾一天的支书，俺就不能让金龙湾饿死一个人！俺就不能看着金龙湾的困难群众不管！谁家能吃低保，是先由村里报到乡里，再由乡里报到县里。你家这种情况，村里一定会报上去的……”

龙满祥说:“你当支书的，可不兴哄人！俺家四口人，都得吃低保，都得吃救济！少俺一个俺就到你家去吃！去闹腾！”

金大强笑哈哈地说:“满祥叔，我还真不怕你去家里闹腾。到时候，让我媳妇兰花炒盘鸡蛋，拌个黄瓜，咱爷俩喝两盅！”

他这一说，把龙满祥逗乐了:“哪里敢去闹腾哩！大强前儿还让兰花给叔送家去两袋子好面，叔都记在心里呢！”

金大强说:“叔，那点儿小事是侄儿孝敬你的，不要挂在心上。等咱金龙湾村找到大力发展经济的门路振兴起来，好日子在后头呢！”

龙满祥连声说:“是的，是的。俺就等着那一天呢！”说着，向外走，走到门口，又回头向金大强摆了摆手，低声说，“大强，你过来，叔还有个事求你。”

金大强只得走出去，问:“叔还有啥要求？”

龙满祥朝屋内瞄了一眼，才压低声音说:“你婶马翠花一走，连个音信也没有。还不是嫌弃你叔穷，她才又嫁了人。如今屋里没个女人照料着，叔这日子过得实在恓惶。叔求你，帮叔找个女人，算把叔贫穷的帽子摘掉了！”

金大强一听是这话，一时哭笑不得，想了想，便说:“叔想找个老伴儿，这事可着急不得！男女成婚，是两相情愿的事。不是叔缸里没米了，侄儿去给你买一袋子。这样吧，我把叔的想法，给韩秀女她们说一下，看谁手下有合适的媒茬，也为叔牵牵线。”

龙满祥听了，眉飞色舞，连连作揖道:“那就谢谢大侄子了！”说着，一颠一颠地喜滋滋地走了。

金大强回到屋里，把龙满祥要求讨老婆的话说了，逗得大家笑了起来。

金大强也笑着说:“笑归笑，韩主任，满祥叔这事还真得当个事办哩！满祥叔没伤的时候，多能干又勤快的一个人呢！人又实在，又要面子，那时候，你给他低保他还不要哩！现在张着口来要低保，也是被一个‘穷’字逼的。咱不能看着他家就这么穷下去！满祥叔才四十多岁，除了一条腿有点残，其他都结实着呢。他想找个老伴搭日子过，也是不甘心就这么穷下去。咱们能帮满祥叔找个伴帮衬着他过日子，说不定一两年满祥叔家就能翻过身来，甩掉穷帽子致富哩！”

蔡秘书听了，连连称道：“金支书这主意好，这是要彻底帮龙满祥家拔掉穷根子！这事也不要都靠韩主任，在座的男士，回到家动员自家女人，瞅着自己娘家有合适的……”

韩秀女打断蔡秘书的话：“我倒想到一个合适的人。”

金喜贵说：“这说媒牵线本来就是女同志的专长！听听，不出这屋，韩主任已经想好了人选。快说说，这合适的人是哪村的？”

韩秀女笑着卖了个关子：“是哪村的嘛……这个，暂时保密！”

第十章

金二强从广州打工回来了，还带回来一个满头金发的俏丽女人。

金二强出去打工是因为和他嫂子齐兰花赌气才走的。

金二强高中毕业参加高考时，头一年没考上大学，只差三分。

金大强对金二强说："再复习一年吧，明年准能考上。"

金二强说："哥，其实上不上大学无所谓，咱家不是正筹建蛋鸡场吗？我回来不正多个人手。"

金大强劝道："兄弟是上学的材料，考上大学比在家养鸡有出息。再说，咱家不缺劳力，建蛋鸡场有我和你嫂子足够了，不缺你这把手。"金大强是真心想让兄弟比他更有出息。

金二强便回学校复读了一年，可是等高考成绩一公布，金二强伤心得要流泪，去年离分数录取线差三分，今年竟然差了十分！金二强回到家蒙头盖脑睡了三天，饭也不吃，水也不喝。金母吓得在床边一个劲地劝慰二强，考不上就考不上呗，总不能不活人吧。你大哥不是也没上大学吗，咱村里那些男娃不都没考上大学，还不是照样娶媳妇过日子？

金二强便在被窝里拖了哭腔道："俺大哥那时不是没赶上高考吗？俺就是不想像那些人一样在农村窝窝囊囊过一辈子，才答应大哥去复读的。可谁知越考越差，丢不丢人！"

金母道："丢啥人？过去考秀才还有落榜的呢！"

正说着，齐兰花从蛋鸡场回来了。齐兰花见小叔子没考上大学，家里地里活不干不说，还躺在床上怄气，心里就有了意见，便话中有话地说："是哩，妈说得在理，过去人家考秀才还考十年八年哩，你就破着十年八年去考吧，反正有我和你大哥挣着钱供养着！"

金母听齐兰花如此说，便听出大儿媳妇话里没有好意，便道："话也不能这么说，谁也没说让他考十年八年的等你去供养！我这不是正劝他吗，也不能一棵树上吊死，考不上学就回来帮他哥养鸡！"

齐兰花心想，蛋鸡场是俺和大强东磨西借辛辛苦苦办起来的，婆婆让他回来养鸡，还不是想把蛋鸡场的家业分给他一半。想着，齐兰花道："二强是读书的料，咋能让他去伺候那些下蛋鸡？再说，蛋鸡场有我和大强就照应过来了，不用二强去帮忙的！"

金母生气地道："他上学你说是供养他，他回来你又怕他去蛋鸡场，你究竟是啥心思？"

齐兰花便不冷不热地说："妈，你也别老护着他，他也是二十岁的人了，他有本事考上大学，俺和大强就供养他，他没本事考学就回来种地，反正蛋鸡场没他的份！"

金二强与说话做事刻薄的大嫂一向就合不来，慢慢地就听出齐兰花话里有音，上自家的蛋鸡场去干活是帮忙，还不用去，这是什么意思？二强还听不明白吗！蛋鸡场的生意很好，是你两口子建起来的，金二强与蛋鸡场无关，金二强无论考上大学或是回家务农都与蛋鸡场无关，这才是齐兰花真正要说的话。金二强也是犟性子人，心里本来就有气，听了齐兰花假惺惺的话，更是气上加气，忽地坐了起来，道："嫂子，你不用害怕，俺就是不去复习考学，也决不占你蛋鸡场的便宜！"

齐兰花听二强如此说，一方面放下心来，一方面又觉得面子上过不去，便抢白二强道："你不占俺的便宜？这几年你上学吃喝花费，不都是俺挣下的！哼，养个母鸡还下蛋哩，可你呢，别说下蛋，连打鸣也不会！”

那一刻，金二强气得太阳穴突突直跳，他真想跳下床，狠狠地揍这个刻薄的嫂子一顿。但他忍住了。齐兰花的话虽然难听，但实际情况不正是如此吗？自己已经上了十三年学，从七岁那年入学，每年学费、书费，加上吃喝穿用，哪年不需要一大笔开销啊。可自己花了那么多钱，最后考大学还是落了空！这学是不能再上了，自己已经二十出头的人了，已经是个男人了，自己该挣钱养活自己，养活母亲了。

从那一刻起，金二强就坚定不移地下了决心，不再参加高考，要自己挣钱养活自己！

两天以后，金二强悄悄离开家，去了南方打工。

金二强一走就是五年。还是在他刚走的那一个月后，他给家里写了封信，说自己在广州找到了一份工作，工资虽然不高，但还能养活自己，让母亲和大哥都放心。只是现在挣钱不多，等自己挣的钱多了，再把这些年上学的花费给嫂子寄回家。从那以后，金二强再也没有音信。现在突然回来了，这对金家来说，不能不说是件大喜事。

金二强已经不是五年前的金二强，比原来高了、胖了，成熟长在他那张圆脸上，眸子里没有了青春期的幼稚和单纯，相反多了几分阅历和老练。他的穿戴打扮，已经完全脱离了本地农村青年那种落俗的廉价本色，他的上衣是蓝格格的熨帖得很有棱角的西装，下身是米黄色的笔挺的西裤，留着乌黑的偏分头。这一身刻意的打扮和装束，给人一种衣锦还乡的美好印象。

他带回来的那个女人，脸很白，眼圈却是金黄金黄的，嘴唇抹得紫红紫红，上身穿着一件缀着金珠珠的黑颜色的衫，那衫的胸口开得很低，女人的两个奶子很大，把那本来就很瘦的衬衫撑得鼓胀胀的，这样，女人的奶沟子就撩拨人心地露了出来。还有，那衫还小，女人的肚脐眼和白细的腰也露了出来。女人下身穿的裙子不像裙子，裤衩不像裤衩，说它是裙子又绝不像金龙湾青年妇女穿的那种百褶裙或连衣裙，它很短，短得只能盖着屁股；说它是裤衩又绝不像金龙湾的男人们穿的那种虽然短，但裆里是绝对缝合严实的在公共场所能放心地坐下来却不显山不露水的裤衩。总之，这女人的穿戴打扮让金龙湾人开了眼界，领略了什么是时髦，什么是洋气。这还让一部分金龙湾人嫉妒，金二强这小子发了大财，竟领回来一个洋女人！

金家院里热闹起来，三间屋里坐满了一屋子乡亲。这拨走了，那拨又来了，都说是来看金二强的，实际上是冲着金二强领回来的那个女人来的。

那女人倒也大方，凡是来和她说话的乡亲她都表示出极大的热情。她自我介绍说，她叫胡丽，是金二强的女朋友。她说话的方式和发音让金龙湾人感到别扭，金龙湾人把胡丽听成了“狐狸”。一时间，金龙湾人都知道了金家老二领回了一个花狐狸。

花狐狸自我介绍说她只是二强的女朋友，说明两人还没办婚事。因此，那些准备来闹新娘的人，一个个都非常扫兴，便寒暄一阵告辞了。

金二强回来，金大强很高兴。对于金二强独自出走的原因，金大强是后来听说的，他为此事责备过齐兰花，但金二强已走得无影无踪，他也没有办法。只是二强刚走那段时间里，看着母亲牵肠挂肚的样子，让他感到内疚和不安，同时，也为二强担心和挂念。二强一人外出能不能照顾好自己？能不能找到工作？时间是冲洗伤痕和忧愁的良药。随着时间的过去，渐渐地，金母对二强的担心和挂念便一日一日地淡了。现在金二强突然回来了，看他那身打扮，拎回来的包裹，还有带回来的这个女人，想必二强在外边干得还不错。金二强若在外挣到了钱，回来能搞个养殖场，安安稳稳地过日子，岂不是一件大好事？金大强能不高兴吗！季书记在会上讲过，很多在外地打工的青年挣了钱，回到家乡投资办起了企业、养殖业，带动村里乡邻们都富了起来，这是脱贫致富造福一方的好路子啊！

金大强在心里揣摩着，抽时间和二强谈谈，看他这次回来啥想法？如果不出去打工了，就帮他在村里谋划个挣钱的出路！

最高兴的还是金母。儿走千里母担忧。儿是娘身上掉下的一块肉呀！金母两次守寡，曾多次在内心里责问自己，自己难道真是扫帚星，有克夫的命？金麻子死后，她怨恨自己的命苦，曾想到要上吊自杀。可是两个男人给她留下的两个孩子让她坚强地活了下来！那时金大强才五六岁，金二强才两岁多。这两个没有爸的孩子若失去娘，这日子可怎么过呀！为了把两个男人留下的两个孩子抚养成人，金母咬着牙挺过来了。她一把屎一把尿地拉扯着两个孩子，吃了多少苦，受了多少累。她吃苦受累为的是孩子，她不到四十岁又守寡熬的是孩子！她把自己的心念都寄托在了孩子身上。只要能把孩子养大成人，养成有出息有能力的人，她就是受多少罪，受多大耻辱，即便累死、苦死，也心甘情愿啊！这就是一个善良的母亲的爱子情结呀！

金大强在苦难中渐渐长大了，当兵回来了，娶妻生子，又当了支书，金母替自己的大儿子高兴啊！其实，金大强和龙凤云的好，金母心里都是清楚的。龙凤云是个好闺女，比起现在的儿媳妇不知要强多少倍！可是，龙满福棒打鸳鸯，嫌贫爱富，一手促成了大强的婚事，说是为大强好，其实，他心里是咋想的，金母再明白不过了！龙满福在村子里一手遮天，说一不二，金母怎敢违拗他？好在齐家要的彩礼少，媳妇虽然脾气不好，但是，也算个过日子的人。既然自己的命运自己当不了家，就这么熬吧。日子都是熬过去的！

看到大儿子为金龙湾的父老乡亲做事，得到了大伙的拥护和尊敬，金母便有了自豪感。唯一让她惦念和不放心的是二强。考不上大学就回来种地呗，有地种就饿不死勤快人，为啥要跑出去呢？知道你是和你大嫂赌气。你大嫂子心眼窄，怕吃亏，又爱贪小便宜，怕你分她的蛋鸡场，才说那些话刺激你。可你不该瞒着娘偷偷地走啊！你要不愿去考学，咱就和你哥分家，咱娘俩单过，不和你大嫂一个锅里要勺子了。咱娘俩，你打外，娘打里，还愁找不到活路？还愁挣的不够吃的？这几年，金母每时每刻都记挂着金二强，做梦都想着金二强在外过得好不好。看到金二强体体面面地回来了，还带回来一个女人，这女人肯定就是二强在外边自个找的对象。能自个找到对象，说明在外边混得还不错。那女人虽然看着没咱庄稼人本分实在，但毕竟是儿子相好的女人。金母真是喜出望外呢！

齐兰花看金二强如此风光的样子，虽然有一点儿醋意，但还是高兴的。金二强出去几年果然混出个模样来了，想必钱也挣得不少。他和大强毕竟是一奶同胞的兄弟，兄弟阔了，哥也能跟着沾光，就是沾不上他的光，起码不会惦记家里的财产了。只是五年前自己说的那番话，不知小叔子还记恨着没有？若是忘了倒也罢了，若是还记恨着，这以后的日子就少不了嗑嘴磨牙的。你若不仁，也别怪俺齐兰花不义了。

金二强走那年，金蛋还不到两岁。金二强走了五年，金蛋儿已经七岁了。小家伙长得虎头虎脑的，一会儿也闲不下来。金蛋儿本来就是个人来疯，见家里突然回来个叔和花婶，又有糖吃又有布娃娃玩，自是高兴得不得了。一会儿趴在金二强怀里问叔从哪儿回的，有多远？一会儿瞪着眼瞅花狐狸，还伸出小手去摸花狐狸衫上金光闪闪的纽扣子。

花狐狸很喜欢小孩，问金蛋儿几岁了，上学了没有？金蛋儿一一回答了花狐狸的提问，今年七岁了，上了一年级，语文数学都考了 100 分。连花狐狸没提的问题都回答了。他又反过来询问，婶子多大了？家住哪里？上学了没有？参加工作了没有？等等。这么详细的询问，逗得花狐狸哈哈大笑。一边笑，一边点着金蛋儿的鼻子说："你这个小坏蛋，姑姑又不是和你谈对象，你打听这么清楚干啥呀？"

花狐狸的话把大人们也逗笑了。

傍晚的时候，金家小院里安静了下来。吃罢饭，金大强和齐兰花去蛋鸡场了。走时对金母说："妈，我和兰花住在鸡场里。把兰花那屋收拾收拾，让金蛋儿他婶子住。让金蛋儿跟你睡，二强在这外间铺张床迁就着。"

金大强的三间房还是结婚后盖的，金二强没走之前，就和金母每人铺了张床，住在西间里。这两年，金蛋就睡在金二强原来住的那张床上。金大强和齐兰花两口住在东间里。蛋鸡场那儿需要人看守，金大强就住到了蛋鸡场的小房子里，东间房就是齐兰花和金蛋儿住。金二强和花狐狸回来了，金母就让花狐狸一个住东间，她和金蛋挤着睡一张床，让金二强还睡他原来那张床上，不让二强把床搬到外间去。

金二强便道："妈，别挤了，我和胡丽睡东间。"

金母便道："还没磕头行礼，睡一块儿，不怕人家看见了笑话？"

金二强便笑道："妈，都啥年代啦，还怕人笑话。再说，胡丽早就是您媳妇了！"说着，偷偷指了指花狐狸的腰。

金母是过来人，儿子一说就什么都明白了，再细看花狐狸的腰，果然与没结婚的大闺女不一般，腰身都是硬邦的，少说也是怀上了两个月的身孕。金母一看，媳妇还没进门，肚子就盖不着了，还有不着急的，便对金二强说："给你大哥说，趁这几天，把你的婚事办了吧。"

金二强便悄声道："妈，你别急，婚事早办晚办都不打紧，我这次回来，一是想把房子盖起来，我答应过胡丽，不把房子盖起来就不娶她。二是房子盖好了，我和胡丽办了婚事，等胡丽把孩子生下来，你照看着孩子，我和胡丽还回广州去打工。"

金母道："咋，你还要走？"

金二强说："咋不走，俺在广州那边挣钱，在咱这边花，能省下好多钱呢。先在家里盖套好房子，等年纪大了，打工干不动了，再回来安安稳稳过日子。"

金母听二强这样说，也以为是从长计议的。便道："好好，你两口子在外边挣钱，你大哥他两口子在家里挣钱，小金蛋儿一转眼就长大了，你媳妇儿眼看着又要给妈生个大孙子，妈苦日子终于熬到头了，妈知足了，妈心里高兴啊！"说着说着，眼里噙满了泪花。

金二强急忙掏出纸巾，给金母擦去眼泪，说："妈，说着说着咋就哭了？"

金母说："俺这不是高兴的嘛！不过，还得和你大哥大嫂商量商量，只是这盖房子得有宅基地。村里宅基地都占完了，村外大田里不让盖房……"

金二强不等金母说完，便说："我和胡丽回来的时候，路过村里，见村街北面还有一块宅基地空着，又靠着街，又朝阳。"

金母说："你说那块宅基地，是龙满福当支书时分给何真家的。"

"何真家的？"金二强心里"咯噔"一下，沉默犹豫了好一阵，才说，"何真早晚不得嫁出去，留那片宅基地啥用？找人说说，花几个钱咱买它！"

金母说："还是跟你大哥商量商量再说吧！"

金二强看中的那片宅基地，是十年前龙满福做主分给何真家的。当时，村里还有许多人有意见，说何真是个女娃，早晚都要嫁人的，为啥还要分片宅基地？金大强、金二强弟兄俩却只分了一片宅基地。眼见得不合理的。

龙满福却说得头头是理。龙满福道："女娃？女娃也是娃，也是半边天，咋就不能分宅基地？恁这不是重男轻女嘛！"至于金大强弟兄俩为啥只分一片宅基地，龙满福也自有他的道理，说金大强是王姓的根，谁敢保证他长大成人后不回王洼找他祖根去！

没有人敢和龙满福抬杠，何真和她的寡母何寡妇就多分了片宅基地。因为家境贫困，再加上盖了房子也闲着，所以那片宅基地就一直空着。何真和何寡妇住在村西头的两间老屋里。那两间老屋还是何寡妇嫁过来时男人何安盖的。那时候盖两间屋子不容易，娶个媳妇更难，两间屋子用的砖都是何安一块一块摔成坯，再背到窑里烧出来的青砖，那瓦也是何安一块一块亲手做的，然后又背到窑里烧出来的。房上的檩子都是他自家种的树，又一棵一棵刨掉，刮干净树皮，晒干后背到房顶上去的。等他强撑强努地盖好房子，再把媳妇娶到家，他自己已经累得吐血。人又黑又瘦，一阵风就能把他吹趴下。媳妇没过门几天，何安就一命呜呼了。村里人都陪着新媳妇落泪，这么个耐看的新媳妇，何安这小子咋就没那个艳福去享受呢！这么个耐看的新媳妇咋就成了寡妇呢！

让人意想不到的是，在何安死之后，何寡妇竟然生了个闺女，取名叫何真。有好事者掐指细算，何真究竟是不是何安的女儿？好事者最后确定，如果按何真出生的时间算，何真若是何安的种，最迟的时间是何安咽气的头一天留给何寡妇的。而何安在死的头一天能不能播下这颗种子只有天知道！不论人们怎样猜疑，何真就是何安的女儿，何寡妇从二十多岁守寡，何真也已长成了十八九岁的大姑娘，这是金龙湾人都看得见的。

第二天早上，金二强去了金喇叭家，他向金喇叭讲明了自己的意思，求金喇叭和自己一块去找何真母女谈谈这件事。

金喇叭是何等热情好事的女人，谁家没事她还想上房揭瓦地找点闲事干呢，见金二强求了自己，便道："二强弟，放心吧，请大姐帮忙算你聪明。何寡妇娘俩这些年，日子过得也够恓惶的。何寡妇不是那种泼泼辣辣的女人，也是个柔性子脾气。何真那闺女脾性也好，读完高中连大学考试也没参加，心疼她娘一个人下地干活呗。如今，娘俩日子过得紧巴巴的。她家留那片宅基地还真没多大用，能卖一处得些钱，何真将来出门子时，这置办嫁妆就不用发愁了。这事由你姐出面去说，保你马到成功！"

金二强问："何真……有了对象？是哪庄的？"

金喇叭说："不是外庄的，就是咱金龙湾的……"

金二强说："你说的是龙进？"

"可不就是嘛！只是听说何真她妈反对她和龙进这门亲事。"金喇叭瞅了金二强一眼，继续说，"姐看兄弟你跟何真倒挺般配的，恁俩要成了一对，这宅基地还用得着掏钱买？"

金二强红了脸，说："姐，别瞎说了。"

金喇叭笑着说："啥缘分不缘分！走！咱这就去何家，只要你领回来的那个花狐狸不吃醋，姐连宅基地和人都给你'租'回来！"说着哈哈大笑一阵。

金喇叭除了爱管闲事，还是个爱吹牛皮的人。金二强这个刚从大城市衣锦还乡的本家兄弟来求她，自然让她很高兴，真真假假的，玩笑话也多了些。

正要去学校上课的赵步初，听了金喇叭的大话，摇摇头，不以为然地说："老金，别把牛皮吹爆了！根据本人分析判断，何家这地不会出卖的！"

金二强急忙问："姐夫，为啥？"

赵步初神经兮兮地说："兄弟，没有'为啥'，只有不卖！"

金二强被赵步初的话说得迷迷糊糊的。

金喇叭说："去去去！赶快教你的学去！二强，别听你姐夫胡说。他就有这么个阴阳怪气的毛病！走，姐和你去何寡妇家！"

金二强和金喇叭到了何真家。何家少有客人，连邻居也很少来往。何寡妇说，是人家嫌弃她家穷，怕把她家的穷气带回自己家，才不愿到她家串门子。今儿见金二强和金喇叭突然来了她家，一是有些意外，二是手足无措。何寡妇急忙把二人让进屋里。

何寡妇家两间正房，还是七十年代末期盖起来的，已经破旧得不像样子。屋内分里外两间，里间住人。金喇叭伸着头朝里间看看，见里边除了放着两张单人床，基本没有其他家具。靠窗户附近，是存放粮食的地方。大大小小几个装满了各种粮食的袋子，整整齐齐地摆放在一块木板上。给人的感觉是，这个家虽然穷，但是，吃是不成问题的，即使遇到灾荒年，也不会饿肚子。外间靠后墙放着一张老式三斗桌，还有两把油漆剥落的椅子。虽然有这两件家具装点，但是，还是给人一种家徒四壁的感觉。地面虽然还是原来铺的青砖，有些地方裸露着破碎的痕迹，但是，还算干净、整洁。

何寡妇要忙着到外边的厨房里去给两人烧水喝，被金二强拦着了。

金喇叭快人快语，说："婶子，别忙活了。都刚吃过饭，哪里渴呀！你坐下。俺和二强来，是和你说件事。"

何寡妇说："和俺……说啥事？"何寡妇很少出门，连村子都很少走出过，更少和人来往，她不明白还会有人来找她说事情。

金喇叭便把金二强要买她家村里那块宅基地的事说了。

一听两人是来买她家的宅子，何寡妇一口回绝了。何寡妇道："那宅基地是村里分给俺家的，俺咋能随便卖呢？再说，何真也大了，该找个人家了。那片宅基地说盖房就盖房！"

金喇叭说："婶子，俺妹子出嫁，还让您操心给她盖房子？"

何寡妇道："她姐，俺这日子过得不容易，想给你妹子找个男娃多的人家过来住。"

金喇叭道："哎哟，婶子，那不是倒插门吗？你把妹夫招到咱村里，将来过日子磨嘴磕牙的也不好看！"

何寡妇便吊了脸道："她姐，你咋也这样说，你家赵老师不是也倒插门的吗？"

何寡妇这样一问，倒把金喇叭给问"闷"了，好半天说不出话来。

金二强便说："婶子，说了半天，这宅基地你是不愿卖了？"话音里便明显地带了气。

何寡妇听二强这话带了气，便道："听二强这话音，好像俺跟谁说过卖宅基地似的？不过，俺今儿说清楚，俺从来就没跟人说过要卖宅子的话！以后也绝不会卖宅基地！"

金喇叭听何寡妇说话这么硬气，真是让她家的男人赵步初说准了，感到自己很没面子。想了想，便用商量的口吻道："婶子，你看这样中不中，二强弟不是急着盖房结婚用吗？你不愿卖，就先把宅子借给二强用。大强当着村里支书，等何真妹子谈了对象，需要盖房子时，让大强给你找一块。"

何真扛了锄从地里回来了，在院子里就听到金喇叭高一声低一声地借宅子、谈对象的话，便走进屋，冲着金喇叭道："要借把你家的房子借给他，俺才不稀罕着去巴结当官的哩！"

金二强一听何真如此说话，不由发火道："借不借拉倒，谁也没说让你去巴结当官的！"

何寡妇一见金二强翻了脸，急忙摆着手说："二强，别生气……"

"妈，别低三下四地巴结他！"何真打断何寡妇的话，一针见血地冲着金二强道："俺不和你家当官的打交道！你走，走！别以为自己有钱就在这儿显摆！俺知道你看不起俺！告诉你金二强，你瞧不上俺，俺还瞧不上你哩！早晚有一天，俺何真凭自己的一双手，也要干出个样子来，比那浑身臊的野狐狸强！"

金二强听何真说出这种话，知道她还对自己曾经做过的那件事有成见，那时候，两人都还是少男少女，自己那样对待她的好心，确实有些不当，事后，他还后悔呢。如今听她这么敲打他，怨恨他，便把一口气咽下。

金喇叭不明就里，听何真说话这么难听，便话外有音地冷笑道："妹子，说话别这么绝情！金大强这个官你是看不到眼里，村东头那个四合院的大门你可没少去！"

村东头的四合院指的是龙满福家。村子里早就传言何寡妇和龙满福有扯连。听金喇叭这么说，何真一下子火冒三丈，冲着金喇叭骂道："你这个翻嘴挑舌的女人，你说这话啥意思？你啥时见俺去过四合院？今儿，你得把话说清楚！"

何寡妇听金喇叭说那样的话也很生气，但是看到何真一副要和金喇叭拼命的样子，怕把事情闹大，急忙拦了何真，忍气吞声地对金喇叭说："宅基地俺既不卖，也不借，你走吧！"

两人就这么被何寡妇母女撵出了门。

金二强走到院门外，被地上一块砖头绊了个趔趄，差点摔倒。气不打一处来，拾起那块砖头向远处砸去，没想到正砸在一头觅食的猪头上。那头猪被砸到要害处，血顺着脖子朝下流，"嗷嗷"地叫着跑了几步，便一头倒在地上，先还喘几口气，后就口吐白沫，四条腿蹬抓蹬抓断了气。

这真是人倒了霉，喝口凉水也塞牙缝。金二强也没想到一块砖头会砸死人家一头猪，不知咋办好。金喇叭便拉了他一把，道："兄弟，愣着干啥，别说是砸死头猪，就是砸死个人你也得先走为上计不是？"说着，拉了金二强走了。

没走多远，便听见何寡妇扯天喊地的吆喝声："谁这么缺德啊，把俺家的猪打死啦？"

第十一章

金二强怀着一肚子气回到家，见金母已做好饭，正喊花狐狸起来吃饭，便道："妈，别喊她了，她要睡到晌午呢！"

金母道："这习惯可不好，得改改。咱乡下人咋能大天白日地在家睡大觉？那晚上干啥，晚上去锄地？"

花狐狸被金母吵醒了，不耐烦地说："烦死了，烦死了！"

金母听不懂花狐狸的话，问二强："你媳妇说的啥？"

金二强怕母亲生气，便道："她说早饭不吃了，谢你了！"

金母疑疑惑惑走出来，道："不吃就不吃，一家人，还谢啥？这大城市的人就是讲客气。"

正说着，齐兰花从蛋鸡场回来了，问金母："金蛋起来没有？"

金母道："还没呢！一个睡东间，一个睡西间，可有做伴的啦！"

齐兰花一听，金母是埋怨花狐狸呢，便道："妈，城里人都爱睡懒觉，咱乡下人咋能跟她比呢？你早该把金蛋喊起来，免得从小就养成个懒毛病！"说着，走进西间，去拉热被窝里正甜睡的金蛋。金蛋便杀猪般地号叫起来。

这一吵一闹，东间的花狐狸哪还睡得着觉，穿了一身睡衣，跳下床光着脚，跑到西间，指着齐兰花的鼻子道："睡得好好的，把人搅醒，烦人不烦人？"

齐兰花也不是省油的灯，心想，花狐狸才回来几天，就指着我的鼻子吼，若是让了她，她以后还不蹬着鼻子上脸，欺侮到人头上去！想到这，便冷笑了道："哟，你是哪家的大小姐呀，听不得一点动静？我叫自己的孩子咋就烦了你？你嫌闹找个清静的地方去呀！"

花狐狸被她一抢白，便没了词，只是气，见金二强来拉她，便把气撒到了二强身上，不管不顾地骂道："金二强，我说不回来你偏花言巧语地骗俺回来！说金龙湾多美呀，美个屁！连个狗窝也不如！走，现在就走！"

金二强买宅子不成，还受了何真的挖苦，本来就窝了一肚子气。气正没处发，见花狐狸闹着要走，这一两千里的路，坐了火车还得坐汽车。自己好不容易把她弄回来，说走能让她走！全是齐兰花惹的祸！这齐兰花真不是个东西！妈明明告诉你胡丽在东间睡觉，你偏偏来西间叫金蛋，不是故意闹出动静来惹胡丽烦的吗？还嚷着要胡丽去找清静的地方住，这家就是你的了？想到这，便道："齐兰花，你别太横！你想撵人就撵人呀？告诉你，家也不是你一个人的，这三间房子起码得分我一间半！"

金母听到吵声，走进来，一见这场景，便跺了脚，骂道："一个一个都不省事呀！大清早的就吵吵，让邻居听了不笑话？蛋他娘，你当嫂子的，就不知道让着点！知道你对二强家睡懒觉看不顺眼。人家在城里惯了，习惯不是得慢慢改吗？"

话里既有批评齐兰花的意思，也有埋怨花狐狸的意思，第一场冲突就打了个平局。齐兰花怕再闹下去对自己不利，便走出西间，到厨房把早饭盛进饭盒里，提了饭盒去了蛋鸡场。

金二强千哄万劝把花狐狸哄回了东间，花狐狸觉还没睡够，便又躺到床上睡了。金二强呆愣了一阵，觉得怪没意思的，便也脱鞋上床睡起来。

金母给金蛋穿好衣服，扯了金蛋出来。见二强两人又睡了，便叹了一口气，道："这哪像过日子的人家！"

金大强领着村委会干部开了两次会，又广泛征求了村里党员和群众的意见，把金龙湾村扶贫脱贫攻坚的方案定下来了。根据实际情况，综合群众意见，经过认真排查，村里共排查出十三户较为贫困的村民。这些贫困户，大多是因病、因伤、因残导致贫困。家里常年躺着病人，还得吃药打针，家中又缺少干活的劳力。除了这些，也有其他原因导致家庭贫困的。比如一个叫金明州的村民，前几年，为躲避计划生育，长期在外流浪。突然有一年，他拉着一辆破架子车回来了，车上坐着三个不懂事的娃娃，车旁还跑着两个稍微懂事的娃娃。那辆破架子车是他唯一的家产。老婆呢？精神不正常，死在了外边。他回来那年，金大强刚当上支书。金明州一家回到村里，吃的没有，住的没有。他领着五个娃子，到村委会找金大强。大人孩子齐哭乱叫，要吃的要住的。看着金明州一家凄惨的家境，想起了自己小时候跟着金母初来金龙湾时的情景，不由凄然悲伤。他让金明州领着孩子先住到村委会办公室里，从自家粮囤里，装一袋子麦送到金明州临时的家。长期住村委里也不是办法，好在金明州走时，留下的那三间破房子还在，只是长期日晒雨淋，房顶塌陷了。金大强又背着齐兰花，把卖鸡蛋的钱留下一部分，买了些砖头小瓦，带领村委干部帮着把塌陷的房屋修葺好了。金明州总算领着孩子从村委会办公室里搬进自家院子安顿下来。家是有了，吃的也有了，可是，日子不是一天两天，金明州一个人领着几个孩子地里刨食，那日子可是够饥荒的。还有三个孩子都到了上学的年龄，却都不去上学。赵步初向金大强反映，说金明州不让孩子上学违背了国家政策，剥夺了学龄儿童接受义务教育的权利。他强烈要求村干部强行命令金明州把孩子送学校去。金大强对赵步初这种对法律的解读虽然不甚明白，但是，孩子到了该上学的年龄应该到学校去，他和赵步初的认识是一致的。金大强去做金明州的工作，要他把孩子送学校去。金明州碍于金大强的情面，让孩子去了学校。可是，把孩子送进学校两天，过了一天又旷课了。赵步初亲自到他家去问原因，金明州还嫌赵步初“狗咬耗子多管闲事”！俺家娃不上学碍你蛋疼了？你还到金支书那里告俺违法了，俺违的哪门子法？俺不偷不抢不过是多生个孩子，俺就犯法了？娃不去读书在家还能帮着俺干点儿活，还能到地里去给羊薅把草。再说，娃们说，听老师讲课像听天书似的，一句也听不懂。与其让娃在学校里耽搁时间，还不如在家里帮俺干点儿活呢！一番话，把赵步初呛得像喉咙口塞了个辣椒，吐不出来，咽不下去！

还有为龙满祥找老伴的事，本来就是急不得的！可是，龙满祥心切，碰了金大强的面就问给他物色到合适的老伴没有，让金大强哭笑不得！找老婆又不是到街上买猪娃子，有钱就能到街上抓回来！何况你龙满祥还是个贫困户，穷得连自己和孩子都得靠低保，谁家的女人肯跟着你吃苦受累？

听大家议论金明州家里的事，金大强想起了龙满祥要找老伴的事，便问韩秀女，为满祥叔介绍的那个“暂时保密”怎么样了？

韩秀女苦着个脸说，“难呀！难呀！第一趟去吃了闭门羹。又连着去了三趟，才算说动了心，提了个条件……”

金大强急问：“啥条件？”

韩秀女叹了口气，说：“龙满祥仗着吃低保，啥活也不干。他虽然残了一条左腿，那条右腿不是还好着的嘛！就这么等着政府救济他，还不把那条好腿也闲懒！”

金大强问：“那‘暂时保密’要求的条件是啥？”

韩秀女说：“女方说，像龙满祥这样的残疾人也不是没有，还有两条腿都残的。但是，人家腿残志不残，找一些力所能及的活儿干，照样能挣钱！照样能养活孩子老婆！女方还说，龙满祥本来就有技术，能开农用四轮车搞运输，还能修理农具，他比那些两条腿都残的人强多了！人家都能靠一门技术挣钱，他就不能？”

金大强笑着说：“我明白了，女方要求的条件是让龙满祥腿残不能志残，要靠自己的能力挣钱脱贫致富，不能再靠吃低保过日子了，是不是？”

韩秀女说："女方就是这个意思！女方不愿意跟着他吃低保，希望能嫁个腿残志不残、自食其力的男人过日子！"

金大强一拍巴掌，说："这个'暂时保密'有志气，是个过日子的好女人！龙满祥若是娶个这样的女人，准能把贫困户的帽子甩掉！你那头继续去做'暂时保密'的工作。我负责做满祥叔的工作，一定要让他家转化成一个自食其力的脱贫户！"

把村里十三户低保户报到乡里后，又把低保户名单在村里公布出去。特别强调金明州那一户，家里孩子到了上学读书的年龄，一定要送到学校读书，不然就取消金明州全家的低保。金明州只得又把孩子送进了教室里。高兴得赵步初见了金大强，就伸出大拇指点赞。

韩秀女对此事却提出异议，说吃低保和孩子上学是两码事，不能因为孩子不去读书就取消贫困户享受政府低保的待遇。金大强无奈地说："谁还能真把低保给他取消？不过是缓兵之计，让他不要剥夺孩子读书的权利。"

在村委干部会上，金大强慷慨激昂地给大家讲："靠吃低保挖不掉穷根，对贫困户来说，只能缓解燃眉之急。对咱们村干部来说，也只是解决眼前村里矛盾的一个权宜之计。要真正让贫困户走出贫困的阴影，让全村村民共同富起来，咱们就要多办猪场，多办养鸡场，养鸭场，养牛场，养羊场，养兔场。在种植方面，咱不能再依照过去那种传统的方式，一味搞'麦茬豆，豆茬麦'的种植方式，产量低，价格也低！咱们种啥呢？发展种植经济作物！啥高产咱们种啥，啥值钱咱们种啥！种果树，种蔬菜！城里人都爱吃苹果、梨子、桃子、杏子。特别是那些娘儿们，也不怕杏子酸，舍得花大价钱买青瓜梨枣吃。水果营养好啊，含那个什么维生素、氨基酸，吃这些东西，女人更苗条，更秀气！男人更健壮，更水灵……"

金喜贵打趣说："怪不得二强领回来那个女人腿细胳膊细的，可不就是吃桃子、杏子吃的？俺看她中看不中用，到地里干活，一阵风能把她吹跑！”

韩秀女说：“二强领回来的是个花瓶，就不是下地干活的料！”

龙老奔说：“你和喜贵别打岔，听大强把他的想法说完。”

金大强接着说：“除了种果树，咱们还要搞立体种植。啥叫立体种植？简单地说，就是建日光塑料大棚！我当兵服役的那个地方，叫寿光。寿光的农民就是靠建塑料大棚种植蔬菜富起来的！黄瓜、豆角、西葫芦等在上边长，茄子、辣椒、白菜等在下边长！一年几季熟。过去夏天才能吃到的蔬菜，大棚里一年四季都能种。科学种田嘛，靠塑料大棚聚集日光能量，夏天才长的作物冬天也长。价格却翻了几倍！拉到城里去卖，城里人不还价，要多少钱一斤给多少钱，只要看着新鲜就朝菜篮子里装。这种方式种田，一亩地的收入，比过去三亩地的收入还高！”

龙老奔插话说：“过去常说，一亩田，三亩园。咱庄稼人都认这个理。可是，咱金龙湾有的人懒，不肯在土地里下功夫。”

金喜贵说：“老奔叔，啥叫一亩田，三亩园？”

龙老奔解释说：“在一亩地上种瓜果蔬菜一年的收入，相当于在三亩地种粮食一年的收入！”

“何止是一亩顶三亩地的收入，搞得好，五亩六亩都不止！”金大强本来是坐着讲的，越讲越来劲，讲到兴奋处便站了起来。“除了搞好种植业和养殖业，咱们还要办企业——办一个农产食品加工厂！咱们种的粮食吃不完，鸡蛋、鸭蛋吃不完，还有牛羊猪等肉品，咱不能都卖到城里去呀。咱们自己建个食品加工企业，把瓜果蔬菜、蛋鸡肉类经过深加工，做成罐头、饼干等食品，使咱们的农产品既增收又增值！有了这些，咱们村的劳力都有活干，种植的种植，养殖的养殖，做工的做工。那些贫困的乡亲，自己暂时没能力去办厂，咱们就把他们招为厂里工人，到厂里去做工。对那些老弱病残者，咱们建个幸福院，让他们老有所养，老有所乐……”

金大强的一番话，把大伙儿的情绪调动了起来。随着金大强慷慨激昂的声音，大伙儿似乎看到，一个崭新、富足、美丽的金龙湾正在眼前出现！大伙儿相信，金龙湾村的这个带头人，说到是会做到的！也许在不久的将来，金大强给大家描绘的这幅宏伟的蓝图，就会变成金龙湾的现实！大伙儿相信，金龙湾村在这个往昔的“带犊子”的带领下，一定能甩掉落后贫穷的帽子，在实现乡村振兴的梦想走向小康村的大路上，不会让村里的一个乡亲掉队！

第十二章

季书记来金龙湾村检查金大强对脱贫攻坚、乡村振兴工作会议的落实情况，跟着他来的还有个年轻人，二十多岁，戴着一副眼镜，文质彬彬的样子，背上还背着一个捆绑得齐齐整整的背包。金大强一眼看出，年轻人的背包很专业，只有在部队磨炼过的战士才能整出如此标准的行军包。便猜测出，这位年轻人一定和自己一样，是转业复员的部队战友。心里便感到亲切和温暖。

季书记介绍说："曹超——可不是三国那个曹操——县扶贫办的干部，派到金龙湾支援你们村打好脱贫攻坚战的，给你当驻村第一书记！大强同志，曹超从部队转业分到地方工作刚两年，基层工作经验不足，你可要多帮助他！"

金大强急忙握着曹超的手，连声道："欢迎！欢迎！"一边把曹超背上的背包接下来，一边说，"互相帮助！互相帮助！还请县、乡领导对我们金龙湾的工作多指导，多支持！"

一行人走进屋内。金大强把自己的想法和村支部研究的脱贫攻坚、乡村振兴方案向季书记做了汇报。季书记从金大强的汇报中，听出金大强虽然有了思路，但是也有顾虑，便鼓励他道："大强啊，你们这个想法不错，思路对头。下一步要考虑的是拿出具体措施去落实。你们选择的这些项目，都很实际，也切实可行。但是，做起来可能会有许多问题，比如资金啊，技术啊等等。"

金大强说："向季书记汇报，就是请季书记给我们更多支持。县里乡里扶持资金多向金龙湾倾斜一些……"

不等金大强说完，季春阳就笑着打断他的话："你这个金大强，鬼点子多哩，还给我下套？不错，国家拨下来的有扶贫款，但是，那是救助最困难的贫困户的！分到咱乡里能有多少？不多！不要老想着向我伸手要钱！大强啊，作为一名共产党员，一个村的领头雁，不能只考虑自己发家致富，要时刻想到群众，想到如何带领群众富起来，这才是我们共产党的宗旨！在脱贫攻坚这场战役中，乡政府会大力支持你的，会给你好的政策，给你创造干事创业的优良环境！关于资金问题，在政策许可的范围内，乡里也会支持你们！不过，大头资金还得靠你们自己筹集解决！"季春阳缓了一口气，非常庄重地说，"脱贫攻坚、乡村振兴、建设社会主义新农村是一场硬仗啊！党中央提出，全国六亿多农民，不留一户贫困家庭，不留一个贫困人口，全面进入小康社会！这是多么宏伟壮阔的蓝图啊！这是我们的国家，我们的党对全国人民的承诺，也是对世界的承诺！这是可记入史册的光辉事业！古往今来，在中国上下五千年的历史长河中，有过这样的壮举吗？没有！世界各地，五大洲，四大洋，那么多国家，又有哪一个国家敢于提出向贫穷落后宣战？让每一个人都过上丰衣足食的幸福的生活？只有中国！只有在中国共产党领导下的中国！"

季春阳慷慨激昂的声音，让金大强热血沸腾。他想，自己曾经是一名战士，在部队时，首长给他们讲话时，总是说，是战士就不能怕吃苦，是战士就要时刻做好打硬仗的准备。他虽然退伍转业，但是，他觉得自己还是一名战士，是一名共产党员，是金龙湾村的支部书记。只是他所面临的战场不同了，所面临的敌人不同了。他现在面临的敌人是"贫穷落后"，他要与这个敌人战斗！在战场上面对凶恶的敌人，他从来不会退却，不会向组织和领导讲困难、提条件。而现在，面对脱贫攻坚、乡村振兴这场战斗，他怎能跟季书记讲价钱？他怎么能向领导讲困难？想到这，金大强道："季书记，谢谢您给我上了这么一课！我决不辜负党对我的教育和信任，带领金龙湾的乡亲们，打好脱贫攻坚、乡村振兴这场战役，要甩掉贫穷落后的帽子，让金龙湾村的乡亲们富起来！强起来！让金龙湾这片土地、这座村庄振兴起来！美丽起来！"

俗话说，响鼓不用重锤敲。季春阳知道，金大强是个过得硬的人，是值得信任的。但他还是鼓励对方道："大强同志啊，要想干一番事业，肯定有困难，比如你们要建农产食品加工厂，就面临着很多困难。但是，没有困难和问题要我们党员干什么？我们党员就是克服困难和解决问题的！"稍停一下，又道："资金的问题，你们可以采用股份制的方法嘛，谁入股，谁分红，谁得利！众人拾柴火焰高，还愁筹不到资金？至于技术问题，可以领人到外地去参观学习，还可以把技术员聘请过来。总之，办法总比困难多，只要动脑子就没有解决不了的问题！"

金大强觉得，季书记的每一句话都讲到了他的心里，季书记像看透了他的五脏六腑，把他想要了解的、想要得到的，都清清楚楚地教给了他。季书记对他的信任，让他感动得直想流泪。他觉得自己若是干不好金龙湾村的脱贫攻坚、乡村振兴工作，就对不起季书记。

金大强把农产食品加工厂实行股份制的办法在全村公布了。农产食品加工厂需要启动资金 120 万元，股份制按 500 元一股，入股自愿，退股自由，年底按效益分红。这消息在喇叭上一播出，村里像炸了锅的黄豆似的，村民们三五成群，围在村街上议论着建股份制农产食品加工厂的事。

有的说："这金大强闲了没事干，自己好好的养了蛋鸡场，为啥要办农产食品加工厂？"

有的说："金大强想办厂子钱不够，让大伙给他集资呢！"

有的反驳道："金大强办厂子是帮村里困难户脱贫致富哩。他家又不缺钱花，咋想套你家的钱？你愿入不入！"

还有人便说："这不是又要搞大锅饭吗？锅里稠的被一部分人捞了，大多数人还不都是饿肚子？谁想入谁入，俺可没恁傻，拿钱朝大锅里扔……"

那个时候，龙满福便出现在了人们的视野里。

自打龙凤云逃婚后，龙满福一直窝在家里。一是为龙凤云的逃婚生气，觉得龙凤云的逃婚，不但让他在金龙湾丢了人，甚至在全乡都丢了脸面！他龙满福当了二十多年村干部，名声在全乡都是敲大锣的——响声在外，全乡无论是干部，还是老百姓，凡熟悉他的人，一提到他龙满福，没有不竖大拇指的。如今，一个不争气的女儿，把他的名声搞坏了！可是，仔细想想，也不能全怪女儿。那么还能怪谁呢？思来想去，全是金大强这个"带犊子"种下的祸根！如果不是金大强花言巧语迷了凤云，凤云能拖到三十多岁不出嫁？凤云早就嫁了一个如意人家！外孙也该到了上学的年岁！可是，这世界上就是没有如果，有的只是结果！二是金大强夺了他支书的权（龙满福一直这样认为），还预谋着撤掉他的村长，也让龙满福生气。既然打算撤掉他的村长，他就不干了！因此，村里召开村委会，他不参加，召开党员会，他也不参加。照韩秀女的话说，他不是有病，他是在家怄气哩！这话传到了他耳朵里，让他更生气！这个女人，在我跟前假正经，在金大强跟前像个女妖精，两人整天勾勾搭搭的，恐怕早就做下了见不得人的龌龊事了。她男人龙聪也不管管她！

早起听到金大强在喇叭里号召群众入股的消息，龙满福心想，倒要看看群众对这个"带犊子"的花招买不买账？便出了家门，来到村街上听消息。

在此之前，金大强也曾把建股份制农产食品加工厂的想法征求了他的意见。他没做任何表态。他知道，金大强这样搞一定事先征求了季春阳的意见。季春阳不支持的话，他金大强也不敢搞，既然季春阳都同意的事，他龙满福提出反对意见不是把季春阳也给得罪了？但是，要他支持金大强搞股份制，龙满福是坚决办不到。他觉得金大强搞股份制那是绝不会成功的一件事。再说，龙满福打内心里希望金大强把事办砸锅，他怎能会支持他？因此，金大强征求他的意见时，他保持了沉默。

他来到村街上，是听听大伙对这件事的态度。当他听到大伙正为入股的事左右摇摆拿不定主意时，他背了手，吸着烟，便若无其事地在人们眼前走过。人们看到了他，就有人拦了他，就这件事向他讨教，问他入不入股。他故作神秘地笑了笑，好一阵，又摇摇头，假装要走开的样子。

人们越发想听他的意见，便又拦了他，他才压低声音说："其实，这事，我不太好说。"

有人问他："有啥难说的？"

他假装叹了一口气，一言难尽的样子，见人家越发想听他的意见，便道："当初，我当支书那阵，处处不都为大伙着想，哪敢明目张胆地在喇叭里给大伙派钱办工厂？可是，还有人打我的黑枪，写匿名信告我的状。把我告下台了，有人明目张胆地集资，还打着脱贫攻坚的旗号。没听说吗？非法集资是不行的！哼，只怕，投进去的钱，如肉包子打狗，有去的路，没回来的路！"

听他这么一番话，大伙儿都犹豫起来。还有人念起了他当支书时的好，倒把他做的那些恶事忽略不计了。

龙满福继续说："过去的事不说了，反正支书已是人家的了，村长也不过挂个名。但我也不能眼看大伙往陷阱里跳不管啊！这样说吧，金大强到底年轻，比我脑瓜好使，他要集资办厂，说是帮困难群众脱贫致富，这不是拿大伙的钱朝自己的脸上贴金吗？再说，金大强本来就不是咱金龙湾的根！若是厂子办好了还罢，若是厂子办砸了，他领着孩子老婆逃回他王洼去，谁又能咋得了他？嗯，话我也不能说得太透，就点到为止吧！"

当人们还在咀嚼着龙满福话中的含义时，龙满福已背着手，迈着八字步走远了。

金大强和村干部们忙活了三天，结果来入股的群众只有五六户，有几家贫困户又想入股又拿不出钱来，金大强就把自己家的全部积蓄拿了出来，为几家最困难的群众交了股金。最后算了算账，离办农产食品加工厂的资金还差很多。

金大强决定动员金二强入股。金二强出去了几年，这次带了媳妇回来。听妈说，他是回来盖房子的，这房还能将就住。就让他两口和妈住三间瓦房里，金蛋儿和她奶奶住，他和齐兰花住到养鸡场里去。把盖房子的钱先入到建厂上。至于建房子的事，金大强已经有了新想法。村里一多半的房子都是二十多年前的旧房子，早就破烂不堪。那时候盖房子也没计划，龙家在这儿盖，金家在那儿盖，前出一家，后退一家，院墙也拉得乱七八糟、歪歪斜斜。村子里没一条直路，都是拐弯抹角的小巷。金大强的想法是，把金龙湾村彻底改造一下，统一规划，统一布局，把旧房改造成排房，路是路、房是房，还要像城市那样，建个街心花园，建个文化广场，村路上和广场上都安上电灯，晚上成为乡亲们休闲娱乐的活动场合。这样做，既整合了宅基地的资源得到合理利用，又解决了宅基地不足的问题；既改变了村里脏乱差的样子，又从根本上改变了金龙湾村的旧面貌。这不正是党和国家提出的建设社会主义新农村的美好愿景吗？

金大强在心里酝酿的这种想法，还没向村干部透露。他想先向二强透露一下，得到二强的支持。二强正要盖房子，没有现成的宅基地，这样做起来，不但二强建房的宅基地解决了，而且，村里当初没能分到宅基地的人家也都能盖上房子了！二强一定会支持他的！

金大强回家找二强，见花狐狸坐在镜子前，把黄瓜削了皮，正一片一片朝脸上贴，脸上青一块紫一块的。

金大强觉得好笑，便问道："弟妹，准备唱戏哩？"

花狐狸道："大哥还是经过世面的人哩，连这个都不懂呀！"

金大强笑道："不是唱戏，那就是唱歌哩。俺们在部队搞联欢时，要各班出节目时，许多战友，还把橘子皮、苹果皮贴脸上化装哩！”

花狐狸一听，笑得前仰后合，差点儿把脸上贴的黄瓜皮都抖落掉了。

这时，金母走过来，奚落道：“哪是唱歌、唱戏，说是美容哩！这黄瓜皮要能美容，咱庄稼人不都长得跟城里人一样细皮嫩肉的！”

金大强便笑道：“咱们村的塑料日光大棚快建成了，大棚里种黄瓜，一年四季都不缺黄瓜。弟妹倒不如在村里办个美容培训班，让那些大闺女小媳妇都美美。”回头问金母，“妈，二强呢？”

金母道：“他说找你去了。”

金大强心头一喜，难道二强听说了建厂搞股份制的消息，主动找他谈入股的事？便道：“找我，他也要入股？”

金母道：“啥入股，他找你要宅基地盖房。”

金大强道：“这个二强，要啥宅基地。现在哪里有现成的宅基地？这不是住得好好的吗？”

花狐狸插言道：“什么住得好好的，早有人朝外撵我们了！”说着，扭了屁股走进里间屋去。

见金大强还蒙在鼓里，金母便把齐兰花和花狐狸两人争吵的事讲了一遍。金大强听完愣怔了一会儿，道：“这个齐兰花，咋能这样啊！”“哎”了一声走了。

在村室门口，金大强遇到了金二强。

金大强打开门，弟兄俩走进屋里，在凳子上默默坐了。

好一阵，金大强才说：“二强，你嫂子和弟妹争吵的事妈都说了。你嫂子她头发长见识短，你劝劝弟妹，别让她跟你嫂子一般见识。”

金二强道：“也不全怪嫂子。胡丽她习惯了，就是个属老鼠的——夜里欢，爱白天睡觉。”

金大强道：“这不是啥缺点，各人有各人的生活习惯。你嫂子应该尊重人家的习惯才对。”

停了一会，金二强道："哥，我这几年，在外打工挣了些钱，怕把钱拉散了，这次回来，想找片宅基地，把房子立起来。咱弟兄俩再亲，也总不能都住到一块不是？"

金大强沉思一会，道："二强，按说，你这要求也不过分。可眼下，村里的宅基地在龙满福当支书那几年都分完了，村外的大田地都是可耕地，按国家土地政策不能建房……"

金二强不等大强说完，便道："哥，龙满福当支书那时欺侮咱，咱弟兄俩他偏给咱一片宅基地，可何寡妇就何真一个女娃，他却分给两片宅基地，现在还有一片空着，这合理吗？现在，你当了支书，就不能把那片地调给我？"

金大强道："你想要何真那片地？可你让我怎么调给你？那是龙满福分给她家的，已登记在了她的名下，已经是合法的了！过去龙满福分给她是不合理，你现在要我再调给你，何真和她妈不愿意，村里人也会说我办事不公。我怎么能办得到？"

金二强听大强这么说，心想，满以为亲兄弟能帮忙，谁知他胳膊肘朝外拐！气呼呼地站了起来，冲着金大强道："不管你调不调，我就得盖房子。我也是金龙湾人，金龙湾就得给我片地盖房子！"说着，站起来要走。

金大强道："二强，你别走，哥还有事跟你商量。"

金二强道："除了找宅基地的事，别的啥事免谈！"

金大强说："说的就是盖房子的事。"接着，把自己拆旧建新的想法给金二强讲了。

金二强听了，"哼"一声道："你这是纸上谈兵，瞎说！没影儿的事，来哄我！"说完头也不回地走了。

金大强懊丧地拍了一下桌子，本来是劝他入股办厂的，可是办厂的事一个字没说，扯到宅基地上了。弟兄俩闹了个不欢而散！正烦恼着，手机响了。

金大强打开一接，电话那头是蔡秘书的声音："喂，金大强呀，我是蔡林。"

金大强道："有什么事，快说，我这正烦心呢！"

"你烦心！你等着挨批吧！咱乡今年本来是零上访，可谁知今上午县信访局来了通知，说你们金龙湾村去了两个上访的村民告状。季书记正为此事发火呢！说你官不大，干的事不小，把你们村里的问题上交到县里去啦！"

他一个小村官，能干多大事？金大强是傻子也听出这是挖苦他的，脑瓜一下子蒙了。他焦急地道："我说蔡麻，你是不是发烧了、神经了说胡话，金龙湾咋会有人去县里告状？"

"你还不信？就是你金龙湾人，你快去把人领回来！若领不回来，小心季书记熊你！"

"就传递这样的消息，真是个丧门星！"

"金大强，你骂谁？"

"我骂我自己！"

金大强挂了电话，骑了摩托，向县城驰去。

第十三章

金大强火急火燎地赶到信访局，见龙进坐在门外的一辆三轮车上等人。金大强问他："龙进，你也来告状？"

龙进冷冷地道："没有人得罪我，我告谁的状？要有人敢惹我，我到市里省里去告他！"

金大强也不与他计较。进了屋，见何寡妇、何真母女俩正哭着向一位干部模样的人诉说着什么。看见金大强进了屋，母女俩急忙住了嘴。

金大强心里一个劲地纳闷，这娘俩怎么跑到这儿来告状？我金大强没有做对不起她们的事呀，也没听说村里哪个做对不起她们的事呀！这究竟是咋回事？娘俩在村里够老实本分的，平时连村委会也不常去的！今儿怎么竟一状告到县里来了？

原来，何寡妇家的猪被砸死后，吆喝了半天，也没人承认。猪被砸死的现场除了金二强和金喇叭到过以外，没其他人来过，何寡妇便断定是被金二强砸死的。金二强要宅基地没成，砸死了自家的猪。自己若不吭不哈把这事放下了，这以后不定还会咋欺负俺母女呢？想来想去，这口气不能白咽了，得找个人评评理。可是找谁呢？找金大强？那不成，他和金二强是一对妈妈头养大的亲兄弟，找他评理还能评出个好？还是找那个冤家吧！这么多年，家里大事小情不都是找那个冤家了结的吗？

何寡妇的那个冤家指的就是龙满福。那个冤家是在何寡妇为何安烧罢“五七”纸后和何寡妇结的“冤”。何安死后，何寡妇本来是打算再嫁人的，可是那个雷雨交加的夜晚，那个冤家敲开了她的门。那时候，他还年轻，就像现在的年轻人一样血气方刚。年轻的龙满福用语言和肢体向年轻的何寡妇展开了攻势，那攻势之凶猛，之强烈，让何寡妇无可招架，无可抵御。何况在此之前，在办理何安的丧事中，作为金龙湾村最高级别官员的龙满福都给予了无微不至的帮助，早已让何寡妇内心里存了一份感恩之情。因此，在那个雷雨交加的夜晚，木已成舟，水到渠成，何安没有能力为何寡妇打开的神秘之门，由龙满福打开了。也就是从那次以后，每当夜深人静时，何寡妇家便成了龙满福的温柔之乡。直到何真渐渐懂事以后，何寡妇才拒绝了龙满福的非分要求。

何寡妇和何真抬了死猪到龙满福家，向龙满福讲了金二强和金喇叭要买她家宅基地的经过。

龙满福听了，沉吟一阵道：“金二强是仗了他哥的势力，才敢这么凶哩。要宅基地的事，金大强出面不好说，就让金二强出面要。我看，打死你家猪还是小事……”说着，拿眼去看何寡妇。

何寡妇急问：“他还想咋的？”

龙满福吸了一口烟，慢腾腾地说：“还想咋的？哼，难说！他弟兄俩翅膀子硬了！一个出外挣了钱回来，看那牛皮哄哄的样子，满村里都盛不下他了！拿着烟到处散，烧包哩！夸富哩！领回来那个女人也不地道，打扮得妖里妖气，像个野鸡似的。另一个有乡里季春阳撑了腰，霸气着呢。他弟兄俩真要合伙争那片宅基地，啥事做不出来！”

何寡妇道：“猪都被他打死了，还能干啥事？”

龙满福道：“打死猪是小事，敲山震虎哩！”

何寡妇急道：“这可咋办？你得出个主意啊！”

稍停，龙满福道：“告他们，你到县里去告他们！这事够不着找公安局，也够不着找法院，找他们没用。你就到县信访局去告！告金大强怂恿自家兄弟强占民宅，光天化日之下行凶……”

龙满福之所以怂恿何寡妇到县信访局去告状，也是想到了县信访局这个部门能替告状的人撑腰。当年，不正是有人到信访局告了自己，自己才被季春阳拿下来的吗？

何寡妇担心地道：“往常金大强对俺娘俩还是不错的。这么去说，是……不太合适吧？”

龙满福把眼一瞪，道：“咋不合适！不去告他人家会替你说话？”

何寡妇道：“可俺不知道信访局在哪啊？”

龙进便开了三轮，带了何寡妇和何真到了县信访局。

此时，金大强进屋埋怨道：“婶子，村里有谁做对不起您的事，尽管给我说，合不着大老远来麻烦县里领导不是？”

那干部模样的人问道：“你是……”

金大强急忙道：“我是金龙湾村的支书金大强。俺婶子和妹子给您添麻烦了，俺这就把她们领回去。”说着，去拉何寡妇和何真，“婶子，有啥事咱回村里说。”

何真把胳膊一甩，道：“俺不回去！俺回去怕有人用砖头把俺也给闷死哩！”

金大强心里咯噔一下，不明就里地问：“妹子说的啥话，俺听不明白。”

何真心里想，你是放着明白装糊涂。你指使二强到俺家闹事自己还不明白？也不回答大强的话，躲到那干部背后。

金大强拿眼去询问何寡妇，何寡妇只是嘤嘤地哭。

干部便道：“你就是金大强呀，乡政府怎么没来人呀？”

金大强道：“蔡秘书让我来领人。”

干部道：“恐怕不行！你是当事人，事交给你处理不符合原则。再说……她们也怕受到打击报复！”

金大强听了一头雾水，不明白地问道：“我是当事人？我就不明白我咋成了当事人？”

干部抢白道：“你不明白我就明白了！你们这些基层干部呀，

仗着手里有点权力，就在村里作福作威，把群众不放在眼里，你们以为自己是谁呀？是皇帝？我看你们都把自己当成了土皇帝！小小的一个村官，没想着多为群众办事，没想到把劲儿用到带领群众脱贫致富上去！却欺男霸女，真是无法无天了！”

金大强挨了这么一顿批，如五雷轰顶。一定是这位领导误会了，才这么教训他，心里便觉得委屈。领导的批评让他窝火，他反省自接任支书担子以来，自己并不像这位领导批评的那样，什么仗着权力，什么作福作威，什么欺男霸女，什么土皇帝，这都哪跟哪呀！没有，自己绝对没有！有时为了全村人的利益，得罪个把人也有可能的。但是绝没有像这位干部批评的那样。特别是对何寡妇母女，平时有了啥事，他能照应的都照应了，他知道何家母女过日子不容易。他想到金母拉扯他和二强的那些艰难岁月，便有了同病相怜的感觉。平时，何寡妇母女对他还是很感激的。记得前年冬天乡里搞农田水利基本建设，任务派下来了，各家各户要出一个人工。而何真那几天身体正不舒服，出不了工。按龙满福原来定的村规，出不了工的家庭得出钱。金大强知道何寡妇母女过日子不容易，把钱给她家免了。这事让何寡妇感动了一个冬天。可今日，金大强不明白，不知啥事得罪了何寡妇呢？

想到这，金大强对那干部道：“咳，领导，就是杀人也得让人死个明白吧？想听听，我究竟犯了啥错？你要这么冤枉我，我也要上访。”由于窝火，话里免不了带了情绪。

那干部听了，生气道：“什么？你也要上访？你这位同志态度不端正啊！自己有问题就有问题吧，还不敢承认，你让群众咋原谅你！”说着拿起电话，拨了一串号码，一边对金大强道：“既然你也是来上访的，我就通知你们乡季书记，让他派人来，连你也一块领回去处理！”

金大强一听，急忙站起道：“哎，你这领导，该让人说话吧！我说我是来上访的了？我上访干啥？我那不是打个比方吗！”

那干部已把电话拨通了，也不理会金大强，对了话筒讲道：

"喂，你谁呀？蔡秘书啊！我是县信访局老吕……你别跟我戴高帽子！啥吕局长，就是喊局长也得带个副字！哎，我说蔡秘书，咱们说正事，你乡金龙湾村的上访户还没领走哩……是来人了，可人家告的就是他！我让他把人领走，他还不打击报复人家……什么？他不是那种人？你才是喝麻了胡说八道哩！这人就在我这，态度蛮横哩！这基层干部素质就是差！你别误会，我不是指他哪一个。你没听群众骂他们，扫帚头，戴个帽，官不大，僚不小，欺群众，逞霸道，刮民脂，喝民膏，村村都有丈母娘，家家都有小儿郎……"

金大强听得恶心，一时气恼出了信访局，漫不经心地走进了县中学旁边的那条小巷。那条小巷很幽静。过去，在县高中上学时，他和龙凤云经常在这条小巷里散步。他们谈着自己的未来，谈着人生，谈到高中毕业后的去向。金大强说："我的唯一出路就是当农民。"龙凤云笑他目光短浅，说他是个当官的料，即使当不上乡干部，最低也能当个村官。没想到龙凤云戏言成真。可是，这村官在别人眼里是个什么形象，算不算个官？难道都如吕副局长说的那样？他想不通，这姓吕的副局长，竟当着他的面如此编排羞辱村干部！这个整天关在办公室里的吕副局长，他哪里看到了村干部的艰辛和劳累？如果把村干部也说成是官的话，那么，在中国现实的官职级别中，村干部怕是最低级别的官了。即便最低级别的官职，又有多少人把他们当作官！他们除了是面朝黄土背朝天的农民外，无非就是多了一个村长或村支书的头衔。而就是这么个头衔，却承载着天大的责任和担子！因为村级政权是国家这座大厦的基石！基石不坚，大厦会稳吗？共和国的每一项政策和法令，都是通过这些村官贯彻和传达到千家万户！上边千条线，下边一根针，农村基层干部就是根根串线的针。就是这根针把千家万户连到了一起！他们在社会的最基层，支撑着共和国大厦的根基。他们串千家门，解万人心。谁家有了难，都要靠他们来解，谁家吵了嘴，也要靠他们来调和；谁家婆媳不和，妯娌不和，也要靠他们去调解说服；谁家的锅底门朝哪开，谁家养了几头猪，他们都了如指掌；谁家婚丧嫁娶，他们都要被请去撑门面的；谁家里有了事，村干部能来，是看得起他们了，他们便感到满足。就说当前的脱贫攻坚工作，村干部最了解谁家最贫，谁家最苦，贫困户贫困的症结在哪里？如何对每一家每一户施政解难？每一家贫困户该采用什么办法走出困窘？只有千千万万个奋战在基层一线的村官才最有话语权！村干部和村民们那才是鱼和水的关系！那才是肉贴骨头的关系啊！也不排除村官中有一些败类，确实如吕副局长批评的那样。但一个老鼠就让它坏一锅汤吗？在老鼠没跳进锅里之前，把它逮住，毙了它，这锅汤不就坏不了吗？吕副局长是个戴着有色眼镜看事物的人呀！他把咱村干部看得一团糟，他不相信咱村干部！话说回来，这何寡妇母女究竟告自己哪条？让金大强百思不得其解。不行，光在这闲转悠咋行？得回去问个明白。

就在金大强转身朝回走的时候，手机响了，拿出来一看，是个不熟悉的固定电话号码。他打开手机，刚要问对方是谁，对方就说话了："我说，金大支书，你到哪里转悠去了？让你来接人你却跑了！"

金大强一听是蔡秘书，便有了一肚子委屈，对了话筒道："蔡秘书，我到信访局已去过，人家不让领人。让乡里来人解决哩。"

蔡秘书道："我就在信访局。刚才已问了来上访的母女俩，说是你指使你兄弟二强霸占她家的宅基地。她们不同意，你二弟就把她家的猪给砸死了。我不相信金大强你会做出这种事，你快过来把事情说个明白！"说着把电话挂断了。

金大强一听，就蒙了。他还真不知道二强刚回来几天就做出了这种事。只听他说，想要找片宅基地盖房，没想到二强竟把人家的猪砸死了！

金大强急匆匆赶回信访局，见事态好像已经稳定。何寡妇母女也不哭了，吕副局长正和蔡秘书聊天说长道短。

蔡秘书一见他，就道："金支书，咱今儿当了吕局长的面，把这事掰扯清楚。你二弟到她家要宅基地，又砸死她家的猪，你知道不知道？"

不等金大强说话，蔡秘书继续说，"我想这也许是场误会。吕局长表过态了，只要你能给她们娘俩一个满意的答复，这次上访就不给咱乡登记造册。是吧，吕局长？你说话可得算数！"说着拿眼去望吕副局长。见吕副局长点了头，便继续道，"金大强，刚才我已给季书记通了电话作了汇报。季书记说你金大强平时并不是那种霸道的人啊，今儿咋会做出了这么混账的事？让我全权代表处理好这件事，你说吧，金大强，你也表个态？"

金大强听蔡秘书让他表态，他不知道该咋表态。二强去何寡妇家要宅基地和砸猪的事，别说他指使，他直到这会儿才听说。事情的来龙去脉他真的不清楚，他说啥好呢？

见金大强默不吭声，蔡秘书便急道："金大强，我是瞎白话了半天，你连个屁也不放呀？"

金大强道："我没啥好说的，你让她们先把事情说说。"

蔡秘书就对何寡妇母女说："你俩再把情况讲讲。"

何真就把金二强和金喇叭去她家索要宅基地和砸死猪的事又讲了一遍，金大强这才弄明白何寡妇母女来上访的原因。

蔡秘书说："金大强，这事都弄明白了，你看咋整吧！"

吕副局长也在一边冷笑地看着金大强。

金大强对何寡妇道："婶子，你相信是我让二强到你家闹事的吗？"

何寡妇告金大强怂恿二强到她家霸占宅基地，完全是龙满福出的主意，她本来就不相信是金大强唆使的。听金大强问她，不知如何回答好。

吕副局长便敲了敲桌子道："哎！哎！这是信访局，不是你村委会的公堂！你别逼人家，你就说这事咋处理吧？"

金大强道："这件事的根根梢梢我要说不知道，也许你们不信。

不管你们信不信，可我确实不知道。虽然我不知道，但是我也有责任。婶子，何真妹，让你们受委屈了，现在我向你们赔不是。”说着，走到何寡妇和何真面前，向两人鞠了一躬，继续说，“婶子，请你们放心，我保证二强再不会去要你们那片宅基地！不但他不许，村里任何人都不准想望你家的宅基地！还有你家那头猪，是二强砸死的，损失由我赔。婶子，你看这样处理中不中？如果对我提出的解决问题的方法不满意，咱再商量着办！”

何寡妇听了金大强的话，一个劲地点头，道：“大侄子有这话，俺那猪还让你赔？俺啥也不说了！闺女，咱误会你大强哥了！你大强哥是好人！咱不该冤枉大强，咱走！”

何真阴沉着脸，说：“人心隔肚皮，谁知道谁长着个啥心肠！”

金大强笑着说：“妹子，二强得罪了你，哥可没得罪你。妹要想知道哥的心肠是黑的还是红的，哥回去找把刀把心肠挖出来给妹子看看？”

何寡妇急忙说：“大强，别听你妹子瞎胡说！”说着拉了何真，“走！咱跟你大强哥回去！”

第十四章

村委会连续召开了几场村民会，动员村民放开手脚，解放思想，大力发展养殖业和种植业。在金大强的鼓励下，一些村民开始筹建养鸡场、养猪场。金大强还到乡里请来畜牧站的技术员，一对一地对养殖专业户进行技术指导。一些村民担心养猪、养鸡风险大，便计划建塑料大棚，搞立体种植。建塑料大棚在金龙湾是新鲜事，也需要技术指导。为了帮助种植专业户解决建塑料大棚中遇到的疑难和技术问题，金大强和县里派来扶贫的第一书记曹超，特意去山东寿光，请来了两位技术员。

养殖场和塑料大棚都热火朝天地投入了建设，金龙湾村从来没有像当前这样一片热气腾腾的发展景象！

金大强盘算着，如果照这种速度发展，金龙湾村用不了两年，村民们都能脱掉贫困的帽子富裕起来。到那时，他开始带领村民们实施他考虑成熟的计划，改造村子旧面貌，让金龙湾村来一个脱胎换骨的新变化。到那时，要让村民们翻盖起成排成排的两层高的小洋楼，让村民们从破旧的房子里搬进宽敞明亮的小洋楼里！那十几户贫困村民在政府和村民们的帮助和带动下，也一定能摘掉贫困的帽子，和大家一起过上富足的日子。现下，金大强急于要做的事，就是要集中精力和财力，把农产食品加工厂办起来。为建农产食品加工厂的事，村支部又召开一次会议，这次会龙满福还是没参加，金大强去请他参加会的时候，他对金大强说，以后凡是商量办厂的会，都不要叫他了。叫他他也不参加！金大强只得作罢。这样，只有金大强和两个支部委员金喜贵、韩秀女参加了会议，曹超也参加了会议。村小学校长赵步初和老党员龙老奔列席了会议。

会上，韩秀女通报了村民参股的情况。一些特困户都报名入了股，但却交不起股金。股金都是金支书垫下的。

金大强从城里回来后，去龙满祥家一趟。

孩子们都不在家，只有龙满祥一人在家，怡然自得地坐在院子里的一个小凳子上。旁边有个小桌子，桌子上放着个酒瓶子。龙满祥残疾的左腿跷在完好的右腿上，嘴里还叼着烟卷，从鼻孔里冒出来的烟雾缭绕着把他的脸遮得像花狗屁股似的。只见他抽一口烟，喷一口烟雾，然后，抓起桌上的酒瓶，对着嘴喝一口酒。

看到金大强走进院子，龙满祥慌忙把左腿从右腿上放下来，趔趄着身子站起来，给金大强打着招呼："大强，你真是焦裕禄式的好干部，亲自到门上慰问看望贫困户！谢谢了！"

龙满祥装模作样的神态，让金大强内心里感到好笑。其实，他从一进小院子，就看出龙满祥那条受伤的左腿并不像他说的那样严重。他把自己说成残疾人，无非是让他和孩子们都能吃上低保。

金大强没有戳破他所谓残疾的假象，把从蛋鸡场捡来的一兜鸡蛋递给龙满祥，说："这是刚捡的新鲜鸡蛋，满祥叔，你补补身子，腿上的伤会好得快点儿！"

龙满祥接过鸡蛋，满脸堆笑地说："看看，又让你破费了！我就说，你这个支部书记才是一心想着咱困难户哩。可不像龙满福当支书那阵，他哪里想着会帮老百姓一点儿呢！"

金大强说："满祥叔，可别这么说。满福叔那时候也不容易。咱这自家养的鸡下的蛋，给你补补身子，赶紧着把腿上的伤养好了，还得赶紧开上你的四轮车挣钱哩！"

龙满祥晃了晃左腿，又弯下腰拍了拍缠着白纱布的地方，说：“这腿上的伤好多了，你看，拍着它也不咋疼了。我就是想……”说了半截，大概意识到自己说漏了嘴，急忙打住了。

金大强也不去戳穿他，转了话题说：“前段时间你说想找个老伴的事，大家都操着心哩。韩主任介绍了一个，那边也没大的意见……”

龙满祥一听，高兴得几乎要跳起来。他一把抓了金大强的手腕子，说：“你和韩主任给叔说成了这好事，叔跳金龙河里去逮条大鲤鱼，请你们吃红烧大鲤鱼！”

金大强说：“吃大鲤鱼的事先放放。女方那边虽然没提大要求，却有个小要求。”

龙满祥着急地问：“啥小要求？即便大要求叔也答应她！”

金大强说：“女方是个很要面子的正派人。她说，嫁个不劳而获，专等着吃低保的男人，她不情愿！”

龙满祥一听，脸上很难堪，嘴张了几张不知说啥好。

金大强看了对方一眼，说：“人家说了，叔你现在腿伤着不能开车挣钱，等腿好了能去挣钱养活老婆孩子了，才考虑嫁给你！”

龙满祥立刻喜出望外，急不可待地说：“大强你快去讲给她，我腿好了！今儿就把车修好，明儿就去开车挣钱！低保名额，俺不要了，连孩子们的也不要了！都让给更困难的人家！”

金大强故意说：“你这腿真好利索了？”

龙满祥说：“好利索了！不信，你看看！”说着，踮着脚在院子里蹦了几下。

金大强说：“既然腿不碍事了，那就好。你把车修好，也不用到外村拉活了。就咱们村的活儿，也够你忙活的。村里又有几家建起了养殖场，养鸡、养鸭，还有养猪的，都要去拉饲料，还要给人家超市里送鸡蛋、送鸭蛋。还有，咱们村农产食品加工厂正在筹备建设，到时候，运运送送的活儿更多，说不定还要指着你成立个运输队呢！”

龙满祥说:“大强你放心吧，成立运输队我当队长。村里运输的活儿我包了！保准不给咱村振兴发展拖后腿！还有农产食品加工厂，我也要入股！”

金大强笑道:“满祥叔，你这么说，太给力了！”又压低声音说，“俺那未来的花婶子就看着你的表现哩！”

“叔挣了钱，给你未来的婶子押上彩礼钱，再开辆花车把她拉回来！”龙满祥说着，得意地笑了起来。

听说村里要办农产食品加工厂，金明州也想入股，只是不好意思张口。金明州自领着孩子结束了流浪生活回到村里后，一直得到金大强和村委的照顾，哪里还好意思再让金大强给他垫支入股的钱？不过，他要求农产食品加工厂建起来后，能到厂里做一名打工者。还有他的两个女儿，都已经过了十八岁，上学的事就不用考虑了，到时候都到厂里做工。除此，还有几家处于观望状态。

曹超向大家透露了一个好消息。说他有一个战友叫陈力，从部队转业后，在郑州一家叫立志集团下属的农产食品加工厂工作，已在厂里干了四五年，当上了技术员。曹超给他打过电话，向他询问过办农产食品加工厂的一些技术方面的问题。咱们村农产食品加工厂开工建设的时候，可以请他来做技术指导。

金大强一听，夸赞道:“曹书记真是雪中送炭哩！谢谢你，谢谢你！你可是咱金龙湾脱贫攻坚的头等功臣哩！”说着，“啪”的一声，给曹超行了一个军礼。

曹超也急忙还了一个礼，笑道:“金支书客气啦！您是老兵，我是新兵，咋敢受您的礼？再说，县上派我来咱金龙湾村驻村开展扶贫脱贫工作，这是我分内的事哩！”

韩秀女笑着说:“咱们金龙湾村脱贫攻坚有你们这两个新老战友当带头人，没有攻克不了的难关！”

曹超说:“陈力已经答应我的要求，同意来做咱们食品厂的技术顾问。他还说，金龙湾要办的农产食品加工厂想不想和他们立志集团合作？如果同意合作，就办个立志集团旗下的金龙湾食品加工分厂。以后在技术方面、管理方面、产品销售方面，集团都会派人来指导！”

曹超的消息让大家都兴奋起来，一致同意和立志集团合作，要曹超马上联系陈力，赶快给立志集团的领导把联合办厂的事说妥，等那边同意了这边就去人商谈合作的事。说干就干！最后商量，厂址就选在村西靠近金龙河的那座废窑场地里。那座窑厂早已经废弃了，原来烧砖时挖得坑坑洼洼的，既不能种庄稼，也不能栽树，一直荒在那里。先把场地平整了，拉上院墙，再盖厂房，这个任务由金喜贵负责。韩秀女继续动员村里群众入股，要一家一户做工作，把利益、责任和风险给大家讲清楚，能争取一户是一户。但一定要坚持入股自愿、退股自由的原则，不能搞强迫命令。对缺少资金入股的贫困户，不能勉强。到时候和金明州一样，都到厂里做工。

金大强的任务是去筹措欠缺的资金。他当兵时有一个叫李明的老首长，现在在县农村信用社当主任。这个老首长其实并不老，才比他大五岁，当时是新兵连的连长，是金大强的直接上司。两人因为有了一层老乡关系，在部队时就密切一些，后来都转业回了地方。逢年过节金大强还常去拜访老首长。当年金大强办蛋鸡场时资金不够，就是找李明解决的。这次办农产食品加工厂，金大强去求他贷款他不会不答应的。

散了会，各人按照各自分工都行动起来。金大强回家装了几斤黄花菜，驮在摩托车后座上，骑上摩托便去了县城。

第十五章

金二强和花狐狸在村里陷入了信任危机。金二强在村里行走的时候，人们投过来的不再是羡慕的目光，而用那种讥讽和蔑视的眼神在看他。在村民们心里，他已不是衣锦还乡的风光者，他像一个强奸犯、偷盗犯或者是杀人犯一样被村人们鄙视着！他让出去的烟再没人愿意抽，他伸出去的手再没人握。不知道究竟为啥，一夜之间，那些和睦的乡亲竟然对他变得如此冷漠和陌生！

村民们对花狐狸的鄙视更是甚之又甚，人们像躲避瘟疫一样远远地躲着她！花狐狸刚回来那几天，她只要在村街上走过，村街上就飘过一阵特殊的香味。村民们吸溜着鼻子，去嗅那香味，捕捉着那香味给自己带来的快意。小孩子和姑娘们紧紧地跟在她身后，去数着她连衣裙后背上缀着的那一溜好看的纽扣。金龙湾人衣服上的纽扣都缀在前襟上，而花狐狸的纽扣却缀在后背上，真不知道她每天是如何把衣服穿上，又是如何把纽扣扣上去的？而从今天，村民们对花狐狸一反常态。村民们正在街上叽叽喳喳议论什么。看到花狐狸来了，便停止了议论，用异样的目光从头到脚上下审视着她。花狐狸并没有注意到村民们目光的变化，她依旧趾高气扬地在村街上走过。有些不懂事的孩子还要跟在她的屁股后边去闻那股香味。这时候，孩子的妈就揪了孩子的耳朵不让孩子去撵花狐狸，一边朝花狐狸走去的背影“呸”地啐了一口痰！

村民们对金二强和花狐狸态度的转变，完全是金喇叭的传播制造的。为何寡妇母女进城告状之事，金大强回来后，批评了金二强和金喇叭，并要二人不准打何寡妇家宅基地的主意。金喇叭为金二强的事而受到金大强的批评，便有了一股怨气。昨天晚上，金喇叭来找金二强诉冤，本意是要得到金二强的同情，听几句金二强的感谢话或者歉意话。可是金二强也在气头上，便对金喇叭没了好言语。两人你怨我，我怨你，闹了个不欢而散。谁知这金喇叭除长了一张爱传播小道消息的嘴外，还有个爱听墙根子话的坏毛病。她从金二强屋里出来，并没走远，又蹑手蹑脚地溜到金二强住房的窗户外边。她蹲了小半夜，听了金二强和花狐狸的床话。从二人断断续续的话语中，金喇叭听出个天大的秘密，原来金二强带回来的钱，不是他打工挣来的钱，而是花狐狸当小姐挣的钱！

“小姐”是什么职业？过去地主老财家的闺女称小姐，那小姐是千金贵体，整日关在绣楼里，没有父母之命是出不得家门半步的。上些年称小姐，是因为小姐年轻、漂亮、秀气，是对小姐的喜爱和褒奖。而如今被称作小姐的，可不是那么回事了！金喇叭的小学校长男人赵步初给她讲过，饭店里的女孩被叫着小姐，是给客人上酒端菜的；宾馆里的女孩被叫着小姐，是给客人铺床叠被的；美容美发厅里的女孩被叫着小姐，是给客人洗头洗面的；保健室里的女孩被叫着小姐，是给客人捏脚捶背的；歌舞厅里的女孩被叫着小姐，是陪着客人跳三步四步的；还有桑拿房里被叫着小姐的女孩就不知道要陪客人做什么了！赵步初为金喇叭上了一堂课，让金喇叭明白了那桑拿房原来是男人或女人脱光了衣服到充满热气的小屋子里去蒸，男人脱得一丝不挂在里边蒸，进去个小姐服务还能干出什么好事来！还有歌舞厅里，一男一女搂着腰去跳啊跳，脸贴了脸，眼对了眼，也难跳出个好来！金喇叭便揪了赵步初的耳朵警告道，若是你敢去歌舞厅或桑拿房之类的地方去找小姐，就把你的“老二”割下喂狗吃！她说的赵步初的老二就是指赵步初两腿之间倒“卧”着的那只“鸟”。赵步初捂着耳朵求饶:“小姐饶命！我这老二连你一个还伺候不了呢，哪里还能伺候别人！”

有了金喇叭的传播，不到一个早晨，金龙湾村人便都知晓了。金二强带回来的花狐狸原来是个“小姐”，是个娼妇，是个野鸡，是个没男人要的破货！这样，村里人便都替金二强惋惜起来。金二强是个多本分的小伙子呀，怎么出去几年变坏了，竟然领回来个娼妇当老婆！你娶个娼妇不打紧，可让金大强这个大支书的脸面朝哪放啊？让当嫂子的齐兰花的脸面朝哪放啊？

齐兰花听到这个传言的时候，已经是中午。她给母鸡们上了食，往家里赶的路上听到的这消息。作为金家的一位家庭成员，她应该为这传言感到震惊和耻辱。然而，她不！她内心一阵窃喜，又有些幸灾乐祸。平常，她和金母的关系并不十分融洽，金母对她的言谈举止，特别是她在村里男人面前表现出来的那种轻佻举动非常反感。金母常常指责她，做个妇道人家，在外边的男人面前轻贱薄舌的，等于把自己家的篱笆拆开了让野狗往里钻！齐兰花对金母的指责非常恼火，但她又不敢放肆地与金母争吵。她知道金大强是个非常孝顺的人，金大强容不得任何人给金母气受！何况金大强对齐兰花的冷漠早已让她意识到了她在这个家庭中的地位。在金大强那里，她不是个举足轻重的女人。金龙湾人说，三十如狼，四十如虎，而作为如狼似虎的她对男女床第之事是多么的渴望。她的欲望很强，她渴望金大强每天都能进入她的身体。而金大强对此事表现出的冷漠态度让齐兰花疑虑和无奈。只有在齐兰花的强烈欲望唆使下，金大强才偶尔进入她的身体一次，并且是那样匆匆忙忙，给齐兰花一种如同逃学的学生向老师交了一份潦草应付的作业一般。齐兰花得不到满足，她常常在金大强熟睡之后用手指进入自己的身体。金大强对她的冷漠，使她渐渐产生了一种报复心理。她在村里的男人里面寻找着对象。在这种情况下，她的言谈举止便让同样作为女人的金母窥透了。金母便向她发出了警告！对此她又羞又恼又无奈。因此，听到金二强领个野鸡回来的传言后，她产生的骚动和喜悦心情是不可避免的。她要拭目以待，看金母对花狐狸作何态度！

齐兰花走进院子的时候，正碰到花狐狸追赶着金蛋。金蛋吓得像一只惊慌的小兔子在前边跑，而花狐狸如恶狼扑食一般向金蛋扑来，金蛋尖叫着扑进了齐兰花的怀里。花狐狸则是一副气势汹汹的样子。正在厨房里忙着做饭的金母也支撒着两只手跑出来了。

金母冲着花狐狸嚷道："小孩子家懂个啥，你把他吓成那样？"

花狐狸便回头向金母嗷嗷叫着："他偷了我的口红，那是法国进口的，一千多块钱买的呢！"

原来，花狐狸在镜子前抹口红时，金蛋趴在一边歪着头看。金蛋看见花狐狸手中的那个圆圆的东西，像魔术师变戏法似的，抹到嘴上嘴唇就变成了红色。金蛋还以为那是一支写字用的笔，他趁花狐狸离开的时候，便拿了那支"笔"也往自己嘴上涂抹起来。抹完又把"笔"装进了自己的兜兜里。花狐狸找不到口红，看到金蛋的嘴唇红一块紫一块的，便向金蛋要口红。金蛋舍不得把那支"笔"交出来，花狐狸拿出一把小刀威胁他，若不把口红还给她，就把他的小鸡鸡割下来，金蛋才吓得朝外跑。

齐兰花见花狐狸恼羞成怒地斥责着自己的儿子，又听金母在指责花狐狸，便胆壮气粗地道："我养的孩子自己都舍不得动一指头，哪轮到你来教训他？"

花狐狸也是得理不让人，便道："他这么小就敢偷东西，你还护着他，到大了还不是养个贼！"

齐兰花冷笑道："养个贼也比养个婊子强！自己是个什么破货，也不检点检点，倒来骂我家不懂事的孩子！"

花狐狸一听她婊子长破货短的，像揭了伤疤连着筋肉似的疼，便拿出自己的看家本领，大骂出口道："你才是婊子养的呢！成天把腚撅得朝了天，单等着男人家去 ×！”

两人你一嘴我一牙越骂越凶。站在一边的金母被两个媳妇的相互恶骂惊呆了。她何曾见过如此不堪的场面，听过如此刻薄不要脸的臭骂呢！这是遭的哪门子罪呀！金家门里竟然招了这么两个不省事的媳妇！她去劝两个媳妇，但两个媳妇却越靠越近。你指了我的鼻子，我捣了你的脸，像两只斗鸡，谁也不让谁！最后发展到两人搂抱在一起，花狐狸用头去抵齐兰花，齐兰花便揪了花狐狸的头发。金母见劝不过二人，便上前去拉扯二人。齐兰花和花狐狸都把金母拉扯自己的手误认为是对方的手，便各自伸出一只手去推搡金母。金母不留神被推倒在地，头磕在背后的捶布石上，当场便昏了过去。

第十六章

金大强来到李明家的时候，李明家已经来了一位客人，这个人就是包工头许大斗。李明在屋里换衣服准备上班，是许大斗为金大强开的门。两人一见面，都感到非常意外，谁也想不到会在这个场合见面。两人客气了几句，来到客厅坐下，等李明穿好衣服出来接见他们。

许大斗坐在沙发上，疑惑的目光却直直地朝厨房望去，透过厨房的玻璃窗，他看到为他开门的那个女子正背对着他在厨房里收拾东西。

许大斗比金大强早到十分钟。他敲门时，正是那女子给他开的门。那女子一脸秀气，穿着虽然朴素，却举止大方。许大斗抬眼看她的时候，觉得这女子有些面熟，却一时想不起在哪里见过。那女子本来要张嘴和他搭话，可一看到他，神情立刻局促不安起来，回头向里间说了声："李哥，有客人啦！"便径直进了厨房。许大斗心里一直嘀嘀咕咕，这女子在哪里见过面呢？这么眼熟！难道是在哪家桑拿房里和这女子有过一次床第之欢？或者在哪家练歌房里与这女子有过缠绵悱恻的交易？自从龙家捎信称龙凤云寻死并退回了彩礼之后，许大斗便更加频繁地出入于风月场上。接触的女子多了，竟一时想不起在哪里和这女子有过一面之交。但这次他挺在乎这个女子，因为他要找李明贷款。既然这女子在李明家出现，肯定和李明的关系不错，也许是李明纳娼为良领回家来做保姆的也有可能。许大斗暗下决心，一定要不惜重金和这女子重叙旧情，利用她达到自己的目的。他明白自己和李明的关系太一般了。他是从李明的老婆的娘家兄弟媳妇那里攀上李明这门亲戚的——也就是老百姓说的，“驴尾巴吊棒槌”那种硬黏上去的关系。在此之前，他曾来过李明家几次，每次也都捎带些贵重礼品或现金，但都被李明坚辞拒绝了！李明说的话还是很入耳的，既然是亲戚，走动走动是可以的，但没有必要带礼品，如果收了礼品才办事，这关系就显得远了不是？话说得虽然好听，但每次要求李明办的事都被他用各种理由拒绝了。显见得他和李明的关系是剃头的挑子一头热。难道是嫌礼薄？这次许大斗是有充分准备的，他怀里揣了一张十万元的存折，不记名不挂失的那种，谁拿了存折都可以随时到银行兑现。他要用这十万元敲开这个费尽了周折才攀上的老表的门。因为他这次接了个大工程，这是他花了重金买通了发标人才中的标。但他必须在规定的时间内打入对方账户 200 万元的押金，否则，对方将要把工程拱手让给别人，连买标的钱也泡汤了！可是他哪里有那么多的钱交押金？他就只有找李明贷款这一条路了！这次他一定得把李明拿下。如果在进李明家之前他对办成此事才抱有五成把握的话，一看到这女子，他心里又陡长了五成把握。五成加五成就是十成！也就是说，通过这女子的关系可以达到十成把握！他要用曲线方针走活自己这盘棋。没有喂不熟的鸟！他在桑拿房里三百二百就能搂进怀里的女子，花个万儿八千还能买不通？

在许大斗目不转睛地盯着厨房里那女子的背影想心事时，金大强心里不免有些焦急，难道许大斗已认出了她？对于这个女子，金大强是再熟悉不过的，她就是龙凤云！

原来那天趁齐兰花在小屋外闹腾的时候，金大强劝龙凤云回家去，但龙凤云死活不肯。金大强无奈之下，便让龙凤云先到城里李明家躲几天。并随即和李明通了电话，向李明简单讲述了龙凤云的情况。对于金大强和龙凤云的关系，李明在部队时就听说了一些，也很同情两人的遭遇，但是，却帮不上忙。如今，金大强求他帮忙，为龙凤云安排个暂时的栖身之地，李明便答应了。说家里正想找个保姆，如不嫌弃就帮着做做饭收拾家务。龙凤云自然满心同意，便瞅齐兰花不注意的时候逃出小屋，沿着田间小路上了河堤。就是龙老奔说龙凤云投河之事也是谎称的。只是按龙凤云的意思瞒了龙满福一家，为的是让许大斗对龙凤云绝了念。

龙凤云在李明家已经住了好一段时间。这期间李明曾和金大强通过一次电话，说龙凤云在自己家干得很好，只是精神上有些忧郁，让金大强有时间来开导开导她。金大强一直没空，那天来接何寡妇母女俩时，送走了何寡妇，本打算来李明家的，却又被蔡麻缠住去请吕副局长吃饭。金大强也正好借了机会和吕副局长联络联络感情，解除他对自己的误会。可是，吕副局长说啥也不愿去吃饭，说单位正搞廉政建设反腐败，违背组织纪律的事决不能干！三人磨缠了一阵，就把时间耽搁了。

金大强看时间已晚，就没去李明家！这会儿见许大斗直盯盯瞅龙凤云的背影，便一阵焦急，心想，许大斗若是在这儿和龙凤云闹腾起来，龙凤云还不得去跳楼自杀？正想着，又见许大斗猛地站起，三步并作两步走到厨房门口，去推厨房的门，门却在里边扣上了！许大斗没能打开门，便讪讪地退回到沙发上，一边自嘲地解释道："口渴了，想找杯水喝！"

金大强悬着的一颗心落了下来，对许大斗的举动又觉得好笑。客厅的茶几上就摆着水瓶，咋到厨房去找水喝？

这时，李明走了出来。李明穿了一身灰西装，里边是白衬衣，系了一条蓝领带，全身的打扮让人看不出他曾是军人出身，但言谈举止干练利落，却不乏军人作风。他见了二人也不握手，只道了声好，便对二人道，说吧，每人两分钟时间。

许大斗便抢先说了。他叙叙叨叨说了一会儿，见李明皱了眉头，又言犹未尽，想把话刹着，便补充道："表弟，你这次可无论如何要帮我的大忙！我争这个工程多不容易呀！你要不帮我的忙，我就倾家荡产了不是？这事我不求你求谁，谁让咱们是亲戚哩！你帮我渡过这道难关，你就是我的救命恩人！我许大斗永生永世不忘你的大恩大德……”

李明看一下表，打断他的话头说：“好了！这事我记下了。回头让信贷股查查看有没有这方面的信贷指标，再答复你！”

接下来是金大强汇报。金大强从沙发上站了起来，习惯性地向李明敬了个礼。

李明道：“礼就免了，说，要我帮什么忙？”

金大强仅用了一分钟就把办农产食品加工厂的事说完了。

李明道：“是个好事。资金缺口多少？”

金大强道：“粗略算一下缺口一百八十万。不过我们正做工作，村民有入股的还能自筹点儿，就贷我一百六十万吧！”

李明干脆地道：“正好今年下来的扶贫免息放贷任务还有一些没完成。不过我要派人去你那里考察！另外，你还要做好准备，我不会那么放心地把款贷给你，你要有实物作抵押！”

金大强听了李明的话心里一阵高兴一阵担忧。他太了解李明的脾气了。这个老首长，是个原则性很强的人。办起事来从来都是丁是丁卯是卯的。他若答应要办的事就一定能帮你办到，他若不同意办的事，也就是说，要走他的后门办不符合原则的事，就是天王老子他也不会帮你办！听李明的话音，这贷款的事已有了八成的把握。但只这抵押的事让金大强心里敲起了边鼓。他细心琢磨，村里能用来作贷款抵押的实物也就是他的蛋鸡场、龙满福的面粉加工厂，还有龙聪的养鸭场。其他新建起的几家养殖场还没形成规模，不能作抵押。办股份制农产食品加工厂，龙满福是不支持的，用面粉厂抵押贷款他绝对不会同意。自己的蛋鸡场规模产值还小，恐怕用来抵押不够。再就是龙聪家的养鸭场了。龙聪家的养鸭场靠父子俩的勤奋，又有韩秀女做科学养殖的后盾，这几年越办越红火，产值效益都很好。如果用自己的蛋鸡场再加龙聪的养鸭场合起来作抵押，也差不多了。但用养鸭场作抵押，也有一定的阻力。龙老奔是个老党员，党性强，觉悟高，对支部决定要办的事，从来都是支持的。韩秀女那里也不会有问题。最担心的是龙聪，龙聪办什么事都是心高气盛，从不爱与人掺和事。跟谁打交道都是一副井水不犯河水的样子。用养鸭场作抵押贷款恐怕得费点口舌。

许大斗磨磨蹭蹭还没走。

李明看了他一眼道:“你怎么还没走？”这显然是下逐客令。

许大斗只得唯唯诺诺地站了起来，道:“这就走，这就走！”朝外走的时候，又朝他坐过的沙发上瞅了一眼，像查找自己遗忘掉东西没有。临出门，又向厨房那边望了一眼。

待许大斗走出去，李明把门关上，才转身对金大强发火道:“你把龙凤云交给我，就不管不问了？我总不能一直让她在家当保姆吧！今儿你来，得有个了断，你是把她领走，还是劝她嫁人？”

金大强见李明为龙凤云的事发如此大的脾气，料想李明也可能有难言之隐。

原来，李明对龙凤云的事情已了如指掌，他曾多次劝解龙凤云不要在一棵树上吊死。她这个年龄在农村找个十全十美的小伙子已经很难了，但在城里还能找得到。李明让他那在医院当医生的妻子刘婕张罗着给龙凤云物色对象，刘婕开始时也是表现出十二分的热心。可是一连说了三个，龙凤云一个也不同意，不是嫌人家个子矮了，就是嫌人家吃得胖了！最后刘婕的热情也渐渐冷落下来。龙凤云虽过了如花似玉的年龄，但毕竟姿色不减，特别是那种朴素自然无雕饰的美，更让徐娘半老的刘婕自惭形秽三分。如此，在给龙凤云说了几个对象龙凤云都没有同意的情况下，便对龙凤云产生了怀疑和戒备心理。一套房里住了一个男人和两个女人，终究不是一件长久的事。刘婕在看龙凤云的时候，就觉得龙凤云有股子媚气，有一种野心。她这个嫌低，那个嫌胖，是不是看中了俺家李明？再看龙凤云看李明时的那种眼神，直勾勾的，像要一下子把李明看进眼里去！有了这种疑心和猜测，这两口子还能和睦得了？话虽没说透（没说透那是因为刘婕还没抓到任何把柄），但早已有了不间断的摩擦。同时把自己的男人盯得更紧。每天回来，都要嗅嗅李明的衣服上是否有女人味道。这就是李明发火的原因。

金大强自然不知道其中的原因。便一边赔了笑，一边道："老首长，好事要做到底嘛！现在龙家还在气头上，把她撵回去等于又把她送进火坑里！再等等，等我让人做通了她爸的工作，再劝她回去。再说，她住在你这里给你家当保姆，你和嫂子到哪儿能找到这么称心如意的保姆？"

李明便苦笑道："称心是称心，只是你嫂子那醋坛子要打翻了！"

正说着，厨房门"哗啦"一声打开了，龙凤云走了出来。

李明便向金大强使了个眼色，低声说："你好好劝劝她，让她在城里选一个男人把自己嫁了不就得了！"说着，匆匆拉开门上班去了。

屋里只剩下金大强和龙凤云。

其实自从金大强一进屋，龙凤云就知道金大强来了。她听出了金大强那熟悉而带有磁性的声音，她的心里又是激动又是惶恐。已经好多天没有见到她朝思暮想的男人了！她天天做梦都在盼着这个男人来接她回去。尽管她明明知道这是非常不现实的事情，但她还是天天这样盼着，这样想着。不错，那个热心的刘大姐确实给她介绍了几个对象，但她都推托了。她觉得自己很对不起刘大姐，对不起李大哥！刘大姐和李大哥两人生活中的细微摩擦龙凤云都观察到了。她知道那都是因她而起的。刘大姐对她的猜疑，对她的戒备，对她的冷漠她都感受到了！但她都在内心里隐忍着。她没有为此事去抱怨刘大姐。作为女人，她理解刘大姐。因此，在以后的日子里，在和李大哥的交往中，她更加谨慎地、小心翼翼地把自己包裹着。尽管这样，刘大姐还是对她有误会。她想对刘大姐袒露出自己的心事。她这辈子就相中了一个人，她的心里也就装着那一个男人！刘大姐你放心吧，我不会去抢你的男人。决不会的！尽管李大哥也很优秀。但话到了嘴边，她又咽了回去。在这种猜疑和戒备中，龙凤云小心翼翼地生活着，她渴盼着金大强早点来接她。在她听出金大强的声音时，她差一点控制不住自己，要奔出厨房来。但她马上又意识到另一个她最不愿意见到的男人也在客厅里坐着。她便强忍着没有出来。她和那个男人有过一面之交。那一面之交，她用一条围巾把自己的脸围得严严实实的，只露出两只眼。她不要让对方看到她的面目，而她要看清自己的父亲要把她卖给的那个人。她不会嫁给那个人，可是，她要看清那个人，记着那个男人的长相，为了防止以后见了那个人好躲开他！仅仅的一面之交，她就对他产生了厌恶，下决心一辈子不再见他！她在厨房里收拾着东西，其实也没什么好收拾的。碗刷过了，锅也刷过了，台子上都擦干净了。为了磨蹭时间，她就又把碗、锅重新刷了一遍，把台子擦了又擦，直到听见李大哥把那个男人撵走了，那个男人的脚步声下楼了，她才从厨房里走了出来。

四目相视，两人有满肚子的话又无从说起。金大强是个能克制自己感情的男人。尽管此时见了龙凤云，往日甜蜜的回忆又涌上心头，但他还是克制住了自己。他知道龙凤云在渴望着他，在等着他。但他已经是有妇之夫。他已经有了自己的家庭，自己的事业。尽管他对自己的妻子齐兰花打心眼里不满意，但传统的道德观念，让他不能改变这个事实！更何况他是一名党员，他还是支部书记，是全村两千多口人的带头人。他怎能在男女关系上儿女情长，做出不道德的事，让全村人耻笑奚落他呢？那样，村里人还不指着他的脊梁骨骂他是吃着碗里看着锅里的色鬼！齐兰花毕竟是三媒六证娶进金家的，又给他生了儿子，他怎能赶走她？何况，自己明媒正娶的老婆是他想赶就能赶得走的吗？齐兰花是龙满福套在他金大强脖子上的锁链，不是他想取掉就能取掉的呀！他和龙凤云做不了夫妻，这不是他的错，是龙满福！都是龙满福一手造成的！如今要想改变这种状况是一点可能性都没有！龙凤云，你还是快快选个如意男人把自己嫁了吧！再耽误几年，你就真的把自己的青春给耽搁了！

金大强在沙发上坐下来，平静地对龙凤云说："我让俺妈到你家去过，给齐姑暗示过你现在的情况。可你妈是个胆小如鼠的人，这你也知道，对你的事，她做不了主，也不敢告诉你父亲。"

龙凤云点点头，道："谢谢你对俺的关心。可是俺的心，你……是知道的。俺妈她做不了俺的主，俺的主只有俺自己做！"说着脉脉含情地盯着金大强。

金大强听懂了那话里的含意，但他尽量回避了，劝说道："那就赶快寻个好人嫁了吧！"

龙凤云伸出一只手堵了金大强的嘴，伸出另一只手去搂了金大强的脖子。金大强纵是再硬强的汉子也抵挡不了这个痴情女子所传递的情感，他再也控制不住自己，伸出自己的嘴一下子咬住了龙凤云那火辣辣的嘴唇。

突然电话铃急促地响了起来，两人都被那铃声吓了一跳。

金大强急忙站起来，整整衣服，对龙凤云道："我先回去了。等过一段日子做通了你爸的工作，再接你回去。"说着，一边朝外走，一边示意龙凤云去接电话。

龙凤云默默地站起来，眼睁睁地看着金大强匆匆地出了门，才回过身拿起了电话。她刚拿起电话，喂了一声，便听到一个急促的男人的声音传来："喂，是小姐吗？你怎么才接电话啊？告诉你，我就是刚才到李主任家要贷款的那个包工头许大斗。我认识你，你也一定认识我，不然你不会见了我就躲进厨房不敢出来！咱俩肯定有过一次床笫之欢！不过你放心吧，咱俩的事就咱俩知道，我不会告诉李主任的！这样李主任就不会嫌弃你，对吧？但你得帮我办成一件事，那就是帮我办成贷款的事。我不会让你白帮忙，我准备预付你两万元，作为对你的前期报酬。这钱我会想办法送给你的。还有，你待会到我坐过的沙发垫下去找，那里放了一个存折，你要把存折亲手交给李明，不要告诉任何人！这件事办成了，有你的好，若办砸了，别怪我不客气……”

龙凤云听得心惊肉跳！对方把电话挂断了，她的心还在扑扑通通跳。待她稍微平静一些的时候，她走到许大斗坐的沙发旁，掀起沙发垫，果然发现那里有一张折叠着的存折。

第十七章

金母在乡卫生院住了三天，伤情有了好转。这几天，都是大强、二强轮流伺候金母。看着两个孝顺的儿子，想想那两个不省事的媳妇，金母心里有说不出的酸楚。“媳妇不孝怨儿子”，这是金龙湾早辈子传下来的俗话。金母对大强和二强吵也吵了，怨也怨了，可是从内心里说，对两个儿子是心疼的。特别是大强，白天在村里忙活一天，到傍晚赶来伺候自己，第二天天不亮又赶回村里去。眼圈都熬黑了，人瘦了一圈。儿子是娘心头的肉呀！咋能不让她心疼？大强娶个不省事的媳妇，难道是大强的心愿吗？不，金母心里清楚，大强对齐兰花压根就没一点感情，大强是为了她啊！为了不让自己的娘生气，才委屈了他自己，才娶了自己不喜欢的女人！这让金母感到内疚。她常常扪心自问，是不是自己不该嫁金麻子那个死鬼？如果自己不嫁给金麻子，不在金龙湾落户，娘儿俩的命运也许不至于如此。反过来说，金大强娶齐兰花，那也不是金母的心愿，都是龙满福那个恶棍一手造成的！

在金母的心底，埋藏着一个秘密。这个秘密只有她和龙满福两人知道，这个秘密也是她的一个怨恨，一个耻辱！那时大强才六岁，二强才两岁，为了大强和二强，她把这个秘密，这个怨恨，这个耻辱埋在了心底的最深处。

把金麻子的丧事办完后，龙满福就缠上了她。那时他说，村里的媳妇他没睡过的就剩她一个，他绝不会把她漏掉。别看她已是两个孩子的娘，但她的一双大奶子，她走起路来像杨柳轻飘一样的腰身，她那一口细细的小白牙和那一笑起来就让男人着迷的杏仁眼，都撩拨得他心痒难耐。早在金麻子活着时，他就对她垂涎三尺。只可惜金麻子整日和她形影不离，使他没有下手的机会。他对她说，现在金麻子死了，你闲着也是闲着，不是白白地浪费自己！她听了恶心，她朝他狠狠啐了一口，骂道："龙满福，亏你还披张人皮！俺堂堂正正地嫁人，规规矩矩地做人！金麻子虽然死了，但俺依旧是他的人。谁想欺辱俺，俺就和谁拼命！"那恶棍便冷笑了道："你也别拿自己当贞女，俺是看得起你，才找你。瞧瞧村里媳妇们排着队等俺呢！哼，你等着吧，等着吧……"

大概有一段时间，龙满福没有来骚扰过她，但暗里却对她使了坏。每日出工的时候，她被派到和男壮劳力一样的队伍里去干最苦最累的活，挖沟的时候，分给她的地段污泥最多，挑粪的时候，给她装的粪筐最满。她心里明白这是啥原因。她让自己坚持着，坚持着，她都挺过来了！她的肩膀已经像大老爷们一样坚硬，她的腰身也挺得像大老爷们一样坚硬！她白天干地里活，晚上干家里活，忍辱负重，操持着这个三口之家。累活苦活虽然都挺过来了，但那个恶棍并没对她撒手，在队里分口粮时，她家分得最少，还都是用筛子筛下的秕子！菜园里分菜时，都是烂的黄的没人要的菜叶子分给她家。她不能忍了，她找分粮人、分菜人去理论。但是分粮人、分菜人都是一脸无辜的样子让她找龙支书。那天她果然怀了一腔愤怒去找龙满福。

龙满福看到她气得发抖的样子，不由得笑了。龙满福阴阳怪气地笑着对她说："我就知道你要找我的！我就知道你要找我的！"

龙满福把这句话重复了两遍，再没有了下言。说完这句话，他那双眼便骨碌碌地从上到下地打量着她，又从下到上地打量着她。

龙满福真是个恶棍！龙满福真是个流氓！她当时在心里这样

骂着龙满福。除了在心里这样骂他以外，她没有任何办法咋的了他！龙满福就像一个恶魔一般攫夺了她。她要在金龙湾生存下去，她就得屈服于他！否则，她的日子就难熬下去，龙满福就不会让她好过一天！

那天，她听了龙满福那句重复了两遍的话，她没有说出任何话来。当龙满福上上下下盯着她的时候，她也狠狠地盯了他一眼，然后回头走了！

她答应了他，但仅仅一次。如果龙满福再第二次找她，她就和他拼命！她是在龙满福的身子下说的这句话。她还说，她说到是做得到的。龙满福在她的身上得到了满足，听了她的话便爬起来道："还以为你是金枝玉叶哩，也不过和那些媳妇的一样罢了。皇上宠幸妃子还提前翻牌子哩。就你，第二次也得提前和我打个招呼！"说完便趾高气扬地走了。

从那以后，龙满福没有再刁难金家母子三人。相反地，在每年的救济困难户的名单中，也多了金家母子三人。金母以为这是自己失掉一次贞操换回来的，所以得到队里的救济后，她对龙满福不但没有感激之情，而且有着一股刻骨铭心的恨！后来，在得知金大强和龙凤云好上之后，龙满福来做她的工作，她没有任何犹豫便答应了！龙满福不愿把女儿嫁给金大强，是怕亏了他女儿。龙满福对她说："我占了你一次，你儿子却要占我闺女一辈子。这个亏我不能吃，这个便宜你金家也别想占！"

金母更不愿意娶龙满福的闺女做儿媳。他们虽然有过一次苟合，但在她的心底深处早已挖了一道深沟！这道深沟是无法弥合的，也许这一辈子都弥合不了。所以金大强不能做龙满福的女婿，金家也不能和龙满福攀亲！金大强和龙凤云虽然被他们棒打鸳鸯拆散了，但金大强心里的那份疼，也时常让金母感到疼！

看到金大强和齐兰花凑凑合合地过日子的情景，金母时常扪心自问，这是谁的错？大强，别怪你娘呀！娘我也有一肚子苦水啊！

第四天头上，金母在卫生院住不下去了。家里的蛋鸡场这几天怎么样了？金蛋又逃学了没有？那一对不省事的儿媳又斗嘴了没有？更让她挂心的是大强！白天黑夜两头跑，让金母实在心疼。再说，二强央她让大强给找片宅基地，说是趁着眼下农闲，把房子建起来。这是个好事。二强也该成家立业了，金母不能不管。但在医院里说这事不合适，金母想赶快回去，把这事给大强说一下。头也不疼了，饭也能吃点了，庄稼人的身子没那么娇贵，老躺在病床上，没病也熬出病来。

金母执意要回去，便让大强用了龙满祥家的四轮车，把自己拉回了村里。

晚上，一家人团聚在一起。齐兰花和花狐狸经过那场较量之后，心里虽然都存了芥蒂，但面上却表现得言和语好，一个嫂子长，一个弟妹短，像没发生过争执似的。

金母看了，自然高兴，便唠叨道："毕竟是一对奶头子喂大的亲弟兄俩，骨子里亲哩。他弟兄俩亲，你妯娌俩能不亲？以后日子长着哩，你妯娌能团结好，相互体贴，村里人谁还敢小瞧了咱们？"

齐兰花便甜甜地道："妈，俺妯娌俩是一棵秧上的两个葫芦，小风一刮，谁还不碰谁一下？碰了就碰了，也没大碍。俺们毕竟都是您的媳妇，哪敢真的闹了去？"说着，拿眼看金大强，一副讨好的样子。

花狐狸自打那天和齐兰花发生争执后，本来是生了一肚子气，要立马走人的。可是后来见金母住进了医院，二强又好说歹说地劝自己，大伯子哥金大强一回来就为此事把齐兰花训斥了一顿，便也不好再说啥，火气便一日一日地消了。现在听金母和齐兰花"奶头子""葫芦"地打着比方，也不甚明白话里的含意。但从神情上看出一个一个都是往好了说的，便也道："我是金二强煮熟的鸭子，嘴再硬也呱呱不出什么来了。"她这一说，把一家人都逗笑了。

吃过晚饭，金母把金大强叫到跟前，对金大强说："二强和他媳妇在这儿凑合着过总不是长事，趁他手里带回来几个钱，你无论如何帮他找片宅基地，让他把房子建起来，娘心里也去了一块病不是。"

在金龙湾村不成文的村规里，是个男娃都得分处宅基地，可是，当年分地的时候，村里只分一处宅基地给金大强家。金母为此事曾找过村里干部，问她两个儿子为啥只分一处？一个村干部悄悄告诉她，这是龙满福安排的，说只能分你家一处，是分给二强的，没有大强的。金母听了，又气又无奈，要去找龙满福理论。可是，走到半路又改变了念头。两个儿子都还小，等他们长大了，不定是个啥情景呢！也许出息一个，在城里找份体面的工作就在城里安家了，何必要低三下四地去求那个无赖！便改变了求那无赖再分一处宅基地的想法！可如今，两个儿子只有一处宅基地，二强专为结婚盖房才回来的，这真是成了难题。过去龙满福当着官，压着咱家，该分给咱家的宅基地不给咱。现在大强你当了家，给你兄弟划片宅基地也是合理合法的！

母亲的要求并不为过！金大强也有这个权力给二强划片宅基地。他行使手中的这种权力，在乡亲们眼里，是合情合理的，谁也不会提出不同意见。可是，他若行使这种权力，却违背了国家的法律！村里没有了建房用地，在可耕地里划宅基地就违背了国家的土地政策，就违了法！如何解决人口增加宅基地短缺的问题，金大强已经有了想法。建设社会主义新农村，把原来如"割据"一般的危旧老房拆掉，为乡亲们规划为成排的一座座两层小楼，既合理利用了土地资源，又创造了宽松、整洁、美观、大方的生活环境。那才是乡亲们做梦都想要的社会主义新农村哩！金大强已经把自己的这种设想向季书记作了汇报，也给村里干部谈了自己的设想。季书记听了他的汇报，对他的这种设想大加赞赏，并鼓励他和村干部们讨论出具体可行的实施意见，写成材料报上来。季书记说，我要把你们这种构想，上报到县里有关部门。经过县里审批，你们就可以实施！

季书记虽然对他的这种设想很赞赏，可等着县里审批还有一段时间。而二强急着结婚需要宅基地建新房是刻不容缓的事情。金大强从县信访局接回何真母女俩时，也想过要帮二强找宅基地先顾顾急，但村子里外他都考虑过了，除了何寡妇家那片地闲着，眼下确实再没有空闲的宅基地。金大强心里也急。听妈把这事又提了出来，确实让他进退两难。思考了一阵，心里便有了主意，对金母说："让二强备料吧。"

金母先见大强为此事犯愁，不免也有些内疚。又听让二强备料，便知儿子有了十二分的把握，又不由得一阵惊喜。遂问道："你给他选的哪片宅基地？"

金大强便跺了跺脚，道："这老房子也该推倒重建了，就让二强在这儿盖吧！"

金母一惊道："那，你几口住哪？"

金大强道："废窑场还有三间草屋没拆，明儿我请人帮着修修，咱就先住那儿吧！"

废窑场那三间破草屋紧靠着金龙河堤，还是三十年前窑厂烧砖师傅住过的房子，离村子里把远。自打窑厂不烧砖停了火，就一直空闲着。上几年还传着那儿闹过鬼，一直很少人去。金母原想着，大强毕竟当着村支书，找片宅基地也不是多为难的事，但没想到却是这个结果。事到如此，只是担心齐兰花会不会同意。

晚上，在蛋鸡场看鸡棚里，金大强把搬家的事给齐兰花讲了。齐兰花一听，便像马蜂蜇了似的跳起来。别听她在饭前说的那番甜言蜜语，和花狐狸像是一奶同胞的亲姊妹一般，但骨子里她瞧不起花狐狸呢！听金大强要把自己的宅基地让出来，她咋能不心疼？便指了金大强的鼻子道："金大强，我知道我齐兰花在你心里压根就不算回事儿！你心里还有别的女人，这我知道。但我毕竟是三媒六证娶到那院子里的！我嫁给你六七年，给你金家生孩子，给你伺候老人！福没享过一天，气倒没少受，这些我都认了，忍了！我不是想让这个家往好处过吗？我不是……想让你从心底里忘掉那个女人吗？可你是咋对待我的？如今，你又要把我赶出这个家，把家让给那个花狐狸，你安的是啥心？”

面对齐兰花的指责，金大强感到理屈词穷，又十分窝火。从客观实际来说，他不得不承认齐兰花说的有道理，也不得不承认齐兰花嫁给他，是实心实意地要和他过日子！尽管齐兰花有些浮躁，有些张扬，有些没大没小，但论起居家过日子，齐兰花还说得过去。但在金大强的心里，确实对齐兰花没有好感。两人的结合，用“迁就”二字来概括是最适合不过的。结婚都几年了，金大强在和齐兰花的相处中，始终以“迁就”贯穿其中。即使在二人行床笫之事时，金大强也从来没有产生过应有的激情，做了也就做了，过了也就过了，没滋没味的，完全是应付作业似的。这就让齐兰花感到不满，但这不满又有一种让人说不清道不明的隐痛。两人也冷战过，也僵持过，但都是以齐兰花的妥协而告终。好在日子比树叶子还稠，一天一天地磕磕绊绊地过去了，棱角该磨掉的都磨掉了，沟壑该填平的都填平了，日子波澜不惊地过下去一天少一天了。金大强在内心里对这迁就的婚姻家庭也从没有产生过一丝改变的念头。把老房子腾出来让给二强，这对齐兰花来说也许有失公允，但金大强不得不这样做。金大强一旦决定的事，是任何人也改变不了的！你齐兰花也吵了，也蹦了，但这个家还得由男人做主。俗话说，嫁鸡随鸡，嫁狗随狗，王宝钏跟着薛平贵住了十年寒窑都挺过来了，你齐兰花就不能跟着我住窑场破草屋？

在齐兰花心里，也翻瓶倒醋地折腾着。她指着金大强的鼻子吼，金大强却铁青着脸，一声不吭，一句话不说。这还是第一次。把宅基地让给二强他本来就输了大理。齐兰花便越加蹦了鼻子上脸——胆气壮了起来。她想这次说啥也得让金大强改变主意，这宅基地不能给老二！家里没有了宅基地就等于没有了窝，我齐兰花嫁了你金大强半辈子倒落了个空窝。如今你把宅基地让了，我去跟你住寒窑也没啥说的，可金蛋咋办？一眨眼工夫，金蛋就长成个大小伙子了，也到了提亲说媒的年龄。人家一打听，这孩子连个窝都没有，媒咋会成？不中！我齐兰花啥都依了你，唯有这事一百个不中！见金大强只是埋头不说话，齐兰花便赌气地把自己的衣裳收拾收拾，兜了个小包袱，把门一甩，走了！

她这是拿出最后的看家本领——以赌气回娘家来要挟自己的男人改变主意。

第十八章

筹办农产食品加工厂的事紧锣密鼓地进行着。李明那边已派人到村里进行了实地考察，得出的结论是项目可行，资源丰富，很有发展潜力，同意贷款给他们。只是作为贷款抵押的实物还没最后落实下来，应尽快落实。金大强这几天忙得脚底不沾地，先是把家搬到了窑场的草屋里，后又陪了信用社来的人在村里进行了考察。考察组走了，又忙着和韩秀女三番五次做龙聪的工作。齐兰花赌气回了娘家没回来，自己还得见缝扎针抽时间去蛋鸡场给母鸡们上食上水……

别的事都好办，就龙聪这个倔脾气，死活不同意用鸭场作抵押。金大强去做他的工作，他连面也不见，并放出话来，你金大强走你的阳关道，我龙聪走我的独木桥，咱井水不犯河水！你办食品厂，是想朝自己脸上贴金，却来拿我辛辛苦苦操办起来的鸭场去担风险。啥都被你算计好了，到时候你农产食品加工厂办砸了，把我的鸭场赔进去，那才是后悔也买不来后悔药哩！

龙聪根本没拿金大强当村支书。金大强的话在他那里如同一阵风，左耳朵进，右耳朵出。金大强见自己做不通他的工作，便让龙老奔去帮着做工作。金大强求龙老奔办的事，龙老奔从来没打过绊。这不单因为龙老奔是老党员，思想觉悟高，更重要的原因是龙老奔对金麻子有一种感恩。当年盖房子，梁檩滚下来，本来是砸到他头上的，但金麻子的头代替了他的头，金麻子死了。从那一刻起，龙老奔就把金麻子当成了自己的救命恩人。金麻子的后代也成了他报答恩情的对象。然而唯有拿鸭场作抵押这件事，龙老奔没能拗过儿子龙聪。鸭场毕竟龙聪是法人代表，每一只鸭子都是龙聪的心肝宝贝，鸭场从数百只鸭子已发展到上万只鸭子，那里边倾注着龙聪多少心血和汗水啊！一个人没日没夜一年四季守在河道的鸭场里，脸晒得像黑炭似的。到了冬天，河里结了冰，还要划着船，去敲开冻得厚厚的冰块，放鸭群到那破开冰的河里去觅活食……一头是亲生的儿子，一头是恩人的儿子，让龙老奔可作了大难哩！

在龙聪那里遇到了阻力，金大强便领了曹超和金喜贵去找龙满福，三人试图说服龙满福用面粉厂作低押。没想到，金大强刚把情况说完，龙满福便满口答应，面团脸上的皱纹也笑开了，连声道："这是好事，能用面粉厂作低押货款，我可是求之不得哩！咱明儿就去办手续，我正想再添台机器愁着没钱哩。这下可好，这下可好！"

三人听了龙满福的话先是一喜，后又一惊。金大强直后悔自己没把话说清楚，没把货款是用来办农产食品加工厂的话说明白。

金大强看了一眼曹超，曹超心领神会，便道："龙村长，这笔贷款是扶贫专项资金，可是办农产食品加工厂专用的，不得挪用其开支！"

龙满福听了，便把笑凝固在皮肉里面，一脸的冷霜掉下来了，看也不看金大强，道："既然是扶贫专项资金，为啥要拿我的面粉加工厂作抵押？"

曹超说："你是金龙湾村的村长，应该积极投身脱贫攻坚振兴乡村工作中，带领群众早日脱贫致富……"

不等曹超说完，龙满福就冷笑着打断对方的话："你别给我讲大道理！我这村长算个啥？还不是人家案上的一条鱼，说宰就被人宰了！这金龙湾有金大支书独掌政权，我就不掺和了！”

金大强听出龙满福话中满是牢骚，但也不计较，婉言劝道：“满福叔，村里扒拉了几遍，能用来作抵押贷款的实物也没几样……”

龙满福不等金大强说完，便打断他的话道：“农产食品加工厂的事我不会去掺和的。要用我的面粉厂作抵押，贷的款就得归我用，不让我用，咱免谈！”说着一挥手，下了逐客令。

三人垂头丧气地从龙满福家出来，金大强切切实实地感受到了无奈与无助。贷款的期限越来越近，如果按规定的时间内还找不到抵押实物，这笔贷款就可能泡汤。没有了贷款，办农产食品加工厂的事就得搁下来。

金大强心急如焚！

看到金大强忧心忡忡的样子，韩秀女感到内疚，龙聪的工作做不通，这让她很难堪。从道理上讲，她也是家里的主要成员，鸭场的家她也能当半个。但任凭韩秀女磨破了嘴皮龙聪就是不答应，还讥讽她胳膊肘朝外拐。再说得多了，龙聪的难听话就来了，说韩秀女是脊梁骨上背茄子——有了外心，与金大强合谋着要吞掉鸭场……龙聪把话说到这个份上，韩秀女也只有生气的烦恼没有再劝他的耐心啦。韩秀女不愿因为这件事把夫妻感情撕破，更不愿因为这件事给自己惹来满村风雨，所以她也就没有强当家，非用鸭场作抵押。

在龙满福那里碰了钉子，看来用作抵押贷款的只有鸭场这一条路了，韩秀女便对金大强说：“金支书，别急，别急，我再去做做龙聪的工作，也许能说通的。”说完，便匆匆地走了。

金大强的手机响了，他掏出来一看，是李明家的电话号码，还以为是李明催办贷款的，急忙接通了，不料却是龙凤云急促的声音：“喂，大强吗？我是龙凤云，你赶快到城里来一趟，我有急事要见你！”

金大强问她有啥急事。

龙凤云那边道:“电话上说不清。”说完，便把电话挂断了。

金大强便嘱咐曹超，要加紧和陈力那边联系，千万别让赶上架的鸭子再飞了！他便回家骑了摩托，匆匆向城里赶去。

第十九章

金母和金蛋搬到窑场的草屋里去住了，齐兰花还在娘家和金大强拗劲，老房子里就剩下金二强和花狐狸。

金二强决定拆掉金母和哥哥留给他的三间老屋，盖一座新楼房。楼房的样式是他自己设计的，就像城里人住的那种套房，有客厅、有卧室、有厨房，还有卫生间。这样的房子金二强做梦都想有一套。他虽然没住过这样的房子，但他是见过这种房子的。他亲手为城里人建过这种房子。他在为城里人建这种房子的时候，就仔细观察了那些套房的结构和布局，他把那种大致相同的结构和布局烂熟于心，依葫芦画瓢地画出了自己未来楼房的图样。他早就想好了，他的楼房建起来后，将是金龙湾村的一道风景。村民们排着队到他的楼房里来参观。那时候，龙满福在全村首屈一指的楼房将被他比下去了。他把房子设计为两层，一层留给母亲和他与胡丽住，二层让大哥和嫂子住（当然大哥和嫂子要同意的话）。等房子盖起来的时候，他要和胡丽一块去请大哥和嫂子回来住。嫂子因为大哥让给自己宅基地，一赌气回了娘家，显见得是头发长、见识短，等她被请回来住进新房时，她还会赌气回娘家吗？

金二强把自己盖房子的决定向花狐狸说了，并拿出自己画的楼房图样让花狐狸看。因为盖房子必须用钱，而他和花狐狸带回来的十几万元钱大部分都是花狐狸挣的。他在广州干了几年建筑活，每年除去开销所剩无几。自从认识了花狐狸后，他就把自己省吃俭用的钱交给花狐狸保管。且钱都被花狐狸收藏着——钱都存在一个卡上，只要不出国，拿着卡在全国的任何一个城市的银行里都可以取出来。金二强想用这笔钱，就必须征得花狐狸的同意。金二强满以为自己的决定花狐狸会全力支持，可是金二强的如意算盘打错了。花狐狸不同意他的决定！胡丽今天推明天，明天推后天，还说，慌什么呢？这房子已经腾出来了，那霸道女人（指齐兰花）也滚蛋了，咱们先在这将就着吧！既然花狐狸不急着住新房，金二强也只好将就着过日子。

一家人都在一起的时候，家务活你一把我一把地干，再加上有金母兜着底，也没显得太麻烦。现如今只剩下两人，别说其他家务，就这一日三餐总是少不了要做的。开头的两天，花狐狸那股新鲜劲还没过去，常常到厨房搭把手。时间一长，便你推我，我推你，两人都不愿再进那个烟熏火燎的灶屋内。金二强便想个点子，捡了两个豆子，一个大豆一个小豆，分别握在两只手里，让花狐狸猜。若猜对了那只握大豆的手，本顿饭就由金二强做，若猜了握小豆的手，下顿饭就由花狐狸做。做饭的活达成了君子协定。还有刷碗这桩麻烦事，花狐狸死活不愿干，就只有二强干。早上用过的饭碗，往水盆里一堆，到了中午，再用新的饭碗，吃过饭，又把碗堆到了水盆里。往往是积攒了一大盆用过的饭碗，再没有干净的碗可用了，便想着必须把用过的碗刷出来，才不至于把锅当着碗来用。

花狐狸是从贵州一个深山窝里走出来的。去广州那年，她才十六岁。她和村里的姐妹们在广州的一个马路市场等着招工。她那稚气未脱的水灵样，被一个中年男子看中了。那中年男子在询问她的一些基本情况后非常满意地告诉她，到他那去干活，风刮不着，雨淋不着，管吃管住，月薪一千元。除此，还有计件提成，干得好，月收入万元也是可能的。有这么好的事她不去做才是傻瓜呢。她在同来的姐妹们的羡慕的目光下，跟着中年男人走了。到了地方，她才知道，那是一家叫野葡萄园的按摩中心。中年男人正是野葡萄园的老板，人称“鬼屁”。花狐狸被分到了按摩踩背房。直到这时候，她才明白了“计件提成，月收入万元也是可能的”的真正含义。她想退出去，可是已经是不可能的事情了。鬼屁在把她领进野葡萄园的那天，已经把她的身份证（她的身份证是花了二百元钱才托人写大了两岁年龄办成的）收回去代为保管。除此，野葡萄园的门口还一天到晚有两个保安守卫着。名义上是维护门前的秩序，暗里却是防着花狐狸这样的人偷偷逃出去。逃是逃不掉的，她便对鬼屁说，自己不会按摩，不会踩背，还是放她走吧。鬼屁便阴阴地笑着对她说，不会？这好办，等我教教你，保管一学就会！来的第二天，鬼屁把她领进了一个房间，这个房间里只有一张床，房间里没有窗户，鬼屁把门关上后，墙上的一盏红灯发出幽暗的光。花狐狸感到，那红灯就像魔鬼的眼睛，令她胆寒。她抱着肩缩在一个墙角。鬼屁幽幽地对她笑着，并一层层扒去了自己的衣服。鬼屁脱得只剩了一个裤衩，最后，连裤衩也脱去了！她看到鬼屁胸前的黑毛和阴毛连在了一起。她的眼前变成了一片漆黑。直到这时候她才彻底明白了鬼屁教她按摩踩背是什么意思！她惊叫着去开门，可是门却被人在外边反锁上了。她拼命地打着门，用脚踢着门，但却无济于事。鬼屁在她的背后冷笑道：“小姐，你吵吧，你闹吧，就是把天闹翻了，不过我鬼屁这一关也别想出这个门！”她踹不开门，反身想和鬼屁拼个鱼死网破，但她哪是鬼屁的对手？鬼屁抓着了她的两只手，轻轻一拧，便把她的手背到了后边。鬼屁的嘴伸向了她的脸，在她的脸上舔着。鬼屁又腾出一只手，那只手伸进了她的衣服里，像一条蛇一样从她的乳房开始向下游动，很快地便游到了她的阴蒂间。开始，她还在挣扎，可是渐渐地，她失去了挣扎的勇气。那只游动的手像一张巨大的魔掌，征服了她。她感觉自己的身体像着了火一般战栗着，渐渐地那火便熔化成了岩浆在她的身体里奔流着，撞击着。她感到一阵眩晕。那时候，鬼屁已经把她撕剥得全身一丝不挂。鬼屁把她抱到了床上。她昏昏地躺在床上，蒙眬中感觉一团肉向自己身上压过来。接着一双手掰开了两条腿，那团肉便进入了她的身体。她觉得那烈火般的岩浆冲垮了她的身体。她的身体要破碎了！

等她醒来的时候，鬼屁已经穿好了衣服。鬼屁幽幽地笑着对她说："不错，不错，还真是没开过瓢呢！知道什么叫按摩踩背了吗？其实，很好学呢！小姐，出来不就是挣钱的吗？只要把男人伺候舒服了，还愁赚不到钱！"说着，向外吹一声口哨，立时有人把门打开了。走进来个服务生，端了个托盘，托盘里放着一沓百元票。鬼屁拿起那沓百元票，服务生便走了出去，重新把门关上。鬼屁把钱放到了花狐狸的阴部，道："小姐，别不好意思！大哥把你这个挣钱的门道打通了，以后可是财源滚滚啊！这次，为大哥也是有偿服务。咱按老规矩办，计件提成，处女初夜权一杆子整，你可要收好数仔细喽！"说着，拍了拍花狐狸满含泪痕的脸蛋走了出去。

花狐狸和金二强的结识完全是一个偶然机会。那时候，花狐狸已经在野葡萄园干了两年，已经适应了那里的生活，鬼屁也不怕她逃掉了。花狐狸闲下来的时候，便可以自由地出入野葡萄园。

有一次，花狐狸到外边商场里买一些女人用品，回来的路上，正巧碰上一个叫老六的老客户。老六是建筑队的包工头，经常来野葡萄园洗桑拿，洗完桑拿就喊小姐踩背按摩。来的次数多了，便指定让花狐狸为自己服务。那天老六见花狐狸提了东西在马路边走着。花狐狸已经不再是刚从山里来时那种稚气未脱的样子，她已经像城里女人一样穿着打扮。她那天穿着米黄色的开胸连衣裙，在城市的绿树间走过时，给人一种飘逸清爽的感觉，跟老六在桑拿房里留下的印象完全是两个样子。那一刻，老六的心怦然而动，他就想着把花狐狸带回自己的住处去销魂一番。老六这样想的时候，人已经走到了花狐狸跟前，并拦住了花狐狸的去路。花狐狸也认出了老六。老六让花狐狸跟自己走，花狐狸告诉他，要做生意必须到野葡萄园去做，在外边她不干！她怕被公安抓。老六让她一百个放心。可她就是不放心，再说，那天她的例假还没结束。花狐狸的拒绝更让老六心痒难耐，老六便死死缠了花狐狸不让她走。一个朝东走，一个拉着她朝西去，这样的情景给人的印象有点如拦路抢劫的样子。

这个时候，金二强正打这儿路过。金二强见包工头老六拼命去拉一个漂亮女子，而那漂亮女子一副急赤白脸的恼怒样子。他怕老六犯了错误被公安抓走，就上前去拦了老六。老六还拉着那女人不放，他就踹了老六一脚。他骂老六光天化日之下，欺侮良家女子是想找死哩。老六被他这一脚踢醒了。老六撒了手，花狐狸便趁机跑了。花狐狸跑的时候，回头看了金二强一眼。金二强从那目光里看到了感激和柔情。而此时的老六却狠狠地还击了金二强一拳。老六骂金二强是狗拿耗子——多管闲事。老六道：“你咋知道她是良家女子，她是个鸡！”老六骂完便有些不满足地走了。

金二强却愣在了那里。金二强想，这么个清爽俊秀的女子怎么会是鸡？这么个清爽俊秀的女子怎么就成了鸡？

从那次以后，花狐狸便隔三岔五地约金二强。原来，金二强的“英雄救美”给花狐狸留下了深刻的印象。金二强那天穿了一身工装，英俊潇洒的样子绝不亚于城里的小青年。金二强一米七六的魁伟身材让花狐狸怦然心动，特别是金二强在关键时刻表现出来的正义感更让花狐狸意识到这是一个心地善良的好男人。花狐狸在野葡萄园已干了五年，钱是积攒了一些。女人终归是要嫁人的，总不能吃这碗饭一辈子吧？花狐狸被男人骑在身下的时候，多次产生要嫁人的念头。可是嫁给什么样的男人呀？她的那个遥远的穷山窝，自打出来那天起她就没准备再回去。她的几个固定的嫖客，都是有了妻小的男人，对她都是逢场作戏。他们看中了她的美貌，从她的身上得到满足，得到快乐。睡也就睡过了，嫖也就嫖过了，扔给她两张、三张的百元票，穿上衣服便人五马六地走了。是天上掉下来个金二强，不，是老六送给她个金二强！后来，她从老六那里打听到了金二强的情况，她觉得金二强就是她要寻找的男人，金二强就是她终身依靠的男人。在和金二强的接触中，她了解到，金二强的家在辽阔的豫东平原上，那里有一马平川的田野。每年一到六月的时候，金黄色的小麦铺满了田野，轻风吹过，麦浪起伏着，像大海的波浪一般。收割机轰鸣着进入麦田，就像海上的战舰，劈波斩浪地在麦海里行走着。而收割机过去的地方像金子一样的麦子装满了麻袋……花狐狸被金二强描述的情景陶醉了！在她从小长大的大山里，什么时候也看不到如此壮观的麦收场面啊！她决定弃娼从良，跟金二强回家去。她已经积攒了一笔数目不小的钱，再加上金二强打工的钱，合起来已经超过了六位数。用这笔钱，她和金二强结婚生子，在那个富饶美丽的大平原上安安生生过一辈子，她就知足了。

现实打碎了她的梦。她回到金龙湾这段日子里，没有看到金色的麦田，因为这个时候冬天刚刚过去，青苗在地上打着扑墩还直不起腰来。村子里桐树、杨树、榆树等都落了叶，光秃秃的，灰蒙蒙的，与她那穷山窝的冬天相比没什么两样。虽然没下雪，但天气是干冷干冷的，只有被窝里稍稍暖和些。但也不能一天到晚钻在被窝里呀！让花狐狸感到心凉的是，自打金喇叭听了她的房话传播后，村里人都用异样的目光去看她。她走过的时候，便感觉脊背一阵发凉。在家里金母对她倒是挺关照的！而那个齐兰花，常常是话里有话地去刺她，还有那烟熏火燎的灶屋，还要和金二强抓阄做饭……这日子让她腻味透了！她就想起了城市人过的生活，想起鬼屁过的日子，那才叫幸福。和那些人比起来，这里简直连猪狗住的地方都不如。当金二强把盖房的事向她说了之后，她果断地否定了金二强这一决定。她瞪了杏眼对金二强说：

“在这穷窝里盖房，你疯啦？我不会把钱给你，我也不会在这个穷窝子待久的！”

花狐狸的话让金二强感到十分震惊！在此之前，花狐狸对他百依百顺，并表示愿意跟他回金龙湾，在金龙湾盖一所全村最漂亮的房子，然后和他在这所房子里结婚生子，过安安稳稳的日子。可是回来不到两个月，花狐狸竟来了个一百八十度的大转弯，怎能不让金二强震惊？金二强也是一个性格耿直的人，他一旦决定的事就非干不可，花狐狸是阻挡不了他建房的。他让花狐狸把自己打工挣的那一部分钱给他取出来，他要用自己挣的钱建房。如果钱不够用，他再向哥和亲戚们借点。他有信心把房子建起来。可是花狐狸总是找借口不去取钱。

金母听说二强要盖楼，很是高兴。做母亲的都希望自己的儿子成家立业，出人头地。为了表示自己对儿子盖房的支持，金母提了一筐鸡蛋，来到老屋。她来的时候，只有花狐狸一个人在家，金母向花狐狸询问二强建房的准备情况。

花狐狸没好气地说：“没说建房呀！我和二强马上就出去打工啦，建房干啥呢？”

金母道：“不是说不再出去吗，咋又变了主意？”

花狐狸抢白道：“不出去，守着这个穷窝喝西北风呀？”

金母生气地道：“村里人老几辈子都守着这块地，也没见谁饿死！再说，你大哥正领着大伙儿搞那个脱……脱贫攻坚振兴哩……往后，咱村的好日子不比城里人差！”

花狐狸道：“不定是猴年马月的事哩！与其像猪狗一样这么活着，还不如死了呢！”

金母从花狐狸的话音听出她对二强决定建房的事不满，她的热心肠被花狐狸的冷言冷语激得冰凉。金母把鸡蛋放在桌上，便一板一眼地道：“我说老二家的，咱这家穷是穷了点，可是穷人得有骨气，有志气！现下国家政策这么好，鼓励咱乡下人发家致富，咱只要肯出力气好好干，就能让咱家富起来！再说，你既然看中了俺家老二，进了俺家门，就是俺金家的媳妇。是俺金家的媳妇就得和金家的男人抱成一个团过日子！二强他要盖全村最漂亮的房子，他是要给咱金家争光！你要支持他才对。我咋听着你净是凉腔吊板地掏松啊！”

金母的批评和责问使花狐狸无言以对。从大理上讲，金母说得都对，但现实的生活，让花狐狸转不过这个弯来。她把鸡蛋筐从桌上取下来，蹾到地上，不咸不淡地说：“我嫁人嫁的是你家儿子，这房盖不盖也是俺俩的事，用不着你闲人来操这份淡心！”说完，一扭屁股进了里间，把金母晾在了那里。

金母听花狐狸这话，真是伤透了心。这媳妇还没正式拜堂成亲，就对婆婆说出这样的话，等她和儿子拜了天地，生了孩子，不定是个啥样呢。心里想着，眼泪叭叭地流下来，愣怔好一阵，才朝外走。

迎面正碰到二强从外边回来。二强一见母亲伤心的样子，心里便咯噔一下，马上想到，准是花狐狸给了金母难堪。便赔了笑脸道：“妈，怎么就走呀？快屋里坐，咱娘俩还没说话呢。”

金母听二强这样说，心里更加委屈，便道：“还屋里坐呢！站着就嫌碍眼了。我也就说那么两句，就骂我闲人操淡心哩！你这哪里是领回来个媳妇，简直是个活阎王！”一边说着，一边哭着朝外走。

金二强见劝不了金母，便进屋寻花狐狸问个究竟。花狐狸也正在气头上，两人便你一言我一语吵了起来。金二强毕竟是七尺多高的男子汉，加上这几天本来就窝了一肚子气，见花狐狸不依不饶地一个劲地抢白自己，更是火上加油。一怒之下，举起拳头结结实实地教训了花狐狸一顿。

花狐狸挨了打，哭哭啼啼闹了半夜。金二强也不理会，便在西间房里睡了。

第二天天一亮，到东间去寻花狐狸。才发现床上是空的，一摸被窝冰冷。再看看房间里的东西，凡是花狐狸的都不见了，这才料到大事不好！急忙到院里、村里去找，哪里还有花狐狸的人影，便料定花狐狸走了。金二强也急忙收拾收拾自己的东西，装进提包里，背上包追寻花狐狸去了。

第二十章

齐兰花在娘家住三天，金大强也没来接她，倒是她娘家爸齐顺急了！俗话说，小两口没有隔夜仇。你和大强闹了点儿别扭，就这么待在娘家生闷气，也不是长法啊！过日子哪有不嗑嘴磨牙的！吵也吵了，挣也挣了，过去了都别计较。日子还得朝好上过！教训了女儿，又说女婿的不是。金大强也是，你一个大老爷们，还干着村里支书，大小也是个官，懂的道理多，咋能和妇道人家一般见识？兰花有啥错，你吵她几句也就是了，不该让她回娘家怄气呀！回来这么多天，你连个面也不照，可见你金大强没把自己的老婆当一家人看！兰花，他不来接你，爸送你回去！爸见了金大强，非要说他几句不可！

在齐兰花那里，身在娘家住着，心里却挂念着家里的蛋鸡场，还有淘气的儿子金蛋，不免后悔自己不该赌这口气。现在可倒好，自己不回家正合了金大强的意。金大强心里根本没有自己！表姐龙凤云虽然活不见人，死不见尸，但从骨子里他还依恋着她。作为女人齐兰花是再明白不过的。还有金二强和花狐狸，在外挣了大把的票子，不说把钱归拢到家里使用，而是攥得紧紧的。在家这阵子，吃的喝的都是大锅的，倒省了他们的。这倒不算，又把自己费尽心血苦心巴力操持起来的三间瓦房霸占了去，怎能不让齐兰花气恼窝心？不中！他金大强不来接自己，自己也不能再赌这口气。家本来就有自己一份，该争和他争，该吵和他吵！你金大强离了我不是也能过吗？我偏不让你过个好！那老房子老宅子也不能白白地便宜了他金二强！就是分家，也得有我的一半。听齐顺要送她回去，倒是给她一个台阶下，便把自己随身衣裳裹巴裹巴，装进包里，跟着齐顺回了金龙湾。

父女俩快进村子的时候，齐兰花心里不免又后悔起来。走是自己赌气走的，而且大理还都在自己这边。可这三天里，金家硬是没一个人出面来说和，是他们一家都没拿俺齐兰花当人看待啊！想想俺齐兰花，像童养媳似的进了你金家们，敬老的伺候小的，吃苦受累家里地里活都干完了，哪一点做得还不够？齐兰花越想越生气，越想越后悔，觉得自己就这样回来了，更让金家轻看了自己，让全村人看不起自己。咋办呢？总不能再拐回娘家吧？到了这般地步，也没有退路。想到嫁了金大强，是姑父姑母做的媒，和金大强闹到这个地步，你老两口子也不会不知道，咋就不出面解个和？你不出面，俺还非赖上你家不可！想着，便没回自己家，和齐顺先拐进了村东头的齐姑家。

齐顺那时候也有些想法，他觉得自己就这么把女儿送回金家去，显见得自家输了大理似的。俗话说，一个巴掌拍不响，一棵树木难成林。兰花和大强怄气，绝不是兰花一个人的错！既然不全是兰花的错，你金大强咋着也得说句道歉话。你金大强连面也不照，我就这么把兰花给你送回去了，以后，再有了事，你还不定咋样呢！兰花提出先去她姑家，齐顺就同意了。他决定先到姐夫家诉诉苦，煞煞气！当初这媒是姐夫龙满福撮合的。龙满福为了打破自己的宝贝女儿龙凤云与金大强的恋情，让他家闺女齐兰花顶缸嫁给了金大强。齐顺还像捡了大便宜似的感谢姐夫，请他吃大红鱼哩，喝喜酒哩！如今，兰花和金大强闹了别扭，赌气去了娘家三天。金大强不给兰花台阶下，你龙满福也不管不问，你就没把俺看在眼里。你看不起俺，俺还偏要到你门上去，说好了好，说恼了这门子亲戚也就从此断了缘。

大门虚掩着，齐顺和兰花推门进来的时候，龙满福正从茅房里出来，腰带还没系好。见齐顺进了院子，他也没个避讳，仍旧是叉了腿慢腾腾地把毛衣掖到裤腰里边，又把裤子朝上提了提，才把腰束了。

齐顺见里外只有龙满福一个人，便问："俺姐不在家？"

龙满福走进屋内，在沙发上坐了，回道："你姐去面粉厂了。"

"两个外甥呢？咋就让姐去了面粉厂？"

龙满福道："龙进不知道跑哪去了，龙跃着了凉在卫生室打针呢。我这腰疼病又犯了，干不得重活，面粉厂那里也只有让你姐先去盯着。"看到齐兰花夹着个包低着头走进屋内，问道，"咋？自个回来了？"

齐兰花眼里噙着泪，也不搭腔。妻侄女和姑爹本来就没有多少话可说的，何况，齐兰花是怀了一肚子怨气来的，不把这股子怨气煞出来面子上咋也不好看。这煞气的对象就剩了龙满福，一时话又不知从何说起，便去了里间屋嘤嘤地哭起来。

其实打齐顺和齐兰花一进这个院门，龙满福便知道妻弟带着女儿从娘家回来是找台阶下的。金大强把宅基地让给金二强，齐兰花赌气回了娘家，龙满福都是知道的。他巴不得妻侄女和金大强闹腾起来呢！闹腾得越凶，金大强越丢面子，金大强在村民们心里的威望越低！可是妻侄女却赌气去了娘家，一场好戏刚开了个头，唱红脸的就退了场，这让龙满福很失望。齐姑本来要回娘家劝劝自家侄女的，可被龙满福拦了，不去！谁也不准去！他金大强把自己的老婆撵跑了，咱去给他请啊？龙满福不让去，齐姑就不敢再说去。齐兰花和金大强拗到这个地步，齐兰花难堪，他金大强也不好受。金大强和韩秀女的事，在村里已有了一些传言。金大强撵走齐兰花，又不去把齐兰花请回来，更让村民们怀疑他金大强和韩秀女的事是真的。若真能抓到两人的把柄，金大强就会身败名裂。金大强就没脸在金龙湾待下去！到那时，季春阳还不得亲自来请他龙满福重新上台收拾金龙湾这盘残局！没想到这个没出息的妻侄女拗不到劲竟回来了！龙满福很泄气，听齐兰花在里间屋哭，便没好气地说："进门就哭！哭！是报丧哩？"

齐顺听龙满福如此说齐兰花，越发地生气。本来对龙满福给女儿说的这门亲事心存感激的，结婚后才知道，这老兔孙是为了他女儿龙凤云才把自己的女儿甩给金大强的，这就把齐顺心存的那份感激之情抵消了。如今闺女在婆家受了气，你当姑父的不管不问，还说出这么难听的话，这哪里像个长辈对侄女说的话！齐顺强压了火气，道："姐夫，你咋能这么说兰花？兰花在金家受了屈，你也不出面调停调停！"

龙满福生气地说："我调停，我咋调停？金大强能听我的？你女婿现在翅膀子硬着哩！他早不把我放在眼里了！"

齐顺听姐夫这么说，本来想好的一肚子埋怨话，却不知该咋说了。他清楚姐夫和女婿的矛盾，不是一天两天就有的，也不是一两句话就能解决的。今儿本来是向姐夫煞气的，看来，姐夫也怀了满肚子气。一个是姐夫，一个是女婿，这两个人都是和他血肉相连的亲戚。在这种情况下，他齐顺说啥都不好，谁都怨不得。既然说啥都不好，还是不说为好！已经把兰花送到了她姑家，也算给闺女一个台阶下。接下来的事咋办，让姐夫看着办吧！想到这，便站起来，对姐夫说："姐夫，我把兰花交给你，你看着办吧！"说着，不等龙满福再说话，便出了门，一溜烟地走远了。

里间屋内，齐兰花还在生闷气。本来是找姑父给自己撑腰的，可是，龙满福却一推了之，她心里凉了半截。想想金大强对她的冷漠，对她的心灰意冷，渐渐地让她感受到自己嫁给金大强压根就是一个错误。而这个错误是龙满福一手造成的，心里免不了对龙满福产生一些怨恨。平常里，这怨恨还无从说起，今日在气头上，便不管不顾地哭诉道："都怨你给俺说的这门亲，让俺窝囊憋屈了半辈子。还说金大强多好多好，好你咋不让表姐嫁给他呀？金大强想的就是表姐一个人，连做梦都想着表姐！告诉你，他和俺睡觉的时候还把俺的身子当作表姐的身子睡哩！呜呜呜——你知道为啥金大强要撵俺走吗？他就是想再娶！俺那表姐龙凤云并没有死，两人还经常在城里偷偷约会！你现在不想管俺的事，等金大强和表姐生米做成熟饭，看你管不管？”

龙凤云没死的消息她是偶尔从金母口里得知的，至于金大强到城里和龙凤云约会的说法都是齐兰花现编的。齐兰花知道，龙满福最不愿听的就是这种话，最担忧的就是龙凤云的事，因此便故意拿这话来刺激他。不刺激他，他不会出面管自己和金大强的事。

龙满福听了齐兰花的话，不由火上加油。他在心里骂道，这个死妮子，啥都敢胡唚啊！金大强和龙凤云藕断丝连，他龙满福是再清楚不过的。就是龙凤云现在还活着的事，龙满福也是知道的。金母悄悄地来家向齐姑透露此事，还劝齐姑到城里把龙凤云接回来。谋划得好哩！这还不是金大强出的主意，让俺老龙家把闺女接回来，整天在你金大强眼皮子底下，你不定打啥坏主意哩！俺就不去接她，权当没养这个闺女！再说，龙凤云在城里时间待长了，就把金龙湾这边的事渐渐给忘了，说不定哪一天碰上个如意的好男人哩！有了这种想法，龙满福就把这事隐瞒得严严实实的。齐兰花把金大强对她的不好都赖到这上边，让龙满福非常恼火。但是他没有把火发出来，以他的经历和手段，对付齐兰花这种浅薄的女人，还用得着伤筋动骨地大动肝火吗？

看着齐兰花得理不让人的样子，龙满福“嘿嘿”地笑道：“兰花啊，你这个傻闺女！让姑父咋说你哩？当初你爸来托我给你说媒，一提金大强，你和你爸都是十二分的满意哩！后来你和大强结婚后，我才知道你表姐和大强谈过，我要早知道他俩有这事，咋挨着你嫁给金大强？咋轮上你当金龙湾的第一夫人？金大强不喜欢你，是你自己没那个本事让他喜欢！他现在喜欢谁？你又不是瞎子，也不是聋子，你还不清楚？村里人都嚷嚷反了，他和那个韩秀女两个人整天泡在一起，这一男一女能泡出个啥结果来？不说了。至于谣传金大强和你表姐约会，那是没有的事！你姑前天才去城里看过她，她已在城里处好了对象，年底就结婚哩！”

一番话把齐兰花哄得云天雾地。齐兰花的话本来也是三分真七分假，只不过借此煞煞气，想让龙满福到金家搭个桥自己好有个台阶下。没想到龙满福把金大强和韩秀女的事给扯了出来。两人的事齐兰花平常多少听说一些，也看到一些，只是以为为村里的事两个人才相处多点，也没放到心上去。现在经龙满福的口把这些事说出来，再没有不信的道理。想想平时，那韩秀女确实是整天跟在金大强的屁股后边转。她觍着脸和金大强说话时的那个架势，笑眯着狐媚子眼瞅着金大强时的那个样子，现在感觉韩秀女就像发情的母狗似的那样浪摆！这个骚女人缠着金大强，把金大强伺候得欢欢实实的，金大强还会想自己？想到这，火气一下子转移到了韩秀女身上，便腾地从凳子上站起来，发狠地道："我找那个狐狸精算账去！”说着，便噔噔地向外走。

龙满福不紧不慢地站起来，冲了齐兰花的背影道："闺女呀！这事你找她她会认账？还是找她家男人吧！让她家男人把她管紧点！”

齐兰花便听了龙满福的话，绕个弯，来到了河堤上。

第二十一章

河堤上的柳树才刚刚冒芽。冒了芽的柳枝在微风里摇摆着，晃动着满眼的鹅黄色。脚下的枯草和野蒺藜棵还没腐净，新的绿正悄悄地在它们的身边孕育着，过不了多久，那顽强的绿就会把这眼下的鹅黄色掩埋掉。金龙河在这里打了一个弯，一路向东南而去。河里的水因了河底旺盛的水草而清澈深幽，水的颜色却不是白亮亮的清，而是像泡成的绿茶般的清。那水正从褐绿色的水草身旁潺潺地向下游流去。

在金龙河拐弯的地方，有一个面积近千平米的沙滩，金龙湾人把这个沙滩叫雁窝子。这是因南来北往的大雁经过这里时，常常在这里憩息而得名。看着成群的大雁在金龙河的水面上掠过，在雁窝子悠然自在地晒太阳。金龙湾人中就有那么几个游手好闲之徒，自制了火枪。他们瞅大雁在雁窝子栖息时，扣动了扳机，火药便带着浓重的硫黄味喷向了大雁们。一些大雁哀鸣着飞走了，留下的几只大雁被火药穿透了翅膀，在沙滩上扑腾着，再也飞不起来。它们成了那些游手好闲之徒的下酒菜。渐渐地，雁窝子雁不再来。

龙聪看中了这块宝地，他用最低廉的价格把这块任是什么绿色生命也长不成的荒沙滩承包了下来。村里人谁也想不到，几年下来，这块荒沙滩已经成为龙聪的聚宝盆。过去大雁落脚的地方，现在已成为上万只鸭子的天堂。挨着河堤坡的地方，搭了一溜规划整齐的鸭棚，鸭棚供鸭子们晚上憩息和下蛋。早晨，鸭子们被主人撵出棚子，到金龙河里洗澡觅食。到了傍晚，随着主人高亢浑厚的“嗷去——回喽！”的声音，上万只鸭子便有序地回到雁窝子。这时候，主人已经把拌好的鸭食分别倒进了无数个食盆里，鸭子们用完丰盛的晚餐，便回到了鸭棚里。第二天，待鸭子们下了河，主人便提了篓子去拾鸭棚里滚落满地的鸭蛋。

龙聪正把篓子里的鸭蛋朝纸箱里分装。纸箱是那种有图案有商标的精制包装箱，每箱可装五十个鸭蛋，装好箱，贴好封签，打上日期。龙聪和超市签了合同。每天200箱鸭蛋从龙聪这儿送到超市，一箱都不能少。龙满祥养伤那些天，龙聪找了外村的一个人送鸭蛋，外村人送得不靠时，超市那边有些意见。龙满祥能开车后，活儿交给了龙满祥。龙满祥每天都按时地把鸭蛋送到超市。超市老板满意，把一些包装箱之类的废物给了龙满祥。龙满祥拉回家整整，卖给废品收购站，又多了一笔收入。

齐兰花从河堤上下来的时候，看到龙聪正弯着腰拾鸭蛋，扯着嗓子问道：“哟，表叔，咋一个人干活呢？表婶子呢？”齐兰花虽然和龙聪年岁相当，但按辈分却比龙聪晚了一辈。她进了鸭场，走到龙聪跟前，又抬头向河道里瞅着，见不远的河面上龙老奔撑了一只小木船，正驱赶着河里的鸭子向远处驶去。

“一个人干活清静，不知道她到哪去了。”龙聪抬眼瞅了瞅齐兰花，又继续埋头干自己的活。他本来话就不多，加上齐兰花是龙满福的妻侄女，自己和龙满福是一姓的旁院弟兄，齐兰花虽嫁了金大强，平常也是把齐兰花当了晚辈去看的，再加上一直对金大强有意见。因此，今儿面对她话就更少。

“不知道她到哪儿可不中！表婶子若跟别的男人跑了，表叔还能不急？”

齐兰花知道龙聪是那种有心没弯的直性脾气，你不把话说透点儿，他就听不明白你说的啥意思。你若把话说得太露骨了，又都是没梢没根的事儿，若让这直性子脾气人刨根问底地追究起来，自己也说不出个道道，还不惹出麻烦来！齐兰花的目的，不过是让龙聪管住韩秀女，别让她整天去缠着金大强。

龙聪虽然是个耿直人，但毕竟是个血性男人。听了这女人的话，咋觉着也不是个味道。打心眼里说，他对这女子也是不大待见的。金大强和龙凤云的好，作为一个村子里的同龄人，龙聪是知道的。那两个是天设地造的一对，龙聪打心底里就是这样想的。可是龙满福偏偏棒打鸳鸯，移花接木地把自己的妻侄女说给了金大强。从龙聪那里，总认为金大强是憋屈的，是窝囊的，因此自己也替金大强憋屈窝囊得慌。再加上这女人又常在村里人面前显摆自己，背里在男人面前又是一副轻贱浅薄的样子，更让龙聪对她没好感。平常里和她很少打交道。今儿她冷不丁地来了鸭场，又说了这样的话，免不了让龙聪起疑。虽然起疑，但不知道这小女子究竟要说啥，便不动声色地道："人都长了两条腿，谁想去哪咱也拦不着！"

这男人真是个榆木疙瘩，话都说到这个份上了，他还是糊里糊涂的！齐兰花一边在心里埋怨着，一边撇了嘴说："身子是拦不住她，可你得把她的心拴着，别让她老惦记着别人家的男人！"

话是说得再露骨不过了，龙聪纵然是傻子也不会听不明白齐兰花话里边的意思。心里便腾地燃起了一把火。想把这把火燃烧出来，但直性子人有时候也能绕出个弯弯来。他想，这小女子说的净是没影的话儿，我若吆喝起来，倒成了真的似的，这不等于把屎盆子朝自己头上扣？就是自己女人真的在外惹出是非来，也要等她回来，关起门整治她。想到这，便吊下脸对齐兰花道："俺的女人啥样俺知道，她对俺从来没外心的！"

齐兰花本来是挑拨这个憨货，好好整治一下韩秀女，没想到他却把自己的女人护了个严实，心里也是不甘的，便直说道："表叔，俺实话说了吧，你家的女人缠着俺大强。村里人都议论翻了，你还没听说？金大强撵俺走，还不是你那女人挑唆的……"

“叭”的一声，龙聪手里握着的一个鸭蛋生生被他捏碎了，蛋黄蛋清顺着他的手指缝朝下流！他把捏碎的鸭蛋朝地上一扔，冲齐兰花吼道：“你把自己的门子管紧点吧，别整天吃着碗里看着锅里！”

一句话揭了齐兰花的伤疤，齐兰花的脸便从脖子红到了耳根。也怪金大强对自己不冷不热的，也怪自己在村里的男人面前确实没有检点，齐兰花便在村里混了个吃着碗里看着锅里的臭名声来！其实，齐兰花除了金大强外，还真的没和别的男人睡过觉，只是在男人面前爱显摆了些，便落下个臭名声。这话别人都是在背地里说的，听龙聪当了面夹枪带棒地骂了出来，能不让齐兰花难堪？这阵儿不但是对韩秀女有了仇恨，对眼前的这个男人也是恨到了骨子里！想着，心里便生出了要想法子报复这憨货的歹意来。

齐兰花有些忿忿然，指了龙聪的鼻子道：“你才是狗咬吕洞宾——不识好人心！”说完，一扭屁股上了河堤。

龙聪抬脚把一个空篓子踢到河心，又朝着齐兰花的背影“呸”地吐出一口痰！

第二十二章

金大强赶到城里的时候已过中午，他在一家烩面馆要了一碗烩面，很快吃完，便来到了杏园茶楼，找一个僻静的位置坐了。

龙凤云只说有急事要他来，也没说明是啥事，金大强就不好到李明家去见她，两人便约好在这杏园茶楼里会面。独自坐了一会儿，金大强心里有些焦急，便掏出手机看了看时间，已是下午三点。估摸李明两口子都上班去了，便朝李明家拨了个电话。电话拨通了，却没有人接。正犹豫着，透过窗子看到龙凤云抱了一个包在窗外朝里瞅。金大强急忙站起，走到门外，招呼龙凤云进来。

二人对面坐了，金大强见龙凤云抱着一个包，就是坐在那里，也把包紧紧地搂在怀里，生怕被谁抢走了似的！再看看她的脸，愁云密布。等小姐把茶倒上走开了，金大强便急不可待地问："咋？凤云，是许大斗认出了你，来欺侮你了？"

龙凤云摇了摇头，嘴张了几张，一副话不知从何说起的样子。

金大强越发急了，又道："是……李明家媳妇欺侮了你？"

龙凤云又摇了摇头，紧抿着嘴唇，眼泪却像断了线的珠子般流下来。

金大强看她那样子，不知是怨好还是劝好，便从桌上拿了一片纸巾，递给她，道："把泪擦擦，让人看了，还以为俺欺侮你哩！”

龙凤云接过纸巾，擦了泪，才道：“大强，俺做了错事，对不起李明哥，也对不起你，俺……该死哩！”

金大强便用手去堵了龙凤云的嘴，道：“可别胡思乱想！有啥事说出来，俺帮你想个办法。”

龙凤云便断断续续地把事情的根梢讲了出来。

原来，那天龙凤云从沙发垫下找出那张存折后，并没按照许大斗的话把存折交给李明。她见存折上的钱是十万元，心想，这笔钱李哥是断然不肯接受的。她在李明家待了这么多天，其间，见到一些贷款的人送钱或送东西都被李哥退掉了。有些硬扔下走人的，李哥也都想方设法给人家退了回去。而这笔钱是许大斗的，在龙凤云的想法里，许大斗是包工头，包工头赚来的钱都是没良心的钱。与其让李哥把这笔钱退还给许大斗，倒不如拿给金大强去办农产食品加工厂。金大强办农产食品加工厂是为了发展村里经济，是为了让村里贫困户脱贫致富，把日子过富裕，是多好的事啊！金大强办厂急需资金，这笔钱不正可以帮他解燃眉之急吗？能帮一个倾心爱着的男人做点事，这就让一个本来很聪明的女人陷入了一时糊涂的境地，把不合理的事看成了合理。因为她此时只想着怎样才能帮自己心爱的人解决一些困难！为了不引起别人的注意和怀疑，也是从安全的角度考虑，她把钱分五次从银行里取了出来。每次取两捆100元的票，也就是两万元。她都是趁每天去农贸市场买菜回来时顺道到银行取的。她把取回来的钱放在厨房里的一个壁橱里。壁橱里面放着一个破纸箱，箱子里堆满了一些杂七杂八的东西。钱就塞在那些东西下面，一般人谁也不去翻那个破纸箱。就是李哥两口子也没去碰过那个破纸箱。龙凤云终于把钱全部从银行里取了出来。

这时候，许大斗又打来电话，问她把存折交给了李明没有。许大斗还告诉她，给她的两万元劳务费就放在楼下的一个垃圾箱里，那里扔了一个黑塑料袋，让她赶紧取回来，免得被拾破烂的捡去！对许大斗打来的电话，龙凤云只听不讲。她听对方挂了电话，便怀着忐忑不安的心情跑到楼下，找到了垃圾箱。她在那个垃圾箱里翻了一阵，果然寻到了一个鼓鼓的塑料袋。她解开黑塑料袋，见里边装满了带着女人经血的卫生巾。她把卫生巾掏出来扔掉，下边露出了一个用破报纸包着的包。尽管四处没有人，她还是像做贼一样，朝四处望了望，然后拿了纸包一溜烟地上了楼。

她把十二万元钱放在了一起，准备寻机会给金大强打电话，让金大强把钱取走。可是，过了十多天，电话还没找着机会打，事情却发生了！昨天下午，李哥下了班没有回家，说是被“双规”了。龙凤云不知道双规是咋回事，把刘大姐急得像疯了似的，今儿一大早就出去了，到现在还没进家。龙凤云不知道是不是因为这笔钱李哥才被双规的，又不知道自己该怎么办，便急着让金大强来拿个主意。

金大强听龙凤云说到这儿，止不着埋怨道：“哎，凤云呀，你可闯下大祸了！你这是害了李哥呀！”

龙凤云一听，泪又流了出来，低声哭道：“李哥要为这犯了事，俺也不活了！俺咋就恁浑！想好的是许大斗偷偷送来的，又没有人知道，也不沾李哥的边，咋就害了他呢？”

金大强见龙凤云如此伤心，怕她一时想不开再惹出事来，也不好再埋怨她，便说：“幸好钱还没动。咱们先去见刘大姐，商量一下看咋把这事情说清楚。”

两人出了茶楼，金大强骑了摩托，带了龙凤云便直奔了李明家。

李明确实是因这笔钱被双规的。

那天龙凤云赶集买菜去了。许大斗到李明家的时候，李明已换了拖鞋，夹了公文包正准备下楼。就在门口，许大斗询问李明，托他办贷款的事有点眉目没有？

李明告诉他：“今年放贷任务已经基本完成，且都是支持乡村农业发展方面的。没有支持建筑方面的放贷任务！”

许大斗便拉下脸说："表弟，是不是先变通一下，把准备放给金龙湾的那笔扶贫贷款资金转给我，让我应应急。不然，我好不容易争取来的项目就泡汤了！"

李明皱了眉头道："这咋成？表哥，你这不是砸表弟的饭碗吗？"

许大斗软磨硬泡了一会，见李明把门子堵得死死的，朝里边瞅了瞅，便阴阴地笑了笑道："表弟，你怕表哥砸你的饭碗，就不怕自己砸自己的饭碗？"

李明也笑道："表哥多虑了，我的饭碗有人刷干净了放在橱柜里呢！"

许大斗便压低声音道："只是这刷碗的女人……"许大斗想以此来提醒李明，你那个刷碗之人是采来的野花儿，你瞒了自家女人，却瞒不了我。如若把这事宣扬出去，你的后院还不着火？再一层意思，是提醒李明，通过野花儿给你送去的那十万块钱，也不能白白地打了水漂儿吧？金大强能给你送多少，你就把贷款给了他？还是想想吧，别把门儿堵死，吞了俺十万，就一句话把俺给打发了！

而在李明那里，一听许大斗说那"刷碗的女人"，还以为许大斗认出了龙凤云，生怕许大斗在他家和龙凤云闹起来。万万想不到许大斗把龙凤云误当作了"小姐"，并遥控"小姐"给自己行了贿。因此，便不耐烦地道："表兄，没有其他事，我得赶快走了，八点半还有个会！"

许大斗想，你就是再急着开会，今儿也得给我个说法。我不能鱼儿没钓到，反赔了大饵！便拦了李明敞开了说："表弟，慢走！表兄再问最后一句话，小姐没把这个交给你吗？"说着，伸出右手拇指和食指在空中搓了搓。

李明一听他说小姐什么的，不由生气地道："什么小姐小姐的，你别在这里瞎胡扯！"他对这个远亲产生了厌恶情绪。这样的"亲戚"和"朋友"他碰到的太多了。想求你办事的时候，甜言蜜语地和你套近乎，哪句话好听拣哪句说，恨不得许出一个大天来。一旦满足不了他的要求，便把脸翻了，油盐酱醋地搅和在一起，哪句话难听拣哪句说，像谁掘了他家祖坟似的！这许大斗又是“刷碗”，又是“小姐”，还不是因为贷不到款便云天雾地地说些混账话？也不能和他一般见识。想到这，便把门“砰”的一声关了。绕过许大斗身边，“咚咚咚”下了楼。

许大斗被晾在那里，一阵难堪。他心里冷笑道，这些掌小权的，真他妈的跟妓女一般，都是“拔屌无情”的家伙！从你这里得到好处的时候，一副笑模笑样，你要咋 × 她她就让你咋 × ！一旦票子装进了她的口袋里，就把脸子吊了下来！哼，昧良心食吃下去了，就不把亲戚当回事了？你不仁，也别怪俺无义，老子到纪检会去告你！

许大斗一时气恼，以实名在电话上向县纪检会举报了李明。

纪检会是干什么的，就是专门处理你党员干部违法乱纪行为的！既然有人有根有梢地说你接受了客户的十万块贿赂，说你在桑拿房里嫖了小姐，和小姐产生了感情，又放家里养着，这还了得！你李明还是先来纪检会说清楚吧！

当天下午，李明便被请到了纪检会！可是，在纪检会里，李明就是说不清这两件事，他一口否认了这两件事。他说：“这都是无中生有的事，是举报人陷害自己，他要和举报人当面对质！”

管他案子的纪检干部说：“你要和举报人对质？那是不可能的！举报人要受到保护，决不能让当事人知道是谁。李明，你还是放聪明点，老老实实把自己的问题交代清楚，争取宽大处理！再说，你说别人陷害你，为什么他不陷害我？告诉你，组织上已经掌握了确凿的证据，不然，也不会让你来！”

李明说：“我是想说清楚，可我就不知道怎样才能说清楚。”

纪检干部批评他态度不端正，对党不忠诚。当晚没让他回家，把他请到了一个特殊的房间里去住，还有专人送饭和守护着。这就是“双规”，在规定的时间内和规定的地点把问题交代清楚。

李明被双规的事，刘婕是晚上下班时听说的。尽管这一阵子因为龙凤云的事她和李明产生了一些误会和摩擦，但一听说自家丈夫被纪检会双规了，还是急得火烧火燎的！便东一头西一脑地打电话询问。李明犯了啥错误？平常也没见他朝家里拿过一个子儿，咋就被双规了呢？问遍了所有要问的人，连电话都打得发热，也没问出个子丑寅卯来！

正在厨房里刷碗的龙凤云听刘婕一个接一个地打电话，隐约地听出是李哥出了事，马上意识到也许是那十万块钱惹的祸，想把这事去告诉刘婕。但一想到自己把这钱已藏了几天，等事出来了再去给她说，刘婕还会饶了自己？再说，李哥究竟是不是因为这十万块钱出的事呢？万一不是呢，便又怀了一份侥幸的心理。因此，躲在厨房里也不敢出来。

刘婕折腾了大半夜也没问出李明被纪检会双规的原因。

第二天一大早，她来到县委，找县委办公室的一个老同志打听情况。那位老同志找到纪检干部，旁敲侧击，拐弯抹角才问明白了双规李明的原因。回头给刘婕一讲，刘婕那个火呀，腾腾腾地从心头一直朝上蹿，两只眼里也要冒出火来！这个伪君子，平常说不贪不占公家的一分钱，原来都把钱拿了去嫖娼！把个野鸡养在家里，还说是战友的一个老乡。呸！看你们平常眉来眼去的样子就没个好！要不是有人举报，自己还一直蒙在鼓里，这十万块钱说不定又讨好了那个野鸡呢！便回了家里去找龙凤云，一见龙凤云不在家。又想，是不是龙凤云卷了钱逃走了？便打电话喊来自己娘家的几个亲戚，底情原理地讲了一遍。亲戚们也都是又急又恨的。一帮人便议论着先是去报案，还是分头去找龙凤云。

正争论得热烈，听到有人敲门，打开一看，见金大强领了龙凤云走进屋里。

刘婕一见龙凤云，气不打一处来，不问青红皂白，上前“叭叭”甩了龙凤云两个耳光，把龙凤云打了个措手不及。

金大强还以为刘婕已经知道了龙凤云藏钱的事，急忙上前拦了刘婕，赔着笑脸道："嫂子先消消气，那钱龙凤云一分也没动。还是想办法救李哥出来要紧！"

刘婕正在气头上，连金大强也看着不顺眼，便没了好话："他还想出来？贪污受贿超过五千元就是犯罪！他一下子收人家十万块钱养这个小妖精，还嫖娼养小，不死也得让他脱层皮！金大强，李明走到这一步，你的责任脱不掉！不是你把这个女人安置到俺家，李明会花心？还会出这种事？"

金大强听得一头雾水，愣怔了一会儿，心想，刘婕准是误会了，把许大头送的钱误以为李哥包养了龙凤云。女人就是个醋坛子，把什么事都朝男女关系上扯。心里想着，又觉得可笑，便把许大斗如何送了存折，又指使龙凤云把存折交给李明，而龙凤云却取了钱等他来拿回去办农产食品加工厂的事从头到尾讲了一遍。

众人听了，这才松了一口气。

唯有刘婕还是不依不饶地责怪着龙凤云："无论咋说，也是龙凤云害了俺家李明。这十万块钱，李明压根就不知道，要说犯罪也是她龙凤云犯的吧！"

有个亲戚便说："龙凤云不把许大斗送钱的事告诉李明，坏事倒成了好事。说明李明不知情，不知情李明就没有罪。只是这事得到纪检会说清楚！"

这时，厨房门一响，龙凤云从里边走出来，手里拿了那个大纸包，哭着道："只要能把李哥救出来，就是让俺坐牢也是心甘情愿的！"

刘婕这会儿火气也消了些，便道："那就快点到纪检会说清楚吧！"说着，就朝外走。

那亲戚便拦了刘婕道："姐，你去不合适，让人怀疑你是要挟了龙凤云的！不如让她自个拿了钱去自首。"

金大强道："还是我陪凤云去吧。带那么多钱，让人不放心！"

众人都同意。金大强便带了龙凤云去了纪检会，纪检会已经下班。金大强找到了双规李明的特殊地方，见有位纪检干部在那里值班看守，便向看守的纪检干部把情况说了。那纪检干部一听不敢怠慢，随即给主管案子的领导打了电话。领导正陪客人吃饭，一听这情况，便把饭碗一推赶来了。听龙凤云把根根梢梢叙述一遍。纪检干部作了笔录，让龙凤云在上面签了字画了押。随后，把赃款留下，先让金大强和龙凤云回去，让他们明早上来听候处理结果。

第二天一大早，金大强、龙凤云，还有刘婕等人都赶来了，屋里坐满了人。大家一看，检察院的执法人员也介入了。许大斗垂头丧气地站在那里，一见金大强领了龙凤云进来，连眼珠子都红了。

纪检会领导宣布了处理结果。李明受贿一案，经纪检部门会同执法部门连夜调查突审，初步查清了事情的整个过程。李明仅有受贿嫌疑，但并没有造成事实上的受贿。至于嫖娼养小纯属子虚乌有。组织上不会放过一个坏人，但是，也决不冤枉一个好人！经调查李明是清白的，即日起解除双规。由纪检会负责到其单位为其说明情况并恢复名誉。包工头许大斗拉拢贿赂公务人员（未遂），又诽谤他人，公安机关立案查处，由检察部门向法院提起公诉。龙凤云涉嫌侵占不明财产罪，但是，其目的不是占为己有，态度又较好，关键时刻把不明财产上缴，没有造成严重后果。可由相关人员担保，免去其刑事处分。

第二十三章

这辈子让龙满福头疼的除了老大闺女龙凤云外，还有个不孝子龙进。

龙进是龙满福的第二个儿子。其实，龙进从小就聪明伶俐，比起他那木呆憨实的哥哥龙跃招人喜欢得多。村里人背里都这样说他弟兄俩，龙跃那孩子是他爸把他作坏了，心眼太实，三脚踩不出一个屁来，就像窑里烧坏的半生不熟的砖，三成生七成熟！龙进才是龙满福的模子，才是龙满福扯了电灯泡下的种，龙进的聪明才智打小就发挥得淋漓尽致。和村里的小伙伴们玩耍，龙进都是领军人物。龙进让小伙伴们爬到树上逮知了，他在树下边指挥，而小伙伴们冒着生命危险逮到的知了都是他玩腻了才轮到小伙伴们去玩。龙进领小伙伴们到金龙河里摸鱼，摸到的鱼拢了大堆，都是他把大的挑拣了，把小的留给小伙伴们。龙进领了小伙伴们和另一班人打架，往往都是他领的这一班人占据上风……龙进的领导才能在他的少年时代就显示了出来。这让龙满福感到骄傲。是个当官的苗子，龙满福常常暗自赞叹自己的第二个儿子。尽管龙进也不少闯祸，不少惹是生非，但是，龙满福还是对他疼爱有加。龙凤云从工厂里回村当了农民后，龙满福便把全部的希望寄托在了龙进的身上。他希望龙进能够出人头地，光宗耀祖。而出人头地、光宗耀祖的唯一途径就是上大学，只有考上大学才会求得功名，只有求得了功名，才能出人头地！这浅显的道理龙满福给自己最疼爱的儿子讲了不知多少遍。按照龙满福的愿望，他这个二儿子起码是个当县官的料。县官若当不了，至少也能混个乡官当当。至于像他和金大强这样级别的村官，算不得官！连过去衙门里守大门的都不如。他就没打算让龙进干村官。龙进是个能干大事的人，若仅当个小村官，可太屈了人才啦！

然而，情况的发展却不尽如人意。龙进高中毕业第一年参加高考，和与他同班也是最要好的同学金二强一样落榜。龙满福便鼓励龙进继续复习重考。但是，龙进说啥也不愿再进入学校半步。龙满福费尽了口舌，绞尽脑汁也没能把龙进劝回学校继续读书。这让龙满福感到惋惜，又非常失望。他老龙家能出一个县官至少是乡官的梦想就这样破灭了！就连当村官的希望看来也是渺茫无望的。龙满福在惋惜失望的同时还有一种惆怅和失落。因为在龙满福的心底里还存着一个想念。季春阳罢了他的官，让金大强当了支部书记，他就有了一种情绪，一种怨恨。这种情绪和怨恨慢慢地清晰了，理顺了，原来都是对季春阳和金大强的。要对这两个人发泄自己的怨恨，要让这两个人迟早栽个跟头。自己毕竟老了，显得心有余而力不足。那么希望就寄托在龙进身上。龙进若是当了县官或者乡官，就可以替自己发泄这种怨恨和情绪，能让这两个人栽个大跟头，那才解恨呢！可是，龙进却回村里当了农民，这种惆怅和失落就伴随着惋惜和失望产生了。

金二强第二年报考大学的时候，也曾劝说龙进和自己一起重考，但是，也没能说服他。后来，金二强才明白，龙进之所以不愿意复读考大学，完全是因为何真。何真也和二人一样，是同校同届同学。何真高中毕业根本就没参加高考便回村里当了农民，因为她不忍心再把三亩责任田撂给何寡妇一个人种。何寡妇含辛茹苦地把她供养到高中毕业，她就知足了。她没有参加高考，她即便参加高考，即便考上了大学，但是，以她现在的家庭状况，何寡妇能拿出一笔高昂的上大学的费用吗？不能。因此，何真坚定不移地选择了回村里当农民这条道路。

而龙进如果复考的话，是很有希望考上大学的。以龙进的家庭状况，上大学的费用也是不成问题的。但龙进在高考的考场上，眼睛里盯着答卷，脑子里却怎么也抹不去何真的影子。何真的音容笑貌变成了语文卷上的逗点冒号，变成了数学卷上的小数点，变成了英语卷上的ABC……龙进的心思根本没有放在考试上，他还能不落榜！落榜的原因龙进自己心里也清楚。同学们用同情的目光看着他时，老师们用惋惜的目光看着他时，爸用恨铁不成钢的目光看着他时，龙进没有丝毫后悔，反而产生了一种戏弄别人后的得意心理！不上大学有什么可惜，只要能和心爱的人在一起，比什么都幸福，比什么都让龙进感到满足！

知道龙进落榜原因的是何真。两人在毕业前夕，在学校的那棵紫藤树下商量报考的事情时，何真便向龙进说自己不准备参加高考。虽然龙进再三劝说，但是，何真始终没有同意。何真自己虽然不参加高考，却鼓励龙进参加。依龙进在班上的成绩，考个二本是没啥问题的。起初，龙进见何真没报考，自己也不打算报考了。但在何真的劝说下，又想到若不参加高考连爸那一关也过不去，就以应付的态度报了名。虽然报了名，心思却一点没放在高考上，整天和何真卿卿我我地在一起。为了心爱的人能考上大学，何真也曾痛下决心提出与龙进分手。但是，每当提出分手时，看到龙进那种痛苦的样子，何真又不忍心。就这样，二人都回到了这片生他们养他们的黄土地上。

家里多了个劳力，该花钱的又能回来挣钱，本来是件好事。但是，龙满福却是不满意！整天对龙进吊着个脸，出来进去地骂他没出息。

龙进也不是好惹的茬，反过来说爸："没出息还不都怨你！人家老子当了县长、乡长，给子孙铺了一条金光大道！你呢，连村官也没当好，还好意思骂别人？"

龙满福像揭了伤疤似的跳起来骂："你这个小兔崽子，嫌你爸没本事呀？你去找个当县长，当乡长的爹去！”

齐姑见爷俩吵得不可开交，怨老的不是吵小的也不是，便细了声地劝龙进道：“进儿，你少惹你爸生气。他这阵子脾气不好，说出来的话难听，看惹得四邻笑话。”

龙进道：“他不怕笑话，谁怕呢？他连个小村官也干不好，都被人告掉了。村里人都戳着脊梁骨骂咱老龙家呢！”

龙满福一听这话更恼，指了龙进的鼻子道：“你说，我村官哪里没干好？我辛辛苦苦二十多年，连季书记都说我没有苦劳也有熬劳，你咋就说我是被人告掉的？我是让贤！×他娘，谁骂俺了？当年俺老龙啐口唾沫揳个钉那阵子谁敢对俺说半个不字！”

越说越气，便寻了镢头要锛死龙进。吓得齐姑死死地拽了龙满福的胳膊，一边向龙进发火道：“还不快跑？在这等死呀！”

龙进一看爸真的抓了镢头，即使锛不死把自己弄个残废，这辈子也够受罪的，便夺门而出，如兔子一般地跑走了。

龙进来到了河堤上。

这一段河堤离村子很远，河堤上种的有杨树、有桐树，最多的还是柳树，一棵挨一棵，很稠密。柳树最先长出了嫩绿的叶子，树叶还很单薄脆弱，就是因了单薄脆弱，才给这暖暖的春日带来了盎然的生机。它们在微微的春风里摆动着，舒展着，用不了多久，它们就会变成深绿的一片，它们会变得坚韧挺括，它们就不再怕那夏日的烈阳和暴雨！

龙进倚在一棵高大的柳树枝干上，仰脸望着头顶的那片嫩绿，他觉得自己就如那单薄脆弱的树叶。

一阵沙沙的脚步声传来。龙进回头望去，见何真提了草篮子正向他走来。热恋中的情人真是“心有灵犀一点通”。龙进在来河堤时绕了个弯，拐到何真家的责任田边，何真和何寡妇正在她们的麦田里剜芨芨菜。其实两人离得有一地深子远，两人不需要什么语言，也不需要什么暗示，两人的心是相通的。见龙进渐渐走远了，何真便借故离开了麦田，转了一个弯来到了他们经常约会的河堤上。

龙进刚和父亲干了一架，怀了满肚子的委屈和惆怅。见了心爱的人，自然有满肚子的话要说，可是与父亲争吵的话题，又不好向何真说，竟一时不知说什么好。

何真见龙进脸上愁云密布，还以为发生了什么大事，便急切地道："有啥事说出来，搁在心里不就憋坏了。"

"也没啥大事，只是……爸又怨我……不去上学。"龙进吞吞吐吐地说。

何真便有些生气，龙进不去上学，全是为了她，这一点何真是知道的。听龙进说他爸怨了他，以为是龙进绕了弯子埋怨自己影响了他，便道："那你就去呀，谁也没阻拦你！"

龙进听何真话里有气，心里更加烦躁，便脱口而出道："我也没怨你阻拦呀！"

"那你就去复读吧，明年再考一次。别到头来后悔！"何真说着，提了草篮子要走。

龙进一见便有些急，忙上前堵了何真的路："怎么就走呀，还没说话呢？"

"你上你的大学，当你的官！咱俩早晚不是一路人，还有啥话可说？"何真赌了气道。

龙进道："谁说咱俩不是一路人，现在咱俩不就在一块吗？"说着伸手便搂了何真，用嘴堵了何真的嘴。

这一对情侣刚刚还在拌嘴，一瞬间又爱得你死我活的样子。只因为两人在上学期间，就经常上演这"爱情的故事"，所以拥抱亲吻早已是家常便饭了。又只因是同一个村子的，两人的秘密还没向各家的老人透露。因此，也仅仅是发展到这一步而已，还从没敢跨越雷池半步。

一阵亲吻过后，龙进道："何真，咱们结婚吧！"

结婚？何真心里一怔，她觉得这是非常遥远的事。尽管她知道龙进爱她，渴望着她嫁给他。但在她的潜意识里，又担心着自己和龙进的婚姻会不会成为一种泡影！她总感觉有一双眼睛在盯着她，那是何寡妇的眼睛！有一次，她和龙进走在一起，有了一些亲昵的动作，被何寡妇看到了。何寡妇的脸立刻变得煞白。回家后，何寡妇狠狠地骂她道："都成大闺女了，还和男孩子拉拉扯扯的在一起，不怕人家说闲话？"

何真辩解道："也没干亏心事，怕啥闲话？"

何寡妇明说了道："以后少和龙家的二小子来往！"又补充了一句，"要不然，再回去复读一年吧，家里活计我应付得了！听金大强说，你去读书的钱，他能想办法帮助解决……"

何真不等母亲说完，就打断她的话说："他能解决？他又不是救世主！一个比芝麻官还小的小村官，能干成啥大事？别听他假装好人！"

何寡妇道："话不能这么说！听金大强说，好像上边有啥助学资金，专门救助一些上不起学的贫困人家的孩子！"

何真赌气道："我才不去求他呢！"

何寡妇不明白女儿为啥对金大强这么有成见。在何寡妇心目中，金大强人品比龙满福好多了！好到天上去了！金大强当支书，处处为村民们着想，金大强的心里装着村里的孤寡老人、弱残贫困户！村民们谁家有困难，谁家闹了矛盾有了解不开的疙瘩，金大强总是第一个走进这些村民的家，帮助人家解决忧愁，化解矛盾。而龙满福呢，别看有些事她还要去征求他的意见，其实，她在心里恨着他呢！她找他也是迫不得已。在何寡妇心中，龙满福就是个贪得无厌的恶魔！

听何真不愿求大强，何寡妇便说："不上学，你以后也少和龙家的二小子掺和！"

其实，何真不愿求金大强，并不是对金大强有成见，而是内心里对金二强有抵触。在高中上学期间，何真真正喜欢的是二强！金二强不仅长相比龙进更帅，而让何真喜欢二强的原因，是从二强身上表现出来的那种正直、率真、诚实的品质。金二强是一个充满了阳光的浑身散发着蓬勃气息的大男孩！金二强才是她心目中的偶像！

然而，后来发生的一件事，却打碎了她的梦。

那是高中一年级时的一个早晨，何真路过二强的寝室门前，看到二强正在门外的水池边刷牙。何真止着步，仔细观察着二强的牙刷子在口中来回抖动，却不见嘴边有牙膏沫。她走向前，奇怪地问二强用的啥牙膏？

二强取出牙刷，喝口水漱完嘴，才说："我这是自制杀菌洁齿牌牙膏！"说着，指了指水池台上的一个小塑料袋。

何真仔细一看，才知道他用盐代替了牙膏。何真不由心里一痛！那时候，金大强还在部队当兵，金母也是寡妇一人养家过日子，比她家生活还要苦（何真不知道她家经常受到龙满福的关照）。

金二强下了操回到寝室里，发现自己的茶缸里多了一支牙膏，旁边还多了一块散发着清香的香皂！

同寝室的同学开玩笑说：二强走桃花运了！人家都把求婚礼送到床头上了！

金二强毕竟还是十五六的大男孩，内心对男女之间之事还隔着一道鸿沟。听到同学们这么嘲笑他，急赤白脸，但如何辩驳也洗白不了自己，遭来的是同学们更热烈的嘲弄和玩笑。玩笑越开越大，金二强感到自己受到了极大的侮辱。一气之下，他拿起牙膏和香皂去找何真。见了何真，二话不说，把牙膏和香皂扔到了何真的课桌上。说："谁让你送我这些东西？我不稀罕！"说完，头也不回地走了。

何真脆弱的心一下子掉进了冰河里一般，变得哇凉！她没想到自己怀着一颗真挚热情的爱心向自己迷恋中的男生献爱却得到这样的结果！她的心在哇凉之后是剧烈的疼痛。她止不住呜呜大哭！就是那个时候，同班同村同学龙进走过来劝阻安慰她。

何真听母亲反对自己与龙进来往，还以为何寡妇对龙满福有意见。她怕母亲生气，就点头答应了。但是，每当龙进与她约会时，她总是克制不住自己想见他。一旦失约，她的心里就存了一份内疚。她吃不下饭，睡不着觉。因此，她便避开了何寡妇，偷偷地去和龙进约会。

除了何寡妇外，还有龙满福。龙满福见了她，总要用他那猫头鹰般的眼睛去看她。有时还伸出他那肥厚的大手抚摩她的头。这在龙满福那里，是一种疼爱的表现，而给何真的感受是骚扰，是令她厌恶！她厌恶龙满福那阴鸷的目光，她厌恶龙满福那只去抚摩她的肥厚的手。她曾听到过一些传言，那是有关龙满福与何寡妇的。她不相信那些传言，她觉得自己的母亲决不会干那种伤风败俗的蠢事。她在恼恨那些散布传言的人的同时，内心深处对龙满福更增加了一种排斥和憎恶！所有这些，渐渐形成了一种意识在她心底潜藏下来。每一次和龙进接触，这种潜藏的意识就会浮现出来。但是，龙进的执着、龙进的热烈都把这些融化了！这些意识化成了灰烬和粉末！然而，激情过去之后，这些意识又会死灰复燃，并且又强烈地滋生起来！今儿，听龙进提出结婚的要求，她便理了理散乱的头发，担心地说，两家老人还不知道咱们的事……

龙进急不可待地说："我回去给妈说，让妈托了媒人到你家提亲！"

何真幽幽地道："只怕俺妈不同意！"

龙进一听，有些急了。这个时候，他的心里忽然生出一种"生米做成熟饭"的念头来。真把生米做成熟饭，何真她妈不同意也得同意！

这幽静的河堤，这柔软的草地，还有那静静地奔流着的金龙河，多么富有诗情画意的环境啊！龙进在产生这种念头的时候，心便怦怦地急速跳起来，浑身的血脉膨胀起来，他不能克制地一下子抱紧了何真，低声地喃喃道："真，给了我吧，给了我……"

第二十四章

金大强从城里回来，先赶到窑场的房子里去看金母，见已人去房空。心里很纳闷，这人都去了哪儿？匆匆回到老院子，见金母正在堂屋里坐着，一副愁眉不展的样子，便问金母犯啥愁。金母便把花狐狸打绊二强盖房，又带钱逃走，金二强去寻找的事从头到尾讲了。最后，又担忧地道：“金二强出去干几年活，挣的钱都让那女人管着。这下可好，连钱带人都没有了！”

金大强便安慰金母道：“妈，你也别太烦心。依我看，那女人对二强还是挺上心的，只不过因盖房子拌了几句嘴，也影响不了他俩的感情。说不定两人现在又好在一块呢！”

金母听了，略觉安心，又道：“金蛋他妈回来了，在鸡场喂鸡呢。她也不容易，为了你把房子让给二强的事赌气一走几天，咱也没去接她，连个信也没捎，她就自个回来了，显见得是挂念这个家的。你见了她，也说几句宽心的话，给她个台阶下。”

金大强听了，心里便咯噔一下，才记起齐兰花是因和自己赌气才回娘家的。仔细想想，事也不能全怪她，搁谁身上，把暖热的窝让出来也是有情绪的。只是因了忙，把这事给忘了，听母亲一说，内心也产生了一份内疚，便连连点头答应。

母子俩又说一会话，金母便去了养鸡场。

金大强正要进里间找件衣服换，见门外一个人影一闪，已进了屋内。金大强抬头一看，原来是韩秀女，便道：“正想着要去找你和喜贵叔，咱碰碰头，把建农产食品加工厂开工的事定下来。”

这两天，金大强一直在城里忙着处理龙凤云的事，不知道韩秀女做通了龙聪的工作没有，曹超和郑州立志集团那边又联系了没有？还有，在回来的路上，季书记给他打电话，说金龙湾村报上去的改造旧村面貌、建设新农村的申请方案，乡里已经研究通过并且报到了县里。县里若批准通过了，可不单是金龙湾一个村的事，全乡二十六个村都要开展改造旧村面貌、建设新农村工作，只是要把金龙湾作为试点村先行动做个样板！还有一件事说起来小，但是却关乎村干部在村民心目中的诚信问题，就是龙满祥的婚事问题。龙满祥不单已经包揽了全村运输的活儿，连附近村子里的活儿也包揽了。他已经提出申请，退掉全家吃低保的名额，催着要和那“暂时保密”见个面呢！不知韩秀女牵线的那位女士同意不同意和满祥叔结婚呢？

金大强脑子里装着这些事，便想着开个支部会，把这些事通报研究研究，却全然没有注意到韩秀女是带了情绪来的。

原来，那天齐兰花刚走，韩秀女就提了饭盒到鸭场给龙聪送饭去了，也想着顺便把鸭场作抵押贷款的事再说说。谁知龙聪正生着闷气，韩秀女刚把话提了个引子，龙聪便把饭碗朝地上一蹾，道：“用鸭场作低押的事免提！你一提这，俺就心烦！”

韩秀女被噎得半天说不出话来，迟好一阵才又劝道：“金大强好不容易把贷款的事说成了，咱不能眼看着这事泡汤啊！”

一提金大强等于是火上加油。龙聪忽地站了起来，眼睛瞪圆了望着韩秀女：“你张口金大强，闭口金大强，金大强是你啥人？他的事办成办不成碍咱家啥事？”

韩秀女道：“龙聪，你别胡扯。金大强一心想的是做好脱贫攻坚、振兴乡村工作，让咱村的父老乡亲都富裕起来，把咱村贫穷的帽子摘掉，把咱村建成社会主义新农村，这是有利于全村乡亲们的好事！”

“他是村干部，摘掉贫穷帽子是他的责任！金龙湾摘掉贫困村的帽子他就能升官了！说不定就升到乡里县里去了！到那时，他金大强更耀武扬威地欺负人哩！”一说到金大强，龙聪就上火，话也多了起来。

韩秀女听龙聪这么说金大强，越发生气，怕把矛盾激化，还是耐着性子说：“金大强不像你说的那样，是为了自己升官才这么工作。他是真心要把咱村子振兴起来，真心想让咱村里的乡亲都能过上好日子！咱应该帮帮他！”

“你帮他？你没听见村里人背后都说你俩啥？”

韩秀女道：“舌头长在人家嘴里，说啥都随他们去！只要自己站得正，就不怕影子斜！”

“你以后还是少跟金大强扯连事，人家老婆都告到门上来啦！”龙聪一时气恼把齐兰花来说的那番话又给韩秀女说了一遍。

韩秀女听了，愣怔半天，才委屈地道：“齐兰花咋恁小心眼！其实，我和大强在一起，说的都是村里工作上的事。”

龙聪便抢白道：“不就是一个小小的村官吗？还真把自己当成个人物了！哪有那么多工作上的事说？”

韩秀女生气地道：“龙聪，你也怀疑我？”

“你是当官的，俺是老百姓，俺咋敢怀疑你？俺就怕别人给俺戴了绿帽子，还把俺蒙在鼓里呢！”龙聪话里夹枪夹棒地冲着韩秀女。

韩秀女一听这话，眼泪都流出来了：“俺和大强是清白的，信不信由你。你不能拿这事与抵押贷款的事搅和在一起！”

龙聪便道：“俺就是不愿和他金大强搅和在一起！他走他的阳关道，俺走俺的独木桥，他金大强拿蛋鸡场作抵押，是他情愿。他是朝自己脸上贴金哩！俺凭啥要去帮他呢？难道就为了让村里人作践俺老婆？”

韩秀女哭着说：“说来说去，你还是对俺不相信。人家往俺头上扣屎盆子，你也朝自己头上扣屎盆子呀！”

见韩秀女哭成个泪人一般，龙聪心里也有点怵怵的。打心底里说，龙聪能取上韩秀女这样的媳妇是自己的福分。韩秀女有文化、人长得又俊，在娘家就是村干部，能嫁给他一个祖祖辈辈都是打牛腿的庄稼汉，龙聪心满意足了。打结婚那天起，龙聪把她捧在手里怕摔了，含在嘴里怕化了，恭恭敬敬地伺候着。韩秀女也是知书达理之人，并没有因丈夫对自己的娇惯而任性，反过来倍加体贴地关爱着龙聪。在结婚的头两年里，小两口恩恩爱爱，相敬如宾，后来生了儿子龙根，两口子又把爱心都投入到了孩子身上。日子久了，生活又琐碎点，少不了摩擦和拌嘴。但吵也吵了，恼也恼了，小两口从没有隔夜仇。一阵儿过去，两个人便言归于好，谁也没把说过的话记恨到心里去。韩秀女当了村干部后，家里活耽误了一些，龙聪也从来没抱怨过。反过来，见龙聪如此支持自己的工作，韩秀女也是百般地体贴着对方。搁往常，韩秀女要说办的事，龙聪也没有不答应的。唯独在用鸭场作抵押贷款这件事上，龙聪就是不答应。开始给他提这事的时候，他还留有余地，说是考虑考虑。谁知道越考虑越麻烦。韩秀女说不中，龙老奔说也不中，金大强亲自来做工作，他连个面也不见。今儿韩秀女本来想心平气和地把这事再说说，无论如何把这个事定下来，谁知又插进来齐兰花这一杠子，把龙聪的脑瓜子先就给搅浑了！她韩秀女就是和金大强再清白，经齐兰花这一搅和，白的也变成黑的了！龙聪即使不相信，也没有不起疑的。

见韩秀女还在委屈地哭着，龙聪便道：“不是俺对你不相信，是你自己不检点才惹下的闲话。其实俺对那些闲话也是不信的！”

听了龙聪的话，韩秀女的心略觉宽松一些。无论咋说，自己和金大强在行动上是过从密切了些。自从当了村干部以后，自己家里的活干得少了，忙村里事多了，和龙聪在一块的机会少了，和金大强在一块的机会多了。金大强举荐自己当了村干部，自己在心里确实对金大强存了一份感激之情。有了这份感激之情，她对金大强就有了好感，就有了感恩之情。和金大强接触得多了，她就常把金大强与龙聪对比，相比之下，同是男人，她觉得金大强比龙聪要优秀得多。因此，在家里她常常拿金大强的标准来要求龙聪，来改变龙聪。龙聪虽然不习惯，不自在，但她坚持让他这样做，他也就做了。韩秀女常常扪心自问，自己对金大强的那份感恩之情是什么？难道就是爱？一想到这一点，韩秀女就胆怯了，就退却了！不！不！她不能去爱金大强，因为她有龙聪，龙聪能吃苦能干活，又勤快又俭朴，是个多好的丈夫啊！她和他又有了一个聪明伶俐的儿子，多么幸福的一家子人啊。她不能把这幸福打碎！尽管她对金大强有了一种说不清道不明的感情。她把这种感情压抑着，她和金大强只能是工作上的关系，只能是上级和下级的关系，决不能有男女私情。她坚持着自己的底线不被冲垮！

尽管如此，还是有了传言，还是有人对她和金大强起了疑心，并且这种传言已经传到了自己的男人这里，这就不免让韩秀女感到委屈。听男人还算理解自己，韩秀女便道："俺没啥不检点的。俺和大强都是村里干部，大事小情在一块商量，决没干过出格的事！"

龙聪见韩秀女火气小了，便劝道："村官也不是多大的鸟官，名没名利没利净是瞎操心，依俺看还是不干的好，也省得别人说闲话。"

村官确实不算个官，特别是她韩秀女，在村一级的官职排位中，还放在倒数第一的位置。但韩秀女还就是喜欢这份工作。从娘家嫁过来那两年，龙满福刁难她不让她当这个官，她虽然有活干，但是，在娘家时干基层工作习惯了，离了那岗位，心里便觉得有了一种空虚，缺了一种信念，倒不如为群众操心劳累地干点活实在些。因此，听龙聪劝她别干那"鸟官"了，便道："村官虽然不算个官，但是，村里工作总得有人干，你不干他不干，不都撂那了？"

龙聪知道，自己是劝不了她的，便发狠地道："好！你干！就你能，就你有本事！只是告诉金大强，别再惦记着俺这鸭场，想用俺这鸭场作抵押贷了钱他拿去败坏，门都没有！”

听韩秀女讲没有做通龙聪的工作，金大强愣了一阵，也无话可说。好一会，才意识到韩秀女为此事也受了天大的委屈。便安慰韩秀女几句，随后道：“贷款的事不能再拖了，银行那边单等咱去办手续呢，这个月底再不去办，这批款子就贷给别的企业了！你去通知曹超和喜贵叔，咱们到村委会商量一下看咋办。我换件衣裳就过去。”

韩秀女答应一声，便匆匆走了。

金母也是一番好意，到蛋鸡场去唤了齐兰花，说是大强回来了，一回来就问你呢。有了这话，齐兰花听着，心里也是慰帖的，想着金大强对自己还是挺在乎的。这男人嘛，离开女人几天他还不想得慌？想着，便撇下手里活，往家赶。没想到还没进家门，便远远地看见韩秀女从自家院里走出来，又匆匆忙忙地拐过墙角不见影了。齐兰花便起了疑心，金大强刚回来，她就黏上了，比俺还积极呢！这个撩骚货，便宜都让她捡了！俺早回来一步，还不逮他俩正着！心里怨恨着，已经走进了院子。见金大强正敞了怀，扣着衣裳扣子从屋里出来，越发怀疑两人刚才是没办啥好事。

金大强一见齐兰花回来了，想着齐兰花赌气回家也不全是她的错，按照村里习俗，自己得备了礼品到她娘家赔礼道歉才能把她请回来。而没人请没人叫齐兰花自己就回来了，显见得她对这个家还是挂心的！便觉得在齐兰花那里欠了情，因此笑了道：“回来啦，正说忙完事去接你呢！”

齐兰花本来是回来和金大强言归于好的，不料韩秀女却插了一杠子，齐兰花那个嫉妒劲便由心底而生，变成了一种恼恨。听金大强如此说，认为金大强想掩饰自己和那撩骚货做下的坏事，便忿忿地道：“你请俺？你巴不得俺死在娘家哩！”

金大强还以为齐兰花是先前的气还没消下去，便放低了声音笑着道：“说恁难听干啥？这几天没见，还真怪想你哩！等着吧，俺到村委会去商量点事，到晚上好好收拾你！”说着便出了门匆匆走了。

金大强说的“好好收拾”，另有含意，齐兰花明白这话的意思。但是，她总觉得金大强今天的说话举动都非常反常，她越发相信自己的怀疑是对的。金大强过去从没表现出过对自己这么贴心主动，显见得金大强和韩秀女是干了坏事的。金大强做贼心虚，金大强要掩饰自己干的丑事，才这么反常地对待自己！俗话说，女人不浪，男人不上，金大强果真干了什么坏事，也都是韩秀女那个撩骚货勾引挑逗的！

齐兰花按照自己的思路推测着，便把怨气从金大强身上转移到了韩秀女身上，咬牙切齿地把韩秀女骂了个狗血喷头，还不解恨，连把龙聪也捎带着骂了一阵。女人一旦有了嫉妒和恼恨，就什么样的事都想得出来，也能做得出来。一个报复计划便在齐兰花的脑子里产生了。

她决定实施这个报复计划，来发泄自己对韩秀女和龙聪两口子的仇恨！

第二十五章

何真怀孕了，这消息在村里悄悄传开。传播者是金喇叭。起初村民们对这消息还持怀疑态度，金喇叭说话没个准，从来都是捕风捉影、有一加二的。何真多老实秀气个大闺女呀，也没见她和谁家的小子疯疯扯扯地有牵连，咋的一个黄花大闺女就突然地怀孕了？但是，金喇叭说得有鼻子有眼，不怕你不相信！金喇叭说，她家老赵今儿过生日，她特意到集上割了二斤羊肉，准备剁了馅包饺子，为老赵庆贺庆贺。没想到她家那只大母猫丽儿闻到了膻气，跳到桌上叨了羊肉就跑。金喇叭去追丽儿，丽儿死死地叨着羊肉跑出了院子。金喇叭穷追不舍，结果就上演了一场人与猫的长跑竞赛。金喇叭的两条腿终究赶不上丽儿的四条腿。丽儿叨了羊肉，腾挪闪跳，穿宅越户，一路领先，最后钻进了何寡妇家的门缝。金喇叭汗水淋淋、气喘吁吁地追到何寡妇家门口时，不见了丽儿的影儿，便推开了何寡妇家虚掩的门。

何真在院子里的水池子边，弯了腰，“啊啊”地呕吐着。一抬头见金喇叭进了院子，立刻用手捂了嘴，脸色苍白地站在那里，竟然一时不知说啥好。

金喇叭是何等的好事之人呀！她从何真的举动中，立刻觉察到何真的异样来。金喇叭是生过孩子的女人，何真的异常现象，使她联想到自己当初刚怀孩子时的情景。瞧她干呕又呕不出来的难受样子，瞧她那直杠杠的发硬的腰板，瞧她那外八字站立的姿势，都表明这个女人已经不是个黄花大闺女了！已经被男人把种子下到了肚子里！金喇叭观察得很仔细，也很认真，她的两只眼睛像两盏探照灯一样从头到脚把何真探寻了一遍，然后又从脚到顶把何真探寻了一遍。她忘记了丽儿和那块羊肉。那块羊肉的价值比起没结婚的大闺女怀孕的重大新闻来，简直太渺小了，太不值得一提了。她要把这个新闻调查个铁实，调查个牢靠，她要在全村发布这条重大新闻！就为她陪了金二强来找何寡妇要宅基地的事，金喇叭挨了金大强的批评，还不都怨这母女俩告状告的。金喇叭为此怀了一肚子气，这气至今还没发泄出来。这次正好寻了机会。何寡妇啊何寡妇，都言传你和龙满福那老色鬼勾搭上从没断过线，但却包了个严严实实，弄得滴水不漏的，没让人抓到一次把柄。没想到养了个闺女还没出闺就怀了孩子。真应了那句老话，有啥样的娘就养出啥样的闺女来！不丢人败德？不伤风败俗？哎哟哟，看这娘俩咋还有脸在这金龙湾待下去呀！

为了进一步证实自己将要在全村发布的这一消息的准确性，金喇叭便靠近了何真，装着非常关切的样子，低声地问何真："妹妹，想吃点酸的吗？婶子要没空给你去买，给姐说，姐到集上给你买点可口的东西吃。"

何真一口痰没吐出来，憋得脸都红了。看到金喇叭一副假惺惺的样子，没好气地说："谁要你去买东西。看见你，肚子早饱了！"

金喇叭讨了个没趣，正不知咋应对才好，看见何寡妇从屋里走出来，急忙凑过去，低声对何寡妇说："婶子，看上去，妹子这……病可不轻。还是赶快去乡卫生院看看吧！"

何寡妇说："啥病得不轻？就是昨晚剩下的一碗面条，我说给她热热再吃，她说不要紧，也不嫌凉就吃了。谁知就吃坏了肚子，吐又吐不出来……"

金喇叭暗道，这老寡妇，还怪会替她闺女打掩护哩！

金喇叭就是个无事生非的人。她不信何真只是吃坏了肚子，便说："婶子，我咋看不像吃坏肚子的病！不能大意哩，还是去医院看看吧！"

何寡妇生气地说："不是吃坏肚子又是啥病？就是吃那碗剩面条吃的……"

何真见金喇叭还和她妈在那里病长病短地瞎说，便冲着她说："俺啥病都没有！你别瞎操心了！"

这个无风还想掀起三尺浪的女人哪里就轻信了何真的话，她撇了撇嘴，道："哟，妹子呀，有了病可不能硬挺着！快，姐带你到卫生院去检查检查。"说着，便假装上前去拉何真。

何真道："谁要你拉俺去卫生院？俺不去？俺……刚吃罢药！"说着，朝外撵金喇叭，"你快走吧！那不，你家的丽儿跳墙头跑了。"

从何真慌乱的神情里，金喇叭越发相信自己的猜疑是正确的。丽儿叼走羊肉给她带来的烦恼已经被这个重大的发现冲淡了！金喇叭从心底里涌上来一种莫名其妙的快意，她哪里要真拉何真去卫生院看病？也不过是试探对方一下，见何真惊慌失措的样子，越发相信自己的猜疑是正确的。她意味深长地看了何真一眼，便走出了何家的院子，来到了村街上。

下午，何寡妇背了草篮子从地里回来，看到村头有几个人围在一起，正低头议论着啥。她想绕过那堆人。那堆人发现她走过来了，便停止了议论，都抬起头，用鄙夷的目光去看她。有的人还发出了窃窃的冷笑，那冷笑让她不寒而栗。她不知道那些人在冷笑什么。她低了头，弯了腰，匆匆地从那堆人旁边走了过去。进了村，她发现村街里也同样围了几堆人，那些人也在悄悄地议论着什么，高一声、低一声的。有人看见她走过来，便大声咳了几声。那些人便都扭头去瞅，瞅见她背了草篮子走来，便都噤了声，同样用鄙夷的目光去看她，看得她心里发毛。她不知道这些人在议论什么，为什么都用那样的目光看着自己。凭感觉她知道这些人在鄙视她，在笑话她。难道她和那老冤家的事被人发现了？还是那老冤家喝醉了酒胡说了啥？

何寡妇在人们鄙夷的目光下走了过去。她拐过一个墙角，故意把自己的脚步由重到轻地击打着地面，给人们造成一种她已经走远的错觉。其实她并没有走远，她就站在一堵墙的拐角处，偷偷地听着人们究竟议论的什么。

那个时候，她就听到了那个令她恐慌而又震惊的消息。尽管她一千个不愿意相信这个消息是真实的，但是，那些人说得有枝有叶，有鼻子有眼。想想上午金喇叭到她家说的那话，虽然没有说透，不是也在暗示这件事吗？难道……是真的？一个人这么说，何寡妇不信，可是这么多人都这么说，不由她心里不产生疑虑。她曾看到何真和龙进多次在一起。那时候，也没多想，两个人自小儿就在一起玩耍，又是同学，从来没闹过气。何寡妇何曾会想到他们会……勾连在一起？何真呀，何真，你要真与龙进好，也得征求妈的意见呀，怎么着也得给妈透个信！可是，你就这么和他恋上了，你就这么不检点自己，你让娘咋办呢？

何寡妇心里充满了无助和绝望。她强撑着没让自己被这消息击垮。她迈着铅样的脚步朝家里走，她不知道自己怎样走进了自己的家门。她只觉得眼前一黑，便倒在了自家门里边的过道里。

第二十六章

龙进之所以两天没与何真约会，是他正和龙满福怄气。龙进与何真多次在河堤上约会之后，便认定了何真早晚已是他的人了，在他看来已是生米做成了熟饭。他央齐姑托人到何寡妇家说媒，可是齐姑把这事给龙满福一说，龙满福却瞪了血红的眼，狠狠地责骂起龙进来。他骂龙进没出息，为一个女人，连学也不上了，连自己的前程也不要了。他让龙进对何真死了心。你就是打一辈子光棍，也甭想娶何真当老婆！龙满福这样恶毒地对他说。

他不知道龙满福的意思是说他配不上何真，还是何真配不上他？这句话让龙进感到绝望，但任性的他决不会听凭龙满福的摆布。他要抗争，他非何真不娶！即使和龙满福断绝父子关系，他也要娶何真！这两天，他一直和龙满福怄着气！他不吃饭，不下地干活，不到面粉加工厂值班，他就蹲在家里和龙满福拗着！他在心里恨恨地想，这个老东西咋不快死哩！你耽误了姐，又来耽误我，你咋不遭老天报应哩！可是龙满福就是不死！他整天阴沉着个脸，好像能拧出水来。他在村里没权了，就霸道着这个家！家里事他说一不二。姐没有死，金大强已来劝几次，让他把姐接回来。可是，他把金大强的好心当成了驴肝肺，他怕金大强占了他闺女！

这天，龙满福和龙跃去面粉加工厂了，齐姑下地薅草去了，家里就剩下龙进。龙进本来是和龙满福怄气的，龙满福不在家，他还和谁怄气？他两天没见何真，想得慌！他起了床，到厨屋找点吃的填了肚子，便来到村街上。

那个时候，金喇叭正在悄悄地向村民们发布她的头条新闻。他站在人群外边听了，他便被那天大的新闻击蒙了！后来，他没听清楚人们又是怎么议论这件事的，他偷偷地离开了那群人。他不相信那些人的鬼话！这些人，编排和污蔑他心爱的女人，他想冲进人群里，和那些人拼命！和那些鼓嘴咬舌、搬弄是非的人拼个你死我活！可是，他终于忍住了，他把仇恨咽到了肚里！因为，他和何真相爱，还处在一种隐秘的状态下。如果这个时候和那些人拼命，等于引火烧身，等于告诉了人家，何真也许是真的怀孕了。而致使何真怀孕的人就是他龙进！当紧的是，他要马上见到何真。他知道何真也可能听说了这些传言，她现在承受的压力比他要大得多！这个时候，村民们鄙夷的、咒骂的、讥讽的、嘲笑的都是何真，何真她受得了吗？他要马上见到她，和她商量对策！如果她同意，他就和她公开两人的秘密——他要为她去分担那鄙夷、那咒骂、那讥讽、那嘲笑带来的耻辱和压力！他要用男子汉的胆略去担当！

龙进走进了何真的家，他看到何真正暗自垂泪。他的心疼了，他走过去抱紧了何真。他轻声安慰着何真，别害怕！天塌不了！无论别人怎么说，我都会爱你的！一辈子都爱你，一辈子！

何真的心得到了极大的安慰，她靠在龙进的怀里，觉得像靠在一座大山上！

突然，门口传来“扑通”一声响，两人都惊慌失措地朝外跑，这时候，他们看到何寡妇倒在了门洞的过道里。

“妈，您咋了？”何真惊叫着扑向何寡妇。她蹲在地上，抱起了何寡妇，一边带了哭腔喊着：“妈！妈！您快醒醒！快醒醒！”

龙进急忙跑进屋里，倒了一杯水端过来。

两人喂了何寡妇几口水，何寡妇才慢慢地苏醒过来，一睁眼，看到龙进也在跟前，便又把眼闭上，对何真道：“扶我进屋去，妈有话问你！”

二人急忙搀起何寡妇走进屋里，扶着何寡妇在椅子上坐了。

何寡妇喘了一口气，对龙进说：“这儿没你的事，你走吧！”

龙进想说留下，见何真向他使眼色，便走了出来，在外把门关上了。

何寡妇见龙进走了出去，才对何真说：“你做的丑事妈在外头听说了。你咋把这事瞒着妈……”何寡妇说着，便哽咽着哭起来。

何真一见，急忙跪下，道：“妈，没有的事！您难道连自己的女儿也不相信？”

何寡妇半信半疑地道：“咱母女俩，在村子里本来就被人看不起。你若做下伤风败俗的事，以后，咱娘俩咋还有脸出去见人？”

何真呜呜地哭道：“妈，没有！真的没有！俺只是和龙进好……”

何寡妇突然厉声道：“你不能和他好！”

何真被何寡妇的声音吓了一跳，她擦着泪道：“妈，你平常不是也很喜欢他吗？”

何寡妇一听，像疯了一般扑向何真，又是掐又是拧，一边打一边号叫着骂道：“你这个不要脸的东西，你咋就偏偏和他好上了！你咋能嫁给他？你就是嫁个瞎子、瘸子、傻子也不能嫁给他呀！”

何真被何寡妇的突然举动惊呆了！她就那样呆呆地跪着，任凭何寡妇打着，骂着，任凭母亲发泄着怒气。

这时候，门一响，龙进走了进来。龙进看到何寡妇正疯狂地掐着拧着何真，便扑向何寡妇。他跪下了。他握了何寡妇的手去打自己的脸。他哭着道：“婶子，我与何真相爱，不是何真的错，都是我的错！你要打就打我吧！你把气都发泄到我身上吧！”

何寡妇气得脸色发紫，她哆嗦着嘴唇，指了龙进的鼻子骂道：“你还敢有脸回到这里？去喊你爸来，你爸造下的孽，他为啥不露面？造孽呀！罪过呀！龙满福，你这个老鬼，你龙家遭报应了不是！”

何寡妇的咒骂令龙进和何真心惊胆战！何寡妇是不是气糊涂了才这样骂？何寡妇为什么如此怪罪龙满福？龙进和何真相亲相爱有什么罪吗？天哪，这究竟是怎么回事？

面对气愤交加的何寡妇和痛苦不堪的何真，龙进无地自容，他默默地站起来，退了出去，然后拔腿向家里跑去。他要去找龙满福，亲口问一下，龙满福究竟造下了什么样的罪孽？

第二十七章

曹超向金大强等人介绍了与陈力联系的情况。

曹超说："郑州立志那边同意提供技术，提供一部分设备，负责产品的销售，还要咱们派一部分人，先到他们厂里进行技术培训。眼下就等着咱们这边的消息呢！说咱们这边啥时候条件成熟，啥时候就和咱们签订合同。"

曹超的消息让大家非常振奋。

金大强说："办农产食品加工厂的事不能再拖了，现在已经筹集到一部分资金，先用这部分资金把基础设施搞起来，流动资金再慢慢想办法筹。活人不能被尿憋死，龙聪不同意用鸭场作抵押，就先用蛋鸡场作低押，能贷多少是多少。曹超再和陈力联系一下，这两天得空咱们就去郑州，先把合同签了，争取这个月动工。还有参加技术培训的人，先定下来，让何真带队……"

正说着，见金喇叭在门外对他又是使眼色又是摆手，意思让他出去一下。

金大强以为小学里又出了什么事，是赵步初让她来报信的，便急忙刹住话头，走出来问："姐，啥事？"

金喇叭故作神秘地朝屋里瞅了一眼，便俯在大强耳边把何真怀孕的事说了。

金大强一听，不由皱起了眉头，对金喇叭道："姐，你别听风就是雨，人家何真还是个黄花大闺女，没有的事别胡说！人家若告上去，你可要吃官司哩！”

金喇叭眉飞色舞地道：“她还敢告？这事她捂都捂不着哩！大强，姐可不是胡说，姐亲眼见她怀了孩子后的反应哩！”

金大强便道：“就是真有这事，也不要乱传！”

金喇叭委屈地道：“村里出了恁大事，俺不得向你大支书汇报吗？”

金大强心里便不由埋怨起这个爱传播小道消息、爱管闲事的堂姐来。这件事要是放在别人身上，知道了也就知道了，过去了也就过去了，而在金喇叭那里，却非要闹腾个沸沸扬扬不可。

在金喇叭的想法里，因为二强要宅基地的事，何寡妇母女到县里告了金大强的状，金大强不正可以借此机会狠狠整治何寡妇母女，让那母女俩在金龙湾抬不起头来！而在金大强的想法里，何真若真怀孕了，确实是件不光彩的事，但这毕竟是人家的私事。眼下，办农产食品加工厂的事已经够忙活的了，人手不够，何真毕竟读过高中，有知识有文化，他已经决定让何真带领村里青年去郑州参加技术培训。可是，偏在这个时候，金喇叭又来说这个事。他不相信这个事是真的！即便是真的，他也没权利更没时间去过问人家的隐私！可是，他越不愿意过问的事，这个堂姐非要让他过问不可。她正儿八经地反映给了你支部书记，你若再装聋作哑地不知道，真要惹出麻烦来，你支部书记还不得负这个责！对于这个堂姐所表现出来的热情和好事，金大强常常感到无奈。自金大强任金龙湾村的支部书记以来，金喇叭就如同自己当了支部书记一般。她常在人前背后说，连过去的皇帝坐江山还得轮流哩，龙满福把持金龙湾的大权二十多年，也早该下台了。苍天有眼，让俺金姓门里的兄弟掌了大权！村里大事小事，她都要为金大强出个谋策，提个意见。她都要管一管，问一问，俨然如顾问一般。当然，金喇叭都是站在金姓人家的立场上说话办事的。金喇叭爱管闲事爱显摆的臭毛病，引起了村里大多数人的反感，这就让龙满福寻着了机会。龙满福便在背后煽动龙姓人家，让龙姓人家对金大强产生了一种抵触情绪。龙姓人家用一种挑剔的目光看着金大强，这使金大强在村里办事的时候，对龙姓稍有一点不公允，便遭到龙姓人家的强烈反对。为此，金大强曾多次批评过金喇叭。但江山易改，秉性难改，金喇叭无论在金大强那里受到多少次批评，全当作耳旁风。这金龙湾的大好河山，她金喇叭当不成“女皇”，难道连垂帘听政的权力也没有吗？

金大强没好气地对金喇叭说：“姐，你还是少管点闲事，回家给俺姐夫做午饭去吧！”

金喇叭生气地想，这会儿让俺少管闲事，当初，不是俺咕叨俺家老赵写信告掉龙满福那个老兔孙，咋能轮到你当支书？这心里话是自己说给自己的。别看金喇叭平时屁股沟里夹不住一个热屁，可是，写信告龙满福的事，她沤烂肚里也不会说出来。想着，便不满地瞪了金大强一眼，道：“咦，兄弟，政府不是号召咱们脱贫攻坚、建设小康村吗？小康村出了这伤风败俗的事，你当支书的脸上有光？兄弟，俺这也是为了你好，才来报告你呢！你要不去刹刹那股邪气，以后咱村里还不定出啥幺蛾子事呢！”

她满嘴的新名词，显然都是从赵步初校长那里学来的。金大强听了，苦笑道：“姐，这都哪跟哪呀，你也朝一块连！”

金喜贵和韩秀女听两人高一声低一声地嚷嚷，以为出了啥事，走出来一听是说这事，也都埋怨起金喇叭多管闲事。

金喇叭便如受了天大委屈一般，赌气道：“你不管，俺去管，俺非让这伤风败俗的何寡妇娘俩在金龙湾丢人现眼不可！”说完，便一阵风似的走了。

金大强料到这个不省事的堂姐不定要惹出什么麻烦来，气得把脚一跺，向金喇叭追去。

第二十八章

龙进是在面粉厂找到龙满福的。

那个时候，龙满福正把口袋里的麦子倒进机器里。倒进机器里的麦子发出一阵噼噼啪啪的响声，很快那响声便融进了隆隆的机器的轰鸣声中。龙满福抖着袋子上的灰尘，在那上下浮动的灰尘中，他看到龙进铁青着脸走了进来。他从龙进的神情中，有了一种不祥的预感。这个不争气的儿子不是正躺在床上和自己怄气吗？怎么这时候黑着个脸来了？龙满福把抖袋子的手停在空中，用疑问的目光盯着龙进。

龙进用凶狠的目光审视着龙满福。在他的眼里，龙满福变成了青面獠牙的魔兽！龙满福对他有过的父爱他早已淡忘了，他对自己的亲生父亲产生了陌生感和距离感。但是．他毕竟是自己的父亲呀，这是任何理由也更改不了的事实！就是因了这不可更改，才有了怨恨，才有了仇视！在龙进的记忆里，龙满福是一个非常霸道、贪婪的人。龙满福下台的原因，龙进是听说一些的。他虽然没见到那封告状信，但是，他意识到那封告状信一定写得有理有据，不然，乡里不会轻而易举地把他从支书的位置上撸下来。他把持金龙湾的大权二十多年，他的霸道和贪婪早已让村民们敢怨而不敢言！而那种希望他下台的暗流早已在村里涌动和弥漫着。在他下台前的那几年，他在村里所做的每件事都失去了公允。村民们集资的款，本来修条贯穿全村的柏油路也是够用的，可是，最后降低了标准，仅修条砖渣路，款子就用完了。村民们为此事告状到乡里，乡里派人来查账查了三天，也没查出个所以然，最后便不了了之。龙进目睹了那些查账人是如何查账的，他们在龙满福的陪同下，每天肥吃大喝，吃饱喝足后就在龙满福家玩一种斗地主的扑克牌游戏。而每人的赌资也都是由龙满福派人提供的。这帮人查完账走时，龙满福还给每人发了一个红包。从县里下来的扶贫救济款，龙满福只拿出少量的一部分打发那些困难户，而大部分都“救济”了自己和与自己走得近的人家……龙满福把集体的、公有的财产占为己有的时候，从来不隐瞒自己的家人。他是那么理直气壮，那么心安理得。他特别注重向龙进灌输这条为官之道，因为他是把龙进作为村干部培养的。龙进是他的希望之星。然而龙进的逆反心理对他的所作所为产生的是厌恶，是抵制！龙满福在家庭里的霸道作风更让龙进反感。齐姑在他跟前唯命是从，稍有不慎，便遭来他的恶骂和拳头。齐姑在他的眼里已经不是妻子，而是用人，是奴隶。龙进很小的时候，有一天，龙进放学回家，见齐姑坐在院子里暗自垂泪。不谙事理的龙进不知母亲为何伤心。这时，他听到屋内传出一阵奇怪的响动，他怀着好奇的心情悄悄走进屋内。那个时候，他便看到了让他幼小的心灵震撼的场景。他看到两个白亮亮的身子叠加在一起，上边那个正在用力喘气的正是他的父亲，而下边那个正是金姓门里，他喊着婶子的刚过门的新媳妇……龙进不敢再正视那一幕，他像惊了胆的兔子般跑出门去。他越过齐姑身边的时候，齐姑还拉着他的手，泪在眼圈打着转地告诫他：“进儿，那啥也不是！你啥也没看到，啊？”

在他长大成人之后，他才明白自己对父亲的反感和厌恶便是从那时候开始的！他听从了母亲的告诫，把那件事深深地埋在了心里。他觉得那件事不但是父亲的污点，也是他的奇耻大辱，是他们家族的一个奇耻大辱！在以后的日子里，那两具白亮亮的肉身子时常在他眼前浮现出来。每浮现一次，他便对父亲的憎恶增加一层。有了憎恶便有了隔阂。因此，他对龙满福要他做的事都是反其道而行之，龙满福希望从他身上得到的，他偏偏不让他得到，龙满福不要他去做的，他偏偏要想尽办法去做。在与何真的事情上，龙满福表现出来的是丧心病狂的阻挠，然而他越是阻挠，龙进越是加快了要娶何真的步伐！

龙满福看到龙进射来的凶狠的目光，并看到了龙进鼓鼓的上衣里边像揣着什么东西，他疑惑的眼光便变成了恐惧的目光。他无法掩饰自己假装的镇静，他用颤抖的声音问龙进："你，你要干啥？"

"我要娶何真！"龙进说这话时的声音非常强硬，他觉得自己已经没有了退路。

龙满福听他是说这么一回事，稍微松了一口气。因为这是他们父子之间的老话题。让龙满福不明白的是，这小兔羔子不正为此事在家里和自己怄气吗？怎么突然来面粉厂找自己要求这事，并且态度还如此地强硬！龙满福不愿意在这里和这个犟种儿子吵起来，面粉厂说来人就来人，他不愿让别人看他家的笑话。他说："进儿，这事咱回家说！"

"不！就在这儿说！"龙进向龙满福跟前跨了一步，他用咄咄逼人的目光盯着对方，同时他的一只手伸进了衣服里面。

龙满福的心又提了起来，恐惧再一次攫住了他！在这个叛逆的儿子跟前，他的狠毒，他的狂妄，他的诡机多端的思路却变得如此地苍白无力！如果有一点可能的话，他便向自己的儿子妥协。可是，他不能！龙进不能娶何真为妻！这是铁定的！

这个中的原因只有他和何寡妇知道。何真和龙进一样，都是他的骨血，只不过二人不是在一个胎盘里成长的。仅仅的这点儿差异让这一双同父异母的兄妹误入了爱河，并且达到了不能自拔的地步！

这让龙满福惊恐万状！

在龙进和何真还是童年的时候，看到兄妹俩两小无猜地一起玩耍，龙满福的心里曾产生过一丝欣慰。何安这死鬼，九泉之下知道吗？俺老龙帮你造了个大闺女，才让何寡妇终身守了你。没有俺老龙帮忙，你老婆早改嫁啦！在龙进和何真长大之后，看到二人过从密切的样子，龙满福便产生了一丝担忧。但是，侥幸的心理取代了担忧，却在最后酿成了恶果！这恶果是谁造下的？龙满福扪心自问，难道这就是苍天对自己的惩罚？他阻拦了龙凤云，他误了龙凤云一辈子，那是他的心高霸道和傲气使然。那也许是他的错误，是他一个无法弥补和更改的错误！在龙进和何真的问题上，不成就二人是他的错，若成就二人是他错上加错！

那个时候，他看到龙进的右手从自己的衣服里边抽出一把菜刀！龙满福认出那把菜刀正是他家的菜刀，那把菜刀相当锋利。过去有生产队时，那是一把铡刀，在牲口屋铡草用的。后来生产队解散了，龙满福就把这把铡刀拿到集上的铁匠铺改锻成一把锋利的菜刀。这把菜刀剁猪骨头是从不卷刃的！

龙满福正想着这把菜刀的锋利时，龙进已伸出左手抓住了他胸前的衣领，右手的菜刀举了起来。那寒光闪闪的菜刀令龙满福不寒而栗！

他知道，那剁猪骨头都不曾卷刃的菜刀若砍在他脖子上，他脖子上的筋骨绝不比猪骨头坚硬！他便发出了恐怖的狂叫声："你，你要干啥？"

"我要你答应，让我娶何真！"龙进看着他平时蛮横霸道的父亲现在变得如此地惊慌失措，心里便冷笑了起来。其实，他的菜刀是不是真的砍向龙满福的脖子，连他自己还没拿定主意。他的初衷，只是用此种方法来要挟父亲！现在，看到父亲如此猥琐的样子，他怕真的控制不住自己，他真怕失手砍死了他！

龙满福的号叫终于惊动了另一个人，这个人就是龙跃。尤跃上厕所去了，他在厕所里听到了龙满福歇斯底里地叫。他不知道发生了什么样的危险，能令他逞强惯了的父亲发出这样恐惧的声音？他来不及擦去留在屁股上的秽物，便提了裤子跑出了厕所。他跑到磨坊里，便看到龙进正举着那把明晃晃的菜刀欲砍龙满福的脖子。

这个被人们看作二半吊子的家伙这阵儿一点儿也不糊涂，他果断地上前搂住了自己的兄弟。他识的字没有兄弟多，力气却比兄弟大得多！那一刻，他轻而易举地便夺下了兄弟手中的菜刀。

龙进“图穷匕首见”的计谋失败，便蹲在地上捂了头号啕大哭起来！他边哭边号叫：“不管你同意不同意，我就是要娶何真！村里人都在编排，说何真已怀了我的孩子！”

“什么？”刚刚从恐惧中解脱出来的龙满福听到龙进的号叫，比那把菜刀架在他脖子上时让他产生的恐惧更为严重！他毫不怀疑地相信了龙进那句话。他被这个不孝的孽子造下的让他意想不到的严重后果击蒙了！他再也无法掩饰自己的镇静。他扑向了龙进，脱下了自己的鞋子举起来劈头盖脸地击向龙进。一边打一边歇斯底里叫骂着：“你这个没出息的东西！你这个不要脸的东西！你咋能睡何真？你知道何真是谁？她……她可是与你血脉相连的亲妹子呀！”

这句话震惊了龙进，也震惊了龙跃，连龙满福自己也被这句脱口而出的话震惊了！他一直把这件事情的真相隐瞒着，自己一时性急把这话说出来，就像一盆泼出去的水，再也无法收回！那时候，他看到龙进抬起了震惊的脸，双目正喷火般地射向自己！

他听到从龙进的牙缝里挤出了这样几个字，“原来是这样！”

随后，他眼前一黑，他的脸上便被对方狠狠地扇了一记耳光！

几乎同时，在金龙湾村另外一个地方，也上演着因龙进与何真畸形的相恋而产生的悲剧。

何真也从何寡妇的口里得知了自己是龙满福的亲生女儿。在震惊之后，她产生的是羞辱和苦闷，她感觉自己的心已经变得冰凉。当母亲把她的身世告诉她时，就像把一块烧得通红的铁板插进了她的心里！她震惊之后是恐惧，恐惧之后是麻木，麻木之后是万念俱灰！她觉得自己已经没有脸面面对任何一个人，面对这个世界！她觉得这个世界已无她的立锥之地，已无她的藏身之地！这个世界正张开血盆大口，要吞掉她！她恨这个世界上的每个人，包括她的母亲何寡妇！这一切错，这一切罪，都是何寡妇造成的！龙满福为什么老是用异样的目光去看她？为什么断然拒绝龙进和自己的婚事？她终于明白了，这个丑恶霸道的龙满福干尽了天下的恶事！他为什么不遭报应呢？

何真绝望了！她想，自己若变成厉鬼，第一个就去索拿龙满福，再一个就是要惩罚自己的亲生母亲何寡妇！

一向以贞节为名的何寡妇原来早已成了娼妇！

何真这样想的时候，趁何寡妇不注意，跌跌撞撞地走出了家门。

她向金龙河河堤走去。

她要去的那段河堤是她和龙进经常约会的地方。

她要在那个地方，结束自己的生命，把自己变成厉鬼！

何寡妇找不见何真的时候，时间已经过去了十多分钟。何寡妇在家里找不到了何真，便惊慌失措地来到村街上。

这个时候，她遇见了正向她走来的金大强！

看到金大强，她像落水的人抓到一根救命的绳索！

金大强从村室里出来，撵上了金喇叭，好歹把金喇叭劝回了家。想到若金喇叭说的何真怀孕的事是真实的，何寡妇母女不定要恐慌绝望到什么样子呢。这母女俩也真够可怜的，何寡妇本来就寡妇门前是非多，没影的事还被人编排得跟真的似的。未出闺的大闺女真的怀了孕，唾沫星子还不把她们淹死？想着，便向何寡妇家走来，若没有啥事，权当问个好。若真有事，便见机行事开导开导母女俩。见何寡妇神色慌张的样子，金大强料定出了事，便紧赶几步，问道：“婶子，有急事哩？”

何寡妇一把抓了金大强，焦急地道：“大侄子，何真不见了！”嘴里说着眼泪就出来了。

金大强一听，心里一沉，焦急地问：“多会不见的？”

人到这份上，再不好意思的话也藏不住了。好事不出门，丑事传千里，何真的事怕早传到对方耳朵里了，何寡妇也不好再掖着藏着，便道：“这死妮子，做下了丢人败德的事。俺就吵她几句，她就受不了啦。瞅俺一麻糊眼，人就不见了！”

金大强听了何寡妇的话，才相信金喇叭的话也许是真的。一种不祥的预感涌上心里，他马上对何寡妇道：“婶子，咱们分头找。你在村里找，我喊几个人到河堤上去找！”说着，便匆匆地走了。

第二十九章

龙满福被这致命的打击击垮了，他像散了骨架似的一卧不起。

现在，整个村子里都在沸沸扬扬地传着他和何寡妇的丑事，传着龙进和何真的丑事。他躺在床上，连坐起来的力气也没有了。村里人真是人人长了一双鸽子眼呀！想当年他老龙得势时，他若有个头疼脑热，他的四合院门前便是车水马龙，来探望他的人那可真是络绎不绝！现如今他失势了，他躺在床上整整两天，也没一个人来看他。守着他的只有他奴役了一辈子的老婆齐姑。齐姑真像一条忠实的老母狗一样围着他转，一会儿问他想吃点啥，一会儿问他渴不渴。直到这时候，他的心里才有了一丝的愧疚。这一丝丝的愧疚是对齐姑产生的。他觉得在这个世界上真正能让他放心的一个人就是齐姑，最和他贴心的一个人也是齐姑，而他这一辈子最对不起的一个人也是齐姑！龙满福闭着眼睛想，自己当干部那些年，村里的女人他睡了多少，睡了多少次，确实记不清了。当时他睡那些女人时，有很多女人都有求于他，有的想让自己的亲戚去当工人，有的想多要个生娃的指标，有的想少交点提留款等等，便把身子给了他。现在想来，她们只是在利用他，她们看中的是他手中的那个权力呀！那个时候，村官还真算个官！管着全村两千多口人哩！如果自己还当着支部书记，还把持着村里的大权，事情会发展到这一步吗？他龙满福会落到如此难堪的下场吗?想到权力的旁落,他便又憎恨起金大强来。金大强对处理何真这件事所表现出来的积极态度让他反感。他觉得金大强是看他的笑话的,金大强故意把这件事抖搂了又抖搂,宣扬了又宣扬,就是让全村人都知道,让全世界人都知道,何真是他龙满福的种!

在面粉加工厂那天,龙进得知了何真的身世后,狠狠地扇了他的耳光。一个儿子对自己的父亲扇耳光,这聚集了多么大的勇气和仇恨啊!

龙进在打了他一耳光后,便跑走了,跑得没影没踪的!龙进在金龙湾蒸发了,就像当时龙凤云的蒸发一样!没有一个人能知道他的下落,没有一个人能了解他是去寻死还是去躲避这场灾难!

龙进的失踪给本来就沉闷的家庭气氛带来了悲哀,从齐姑的脸上可以看出来。这个一辈子谨小慎微的女人,这个在自己的丈夫面前从来不敢大声说话的女人,变得越发枯焦,越发地胆战心惊。那本来就过于苍老的脸上一夜之间又增加了许多的皱纹。核桃皮般的皱纹刻在她的脸上,使她的脸色更加蜡黄。她迈着蹒跚的步子,里里外外地忙碌着。谁也不知道她在忙碌啥。只有她自己知道,她惦念着不辞而别的小儿子,还有那下落不明的女儿,又悉心照料着躺在床上的丈夫!

龙满福从齐姑的神情中看出齐姑对龙进的失踪是多么的悲哀和惦念。龙进是因他而逃避的,龙凤云也是因他而逃避的!这个家因为两人的逃避而显露出支离破碎!这全是他的责任。但是,齐姑却不敢埋怨他,齐姑了解他专横暴戾的性格。他龙满福高傲了一辈子,霸道了一辈子,从来没为自己做过的任何事服过输、认过错!

何真投河自杀未成,被金大强从河里救出来,并喊龙满祥开车把她送到乡卫生院去抢救。这消息是龙跃带回来的。龙跃说,那天,他出去找龙进,在村街上见金大强领了几个人到河堤上寻何真。龙跃便想，龙进或许会与何真在一起，便跟了那帮人朝河堤奔去。他们沿着河堤一路喊着何真的名字向下游走去。就在离村子一里多远的那段河堤上，他们看到一个女子慌慌张张地从一棵柳树后边跑出来，飞奔着跑下了河堤。那女子在下河坡的时候，被脚下的荆条棵绊倒了。她没有站起来，就势滚下河坡，到了河边又惊慌失措地一头投进了金龙河里。

女子是何真，撵来的人都认出来了。龙跃当时想，如果不是见到有那么多人来寻找她，何真也许不会那么果断地投到河里去。因为死毕竟是让人惧怕的事，况且金龙河的水还那么凉。人们在岸上还感到冷，跳到水里能不冷吗？龙跃正这样想着的时候，金大强等人已飞快地跑下了河堤。金大强带头跳进了水里，向在水里沉浮着的何真游去。

龙满福听龙跃讲到这儿的时候，便烦躁地道："别讲了，别讲了！"

龙跃看龙满福这样烦，道："不讲就不讲，你嚷个啥？何真是死是活你难道不想知道？"

龙满福骂龙跃："你这个小兔崽子，也像他们一样气我啊！"

龙跃嘟嘟哝哝道："你骂我小兔崽子，你还不是老兔崽子？没有你这个老兔崽子咋会生下我这个小兔崽子？你把姐和兄弟都气跑了，还赖人家气你？"

龙满福没听清他说的啥，只见他的嘴在嚅动，问："你说啥？"

龙跃在门外对齐姑讲道："妈，龙进还真有能耐，真把何真的肚子弄大了。金大强把她从河里捞上来，放到岸上，她的肚子一鼓一鼓的，隔着衣裳就看见了，像有个小东西在里面拱呢！"

齐姑道："可不敢瞎说，她肚子大是河水灌的。"

龙跃说："妈，你别不信。村里人都说，龙进和何真早就好上了！你没见，何真被捞上来时，眼看就没气啦，金大强就对了她的嘴吸气。吸了好一会儿，才把何真肚里的水吸出来了。何真哗哗地吐了一地水，便哇的一声哭了。"

龙跃站在外边给齐姑讲这些的时候，龙满福在屋里竖着耳朵听。他听到这些，心里更加烦躁，因了这烦躁而更加生气。在那一刻，他想到的不是何真的死而复生，而是觉得金大强是故意要占他龙满福的便宜！何真毕竟是他老龙的种，毕竟是他的亲生闺女，金大强在那么多人面前去亲何真的嘴，可见金大强这个人是多么不要脸！俺老龙睡了那么多女人，别说当着众人的面和女人亲嘴，就是连女人的手也没在人前摸过呀！龙满福这样想着的时候，便觉得自己吃了大亏。这个被他曾经看不起的人，这个他曾经高兴了想咋摆弄就咋摆弄的带犊子，真长了能耐啦，竟敢骑在他头上屙屎拉尿！这不是明显地欺侮他老龙吗？这不是要让他老龙在全村丢人现眼吗？龙满福按照自己的思路想下去，便对金大强怀了一肚子的刻骨仇恨。他想，他不能就这样倒下去，也不能就这样白白地输给他金大强。他要寻找机会报复金大强，他要实施一个计划扳倒金大强！他要让金大强在全村、全乡栽一个大跟斗！这个念头在他心里产生以后，他不由得又为这个想法激动起来。一旦他的计划实现，金大强就会乖乖地下台，就会乖乖地滚出金龙湾！就是季春阳也保不了他，那时候，金龙湾的天下还不是他龙满福的！当然，要从长计议，要寻找适当的机会！

龙跃还在门外给齐姑讲着，何真活过来后，一见那么多人围着她，还要往河里跳，几个人便拦了她。这时何寡妇也赶来了，何寡妇一见这情景，便搂了何真哭起来。娘俩哭得一把鼻涕一把泪的，在场的人都陪着她们流眼泪。

齐姑听着，也不由流起泪来，嘴里埋怨道："这闺女遭的啥罪呀，人救活了，可她肚里的孩子咋办呢？"

龙跃道："娘，你也不用愁，反正她是赖不上咱家的，龙进跑得没影了。金大强和几个人连夜把何真送到医院去了。只是，只是村里人都在骂俺爸。"

齐姑急忙用手堵了龙跃的嘴，道："你别听村里人瞎嚷嚷，你爸当干部几十年，还不得罪几个人？那都是你爸得罪过的人编排你爸哩！”

龙跃问：“俺爸和何真她娘的事是真是假？”

齐姑道：“是假哩。”

“何真她不是俺爸的种？”

“你又胡说哩！”

龙跃道：“既然何真不是俺爸的种，就让她和龙进结婚呗，俺看何真怪可怜的。”

齐姑听了，不知道说啥好。她知道自己这个儿子，憨是憨点，直是直点，可心是善良的。一个龙跃，一个龙进，哪一个都不像他爸呀。正叹息着，听龙满福在屋里扯了嗓门喊她，还以为出了什么事，便急忙走进屋去。

第三十章

金大强见何真虽然醒了过来，但却是一副恍恍惚惚的样子。心想，何真和龙进的事在村里是掩盖不住了，龙进跑得没了影，只留下何真，让一个女娃家咋承受得了恁大压力？这次投河寻死是发现得早，被救下了，保不准哪阵儿一时想不开还会去寻死的。再说，这件事还牵连到龙满福。龙满福村干部干了二十多年，也没少为群众操心办事，这件事如果再宣扬出去，何家母女俩丢人不说，最丢人的还是他龙满福。龙满福那样一个要面子的人，这么大的丑事出来了，对他总是不好的。他风光了大半辈子，强盛了大半辈子，如今是失势了。但是人呢，谁也难免背运的时候，关键是人背运的时候再碰见落井下石的人，这个背运的人下半辈子就别想再抬起头直起腰来！龙满福过去看不起他金大强，拆散了他和龙凤云的婚事，他曾在心里恨过龙满福。后来想想，龙满福让齐姑把自己的侄女以慰问的名誉送到他家，当支书那阵对他家也没少关照，那恨便消失了。龙满福阻挠龙凤云嫁给自己，这也许不是龙满福的错，龙满福是想把自己的女儿嫁一个比他金大强更优秀的人。作为父母谁不想让自己的子女攀高枝呢？这一点，金大强在以后的日子里都慢慢地理解了。人往高处走，水朝低处流，天下做父母的，没有想让自己的子女吃苦受累的！至于龙凤云走到现在这一步，恐怕也不是龙满福想看到的。金大强想，人与人之间总会有一点疙疙瘩瘩的，关键是不要计较这些，不要把疙疙瘩瘩的东西放到心里去！要用平静的心态去对待这一切，不要计较别人对你怎么样，你要时常想着别人的好，想着去如何报答别人的那些好！

何真肚里的孩子是无论如何不能要的，拖延一天就增加一天的麻烦。只要这孩子在何真的肚里，何真的思想压力就不会减轻，快刀斩乱麻地把孩子流下来，何真就卸掉了包袱，创伤才可能会慢慢地愈合。龙满福那里也不会再牵肠挂肚地为这件事担忧了，何寡妇也不会再提心吊胆地想着这件事了。金大强决定把何真送到县医院里去做流产。这事要做得隐秘，知情人越少越好，乡卫生院保密程度差，决定去县医院。不过要征得何寡妇的同意。金大强低声和何寡妇商量了一下。事情到了这个地步，何寡妇六神无主。原来有为难之处都是找龙满福拿主意，今儿的事还不都是他祸害的？已经把他怨恨到了心里去。听了金大强讲的道理，再没有不同意的！

何真听说要送她去县医院，她坚决不去。说自己已经好了，还到县医院去干啥？如果谁再逼她去县医院，她就死给谁看！

没有办法，金大强只好以医生要求再观察两天为理由，让她继续留在乡卫生院。和何寡妇商量的结果，是先稳住何真，然后让何寡妇去找妇产科医生说明情况，拿个解决办法。

到了下午，妇产科女医生借给何真做全面检查的理由，给何真进行了孕检。检查完毕，女医生把何寡妇叫到一边，对何寡妇说："你都这么大岁数了，连女人能不能怀孕的一些基本常识都不懂吗？你闺女还是原装哩！"

何寡妇不明白地问："啥叫原装？"

女医生苦笑道："处女膜还好好的，哪里就怀了孕？真是无知！"

何寡妇一听，又喜又恼。只怨恨自己老糊涂了！怎么就听信了金喇叭那泼妇的话呢！

金大强的意见，让何寡妇陪着何真在乡医院里观察静养几天，等身体恢复好了再出院。可是，何真吵着要出院，一天也不能在这儿“坐牢子”了！金龙湾的村民，总是把病人住院当作“坐牢子”，任那些穿白大褂的人摆布。医生既然检查女儿还是“原装”，就说明金喇叭和村里那些人是造谣，是朝何真身上泼污水，倒屎盆子！何寡妇也急着回村里为女儿洗清白。为女儿洗清白，也是为她自己洗清白！金大强见母女俩执意要出院，便给韩秀女打了电话，让她带龙满祥开了车来，把二人接回去。

就是在那个时候，金大强的手机响了。他一看，是季书记打来的，急忙接通，还没等他开口，季书记就问：“金大强，你在哪里？”

金大强道：“季书记，我在乡医院……”

“到我办公室来一趟！”季书记说完，就把电话挂了。

金大强一脸茫然，不知道又发生了啥事。

第三十一章

金大强、韩秀女把何寡妇母女送上车，叮嘱满祥叔路上开车注意安全，开慢点。对坐在车上愁眉不展的何真说：“何真，回村里好好休息几天，把身体养好！村农产食品加工厂建好了，需要大批的技术人才。村里决定组织一班人，到郑州立志厂参加技术培训。村里已经研究让你带队去！”

何真听了这话，虽然没说话，但是，脸上却现出意外的惊喜和感动的神情。

看着车出了医院大门，金大强才开了摩托，向乡政府驰去。

季书记办公室的门虚掩着，里边传出一阵说话声。金大强敲了敲门，听到季书记的声音：“进来。”

金大强把门推开，看到雷乡长、蔡林等几个人都在屋里，气氛非常热烈，好像在议论一件非常重大的喜事。

雷乡长是金喜贵的妹夫，按照辈分，金大强应该喊他姑父。雷乡长是个开朗活泼的脾气，无论私事还是公事到金龙湾，总要和金姓门里的人开玩笑闹腾一阵子。见金大强走进来，便说：“我大侄子今儿头上顶着福星来的，你看看，他满脸都是油光发亮的！”

金大强擦了一把额头上的汗，笑着说：“还不是托老姑父的福！你老人家可是金龙河水养大的那只千年‘寿星’，保护着那一方土地风调雨顺呢！”

雷乡长笑骂道：“你小子骂老姑父是河里老鳖，你可不就是……”

“打住！打住！文明用语！”季书记截断雷乡长的话，指着一条凳子，满脸笑容地对金大强说：“好个金大强，你提的那个改造旧村貌、建设社会主义新农村的方案，县委、政府经过认真研究，决定在咱们乡搞试点……”

“真的？”金大强屁股还没在凳子上坐稳，就喜滋滋地跳了起来。

雷乡长故意挑逗金大强：“你小子别高兴太早——县里把咱乡作为试点，咱乡还没决定在哪村搞试点呢……”

“当然是在金龙湾村了！”金大强认真地说。

蔡林也说：“那可不一定。这不，季书记和雷乡长正讨论在哪村搞更合适呢！”

雷乡长道：“是啊！改造旧村貌、建设社会主义新农村可是新生事物，也是百年大计！要做好这件事，会遇到一些困难和问题。就怕你金大强面对困难和问题的时候下软蛋、撂挑子！”

金大强听他胳膊肘朝外拐，不帮自己说话，便急赤白脸地说：“老姑父，我金大强可不是泥捏的软包货！您雷乡长派给我的任务，我啥时撂过挑子？”

雷乡长激将他：“你过去是没撂过，谁敢保证你在这件事上不软包？”

季书记笑了笑，接了雷乡长的话说：“把贫穷落后的破旧村庄，改造建设成一个面貌全新的社会主义新农村，从而为村民们创造优美、宽松、幸福的生活环境，是乡村村民们渴望已久的美好愿望！更是中国共产党和国家政府，赋予咱们这些基层党员和乡村干部们义不容辞的责任和义务！”季书记端起茶杯，喝了一口水，继续讲道，“这的确是一件利国利民的大好事，也的确是一件前所未有的大好事！从利国利民的层面上讲，把村子里零零散散到处乱搭乱建的破旧房屋拆除，重新规划建设为一排排整齐、漂亮而又舒适的两层小楼，既节约土地资源，又消除了破旧房屋存在的安全隐患；既让村庄变得美丽、整洁，又改变了村民们生活、居住的优良环境。是一件多么值得付出努力去做的好事呢！再说，旧村改造，建设新农村，国家大力支持，政府还会根据当地实际情况，对五保户、贫困户，给予资金上的补贴。对于没有能力建房的贫困残疾人家，政府都会全力支持的！”

季书记这一番话，句句都说到了金大强的心坎上，也温暖了金大强的心。

季书记说：“金大强，雷乡长之所以激将你，是希望你能把金龙湾村的试点工作做好，做成功！我就问你一句，有没有信心把你们金龙湾村的试点工作做好？”

金大强腾地站起来，举起右手，向季书记、雷乡长敬了一个军礼，满怀豪情地回答：“报告书记、乡长，金大强一定不辜负领导使命，坚决、圆满完成金龙湾村旧村改造、建设社会主义新农村的试点任务！”

雷乡长摆了摆手，让金大强坐下，说：“我不是给你泼凉水，也不是激将你！但是，我提醒你，这件事不是像你想象的那么容易完成！改造旧房，建设新农村，利国利民，造福子孙后代，绝大多数村民都会响应、积极配合做好这项工作。但也不完全排除少数人会阻拦这件事。一些人会考虑一己的切身利益，对这项工作产生抵触情绪！”

金大强埋怨道：“你这个老姑父，长了个乌鸦嘴，老是说泄气话。隔着门缝看人，把人都看扁了！”

雷乡长说：“我是乌鸦嘴？你小子敢断定，在这件事上，金龙湾村没有一个人不打绊？”不等金大强回答，就直截了当地说，“那个龙满福，盖了一座小楼如日本鬼子的碉堡一般，占了一亩多地！他一个村长，住房待遇享受的面积比国家领导都高！你要他拆掉小楼给他一套房，他会轻易同意？”

雷乡长这么一说，如重锤敲在了金大强的心上。在此之前，他想的多是村里大多数村民居住的环境都很差，有些房子已成了危房，而忽略了龙满福以及与他类似的个别人。这些人家的房子都是六成新，占地面积又大多在一亩地左右，要改造成新建的楼房肯定要减少他们现在的实际占地面积。这倒是一个有阻力的群体！

金大强想，为了国家利益，为了大多数村民的利益，我一定要攻克这种阻力！

至于如何攻克这种阻力，金大强陷入了沉思。

季书记开导说："大强，雷乡长说的问题的确存在，但是，总有办法去解决这些问题的。我给你几条建议，第一，回去做好宣传发动工作，宣传党和国家打赢这场脱贫致富、振兴乡村攻坚战的意志和决心！宣传好政府的扶贫助民政策，让每一户、每一位村民都知道，他们都是这场攻坚战的受益者！第二，在宣传发动的基础上，组织人员做好调查研究，把全村各家各户的危困情况进行排查摸底，分出等级，登记造册。第三，让村民申报自家旧房改造项目、要求。让全体村民对每户提出的申请和条件进行评估，确定对每户村民的扶助登记和标准。第四，对那些有阻力的人家，要耐心地劝导他们，引导他们朝顾全大局、资源共享、共同富裕的方向上来！"

雷乡长打趣金大强说："你小子还不感谢季书记！季书记这几条锦囊妙计，的确为你小子攻坚克难指明了道路！"

金大强道："季书记一番话确实点亮了我心头的一盏灯，给我鼓足了劲，对打赢旧房改造、脱贫攻坚、振兴俺们金龙湾村这场战役增强了信心！"

季书记的一番话，确实让金大强信心满满，他恨不得马上赶回金龙湾，召开村干部会议，把县乡批准金龙湾村作为旧房改造、建设社会主义新农村试点的消息传达给大家。

金大强急着朝门外走时，被季书记叫停："大强，还有一件事。这件事只是先给你透露一下，你心里有底就可以了，没有传达的任务。”接着低声告诉了乡党委的一项研究决定。

金大强听了，有些意外，内心里又说不出啥滋味。

金大强回到村里，没进家，先到村委会，召集村干部传达了季书记和雷乡长找他谈话的精神。大家听了，都很激动，讨论到大半夜方才散会。

金大强回到家里，见齐兰花还坐在床上没睡等着他，心里便有了一份感动。想到这些天也确实冷落了她，便说了几句宽心的话来哄她。

其实，齐兰花之所以到现在没睡，并不是等金大强。在金大强回来之前她已经睡下了，可是怎么也睡不着。只要一关上灯，合上眼，恐惧便涌上她的心头．她看到一张巨大的网向她劈头盖脸罩来。那张网紧紧地缚住了她，让她喘不过气来，她便吓得惊叫着坐了起来。她重新拉亮了灯，就那么呆呆地坐在那里。要是金大强稍稍细心一下，就会观察到齐兰花魂不守舍的异常神态。但是金大强没有去注意这些，见齐兰花一副不高兴的样子，还以为齐兰花因为自己没去接她而有意见呢。他很快脱了衣服，钻进齐兰花暖好的热被窝里。

那天夜里，金大强很专心地进入了齐兰花的身体。但是，齐兰花却从来没有那样冷漠过。

第三十二章

天还没亮，金大强便被一阵“砰砰砰”的敲门声惊醒。他抬头向窗外看了看，见外边还灰蒙蒙的一片，心里便埋怨金喜贵起得太早。原来他和曹超三人约定今天去郑州和立志集团签订合同。曹超昨晚回了城里，约好今天让他和金喜贵赶到城里会合后，一起乘车去郑州。

金大强急忙坐了起来。

这时，齐兰花也被敲门声惊醒了，吓得紧紧搂住了金大强。

金大强还以为齐兰花不愿让他起床，便刮了一下她的鼻子，道：“快撒手，和喜贵叔说好去郑州签合同呢。”

齐兰花听了，这才撒开手。

金大强穿了衣服走出来，把门打开，见敲门的不是金喜贵，却是龙老奔，感到很意外。

龙老奔一见金大强，便焦急地道：“大强，你快想想办法吧，俺家鸭场遭瘟疫啦！”

金大强一听，不由大吃一惊，道：“平常不是预防得很好吗，咋就突然有了瘟疫？”

龙老奔便带了哭腔道：“昨晚把鸭子赶到滩上时还好好的，刚刚俺起来解手，就见棚里鸭子死了一片。”

金大强也不敢怠慢，安慰龙老奔道：“老奔爷，别着急，走，咱看看去！”

正要朝外走，听见屋里“扑通”一声响，金大强便问：“兰花，啥响的？”

屋里传出齐兰花惊魂不定的声音：“是……是老鼠从梁上跳下来了。”其实，是齐兰花从床上下来，摸了黑到窗前看究竟是谁来了，不料却撞翻了一条凳子。

“这老鼠真成了精，下秋买的药虫子的农药还没用完，你拌点粮食药药它。”金大强说着，已经同龙老奔走远了。

天边出现了鱼肚白，河堤上的小草在晨风中摇摆着，河滩湿漉漉的。一脚踩下去，像踩在浸了水的海绵上。金大强和龙老奔赶到鸭场时，见死了的鸭子东一只西一只躺着。龙聪正把没有死的鸭子往河里赶。也许鸭子们不习惯这么早就被主人赶下河，龙聪把这群鸭子从棚里的鸭架上撵下来，先前被赶下河的那群鸭子又“呱呱呱”地叫着爬上岸来，龙聪便挥了根长竹竿，赶了这群又吆喝那群。金大强急忙帮助他朝河里赶鸭子。

龙聪是在采取隔离措施，把活着的鸭群与死了的鸭子分开，以降低死亡率。韩秀女正在清理着棚里的死鸭，她正把死鸭子从棚里掂出来放到一堆，虽然看不清她的面孔，但是，金大强能从她的喘息中感受到她的惋惜和悲伤。

死鸭子足有三四百只，昨晚还活蹦乱跳的“呱呱”叫的鸭子说死就死了，真让人心疼啊！活着的鸭子被赶到河里后，龙聪便蹲在死鸭子堆前抽闷烟。他虽然一句话没说，但是心里的难受却充分地展现在脸上。要知道，这些鸭子从毛茸茸的时候起，他就百般地呵护着它们。说句实话，他的儿子龙蛋也没有这些鸭子在他那里得到的呵护多。鸭子是他的宝贝，一只鸭子就是一台造钱的机器，鸭子们吃下去的是饲料，屙出来的可不是鸭蛋，而是金元宝呀！

金大强看龙聪难过得要哭，便安慰道：“所幸发现得早，把它们隔离了。但也不能轻视。龙聪，你观察着河里鸭子们的变化，秀女先把这鸭场里里外外消消毒。天就亮了，我这就去乡里请个兽医来查一下，看究竟是啥病。”走了几步，回头对韩秀女说，“何真怀孕的事是假的！这谣言是谁造的，必须查清楚，严肃处理造谣者！要给何真一个清白。你抽空去安慰安慰她！”其实，他这话也是说给龙聪和龙老奔听的。说着便匆匆忙忙地走了。

龙老奔对龙聪埋怨说：“你就哑巴着脸蹲在那里，大强帮咱去请兽医，连个感谢话也没有呀！”

对于金大强，龙聪始终是存着一种戒备心理的。一是因了韩秀女和金大强的关系，虽然听到的都是风言风语，不可全信但也不能一点不信。有了这半信半疑，虽然没有抓到两人的任何把柄，但是，那种戒备心理却是紧绷着的。二是因为金大强要办食品厂，贷款用鸭场作抵押的事，龙聪堵得严严实实的，硬是没给金大强留一点面子，金大强能不恼他龙聪？要恼他，就保不准会生出法子来报复他，因而这一种戒备便防了金大强的暗箭报复。鸭场出了事，以龙聪的意思是不告诉任何人的。可是龙老奔偏偏地去求助金大强，金大强能把死鸭子救活吗？金大强能赔偿鸭场的损失吗？本来就对龙老奔去喊金大强不满，又听龙老奔埋怨自己，便狠狠抽了一口烟，闷声闷气地道：“他自己愿意去的，又不是我请他去的！”

龙老奔便火了，骂道：“你这个没良心的，大强为啥愿意去？还不是为你好！”

哼，为我好？他不定讨好谁哩！龙聪低声道。

虽然声音很低，但是，还是被韩秀女听见了。韩秀女便把消毒的药桶朝地上一蹾，道：“龙聪，你别心里一不高兴就夹枪带棒地糟蹋人。你要有话，就直说出来，今儿咱当爸的面把事儿掰扯个清楚！”

龙老奔便对龙聪吼道：“鸭子死了一堆，还不够烦心呀？你又找闲事！”

龙聪自知理亏，便闷了葫芦不再吭一声，任凭龙老奔责骂和韩秀女埋怨。

吃早饭的时候，金大强把乡里王兽医请来了。王兽医跟金大强从河堤上下来，走到鸭场先到鸭棚里查看一阵。他看得很仔细，连每个角落里都查到了。然后蹲到死鸭子堆前，用右手把几只死鸭子翻转了一遍，用非常肯定的口气说："鸭子没有得瘟疫，鸭场里也没有任何疫情！"

龙聪急切地问："鸭子咋一夜之间就死了几百只？"

王兽医便问："你们喂鸭子的啥饲料？"

"都是混合饲料？"

"有没有小麦？"

"没有！肯定没有！"

这时，王兽医伸出左手，大家便看到他手里握着一个破烟盒，那烟盒是龙聪扔在地上的。王兽医抖开烟盒，里边包着几粒麦子。

王兽医道："鸭子是吃了这拌有农药的麦子中毒而死的。抢到麦子吃的鸭子死了，没有轮到麦子的鸭子躲过了劫难。所幸这麦子不多，不然，你赶到河里的鸭子都保不着的！"说着，便让大家挨着去嗅那几粒麦子。

麦子果然有一股浓重的农药味。

金大强问："这麦子从哪里来的？"

王兽医说："刚才在鸭棚里捡的。"

龙聪便嚷了起来："有人投毒！准是有人要害俺！"

龙老奔也道："是啊，这鸭场咋有药麦？大强呀，你可得主持公道，把投毒的坏人查出来啊！"

金大强感到非常意外和震惊！他意识到了事情的严重性。在那一瞬间，他脑海里思考着龙聪一家人谁最有可能惹来这场灾祸。龙老奔在村里一向口碑很好，老爷子威望很高，一辈子都受人尊重，谁也不会冲他下毒的。龙聪脾气虽然犟，不爱说话，但是也没得罪过人，也不会有人和他过不去。那么，只有韩秀女可能和人有些过节儿，韩秀女负责村里妇女工作，严格按照上级政策办事，最有可能得罪那些不自觉的人。这投毒的人准是冲了韩秀女来的。想到这，金大强有更多的感慨涌上心头，当村干部可真的不容易呀！前些日子，乡里开社会治安综合治理会议，主管政法的领导还讲，一些村子的村干部家种的树被人刮了树皮，一些村干部家的麦秸垛被人点火烧了，还有的村干部家大门上被人抹了屎等等。批评了这些，还表扬金龙湾村社会治安好呢。不想这几天村里连着出事，刚把何真娘俩安抚好，没想到又出了个投毒案！金大强想，一定要把这个投毒的人查出来绳之以法，不然就会影响村民的情绪，影响村里的脱贫攻坚、乡村振兴工作。

金大强送走王兽医，从兜里掏出手机，拨了一串号，电话通了，金大强便对着手机讲："喂！喂！李所长啊，我是金大强……金龙湾的金大强……对，有事……是这样，我们村有户养鸭专业户的鸭场里，被人下了毒……对，请你派人来查一下……你亲自来？那更好，是，是，太感谢了！对！都是为了构建和谐社会吗！好！我让人等着你……我们一定配合好！"

金大强挂了电话，对韩秀女说："乡派出所的李所长要亲自来查这个案子。我和曹超、喜贵叔约好的今天到郑州去和立志食品集团签合同，村里只有你了，你代表村委会做好配合工作。"见韩秀女欲言又止的样子，便知道韩秀女有想法，遂安慰道，"你也别想得太多，事情还没查清楚，也不见得就是冲着你来的！"

其实，在王兽医认定鸭子是中毒而死的结论后，韩秀女便隐隐地意识到投毒的人是冲着自己来的。但是，对于投毒人究竟是谁？韩秀女的判断恰恰与金大强相反。韩秀女认为自己接任村妇女工作以来，工作上是认真负责的，她没有苛待过一个人，也没有偏袒过一个人，她在工作中所表现出来的公平态度，全村人都是满意佩服的。再加上她的热心和诚恳，把工作做得从全乡倒数第一的位置跨越到了前三名的行列，季书记还多次表扬过她。假若投毒人是冲着她韩秀女来的，那这个人有可能就是……韩秀女凭一个女人的敏感隐隐地觉得这个女人对自己是有了很大的成见的。不，不是成见，那简直就是一种仇视！一种嫉恨！韩秀女和她走碰面时，那女人总要用一种冷冷的目光盯着她。韩秀女曾想到用自己的热情暖化那冷淡的目光，但是，却失败了。太多的猜疑，太多的嫉妒，在两个女人中间造成了太多的误会！太多的误会会不会使那个女人产生报复的心理？韩秀女不敢把自己的想法说出来。当金大强打电话向李所长报案时，韩秀女便产生一种矛盾心理，如果李所长来侦查，果真查出是自己怀疑的那个女人所为，事情应该如何处理？不是把金大强也推上了两难的尴尬局面吗？想到这，韩秀女便毅然地对金大强说："这个事不要再查了！"

金大强一怔，不明白地问："为啥？"

韩秀女道："事态已经制止住了，就是把投毒的人查出来，死鸭子也活不了！"

龙聪虽然一直在忙忙碌碌地干活，但是，金大强在鸭场的一举一动他都看在眼里。当王兽医认定鸭子是中毒而死时，他的脑海里马上闪现出一个问题，是谁到鸭场投的毒？这投毒的人一定和自己有过节儿。他把村里人一个一个在大脑里过滤了一遍，却也没想出自己得罪了谁！突然，一个念头在他脑海里闪现，金大强！金大强最有可能对自己下毒手。金大强三番五次做自己的工作，要用鸭场作抵押贷款，自己都没给他面子，他会不恼恨自己？他会不报复自己？龙聪按照自己的思路去思考问题，就认定投毒的人是金大强，如果不是金大强本人，也许是他指使别人来干的！对！他会不会指使他的女人？他突然想起，就在前天，那个女人突然出现在养鸭场，她是不是来踩点？有了这样的判断，金大强的一举一动在龙聪眼里都变成了做作，都变成了做个样子给人看。金大强去喊王兽医来，是想让王兽医给自己做下的坏事当挡箭牌，可王兽医偏偏把事戳穿了！金大强打电话找李所长报案，是不是想玩贼喊捉贼的把戏？韩秀女是不是也看出了金大强的鬼把戏？她要维护金大强的面子，就故意把大事说小，小事化了，给金大强找台阶下。哼！别把我龙聪当傻瓜！看这两人一唱一和的样子，龙聪心里就感到别扭！

投毒这事得查出个结果！你韩秀女说不让查就不查了？想到这，龙聪便冷笑了道："说得多简单，损失也不大，四百多只活蹦乱跳的鸭子呀，损失还小吗？如果连这样的坏人也放过，咱金龙湾以后还会有安宁日子？那些养鸡、养鸭、养猪、养羊的人家还不都提心吊胆地过日子？金支书，你大会讲小会讲，说咱村最大的任务就是安定团结，发展经济，脱贫攻坚，乡村振兴……还要让金龙湾村进入小康社会。现在咱村发生了恁大的事，算不上安定吧？又咋能进入小康社会？"

龙老奔也道："大强，咱金龙湾还真的没出过这样稀奇古怪的事哩，不把坏人查出来给他点儿教训，他以后还不更大了胆子使坏！"

金大强听了两人的话，果断地说："查！一定要查个水落石出。你们放心，这件事村党支部一定要负责到底！"

看着金大强上了河堤走远了，韩秀女茫然地摇了摇头。

龙聪斜着眼把韩秀女的表情看在眼里。

他在心里说，你都是为他着想呢，你就不为自己的男人着想！等着吧，等着把这事情弄个清楚明白，看你还护不护他。

第三十三章

龙满祥开着四轮车，过了金龙桥进了村子。车上坐着的三个女人有说有笑，何真全然不像刚从医院出院的病人。进了村，何寡妇母女下了车，在金龙湾村民们疑惑的目光中淡定自若地从村街走过。特别是何真听了金大强的话，村干部已经决定让她带队去郑州立志食品厂参加技术培训，她的心病先就好了一半。内心的激动和快意表现在脸上，使她精神了许多。

村民们从她们母女的脸上，看不出母女身上发生过让全村人耻笑的事情。那些编排谣言者是善良的村民们最瞧不起的人！谣言不攻自破。随着谣言的识破，捏造谣言者在村里的名誉和信誉将一败涂地！

有人热情地向何寡妇打招呼："何真妹子这么快病就好了？"

何寡妇道："本来就没啥大不了的病！大强亲自请女医生为何真做了全面检查，身子好着哩——原来啥样还是啥样！大强说了，村里农产食品加工厂建成后，让何真到厂里当技术员哩！"

"那就好！何真只要身子好，大伙儿都放心哩！"

何寡妇笑道："真感谢大家哩！还有大强、何真她婶子，还有满祥大哥，都让他们操心了！"

随着村邻们脸上疑团的散去，何真母女的身影消失在乡亲们的视野里。

第二天的中午，乡派出所的李所长出现在乡亲们的面前。

李所长来村里便意味着村里必定发生了不好的事情。

起初，还以为他是为查编造传播谣言的人而来的，大家都释然地等待着李所长最终宣布造谣者，然后把造谣者带走。究竟是谁造的谣，差点儿闹出人命来？其实人人都清楚这个人是谁，只是暂时还没有人去举报这个唯恐金龙湾村天下不乱的祸害。李所长介入了这个案件，说明村干部对这件事的重视。一些人私下里得意，李所长很容易就会把这件事搞清楚的。人们睁大眼睛，单等着看李所长绳捆索绑了那个爱挑拨是非的女人！

然而，李所长不单是为查谣言而来的，原来是龙聪的鸭场里被人投了毒！李所长是来调查投毒事件的。人们从他神情严峻的脸上，感受到事情的严重性，好像每个人都成了投毒的怀疑对象！立时，恐惧和震惊便又一次笼罩了全村，村子里陷入了一片人人自危的状态中。

李所长的到来，最先感到惶恐不安的是金喇叭！金喇叭是第一个发现何真呕吐的人，是第一个认定何真怀孕的人，是她把自己的怀疑转为所谓真实的故事经过自己的添枝加叶传播出去的！当何真母女“啥事都没有”地从乡卫生院回到村里，村人们咬牙切齿地指责造谣者时，虽然没有点名道姓，但金喇叭觉得那些声音都是指向她的。这件事给她造成的心理压力还没缓解，李所长又要查投毒的人。金喇叭那天晚上曾经去过龙聪的养鸭场，并且还偷了龙聪家的鸭蛋。若是龙聪一口咬定是她投的毒，她就是长两张嘴也洗不清自己啊！

李所长果然走进了她家的门。她尽量压抑着恐慌的心，免得自己跳动不安的心突然从胸脯子里蹦出来！

李所长之所以先来找金喇叭，果然是因为那个牵涉到金喇叭的事件，也就是造谣“何真怀孕”的事件。这个事件可大可小，受害人如果报案，派出所就会追查造谣者，追究造谣者的法律责任，重者要判刑，轻者要对其进行训诫。可是，何真母女出于息事宁人的态度，没有报案。只是金大强要求他查一查，查出造谣者，教训教训，以防村里再发生类似的事情。同时还是为了安抚何真母女的情绪。李所长在村民中调查了这件事，大家的口供一致指向金喇叭，都说是从金喇叭嘴里听来的。因此，李所长问的第一件事，便是“何真怀孕”的事。

金喇叭一听李所长来调查这件事，便支支吾吾地说：“我也是听人说的。”

李所长严肃地说：“你听谁说的？我已经调查过了，大家都说是你传播的，你还不承认？告诉你，这件事不是小事，造谣毁损人家的名誉，是犯罪！是要判刑的！”

金喇叭一听，不由紧张起来。既然李所长已经查出是她编造的谣言，看起来不承认也说不过去。于是，只得承认说：“看到何真呕吐的样子，还以为她是怀孕了呢。”

李所长说：“难道天刮风了，非要下雨不成？既然承认是你造的谣，又在村里造成了极坏的影响，还差点闹出人命来，对你采取两条惩罚措施，一是，写份悔过书，复印二十份，贴在村街上。二是，你去何家，给何真母女道歉，求得人家的谅解。做了这两条，就不再追究你的刑事责任了！”

金喇叭连声说：“好好，我悔过！我道歉！我去道歉！”说着就要朝外走。

“别慌着走！还有个事要调查！”李所长喊着她，问她昨天去没去过养鸭场。

金喇叭矢口否认去过。可是，当李所长瞅了一眼她晾在窗台上的鞋子时，她的心里便敲起了鼓。

李所长径直走向窗台，拿起那双鞋子端详一阵，又伸出右手的拇指和中指量了量鞋底，便无声地笑了。

李所长一笑，金喇叭心里便发毛起来。金喇叭之所以心里发毛是因为她说了瞎话。金喇叭之所以说瞎话是因为她没有投过毒。既然自己没有投过毒，干脆就不承认自己去过养鸭场，免得李所长对自己刨根问底把怀疑的目光盯到自己身上。金喇叭犯了一个错误，其实她不如实话实说，去了就去了，说清楚去干什么了或许能把事情解释清楚，消除李所长对自己的怀疑。金喇叭的错误就在于她实际上去了养鸭场而又不承认。她不承认便导致了李所长把众多的疑点集中到了她身上。接下来李所长便严肃地给她讲了问题的严重性。李所长说别以为说瞎话就能蒙混过去，现在本所长已经掌握了足够的证据证明你去过养鸭场！证据，破案注重的是证据！定案注重的更是证据！只要有足够的证据证明你去过养鸭场，你不承认也是白搭，我照样可以传唤你！我的话说得够明白了，等我把证据摆在你面前时那就要从严处理！

金喇叭被李所长的话击蒙了。这个一向能言善辩的女人，这阵儿不知说什么好。她还在那里愣怔的时候，李所长已拿起了窗台上的那双鞋，找一个塑料袋子装了起来。

难道这双鞋就是李所长找到的证据？真怪，这个李所长怎么就认定了这双鞋就是证据？不错，金喇叭昨晚去养鸭场时，的确穿的就是这双鞋。金喇叭下河堤向鸭场走时踩在了一片水洼地里，鞋子便浸湿了，并且还沾了泥。金喇叭回来后，便换了鞋子，把那双鞋子刷了放在窗台上晾着，没想到竟然被李所长一眼认定就成了证据。李所长真是个神人哩！看来，还得实话实说，反正投毒的事不是自己干的，就是承认去了鸭场，总不能硬把投毒的事朝自己头上安！想到这，便把昨天去鸭场的事承认了。金喇叭说，她家的丽儿正打春，丽儿顺着河堤朝东跑，金喇叭在后边追。出了村子，丽儿却跑得没踪影了。正急得不知朝哪里撵，这时，见河堤上慌慌张张下来个人，待那人走近了，才认出是齐兰花。金喇叭问她见到丽儿没有，齐兰花倒像被吓了一跳似的，迟疑了一阵，才向后边一指，对她说，见有个东西一蹿一蹿地去了养鸭场。说完，便匆匆忙忙地走了。金喇叭赶到养鸭场，龙聪放鸭还没回来，她在鸭场寻找了一圈，也没见到丽儿的影子。看到鸭棚里放着半筐鸭蛋，便用塑料袋装一袋偷偷地溜回了家。

其实，李所长并没有确凿的证据证明是金喇叭投的毒，甚至连金喇叭去没去鸭场也不敢断定。他在现场侦查时，确实发现了女人的脚印，但是，两个女人的脚印交叠在一起，就很难取得证据。李所长走出鸭棚来到河堤边时，便发现了那片水洼地，那水洼地里清晰地留着两个人的脚印。李所长仔细观察了一阵，断定两个脚印都是女人留下的。李所长便取了样。有了这两个脚印，接下来便是寻找留下脚印的人。金喇叭的为人处世李所长非常了解。金喇叭爱显摆，爱张扬，村里的大事小事只要一发生，金喇叭就会在第一时间里传播全村。反过来说，金喇叭心直口快，又消息灵通，这无从着落的案子先从金喇叭这里查起最合适。事实也证明李所长的决定是正确的。当初李所长一走进金喇叭的院子时，眼前就为之一亮。让他眼前为之一亮的就是窗台上晾晒的那双女人穿的方口布鞋。那双鞋还是湿的，显然是刚刷洗过的，院子里除了那双鞋再没晾晒其他衣物。这让李所长的心里有了底。因此，李所长便问金喇叭去鸭场没有。尽管金喇叭假装镇定地否认自己去过鸭场，但是，李所长还是观察到了金喇叭的心虚和惊悸。李所长便欲擒故纵地让金喇叭讲出了她自己去鸭场的整个过程。

金喇叭在承认了她去过鸭场并偷了龙聪的一袋鸭蛋后，便指天发誓赌咒自己说的都是实话，至于投毒的事确实不是她干的！她讲着讲着，便声泪俱下地请求李所长不要冤枉了她。她跑到里间把藏在麦囤里的那袋鸭蛋掂了出来，她骂自己就是嘴馋，为什么要偷人家的鸭蛋呀？这可丢了人了！她金喇叭在金龙湾再抬不起头啦！这件事要是传出去，让她那在小学当校长的老赵也陪着丢人呀！

仅凭一双鞋，李所长确实不能把投毒的罪名强加到金喇叭身上。但是，案件的调查终于有了进展。从金喇叭的叙述中李所长注意到了另一个女人，这个女人就是齐兰花。在和龙聪的交谈中，李所长好像也从龙聪闪烁其词的话语里听到过齐兰花这个名字。

那是李所长在问到他和村里谁有过矛盾或过节儿时，龙聪确实想不起自己和谁家发生过矛盾，只是说在前几天齐兰花曾找他说韩秀女的不是，龙聪对她的态度不太好。当时龙聪说这件事时，李所长还没对齐兰花引起足够的重视。听金喇叭讲自己去鸭场正是齐兰花指点的，便想到齐兰花在此之前是不是去过鸭场？她为什么要把金喇叭引到鸭场去？而关键是金喇叭在鸭场并没找到丽儿。众多的疑点不得不让李所长把齐兰花纳入重点调查范围。

李所长从金喇叭家出来，又去了两家农户。在这两家农户停留的时间很短，其实是给人造成一种印象，让村里人觉得李所长还没有明确的怀疑对象。同时，也为把齐兰花作重点调查作个铺垫，让齐兰花意识到调查案子也不是专对她自己的。

李所长来到齐兰花家，若无其事地和齐兰花进行着交流。但齐兰花的每一个神情、每一个举动他都观察在心里。齐兰花闪烁其词的话语，齐兰花假装的镇静和掩饰不住的惊慌，都被李所长捕捉到了。李所长是何等谨慎而又精细之人呀。仅从表面的现象，他是无论如何不会下结论的。他要查找证据，要找到充分的证据来证明自己的判断是正确的。何况，齐兰花是现如今金龙湾村的第一夫人，这关系到金大强的脸面和在村里的威望问题！

临近中午的时候，李所长结束了在齐兰花家的调查。这时候，他已经胸有成竹，他已经找到了确凿的证据，并趁齐兰花不注意的时候把这些物证搜集了起来。下面的工作，就是把这些物证与在现场搜集到的遗留物送到县公安局进行技术鉴定。只要结果出来，案情就真相大白了。

李所长不露声色地走出了齐兰花家。他来不及和韩秀女告别，就开了吉普车离开了金龙湾。

看着李所长出了院门，齐兰花才松了一口气。在此之前，齐兰花始终悬着一颗心。当她第一眼看到李所长走进院子里时，心就吊到了嗓子眼。鸭子中毒的事她在吃早饭前已经听说了，是听金大强说的。金大强去郑州之前，说了这件事，并说李所长已经来了，要把这个案子查清楚，把这个投毒的人绳之以法！那个时候，齐兰花心里就产生了惶恐。她没想到药死了仇人家的鸭子就是破坏经济发展的投毒犯，就犯了法，还要坐牢！更没想到，李所长还亲自来查这个案子！其实在做这件事时，她的确没有考虑到后果，没有考虑到事情的严重性。她只是一时气恼，她要发泄自己心头长期滞存的那股怨气，便趁村民们都在集中注意力关注何真的事情时，偷偷地去实施了自己的报复计划。她做得很顺当，先是用自家拌种子的农药拌了麦子，然后拈了有毒的麦子偷偷地溜进了鸭棚里。那个时候，还不到鸭子上岸的时候，鸭棚里没有一个人。她把拌了农药的麦子均匀地撒在鸭棚的几个角落里，便匆匆地离开了鸭棚。她一边做这些的时候，一边还在心里诅咒着韩秀女和龙聪。她把金大强对他的冷漠都聚集在韩秀女身上，而韩秀女之所以在金大强跟前撩骚，罪责又全在龙聪。因此，她要让他们家的鸭子不得好死，让他们的日子不得好过。她认为，她做这件事就如邻里之间，你走到我家地边时，拔了几个萝卜，我再到你家地里薅你几棵葱那样简单。她万万没想到，这道理却不一样的。李所长决不会为几个萝卜或者几棵葱的事来调查，而却为死了鸭子来调查。这个道理，是在李所长向她问话的时候她才明白的。李所长问她昨儿天黑前都去了哪儿，谁人可以证明你去了哪儿等问题。李所长虽然只是像拉家常似的问，齐兰花却感受到了话里有话的威严。就是因为感受到了那种威严，齐兰花对李所长的回答便语无伦次。实话是不能说的，便想着如何应付对方。最后连她自己也想不起来究竟自己是如何搪塞李所长的。好在李所长并没穷追不舍地问她。李所长听了她语无伦次的回答后，便笑了笑，对她说，你该干啥干啥去吧，我随便转转。齐兰花如遇大赦一般急忙走开了，她心神不定地一会儿走进厨房，一会儿走进堂屋，也不知道自己想干点啥。

其实，她躲避李所长，是她又犯了一个致命的错误。这个错误是在李所长离开她家后她才发现的。她扔在茅厕里的那个农药瓶子和昨晚换掉放在门后的那双鞋都不见了！这个鬼精灵般的李所长，是啥时候把这些东西偷偷拿走的？真是神不知鬼不觉啊！她不该离开李所长，她该陪着李所长。意识到了自己的这个错误后，她心里更加恐慌了！这时候，她想到李所长在离开她家时脸上浮出的那种笑是多么的诡秘，是多么的让人难以捉摸！

在万般恐慌之中，齐兰花真的没了主意！她不知道该如何办才好，她不知道该如何躲避即将到来的这场灾难。落水的人在将要淹死前都会有一种求生的欲望，总想抓到点什么东西来挽救自己，哪怕是一根稻草呢！齐兰花现在就如一个落水的人一样六神无主！她想找个人帮自己出出主意，想想办法，而她觉得唯一能帮自己的人只有龙满福。她这样想着的时候，便身不由己地去了龙满福家。

只有龙满福一个人在家。齐姑和龙跃征得龙满福的默许，到城里接龙凤云去了。齐兰花的到来，齐兰花向他求救而讲述的这件事像一针兴奋剂一般注入了他的体内，让他浑身上下都颤动起来！龙满福暗自得意，真是天助自己呀！自己正找机会教训教训金大强，这机会就来了，并且来得这么快！这个愚蠢的妻侄女真是帮了自己大忙。在此之前，龙满福绞尽脑汁想办法让金大强出丑，让金大强下台，办法还没想出来，谁知齐兰花这个傻闺女先把事情做下了。自己不正可以借这件事大做文章！即使不能把金大强赶下台，至少也要让他在季春阳那里丢人，让他在村里甚至在全乡丢人！

想到这，龙满福便不动声色地问齐兰花："你做这事大强知道吗？"见齐兰花摇了摇头，龙满福便故作惊讶地说："你做的事咋能瞒了自家男人呀？大强他不会不知道吧！哎，也许大强不知道是你干的事，他才让李所长来查哩，你不该瞒了大强呀！"

齐兰花担忧地道："俺瞒了他是怕给他惹麻烦。"

龙满福一连声地啧啧道："哎呀兰花，你真的糊涂呀！这件事放在你头上就是天大的一件事，若放在大强身上屁事没有。大强是谁呀？村支部书记！村支部书记别说指使自己的老婆药死了几只鸭子，就是药死一个人，谁还能咋的他？”

齐兰花就如被人拨亮了心头的灯一般。她试探地问：“你是说，让俺说是大强指使俺干的这件事？”

龙满福意味深长地笑笑说：“兰花呀，姑父可没这样教你说。姑父只是为你着想呀！你想想，你一个妇道人家，咋敢到人家鸭棚里去，况且你和龙聪两口子没仇没气的，你去投毒不符合情理吧！大强不是找龙聪用鸭场作抵押贷款没成事吗？龙聪连这点面子也不给大强，大强能不恼他？大强恼他又没办法咋他，难道不会指使自己的老婆去报复他！”

龙满福的话让齐兰花一阵心悸。龙满福的分析虽然入情入理，但毕竟不是事实。事实上金大强根本不知道她去投毒这件事。龙满福给她出的这个主意，真的是为她好，还是借机整自己的男人？齐兰花早就清楚，自己男人替代龙满福当了支书，龙满福很不满意。两个人在工作中就免不了争议，免不了分歧。龙满福曾多次使绊子要让自己男人丢脸。两个男人之间的事，一个是自己的姑父，一个是自己的丈夫，齐兰花处于两难的地位，她向着谁都不是，偏了谁也于心不忍。因此，对两个男人之间的事她一直持漠然置之的态度。而今天这件事，龙满福明说了是为自己，实际上不是在借自己害大强吗？可是，不把这事推到大强头上，也许自己将大祸临头。若把事推到大强头上，或许真如龙满福说的那样，这件事就会大事化小，小事化了。

但是，万一不能化了呢？

齐兰花本来是向龙满福来讨主意的，谁知龙满福却给她出了个让她更为难的题目。这个女人想，还是走一步算一步吧，不到万不得已，是不能害自家男人的。平时虽然因为男人对自己的冷淡而怨恨过男人，但是，真到事头上，要陷害自己的男人，她还真的下不了这个狠心。不过话说回来，真到了水不流磨不转的地步，老姑父这个法子也不能不试一试。

第三十四章

金大强、曹超和金喜贵到联营车站乘的车，车上的座位不坐满，车站死活不发车，眼看快晌午了车才出站。虽然耽误了时间，但是，车价每人比国营站的便宜了十块钱，十块钱足够每个人中午的伙食费了。有得有失，因等车带来的烦恼便抵消了。谁知半道上车又堵了一阵，三人赶到郑州，已到下午四点多。陈力早已在车站等了他们，一见三人，便道："原计划你们中午到郑州，和厂领导约好下午两点洽谈。可是，现在已经四点多了，厂长去市里开会了。谈判签约的事只有等明天。"话里有些埋怨的意味了。

金大强怕因误了时间，使厂方反悔，便急忙道歉说："对不起，我们坐的车在半道上堵车了。请你给厂长解释一下。"

陈力道："搞企业的都是讲个信誉，人家可不管你堵车不堵车！再说，若坐全程高速的大巴咋会堵车？不就是省那几十块钱吗！"

金大强便把笑僵在了脸上。

曹超听不下去了，便道："哎哎！我说老战友，说话别那么冲！几十块钱就不算钱？省下的钱俺三人每人吃碗烩面还用不完哩！俺要是坐了飞机来，才快呢，可咱那儿有飞机吗？"

陈力呵呵笑道："咱们当过兵的人就这脾气，说话直来直去！大哥，对不起，兄弟给你道歉！"说着，向金大强敬了个军礼。

金大强急忙还礼，说："兄弟，你批评得对！做生意就得守信用。我们季书记讲过，有一个上海的老板到俺县投资建纺纱厂，约好的下午三点签合同。可是，负责这项工程的副局长中午喝多了，午觉睡过了头，误了半个多钟头，结果那上海老板等着赶飞机，便匆匆走了，签合同的事也泡汤了。今儿这事都怪咱，不如多花几十块钱坐国营的高速大巴哩！兄弟，咱给厂长道个歉，你多说点好话，可千万不能把这事砸锅了。"

陈力正为刚才自己对大强的态度有点后悔，听大强如此说，便道："放心吧，金支书，我会尽力去办这件事的！"

曹超斜睨着陈力，不客气地说："新兵蛋子，还不快伺候我们吃住！"曹超比陈力当兵早了一年，才在陈力跟前倚老卖老。

陈力笑着调侃道："是！老兵油子！"随后，安排三人吃住，让他们在厂招待所里休息，自己便回了厂里。

金大强躺在床上，一方面想着和立志签订合同的事，另一方面还挂念着李所长把案子查得怎么样了。一连给李所长打了几个电话，李所长的手机都处于忙音状态，也只得作罢。

吃晚饭的时候，陈力又赶来了，兴致勃勃地对金大强他们说："厂长同意了，明天八点准时到厂里洽谈。如果双方意见能达成一致，就签订合同。"

陈力带来的消息让金大强他们都兴奋起来。金大强连声说："咱是要饭花子傍了个大款，还讲个啥？厂里只要能帮咱解决技术和销售问题，其他啥条件咱都能接受！"

曹超说："金龙湾的优势是生产食品的原材料充足，劳力充足。立志和金龙湾联合办厂，互帮互助。立志在资金、技术方面能给予帮助，也是对金龙湾脱贫攻坚、乡村振兴工作的大力支持！"

金大强忙说："说得对！说得对！互帮互助，取长补短，就能摘掉咱们金龙湾贫穷落后的帽子哩！"又说笑一阵，陈力便领他们到金水路李家羊肉汤馆吃晚饭。几个人都很尽兴，喝了二斤白酒方才罢休。

第三十五章

按照头天晚上支部讨论的意见，推进改造旧房、建设社会主义新农村试点工作的开展，先由韩秀女带几个人在村里走访座谈，广泛征求村民们的建议和意见，摸底调查，把各种意见统计分类，等金大强与郑州立志食品厂签订合同回来，再召开全村村民动员大会。

然而，鸭子中毒事件的发展比韩秀女的直觉还要糟糕！她只得把走访座谈摸底调查工作暂缓一下。

下午，整个村子都在议论鸭子中毒事件，都在传着金大强用鸭场作抵押贷款不成唆使齐兰花去鸭场投毒报复的事。从谁嘴里说出来都是有鼻子有眼，就像这人亲眼见了一般。尽管如此，韩秀女还是不相信金大强会唆使齐兰花去干这件事！金大强的性格和为人她太了解了，金大强为人做事的坦诚和公正令韩秀女佩服和感动。金大强绝不是那种小肚鸡肠的人！绝不是那种挟私报复的人！可是，这消息究竟是谁传出来的呢？难道是李所长调查得出的结果？韩秀女提出要陪李所长去查案子，可是李所长不同意。李所长说，查案子是他们公安的事，村干部不宜介入。李所长不让韩秀女介入，韩秀女就不好介入。等到这消息像毒雾一样在村里蔓延的时候，韩秀女去找李所长，李所长已经查完案子回了乡里。李所长的不告而别，更让韩秀女忐忑不安。韩秀女想给金大强打个电话，说一下村里的情况，又怕影响金大强与立志集团洽谈业务。更让韩秀女焦虑的是龙聪的诡异和冷漠。

吃午饭的时候，龙聪匆匆出去了。回来之后，脸上的神情便有了变化。

韩秀女问他去干啥。

他冷笑道："贼喊捉贼！"

韩秀女便知道他相信了村里的传言，遂劝道："事情还没调查清楚，你别把村里那些流言当真！"

龙聪道："是真是假不是你我说了算！"

"你真相信是金大强让齐兰花投的毒？"

"我为啥不相信？齐兰花自己到龙满福那里承认了这件事，还会有假？"

韩秀女心里"咯噔"一下道："龙满福的话你也相信？"

龙聪得意地道："他说的别的我不信，就这件事我信。因为我一直就怀疑这件事是金大强干的！金大强是个小人，上小学的时候我就了解他，那时我就喊他一声'带犊子'，他就记恨了我，让爸狠揍了我一顿。他用鸭场作抵押贷款我没同意，让他丢了脸面，他还不往死里整我！"

韩秀女颤了声音说："龙聪，不会的！大强，他绝不是你想象的那种人！"

龙聪冷笑道："他是啥人我比你清楚！哼，真不知道金大强给你们灌了啥迷魂汤？一个龙凤云，铁心等了他半辈子不出嫁。一个你，见了他就是一副神魂颠倒的样子，比见了自家男人还酸！"

韩秀女最听不得龙聪这句话，她虽然对金大强有好感，但是，那只是一种崇敬和敬佩。金大强是一个非常正直的男人，他和她除了工作上的关系以外，没有任何见不得人的交往。龙聪的话是对她的污蔑，也是对金大强的污蔑，她不能容忍！因此，她失去了理智，也把一个女人应有的贤惠和温柔抛到一边，她像一头发疯的母狮一般，对龙聪吼道："你卑鄙！你王八蛋！你糟蹋自家的女人难道不怕天打五雷轰吗！”

在龙聪的记忆里，韩秀女自打和他结婚以来，还从来没有发过恁大脾气！面对着失去理智的韩秀女，他有些手足无措，又有些后悔，他不该说那些混账话。连齐兰花来挑唆他，他都没有相信。他只相信自己的眼睛和感觉。韩秀女是和金大强走得近些，但那都是因为村里工作。韩秀女对他的体贴，对他的好，他都记在心里，他都心满意足。作为一个老实本分的庄稼人，能娶到这样一个贤惠聪颖又知书达理的女人做老婆，龙聪早已知足了。龙聪是一个憨厚的人，又不善于用语言表达自己的感情。对于韩秀女对他的好，他的回报是多干活，多挣钱。对韩秀女要做的事他尽量服从和依顺。可是，让他自己奇怪的是，今儿本来说的是谁投毒的事，为什么又扯到了这男女关系上的事来？看来，齐兰花的话以及村里关于金大强和韩秀女的流言蜚语自己还是在意的，只是没找到适当的时机把自己由此产生的疑虑和怨气发泄出来而已。而今天终于把这话说了出来，自己出了一口闷气，却惹恼了韩秀女！他自知理亏，便做了闷葫芦哑巴，任凭韩秀女发泄，再也不吭一声。

起初，龙聪对金大强对自己报复的猜疑只是稍纵即逝的一闪念，就在他见了龙满福之后，他才确信自己最初的猜疑原来是真的！他去见龙满福，并不是他的情愿，因为他从内心里对龙满福有一种反感。龙满福在金龙湾大权旁落，龙姓门里的许多人家有了失落感。这些人家在龙满福当政时都多少得到过实惠，他们把龙满福当成了救世主，当成了主心骨。龙满福失势了，他们还靠谁呀？而龙聪从来没有过这样的感觉。他爸龙老奔这辈子从来没有求过人，靠过人。龙聪继承了他父亲的秉性，无论干什么事情，遇到什么样的困难都是自己想办法克服解决。真正办不了的事，宁愿不办也不去求人帮忙。在龙满福当政二十多年里，龙聪父子从来没有去求龙满福办过一件事。因此，也就没有对龙满福的感恩和依赖。相反，龙满福在村里的霸道，龙满福与村里一些女人丑事的败露，却令性格耿直的龙聪心里腻烦。不是龙姓门里的一个兄弟三番五次地劝他去见龙满福，他是绝不会去的。

那个时候，龙聪走进龙满福家的四合院，看见龙满福披了一件上衣，坐在一张竹躺椅上吸烟。龙满福悠然自得的神情，不像一个大病初愈的人，不像一个受了精神刺激的人。龙聪虽然不爱管闲事，也不愿打听别人的闲事，但是，近期发生的与龙满福相关的事他多少也是听说过一些的。何真原来是龙满福的私生女，而自己的私生女又和自己的亲生儿子龙进好上了，这的确是一件伤风败俗的丑事！龙进拿了刀去威胁龙满福，龙进的无地自容以及在金龙湾的销声匿迹，这一连串的事若放在别人身上，恐怕早已撑不住要趴下了！可是龙满福却像没事人似的那么平静。这让龙聪多少有些意外和惊讶。

龙满福指了指身边的一个凳子让龙聪坐下，龙聪没有坐在凳子上，而是在离龙满福较远一些的地方蹲下了。他不习惯坐椅子或凳子，他放鸭子的时候绝不会带着椅子和凳子，鸭子在河里戏水或觅食的时候，他就蹲在岸边或船上，一蹲就是一两个时辰。

龙满福见龙聪有凳子不坐却蹲在那里，便觉得有点好笑，心里道，这个犟筋子，真像他爸那个老别头。不过犟筋子认准的理可是死理。只要这犟筋子去告金大强，金大强有一百张嘴也说不出一个理来！金大强纵妻投毒行凶，既破坏经济发展，又对金龙湾脱贫攻坚造成了极坏的影响，即使够不着杀头的罪也得坐几年大牢。到那时，季春阳也帮不了他说话。季春阳毕竟是党的干部，党的干部会为一个犯人说情吗？龙满福想到这些的时候，更加来了精神。他猛吸一口烟，故作关心地问：“兄弟，听说鸭场里有人投了毒，严重不严重啊？”

龙聪对龙满福的貌似关心不以为意，他只是从鼻子里哼了一声算是作了回答。

龙满福不紧不慢地说：“按说，这件事不该我管，我毕竟是下台的干部。可一想到是自家兄弟的事，我不管还不中哩！我不能眼看着他欺负自家兄弟不管不问吧？你说金大强，心眼咋恁窄哩，肚量咋恁小哩！就为你不答应他用鸭场作抵押贷款，让兰花去投毒！哎，兰花这闺女也真傻，他让你投毒你就去投毒呀，他要让你杀人你也敢去？反过来说，也不能全怨兰花。兰花不就是心眼实，就是惧他金大强不是？当初，把兰花说给金大强做媳妇，这都是我和你嫂子的错。金大强那小子花心呀，吃着碗里看着锅里，早就和几个姑娘媳妇有了瓜扯！兰花要收他的心，还能不听他的使？”说到这，拿眼瞟了龙聪，见龙聪在认真地听，就故意把话停着，吧唧吧唧地吸着烟。

龙聪听龙满福如此讲，早已有了吃惊和仇恨。先前的猜疑成了真，龙聪对龙满福的所讲又有了猜疑。他急切地想知道龙满福是如何得知这消息的，这消息究竟是真还是假？可龙满福却故意卖关子迟迟不开口，他便有些急了，问道：“满福哥，你咋知道是金大强让齐兰花投的毒？”

龙满福便诡秘地笑了。笑过之后便说：“金大强自以为聪明，贼喊捉贼。他把李所长喊来查案子还不是应个景？李所长查出结果了吗？在村里蹲了一个上午就悄没声地走了。他查了吗？他能查出来吗？只不过是演个戏让人看罢了！金大强要真心帮你，还能在这个时候去郑州？这件事拖个几天，只要你龙聪不去追究也就完了。可是，兄弟的事我不能不管呀，他金大强不关心我得关心呀！那几百只鸭子都是兄弟的心血不是？不能白白地被他姓金的糟蹋了不是？你要是把这口气咽了，他金大强以后还不骑在你脖子上屙屎撒尿！你问我咋知道的？纸能包着火吗？云彩能遮盖天吗？听说鸭场投毒的事后，我觉得这事有点怪，考虑了一圈子也想不起来兄弟会得罪哪个人呀。想来想去，便想到只有金大强会对你下毒手。我让你嫂子把兰花喊来问这件事。兰花是个实诚人，从来不会说瞎话。兰花还是个胆小的人，李所长在村里一露面，她就害怕了。兰花一见我，就把金大强让她投毒的事从根到梢地讲了，她还埋怨金大强不该把李所长请来查案子呢！”

龙聪听是齐兰花亲口讲给龙满福的，再没有不相信的道理。齐兰花再傻，也不会把这事硬朝自己身上揽。齐兰花一个妇道人家干这种事，没有她男人撑了腰也是不敢的。听龙满福真的想帮自己，龙聪心里便有了一份感动：“满福哥，这口气我确定咽不下。他金大强这样害我，我和他不算完！你说这事该咋办？”

龙满福见龙聪较了真，便干脆地说：“咋办？两条路任你选，一是写信告他！当年我没有影的事都被人告下了台，何况金大强做的这事是铁板钉钉的事，全村人都知道了。只是这条路子拖的时间太长。第二条路子，就是去上访，先到乡里访，乡里有季春阳给他撑腰，到乡里访也只是走个过场。乡里赢不了你再去县里，县里不行去省里，省里不行再去北京，不怕找不到说理的地方！而季春阳那些当官的也最怕老百姓去上访。何真她娘俩因了宅基地的事到县信访局去访了一趟，季春阳就把金大强训了个狗血喷头。他金家兄弟就再不敢打何真家宅基地的主意了。你这事也只有走这条路，才能解决得快！”

龙聪听了，便担忧地道：“上访的路子好是好，只怕俺爸和俺媳妇拦横。”

龙满福说：“你不会瞒了他俩？我这儿标语都给你准备好了。今晚，我让龙跃和你悄没声息地找咱们龙姓门里的人，一家出一个人，别讲是男的还是女的，能充个数都中。一个人一天十块钱的补助，这钱由你出，等打赢了官司，让金大强多赔偿点就补上了。”说着，从椅子上把写好的横幅拿出来，递给了龙聪。

龙聪接过来，展开一看，只见白布条上写着一行漆黑的大字“严惩凶手金大强纵妻投毒行凶”。

龙聪结结巴巴地读完了上边的字，总觉得有些不顺口，但说不清错在哪里，也只得作罢。

从龙满福家出来，龙聪心里便有了底。他本不打算和韩秀女再说这方面的事的，谁知韩秀女在村里听到了风声，十分着急，想和龙聪商量一下看咋处理这件事，话跟着话便惹恼了韩秀女。龙聪自知理亏，又想着还要明天一大早去上访告状，便任凭韩秀女在那里唠叨，出了门联络帮自己上访助阵的人去了。

第三十六章

李所长直接向季书记汇报了发生在金龙湾村的投毒案件。因为案件牵涉到村支书的家属，而这位村支书又是季书记非常器重的人，所以，李所长在汇报案件时就非常慎重。语言分寸掌握得十分得体，他把自己掌握的证据、寻查到的线索以及自己的判断分析都做了汇报。李所长把嫌疑对象定为齐兰花的证据主要有四点：第一点，齐兰花那天晚上到鸭场去过。这一点有人证明，而在这个时间里她说她在其他地方活动的情况却找不到证人。第二点，从齐兰花家中墙角找到一个农药瓶子。经检验，这个瓶子里遗存的农药与现场捡到的麦粒所拌用的农药是一个牌子。第三点，在齐兰花家门后搜到一双沾着泥巴的女人布鞋，而布鞋的大小和鞋底的纹络正与在现场采集到的其中一双鞋痕高度相吻合。第四点，在作案现场不远的河堤上的荆条丛里，捡到一个尿素袋子，尿素袋子残留着一股农药味，和从齐兰花家找到的那个农药瓶子里的药正是一个牌子。

听到这儿，季书记便不耐烦地摆摆手道："老李呀，你说了那么一大堆理由，都是凭自己的主观臆断得出的结果。捕风捉影，完全是捕风捉影嘛！你们公安怎么能这么断案呀？俗话说，捉奸捉双，拿贼拿赃。你说齐兰花投的毒，可没一个证人出来作证吗？再说，齐兰花投毒的动机是什么？没有理由去害人家嘛？齐兰花是村干部家属，现在基层工作很难搞，会不会因为工作上的事情，金大强得罪了一些人，就有人做了手脚，制造了假象，来陷害村干部及其家属？老李呀，看事物不能只看表象，要看它的本质，要多问一个为什么！”

听了季书记一大番道理，李所长既觉得委屈，又确实佩服季书记的口才。季书记用行政工作的方法看待侦破案件，李所长不同意，却又不好辩驳。破案件注重的就是证据，只要证据确凿，符合逻辑，就能锁定嫌疑对象。

李所长获得的大量证据都是很有说服力的，都足以证明齐兰花是投毒嫌疑人。而季书记却要他去找见证人，如果有第二者在场，投毒者还能实施作案吗？季书记对自己破案结果的否定，是真的对侦破案件这项特殊业务不懂，还是另有他意？

其实，季书记的心里早被李所长提供的线索征服了。李所长提供的众多线索中，有一条就足以确认齐兰花是投毒的嫌疑人！有一条理由就可以把齐兰花收审。但关键是，齐兰花是金龙湾村党支部书记金大强的老婆。而金大强是由他季春阳亲手培养起来的一个基层干部的典型。树一个典型难，毁掉一个典型却很容易。季春阳要保护金大强这个典型，就要连他的家属也要考虑在内。齐兰花为什么要到一个个体养鸭户家去投毒？是她自己的主意还是背后有人指使？金大强知道不知道这件事？季春阳还知道，齐兰花是龙满福的妻侄女。金龙湾前任支书龙满福表面上服从了乡党委的决定把支书让位给了金大强，而骨子里他是一百个不情愿。这一点季春阳比谁都清楚。龙满福既然不情愿让位，会不会对他的继任产生报复心理？会不会使一些手脚？而在齐兰花投毒这件事上，他会不会借题发挥？金大强昨天给他打电话请假，说是到郑州签合同，金大强在走之前已经知道了投毒的事，而没有向他汇报，是他疏忽了，还是故意回避这个问题？特别是昨天才和金大强谈过话，把改造旧房、建设社会主义新农村的试点工作任务放在金龙湾村，交给了金大强，投毒事件会不会对这项工作造成影响？一连串的问题敲打着季春阳的脑瓜，季春阳纵是智商再高也感到有些疲惫。在事情没有完全查清之前，在金大强没有从郑州回来之前，还是先不要过早地下结论，不要过早地采取行动。他这样叮嘱李所长。

快到中午的时候，事态的发展有了恶化。金龙湾村龙姓人家组织了上百口人，乘十多辆农用三轮车，打着上访告状的横标堵了乡政府的大门。来上访的人七嘴八舌地吆喝着，要乡政府惩治投毒凶手，要依法捉拿幕后指使者等等。矛头指向很明确，都是冲了金大强而来的！

蔡秘书把这个消息告诉季春阳的时候，季春阳愣了半天。稍后，恼怒出现在他的脸上，他拿起了办公桌上的水杯，“啪”的一声摔在地上，从牙缝里蹦出了三个字：金大强！

在蔡秘书的印象里，季书记从来没发过恁大火。看来，金大强真的要遭殃了！就冲了季书记发恁大火，蔡秘书知道自己该怎么做了。他小心地从季书记屋里退了出来。他想不到金大强这么好的一个人，怎么竟然指使自己的老婆去投毒！从那些告状人的嘴里说出来的话，金大强简直比当年侵略中国的日本鬼子还要孬！果真如此，他蔡林以后还是少和金大强在一块喝酒，要是哪一点不合他金大强的心思，他指使自己的老婆在酒里下毒药翻了自己后悔也晚了。不过，仔细听听，说金大强坏话的也就那么一两个人，其余的都是跟着瞎起哄，说不出一个道道来。无论咋说，还是先把这些人劝回去。不然，都跑到乡政府院子里去，是个啥影响？季书记不更恼火？

蔡秘书去劝他们，这些人根本不听他的，都知道他是醉鬼，是管不了大事的“小官”。这些人继续咋呼吆喝着，这样，从上访人口里喷出来的唾沫星子夹带了一股蒜味或大葱味如毛毛细雨一般射到了他的脸上。对这帮人，吵又吵不得，碰又碰不得！其实，最让蔡秘书头痛的就是接待上访人。这些人都一个个苦大仇深的样子。你说他没理，道理他能讲一大马车；你说他有理，有理你到法院去说啊！法院是专门讲理的地方你不去，偏到乡政府里来捣乱。乡政府是什么地方？是地方政府行政机关！是乡领导办公的地方！如果全乡三四万人都像你们金龙湾村一样来乡政府无理取闹，还不天下大乱吗？真是缺乏组织观念！

面对这些人，蔡秘书真的很为难。就在蔡秘书为难的时候，他看到从人群后边挤过来一个女同志。这个女同志的出现让他眼前为之一亮，也让那群上访告状的人大吃一惊。

这个女同志是金龙湾村的妇女干部韩秀女！

韩秀女和龙聪赌了一夜气，今儿早起也没理他，到半晌午的时候，才得知龙聪领了人来乡里上访告状了。一边在心里埋怨龙聪，一边急急忙忙从村里朝乡里赶来了。

蔡秘书在上访告状的村民面前很无奈，在村干部面前却很有能耐。他见了韩秀女像见到了救星一般。韩主任呢，我可要批评你们啦！你们的工作是咋做的？怎么来这么多人上访？你看看！连乡政府的大门都让他们堵上了，这是啥影响？快做工作让他们回去！有什么问题选一个代表来反映嘛，用不着这么大规模的上访啊！这标语上写的啥，严惩凶手金大强纵妻投毒行凶！啧啧，金大强纵妻投毒谁看见啦？有证据吗？没有证据这样胡说八道可是诬陷罪！再说啦，果真是金大强纵妻投的毒，派出所的人会抓他的，也合不着你们来上访啊……

第三十七章

齐兰花一整夜都在做噩梦，她有几次被噩梦吓得惊醒过来。有一次她的惊叫声把睡在她身边的金蛋都吓醒了。金蛋惊骇地抱紧了她，黑夜里瞪着一双惊恐的大眼睛望着她，“妈，我害怕”。也许金蛋被她的情绪感染了。她边轻轻地拍打着金蛋，边喃喃地哄着金蛋入睡。

她很后悔。她想，她不该去投毒的。金大强和韩秀女仅仅是工作上的关系，也许两人之间根本不存在私情，全是自己的多心多疑所种下的恶果。更让她后悔的是她不应该去找龙满福讨主意。龙满福给她出的主意是让她陷害自己的男人呀！龙满福嘴上说是为她好，只有把责任推到金大强身上，才能减轻她的罪，而金大强是干部，是支书，也不会担什么责任的。实际上呢，龙满福是借刀杀人，是借机整倒她男人呀！这一点，齐兰花在昨天晚上已经想明白了。因为村里到处在传播着金大强纵妻投毒这件事，这件事被人们传得有鼻子有眼，金大强如何把拌了农药的麦子递到齐兰花手里的，又是如何帮齐兰花观察路线的，又是如何替齐兰花望风放哨的。他们编排得如真的一般。齐兰花听到这些的时候，马上就意识到这是她姑父龙满福放出来的风，是龙满福编造出来的谣言。她想去戳穿那些谣言，她想去讲明事情的真相，可是她又缺乏足够的勇气。她就这样被恐惧包围着，被后悔包围着。她六神无主地守在家里，连去蛋鸡场替换金母回来吃饭的时间也耽误了。

金母是在早晨听到那些传言的。当金喇叭一大早赶来把那些话讲给她听的时候，她被震惊了。大强刚走了一天，村里就发生了恁大的事，并且还赖到了她的儿子和媳妇头上，这让她怎么也不能接受。特别是编排她的儿子金大强，是让她更不能容忍和相信的。金大强是她的儿子，是她心头的肉呀！人常说，世上最了解儿子的莫过于自己的母亲，而她对金大强的了解又胜于其他母亲对自己儿子的了解！金大强从小就是个正直善良的人，绝不会去做那种伤天害理的事。金母想起大强八岁那年的一件事。那年，他随了大人们到地里刨花生。队里种了十多亩地的花生。那可是稀罕物。大家把刨好的花生都拢了大堆，等到全部刨完的时候再分。旁院的一个婶子穿了条大裆裤，裤子里边缝了个大暗袋，那个女人在别人不注意的时候，把刨出来的花生偷偷地塞进裤裆里的暗袋里。女人的动作其实也有人看到了，看到的人只是睁一只眼闭一只眼，或者只是撇撇嘴表示自己的不满。谁也想不到，临近收工的时候，金大强拎了个篮子走到那个女人跟前，对女人说，婶子，把你袋里的花生掏出来吧，我帮你拢到大堆去。女人的脸立刻红了，在一个诚实的孩子面前，她不得不把自己装进暗袋里的花生掏了出来。

投毒这件事究竟是谁编排出来的呢？咋又能编排到大强和兰花的头上呢？金母忽然想起昨天中午，李所长到蛋鸡场来找她借袋子。当时她到棚里找了袋子递给他时，李所长却又把自己手里拿的那个尿素袋子抖搂开，问她："这是不是你家的袋子？"她认出那是她曾经用过的袋子，便点了头道："既然有了，还来找？"李所长便笑了道："一个不够，得俩，用过了一块还你。"金母当时对这件事也没太在意。现在联想起来，便越发怀疑是不是投毒的事与那个袋子有点关系？越想越焦虑，便决定先回去问问齐兰花。

金母回到家看见齐兰花的时候，就感觉齐兰花的神情不对头。

齐兰花的眼圈都黑了，又像是刚刚哭过。看她那六神无主的样子，金母的心一下子沉了下来。难道投毒的事真的和她有关？

金母走进堂屋，见齐兰花要躲避自己，便把齐兰花叫着，道："金蛋他妈，外边的事我都听说了。咱们老金家，做事做人从来都是光明磊落的，决不做伤天害理的亏心事！外边传那些事你要是清楚，就给妈如实讲，是咱的错，咱改！咱违了法，咱去投案！若是咱家犯了坐牢的罪，妈替你去坐牢！你要是不知道这件事，就随便他们说去！牛吃不了日头！咱没做亏心事就不怕鬼敲门！"

听了金母的话，齐兰花不知如何开口。老实说，能嫁给金大强，能摊上这个婆母，齐兰花应该是十分满意的。婆母是个善良大度的女人。自打自己进了金家门以来，她就被婆母的温情包围着。她知道自己有许多毛病，比如爱张扬显摆，比如爱贪小便宜，比如好吃零食等等，这些金母都不喜欢，有时表现出反感来。但是，到了最后金母还是宽容了她，并用亲情的口吻去教育她。由金母她联想到金大强。金大强对她的好，现在想来，她也应该知足。金大强从来没有对她发过脾气，就是在她做了错事之后，金大强也从来没有严厉地指责过她。金大强绝不像村里那些粗暴的男人那样，对自己的老婆抬手就打，张口就骂。过去，自己怨恨金大强对自己感情不投入，其实那都是自己的疑心和嫉妒造成的。自己的嫉妒心强，容不得大强和别的女人说话。大强和表姐龙凤云也许早已情断义绝，但是自己偏认为两人藕断丝连。大强和韩秀女因工作上的事有些交往，自己偏捕风捉影疑神疑鬼……猜疑嫉妒使自己犯了罪，又牵连了金大强。齐兰花此时此刻是万箭穿心，连死的心都有了！她觉得自己对不起金母，更对不起金大强！她不知道该怎样才能赎回自己的罪过。夜里她躺在床上还思谋着如何把这事隐瞒过去。而此时，她急于要把这事说出来，是罪是祸，她自己承担！她不能连累大强，她不能眼睁睁地看着别人朝金大强身上泼污水！

齐兰花的泪水再也控制不住地流了下来。她跪在金母跟前，把自己因嫉恨韩秀女而投毒的事叙述了一遍。

金母听了齐兰花的叙述，又怨又心痛地埋怨道：“唉，傻闺女呀！你咋干出恁蠢的事？大强对你的好，村里媳妇们谁不眼气呀？不知足呀，不知足！”

齐兰花哭了道：“妈，都是我的错！要惩罚要坐牢子我都认了！”

金母便说：“兰花，咱不能让别人随意编排大强，更不能让那些人得了逞！走，妈陪你到乡里派出所找李所长把这事说清楚！”

齐兰花便回里间收拾了几件换洗的衣裳，用布单兜了。又到垃圾桶里捡了农药瓶子，用塑料袋子装了。

婆母俩去乡政府投案的时候，故意在村街上走过。那些正在议论此事的村民都停止了议论，都用一种惊讶的目光目送着她们走出了村子。

第三十八章

金大强从郑州回来后，才知道齐兰花投案自首已被关进了监狱。金母了解齐兰花心胸狭窄，是个小心眼儿，丁点小事都很难想开，何况犯了这么大的事呢！便催着他去监狱看望齐兰花："大强你好好开导开导她，让她知错就改，劝劝她在牢子里边好好接受教育。教育好了回来还是咱金家的媳妇儿！"

金大强答应着去，可是，一时脱不开身。书记、乡长亲自给他布置改造旧房、建设社会主义新农村的试点工作，可见两位领导对这项工作的重视程度。从乡里回来第二天就应该召开动员会，只因为与郑州立志集团签协议的时间是提前约好的，不能随便更改，更不能违约。便安排韩秀女先摸摸底，找村民谈谈情况，先征求征求意见。没想到鸭场投毒竟然是齐兰花干的，又引发了村民们上访告状。多亏韩秀女及时化解了矛盾，不然，不定会发展到哪一步呢！还有季书记私下里给他谈的那件事，根据群众来信来访，组织上经过调查，认定龙满福在任支部书记期间，丧失了党性原则，缺乏道德观念，私心膨胀，作风霸道，按照其存在的问题和犯下的错误，应该移交司法机关处理。考虑到龙满福同志年岁已高，且身体多病，决定给其党内记大过处分，免去其现任村长职务。提名金龙湾村村长由韩秀女代理，待召开全体村民大会投票选举通过后方可任命为村长。

金大强召集金喜贵、韩秀女，还有龙老奔召开支部会商量了一下，决定把动员会与选举会放到一起开。金大强打电话向季书记汇报了村支部商量的意见。并提出邀请季书记和雷乡长参加动员会。季书记赞同他们的意见，但是他要去县里参加会，动员会由雷乡长代表乡党委、政府参加。一听让雷乡长来参加会，金大强更为高兴。雷姑爷这老小子为人做事雷厉风行，敢称敢当，说起话来如板上钉钉，干脆利落。能让雷姑爷在动员会上表个态，支持金龙湾村改造旧房、建设社会主义新农村的试点工作，将来工作开展起来，遇到难以解决的问题，就找这老小子解决！他敢耍赖，就带了金家门里的小字辈去堵他的老“巢”，吃他喝他还要捉弄他个“老和尚看瓜”——把对方的两只手放到背后，再把对方的头强行按到裤裆里，然后把对方的两条腿用麻绳子捆起来，对方除了头能活动，其他都动弹不了——这种恶作剧叫“闹姑爷”，是豫东乡村捉弄老姑爷最古老最传统也是最热闹的一种方式。等那些按着姑爷的头上上下下看“瓜”时，全村男女老少都像看大戏似的来围观。一直到老姑爷答复了小字辈们的要求才被放开。

支部会结束后，金大强到小卖部，买了一箱牛奶，去了龙满福家。一是探望龙满福病好了没有。龙进和何真的事情发生后，听说他气得大病一场。金大强一直没顾得去看望。二是先向他透露一下乡党委对他的处理决定（他是按照季书记安排的程序行使的）。免得在选举会上宣布这个决定时，他感到突然而承受不住。

龙满福正在院子里撵一只芦花老公鸡，那只老公鸡正在叨食摊在席子上等着阳光收潮气的小麦。龙满福从东边撵，老公鸡飞向西边，等龙满福“哦去哦去”地撵到西边，老公鸡又一展翅飞到了东边。

金大强推开门走进院子，帮龙满福撵走了老公鸡。

龙满福看到金大强，把披在身上将要滑落掉的褂子重新披好，从鼻子里“哼”了一声，问：“你咋来了？有事？”

金大强笑着说：“我来看看你，身子好些了没有？”

龙满福冷笑一声：“难得你有这份好心肠，只怕有人早咒着我死呢！”

金大强劝慰道：“满福叔，多虑了！你老人家只要身体好，能吃能喝养得棒棒的，还不长命百岁！”

龙满福这才放下脸子，说：“能不能活到百岁我不敢说。我就是要好好活着，不生气，不能被那些小人咒死！”

金大强笑了笑，转入正题：“满福叔，有一件事来向你汇报。”说着，在院子里的一个小板凳上坐下。“季书记让我通知你，乡党委研究决定，考虑到你年纪大了，身体又不太好，为了让你安享晚年，决定免去你金龙湾村村长的职务（处分决定没说），定于今天上午召开村民大会，选举新村长……”

“别说了！”不等金大强说完，龙满福就吼道，“我早就知道，会有这一天！老子早就不想挂‘村长’这个名了！”

金大强面对着恼羞成怒的龙满福，吵不得也气不得，毕竟夹着齐兰花这门亲戚关系。等龙满福吼完，才说：“今儿上午在村委大院里，召开选举会和改造旧房、建设社会主义新农村试点动员会，请满福叔参加！”

龙满福冷着脸说：“啥旧房改造？我家的房子还不旧呢！我有病！会我就不参加了！”摆出一副送客的样子。

金大强想给他讲讲建设社会主义新农村的意义，但是，考虑到一时半会儿也难以说到他心里去，便说：“既然有病，让龙跃带你去卫生院看看。”说着，出了龙家院子。

会场设在村委大院里。吃过早饭，村民们陆陆续续走进会场，坐在自带的小板凳上。没有带小板凳的，就选个距离主席台稍近的地方席地而坐。

八点半的时候，雷乡长来到了村委会，同来的还有蔡林。

一下车，雷乡长便被一群年轻人围着了！有喊姑父的，有喊姑爷的，有掏口袋的，有在雷乡长身上乱摸乱挠的，很快把他口袋里的两盒烟和一包糖块抢走分享了。这种“热烈迎接”乡长的场面有点高涨，也有点儿混乱，直到金大强从龙满福家赶回来，才算告一段落。

按照商定的会议程序，先进行村长换届选举会。

金大强主持会议，他向台下寻觅一眼，除了龙满福，人都到了。低声对坐在主席台中间的雷乡长说了一声：“龙满福说是有病，不来参加会了。”

雷乡长说：“有病？我看他是没病装病！他不来能咋？只给他个党内处分，便宜他了！腊月三十逮个兔子，有他也过，没他也过——照常开会！”

身边的蔡林宣读了乡党委关于免去龙满福村长的决定。

一听免去龙满福村长，台下立刻响起一片叫好声，还响起一阵掌声！

金大强摆摆手，让大家安静下来，进行下一个议程。

金大强宣布了新村长选举纪律和被选举人候选名单，还补充说，除了乡党委经过考察认定的候选人外，你有权利选举其他人。但是，每人只能投票选举一个。选举两个人的票无效。

经过一个小时的投票、计票，新村长终于选出来了，韩秀女以百分之九十五的票数赢得了村民们的信任。

选举会告一段落，紧接着是“改造旧房、建设社会主义新农村试点工作”动员会。雷乡长作动员会报告。雷乡长讲话从来不用讲话稿，根据自己对国家有关政策的理解，现场发挥，用通俗易懂而又让村民易于听得懂的语言讲得透彻、讲得清晰。他从开展这项工作的重大意义、实施方法、改造后产生的效果以及各级政府的支持等方面进行了详细的讲述。在雷乡长的讲话中，有十多次被村民们热烈的掌声打断！

还有人急不可待地打断他的话询问：“老姑父，你说的拆掉旧房子，政府还要给钱补贴，是真的还是假的？”

还有人提问："老姑爷，你说特困户建新房，政府给资金补助，你不是骗人的吧？"

有人接上腔："老姑爷若是骗咱，咱绑他个'老和尚看瓜'！"

会场上充满了一阵阵热烈的笑声和激动人心的叫好声！

第三十九章

金大强领金蛋儿到监狱里去看齐兰花那天，在监狱门口，正巧碰见许大斗从里面出来。许大斗因行贿罪被判刑两年，因为有病保释外出治疗。也许是刚从里面出来，还不太适应外面的光线，他眯着眼瞅金大强，好一阵才认出来。见金大强伸出手要和他握手，便自嘲地笑笑："不握了，不握了！我这脏手咋敢握金支书的贵手？"金大强只得把手收回。许大斗说："金支书能耐大呀，为了娶你那旧情人，把我搁进去不说，连自己的老婆也搁进去了！"

金大强听了，脸上的笑容便僵住了。他没想到许大斗会这样理解自己，他想向许大斗解释一下。可是，许大斗却冷笑几声，扭头走去，把金大强晾在了那里。

金大强走进监狱，办了探视手续，等着狱警去提齐兰花。

狱警去了一阵，回来说："齐兰花不愿见你。齐兰花让转告你，她齐兰花对不起你金大强，她丢了你的人。她是自作自受，是罪有应得！依照法律她得判刑两年。两年之后，她不会再回金龙湾了。她已经无脸再回金龙湾，无脸再见金大强，再见金母和那些相好的姐妹们！"

她让狱警把一个手帕包裹的东西转交给金大强。

金大强抖开那个手帕一看，原来是金母送给齐兰花的那对银镯子。这对银镯子，齐兰花一直像宝贝一样戴在自己的手腕上。

她是那么喜欢它，是那么珍爱它。做饭刷锅时，溅上一滴水她都很认真地擦干净，睡觉的时候，她也不舍得取掉它。银镯子是金母的最爱。金母把自己的最爱送给了媳妇，就等于把这个家交给了媳妇，把自己的儿子交给了媳妇。齐兰花之所以喜欢这对银镯子，也是意识到了这些。

凭良心说，金大强对齐兰花也是挑不出大毛病的。齐兰花到他家已十来年，伺候老的照养小的，家里活、地里活都拿得起放得下。特别是他当了村干部后，自己整天忙于村里工作，有时根本顾不了家。齐兰花一个人在家默默地承受了。做饭，洗衣，照料孩子，到蛋鸡场喂鸡，还要给庄稼地上肥，锄草、打药，亲戚邻居家的红白喜事应酬，都亏了齐兰花。没有齐兰花，这个家就成了一团乱麻。在投毒这件事上，齐兰花是鬼迷心窍，是因为嫉妒误解才干下了愚蠢事。好在关键时候敢于自首，使得事态没有恶意发展。龙聪组织了大批龙姓人家到乡里告状，咬定是金大强指使齐兰花投的毒，要乡里制裁金大强，连季书记也为此事大发脾气。亏得齐兰花及时到现场说明了真相，承担了一切后果，才平息了民愤，阻止了大规模的上访告状。现在想来，齐兰花便有了一百个好，这一百个好把过去的那些不好都掩盖了！

其实，齐兰花对自己是非常有感情的，只是自己忽略了齐兰花的感情。在对待齐兰花的感情上，自己表现出来的常常是冷漠或视而不见。他只是把她当作一个生活的伴侣，当作一个干活操持家务的农家妇女。

感情是什么？感情难道就是花前月下卿卿我我的嬉戏？感情难道就是剪不断理还乱的愁思？感情难道就是被现实生活打碎而不能拼接起来的镜子？感情难道就是有情人的常相思和无情人的常厮守所带来的那份煎熬？感情真是一种说不清道不明的东西！真是一种只可意会不可言传的东西！看来，自己和龙凤云的感情的的确确是一场悲剧，两人那种沁透骨髓的恋情，注定要有个终结。换言之，也就是说，金大强和龙凤云成不了夫妻，这是金大强潜意识的传统道德观念决定的，也是金大强和齐兰花筑巢十年而形成的肉贴骨头的关系所决定的！齐兰花虽然忏悔说，她对不起金大强，她无脸面再回这个家，但是，这不是她的真心。金大强比谁都了解齐兰花，他知道齐兰花割舍不了这个家，她舍不了金蛋儿，更舍不了他金大强。而正是有了这种忏悔，才让金大强彻底地感受到了齐兰花对自己的依恋和真爱，才让金大强坚定了破镜重圆的决心。金大强想，自己已经给龙凤云带来了很大的痛苦，龙凤云是他这辈子最对不住的一个人。割舍与这个女人的情感，虽然痛苦，但是，他才不会受到良心的谴责。金龙湾人把抛妻再娶的男人看得很贱，把抛妻再娶看成是胡来。如果他割舍齐兰花，感情上也许不会有多痛苦，但是，他会受到社会舆论的谴责。他的良心将会一辈子得不到安宁，他在金龙湾老少爷们的面前将永远直不起腰来！

离开监狱的时候，金蛋哭喊着要找妈妈。连狱警都为金蛋儿撕心裂肺的哭喊声掉了眼泪！

金大强探监回来的第二天早起，接到监狱里打来的一个电话，说是齐兰花半夜在厕所间方便的时候，把自己吊死在了厕所间的窗户上！

金大强被这突如其来的消息惊呆了！

第四十章

小满过后又下了一场雨，地里墒情好，都紧忙着把玉米点种上了。麦子一天一个样地成熟着，昨天到地里去看的时候，还是蛋青色的一片，今儿中午再一瞅，都变成胶泥黄了。

齐兰花埋在蛋鸡场西北角靠近金龙河的岸边。几场雨下得，已经把小土包夯实，毛茸茸的青草和野花分布在上边。清明节那天烧的纸还留着燃烧过的痕迹。

金大强在坟头边站了一会儿，心里默默地怨道，兰花，你真傻呀！你的心眼咋这么窄哩！

离开坟头，金大强到麦田里转了一圈，看到在阳光下闪着金黄色波浪的麦田，嗅着随风飘来的诱人的麦香。远处坐落的一个个塑料大棚内，早熟的瓜果蔬菜，已经收获。和城里的几家超市签订了合同，到了该送货的时节了！

昔日专靠吃低保养家糊口的龙满祥现在可牛起来了！

有韩秀女牵线，那个“暂时保密”已经被揭开了红头盖。村人们终于得知，原来嫁给满祥叔的女人是何明兰！何明兰就是何真的娘，何真的爹死后，村人都习惯地称她何寡妇。如今龙满祥明媒正娶了何寡妇，村人们又改口叫她何明兰或者“满祥家的”。何明兰与龙满祥结了婚，等于两家合为一家。何真虽然没随她娘住进龙满祥家，但是，两家本来住得就不远。何真一有空就朝她妈的新家去。何真接替了韩秀女妇女主任的职务，除了做好村里的妇女儿童工作外，还兼任金龙湾村农产食品加工厂的副厂长，主要分管产品生产和质量监测。工作一忙就很少回家吃饭，有时候到满祥叔家蹭一顿。满祥叔家三个孩子都大了，一个女孩也到食品厂工作，另一个男孩到旧房改造工地干活，最小的一个在乡初中读书。昔日的两家特困户，成为全村脱贫致富的带头人。

龙满祥组建的金龙湾村运输队包揽了全村所有的运输活计。且不说建设农产食品加工厂的机器安装、土木材料运送、改造旧房的垃圾清运、建筑材料的运输等就有忙不完的活计，而每日朝城里超市送农产品的活计，也占去了运输队一半的车辆。龙满祥的四辆车，每天凌晨两点把农产品装上车，运到城里的时候，超市还没开门，把货卸完，不误超市八点开门营业。

金明州一家人的生活也发生了很大变化。金明州也不再专等着吃低保养活一家。他本人到农产食品加工厂当了门卫，能领到一份工资。两个闺女都满了十八岁，跟着何真去郑州立志参加技术培训，已经培训期满，成为加工厂的熟练工。还有个儿子初中毕业考上了市里一家技术职业学校，学的是厨艺，学习结业后，被县城一家餐馆聘为厨师。虽然每月工资不少拿，但是，金明州听大强说，村里农产食品加工厂为方便加夜班的职工，也要办个职工食堂。金明州就给儿子打电话，让儿子辞掉城里餐馆的工作，回村里为咱自己的职工服务。

从去年下半年到今年春上，村子已经有了巨大变化，改造旧房，建设社会主义新农村的试点工作开展得不慢。全村百分之八十的农户都积极报名，参与旧房改造，把破房子拆掉建排房。有百分之十的农户开始时持观望状态，看到村里拆掉旧房的土地上，一座座规划整齐的小楼房已经初具规模，便也申请参加旧房改造项目。仅有极少数几家，受龙满福的影响舍不得拆掉自家的小楼。金大强把这种情况向季书记、雷乡长作了汇报，季书记说：“啥事都不能一刀切，有百分之八十的乡亲积极参与社会主义新农村建设，这就很好了！即便这百分之八十的农户，也不能一次改造完成，要分成批，划成片，归成排，一批一批地拆迁，一片一片地规划，一排一排地建设，建设好一排，再建设下一排！观望的先让他们观望也好，等人家搬进成排的窗明几净的二层小楼里安家落户后，组织这些人家到新房里去参观，屋内安装的自来水管道和暖气管道，厨房里灶台上使用的天然气炉灶，卫生间里能洗澡能方便却没有一星点儿臭味。屋内一切设施，比城里人住的高楼大厦不差，与城里人想住却买不起的那种‘别墅’也不差！到那时他们会后悔自家没早点申报改造！他们会求着村里申请改造旧房哩！”

村里的日常事务韩秀女主管，除此，还担任旧房改造的副指挥长。韩秀女真是个勤快而又能干的女子，从各家各户的旧房面积统计到搬迁、拆迁，她领着一班年轻人一家一户地跑，一家一户地安排落实，工作安排得井然有序，整个基础工作有条不紊地进行着。

旧房改造试点工作开始后，金大强没睡过一个囫囵觉，没吃过一顿应时饭，跑乡里县里报项目、筹集资金，请城市建设部门的专家到村里勘测、设计、规划，联系施工队等等。虽然金大强为做这些工作，身上跑掉了几斤肉，但是，看到村里破败的旧房渐渐消失，一片废墟上，一排排二层小楼挺拔立起，金大强的心里别提多高兴了。

眼看着快收麦了，但庄稼人已不像过去那样紧忙着去准备麦收工具。过去麦收前要赶个小满集，把铲子、镰刀、木杈、木锨等收割工具置买全，打麦的场地要腾出来碾平整。现在不需要了。现在用的是大型收割机，收割机从麦田里轰鸣着开过去，麦秸就和麦粒分离了，成袋的麦子已经装好堆在了地头。

龙满祥的运输队，购买了一台收割机。金龙湾的两千多亩小麦，收割机日夜不停地干，五天已经收割完成。

金大强到农产食品加工厂去看了看，土建工程已经完成，生产车间机器安装完毕，正在试车生产。何真带领的在郑州培训过的本村工人，身穿统一的白色工装，头戴统一制作的安全卫生帽，精神抖擞，比起大城市大工厂的职工一点儿也不差！

资金本来稍有欠缺，齐兰花投案解除了龙聪的误会，金大强卖鸡蛋的收入包赔了鸭子毒死的损失，得到了龙聪的谅解。龙聪对金大强前嫌尽释，终于同意用养鸭场作贷款抵押。有了这笔资金，解决了农产食品加工厂的开工生产的流动资金周转问题，也顾了大急。

金大强表扬韩秀女床头工作做得好。

韩秀女红了脸说，龙聪全是被你金大支书感动的。他没想到，你连自己的老婆也不袒护。为赔俺家损失，把自己心爱的摩托也卖了。龙聪说，他误解了你，听信别人的话才花钱雇人告状，有了这种愧疚，他才决定用鸭场作抵押来表达自己对金大强的歉意。

听韩秀女讲完这些，金大强非常感动，他觉得金龙湾的人太好了，太实在了。他作为金龙湾的支部书记，季书记说他是金龙湾的“领头雁”，如果不能带领金龙湾的人富裕起来，不彻底改变金龙湾的旧面貌，让金龙湾振兴起来，强起来，富起来，美起来，他就无颜面对金龙湾的父老乡亲们！

看着村子里日新月异的变化，金大强的心里充满了希望，感到了踏实！

第四十一章

龙凤云是什么时候从城里回来的，金大强真的不知道。直到那天早起，金大强给母鸡们上完食，支撒着手从鸡舍里走出来。走到门口的时候，一抬头，才看到门口站着一个人。他以为自己看花了眼，又仔细看看，才确认那人是龙凤云。

内心的喜悦心情是难以抑制的。但是，金大强毕竟是一个成熟的男人，他克制着没有让自己的感情过分流露，只是微微地笑着问："啥时候回来的？"

"快两个月了。"龙凤云的话语里充满了一种怨。

"这段时间太忙，真的不知道你回来了，不然会去看你的！"金大强诚心实意地说。

"哪敢劳你大驾，金支书是大忙人！忙旧房改造、忙建食品厂！忙的都是大事！"龙凤云确实是生了气来的。

齐姑和龙跃把她接回来的第二天，她就来找过金大强，金大强不在家。金母见龙凤云一脸怔怔的样子，便故意地唠叨道："兰花这闺女是真傻呀！你说，你喜欢咱大强，你爱咱大强，你就喜欢呗，你就爱呗。大强都和你亲亲地过了这些年，金蛋儿一转眼都长成大孩子啦，大强他还能被人抢了去？你也划不着去投毒报复人家呀！再说，秀女是多么好的人啊，她和咱大强因村里的事来往密稠了些，你就起了疑心，你把秀女的清白也搅糊涂了不是？不过，咱大强的心眼好，心眼实在，你齐兰花犯了错蹲两年大狱，别说两年，就是十年，咱大强也等你回来，咱大强也不会再娶！可是，兰花咋恁傻！咋就想不开寻了短见呢！”

龙凤云也不是傻子，她听出金母说这段话是给她听的。金母的话像一把剪刀铰着一团乱麻，然后又把那团乱麻塞进了她的心里，她感觉自己的心里很乱，又有些被乱麻刺痛的难受。她不知道如何接金母的话，她急于见到金大强，她想听听金大强究竟对她是什么态度。她走的时候，对金母说："婶，大强回来你给他说一声，就说俺回来了！"

金母答非所问地道："闺女呀，大强这些天心里也不好受。自打兰花走后，金蛋儿整天喊着找他娘，孩子真可怜呢！"

听了金母这话，龙凤云心情惆怅地离开了金家。

龙凤云在家待了几天，这些天她时时刻刻想着金大强来看她，金大强知道她回来了一定会来看她的！可是一连数天，金大强连个面也不见。龙凤云待在自己的屋里生闷气，怨恨着金大强不来看她，怨恨着金大强的薄情寡义。她在心里和金大强赌气，她想，只要金大强不来找她。她决不再去找金大强！

龙凤云的爸龙满福不知道吃了什么药，来了个一百八十度的大转弯。那天，龙满福慢腾腾地来到龙凤云的屋里。龙满福站在龙凤云对面，一改他的固执和高傲，连连地"唉！唉！"了几声，像是对自己的过去忏悔。凤云呀，爸耽误你啦！爸对不住你，对不住你呀！爸不该阻拦你和金大强的……龙凤云听着，泪水一下子盈满了眼眶，爸是真的忏悔吗？爸是真的认错了吗？即使如此，她就能谅解爸吗？但是，不谅解他又能怎么样呢？因了爸的固执，误了她的青春年华，她能向爸讨回这么多年的美好光阴吗？不能！她只能哀叹自己的命运，也许命运之神就是这样安排的！你越想得到的东西，它偏偏不让你得到，你不想要的东西，它偏偏赐予你。这就是命吗？龙凤云还在赌气的时候，便听见龙满福在院子里说："兰花这闺女傻呀，咋就寻了短见呢！不过，即使活着从监狱里出来，金大强也不一定要她哩！金大强是支书，咋会要一个坐过监狱的女人哩！”爸这话难道是故意说给自己听的？可是，听大强母亲的话音，金大强心里只有齐兰花。爸和她究竟谁说的对呢？自己一定要弄个清楚明白，一定要亲口问问金大强，他心里还有没有自己？她苦苦地等了他十多年，他还让她等吗？现在机会来了，他能不能割断对齐兰花的恩爱？只要他娶她，她愿意跟了他到天涯海角去，跟了他远离金龙湾。她这样想着的时候，就觉得自己和金大强赌气实在没什么意思，也许金母根本没有告诉他自己去找过他。也许他真的不知道自己从城里回来了。现在听了金大强的表白，心里那股怨气便如抽丝般一缕一缕抽去了。

在金大强的想法里，龙凤云的出走，龙凤云直到现在未嫁，都是因了自己。因此，便对龙凤云有了一种内疚，有了一种负罪感。他虽然听出龙凤云的话里明显地含了对自己的怨气和不满，但他都能理解。他真的希望龙凤云多怪罪他一些，多怨恨他一些，那样，他的心态或许会平衡些。听了龙凤云怨他的话，他便开玩笑地道：“金支书再忙，也不敢慢待你呀！”

龙凤云听了这句话，心一下子又如掉进了冰窖里。她仔细地体味着这句话，她觉得这句话非常陌生，非常世故。拉远了她和金大强之间的距离。从这句话里，她感受到金大强从来没有与她这么隔膜过，金大强从来没有这么世故过。她没见到金大强之前，准备了很多话要说。可是，现在，她不知说什么好。她用凄怨的目光盯着金大强，她希望看到过去的金大强，她希望金大强对他刚刚说过的那句话掩饰一下。但是，她没有得到她希望的东西。她的耳边却响着金大强的另一种声音。

金大强说：“凤云，不能再拖了，还是找个好人家嫁了吧，找一个比我好的人，比我好一百倍的男人！”天呢，这就是从她那个倾心爱慕的人嘴里说出来的话吗？那个让她苦心等了十多年的男人说出来的话吗？她的心颤抖着，她的心在流着泪！她怀疑这些话不是从金大强嘴里说出来的，可是，又毕竟是他说出来的！

她的怨和恨从那一刻起便慢慢地滋生起来。当初，她还弄不清那种怨和恨是对了谁的，是对自己，还是对金大强，还是别的人？金大强曾经是自己的最爱，现在他变了，他已经不爱自己，他是那么无情地抛弃了自己，他像扔一块破抹布一样把自己扔到了一边！难道这怨和恨都是对了他的？不！不！龙凤云否认了这一点，她怎能怨恨金大强！金大强是她日思夜想的恋人，她等了他十多年，这十多年里，她没有一刻忘记过他呀！

金大强非常客气地与她保持着距离。金大强没有把她朝屋里让，而是就在门外的空地上站着说话。金大强这样做的目的，完全是为了龙凤云好。这大天白日的，他怕把龙凤云领进屋里，惹出麻烦和是非来。他现在是个孤男，虽然齐兰花活着的时候，他对齐兰花并没有太多的爱恋，但是，齐兰花突然离去，确实给他带来了痛惜和悲哀！特别是金蛋哭着要妈妈时，他的心如针刺般的疼痛！他还没能从悲痛和怀念中走出来。现在和自己过去的情人钻进这低矮的茅屋里，若撞见人来，还真的说不清道不明。

金大强希望龙凤云尽快从忧愁与苦闷中解脱出来，他希望十年前那个性情开朗活泼、天真烂漫、无忧无虑的女孩子快回来。他希望龙凤云不要再把自己闷在家里。农产食品加工厂已经开工投产了，还缺人手，他向龙凤云提出了邀请，希望对方能到农产食品加工厂工作。

龙凤云错误地理解了金大强的心情，她把金大强的客气看作是一种虚伪，把金大强对她的态度看作是一种负心的表现。有了这种理解，她的怨和恨便恣意地生长起来，并且这种指向也渐渐地清晰起来。难道真的如人说的那样吗？爱得越深就恨得越深吗？她这样想着的时候，恐惧便聚上了她的心头。此时，她已经被自己的泪水浸透了，她觉得自己很难再控制下去。她如果再待下去，说不定就会像一头发怒的母狮一样扑向她最爱的人，她要撕扯他，吞噬他！

最后，她终于回身跑掉了。在她跑走的时候，她似乎听到了金大强惊讶的呼喊声。

第四十二章

金大强明白，龙凤云没有答应去食品厂工作，不是她不愿去，而是对他有怨气，她抹不开面子。金大强便把让龙凤云到农产食品加工厂工作的想法讲给韩秀女，让韩秀女去龙家，做龙凤云的思想工作。韩秀女去了龙家，与龙凤云家长里短地说了半天话。一提到让她去农产食品加工厂工作的事，龙凤云默不作声了好一阵，不说去也没说不去。连站在一旁的齐姑都急了，帮腔说："你龙聪婶让你去农产食品加工厂上班，是多好的事，还不快答应你龙聪婶！"

韩秀女趁势说："先到农产食品加工厂干着，以后有啥想法再说。何真一开始到加工厂工作也不习惯，现在领着咱村里一帮姐妹们，干得可欢实呢！"

龙凤云这才点了点头。

第二天中午，金大强接到一个长途电话，这个电话让他感到十分突然和震惊。金大强再也不会想到这个电话竟然是龙进打过来的。

龙进告诉他，他现在和金二强在一起。金二强被胡丽的老板鬼屁指使的人打伤了。打工挣的钱都被胡丽骗走了。眼下，连看伤的钱也没有。龙进还对他说，二强现在很悲伤，他说自己已经没有脸面再回金龙湾了，更没脸见金母、哥和嫂子！在这里他举目无亲，又不能挣钱了。他已经没了活路，他只有死路一条！

龙进说，自己也不能出去做工，只能一天到晚看着二强，照顾着二强。生怕二强想不开，寻了短见。

龙进说，他之所以照顾二强，是因为要报答他大强哥。他在广州已经听说了，是大强哥救了何真！

龙进说，他已经知道他不能再和何真好。但是，何真是他同父异母的妹妹，他喜欢这个同父异母的妹妹。他希望妹妹好好地活着，能嫁一个她喜欢的男人！

龙进说，大强哥您是个好人，二强兄弟也是个好人！俺和二强、何真三个在学校读书时，何真喜欢的是二强，而不是我。只因二强怕影响学习冷落了何真，俺才和何真好上的。其实，何真心里一直喜欢的是二强！金喇叭说何真怀孕的事，纯粹是胡说八道！是造谣！俺根本没和何真亲近过……每次俺要和她好时，她都拒绝了！

龙进还说，俺无法报答大强哥，只有照顾好二强，也算是对大强哥的一种报答！大强哥，你快来把二强接回去吧！不然，我也快撑不住了！

金大强听龙进讲了这么多，很震惊，也很着急！意识到他和二强此时的处境都不太好，都很困窘！金大强便耐心地向龙进讲了村里的情况，农产食品加工厂就要建成投产了，旧房改造第一期工程即将结束，马上要进行第二期工程建设，还有高效农业产业园、高科技农业观光园等，都急着用人的时候！他很难离开！他要龙进和二强一起回来！村里的建设和发展，都需要你们和像你们这样有文化有知识的年轻人回来干！咱村里有你们的用武之地！村支部和乡亲们都盼着你们回家乡建设咱们的美好家园！

龙进说，我很感谢大强哥看得起我这个做了错事的人！但是，眼下我没脸面回去，等我在这儿混出个人样来，我再回去！大强哥您还是赶快来，先把二强接回去！我怕二强快熬不下去了……

金大强听龙进说得这么严重，一刻也不敢再耽误了。简单地收拾了一下，给金母说出去两天办点事，就急匆匆地走了。

在金大强去广州的那天傍晚，金大强家蛋鸡场的小茅屋着起了大火。茅屋旁边堆着草垛，火借了风势，把草垛燃烧起来。

金龙湾的村民们都提了桶，端了盆来救火。

金喜贵和韩秀女领了人去扑茅草屋里的火。他们看到茅草屋的顶已经烧光，只有房架还没倒塌。

金蛋在外边大声哭着要找妈妈。他的小手里，还紧紧攥着一盒火柴！

人们看到一个人正在屋里扑火。他们以为那人是金大强，都拼了命地去救人。被救出来的人，嘴里还发出微弱的声音："快……救……金大强，快救大强……"

有人认出那不是金大强，而是龙凤云！

大家不敢怠慢，便急忙找了车，送她去医院。

另一部分人到火里边去搜救，可是找了好一阵，也没找到金大强。

这时，金母从家里惊慌失措地赶来了，离好远，就吆喝道："咋着火了？咋就着火了？我刚喂完鸡回到家还没喘口气呢，咋就着了火？"

她一眼看到金蛋儿手里的火柴，吓得连声音都变调了："我的小祖宗，又给你娘送纸'钱'花哩！"

人们这才明白，是不懂事的金蛋在草垛前烧纸，把草垛燃着了。草垛借着风势，燃着了小屋！

大家急忙问金支书去了哪儿，听金母说大强外出办事了，才都松了一口气。韩秀女和金喜贵等人提着的心才放下来。

金喇叭和小学校长赵步初最先发现茅屋着的火。两人吃了晚饭来找金大强汇报学校的工作。离茅屋百十米远的地方，就发现起了火。他们看到一个女人先是呆呆地站在那里看，后又见那女人如疯了一般朝着了火的茅屋里扑去。金喇叭看出来，那女人似乎要进去救人。

金大强带着二强回来的第二天，送二强去医院看病拿药。经医生检查，金二强的身体也没大碍，主要是和胡丽闹出来的心病。金大强一路地劝慰，病已经好了大半。听说村里这两年发生了这么大的变化，又听龙进暗示他何真还一直喜欢着他，就决定养好病也不走了，哪儿也不去了！就在金龙湾跟着大哥好好干下去！

金大强又到烧伤科去看望龙凤云，见龙凤云两只手上涂着烧伤药，额头上也涂着药，神情有些惆怅。躺在病床上，一副愁眉不展的样子。

金大强已经听说，龙凤云是为了救他才冲进小屋里烧伤的，心里产生了一种难以诉说的感动！看到龙凤云默默注视他的眼神，叫了声“凤云”，却不知道说啥好。

龙凤云深情的目光，盯着金大强。她没有说一句话，但可以看出她的心情很不平静。她的眼里渐渐地盈满了晶莹的泪花！

金大强的心被那晶莹的泪花打湿了！

他俯下身子，为龙凤云擦拭着流到脸颊的泪花，轻声地说：“凤云，别难过，好好养伤！我等着你！等着你养好伤回咱金龙湾，建设咱们美好的家！”

从医院回来，金大强就忙着组织村干部筹备村里农产食品加工厂正式投产和第一期旧房改造新房交接仪式的有关事宜。与此同时，还要再选派一批青年人去郑州立志食品厂参加第二期技术培训班。经村委会商议决定，让金二强带队，带领穗儿等一批年轻人去，预计在麦收前完成培训任务。这批人将来可是金龙湾农产食品加工厂的技术骨干力量哩！

农产食品加工厂正式投产和第一期旧房改造新房交接仪式定在麦收后的 6 月 18 日，农历五月二十，这是个吉祥日。季书记、雷乡长带着全乡各村的支部书记和村长都来了。乡里借着金龙湾村食品厂投产和新房交接仪式举行现场会。现场会是在农产食品加工厂东边新建好的金龙湾村文化广场举行的。村文化广场的东边是第一期旧房改造项目第一批新房建成区域，一排排新建的二层小楼，颇具乡村别墅的特色，洁白的外墙用褐红色的涂料镶边，既洁净大方，又美观养眼，玻璃窗在阳光的照射下反射出熠熠的亮色，红色的瓦顶整齐划一，把一幢幢小楼装饰得越发美观！

正逢星期天，乡中心小学的鼓乐队前来助威。小学校长赵步初还带来了学校的舞蹈队，又是唱歌又是跳舞，场面十分隆重。县电视台也来了，几个男男女女，扛着摄像机、照相机，又是拍照，又是录像。一个扛摄像机的青年男子，把镜头对着人群里的何真，让她谈谈即将要搬迁进新房有啥感受。何真还没遇到过这阵势，不知道啥感受，哈哈笑着摆着手，直往人群里退。

站在何真身边的金二强为何真解围道："大记者，俺对象还以为你要表扬她哩，才谦虚着不愿说。她不说俺说！"

金二强接过一个女记者递给他的话筒，说："要说搬进新房有啥感受呢？这最大的感受，就是要感谢共产党，感谢党中央，感谢国家政府，党中央的政策好啊！不让一个农民受穷吃苦，不让一户农民没房子住，不让一户农民住破房危房！咱老百姓打心眼里感谢共产党，感谢国家政府，也感谢县里、乡里领导对俺金龙湾的大力支持！也感谢俺哥金大强、韩秀女这些村干部啊，为了改变俺村的旧面貌，为了让俺村两千口子人过上富足、幸福的日子，他们吃了多少苦，克服了多少困难，俺们心里都有数！他们可是立了大功了！乡亲们，俺说得对不对呀？"

"二强说得对！"

"二强说的话就是俺们要说的话！"

人群里立刻响起一片叫好声和掌声！

女记者向二强提问："听您这讲话的口才，倒像个有知识有文化的人才？请您谈谈，您是如何把自己所学的知识运用到乡村振兴、建设社会主义新农村的具体工作中去的？"

金二强红了脸，不好意思地说："我算不得知识分子，我只是读了几年高中。不过，自从我大哥把我从南方接回来，投入到脱贫攻坚、乡村振兴、建设社会主义新农村的工作中，我确实感受到了知识的重要性！脱贫攻坚、乡村振兴，科学种田，建设新农村，真的需要有知识有文化的人才！我回来这半年的时间，已经感到自己有了用武之地！我不会再外出打工了，我要把自己的青春献给这片生我养我的土地！我要让这片家乡的土地富起来！美起来！强起来！”

季书记和雷乡长，带着参加现场会的百十人，先参观了高效农业种植园和生态观光园、几家规模较大的养殖场，参观了农产食品加工厂、第一期旧房改造项目建起来的新楼房。参观者边看边议论，看到金龙湾在两三年时间里发生了这么巨大的变化，都觉得是个奇迹！很多村干部表示，回去后，一定照着金龙湾的样子干，也要把自己的村庄建设成社会主义新农村的模样！

季书记在剪彩仪式上讲了话，他对以金大强为首的金龙湾村党支部的工作给予了高度的赞扬。

季书记说，金龙湾党支部一班人，在脱贫攻坚、乡村振兴、改旧创新、建设社会主义新农村的工作中，严格执行党的方针政策，切实保障人民群众的切身利益。想为农民所想，干为农民所干，一切为了农民利益，为了让乡亲们早日走出贫困，过上安康、美满、幸福的生活，他们顶住了各种压力，克服了重重困难！使金龙湾村终于走上了乡村振兴之路的快车道，让金龙湾呈现出经济发展、欣欣向荣的大好势头，全村面貌发生了天翻地覆的巨大变化！他们的精神是值得学习的！他们的经验是值得推广的！他们的干劲是值得表扬的！

季书记讲道，在剪彩仪式开始之前，咱们都去参观了金龙湾村的改旧建新工程，参观了金龙湾村的村办企业项目，参观了高效农业园，养殖业和种植业，看到高效种植园里，那些红的西红柿、紫的茄子、青的西葫芦，马上都会变成大把大把的票子！金龙湾的父老乡亲们，都等着去园子里捡钱吧！

季春阳幽默风趣的讲话，赢得台下一阵阵热烈的掌声！

季春阳摆了摆手，等会场静下来，继续讲道：“咱们还去参观了金龙湾村的养殖业。养鸡场，养牛场，养羊场，养鸭场。金龙湾村的养殖业，从原来金大强和龙聪的两户，发展到现在的三十多家，形势喜人呢！”季春阳讲到兴奋处，站了起来，把手一挥，提高了嗓音说，“我再说一遍，金龙湾在脱贫攻坚、乡村振兴之路上发生的巨大变化，说明一个道理，是金龙湾村有一个坚强的党支部领导班子！有一个无私无畏的领头雁！金大强同志牢记共产党员的宗旨意识，带领全村村民脱贫攻坚，走共同富裕的道路，实现乡村振兴、建设社会主义新农村的宏伟目标，作出了卓越的贡献！乡党委要把金龙湾的经验在全乡推广，并向全县推广！”

龙满福病没有痊愈，本来没通知他参加会议。可是，他却硬撑着让齐姑推辆三轮车带着他来参加了剪彩仪式。他的嘴稍歪，眼稍斜，不笑的时候不太明显，一笑起来，让人感觉比哭还难受。他脸上始终表现出一种让人捉摸不透的神情。

季书记讲完了话，金大强把话筒递给龙满福，要他讲几句。他好像没有思想准备，推让一下，见金大强执意要他讲，便清清嗓子道：“刚才季书记都讲了，很好哩。他表扬了咱金龙湾，是咱金龙湾的骄傲！不过办这农产食品加工厂呢，还有改造旧房、把宅基地拢到一起盖排房，可都是新事。咱们种庄稼是内行，办工厂啦、盖排房啦，可是大闺女坐轿——头一次……”见季书记非常反感地看着他，便不说了，把话筒放到了桌子上。

金大强拿起话筒，说：“满福叔说得对哩。农产食品加工厂虽然今天正式投入生产了，第一期旧房改造、新房建设项目也顺利完成了，但是，这才是刚刚起步，困难还很多哩！无论有多大困难，咱有决心、有信心、有全村老少爷们的齐心，就没有克服不了的困难！俺就一句话，乡亲们看得起俺，俺就当好这个村官，拉好这个套，打赢脱贫攻坚战，带领咱们金龙湾村的父老乡亲们沿着乡村振兴这条大道坚定不移地走下去，让咱们金龙湾人早日进入小康社会，过上衣食无忧，环境优美，幸福安康的美好生活！”

金大强掏心窝子的话，赢得村民们一阵阵热烈的掌声！

激越的掌声，惊动了金龙河岸柳树上栖息的雀儿，它们欢快地叫着，向无边的原野飞去。初夏的阳光下，金龙河水泛着粼粼的波光，一如既往地向下游流去。正是花果飘香的时节，也是孕育着丰收的时节，浓郁的花香、果香随风飘来，令人陶醉在这片充满希望的田野上！

2022年11月18日定稿

后记：关于一条河流的传说

上世纪六七十年代，我曾在豫东平原上的一个村庄生活了九年。那个村庄留给我的印象，是低矮的一座座草房错落、杂乱地依附在一片黄土地上。村子里散落着高矮不等的柳树、桐树和杨树。遇到下雨的日子，狭窄的村路上布满了泥泞，至少等太阳出来后晒上五六天，那些泥泞才会变成如干坯一样的土疙瘩。

一九六九年的那个冬天，我还是个少年。和父母被生产队的一辆牛车拉到了豫东平原一个叫陶河的村子。我们不是来走亲串门，而是从县城下放到这里种田。我们的身份由城镇居民转变为陶河的村民。牛车上装着我们的全部家当——一张破木板床和锅碗瓢勺、铺盖之类的生活用品。我们被安排住进了两间草房里。后来得知，草房原是生产队的牲口屋。只因牛马驴繁衍后代过速，便给它们新盖了十多间宽敞明亮的住房，而把这两间狭窄的草房留给了我们。

少年的萌动让渴望新生活的激情没能持续多久。贫穷、落后、寂寞、冷酷让一颗火热的心渐渐冷却下来。陌生的面孔，陌生的房屋，陌生的环境，让一个少年失去了新鲜感，切肤地感受到了寂寞和孤独。

唯一感兴趣的是村子南边东西向的一条河流。正值冬季，雪覆盖着河堤、河坡，河岸上的柳枝被雪水结成的冰凌压弯了腰，河面上结着厚厚的冰，似乎与河堤、河岸、河坡融为一体。在银装素裹下，这条小河成了童话般的世界。内心彷徨的时候，总会沿着河岸、踏着积雪行走。河道冰面上有黑色的小鸟迅速地掠过，一闪即逝。积雪覆盖的河岸上留下一串深深的脚窝。

冬去春来，冰雪融化后的小河呈现出它美丽的姿态。清澈的河水，欢快的鱼儿在水中戏游，油绿的水草如女人长长的秀发在微微流动的水波中舒展缱绻，婀娜多姿，青青的浮萍漂浮在水面，虽然还没到花季，但是，盎然生机展示着它的另一种美丽。河坡上的野花野草竞相峥嵘，嫩黄色的柳枝在春风中摇曳着，播报着春天的气息。

这条小河，成为一个少年的伊甸园。多少年之后，我曾多次游览长江，也曾无数次徘徊在黄河的岸边，但是，它们的博大、浩瀚，却难以抵消我对那条细细小河的怀念。小河的水在石桥下涓涓流淌的形态，让我难以忘怀。

一个雷雨交加的黄昏，我目睹了一名女子投河抗婚的悲剧。女子叫小启，住在离我家不远的一个破茅草屋里。小启那年十七岁，长得很秀气。他的父亲要把她嫁给一个煤矿工人。这个煤矿工人已经四十多岁，他的妻子得痨病而死，撇下一男一女两个孩子。小启将成为煤矿工人的第二任新娘。父亲接收了男人五百元的彩礼钱，便一手包办了小启的婚姻。在那个年代，五百元钱让小启的父亲从一贫如洗的农民成为一个村子的富翁！明天是男方接亲的日子。小启穿上那身只有过年才舍得穿的水红色上衣，躲过家人和村人的目光，独自去了小河边。当有人发现她的尸体在小河中漂浮的时候，夜幔正悄悄降临。

小启的悲剧，震惊了我的灵魂！原来，贫穷可以夺走一个花季少女的青春和生命！

后来，才知道，那条小河不叫陶河，它有一个令人沮丧的名字，叫，枯河！抑或是哭河！

是枯河，还是哭河呢？

恢复高考后的第一年，我考上了一所师范学校，从陶河走进了城市，从贫穷逐渐走向富足。但是，无论是读书期间，或者是参加工作之后，陶河，那个贫困的乡村，枯河或哭河，那条流淌着涓涓溪水的河流，那个给了我无尽痛苦和煎熬的地方，给了我无限憧憬和渴望的地方，却成了我永久的记忆！那个曾经给了我痛苦和煎熬的地方，却时常萦绕在我的心头。四十年后的某一天，我终于又回了一次陶河。但是，那已经不是我魂牵梦萦的地方。低矮的茅草屋不见了，取而代之的是一座座青砖红瓦的小楼，田野里耕作农事的牲畜不见了，取而代之的是轰鸣的机械化耕作。村头的树荫下，几位老人在聊天。沧桑虽然写在他们的脸上，但是，却遮掩不住从内心里流淌出来的幸福和满足。仔细地辨别后，还能依稀记起他们当年面朝黄土背朝天的身影。

在我迷上用文字来打发时光时，首先，陶河，枯河或哭河，成了我笔下流淌的激流。我先后写了一批以陶河为素材的作品，我写了陶河人的质朴和憨厚，写了陶河人的奋斗和拼搏，写了陶河人的希望和追求，写了陶河人的过去和现在，以及未来！

看到陶河村发生了翻天覆地的变化，领略了陶河人在脱贫攻坚、乡村振兴、建设社会主义新农村的拼搏中，不畏艰辛，勤劳奋进，终于甩掉了贫穷落后的帽子，实现了乡村振兴的梦想，彻底让自己的家乡旧貌换新颜，从而过上了幸福美满的生活，我的心一下子热了！我为他们的快乐而快乐，也为他们的幸福而幸福！

2022 年 11 月 30 日于河南省周口市淮阳区

图书在版编目（CIP）数据

攻坚 / 钱良营著. -- 北京：作家出版社，2024. 9
（钱良营作品集）
ISBN 978-7-5212-2907-3

Ⅰ. ①攻… Ⅱ. ①钱… Ⅲ. ①长篇小说 - 中国 - 当代
Ⅳ. ①I247.5

中国国家版本馆CIP数据核字（2024）第105769号

攻　坚

作　　者：钱良营
封面题字：李纯博
责任编辑：宋辰辰
装帧设计：老　左
出版发行：作家出版社有限公司
社　　址：北京农展馆南里10号　　**邮　　编**：100125
电话传真：86-10-65067186（发行中心及邮购部）
86-10-65004079（总编室）
E-mail:zuojia@zuojia.net.cn
http://www.zuojiachubanshe.com
印　　刷：三河市紫恒印装有限公司
成品尺寸：152×230
字　　数：231千
印　　张：17.5
版　　次：2024年9月第1版
印　　次：2024年9月第1次印刷
ISBN　978-7-5212-2907-3
定　　价：268. 00元（全五册）

扶贫博士

钱良营作品集·中短篇小说集

作家出版社

作者简介

钱良营

河南周口市淮阳区人，中国作家协会会员。

在《十月》《当代》《青年文学》《北京文学》《清明》等杂志和报纸发表作品多篇。著有长篇小说《包公下陈州》《老街坊》《丁国庆的幸福梦》《草帽虎之恋》等六部，出版中短篇小说集《会走的湖》《陈州故事》等。《老街坊》获河南省精神文明建设“五个一工程奖”等多个奖项。另有二十余部作品获奖。

目录

中篇小说

短篇小说

中篇小说

西屯片长陈百姓

除非车轱辘从我身上碾过去

西屯的村长周克吉暴死的消息传回来，村子里像炸了营般乱成一锅粥。

周克吉前天去的县城，走的时候对副村长兼文书周二海说，他到县交通局活动活动，让县交通局为村里修路筹点儿钱。东屯侯老帽的大儿子在县交通局当副局长，周克吉活动的人就是侯老帽的大儿子。周克吉是如何活动侯副局长的，村里人不得而知，只是听说，当天周克吉喝醉了酒，住进了县城大风光浴池里。大风光浴池既能洗澡又能睡觉，而且睡一夜要比住在其他宾馆里便宜。周克吉图了便宜，洗完澡，住进浴池的客房里，没想到第二天早起被人发现死在了房间里。周克吉究竟是啥原因死的，是被人图财害命，还是突然得了急病？这不是村民们最关心的。村民们最关心的事情是，周村长向每位村民派了五十元的修路款。款子已经收缴大半年了，可是，村里的路还没动过一铁锹，路还是那条“水泥”路——有污水有黄泥巴的路。

周克吉弟兄五个，在西屯村被村民称为五虎上将。周克吉是五虎上将中的老三。老三把持着村里大权，向来以手腕硬心肠铁压得住阵脚。村民对周村长，从不敢龇牙说个“不”字。乡里布置的工作，周克吉在大喇叭上一吆喝，限定当天完成，没有谁敢拖到过夜的。可是，树倒猢狲散，墙倒众人推。周克吉暴死的消息刚一传开，西屯就如过节般的热闹。村民们三三两两走到村头，相互交头接耳，打听着周村长突然死掉的原因。有得到消息早一些的，就爆出了死在大风光浴池里的丑闻。一听说人死在了浴池里，人群里就有了暧昧的笑和言不由衷的叹息。怎么突然死在了浴池里呢？浴池又是个什么地方呢？并且是在浴池过夜时死掉的，死的时候有没有小姐在场？是突然得病死的还是被人害死的？各种疑问在村民们的心里萦绕着。

最关键的问题逐渐明朗，周村长一死，修路款去了哪儿？不能因了周村长的死就让修路款打了水漂！这笔账找谁去算？找周村长的老婆大白脸？大白脸死了男人，悲悲切切地把眼珠子哭得红肿，找她是不适宜的。找周村长的那些弟兄们？周村长的弟兄们一边正为周村长的丧事忙活，另一边还要为周村长不明不白的死向大风光浴池讨要说法，哪顾得和众乡邻们去掰弄这笔账。那么就找副村长兼文书周二海？可是，周二海是周村长的应声虫。周二海虽然挂了两个职位，其实，一点儿屁家也当不了的。周村长让他打狗他不敢撵鸡，让他撵鸡他不敢逮鸭。虽然是文书，村里财政大权却是周村长一手把持的。周二海人送绰号二泥鳅，是说他为人太油滑，平常谁找他说点儿小事，他还一推六二五呢，何况牵涉到三千多人集资的修路款！那么这笔账找谁算呢？议论来议论去，最妥当的法子还是去找乡政府领导。西屯片东、西、南、北、中五个村组上访告状是有着丰富经验的。连县信访局的领导们都知道清河乡西屯片是赫赫有名的上访村。这一次上访，决定先到乡政府蹚蹚路子。周克吉这个村长是乡政府内定的，当时选举不过走个过场。老焦组织选举时向大家讲过，你投周克吉的票他是村长，你不投他的票他也是村长，倒不如留个人情给自己。老焦代表乡政府领导说了这话，谁还不把票投给周克吉？再说，周家弟兄五个，每人分包一个自然村，分头做大家伙的工作，利诱威胁一起上。村民们一是顾全大局，二是顺水推舟，三是迫于周家五虎上将的压力（也得了点儿甜头，在投票前，周克吉给每户发了一盒烟），便遵从乡政府的意愿选了周克吉。现在周克吉人不在了，找乡政府讨要集资修路款就有了名正言顺的理由。如果乡政府不给说法，再到县里省里去也不迟。总之，大家牙缝里挤出来的血汗钱不能被哪个龟孙子吞没了！

这个建议一提出来，马上就得到了呼应。周克吉死了，找乡政府是没错的。要找还要赶早了找，免得事情凉下来再去找，乡里推三挡四。很快，西屯、东屯、南屯、北屯，加上中屯，各派出五至十人，组成一支上访代表队伍，开了五辆四轮车，每辆车上扯了白布黑字的上访告状横标，浩浩荡荡开出村，直奔乡政府。

陈百姓和这支上访的队伍不期而遇。

陈百姓骑的是电动自行车。这辆倒霉的电动车出了点儿故障。陈百姓越骑越沉，速度逐渐慢下来。下车一看，发现前边的车轮胎瘪瘪的。仔细观察，见轮胎上竟然扎进了一根铁钉。陈百姓恨恨地骂道，娘的，哪个狗日的把铁钉扔在了路上，这不是和我陈百姓过不去吗！一边骂，一边从工具箱里找出一把钳子，弯了腰撅着屁股，用钳子夹了铁钉的钉帽，把铁钉朝外拔。谁知不拔还好些，钉子一拔出来，随着“噗”一声响，轮胎一下子瘪了下去。

车子是不能骑了。陈百姓蹲在前不着村、后不着店的路牙子上正犯愁，突然听见从对面传来“轰轰隆隆”的四轮车马达声。抬头望去，只见狼烟动地的尘土中，几辆四轮车呼啸着奔来。陈百姓心中窃喜，难道老丈人听说他今儿要来，特意派人接他的？不过，来一辆车就足够了，没必要兴师动众来这么多嘛。暗自得意之间，车子越来越近了。朦胧中看到每辆车上还拉着一道道横幅。嗨，小舅子们把这场面铺排得太大了！接就接呗，还搞啥的欢迎标语。浪费了不是？等到车子快到跟前时，感觉越发不对头了。欢迎标语怎么用白布条呢？太晦气了吧。再看那上边歪歪扭扭的黑字，就啥都明白了。懊悔自己自作多情。人家哪里是来欢迎自己，原来是要告状去的！

陈百姓再也来不及多想，急忙把电动车挡在路中间，叉着腰站在了车后边。心里想，这帮狗日的，给姑爷送这个见面礼呀。姑爷今儿来走马上任，小舅子们偏在今儿去“群访”，祝乡长还以为是我陈百姓煽动的呢！

打头的四轮一个急刹车停在了距电动车一米远的地方。驾车的小伙子开口就骂：“你个龟孙，活腻了咋的？好狗不挡道，挡道没好狗。堵在路口要讹大爷块棺材板呀！”

陈百姓认出，这是小舅子旁院的邻居，叫周榔头，按辈分得喊他姑父。由于陈百姓头上戴着头盔，周榔头没有认出挡道的是周家的姑爷，才敢于出言不逊的。

小舅子周大楞也在这辆车上，尽管陈百姓头遮得很严实，但是，看到停在路中间那辆破电动车，便认出挡道的并非是条狗，而是大姐夫。便骂周榔头道：“你这个浑球货，眼长到裤裆里了！那是你姑父，你也敢骂他？”

周榔头以为周大楞和他开玩笑，犟嘴道：“那是你姑父！俺才没有这么个恶狗挡道的姑父呢！”

周大楞气得去打周榔头。

陈百姓把头盔摘下来，得意地笑着说：“打！狠打这个狗日的浑球货！娘的，连老子跟前也敢耍横。让你尝尝我小舅子的厉害！”

车上的人一看真的是陈百姓，“轰”一声叫喊着跳下车，扑向陈百姓。一时，一群男人包围了陈百姓，一边笑骂着，一边在陈百姓身上胡抓乱摸。陈百姓的口袋里装着几盒烟，一个打火机，还有在老婆的超市里抓的一把口香糖。东西被那伙人打劫一空。

西屯这一带的风俗，姑爷到了老丈人村上，都会受到如此的“礼遇”。这叫“闹姑爷”。无论年长年幼，都可以和上门的姑爷闹上一阵子。掏空口袋，算便宜了你。碰到不客气的，甚至把姑爷的衣服扒掉，鞋子脱掉，全身上下仅留个短裤衩，然后再捆个

“老和尚看瓜”——把姑爷的两只手从两条腿下插到裤裆里捆绑起来——这一招专门对付那些口袋里不装一分钱东西的老鳖（注：比喻吝啬的人）——姑爷。陈百姓来之前做了充分准备。他本人是不抽烟的，却在口袋里装了烟和糖。如果不装几盒烟一把糖便宜了这些龟孙们，他就会遭受“老和尚看瓜”的“礼遇”。

周榔头得了一盒烟，卖乖地对陈百姓说：“姑父，你头上戴了个乌龟帽，侄儿一时没认出来，才把你当了挡路的狗。侄儿给你赔不是。”

陈百姓也不恼，笑着回道：“你个狗娘养的！戴着驴碍眼，才没有认出老姑父！来，把老子的车搬到你车上去，算是将功补过！”

周榔头摘下挂在鼻梁上的大蛤蟆镜，说：“姑父，你去看老丈人，俺去乡政府，咱南辕北辙呢。”

周克吉暴死的消息传到了乡里，乡里已经派人参与调查处理周克吉的死亡事件。祝乡长已预料到，周克吉的死会给西屯片带来混乱，才催促陈百姓赶快到西屯压阵脚。没想到半路上就遇到了西屯上访的队伍。陈百姓听了周榔头的话，看了一眼站在旁边左右为难的小舅子，说：“知道你们去乡政府呢。可是，乡政府派你姑父来了。你姑父就是——代表了乡政府的。有啥事咱回去商量……”

周榔头回头指了指后边的那几辆四轮车，说：“姑父，不是俺不给你面子。你只要说通后边的人，咱就回去商量。”

陈百姓说：“你小子别给姑父要这套鬼点子，把责任朝别人身上推。我看你就是打头的驴子，不然，你的四轮车咋跑在前头？”

周榔头说：“姑父，您老人家火眼金睛。可是，周村长一死，不去乡里闹腾闹腾，俺们那些修路款……”

陈百姓故意发了火，截了周榔头的话：“去乡里闹腾？要去乡里，除非你小子的四个车轱辘先从我身上碾过去！”

周榔头哭丧着脸说：“姑父，您这不是为难侄子吗！去乡里上访是代表了全村三千口子爷们儿娘儿们的意愿。您硬把俺挡回去，总得给个说法。”

周大楞低声对陈百姓说：“姐夫，这次去乡里闹腾，各家各户都兑了五块钱赞助费。就这么无功而返不好交代。”

陈百姓愣了一下，道：“还收赞助费？退回去！这样聚众闹事是犯法的。我陈百姓是西屯片的姑爷，又是乡政府派到西屯片的片长。西屯片三千口爷们儿娘儿们都是我的亲戚。西屯片的事情我陈百姓如果处理不好，亲戚们就拿我是问！”

见陈百姓拍胸脯子说了硬气话，又听说周家的姑爷当了片长，周榔头等人心里踏实下来。姑爷虽然是哈哈大大的一个脾性，但是，心地是不错的，办事是实在的。有了姑爷当片长撑腰，谅周克吉的那些弟兄们是不敢在村子里称霸道了。修路款也只管找姑爷问。

周榔头“呼哨”一声，把老姑父的电车扔到四轮车上，然后一个急转弯，四轮车便“轰隆轰隆”朝村子里驶去。

倒霉的指头抓了倒霉的差事

西屯片原来的片长是老焦。老焦硬把挑子撂了，找的理由是得了心脏病，不能把自己牺牲在西屯片，要到县城医院去看病。鬼晓得他是真有病还是假有病，前儿还看见他喝得醉醺醺地在老韩的餐馆门口尿大泡，一泡尿淌成了一条河。这样一个能把自己灌得烂醉如泥的人突然得了心脏病，显见得十分可疑。可是，任谁怀疑去，老焦死活不到西屯片当片长了。西屯片没有了片长，祝乡长让谁去谁都不肯去，没办法只有照老法子办——抓阄。结果，被陈百姓抓到。

西屯片位于清河乡的边远地带，村子大人口多，行政村由前屯、后屯、东屯、西屯和中屯五个自然村组成。行政村所在地在西屯，因此，清河乡干部习惯把这五个屯子叫做西屯片。

陈百姓也不愿到西屯片蹚浑水的。清河乡的干部没有谁不知道西屯片是一潭子浑水。怎么说呢，西屯片给人的印象就是一个字：乱！像一团乱麻一样很难理出个头绪来。再有就是一个“三多”：上访告状的多，行政村的欠账多，村干部和村民之间的矛盾多。“三多”概括了西屯片的现状。如果不是傻子或者精神不正常的人，谁会同意到西屯片当片长呢！

陈百姓中专毕业分到清河乡，一干就是十好几年。跟他同时分来的同学早已经展翅高飞，他还是老和尚的帽子——平不塌。其间虽然也有升迁的机会，可是都被他自己耽搁了。一次是要花心，被他小舅子闹到乡政府，影响了他的仕途。第二次是多要个带把儿的接班人，违反了计生政策。后来随着年龄的增长，把仕途看得淡漠了，不再去想这种事。十几年一眨眼过去了，陈百姓把自己熬成了清河乡的“老干部”。虽然没能进步，但是却实实在在地拿着一份财政工资，老婆开着超市挣钱，金童玉女环绕膝下，吃不愁，穿不愁，享受着幸福时光，过得挺滋润的。可是，没想到却抓了西屯片长的头衔，很是郁闷。想了半天，终于有了主意，满怀信心地找祝乡长，下决心要辞掉这份烂差事的。

陈百姓的理由是他老婆的娘家在中屯，因为与老婆的问题曾经和小舅子干过仗。当时，小舅子拿着一根丈把长的白蜡条杆子在乡政府大院里向他挑衅，把白蜡条杆子舞得像孙猴子的金箍棒，晃得满院子人眼花缭乱。白蜡条杆子若是打在头上，不把脑袋打稀烂也要在头顶开个天窗。小舅子在乡政府大院里耍威风，连小猫小狗都看见了。现在小舅子还健康地活着，他到西屯片当片长不是找打吗？陈百姓强调说，挨打是次要的，最主要的是要回避。上级不是强调回避制度吗？干部不能到有直系亲属的地方任职。西屯片他有直系亲属，应该回避。陈百姓慷慨陈词，他认为自己不去西屯当片长的理由很充足。

祝乡长却说他是扯歪理。当年小舅子向他耍威风的时候，祝乡长虽然还没来清河乡，但是，来到后听说过这件事。这件闹得满乡风雨的事，早已经成了清河乡干部们的笑料。事发的原因说起来有点儿绕。怪只怪陈百姓意志不坚定，当了乡干部，吃了财政饭，感情上却要移情别恋。上高中时和一位名叫周翠华的少女钻过玉米地。一个屎皮子还没蜕干净的小小子和人家的小姑娘钻玉米地究竟干了些啥，没有人去详细考证。周翠华没考上大学，高中毕业后回乡当了农民。当农民期间心里是有盼头的。陈百姓上学走时和她说的有话，不许她嫁人，要等着他陈百姓毕业后回来娶她。陈百姓吃了官饷后，和乡中学的一个女教师好上了。女教师吃的也是财政饭，若与女教师结婚，夫妻是双职工，解除了生活上的后顾之忧。陈百姓要把当年在玉米地里和周翠华的口头约定反悔。直到这个时候，周翠华才向家人透露，当年在玉米地里，陈百姓拉了她的手，还亲了她的嘴。至于有没有其他不轨行为，周翠华哭着再也不肯说下去。仅这些就足以构成了陈百姓调戏民女、忘恩负义、要当现代陈世美的多项罪状。周翠华的娘家兄弟周大楞，曾经在登封塔沟练过两年少林功夫，用来对付一介书生陈百姓绰绰有余。为了替自己的大姐维护合法权益，上演了一根白蜡条杆子大闹乡政府的武打戏。在周大楞强大的攻势面前，陈百姓最终舍弃新欢。其实，除了一根白蜡条杆子的威力外，更主要的还是怕丢了财政饭碗。小舅子大闹乡政府影响了人民政府的形象，也降低了陈百姓的威信。乡领导找陈百姓谈话，和他分析利弊得失。如果陈百姓忘恩负义，周翠华到法院告他个什么什么罪，他陈百姓轻则丢掉饭碗，重则要坐大狱。乡领导的分析让陈百姓害了怕。寻求新欢是贪图日子过得更安逸，而为此丢掉财政饭碗却得不偿失。灵魂深处斗争了三天三夜，终于转过了弯子，和周翠华重归于好。陈百姓当年娶的“一头沉”周翠华，现在已经是两个孩子的娘。周翠华也从一个种地的老娘儿们升级为“翠华超市”的大老板。翠华超市开在乡政府所在地的繁华地带，日进斗金。这些年，连陈百姓这个吃官饷的公家人也要看她的脸色行事。小舅子早把当年大闹乡政府的往事忘得一干二净，时不时觍着脸找大姐夫帮忙办点儿事儿，哪里还敢在姐夫跟前要威风？陈百姓这个理由被祝乡长一句话就堵了回去。祝乡长的一句话是："谁不知道你小舅子现在是贴在你身上的一张驴皮膏药，亲热得揭不掉的！"

至于第二个理由，祝乡长的回答是，回避制度是为那些要组织部门下红头文件的领导们定的。比如我这个乡长，本来在老家那个乡守着老婆孩子热乎乎的，却被一张调令回避到了清河乡——你到西屯当片长有红头文件吗？你是抓阄抓的！祝乡长强调了"抓阄"二字，让陈百姓有口难辩。

陈百姓是个面性子人。所谓面性子，也就是处事随和，不是那种一头撞到南墙不转弯的人。既然辞不掉，也只能怪自己手气不佳。抓阄的时候用的是右手，并且刚到厕所里去小便过，若是小便后洗洗手，也许手气不会这么背时。怎么他娘的好事轮不到自己头上，偏偏倒霉的差事被两根倒霉的指头抓到了？

没退路，陈百姓才到西屯片当片长。没想到一上任就遇到了这么一件棘手的事。

人死了理是不会死的

周克吉暴死的原因公安做出了鉴定，说是死于急性心梗死。尸体拉回来，却没有拉回家，而是停在了行政村村室里。

周克吉的尸首没拉回来时，村里就传出陈百姓要查周克吉的账目，查修路款花到哪里去了，还有这些年政府下发的农资产品都补给了谁家，国家打井配套设施说是给了八眼井的指标，为啥只打了两眼井……这些疑问一直憋在村民们心里。周克吉活着的时候，任谁都不敢打听，现在周克吉死了，这些账目是不能死的，要给西屯村民们一个说法。

周家老大周克凡放出话来，好吧，让龟孙子查吧！让死鬼陪着他查！

陈百姓曾经找过老支书冯乃彪和周二海。冯乃彪七十挂零的人了，是个一团和气说啥都中的和善老头，虽然挂着支书的牌子，其实村里的事情很少管。一是年纪大了，二是迫于周家弟兄的威势主动退避三舍，单等着乡里把他支部书记的职务免掉。可是乡里却没有动静。其实，不免他是周克吉的意思。冯乃彪挂了支书的招牌啥事不管，就等于周村长大事小情一把抓。如果免了冯乃彪倒带来了麻烦，再提拔一个不对脾气的人当村长或者当支书，不和他周克吉扯皮拽蛋？陈百姓向冯乃彪询问修路款的下落，冯老头一问三摇头。周二海呢，比冯乃彪差不了多少。不同的是，冯乃彪可能是真的不知道，而周二海是知底不愿说。要让他把真情透露出来，还要想些办法。还没把办法想出来，周家的几个弟兄就把周克吉的尸体抬到了村委会。西屯这一带的风俗，人死后一般停尸三天，供亲朋好友对死者表示哀悼祭奠。三天头上无论如何要让死者入土为安的。周克吉的尸体在县城医院的停尸房里已经放了三四天，按照老规矩，拉回来就要下葬的。周家弟兄不忙着为周克吉办丧事，却把尸体拉到了村委会，显然已经听到了陈百姓调查周克吉的消息。把尸体抬到村委会，是借死人向陈百姓发难。是要挟陈百姓，向陈百姓示威。周家弟兄们这一招，倒是陈百姓没有预料到的。

尸体停在村委会，总不是个事情。陈百姓找来周老大，周老大脸吊耷得像霜打的丝瓜子，哭丧着说："乡里不是要查周克吉的账嘛，不把他放到村委会你咋去查？"

周老大说的蛮横不讲理，难道死人会说话，能把集资款的下落和群众反映的问题说清楚？这话却没说出口。陈百姓咽了口唾沫，好言劝道："大哥，查账的事情先不提。周村长干了这几年，没有苦劳也有熬劳。他人已经不在了，咱总不能把他晾在这里不管吧？"

周老大听陈百姓这样说，才松了一口气，丝瓜子脸上有了悦色，说：“兄弟，就你这话说得还有良心。老三刚不在，村里那些捣蛋虫就组织人到乡里去告刁状。老三活着的时候，有话咋不说？人死了倒去胡吣，这不是朝死人头上泼屎撒尿吗？”

陈百姓说：“哪个敢去告状？我陈百姓这里也过不去！乡里乡亲的，有话关着门挑开了说。非要闹得满世界都知道咱西屯人好窝里斗呀？”

周老大说：“兄弟，乡里派你到西屯当片长，算选对了。明人不做暗事。老三活着时收的修路集资款，俺周家任谁也没有侵吞一个，还有那些种子了、化肥了、打井的款子呀，老三留的都有账目。你别听野鸡瞎叫唤。”

陈百姓暗喜，说：“大哥，周村长既然留有账目，啥问题都会弄清楚的。那些事先搁下，把周村长的丧事当紧了办吧。”

周老大为难地说：“这……也不是大哥全当得了家的。老三家媳妇的脾气是个炮筒子，你是知道的。”

正说着，门外响起一阵呼天抢地的哭声，两人向门外看去，只见周克吉的女人大白脸在两位女子的搀扶下，哭叫着走进来。大白脸眼泪一把鼻涕一把，哭得那个伤心样子，让陈百姓心里也是凄惶的。

陈百姓急忙走过去，劝着大白脸：“嫂子，节哀！节哀！人死如灯灭。你就是把天哭塌，周村长也看不到了。”嘴里劝着，心里却在想，周克吉两口子不和睦是村人尽知的，只因周克吉爱吃个荤腥，和村里一些娘儿们有一腿，大白脸是个醋坛子，常常为这事把周克吉脸上抓挠得红一道白一道的。周克吉一死她又哭成了个泪人儿。怪不得人说“一日夫妻百日恩”，夫妻的感情到生离死别的时候就显出来了。不知道自己死的时候，翠华会不会哭得这么痛心。

大白脸哀哀凄凄地说：“他姑父，还是你这个大官最明理。克吉活着的时候，村里哪个敢说他个‘不’字呢。人刚一咽气，恶水就朝他头上泼。也太没有良心了。”

陈百姓安慰道："嫂子，正跟大哥议着呢。人死了理是不会死的。周村长做的事都在那儿摆着呢，白的黑不了，黑的也白不了。先把周村长的丧事办了吧。"

大白脸说："办丧事？俺男人为村里跑事就这么不明不白地死了，不给个说法就算完了？"

陈百姓一愣，心想，这女人还要给她男人讨要说法，自己男人啥德行还不清楚？为了息事宁人，只得委婉地说："嫂子，公安不是做了鉴定吗？"

大白脸说："公安做的啥鉴定？俺男人是急性心梗死。俺男人好好的咋就得了心梗死，还不是操心操的，还不是为村里跑事累死的！"

照大白脸这么一说，周克吉还够得上烈士哩。其实，公安给出的急性心梗死是给周村长留了面子。周克吉是如何得的急性心梗死，是瞒了大白脸一家和村里人的。周克吉不是操心劳累才得了这个急病，而是嫖女人纵欲过度才得了此病。周克吉喝醉了酒，住进大风光浴池，洗完桑拿，又要了小姐。周克吉突然死在小姐身上，把小姐吓得住进了精神病院。公安把实际情况通报给了乡领导。乡领导考虑到对基层干部影响不好，才把一些细枝末节隐瞒下来。不过，祝乡长把实际情况透露给了陈百姓，好让陈百姓心里有个实底。陈百姓一直把真情隐瞒着，打算的是，先把周克吉安葬，然后再调查集资款的下落和村民提出的一些遗留问题。周榔头为告状向村民筹集的赞助款在陈百姓的督促下，已经退还了村民们。陈百姓答应要把修路集资款的账目和一些遗留问题查清楚，并且拍了胸脯子，保证在他当片长期间把村子里的路修好。有了这样的承诺，才稳定了村民们的情绪，暂时堵住了村民去乡里告状。没想到大白脸却胡搅蛮缠地要为自己的男人争面子，就好像她男人死得多伟大多光彩似的。真把你男人嫖娼的丑事抖搂出来，你大白脸在西屯还敢出来见人？陈百姓心里不免好笑，可是，又不知如何对这个蛮横的女人把话说透，只好咂吧咂吧嘴，说："人已经死了，非要整个面子有啥用？死人能看得见？再说，周村长是好是坏百姓都看在眼里。嫂子，听兄弟的话，还是赶快把周村长的丧事办了吧，停在这里没啥的好！"

陈百姓的话软中带硬，话中有话，大白脸没有听出话里的骨刺，周老大倒是听出来了，便顺坡赶驴道："他姑父既然把话说到这个份上，咱谁的面子不看，也得看他姑父的面子。把老三抬回去办丧事吧。"

借领导的大鼻子压压嘴

为周克吉办完丧事的第三天，陈百姓回到乡里，向祝乡长汇报了西屯村民反映的一些问题。请示祝乡长咋办？

祝乡长说："陈百姓，你别把矛盾朝我这儿推。你是片长，该咋办咋办，我都大力支持。前提是，不能让村民到乡里闹事。"

陈百姓说："好好好！不让他们到乡里闹事，让他们去县里闹事。"

祝乡长一听，把眉毛拧了起来，道："你敢！西屯片有一个人去县里告状，我把你的蛋卵子割下来当尿脬踩！"

陈百姓哭丧着脸子说："那你不能就让我'该咋办咋办'呀，总得给我点儿锦囊妙计。"

祝乡长笑了，说："你小子肚子里有几根蛔虫，瞒得了我？你不把情况摸清楚了，会找我汇报？说说吧，究竟是个啥情况？"

陈百姓也得意地笑了，从兜里掏出一个小学生的作业本，摊在祝乡长面前，说："都在这儿呢。请领导亲自过目。"

原来，陈百姓亲自给周克吉主持丧事时，开始，村民们对周克吉一家有成见，都不愿出手帮忙。甚至连抬棺木的人手都凑不齐。陈百姓找到了小舅子周大楞和周榔头等人，好说歹说，才把抬棺木、扛灶火（为死人扎的纸车、纸马等祭品）的人数凑齐了。

在这些人的影响下，一些村民也随了纸份子，来灵棚祭奠了周克吉，总算没有让丧事办得太冷场。周家的几个弟兄和大白脸很感激陈百姓，说要不是孩他姑父撑着，他老周家在村子里丢大人了。丧事办妥，周老大设宴感谢陈百姓。趁人少安静之际，陈百姓才把周克吉真正的死因告诉了周老大。周老大听后，好一阵沉默不语，停了半天，才说："他姑父，这事要瞒就瞒到底吧。若是让村里人知道老三是嫖女人累死的，俺周家老少几十口子在村里就抬不起头了。"

陈百姓说："周村长是个党员，嫖娼是犯了党纪，本来要给处分的。我到乡里求了情，说人既然已经死了，再给处分有啥用？才把事情压了下来。"

周克凡听了，突然"扑通"跪在地上，说："陈片长，俺替老三谢谢你了。"

陈百姓吓了一跳，急忙把周克凡拉起来，说："大哥，你这是何必呢。我是周家的姑爷，维护周家的名誉也是维护自己的名誉。"

周克凡这才起来，说："他姑父，老三干这些年村长，确实得罪了不少人。可是，他也没办法啊。村子大了啥人没有？都想站个高岗，没有一个人愿意站洼坑的。就说每年政府下发的化肥、农药、种子啥的，乡里干部先截留了一部分，剩下的到了村里，像撒胡椒面似的，大多数村民得不到，就怀疑俺弟兄们吞了独食。老三又不能把乡干部截留的那部分说出来，怨气不都朝他发？"

陈百姓听了，沉吟一阵，说："村民不光对这些有疑问，还有集资修路款、机井配套费……"

周克凡说："这些账目，老三都记下了。"

陈百姓说："我就不明白，账目应该文书管的，周村长为啥自己要记？"

周克凡说："周二海是个滑蛋，不愿意得罪人，把账目一推六二五交给了老三。再说，老三也怕让更多的人知道上边的领导从村里拿了好处。怕对领导有影响。"

陈百姓说："周村长把事情捂得这么严实，村民把账都记到了他头上。这些事情早晚有一天要让大家心里明白的。不然，周村长虽然死了，村民对他的误解还解不开。就是你们几个弟兄和嫂子，在村民们那里也会受到误会。"

周克凡"咳"了一声，道："当初当这个村长，我就劝过他，让他别干这个熊村长，掏力不落好的差事，你顾了上边，就得罪了下边，顾了下边，又得罪了上边，攒劲干也落不得好的。他偏不听。"

陈百姓心里一阵凄然，想想自己虽然身为乡干部，和村干部都是有着共同难题的，把工作做得上下都满意确实是不容易。不由产生了同病相怜的悲情。

周克凡出去了一会儿，手里拿着一个皱巴巴的小学生作业本走回来，把本子递给陈百姓，说："老三记的账都在上头，要查他的账也只有这些了。"

陈百姓接过账本，翻看了几页，就感到一股寒气从脚底下冒上来，直冲自己的脑门。

祝乡长接过账本，翻开仔细地看着，只见上面记着：

2007年农历三月初三，乡里下发的农资产品，化肥少了两吨，其中，老焦用了一吨，刘副乡长用了半吨，民政所长用了半吨。

2007年农历五月初八，李副乡长娶儿媳妇，以村委会的名义吃喜酒500元，老焦的名义300元，共计800元。

2007年六月初九，民政所长带领人检查低保户的落实情况，中午吃饭（中屯小鸡烙馍饭馆），连烟酒共花销620元，走时每人两盒帝豪烟，共计12盒，120元。

2007年腊月二十，春节慰问乡书记500元（少了拿不出，打听其他村也是拿这么多），乡长400元，其他副书记、副乡长各300元，共两个副书记、三个副乡长1500

元，乡党办秘书、行政秘书、财政所长、民政所长、计生办主任、综治办主任各200元，共计1200元（春节用于慰问共计3600元。怪不得有人说，过年如过关，这才体会到了，哪座庙里不去烧灶香，都是要让你头疼的）。

2008年3月，收集资修路款：每口人50元，全村共计3026口人，除去五保户、特困户59人，余2967口人，共计收款148350元。西屯、东屯、南屯、北屯、中屯5个自然村的路全部修通，修两米宽，共计12.5里长，知（咨）寻（询）修路工程队的人，说每公里要资金5万元，12.5里折合6公里多，就按6公里算，需要资金30万元，缺151650元。缺的钱再不好向村民集资，只有到交通局找侯局长活动，争取一些。

2008年三月初九，找侯副局长买土特产（黄花菜十斤、香油一壶，干芝麻叶两箱、干豆角两箱），共计花了326元，帝豪烟两盒20元（侯副局长管了饭，没让村里花钱）。

2008年四月初六，找侯副局长催问结果，给小孩子买玩具200元，给侯副局长的媳妇买化妆品960元（上次拿的那些土特产，他媳妇不是多喜欢，征求老焦的意见，改为她喜欢的东西）。

2008年五月初八，乡综治办带领县综治办来检查，中午吃饭（在中屯小鸡烙馍饭馆），连烟带酒，花销802元，每人临走时，又装一盒帝豪烟，共9个人，90元，合计花销892元（有票单）。

2008年5月12，老焦的小姨子得了乳腺癌去郑州开刀，急等用钱，提出借10000元，我吓了一跳，后来借给他5000元（打有借条）。

2008年六月初六，老焦又借走3000元（打有借条）。

2008年8月12，中秋节慰问按照过年那些人头，每人减少一半，共计 1800 元。

2008 年 8 月 13，找侯副局长催问修路资金，买月饼、水果、太子牛奶等礼品，共计 630 元。

……

祝乡长看着账单，脸色由白变红，由红变紫，最后变成了猪肝色。他把账本摔在桌子上，咬牙切齿地骂道："一本烂账！怪不得老焦个二熊死活不去当这个片长了！"

陈百姓见祝乡长发了脾气，道："也不能都赖到老焦头上，关键是……"

祝乡长瞪了陈百姓一眼："他是片长，带头从里边扣钱，不赖他赖谁？"

"不光老焦是这样，其他乡干部不都这样，不光咱乡的干部是这样，人家外乡的干部也是这样，不光乡里干部是这样，县里市里……"

祝乡长抢白他道："你也是这样？"

陈百姓坦白地说："我？我没向人家伸手要过借过。但是，下村下片的时候，吃点儿喝点儿倒是有的——不吃他们的，他们反倒说你不和群众打成一片，疏远了他们。"

祝乡长无可奈何地摇摇头，说："别扯那么多了。就西屯这摊子烂事，你谈谈咋处理吧。"

陈百姓要的就是祝乡长这句话。其实他已经成竹在胸。他在争取祝乡长的支持，祝乡长不支持他，西屯片的工作他难以开展下去。祝乡长既然征求他的意见，他把考虑好的几点意见一条一条摆在了桌面上。

周克吉死了，村里不能没有村长，选个村长是第一当紧事。第二条，筹集的修路款剩下 63890 元，借出去 31260 元，这些钱都有借条，得靠乡政府帮忙催还。如果要赖不还的，动法动纪你祝乡长说了算。53200 元被狗日的们吃了喝了送礼了。咋办呢？

吃喝的吐不出来了，送出去的也打了水漂。不过，办法还是有的，祝乡长向全乡干部发个号召，支持本乡落后困难片区西屯行政村修路，有钱出钱，有力出力，能筹一点儿是一点儿。缺口资金我去找侯老帽的儿子要，总不能让他白吃了周克吉送去的土特产。

祝乡长脸上有了悦色，道:“你倒盘算得得法。让我出面得罪人呀。”

陈百姓道:“哪里敢呀。其实，还是我把人给得罪了。不过是借领导的大鼻子压压那些好吃好喝的嘴。”

祝乡长说:“就这么办。打借条的三天把钱还清，三天还不清的我交给县纪委处理。吃喝过的和接受礼品的，给他们高价清算——不过，那些人要是骂我，我就说这是陈百姓要我做的。”

陈百姓得意地道:“祝乡长，我可不怕人骂。我的名字叫百姓，谁敢骂老百姓呢。”

啥样的村长才算好村长

账目虽然查清楚了，但是却不能对村民说得太详细，不然，全村非闹成一锅粥不可。大白脸还算明理，把余下的63890元一分不剩地转交给了周二海。

陈百姓到城里找了侯副局长。侯副局长见了陈百姓，十分热情，倒茶让烟忙活了一阵子。

陈百姓说:“侯局长，我两手空空来求你的，你还这么客气？”

侯副局长笑道:“你以为我稀罕周克吉送来的那些土特产呀。他前脚送来，我老婆后脚就扔进了垃圾箱。”

陈百姓道:“知道这样，我守在垃圾箱跟前捡破烂啊。”

两人大笑。

侯副局长说:“不是嫌弃那些东西，而是嫌弃周克吉那个人。那人特别市侩。听俺老爹说，过去，周克吉弟兄几个从来没看起过俺家。俺爹是住老娘家，外姓人，他家弟兄老找俺爹的茬儿。后来，听说我当了副局长，才来巴结俺爹的。”

陈百姓说：“就因为这个，你才要吊周克吉的胃口？”

侯副局长说：“不是我吊他，是他死缠了我。来一趟又一趟，找得让人心烦。”

陈百姓笑着说：“周克吉让你烦，西屯的村民你可不能烦。”

侯副局长说：“你这话我明白。可就是因了周克吉来找我，把好些机会都错过了——我不能给他人情。给了他人情，是朝他脸上贴金，让他去乡里村里夸功啊？”

陈百姓明白了，原来弯子在这儿呢。他心里有了底，就把自己的来意说明了。

侯副局长听了，说：“正好近期有一批‘村村通’项目款，我给村子里争取一下。不会有大问题的。你回去先做好基础工作，再写份申请报告，剩下的工作我来做。等资金一到位，就开工。”

陈百姓没想到事情竟然这么顺当，高兴得一把抓了侯副局长的手，激动地说：“谢谢你。我代表西屯村村民谢谢你！”

侯副局长说：“应该谢你呢。你不过是西屯村的女婿，就这么上紧着把西屯村的事当成自家的事来办。我毕竟是喝西屯水长大的娃子，如果不管西屯村的事，以后咋有脸回去见父老乡亲？”

陈百姓从城里回来，召开了两委（党支部和村委会）扩大会，邀请一部分党员和村民代表参加。会上，陈百姓传达了乡领导对西屯片工作的关心和支持。说到大家十分关心的修路款问题，只是说，请大家放心，修路款打不了水漂，修路近期就要开工。目前最当紧的两件事，一要选出村长来。这次选村长，乡里不定框框，不定候选人。谁愿意当村长，先报名，再演说竞选，然后大家赞成谁就选谁。二是要做好修路的筹备工作，把要修路段上的建筑物和树木清除掉。

陈百姓开了半个多小时的会，把村民们最关心的事都讲明白了。凡参加会议的人都像注入了兴奋剂。特别是选村长的事，让村民自己报名演说竞选，这在西屯还是第一次。散会后，回到村里，和没参加会的人分享着这次会议带来的快乐。一时间，西屯、东屯、南屯、北屯、中屯都在议论这件事。选自己信得过的村长，是大家做梦都想的好事。只是怀疑“不定框框，不定候选人”是不是真的，如果陈百姓要了咱，非绑他个“老和尚看瓜”不可。另一件好事是，村路马上就要修了，修好了路，再不用踏泥了。一下了雨，路上的泥巴被雨水淋得稀烂，一脚下去，泥水没到鞋帮子上，有时候，连鞋子也被粘进了泥窝里。西屯村民受尽了“水泥路”的苦，连做梦都想村里有一条真正的水泥路。

散会后，周大楞来喊陈百姓去家里吃饭。说是早晨下网逮了只野兔子，请姐夫品尝品尝野味。

陈百姓来西屯这么多天，都是走哪吃哪，吃罢饭给人家小孩扔下几块钱，说是给小孩子的零花，其实是付人家茶饭钱。遇到亲近厚道的主家，从小孩子手里夺回钱，又塞进了陈百姓的兜里。还脸红脖子粗地骂陈百姓不知道亲疏远近，都是亲戚，吃了一碗手擀芝麻叶面条还要开饭钱啊！骂得陈百姓心里热热的，也是舒坦的。也不再把钱朝外边掏了。这么多天，按照翠华的旨意，去看过老丈人两次。丈母娘仙逝后，老丈人本来住在闺女家，看女婿整天进不了家门，闺女忙着料理超市的事，也伺候不了他。他自己倒觉得在闺女家是多余的，便回到了西屯单独过，图的是个清净。除了看老丈人，陈百姓还没顾得到小舅子家去过。既然小舅子家有野味，就去打打牙祭。走到一家小卖部门口，拐进去，挑拣几样小孩子爱吃的东西。其实，早就没上过小舅子的门了。并不是还记着当年白蜡条杆子大闹乡政府的仇，而是另一码事，让两人有点儿别扭。小舅子生了三个孩子，严重违反了计划生育政策，村里乡里都要罚款。小舅子一家五口日子本来就够紧巴的，哪里掏得出罚款来，苦着脸找陈百姓说情。陈百姓和翠华生了二胎，除了被罚款，连提拔副科级的事也泡汤了。正生着老婆的气呢，见小舅子来找他说情，气不打一处来，便冲着小舅子发火：

“生生生，怕罚就别生呗！我这里正受着处分呢，哪里还能替你求情？”把小舅子气得暗地里发誓，陈百姓，你个狗日的！不能帮俺你也说个好听话，用不着发恁大脾气呀？好好好，你走你的阳关道，俺走俺的独木桥。往后再敢到西屯这边迈一步，打断你龟孙的狗腿！后来，还是翠华替他交了罚款，还对他说，是他姐夫上赶着催她交的，才让周大楞的怨气消了下去，留着了“龟孙的狗腿”没打断。

陈百姓来到小舅子家，看到小舅子的老婆带着一拉一溜三个孩子拖着鼻涕列队站在门口迎接他，急忙把手里那些吃物分给了孩子们。孩子们得了吃物，兴高采烈地跑去玩了。

陈百姓走进屋，看到屋里家徒四壁，没有一样像样的家具，心里酸酸的。三个孩子大的七岁，小的才三岁，都是花钱的冤家。如果仅因孩子多也不至于邋遢成这个样子。关键是小舅子两口子，女人不理事儿，小舅子染上了赌的坏毛病，一日不赌，手便痒痒的。前些年外出打工挣的几个钱，被他输光了。翠华早不晚地接济他一些，也被他输光了。

小舅子老婆把屋里唯一的一条凳子拉过来，擦了擦上边的灰土，说：“他姑父，快坐下歇歇。俺这就下厨房做饭。”

小舅子故作发脾气道：“咋，还没做好呢？其他别做了，就把野兔子下锅里熬着，你再到小鸡烙馍饭馆要俩菜，到小卖部赊瓶酒——姐夫轻易不到咱家吃顿饭，得弄兴盛点儿！”

小舅子老婆一副为难的样子：“这……”

陈百姓忙说：“有啥吃啥。真到饭馆里端菜，俺这就走。”说着，从凳子上站了起来。

小舅子就坡下驴，说：“算了，算了。姐夫也不是外人，再说，姐夫当着大官，啥好吃的没吃过？就下点儿芝麻叶面条吧。不端菜，酒多少得整点儿吧？”

陈百姓说：“酒更不能喝。这一段时间，不知啥原因，喝一口酒头就疼，疼得像磕着一样难受。”

小舅子说："姐夫喝酒头疼？我可不疼。改天把人家送姐夫的好酒弄回来。"

小舅子老婆撇了撇嘴，说："看你那没出息样！"屁股一扭去了灶房。

陈百姓笑道："大楞，以为姐夫多大官呢，不就是个小片长嘛，谁还能给我送酒？"

周大楞道："在大伙眼里，你就是个大官。姐夫，你没听这些天村里人都咋个说你呢。"

陈百姓一惊，道："咋说呢？"

周大楞故意卖起了关子，说："不说了，说了让人生气。"

陈百姓心里越发硌硬，道："姐夫身子正还怕影子歪，他们能说啥？"

周大楞伸出大拇指，笑道："姐夫，你想歪了。都是赞成你的。说你比老焦强多了，到底是西屯的女婿，和西屯有着亲戚，才实心实意地为西屯办事。听了这些，俺脸上也有光了。"

陈百姓这才放下心来，说："八字还没写一撇呢。等给大伙选个好村长，把路修起来……"

周大楞截断陈百姓的话："姐夫，啥样的村长才算好村长？"

小舅子这个问题把陈百姓问得愣怔了一下，啥样的村长才算好村长，的确没有一个正规的标准，想了想才说："村民信得过的人，能为村民办事的人，村民赞成拥护的人，才算好村长吧！"

周大楞笑了笑，不好意思地说："姐夫，你看我能不能参加报名竞选？"

陈百姓一听，差点儿晕了过去。心想，你要当村长，村里十岁娃娃也能当。见小舅子满脸希望地看着自己，只好说："谁都有报名竞选的权利。关键是，人家选你不选你。"

周大楞嗫嚅着说："选周克吉那时，开始都不愿意选他，还不是片长老焦做了工作，大家才选的他。"

话说到这儿，陈百姓才明白小舅子热情地请他吃野兔肉的真正目的。可是，在陈百姓的心里，压根儿就没想到小舅子要提出来当村长，他更没有当村长的条件。陈百姓心里说，让你当村长，你带头违反计生政策生孩子呀？你带头聚众赌博啊？选了你当村长，我陈百姓的脊梁骨还不被人戳塌！这些话也只有在心里转圈儿，是万不能说出来的，惹恼了小舅子，煮熟的野兔肉吃不上是小事，恐怕要被小舅子撵出家门。想到这，便说："周克吉是乡里定好的候选人，老焦才敢做了工作。这一次，乡里不定候选人。村民选谁是谁——你既然有这个想法，也可以报名试试。"

这话在周大楞听来，以为是姐夫答应帮自己的忙了，立刻高兴地到灶房里端饭去了。

一星期后，村长终于选出来了。新村长是周榔头。周榔头当过几年兵，又出去打过几年工，是个有见识的人。现在在村子里办了个养鸡场，小日子过得滋润快活。人又是个热情、直性子人，竞选时几句大实话征服了村民们。周榔头的几句大实话是，老焦那孬熊要继续在咱片当片长，让老子干老子也不干。换了姑父来当片长，姑父是个实诚人，俺争取当这个村长。俺要当了村长，保证一不贪、二不占，亲的近的，远的旁姓的，一样对待。政府发的各种补贴，俺要私吞一口，天打五雷轰。还有那个吃低保名额，都让大家公开推举，推举谁家吃低保谁家吃，我绝不把低保名额给人情。还有，过去咱村子名声不咋好，一条是窝里斗，一条是好告状。有这两条，外村人看不起咱村。咱村的小孩子找对象都是人家拣剩下的，咱村的女娃找女婿都是没材料没本事的。以后，咱们要改。在姑父，不，在陈片长的领导下，咱们不搞窝里斗了，也不上访告状了。咱们干啥呢？憋足劲发展经济，挣大钱。把咱村的路修得光光的，各家各户都把小楼翻盖起来！谁家的孩子再娶媳妇，由我把关，挑那长得齐整的娶。谁家的闺女找女婿，也由我把关，没材料没本事不齐整的小伙子咱不嫁给他！我周榔头当兵的脾气，说到做到。完了。

就这么个竞争演说，让村民们拍红了巴掌，笑得一个个直打歪歪。周榔头以绝对的多数票当选西屯行政村村长。

周大楞也报名参加了竞选，他只得了两票。周大楞心里清楚，那两票一票是他自己投自己的，另一票是他老婆投给他的。见了陈百姓，脸上讪讪的，不知道说啥好。陈百姓安慰他："大楞，得两票不少了。说明村里至少有两个人拥护你当村长。以后把你那些坏毛病改掉，别动不动就跟人要白蜡条杆子。想个挣钱的门路干，下一次选村长说不定就是你的。"

周大楞生气地回敬道："当你的小舅子，算是倒了八辈子大霉。下辈子给狗给猪给驴当小舅子也不能再给你当小舅子了！"从鼻子里"哼"一声扭头走了，把陈百姓闪在那里。

陈百姓望着周大楞走去的背影，心想，你不愿给我当小舅子，我还不愿给你当大姐夫呢。不是你当初拿根白蜡条杆子吓唬老子，我娶那个拿工资的女教师多省心！

白蜡条杆子里面出效益

民政所长老吴给陈百姓打来了电话，说是全乡其他村的低保户名单早报了上来，就剩下一个西屯片没有报。如果两天内西屯片再不把名单报上来，分配给西屯片的低保指标就作废。到时村里低保户提意见，可别怪我老吴没有通知你。老吴连珠炮似的一席话，把陈百姓轰得云里雾里，没有明白究竟咋回事。等对方说完，要仔细询问一下的，对方却"啪"的一声挂了电话。陈百姓再拨回去，却"嘀嘀"一直忙音。陈百姓想了想，急忙去找老支书冯乃彪。

见了冯乃彪，一提低保的事，冯乃彪就摇头。陈百姓看老头子这般模样，心里越发焦急，便催促说："冯支书，乡里老吴来了电话，说是再不把名单报上去，咱村的低保指标就给取消了。"

冯乃彪叹了一口气，才道："取消了好，取消了也不至于闹得动刀子了！”

陈百姓一听，心里有些寒，看来为低保的事是闹过大矛盾的。老吴说的取消指标也不过是吓唬他陈百姓，只不过借个理由来催促他把名单赶快报上去。在他陈百姓的想法里，低保指标非但不能取消，而且还要多争取一些。越多越好，多多益善，怎么能取消呢！可是，低保指标分配中究竟出了啥问题？是一定要弄明白的。

陈百姓正疑惑间，冯乃彪说："咳，本来是件好事，到了西屯村就成了坏事。往年低保指标少，都是他（指周克吉）说了算，他说给谁就给谁，我是从来不过问的。可是没有不透风的墙，吃低保的事，村里人渐渐地都听说了，有人去乡里打听，才知道乡里把指标分到了各村。而分给西屯的指标，都被他的亲戚邻居三叔二大爷占去了。今年年初，村里专有人打听着呢。一听说低保指标下来了，就闹到了村委会，闹到了老焦那里——对了，老焦为啥不愿意在这里干了？还不是因为低保的事。"

陈百姓不明白地问："仅仅为了低保，老焦就装病不愿来了？"

冯乃彪说："这只是其中的一个原因。往年的低保指标，都要给老焦留两份的。今年村民一闹腾，把老账翻出来，他脸上会好看？"

陈百姓道："这个老焦，咋啥便宜都占呢？咳！"叹了口气又说，"不能因为这个，把低保指标作废了吧？"

冯老头也叹了一口气道："周克吉当时要分的，让各村组都报了名。乡里分给咱村的低保指标是 83 个，一下子报了 396 个。凡报上来的都有理由，都说自己家有困难，该吃低保，报上来的低保户，都拉了胯骨要争一争的。那些天你没见，村委大院里，人跟赶大集似的，你来了，他走了，谁来了谁说大话，不让俺吃低保，俺就和他娘的拼命。一个指标十好几个人去争。周克吉也没了办法，和我商量，先放放吧，等大伙的热劲凉下去再说。就把这事放下了。"

陈百姓说："总放下也不是个法，得赶快把名单定下来，报乡里去。"

冯老头说："新村长不是选出来了吗？交给周榔头去弄吧。那孩子火色，说不定能压着台哩。"

陈百姓听出他是怕麻烦，说："周榔头是个青蛋子，您老还得撑着他点儿。"

冯老头说："放心吧陈片长，他（指周克吉）那时候是一手遮天，又有老焦支持着，俺不好说啥，正好图了清净。榔头这孩子心实、公正，俺会支持他的。"

陈百姓听了，才放了心，说："我这就打电话把周榔头和周二海叫来，咱们研究一下低保指标分配方案。"

不多一会儿，周榔头和周二海赶来了，一听说分配低保名额的事，周榔头第一个表态，说："俺保证不要一个低保指标，包括俺弟兄们、俺爹俺娘、俺亲叔、二大爷、姑娘、小姨子，任谁也不占一个指标。"

听周榔头表了态，周二海才说："往年给俺一个指标，是周克吉为了堵俺的嘴。既然新村长大公无私，俺也表个态，今年的指标俺不占了。"

陈百姓一拍巴掌，道："好！打铁还得自身硬，村干部带头不占指标，才能让村民服气。这事就好办了。下面咱们商量一下合理的分配方案。"

四个人讨论了好一阵儿，终于拿出了方案。全村 83 个指标，西屯、中屯两个自然村，每村 16 个名额，其余三个村人口多些，每村 17 个名额，由各村组先推举出候选人，公示后，村委会干部再逐户审核，有不合乎吃低保条件的立即更换。

名额分下去以后，其他四个村组都按照要求按时间把低保名单报了上来，唯有中屯没有报上来。周榔头也是中屯人，偏就中屯在推举低保候选人时出了问题。

晌午的时候，陈百姓打电话催问结果，才知道问题出在周大楞身上。

周大楞没选上村长，对陈百姓窝了一肚子气，气没地儿撒，窝在心里烧成了一团火。这次分给中屯 16 个低保指标，他大吵大闹说分得不公。前屯、后屯、东屯分了 17 个，为啥中屯少分一个？中屯村组在推举低保候选人时，又恰恰把他家排在了第十七名。如果多一个指标，正好有他家一个，少一个指标，他家便不能吃上低保。把这事与选村长的事连在了一起想，越发地恼火，对陈百姓怀了一肚子意见。心里说，原来指望你当片长，多少能让小舅子家沾点儿光呢，没想到光没沾上，还吃了大亏。不让你龟孙子尝尝俺白蜡条杆子的厉害，你就不知道马王爷长了几只眼！因此，便挥了那根白蜡条杆子，跳着脚大骂狗日的乡干部村干部不公平。看到小叔子拉了白蜡条杆子要威风，照以往的脾气，周榔头早和他干上了。可是，碍了老姑父陈百姓的面子，才没有“榔头对白蜡条杆子”硬对硬地蛮干，再说，刚刚当了村长，和一个浑蛋村民打起来有失身份，只得窝了一肚子气蹲在地上吸闷烟。正想着这名单咋个定法，陈百姓打电话询问结果，周榔头就把周大楞要威风的事讲了。陈百姓听了，沉吟一阵，道：“别理他个倔驴，先把名单报上来。”

周榔头说：“报 16 还是报 17？”

陈百姓沉吟了一会儿，说：“先报……17 个吧。”

周榔头挂了电话，心里想，看起来大姐夫还是照顾小舅子的。便对要威风的周大楞说：“你这个倔驴，别闹腾了。姑父又特意给你增加了一个名额。”

周大楞一听，这才放下白蜡条杆子，抹了一把头上的汗，道：“看来，还是白蜡条杆子里面出效益，我不要要，龟孙还不会给俺增加一个名额呢。”

其他村民一听名额还能够增加，并且就在陈百姓手里掌握着，就起哄要去找陈百姓要名额。

周榔头道：“谁要去找他要名额，就把你姐你妹子嫁给老姑父做小三去！”听周榔头这么一说，起哄闹事的人才算罢休。

过了一段，低保发下来了，却没有周大楞的。周大楞急了，心里想，这龟孙原来用的是缓兵之计呀。忽悠到小舅子头上了，老子给你没完。拉起白蜡条杆子直奔村委院。

陈百姓和周榔头等人正在商量事，一看周大楞舞着白蜡条杆子进了院子，心想，这浑球货准是为低保的事情来的。

周榔头说：“姑父，你是不是先躲躲？”

陈百姓说：“躲过了初一，还能躲过了十五？”说着，站了起来，笑眯眯地迎着怒气冲冲的小舅子。

周大楞本来想一竿子打下去，给龟孙儿一个下马威的，看到对方一脸菩萨样子，先就怯了阵，嘴上却是不饶人的：“说瞎话不眨眼，骗到自家小舅子头上了！”

陈百姓两眼目不转睛地盯着周大楞手中的白蜡条杆子，嘴里乐呵呵地说：“大楞啊，姐夫啥时敢骗你呀？”

周大楞说：“人家的低保都拿到手了，俺的呢？”

陈百姓道：“原来是为这事呀。你家的低保我提前给你领了，昨儿放你姐枕头边了，今儿来得急，忘了带。明儿准给你捎回来。”

周大楞一听，气全消了，道：“姐夫，你说的当真？”

陈百姓说：“明儿拿不到钱，你就朝姐夫的脑门子上打。”

周大楞不好意思地笑道：“哪敢呢？姐夫是片长，还指望姐夫替俺谋福利呢。俺不过是……吓唬吓唬姐夫。”

陈百姓道：“姐夫看见你要白蜡条杆子就吓得尿尿，往后，你别要它了中不中？”

周大楞连声说：“中、中！”

唱好这出“苦肉计”

侯副局长来了电话，催问陈百姓修路的前期准备工作做好了没有。

这些天，忙完选举村长的事，又忙低保的事，再加上不知道修路款能够批下来的确切时间，只得哪急先顾哪，把修路的事先搁置在了一边。忙过一阵子，和周榔头等人合计了一下，正要进城找侯副局长催结果，没料到侯副局长主动打电话询问这件事，还以为钱已经到位了，便连声回答："做好了，做好了。单等着侯局长把修路的款子拿过来呢。"

侯副局长说："好好。"连说几个好，却没有下文。

陈百姓便探底道："侯局长，村里现在是万事俱备，只欠东风呢。"

侯副局长这才说："村里打的报告已经报到了发改委。等发改委研究批准呢。不过，问题不大，也就是这几天的事。现在关键是村子里的清障问题。只要有钱，路好修。道路清障却是最扯皮的事情。特别是咱那个村子，光棍多，眼子也多，路走谁家门口，你动他一棵树毛，他不定想讹你多少钱呢。"

侯副局长说的这些，倒是陈百姓没有想到的。原来只发愁钱的问题，从没有考虑过修一条村路还有这么多麻烦事。经侯副局长这么一提醒，倒是要把精力放在这上边了。在电话中，向侯副局长做了保证，一定要做好工作，不能影响修路。挂了电话，急忙和周榔头等村委成员研究修路的前期准备和清障工作。

经过一天的勘测，要修的村路界限基本勘定。按照让村民少受损失多受益的原则，在原来老路的基础上取直，这样，需要拆迁的建筑物少了，树、杆一类地面附属物需要清除和迁移的也不多。虽然不多，还是有一部分的，不过，尽量地回避了。确实回避不了的，就做户主的思想工作。从大局出发，从全村村民的利益着想，大多都是高姿态，痛痛快快地把路面上的附属物清除掉了。

陈百姓正得意自己领导有方，村长周榔头带领新一届村委们旗开得胜，没想到，周克吉的四弟周克先给他出了一道难题。原来，周克先院子的大门正靠着村子里的老路，这次规划的路不变，只是要取直。周克先建大门楼时，朝外出了80公分。也就是说，周克先把他的大门楼建在路上80公分。周克先为啥要把大门楼出到路上呢？是因为他听信了“看地仙”的意见，取了“出人头地”这个意思。敢把私人的门楼建在村路上的人并不多。当时他建的时候，很多村民都有意见，可是，那时候，他三哥当着村长，谁有意见也只是在背后发发牢骚，没有一个人敢当面提出来的。现在，村民们把自己的意见都提了出来，说是周克先的门楼不扒掉，路就没法修。把他的门楼子扒掉，既合乎民意，又把道路取直了。可是，周榔头通知周克先扒门楼时，却遇到了抵触。周克先放出话，就是龟孙的路不修，俺的门楼子也不能扒！这话是说给周榔头听的，而下面的话则是说给陈百姓的，别以为当个鸟鸡巴片长就觉得有多了不起。县里乡里大官老子见得多了，还没见过你这么个说的一套、做的一套的贪官。口口声声说不占公家的便宜，咋就给你家小舅子多要了一个低保指标？

这话传开，陈百姓还没反应过来，不知哪个腿快嘴快的爷，跑去告诉了周大楞。周大楞一听，骂道：“妈了×，打盆讲盆，打罐讲罐，让你狗日的周克先扒门楼子碍俺的蛋疼了？吃低保是政府对俺的照顾。俺姐夫当了片长，俺通过艰苦不懈的斗争，好不容易才吃上了低保，你就来咬俺的蛋。往年周克吉霸着权你全家三姑四太都吃了低保谁咋你了？”越想越恼火，越想越生气，咽不下这口气，想到周克吉当村长的时候，一村人没人敢惹他家，现在姐夫当了片长，还要受这种窝囊气，实在冤枉。就这么让人家点名道姓地欺负，也亏了在塔沟学那两年的功夫了。一气之下，便掂了白蜡条杆子，怒冲冲直奔周克先家而来。

周克先也是早有准备的，看到周大楞手里要着白蜡条杆子来了，心想，陈百姓输了理，缩在后头不敢露头，让他家的二杆子小舅子出来耍威风。就他那花拳绣腿，谁还怕了不成！若是怕了他，以后俺在西屯没脸混人了不说，这门楼子也保不住得扒掉。周克先随手在院子里操了一把镢头，虎视眈眈守在自家门口，大有“人不犯我，我不犯人;人若犯我，我必犯人”的舍生忘死气概。

一场大战在即。

就在那个时候，陈百姓匆匆忙忙地赶来了。陈百姓是听到小舅子拿着白蜡条杆子来周克先家挑衅滋事的消息后赶来的。还好，陈百姓来到的时候，两人还没有动手，只是你一句我一句地对骂，把各自的爷爷奶奶十八辈祖先都毫无保留地贡献出来让对方恣意糟蹋。两人见陈百姓来了，反倒更来了一决雌雄的决心。在周大楞那里，要在姐夫面前表现一回，也是对姐夫能为自己争到低保的一个报答。在周克先那里，你家姐夫当了片长，你小舅子就横起来了，如果这次败给了你，以后你还要骑在俺头上屙屎撒尿哩。两人共同的想法是，谁若是先败下阵来，谁就算不得是条汉子，而是头狗熊。这样的想法激励着二人，鞭策着二人，二人步步逼近。大战一触即发！

陈百姓被这情景吓坏了，他声嘶力竭地阻止二人，可是两个被怒火冲昏了头脑的男人，哪里还把陈百姓的话听进去！混乱之中，也不知是谁先动的手，只听白蜡条杆子撞击铁镢头发出一阵“砰砰叭叭”的响声。陈百姓夹在俩人之间，拉了这一个又拽那一个，可是又哪里劝得住二人？慌乱之间，突然一个硬邦邦的家伙直搗自己头皮，只觉得头皮一阵发麻，用手一摸，却是一手血。便大叫一声，“昏”倒在地。

陈百姓被火速送往医院。

陈百姓的头皮被镢头把擦伤一层皮，经法医鉴定为“轻伤”。按照这个鉴定结果，周克先至少要被刑事拘留十五天。陈百姓对乡派出所的办案人员说，拘留人的事先放放。祝乡长来看他的时候，他把自己的想法向祝乡长讲了。祝乡长奚落他:“你这个老面，这么办就不怕委屈了自己？”

陈百姓说:“都是我的亲戚，吓唬吓唬就得了。真把人拘留了，家属们还不哭着找我要？”

祝乡长说:“好，我回去就安排派出所的人，让他们好好地配合你唱好这出‘苦肉计’。”

乡派出所到西屯去了两个警察，调查周克先和周大楞打架斗殴的起因和经过。最后得出结论是，陈百姓头上的伤是周克先的镬头把所致，有可能造成重伤导致终身残废，严重了说，命能不能保得住也难说。再加上事情的起因是周克先抗拒扒掉违章建筑引起，周克先不扒违章建筑，阻碍了村里修路，也阻碍了西屯行政村全面建设小康村社会的前进步伐，因此，周克先对这次事故负主要责任，要送周克先到拘留所去。周克先一听说要拘留自己，脸都吓白了，结结巴巴地说不出话来。乡警察察言观色，盯着周克先，说，如果不愿到拘留所，有个办法……周克先一听，像落水的人抓了一把稻草，急忙问啥办法？警察说，解铃还要系铃人。你伤害了陈百姓才触犯了法律，只有得到了陈百姓的谅解，他不告你了，你才能免坐牢子。

在西屯，去拘留所等同于坐监狱。坐了监狱，周克先丢人不说，连他的孩子老婆以及他的亲戚都要受到连累。心里十分害怕，后悔自己不冷静，为了保护一个破门楼子闹出了这么大祸事来。想一想，自己确有不对之处，修路是方便了村民，自己把门楼子建在村路上，得罪的不是陈百姓，而是全村的老少爷们儿。陈百姓若有个好歹，自己还不是犯下了故意杀人的罪！越想越害怕。不知道怎么做态度才算好，才能得到陈片长的谅解。急忙找大哥周克凡商量办法。弟兄俩通过分析、讨论，得出的结果是，胳膊拗不过大腿，要取得陈百姓的谅解，一是买些礼品到医院去看望陈百姓；二是赶快扒掉门楼子。都是门楼子惹的祸，“看地仙”还说门楼子建到路上可以“出人头地”，这可倒好，就差把自己“出”到大牢里去了。扒！赶紧扒！

第二天，周家弟兄到医院看望了陈百姓，表示了歉意，保证两天之内把门楼子扒掉，求得陈片长和全村人的谅解。

乡派出所的警察也找了周大楞。说周大楞曾经多次用那根惹是生非的白蜡条杆子威胁要挟乡领导，派出所对这件破坏和谐团结的“凶器”必须没收。另外，根据群众举报，周大楞还有聚众赌博的违法行为，考虑到没有抓到现行，暂不追究。但是，乡派出所会密切关注周大楞，如果再发现周大楞有违法行为，必将严惩不贷。

周大楞和老婆捱了半篮子土鸡蛋来看望姐夫。周大楞见姐夫对自己冷着脸，便讨好地说：“姐夫，白蜡条杆子已经当了烧火棍，你以后再也不要……尿尿了。”

翠华听了，瞪周大楞一眼，道：“有尿不尿，要把你姐夫憋死呀！”

周大楞说：“姐，俺不是那个意思。”

陈百姓摆了摆手，道：“好，不尿尿了，俺改成撒尿。”

小舅子的老婆捂着嘴哧哧地笑。

陈百姓看了一眼篮子里的鸡蛋，说：“鸡蛋还是捱回去吧。换了钱能摸几圈麻将呢！”

没等周大楞开口，他老婆便抢着说：“他姑父，也改了，再不摸了。派出所的人说，再发现他摸麻将，新账老账一起算。”

陈百姓目的达到，正准备要老婆翠华为他办理出院手续，医生却把翠华喊走了。

翠华回来的时候，眼睛红红的。

陈百姓还以为她为放在床头上那两千块钱找不到而心疼呢，便安慰道：“翠华呀，钱是人挣的，没了可以再挣。身体可是自己的，心疼坏了我去哪里找这么好的媳妇儿？”

翠华抹了眼泪，说：“百姓，你别猪鼻子插大葱——装象了。其实，俺早知道了，床头上那钱，是你给大楞顶了低保……你呀，咋恁傻哩！”

陈百姓坏笑道：“我不傻，你还不会死缠烂打地嫁给我当老婆哩。”

翠华嗔怪地举起手，打了他一巴掌，稍停，突然扑到陈百姓怀里，嘤嘤地哭道：“百姓，俺不能没有你，你可得好好地活着。”

陈百姓说："咦，这是咋了？我不活得好好的吗？"

翠华抹着眼泪说："医生让我劝劝你，还是要到省医院去做个全面检查的好。"

陈百姓道："你别听医生吓唬人。我活蹦乱跳的一个人，脑子里咋就能长个瘤子？"

原来，前天做CT的时候，镢头把碰伤的地方倒是没多大问题，医生却发现他的脑子里有一个黑点儿，怀疑是脑瘤，就建议他去省医院复查一下。陈百姓想着西屯修路的款子就要到了，周克先的门楼也同意扒了，就趁早把工开了，免得夜长梦多再出蘑菇。便对医生说，西屯片这阵儿事情特别多，等忙过了这一阵再去复查。翠华却不同意，偷偷地求了医生，让他帮助打电话在省医院那边联系个熟人。刚才医生来喊翠华，就是告诉她，熟人已经联系好了，单等着他们去复查。翠华千恩万谢地感谢了医生，回到病房便劝陈百姓。

陈百姓看翠华哭得泪人儿一般，开玩笑说："翠华，我要真死了，你哭得这么痛心，也没枉在玉米地里亲了你的嘴。"

翠华说："都半辈子了，还想着那丢人的事！你倒是给我去不去？"

陈百姓假装糊涂："还去玉米地？"

翠华拧了一下陈百姓的耳朵，道："车我已经联系好了，明儿就是捆了你也得去。让大楞扛了白蜡条杆子跟着去。"

陈百姓一听白蜡条杆子，说："白蜡条杆子不是当烧火棍了吗？"

翠华说："那就再找一根！"

陈百姓急忙说："别找了，我去不就是了。"

第二天，两人到了省医院，找到医生联系的那个熟人。那熟人说："先找地儿住下，我尽快帮你排上专家号。"

陈百姓一听，心想，还要排专家号，这要等多久呢，忙问："啥时能排上号呢？"

"说不准，快了一个礼拜，慢了半月一个月也有可能。"

陈百姓一听急了，说：“不是说安排好了吗？”

那人道：“是安排好了。不过，类似于你这样的病号太多了。再说，再说……”

陈百姓说：“如果我是大领导，可能就不会等了吧？”

那人无可奈何地摊开两只手，摇摇头，很绅士地说：“没办法。这是潜规则。”

翠华听出了人家的不耐烦，急忙说：“不急。咱等！”

两人暂时住进了医院附近的小旅馆里。翠华把陈百姓安置好，独自到街上去买生活用品。去了半个多小时，回来后，屋里却不见了人。等了一个时辰，还不见人回来，便急了，急忙跑出去找，可是哪里还能找到人的影子，气得翠华直流眼泪。

女人们把他当夯一样搰

陈百姓是搭末班车回到县里的。下了车，直奔交通局。

侯副局长一见陈百姓，就道：“就说给你打电话呢。西屯修路的款子已经到账了。村里准备啥时开工？”

陈百姓高兴地抓住侯副局长的手，连声说：“谢谢侯局长。我这就回村里安排！”

陈百姓当天晚上回到村里，顾不得一路劳累，就召开了村里两委会，把好消息报告了大家。大家也是兴高采烈的样子。毕竟是村里的一件大事，又是村民期待已久的事情。商量的结果，决定要搞个隆重的开工仪式，一是把乡里领导和侯副局长请来，为修路开工剪彩。二是把县电视台的记者请来，让全县人民都能看到西屯村村民终于要告别“水泥路”的日子了。周榔头建议，村里有个舞龙花会队，也要要一要热闹热闹的。陈百姓说，好，就热闹热闹。几个人分了工，周榔头负责料理会场的杂事，周二海负责组织舞龙花会队的人排练节目。冯乃彪负责做好乡里县里来人的接待工作。陈百姓组织开工仪式。这么大的事，对陈百姓来说，也是大闺女坐花轿——头一次，绝不能办砸了或者凉了场，总是要做好充分准备的。

第二日一大早，西屯像过节一般热闹起来。周二海组织的舞龙花会队一大早就在村头的路口舞起来，迎接着从乡里县里来的领导。周克凡和周克先都是舞龙花会队的队员，周大楞是掌控龙头的主要角色。几个人摈弃前嫌，舞得格外卖力起劲。锣鼓声、呐喊声、叫好声把这个偏僻的乡村闹腾得格外地热闹。

开工仪式按时举行。不但祝乡长来了，连乡里书记也来了。县交通局的侯副局长还邀请了县里其他有关单位的领导，台子上站了一大排。计划剪彩的领导没那么多，急忙又让人去借了几把剪子。

最忙的还要数陈百姓。陈百姓特意换了一身翠华给他洗好的干净衣服，脖子上系了一条领带，上衣的左上角还别了一束野花。陈百姓一会儿接待贵宾，一会儿又要组织会场的秩序，忙得像新郎官迎娶新娘子。

翠华从省城赶了回来，站在人缝里，看到陈百姓忙上忙下，村里人都那么信赖地听着他指挥，一半儿是心疼，一半儿是感动，眼泪便一串串地流了下来。

村里的女人叽叽喳喳笑话陈百姓，说孩他姑父来接亲的时候，还没打扮这么漂亮呢，这又要勾引谁家的大闺女去钻玉米地呢？

陈百姓听见了，乐呵呵地道：“老了，玉米地是钻不了了。有机会借老嫂子们的肚皮遛遛马吧。”

女人们听出龟孙儿说的不是好话，一起哄笑着上前把陈百姓抬了起来。十几个粗壮的女人，抬脚的抬脚，扯胳膊的扯胳膊，把陈百姓朝了半空里撂，一边撂，一边接，接了再撂上去。

陈百姓被女人们撂到半空的一瞬间，突然感觉一阵头晕目眩。接着，他发现自己身上长出两只翅膀。他伸伸腰，展开翅膀，向一棵茂密的老槐树飞去。他蹲在老槐树的枝杈上，鸟瞰着大地。

那时候，他看到那群女人还在把他的身体当了夯向半空里撂。他的老婆翠华疯子一般，哭喊着扑向那群女人，企图阻拦着女人们，可是，哪里能拦得住！

女人们嘻嘻哈哈，嘴里一接一应地唱起了夯歌：

起夯了呀！嗨呀！
修路了呀！嗨呀！
开工了呀！嗨呀！
……

闹得那个火热劲，把看舞龙那边的人都吸引过来了。

（原载《延安文学》2013 年第 3 期）

村路有道弯

1

靳玉昌没有想到，吴鸿学修条村路会给他惹下这么大的麻烦。本指望这小子干出个样子来给自己脸上贴点金，没想到却捅了个大娄子，闹到了省里和北京城，连市委书记也要插手这件事。靳玉昌气得摔头找不到硬地。

省专案组撤走后，靳玉昌想尽了各种招数，腿跑细了，嘴磨破了，该想的办法都想了，该做的工作都做了，还是没有把问题解决掉。双方都拗上了劲，谁也不肯退让一步。而且，事情越闹越大发。县委书记计仪中找他谈过，要他不惜一切代价把事情妥善处理好。他还没有想出妥善处理好的办法，就接到了县委办公室值班主任刘池的电话，说市委书记王克要来乡里视察工作。上午九点到，要他做好充分的准备。

靳玉昌接到电话的那一瞬间，有些蒙！

靳玉昌所任职的马集乡在县城一隅，各项工作都没有特色。一般情况下，上级领导视察，很少光临该乡。而王书记突然驾到，说是视察工作，其实还不是为那桩事而来。

靳玉昌有了一种刀架在脖子上的绝望感。

靳玉昌四十多岁，是从基层一步步提拔上来的，在乡党委书记位上已经干了五年。提拔处级无望，只求平平安安，瞅机会调到县直机关谋个位置。可是，没想到就发生了这桩破事。

其实事件并不复杂，复杂的是事件背后的背景。

该乡老庙村进行老村改造，通过规划，要扒掉一些旧房子，把村里弯路取直，路面硬化。也就是说，要改变村容村貌，按照社会主义新农村的标准重新建设老庙村。村支书吴鸿学拿着规划来找过靳玉昌。吴鸿学是靳玉昌提拔起来的干部。吴鸿学人年轻，很有头脑。高中毕业没考上大学，到南方打了几年工，挣了一些钱，回来在村里办了个齿轮厂。齿轮厂的工人都是老庙村的村民。吴鸿学掰着手指头教，硬把这些粗手大脚的农民训练成了拿工资的工人。这些人每月挣千把块，都很赞成吴鸿学。靳玉昌很器重他。吴鸿学的老村改造计划靳玉昌很欣赏。县里已经开了几次会，要各乡镇加大社会主义新农村建设步伐，要抓好典型，以点带面，逐步落实宏伟规划。吴鸿学的老村改造计划提的正是时候。吴鸿学还表示，修村路不向上边要一分钱，不向老百姓集一分钱，全部由他的齿轮厂里出。太好了。吴鸿学介绍完，靳玉昌当面表扬了他。靳玉昌表扬了他，就等于同意和支持他这种做法。吴鸿学的计划能落实的话，老庙村就在马集乡树立了一面旗帜，马集乡就有了闪光点。这给靳玉昌挺进县直机关增添了一个砝码。靳玉昌出于工作习惯，还叮嘱他说，是件好事，但要把好事办好。开个群众大会，征求一下群众意见，让群众表个态。吴鸿学说，已经开过了，百分之九十九的群众都赞成。剩下的百分之一，吴鸿学没当回事，靳玉昌也没当回事。按照组织原则，少数服从多数。百分之九十九都同意，百分之一能阻挡了建设社会主义新农村的步伐吗?

偏是这百分之一出了问题。

2

这百分之一的人家男户主叫游大柯。游大柯的房子是上世纪八十年代末盖的红砖砌墙、青瓦盖顶的出厦房，一排四间，院子也大。当时在全村是冒了尖的。现在在一片楼房中间，不起眼了。早该翻修重建了，游大柯就是不建。他不建的原因不是因为他手头紧，而是因为他的母亲游张氏。游大柯是个孝子。游大柯的母亲游张氏八十多岁了，身体尚好。但毕竟是上了年岁的人，怕折腾。老太太住在最东间的一个套房里。打从房子盖好就住那儿。住习惯了，不愿挪窝。游大柯曾提过把房子扒掉盖楼，老太太一听就反对，房子好好的盖啥楼？要扒房子等我去找你爹后，爱咋折腾咋折腾。游大柯的爹四十年前就没了。老娘为拆房子的事要去找爹，这等于把拆房子的事堵绝了。再说，游大柯的两个孩子大学毕业后都在北京安排了工作，家里就三口人，房子住得下。游大柯从此不再提翻盖房子的事。

吴鸿学遇到的问题是，要把村里的弯道取直，必须经过游大柯的房子。也就是说，游大柯的房子在村子中间，原来的村路，在游大柯房子的东边绕了个弯。如果要取直，必须扒掉游大柯东间的套房，也就是老太太住的那间房子。

吴鸿学和村干部找到游大柯，和他谈，从建设社会主义新农村的高度，动员他把房子扒掉。房子拆迁的损失，村里补偿。并许诺在村里储备的宅基地上划拨给他一块地让他建楼。

游大柯这人，老实，胆小，很少主见，从小就产生了一种自卑心理。村干部找他谈扒房子的事，他觉得这是公家的事，很重要。何况又给那么多的好处，应该扒的。可是，他又不敢违背老娘的心愿。老娘不是他一个人的老娘。他还有个兄弟叫游二柯，游二柯虽然在北京干着事，可家里的事他随时关心着。家里有啥事，瞒不过老二的。老二打电话公家报销，经常询问家里的事，电话上一讲就是一根烟的工夫。临结束的时候，还要老娘接电话。直到老娘亮着嗓子说，二呀，娘好着哩，昨儿还和你二爸下棋哩，电话才挂掉。其实，老二对这个家的关心主要是对老娘的关心。没有了老娘，谁知道游二柯还会不会经常往家里打电话？游二柯早就提出要把老娘接到北京去的，老娘死活不愿意。说到北京没人和她下地棋，总不能把二爸也带到北京去吧？如果老娘去北京跟了老二，拆房子的事就好办了。可是老娘没去北京，因扒房子让老娘去“找了爹”，这责任游大柯担不起。他没法向游二柯交代。拒绝扒房子，他又张不开口，很为难。给吴鸿学的答复是回去考虑考虑、商量商量，回到家就一口一口吸闷烟。

游大柯正独自吸烟，只听院子的门“咣当”一声，接着是一阵很重的脚步声进了院子。游大柯没抬头，就知道是自己的女人赵翠花回来了。赵翠花大概也是遇到了不顺心的事，不然，她的脚步没那么重。果然，赵翠花一进屋，就把提的篮子朝地上一摔，气哼哼地责问游大柯，你答应吴鸿学那龟孙扒咱家的房子了？

游大柯小声道，你小点声，扒房子的事不能让娘听到。

赵翠花瞪着眼道，这也不是捂住盖住的事。老娘真有个三长两短，老二那里你好交代？

游大柯说，正为这事犯愁呢，扒不扒我还没答应他。

赵翠花一拍大胯，说，刚才在村头碰见吴鸿学那龟孙，说你同意扒房子了。一个劲地给我戴高帽子，说我赵翠花识大局、顾大体，一定配合村里工作的……呸，学会赵本山了，来忽悠我！

游大柯吞吞吐吐地说，咱这房子也够破的……得有个两全其美的法子。

赵翠花说，屁！啥法也没有，就是不扒！咱的房子咱当家。

游大柯说，吴鸿学说，百分之九十九的人都同意了，让咱少数服从多数。

赵翠花抢白道，咱家里，我不同意扒，娘不同意扒，就是多数！

游大柯还担心地说，吴鸿学说，扒咱的房子，到乡里汇报过，连靳书记都是支持的。

赵翠花一听，说，他拿官压咱呀？靳书记多大的官，大过咱老二？他吴家过去骑在咱游家头上屙屎撒尿，现在还要欺负咱呀！游大柯，你不是个站着尿泡的男子汉，这事你甭管，老娘我和他撑上了！

3

吴鸿学做事雷厉风行。他和游大柯谈后，又在村头见到了赵翠花，把扒房子的事和赵翠花讲了，见赵翠花“哼”一声噘着嘴走了，还以为赵翠花默认了扒房子的事。第二天，就带着村干部，开着小型铲车，轰轰隆隆来到游大柯家。也合该出事。那时候，游张氏到村东头找游老明下地棋去了。游大柯不放心老娘，随身前往。家里只有赵翠花。

赵翠花正在院子里洗衣裳，一听到门口轰隆响，起身去看，见是吴鸿学领人来扒房子，火“腾”一下就冒上来了。她随手操了一把锨，冲到门口，冲着吴鸿学大骂：吴鸿学你个龟孙咋恁孝顺，老娘我还没死哩，你就要来过继老娘的房子？哪个敢动一块砖，老娘把哪个的爪子剁了！

吴鸿学等人被赵翠花闹得下不来台。吴鸿学红着脸问：翠花婶子，你和大柯叔不是都同意拆房子了吗？

赵翠花说：别喊我婶子，我没有你这样的龟孙侄子！

吴鸿学也是五尺多高的汉子，为了全村村民的利益，当着村邻的面被这个女人羞辱，也“腾”地上了火：你也快六十岁的人了，不能一张口就骂人啊？

赵翠花长了一副英雄胆，扯了嗓门道：老娘骂了，你能咋的？

不是从前了，你吴家骑俺游家头上屙屎撒尿！你滚！再不滚老娘一锨劈死你！说着舞着锨向吴鸿学跟前蹭。

吴鸿学这时若走开，接下来的事就不会发生了。吴鸿学没有走开。吴鸿学当时想，自己若怕死逃走，支部书记的名声就威风扫地了，自己在村里的威望就不复存在了。面对这样的情况，恐怕全中国当支部书记的都不会走开的。吴鸿学当时还想到，自己干的是一件正经事，是为全村老百姓谋福利的大事，是得到靳书记支持的大事，是百分之九十九的群众都赞成拥护的好事，就你一个泼妇想阻挡历史前进的步伐？没门！正气不扬，邪气不垮。吴鸿学年轻气盛，就是要压压你这股邪气。也叫你懂得啥叫村民，啥叫干部。他正气凛然地迎了上去。

那时候，赵翠花的铁锨已经举了起来。赵翠花在举起铁锨的时候，还没打算把吴鸿学一锨拍死。真把吴鸿学拍死了，她赵翠花还不得挨枪子？别看赵翠花泼辣胆大天不怕地不怕，真要挨枪子，赵翠花可受不了！赵翠花只是想吓唬吓唬吴鸿学。她想，吴鸿学看到她举起铁锨，不会不跑的。可是，这个龟孙，他不但不跑，反而迎了过来。赵翠花一愣怔，正想着把举起的铁锨是拍向吴鸿学还是放下更妥当时，吴鸿学个龟孙却一把夺过她的铁锨，把铁锨扔开了。赵翠花没有了拍死吴鸿学的工具，倒有了和吴鸿学决一胜负的决心。这是她的拿手好戏，一哭二闹三撞。她曾用这种手段斗败过村里几个对手，连吴鸿学那已经像地狗子一样钻地的爹都是被她用这种方法缠败的。赵翠花三种“武器”齐上。大伙儿都看看啊，龟孙的支书打人了！她像母狮一样吼叫着，一头向吴鸿学撞去。

吴鸿学还没有遇到过这种阵势，一时有些手足无措。如果和这个强悍女人纠缠在一起，打没打她都说不清。看来还是躲了好，不能让她靠了自己的身子。他选择了躲开。在赵翠花向他撞来时，他把身子一闪躲到了一边。

他身后恰好有棵大榆树。

赵翠花是低着头撞过来的，她一头撞过来时，正好撞在榆树上。“砰”的一声响，赵翠花心里骂，坏了，这个龟孙胸脯子咋恁硬？没把这个龟孙的胸脯子撞疼倒把自己的头撞蒙了。只觉得额头有股子热乎乎的东西流出来。一摸，是血。

赵翠花两眼一闭倒在地上。

4

五十多年前的一天，游大柯的爹游进才到马集赶集，在集上卖了鸡蛋，准备买点盐回家。经过烧饼油条铺子的时候，想买两个烧饼夹油条给大柯、二柯捎回去。游进才刚把烧饼夹油条接过来，感觉有人扯自己的衣襟，低头一看，见一个小女孩正眼巴巴地望着他。游进才把烧饼夹油条掰一块给了她。小女孩接过，狼吞虎咽地吃着。游进才出了集市往家赶，走到半路，发现小女孩在后边跟着他。他对小女孩说，孩子，你咋又撵来了？快回家吧。小女孩揩着眼泪说，俺没家了。俺想认个好心人当爹。您就是个好心人。小女孩说他是个好心人，让游进才心里热乎乎的。游进才有两个儿子，他堂弟游老明生了两个闺女。游进才和游张氏都喜欢闺女，早想拿游二柯换游老明家的一个闺女。可因了自己特殊的身世，又怕游老明不同意，就一直没敢张口。眼前突然从天上掉下来个闺女喊自己爹，让游进才喜出望外。可是想想自己的处境，又怕闺女跟了自己遭罪，就对女孩说，孩子，不是俺不想要你，他们说，俺……是坏……人。小女孩说，俺看你不是坏人，坏人不会拿烧饼油条给俺吃。

游进才赶集回来，后边跟着一个蓬头垢面的小女孩，小女孩圆脸上涂着鼻涕和灰土，两只又大又亮的眼睛惊恐地盯着比她大的游大柯和比她小的游二柯。她穿着一件大过膝盖的破洋布带大襟的褂子，袖子又肥又长，正好当了她的“手绢”。她不时举起“手绢”去擦流到鼻子外边的鼻涕。

游张氏见了，问丈夫，从哪儿扯回来个又脏又丑的闺女？

没等游进才回答，那闺女抢着说，娘，俺不丑！

游进才乐呵呵地说，一个烧饼加油果子换个闺女，值吧？

游张氏担忧地说，咱家这情况，跟人家爹娘说了吗？可不能委屈了人家。小女孩“扑通”跪在游张氏跟前，流着泪说，娘，俺亲娘饿死了，俺爹扔下俺跑不见了。你就是俺亲娘。说着“砰砰”在地上磕了几个响头。

游张氏一下子把小女孩揽在怀里，颤了声地说，闺女，苦命的闺女，这家里有你哥和你兄弟吃的，就少不了你一口。

小女孩懂事地说，娘，俺会烧锅、刷碗、拾柴火，下地割草，俺啥都会。

游张氏连连说，好闺女，娘可怕累了你！

这闺女叫赵翠花。以赵翠花的意思，就随了爹的姓。游进才没同意，说还是叫赵翠花好。直到十几年后赵翠花和游大柯入了洞房，赵翠花才明白当年爹不让自己改姓的目的。

游张氏给赵翠花洗了脸，洗了头，才发现这闺女真的不丑，鸭蛋圆脸，俩大眼，双眼皮，一口玉米牙瓷白瓷白的。游张氏说，游进才办了一辈子蠢事，就这事办得还算精明。

游老明本来指望拿闺女换游进才家的二小子呢。看人家有了闺女，是换不成了，便找到游进才，让游二柯过继给他。游进才为孩子的前程正巴不得呢，便一口应承。这样，游二柯就有了两个爹疼爱着，一个亲爹，一个干爹。游老明让游二柯喊自己二爸。二爸比亲爹更疼爱游二柯。二爸家做了好吃的，总不忘给游二柯吃。游二柯上学的学费，二爸出了不少，一直到游二柯大学毕业。

那时候，游家在村里常受人欺负。是因为游进才年轻时被抓壮丁当过国民党的兵。这成了他的一个污点。因为有这个污点，他在村里一直直不起腰，他的孩子也因了这个缘故受到歧视。游大柯稍大些，就一直生活在这个阴影里。游二柯小一些，别人骂他狗崽子，他和别人对骂。有一次，吴德发骑在他身上，一边扯着他的耳朵，一边骂他狗崽子。游二柯极力反抗。可是，吴德发大他三岁，他使出吃奶的力气也没能把吴德发翻下去。他只有在下面反抗着。这时候，赵翠花来了。赵翠花不由分说，扑过去连抓带挠，把吴德发掀翻在地。姐弟俩狠狠地揍了吴德发一顿。从那以后，吴德发对赵翠花恼恨在心。

吴德发是当时的队长吴老秀的儿子，后来是吴鸿学的爸。前两年，吴德发得了肺癌死的时候，还对当了村支书的吴鸿学说，游大柯家的那个女人不是省油的灯，你少惹她。

赵翠花虽然是游家的闺女，但因了出身贫家，再加上她泼辣、大胆，就没有人敢欺负她。游家有了赵翠花，游大柯和游二柯就很少再受人欺负。

家里添了一张嘴，口粮却没有增加。游进才为此事找过吴老秀。吴老秀是队长，谁家添人进口增加口粮都是吴老秀说了算。可是吴老秀不买游进才的账。吴老秀熊他，你不想想你背个啥赖名，还拾个闺女养？瞧那闺女也不是个好人家生的。队里养头驴还能拉磨，养头猪过年宰了各家还能分块肉吃。要口粮没有，你趁早把她送走。游进才舍不得把闺女送走，再说，也送不走。只好把自己的口粮省一点。日子过得够紧巴的，锅里常常是清汤寡水的。那年，割过豆子，天下了一场大雨。游进才发现，割过豆子的地里冒了一层芽。原来是割豆子时散落的豆子掉在地上经雨水一泡发的芽。游进才如获至宝，悄悄地到泥地里去捡豆芽。捡了一下午，提着半篮子豆芽回家。村头正遇见吴老秀的儿子吴德发。吴德发见游进才偷捡队里的豆芽，一是为挨打的事记恨着游家，二是要当一回保护集体利益、与坏蛋做斗争的小英雄。吴德发一边上前夺了游进才的篮子不放，一边大声吆喝：快来抓坏蛋啊！坏蛋偷队里的豆子了！

后来，吴德发果真在全县出了名，成了敢于同坏人做斗争的小英雄。而游进才却倒了大霉，除了挨批挨斗外，大人见了他冷眼相对，孩子见了他吐口水。游进才受不了这种耻辱，在一个月黑头夜，吊死在村头的一棵柳树上。

赵翠花长大一点的时候，渐渐地知道了爹的死与她有关。游家收养了她，游家爹为给她挣口粮受辱寻死，大恩大德她一辈子报答不尽啊。游大柯长大成人后，因背了坏崽子的名，谁家的闺女都不愿嫁给他。游张氏为儿子的婚事急得头发都白了。赵翠花对游张氏说，娘，甭急。游大柯打不了光棍。

那一年，是一九七七年。游家双喜临门，赵翠花由游家的闺女变成了游家的媳妇。年底，游二柯金榜题名，考上了北京的一所重点大学。

5

省里下来个专案组，叫马集乡“三·三〇”专案组，因为赵翠花撞树那一天是三月三十日。专案组由省政法委一名副书记带队，是专案组的组长，姓严，叫严利。听名字这人就很严厉。专案组的其他成员，是在省公检法三单位各抽调一名富有办案经验的处级干警组成。为防此案件中的违纪行为，从省纪检委抽调一名得力干部全程监督。严组长和专案组的成员住在县城四星级宾馆里。到马集乡和老庙村调查案件时，除了省专案组的一干人马，县政法委、县公检法各派一名副职配合专案组工作。这样，专案组到乡里时，队伍就显得浩浩荡荡，无比壮观。到老庙村时，队伍更强大。除了专案组和县里领导外，又增加了乡里一干人马。

靳玉昌在接到省专案组下来调查的通知时，心里把吴鸿学骂了几千遍。吴鸿学你个混蛋小子，再三叮嘱你把好事办好，不要捅了娄子，偏偏你脑瓜子发热，急于求成把事办砸了，还差点闹出个人命案来！再说，你拿谁开刀不中啊，偏在太岁头上动土！

你是活腻了！我还指望你给我出政绩呢。呸！谁也救不了你，你等着进监狱吧！骂是骂，从心底里还是想要保护吴鸿学的。

省专案组要下来的事两天前就听说了。赵翠花这个女人，因为头受了点伤，能惊动省里，还不是因为有个游二柯。游二柯曾经是马集乡的骄傲。县里各乡镇都知道马集乡有个在北京某某机关当大官的游二柯，都很羡慕在马集乡当书记的人。认为在马集乡当书记，有个在北京当大官的人当靠山，啥事都好办。由此得出结论，在马集乡当政容易出政绩，容易出政绩就容易提拔升迁。靳玉昌有过这种想法。他曾经试图接近游二柯。可是游二柯没有给他接近的机会。一是游二柯很久没有回过老庙村，二是靳玉昌到北京去找他他不给面见。其实也不是人家不给面见，确切地说，是游二柯手下的工作人员没给他提供见面的机会。靳玉昌一共找过游二柯两次。一次工作人员说，游副部长出国考察了。第二次工作人员问他是哪里人，是不是来上访的？靳玉昌说，和游部长是老乡，是来拜访他而不是上访的。工作人员说，真不巧，游副部长在参加中央的一个重要会议，时间大概要六天，没有特殊情况，参会领导是不准缺席的。靳玉昌的拜访不属于特殊情况，被工作人员拒之在外。时间久了，靳玉昌找靠山的热劲渐渐凉了下来。

赵翠花被送进医院后，靳玉昌当天就到医院去了。他是拉着吴鸿学一块儿去的。

赵翠花的伤势并不重。额头撞了个口子，缝了几针，伤口长严实就好了。可赵翠花一个劲地喊头疼，医生以为是脑震荡，做了 CT，又拍了片子，啥事没有。

医生告诉她，喊的声大影响伤口愈合。赵翠花听医生这样说，也就不嚷着头疼了。看到靳玉昌进来了，后边还跟着龟孙儿吴鸿学，便又喊头疼，高一声低一声的。

靳玉昌对游大柯说，老游，嫂子都疼成这个样子了，还不快去请医生。

游大柯说，刚才还好好的……话没说完，手脖上被赵翠花偷偷掐了一把。便改嘴道，一阵一阵的，等会儿吃点药就好了。

靳玉昌看出了其中的端倪，便说，那就吃点药。接着安慰赵翠花，嫂子，让你受委屈了。都怪吴鸿学办事急躁。我已经狠狠批了他。他在你面前毕竟是小一辈的，你不要跟他一般见识。说着向吴鸿学递眼色，还不快向你婶子表个态度！

吴鸿学还没吭声，赵翠花就气哼哼地说，让他表啥态，俺不稀罕！

靳玉昌说，嫂子，苦脸不打赔礼人。吴鸿学今儿是来向你道歉的，还送来了你住院看伤的费用。

游大柯感激地说，是她自己撞树上伤的，咋能让支书破费？感谢吴支书……

赵翠花骂道，你个没出息的，咋说话？不是他要强行扒咱的房，我会撞树？让他把钱拿走，俺不稀罕！告诉你，姓吴的，这事不算完！你当个村干部就无法无天，侵犯人权，强行扒房，欺压百姓，是违法的！如今是法制……治村。我……我不会放过你！

靳玉昌听这个女人说话一套一套的，话里有话，就料定事情比较复杂。但还是劝说道，嫂子，气头上，话咋说咋了。过去的事，一巴掌拍到箱子里，都不再讲了，要往前看。吴鸿学毕竟年轻，办事不周。拆房子修村路，是利于全村的大事。老庙村村路像个老鼠洞，一条路几道弯，下雨天水没处流，泥糊蹅蹅的。过去几任支书都不敢修。吴鸿学要修，是个好事，村里百分之九十九的人都赞成。我相信嫂子也是明白人，不会不赞成。现在事情发展成这样，要怪就怪吴鸿学没把道理给嫂子讲明白。吴鸿学官不大，脾气见长。嫂子放心，我开个班子会研究给他个处分，也算替嫂子出气了。我说得中不中，嫂子？

赵翠花却不买账，说，说一声处分就完事了。他犯了法，要按法办。

靳玉昌在心里骂道，这个泼妇，真是胡搅蛮缠，口口声声说人家犯了法，你自己哪一点做得对？嘴里却说，嫂子，话严重了。毕竟都是乡里乡亲，冤可解不可结。

赵翠花抢白道，啥乡里乡亲，吴家欺负游家几十年了，老庙村谁不知道？俺老公公上吊寻死，就是吴鸿学他爷逼的。

话越扯越多，靳玉昌怕触及新的矛盾，连忙告辞出来。

6

从医院出来，吴鸿学把整个事件的过程又详细向他做了汇报。靳玉昌骂他不会办事，打人不打脸，你咋把人家的脸上弄个窟窿？

吴鸿学委屈地辩解，哪是我弄的，是她自己往树上撞的。

靳玉昌批他，你还委屈呢，你不惹她，她自个儿会去撞树？

吴鸿学小声嘟囔道，修村路不是你同意的吗？

靳玉昌恼火道，我同意你修路，我同意你惹她撞树了？

吴鸿学哑了一阵，生气地发狠，回去我就把那棵树砍了！

靳玉昌说，晚了，你现在考虑考虑这件事咋了结？没听那女人的口气吗，硬得很。想必已经捅到了北京。这女人对游家有功，她的事游二柯不会不管。游二柯要管这事，只要和省里领导打个电话，就大了去了。我看这场灾你逃不过去，不关你三年五年，也得年把几个月。

吴鸿学哭丧着脸说，我又没犯法，凭啥抓我？

靳玉昌熊他，幼稚！你说你没犯法，没经过人家同意你就去扒人家的房？你一个支部书记，太没法制观念了。

吴鸿学说，我不是还没扒吗？

靳玉昌说，强词夺理！现在关键的是，人家伤了，住进了医院。你呢，好好的，在外边跑着，活蹦乱跳的。依我说，当时你就让她撞你一下，把你撞个心绞痛或者脑震荡什么的，多好。

吴鸿学说，靳书记，当个鸡巴的不在品的小村官就得受这个窝囊气？

靳玉昌说，当村官就不能怕受窝囊气！

7

省专案组调查的结果是，老庙村支书吴鸿学身为村干部、共产党员，却无视国家法律，违法强拆民房，侵犯人权，又殴打群众，致使村民赵翠花头部重伤，构成了伤害罪。鉴于此，建议马集乡党委撤销吴鸿学老庙村支部书记一职。按照刑法某章某条，对吴鸿学依法拘捕。

严组长代表专案组通报了调查结果，责令县里和乡里立刻按照专案组的意见处理此事。

靳玉昌听了结果，一头雾水。事先已经估计到事情很严重，可万万没有想到严重到如此地步。如果专案组的调查属实的话，就是吴鸿学那小子说了瞎话。可是，自己听当时在现场的村民的说法，基本和吴鸿学说的吻合。这就说明，专案组下来时，已经定了调子，非把吴鸿学拿下不可。原来想的是，大不了让吴鸿学写个检讨，乡里给他个处分。赵翠花那里把药费给人家负担了。现在看来，吴鸿学那小子真玩完了。自己白培养他了。又冷静一想，觉得专案组的结论定得太早，太武断。专案组不能代表执法部门，吴鸿学果真犯法，要由法律部门来定。专案组给他定刑，从法律上是说不过去的。靳玉昌从心里还是想挽救吴鸿学。培养个有知识、有经济头脑的村干部不容易，何况吴鸿学又那么年轻、热情、能干。想着，便大着胆子说，尊敬的各位领导，感谢各位领导不辞辛苦到我们马集乡指导工作。刚才，严组长宣布了调查结果。领导们果断、雷厉风行的工作作风值得我们基层好好学习……

那个叫严利的组长不耐烦地打断他，你这个同志，不要光给我们戴高帽子，要讲点实际的嘛。

靳玉昌心一横，豁出去了，把身子挺直，咽了一口痰，清清嗓子说，吴鸿学这个事，办得有点急躁，才出了娄子。至于违法不违法，是不是让公检法介入，做详细调查……

严利又一次打断他，你这个同志呀，还信不过我们专案组？我带来的这几个人，都是从省公检法单位抽调的。说着，抬起一只肥厚的手指了指另外几个人。那几个人都非常含蓄地笑笑。

靳玉昌说，不是信不过专案组，是……基层培养个干部不容易，不能轻易拿掉。

严利果断地把手朝下一劈，说，你这个同志，法制观念淡薄，感情用事，政治嗅觉太不敏感了！

严组长的三个“你这个同志”，一个比一个口气硬，使靳玉昌有了压力，脊梁上便冒了汗，说话也就语无伦次。

按照专案组的部署，那天通报会结束就去抓吴鸿学。从县里调来了公安局刑警队的人，直接奔了老庙村。可是，到了老庙村村口，却被村民堵在村外。全村几百口子，男男女女、老老少少，都堵在村子路口，不让刑警队的人进村。刑警队的人说，我们是来执行公务，你们不让进村是妨碍公务。妨碍公务是犯法的。

村民们说，知道你们是来抓吴鸿学的。吴鸿学他没犯法，他给村里办了工厂，让大伙富起来了，他有啥罪？吴鸿学自己掏钱给村里修路，他有啥罪？他没罪！要抓他，就把俺们一块儿抓走！

说他们妨碍公务违法，也是吓唬他们的。他们真不让开道，总不能把这些人都抓走。

还有人说，赵翠花仗了游二柯的势力要横，如果真抓了吴鸿学，俺们背了干粮到北京去找游二柯，俺们到游二柯门前去吆喝他。

对峙了两个小时，也没能抓到人。刑警队的人只得撤退，回去向专案组做了汇报。

严组长很恼火，但又没办法。特别是最后那个说法，至关重要。如果逼急了这些人，真到北京去闹起来，害得游副部长办不成公，影响就大了，事情就更严重了。第二天，专案组撤回省里。

走之前，严组长单独给靳玉昌谈话，批评靳玉昌没有政治敏感，没有大局意识，没有组织观念。总之，没有配合好专案组的工作，以至于对“三・三〇”事件处理不力。严组长代表省某位领导给靳玉昌下达任务，专案组走后，乡里一定要把“三・三〇”事件妥善处理好，对违法违纪者要严惩不贷，对受害者要给予宽慰，最后的结果要让受害者满意。要把矛盾消化在基层，不能影响到北京去。严组长还说，能不能妥善处理好这件事，是检验你们乡干部执政能力水平高低的标准。我将根据实际情况向你们市委和县委建议对你今后的使用。话里有了要挟的意思。按理说，作为省领导，不应该和一个乡党委书记这么谈话，把责任都推到下面，靳玉昌心里不服，但嘴上不好说什么。人家官大三级，是爷，自己只有装孙子吧。

专案组走后，县委书记计仪中把靳玉昌喊过去谈了话。从计仪中那里，靳玉昌得到的信息是，因为专案组对“三・三〇”事件处理不力，严组长也受了批评。批评他的是省委某副书记。计书记透露，这位省委副书记和北京的游副部长是同学，事情处理不好，他没法向老同学交代。因此，严组长反复要求，这件事一定要处理好，并要有个好结果。如何处理这件事，计书记和靳玉昌进行了分析和探讨。不抓吴鸿学，赵翠花不罢休。现在，赵翠花的伤情已无大碍，住在医院里不出来，就是等着处理吴鸿学的结果。游家和吴家，上一代就结下了仇气。过去，吴家仗势欺负过游家。现在，游家有游二柯这棵大树，不把吴家扳倒是不肯罢休的。可是抓吴鸿学，老百姓不愿意，老百姓要进京闹事，还不是一两个，而是老老少少几百口子。老老少少几百口子到北京围了游副部长的办公室请愿、示威，还真不是个小事。尽管靳玉昌估计，这些村民，若真去了北京，也未必能找到游副部长的办公室。他一个堂堂的乡党委书记，还被人家误认为是上访告状的堵在门外边呢。但是，无论咋说，也不能让村民到北京去，影响不好。这不但坏老庙村的名誉，也有损马集乡的形象，有损他靳玉昌的形象。严组长说得对，这件事要消化在基层，不能闹到北京去。关键是，怎样才能让游家满意，让赵翠花泄掉气，又能让老庙村的村民满意，不去北京闹事。

这让靳玉昌很犯难。

计书记严肃地对靳玉昌说，现在找到了问题的症结，接下来，你要克服一切困难、想尽一切办法把赵翠花攻下来。赵翠花就是一座碉堡，你也要给我攻下来！

8

八点的时候，靳玉昌给刘池打电话，询问市委王书记出发了没有。

刘池说，正要通知你，计书记安排，让你到丁桥路口等着迎接领导。计书记已经去了市里，接了王书记直接到你那儿去。靳玉昌也不敢怠慢，喊了司机，开了车，直奔丁桥路口。

靳玉昌坐在车里，思考着如何向市县领导汇报事情的处理情况。靳玉昌当了五年的乡党委书记，遇到那么多棘手的事，从来没让他这样为难过。在基层干了十五年，遇到那么多难缠的人，从来没有碰到过像赵翠花这样难缠的女人。省专案组走后，靳玉昌没敢松懈，一天三趟往医院跑，主要是做赵翠花的思想工作。一连三天，靳玉昌磨破了嘴皮子，好话说尽了，赵翠花就是不买账。赵翠花软硬不吃，你说个天，她对个地，你说个东，她对个西。就是一句话，不法办吴鸿学个龟孙她就是不出院。靳玉昌气得只想拿巴掌扇自己的耳刮子。

老庙村那边，村民们自发地设置了瞭望哨，二十四小时有人值班，一发现有警车朝村里开，马上在大喇叭上吆喝：有情况！有情况！立马，全村人都集合到村口，一级战备，如临大敌一般。

靳玉昌没处出气，把吴鸿学喊来熊，把你那啥鸡巴的瞭望哨给我撤了！想搞独立王国呀，针扎不进，水泼不透？告诉你，不是不抓你，而是不想抓你。真要抓你，谁也阻挡不了。事情出在你身上，你就是装孙子也得把赵翠花给我拿下！

吴鸿学委屈地辩解，瞭望哨也不是我让组织的。给他们说了，他们不听。

靳玉昌越发恼火，你这个支书是咋当的？成事不足，败事有余！

吴鸿学也上了拗劲，这支书我不干了，谁爱当谁当！说完，扭头就走。

靳玉昌又蒙了。

刚才骂吴鸿学也是一时性急。吴鸿学真撂挑子不干，一时半会儿在老庙村还真的找不到合适的人当支书。另外，就是有人选，谁知道老庙村的村民认不认这个账？想着，便大吼一声，吴鸿学，你是个汉子，就给我滚回来！

吴鸿学停了脚步，转过身时，已是满面泪痕。吴鸿学哽咽着说，靳书记，我知道你对我很信任。可是，这支书我真的不想干了。我出去打工也好，我在村里办企业也好，都能挣到钱。我把打工挣的钱都拿出来办了村里福利，我办工厂是要让村里更多的人有零钱花。可是我落了什么好？就修村路这件事，村里人早就给我要求了。说吴鸿学，咱村这条弯路出过多少事呀，撞车的、撞墙的，哪年不出几档子事，伤几个人？你要把这条路修直，算给咱村立了一大功！我不为立啥的功，我就是想让老庙村的村民都过好。可是，谁知道，咋就碰上了赵翠花这个难缠户呢？实话说，赵翠花那里，我也没少做工作，情也赔了，歉也道了，就差没喊她一声姑奶奶。可她就是放不下。我听说了，赵翠花之所以和我过不去，是因为我爷、我爸过去欺负过他们游家。北京的游二叔，我爸小时候打过他。他们一家都记恨着呢。也许换个人当支书，赵翠花就不会打这个绊了。

靳玉昌还能再说什么呢。他觉得这个时候，说什么好听话安慰对方都是苍白的。吴鸿学这一番话，让靳玉昌找回了自信。那就是培养吴鸿学当支书，他没有走眼。

九点过去了，王书记他们的车还没个影。

靳玉昌给刘池打电话询问，王书记的车到哪儿了？刘池回答，我也不知道。你就耐心等呗。耐心等，不敢不等。又过了一个小时，十点都过去了，还是不见领导的车。又打电话催问。对方不耐烦地回答，我不是领导肚子里的虫。他啥时到，谁知道？你就等吧。又等了一个多小时，眼看就十二点了，早晨只顾想着接领导，饭也没顾得吃，这阵儿肠胃打起了官司，肚里一个劲地叫唤。靳玉昌也不好再打电话骚扰刘池。走又不敢走，等又不知究竟啥时能到。只有自己干着急，急得想找块硬地撞头的念头都有了。正急间，手机响了，一看是刘池的，急忙打开，只听对方说，计书记来电话，说王书记会议马上就结束，让靳玉昌等着不要离开。

靳玉昌没好声气地说，我在这儿迎驾呢，哪敢离地儿！

刘池道，别给我发牢骚。咱都是皇帝跟前的宦官——听使。

靳玉昌把绷着的脸皮放松，换了声调调侃，刘哥哥，你是皇帝跟前的宦官，俺是嫁给宦官的丫头——图个虚名。你听听，我这肚子早提意见呢。你说，我是先去用膳呢，还是在这里等天使？

刘池说，用膳？你还真把自己当皇帝呢？呸！喝西北风吧。就把电话挂了。

靳玉昌就是饿死，也不敢在此时离开。领导们说来就来，他哪敢离开呢。

十二点多的时候，终于看到有几辆小轿车开来。靳玉昌立马认出，打头那辆，正是计书记的。与此同时，手机响起，是计书记打的。靳玉昌急忙接听。计书记指示，坐上你的车，头前开路！靳玉昌不敢怠慢，急忙上了车，令司机开车走。

快到乡政府时，靳玉昌打电话请示领导，是先到乡里吃便饭，还是直接到基层调研？

计书记说，去老庙村。

王书记果然是为“三·三〇”事件而来。靳玉昌又急忙拨通吴鸿学的电话，给吴鸿学指示，伙计，事情闹大发了，市县领导大驾光临。立马把你那个啥鸡巴的瞭望哨给我撤掉！组织村干部看好你的人。如果有人敢在市县领导跟前闹事，给我出丑，我……把你的蛋卵阉掉喂狗！

吴鸿学要辩解，靳玉昌不容他说话，就果断地挂断了电话。在这个时候，他不能让吴鸿学跟自己讨价还价！

9

进村的时候还算顺利，没有发现村里有异常情况。看来，自己提前给吴鸿学打的预防针起到了作用。靳玉昌略觉放心。村头有个中年男子，面目有些熟悉，靳玉昌知道他是村干部，却叫不上名字。中年男子见靳玉昌从车里下来，急忙上前热情地打招呼。靳玉昌马上明白了，是吴鸿学专门派个人来迎接他们的。

老庙村东头，有一个小院，三间瓦房，半新不旧。一间做了厨房，两间住人。房里房外倒也干净利落。院门开着，院子里放着一张石桌子，桌面上用黑墨汁整整齐齐地画了个棋盘，横着六道，竖着六道，是乡间地棋的格局。下地棋，也叫搁大方，豫东农民常玩的一种娱乐形式。田间地头，村头场院，随时都可以搁两局。下棋的材料很简单，在地上横画六道，竖画六道，形成三十五个格。对弈双方各寻土块或柳棍做棋子。看似简单的方块，却不简单。有方、斜和龙的布局。两军对垒，运筹帷幄，一步一步都在双方的大脑里酝酿着。一方的棋子被对方吃完分出胜负。靳玉昌也喜欢下这种棋。通常是下乡检查时，遇到下棋的场局，便和人家厮杀几局。往往是输多赢少，自愧不如民间高手。

在中年男子的引导下，一群人走进了村东头的院子。两位老人正在下棋。一男一女，女的八十多岁，满头银发，脸上的皱纹像霜打的柿子皮，尽管满脸沧桑，却很精神。男的七十多岁，长脸，呈红铜色，留着一须长髯，额宽，高鼻，眼窝很深，像两眼深井。两个老人用的棋子很讲究，一白一黑，都是一般大的石子磨的，白的用白漆漆的，黑的用黑漆漆的。见有人进了院子，两位老人并没起身，正为一步棋争执，女的要悔棋，男的不同意。为一步棋互不相让，倒也别有一番情趣。

计书记说，老人家，市里王书记来看您了。

两位老人这才停止争执。游老明忙不迭地给来人拉板凳。一边说，嫂子，领导来看你的，快让领导坐呀。

游张氏也站起来，眯着眼瞅着各位，从透风的嘴里发出的声音挺大的，二柯让你几个来看我啊？还以为是村里二瓷愣他们呢。快坐，快坐。大老远跑累了吧？

老太太显然有些耳背，计书记指着王书记，大声说，这是从市委来的王书记，专程赶来看您的。

游张氏乐呵呵地打岔道，来就来吧，还带礼干啥？我不缺吃也不缺喝。

靳玉昌连忙介绍，大娘，这是咱县委的计书记。

游张氏说，过去的事都别提了。他老明大，让翠花回来给领导做饭吧。

老太太老打岔，几个人都笑。

游老明说，我嫂子哪儿都好，就是耳朵有些背。二柯给她买了个助听器，让人送回来，她一天没戴，嫌碍事。接着附在游张氏耳边说，他们不是来找翠花的，是来看你的。

游张氏说，我好胳膊好腿，看啥呀？给领导添麻烦。

王书记说，这老太太，身子骨结实着哩，咋不跟游部长到北京享福去？

游老明笑笑说，人老了，哪儿都不想去了。早几年去过一次，住不到一个月，吵着要回来，说是没人和她搁大方。

王书记学着游老明的样子附在游张氏的耳边家长里短地聊起来，不时逗得老太太大笑一阵子。

计书记和靳玉昌在一边和游老明轻声交谈着。

计书记说，赵翠花两口子在医院里，家里留一个老太太，谁照顾呀？

游老明埋怨道，翠花太拗。住到医院怄气，让大柯两头忙地跑，腿都跑细了。

计书记说，游大爷，你是长辈，你劝劝赵翠花，冤家宜解不宜结。真逼着把吴鸿学抓进监里去，她在村里也不好做人。

游老明“唉”了一声，说，翠花是糊涂。老辈人的账不能算到现在人的头上。吴鸿学要把村路的弯道修直，是好事哩。赵翠花她阻拦不了。可这路走到我嫂子的房子上，赵翠花就有了理由阻拦。赵翠花敢和吴鸿学斗，还不是靠俺家二柯。只可惜俺家二柯不了解村里的情况。

靳玉昌说，老明叔，你最了解村里情况。前儿为这事村里组织人要到北京找游二柯去讨说法，你听说没？

游老明大惊失色，摆着手说，不能去！不能让他们去！二柯丢不起这个人。

靳玉昌说，要不是出面拦，人就上了火车啦。

计书记说，靳书记，一定要密切关注。咱县出个中央的部级领导不容易，千万不能因这件事损害了游部长的形象。

游老明若有所思地说，就是，就是。国有国道，村有村道……咳，这个赵翠花，咋就不懂这个道理呢！

王书记和游张氏的唠嗑已经结束。王书记掏出一个红包，塞到游张氏手里。

游张氏问，这是二柯让你捎给俺的?

王书记笑着点点头。

计仪中也急忙掏出一个包塞给了游张氏。

游张氏乐呵呵地说，一下子捎两个呀。

这边王书记等刚要走人，忽然听到一阵激烈的争吵声由远而近传来。那中年男子小声向靳玉昌嘀咕道，一准是拦不住，村里人要来为吴鸿学讨说法。靳玉昌一听，脸都变白了。这些村民，认的是直理，他可不管你是市委书记还是县委书记，啥话都敢说，谁的娘都敢骂。若出一两个愣头青，不合了他的意，把车给你砸了都有可能。如果真闹起来，局面不可收拾。靳玉昌心里骂，吴鸿学这个龟孙子真是活腻了。他大脑急速运转，正考虑如何把即将发生的难堪事态制止住。王书记却笑着问，靳书记，是不是村民们来欢迎我们?

靳玉昌讪笑着，是……王书记在百忙之中来指导工作，能不欢迎吗?说着，把目光转向计书记，请示道，请各位领导再稍坐一会儿，我去看看村民们的欢迎仪式准备得怎么样了?

百十口男男女女集中在村街上大呼小叫。吴鸿学拦在人群前面，扯着嗓子大声喊，都回去!都回到厂里去!谁要再去闹事，先把我吴鸿学撂倒，从我身上踩着过去!

一位年轻妇女说，吴书记，我们不是去闹事。市县领导一来就奔了他们游家。我们要见见领导，把事情真相说清楚。不能让他们光听游家一面之词。

是呀，吴书记，那些个当官的不问青红皂白就治你的罪，俺要给你讨回公道!一位满头灰发的男子接了腔说。

……

靳玉昌来到的时候，场面一片混乱。吴鸿学尽管以死要挟，但终究挡不住那些坚决要面见领导的村民。见靳玉昌来了，吴鸿学哭丧着脸说，靳书记，你说咋办吧?别说把我的蛋卵阉掉喂狗，就是把我这百十斤都剁了喂狗我也认了。说着，一屁股坐在地上不肯起来。

靳玉昌低声骂了他一句，瞧你那个熊包样儿！接着，向吵闹的人群摆了摆手，大声道，大家静一下，听我说两句。

人群里有个年轻人说，这是乡里的书记靳玉昌。听他放什么屁。

靳玉昌说，不错，我就是靳玉昌。这个老弟让我放屁，我就放几个响屁让大家听听。

人群里一阵哄笑。

灰发男人说，靳书记，你大人大量，别跟他小年轻一般见识。

靳玉昌说，他乳臭未干，我不会计较他。如果我说的话大家不爱听，或者说过的话不算数，就算放屁。大家都把鼻子捂起来，别让臭屁熏了。等大家又笑过一阵，靳玉昌接着说，我理解大家的心情，大家面见领导，是为了替吴鸿学讨公道。可是，恰恰相反，大家这样兴师动众，只能给吴鸿学罪加一等！为什么呢？吴鸿学和游家的纠纷，本来就快解决了。领导已经清楚，事情不全是吴鸿学的错误。大家在这个时候去闹，上边就认为是吴鸿学鼓动的。吴鸿学鼓动群众闹事，这不是给他添罪？

年轻妇女说，听说要抓吴书记，大家才要替他讨公道的。

靳玉昌说，他要真犯了坐牢的罪，谁能保得了他？如果大家不认为我是放屁，我就负责地说一句，吴鸿学坐不了牢。大家该干啥就干啥去。如果还认为我说的是屁话，大家就闹吧，起劲地闹。这样闹下去，吴鸿学不但有可能坐牢，他的蛋卵子说不定还要被我阉下来喂狗！

靳玉昌这几句话说得掷地有声，把那些企图闹事的人都镇在了那儿。他说完，头也不回地走回游老明家院子。

进了院子，很遗憾地对王书记说，王书记，很不好意思。本来乡亲们是敲锣打鼓来迎接领导的。我看他们衣冠不整、队伍混乱，怕王书记笑话我们乡下人不文明，就挡回去了……

王书记呵呵笑道，你这个小靳呀，道道不少，真会要鬼头！老计，乡亲们不欢迎，咱们走。

10

村街上闹事的人已散尽，车子顺利出了老庙村，靳玉昌心里一块石头落了地。他打手机请示计仪中，两位领导是否到乡里指导工作，进一步对处理此事做明确指示？

计书记反问他，你还要明确指示？王书记百忙之中到老庙村来，对你触动不够？

靳玉昌急忙说，早触动得头皮发麻、两眼发怔。我是说，在乡里大伙上，已安排了小土鸡炖粉条、麦秸火烙大饼，领导们不留下忆苦思甜？

计书记答复，省着你的土鸡炖粉条吧。王书记指示，给你最后两天的期限，再拿不下赵翠花，拿你是问。

靳玉昌说，计书记不能见死不救，请再点拨一下。

计书记笑道，你小子给王书记要鬼，还要给我要啊？从老庙村出来，就看你笑模笑样，一副胸有成竹的样子。

靳玉昌也笑道，还不是你领导英明。你和游老明那几句对话就把问题解决了一大半。还有王书记对群众无微不至的关心……

计书记打断他的话，说，加紧行动，别让赵翠花钻了空子。

靳玉昌说，请领导放心。我这就拐回去。

靳玉昌顾不得饥肠辘辘，重返老庙村，直接奔村东游老明的院子。大概用了半个小时的时间，终于把事情搞定。乡里出路费，游老明带着游张氏到北京去享几天福。

事不宜迟，靳玉昌用专车把二人送到火车站。为保证两位老人的安全，靳玉昌让乡党办秘书亲自陪同到北京，保证把二位交到游副部长家里才能回来。

第二天，靳玉昌接到一个电话，是北京的号码。

靳玉昌问，您哪位？

游二柯。对方回答。

靳玉昌立刻肃然起敬：游……游部长啊！

对方说，别喊部长，你是我的父母官呢。不等靳玉昌答话，又说，感谢你把两位老人送到了北京。家里的事二爸已经给我讲清楚了。翠花姐先前讲的话有水分，我已经打电话批评她，让她马上出院。我还真以为吴家那小子仗势欺人、胡作非为哩。把村里弯道修直是个好事，小时候，我和小伙伴捉迷藏，还被挡在路上的墙角子碰得鼻子冒血呢！呵呵！让吴家小子大胆按村里规划搞，我支持！我的五万元稿费回头让秘书汇到村里去，把弯道取直……

靳玉昌心花怒放，握电话的手颤抖着，嘴里一连声地说：谢谢，谢谢二爸……

对方奇怪地问，怎么？你也喊二爸？

靳玉昌一紧张，脱口而出，我？谢你呢。

对方笑道，不要这样喊我，其实我比你大不了几岁。喊我老游吧。

靳玉昌心里一热，道，老游，等忙完这阵，我去看望老奶奶……

放下电话，靳玉昌打了自己一个耳刮子，骂道，瞧你这张贱嘴，咋老想着给别人当孙子呢！

（原载《北京文学》2014 年第 1 期）

“刁民”苑疙瘩

1

苑疙瘩坐在舒适柔软的小轿车里，心里还在嘀咕，这狗日的小屁孩，今儿怎么这么孝顺，竟然舍得请老子喝酒？虽然怀疑这场酒宴有可能是鸿门宴，但是，爱喝酒的人抵不住三让，司机小陶几句好听话先把苑疙瘩“灌”醉了，就糊里糊涂上了来特意接他的小轿车。不讲咋说，有酒喝就成，不能便宜了这个狗日的！

“小屁孩”是指苑寨乡新上任不久的乡党委书记刘跑。

其实，苑疙瘩和刘跑还没有见过几次面。刘跑的前任是靳子鱼。靳子鱼调到县里去了，就把苑疙瘩像踢皮球一样踢给了新来的书记刘跑。刘跑却是一个不称职的足球员。苑疙瘩把签有四级信访部门处理意见的上访材料交给了刘跑，单等着刘跑研究处理。可是，等了三月，也没有等到信儿。苑疙瘩着急了，瘸着腿去找刘跑。第一次找他的时候，他正在接待从县里来的贵宾，苑疙瘩被挡在乡政府大院外边，只好作罢。第二次，刘跑开会去了。第三次，刘跑汇报工作去了。第四次，苑疙瘩终于堵住了刘跑。刘跑也许是记性不好，像不认识他一样，打量半天，才客气地问他有什么重要的事非找他书记汇报？

苑疙瘩一下子火了，指着对方的鼻子道，你这个小白脸，跟姓靳的一路货吧？都是骗子！找你没啥重要事，把我的上访材料还给我！

刘跑这才想起是那个一心要告倒苑前进的苑疙瘩，急忙说，老苑，别急。你这事我正筹划如何妥善处理呢。可是……你也不能骂人吧？

苑疙瘩瞪着眼说，我骂谁了？我看你们都是一路货！吃着国家的皇粮，喝着百姓的血汗，不为百姓办事！都是骗子！四只眼，白脸奸臣！没一个好东西！骂完，扬长而去！

刘跑气得浑身哆嗦，看着苑疙瘩远去的背影，把几乎要落到鼻子下面的眼镜朝上托了托，道，真是一个刁民！

就这样一个被自己骂过的白眼狼，今儿怎么忽然想起来请自己喝酒了？难道对自己上访的案件领导们研究出处理意见了，还是有别的原因？

苑疙瘩疑惑间，车子已经驶进了乡政府大院。车子刚停稳当，刘跑已经走过来为苑疙瘩开了车门。书记像迎接贵宾似的迎接苑疙瘩，倒让他有了一种感动，顿觉鼻子酸酸的，本打算要说声谢谢的。可是，一想到这狗日的葫芦里不知卖的是啥药，就把说话的腔调改了，满肚子情绪地说，大书记请刁民喝酒，是黄鼠狼给鸡拜年吧。

刘跑道，哪里哪里，今儿没啥事。只是请哥哥喝个闲酒。

闲酒？你大书记不是接待领导，就是开会汇报工作，能有个闲？苑疙瘩继续敲打着对方。

刘跑却不计较，说，早就听说哥哥海量，今儿咱哥俩比个高低，喝个一醉方休！

苑疙瘩心里说，拼喝酒老子还怕你不成？谅你也不敢在酒里下毒药把老子药死！

说话间，已走进饭堂坐到了酒桌前。苑疙瘩拿起酒瓶看看，道，是娘（酿）造的还是狗堆（勾兑）的？乖乖！五十五度啊。

没下蒙汗药吧？

刘跑说，下的老鼠药，毒死你！

正好，老子活腻了。不过，老子就是做了鬼，也要拉个垫背的！苑疙瘩倒不在意刘跑的话，端起酒杯，一口喝干，一种很豪爽的样子。

看他没心没肺的样子，刘跑放缓口气，低声说，哥啊，今儿咱不谈公事，只喝酒，来，再干一杯。

天渐渐暗下来，昏暗的灯光下，苑疙瘩大着舌头说，你这个小屁孩，还说不谈公事，忽悠老子吧？没事你舍得请老子喝酒！是不是又挨了上头的批，来“和谐”老子？告诉你，老子吃了，喝了，还是要告！要告那狗日的苑……前……进！

苑疙瘩比刘跑仅大十多岁，却以“老子”自居，张口闭口的“小屁孩”，把刘跑骂得七窍生烟。刘跑端起茶杯，一仰脖子把温热的茶水灌下去，以牙还牙道，你狗日的苑疙瘩，少在老子跟前摆谱！等会儿让你趴在地上喊爷爷！说着挽了挽衣袖，把酒哗哗倒进两个玻璃茶杯中，端起其中一杯，来，干——牛饮！谁不牛饮日死谁！所谓牛饮，就是像老牛喝水一样，一口气把杯里的酒喝干，不带喘气的。

刘跑放下了书记的架子，倒把苑疙瘩给骂乐了。苑疙瘩哈哈笑道，这还像个小兄弟的样子，爽快！不像靳子鱼那狗日的花花肠子，忽悠死人不偿命！兄弟痛快，老子也痛快，谁不牛饮谁就不是娘（酿）造的……是狗堆（勾兑）的！说着端起酒杯，一饮而尽。

这狗日的和自己称兄道弟了，这就好。刘跑知道苑疙瘩喝酒海量，忙把酒杯又满上，两人一杯杯地继续喝下去。苑疙瘩喝下去的是酒，刘跑喝下去的是水。喝酒的人越来越迷糊，喝水的人却越来越清醒，到了灯稀星稠人脚定的时候，苑疙瘩已经成了一摊烂泥。

2

刘跑参加完县里会，被靳子鱼留下单独“开小灶”。靳子鱼再三叮嘱“一二三四”，苑疙瘩这狗日的刁滑得很，要把他盯紧盯死，千万不可给他留任何可乘之机。北京和省城都在召开重要会议，若在这个敏感时期让苑疙瘩跑出去非访，要拿他刘跑说事！所谓说事，不是通报批评，就是降级使用。刘跑怕“通报”，也怕降级，两项比较而言更怕降级。通报不过吓唬吓唬而已，不动真格的，而降级是动真格的。刘跑调到苑寨乡任书记不到一年，试用期还没过，若在此期间内出了问题，因苑疙瘩非法上访影响到自己的前程，亏不亏啊？因此，试用期也是刘跑的敏感期。靳子鱼书记是刘跑的前任，靳子鱼如此重视苑疙瘩的上访案件，不仅因为他现在负责全县的信访工作，还因为苑疙瘩的上访案件是他在苑寨乡当书记时就遗留下来的老案件。他对案情了如指掌，可始终没有找到处理案件的最佳方法，对苑疙瘩一直采取“维和”措施，把案件一拖再拖，最后把接力棒交给了刘跑。靳子鱼虽然把话说得十分苛刻，透露的却是一种关切。只因为靳子鱼的关切和高度重视，使刘跑产生的感觉，自己就像一条刚从河里打捞上来的鱼，正被人放在砧板上刮鳞开膛，只待放到滚油锅里煎炸！

如何把这狗日的“盯紧盯死”，刘跑策划了一个“请君入瓮”计划。事先他打电话请教过当律师的一位老同学，若按照他的计划落实起来算不算违法违纪？律师听了他的计划，帮他分析，特殊时期采取特殊的措施，对特殊人物采取特殊的方式，这是一种创新。如果在落实这个计划的过程中，确实能做到以人为本，给当事人创造一个宽松和谐的生活环境，一般构不成违法行为，更算不得违纪。

律师的分析让刘跑心里有了底。

乡政府办公楼三楼最西头已腾出里外三间空房。里间规格挺高，除了睡觉的床铺之外，还有卫生间，卫生间里还挂了个热水器，洗澡洗脸刷牙屙屎撒尿都能就地解决。房间设施是按照城市里“三星级”宾馆的标准配备的。这是刘跑特意让人为苑疙瘩准备的“瓮”。外间铺四张床，是四个膀大腰圆的年轻人临时下榻之地。休息是次要的，主要任务是陪着苑疙瘩吃好、睡好、玩好，为苑疙瘩服务好，确保苑疙瘩在这里愉快地度过敏感期。

因为被过度的酒精麻醉着大脑，苑疙瘩当天夜里平安无事。第二天一大早醒来，方明白是上了刘跑的当。这小子果然设的是鸿门宴，把自己关了“警（禁）闭”。这小屁孩人小鬼大，比靳子鱼还邪乎。靳子鱼防止他上访时，不过是派人在他家的四周布上岗哨——苑疙瘩是老兵出身，靳子鱼的小伎俩挡不住他。他总能在那些没有经过专业训练的“哨兵”眼皮子下溜走，跑得无影无踪。刘跑的“警（禁）闭”，把苑疙瘩的人身自由限制在了这间房里，这间房的确如一个大瓮，门口是个瓮口，四个小伙子守在瓮口，苑疙瘩插翅也难飞出去。四个五大三粗的小子陪着他，陪他吃，陪他喝，陪他玩，陪他睡，成了他的“四陪”和护兵。其实，住在这不出门就能屙屎尿泡的屋子里挺得法的。忙了一年，刚出栏了一批大肥猪，也正筹划着到北京和省里把苑前进那小子刺弄刺弄。可是，他还没来得及行动，就被这个叫刘跑的小屁孩连哄带骗地弄到了这里。也怪自己太贪杯，经不起几句奉承话，就被灌迷糊了。现在姓刘的没了影，想走出去一步，四个膀大腰圆的小子都笑嘻嘻地把他给挡了回去。最可气的是，跟他们翻脸也不恼，骂他们狗日的违了法也不恼，要告他们限制了他苑疙瘩的人身自由也不恼，任他“苑疙瘩爱咋的咋的”，反正就是不能出这个“瓮”。他要喝酒，人家去给他拿，他要抽烟，人家把成条的帝豪放在床头随他抽去。除了吸烟喝酒，还陪他打牌。这几个小年轻，教会了他扑克的一种玩法叫斗地主。苑疙瘩斗地主上了瘾。苑疙瘩把苑前进当成了新生的地主恶霸来斗，不斗倒苑前进这个新生的恶霸地主他誓不罢休！不除掉苑前进这个大祸害苑疙瘩死不瞑目！

3

道高一尺，魔高一丈，你狗日的刘跑把老子软禁在这里，以为老子会束手就擒？

苑疙瘩能跑掉与女人有关。

那天，苑疙瘩提出，把老子关在这里憋得蛋疼，要让他老婆春花来陪他住一宿。一位叫张中的年轻人是乡信访干事，就苑疙瘩和老婆住一宿的要求请示刘跑。刘跑说，乡里又不是监狱，苑疙瘩也不是犯人，人家想自己的老婆不违法，不能侵犯人家夫妻的合法权益。以人为本嘛！只是要高度警惕，别让苑疙瘩耍花招溜掉。张中说，请刘书记放心，我们四个人八只眼，咋也能看着他们四只眼。

苑疙瘩老婆春花当晚没有走。其间，春花到街上买了两瓶酒和一盒避孕套。事后回忆他老婆买避孕套只是个幌子，是放烟幕弹迷惑四人。当时那女人拿着买来的避孕套展示给四个年轻人看，说她家疙瘩最喜欢用这种牌子的套，既能有效防止怀孕又持久耐用。那个村妇大言不惭地"哏哏"笑着说出这些撩骚话，还要把避孕套发给每位年轻人一个让他们回家去试一试，就像她是乡计生办主任来推广节育措施似的。四个年轻人都红着脸拒绝了她的"行贿"行为。

那天晚上，苑疙瘩高兴，说是几个兄弟这几天伺候得好，把他养得精力充沛，比他养的大肥猪上膘还多。你们嫂子来了，今晚上要好好答谢几位，和小兄弟们痛快地喝几盅，喝个一醉方休。五个人两瓶酒，春花殷勤地服务，在一边倒酒夹菜。酒桌上有了女人就有了味道，尽管这个女人只是个村妇（四个年轻人不知道这女人读高中时是一名校花，曾经被多名男生崇拜和追捧过。后来谁也想不到，这个女人竟嫁给了一根筋的苑疙瘩）。在某校原校花的殷勤服务下，四个年轻人血热心跳，美意难却，喝了个痛痛快快、淋漓酣畅。也赶巧那天刘跑有事回了城里，第二天一早从城里回来的时候，四个彪形大汉还四肢拉叉、东倒西歪躺在床上酩酊大睡。

刘跑把人叫到办公室，拍桌子打板凳地训斥，窝囊废！一群窝囊废！四个大活人竟把一个跛子给看没了！丢人不丢人？窝囊不窝囊？

刘跑训人的场面，有些类似于某国产电影片上的拙劣镜头，一群垂头丧气的败兵，被一个火冒三丈的顶头上司指着鼻子训斥。

的确够窝囊的！

谁也想不到，狗日的苑疙瘩给他们玩这么邪乎的一招，竟和那貌似老实实则心机叵测的女人串通勾结，在酒里下了一种叫乙醚的麻醉药，把四个人都撂倒了。

4

苑疙瘩高中毕业去当的兵。走的时候，给爹娘说，等着吧，俺要不弄个将军干干，俺就不是爹娘养的。爹娘都信他的话，谁家养的狗啥德行谁家主子最清楚。苑疙瘩打小就是个犟筋脾气，办任何事情都是一条路走到黑，认准的事十头牛也拉不回。这小子既然夸了海口要当将军，没准他老苑家还真能出息个人物哩。然而事与愿违，苑疙瘩在部队的第二年，到驻地帮老百姓收割庄稼，这小子争强好胜，急于表现自己，像兔子一样奔跑着去抢老乡手里的镰刀，被掩藏在麦捆子下边的一把铁叉扎进了他的右脚踝里。苑疙瘩的脚踝抵不住铁叉的硬度，当时就血流如注。弄到医院检查，医生说，伤者右脚上的一根筋被戳断了，即使治好也可能造成终身残疾，成为跛子。跛子怎么还能当将军？苑疙瘩伤心得大哭起来，任凭军医如何劝阻，就是一个劲地号。那时候，病房里走过来一位老兵，骂道，妈的个巴子，在这里瞎号个啥，不就脚上一个小窟窿吗？疼死你了？再号老子毙你！苑疙瘩立刻噤声，再也不敢瞎号。不过被人误会了总要辩解的，就说，哭也不是怕脚疼，哭的是成了跛子当不成将军了。老兵听他一解释，"扑哧"笑道，你这小鬼，野心不小呀。不过当不成将军可以当元帅嘛！老兵的鼓励让苑疙瘩不再悲伤。后来，他当上了养猪状元之后，想到自己每天统领数千头公猪和母猪，也真如打仗似的，那种感觉跟当了元帅没啥区别。老兵是个营长，姓魏，在这里割阑尾的。相处数天两人成了忘年交。

苑疙瘩光荣负伤，当将军的美梦破灭，骂自己真不是爹娘养的，怎么就那么霉气倒运？在医院养了三个月，伤好了，那只被戳断了筋的右腿果然矮了两公分，人就成了跛子。跛子苑疙瘩荣获一张三等功的证书，光荣退伍。

苑疙瘩退伍回来的时候，正赶上土地承包到户，苑疙瘩家分包的十多亩地正摊在地头上，被称为"鸡叨地"——地靠着路边，种上庄稼被人踩鸡叨，难有好收成。谁家都怕承包那块地。爹娘都怨，儿子当两年兵，没当上将军还落个跛子，家里又分了块"鸡叨地"，咱家咋恁霉气哩？苑疙瘩劝爹娘，别怕那是块"鸡叨地"，俺要把它变成聚宝盆！苑疙瘩在部队养过半年猪，决定利用在部队学过的养猪技术建个养猪场。十多亩地紧靠大路沿，离乡政府仅一里多地，优势是交通便利，进饲料买猪崽卖肥猪都很方便，在这里建个养猪场优势多多，是再好不过的地方。苑疙瘩退伍时领了一笔退伍金，又在信用社贷了一些款，就把养猪场建起来了。没几年光景，苑疙瘩家那块"鸡叨地"竟真的成了聚宝盆。苑疙瘩猪场的规模越来越大。初干时，只是把靠路边的两三亩圈了做养猪场，靠里边的继续种青菜和庄稼，随着规模的不断扩大，猪场越建越大。苑疙瘩成为苑寨乡土地承包后首批富裕起来的农民之一。苑疙瘩有文化又有经济头脑，后来还被县里树为发家致富的典型，同县长握手照相，上了当地的电视和报纸。

如果按照这样的路子走下去，不久的将来，苑疙瘩成为百万富翁是十拿九稳的事情。然而，让苑疙瘩想不到的是，狗日的苑前进看他把这片“鸡叨地”打理成了聚宝盆，竟然起了歹心，要把土地收回，重新发包。苑疙瘩自然不同意，当年因为“鸡叨地”谁也不愿意承包，现在看老子靠了它的优势把它整成了聚宝盆，又想孬点子把地弄走，休想！苑前进软硬兼施，苑疙瘩死活不答应。对这个犟脾气的伤残退伍老兵，苑前进拿他没办法，黔驴技穷地败下阵来。

能把苑疙瘩从这块地上撵走，还是乡领导有办法。

乡政府按照上头的精神，要加大集镇改造和建设，扩大乡政府所在地的范围，把乡政府所在地建设成城市化的集镇，让农民也享受到城市人过的那种高质量的幸福生活。乡政府研究出台了一系列的集镇改造和建设方案，红头文件印了一大沓。

苑寨乡幸福新村的建设是按照靳子鱼的宏伟蓝图逐步实施的。在实施靳子鱼的规划时，离不开乡政府所在地苑寨行政村的全力配合。年轻而又有经济脑瓜的支部书记苑前进被靳子鱼召见。苑前进听了靳子鱼勾画的宏伟蓝图，高兴激动极了。领导的英明决定，他举双手拥护和赞成。内心里想的是，终于能名正言顺地把狗日的苑疙瘩的养猪场拆迁掉了，这是他高兴的理由之一。高兴的理由之二，苑前进曾经在城里打过工，还当过一个时期的包工头，对开发建设楼房有着潜在的欲望，这一次正可以乘着乡政府新农村建设的浩荡东风，实现他的愿望。苑前进把承建苑寨乡“长安大街”的项目主动请缨揽包下来。靳子鱼极为欣赏苑前进。对苑前进的请缨，靳子鱼当即给予鼓励和支持。苑疙瘩的养猪场位居靳子鱼宏伟规划的边缘地带，属可拆可不拆的范围。但是，却位居于苑前进内心的中心地带，苑前进是决心要趁此机会把苑疙瘩的养猪场拆掉的。然而，他知道，苑疙瘩是块难啃的骨头，他要借助乡里这把重锤敲碎苑疙瘩这块硬骨头。苑前进趁机把苑疙瘩的情况汇报了，说苑疙瘩的养猪场位居“长安大街”地带，北京的长安大街允许建养猪场吗？别说养猪场，就是养鸡场也不允许建的。有碍观瞻，有损形象。因此，苑疙瘩的养猪场必须首批拆掉。靳子鱼说，在社会主义新农村附近养猪，的确不雅观，那就拆吧。苑疙瘩是伤残退伍军人，当年在部队还立过功，又是党员，思想觉悟还是蛮高的。乡党委负责做他的思想工作，对他晓之以理，动之以情，村里负责给他调整一块土地，帮他把猪场搬迁过去。相信苑疙瘩会服从大局的。个人利益服从集体利益，眼前利益服从长远利益，苑疙瘩这位退伍老兵不会不同意的。

靳子鱼亲自做苑疙瘩的工作，设宴招待苑疙瘩，乡里三套班子主要领导作陪，给足了苑疙瘩面子。靳子鱼以礼相待，把苑疙瘩捧到了云里雾里，只要苑疙瘩搬迁猪场，啥条件啥要求都答复。事情到了这种地步，苑疙瘩不给苑前进面子，靳子鱼的脸面他不能不看。再说，退伍老兵苑疙瘩毕竟在革命的大熔炉里培养锻炼过两年，还是有一定的思想觉悟的。靳子鱼的洗脑课，把他捧得热血沸腾，当年那股子要当将军的雄心壮志充满心头。酒酣脑热之际，苑疙瘩踌躇满志地和乡村两级政府签订了搬迁猪场的协议。

苑寨乡“长安大街”新村建设初具规模时，乡里对苑疙瘩的承诺大多成了泡影。比如，“长安大街”建成后在最繁华的地段留给苑疙瘩三间门面房；比如，苑疙瘩搬迁养猪场造成的经济损失由乡村两级赔偿；比如……总之，那时候，苑疙瘩提的条件乡里都答应了，可是，都没有兑现。靳子鱼到县里当更大的官去了，苑疙瘩找谁谁不管。后来，让苑疙瘩更加愤怒的是，所谓的苑寨乡新农村建设，却成了苑前进个人中饱私囊的小房地产开发。乡村两级政府都没有经济实力把楼房建起来，而苑前进有这个能力。苑前进的二弟苑跃进在城里银行当副行长，他通过二弟贷了款子，把苑寨乡“长安大街”的楼房盖得有模有样。一街两旁全是四层的小洋楼，够气派的，一层是门面，宽敞明亮，二层以上是套房，套房内有厕所还有厨房，完全是按照城里人住的房子盖的。苑疙瘩找苑前进去兑现当时的承诺。可是，苑前进却翻脸不认人，说，谁许给你的你找谁要去，这房子是我贷了款子自己开发的，要房子必须拿钞票，门面房五千一平方，商品房两千二一平方，看在咱们一个苑字掰不开的份上，给你打个九折……苑前进一副大老板的熊样儿，把苑疙瘩给镇住了，也气坏了。后来弄明白了，这狗日的借了上级政策的光来搞赚钱的生意呢！土地所属权呢？苑疙瘩一打听才知道，苑前进和村里签有租用合同，租用期是五十年，每年每亩地是二百元的租赁费。五十年后，谁去和他算这笔老账？这不是变相把村里土地变成他自家的土地了吗！

苑疙瘩后悔不迭，早知道是这么回事，龟孙儿才把猪场搬出去让给狗日的苑前进哩！

苑疙瘩不服气，他要讨个说法。他认定，苑前进的行为存在着欺诈和违法行为。苑前进是村支书，瞒着全村村民，也瞒着他苑疙瘩，和村里签合同，等于他自己和自己签合同，既有哄骗行为又有违纪行为。苑前进打着建设新农村的旗号搞小房地产开发，在集体的土地上大发横财，用巧取豪夺的手段把集体土地变成了私有制，既有欺诈行为又有违法行为。他苑疙瘩作为一名曾经在革命大熔炉里受过锻炼的老兵、老党员，决不能容忍苑前进这个胡作非为的违法违纪村霸逍遥自在地得意下去！

苑疙瘩从此走上了上访之路。

苑疙瘩的上访材料准备了三十页，一字一句如投枪匕首，每一个字每一句只要射中苑前进那小子就非让他落马不可。可是，几年下来，苑疙瘩带着他的投枪匕首，到乡里去过，到县里去过，到市里去过，到省里去过，到北京也去过，各级信访部门的门槛他都摸熟了，他的投枪匕首却没能把苑前进射下马来。他要告倒苑前进、为苑寨村百姓除害的美好愿望始终没能实现。北京接待他的人对他说，苑同志，从你材料上反映的情况来看，苑前进的确有违法行为，比如占地问题，他怎么能在农田里搞商品房开发呢？不过，你举报的这些事实，还需要进一步落实。你看，我们要接待全国各地的上访群众，不能为你一个人的案件把全国上访群众的案件都丢下不管吧？你这个案子我们只能给你批转到省里，让省里落实处理。人家说得有道理，不能因为他自己上访影响其他群众上访。苑疙瘩拿着北京那人签在材料上的处理意见到了省里。省信访局人员对他说，老苑，你这个案件北京信访局那边打过招呼了，材料上还签了意见，让我们落实处理。我们呢，全省上访的群众都要接待是不是？现在给你批转到市里，让市里落实办理。省领导说得同样有道理，苑疙瘩又回到市里。市信访局的同志对他说，苑疙瘩，你这个案子北京和省里都打了电话，材料上签了处理意见。可见领导对你反映的问题多么重视和关心。不过呢，你就是跑到联合国去上访，你的问题还得让县里给你解决不是？这样吧，现在我们给你批转到县里，让县里尽快帮你处理。

苑疙瘩拿着上级信访部门层层批转的材料，回到县里找靳子鱼。靳子鱼看完材料，笑着道，苑跛子，就这么点屌事儿，还瘸着个驴腿朝上头跑，你说你折腾个啥？

苑疙瘩委屈地说，当初许诺我的条件一条都没兑现，找谁谁不管，我不往北京跑，说不定你这次还没时间接见我呢。苑疙瘩去北京之前，曾到县里找过靳子鱼三趟，都被靳子鱼的秘书挡了回去，听到靳子鱼批评他，委屈得只想掉泪。男儿有泪不轻弹，何况老兵苑疙瘩呢！

靳子鱼说，我怎么会不见你呢？不过自从调到县里以后，工作确实忙了些，又负责信访这一摊子，整日像头驴似的绕着磨盘转，被吵吵得头大眼昏……不说了，老苑，你这件事，我给乡里打个招呼，让乡里把问题帮你解决了不就得了。以后别往外边跑了，把卖猪挣那几个钱败坏完了不心疼得慌？

苑疙瘩拿着签有四级信访部门处理意见的上访材料回到乡里。刘跑握着他的手，连声说对不起，看看，拖着个残疾身子还上上下下地跑，累不累呀？热情地让他把材料先留下，等乡里拿出处理意见马上通知他。

可是，刘跑的“马上”让苑疙瘩等待了几个月不见音信。

5

苑疙瘩又去了北京。

那一次，他没有再到信访部门去。在他眼里，信访部门是足球部门，信访干部都是足球队员，把他当成皮球踢，从北京踢到省城，从省城踢到市里，从市里踢到县里，又从县里踢到乡里，把他踢了一大圈子，也没能踢出个结果来。苑疙瘩这一次谋划了一个重大计划。他这个重大计划，除了他心爱的老婆春花以外，事先没有任何人知道。

苑疙瘩把他上访的材料由原来的三十页挑拣出最重要的内容压缩到十页，后来又由十页压减到三页，最后，弄成一页。苑疙瘩把苑前进的十大罪状浓缩在一张纸上，使这张纸成了一个类似于商业广告传单的模式，印了五百份，把退伍时带回来的军绿挎包装得满满的。苑疙瘩让春花把他那身洗得有些发白的旧军装找出来，穿在身上，对着镜子照了照，看到自己除了脸黑一些、皱纹多一些外，其他还算不错，五官端正，高低胖瘦基本没变。苑疙瘩自我感觉良好，还像当年在部队时一样，浑身都是劲，就如当年魏营长说的那样，苑疙瘩浑身的肉都是疙瘩，哪哪都充满了活力！

不妙的是，充满了活力的苑疙瘩这一次成了非法上访者。

上一次苑疙瘩如皮球一样被人从北京踢下来。这一次，方式方法不同，结果大有差异。电话从北京打到省里，然后依次类推，一直打到四只眼小白脸刘跑的手机上。让刘跑火速到北京去接访。

刘跑到了北京，才知道苑疙瘩非法上访的详情。

这狗日的背着他的传单，守候在人民大会堂附近，单等着中央领导从会堂门口走出来把传单送上去，可是，一连等了好几天，也没等到领导出来。中央领导他都见过面的。不过，都是在电视上见的。领导不认识他苑疙瘩，但是，这不是问题，苑疙瘩可以作自我介绍。苑疙瘩把准备向领导说的话在肚子里掂量了许多遍。话不能说得太多，领导都忙，哪能有时间听他唠叨得太多。说多了领导们也记不住。苑疙瘩挑拣最给力的话说，准备好的话是：尊敬的领导！我叫苑疙瘩。我向领导举报的是 × 省 × 县苑寨乡苑寨村支书苑前进欺上瞒下、贪污行贿、欺男霸女、营私舞弊、非法占用耕地等犯罪行为。具体情况见我的举报材料。请领导严格处理违纪违法的苑前进，为苑寨村百姓除害。

苑疙瘩最终也没能见到领导，他字斟句酌要说的话没能表达出来。

他可疑的行踪引起了一个戴墨色眼镜的年轻人的注意。那个人跟踪了他一天，观察了他一天。

苑疙瘩没能见到领导有些失望，他向天安门城楼的方向走去。那里人多，他希望在那里能与领导碰面，即使见不到领导，他也要把挎包里的材料散发出去。升国旗的士兵都是从天安门城楼下走出来的，能让国旗班的战友把材料替他转交给领导也是不错的。他来到金水桥上。金水桥是个制高点，能看到桥上桥下涌动的人流，他自己却不易被警察发现。那时候，他解开了挎包的带子，右手伸向挎包里，抓起了一沓材料。他抓着材料的手就要朝外边掏时，忽然被一只如钳子般的大手握着了。他的手腕疼得让他松开了手里握着的那沓材料。接下来，他被一个戴墨色眼镜的男人拧着了一只胳膊。那人低声威严地对他说，我是警察！跟着我走！

不跟着人家走是不行的。人家的手腕特别有劲道，握苑疙瘩的那只手像一把老虎钳，苑疙瘩随便动一下都不成。人家的手指挥他的手，他的手指挥他的大脑，他的大脑指挥他的两条腿，一跛一拐地跟了人家走。

苑疙瘩被带进一所挂了个牌子的屋内。那人摘下墨镜，从兜里掏出警官证在苑疙瘩眼前晃了晃，然后，开始检查苑疙瘩身上所带的东西，挎包里材料全被掏了出来，衣服上的每个口袋都没放过地摸了一遍。接着，那人详细地对他进行询问，并做了笔录，让他签字画押。最后告诉他，你违犯了国家上访条例，属非法上访，要对你进行临时羁押。再后来，来了一辆车，把苑疙瘩拉到了一个很远的大院子里关了起来。

苑疙瘩是被刘跑带领的接访团接回来的。

刘跑一路批评苑疙瘩，你这个人怎么不识抬举？我已经答应解决你的问题了，你咋就不能等等呢？又偷偷地上访，被人家定为非法上访。县里乡里年底考核时要扣分。当然最吃亏的还是你自己，在北京被羁押，到县里还要被拘留，你这不是自找苦吃吗？

苑疙瘩一声不响，心里却翻江倒海。狗屁！你答应我解决问题不是都丢在脑勺后头了吗？县里乡里扣分倒责怪起我了，你们要早些把问题帮我解决了，我还能又花钱又受累地朝北京跑。到信访部门那里访你们踢皮球，到天安门访又被扣了非法。在大院子里受了几天罪，吃腻了清水煮白萝卜，现在一打嗝还一股白萝卜味儿呢。一滴酒星儿也尝不到。我苑疙瘩愿意受这个牛马罪？我苑疙瘩难道就真的找不到说理的地方了？

6

省信访局那个女处长下来回访时，特别询问到苑疙瘩的信访案件处理情况。刘跑发牢骚说，苑疙瘩就是个蛮横无理的刁民，要满足他的要求难哩。女处长鼻子不是鼻子脸不是脸地训斥他，什么刁民？你这个同志怎么能用这样的态度对待上访群众？群众没有冤情是不会走上访这条路的！我们的干部啊，宗旨意识淡薄了，与群众的距离越来越远了……

面对女处长言辞犀利的批评，刘跑一肚子苦水倒不出来。苑疙瘩的上访问题着实让他左右为难。

苑疙瘩因非法上访被拘留十五天，放出来后继续不弃不离地访，扬言不扳倒苑前进决不罢休。可是，苑前进也不是吃素的。苑前进放出话来，如果乡里县里满足了苑疙瘩的要求，他苑前进也要去上访。当时他搞新农村建设是乡政府大力支持的，乡政府还下了红头文件的。靳书记要在苑寨乡干出一番大事业，要为全县树个新农村建设典型，三番五次做他的工作，让他到银行去贷款，才把苑寨乡长安大街建起来。当时楼建半截的时候，作为新农村建设的亮点，省里市里来了领导，县里都要领来参观呢，市里还在这里开过新农村建设现场会。不是他苑前进建这个大街，靳子鱼能提拔到县里去？现在为一个跛子驴告刁状，就把他苑前进的功劳都抹杀了？跛子驴诬蔑他欺男霸女、违法乱纪，他欺哪个男了，霸谁家的女了，违谁的法了，乱谁的纪了？跛子驴苑疙瘩无中生有告刁状，陷害他，败坏他的名誉，他咽不下这口气哩！苑寨村有他没我有我没他，老子要和他拼到底！如果领导相信了跛子驴的话，把他苑前进搞下台，他苑前进就鱼死网破！

苑前进牛逼哄哄地开着他的越野凯瑞跑到靳子鱼那里去讨说法。靳子鱼一个电话把刘跑召见到办公室。靳子鱼定了调调，苑前进搞新农村建设没有大问题，有问题的是苑疙瘩。苑疙瘩心里不平衡才三番五次去告状。靳子鱼给刘跑下了指令，要堵死苑疙瘩非法上访的路。苑疙瘩和苑前进的矛盾是人民内部矛盾，要做好苑疙瘩的安抚和化解工作。当时，让苑疙瘩搬迁猪场时，乡里的确出台过优惠政策。要克服困难把对他的许诺给兑现了。苑前进那里也让一步。你苑前进和苑疙瘩不都是一个姓苑的老祖宗吗？该忍让要忍让。退一步海阔天空嘛！

刘跑不怕苑前进的“鱼死网破”，但是，靳子鱼的指示他必须照办。按照靳子鱼的指示，刘跑先做苑前进的工作。苑前进让了步，答应把门面房以最低价卖给苑疙瘩三间。刘跑把苑前进的退让讲给苑疙瘩，然而苑疙瘩却不买账。刘跑以为他嫌价格高，又把价格压了压，基本上只算个成本价。苑疙瘩仍旧不答应。刘跑就逼着苑前进，先把房子无偿给苑疙瘩，成本价等乡政府有了钱给他。有靳子鱼压着，苑前进只好默认了。而苑疙瘩却说，别再拿房子说事，我苑疙瘩不是爱占便宜的人！苑前进自己和自己签订协议，不合法！他非法占用农田，得把楼房拆掉。把占我养猪场的地还给我！

苑疙瘩在上访中，对法律知识了解得越来越多，满口的“合法”“非法”，快把自己培养成普法工作宣传员了。

苑疙瘩养猪场的原址上起了十多栋四层楼，要答应他这个要求很难办到。刘跑把苑疙瘩的要求给靳子鱼做了汇报。靳子鱼把眼一瞪，道，苑疙瘩真是一个刁民！苑前进搞新农村建设，当时是乡党委乡政府研究批准的，虽然地没经过土地部门批准，但是可以申请完善手续嘛！都像苑疙瘩这样，新农村建设不搞了？再说，把楼扒掉，苑前进蒙受多大损失呀？他的投资都打水漂了，他反过来再去上访，不更乱套了？不能让干事创业的人受打击！又批评刘跑说，苑疙瘩这个人是个顺毛驴，你不能戗着茬子跟他干，得顺着茬子做工作。当时让他搬迁养猪场的时候，我亲自去做的工作，他当时蛮乐意的。现在为啥态度变了，是你们没做好工作。乡党委要做好化解矛盾的工作，对苑疙瘩晓之以理，动之以情，像春风化雨般去做他的思想工作，我就不信他还要胡搅蛮缠。对了，这个狗日的爱喝酒，我这儿还有几瓶好酒，你掂两瓶，把他灌醉，再去做他的工作。这狗日的吃软不吃硬。其实，苑疙瘩还是很仁义的，关键是我们该怎样去做。

刘跑苦着脸说，给他讲过多少大道理了，就是认死一条路，非把苑前进告倒不可。

靳子鱼虎着脸说，告诉你，苑前进不能倒。把他告倒，等于把乡党委告倒了。把干事创业的人告倒了，谁还去干工作？

7

省里女处长听了汇报，还要亲自回访苑疙瘩。刘跑一听女处长要亲自和苑疙瘩对话，心里就敲小边鼓，生怕苑疙瘩说话伤了女处长，他求救似的看了一眼靳子鱼。

靳子鱼倒是大肚量，热情地对女处长说，领导不怕辛苦，深入基层为我们做出了表率。不过，时间也太晚了。我看这样吧，让司机把苑疙瘩拉过来，让领导回访得了。

女处长坚持说，时间还早呢。回访就是要到当事人家里去访，把人拉来，当事人有顾虑呢。说着已经站了起来。

领导执意要去，只得按照领导的指示办。靳子鱼看了一眼刘跑，刘跑心领神会，急忙走出门外，急电通知分管信访工作的牛镇连副书记，做好迎接省领导回访的准备工作。

几辆小轿车风驰电掣般驶过苑寨乡的“长安大街”，停在一所门头上插着一面国旗的农家院门前。距门口不远的地方已经停了一辆破桑塔纳，除了刘跑，没人去注意它。刘跑知道，那是牛镇连的车，这家伙动作挺快，不知道苑疙瘩能不能配合他们。

一群人前呼后拥走进院子。女处长抬头看了一眼门头上插的国旗，赞道，这个苑疙瘩，还是个爱国人士呢！

门前一下子停一大片小轿车，又来了一批有头有脸的人物，主人应该是很荣光的。但是，苑疙瘩却不领这份情，冷冷淡淡地把客人让进院子里，就把门关上了。

领导靠前，刘跑往后靠了靠，看到牛镇连，低声问，怎么样，这狗日的别当场踢套？

牛镇连说，做他的工作了，只要别在领导跟前胡说八道，他提的要求乡里马上解决。

刘跑心想，谁能满足他的要求呢，不过，先过了这道坎再说，千万不能让这狗日的在省领导面前胡说八道。

靳子鱼介绍，老苑，这是省里来的领导，特意来看你的。

苑疙瘩看了一眼女处长，不咸不淡地说，我这段时间可没去非访，单等着领导给我回复呢。

女处长关切地询问，苑疙瘩同志，对于你的上访案件，北京和省信访局都很重视。我这次来，就是落实一下，县里对你反映的问题解决了没有，如果解决了，你作为当事人满意不满意？

苑疙瘩从鼻子里哼了一声，道，经都是好经，被歪嘴子和尚念歪了！

省市县三级领导的脸上都有了愠色。

刘跑的心也提了起来，他看了一眼牛镇连，见对方一脸无奈地摇了摇头。

靳子鱼说，苑疙瘩，县里对你上访的问题是高度重视的，组织专案组落实处理，你应该清楚的！

苑疙瘩冷笑道，我很清楚。心里明白着呢！

靳子鱼打着哈哈，明白就好！快让嫂子给客人烧点开水……

苑疙瘩的女人春花在厨房里应声道，牛书记已经通知俺们说，领导要来，让俺做些准备——水马上就烧开了。

靳子鱼说，还是嫂子勤快！看你这院子里，养的鸡、鸭、羊、狗，快成动物园了。靳子鱼把话题朝一边岔，怕苑疙瘩说出难听的话来。

女处长却直奔主题，刨根问，苑疙瘩同志，只要明白，问题就好解决了。

接下来，女处长问一句，苑疙瘩回答一句，女处长对苑疙瘩的回答和态度相当满意。

时间已经过了十三点，靳子鱼再三提醒，女处长才有了要走的样子。刘跑悬着的一颗心放了下来。

就在一群人要朝外走时，苑疙瘩突然大声道，领导，别忙着走，我还有话没说完！说着，已经用一把大锁把院子的大门锁上了。

情况急转直下，突如其来，刘跑吓得脸都白了，这狗日的要玩什么花招？

苑疙瘩说，我心里明白，也要让省里领导明白，我刚才说的话都是假的，是他让我说的。他指着牛镇连。牛书记给我讲，只要按照乡里安排的说，乡里就按照我的要求处理苑前进。我知道他是在骗我！他和他，他又把手指着靳子鱼和刘跑。都是四只眼小白脸，伙穿一条连裆裤，给上面汇报的一套，对下面做的另一套，等领导一走，他们就会变卦，翻脸不认账！苑疙瘩说着从腰里掏出一把宰猪刀，把刀架在来送茶的春花的脖子上，说，现在，我郑重请求，领导谁也不能走！不把我上访提出的问题当场解决，我就杀死我女人，然后我自杀！

苑疙瘩这一招，把女处长的脸都吓白了，她一屁股坐在了凳子上。其实那张凳子一直在她身后放着，她大概看到了公鸡或者母鸡的排泄物渍留在上边没有被主人擦干净，一直没有落座。被苑疙瘩这么一折腾，却也顾不得上边的渍留物了。

靳子鱼还算冷静，非常威严地说，苑疙瘩，你别胡来！你说，谁骗你了？

面对靳子鱼的威严，苑疙瘩不甘示弱，底气十足地说，你，还有刘跑。刘跑不都是按照你的话去办吗！你放个屁他都当圣旨去听。你是苑前进的黑后台！不是你在后边撑着，苑前进他敢胡作非为吗？

靳子鱼骂道，你这个狗日的，简直不识好人歹！快把刀放下！

苑疙瘩说，不把苑前进狗日的拿掉，我绝不把刀放下！

女人也很配合地把脖子伸了伸，鼓励道，疙瘩，你就一刀把我砍了吧。坏人当道，好人遭殃，咱们也没啥活头了！

僵持半个小时，刘跑急中生智打电话喊来了乡派出所的人。派出所王所长带着两名警察，奋不顾身地跳墙头进了院子，强行控制了苑疙瘩，击破了苑疙瘩企图要挟领导的阴谋，为省、市、县回访的领导们解了围。

8

靳子鱼听到刘跑打来急电，说苑疙瘩偷跑了，不由大发雷霆，把刘跑骂了个狗血喷头，批评刘跑愚钝，在这么关键的时刻看丢了这么个关键的人物，若是让他再跑到北京去，如何向省市领导汇报？

刘跑本来就急出了一身大汗，被靳子鱼这么一批，心内更加恐慌，尽管已经是深秋季节，额上豆大汗珠子却叭叭地朝下掉。人一时没了主张，张口结舌之间问了一句最为愚蠢的话，靳书记，这事，该咋办呢？

靳子鱼厉声道，咋办？你自己还不知道咋办？撒下天罗地网，狗日的跑到天边也得把他弄回来！

刘跑这才醒过神来，也不敢怠慢，紧急调集三路人马，他和乡长分别带一路前往北京和省里，副书记牛镇连留在本地寻找。

刘跑带着张中和乡派出所的王所长，坐夜班火车赶往北京。由于时间赶得紧，没有买到卧铺，只好硬座将就了。一夜之间，刘跑趴在座位上，脑子里如腾云驾雾一般，想睡也睡不安稳，迷迷糊糊地过了一夜。黎明的时候，到了西客站。张中问刘跑，是不是先找个宾馆安顿下来？

刘跑没好气地说，安顿个屁！先到天安门广场那边去。那儿是中心地带，狗日的把不准还要到那里去显摆呢。上一次不就是在那里被人抓了非法吗？

王所长补充说，还有皇城根那边，国家信访局离那儿不远，凡来上访的人都要到那里去的。

刘跑说，咱们兵分两路。王所长，你到皇城根那边，我和小张去天安门。

三个人分了两班，分别坐了出租车而去。

刘跑和张中到了天安门广场，升旗仪式刚刚结束。两个人都是第一次到天安门广场来，还都没现场看到过升旗仪式，这一次好不容易遇上了机会，又没赶上趟，不免有些懊恼。

张中骂道，这狗日的苑跛子，抓着他我决不轻饶他！非让他狗日的出大血不可。在苑寨乡，让人出大血是一种风俗，也就是要捉他的冤大头。

刘跑瞪了他一眼，说，你想得美！听靳书记的口气，这一次只要抓了他，非把他龟孙再关进去不可！

张中说，那就关他。上次就不该放他出来，关着他省多少麻烦事呢。

刘跑没好气地说，他没犯罪，老关着他，不又给他上访增加了一个理由？

两个人边议论着边东张西望，希望在人来人往的人流里能看到苑疙瘩的影子，可是，转悠了大半天，也没找到目标。刘跑给王所长打电话，询问他那边的情况。王所长告诉他，平安无事，他正在小摊上吃早点。刘跑这才感觉到，自己的肚皮早瘪瘪的了。正要寻个早点铺子填填肚子，张中突然拉他一下，对他说，刘书记，咱们被人盯上梢了。刘跑抬眼看去，果见不远处，一个穿风衣戴墨镜的男子正朝他们这边观望。刘跑说，准是把咱们当成间谍了。别大水冲了龙王庙，一家人不认识一家人。走，咱们找地方吃饭去。在附近找了个快餐店，两个人走了进去。

那个时候，刘跑的手机响了，他打开一看，是牛镇连打来的。

刘跑急问，情况如何？说！

牛镇连说，今天一大早，在去县城的路上，发生了一起车祸。据目击者称，肇事车是一辆越野凯瑞。车祸发生后，肇事车逃离现场，被撞者昏迷不醒。热心肠的目击者分别打了110和120。目前，伤者被救护车拉进医院，正在抢救中！

越野凯瑞？刘跑的脑海里，条件反射般地浮现出他刚调到苑寨乡时的一个情景：一辆崭新的越野凯瑞风驰电掣般地开进乡政府大院，车停下，苑前进从车上跳下来，走进刘跑屋内，把车钥匙交给刘跑，说，刘书记，你那辆破桑塔纳早该换了，这辆车你先开着！

刘跑一愣，坚决而又果断地把车钥匙还给了对方。

难道是他曾经拒绝的那辆越野凯瑞？

刘跑惊出一身汗来，他宁愿自己的判断是错误的！他底气不足地问道，啰唆这么多干啥？快说说，有没有狗日的苑疙瘩的线索？

被拉进医院抢救的伤者正是苑疙瘩。我见到了苑疙瘩的老婆春花，她告诉我，苑疙瘩从“瓮”里脱身，并没有马上离开苑寨乡。他对春花说，他若在那个时候朝外走，恐怕在车站就会被找他的人抓回来。因此，便一直藏在他小孩的舅家里没有露面，等春花打听到找他的人都去了北京和省里，他才偷偷地出来的……

好！把狗日的看紧些，别让他在医院里跑掉。刘跑尽管知道自己的安排是多余的，可是，还是不放心地叮嘱对方。

牛镇连说，苑疙瘩是跑不掉了。不过，他女人又不见了。

刘跑奇怪地问，她男人出了车祸，她不守着，能到哪里去？

牛镇连说，听他家邻居讲，那女人背着苑疙瘩那个军绿挎包走的。

啊？是去省里还是北京？你告诉乡长，让他那个组继续留在省里守株待兔。

牛镇连迟疑了一下说，估计这女人不会去北京。听她邻居讲，她打听到了苑疙瘩过去的一位姓魏的老首长，老首长刚转业分到了省纪委……

刘跑听了，发一阵呆，不由在心里骂道，这狗日的，还前仆后继呀。男人刚倒下，女人又冲上去了。

心里空落落的正不知咋办好，手机铃声又急促响了起来，刘跑一看，是靳子鱼打来的，不敢怠慢，急忙接听。

那边传来靳子鱼焦急的声音，你在哪里？快回来！省信访局那个女处长又来了，还带了一个联合专案组，专门调查处理驴跛子苑疙瘩的上访案件……

（原载《大地文学》2013 年卷十四）

防爆墙

1

卢卓飞刚走出县委会议室的大门，就被摸美女华兰“挟持”了。

卢卓飞本来急着回镇里的。镇党委书记黄朋在市委党校学习，镇里一大摊子事都等着他，县委召开的这次安全生产工作紧急会议精神得赶快传达下去。可是，华兰拉了他，他没办法不跟她走。

华兰在县委宣传部工作，副科级，任新闻干事，新闻干事喊着没新闻科长上档次，大家都喊她华科长，也有直接喊摸美女的。该女子又高又胖，三围严重地超标，脸盘子又大又白，因衣着打扮很入时，那种健壮的胖就有了一种性感的美。为啥又加了个摸字？只因一次县委大院各部室组织卫生大检查，查到宣传部时，美女华兰刚擦完窗户上的玻璃（且擦得明光锃亮，无一点儿灰尘），见检查卫生的人来了，便说，我这儿刚擦干净，大家随便摸。说者无意，听者却起了歹心。卢卓飞也是检查团的成员，接了话茬说，华科长，叫大伙摸上边呀，还是摸下边？这句话便有了意思，引得检查卫生的人一阵哄笑。从此华科长便成了随便摸科长，随便摸科长喊着拗口，也不文雅，简称摸美女。

卢卓飞到灵泉镇任代镇长之前，是县委办公室的一名副主任，和摸美女打交道不少，除了工作上的交往，两人私交也不错，华兰又是卢卓飞爱人刘惠霞高中时的同学，加了这一层关系，无论逢公还是逢私相互都是很照应的。

说摸美女“挟持”卢卓飞并不为过。卢卓飞的个头不比摸美女高，且身材又属排骨型，方脸庞，眉目十分地清秀，与高胖健壮的摸美女走在一起，从形体上看是十分地不搭配。摸美女拉了他，他就只得乖乖跟了她走，一边走一边道，这大天白日的，领了我到那儿摸呀？摸美女便唾了他一口，骂道，就你那排骨样，还想好事呢。我领你去赴鸿门宴！

鸿门宴倒没见到，两人一前一后走进了大康茶楼红玫瑰房间。等候在那里的一个男人急忙站起来迎接。

那男人已经等候多时了，卢卓飞是从他座前的茶几上的烟灰缸里看出来的。烟灰缸里堆满了过滤嘴烟头，其中有一个烟头大概是刚放进去的，烟火还没灭，一缕白烟正从烟灰缸里袅袅升起。

摸美女华兰指着那男人向卢卓飞介绍，排骨，这是我表兄季大刚。

卢卓飞有些神经质地端起小姐送上来的“铁观音”，浇在冒烟的烟灰缸里，烟灰缸里发出“哧”的一声响，随之，那缕白烟渐渐消失。

摸美女不无讥讽地说，操！这儿也不是你们灵泉镇的花炮厂，你神经个啥？

未雨绸缪吧。卢卓飞这才细细品了一口茶，冲华兰说，摸美女，还以为你请我吃鲍鱼呢，就这样清茶一杯打发我？

华兰说，有鲍鱼喂狗还长四两肉呢，你吃了还不是同喝了这清茶一样一点儿也不上膘。

季大刚在一旁插话道，卢镇长既然还没吃饭，咱就先去凯旋食府。凯旋食府是这个小城里最为豪华、档次最高的一家餐馆，里边鱼鳖虾蟹、飞禽走兽应有尽有。

华兰看了季大刚一眼，说，以为他小子胃里真缺油水啊。你闻闻，他打个嗝儿，还一股海鲜腥味呢！

卢卓飞便笑道，就知道你是铁毛老公鸡——难拔一毛。俺乡下人，整天吃风喝末（尘土），哪像你，陪了无冕之王们，吃东家，喝西家，招摇撞骗，鲍鱼当便饭，鱼翅当粉丝，天天如过年，夜夜似新婚……

华兰也反唇相讥，我咋也赶不上你土皇帝啊。没听人说，镇长镇长，一镇之长，手中有权，胜似皇上……

正事还没说，华兰就这样和卢卓飞唇刀舌剑地干。季大刚怕得罪了卢卓飞，便拦着华兰的话，说，表妹，请卢镇长一次也不容易，咱们还是到"凯旋"去吧！

卢卓飞这才仔细地打量了一眼季大刚，见此人有四十多岁，窄长脸，高鼻梁，眼睛不大，眸子却黑白分明，透出一股子精气神。便觉得此人有些眼熟，又一时想不起在哪里见过。卢卓飞想，摸美女拉他来，其实是这男人有求于自己，摸美女不过搭个桥梁。便定了神，拿稳主意，只要不是花炮厂的事，其他都可以商量。

可是怕啥偏有啥。这边刚在心里祷告完，那边华兰便发了话，排骨，我表兄季大刚是贵镇季村的村民，求我找你，就是想要一张你包里发不完的纸片儿。

卢卓飞蓦地想起，此人曾到自己的办公室里去过。那是今年夏天，县里抽调一千多人的工作组，对灵泉镇花炮生产企业清理整顿，凡达不到安全生产标准的炮厂，一律取缔。对比较规范且达到安全生产标准的厂子，经检查验收合格后，下发了生产许可证。首批许可证发下不久，没拿到证的人推举几位代表找他理论。此人也是作为代表去的，可是在代表们七嘴八舌和他理论时，该村民却一言不发，代表们在副镇长张岩的劝说下走出他的办公室时，该村民还对他意味深长地一笑。当时，还觉得那人笑得挺古怪，现在看来那笑是留到今天的。

卢卓飞装迷糊道，摸美女，啥纸片儿？我这包儿给你，你看有用得着的随便拿。说着，真的把自己的手提包递给了华兰。

华兰接过包，果真打开。但她打开包的目的不是真的找花炮生产许可证，她知道证不会装在卢卓飞的包里。她另有目的。在卢卓飞低头摆弄手机的一瞬间，她从季大刚手里接过一个鼓鼓的信封装进包里，然后，又把包的拉链拉上，嗔怪道，包里没有，在你抽屉里呢——你也不用装迷糊。那些找你闹事的、会缠磨的，你都批了证，我表兄老实巴交的一个人，规规矩矩的，人规矩，炮厂更规矩，你那纸片咋就不能发给他？

卢卓飞听了，哭笑不得地说，摸美女，生产许可证不是说发就发的，安全措施不达标，上级安监部门这一关就过不了……

华兰说，排骨，你别给我上什么安全生产课，我就求你这一件事，表兄这证你给也得给不给也得给！

这……卢卓飞话没说出来，手机却急促地响起来。他看了来电显示，是镇政府办公室的，便走出房间，接通了电话。电话是李秘书打过来的。卢卓飞一听到李秘书那发着颤音的娘娘腔，就意识到发生了什么事。果然李秘书告诉他，在三分钟前，马桥村发生了一起爆炸事件！卢卓飞一听，头发梢都竖了起来。他用不容置疑的声调说，把通往马桥村的所有路口都封锁起来，任何可疑人员不得进入现场，我马上就赶回去。

他拿起茶几上的公文包，对华兰说，对不起摸美女，我有点儿急事得赶回镇里去。说着就走。

华兰紧跟在后边，不依不饶地说，排骨，今儿先放你一马，表兄的事你若办不成，看我不整死你！

2

马桥村是烟花爆竹安全生产重点治理村。这个村距镇政府较远，全村一千多口人，人均不到半分地，村里主要经济来源就是花炮产业。除了上学和吃奶的孩子，凡是两条腿的能走动的、能喘气的都从事花炮生产，连那些七十多岁的老人也被雇到厂里插炮捻。插一盘炮捻，挣两毛钱，一天能挣个十块二十的。全村以马大炮、马二炮、马三炮和马四方四弟兄为中心，辐射和带动了全村的花炮生产业蓬勃发展。

马大炮继承了马家祖传的花炮生产工艺。在花炮生产过程中，从配药、卷筒、插捻、打墩、上药等工艺流程，完全采用传统的方式。年龄大了，再加上年轻时被炮药炸瞎了一只眼，咋也赶不上现在的年轻人与时俱进。所谓的炮厂也就是在自己的猪圈旁边圈个院子，搭几间棚子，算是各条生产线的流水车间，所用的工人，大多是村里上年纪的老人。制出来的花炮自己不方便朝外销，便随了马四方的货车朝外运。发不了大财，也就是赚个油盐酱醋钱。县工作组一进村，马大炮的花炮厂是首批清理整顿对象，配好的药没收了，半成品销毁了，祖传的花炮生产制作工具装到车上拉走了。马大炮想东山再起，可不是容易的事。马二炮、马三炮的花炮厂，也是因为安全措施不到位、隐患大被检查组查封整改。马四方是马家的老四，多读了几年书，人年轻，脑瓜灵活，他不像三个哥哥那样小打小闹。建厂之前，他到湖南的浏阳进行了考察，把浏阳的花炮生产先进技术学了回来。他建起了全镇规模最大的花炮生产基地。最危险的配药车间和装药车间，他发明了一种叫防爆墙的安全措施。这种防爆墙，其实也很简单，就是用当地的黄泥巴掺上麦秸，垛一道宽两米、高三米的土墙，把配药车间、装药车间与其他生产车间隔绝开，一旦某个车间发生爆炸，也因防爆墙的阻隔，不再引爆其他车间，从而把损失和伤害降到最低限度。这么简单的方法措施，在灵泉镇的历史上，却没有人能想出来，可见有知识有文化，脑袋就是活络些。县检查组像篦子一样地梳理清查，马桥村大大小小六十八家花炮厂关闭。第一批通过验收取得生产许可证的，仅有马四方的花炮厂。镇里和县里，都是把马四方作为安全生产的典型树的。李秘书说是马桥村发生了爆炸，难道是马四方的炮厂？马四方的防爆墙经验，已经在全县推广。若真是马四方的厂爆了，这不单是砸了他自己的招牌，连灵泉镇党委政府一班人的脸也给打了！仅仅是这些，还算不得什么。更要命的是，今年上半年，灵泉镇已经发生了两起爆炸事故。这第三起若报到市、省，县镇两级领导将面临什么样的尴尬局面，是可想而知的！

刚进入马桥村地界，就见前边路口站着几个彪形大汉，一个个如临大敌一般。大概认出是卢卓飞的车，才放松了警戒，把拦在路口的一根横杆挪开，让卢卓飞的车通行。

由于炮厂连续发生事故，惊动了上级有关部门，一拨拨地到现场来察看。还有大批的媒体记者蜂拥而至。一场事故处理下来，至少要拖半年几个月，连累得其他炮厂也必须全面停产整顿。事故发生的厂家，不但赔偿受难者，还要付出一笔各路神仙来“指导”的辛苦费。杂七杂八的事处理完，出事的炮厂也业不抵债了。后来，炮厂自发地组织了一个名叫 SGZJ 的民间组织。一群土头土脑的农民，竟用英文给自己的组织起名！后来才知道，这个符号是“事故自救”四个汉字的拼音首母组成的。后又简称为“S”。老百姓把“S”理解为爱心使者的意思，就喊成了爱使。爱使的成员是由各家炮厂组成的，无论哪家炮厂出了事故，各成员单位必须出一个人，马上组织起来，明确分工，有到事故现场清理现场的，有送伤残者到医院的，有抚慰死难者家属的，有处理死难者后事的。还要挑选出一批人高马大的强汉，把通往事故发生地的所有交通要道都设上卡。看到守卡的强汉，很容易让人想起日本侵略中国时那些把守城门的鬼子哨兵，所不同的是，前者手中没有拿上了刺刀的步枪。强汉们对过卡的车辆和行人都要严格盘查，对可疑人士，便被告知，前边正在施工，请绕道行走。如果要强行通过，轻者把你的车轮胎扎没了气，重者可能得坐了担架返回去。卢卓飞对爱使不怎么感兴趣，总觉得有些黑社会性质。事故发生了，应该由政府出面处理，爱使能代表政府吗？他曾向党委书记黄朋谈过自己的看法，黄朋听了他的意见，不说是也不说非，只是“哈哈”一笑，说，你多熟悉熟悉情况，熟悉熟悉再说。这等于否定了卢卓飞的意见。卢卓飞想到自己初来乍到，也不好再说什么，便把取缔爱使的意见保留了下来。

卢卓飞过了卡，径直向村里驰去。直到进了村，才知道爆炸的是独眼马大炮家。

这次爆炸有点儿蹊跷。马大炮本来就是小打小闹，炮厂也称不上炮厂，不过是个家庭作坊而已。在清理整顿中，制炮的工具没收了，半成品都被工作组拉走销毁了，要说也没有爆炸的条件和理由。可是，偏偏在他家发生了爆炸。

马大炮自小对炮药就有着特殊的感情，人家嗜酒嗜烟如命，他嗜炮药如命，在马大炮眼里，那黑色的炮药是有着生命的斑斓多彩的花朵。你想想啊，只那么一丁点儿，给它们裹上大红的外衣，它们就变得有声有色，它们噼噼啪啪地叫着，在自我毁灭中把自己的光焰照耀喧嚣着大地和夜空。这些黑色的小精灵，是马大炮的最爱！

制炮的工具被抬走了，半成品被销毁了，马大炮没有太多的沮丧。在工作组进村的前一天晚上，马大炮已得到了风声。这风声是从马四方家得到的。其实马四方也没直接告诉马大炮说工作组要来。工作组什么时候进村，马四方也不知道。但工作组迟早要进村，这一点儿马四方是知道的。马四方的炮厂比较规范。比较规范也要整顿，但不是清理。虽然不是清理的对象，总归要做些准备，把那些不易暴露的安全隐患排查掉，也省得工作组横挑鼻子竖挑眼的。就在马四方带领工人对厂里的安全隐患进行排查时，马大炮来到了马四方的厂里。

马大炮来找马四方不是说炮厂的事，是说他儿子的事。他儿子马劲有点儿憨，小三十才娶上媳妇。因为小三十才娶上媳妇，便对媳妇亲得很。亲又不知道咋个亲法，不管黑夜或白天，只要瞅他媳妇闲下来，就要脱裤子和媳妇办那种事。和媳妇办事时也不背人。他不背人是因为他憨，可他媳妇不憨，他媳妇得顾脸面，在不宜办那种事的场合时，他媳妇就挣扎着不做。这样就有了摩擦，憨子一上拗劲，就逼他媳妇，后发展到大打出手。面对这种局面，马大炮束手无策，说媳妇不是，吵儿子也不是，便来找马四方讨主意。这一层意思还没说，便又匆匆忙忙地回家了。回家的路上，还埋怨老四不该把工作组要来的消息瞒了他。马大炮急着回家，是看到马四方在领人排查隐患。在马大炮眼里，这就是做了迎接清理整顿炮厂的准备。早就传言上头要组织工作组下来清理整顿炮厂，看来是真的了。老四和卢镇长的关系不一般，一定得到了工作组来的消息。老四如此规范的大厂还要做准备，他马大炮的小作坊更应该做准备。马大炮自知他的小作坊是清理对象，是保不住的，但他还是应该做些准备的好。其实马大炮也没什么好准备的，厂棚下放了一台老式的卷炮机，再有就是一些半成品的炮筒子，都是藏不住的东西。让马大炮惦记的是他才买回的三十公斤炮药。这三十公斤炮药他分了五包存着。离春节还有五个半月，这五个半月正是卷炮的旺季。马大炮是计算好的，这三十公斤炮药够他春节前用的。马大炮把这五包炮药用塑料袋装好后分别放在五个不同的地方。这五个不同的地方都是人不常接触的地方，是烟火不会触及的地方，马大炮认为是比较安全的地方。然而，一旦工作组来清理整顿，这些放炮药的地方一点儿安全也没有了，炮药就会被工作组搜走。马大炮之所以不与马四方说儿子和媳妇的事就回来了，是因为他把那三十公斤炮药看得比儿子媳妇重要。儿子和媳妇的事可以缓缓再说，而转移炮药到一个更为安全地带是一件刻不容缓的事。马大炮急着回家，就是转移隐藏那三十公斤炮药。

马大炮终于给他的三十公斤炮药找了一个安全隐蔽的地方。事实也说明，那个地方确实是安全隐蔽的，工作组在他家搜索了几遍也没能找到。马大炮庆幸，他的三十公斤炮药得救了，若不是他的逆向思维发挥作用，三十公斤炮药就成了工作组的战利品。

最危险的地方也可能是最安全的地方，这就是马大炮的逆向思维方式。马大炮给他的三十公斤炮药找的暂时栖身之地就是那样一个地方。那个地方是人在吃饱喝足之后常去的地方，其实也不完全是吃饱喝足后才去，有时候，在饭前也可能要去。至于什么时间要去那地方，是完全根据自身生理上的需要。那个地方是厕所。在马桥村，厕所不叫厕所叫茅池。为什么叫茅池，茅池是由茅棚和便池组成的，上边是茅草搭成的简易棚，下边是由砖头砌成的池子，茅棚是用来遮丑的，池子是用来方便的。可是马大炮却让他家的茅池发挥了隐藏作用。马大炮认为茅池虽然是人常去的地方，但是，却又是一个隐藏炮药最安全的地方。谁也不会想到那个臭烘烘、尿臊味冲天的地方藏着炮药。

起码马大炮是这样想的。

马大炮家的茅池有着非常特殊的地位。在马桥村，大部分人家的茅池都在正屋的后边，或者放在正屋的左边和右边，马大炮家的茅池却在正屋的南边。也就是说，茅池与正屋相对，一进院门，就可以看到茅池，很不隐蔽，之因为不隐蔽，才使工作组的人没有怀疑茅池里还藏着炮药。工作组来清理整顿那天，看到茅池是砖砌的墙，上边搭着麦秸苫子，麦秸苫子是遮风雨的，与别人家的茅池没有不同之处，里边砌着一个蹲池，还有一个烂缸当尿池使用，除了一股臊臭味没有闻到一丁点儿炮药的味。工作组的人就捂着鼻子走了出来。他们把马大炮家的卷炮机拉走了，把半成品拉走了，却把隐患留了下来。

马大炮庆幸自己的逆向思维发挥了作用，庆幸自己的三十公斤炮药幸免劫难。时间已经过去了二十多天，工作组没有杀回马枪，马大炮计划着再制作一台卷炮机，再买些炮纸炮捻，继续自己的营生，可是，没等他把新的卷炮机打制好，事故就发生了。发生得很突然。

这天，新媳妇到茅池里方便。由于马劲的问题，新媳妇总感到下身火辣辣地疼，总觉得有尿不完的尿，总想到茅池里去，总想在尿池上多蹲一会儿。茅池的门是敞开着的，也就是说，马大炮家的茅池不像城里人家的厕所都装有带锁的门，人进去方便时，把门锁上，一个人不出来，另一个人就进不去。而马大炮家的茅池根本没安门，更说不上有锁。谁进茅池的时候先在外边故意地“吭”一声，如果里边也回应一声“吭”你就在外边等，直到等里边的人出来你才能进去，如果里边没有回应，你就可以放心地进去方便。新媳妇那天刚褪了裤子蹲在那儿，一个人就进来了。由于这个人没传递信号，把新媳妇吓了一跳，后仔细一看，原来是马劲，也就放下心来。新媳妇埋怨他，你哑巴啊，进来也不“吭”一声。马劲觍着脸笑着，还是没吭声，扒了裤子朝尿缸里“哧”。尿完了还不走，就站在那里瞅着新媳妇坏笑。新媳妇的脸红了。新媳妇知道马劲此时想干啥，就骂他，马劲你快滚出去。马劲傻笑着说，我不滚我等你呢。说着朝新媳妇跟前凑。新媳妇便猛地站了起来，她慌得连裤子也没提上。她没有提裤子，手里却握着一样东西，那是一个在杂货铺里五毛钱都能买到的气体打火机。新媳妇上茅池为啥拿着打火机？其实也是纯属偶然。那个时候已近中午，新媳妇从正屋出来，本来是去厨房烧火做饭的，她随手拿了个打火机，可是没走到厨房里，她又有了尿意，便先到茅池里解决自己的问题。如果不是马劲进来，即使马劲进来了，如果他不强硬要和新媳妇在茅池里干那事，新媳妇带到茅池里的打火机就不会产生什么危险。可是，偏偏马劲进来了，马劲就要和她在茅池里办那个事，把新媳妇惹恼了，新媳妇一恼就要保护自己，就要威胁对方。新媳妇没有其他武器，身边没有棍棒和凳子，她手里只有一个打火机。那时候，她按着了打火机，她即使在按着打火机时，还想着那微弱的火苗能不能吓退对方，能不能保护自己。她举着打火机对马劲说，你再不滚出去，我就用它烧你的脸。在她说这话的时候，危险已经向她靠近，打火机的火苗燃着了茅棚里耷拉下来的麦秆，麦秆像炮捻子一样向棚顶燃烧。那憨子没想好自己是退是进的时候，惊天动地的巨响发生了……

3

这虽然是起爆炸事故，但却与生产中发生的事故不同，性质不同，责任的划分就不同。这起事故，镇里、县里和安监局都没有责任。镇派出所还可以追究马大炮私藏炸药罪。

卢卓飞在电话上，把这起事故发生的情况向黄朋做了汇报，并请示黄朋要不要向县、市汇报，若汇报是口头汇报还是书面汇报。卢卓飞没有从黄朋那里得到明确的答复。黄朋模棱两可地回答他，卢镇长，你在第一现场，最熟悉情况，报与不报你权衡决定。我这几天就要进入复习阶段，时间挺紧张，就不回去了。老弟辛苦你了。最后强调说，镇里的事你全权负责吧。

卢卓飞明白黄朋的意思，黄朋是借自己在市里党校学习，把责任都推给了他。

黄朋在灵泉镇党委书记的位置上已经干了八年，早想再上一层楼。实事求是讲，黄朋在灵泉镇干得很不错，有水平，有思路，镇里工作也很出色，早该上去了。可是，就因为镇里每年出事故，把黄朋耽误了。事情看似很简单，却又很复杂。安全上的事你做得再好，晋升提拔也不能作为主要的政绩和条件，也不会因安全工作做得好就提拔你。可一旦要提拔你的时候，它又成了拦路虎，成了阻拦你晋升提拔的不利条件，成了你不能进步的最有力理由。黄朋就吃了这个亏。因为老是吃这个亏，就厌倦了，就沮丧了，就麻痹了，就想跳出灵泉镇。先是把镇长陶启做自己书记接班人培养的，计划着等陶启能独当一面时，就向县委提要求给自己找个地方。可是计划赶不上变化，接二连三的炮厂爆炸引起了省、市领导的关注。省、市领导一关注，可不是提拔晋升的问题，而是处分免职的问题。黄朋没能提拔就够窝心的了，再要受处分免职还让他黄朋活不活？好在陶启这个小兄弟是个非常讲义气的人，自觉地把责任都担到了自己头上。黄朋又过了一道坎。虽然这道坎过去了，但黄朋心里老不舒服，明明自己是一把手，责任却让二把手担了，这有点儿落井下石之嫌，让上上下下看他黄朋倒像个心胸狭窄怕担责任的伪君子。不只此让他不舒服，还有更主要的原因，从陶启的免职，让黄朋看到了在灵泉镇为官的凶险。在只讲经济发展的那些年，灵泉镇党委书记确实好当，且很风光。现在“以人为本，科学发展”越提越响，黄朋每日就如坐在了火山爆发口上。全镇大大小小三百多家炮厂，在过去是一个骄傲的数字，现在不行了，要取缔，要端掉。发展容易，但要端掉可不是一句话两句话的事。在别的地方，计划生育是第一难，而在灵泉镇，取缔炮厂比计划生育更难。灵泉镇人拗得很，你不让他生孩子可以，可是你不让他生产花炮他跟你急。这儿的工作不能干了。黄朋说是厌了，倦了，其实是怕了。他找县委书记甫一言，软磨硬泡要后者给他调个地方，可是甫一言就是不放他。甫一言不放他自有不放他的理由。灵泉镇是个特殊的镇，你黄朋对那里工作熟悉，换别的人去县委更不放心。言语之间对他黄朋多了赞誉之辞。黄朋明白，这是县委书记鼓励他在炮火硝烟的战场上继续为县委站岗放哨。好在甫书记给他透了口风，让小卢去，就是为了让他接你的班，不过你得带带他，让他锻炼一年两年的。话说到这个份上，黄朋也就无话可说。就是有话可说，也是说了白说，说了白说就不如不说。既然县委不让自己走，自己又不想再干下去了，黄朋就给自己找了一条退路，适逢市委党校举办中青干部学习班，别人都拿捏着不愿去，黄朋却主动向县委组织部长报了名，参加了学习班。

卢卓飞的根底黄朋是了解一些的，就是因为黄朋了解卢卓飞的根底，黄朋才金蝉脱壳的。前边的事故让原镇长陶启丢卒保车承担了责任，后边再出事故，总不能都是镇长承担责任吧？如果县委不派卢卓飞当镇长而派别的人来当镇长，黄朋玩金蝉脱壳计恐怕要受到众人非议。而县委偏偏派的是卢卓飞而不是别的人，这就好办了，黄朋大胆放心地去党校学习，谁也不会对他指责的。这道理很简单，道理的简单是因为卢卓飞这个人不简单。其实卢卓飞也很简单，不简单的原因是另一个人能支撑着他。

卢卓飞在黄朋那里没有得到明确答复，就想到了那个能支撑他的人。那个人就是刘惠民，他的老丈哥，在市里工作。刘惠民职位不高，但却是实权派，任市纪委副书记兼市监察局局长，虽然和县委书记同是正处级别，但关键时刻起着非常关键的作用，能成人的事，也能坏人的事，让同级别的人对他刮目相看，让级别比他低的人对他敬畏三分。卢卓飞能当上镇长是沾了刘惠民的光，把卢卓飞安排到灵泉镇而不是派到其他镇，也是因了刘惠民的原因，刘惠民这棵树能替卢卓飞遮风挡雨，关键时刻，刘惠民对卢卓飞不会见死不救。有刘惠民这把大伞罩着卢卓飞，甫一言才破格提拔了卢卓飞，并把他派到了灵泉镇。上任时，甫一言亲自和卢卓飞谈话，说，卓飞啊，你的情况刘惠民同志给我打过招呼，说让你下去锻炼锻炼。乡镇一直没位子呀。这次陶启下来，让你上去，你可要把握好机会呀。卢卓飞自己也清楚，能到这个位子上也不容易的。他很珍惜这次机会，想全力把工作做好。工作做好了，刘惠民那里也好说话，也说明县委的用人决策是正确的，同时给他接替书记职位打下了基础。可是，没想到这么短的时间就出了事！

现在面临的问题是，卢卓飞到灵泉镇任职以来，遇到第一次爆炸，这对卢卓飞来说是第一次，而对灵泉镇来说却不是第一次，报与不报对卢卓飞来说都举足轻重。话可以这样说，卢卓飞到灵泉镇任职几个月，且是镇长，第一次出事故，是情有可原的。话也可以这样说，卢卓飞刚到灵泉镇任职没几个月，该镇就发生了爆炸，书记不在家，让他在家主持工作，这个人能力是不是有问题？话还可以这样说，灵泉镇今年以来连续发生爆炸，县里工作组刚撤了又炸了，把一个镇长炸掉了，这新来的镇长也不比原镇长高明，该炸的时候不还是炸？

从黄朋那里得不到主意，卢卓飞便拨了刘惠民的电话。刘惠民掌握政策比他全面，就这样的事故该上报不该上报，应该求他出个主意。家丑不可外扬，但刘惠民毕竟是自己亲戚。手机拨通了，响了几声，被对方掐断了，卢卓飞继续拨，拨通后再一次被掐断，等卢卓飞再拨的时候，对方处于关机状态。

4

副镇长张岩正指挥着几个镇干部和爱使部队清理现场，崩塌的碎砖烂瓦以及茅草垃圾已清扫出去。所幸茅池离正屋有一段距离，正屋没有受到太大损坏，只是房顶上飞溅着一些残砖碎片，正屋的窗玻璃被飞来的砖块砸碎了。猪圈没有幸免，一头已怀孕的母猪也遇难身亡，肚子被炸开一道口子，里边的杂碎连同刚成形的猪崽都流出来，腥腥臊臊地淌了一地。男女一双已经从废墟里扒出来，摆在正屋里的席子上，只是两具尸体还不全，男的缺一条大腿，女的缺一只右胳膊，一伙人正在废墟里寻找，可是却寻不见踪影。正着急间，听有人喊，在树上呢，在马二炮家的树上挂着呢。人们随着那人手指的方向看，果见隔壁马二炮家一棵茂盛的大槐树的枝丫间，挂着一条人腿和一条人胳膊，那腿和胳膊还向下滴着血。正值暑期，已经有绿头苍蝇嗡嗡着飞来。

卢卓飞走进这个闹嚷嚷的院子，在院子巡看一遍，又到屋里看了两具残缺不全的尸体。听到里间有人呻吟，以为里边还躺着一个伤者，走进去看，却是一个病恹恹的女人，认出是马大炮的老婆，安慰几句就出来了。刚到门口，斜刺里奔过来一个人，喉咙里干号着，卢镇长啊，俺可没法活啦，老天不睁眼呀，专杀没能耐的人呀！一边号着，一边扑通跪在了卢卓飞跟前，头磕在干硬的土地上，发出“咚咚”的声响。

此人正是独眼马大炮，鼻涕眼泪抹了沟沟洼洼的一脸，那只瞎眼凹进眼眶里，显得阴森可怖。此前，卢卓飞对马大炮既气又怨，气这个人私藏炸药给镇里捅了个天大的娄子，怨这个人为几个钱连命都不要了。而此时，面对这个一脸沧桑而又痛苦欲绝的人，一股怜悯之情从心头升起。

卢卓飞把马大炮搀起来，劝他道，老马，事情既然这样了，也不要太伤心，还是抓紧把后事处理好。

马大炮从地上爬起来，随手扯了卢卓飞不放，卢镇长，这事你得替俺做主啊，俺人也没了，钱也没了，他们还说俺私藏炸药，要把俺抓走。

卢卓飞一听，便明白是张岩他们怕马大炮闹事，拿这话来吓唬他的。如果不是在灵泉镇，不是因了工作组清理整顿才引发的这起爆炸，把马大炮定为私藏炸药罪是应该有法律依据的。而灵泉镇的情况不同，面对这种情况，只有快刀斩乱麻地把事故处理掉，不引发触及更多的矛盾就万事大吉了。这里边的问题很多，马大炮儿子、媳妇都没了，对一个家庭来说够惨的了，若给他定罪，就要抓人，在这种情况下能抓人吗？若抓了人，影响更大了，本来就该低调处理的事情，又要被沸沸扬扬地炒起来了。再说，你定他私藏炸药罪，也等于给县里派下的工作组办孬，工作组向县里汇报时，信誓旦旦地夸下海口，说是灵泉镇如篦子篦过一般，没留下一丝一毫的隐患。马大炮家也是工作组三番五次搜查过的，怎么就没有查出他私藏的炸药？这责任应该由谁承担，是县工作组，还是灵泉镇政府？从各方面考虑，都不能给马大炮定罪。但为防止马大炮闹事，给他点儿压力是有必要的。想到这，卢卓飞便说，老马，这道理明摆着的，是不是私藏炸药罪，你心里比谁都清楚。话说回来，镇政府是爱群众的，能替群众说话的时候还是要说的。但是，这要看你的态度。事出来了，人也没了，就抓紧时间把人埋掉，人一埋掉，啥事都没了，镇政府还会让派出所来治谁的罪？

马大炮听着，一边点头称是，一边在心里暗琢磨。看来，镇政府领导也是怕事情张扬大了，在咱眼里，镇领导是大官，但他们上头还有更大的官，县里管着镇里，市里管着县里，若给咱定罪，咱就把事情掰扯到县里、市里去，吃亏的不定是谁呢！那个陶启陶镇长就是个例子。说俺私藏炮药，是俺情愿的吗？俺马大炮不偷不抢不坑不骗，就靠祖传的手艺卷制几个花炮，挣几个零花钱，俺犯了哪门子罪？中央国务院还鼓励咱群众发家致富哩，你县里、镇里组织工作组到咱家抄家清理，比土匪还土匪，比“文化大革命”还“文化大革命”！不是工作组来清理，俺会把炮药藏到茅池顶上去，不把炮药藏到茅池顶上，俺媳妇俺儿子会被炸死？这会儿你们又唱红脸又唱白脸，还不是都巴望俺快把人埋掉，人一埋掉啥事都没了，俺马大炮白死两口人啊。在灵泉镇，谁家炸死个人不赔个十万八万的。想让俺马大炮落个人财两空啊，没恁容易。马大炮心里拿定了主意，便哭丧着脸对卢卓飞说，卢镇长，政府对俺的好俺都领情，俺马大炮也不是糊涂人，能把人快点儿埋掉，对你对镇政府都有好处。俺也想早点儿把人埋掉。可是，媳妇她娘家不定啥想法哩，人家养了二十多年的大闺女，送到咱家才几个月，就不清不白地炸死了，还不找个理由难为咱？一边说着，一边拿一只独眼偷偷地去观察卢卓飞的神情。

卢卓飞心想，看来这马大炮真不是个善主儿，话说得好听，但言语里有了要挟的意思了。要挟又不说是自己的，又推到别人身上去，也真够刁滑的。先前对他的那份怜悯之情便荡然无存，知道自己再怎么说，这马大炮都不会轻易改变态度的。便冷了脸对他说，老马，你的意思我明白，如果镇政府的情你不领，吃大亏的是你老马，到时候谁也替你担不了！

马大炮脸色立刻变了，他摆着手说，卢镇长，俺不是那个意思，你别多心……

卢卓飞道，你是什么意思咱俩心里都明白。他指着在忙碌的几个镇干部说，你看看这些干部，恐怕连午饭都没顾得吃吧，他们图个啥？老马，人心都是肉长的。你家出了事，本来就是你自个儿的事，镇里为啥要来人帮忙？这就体现了人民政府爱人民，人民政府关心人民。可你不能以为镇政府的人来了，就想着把责任推到镇政府。老马，我可以明确地告诉你，据我初步了解，你家这起爆炸事故镇政府没有任何责任，完全是你私藏炸药引发的责任！

马大炮嗫嚅着，还想说什么。这时，马四方从外边走进来，见卢卓飞沉着脸，马大炮一副沮丧的样子，心里便什么都明白了。马四方的精明和处事比马大炮高出几个层次。马四方上前握了卢卓飞的手，像多年不见的老朋友似的，道，哎呀，卢哥，这点儿小事咋就把你惊动了？看看，镇干部都在这帮忙呢，叫人过意不去，我正安排人准备午饭呢！大哥，你也不让卢镇长屋里坐？咳，大哥屋里是不能坐人——有两死鬼呢。走，卢哥到我那去。说着拉了卢卓飞就走。

卢卓飞见现场基本清扫干净，便回头对镇干部说，等会儿都到马老四那里去，我在那儿等你们。说着，随马四方出了院子。

5

马四方的四方花炮厂离村子二里地，炮厂左边是一个占地三十多亩的大水塘，右边是一片杨树林。远远看去花炮厂掩映在一片绿树丛中。不知道的人谁也不会想到那里有个花炮厂。花炮厂建得很规范，院子很大，院墙也很高，厂房建得疏密有致，各个生产车间根据各个生产环节的安全程度，设置不一样，建造样式也不一样，车间与车间之间的距离也有差异。比如，最危险的配药车间，建在厂子的最北角，与其他车间隔着很大一段距离，车间不安门（一旦发生事故易于逃脱），屋顶是用石棉瓦覆盖的（一旦发生事故减轻杀伤力），还有装药车间、插捻车间，也都分布在厂内各个角落。这样设置的目的，是预防一旦哪个车间发生事故而避免引发连锁反应。除了该有的防范措施之外，马四方还让人在危险较大的车间之间筑了一道道厚厚的墙，称为防爆墙。因了厂房规范，防范措施健全，四方花炮厂是首批获得生产许可证的厂家。

卢卓飞虽然来灵泉镇不久，但到四方花炮厂已来过多次。他很欣赏马四方。马四方这个人有头脑，又精明，论年龄比卢卓飞还小一岁，两人性情很合得来，面上摆的是上下级关系，背里早已经称兄道弟了。卢卓飞要在灵泉镇干出成绩，没有这样的人支撑着，还真的不行。因此，是把马四方当了典型抓的，凡是花炮生产会，大会小会必讲马四方。特别是马四方独创的防爆墙经验，卢卓飞极力推广，让镇里笔杆子总结成材料，上报到县里，县里印发了简报，在全县推广。马四方的防爆墙便成了马氏防爆墙，马四方也因此在全镇全县出了名。人出了名，厂子出了名，炮也就出了名，马四方的花炮在市场上便供不应求。除占领了本地的市场，连安徽、山东等地的一些经销商也前来四方花炮有限公司坐等着提货。

马四方明白，自己之所以能名扬四方的原因，其实很大因素是在于自己傍上了卢卓飞。卢卓飞代表了政府，政府支持他，宣传他，他才能火起来、响起来。这就如一挂鞭炮与一根火柴的关系，马四方是一挂鞭炮，卢卓飞是一根火柴，是卢卓飞这根火柴点燃了马四方这挂鞭炮响彻四方的。马四方从内心里很感激卢卓飞，所以他很听卢卓飞的，反过来，他又很支持卢卓飞的工作。卢卓飞到灵泉镇时间不长，工作不熟悉，人际关系也掌握不透，黄朋拍拍手就走了，把一摊子甩给他够难为他的。马四方虽然不是镇里干部，但对镇里情况了如指掌，干部之间的关系摸得精透，马四方就帮了卢卓飞不少忙。帮也不是明着帮，都是不经意间帮的，看似不经意间，其实又都是着意安排的。虽然是着意安排的，却又让对方感觉不到，这就是马四方的高明之处。还有，就是给对方留下好印象。马四方知道卢卓飞是从机关里下来的，从机关里下来的干部不似镇里那些老油条干部，疲疲沓沓拖泥带水的，卢卓飞喜欢干净利索的人，马四方就做个干净利索的人，卢卓飞喜欢认真的人，马四方办事就特别认真。县清理整顿花炮厂的消息刚传下来，马四方就把自己的花炮厂停了，停花炮厂也不是长期停，而是暂时地停。马四方仅用了不到一个星期的时间，就把厂里的安全隐患排除掉了，车间该扒的扒，该整的整，制炮的机器都进行了检修。工作组下来清理整顿的时候，马四方自己对自己的厂已整顿完毕。工作组到四方花炮厂去的时候，看到厂里的情况，都啧啧称赞说，如果都像这家花炮厂一样把安全生产放到第一位，咱还来清理整顿个啥？马四方第一个拿到了上级部门下发的生产许可证。在别的厂家都停业整顿的时候，马四方已经开始了生产。而别的厂家从停业整顿到验收完毕拿到证，没有一个月的时间是不行的。这就是马四方的精明过人之处。马四方用他的精明过人之处，赢得了工作组的信任，也为卢卓飞争了光。县里、市里领导都知道了马四方和他的花炮厂，而马四方和他的花炮厂又是在卢卓飞执政时亮起来的，换句话说，是卢卓飞抓出了这个好典型，可见卢卓飞的水平不一般，卢卓飞的工作能力不一般。荣誉把卢卓飞和马四方捆到了一块儿，卢卓飞想不关照爱护马四方都不可能。在马四方那里，是靠了卢卓飞的支持和关照，生产越做越大，钱越赚越多，每天走几车炮，人民币就像河里的水一样哗哗地流过来了。在卢卓飞那里，是靠了马四方这个典型支撑门面的，四方花炮厂良性发展是朝卢卓飞脸上贴金的，四方花炮厂是他的政绩，是他向县委和甫一言交的最满意的一份答卷。

除了工作的相互支持，还有生活上的体贴关心。灵泉镇离本县县城远，离丘市却很近。丘市虽是个县级市，但却比本县繁华得多。灵泉镇离丘市不到十公里，路都是柏油马路，行程也就是十几分钟。卢卓飞到灵泉镇任职后，除了去县里开会，很少回家，这样，卢卓飞就有了充裕的时间留给马四方。马四方每隔两天或三天就驾了自己的奇瑞轿车，拉了卢卓飞去丘市休闲。奇瑞轿车不打眼，在丘市街上谁也不会想到里边坐的是个镇长。马四方拉卢卓飞出去的时间都是工作之外。有时班子会开到夜里十二点，马四方在会议室外等到十二点。到了丘市就是洗洗桑拿，吃点儿夜宵。天若晚了，就开个三星级宾馆房间享受享受，第二天不耽误回镇里上班。洗桑拿、吃夜宵、开房间都是马四方买单。开始卢卓飞还有点儿不自然，但经历了几次，时间长了，卢卓飞也就自然了。除了安排这些活动外，马四方曾经想向纵深发展。在他的想法里，卢哥也是三十多岁的男儿汉，几天没沾过女人的边，还有个不想女人的？一次给卢哥开了个豪华单间，找个漂亮妞送了过去。谁知卢卓飞却对他翻了脸，马四方，你敢糟蹋我卢卓飞呀？我卢卓飞的女人是天下最漂亮的女人，你拿个野鸡来脏我！快让她滚！马四方好心被当了驴肝肺，从此再不敢动邪念，不但不敢给卢卓飞找小姐，连自己也谨慎了许多。但为了加深感情，马四方还是想多表现自己，怎么表现呢？洗了、喝了、吃了之外，卢卓飞从不向马四方索要什么，不但不索要，连马四方送他的也退了回来。有一次马四方出差，捎回来一套法国名牌西服送给卢卓飞，卢卓飞穿到身上试试，挺合适的，也威风精神了不少，但一看标签上的价格：18888 元，脸都怔了，道，你个马四方，赚几个钱，烧包得不是你了，这么贵的衣服你也舍得买！要穿你穿，我是不配穿。马四方好说歹劝，卢卓飞就是不收，马四方放下衣服要走人。卢卓飞说，你走吧，我让李秘书把衣服送县纪委去。马四方只得把衣服拿走，他自己也舍不得穿，一直挂在大衣柜里，弄得他老婆每天都像敬神似的敬着那套一万多元的西装。后来，马四方终于想出了一个高招，他找卢卓飞，说要进一批炮纸，手头紧张，能不能转借五万块钱，当然十万更好。卢卓飞就给老婆刘惠霞打了电话，让刘惠霞准备五万块钱，让马四方自己开车去取。马四方便开车进城取了钱，接了钱，拿出来一张条子交给刘惠霞，刘惠霞见条子上写着：

今借卢卓飞五万元现金急用，年底还十万元（注：其中五万元为本金利息）。

借款人：马四方

××年××月××日

离年底仅有五个多月时间，借五万元就给五万元利息，这有点儿太离谱了吧。刘惠霞问马四方是不是搞错了，钱多得花不完了咋的？马四方笑着说，嫂子，我们做生意人都是这规矩，借一还二，就这在灵泉镇还借不来呢！嫂子你是好人，顾了我大急。这事也不用给卢哥说了，他是忙人，顾不了这小事。你把条子收好，到时间我把钱准时给你送来。钱是借了，条子的事却一直瞒着卢卓飞。

卢卓飞和马四方从马大炮家院里出来，直接去了马四方家。马四方家鹤立鸡群地建在村子东南角紧靠从灵泉镇通到村里的柏油路边上。院子是四合头院，院门宽敞，能过小车。院内是一座两层半的小楼，从外观看与村里其他村民的楼房大致相同，但一到楼内，就看出了差异，楼内的装修和家具摆设已经城市化。客厅内摆着真皮沙发。三十四寸的液晶大彩电占了墙壁一侧，另一侧是黑桃木博古架，挨着博古架便是茶几酒柜。

马四方的老婆翠芝是个勤快的女人，忙为卢卓飞倒茶。见卢卓飞一脸阴沉，知是为马大炮家的爆炸烦心着，便劝道，大哥也真是的，咋能把炮药放茅池里，一下伤了两条命，能怨着谁呢？还不是他自作自受。话本意是用来开导卢卓飞的，却让马四方听出了不耐烦，冲她道，你那张破嘴少呱呱，卢哥还没吃饭，快给卢哥弄点儿吃的去。

翠芝也不恼，笑了道，早做好了在锅里焐着呢。卢哥最爱吃的芝麻叶面条，还有绿豆面煎饼。俺这就去端。

马四方说，冰箱里那几只野斑鸡，单等卢哥来吃呢，拿出来炸椒盐的，当个下酒菜。说着就到酒柜里取酒。

卢卓飞哪有心情喝酒，摆了手说，吃饭可以，酒是一口也不能喝，还要说正事呢。

看卢卓飞像没事似的和马四方出来了，其实心里很不平静。卢卓飞撑马大炮那几句，也是他的一个策略。目的还是吓唬马大炮。而马大炮要真的把事情闹起来，把两具尸体放在那里不发丧，卢卓飞也真的没办法治他。你就是让派出所把马大炮抓走，可他儿子、媳妇的后事谁处理呀？抓马大炮只能把事闹得更大，影响更坏。事出来了，虽然是遮不住盖不住的事，但毕竟尽快处理掉为好。拖长了，闹大了，传到县里、市里，吃亏最大的是他卢卓飞。这一点，卢卓飞在心里掂量过了。从马大炮家出来到马四方家这一路上，他一直盘算着这件事。关于上报不上报，本来还打算征求刘惠民的意见，现在他想好了，也拿定了主意，权衡利弊得失，决定把这件事隐瞒下来。说隐瞒其实就是不把这作为一场事故报上去。本来就不是生产中发生的事故，不报也有不报的理由，即使县里、市里查问下来，也能说出个一二三来。虽然不上报，虽然是马大炮自作自受惹下的祸事，但是群众利益无小事，作为一级政府，作为一镇之长，还是要尽职尽责处理好的。撑马大炮是让马大炮不要提过高的条件，不要让马大炮欲望太高。让马大炮明白，你家这事，政府没责任，任何人都没有，责任完全属于你自己，政府可以不管，不管可以说出一百个不管的理由。但是政府又不会不管，管也是出于人道主义，也是以人为本，构建和谐。这一点要让马大炮明白。让马大炮明白了，事情就会处理快一点儿。

很快，翠芝把芝麻叶面条和绿豆面煎饼端上来了，还要到冰箱里拿野斑鸠去油炸。卢卓飞道，别费事了，先放着吧。说着已经端起面条呼噜噜吃起来。翠芝只得住手。

饭碗刚放下，张岩和镇干部还有爱使队的一班人都过来了。沙发不够坐，翠芝又忙着找来了凳子。

张岩向卢卓飞汇报说，卢镇长，现场都清理完了。爱使的人也把棺木从集上拉回来了，本来要装棺的，新媳妇的娘家人来了一群，死活拦着不让装棺，哭着闹着给马大炮要人，还吆喝着要把尸体抬镇政府里去。

卢卓飞肝火上升，厉声道，是镇政府把人炸死的，他把尸体抬政府去？简直是无法无天！卢卓飞的声音把在场的人都吓了一跳。卢卓飞到灵泉镇以来，还从没发过恁大火。见一屋子人都噤了声看他，便缓了口气道，有事说事。违法办事，有一个抓一个。我卢卓飞坐阵来处理事，他们还不领情，还要到镇政府闹事，还有良心吗？

马四方见卢卓飞动了气，便道，卢哥，不要和那些人一般见识。我这就过去，看他们哪个敢闹事！说着，走了出去。

翠芝撵到门外，叮嘱道，也不要和他们上拗劲。人没了，还能不伤心？就说卢镇长当紧着和人商量解决他们的事呢。

6

发现包里多了个信封的时间是在马四方家。当时卢卓飞到包里找笔，就先发现了鼓鼓的信封。卢卓飞怔了一下，马上想起走出大康茶楼红玫瑰房间时，华兰看他的目光与往常不一样，就断定是华兰弄的事。抽了间隙，他上到二楼，打开包看了信封内，见里边的数目还不小。心想，这季大刚真是个有心计有胆量的人。楼上有信号，他拨通了华兰的手机，喂，摸美女，是你朝我包里放的炸弹？华兰装糊涂，哪儿的事？不知道。卢卓飞道，那好，我明天送纪委去。华兰急道，你傻 × 呀！我表兄是农民，你送到国务院又能把一个农民怎么样？卢卓飞道，他可不是个简单的农民。你让他把信封拿走！华兰道，玩真的啊，那不是打我的脸吗？卢卓飞道，那也比拉了导火索炸死我强。华兰沉吟一下道，这样吧，等他拿到证，再把信封给他——他就放心了。卢卓飞道，不行！信封不拿走，他就别想拿到证！华兰叹了一口气，道，你这个家伙，真是刀枪不入。算了，明天一早，我就让表兄找你。卢卓飞刚要挂断，华兰问道，排骨，别忙挂。事大吗？轮到卢卓飞装糊涂，什么事大事小的？华兰道，还瞒我啊，刚才已经有记者打电话询问，被我挡回去了。卢卓飞明白，记者们都长了千里眼、顺风耳，新闻科长又是记者们的娘家人，瞒了谁也瞒不了她。想着，便轻描淡写地说，就是一家农户出点儿事，已经处理。摸美女，记者那边的事还请多关照。华兰说，哥们儿的事好说，有我挡着呢。表兄的事你得抓紧给我办！

事情处理得还算顺利。马大炮的媳妇娘家是个后爹，女儿死了也就是想讹几个钱。开始是狮子大开口，一张嘴要二十万。马四方熊那帮人，以为你闺女是金枝玉叶呀，值那么多钱？说好了好，说不好一个子儿也拿不走，嫁了俺马家，就是俺马家的人，娘家人再来讹钱也是没道理的。几句话一吓唬，便把那帮人镇住了，又给马四方说好听的。后来，拉了几个回合，同意五万块了事。这五万块镇里是出不了的，马四方一人出了两万，其余爱使队员的人见卢镇长亲自坐阵处理此事，没有个不积极的，你出两千，他出三千，很快便凑够了数。马大炮哭丧着脸，还想给他那憨儿子争个棺木钱，被马四方用狠话堵了，也不敢再吭声。啥事都简办了，人都炸成那样了，由卢卓飞做主，也不朝火葬场送，直接拉到坟地里埋了。

在处理事故的过程中，守卡的爱使队员回来报告，说是有记者模样的人企图过卡，都被爱使队堵回去了。卢卓飞一听，也不敢大意，想到华兰的话，确信是记者无疑，急派李秘书坐了车去寻找那帮记者模样的人。如果真是记者，可得罪不起。他们既然得到消息来了，就不会轻易罢休，堵是堵不住的，只有疏导，化不利因素为有利因素。把李秘书派走，卢卓飞又忙上楼给摸美女打电话，说记者已经进村，你在那边咋放的哨，也不拉警报？华兰说，我这边还来了两路人马，正询问是哪个部队的呢。这样吧，你把那边的也派个人领回来，我一块儿给他们上课。说完，挂掉电话。

卢卓飞很晚才回到镇里。虽然马大炮家的事处理顺利，但也不知道华兰和李秘书把那边的事处理得怎么样了，心里很不踏实，一点儿睡意没有。李秘书是傍晚七点走的，到现在也没个信，华兰也没来电话，说明记者来得不会少，华兰他们正积极做工作。卢卓飞正想着，手机响了起来，还以为是华兰他们的，一看号，是老丈哥家的座机，也不敢怠慢，急忙把电话接通了。电话那头是老丈嫂子的声音，卓飞啊，还在忙着呢？你哥要给你讲话。

卢卓飞忙道，嫂子，天这么晚了，你怎么还没睡？毕竟事故已得到处理，心情还是比较好，就想着和老丈嫂子调侃几句。可是，电话那边已经换了一个声音，卓飞，下午打电话有事？

卢卓飞一怔，记起给刘惠民打电话本是想向对方讨个主意的，现在，既然问题已经解决了，再把事情说给他也没什么实际意义，反倒怕再把问题搞复杂了。想着，便说，大哥，其实也没什么大事，就是我们镇有个叫马四方的，创造了一个马氏防爆墙，是花炮生产的一项很好的安全防范措施。我们已整了材料，想报市里一份，请你给有关部门吹个风。

刘惠民说，卓飞，不会只为个防爆墙吧？就没有其他事？

老丈哥真是明察秋毫。卢卓飞担心记者万一把事情捅出去，到那时再向老丈哥求援怕是不好张口的。想着，便把事故的经过以及处理的结果简要叙述一遍。

刘惠民沉吟一阵，用非常严肃的口吻说，第一，事故发生了就不要怕，责任不在你，要追究的话，在县工作组，你替他们隐瞒是完全没有必要的，建议你尽快向甫书记如实汇报；第二，事故处理得很果断，很得力，你只会从这场事故中得到褒奖，不会得到处分；第三，化不利因素为有利因素，请记者——对，有记者去了没有？不等卢卓飞回答，继续说，主动把记者请去，不是让他们报道事故的发生，而是让他们报道事故处理的结果，体现镇政府对遇难群众的关怀。还有你们那个什么马氏防爆墙，也可以借记者的笔杆子写出来，用记者的口在党报上说话，比我吹风要管用得多……

老丈哥的三条指示，让卢卓飞佩服得五体投地。老丈哥真不愧是市级领导，高屋建瓴！说完一二三，卢卓飞以为完了，谁知对方又给他上起了政治课。卓飞，你现在大小也算个领导干部了，一镇之长管着几万人呢，你可不要把自己当成个土皇帝。遇事要站到政治的高度去看待问题，去处理问题，才能干大事，成大事。对了，今天上午市里开会，我见了你们的书记甫一言，他对你的工作还是很满意的。你们那个小黄，不是闹着要走吗？我对甫一言说，干部勤流动也是件好事。小黄在灵泉镇干了八年也该流动流动了。我的建议甫一言还是肯采纳的。关键是你自己要把握着，不要浮躁，不要感情用事。话说回来，你们那一下子炸死两个人，人命关天，你能包得住？纸包不住火，没有不透风的墙，这简单的道理都不懂，还搞什么政治？我那个一二三就是政治，你好好琢磨琢磨吧！说完，不等卢卓飞有任何表态便把电话挂断了。

卢卓飞拿着手机愣了一阵神，把老丈哥的话又在脑子里过了一遍电影，又是喜来又是忧，看来，如何当好镇长，还真得多向老丈哥请教呢。

一边想着，一边拨了李秘书的手机，手机接通了，却传来一阵嘈杂的声音，好像还在酒店里。卢卓飞喂了两声，噪声弱下去了，李秘书的声音便传了过来，是卢镇长吗？我是小李。我现在在凯旋大酒店，还喝着呢。来的除市晚报记者外，还有省驻市的几家小报记者。华科长给你打了几次电话都没通，说要汇报战绩呢。现在把那帮小子灌迷糊了，要不然都早奔咱那去采访了。卢卓飞道，你让华兰接电话。就听李秘书吆喝道，华科长，华科长，有人找你。一会儿，电话那头便传来华兰的粗喉咙大嗓，排骨呀，还以为你失踪了呢！电话老打不通。卢卓飞急忙道，手机停电了，这不刚回办公室就想着给你打个电话。华兰道，你也不要光说甜的。这些老记们都是老百姓的举报电话招来的，现在我把他们一个个都拿下了，看你怎么谢我！卢卓飞道，摸美女，我这里先给你鞠个躬，改天咱到市里去，拣最好的酒店撮一顿。华兰那边带了酒兴道，呸！排骨，你别给我来虚的，我就要你把我表兄的证快拿下来，不然，我蒸了你的排骨肉！卢卓飞道，别别，摸美女，咱谁跟谁？表兄的事我一定当紧办，过几天就让人到他厂里去看，有不合格的地方让人指导着他改，改好了就发给他证，这你放心了吧？——不过，那个信封明天你让他拿走。华兰耍赖道，信封的事我不管，你爱咋的咋的，反正我就是给你要证。卢卓飞道，领导都是鼻子大压嘴，都是有你说的没小民辩的。你们那酒场还得多久散？我得过去一趟。华兰道，你马后炮啊，我这边就收场撵人哩。卢卓飞急道，别撵他们走，先安排他们住下。我还要请他们到灵泉镇采访。华兰一下子急了，扯着嗓门道，你神经病呀，我这边才把他们拿下，你又要招惹他们？卢卓飞不急不慢地道，摸美女，我不但要招惹他们，还要招惹你——明天劳驾你亲自陪他们来。

7

灵泉镇马桥村马大炮私藏炮药发生意外爆炸的消息上了市晚报。消息对爆炸的原因和过程写得很简练，几笔带过，着重描述了事故发生后，县、镇领导如何高度重视，积极组织干部和群众救助遇难村民，为其捐款捐物，真正把党和政府的温暖送到遇难群众家中。同时，重点写了灵泉镇政府抓住这一沉痛教训，在全镇掀起了安全生产教育新高潮，并对该镇企业家马四方创造的防爆墙经验做了详细介绍。

此消息报道后，在读者中引起的反响不必详述，只市长的批示就把卢卓飞一下子推到了大红大紫的巅峰。

市长的批示是这样的：如果都如灵泉镇这样，以积极主动的态度面对事实，采取有效的方式处理问题，干群关系将会进一步密切，安全生产以及各项工作都将迎刃而解。字是狂草型，就签在晚报上那篇文章的一侧，复印件随市安监局的一期简报下发到各县（区）。本期简报内容是介绍马四方创造的防爆墙经验。有了这期简报和市长的批示，县里上上下下对卢卓飞刮目相看。县委书记甫一言更是逢会必讲灵泉镇，讲灵泉镇必讲卢卓飞，讲卢卓飞如何会干，如何能干，责任心强，党性强。总之，一个优秀共产党员干部的必备条件让卢卓飞占全了。甫一言这样夸奖卢卓飞，实际上也是褒奖他自己。因为卢卓飞是他一手提拔的，卢卓飞为他争了光，他把卢卓飞当作金字招牌炫耀，显示了他提拔重用干部的策略是正确的。

市长的批示给卢卓飞带来了荣耀，也带来了麻烦。麻烦的是全市各兄弟乡镇到他这儿来取经学习的络绎不绝。全市二百多个乡镇，一个乡镇来一次，得二百多次。开始十来天，也没觉得哪里不好，都是书记或乡（镇）长，带了本乡镇副书记或副乡（镇）长、工业办主任若干人，开着车来了。人来了，卢卓飞就得陪，就得介绍经验，就得领着到炮厂里去参观。参观最多的地方是四方花炮厂，去一趟两趟，马四方还是热烈欢迎的，红底白字的标语挂在厂门口。去的次数多了，马四方就显得不耐烦了。这种不耐烦还不好当着客人的面表现，等客人走了，马四方便对卢卓飞说，卢哥，别再朝这儿拉人了，耽误生产。卢卓飞一听有点儿烦，说，人怕出名猪怕壮，把你推出去了，你就要大牌啊，他们人来了，我能把他们撵走？马四方说，不是要大牌，确实耽误生产。我年初与商家定有合同，现在他们都在我家里等着拉炮，春节越来越近，完不成合同我得受罚。那些参观的人来一班，耽误我生产一车花炮！卢卓飞说，耽误就耽误，这……是政治，你懂吗？

马四方要赖皮说，卢哥，我不懂你那狗屁政治，我只知道花炮生产不出来就赚不到钱。再来人你把他领到别处去，不然我大门不开让他们在外边干等！卢卓飞道，你敢！

话是如此说，后来，再来人卢卓飞便领了他们去季大刚的炮厂。

季大刚的炮厂是这个月才批的证。卢卓飞架不住摸美女软磨硬泡，便让企业办的人到季大刚的炮厂专业指导，厂房该拆的拆，该建的建，把安全隐患排查了一遍，又筑了防爆墙，验收合格后，才打报告向安监部门申报了生产许可证。季大刚的炮厂开业那天，卢卓飞亲自去剪的彩。卢卓飞亲自剪彩有两层意思，一是为给摸美女面子，因为那天摸美女也来了；二是因了那个信封的事他狠熊了季大刚，季大刚才讪讪地把信封拿走。当时不收他的他还挺委屈的样子，这一次去也是为了缓和一下干群关系，加深鱼水情意。

参观团到季大刚的炮厂去了几次，季大刚赔上时间和矿泉水，也嫌有点儿厌烦，但他又不好在卢卓飞面前把厌烦表现出来，先是自己扛着。后来，扛得累了，便把想表达的意思打电话给表妹华兰说了。意思是说了，但又嘱咐华兰只要不再把参观的人往他炮厂里领就中，千万不要说是他季大刚的意思。华兰是个粗中有细的人，理解季大刚的心情，想着，卢卓飞坏事变好事，这一阵大红大紫，自己是功不可没的。市晚报那篇报道自己把了关润了色的，没有那篇报道，或者那篇报道不那样写，卢卓飞就不会是现在的卢卓飞。就表哥说这点儿小事，给卢卓飞打个招呼他能会不听？但关键的是，卢卓飞也给了自己人情。灵泉镇想拿生产许可证的人很多，表哥季大刚的生产许可证能这么快批下来，还不是自己的面子。现在卢卓飞领参观的人到表哥的炮厂去参观，意图是给那些没拿到证的人看的，是堵那些人的口也有可能。因此，事情咋给卢卓飞说，这很关键。想了一阵，终于有了主意，便拨通了卢卓飞的电话。

卢卓飞在接到华兰的电话前，刚忙完两件事。一件事是送走了丘市 w 镇的一个参观团，这个参观团阵容强大，来的不但有镇干部，并且每个行政村都来了人。w 镇与灵泉镇相接壤，受灵泉镇的影响，村村也都建了花炮厂，成为本市第二个花炮之乡。因为来的人多，且又距离近，就不好意思留下吃便饭，看完告辞走。卢卓飞心里巴不得他们快走，嘴里虚意挽留一番，便恕不远送。

刚把那班人送走，马大炮便哭丧着脸进了门，一屁股坐在卢卓飞办公室的沙发上。卢卓飞听李秘书汇报过，马大炮来找他几趟了，说是卢卓飞关心爱护群众的事迹都登了报，可俺马大炮啥“关心爱护”也没得到呀。爱使凑的五万块钱，都让死鬼新媳妇的后爹拿走了。俺马大炮人也没了，财也没了，又不让俺生产花炮，还让俺马大炮过不过？你卢镇长登报了，光荣了，就让俺马大炮喝西北风啊！找卢卓飞，也就是讨个说法，一是批给俺个证让俺生产花炮，二是也把那“关心爱护”弄个实打实的，给俺个一万两万的救济款，俺才打心底里喊你“卢镇长万岁”。

卢卓飞见马大炮扎了个长磨的势式，便热情地道，马大哥是稀客啊。

马大炮挤了挤那只独眼，道，还稀客呢，来多次哩，你不都躲了。

卢卓飞笑道，哪敢呢，我躲得再远，还不怕你用大炮轰？

马大炮便亮开了嗓门说，卢镇长，俺的事都给李秘书讲过，李秘书能没给你说？他要是没说，俺就再给你细说说。

卢卓飞怕他唠叨起来没个完，便说，你那事李秘书都说了，办证那事，就你现在的条件连想也别想，你有厂子吗？搭个棚子弄个小作坊，还想要生产许可证？第二呢，关于救济补助的事，政府不会让一个老百姓饿肚子的，这一点你放心。但是想借你的那档子事向政府要钱，门儿都没有！不抓你、不罚你还不便宜了你？

马大炮一听，“腾”地站了起来，破罐子破摔道，卢镇长，借俺家的事，你出了名，你光荣了，报纸上说你“关心爱护”群众，你关心的啥？你爱护的啥？你要抓就抓吧，俺马大炮今个来就不走了，你不给个说法，俺就死在你这儿！说着，把外边的小破袄一甩，就蹦到了卢卓飞的办公桌前。

卢卓飞一看，真的傻了眼。原来马大炮早有准备，腰里绑了一个包，一根炮捻子从那包里伸出来，马大炮手里拿着个打火机，睁着一只眼盯着卢卓飞。

马大炮来这一套，把卢卓飞弄得措手不及。正骑虎难下，张岩等人闯进来，见马大炮的架势，也都一惊一乍的。

张岩冲马大炮说，马大炮，你别犯傻，有话慢慢说。卢镇长哪一点对不住你呀，你来这一套？

马大炮说，俺也是你们逼的。卢镇长，你说咋办吧？

在那一刻，卢卓飞想得很多，向马大炮妥协是坚决不可能的，与马大炮同归于尽，卢卓飞也是不怕死的，只是死得名声不好，影响不好。马大炮真要把炮捻点着引爆，一个镇长被一个村民炸死，恐怕在全国也成新闻。想着，便说，马大哥，你今个给兄弟玩这一套有点儿太邪乎了。你不怕死，我难道怕死？我死了可能被追认为烈士，死了也光荣，而你呢，你死了也得落个坏名声，你的家庭，你的兄弟，还有亲戚都得因为你遭罪……

在卢卓飞说这些话的时候，马大炮的手开始颤抖，手颤抖，身子也在颤抖。在他全身都在颤抖的时候，张岩等人已经扑了过去，夺过马大炮手中的打火机，把他连拖带拽地拉出了卢卓飞的办公室。马大炮撕心裂肺的哭号声渐渐远去。

卢卓飞身心疲倦地坐在了椅子上。

过了一会儿，张岩走进来，笑道，这个马大炮，真会糊弄人，腰里绑个泥蛋子，硬充炮药。随后，请示卢卓飞，要不要把马大炮送派出所去？卢卓飞摆了摆手，说，把他送回家。张岩应一声，刚要走。卢卓飞说，等等。随后从抽屉里拿出一沓百元票，说，这一千块钱给他，别说是我给的。另外，让他写个吃救济的申请，等班子研究后再给他发补助，但让他知道，救济是救济，不是赔偿，数目也不会太高。

8

华兰给卢卓飞出的主意是能争取全市在灵泉镇开个安全生产现场会，这样既把灵泉镇安全生产的先进经验交流出去了，又解决了灵泉镇应接不暇的接待工作。卢卓飞正为此事犯着愁，华兰的主意正合他心意。可是要让市里在灵泉镇开现场会，这不是卢卓飞说了算的事。华兰就骂，你猪脑子呀，你说了不算，你老丈哥说了还能不算？让你老丈哥给市安监局打个招呼，这事就成了。

卢卓飞便给刘惠民打电话，先把近段工作情况向老丈哥做了汇报，随后，又讲了这一段疲于应付参观团，把正经要办的事都耽误了，请大哥给市安监局打个招呼，由市安监局统一组织，一齐到灵泉镇来参观，省得今一个团明一个团的来了。虽没有明着要求在他们这儿开现场会，但也就是那个意思。老丈哥答应给市安监局局长打个招呼。

开现场会的事很快就定了下来。市里通知到县里，县里通知到灵泉镇，时间定在本月底。甫一言把卢卓飞喊去，当面布置卢卓飞要动员全镇全力以赴抓紧筹备，以保证全市安全工作现场会圆满成功。交代了准备现场会的有关事项以后，又向卢卓飞透露，最近县里中层干部有一次小面积的调整，你要做好挑重担的思想准备。甫一言的谈话犹如给卢卓飞注入了一针兴奋剂。卢卓飞的心情特别好。想着甫一言要自己挑重担，也就是接任镇党委书记的职务了。

紧锣密鼓地准备了一段时间之后，现场会如期召开。主会场就布置在四方花炮厂附近的杨树林里。全市各县各乡镇都来了人参加，市里主管安全工作的副书记和副市长莅临会议，市安监局和县里主要领导也都参加了会议。最抢眼的还是华兰领的一群记者，扛着长枪短炮，把个会场气氛搞得热闹非凡。会议规模确实不小，也很隆重。卢卓飞做了重点发言，马四方介绍了自己创造的马氏防爆墙经验，市领导和县领导都对灵泉镇的安全生产工作和马氏防爆墙经验给予了充分肯定。会议之后，又参观了四方花炮厂和季大刚等几个规模较大、安全工作做得好的厂子。所到之处，都挂满了红底白字的大标语，显得热烈而又隆重。

在四方花炮厂的配药车间，卢卓飞刚走到门口，一个人就斜刺里冲过来，上前握了卢卓飞的手，叫道，好啊，卢镇长，俺可见到你了，去镇里找你几趟，都说你下去检查工作了。卢卓飞吃了一惊，定睛一看，原来是马大炮，虽然还是一只独眼，但却比原来精神得多，贼得发亮。卢卓飞想，当了这么多人，这家伙别说找事，就是给个难听话也够难堪的。卢卓飞刚想说点儿什么，马大炮便说开了，卢镇长，镇民政所给俺送来的救济款，还有你接济俺的钱都收到了，可顾了俺大急。现在俺老婆的病好多了。俺得好好谢你呢！卢卓飞放心了，摆着手说，老大，说啥呢？只要你日子过得好，政府就高兴。马大炮连声说，过得好，过得好，前一阵对你不批俺证还有意见。现在，俺们这些没能力办厂又有技术的人都被老四、季大刚他们这些厂子聘了，俺们都成了有工作的人，一月工资一千多元呢。听说这都是你的主意，俺们合计着，还要给你送功德匾呢！那些原来的卷炮专业户按照条件发不了生产许可证，卢卓飞让镇里进行了统计，然后让那些有证的花炮厂聘他们为技术员或工人，看来这项工作已经落到了实处。卢卓飞听了马大炮的话，心里非常高兴，便对马大炮说，送匾的事就免了。告诉大家安心工作，要把安全生产放在首位。咱们镇这个行业，只要安全工作做好，大家的甜日子在后头呢！马大炮亮着一只独眼说，一定！一定！

9

安全生产现场会结束不久，县里就宣布了人事调整结果。灵泉镇党委书记由卢卓飞担任，镇长一职没有合适人选，还让卢卓飞兼着，卢卓飞成了灵泉镇党政一把手。黄朋在市委党校的学习已经结束，既然免了书记一职，就得安排个位置。可是暂时又没有空位，只得先把黄朋挂到县委组织部，上班不上班无所谓，也就是等到能拔出个萝卜腾出来个窝时再把黄朋塞进去。黄朋也落得清闲，单等有人能把窝给他挪腾出来。

眼看就进入了腊月，春节一天一天地近了。别的乡镇，到这个时间都盘算着过年的事了，乡里干部上班也是无事可干，打打牌，喝个小酒。冬天的日子又非常短，一天天地飞快地过去了。灵泉镇与其他乡镇不一样。灵泉镇正式拿到生产许可证的炮厂已经达到三十二家。这三十二家炮厂，每家都似一个火药厂，稍一不慎，就会引发爆炸。因为上半年清理整顿，一些炮厂停产，年初和商家签订的合同都快到期了，都急，都想着把上半年因清理整顿耽误的时间赶回来。这个腊月是灵泉镇的黄金季节，许多商家都在炮厂排了队等着提货，把货拉回去赶春节卖个好价钱呢！

花炮生产进入旺季以来，卢卓飞把全镇八十六个职工都编了组，每组三人两人不等，分到三十二个炮厂督导检查工作（镇里只留下通信员小韩守电话），也就是看着你这个厂不能为了赶任务就违规操作。一句话，就是预防爆炸。

卢卓飞已经一个多月没回家了。他白天和司机小吴开了车把三十二个炮厂都转了一遍，到了晚上，把小组负责人召集过来听汇报，对满意的小组给予口头嘉奖，对不满意的严厉批评，然后又提出改进意见。每天如此，一些人便有了一些松懈情绪，但是又不好在卢卓飞跟前发泄，就对本小组组长发牢骚。各小组组长大都是镇里副职，有副书记，也有副镇长，对这种疲劳战也多有怨词，便借了职工的口，对卢卓飞建议，眼看快过年了，能不能放大家一天假，回去办点儿年货？卢卓飞想了一下道，让会计把工资发了，每人再补几个奖金，都抽了晚上的空回去，把钱上交给老婆办年货，顺便与老婆热乎一回。不过，都不能影响第二天回来督查。

那天，刚好县里召开一个紧急会。所谓紧急会，也就是布置春节前的工作和春节期间的安全防范等零碎事情。散了会，卢卓飞想回家拿几件替换衣服就赶回镇里，谁知女儿燕子因感冒引起高烧，把扁桃体烧烂了，要到医院挂针。刘惠霞一个人正犯愁呢，卢卓飞既然回来了，还能让他走？卢卓飞既是疼女儿心切，也是想着好久没在家住过了，看老婆那眼里的神色早已带了怨与恨的，便决定在家住一晚，明儿起早赶回镇里去。

谁知就在那晚出了事。

让人想不到的竟是马四方的炮厂爆炸了。

卢卓飞接到电话时，时间是晚上十一点五分。

还没等燕子把点滴瓶子挂上，卢卓飞就从医院火速赶回镇里。通信员小韩一见卢卓飞，就带了哭腔说，卢书记，那几声响就像在跟前似的，连咱这房子都是震动的。卢卓飞阴着脸说，别说了，把所有回家的干部都马上给我叫回来。电话打不通的，开了车到被窝里揪出来！说完，就去了现场。

卢卓飞赶到现场，见现场一片混乱，一片狼藉，房屋倒塌一片，几具残缺不全的尸体在垃圾中躺着，伤者的呻吟声和哭号声此起彼伏。还有的去扒倒下的墙，是在寻找下边还有没有人。

爆炸的是配药车间，装药车间离配药车间最近，是连锁爆炸。所幸有防爆墙隔离着，不然，插捻、打墩等几个车间被飞溅的火星引爆，后果更难设想。

卢卓飞在一片纷乱中，厉声喊道，马四方！马四方在哪儿？

却没有人答应。马四方这小子去了哪儿，难道也炸死在了里边？

卢卓飞急忙组织人抢救，先抢救受伤者。重伤轻伤一共十六人，给本县和丘市急救中心都打了电话。

尸体被抬到厂里的一片开阔地。那里架着一根电线杆，电线杆上的日光灯把开阔地照得如同白昼。一共九具尸体。其中有两具中学生的，看样子都在十五六岁。卢卓飞这才想起，今天正好是周末。为了早日完成订货合同，一些炮厂把过星期天的学生拉来装炮药，每个学生一天可挣十多元钱。卢卓飞曾严格制止炮厂使用学生，谁知狗日的马四方还是偷着用了。还有一具尸体是马大炮的，虽然面目全非，但那只独眼还贼亮地睁着，一副死不瞑目的样子。卢卓飞蹲下身，伸手轻轻地把那只独眼合上了。

死人堆里没找到马四方，派人到他家去找。不一会儿，派去的那人回来了，哭丧着脸对卢卓飞说，卢书记，马四方跑了！卢卓飞火冲脑门，大骂道，这个狗日的，畏罪潜逃！谁也没见过卢卓飞这样愤怒过，站在他身边的人都被他这声怒吼吓了一跳。派去的那人说，他老婆翠芝吓瘫了，躺在床上动弹不得。听翠芝说，爆炸的时候，马四方还在家里，听到爆炸声马四方脸都吓白了。马四方先到现场看了，看了没说什么就又回家了，回到家换上那身平常舍不得穿的法国名牌西装，收拾个简单的包，就走了。走的时候放到桌上一张存款折，对翠芝说，来人找我的时候，把这一百万元的存折让他拿走，交给镇里，由镇里发给那些遇难的乡亲们吧。那人说着，把手里的存折递给了卢卓飞。

卢卓飞接过那张薄薄的纸片时，手竟然有些颤抖。那个时候，他觉得自己一下子苍老了许多。一股不可名状的悲怆从心头涌起，马四方啊，马四方，别说是一百万，就是一千万、一万万元能挽回这九条生命吗？能挽回这次爆炸所造成的恶劣影响吗？

卢卓飞真想大哭一场。

天快亮的时候，卢卓飞的手机响了。他一看，正是马四方的手机号，急忙接上就大声吼道，马四方，你在哪儿？你给我滚回来！对方却平静地说，卢哥，实在对不起，我已经远在千里之外。我不会回去的。我给你打电话，就是向你说一声谢谢，谢谢你对我的关照和支持。再说一声道歉。我知道这场事，可能要给你抹黑，可能要影响到卢哥的官运和前程。其实，我非常希望卢哥官运亨通，越做越大。为了卢哥，我全力把自己的炮厂建得像个大花园，我知道卢哥你喜欢这个。卢哥把我当典型抓，我也就把自己当了典型。当典型也是为了报答卢哥对我的好，从赚钱做生意的方面考虑，我一天也不想当这个典型！我弄个那防爆墙，实际上也不是啥科学的东西，也不是最安全的防范措施，真正的防爆墙应该时时刻刻砌在心里。商家逼着我要货，我存了侥幸，为加快进度，趁督查组放假，让大哥配药时加大了量，谁想就出事了呢？

马四方的话虽然平静，但却像暴风雨般敲打着卢卓飞的心。这个平常在自己面前俯首帖耳的马四方，在关键时刻竟是这样一个人物？

卢卓飞放低了声音，力劝着马四方，四方，事故既然出来了，咱们就要正确面对。你要是真正的男子汉，就应该对那些无辜的死者和伤者负责，就应该回来！

对方凄然一笑说，卢哥，我知道这件事会给我带来什么样的严重后果。我还年轻，我不愿在牢狱里度过那暗无天日的日子，所以我选择了逃避。我是穿着那身法国名牌西装逃出来的。我身边的人谁也看不出来一个身穿法国名牌西装的人会是个潜逃犯。卢哥，不要劝我了，我是不会回去的，残局就拜托你收拾吧。对了，我还在嫂子那里拿了五万块钱，并打了十万块钱的欠条。记有你的银联卡账号，是工行的。我在丘市那个洗浴中心无意间看到你那张卡，就记住了上边的号码。我会把钱打到那个卡上的。

卢卓飞向对方吼道，你这个混蛋，我不会要你的臭钱，那上边沾满了血腥味！

对方把手机挂了。卢卓飞再拨过去，就怎么也打不通了。

华兰给卢卓飞发来短信：排骨，“鬼子”们已闻风而来，要不要正面引导？

卢卓飞回复道：谢谢！罪孽深重，回天无术！

刚回完信息，妻子惠霞打电话过来，关切地问，老公，事儿大吗？

卢卓飞道，不小。把老公的脑袋顶上也还不了债。

对方有了唏嘘声，给大哥打个招呼吧。

不用了。我已经安排李秘书写材料如实上报。

那边无奈地咳了一声，道，燕子烧到三十八度五，说人家小朋友挂点滴都有爸爸守着。我吊瓶没挂上，爸爸就走了，是爸爸不喜欢我吗？

卢卓飞听了，鼻子一阵发酸，他一字一句地叮嘱妻子，给燕子说，爸爸非常喜欢她。忙完这阵爸爸好好陪她玩！说完果断地把手机挂了。

手机上落下一滴水珠，他还以为天下雨了，抬头一看，却见灰蒙蒙的天空里还有几颗星星闪烁。一低头，才感觉自己的眼眶是湿润的。他悄悄地把自己湿润的眼眶擦干，快步走向那一片如鬼哭狼嚎般的现场！

（原载《莽原》2011 年第 1 期）

打　沙

1

马尾巴从夏寡妇的小卖部里出来，朝卧在门口的大黑狠狠地踢了一脚，骂道，妈的 × ！好狗不挡道，挡道没好狗！滚开！

大黑正眯着眼打瞌睡，无缘无故挨了一脚，“汪”地叫一声，委屈地爬起来，怏怏地走开了。

马尾巴心里烦，这边好不容易才和夏寡妇亲热上，箭已经绷在弦上，如果不是那个该死的电话，说不定已经……马尾巴舔舔嘴唇，一副意犹未尽的样子。的确，夏寡妇半推半就，正要脱裤子的时候，马尾巴放在床头上的手机猛不丁地就响了起来。两人当时还都吓了一跳。马尾巴绷紧的弦一下子松懈下来。

手机真不是个好东西，“嘀嘀嗒嗒”响几声就把马尾巴的好事搅黄了。

电话是侯屁眼打来的。

侯屁眼一双水肿的眼泡整天红得像猴腚，村里人不叫他的大号侯俊生，都喊他侯屁眼。

侯屁眼问马尾巴在哪儿？

马尾巴没好气地说，你管我在哪里干啥！

侯屁眼打着官腔说，我咋不管？你是我雇用的采沙工，我找你有重要工作安排。

马尾巴说，你拉倒吧。天都这么晚了，还不搂着吴美丽在家里睡觉，有啥事找我？

侯屁眼加重了语气，说，反正是重要工作。你必须在十分钟之内赶到村后的杨树林里！

侯屁眼一听说村后的杨树林，才心不甘情不愿地提了裤子，穿了鞋，对夏寡妇说，老子这次算预支你了，改天再来你可不能不认账。

夏寡妇撇了撇嘴，骂道，混球货！不就十块钱吗？还算预支！呸！你以为老娘稀罕！

马尾巴赶到杨树林里的时候，侯屁眼正打着手电，把掩藏在玉米秸秆下边的采沙船朝外拖。这只船长有十米，宽有三米，是用铁皮焊制的。用来采沙的机器和水泵都不在船上，不用的时候，侯屁眼装在时风三轮车上拉回家，用的时候，再从家里拉过来。现在时风三轮车停在杨树林外边，上边装着机器和水泵。侯屁眼看到马尾巴来了，就嚷道，快来拖船。

马尾巴一股子怨气还没撒出来，便没好声气地问，不是有准确信息，打沙队要来吗？

侯屁眼说，又来了信儿，打沙队去了城南的大凉河，不来咱们这儿了！

马尾巴抱怨道，你供的那个内线，老提供假信息。

侯屁眼说，也不能算假信息。集合了队伍已经出发，却拐弯儿去了大凉河。找机会又发来信息，说今夜儿不会再来咱们这边了，让咱们放心去采沙。

马尾巴是个铁嘴鸭子，嘴巴从来不认输的，就说，总而言之，言而总之，谎报了军情。给他的情报费要打折扣。

侯屁眼“嗤”了一声，道，还情报费！你管得着吗？我的钱，我爱给他多少就给他多少！

马尾巴赌气道，老子费尽巴力干一夜，你才给了几个小钱？

老子不干了！

侯屁眼道，嫌钱少啊？砸银行钱多，不怕坐牢子？在上侯村，“砸银行”是偷盗抢劫的代名词。

侯屁眼一揭老底，马尾巴不吭声了，气呼呼地抓着绑在铁船上的另一根铁丝，朝外边拖。两个人比一个人力气大，铁船很快被拖出杨树林，拖到了五百米远的灌河岸。

2

其实，马尾巴还真的没有砸银行那个胆量。真要是砸了人家的银行，侯树也救不了他。侯树救不了他，侯树就不会像他的救世主似的对他颐指气使。马尾巴也就是做了一件在上侯村人眼里类似于砸银行一样的丑事，就成了被人揭短的口实。马尾巴“牵”过下侯村人家的一只羊。那只羊啃了他家的麦苗，撑得肚子滚圆。当时，马尾巴的想法是，不能便宜了羊的主人，至少要让羊的主人付给他一笔青苗费。在这种想法的支配下，就顺手牵羊回家，单等羊的主人找上门来赔偿他青苗费。可是，左等右等，没等来羊的主人，却等来了乡派出所的老李。老李把他和羊一块儿“牵”走了。老李说他犯了偷窃罪。马尾巴争辩道，羊偷啃我家的麦苗，是它偷在前。我只是顺手把它“牵”回家，等着它的主人来替它还债，怎么算偷？老李扇了他一耳刮，骂道，硬屌日死驴，还说驴该死！把人家的羊牵回你家，不是偷是啥？的确，人家的羊是被他拴在了灶房门后头。当时想的是，如果羊的主人还不来找羊，就把它宰了吃。马尾巴理屈词穷，被老李在乡派出所院子里的榆树上铐了一夜。侯树听说了这件事，到派出所找到老李，好话说一箩筐，把马尾巴保了出来。当时保他的时候，还填一张表，表上最关键的内容，老李都念给了马尾巴听。说马尾巴偷羊，违犯了治安条例。念在马尾巴是初犯，不再送牢子里去，交罚款五百元，由本村支部书记侯树担保领回去批评教育。如果再犯此类错误，必将严惩不贷等等。

侯树保了马尾巴，马尾巴才没有进牢子，这让马尾巴很感动。他要做一些让侯树喜欢的事情来报答侯树。

马尾巴不怵侯屁眼，村里人任谁也不怵侯屁眼。侯屁眼既没多少文化，又没水平。侯屁眼自小儿爹死娘嫁，是孤儿一个。好在侯屁眼有个当官的二叔。侯屁眼的二叔是侯树，侯树把侯屁眼养大，又给他娶个老婆叫吴美丽。侯屁眼成家后，和二叔分灶另过。

其实，吴美丽究竟叫什么，村里没有人能记得。吴美丽嫁过来的时候，一直用一条围巾包着头，只露出两只眼。起初，村里人以为新媳妇害羞。后来，一位闹新房的后生，瞅新媳妇不注意的时候，一把扯掉了新媳妇包着脸的围巾，新媳妇的真面目就暴露了出来。新媳妇那一张脸哪还叫脸，像啥呢？谁也说不清楚。反正那个狰狞獠牙的样子把所有看到她的人都吓了一跳。这哪里还是个人脸呢，简直是个丑八怪！好在侯屁眼不嫌弃她，像个宝贝似的养在家里。原来，娘家人把话已经说在前头。新媳妇小的时候，被一壶滚烫的开水烫坏了脸，娶到你侯家决不能嫌弃她。侯屁眼和这女人，是弯刀对着瓢切菜，也算“郎才女貌”，哪里还敢嫌弃人家！在侯屁眼的眼里，他家的女人是全村最美丽的女人。因此，村里人便都叫他老婆吴美丽。吴美丽除了脸上不净板，其他哪儿都不少啥。侯屁眼打外，吴美丽打里，侯屁眼家的小日子日渐兴旺起来。小两口安安生生地过着甜蜜的幸福生活。后来，侯屁眼就置买了这条采沙船。村里人能置买起采沙船的人不多，连船带采沙的一套机器，没有十万八万拿不下来。照侯屁眼的经济实力，要置买这条采沙船十分困难。可是，侯屁眼这狗日的竟然像变戏法似的把船和机器置买全了，令村里人对他刮目相看。初开始，侯屁眼的采沙船招不到工人。侯屁眼一个人打围子、采沙、控沙，咋也忙不过来。侯屁眼去找侯树，让侯树家的小儿子侯吉福来帮忙。侯屁眼认为，侯吉福和自己是堂兄弟，打虎亲兄弟，上阵父子兵，侯吉福高中毕业高考落榜，闲在家里没事干，让侯吉福来帮忙是合情合理的。可是，侯屁眼刚说了开头，就被侯树连吵带骂训斥了一顿，你都三十大几的岁数了，脑瓜儿还是个猪脑子呀？让吉福去帮你采沙，这不等于让我去帮你采一样吗？人家告到政府那里，村支书的儿子带头违法采沙，我这支书还干得成吗？我干不成支书，谁还能罩着你？你还能去采得了沙？再说，吉福是个有文化的人，我已经在城里给他找了一份文化人干的工作，这几天就要去上班了。

侯树一顿批评，侯屁眼再不敢打侯吉福的主意了。

村里采沙船大多都被打沙队没收了，有的当场销毁了，只剩为数不多的十多条采沙船，哪一条船主不都有个靠山？有一次侯结巴的采沙船被打沙队逮了个正着，打沙队开了罚款条，还要没收采沙船上的机器和水泵，亏了他二哥侯玉才是村里治保主任。侯主任出面，暗地里给人家塞个红包，事情不了了之。只是口头警告，以后采沙再被打沙队逮着，就依法处理。打沙队依照的“法”，是县里定的，就是罚款和销毁采沙船。对于采沙者来说，罚款倒还能接受。反正钱是采沙挣来的，不分给那些打沙队员们花一点儿，人家黑夜白天在灌河岸上辛辛苦苦地转悠，实在让人过意不去，全当给他们发了奖金。销毁采沙船就不是小事了。且不说一条采沙船置买下来需要一笔款子，主要是，毁了采沙船就断了财路。没有了采沙船，就挣不到钞票了。这才是至关重要的。

侯屁眼能把马尾巴栓到他的采沙船上为他挣钞票，不是他的才能，更不是吴美丽的原因。马尾巴虽然小三十岁的人了还没讨到老婆，但是，对于吴美丽这样的女人，他是不屑一顾的。他从来没拿正眼看过吴美丽。马尾巴给村里爷们儿说，他马尾巴宁愿一辈子打光棍，也不会娶吴美丽这样的女人当老婆。这话传到侯屁眼耳朵里，又通过侯屁眼的臭嘴传到吴美丽耳朵里。吴美丽很生气，马尾巴再去她家的时候，她拿根擀面杖堵在门口，指着马尾巴的鼻子教训，你嫌老娘长得丑，你倒是找个排场的去呀！没有照镜子瞧瞧你自己那张脸，尖嘴猴腚，牙龇得跟剥了皮的狗一样，一张黄脸皮，和大烟鬼子没有两样！你瞧不上我，我还看不上你呢！马尾巴没想到这么个赖脸女人嚼起人来口才并不差，一套一套的，足可以编成一部嚼人大全了。马尾巴在吴美丽那里败下阵来，从此不敢对吴美丽说三道四。如果不是和侯屁眼有着雇佣关系，马尾巴恐怕连吴美丽家的门也不敢去踩了。

马尾巴之所以肯到侯屁眼采沙船上去做工，完全是侯树的面子。

村里有人背后骂侯树不是个东西，说侯树当支书就是为了他家的利益，为他那个家族谋利益，从来不为老百姓的事情着想。侯树担保了马尾巴，让马尾巴对侯树转变了看法。马尾巴认为，关键时候，侯树还是能为村里百姓做些事情的，担保他就是一个有力的证明。还有，侯树能把村里那些男人出外打工在家里守活寡的媳妇们安抚得服服帖帖，也是很难得的。那些媳妇子们，稍不顺心，就嚼婆婆打孩子，闹得鸡飞狗跳。侯树有办法，把闹事的媳妇弄到村委会里，先是扽着脸熊一顿，然后又耐着性子教育一番，最后，拍拍人家的屁股，捏捏人家的奶子，“喜怒哀乐”全套活儿都用上，就把大事化小、小事化了，烟消云散。这是侯支书在村里构建和谐的常用手法。

侯屁眼哭丧着脸子到侯树那里找人帮忙时，马尾巴刚好也在那里。马尾巴看到侯树如此大公无私，不徇私情，就自告奋勇，说，屁眼哥，侯叔当着支书，怎么能干违法的事？咱不能拉侯叔下水！你那里缺人手，找我啊！侯屁眼说，采沙是个有风险的活，又苦又累不说，还得趁夜深人静的时候偷着干。你是闲惯的人，哪里吃得了这个苦？马尾巴一拍胸脯，道，屁眼哥，看不起我呀。我也是堂堂正正站着尿尿的汉子，啥样的苦受不得？再说，为了不拉扯侯叔的后腿儿，你的忙我咋也得帮！侯树在一旁说，尾巴真是个有恩必报的人。不过，尾巴，这事你可要考虑仔细啊。采沙毕竟是和政府唱反调的事情，俊生干这件事我是始终反对的，你现在去他那里打工，不就是为了找份活干挣点儿零钱花？我不反对，但也不支持。若是被打沙队抓了，可别把我卖进去！

侯树这样说是为自己撇清。马尾巴心里明白，其实，不是侯树背后支持，侯屁眼根本买不了采沙船，也干不了采沙活。马尾巴之所以肯屈尊到侯屁眼船上帮忙，是为了讨好侯树，感侯树的恩，还侯树的人情。听侯树如此一说，马尾巴倒不知怎么办好了。心里正忐忑着，侯树又说了一句话，不把我卖进去，出了事我还能说得上话。就是最后这句话，让马尾巴吃了秤砣铁了心，要到侯屁眼的采沙船上去打工。

3

灌河的源头，绕了许多弯扯在黄河汊上，离这儿有二三百公里。到了上侯村，河道已经不那么宽阔，河水也不那么湍急了。春秋冬三个季节，水面缓缓的，变幻着不同的颜色，像一个美丽的少女，换穿着不同颜色的衣裳，很美的。只有到了夏天，灌河才露出狰狞的面目，河水卷着黄沙，咆哮着从上游奔泻下来。河床也变得宽阔起来，河里的浪涛，似乎要扑上岸来，吞噬掉两岸的庄稼和村子。特别是采沙采出来的老虎穴，淡季时穴深五米多，洪水暴涨的时候，达到七八米深，洪水卷起的浪子冲进老虎穴，在里边打着漩涡，像一只只老虎似的从穴里边跃出来，吼叫着冲向下游，情景蔚为壮观。

灌河能给上侯村人带来财富，是上个世纪七十年代的事情。那时候全国都在学大寨，上侯村也要学大寨，上侯村学大寨是要把灌河的水抽上来浇灌庄稼。浇庄稼首先要修水渠，修水渠需要砖头、水泥和沙子。到城南的大沙河沿岸去拉了一趟沙子，受到了启发，大沙河里有沙子，是沿河居住的村民把河里沙子采到岸上，控干水，大车小车地朝外卖。咱们也守着河，还要花钱费力地跑百十里去那儿拉，真笨呢！灌河里难道就没有沙子吗？试着到灌河里去挖，这一挖，还真的挖出沙子来了。开始，挖沙子是一锨锨朝筐子里装，再抬到岸上去。这方法太笨，又吃力。后来，发现抽水机抽出来的水流到岸上，经过沉淀，把水控干，地上就积攒下厚厚的一层沙。上侯村的人从此不再到外地去拉沙，自己修水渠、盖房，只要用得上沙子的地方，都到灌河里去采。本来是挖沙，改成水泵抽的时候叫抽沙。可是，上侯村人却把抽沙或者挖沙，通通叫采沙。他们认为，沙子是上游河水冲下来的，把它们采上来是一种珍惜的表现。就像收麦子的时候，麦田里掉下一穗麦子，弯弯腰拾起来，是要颗粒归仓，比丢在地里抛撒了好。沙子若是常年留在灌河里，不把它采上来用到它该用的地方，不也是一种浪费和抛撒吗？所以，上侯村有了充足的理由把到灌河里挖沙或抽沙叫采沙。

流经上侯村这一段的灌河里的沙子，也的确讨人喜欢。沙子的颜色黄澄澄的，如金子般灿烂。当然，它不是黄金，它们若真是黄金，上侯村的百姓就不敢偷偷地去采了。黄金那么珍贵的东西，即便是从黄河里冲过来的也应该是有主的，有主的东西上侯村的人都不去采。灌河里的沙子是没有主的，所以，上侯村人把它采上来是天经地义的事情。

这一段河床里的沙子除了颜色好看，还有沙粒匀称、颗粒饱满、光洁坚硬等诸多的优点。到外边打工干过建筑的人都说，全国各地还没有比得上咱上侯村灌河里的沙子这么优质的。咱上侯村灌河里的沙子，和水泥拌在一起，是砌墙、浇顶最顶呱呱的灰料！

自从上侯村能采上来沙子后，上侯村就成了沙子专业村。不过，前些年，上侯村的沙子很少用来换钱，除了自己用，其余的都是发扬风格，支持学大寨修水渠用了。也有上侯村的远亲近邻，家里要盖房子，那就来拉吧。本来就是在灌河里“采”来的，自己又没有掏钱，不过出些气力而已，而气力又不用拿钱来买，怎么好意思开口给人家要钱呢？

上侯村的村民把沙子当成商品卖是改革开放以后的事情。那时候，没有钱花已经不是最光彩的事情了，口袋里有了钱才是最风光的，而且钱越多越体面，家里钱多了娶个媳妇儿都比人家的漂亮。采来的沙子不能白白地送人了。采沙的机器得自个掏钱买，还要制作一只大大的铁船，等等，都是要花钱的。除此，采沙子要付出辛苦。现在的人都会享受，都不愿意做辛苦的事了。享受要用钱来买，而辛苦也是一种商品，可以拿来卖钱的。卖给那些要享受的人。沙子就成了商品。开始是论车卖，一车沙子掏个十块、二十的就可以了。再后来物价涨了，沙子也随行就市，不论车卖了，改用筐衡量，一筐一筐地朝车上装。价格就上去了。再后来，嫌用筐麻烦，就改为量方卖。把沙子拢成四四方方的一堆，拿尺子去量，多高、多宽、多长，计算器一算，方的数目就计算出来了。一方沙从上侯村拉是六十块钱，拉到城里建筑工地，加上运费就涨到了一百元至一百二十元不等的价格。

灌河给上侯村人带来了滚滚财源。下侯村的人看到上侯村的人采沙发了财，也都造船采沙。这种快速的致富方式好像能传染似的。一时间，“灌河上下，顿时滔滔”，灌河上下游几十公里的村子，都采起沙来。机器轰鸣，采沙船在灌河上下游穿梭，一片热闹非凡。

这时候，出现了严重的问题，由于采沙过量，河坡的泥土被河水冲击下陷，灌河两岸的土地出现了大面积坍塌，原来整齐的河坡变得凸一块凹一块，一副千疮百孔的样子。河岸坍塌的土地成了新开出的河道，河道便越来越宽，两岸的村子距河道越来越近。每到夏季汛期到来，灌河汹涌的波涛便如从原始森林里跑出来的数万只猛虎，咆哮着、奔腾着，大有把两岸的庄田和村庄吞噬的势头。

灌河出现的险情威胁着两岸百姓的生命和财产安全，终于惊动了各级政府。据听说，管理河道的水利局长挨了县长的熊，县长批评水利局长拿老百姓的生命财产开玩笑，灌河被采沙子的人弄得千疮百孔，你这个水利局长还浑然不知！你这个局长整天吊儿郎当在干什么？吊儿郎当的局长在县长那里受了气，回过头来又骂水政管理处的主任，整天胡哧狗游，连条河道也管理不好，白拿一份工资了。一级一级地批评总不是办法，必须采取一定措施，打击灌河两岸非法采沙的违法行为。在各级领导的英明领导下，便抽调一批得力人员，组织了一支打击非法采沙执法队，简称打沙队。

4

打沙队的队长叫耿明海。耿明海是水利局水政管理处的主任。主任改为队长，耿明海心里很不情愿。其实级别还是那个级别，但是，当主任时，坐在办公室里办公，看看文件，翻翻报纸，有时候还可以和女同事们聊个天，讲个荤段子开开心。当了队长，就没有如此怡然自得了。哪里有河哪里才是打沙队的办公室，打沙队的办公地点改在了河堤上。从舒适清静的办公室到尘沙飞扬的河岸，环境的改变悬殊太大了。这些，还不是耿明海不情愿的真正原因。耿明海本身是农民家庭出身，苦和累还是能忍受的。耿明海把自己不愿意当打沙队队长的真正原因讲给了局长，局长一听，却说，屌！早断线的关系了，她还能把你吃了？这不是理由，组织决定的事情不能讲任何价钱。

耿明海的理由成了“屌”，只得当了打沙队队长。

耿明海这人有个特点，不干的事便罢，决定要干的事，必定要干出个样子来。灌河流域河道因为采沙破坏得如此严重，危及了两岸百姓的生命财产，不出重拳打击是不行了。

耿明海带着打沙队，在灌河两岸实行了拉网式的打击。耿明海对队员们说，抓到采沙的船只，不能手软，不论船主找啥人说情，一律不给面子。打沙队不分青红皂白，先拿人、后罚款，然后把船砸掉，把采沙的机器全部没收。耿明海做起这些，连眼皮都不带眨一下。耿明海手腕子硬，在灌河两岸打出了威风。采沙的人一听到耿明海的名字，吓得直哆嗦。几个月下来，灌河沿岸上下几十公里的河段，疯狂采沙的船已经被打沙队砸掉了许多。仅上侯村的采沙船就被打掉六十多艘。大天白日没有谁敢再到灌河里去采沙了。打沙队成就辉煌，局里对打沙队除了精神鼓励，还给予物资奖励，每位队员奖励一个茶杯——是那种比较高级的很流行的磁疗口杯。

受着巨大的经济利益的诱惑，上侯村的采沙人心急手痒。明明知道采沙是政府明令禁止的事情，是违法行为，被打沙队抓了没有好果子吃，但是，却要铤而走险。想想那些拦路抢劫的，那些砸银行的，他们难道不知道自己是违法吗？可是，他们还要冒着坐牢甚至杀头的风险去干那些事。到河里采沙子，怎么说也比不上那些抢劫犯的罪大吧？就有胆儿大的村民，偷偷地修好了船只，购置了机器，继续到河里采沙。这个时候，不敢大白天去采沙了，为掩人耳目，在天黑人定时才去采沙。天亮的时候就收工，把船拉到岸上藏起来，采沙泵拉回家。上侯村村民的采沙工作由白天转为夜晚，由公开转为地下，成了地下采沙队。

采沙队与打沙队展开了“猫猫”战术。

这让耿明海很头疼。上侯村距县城三十多公里，打沙队不能每天夜里都守在灌河岸上，白天到村里搜查，还真的搜出了船，可是，船主撒泼打滚不承认那是采沙船，说是打渔用的船。打渔不违法吧？你们把我的打渔船砸毁，我给你们没完！理直气壮的样子，把打沙队的人气得七窍冒火。但是，没有抓到人家采沙的现行，就奈何不了人家。

打沙队多次无功而返。

5

村里来了三个人，是开着小车来的。车子停在村头，人下了车。

先下来的中等个子，三十五六岁的样子，穿着西装，打着领带，戴着一副眼镜，很文化的样子。随后下来的是个胖子，个头不太高，戴的是副墨镜，人像大蛤蟆似的，显得很没文化。第三个是司机，司机长得古灵精怪，个头也很精悍，穿着黑T恤衫，走在两人身后，不像司机倒像个打手。

三人径直走进侯树的家。

侯树已经接到电话，有贵客造访，因此，院子里打扫得干干净净，客厅里该擦的地方都擦干净了，茶也泡上了，烟摆在茶几上。

侯树握着那个看上去很有文化气质的人的手，热情无比地说，欢迎，欢迎！耿队长。

耿明海指着胖子介绍，这位是打沙队副队长王朝文。

侯树握着王朝文的手摇摇，说，王队长？认识，亲自砸过船呢。

耿明海又指着精悍的小个子介绍，司机小谭。

侯树又握着小谭的手摇了摇，说，认识，侯八斤家的机器就是小谭师傅拉走的。

耿明海说，侯支书，你记性真好。

侯树听出来这不是表扬他，急忙转了话题，说，听说你们要来，我高兴得一夜没睡好觉。

耿明海笑道，侯支书，承蒙厚爱。不过，如果我没记错的话，今儿早起才打的电话要来拜访你！

侯树尴尬地笑了笑，的确是早起七点多的时候接到的电话。不过，耿队长来的信息确实是昨儿晚上就得到了，是内线传过来的。自己一紧张，差点儿就露了馅。

侯树掩饰地道，昨儿晚上，我这左眼皮子就跳，跳！不是说，左眼跳福吗？耿队长，你是大贵人呢。给俺们带来了福音。

耿明海说，侯支书，你这是骂我吧。打沙队砸了上侯村六十多艘船，没收了机器，断了一些人的财路，也是出于无奈。

侯树连忙说，该收！该砸！该断！不然，我咋说耿队长是贵人呢。

耿明海说，这我倒不明白了，老百姓不骂我老娘还不便宜了我，哪里称得上贵人呢？

侯树说，采沙破坏了河道，给庄稼和村庄都造成了危害，留下了后患，打沙队把采沙船砸了，机器没收了，消除了隐患，是好事啊。耿队长不怕人骂娘，带头打沙，不就是贵人吗？

侯树振振有词，这些话都是打沙队反反复复向采沙的村民讲过的大道理，侯树照搬硬套，又还给了打沙队长。

耿明海笑笑，说，侯支书能理解，可就是有些人不理解。

王朝文插话说，群众举报，上侯村有人还在偷偷采沙……

侯树一拍茶几，道，谁这么大胆？王队长，你指出名来，我这就去把他抓来！

王朝文说，要知道是谁，还等你去抓？

侯树说，王队长，你这话说得可不在理。既然不知道是谁，哪兴胡乱说？

正说着，外边有人接上话，谁胡说了？在上侯村这块地盘上，谁要是撒野不讲理我侯玉才绝不轻饶他！话音刚落，一个满脸胡楂子的人进了屋。

侯树介绍，这是村里治保主任侯玉才。在村里分管法制工作。

耿明海忙说，侯主任，没有谁胡乱说。是这样，县里各级领导对打沙工作相当重视。咱们打沙虽然取得了阶段性的胜利，但是，还有个别人受经济利益的驱使，趁打沙队夜晚不在的时候，偷偷采沙。

王朝文说，据群众举报，这些不自觉的人，大多都有些来头……与干部沾亲带故。

侯树有些不悦地说，群众有举报，就按照群众举报的查好了，还找我们村干部说啥？是不是给我们这些村干部通风报信？

侯玉才也说，就是，既然怀疑村干部家属偷偷采沙，就指出来。说着看了一眼侯树。

耿明海打圆场，说，王队长心直口快，并无恶意，两位别计较。缓和一下口气，又说，打沙队人少力薄，县内几条河道加起来上百公里的路程哪里跑得过来？要彻底治理河道违法采沙，还得依靠基层组织的力量齐抓共管。

侯树说，耿队长这话还在理上。我们基层干部，怎么着也得和上级领导保持一致，不能胳膊肘朝外拐。就说打沙这件事，我和侯主任是坚决支持的，是大力支持的，是举双手支持的，是不折不扣支持的……

耿明海拍了一下巴掌，道，侯支书爽快！今儿我们来这儿，就是要和村里达成一个协议，上侯村的打沙工作，由县打沙队和上侯村齐抓共管，上侯村负责夜晚的监督和打沙任务。

侯树说，耿队长既然对我们放心，我们村干部全力以赴做好这项工作。

双方越谈越投机，很快到了中午的饭点儿，侯树忙安排人准备饭菜。

耿明海觉得这正是和基层干部建立感情的好机会，也不谦虚，就留在上侯村了。

席间，耿明海借故出去了好长时间。让侯树犯疑，这个姓耿的，说话挺文气，心里却扎实呢。正喝着酒跑了出去，能去哪儿呢？难道村子里还有熟人？要摸些实底？不过，任他怎么着，要抓到他侯树的把柄也没那么容易。

6

马尾巴和侯屁眼“吭吭哧哧”把筏子拉到灌河岸边的时候，侯结巴已经拉着船先到了。侯结巴的船出了点儿问题。船底一头挂在了一棵树根茬子上，任凭侯结巴使出吃奶的劲儿去拉，树根和船还是亲热得不肯撒手。侯结巴一边骂着，一边撅了屁股朝前拽着船。船堵在下河堤的路口，就堵住了马尾巴和侯屁眼的去路。马尾巴又把骂大黑的那句话用上了，“好狗不挡道，挡道没好狗”，结巴子，你倒是快点儿啊！

侯结巴不是不想快，可是怎么也快不了。他也不知道究竟是啥原因，这船非要和他捣蛋，往常朝河里拉船的时候，船还是很听话的。他妻侄，也就是他老婆的娘家侄在前边拉，他在后边推，顺顺当当就把船弄到了河里。可是，今儿天落黑时，内线来了信息，说打沙队要来，侯结巴就放了妻侄的假，让他回去和妻侄媳妇“性福性福”去。放了妻侄的假，内线又来了信息，说打沙队又不来了。这机会不能错过，妻侄已经到家睡进了热被窝，也不好意思再叫回来了，只得一个人干。没想到船儿却这么捣蛋，任凭侯结巴使出吃奶的力气它也不肯顺顺当当地朝河里去。侯结巴是个死板人，遇到问题不爱去研究造成问题的原因，只是凭着一股蛮劲要把问题解决掉。关键是，那棵隐藏在地下的树根也使上了蛮劲，你不理会我我就不放你的船走。

这两边正处于胶着状，马尾巴那句话就惹恼了侯结巴。侯结巴回骂道，你……你……才是狗……狗呢！你……三……三……只手，还有……脸骂……骂人？在上侯村，三只手是对小偷的又一种揶揄叫法。

如果侯结巴只骂马尾巴“才是狗”，事情一笑也就不了了之。可是，侯结巴在紧急状态下，揭了马尾巴的伤疤，这就把事态扩大化了。俗话说，打人不打脸，骂人不揭短。马尾巴因为牵过下侯村一只羊在乡派出所挂着号，在村里也留了档。因为这个，马尾巴快三十岁的人了还没有把老婆玩到手，常常感到憋屈。今儿，结巴子捅到了他的伤疤上，让他疼到了心里去。马尾巴不管三七二十一，丢下手里的铁丝，蹦到侯结巴面前，"该出手时就出手"，拳头便像雨点儿似的朝侯结巴脸上打来。

侯结巴有些始料不及。那时候，他绝没想到马尾巴敢对他动手。他二哥侯玉才是村里治保主任，虽然官职不大，但也相当于本村公安局长、司法局长和法院院长的总和，村里人谁敢对他动粗，不考虑考虑治保主任的权威？可是，这个胆大包天的马尾巴真是昏了头，竟然对他挑动了战争！侯结巴也不是吃素的！侯结巴的优势是个大体壮，在无防备的情况下挨了几拳头之后，很快进入战斗状态。马尾巴虽然身材矮小，却机敏灵活，侯结巴出手时，他已经占了上风。马尾巴采取敌进我退、敌退我攻的战术，两人你一拳，我一脚，打得有板有眼，不分上下。

侯屁眼看到两人打起来了，也不劝架，就坐山观虎斗。侯屁眼不劝架的原因是，他认为双方都和自己有利害关系，他偏向谁都不是。侯结巴是他同姓的兄弟，再说，侯结巴和内线是单线联系，在第一时间内掌握着内线的信息，若得罪了侯结巴，难免使信息不能够畅通，就误了他侯屁眼的大事。马尾巴这一方，是他雇用的采沙人员，是为他服务的。再说，今儿这场战争的挑起，也是为了他侯屁眼才引起的。侯结巴如果不挡道，马尾巴就不会骂侯结巴是挡道的狗，马尾巴不骂侯结巴是挡道的狗，侯结巴就不会揭马尾巴的根底。如此推理，两个人都该挨打。两人打就让他们打去，等打累了饿肚子还得吃自个的饭。因此看着两人打架就如欣赏一场精彩的拳击比赛。

马尾巴和侯结巴你来我往，打了十几个回合。侯结巴的嘴上挨了重重的一拳，牙磕在嘴唇上，血顺着下巴朝下流。侯结巴心想，我这张嘴本来说话就不爽快，你又偏照我的嘴上打，你是不想让我说话了！嘴里哇啦哇啦叫道，我……的……嘴……流……血了。心头火起，猛不丁一拳头打在马尾巴右眼角上。马尾巴立时眼冒金花，就地转了几个圈儿，一屁股蹲在了地上，捂着右眼尖声呼叫，好你个结巴子，你把老子的眼打瞎了，这辈子老子算讹上了你！

侯屁眼一听，一个嘴打得不能说话了，一个眼被打瞎了，这才着了忙，急中生智，便大喊一声，别打了！打沙队的来了，快跑！马尾巴和侯结巴一听打沙队来了，也顾不得嘴疼眼瞎，急忙去拉采沙船。那时候，马尾巴也不知道从哪儿来那么大的力气，拉起采沙船像兔子一样麻利地朝杨树林跑去。

侯结巴的船本来被树根茬子绊在了半河坡，侯结巴一掉头，把船转了个方向朝岸上拖，竟然不费多大气力就把船拖到了岸上。原来挂着船的树根茬子在侯结巴拉船转向的时候，已经自然脱落了。侯结巴边拉着船朝岸上跑，边恨恨地责骂船，原来你也是好吃懒做的主儿，拉你下河采沙子，死活不肯下去，拉着你回去休息，却这么听话。

把船拉到杨树林，重新掩盖好，天都大半夜了。侯屁眼拿起手电筒，分别照了照马尾巴和侯结巴，又趴在两人的脸上仔细研究一番，嘟囔道，原来是谎报军情啊，哪里嘴烂眼瞎了，不都好好的吗？

马尾巴揉揉自己的眼，果然没有瞎。侯结巴舔舔自己的嘴唇，也很安全地长在那里。

侯结巴不满地问，你……才……才谎……报……军情呢。打……沙队……在……哪儿呢？

侯屁眼埋怨道，你们一个嚷着嘴烂了，一个叫唤眼瞎了，我还以为真的呢。两个残兵败将，今夜黑儿反正干不成活了，干脆，来个大撤退。

侯结巴，你……骗……我，你……得……赔我……损失！

马尾巴也说，屁眼哥，做人不能这么不地道吧？就算没采来沙子，今夜晚的误工费你可不能少了我的！

折腾到大半夜，也没看到打沙队的人来。眼看天也快亮了，若是再把船弄到河里去，干不多大会儿还得撤回来。倒不如养养精神明儿晚上大干一场。

7

耿明海和夏寡妇的关系，侯树后来才听说的，是听马尾巴说的。

马尾巴说，那天，他正在夏寡妇的小卖部里喝酒，外边进来个人。马尾巴认出，这人是打沙队的耿队长。在灌河采沙的人没有不认识耿队长的。但是耿队长并不一定认识他们。

对耿队长的到来，夏寡妇好像有预感似的。夏寡妇用眼剜了一下耿队长，问，你怎么跑到这儿来了？马尾巴从夏寡妇的眼神里看出两人不一般的特殊关系。马尾巴说，夏寡妇那眼神儿，有一种哀怨，有一种期盼和渴望。她从来没有用过这样的眼神看过他马尾巴。尽管马尾巴已经和她好上快一年了。

耿队长站在柜台子外边，也不说买东西，也不说走，也不回答夏寡妇的话，就那么有一眼没一眼地看着夏寡妇。那时候，马尾巴觉得这个耿队长挺怪的，你一个公家人，那么看一个寡妇干什么？是想在这儿找个"二奶"搂一搂？夏寡妇的确好看，长得秀气、大方，穿戴打扮也是城里女人的做派，虽然已经是一个孩子的妈妈，但看上去还那么年轻，像没出嫁的大闺女似的。可是，毕竟是个农村女人，又是个没了男人的女人，耿队长这个公家人会看中她？这让马尾巴百思不得其解。要了二两小酒，一包酒鬼花生米，本来用不了十分钟就处理干净的。可是，既然遇上了想要了解清楚的事情，就磨磨蹭蹭把吃喝的节奏放慢下来。花生米捏在手里，放在眼前，仔细地打量一番，才扔进嘴里。喝酒的速度也不是以往的牛饮方式，而是轻轻地呷一小口，含在嘴里细细地品尝三分钟，才一伸脖子咽了下去。

夏寡妇倒是急了，骂道，马尾巴，你在那地儿磨蹭个啥？还不快给客人腾地儿？

小卖部本来地儿就小，马尾巴占了块大地儿，耿队长就只有站在门口。

虽然挨了骂，马尾巴心里是舒坦的。想赶我走啊，我还就偏不走，看看你和这个耿大官人究竟要干什么？

马尾巴欠了欠屁股，腾出一块地方，招呼耿明海，来呀，坐这儿，哥俩喝两杯！说话的口气没把耿明海当外人。

耿明海竟真的走了过来，坐在马尾巴腾出的那块地方，对夏寡妇招呼道，来一瓶老白干，账算到我头上。倒要和这位兄弟喝个痛快。

夏寡妇说，你一个公家人，和他叫啥阵？他是个酒鬼，你喝不过他的。嘴里说着，还是把酒掂了过来，又拿来了花生米、真空包装的鸡爪等下酒菜。

马尾巴嚷道，老夏，你看不起人咋的？哥情愿和兄弟坐一块儿喝，这是缘分，你拦的哪般子横？

夏寡妇嗔怪道，混球货，瞧你那没出息的样儿！喝吧！喝死你可没人给你收尸！

马尾巴嬉皮笑脸地说，做了鬼我也要赖在你这儿了。

夏寡妇“呸”一口，便忙自己的去了。

耿明海已经把酒打开，倒了满满两杯，压低声音说，兄弟，和她……得势没有？

马尾巴咂了咂嘴巴，心想，他倒是痛快，直接探底呢，既然这样，让你对她死了这份心，想着，便也悄声说：马上就扯证了，能没得势吗？

耿明海把酒杯端起，和马尾巴碰杯，道，祝贺！老弟，这女人心眼好，又能干，你可要善待她！

马尾巴说，这个还用得着你教？说着，一仰脖把酒喝干。

耿明海被戗了一下，自我解嘲道，好，哥算白说。咱喝酒！把酒杯斟满又说，今儿咱哥俩喝酒要有个讲究。

马尾巴说，哥痛快，兄弟也高兴。说吧，怎么个讲究法？心里想的是，拼酒量谁还怕你。

耿明海却问，知道哥是干啥的吗？

马尾巴说，哪能不知道，灌河两岸几十公里，提起耿队长，谁心里不发怵？

耿明海笑道，把哥当成杀人不眨眼的魔鬼了？

马尾巴说，也不是。哥替天行道，掌握着生杀大权，那些犯了天条的人还能不怕你？

耿明海说，兄弟真会开玩笑。不过打击违法采沙罢了，什么天条天律？

马尾巴说，采沙的成了小偷，打沙队就是公安，小偷不怕公安？

耿明海笑道，既然如此，兄弟是愿意当小偷，还是愿意当公安？

马尾巴一怔，也笑道，哥开啥玩笑，我……不当小偷。公安嘛，只怕没人要我。

耿明海说，这样吧，今儿咱哥俩对饮，我喝趴了，算倒大霉，你喝趴了，日后就跟哥当公安。

马尾巴跃跃欲试，说，真有这样的好事？

耿明海说，不过，你这个公安是潜伏在地下……

马尾巴迟疑半天，才说，你是要我当你们的眼线？

耿明海说，我们每个月给你一定的生活补助，除此，还要看你的表现……

马尾巴脊梁上冒出汗来，他知道耿队长所说的表现意味着什么。现在村子里敢于偷着采沙的人，哪一位是好惹的？不是有村干部罩着，就是乡里县里有人撑着腰。自己若像耿队长要求的那样表现自己，那么，自己在村里就没有了立足之地。他马尾巴的根在这里，如何改变身份也是上侯村的村民。是上侯村的村民就得被侯树这些人管住，就得听他们的。这些人得罪不起，这个潜伏的眼线自己不能当，给多少钱也不能当。

马尾巴摇了摇头，说，哥，兄弟说句掏心窝子的话，打沙能做到这一步，哥已经算功德圆满了。现在，那些偷着采沙的，都是有根底的。兄弟是鸡蛋，他们是石头，我碰不起他们。哥，你也睁一只眼闭一只眼吧……

耿明海听了，心一点儿一点儿沉了下去。他知道自己再怎么说也是无用的。

两人端起酒杯，喝起了闷酒。那天，马尾巴喝多了，他不知道耿明海是啥时候走的。

8

那天夜里，马尾巴并没有回自己的家。

马尾巴的爹死了，姐出嫁了，家里只有一个六十多岁的老娘。马尾巴不管老娘，老娘也管不了马尾巴的事。好在老娘身子骨还结实，做饭洗衣自己能伺候自己。老娘放心不下的是，马尾巴小三十的人了没有领回家个媳妇。村里也有人曾给马尾巴介绍过对象，马尾巴一见人家，就说人家比吴美丽好不到哪里去，拜拜了。这孩子心气儿高。后来听说，不争气的儿子与夏寡妇勾连上了。老娘去小卖部仔细看过夏寡妇，那女人长着一张狐媚子脸，是个妨男人的主儿。她男人好好的，身强力壮的，竟然在灌河里淹死了。那么多人在灌河里采沙都没淹死，就淹死个他，还不是女人妨的？怪不得自己家的混球儿子死活不去城里打工了，原来是被这个妖精勾了魂！老娘想好了词儿要和马尾巴谈谈，可总也逮不到机会。

马尾巴知道老娘的心思，对老娘说，咱娘俩现在都是单身，一个孤男，一个寡女，谁也别干涉谁的自由。老娘你要真是闲得没事干，就去给我找个后爹领回来。把老娘气得差点儿背过气去。

那天凌晨，马尾巴想到自己昨晚预支的费用还没有消费，夏寡妇反正一个人也够寂寞的，自己何不去陪陪她。

进了村，马尾巴站在路口，掏摸半天，才稀稀拉拉尿了一阵，看到侯屁眼和侯结巴消失在了村子里的暗影里，才提上裤子，向小卖部走去。

大黑很敬业地卧在小卖部门口，尽职尽责地守卫着那儿的一草一木，听到风吹草动，便警觉地爬起来，对着无边的夜空“汪汪”地吆喝几声，直到确认是自己的判断出现了错误，才偃旗息鼓地重新卧下来。

马尾巴早已经收买了大黑，和大黑成了很要好的朋友。马尾巴什么时候来小卖部，大黑都是热情有加，并且给马尾巴提供了很大的方便。比如，大黑摇摇尾巴，马尾巴便知道夏寡妇正在里边忙着呢。大黑若是不摇尾巴的时候，夏寡妇一定是在里边闲着发呆。马尾巴根据大黑摇不摇尾巴，决定自己进入小卖部之后话该如何说，事情该如何做。

那天，大黑看到马尾巴从半明半暗的村口走过来，就兴奋地扑过去，一个劲地向马尾巴摇尾巴，摇啊摇，不停地摇。马尾巴心里有些吃惊，这狗日的，怎么这个时候摇尾巴呀？天还没亮，夏寡妇不该起这么早啊。夏寡妇没起来，她能忙啥事呢？这就奇了怪了。

马尾巴疑惑地停在小卖部门口，他的手伸出来，举了起来。按照往常的做法，是轻轻地在门上叩三下，夏寡妇要是没睡着，会明知故问地低声问一句，谁呀？马尾巴也会轻轻咳嗽一声，算是回答。夏寡妇会说，这么晚了，要买东西明早儿来。马尾巴说，你把门打开，我用的东西必须现在就要买，急等用。夏寡妇就会骂一声，混球货！其实人已经站在门后，吱呀一声把门打开了一条缝。马尾巴就会猴急地扑上去，把夏寡妇搂在怀里。

可是，那天，马尾巴举起的手，没有按照以往的程序去叩门。不是他不愿意去叩，而是里边突然响起的声音阻止了他。他听到里边响起一阵自己非常熟悉的声音，是夏寡妇发出来的声音。这呻吟声他太熟悉了，他和夏寡妇第一次的时候，夏寡妇发出的这种声音着实让他吓了一跳。他没想到夏寡妇会发出这种奇怪的声音。难道自己的快乐真的会给女人造成这么大痛苦吗？到第二次的时候，再次听到夏寡妇在他的身子底下发出那种声音时，他就像听一支悦耳动听的催眠曲。伴随着夏寡妇的催眠曲，是一阵阵男人的喘息声。这个声音，有些像风吹纸糊的窗户纸发出来的那样，一阵急一阵缓，不那么匀称，不那么亢奋。那时候，马尾巴的血凝固了，他举起的手，握成了一个拳头。他恨不得一脚把门踢开，把屋里的男人一刀宰了，再把那人的鸡巴割下来，扔给大黑吃！可是，凭什么呀？夏寡妇又不是你的女人，你能买，别人就不能买吗？

马尾巴曾经向夏寡妇求过婚，要夏寡妇嫁给他。当时，夏寡妇提出了一个条件，要嫁给他可以，但是他必须从侯屁眼的采沙船上撤下来。夏寡妇的男人就是因为采沙掉进了老虎穴淹死的，她对采沙有一种排斥。马尾巴答应夏寡妇，你等着，我一定会撤下来的。可是，不是现在，他现在还撤不下来。他和侯屁眼签过三年的雇佣合同，要撤下来，必须等合同到期。如果不到期自己单独撕毁合同，他不但在经济上要受到损失，侯树那里也不好交代。马尾巴没有给夏寡妇说出让她等待的原因，夏寡妇以为，是马尾巴对她没有真心。因为她毕竟比他大了五岁，再说，她是个死了男人的女人。夏寡妇把和马尾巴的来往当成了一种大姐哄小弟玩的游戏。

里边的夜眠曲和喘息声逐渐地平息了。马尾巴还愣愣地站在外边，不知道自己该如何办才好。那一刻，他把对屋里那个男人的仇恨转向了夏寡妇。他恨夏寡妇不该把自己卖给除他之外的男人。因为他是真心爱夏寡妇的。他要夏寡妇等着他，留给他一个人。三年的雇佣合同很快就要到期了，到那时候，他会按照她的要求辞退采沙工作。他要把夏寡妇排排场场地娶回家。可是，这个贱女人，这个不要脸的女人，为什么还要把自己卖给别的男人呢？马尾巴恨不得冲进屋内，把夏寡妇狠狠地教训一顿。

屋内有了响动，是那个男人穿衣穿鞋的细微声音。马尾巴知道，天快要亮了，那个男人要走了。马尾巴急忙躲到屋子的后边，他要看看这个和他争一个女人的男人是谁。他要报复他！

屋门打开一条缝，男人走出来。看到那个男人，马尾巴的血简直要凝固住了。

原来竟然是侯树！

9

侯树终于弄清楚了夏寡妇和打沙队队长耿明海的关系。两人原来是高中时的同学，并且在高中上学时，两人还勾搭过，是老情人。不过，由于后来两人命运的不同，终于没有能走到一块儿。他们的故事很普通，没什么新奇之处。

耿明海考上大学，毕业后，成了有公职的干部，找了一个同样有公职的老婆。生活虽然很甜蜜，但耿明海的心里时常有一种自责和内疚，他幸福了，那个人呢，会不会骂他是个负心的男人？耿明海忘不掉的那个人就是夏寡妇。

夏寡妇没能考上大学，回到农村老家，后来出去打工，在南方一座城市的工厂里，遇到了一位老乡。这位老乡憨厚朴实，身材魁梧，干活力气大。夏寡妇很快就喜欢上了这个男人，没多久，就和这个男人确定了关系，后来回乡结婚，结了婚便不走了。男人把在外边打工挣来的钱置买了一条采沙船。那时候，打沙队还没来，夫妻俩夫唱妇随，早出晚归，苦吧累吧倒也挣了一些钱。

天有不测风云，一次采沙时，突然下起了大雨，瓢泼大雨打翻了采沙船，男人掉进了老虎穴里，等雨停下来人们把他打捞上来的时候，男人已经变成了死鬼。夏寡妇哭干了眼泪，最后就不哭了。再哭也不能把男人哭回来。后头的日子还得过，她把船当了破烂卖，把采沙的机器也当了破烂卖。用手里那点儿积蓄，开了小卖部。各人有各人的命运，各人有各人的活法，夏寡妇走到这一步，觉得这都是自己的命。命运是老天早就安排好的，你想抗争也不是件容易的事情。她没觉得自己有什么不好。

如果不是上边对采沙要进行打击制止，即使要打击制止违法采沙，若不是耿明海当了打沙队的队长，夏寡妇也许这一辈子不会再看到耿明海。她曾经诅咒过耿明海，诅咒过千百次！直到后来遇见了她的男人，才渐渐地把他忘了。在她的印象里，耿明海不存在了。耿明海是谁，她早把他忘记了。可是，耿明海突然出现了，她才猛地想起，哦，是他呀，这个人，原来曾经在一块儿过，曾经在对方的心底有过刻骨铭心的爱。然而，那种幼稚的时代早已经过去了！那不过是一种游戏，是一种类似于儿童过家家般的小儿科。回过头去看，那段经历十分地短暂，又十分地可笑。没有甜蜜的感觉，只有苦涩。后来，才知道，耿明海是带着人来打沙的。采沙是违法的，采沙破坏了河道，破坏了生态平衡，给河岸居住的百姓和两岸的农田都造成了危害和无穷的后患，因此，政府不允许任何人再到河里随便采沙了。耿明海带领的打沙队，很快就把采沙人用的船砸了，机器没收了，那种热火朝天的采沙场面再也看不到了。那个时候，夏寡妇心里突然萌动出一种怨言，为什么不早些来呢？如果早些来，她的男人也就不会掉进老虎穴里淹死了。她那个死鬼男人，比这个叫耿明海的人长得英俊挺拔，身材比他高出一个头顶，脸大额宽，浓眉大眼。可惜了。如果还活着，这耿明海来了，倒是让他们 PK 一下。可惜，什么都晚了。

耿明海第一次出现在小卖部的时候，对夏寡妇说，我，对不起你。

夏寡妇一怔，突然就笑了，说，哪里话，你没有对不起我。

耿明海又说，你日子过得很苦。

夏寡妇说，你看，我连大超市都开起来了，这日子能会苦吗？

耿明海迟疑一下，还是再找个伴儿吧，日子长着呢。

夏寡妇笑道，不急。现在，好多男人都排着队要来娶我。我得仔细挑选一下，考验考验他们。

夏寡妇的开朗和自信倒让耿明海处于尴尬的境地，他不自信地笑了笑，说，打沙队遇到了困难。

夏寡妇说，我知道你们会遇到困难的。

耿明海疑惑地抬起头，看着夏寡妇妩媚的眼睛。

夏寡妇说，能打到这一步，已经很不容易了。领导该给你发奖。

耿明海说，可是，毕竟没有彻底。群众有举报。

夏寡妇说，彻底不了的！白手到河里捡票子，的确很馋人。一天采百十方沙，就是几千块，这么暴利的买卖收得了手？睁一只眼闭一只眼吧。

耿明海说，领导要求，一定要打彻底。

夏寡妇说，让你们领导亲自来也彻底不了。这些人都有些权势，与村里干部还有乡里县里的人都有些扯秧子，扯出这一头，就会拽出那一头。再说，都是在你们不来的时候下河，等你们来到的时候，早已经收了船。你们内部有内鬼，得了这边的好处，会把你们的动向及时传递过来。所以，你抓不到他们，也打击不了他们。

耿明海说，能帮我打听到内鬼的情况吗？

夏寡妇决绝地说，不行，打听不到。随后补充一句，即使能打听到我也不会告诉你。我不能砸人家的饭碗。

耿明海刺了夏寡妇一刀，听说你男人就是采沙淹死的？

夏寡妇反问，你们为什么不早来打沙？

耿明海说，帮帮我吧。为了不让悲剧重演。

夏寡妇沉默了一阵，垂下眼帘，说，我不知道应该怎样帮你。

耿明海从兜里掏出一张名片，递给了夏寡妇，说，把它收好，我会告诉你的。

夏寡妇犹豫一下，还是把名片接过来装进了兜里。

10

自从发现侯树和夏寡妇有了一腿后，马尾巴心情烦闷，情绪低落。在他认为，夏寡妇既然和他好上了，就不应该再和别的男人睡觉。马尾巴是真心喜欢夏寡妇，早晚要把夏寡妇娶回家当媳妇的。马尾巴曾信誓旦旦地向夏寡妇表达过自己的诚心，说等到和侯屁眼的合同期满，他马尾巴挣到一笔钱，就堂堂正正地和夏寡妇拜堂成亲。可是，这个夏寡妇怎么会这个样子呢？怎么这么对他马尾巴不忠贞呢！这让马尾巴很苦恼。

马尾巴决定要找夏寡妇讨个说法。

那天，马尾巴走进了夏寡妇的小卖部。

正巧没有人来买东西，夏寡妇清净地坐在凳子上嗑瓜子，一看到马尾巴走进来，嗔怪道，还以为被野猫子号去了呢，两天都不见影儿了。在上侯村，被野猫子号去是说这个男人像雄猫一样被雌猫吸引到旮旯里走窝子去了。

马尾巴“嗯”了一声，准备好的一肚子话，被夏寡妇这句骂骂回去了一半，剩下的一半却又不知从哪里开口，只是找了个小凳子，闷头不响地坐下了。

夏寡妇看他这个样子，以为他又和侯屁眼闹了别扭。这些天采沙不顺当，侯屁眼来小卖部给她摆理，总是把责任推到马尾巴身上。马尾巴和侯屁眼吵罢嘴，就到小卖部里喝闷酒。

夏寡妇把酒倒了二两，又从货架上拿一包花生米，放在马尾巴面前的小桌子上，没好气地说，在外边受了气，到这儿甩脸子，给谁看呢？

马尾巴借了话题，闷声道，给谁看？谁爱看谁看！

夏寡妇从来没有听过马尾巴使这样的腔调和她说话，这让她很意外。她把脸一扽，说，别给脸不要脸。俺伺候不了你，你滚！滚得远远的！说着，眼圈已经红了。

马尾巴看着夏寡妇的样子，有点儿心疼。可是，今儿是来兴师问罪的，不能为这婊子的几滴猫尿软下心肠来。想着就说，谁要脸不要脸，谁心里最清楚！吃着碗里，还看着锅里，这样的女人，才不要脸呢！

夏寡妇一听，心里就明白了。那天晚上，侯树从她小卖部里走出去的时候，她去关门，恍恍惚惚看到屋角落里有个人影。当时深更半夜，她还以为是一种错觉，是自己看花了眼。现在想来，那个人影准是这个混球货。怪不得这个混球货这些天都不理她了呢。可是，和侯树的事，能怪她吗？侯树掌握着村里大权，分宅基地、吃低保、拿粮食补贴等等杂七杂八的事情，哪一条都是他说了算，他说谁该吃谁才能吃上，他说谁不该吃就是饿死你也没人“低保”你。这样一个手握大权的人，村民谁敢得罪他！侯树是个色狼，村子里有点儿姿色的女人哪一个他没有睡过！何况她是一个没有了男人撑门面的穷寡妇呢！想到这些，夏寡妇不禁悲从心头起，不由放声大哭，边哭边数道，俺那早死的冤鬼呀，你咋就撒手走了，撇下俺孤儿寡母受人家的欺负呀！

夏寡妇这么一哭，倒把马尾巴哭得心里酸溜溜的，本来要硬着心肠教训夏寡妇一场的，却怎么也硬不起来了。细致地一想，夏寡妇和侯树睡觉的事是不能全怪罪夏寡妇，完全是狗日的侯树的责任。侯树不上赶着缠磨夏寡妇，夏寡妇是决不会和他上床的。侯树这狗日的耍两面派，睡了自己心爱的女人，还在自己面前装得人五人六的。自己决不能放过他。可是，怎样才能不放过他呢？自己还被侯树掌控着，感谢人家还来不及呢，又能咋得了他？听夏寡妇还在没完没了地数道，倒像自己做了亏心事似的，便劝道，好了，别哭了。是我不要脸！以后看见他再朝你屋里跑，我不放过他！

夏寡妇抹一把泪，说，有胆量你拿把刀砍死他！

马尾巴狠狠地说，你当我不敢！

11

侯树有些烦躁，这一段时间侯屁眼和马尾巴也不知道咋日弄的，采上来的沙子越来越少，好容易等到打沙队没来的一天，他们竟也采不了几方沙。以往，船下到河里，机器一开，咋也要采个三五十方，顺当的时候，百八十方也是有的。采沙就像拾票子，是多让人开心的事啊！

侯树把侯屁眼嚼得七窍生烟，侯屁眼被嚼急了，就把责任推到马尾巴身上，说马尾巴不是和侯结巴干架，就是一上工又要拉屎撒尿要滑头，没有了过去那种敬业精神。除了这些，机器也老是出毛病，不是采沙泵坏了，就是机器出了故障，反正每次下河采沙，都要发生一点儿问题。而解决这些问题，需要花费很长一段时间。有时候刚把问题解决掉，内线又发来信息，打沙队已经出发。只好收兵回营，一粒沙子也没能采到。

侯树听侯屁眼这么一说，也意识到问题不在侯屁眼这里，是在马尾巴那里。马尾巴是在消极怠工，马尾巴在用一种特殊的方式与采沙相对抗。可是，马尾巴为什么要这么做？是什么让马尾巴转变了态度？这是侯树必须弄清楚的问题。在想这些问题的时候，侯树突然意识到，马尾巴最近确实发生了一些变化，马尾巴看自己的眼神和过去不一样了。过去，马尾巴的眼睛里是乞怜，是柔和，是依靠，是信任，是无奈，而现在马尾巴的眼里是蔑视，是轻视，是孤傲，是芒刺，是反叛。一想到马尾巴前后截然不同的目光，侯树就想，马尾巴难道听说了什么？派出所老李抓他上演的苦肉计是侯树在后边导演的，难道马尾巴知道了这个内情？再不然，马尾巴得知了侯屁眼的采沙船和机器，其实侯树才是东家？侯树为了能让他心甘情愿地为自己采沙挣钱，费尽了心思，才笼络住了他这样一个棒劳力为自己卖命，难道他现在看透了这些？如果不是上边的这些原因，那就是马尾巴嫌给他的工钱少。工钱的确不多，也就是个意思，这样廉价的劳力恐怕在全国同类行业中也难找到。侯树曾经扪心自问，是不是再给马尾巴多发一点儿钱。这小子爱喝酒，又要拿出一部分花到夏寡妇身上。可是，只是想想而已，一直没有提过给马尾巴涨工钱。

侯树把问题都想遍了，最关键的一个问题他没想到，那才是马尾巴消极怠工的根本原因。

侯树决定亲自和马尾巴谈一谈。那天，侯树很客气地把马尾巴请到家里，让老婆准备了几个硬菜，几个素菜，荤素搭配，倒像真的招待贵宾似的。马尾巴尽管满肚子怨气，可是看到侯树如此隆重的接待标准，便有了受宠若惊的感觉。

马尾巴说，侯支书，太麻烦了，我承受不起。

侯树说，不麻烦。俊生这孩子不懂事，你给他帮恁大忙，他早该谢你了。可是，那孩子心眼太实，不知道知恩图报。我替他感谢你。来，咱爷俩干一杯。说着把酒斟上，端起递给马尾巴一杯，自己端起一杯，一仰脖，把酒喝干。

一看到侯树敬他，马尾巴急忙接过酒杯。他有点儿感动了。在上侯村，侯树给谁敬过酒呀，都是人家上赶着给他敬酒。侯树亲自给他敬酒是高抬了他马尾巴。马尾巴就是这样一个人，人家只要对他有一点儿好，他就把原来的不好忘记得一干二净，还非常感谢人家，总觉得欠了人家的，应该好好回报人家。

马尾巴把酒一口喝干，喉咙里就冒出一股热劲来，热得眼睛都有些发酸。他夺过酒壶，说，侯支书，不能让您敬酒。来，晚辈敬您一个。说着把酒斟上，两人又把酒杯喝了个底朝天。

侯树说，马尾巴，我没看错你。咱村里年轻人里边数你实诚能干。老叔没有白担保你。

马尾巴听出，侯树又要摆他自己的功。这话说多少遍了，目的就是让记他的好。马尾巴说，我给屁眼哥帮忙采沙都是看你的面子，不然，我到哪里去打工养活不了自己？

侯树急忙说，那是那是。你这孩子义气，知恩图报，没说的。只是，俊生那孩子把钱看得太重，工钱一直没给你涨。回头我说他，让他每个月给你加五百块。不管能不能多采沙子，工资也要加上去。

马尾巴立刻红了脸，说，侯支书，我不是为那几个钱……

侯树想，难道他明白了今天请他喝酒的用意？明白了更好，不用挑明了。想到这，便说，俊生这孩子也不容易，自小没了爹娘，跟着我长大，也够可怜的。就拿采沙这事来说，政府一直反对、制止，可是，他置买的船、机器，搁进去十好几万，若不让他去采沙换些钱，他欠下的债谁替他还？所以说，我是两难。政府的打沙政策我得支持，俊生偷着去采沙我既要批评他，又不能阻拦他。把他惹急了，他跟我瞪眼，让我去替他还债。

马尾巴明白，侯树这么说，是替自己撇清。其实，马尾巴早已经知道，侯屁眼这一套采沙设备都是侯树投资的。侯树才是真正的东家，侯树不当东家和后台，侯屁眼根本没本事置买采沙设备，更不用说在现在如此紧张的局面下还能够偷着采沙。连钱也是侯树管住的，卖沙的钱都要交给侯树。侯屁眼和马尾巴一样领工资，只不过侯屁眼的工钱直接从侯树手里接过来，马尾巴的工钱是通过侯屁眼的手转过来的。这一切，马尾巴是从吴美丽那里听到的。

那一次马尾巴去侯屁眼家找侯屁眼，没见到侯屁眼，只有吴美丽一个人在家，当时吴美丽正一个人在家照镜子。吴美丽聚精会神的样子，直到马尾巴走到了背后她才发现。吴美丽急忙放下镜子，骂道，该死的马尾巴，进来也不打个招呼？

马尾巴嬉皮笑脸地套着近乎，说，打啥招呼，都是自家人。

吴美丽说，谁和你是自家人。说着，用白眼珠子翻了一眼马尾巴。

吴美丽的白眼珠子吓了马尾巴一跳。马尾巴还没这么近距离地看过吴美丽。吴美丽脸上的疤痕纵横交错，如挂上去的鸡肠子。马尾巴知道那不是鸡肠子，没有人敢去吴美丽的脸上挂鸡肠子，就是有人敢挂吴美丽也不允许。吴美丽的白眼珠子白里透青，朝上翻的时候，就如谁把吃剩的鸭蛋清子塞进了两个黑洞洞里。

马尾巴很同情吴美丽，一个女人面孔被破坏成这样，的确够痛苦的。可是，吴美丽却这么坚强地活下来了，还在没有人的时候自我欣赏。真令人佩服。

马尾巴说，嫂子，听说你这种病能治好。

吴美丽又用白眼球翻了马尾巴一眼，大概看出对方不是取笑自己，才“咳”了一声，道，哪有钱呢。娘家有钱早就去治了。

马尾巴说，让屁眼哥给你掏钱治。采沙卖的钱够了。要是不够，兄弟挣的工钱给你赞助。

吴美丽听了有些感动，道，谢谢兄弟的好意。稍停，叹了一口气说，你难道真不知道，侯俊生和你一样，都是在帮人家挣钱？

……

马尾巴看到侯树如此做作的样子，先前那种感激之情一下子荡然无存。他在心里骂道，这个老骚牯，装善人呢。骗着自己给他卖命挣钱，还欺负自己心爱的女人，真不是个东西！马尾巴一想到那天在小卖部门口听到的那种声音，心里就恨，脸色也黯淡下来。马尾巴真想把酒泼到侯树的脸上去。可是，他终于没能鼓起那样做的勇气。

侯树看到马尾巴颓丧的样子，不知道这个年轻人怎么一瞬间就判若两人，不知道哪句话触动了对方的神经，更不知道对方的弯子究竟在哪里？想到这，干脆挑白了说，听俊生说，这一段时间采沙老是出问题，沙场里没剩下几方沙了，若遇上买沙的大户，肯定要抓瞎。

马尾巴低着头，一句话也不说。

侯树继续说，俊生没本事，采沙还得靠你。你有力气又有技术，采沙机器听你的使唤。

马尾巴把头埋进了裤裆里。

侯树仍旧说，尾巴，如果有啥想法，你给我说，我批评俊生。

马尾巴瓮声瓮气地说，不在屁眼哥。

对方终于开了口，侯树急忙问，在谁？

在你！

侯树有些惊愕，我？

你能不能不去夏寡妇那里！

12

已经进入了三月天，灌河两岸的河坡逐渐地泛绿，结巴草、星星草、毛毛草、稗子草，还有很多不知名的小草都冒出了芽儿，河坡得风得水得阳光，自然都很旺盛地生长起来。连那些因采沙过量、造成塌陷的地方也长出了一片绿色。

侯树那天正在家里生气。

马尾巴那一头安抚住了，自己答应不去夏寡妇那里了，村里年轻媳妇子多着呢，侯树不是少一个夏寡妇不能过，就送个人情给马尾巴，答应以后再不上夏寡妇的大床。马尾巴果然不再拉屎撒尿消磨时间，采沙机器也没有再出过毛病。可是，侯玉才联系的那个内线却出了问题。那个内线是侯树和侯玉才等几家出钱供着的。

原来内线的行动早已经引起了耿明海的怀疑。耿明海略施小技，就查出了内线的马脚。内线是司机小谭。小谭是侯玉才老婆的一个表外甥。那天耿明海对小谭说，给车子加满油，今天九点去上侯村打沙。耿明海把这个决定只告诉了小谭一个人。小谭加油回来，刚好是九点，耿明海又改变了决定，让小谭等着，什么时间去上侯村，听候通知。耿明海是在等上侯村的眼线发来信息。果然，不到一分钟，耿明海的手机上就来了一条短信：内线来信，得知你们上午九点来，本来运到河里去的采沙船又拉回。

耿明海把小谭作为内奸开除出了打沙队。

失去了内线，采沙工作就不能顺利地进行。有时候刚把船拉到河里，打沙队就来了，有时候估计打沙队要来，没敢行动，可是，打沙队又一直没来。侯树明白，这边的内线被姓耿的掐断了，姓耿的埋下的眼线却在村里扎了根。就是因为有了眼线，打沙队才在不该来的时候来了，该来的时候他们又不来。

眼线是谁呢？侯树始终查不到蛛丝马迹。听说了夏寡妇和耿明海的关系后，也着意留神过夏寡妇。可是，夏寡妇连手机也没用过，她怎么传递信息？采的沙子越来越少，收入也逐渐减少，越来越不景气。这条发财的路子被耿明海的打沙队破坏得不成样子了。侯树没有理由不生气。

那天，治保主任来找侯树，告诉侯树一个好消息，说是城里搞建筑的赵老板和他是初中同学，赵老板承包了一个大工程，要和上侯村采沙户签订一份长期供沙合同。赵老板看中了上侯村的沙子，出的价格高，每方多出十元钱，一百方沙子就能多卖一千元，仅这笔钱就足够给采沙工人发工资了。余下的每方六十元净赚。说只要签订合同，赵老板先付一笔定钱，咱们的沙子就不准卖给别人了。

侯树说，这确实是个不错的消息。可是，咱们的内线没了，打沙队的眼线又查不出来，沙场里囤积的沙子越来越少，河里的沙子又越来越难采。和人家签订了合同，如果完不成任务，人家罚不罚？

侯玉才说，好像要罚。不过，这可是到口的肥肉，不吃白不吃。咱们就是破上血本也要挣这笔钱。

侯树说，谁也不嫌钱扎手。关键是，耿明海的打沙队神出鬼没，来往不定，防不胜防，扰得你根本没时间采沙。

侯玉才说，我让孩子到网上查了……

侯树问，网上？啥网上？渔网？

侯玉才笑道，啥渔网！是电网，电脑网。

侯树明白了，哦。网上说的啥？

侯玉才道，网上查不到关于采沙的犯罪条款。上边只是要求对河道加强管理和保护，对私自采沙者严厉打击。这个“严厉”没有固定的界限，可轻可重。但是，耿明海他们销毁船、没收机器的做法肯定是违法的。

侯树不解地问，你说耿明海犯了法？

侯玉才肯定地说，他们破坏生产工具，侵犯人权，才是违法者。

侯树说，看来你对法律研究得还比较明白，当治保主任是大材小用了。

侯玉才笑道，你要举荐我，当司法局长我也能干得了。

侯树说，司法局长你就等下辈子当吧。先研究研究眼下这步棋怎么个走法。

侯玉才说，打沙队执行的是地方法规，即使行动上有些过激也不是大错。再说，打沙是县领导支持的，因此，他们才理直气壮地……

侯树泄气地说，绕了半天，不是又回到了解放前？

侯玉才说，上有政策，下有对策。要不咱们这样。接着把自己的“对策”讲给了侯树。

侯树听了点头说，也只有这么办了。就把合同与赵老板签了吧。

13

马尾巴赖在夏寡妇的床上不肯起来，夏寡妇已经赶了他多次，说，天马上就要亮了，再不走，被别人抓了现行脸上不好看。

马尾巴说，碍他蛋疼？谁敢抓老子现行连他老婆也日死！

夏寡妇呸地啐他一脸，蚂即鸟子（蝉）叫唤，尽是头上的劲！快起来，可不要误了大事。

马尾巴说，放心，夫人的命令就是圣旨。

夏寡妇说，癞蛤蟆想吃天鹅肉，谁是你夫人？

马尾巴说，老子就是癞蛤蟆，就是要吃你这块天鹅肉！说着，伸个懒腰从床上爬起来。

那时候，马尾巴的手机响了。马尾巴接通手机，猴屁眼的声音传过来，还在老夏的窝子里没起来？

马尾巴说，你管得着吗？不然，把吴美丽的窝子让出来？

猴屁眼道，得了吧。快过来，杨树林见。

马尾巴一怔，问道，昨儿预报今天有雷阵雨，不是说不下河了吗？怎么又突然变了？

猴屁眼得意地说，侯主任说，就是趁天气不好才要抓紧干的。不然，误了合同要赔款的。再说，这样做，也是让耿明海放在村子里的眼线传递的信息变成假信息，让耿明海和他的眼线变成聋子和哑巴！说着，挂了手机。

马尾巴接手机的时候，夏寡妇一直捕捉着对方的声音，可是，她显然没有听清楚对方说的啥，等马尾巴接听完，急忙问，啥事？

马尾巴说，又要去采沙。

夏寡妇道，怎么又变了？

马尾巴说，说是让耿明海和他的眼线变成聋子和哑巴。

夏寡妇听了，紧咬着嘴唇，没有说话。

马尾巴看了夏寡妇一眼，说，放心，他不会成聋子和哑巴的。说着，已经走了出去。

马尾巴走出门口的时候，卧在门口的大黑一下子咬住了马尾巴的裤管。马尾巴嗔骂道，你这个畜牲，还舍不得我走啊？说着踢开了大黑。大黑却仍旧不舍地追逐着他。

夏寡妇追出来，手里掂着马尾巴落在床头的上衣，喊道，只顾紧着走，皮还要不要了？不是说有雷阵雨吗，别着了凉。

马尾巴接过外衣披在身上，笑道，有个老婆关心着真好。

夏寡妇嗔怪道，别光想好事，不明媒正娶你就等一辈子吧！

马尾巴说，放心吧，到时候我买辆那个马宝……不对，是宝马，把你拉回家。说着，人已经走远了。

还宝马呢，能买辆宝驴就不错了！夏寡妇倚在门框上，目视着马尾巴的背影消失在村头的树林里。

马尾巴赶到杨树林的时候，侯屁眼已经把船从玉米秸秆下扒出来。

马尾巴进一步追问，怎么今儿敢白天采沙，确定打沙队不来了？

侯屁眼说，不是都告诉你了吗，啰唆！快干活。

马尾巴说，到那边放放腰水。

侯屁眼说，又要耍滑？

马尾巴说，哪能呢！一泡尿憋得蛋疼。说着匆匆地走了，一直走出侯屁眼的视线。

马尾巴赶回来的时候，看到侯树也来了，侯树已经帮侯屁眼把船运到了河岸。这时候，有几家的采沙船已经在河里开始采沙。侯结巴的船上增加了人力，以往只有两个人，现在四个，侯玉才也上到了船上。

马尾巴想，这些人终于露出了原形。原来不敢承认采沙船是自己的，打沙队来的时候，一个个装模作样，贼喊捉贼，装得多像啊。现在怕完不成合同任务受罚，都走到了前台助阵指挥。

两人把船停在距河岸十米远的地方。这个位置很好，距沙子窝很近，又在水头上，沙子采上来，从上游流下来的水很快又把沙子聚满。在这个地方作业，一晌午用不着挪动船和机器。

机器轰鸣着响起来，放在沙子窝里的水泵头，在机器的带动下，把沙水吞进肚里，然后，又通过一条如巨龙般长的粗胶管吐到岸上。沙窝里翻动着金黄色的浪花，从巨龙口里吐出来的沙水如一道金黄色的瀑布，成一条弧线倾泻到岸上的围子里。

围子是提前已经打好的。围子墙有六十公分高，面积有一个篮球场那么大。抽上来的沙水蓄进围子里，然后，经过一段时间控水，等水控干沉淀的便是沙子。这个大围子，至少能储存五百立方沙子！

侯树没有到船上来，他留在岸上，拿着铁锨，把围子坍塌的地方重新修好，以免沙水流到外边。

半晌的时候，天色阴沉得如锅底子灰似的，乌云成团成团地从西北方向卷过来。风也越刮越大。风吹动着河面，河水就有了波动，采沙船也不如先前那么安稳，摇摇摆摆的，如一个醉酒的汉子。

马尾巴抬头看看天，道，天气预报得还真准，说是有雷阵雨，看来真要下了。

侯屁眼也看看天，说，抓紧吧。今儿不把围子采满，就是下刀子也收不了工！

暴雨来得真不是时候。

一声炸雷响起，人们在抬头看天时，突然发现，几辆面包车沿着河堤呼啸而来。不知是谁喊了一声："打沙队的来了！"立时，恐慌比即将降落的暴雨还要恐怖地袭击了人们。人们手忙脚乱，有的关机器，有的藏水泵，现场乱作一团。

侯玉才喊道，大家都不要慌张，把打渔的家伙抄出来，他们要是追问起来，就一口咬定是在打渔！

侯屁眼从舱里拉出一张渔网，对马尾巴说，快，把渔网下到河里去。

什么时候准备的渔网？马尾巴不知道。他一边帮助侯屁眼朝河里下渔网，一边偷眼觑着打沙队来的方向。

岸上的侯树并没有表现出特别的惊慌。他走到一棵小树旁，看到马尾巴上船前挂在树枝上的外衣被风吹落到了地上。心想，这个家伙把衣服落在了这里，大雨浇下来连个遮身的东西也没有。他把衣服捡起来，听到几声“嘀嘀”的响声。那是装在衣服兜里的手机发出来的声音。侯树这才意识到，马尾巴不是把衣服落下的，而是怕手机掉到河里才留在岸上的。侯树掏出手机，看到一闪一闪地亮着光，就按了一个键，手机里便跳出几个字：信息收到，准时出发。

侯树愣怔一会儿，突然明白过来，啊！眼线？原来是他！这个吃里爬外的家伙！

侯树狠狠地把马尾巴的上衣连同手机扔了出去，咬牙切齿地消失在杨树林里。

打沙队的车已经开到岸上。

打沙队员从车上跳下来。耿明海向大家吩咐道，占领码头，不能放跑一条采沙船！

王朝文粗着嗓门朝河里喊，把船开过来！统统开过来！谁不开过来要重重惩罚！

听到王朝文的呼叫，采沙船上的人都有些心慌，一个个犹豫不决的样子。

侯玉才低声嘱咐大家，吓唬人呢，一个也不准开过去，他们就没办法。

侯结巴说，不……是……说，开……过去……从……宽……处理吗？

侯玉才说，从宽个屁！你没看那阵势，要把咱们全灭掉的！

侯结巴哭腔道，这……可……咋……办呢？

侯玉才说，咱们不朝岸上去，他们就上不了船。白浪子大雨也会把他们赶走！

耿明海站在岸上大声喊道，老乡们，快把船拢过来。雨越下越大，河里危险……

马尾巴问侯屁眼，咱们上不上去？

侯屁眼朝岸上看了看，说，二叔不在岸上，侯玉才他们不上去，咱们也不上去。

一道闪电如一条巨龙在头顶闪过，接着“咔嚓”一声响起个炸雷，继而大雨倾盆而下。采沙船立刻如漂浮在汪洋里的一片树叶，向下游冲去。

侯屁眼大声喊道，马尾巴，快，掌稳舵，别让采沙船朝下游跑！

马尾巴举起大竹篙死命地扎进河底，想把采沙船固定下来，可是，河水越来越凶猛，一根竹篙根本抵不住强大的洪流的冲击，暴涨的河水随时都有掀翻采沙船的危险。

耿明海在岸上急得直跳脚，他咬牙骂道，这帮家伙们，真是要钱不要命啊！随后冲打沙队员们大声喊道，会水的都给我跳到水里去，把采沙船拽上来。救人要紧！说着脱掉鞋子，第一个跳进了河里。

王朝文吼道，耿队长，就你那狗扒式，还去救人？快上来，我去把他们拽上来！可是，耿明海已经游到了距河岸十多米远的地方。

马尾巴抹了一把脸上的雨水，说，还是把船撑过去吧。打沙队的人都游过来了，再不上去，要出大事的。

侯屁眼说，侯玉才的船不靠岸，咱们就不靠岸——临下河时，二叔安排过我。

马尾巴气得直跺脚，骂道，妈的 ×，都啥时候了，你还听他的？要命不要？说着，撑着竹篙把船朝河岸上拢。

侯屁眼一看，急了，道，人家都不上岸，就咱上岸。二叔不把咱嚼死才怪。说着，去夺马尾巴手里的竹篙。

两人一个撑了竹篙把船朝岸上靠，一个拦着不让靠，船在漩涡里打转，随时都有颠翻的可能。

耿明海向他们的船游过来，眼看已经抓住了船帮，突然一个水浪打来，耿明海被打出去两丈多远，一下子跌进了漩涡里。人立刻如掉进滚汤锅里的饺子，他的两只手朝上扒着，可是，脚下却像有一个巨大的抽风机，把他的全身朝里边吸。他立刻变得无能为力，身子渐渐地朝下面沉去。原来，他被卷进了老虎穴里！

耿明海所处的危险，船上的人都看得一清二楚，每个人都睁大了惊恐的双眼。

马尾巴大叫一声，不好！耿队长掉进了老虎穴！

侯屁眼幸灾乐祸地说，淹不死他的。他会狗扒式。

马尾巴狠狠骂了侯屁眼一句，侯屁眼你个狗日的！我日你八辈祖先！骂完，奋身一跳，跃入河内，向耿明海游去。

看着扑进水中向耿明海游过去的马尾巴，侯屁眼道，你才是狗日的呢。狗日的才傻逼似的不要自己的命去救别人！

暴雨如注，水浪翻滚。

侯玉才说，要出大事了，把船开过去吧。

耿明海挣扎着，企图冲出老虎穴，可是，一阵阵的水浪又把他压了下去。就在他精疲力竭朝下沉没的时候，一双手忽然托着了他，把他朝上举了起来。

耿明海终于一点儿一点儿地露出了水面。

船上和岸上的人都松了一口气。

等到耿明海被人拉上船的时候，托举他的那双手，却突然下沉了，沉入水底不见了。

人们刚刚放下的心又一点儿一点儿地提了上来。

连侯屁眼也着了急，他恐慌地大叫起来，马尾巴！马尾巴！你这个狗日的，你可不能死！你不能死呀！你和俺定的合同还没有到期！俺老婆治脸还等着你的赞助！夏寡妇还等着你的宝马把她娶回家呢！侯屁眼的声音嘶哑悲怆，带着哭腔，雨水和着泪水从他的脸上滚下来！

一阵风刮过来，又卷起一个水浪。水浪把漩涡中刚刚冒上来的人头又卷入了水底。船被打出去一丈多远……

耿明海吐出一摊水，清醒过来，他向围在身边的王朝文发怒道，马尾巴呢？快去救马尾巴！王朝文这才组织人到河中打捞马尾巴。

夏寡妇发疯似的从村里跑出来，跑过杨树林，跑到了河堤上。她浑身泥水，好像刚从河里爬上来一样。看到人们在河里打捞着，她一下子瘫软在泥水里，嘴里喃喃地念叨，混球货！你这个混球货！你这个骗人的混球货！

大黑如一支箭似的在暴雨中穿梭。它不时地停下来，站在灌河的岸上，仰起头，冲着发怒的天空狂吠几声！

（原载《延安文学》2016 年第 2 期）

矮人孙大个

一、生死之间

孙大个五岁那年，娘就得痨病死了。

娘死前给他讲得最多的一件事，就是在他刚生下来的时候，瘦小得没有个孩儿形，且浑身发紫，活脱脱地如一个剥了皮的大老鼠。他爹孙老六见了，怨他娘生了个小怪物，便用一块破尿布包巴包巴，扔到了南场里的麦秸垛头。依孙老六的意思，这小怪物若是命大，被好心人家捡了去，那是他的造化，若是没人爱怜，就让他成为野狗们的一道食吧。可是，在天挨黑的时候，孙大个却又被人送了回来。

送孙大个的那个人叫阮丰，当年才二十多岁，是个有文化的城里人。阮丰是县里派来的工作队队长，到桃河村帮助组织互助组的。那天，他经过南场的麦秸垛头时，听到了清脆悦耳的婴儿啼哭声。那哭声如初夏的一声惊雷，把阮队长的心震疼了。阮队长便把婴儿抱回了村，并很容易就打听到了是谁家遗弃的这个孩子。

阮丰把孙大个重新放回到了他娘的床头边，并狠狠地训孙老六一顿，说，这毕竟是一个娃儿，是一条生命啊！国家正是用人之际，这娃儿养二十多年，就是国家的一根栋梁，你咋能狠心把他扔掉啊！

孙老六心里服气，嘴上却说，你管互助组，还管俺扔孩子啊？

阮队长说，现在是新社会，扔孩子是犯法的，我咋能不管！

孙老六一听这话，便不敢吭声了。因为犯了法是要坐大牢的，他怕阮队长送他去坐大牢。

五岁以前的很多事都记不住了，唯有这件事孙大个记得牢牢的。他娘说，不是阮队长，十个他也喂野狗了。为了报答阮队长，她让娃儿认阮队长为干大。干大阮队长也很乐意收他这个干儿子，并给他取了个很有学问的名字，叫孙国栋，意思是孩子长大后，要成为一名国家栋梁之才。干大是啥模样，孙大个是回忆不起来的，因为在他不到一岁的时候，干大阮队长就离开桃河村回县城去了，并且从此没再来过桃河。孙大个只能从娘的讲述中自己在心里想象着干大的模样。干大一定是高高的个子，直直的腰板，大大的眼睛，方方的脸膛。干大一定很英俊潇洒，也一定很厉害：不然，他爹孙老六会怕他？

干大阮丰就以这样的模样定格在孙国栋的记忆里，就这样陪伴着他渐渐地长大。

孙国栋虽然年龄一天天在增长，可是，个头却不见长高，他比同龄的小伙伴矮一截子。个头虽小，心眼却不小，村里人都说他只长心眼不长个儿，因此，便戏谑地称他孙大个。把个子矮小的人称为大个，这是桃河人揶揄人的一种方式。乐观而又狡黠的桃河人都爱拿别人的短处取乐子，比如把头脑简单、愚氓迟钝的二百五叫作小精人，反把那些精明伶俐、灵活乖巧的人喊作大傻兔，长了一脸麻子的人被喊作板正。他们从不考虑对方心理的承受能力，也不管对方同意不同意这样叫他们。他们不管不顾地这样喊着，直到有一天，这名字在村里传开了，大伙儿都认可了，当事人也不得不认可为止。孙国栋被人叫作孙大个，叫来叫去，真名倒被人遗忘了。这也是没办法的事。名字不就像小猫小狗一样是个代号嘛，生不带来死不带走，孙大个早不忌讳人们这样叫他了。

身材矮小的孙大个，好像故意与这样一个名字相抗衡似的，你越喊他大个，他偏不长大个。这样，到他长大成人之后，他的个头也只有一米多高点，站到驴群里比驴矮一截，站到羊群里比羊高不多，身材且瘦，属典型的排骨型。

就是这样一个人物，却给桃河人留下了一些令人瞠目结舌的故事。

二、人鼠大战

六〇年队里散罢大伙那一年，孙大个的父亲孙老六，因饥饿引起全身浮肿而撒手人寰。那时候，队里因此死去的并非孙老六一个人，常常是村东头刚把人埋出去，村西头又传来了哭丧声。饿死人的事已经成为家常便饭，孙大个对于父亲的死倒没有太多的悲伤。孙大个时年刚满八岁，这人个子没长成，说出来的话却小大人一般，令孙氏家族的人们大为惊叹。

孙大个对那些安慰他的叔辈们说，人总是要死的，孙老六要死谁也拦不了。他死了不还给活着的人省下一口馍嘛！

这句话让他的叔辈们听了极为震惊和心酸。

其实，爹虽然死了，孙大个也没得到他省下的一口粮，孙大个照样吃了上顿没下顿，饿得前心贴后背，用骨瘦如柴形容孙大个有点糟蹋这个词。此时的孙大个就像一张黄表纸糊在一架骷髅上，他如果躺在那里，不呼哧呼哧地喘气的话，谁都看不出那还是个有口气的活孩子。

就在孙大个躺在草铺上准备向死神去报到的时候，他的头前发出了一阵窸窸窣窣的声音。他以为那是死神在召唤他。他闭上了眼睛，等待着死神的降临。可是那窸窸窣窣的声音越来越清晰地传进了他的耳膜里。并且，随着那声音，有毛茸茸的东西正和他的脸亲近着，接下来，又有钢铁一般的坚硬利器企图啃食他的鼻尖。直到这时候，他才惊悚地睁开了眼睛。他看到一只皮毛发黄的老鼠带了一群小老鼠崽正向他进行人身攻击。它们大概以为他是一具僵尸，企图蚕食掉他。孙大个看到这一切，不由为这一大群大胆的老鼠所激怒。不知从哪里来了一股子力量，他一个翻身便坐了起来。

那皮毛发黄的老鼠以为孙大个诈了尸，吓得带着它的子女们仓皇而逃。但有一只小老鼠不知是对即将得到的美食恋恋不舍，还是嘲笑这个临近死亡的家伙根本没有足够的力量来对付自己，它在离孙大个一米远的距离虎视眈眈地盯着孙大个，以图东山再起，发起第二次进攻。

孙大个被这只小老鼠惹恼了！他娘的，你要啃老子，也要等老子咽了这口气呀！这样欺侮人，老子岂能放过你！

孙大个决定在临死之前，与这只小老鼠搏个输赢！

孙大个扬起一只手，假装拿了一件武器，那武器抑或是一块砖头，抑或是一片瓦块，抑或是一件其他比较尖硬的东西。总之，这件东两只要能置那只小老鼠于死地便可。但是，孙大个却什么尖硬的东西也没抓到，他就假装拿了一件那样的武器去驱赶小老鼠。

然而，那只小老鼠刁滑大胆得很。面对孙大个扬起的手，它似乎感到对方根本不会对它造成什么威胁，它只是后退了几步，依旧如前地与对方对峙着。

孙大个真的火了！这只该死的小老鼠，真的欺人太甚！好吧，今儿有你没我，有我就没你，咱俩决个高低！

奇迹在那个时候出现了，被饥饿打倒的孙大个竟神奇地站了起来。其实，这也不是什么奇迹。后来，桃河的人在评价这件事时，都说，孙大个当时是被一股气憋着，有了这股气，孙大个方能够站起来。俗话说，树活一张皮，人活一口气，孙大个就是活的这一口气！

接下来，便是人鼠大战！

那只小老鼠做梦也没想到，这个将死的人还能站起来，还能与它搏斗。小老鼠被孙大个的气魄吓晕了，它找不到了它出来时的洞口。它看到一个大大的门洞，它向那个门洞仓皇而逃。它不知道它犯了一个致命的错误。因为，那个大大的门洞不是为它开的，而是为人开的！

孙大个有那口气顶着，便冲出门去追那只小老鼠。小老鼠逃到了村街上，它看到了村街上站着几个人，那几个人比它刚才面对的这个人要强大得多。它感到了恐惧。它便朝回跑，它企图向追它的那个人反扑过去。

孙大个看到了村街上站着的那几个人。那些人都揣着手，一个个面黄肌瘦的样子，他们用无神的目光向他扫过来。在孙大个看来，他们的目光里便充满了讥笑和鄙视。他们似乎在嘲弄他，嗬，孙大个，连一只小老鼠也斗不过呀，你真的笨死了！

孙大个这样想着的时候，那只小老鼠已经仓皇地向他扑过来。这时候，他看到小老鼠有点惧怕他了。小老鼠企图从他脚下逃进屋里去。

孙大个不能给它逃掉的机会。孙大个全身扑了下去，他像饿鹰叼小鸡一样扑向了小老鼠。小老鼠终于被他压在了身子底下。可是，小老鼠并没死，他感觉小老鼠在他的肚皮下一拱一拱地挣扎着。他甚至还听到了小老鼠叽叽的求救声。

孙大个说，我让你拱？我让你叫？今儿你叫出个大天来也是死路一条！孙大个一边教训着小老鼠，一边把自己的手慢慢地挪到自己的肚皮下，他的手在自己的肚皮下摸索着。他终于抓着了那只小老鼠。

这时候，村街上揣着手的那几个人慢腾腾地走了过来。他们看到孙大个手里抓着一只小老鼠。小老鼠瞪着眼喘着气叽叽地叫着，四只小爪子蹬爪蹬爪的。

一个个子如麻秆般的叫老呆的长脸男人说，孙大个，和一只小老鼠赌什么气呀，有本事到北大洼逮只大兔子去！

另一个叫五孩的人说，是啊，逮只兔子能解解馋，抓只老鼠有什么用啊，骡子靠马——白费劲。比孙大个大十多岁的五孩个头已长得像个成年人，却长了一双斗鸡眼。他说了这话自己先笑起来。他听人讲，骡子虽然长了个大尿，但却是不管用的，他为自己能创造性地引申这个意思而自鸣得意。

年龄稍大些的那个人叫侯二能，下巴上留了一撮小胡子。此时，他摸着自己的胡子，慢声细语地说，谁说老鼠不能吃呀，孙大个巴不准就是逮它填肚子的。

侯二能这句话有了启发和怂恿的味道。

按理说，这几个大人不该揶揄一个孩子。孩子毕竟是孩子，他还听不懂大人话里的含意。当时，那几个大人的话就让孙大个又恼又羞，在他听来，他们都是嘲笑他的，没有一个人说的话是对他好的。他便感到了一种耻辱，这种耻辱让他产生了更大的烦恼。在这种烦恼之下，他做出了一个大胆的举动，他要用这个大胆的举动去征服那些嘲笑他的人。

那个时候，他突然举起了那只叽叽叫的小老鼠，与此同时，他张开了嘴，把那只活蹦乱跳的小老鼠迅速地放进了自己的嘴里。

老呆、侯二能、五孩等人都被孙大个的举动惊呆了。他们亲眼目睹了那只小老鼠在孙大个的嘴里拱动着，而孙大个却紧紧地把嘴闭上了。他用牙在嘴里上下嚼动着。他们还看到，孙大个伸着脖子朝下咽，他的喉结先是蠕动起一个大包，后来那个蠕动的大包渐渐地朝下滚去，再后来那个蠕动的大包便消失了。

孙大个抹了一下嘴角流出的血，回身慢慢向屋里走去……

老呆、侯二能、五孩等人随孙大个走进屋里。他们担心孙大个会被那只小老鼠折磨死，他们都用关切的话去询问孙大个肚子里有没有什么反应，碍事不碍事。

孙大个懒得回答他们。他走到水缸边，舀起一瓢水，咕咕地把自己的肚子灌了个饱，然后才直起头，对那些关心他的人说，没事，没事，这小老鼠肉香着呢。

在那些人走出他的屋子后，他又躺在了草铺上，睡了过去。

三、捕鼠专家

谁都以为，孙大个不会逃过那场劫难，那只活蹦乱跳的小老鼠非把他的胃和他的肠子咬个稀巴烂不可！试想，人如果有了稀巴烂的胃和肠子还能够活下去吗？然而，让老呆、侯二能、五孩他们想不到的是，孙大个竟奇迹般地活了下来。

两天之后，他们在村街上看到了孙大个。此时的孙大个气色很好，死亡已经离他远去。这时人们才醒悟到，那只小老鼠不但没有伤害孙大个（孙大个喝那一肚子凉水也能把小老鼠给淹死），反倒真的成了他的一道美食，救了他的命。看来，人在这个世界上才是最强大的，再生猛的动物，也敌不过人的胃口和人的食欲。

接下来，孙大个从小老鼠能保他不死这件事上受到了启发，他开始与大大小小的老鼠们过不去，他见老鼠必打，见老鼠必捉。不过，他不再活吞它们，他捉到它们，一定先把它们杀死，然后剥了皮，去除内脏，再加以作料（也就是放一点盐而已），用温火在锅里煮熟了吃。老鼠们都吓得躲在洞里不敢出来。它们似乎宁愿饿死在洞里，也不愿把自己变成孙大个的美食。但是，它们想错了，它们不愿从洞里出来，孙大个总有办法把它们从洞里轰出来。孙大个轰它们出来的办法有三种。一种是用烟火烧，孙大个把点着的柴火源源不断地塞进洞里，老鼠们在烟火的熏烧下，一个个拖着半死不活的身子朝外爬。第二种是用水淹，孙大个对着洞口灌水，村前的桃河里有的是水，老鼠们的洞穴被汹涌的洪水冲击着，它们以为是海啸了，便夺路而逃。如果以上两种措施都不奏效的话，孙大个就掂了锨，循着洞口朝下挖。老鼠们确实很精，有时候，它们听到了孙大个来袭击它们的声音，便把老的洞口堵上，重新开辟新的洞穴。但是，再狡猾的老鼠也斗不过孙大个，它们把洞穴打到哪里，孙大个的利锨就挖到哪里！在孙大个的乘胜追击下，它们便一个个都成了孙大个饭桌上的佳肴。除了以上几种方法外，孙大个还土法上马，制作了一些大大小小的老鼠夹子。就这样内外夹攻，孙大个成了老鼠们的克星。桃河人说，那些大大小小的老鼠们，听到谁叫孙大个的名字都会落荒而逃。

孙大个与老鼠大战的佳话在桃河传遍，又由桃河村波及四邻八村，一时间，方圆十几里的人们都纷纷效仿之。有了这种“以鼠代粮”的强有力措施，那一带的人们都侥幸熬过了那个青黄不接的饥饿时代。而孙大个也因此出了名，成为捕捉老鼠的专家。若干年之后，桃河那一带风调雨顺，连年丰收，而随之老鼠也成大灾。那个时候，公社号召全民灭鼠。可是，尽管用尽了各种招数，老鼠却有增无减。这时候，人们想起了当年的捉鼠专家孙大个。孙运生队长便请他出山，当捉鼠队长。孙大个果然不辱使命，十八般手段全上，终于大获全胜，捕捉大小老鼠五千三百三十三只。只是人们再也不愿把老鼠当成餐桌上的美食，一时间，沟塘、茅池（厕所）等角角落落都留下了老鼠们的残骸。这是后话不提。

四、分是命根

孙运生队长是孙大个五服里头的一个本家弟兄，比他大三个月。别说大三月，就是大一天也是他哥，况且孙运生个子比他高一截，当他的哥那是当之无愧的。

孙运生上过小学三年级，多少认识几个字，并且会写自己的名字。即便他没上过学不会写自己的名字，他也觉得自己比孙大个要优秀得多。实话实说，孙运生在年轻时是个挺不错的棒小伙儿了，他中等身材，身体的各个部位长得都很匀称，五官也端正。更重要的是，孙运生二十二岁那年就当上了桃河生产队的队长。孙运生的前程一片光辉灿烂。

而大号叫孙国栋的孙大个，别说当国家的栋梁，就是当生产队的栋梁还短了一截子。这短的一截子给孙大个带来的最直接的损失就是每天少拿三个工分。千万别小瞧了这三个工分！一天三个，十天三十个，一月九十个，一年按三百六十天算（剩下的五天算节假日），就是一千零八十个工分。也就是说，孙大个和村里的男子汉们一齐出工，一块儿干活，甚至干同等量的活，一年却要比那些男子汉们少拿一千零八十个工分。只有半劳力或女社员的定分量每天才是七分，这也就是说，生产队里把孙大个当成了半劳力或者女社员对待了。这是何等地不合理呀！再说，工分工分，社员的命根，工分多，分粮就多，谁不巴望多挣工分多分粮呢。孙大个对这件事极为不满。我孙国栋不缺胳膊不少腿的，别人锄一垄地，我锄两个半垄，别人出粪用的是叉，我也是用叉出的粪，凭啥要少记我三分？孙大个曾经找前任队长理论过。前任队长是个老糊涂、马虎瞪，孙大个一找他理论这件事，他就朝孙大个瞪眼，并且蛮不讲理地说，你想拿十分？中呀，中呀，可是你得等你爹你妈把短你的那半截做出来给你接上你才能拿十分。孙大个真想蹦起来打那个老糊涂一耳刮子，可这最终没能成为现实。一是孙大个怕自己蹦起来也够不到老糊涂那张老脸；二是他压根儿对老糊涂就存有恐惧感，他即使能够得上那张老脸，并且那张老脸等着他的巴掌打下去，关键是他到时候有没有打下去的胆量。孙大个只得忍气吞声吃了亏。现在，老糊涂队长老了，换了新队长孙运生，孙大个决定不能再把这个亏吃下去。孙大个决定去找孙运生解决他的冤案。孙大个相信孙运生一定能把他的冤案解决了。孙大个有两个理由相信这一点。第一，他和孙运生是近门的弟兄。孙大个虽然没上过几天学，但那个“孙”字还是认得的。一个孙字是“子”和“小”组成的，反过来就是小子。他孙大个是小子，孙运生也是小子，不看僧面看佛面，就看在都是小子的份儿上，孙运生也会解决他的问题。第二，孙大个曾经教过孙运生抓捕老鼠的绝技，从某种意义上说，在生与死的关键时刻，孙大个教会了孙运生如何战胜死神的方法而活了下来。没有孙大个当年的言传身教，能有孙运生队长前程似锦的今天吗？揣了这两个响当当的理由，孙大个去找孙运生。

孙大个在村街上那棵老柳树下找到了孙运生。

老柳树的一个枝杈上，挂着一块破犁铧片。谁都知道，犁铧片是铁和铜铸成的，除了用来犁地外，基本没其他用途。而挂在这棵老柳树上的破犁铧片却有特殊的用途，它是被作为“铃”召集桃河生产队的社员们上工或者开会用的。这块犁铧片被一根铁棍一敲，就会发出悠扬震耳的响声，这响声在桃河村的上空回荡。只要这破犁铧片一响，社员们就从各自的院子里走出来，他们有时候扛着锄头，有时候扛着铁锨。总之，根据时节的不同，他们的肩头上就会变换不同的农用工具。他们来到村街上，听孙队长派活，然后各自走上劳动岗位。

那天，孙队长正要掂起铁棍去敲“铃”时，孙大个急急慌慌地走了过来。他向孙队长支棱着两只手，好像是有什么重要的事情要汇报。

孙队长真的以为出了天塌的大事，把已经举起的铁棍收了回来。他皱着眉头，俯瞰着孙大个，问，大个，有事？

孙大个咽了口唾沫，说，哥，有事。是有件事。

啥事？

你能不能蹲下来，听兄弟给你摆摆这个理？孙大个用乞求的目光仰视着孙运生。

孙运生用极不耐烦的口吻说，有啥事你就快说吧！这不，就要打铃上工哩！

孙大个见孙运生不愿蹲下来，便又朝孙运生跟前靠了靠，说，站着说也中。就是我那工分的事。老糊涂只给我记七分，我亏。

哥，你当了队长，得把工分给我加上去。

孙运生听他是说这个，不由在心里笑了。那是种嘲笑，他没笑在脸上，脸上是一副公事公办的样子。大个兄弟，你想拿十分，大理不下哩，老队长也没亏待你……

孙大个一听，急了，嘟哝道，哥，你咋也和那老糊涂穿一条裤子？人家是男子汉，我也是，人家能拿十分，我为啥不能？

孙运生看了孙大个一眼，抢白道，你为啥不能，这还要问我吗？老队长一直给你记七分，你为啥不给他搞理？我才一上台，你就来给我说这个。我答应照顾了你，还不让大伙儿说我讲私情——咱毕竟是弟兄们呢！我不能让人家说闲话。

孙大个不服气地道，谁说闲话让他站出来说，我干十分的活，记七个工分，我还有意见哩！

孙运生直话直说，有意见也没办法，打成立生产队那阵就这规矩，你个头不够男劳力的标准，干活再多也只能拿七分，我不能坏了这个规矩。说完，把孙大个晾在那里，敲铃唤社员上工去了。

孙大个气得说不出话来。

后来，孙大个又去找孙运生几次，过年的时候，还把自己下网逮的野兔送给孙运生一只。孙运生野兔肉也吃了，还是没答应给他加工分。孙大个满肚子冤屈没地方说，便在心里赌气道，七分就七分吧，你给咱七分，咱就干七分的活，从今往后老子多一分的活也不干！

五、少得少劳

以后在干活中，孙大个就给自己降低了标准。你孙运生队长不是常说，多劳多得嘛，那么我少得就要少劳一点。再干什么活他都要比拿十分的男劳力少干一点，估摸着少干了三分的活，心里就平衡了。比如朝车上装粪的时候，别的男劳力用粪叉装，一叉下去半箩头，他只用铁锨装，一锨下去也就是半箩头的一半。再比如锄地时，男劳力锄两垄玉米，他锄一垄半，剩下那半垄就留在那儿。男劳力几十张锄头过去，野草没了，地也暄活了，玉米苗昂起了头，小风一吹，叶子哗啦哗啦地响着，似乎在向锄地的汉子们鼓掌致谢。而孙大个留下的那半垄，荒草还在和玉米苗打着架，玉米苗没有荒草强悍，玉米苗便蔫儿吧唧地耷拉着叶，它们似乎很有意见。它们的意见是，为什么别的玉米苗身边的荒草都毙掉了，却把我们身边的荒草留了下来？

玉米苗有意见也是没办法的事，因为它们自己不会把意见提出来。可是，留下的半垄玉米苗地，被孙运生发现了。孙运生可着嗓门，生气地吆喝道，这是谁干的活，跟猫盖屎似的？桃河人把活干得不干净比喻成猫盖屎。这虽然不是十分严重的问题，但是，这确实有损于一个男子汉的尊严。男劳力们便争相表白自己，不是我干的！也不是我干的！

孙运生更加生气，道，不是你干的，也不是他干的，难道是我干的？

这时候，孙大个慢悠悠地从人群里走出来，脸上浮着一层笑。这种笑是一种得意，是一种挑战，桃河的人还从来没看到孙大个脸上有过这样的笑。就在大伙儿倍感惊讶的时候，只听孙大个接着孙运生的话茬说，这哪能是你干的呢，这是我干的！

孙运生厉声责问道，你、你为啥要留下这半垄？

孙大个不慌不忙地说，你们拿十个工分锄两垄，我拿七个工分锄一垄半，平均下来，我还吃了大亏呢！

孙运生这才明白他是在为没加上工分闹情绪。他说得理直气壮，孙运生也没办法能咋得了他，气得直瞪眼。

撇下的玉米地不锄，再找人锄锄就得了，可是，有些时候造成的损失是无法弥补的。

那年小麦灌浆的节骨眼上，老天干瞪着眼就是不落一滴子雨，麦子渴得奓着芒，连麦叶都蔫蔫的。队里架了几台抽水机朝麦田里日夜不停地浇水。男劳力都被派去看水渠，一个男劳力分二百米远的距离，水从谁分管的那段水渠里泄出来，谁去堵。责任到人，各负其责。

孙大个也分了二百米长的一段。但是，你分你的，我干我的，孙大个只认管一百四十米的距离。他学着孙运生的样子，迈了一百四十大步，这一百四十大步就是一百四十米，撇下六十步，也就是六十米，谁爱管谁管。孙大个撇下的那六十米，正好与五孩分管的那段接壤着。五孩也是个站到高岗上还嫌是洼坑的人，孙大个别说撇下六十米，就是撇下六米他也不会去管。这就出现了断档。下半夜，水就从孙大个撇下的六十米中的某一处里泄了出来。其实，当时如果有人管，挖几锨土把泄水的地方堵上就没事了。由于没人管，泄水的口子越冲越大，最后把那段水渠都冲垮了。水流进了旁边的路沟里，又悄悄地顺着路沟流回到原处。水渠上头的人以为水全都流到了麦田里，心想到天亮的时候，麦地就浇透了；而下头的人见水渠渐渐断流，还以为抽水机坏了，便落得坐在田埂上休息，谁知一坐下来，就上下眼皮打架，歪在田埂上睡着了。

天快亮的时候，才发现那段水渠冲得一塌糊涂。孙队长大发雷霆，责问那段水渠是谁管理的。五孩说是孙大个，孙大个说不是他的，他管的那一百四十米水渠好着呢，连一个蚂蚁也钻不进去。孙运生这才明白，孙大个还是为工分的事闹别扭。早知道造成恁大损失，不如少分他工，可是现在说啥也晚了。

这样折腾了几回，孙运生还真的拿孙大个没了办法，给他加工分吧，怕社员们说闲话，不给他加吧，他时不时地给你戳个娄子，让队里受损失不说，还影响社员们的情绪，降低了他孙队长的威信。思来想去，孙运生倒有了主意，他决定调孙大个去当仓库保管员，把原来的仓库保管员侯二能调去使牲口。仓库保管员的活较为轻松，又有些实权，就是责任大些。孙运生这样安排他，既是对他的照顾，也是把一个七分的男劳力当十分的男劳力使用了。侯二能每日拿十个工分，当保管员有些大材小用，使牲口是个技术性很强的活，让他去使牲口也是人尽其才。孙运生以为，这样安排，两人都会满意。

可是恰恰相反，对孙运生这样的安排，两人都不满意。侯二能已经当了三年的仓库保管员，已经谙熟了此项工作岗位的实惠和轻松，现在让他去使唤那些哑巴牲口，肯定比保管员操心受累，还占不了什么便宜。侯二能虽然有意见，但他不敢向队长提，他认为孙队长不让他当保管员，肯定是孙大个挤对的他，因此，对孙大个存了满肚子意见，便想着把这满肚子意见早晚变成一颗炸弹，狠狠地炸龟孙子孙大个一下子不可。

孙大个的不满意，还是因了孙运生没给他加工分，侯二能当保管员的时候，记的是十分，而让他当保管员却是记七分，明摆着不合理嘛！孙大个再不满意，也不好把这不满意说出来，因为仓库保管员这个岗位，确实是让每个社员都眼馋而又羡慕的工作岗位。从权力上说，仓库保管员腰里别的那几把钥匙，有种子房的钥匙，有农具房的钥匙，还有牲口饲料房的钥匙，几把钥匙把桃河生产队的全部家当都挂在了仓库保管员的裤腰带上了。要说能占点便宜的话，别的不说，就那炒好的牲口饲料，保管员不但能够经常闻到那股香味，而且就是抓一把揣回家去偷偷地品尝谁又能发现了呢！从劳动强度上说，仓库保管员比锄玉米、比出大粪、比拉垫土、比挖沟修渠等等都要轻松得多。仓库保管员除了每天腰里挂几把钥匙到几个仓库门前转转外，再有，就是定时把仓库里那些常年搁置的破家什搬到院里晒一晒。侯二能当保管员的时候，到了夏天，每半月晒一次，而孙大个却改为每月晒一次。之所以这样，孙大个除了嫌自己每日少三个工分以求得心理上的平衡外，更重要的是，孙大个认为，那些破家什确实不需要半月都去伺候它们一次。

六、男大当婚

孙大个有了充足的时间，同时也有了更旺盛的精力，这样，他便有了更多的时间和精力去想自己的事情。他自己的事情就是关于他要娶个老婆的问题。这时候，他对生产队少给他记的那三个工分已经不太计较了。他每天挣的七分已经让他成为生产队里的余粮户。按人口平均，分的粮食比那些一天拿十分却有几个小孩子的男劳力要多出几十斤，到了秋天，红薯也比他们的平均数分得多。孙大个的口粮完全达到自足。他不但不需要再去抓老鼠充饥，相反，他那些余粮在他那两间破房里的墙洞眼里又养了一群老鼠。养就养吧，反正自己的粮食吃不完，浪费了也可惜，把这些老鼠养肥了，到歉年断粮的时候，再宰杀它们。

闲话还是少说。

孙大个已经意识到少三个工分并不是最大的问题，当务之急，必须给自己娶个老婆。

老呆、五孩首先意识到，是该给孙大个介绍个女人了。两人去找侯二能，因为侯二能是说媒的高手，且侯二能老婆娘家还有三个妹子待闺出嫁。

老呆对侯二能说，看见了吗？孙大个裆里那个玩意儿挺得快撵上他的个子高了，这家伙想媳妇啦！

五孩也说，是哩，二能，你家小姨子多，给他说一个吧。

侯二能呸地啐了五孩一口，道，你看中他了，把你家小姨子嫁给他呀！

五孩急赤白脸，俺老婆就她一个，俺想找个杠子（桃河人把连襟称为杠子），可老丈人还没创造这个条件哩！

老呆说，孙大个这几年成了余粮户，又是仓库保管员，小日子过得舒坦着呢，你家小姨子嫁了他，肯定有福享。

侯二能本来就对孙大个顶了他的仓库保管员一职存了满肚子意见，听这两人又来劝自己为他保媒，便又添了几分不满。不过，侯二能这人有个特点，对谁不满意决不表现在面上，而是放在心里，等这不满意在心里融化了，化成了血水后，便生出一个主意来，再用这个主意去揶揄或者报复对方一下，以消除对对方的不满。听了老呆和五孩的建议后，侯二能不再表示反对意见，而是或可或不可地点了点头。

在老呆和五孩那里，已经认定侯二能同意了这件事。既然侯二能同意了这件事，那么，孙大个很快就能娶上媳妇了。既然孙大个很快就能娶上媳妇了，那么，提前吸孙大个的喜烟、喝孙大个的喜酒就是理所当然的事情了。

老呆和五孩去找孙大个报喜。

老呆对孙大个说，大个，你别再拿眼睛瞧人家新媳妇的屁股了，你自己马上就有媳妇了。

孙大个说，老呆，你又来耍我？

五孩便说，大个，老呆没耍你，俺俩劝侯二能把他小姨子说给你，他都点头了。

老呆的话有一着没一着的，孙大个持怀疑态度。经五孩一证实，孙大个便全当真的了。他惊喜地从凳子上跳起来，问，侯二能真同意替俺保媒？

五孩说，真的真的！

老呆便说，真的是真的，可这事还得俺俩去催他。

孙大个明白了老呆的意思，不等对方挑明便说，俺请你俩吸烟，请你俩喝酒。

那好，你去供销社买烟买酒吧。咦，你养的这只芦花大公鸡真肥呀！老呆指着门口正在啄食的一只芦花大公鸡说。

宰了它，咱下酒喝，你俩帮俺把它宰了，俺去买烟打酒。说着，孙大个一溜烟出了院子。

孙大个把烟和酒买回来的时候，见那只芦花鸡脖子里淌着血，爪子蹬爪着，一会儿就断了气。

有芦花鸡的肉当下酒菜，三个人喝得很开心。

老呆和五孩醉醺醺地从孙大个家里出来的时候，孙大个在背后提醒着二人，你俩可别把事搁脑门后头，得去催催侯二能呀！

老呆摆着手，大包大揽地说，放心，放心，就凭你这条件，啥样的媳妇找不到呢？

五孩伸出三个指头，眯缝着眼说，三天，就这三天内相亲！

三天内，孙大个眼巴巴地等着，盼着，可是三天过去了，也没相上亲。

到第四天的时候，他便去找老呆和五孩。

老呆和五孩知道孙大个找他们的意思，可是他俩也已经找侯二能了，侯二能说，那边还没给话呢！急个啥？

侯二能不让急，老呆和五孩干着急也没办法。老呆便对孙大个说，大个，成不成，三两瓶，咱才喝了一瓶酒哩。

孙大个就说，我再去买瓶酒，咱喝。可俺就养一只鸡，已经吃罢了。

五孩急忙说，没有鸡就算了，供销社有花生米买一包，再切个萝卜就中。

孙大个办去了。

第二次酒喝后，又过了三天。这三天里，孙大个喉咙眼里像塞了麦糠似的难熬，掏不出来咽不下去。到傍晚的时候，他又去找老呆和五孩。

找到俩人的时候，老呆说，正要去找你，说好的明晚去相亲。

孙大个喜出望外，喉咙眼里那把麦糠立刻没有了。他急问，真的？

五孩伸出一只手，支棱着比画道，哄你是王八。俺俩刚从侯二能家出来。

孙大个忙道，让你俩操心啦。

老呆说，咱弟兄们，操心还不是应该的。只是为你的事，俺俩晚茶都耽搁喝啦。桃河人把吃晚饭说成是喝晚茶，就像现在的南方人把吃早点说成喝早茶一样。不过桃河人的晚茶可没有南方人的早茶内容丰富，桃河人的晚茶也就是红薯茶。孙大个忙说，我去买酒，我请你俩喝晚茶。

当晚，喝了第三瓶喜酒。

第二天落黑的时候，孙大个跟了老呆、侯二能和五孩向一个叫常庄的村子走去。常庄并不是侯二能老婆的娘家。侯二能说，他小姨子到桃河来过，相不中孙大个，便在常庄给他说了一个。

孙大个就说，只要是个女的，下了雨知道朝屋里跑就中，管她是哪庄的。

常庄离桃河六里地。四个人相跟着，走得挺快，一个多时辰就赶到了。在村头，侯二能对三个人说，你几个稍等，我先到村里去见人家大人，说好了再来喊你。

三个人便蹲在村头等。孙大个特意买了几盒好烟，在怀里揣着。说是好烟，也就是比“白鹅”牌的贵一点，是两毛钱一盒的“前进”牌。三个人一根接一根地抽着烟，单等侯二能。

等了好大一阵子，侯二能才从村子里跑出来，后边还跟着个男人。因为天黑也看不清那男人啥模样。侯二能介绍说，这位是常树皮，是女孩子她爹。

孙大个一听这人是女孩子爹，也就是自己未来的老丈人，不由紧张起来。老呆碰了他一下，悄声道，快让烟啊！

孙大个忙从怀里掏出烟，哆嗦着手抽出一根递给常树皮，说，您、您抽烟。

常树皮接烟的时候，伏下身子，靠近孙大个，就着朦朦胧胧的光，仔细打量了孙大个一眼，说，这孩子，有鼻子有眼，长得怪耐看哩。只是个子低点，不过也不打紧，个子低还会长呀，二十三还猛一蹿哩！

孙大个一听，未来的老丈人这样夸自己，便觉得自己已经成了人家的女婿，当下，便想着喊声爹。没等他喊出来，常树皮便说，光俺说好不中哩，得让闺女看看，闺女看中才好哩。说完，便头也不回地朝村子里走去。

侯二能便低声说，人家这是要相亲礼哩。

老呆说，要相亲礼给他。大个早就准备好了。

侯二能说，我是说让大个掂量掂量，这相亲礼若送了，就是人家闺女相不中咱，相亲礼也是退不回来了。

五孩说，来就是相亲的，大个，这机会可不能错过。

孙大个想，他爹都看中咱了，闺女还不听他爹的？再说，看人家闺女就得拿见面礼，没有白看的。桃河这一带都是这规矩。想着，便从贴身的口袋里掏出这几年攒下的一卷毛票（其实也就是五十块钱，在那时已经是不小的数目），递给了侯二能，说，你给他送去吧！

侯二能接钱时，还说，大个，你可想好，没有卖后悔药的。

孙大个说，我想好了，不后悔。

侯二能把钱卷巴卷巴，攥在手里，向村里走去。又等了一会儿，侯二能回来说，大个，走吧，人家闺女看你哩。

孙大个便跟了侯二能朝村里走。侯二能临走对五孩说，等会儿有人来喊你俩，你俩跟那人去喝酒，可别过量啊

孙大个进了村，被领进一间小屋里。孙大个借着昏暗的煤油灯光看见后墙有一张床，床上果然坐着一个人，只是那人被一个方巾蒙了头脸，上身穿一件带襟蓝棉袄，下身的棉裤好像是绿颜色的。孙大个对这人的穿戴倒没在乎，在乎的是对方用头巾蒙了脸。这样，孙大个就看不到对方的脸长的啥模样，倒是对方却能从头巾里边把自己从头到脚看个清楚明白。

孙大个对这一点很不满意。自己是拿了相亲礼来相亲的，却不让看到姑娘的脸，岂不亏得慌？他用疑惑的目光去询问领他进来的那人——侯二能把他交给这人，自己也去喝酒去了——那人明白孙大个眼神里的意思，便解释说，咱常庄就这规矩，闺女第一次和人见面，都是遮了脸的。这闺女怕……怕你看不中，没脸

出门哩。

孙大个一听人家这般解释，也就没了怨言。心想，这么好的闺女咱咋看不中？这闺女早晚都是咱的媳妇，眼下不让看就罢了，以后过了门还不天天能看。只是今儿既然来了，就多说会儿话吧。

待那人出去后，孙大个便在一条凳子上坐了。那人见孙大个坐的离自己近，便说，你朝后坐坐吧，咱初次见面，让人看了笑话。

孙大个一听，一阵脸红心跳，便把凳子朝后挪了挪，一边说，谁笑话啊，人都走了，就剩咱俩。

那人说，你抽烟吧？我烦闻男人身上的烟油子味。

孙大个说，我才跟老呆和五孩学的，你要烦我就不抽。

那人又说，你喝酒吗？男人喝醉了都爱打老婆。

孙大个说，我喝不多，以后我把酒也戒掉。

那人说，男人不吸烟不喝酒还像个男人吗？

孙大个只好说，你到俺家后，你让吸俺就吸，你让喝俺就喝。

那人嗔怪说，你这人，脸皮真厚，俺到你家去干啥？你说说，你吸俺啥，你喝俺啥？

这话里分明有了一种挑逗，孙大个听了便按捺不住激情澎湃起来。过去他瞅人家的女人那是雾里看花，而眼前，这个活生生的女人虽然蒙了脸，还看不到她的面孔，但是，孙大个却感到了真切和实在。他觉得，这个女人就是他的了，他要好好待她，他要和她好好过一辈子。他这样想着的时候，就想把女人头上的头巾掀下来，好好看看他未来的媳妇。

孙大个说，你要对俺没意见，就把头巾掀起来，让俺也瞅瞅你。

那人说，别！别！你可不能瞅俺，你要瞅俺，俺就骂你耍流氓！

孙大个把对方的话当成了玩笑，他也笑着说，男人瞅自家女人咋能是耍流氓？俺就瞅一眼，不然，今晚不白来了。说着，便上前一步，猛地把那人的头巾掀了起来。

把头巾掀掉的那一刻，孙大个愣住了，头巾遮盖的哪里是一张女人的脸，那人的脸皮如松树皮一般，脖子的喉结突凸地耸立着。

与此同时，那人一口吹灭了油灯，并如蝎子蜇了一般叫起来，耍流氓啦！耍流氓啦！

孙大个还在惊魂未定之中，从屋外蹿进来几个男人，劈头盖脸地向他打来。

孙大个冤枉道，别打呀，别打呀，俺没耍流氓！

可是那些人哪里听他辩解，一边打一边骂着。

孙大个只得抱着头，夺路而逃。

七、峰回路转

孙大个在自己屋里躺了两天。在这两天里，他咬牙切齿地骂着老呆、侯二能和五孩。他恨透了这几个人。这几个人不是东西，骗他的烟，骗他的酒，骗他的钱，把他家的芦花大公鸡也骗吃了，可到头来，却弄了个糟老头子来糊弄他，这是多丢人的事呀！这事若传出去，孙大个找媳妇更难了。孙大个只有哑巴吃黄连，苦水朝自己肚里咽。

不过，孙大个想，也不能便宜了这三个龟孙子，自己得想办法出口气。怎样出这口气呢？硬拼自己肯定不行的，别说一个对付他仨，就是一个对付他一个，孙大个怕也占不了上风。那么，只有智取。如何智取呢？

孙大个想着，便有了主意。

到第二天傍晚的时候，孙大个的门一响，从昏暗里走进来两个人，这两个人一个是老呆，一个是五孩。两个人嘻嘻地笑着，一个个都是非常同情关心的样子。孙大个见他们手里还掂着东西。孙大个本来不准备理他们，可是，苦脸不打送礼的，这是桃河人多少年来传下来的规矩。孙大个也不好坏这个规矩，人家都掂着礼来了，就说明人家是向你来赔不是的。再说都是一个队的社员，低头不见抬头见的，怎好把人往死里得罪？孙大个想着，冷下的脸渐渐地有了热度。

老呆说，大个，他们没伤着你哪儿吧？

五孩瞅了瞅孙大个的脸，说，我看脸上没破相，只要脸上没破相，就不影响相亲。

孙大个没好气地说，还相呢，再弄个老头子来蒙俺？

老呆急忙说，那事都是侯二能龟孙子摆弄的，把我和五孩也蒙在了鼓里！

五孩也说，老呆说的是。这两天我和老呆就一直找侯二能算账，侯二能真不是个东西，他原来早有心要摆治你。

孙大个一听，在心里把报复三个人的计划改为了只报复侯二能一个人，嘴里说，他摆治俺，俺也饶不了他。

老呆说，大个，别跟他一般见识，咱喝酒吧，这回不让你去供销社买了，俺俩顺路买来了，还买了花生米。菜园里黄瓜长大了，五孩瞅没人看顺手摘了几根。

孙大个一听，心情也好起来，便起来与两个人喝酒。孙大个“哧溜”喝下一口酒，说，侯二能那龟孙子还骗我五十块相亲礼呢，你俩给他捎信，他得还我。

五孩把大腿一拍，道，昨儿把这事忘了。钱俺俩去给他要了，可他只给二十块，说那天晚上请人吃饭花了二十，请……请那老杂毛装女人花了五块，剩下的五块给打你的那几个人买烟了……说着从兜里掏出一卷零碎票，递给孙大个。买这瓶酒和花生米又花了几块，就剩下十多块了。

孙大个听了，好半天没说出话来，只是闷头喝酒。心想，原来酒还是用我的钱买的。不等两人让，就多喝了几杯，一会儿先把自己灌醉了。

孙运生队长听说了这件事，先把老呆、侯二能和五孩每人批评了一顿，说三个人觉悟太低，为了喝别人的酒，就骗人，丢尽了桃河人的脸，让他当队长的脸上也无光。老呆和五孩还想替自己辩解，碍于侯二能在场，话到喉咙口又咽回去了。

孙运生又来找孙大个，骂孙大个说，想女人想疯了，把咱孙家的老脸丢尽了。

孙大个挨打受气，一肚子冤没地方诉，听孙运生又来数叨自己，止不住号啕大哭。一个男人不到伤心处，决不会一把鼻涕一把泪地哀号。哭得孙运生有些心软，想想这个本家子兄弟也实在可怜，十来岁就没了爹疼母爱，吃的苦受的罪比谁都多。现在二十多岁的人了，想找个媳妇过日子也是理所当然的，活不该受侯二能这几个人的要弄！孙大个毕竟是咱桃河生产队的社员，娶不上媳妇生不了后，到老了不又是五保户一个，还不成了生产队里的累赘？想到这儿，他觉得孙大个娶不上媳妇队里有责任，自己这个队长有责任，便劝孙大个说，事情都过去了，你也得挺起来，才像个老爷们儿样。大个，你是咱队里社员，我不会不管你的事。你要好好干，好好表现，争取评上五好社员，还怕找不到媳妇？

孙运生这几句话还算贴心贴肺，孙大个才得到些安慰。

为能让孙大个娶上媳妇，孙运生出台了三项政策，一是凡本队社员能给孙国栋介绍对象并成功者，生产队奖励该社员三百个工分；二是凡外队社员能给孙国栋介绍对象并成功者，桃河生产队奖励该社员飞鸽牌自行车一辆；三是无论本村姑娘或外村姑娘愿意嫁给孙国栋者，桃河生产队奖励该姑娘蜜蜂牌缝纫机一台，并佩送大红花一朵。

政策一出台，说媒者蜂拥而至。那一段时间，也正赶上农闲时节，孙大个家的那个破门槛几乎被人踏破了。可是，轰轰烈烈的一个多月，孙大个的婚事也没个结果。相亲的也有几家，不是嫌孙大个个头矮就是嫌孙大个长得低，不是嫌孙大个家里穷就是嫌孙大个寒酸，不是嫌孙大个没有爹就是嫌孙大个没有妈……眼见得姑娘们的心都太高，说媒者也都泄了气。孙大个的婚事再度凉了下来。

到了冬天，事情忽然有了转机。

那天，老呆和五孩奉孙运生队长之命到南地场里掏麦秸。掏麦秸本来没有孙大个的任务，可是俩人硬拉了孙大个一块儿去，孙大个闲着也是闲着便跟他们去了。天刚下过一场雪，雪不是太大，但也不太小，把路上、树上、房顶上都下白了，当然，场里的麦秸垛也白了。老呆和五孩拉着架子车，车上放着盛麦秸的大筐，孙大个坐在大筐里被二人拉着，他们踏着积雪来到麦秸垛头。

要掏麦秸，必须得从垛头掏，而此时，垛头也被积雪覆盖着，只有先把积雪除掉，才能着手掏麦秸。

除积雪是一件很辛苦的事，累且不说，还冻手。老呆一直架着车把，五孩推说去尿尿，跑到麦秸垛另一边去了，除积雪的事就由孙大个来干。

孙大个俯下身子，用手扒着麦秸上的积雪。好在这个地方是背风头，积雪不厚，他扒了一阵，积雪下面的麦秸就露了出来。不过，上边这层麦秸有点湿，不能拉，还必须把这层湿的麦秸扒一边去，拉里边较为干燥的麦秸。孙大个扒得手指头有点僵，便站起身，想等五孩回来扒一阵，可是总也不见五孩的影儿。

老呆骂五孩滑蛋，他把车把交给孙大个，自己接着去扒。他刚扒了两下，便吓得叫起来，哎呀，这里咋埋着个死人呢？

孙大个扔下车把，凑到跟前看，果然见麦秸下躺着一个人，那个人穿着蓝袄，蓝棉裤，还戴着一顶蓝帽子，蜷缩着身子。由于是侧着脸躺着，还看不清人的面目。

这时，五孩也回来了，他大着胆子走上前，弯下腰伸出手，在那人脸上摸了一下，竟感觉还有热气。五孩说，这人还有气呢！便叫，喂！喂！你咋在这儿睡着了？

孙大个也叫，快起来，快起来，到家里去暖和暖和吧。

可是，叫了好一阵，那人也没应。孙大个分析说，这人一定冻昏过去啦，咱赶快把他拉回卫生室去救。

老呆也说，是哩，救人要紧，拉麦秸是小事，咱还是先救人吧。

三个人意见达成了一致，便把筐从车上卸下来，先在车厢里铺上一层厚厚的麦秸，然后去抬那人。老呆抬了腰，五孩抬了腿，孙大个便托了那人的头。孙大个在托那个人的头时，不小心把那人的帽子弄掉了，那人的长头发便露了出来。孙大个吃了一惊，原来这是个女人。

现在，三个人都看清了这个女人的脸，这张脸尽管非常苍白，但的确很年轻，很耐看。三个人在吃惊的同时，心里都在扑通扑通跳个不停。

特别是孙大个，他真的还没接触过这么年轻的女性。在这个特殊的环境里，他有幸第一次触摸到女性，心里便有了一种别样的感觉，他觉得有一股热流正在自己身体里流动。他急忙把帽子重新给她戴好，小心翼翼地托着女人的头。这阵，他生怕惊醒了那个女人。

三个人把女人抬到车上放好，孙大个又把自己的棉袄脱下来，盖在了女人的身上。他们拉起车子，飞一般地向村里赶去。

那个女人是在卫生室里苏醒过来的。其实，女赤脚医生小田也没给女人用什么药，小田先给女人灌了半碗热小米汤，然后又在那女人的脸上身上揉，揉着揉着，女人便醒了过来。女人一醒过来，见身边站了那么多男人和女人，眼泪一下子就流了出来。

孙运生等女人安静下来，便以生产队长的身份去和女人交谈，他问女人从哪儿来的，家住在哪儿？家里都有什么人？可是女人都不说，问得急了，女人便说自己从很远的地方要饭来了，走到一个麦秸垛头，又饿又累，想躺在麦秸垛头休息一会儿。可是，她自己也不知道，躺在那里边休息了多久，只知道躺进去的时候，天还没有下雪。

严格地说，这女人还是个姑娘，并且是一个很好看的姑娘。孙运生从和姑娘的交谈中，得知这姑娘的名字叫山山（其实是姗姗，只是孙运生怎么也不会想到这个女孩会有这么洋气的名字）。孙运生奇怪，这个女孩子为啥起了个男孩的名字，但这是人家自己的事，也不好问。关于姑娘对自己身世的叙述，孙运生半信半疑，孙运生猜出这姑娘一定隐瞒了什么，既然她不愿说隐瞒着，孙运生也不好再仔细打听。

接下来，孙运生对那姑娘说，你既然不知道自己躺在麦秸垛里几天了，你家的大人一定很着急，说不定他们急得要发疯。这样吧，我派马车把你送到县城的车站去，再给你拿些路费，你快回家吧！

山山一听，先是呆愣了一阵，继而便哭着说，我不回家，我没有家，我哪儿也不去，我就在你们这儿，我能干活，能挣工分！

孙运生一听，便作了难。因为在那个特殊的时代背景下，是不允许一个生产队私自收留一个人的，特别是一个不明身份的小姑娘。若收留了她，公社里、大队里都不好交代的。这可怎么办啊？孙运生有些无奈地抬起了头，他抬起头的时候看到孙大个瞅着山山，正在悄悄抹眼泪。孙大个的眼泪使孙运生先是一惊，接着是一喜。孙运生想，孙大个虽然没了爹娘，可是他还有个家。而山山这个姑娘，却连个家也没有了。既然连家也没有，就一定也没有爹娘，这是一对同病相怜的人啊，这真是天设地造的一对啊！孙大个虽然个子矮些，但是，他能吃苦，能受累，相貌也不太差，有鼻子有眼的，脸皮没坑没麻的。更重要的是，他有一个家，而山山正需要一个家。更重要的是，生产队里有了一个充足的收留她的理由，这个理由在大队、在公社都是说得过去的。

孙运生决定促成这件好事。可是，当了这么多人的面，他不好马上给山山说。他决定答应山山的要求，先收留她。接下来，他又决定让山山先住在自己家里，然后，把自己的想法给大翠说，让大翠去给山山说。女人给女人说这样的事总比男人给女人说说得开。

八、喜从天降

孙大个眼巴巴地瞅着山山跟着孙运生走了。

孙大个的心情很复杂。当然，这个时候，他还想不到孙运生有了把山山说给他做老婆的想法，他自己更没敢想把山山当自己的老婆。他真没敢想这件事，不是不敢想，而是连这方面的念头都没有。山山那姑娘真是太好看了，细皮嫩肉的，鼻子翘翘的，眼睛大大的，眉毛细细的。孙大个觉得，这是他有生以来见到过的最好看的姑娘。他相亲时见到的那些姑娘们，有的长个塌鼻子，有的长一双小眯眼，有的脸上还长着麻点……她们和山山比着差远了。可是，就她们那个丑样，还看不上他孙大个，她们的手连让他孙大个摸摸都不让。可是，山山这个好看的姑娘，孙大个捧过她的头，抚摸过她的乌黑的头发，甚至在老呆和五孩没注意的时候，他还把山山额头上的那束刘海儿给她抿到了一边，因为当时那束刘海儿盖了山山的眼，他怕刘海儿刺了山山的眼。仅有这些，孙大个就知足了，他哪里还敢想着娶这样一个好看的姑娘做自己的老婆。

除了这些，孙大个还想到，山山是他和老呆、五孩拉回来的。比较起来，他孙大个的成绩更大些。是他孙大个用冻得像红萝卜似的十个手指头扒掉了盖在山山身上的积雪，不是他先扒掉那层雪，就不会露出下边的麦秸，下边的麦秸露不出来，被麦秸盖着的山山就不会露出来，从这种情况来看，难道不是他孙大个的成绩最大？就是因为有了孙大个的成绩，山山才被救活了。山山能救活，他孙大个功不可没，他孙大个才是山山的救命恩人哩！

孙大个就是怀着这样的复杂心情走回家的。那时候，天已经昏暗下来，不过，雪光映着，灶火（厨房）里还很亮堂。他就着亮堂的光，给锅灶里点把火，锅里是上午喝剩下的红薯茶，再热一热，就是他的晚饭了。他把热好的红薯茶盛在碗里。他吸溜着嘴去喝红薯茶的时候，心里还在想，山山那姑娘，这些天来未必能天天喝上红薯茶呢。不过，今儿晚上她肯定能喝上。不但能喝上红薯茶，说不定大翠还要给她烙葱花油饼呢。大翠那个女人，是个刀子嘴，豆腐心，说话粗喉咙大嗓，待人可亲。就说对他吧，虽然曾给他办过难堪，可是，后来，她还主动给他介绍过一个姑娘，只是那姑娘也是嫌他个子矮而没有成。

孙大个这样想着的时候，已经把碗里的红薯茶吸溜进了肚子里，他把空碗撂到锅里，也不去刷。这是他的习惯，这些该刷的东西要等到下一次再用的时候他才会舍得去刷。他抹抹嘴，回到屋里。接下来，他就没什么要干的事了。他便走到自己的那个破板床跟前，把那补丁摞补丁的被子扯了扯，然后，他就和衣躺下了。冬天里他是不脱衣服睡觉的，因为被子太薄，他嫌冷。再说，第二天早晨起来时也省事，把被子一掀就爬起来了。只有在夏天里，他才脱衣服睡觉，并且把自己脱得精光。那个时候，他是不在屋里睡的，他和队里的男子汉们一样，掂了一个破席，扛了被子或布单子，到打麦场里。别人都找有风口的地方，他却睡在麦秸垛头。麦秸垛头软和，他喜欢睡在那里。打麦场没有女人，可是男子汉们在睡觉前，总爱谈一些与女人有关的话。大部分男子汉都是有老婆有孩子的，他们就把和自己的老婆在家里干的那种事有滋有味地交流出来。孙大个听他们讲着，甚是好奇，他体会不到和女人干那种事究竟是一种啥滋味。因为体会不到，他就支棱着自己的耳朵仔细地听，捕捉着他们所说的每一个细节。而往往是这些细节，又让他心痒难耐，他两腿间的那个小家伙就不由自主地挺了起来。小家伙挺得他难受，他就用手去抓，其结果是，小家伙挺到一定的程度便如水渠决口了似的，喷涌而出。那时候他的心里产生一种恐惧，他担心自己会不会因此而死掉，即使死不了，会不会对自己的身体带来啥损害，但相反，他却从中体验到了一种非常快乐的感觉。

第二天早起，孙大个还没从床上爬起来，就听到院里有一阵咚咚的脚步声，接着一个人破门而入，他的门从来是不上插的。那个人一边扯着嗓子喊，大个，大个，快起来，有喜事啦！一边走到孙大个床前，一把掀掉了孙大个的被子，把孙大个拽了起来。孙大个睁眼一看，原来是大翠。后边还跟着孙运生。孙运生进了屋，像狗一样，耸着鼻子到处闻着，他闻了好一阵，才以命令的口吻说，大个，快起来，把你的屋子收拾干净！

孙大个嘟哝着，又不过年，收拾屋子干啥？

大翠一拍大胯道，唉呀，我的大个兄弟，比过年还当紧哩——给你办喜事哩！

孙大个激灵一下站了起来，但还是不相信地道，俺有啥喜事，别是又要俺？

大翠一扯他的耳朵，骂道，你是猴啊，俺要你？那个姑娘——对，就是你救下的那个叫山山的姑娘同意嫁给你了！

孙大个一下子愣了，傻了。这喜事太突然，太意外，让孙大个有些措手不及！

看着孙大个一副傻呆的样子，倒是把孙运生和大翠也弄得不知所措，两个人上前，一个捏孙大个的脑门，一个掐孙大个的人中，口里高一声低一声地喊着，大个，你这是咋了？大个，你说话呀！

孙大个好半天才缓过气来，一缓过气，就呜呜地哭起来，哭得大翠也直抹眼泪。

孙运生骂道，瞧你那没出息的熊样，要娶媳妇了，还哭个啥？

孙大个呜呜咽咽地说，俺这不是喜欢的吗？说着抹了一把眼泪鼻涕，问道，哥，山山真同意嫁给俺？

不等孙运生回答，大翠抢着说，你哥和俺不少费嘴皮子哩！

她先是认死也不愿意。你哥说她，你要想留在俺队，就得有个理由，这个理由就是要成俺队里人，就要嫁到俺队里，俺才好向大队和公社汇报。要不然，俺就没法留你。山山听了，哭得泪人儿似的，一边央求你哥留她，一边又不让她嫁人。事先你哥就对我说，让我劝她，我就把你哥撵出去，掏了心窝子的话讲给山山。我给她讲，俺家兄弟孙国栋心眼多好的一个人，在咱队里又有人缘，大人孩子都合得来，当着队里仓库的保管员，活不重挣分不少，年年的余粮户。俺兄弟孙国栋又最疼人的，妹子嫁给她，一不受气，二不受累。他也是没爹没娘的一个，绝不会受婆子的气，你过了门就是当家的一把手……我这话都讲到她心窝子里去了。她也不哭了。后来，她又问孙同栋死去的爹叫啥名，你哥说叫孙老六。她听了，问孙国栋真是孙老六的儿子吗？我说是……后来……后来我又说些啥了？唔，她就点头同意了。

孙大个喜得抓了大翠的手，连声说，嫂子，嫂子，俺得谢你，俺就给你磕个头吧！说着，扑通一声跪下了。

大翠一把把他拉起来，说，好你个大个兄弟，折俺的寿哩！快起来，咱说正事。

孙运生说，大个，你也别谢她，回头我给记工员说给她加三百个工分，算队里奖励她。

孙大个说，俺的工分也多，给嫂子也拨过去三百分吧。

孙运生说，那倒不必。还是快把屋里整整吧，结婚毕竟是人生的一件大事。看山山像是个落难女子，不得已才答应嫁给你的。这也是你的福气，可也不能太委屈了人家姑娘。你把床整大些，钉牢实，墙上再贴几张画。大翠，把咱家的被子抱来一床让大个先盖着——等明年秋后棉花摘下来让大个还咱一床。

孙大个忙说，中！中！还两床都中！

孙运生继续说，好日子定在后天腊月初六，到那天，还得准备几桌饭，咱这亲的邻的还是要请的，毕竟是个喜庆事嘛！

九、洞房花烛

里里外外的事有孙运生和大翠两口子张罗着，倒也办得有条不紊。孙大个把自己积攒的余粮钱都拿出来交给了大翠，该添的买的让她看着去办。大翠也不含糊，花的钱一笔一笔都记上账。亲兄弟明算账，大翠毕竟当过妇女主任，大小也是个村干部，也是热心肠惯了，何况是自己近门的兄弟哩！

腊月初六那天终于等过来了，山山在队里两个姑娘的陪伴下，从队长孙运生家出来，拐了一个胡同，进了孙大个家。

那一天，是孙大个的节日，也是桃河生产队的节日。

桃河生产队的男人们、女人们都在议论着这件事。

啧啧！孙大个真是有福气呀，娶了个这么好看的媳妇。

也是孙大个心眼好积的德。

这媳妇八成是老天爷送给孙大个的吧？

男男女女有点头脸的社员们都被请来喝喜酒。酒桌上，也是一片赞誉之词，都夸孙国栋的好，就连平常的不好也成了好。

到了席散人终之后，孙大个才走进屋。

他那两间草屋里因为整理和布置与先前大不一样了。一道薄篱子把房子隔成了里外间，外间像模像样地摆着一张桌子和几个凳子，那都是大翠临时从邻居家借来的。里间有了新房的样，床加宽又钉实了，省得人睡上去吱呀吱呀地乱摇晃。床上新买了一张圈床席。席是芦苇编的，很大，铺在了床上，连挨墙的那边也遮了起来。遮墙的那边苇席还编有花样，花样是用两种颜色构成的，一种是苇子的本色——金黄色，另一种是红色，红色在金色底上穿成了一个双喜字，更给这房里增添了喜庆的气氛。墙上贴着几张画，有《沙家浜》，也有《红灯记》，还有《智取威虎山》，把土墙盖着了，比土墙好看多了。床的上边还扎了个顶棚，把黑黑的屋顶遮住了。总之，这屋里比孙大个一个人过时换了个样。

山山坐在床上，脸上没有新媳妇的羞涩和窃喜，倒是含了几分忧伤几分黯然。孙大个是个粗人，况且又在高兴头上，根本没注意到山山的神情。再说，他就是注意到了，他也是无论如何体会不到山山的心情的。他只想着，这个名字很像男孩子的姑娘，这个长得好看的姑娘，今天成了他的媳妇了！对于孙大个来说，就像一场梦，这是他做了多少年的梦。可是这梦成真的了，他孙大个也有老婆了，他孙大个也是个大男人了。不久的将来，他孙大个就会和自己的媳妇生出一个小孙大个来！

这是一个多么令孙大个兴奋的事情呀。的确是兴奋，又万分地幸福。两天来，孙大个就一直处在这种状态里，他以为他兴奋，新媳妇山山也会兴奋，他幸福，山山也一定是幸福的，不然，山山也不会同意嫁给他。

想到山山这么好看的姑娘情愿嫁给了他，再想想，过去与他相亲的姑娘们都看不中他，他就奇怪，那些姑娘难道一个个都瞎了鼻子烂了眼？

孙大个还想，既然山山心甘情愿嫁给了他，他就要好好待她，他就要顺着她，一切都顺着她！他不能让她干那些太重的活。如果队里分配她干重活，他就替她干。家里粗活也不能让她干。比如挑水、劈柴，比如烧锅、刷碗等一类粗活都不能让她干，这些活，他孙大个一个人就干完了。他就是要养着她，好好地养着她。他还不能让她受一点气，队里那些男子汉们若在她跟前说粗话，他就跟他们过不去。谁若要骂他孙大个，日他孙大个的媳妇，他就先日他们的媳妇，把他们的媳妇先日死再说！

腊月的天，说黑就黑，刚才还麻擦眼，稍停会儿就看不清人脸了，再迟会儿，就人脚定了。

可是，那个腊月初六的夜晚，桃河生产队的男人们和女人们都没有像往常一样，老早地钻进自己的被窝里去上演自己的故事。

那一天，他们在等待着看别人的故事。他们怀着各种各样的心情，想看看孙大个和那个叫山山的姑娘怎样进行自己的故事。他们伸头探脑的，有的站在自己的家门口期待着，有的来到村街上听动静，有胆大些的就走进了孙大个的院子。他们蹑手蹑脚的，踮着脚尖，屏着呼吸，悄没声息地来到孙大个房外的墙角下，更大胆些的就趴在窗户下。无论是蹲在墙角下的或趴在窗户下的，却都看不到里边的情形，因为窗户被一个草苫子挡严了。他们只有支棱起自己的耳朵，靠自己灵敏的听觉去捕捉里边的声音。

那个时候，孙大个已经走进里间，并点燃了红蜡烛。立时，山山就被罩在了红蜡烛的光焰里。孙大个偷偷地觑了山山一眼。仅那一眼，就让孙大个幸福得一阵晕眩。天仙呀，简直就是天仙降到了他的草屋里！

好看的山山见他进来，仍是一动不动地坐在那里。她看着这个因她的到来忙碌而幸福的男人，心情万分地复杂。这复杂的心情是无法向人透露的。可是，现在，她不能不向这个一心想让她成为自己的女人的男人透露。她向这个人透露的目的，是要让这个男人放弃他做自己丈夫的权利。同时，她还要求这个男人能保护她，保护她安全地在这里生存下来。她知道自己的要求太高，也知道要说服这个男人实在不是一件容易的事。这个已经二十六七岁的男人想老婆都快想疯了。现在要说服他把娶进家里的老婆不当成真的老婆对待，这难道不是一件天方夜谭的事情吗？可是，山山必须走这步险棋。她才十七岁，严格地说她还是个中学生，她怎能就这样嫁给一个大她十岁的男人？她来桃河，其实就是要寻求他的保护的，可是却要变成了他的老婆！不！她一定要说服他，假如说服不了他，她就一死了之！

孙大个把蜡烛放在床头的一只板箱上。他勾着头对山山说，都累了，还是早点睡吧！说着就去拉床上的被子。在桃河，新婚之夜铺床叠被都是新媳妇要干的事情，孙大个不愿劳累山山，就自己动手了。

山山却说，你等会儿，咱俩说会儿话。

孙大个就听话地把拉了一半的被子放下了。他垂着手，站在那里，一副手足无措的样子。

山山下了床，从外间搬一张凳子，让孙大个坐。孙大个忙坐下，又讨好地说，都忙外边了，顾不得照顾你。

山山好像话无从开口，迟了一阵，才问，你真叫孙国栋？

孙大个害羞地说，俺大名叫孙国栋，可他们都喊俺大个。

你爹叫啥？

孙老六。

你真是孙老六的儿子？

这能有假。不过俺爹早死了。

这我知道。山山盯着孙大个的脸，突然问，你听说过一个叫阮丰的人吗？

这挑起了孙大个的某些记忆。他有些激动起来，连声道，知道，知道。俺娘活着时经常讲他，说他救了俺的命，是俺的恩人，俺还认了他干大。可是……可是，俺从来没见过他的面。

山山说，你想见他？

咋不想哩，做梦都想。

你总有一天会见到他的！

真的？你咋知道？孙大个警觉起来，你、你认识他？

山山说，他是我爸爸！

啊？孙大个一下子惊呆了！

我爸爸被坏人当作坏人关进了监狱。可是，我爸爸是个好人。我妈被坏人逼得投河死了，那些坏人要抓我，我就逃出来了。我逃到桃河来，就是要寻找我爸的干儿子——一个叫孙国栋的男子汉。我爸被坏人抓走之前，曾给我讲过他在桃河救过一个男孩，那个男孩或许已经长大成人了，他要我在走投无路的时候就去投奔那个叫孙国栋的……

山山讲到这儿，已经泣不成声。

孙大个听得惊心动魄。这个乡下的男人从来没有听过这么曲折的故事，他被这个故事击蒙了，击晕了！他一时没了主意，又惊慌失措。如果山山讲的是真话，那么，山山就是他干大的女儿，也就是他的干妹子。在桃河村，如果娶自己的干妹子做媳妇，那是要受人耻笑的，那是要遭人啐骂的。更何况，山山是逃难来的，是投奔他来的，是寻求他的保护来的，他怎能乘人之危，娶她当自己的媳妇？再说，干大还活着，总有一天，他会见到干大的。如果他睡了山山，以后，他该如何面对救过他性命的干大？

可是……可是，娶到屋里的媳妇难道又成了画上的馅饼？已经成真的梦想难道又成了梦？哎！这叫孙大个咋办呢？这可给孙大个出了个大难题！留也不是，撵也不是。俺的亲爹孙老六呀，你咋就把这麻烦事撇给俺孙大个了呀！

孙大个想着，也不由呜呜地哭起来。哭了一阵，他擦着泪道，干妹，现下，全队里都知道你是俺媳妇了。

山山说，哥，你要真把俺当成你媳妇，我就去死！

孙大个说，别别，俺不是非要把你当媳妇。看现在弄的这事，生米都快成熟饭了！咳，你咋不早说哩？

山山说，从那天后就没见到你面，这事能跟其他人说吗？

孙大个犯愁地说，也是的。可现下这事咋办呢？

山山迟疑了一阵，忽然从床上下来，一下子跪在了孙大个面前。

孙大个一惊，急忙把她拉起来，一边说，干妹，你可不能这样。你说咋办吧，哥听你的。

山山站了起来，不慌不忙地说出了自己的主意。

孙大个听了，就是再憋屈得慌，也没有理由不同意。

那天夜里，人们睡得正香，突然，挂在老柳树上的那个“铃”响了，在寂静的夜空里，那声音分外地震耳欲聋。铃声就是命令，社员们不知道发生了什么事，都紧忙穿上衣服，走了出来。

这时候，人们在朦胧的夜色里，看到一个瘦矮的人还在奋力地敲着铃。大家认出，敲铃的人不是队长孙运生，却原来是孙大个……

十、好梦难圆

村子里都在传着，孙大个自打结婚那天就一直一个人睡在灶火里。还说，他媳妇嫌他脏，一脚就把他踹到了床底下，孙大个才连滚带爬地睡到了灶火里。也有的说，他媳妇嫌他个子矮，办那事时，老是不知道从那头比齐，比不齐就摸不着门，新媳妇就把他撵下来了。这传说里夹了些戏说，掺杂了噱头，听的传的都一笑了之，谁也没有真把它当作一回事。

不过，也真有人去关注孙大个和他媳妇的。

老呆、侯二能，还有五孩，他们发现孙大个虽然娶了媳妇，却高兴不起来，整天灰头土脸的，像揣了啥心事，一副心事重重的样子。他们便劝他，大个，办那事可得悠着点儿，别让你媳妇把你掏成个空筒子！

孙大个也不反驳，他懒得反驳，一笑了之。

大翠最关心山山的肚子，一看见山山，就瞪着眼去盯山山的腰部。瞅没人时，还去掀山山的褂子，看肚子鼓起来没有。看完，她总是叹口气，骂孙大个，这个屌孩子，一点本事也没有。看看你运生哥，不到一个月就把这小队长的根儿种上了。说着还拍自己的肚皮。

山山听着，脸上一红，急忙走开了。她从内心里惧怕这个口无遮拦的大翠。

年过去了，嚼舌头的日子也就快过去了。接下来，是春耕，一到春耕，都忙了，也顾不得关心别人的事了。春耕忙完，很快就到了麦收。

麦收来了，意味着夏天也就来了。

一到晚上，男人们又卷了席，扛了被子或被单到场里去睡了。照旧是脱得精光光的，照旧是云天雾地胡扯着，扯得最多的还是男人和女人之间的事情。孙大个也去场里睡，还是睡在麦秸垛头，不过他睡在了麦秸头的另一头。那头靠着路，距场里睡着的那群男人远一些。现在，他不愿再听那些男人讲男人和女人的故事，他觉得他们老是讲那些事，很没意思。再说，他也怕他们扯到他和山山的事情上，他怕他们问他和山山的一些事，要是那样，他会很难堪，他不如躲了他们。

那天傍晚，他到场里去得很早。仓库保管员就这点自由，只要没事情做可以提前回家。不像干别的活计，无论有无活干都得熬到放工时间。

他回家做好了饭，自己先吃了，然后把余下的温在锅里留给山山。他卷了席，扛了被子到了场里。他把自己最近常睡的那个麦秸垛头的麦秸扒了扒，然后把席子铺在上边，再把被子扔到席上。

他走到场的东边。那里有一棵柳树，他扒掉裤衩，对着那棵柳树，撒了一泡尿。这泡尿撒得很长，把半边柳树根都浇湿了。他提裤衩的时候，不由打了个喷嚏。这个喷嚏过后，他自言自语地骂了一声，他妈的，又是谁家的丈母娘想女婿哩！骂了这一句话后又警觉地向四周看看，他担心有人听到这句话。因为，在桃河，娶了媳妇的男子不该发这样的牢骚。

他回到麦秸垛头，然后弓着腰，蜷缩着身子钻进了麦秸堆里，就像一只老鼠躲进了自己的洞里。

那里很软和，很舒服，他很快就睡着了。

那时候，他做了一个奇怪的梦。他梦见侯二能赶着马车进了仓库里，他正奇怪马车恁宽，咋进的仓库门。这时候，侯二能钻进了他已为他设置的老鼠夹子里。老鼠夹子夹住了侯二能的小胡子，侯二能疼得哇哇起来。他本来是要教训侯二能的，看他疼得龇牙咧嘴的样子，便想着赶快去救侯二能，而侯二能却自己甩脱了老鼠夹子，跳到了马车上。一转眼，马车变成了一辆小轿车。那是一辆多么漂亮的小轿车呀！孙大个从来没这么近距离地看到过这么漂亮的小轿车。孙大个想，自己啥时候也能坐上这样的小轿车风光风光呀。正想着，小轿车停在了他的跟前。小轿车的门开了，从车上先下来一个高个子男子。那男人方方的脸膛，大大的眼睛。男人好面熟，啊，这不是干大阮丰吗？干大阮丰向他微笑着，对他说，国栋啊，我刚从里边出来，就来看你了。你把珊珊照顾得很好，只是委屈你了。他一听，鼻子都发酸了。他刚想向干大说句话，干大却不见了。一眨眼，山山从车里走出来。山山说，国栋哥，我爸又到县里工作了，他来接我回去。我一定给他说，让他给你找个媳妇，找个好媳妇。他正要说，山山，你不要安慰我，你放心走吧。可是山山已经不见了……

傍晚的时候，侯二能赶着马车朝场里赶，车上还装着刚从地里割下来的麦子。因为天晚了，牲口们急，侯二能更急。侯二能一急，手下的鞭子甩下去就重了一些，这重重的鞭子落在牲口们的身上，牲口们便跳了起来。牲口们越跳，侯二能下手越狠，这样，牲口们就暴怒起来，它们不管不顾地奔跑起来。它们拖着马车在前边飞奔，侯二能惊慌失措地在后边追。可是，侯二能的两条腿咋也赶不上它们的四条腿，两者的距离越隔越远。最后，侯二能只得由它们去了。

受了惊吓的牲口们拖着马车向前跑去。一路上没有任何障碍物，如果有障碍物，它们也许会被拦下。直到到场里，它们才遇到了障碍物。那是垛在路边的一垛麦秸。它们拖着马车钻进了麦秸垛里，马车遇到了障碍，车轮转不动了，牲口也跑累了，它们“咴咴”地叫着，在麦秸窝里尥着蹄子。

第二天早起，五孩拿了木叉到麦秸垛里去挑麦秸。那个时候，他发现麦秸窝里还躺着个看场的男人。他喊着，起来，起来，日头都晒着屁股了。可是人却动也不动。五孩恼了，丢下叉子去掂那人的被子。当他把被子掂起来时，他自己却吓得大叫起来。

被子下的那个男人由于被马踏车碾，弄得面目全非。叫声再高，也没能把他惊醒。

（原载《莽原》2009 年第 3 期）

北大洼

1

那年的冬天来得早，并且冷得出奇，人们还没有做好充分的越冬准备，一场暴雪就铺天盖地落了下来，房屋、树木、道路、河流……整个世界一下都白了。

这样的天气本不是适宜迁徙的日子，但这是没有办法的一件事。

由于一个叫兰的女人的举报，我父亲被当作潜伏的特务揪了出来。这个叫兰的女人是我母亲二姐的女儿。我母亲的二姐去世早，兰很小的时候就跟了我母亲。我们家本来就姊妹多，对多出的这一个外甥女，母亲也没有给予特殊的照顾，把她当了亲生女儿，该疼的时候疼，该打的时候手下绝不留情。这些在我母亲那里，都是很自然的，但在兰那里，却把疼的忘了，打的记恨在心里。那时候兰已经出嫁，嫁的是食品公司一个叫丁一刀的人。丁一刀宰猪时从来都是一刀下去，刺中要害，猪连哼一声都来不及便毙了命。丁一刀因此而享誉我们那座小县城。兰之所以不顾我父母的强烈反对一意孤行嫁给丁一刀，不但是看中了他宰猪的那手绝活，更重要的是可以经常吃到一些猪的下水。我父母对他们的婚姻强烈反对的结果，遭来的是兰对他们的反目。灾难就在那个时候埋下了罪恶的种子。

把父亲当作特务的有力证据是兰提供的。那个时候，兰已从我家出走，上了丁一刀的大床。兰提供的证据是：她叫着姨父的被人称为余老鸢的即我的父亲藏有一支手枪。至于那把枪从哪儿来的，余老鸢又把它放到了哪里，兰都没有说清楚。还需要说清楚吗？在那个特殊的年代，即使是假的，谁敢说是假的？宁信其有，不信其无。

父亲忍受不了吊梁、鞭抽、坐飞机等等“革命”的酷刑，很快交代了自己拿回家过一支手枪。问那支枪现在放在哪儿，先是支支吾吾说不出个所以然，又一轮鞭子抽过去，便说埋在家里的大床底下了。那些人如获至宝地到我家大床底下去挖，挖了整整一天，无获而归。余老鸢的假口供换来的是更加无情的打击，他实在交不出枪，又受不了如此酷刑，便充当了叛徒的角色，把他的老婆我的母亲供了出来。

他说，枪在母老虎那儿，是她把枪藏了起来。

母老虎这个称谓用在我母亲身上是对她的贬低和亵渎。其实，我母亲是一个非常要强的人，这与她的出身有关。我母亲生在一个非常贫苦的农民家庭，父亲的过早去世，使她和她的姊妹们在很小的时候都养成了争强好胜的性格，她们如果没有这样的性格，就会受到族人的欺负。我母亲在十六岁那年把她的这种性格连同她的嫁妆一起嫁给了余老鸢。那个时候，人家只看她的缺点。其实那也不算缺点。争强好胜能算缺点吗？虽然不是缺点，也让那些平常嫉恨她的人都当成了缺点来看的。因此，听说母老虎藏了枪，众多的人幸灾乐祸。接下来，特务的老婆母老虎受到了骇人听闻的摧残。但我母亲确实是一个刚烈的女人，面对惨无人道的摧残，她没有交代枪在哪儿，其实她也根本不知道枪在哪儿。她埋怨说，兰之所以诬告余老鸢藏了枪，全是余老鸢造下的孽，是该死的余老鸢不要脸……从她的口气里透露出，兰对我父母反目成仇的原因，并非全是因了对她婚姻的反对。

我母亲出来的时候，人已经变了样，满口的牙齿被打掉了，原来稠密的头发变得稀稀疏疏，右边的肋骨断了三根。即使在那种情况下，她的脸上也没有表现出特别的悲伤。她回来的时候，满脸是凄惨的笑。

那时候，运动在向纵深发展。全国上下都在把那些大大小小的“走资派”以及“牛鬼蛇神”朝乡下赶，好像乡下才是“走资派”和“牛鬼蛇神”该去的地方，只要把他们赶到乡下，革命就大获成功了。我的父母也被列进了“牛鬼蛇神”的第一批名单赶到乡下去。

那年我刚满十五岁。

下去的日子是早已定下来的，谁知正赶上一场暴雪，但时间绝不能改动，别说下大雪，就是下刀子我们也得走，我们必须得走！我父母哭丧着脸，但我却渴望赶快离开这里，到一个没有倾轧、没有争斗、没有人与人之间的反目、没有人把我喊作坏崽子的地方。

来接我们的车就停在门外。那是辆胶轮大马车，虽然被称为大马车，但套在车上的却不是马，而是一头牛，一头健壮而高大的黄牛。后来我才知道这头黄牛被社员们叫作黄大勇，是生产队的宝贝。驭车的是位五十多岁的男子，脸瘦得像刀背子，几条皱纹从眼角拉下来，像沟河一样流淌到窄窄的下巴上的一丛胡须里，穿着粗布棉袄棉裤，棉袄虽然有襟扣，却没有扣上，而是把两扇袄襟重叠地掖在一起，又用一根大黑带子系了。头上戴着一顶四块瓦的破棉帽子，帽耳子也没有系，就那样任其自然地扑闪着。这使我想起了一部叫《林海雪原》的电影，里面有个叫小炉匠的倒霉蛋给我留下了深刻的印象，看到这位驭车老汉的模样，我不由在心里暗暗发笑，这老汉，难道是小炉匠他兄弟？

小炉匠他兄弟抱着鞭子，抄着手坐在车前一侧，没有下车帮我们的意思。忙忙活活帮我们朝车上搬运东西的是位小姑娘，这位小姑娘年龄与我相仿，但却很勤快，把马车扫得干干净净，指挥着我和我父母把这东西放这，把那东西放那。

其实也没有多少东西，很快就装得差不多了，最后仅剩一张大床，朝车上装大床的时候遇到点困难，床又笨又大，车厢又窄，且零乱东西已经堆得差不多了，我父亲、我母亲、我还有来接我们的小姑娘四个人抬了大床，吭哧吭哧地朝车上装，就是装不好，我希望驭车的小炉匠他兄弟能下来搭个手，但他却视而不见，动也不动，这就让我对他很反感。

虽然他没下车帮我们，但看我们弄了半天也没有把床在车上放稳妥，便道，把车厢后的桌子凳子弄下来，先把床朝上放，然后再把桌子、凳子放到床的空间里去。我们照他说的去做，果然床就放稳妥了。

2

我们要去落户的村子叫桃河。

我父母一上车，就像扔到岸上的鱼一般，僵硬地缩在那里，用帽子围巾把头脸裹得严严实实，每人露出一双眼睛。我从他们两人的眼神里，看出他们对这次的迁徙充满了忧愁和哀怨。而我却产生了一种莫名其妙的兴奋感。

胶轮大车在银白的世界里缓缓行驶着，路上覆盖着厚厚的积雪，两边的路沟被积雪填平，很难分出哪里是路、哪里是沟了。但老黄牛却像识路似的，不偏不倚地沿着中间的路朝前走着，四只强有力的蹄子踏在积雪上发出“咔哧咔哧”的声音。车轮的转动声和牛蹄的声音混合在一起，把原野的沉寂给打破了。

我和那小姑娘坐得很近，她有着一张鸭蛋形的脸蛋，由于天冷的缘故，脸蛋儿呈现出嫣红的颜色，一双杏眼儿汪着清澈的清泉。最好看的是又细又长的睫毛，那睫毛细密柔美，清晰可数，很容易让人想起春天的小河畔刚刚泛绿的婀娜多姿的垂柳枝儿，那睫毛又是闪着光的，随着眼皮的眨动，两汪清泉的粼粼波光便透过了那又细又长的睫毛儿散射出来；那睫毛又是有声音的，那声音好似从她的心里透过眼神传递到那又细又长的睫毛上。

那睫毛令我心跳，因为我从来没有见过那么美丽的睫毛！

愉悦的心情把我大男孩的羞涩驱赶走了，我萌生了与那又细又长的眼睫毛交流的欲望。我一时想不起该说些什么，看到那头忠实的老黄牛“咔哧咔哧”地赶着路，找到了交流的话题，装着好奇地问，喂，为啥不用马来拉，要让牛来拉啊？

小姑娘并没有回答我的话，而是用手掩了嘴“哧哧”笑起来，声音好像是从眼睫毛里传出来的。我被笑声弄得不知所措。

小姑娘笑着对驭车的小炉匠他兄弟说，爹，他说“叶”是牛。

小炉匠他兄弟甩了一下手中的鞭子。我看到那鞭子扬得虽高，但落到牛背上时却是轻轻的一拂。他头也不回地说，城里人把“叶”叫成牛，咱乡下人才把牛叫成“叶”，旗儿，咱也别笑话他，只要他不笑话咱就中了。

旗儿便止了笑，说，牛，牛，往后俺也管“叶”叫牛。接着告诉我，孙队长本来派黑铁儿来的，爹说黑铁儿性子急躁，这大雪的天，赶路不安全，就改了黄大勇。黄大勇脾气肉，你看它走路多稳重。

后来才知道，黑铁儿是队里的一头高大威猛的公马，干起活来特别凶猛，冰天雪地害怕它惹出乱子来，才派了黄大勇。还从旗儿口里知道，本来驭车来拉我们的是侯二叔，但侯二叔是老党员，听说到城里拉一对特务，怕辱没了自己老党员的名声，便借口腰疼不来，差事就落到了旗儿爹的头上。

旗儿爹就是我认定的小炉匠他兄弟，村里人都喊他木拐。其实，他在村里的政治地位和影响不比林海雪原上的那个倒霉的小炉匠好到哪里去。木拐姓侯，是侯二叔的大哥。侯木拐很小的时候，家里穷，跑出去当了兵。侯木拐投的是国民党的兵。侯木拐投兵完全是为了填饱肚子，只要能吃饱肚子，就不管这个部队姓

"共"还是姓"国"。侯木拐的"饱肚"哲学酿成了他一生的悲剧，在被共产完的子弹打穿了一条腿又被国民党遗弃后，他历尽艰辛回到了他的老家桃河。这时候他的父母已经先后离世，他唯一的亲人侯二叔已经成了斗地主分田地的贫协委员。贫协委员在明白了这个突然而归的大哥给他带来的绝非好运时，便决然地和他断绝了来往。后来发生的事证明，侯二叔当时的决策是正确的，在以后历次政治运动中，侯木拐这个国民党的残渣余孽都成了桃河人专政的对象和批斗靶子，而侯二叔却没有因为他和侯木拐是亲兄弟关系而受到任何牵连。

那天侯木拐赶着黄大勇，黄大勇拉着胶轮大车，从冰天雪地里一路走来。快晌午的时候，车过了一个小桥，进了一个灰蒙蒙的村子。车子停稳后，侯木拐并没有急于从车上跳下来，而是从自己的屁股底下摸出一个木杖，在此之前，我真的没有注意到他屁股底下那根木杖。他把木杖戳到了雪地上，然后又用力试了试那木杖是否在雪地上戳牢靠了，直到他认为已经牢靠了时，才趔趄着身子把牢了木杖，从车上跳了下来。尽管他很谨慎小心，但由于雪多路滑，他在跳下车的那一瞬间还是差一点儿摔倒。那时我才知道，他只有一条腿能着地，一条悬空的棉裤腿被一根黑带子牢牢地扎着，那根拐杖撑在雪地上，支撑着他半边身子。先前对他的误解随之化解了。

在一所房子前，我和旗儿先下了车。我父母这时也有了动静，他们伸展着麻木冰冷的腿脚，就像扔到岸上的鱼又被放到了水里，挣扎着从车上下来了。

队里给我们腾出了两间房，是黄土垛的墙，房顶上苫的是麦秸，里间的前墙上留了个一尺见方的小窗，窗是几块砖头垒的，门是木制的，但已破得不成样子，风一吹，便忽悠忽悠地摇来摆去，随时都有掉下来的可能。

这儿就是我们的新家了。

房前站着几个男人，不论老的少的，都是蓝的或黑的粗布棉袄，都是四块瓦的棉帽子，把头和半边脸遮得严严的，又都是揣了手，木木呆呆地站在那里，一双双浑浊的眼睛里除了一些好奇的成分外，再没有我所希望看到的热情和欢迎。见我们下了车，一位三十多岁的中年男子凑向前，向我们打了声招呼，来了？

中年男子叫孙运生，是生产队长。这是他代表桃河生产队全体社员向我们致的欢迎词。随后，孙队长便招呼那几个或老或少的男人帮我们把车上的东西都抬进了屋里。

3

我们住的这两间草房子原来是队里的牲口屋。只因畜生们的成员增加了，这两间草屋已经容纳不下它们，孙运生队长便领了社员们给畜生们盖了新的房舍，这昔日的牲口屋便成了我们的新居。

我们的新居位于全村的中心地带，面临着村街。这条村街大概有三百米长，除了散居着一些村民外，还有一家供销社。供销社里有各种生活必需品，但有些商品不是光拿钱就能买到的，比如香烟、火柴、煤油、肥皂、盐等，都要凭票供应，而购买这些紧俏商品的票都是先由公社年初有计划地分发到各大队的，各大队再分到各小队，然后才到社员手中。经过层层地分发，到了社员手中的购物票就很少了。我们搬来时，分票的时间已经过去，没有票，这些生活中的必需品就买不到。好在我母亲有先见之明，这些必需品她储存了不少，足够我们全家用上一阵子。

我们的对面是一家裁缝铺。这家裁缝铺的男人姓郭，有三十七八岁，长得膀大腰圆。初次与他照面时，见他腰系围裙，手拿一把剪刀，满脸的横肉，阔大的嘴巴里还龇着一颗金牙，总觉得他不像个巧手的裁缝匠，倒像个屠户似的。他的女人又瘦又矮，一张黄巴巴的丝瓜子脸，整日坐在一架蜜蜂牌的缝纫机旁。

这两口子是从二十里外的郭村迁过来的，郭村虽是他的老家，但容不得他两口子不下田干活而只在家里做裁缝搞资本主义，让老郭背了缝纫机身、他那丝瓜脸女人背了缝纫机头在村里游斗。老郭一气之下，便带了女人投奔到桃河。老郭和队长孙运生是姨表弟兄。孙运生明知老表是被割资本主义尾巴割来的，但还是收留了他，在村街上给他们搭了一间房，白天是裁缝铺子，夜晚是两口子的栖身之地。为了掩人耳目，孙队长规定，凡队里贫下中农的衣服都由郭裁缝免费缝做。

之所以称村街，是因为农历每月的三、六、九是逢集日，集也就是那种“露水集”，四乡八里的社员们一大早赶来，或买或卖，钱物交易，各取所需，匆匆忙忙地来，急急慌慌地回。很快人去集散，就像夜里凝在青草上的露水珠，太阳一出来，露水很快就蒸发了。

逢集的日子，我便睡不得安稳觉，老早就被黑三的敲门声吵醒。黑三叫我们的门，是因为他那张破账桌子放在我们屋里，他要把账桌子搬出去摆摊，就必须要把我喊醒，为他开门。

其实，黑三的家离村街并不远，就在我家右边向北拐的那个胡同里，大概有一百米，但黑三懒得把他的账桌搬回去。我们没搬来之前，他的账桌子都是放在郭裁缝那儿的，我们来后他就放在了我家里。问他账桌子在郭裁缝家放得好好的，为啥又搬到我家？他便说，你不知道事儿，那姓郭的真浪，放着大床不用，让他那黄脸女人脱光了屁股趴我这桌上。那姓郭的嫌他的床太低，和他女人在我这账桌子上干，正顺劲。呸，我怕他脏了我这桌子哩！听他如此讲，我的脸红了，身上也产生了一种萌动，但那个时候还不懂得那种萌动是怎么回事。见我红了脸，黑三便笑了说，嘻，你还怕羞呀，男人女人都要办那事的，你长大了也要办。

黑三那年十八岁，虽然只比我大了三岁，但好像什么事都比我懂得多。他排行老三，大哥、二哥都在没长成人时已夭折，他父亲也在十多年前得肺肿病死去了，黑三就和他的老娘两个人过日子。由于家里贫穷，再加上占了集头掂秤，虽然能落下几个子儿，但却是个得罪人的营生，黑三为此落下了坏名声。黑三当时的营生相当于现在的中介人。买卖的中间要有个说合的，黑三就是那个说合的，无论是买的还是卖的，都是低头不见抬头见的乡邻，都想求个公平。黑三也想给个公平，但天长日久，这公平就难以存在了。比如李村的李老有来卖自家的芦花老公鸡，那只鸡在家称好的是三斤八两，可经了黑三的秤一称，却只有三斤六两，李老有心里怨但面上却不好说，只得忍了，忍是忍了，却气不过，便在背里骂黑三是黑心肝。而买到芦花鸡的那家，回家一复秤，鸡的重量仅剩三斤四两，也骂黑三的心长歪了，平白无故地让自己多掏了二两的钱。

说实话，我还是很喜欢黑三的，黑三不很丑，长得虎头虎脑，除了脸皮有点黑，眼睛、鼻子、嘴巴都很好看，特别是他的眼睛，很亮，我总觉得有一种很神奇的东西藏在里边。我便粘牢了黑三玩，整天像个跟屁虫似的撵在他背后。

雪下了整个一冬天。孙运生队长没什么活儿派大伙儿干，又不能总开会，就让大伙儿自由活动。自由活动的一个重要项目就是拾大粪，大粪是庄稼的宝，五斤大粪交到队里就能记一个工分。我让父亲在集上买了只箩头，背了箩头跟着黑三去拾大粪。黑三起初不想带我，但因了他把账桌放在我家保存的缘故，又不好拒绝我。他背了箩头踏着积雪大步大步在前面走，我颠儿颠儿地喘着气在后边赶。黑三总是满载而归，我却是空箩头而回。我背着空箩头从旷野里走回村子时，就遇到了旗儿，看着我背后的空箩头，便“哧哧”地笑着道，你呀，跟在别人后头哪能拾到粪呢，还是别跟他啦，他精明着呢！我没有听从旗儿的劝告，仍是颠儿颠儿地跟着黑三漫山遍野跑。黑三便对我有了恻隐之心，有时走到一个沟旁，他对我说，你到下边去看看。我照着他指的方向去寻，果然便找到了一泡粪。我愿意跟了黑三，还有一个重要的原因，就是发现黑三藏有一把刀。那把刀有半尺长，刀刃锋利无比，还有一个木柄，木柄上系着一个红布条。黑三闲下来的时候，就摆弄那把刀。他用刀削东西，给人一种削铁如泥的感觉。在此之前，我只是在电影里看到那些游击队员摆弄过这样的刀。我觉得黑三摆弄那把刀的样子很像游击队员。我想玩一下他的刀，可是，他总是吓唬我，说刀会把我的手划破。

除了拾粪，我还跟黑三去北大洼逮野兔。北大洼在我们村子的北边，离村子三里路。那个被桃河人称为十里坡洼的大旷野，被茫茫的白雪覆盖着，在这片旷野里，有一个很大很大的水塘，水塘里冰已经冻结实了，四周被厚厚的积雪覆盖着。水塘的一处坡岸上，有一个圆圆的雪包，我踏上那个雪包，站在雪包的顶端向远处看去，企图寻到兔子的踪影。黑三从远处跑来，向我喊道，喂，连方，你咋爬到那上边去了？那是一座坟，就不怕女吊死鬼把你的魂勾走？我听了，吓得连滚带爬地从雪包上滚落下来。离水塘不远的地方，耸立着一座砖窑。因了冬天的关系，砖窑闲置着。窑的旁边，有几间低矮的草房子，那是夏季烧窑汉子歇息的地方。被黑三一吓唬，我又惊又怕，上下牙“嘚嘚嘚”地打着架。黑三不满地看了我一眼，骂道:你“嘚嘚”个啥呀，把兔子惊跑了，我找你算账！我赌气地向窑场的草屋跑去。黑三在我后边喊道，别去那儿，那里有吊死鬼！我不听他的，一脚深一脚浅地走近了草屋。草屋没有门，也没有窗户，雪扑了门口，把门堵了半截，但我还是踏着雪钻了进去。刚进到屋里，一团黑影迎面向我扑来。我吓得魂飞魄散，以为真的遇了吊死鬼。待惊魂未定地睁开眼时，那团黑影已经向外飞去。原来是一群蝙蝠！草屋里阴森森的，地下有动物爬过的爪印。虽然没有看到吊死鬼，却感觉有了一种鬼气存在，我惊慌地跑出了草屋，一路趺趺撞撞地向黑三跑去。黑三看我失魂落魄的样子，幸灾乐祸地说，说有吊死鬼你还不信呢，撞上了吊死鬼，可不是玩的！

黑三已选好了地点，从肩上卸下了逮兔子的网，他让我拉着网的一头站在原地，叮嘱我千万别动。他则拉着网的另一头，敏捷地向远处跑去。很快，网便形成了一个半圆形。黑三把网的那头用一根棍子固定好后，又向远处跑去，一边跑，一边大声“啊去啊去”地吆喝着。在他的吆喝声中，果然有团白雪球从一个雪窝里跳跃起来，迅疾地向前面跑着，而那只白雪球奔跑的方向正是我们的网扯起的地方。黑三大声喊道，连方，把网拉紧！

那白雪球便是一只野兔。在黑三的呐喊声中，兔子果然中了套，一头钻进了我们布下的圈套里，它挣扎着，狂跳着，企图挣脱网眼，但由于用力过猛，它连头带前边的两个爪子都套进了网眼里。这时候黑三已经赶到了，他扑上去牢牢地抓住了野兔的两只后腿。

我们背着战利品凯旋。

黑三用他那把刀宰杀兔子。刀真是锋利无比，一刀下去，刺中兔子的喉管，兔子血喷涌而出，溅了黑三一脸。

兔肉熬熟后，黑三娘就分了份儿，给左邻右舍送去。最肥的四只兔子腿，分别送给孙运生和贵得爷。黑三爹死后，孙运生没少关照他们孤儿寡母，送孙运生兔子腿，有了感恩的意思。送贵得爷兔子腿，是因为贵得爷曾说过，到过年的时候，他要拉条大网，逮黑三这条红鱼，也就是说，贵得爷要帮他说媳妇。还有一份，是送给木拐家的。

我闻着香味赶到黑三家时，黑三已经把兔子肉分配完毕，我只喝到了半碗兔子肉汤，虽然只是半碗汤，但那带着野草的香味让我回味了一个冬天。

4

每到掌灯的时候，附近村邻便陆陆续续来到我家“喷大空”。那两间牲口屋虽然不大，但被我勤劳的母亲一收拾，显得挺宽敞的。屋子分里外两间，我父母住在里间，我们少有的几件家当也摆放在里间，外间后墙上放着一张旧桌子，桌子上摆放着茶壶、茶碗，靠西边挨墙的地方打着一个地铺，那个地铺便是我每天睡觉的地方。地铺北头摆着黑三那张账桌。对面摆着一条大板凳，大板凳旁边还有几个小板凳，挨后墙桌子的两侧放着两把旧式木椅，虽然椅子的靠背已不存在了，但看起来还是挺坚固耐用的。每到天落黑的时候，随着草窝子（一种苇毛缨子编的草鞋，鞋底是桐木根做的，能踏雪，里边塞些麦草很暖和）"呱哒呱哒"的响声，我家便坐满了人，贵得爷、侯二叔、黑三都是常客，板凳不够用，年轻点的就挤在我的草铺上。

旗儿也是常来的，但她却不坐，就站在门后面，倚了门框，一边纳鞋底，一边听故事。旗儿纳鞋底的功夫了得，针脚稠密而又整洁，鞋底结实耐磨，一个晚上差不多能纳一双鞋底。

桌子的东边是上座，东边的那把椅子是贵得爷的专用椅子，无论来得早晚，那把椅子也得留给他。贵得爷是桃河村年龄最长、辈分最高的老人，那年，他已七十多岁，除了背稍驼外，耳不聋，眼不花，声若洪钟。贵得爷大字不识一个，但脑子里却装着无穷无尽的故事。大概有这么几类，一类是新中国成立前那几年他推着鸡公车到淮海战役支前的故事，这些故事都是他亲身经历的，因此，讲得很生动。另一类，是讲当地土匪赵豁子劫寨子的故事。赵豁子是这一带很有名的一个土匪头子，后被人民政府镇压。但贵得爷讲赵豁子的故事，常常把赵豁子讲成一个杀富济贫的草莽英雄。贵得爷讲，民国三十一年，天大旱，地里不成庄稼，草根树皮都吃光了，人饿得前心贴后心，还死了不少。而庄户头孙老财家的麦囤子的麦都生了芽，可他就是舍不得接济穷人一口。一个月黑头天，村里刚落静，猛听得寨子口一声枪响，一伙人闯进了寨子，直奔孙老财家，为首的那人就是赵豁子。赵豁子带人闯进孙老财家，也不奸淫，也不杀人放火，只是命人打开了孙老财的麦囤子，命人把全寨子的穷人都喊来，当场把孙老财家的粮食分了。贵得爷讲到这，黑三就插话问，赵豁子是穷人的大恩人，政府为啥还要杀他？贵得爷猛吸了一口我父亲给他卷的大喇叭，劣质的烟草呛得他连连咳嗽了一阵，等咳嗽完毕，他才不紧不慢地说，我就知道你小兔崽子要刨根问底。政府为啥要杀赵豁子呢？赵豁子他最后不是投了国民党吗？他投了国民党，咱共产党的政府还能不杀他？贵得爷讲到这儿，便看了旗儿一眼，生怕黑三再问下去，但黑三像故意揭人伤疤似的，追问道：木拐叔也投了国民党，政府为啥不杀他？这时候，我看了一眼旗儿，见旗儿哀怨地瞪了一眼黑三，飞快地从鞋底里拔出针，棉绳穿破鞋底发出一阵“哧啦哧啦”的响声。贵得爷骂黑三，你小兔崽子懂个啥，政府不杀木拐，是改造木拐哩。国民党里也有好人，木拐就是一个。你看木拐打扫的茅房，三伏天也不见一个蛆蝇儿，就是这大雪天，茅房里也干干净净地没一丁点儿泥水。黑三嘿嘿地笑道，贵得爷，照你这样说，木拐叔可不是坏人，他可以评五好社员哩！大伙就发出一阵言不由衷的笑。

除了讲赵豁子，还讲姜子牙。姜子牙钓鱼，鱼钩是直的，直鱼钩怎能钓鱼呢？可姜子牙却能，这足见姜子牙很了不得！姜子牙最大的才能是封神位，他把一个个凡人都封了神。当时，我想，姜子牙若来我们这儿就好了，我也求他为我父母封个神位。姜子牙的故事确实很好听，但贵得爷讲姜子牙的时候，都是等侯二叔走了之后才讲。侯二叔特别好困，有时贵得爷才讲个故事的开头，他便头一勾一勾地像鸡叼食，还打起了呼噜。他一打呼噜就影响了大家的情绪。黑三便趴在他耳边大喊一声，二叔，打雷了！下雨了！侯二叔打了个激灵，懵懵懂懂地站起来问，下雨啦？散会没？黑三便说，散会了，快回去吧！侯二叔便迷迷瞪瞪地朝外面走。等侯二叔走出去，把门重新关上，一屋子人便哈哈大笑。

贵得爷为啥避了侯二叔讲姜子牙？后来我才听说，侯二叔是个积极要求进步的人。在当时，姜子牙的故事可是“封资修”的东西，贵得爷怕侯二叔到大队“革委会”去打小报告，所以只有等侯二叔走了，他才开讲姜子牙。然而有时故事讲到半截儿，便听到有人敲门，门一开，却是侯二叔又回来了。侯二叔一进门就骂自己，真是不主贵的东西，听贵得叔讲古，一听就想睡觉，可到家一躺床上，困又没了。贵得爷只得又改讲其他的故事。我们心里都烦透了侯二叔，恨不得立刻把他赶走。但我父亲却不敢得罪他，忙巴结地给他续水，给他卷大喇叭。往往到这个时候，当晚的故事会已经接近尾声。贵得爷拣了个短短的篇子，草草结尾。一屋子人便余兴未尽地散了。

旗儿总是最后走，她帮着我母亲把屋里收拾一遍，才走出来。这时黑三便迎上去，对旗儿说，旗儿，我送你回去。旗儿却不领他这份情，冲他说，谁要你送？头也不回地踏着积雪走了。黑三便悄悄地跟在后边。可是没等他赶上旗儿，却见从雪地里趔趔趄趄走来一个人。那个人是侯木拐，他是来接旗儿的。

5

还是有人把贵得爷在我家讲古的事举报到了大队“革委会”，但倒霉的不是贵得爷，却是我父母。

那天一早，几个年轻人来到我家。我父亲揉着眼圈，仰着脸，用讨好的辞令欢迎着那群人的到来。一个长得像麻秆一样细高的年轻人推开他送上去的大喇叭烟卷，板着脸说，老余，没想到呀，你两口子在城里当特务，到咱乡下还不老实，散布“封资修”不算，还说国民党好，反党呀，反社会主义呀，和咱贫下中农唱对台戏呀！

我父亲浑身都哆嗦起来，结结巴巴地说：俺不敢，俺没说……谁说，是……是贵得叔……不等我父亲说完，那人狠狠地朝他踢了一脚，高声道，你这老特务，还想抵赖？你把贵得爷拉拢腐蚀到你家，就是想搞复辟哩！还血口喷人？

孙运生队长从外边跑进来，对麻秆一样细高的人说，粪叉，这老特务咋能惊动大队“革委会”领导呀，我现在就开社员会批斗他。粪叉瞪了孙运生一眼，说，孙队长，你别和稀泥，护了这老特务！孙运生笑了道，我护他干啥呀？放心，我们一定要把他批倒批臭，再踏上一只脚，让他不得翻身！粪叉说，我们要相信群众，我们要相信党，希望孙队长把他体……完无肤！一个叫骡子的人纠正他，是体无完肤。粪叉道，管他娘的啥福，反正是不能让这老特务享清福。说完，领了一群人走了。

孙运生等那群人走远后，便对我父母说，放着安生的日子不过，让他们在这儿胡讲个啥？母亲委屈地说，贵得叔讲古，也不是俺把他拉来的，再说，他也是给大家寻个乐子。咋把错都加到俺头上呢？孙运生说，不加你头上，难道加贫下中农头上？父亲已经明白孙队长是护了我们的，怕孙队长生气，忙道，孙队长批评得对，我们坚决改正，再不能让贵得叔来我家“封资修”了。

如果不是来了工宣队，即使来工宣队，如果不是丁一刀在这个工宣队里当队长，贵得爷在我家讲古的事也许没人再提了。可是，新一轮的运动开始了，城里派来了工宣队，要把运动引向深入。工宣队长偏偏是丁一刀，并且，兰那个骚逼女人，作为工宣队的第一夫人也来到了桃河，这就注定我家要遭厄运。

那天，我背了粪箩头从外边回来，远远地看见我家门口挤满了人，还有高一声低一声的吵吵声。我不知道发生了什么事，丢掉箩头朝人缝里挤，挤进去后，看到粪叉和几个人正揪着我父母朝门外走。孙运生正向一个穿蓝大衣的人说，丁队长，这俩老特务都被俺们批得老老实实的了，从上次后，再没有出过阶级斗争新动向，依俺看，就别把他们往大队里拉了吧。穿蓝大衣的人哼了一声，说，你这个老孙啊，怎么能替特务说话？这对老特务，甲鱼剖腹心不死，火烧野草根不烂，睁眼在做翻天梦哩。我们就是要批倒批臭，再踏上一只脚，让他们永世不得翻身！我仔细一看，认出他是丁一刀。旧仇新恨一齐涌上来，我大骂道，丁一刀，你个狗娘养的！谁是特务？你和那个骚逼兰才是特务！丁一刀立刻暴跳如雷，反了！反了！这个坏崽子竟然骂革命工宣队长，连他一块儿拉大队里去！就有人拉了我朝外走。我被人架着朝外走时，还大骂着丁一刀。一双大手堵了我的嘴，我的骂声便变得呜呜咽咽的了。架我的人是黑三和队里的另一个半大小子鹿。他们并没把我朝大队里拉，而是把我朝牲口屋那边拉，快进牲口屋时，黑三才把捂着我嘴的那只手挪开。黑三骂我，你这个小屁孩，竟敢骂工宣队长，你不想活了？我恨恨地道，狗娘养的丁一刀当工宣队长，还有俺的活路吗？我不活了，我要和他拼了！黑三道，你咋个和他拼？动他一下你就被打成反革命，就是死了也背个坏名。我不当反革命。我就恨丁一刀，就恨兰！我说着呜呜地哭了起来。黑三问，兰是谁？我就把兰的情况断断续续向他讲了。黑三听了，半天才道，这女人心太歹毒了。你斗不过他们，他们借了运动整你们呢。你好好在这牲口屋里待着，哪儿也别去。孙队长是护了你们的。他们要把你拉会场里，就谁也救不了你。

我觉得我不能在牲口屋里待下去，我父母此时不知道正遭受多大的罪，我得去救他们，我不能让丁一刀这个狗娘养的害他们。黑三走后，我出了牲口屋，深一脚浅一脚向大队部赶去。

门关着。我走到窗前，趴在窗台上朝里看。我看到我父母站在台子上的一条凳子上，父亲眯着三角眼，如一条被人放在案上的鱼，只等着厨师把他的鳞刮去，然后开膛破肚下油锅烹炸，母亲则昂着头，瞪着一双无辜的眼睛。

一阵口号声过后，丁一刀便大声道，首先，让革命派郭师傅揭发余老蔫、母老虎的罪行。郭师傅就是那个郭裁缝，原来贵得爷在我家讲古的事是他举报到大队的。真是知人知面不知心，郭家两口子人前笑模笑样的，背里却是落井下石的小人啊。郭裁缝听丁一刀让他当面揭发我父母，扭捏了半天，才站起来，愣怔了一会儿，忽然举起胳膊，喊道，打倒反革命！打倒狗特务！他一喊，台下的贫下中农们也跟着喊。郭裁缝喊两声口号就又坐下了。丁一刀再让他揭发，他就是不站起来，头抵在裤裆里抬也不抬，丁一刀让人去拉他也没能拉起来。没办法，丁一刀只好自己上阵，他厉声质问，余老蔫，老实交代，你如何散布反动言论的？我父亲嗫嚅着说，我不该让贵得叔在我家讲古，毒害贫下中农。我有罪……你罪该万死！丁一刀恶狠狠地道，这个老特务，避重就轻，交代你是如何反党的！我父亲分辩道，我没有反党……不等我父亲说完，丁一刀飞起一脚，把他从板凳上踢了下来。看着倒在地上的我父亲，丁一刀咬牙切齿地说，你还装熊包呀，调戏良家妇女时，咋不熊啊！声音虽然不高，但在场的人都听到了，都为这个像落水狗一样的干瘪老头子做下的风流事激奋起来，一片戏谑声响起，嗬，这老头子怪骚哩，咱队里养的老母猪再发情了，让他上！那老母猪还不生个猪八戒？呸呸！让他挂破鞋游街！现场一片混乱。

此时的丁一刀，对自己脱口而出的那句话有些后悔，他摆着手，大声道，贫下中农同志们，大伙静一静！今天，把他调戏良家妇女的账先给他记下，就他反党放毒这些事，枪毙他八百次也不亏！

一听要枪毙我父亲八百次，混乱的场面立刻静下来，大家都被八百次这个数字镇住了！想想吧，一个人假如要挨八百次枪子，他的身上还不成马蜂窝？

正在人们被这个数字鼓舞的时候，我母亲冷冷地问丁一刀，你说余老蔫调戏良家妇女，他调戏的是哪家良家妇女？是怎样调戏的？你给大家讲个清楚。

是啊，丁队长，这老特务和谁家女人睡的？把那女人也一块儿拉来！……台下一片起哄声，严肃的批斗会变成了一场闹剧。丁一刀的脸变了颜色，大声叫道，别让这特务婆转移斗争大方向！抬起一只脚朝我母亲踢去，他企图一脚把我母亲踢倒，但我母亲只是趔趄了一下，没有摔倒。他自己也趔趄一下，几乎摔倒。丁一刀显得很没面子，他一把扭了我母亲一只胳膊，那个龚叉扭了我母亲另一只胳膊，又各抬起自己的一只脚，朝我母亲的腿上踢去，他们企图把她踢倒，让她跪下去。而我母亲却咬着牙，奋力挣扎着，不愿跪下。看到母亲痛苦的表情，我全身的血液像岩浆一般朝上涌，简直要疯了！这时，有一双手搭在我肩上，我回头一看，原来是旗儿。我不知道她什么时候来的。我看到她那双好看的眼里此时满是恐惧。她抓紧了我，她是怕我一时冲动跑到台上去。但她的举动却起到了反作用，就是她那紧紧的一抓让我鼓足了勇气非要跑到台上去不可。我挣脱了她的双手，向屋内冲去。我不管不顾地冲到台上，一头向丁一刀撞去。丁一刀被我撞倒了，我又回过头，向龚叉撞去，可是龚叉已经有所准备，他丢掉了紧拧我母亲胳膊的那双手，在我撞向他时，抱住了我的头。他是那么有力，把我的头抱得那么紧，让我挣脱不开。我听到了丁一刀的叫声，反了，这个特务羔子反了！打！打死这个特务羔子！接着，纷乱的拳脚就向我袭来。我听见我母亲尖厉的哭叫声，你们不要打他，他还是个孩子，还是个孩子呀！

我昏倒在地上。

6

我母亲的右腿被踢断了，疼得躺在床上直打哆嗦，龚叉和一个叫骡子的人还要拉她去开批斗会。孙运生看到我母亲痛苦的样子，便对他们说，这特务婆确实站不起来了，这样吧，我开个信，让她男人去给她看看，等治好了她的腿，再批斗她。

我父亲借了辆架子车，拿着孙运生开的介绍信，拉了我母亲到公社卫生院去看腿。

他们走后，我正在屋里收拾东西，忽听有人在门外说话。一个像是郭裁缝的声音，带了哭腔说，老表，你得给我做主。今夜黑他敢打碎我的窗玻璃，明儿，他还不跳进屋里把俺两口子杀了？

只听孙运生埋怨道，你老实做你的活不就是了，为啥要管闲事，把贵得爷讲古的事举报到“革委会”？

郭裁缝嗫嚅着说，龚叉到我铺子里来，我还以为他要揪我的资本主义尾巴，就……举报了。我不是想立功赎罪吗？

孙运生说，你立功赎罪，却害了人家。那些反党的话是随便说的？

郭裁缝说，说国民党好那话我说是老贵得说的，可他们硬让我说是老余说的。

孙运生斥责道，贵得爷是老贫农，会说那话？你也不动脑子！哼，谁砸你的窗户，我也没办法。

两个人说着远去了。

过了一阵，又是一阵吵嚷声越来越近。先是孙队长的声音，丁队长，这两间房子本来就是牛棚，让他们住在这儿再合适不过。

却听到一个女人冷笑道，哼，这儿是村子中心，又临着大集，让特务住到这儿，就不怕他们搞破坏？

丁一刀的声音，把他们撵走，不能让他们住这儿。

孙队长为难地说，可是，村里再没有闲房了。

那女人的声音，他们还配住房啊，没听说吗，老高还住牛棚呢。

孙队长问，老高是谁？

丁一刀说，你连老高是谁都不知道？老高是咱县最大的“走资派”。

女人说，比着老高，有个棚子住够便宜他们的了。

我终于听出那个女人是兰。这个骚逼女人，为啥总跟我家过不去呢？我手中握把铁锨，本来拿了它去北大洼干活的，现在它却成了我手中的武器。我举着铁锨冲了出去。

冲到门外的时候，我看到那几个人大惊失色。特别是兰，本来就白的脸更加苍白，一双狐媚子眼满是惊愕和恐惧。丁一刀也非常意外，我看到他向后趔趄了一下。

孙队长愣怔了片刻，立即扑向我，轻而易举地从我手中夺回了铁锨，低声说，还以为你去了北大洼呢。你这个样子，不是找罪吗？说着，用力把我推进了屋里，从外边把门扣上了。

兰和丁一刀被孙队长连拉带劝地弄走了。贵得爷一边给我开门，一边低声说，韩信钻过人家的裤裆，薛平贵落难时住过寒窑，周文王为保命连自己儿子的肉都吃过……你知道他们为啥这样做吗？孩子，我没读过书．但我知道有一个字是这样写的，心字头上一把刀，念忍，对吧？

韩信、薛平贵的故事我还没听过，但有一点我明白，贵得爷是让我像这些人一样要能忍让，能忍让才不吃亏，能忍让才成大事。可是，我一个小孩子哪来的理智去忍让？

但是，不忍让又能怎样？

按照工宣队的指示，我们全家被逐出了村子，而村外唯一有房子藏身的地方，就是北大洼窑场里的那几间草屋。

孙队长那天来到我家，憋了半天，才吞吞吐吐地对我父亲说，老余啊，这两间房子队里要用，您得腾出来。

我父亲说，这冰天雪地的，总得给我们找个地方住吧？

孙队长说，村里没闲房，只有北大洼……

一听北大洼，我的脊梁骨直冒冷气。我想，这准是兰和丁一刀的鬼主意。我叫道，我们不去北大洼，北大洼有鬼！

孙队长为难地说，这是工宣队的意见，不去不中呀，先去吧，等过了这阵儿再说，再说，离村子远点，还清静些。

我父亲沉默了一阵，才点头说，去那儿也好。

孙队长看我一眼说，今儿就搬吧，等会儿我派几个年轻人帮帮你们。说着走了出去。

那天，我在外边收拾东西，听见我母亲埋怨父亲，余老蔫，不是你撩骚事，兰个孬种妮子会给咱记下仇？

我父亲低声辩解道，是你那外甥女自己骚，我一心好意给她掖掖被窝，她就赖我想睡……她。当时，还真不如睡了她，让她没脸见人，也不会嫁个丁一刀来报复咱。

母亲啐了一口，骂道，哪有姨父睡外甥女的？余老焉，你真睡了她，我也不放过你！

父亲说，没睡她也落个骂名，真不划算……

听了他俩的话，我判断出丁一刀说我父亲“调戏良家妇女”大概与这段故事有关。那究竟是怎么一回事？这一段公案恐怕只有我父亲和兰最清楚。无论什么情况，有一点可以肯定，兰对我家产生的仇恨源于此，我父亲是这种仇恨产生的根源。

我们被赶到了北大洼。

北大洼，满目的凄凉和孤独！

雪已经融化，裸露出一片灰褐的土地，被雪水滋润过的麦苗还没泛青，它们还没从冬眠中醒过来，就那么软塌塌湿淋淋地贴在地面上。沟坎上的树木干巴巴地直立着，几只无家可归的家雀儿在那些干褐的枝杈间叽叽喳喳地寻觅着，除了这些家雀儿，看不到北大洼还有什么生机。

我们住进了那所冒着鬼气的草屋里。白天尚好，家雀儿从树的枝杈间飞到了草屋前，它们欢快地叫着，好像迎接它们的新邻居，有大胆调皮的，甚至蹦跳着进了草屋里。夜里是最难熬的时光。风从水塘那边遛过来，呜呜地叫着，像贼一样围着草屋转，企图钻进屋内。屋内也并非十分平静。先听到房梁上有窸窸窣窣的响声，还以为是吊死鬼来了。吓得大气不敢出，把被子蒙住头。后来那窸窸窣窣的声音又夹杂了叽叽的叫声，才辨出那是该死的老鼠！不知它们从哪里跑来的，在各个地方寻找着食物，有大胆的，竟跳到了我的床上，企图钻进我的被窝里。每遇到这种情况，我都惊叫着如遇了鬼一般。

母亲整日躺在床上，她的右腿粉碎性骨折，拉到医院，医生的意思要上夹板或者打石膏，这两种措施，采取哪一种都要花很多钱。母亲哪一种也不要，她就让父亲给她抓了几片止疼药，这样的结果造成了她的终身残疾，她和木拐一样成了一条腿的人。

7

孙运生决定挖大塘了。

北大洼热闹起来。先头部队已来到，除了黑三和几个年轻人外，还有木拐和旗儿。让旗儿来是为大伙儿做饭的。而木拐既不能挑担又不能拉车，让他到工地来，则是对他这个国民党残渣余孽的惩罚。父亲和我也都被通知加入了挖大塘的队伍。

在离我们的草屋十几米远的地方，搭起了几个窝棚。我抱了自己的铺盖住进了窝棚，和黑三打老通。所谓打老通，就是我俩把铺盖合在一起，一人睡一头。黑三这家伙睡觉时总是脱得光光的，我穿了秋衣睡，他不愿意，说他的光身子暖了被窝，我占了他便宜，也逼我脱光。我只得把秋衣脱了，仅剩一个裤衩。黑三个子比我高，一双又大又臭的脚丫子总是伸到我的嘴边，我呸呸地吐着，背过身去。黑三问我，在草屋里见没见到吊死鬼？我反问他，真有吊死鬼？他说，不信，你问木拐。

木拐自己睡在地铺的一角，听了黑三的话。我正要向他询问吊死鬼的事，他那里却发出了轻轻的鼾声。我知道他是在装睡，他不愿当了众多人的面讲鬼的故事。

关于吊死鬼的事情我一定要问清楚。后来，我终于找到了一个机会。那天，只有我和木拐俩人在窝棚里，我又向他问起吊死鬼的事。他走出窝棚，看看外边没人，走回来，拿起根草棍，在地上画着，辨了半天，经他提示，我才认出“都是命”三个字。看我认出了这三个字，他才低声讲道，大概是十五年前的冬天，我到场里掏麦秸，不知为啥，耳朵里总响着一阵阵婴儿的哭声，但这大漫野地里，咋会有孩子的哭声？我循着声音朝北走，越往北走，哭声越响，快走到窑场时，我终于听出，孩子的哭声是从窑场的草屋里传出来的。我急忙走进草屋。屋里的情景把我吓了一跳，草屋的梁头上吊着一个女人，女人的脖子挂在一个裤带挽成的套里，舌头伸出来好长，眼睛还瞪得溜圆，看着地上的孩子。孩子被小被子包着，只露出一个头，脸冻得像红萝卜。

木拐讲到这儿，戛然而止，不再讲下去。其实，下面的故事是怎样的结果，我已经猜出个大概。由此我也悟出，木拐把那个吊死鬼女人的死和那个孩子的出现归结为“都是命”的安排，当然，还有他自己，他也认定是命运的安排。他给我写这三个字，是暗示我，我们一家的遭遇，也是命运的安排。

要挖的那个水塘是烧窑取土形成的，面积很大，形状很不规则，深浅不一。这次的任务，就是要把这个水塘挖成一个有角有棱、四四方方且达到一定深度的水塘。孙运生在全队社员动员大会上讲，水塘挖好后，涝可以蓄水，旱可以灌溉，还可以养鱼、种藕……

要挖水塘，首先要把塘里的水抽干。可是塘里的冰还没融化，要把冰砸开才能抽出下面的水。我被派去砸冰，我用麻秆一样细的胳膊挥起大锄头，狠狠地向冰块砸去，只听“咚”的一声，锄头如砸在石块上，溅起的冰沫飞溅到我的脸上和身上。脸上的冰融化后流到脖子里，便有了一种刺骨的凉。砸了半晌，才砸出一个碗口大的冰洞，要把水泵头塞到冰层下还有一定的距离。照这样的速度，要把冰层砸透，非到天黑不可，而孙队长给我规定的时间，必须在中午以前砸开。

黑三虽然大字不识几个，但脑瓜却很活络，他是生产队里唯一的柴油机手。此时，他正在塘沿上摆弄着柴油机，那台又破又旧的柴油机从去年秋天就一直闲置着，许多部件已经生锈，让他作了不少难。他边修边骂，骂孙运生不是个玩意儿，这大冷的天让他遭这份罪！

旗儿掂了一只水桶，从草屋那边走来，水桶很沉的样子，并且看到一股热气从水桶里冒出来。

黑三停下手里的活，像兔子一样撒着欢向旗儿跑去，一边跑一边说，旗儿，旗儿，你咋想恁周到哩，我这儿正想着要热水哩，你就给送来了。他跑到旗儿跟前，伸手要接水桶，旗儿却拨开他的手，对他说，锅里还有，要用自己掂去。说着，绕过他，径直向水塘这边走来。

黑三却跟在旗儿后边，几次要夺水桶，都被旗儿挣脱了。

黑三嗔着脸道，旗儿，你就不知道心疼俺？

旗儿回过头，啐了黑三一口，低声道，你是俺啥，俺心疼你？

黑三更加逞能，俺……俺是你哥呀，你忘了，小时候哥让你吃过哥偷的玉米棒子。

旗儿说，呸，还提那事哩，不是俺帮你护着，队里还扣你家的口粮哩！

黑三笑道，俺不也帮你护过，那回，你爹病着，想吃茄子，你到队里偷摘茄子，俺看见了装没看见。

旗儿脸红了，骂着，鬼黑三，净胡说。

这时，旗儿已经顺着水塘的坡走了下来，她走到我砸冰窟窿的地方，向我摆摆手，让我停止砸冰，然后她掂起那桶热水，慢慢地朝冰窟里倒。热水浇在冰上，很快把冰融化了。看着一点点融化的冰，旗儿的脸上绽开了笑容。我傻笑着看着旗儿，不知说什么好。

黑三走过来，带了醋意地说，连方，你这个小白脸遭人疼，旗儿都偏向了你。

我的脸红了，说，你胡扯个啥？

旗儿呸了黑三一口，道，气死你！提了水桶，向岸上走去。

黑三却不生气，他在后边撵着旗儿，央求着，旗儿，你也得给我烧桶热水呀。他在岸上追上了旗儿，要夺旗儿手中的水桶。旗儿扬起水桶，欲砸黑三的样子，却并不真的砸，在黑三朝后退的时候，她提了桶一溜烟向工棚走去。黑三也紧跟了撵去。

正式开工那天，丁一刀在大队领导的陪同下来到工地。按照他们研究的意见，在开工之前，先要搞一场批斗会。孙队长据理力争，也没能改变了他们的决定，只是把批斗会的时间由一上午缩短为一个小时。孙队长的理由是，塘里的水已经抽干，如果批斗会时间过长，泉水又上来，就影响挖塘。抓革命不能影响促生产，理由是相当充分的，丁一刀也不得不同意。

批斗对象主要是我父母，木拐是陪斗。母亲不能走路，被几个年轻人架到了批斗会场，她不能站，又不能坐在凳子上，几个人就把她朝台上一扔，她就趴在了地上。木拐的木拐被人夺走了，他先是一只脚支撑着，后来，实在坚持不住，也歪倒在地上。

按照丁一刀的意见，我也要被当作陪斗对象站到台子上去。由于孙运生老早分配我去村里拉东西，才躲过了那陪斗。后来才明白，孙队长是有意保护我。在他眼里，我还是个孩子，一个孩子被人拉到台上批斗，孩子这辈子就算完了，恐怕连老婆也找不上。

参加批斗会的人不多，我父母还有木拐都如落水狗一般让人提不起精神，整个会场显得没精打采。

丁一刀对这次批斗会很不满意，他对孙队长说，这样的会触及不了特务的灵魂，必须召开全大队的社员继续批斗他们。在他的指使下，粪叉、骡子等几个人不由分说便把他们三个人拖走了。临近中午的时候，木拐一个人一瘸一拐地回来了，却不见我父母的影子。他们虽被视为特务，但毕竟是我的父母，我的父母下落不明，我不能无动于衷。

我向村里跑去，我要去找他们。

连方，你不能去……我的背后响着旗儿担忧的声音。

8

那天上午的批斗会，丁一刀弄明白了一个问题，也就是，兰在大床上曾经向他表白过的一件事，其实是兰的误会。

那个冬夜，我父亲起夜的时候，确实看到了兰的被子蹬掉到了床下，我父亲就顺手把被子拾起来，盖在了兰的身上，并给她掖紧。也许在这个过程中，我父亲粗糙的大手触摸到了兰细嫩的皮肤。寒冷没有冻醒她，那粗糙的皮肤与她细嫩的皮肤的接触却让她吓得大叫起来。她的惊叫声把母亲招来了。母亲坚信余老蔫绝不会在那个时间去调戏她的外甥女，余老蔫的能量才在她的身上释放殆尽，一个五十多岁的男人精力总是有限的。再说，余老蔫在她的眼皮子底下绝不敢吃窝边草。母老虎在判断了事情的真伪之后，把严厉的目光转向她的外甥女，压低声音怒斥道，半夜三更叫啥，睡觉！又不轻不重地在她拱起的屁股上打了一巴掌。这一段小插曲我父母也许早忘了，但兰却记在了心里。

兰不是个省油灯，又缺个心眼。即使余老蔫真的戏弄过她，她也不该在婚后把这件事告诉丁一刀。这件事在丁一刀的心里结了一个疙瘩。丁一刀下了决心一定把这事弄个清楚。

那天，丁一刀把兰支应回了城里，又让人把我父母拉到大队批斗，就是有目的的。在一间房子里，他让其他人回避，单独审问这件事。这个杀猪匠出身的人其实是个粗中有细的人，他没有放过每一个细节。他问我父亲是用右手还是用左手给兰掖的被子，我父亲说用的右手，他就问你的左手在干啥？父亲改口说用的左手，他就问你的右手在干啥？由于父亲确实记不清了是用哪只手为兰掖的被子，又改口说是用两只手同时做的。丁一刀采用诱敌深入的口吻继续问道，既然掖被子用一只手就可以了，你为啥用两只手？其中的一只手是不是用来去摸兰的大腿或者她身体的其他部位？余老蔫说，没有，没有，兰那时候还是个小妮子……

丁一刀反反复复地审问，也没有找出证实父亲调戏兰的充足理由。尽管如此，丁一刀还是不肯放过他们，他命人把我父母关到一个非常隐蔽的地方，他要用饥饿和寒冷来折磨他们。

我赶到大队的时候，丁一刀他们正在吃晚饭，几个人围了一个大盆，盆里大概是鸡块，还有粉条、萝卜等，汤汤水水一大盆，上边漂着油花。几个人的吃相很不雅，都是狼吞虎咽的样子。丁一刀正啃着一个鸡头，手上嘴上都是油。他因为面朝外坐，所以最先看见了我。他瞪着眼，嘴里呜呜的不知说的啥，其他人都扭头来看我。

我大着胆子问，丁一刀，我爸我妈在哪儿？

粪叉低下头，在袄袖子上抹了一下嘴，然后冲我骂道，你个小兔崽子，上午找你没找到，自个跑来了。说着就站起来，向我走来，另外两个人也跟了上来。粪叉问，你想找你妈？

我说，你们饿了都知道吃饭，为啥不让他们回家吃饭？

粪叉冷笑着说，你这孩子还怪孝顺呢，走，我领你去见他们。说着已经抓住了我一条胳膊，后面跟上来的骡子抓着了我另一条胳膊。他们推推搡搡地把我朝后边推。

在大队部的后边，有一片小树林，紧挨着树林是一个废弃的猪圈。在朝猪圈方向走的时候，我已经明白了他们是要把我朝猪圈里送。我便大声喊起来，我不去猪圈！我要找我妈！我抱着一棵小榆树，任凭他们拉我、拽我，再也不朝前走一步。

粪叉掰我抱树的手，我低下头，狠狠地咬了他一口。我感觉我的牙齿触到了像鸡骨头一样的东西，我知道那鸡骨头一样的东西，其实是粪叉的手骨。粪叉果然就“哎呀哎呀”大叫起来，我看到紫红的血从他的手上“叭叭”地朝下滴，他用没有滴血的手按住了滴血的手。我不知道那个时候咋就没有了怕，我只觉得有一种快意。我想，那只手假如是丁一刀的，我可能下嘴比这还要狠，也许我会把他的手骨咬断，让他从此再拿不了杀猪的刀。

在我这样想的时候，我听到一个冷冷的声音，你们几个大人，连一个小孩子也对付不了。丁一刀在说这话的时候，已经走到我跟前，没等我看清他的嘴上还有没有鸡油，他那双握杀猪刀的手已经向我打来，没等我实施咬断他手骨的计划，我的眼前已经金花四射。接下来那四射的金花变成了一片黑点，随后，黑点消失，我的大脑一片空白。

蒙眬中，我闻到了死亡的气息，有一种恨不得死掉的感觉。突然脸上有了一阵温热，艰难地睁开眼，恍惚看到是只手在我脸上摩挲，接着就看到了母亲那双慈爱的眼睛。

我的泪水一下子涌了出来。

天已经黑了。母亲说，如果不是因为我咬破了粪叉的手，他们在天黑之前就会被从这儿放出去的，可是，现在，咱们一家三口只有在这猪窝里过夜了。

除了恶臭，还有饥饿和寒冷。猪窝里别说遮挡风寒的棉被，就是一把麦秸也没有。地上阴暗潮湿，还残留着一摊摊的猪屎，父亲蜷缩在一个角落里，喉咙里发出的急促喘息声，让人听着感到毛骨悚然。巨大的恐惧攫住了我，我全身的毛发都竖了起来，我爸要死了！我爸要死了！我狂喊着爬出猪窝。我希望我的呼叫能把有良知的人唤来救我父亲。爬出猪窝时，我看到猪圈周围站满了影影绰绰的人，他们好像还背着长枪，一个个如临大敌一般。一个黑影故意做作地拉响枪栓，用鼻音威胁我，回去！再不回去我就开枪了！我冲着朝我拉枪栓的人说，我爸真的要死了。

那人犹豫了一下，最后朝我走来。他弯了腰，随我走进猪窝。我看到他走进猪窝时用手捂住了鼻子。他走到我父亲跟前，把腰弯得更低一点，凑近了我父亲脸上看着，看了好一阵，他抬起一只脚，朝我父亲踢去。我父亲睁开眼，看了那人一眼。那人便说，睡得好好的，咋咒他死呀？说着走出猪圈。

我急了，在他后边大声喊道，让我们在这过夜，会冻死的。

那人说，放心，丁队长不会让你们死的。

过了大概一个时辰，忽然听到外边有说话声，声音像是一男一女。男的声音正是刚才那个人，女的声音像是旗儿。旗儿说，就是犯了天大的罪，也得让人吃饭吧？

那男的说，旗儿，你自己的事还顾不了，还管别人的事？快提了饭篮子走，不然，让丁队长碰上了，连你也抓到猪窝里去。

旗儿说，我没啥错，抓我干啥？

那男人说，你没错，木拐有错没有？不是念你自小就没了亲爹娘，会放过你？

旗儿争辩道，俺爹他有啥错？孙队长还表扬他，说社员都像他一样勤快、下力，队里活就干好了。

男人说，孙运生的立场有问题。丁队长说过，孙运生再替老特务说情，把他的队长撸了。

旗儿说，孙队长是个好人，撸了他俺都不依！

男人说，别白话了，快走吧。

旗儿说，连方他一家都是好人，俺不能看着好人遭罪，俺就给他们送点红薯汤……

两人正争执，又听见有人大声喝问，谁在那里吵吵？

男人说，是……旗儿来给老特务送吃的。

我怕旗儿吃亏，急忙从猪窝里出来。可是，粪叉和骡子已赶来了，他们从旗儿手里夺过饭篮子，朝远处扔去，只听“嘭”的一声响，篮子里的饭罐子发出了摔碎的声音。

旗儿叫着，你们不能这样！你们不能这样！

粪叉说，革命不是请客吃饭。

骡子接道，不是写文章。

粪叉又道，不是画画绣花子。

骡子又接道，也不能温凉（良），也不能谦让。

俩人一递一句背着在当时非常流行的一段毛主席语录，尽管差三错四，他们还觉得神圣无比。背完，拉了旗儿就走。旗儿挣扎着，但她无论如何也挣不过两个男子，被连拖带拽地弄走了。

我眼睁睁地看着旗儿被他们拉走。

9

天快亮的时候，我父亲出去撒尿，看到外边已经没了人影。

他撒完尿，提了裤子踉踉跄跄回来，对母亲说，人都走了，咱也走吧。

我跑出去一看，果然不见了一个人，感觉有些异常，好像发生了什么事。

我们先走出猪圈，没见有人来干涉我们，就向北大洼方向走。走一段，回头看看，也没人来追，就加快了脚步。待赶到北大洼，才知道真的出了事。

昨晚，旗儿被箩头和粪叉拉到大队部。想在丁一刀面前邀功，他们把旗儿拉到丁一刀住的屋里，让丁一刀来处理这个脾气有点别的小丫头。

由于酒精的作用，丁一刀已经醉眼蒙眬，昏暗的灯光下，他如雾里看花似的看着旗儿。旗儿一脸胆怯的样儿，勾着头不敢正视工宣队长一眼。在丁一刀的眼里，旗儿的胆怯是一种娇羞。这个如盛开在秋天的河岸边的野菊花使他心乱神迷。工宣队长至高无上的权力使他的大脑以及他浑身的血脉都膨胀起来，再加之自从兰跟他讲了余老蔫的事情后，他尽管弄清了是兰的误会，但这件事给他心里留下的阴影始终抹不去。他总怀疑兰在上他的床之前，已经不是处女。他的内心深处总觉得和一个不是处女的人过一辈子有点亏。现在机会来了，这个散发着泥土香味的野菊花，这个含了娇羞含了嗔怪的小雏燕，像天使一般来到他身边，他怎能错过这个机会？其实，在他第一眼看到旗儿时，他的心就已经萌生过一个奇怪的念头，他觉得这个丫头就像水做的一般，他就想着寻个机会到那潭清澈的水里去洗个澡。

丁一刀把粪叉和箩头支应走了，两人走后，他把门关上。他的脸上在批斗会上经常出现的那种凶狠和严厉的神情都消失了，换上了一种让旗儿感到非常亲近和温和的笑容。丁一刀先问她叫什么名字，又问了她的基本情况，问她这么晚来这儿干什么？当旗儿战战兢兢回答完对方提出的问题时，对方用一种让人难以捉摸的眼神盯着她。丁一刀说，旗儿呀，你怎么能给特务送饭呀？

你尽管是侯木拐收养的，可你根红苗正呀，好好培养是个干部的料哩。

旗儿的心咚咚地跳着，她低声地嗫嗫着，俺不当干部，俺没那才能……

丁一刀说，才能都是培养的，我说你有你就有。来，旗儿，快到火盆跟前暖暖。他说这话的时候，已经走到旗儿跟前，伸出一只手，去拉旗儿。旗儿惊慌地向后退着，说，俺不冷，俺该走了。丁一刀低声说，旗儿，你咋能走啊？乖乖儿，快过来。说着，死死地拉住旗儿的手，把旗儿朝自己的怀里拉。直到这时，旗儿才感到了危险，她一边挣扎着，一边说，俺走哩，快放开俺……俺要喊了！

丁一刀哄她说，旗儿，别喊！把人喊来了，还以为你拉拢我哩！快听话，遂了我，有你的好。说着去解旗儿的裤腰带。

旗儿要喊也不敢大声喊了，怕来了人自己真的说不清，就拼了命地挣扎。可是一个弱女子，怎能抵得过一个如狼似虎的色狼？

如果黑三能早到一会儿，事情的结局也不至于那么惨烈。是木拐让黑三来找旗儿的。旗儿来给我们送饭，木拐总不放心，他自己又不好来，就告诉了黑三。黑三找旗儿的时候，还没把问题考虑恁复杂，他只是想，一个女孩子摸了黑出来跑会不会害怕？其实，在他心里，早已把旗儿放不下了，喜欢早已搁心里了，只是还没好意思说出口。

黑三赶到大队部的时候，确切地说，是找到旗儿的时候，旗儿正从丁一刀的屋里跑出来。旗儿头发纷乱，两手捂住脸，哭又不敢大声地哭，忍又忍不住。凭直觉，黑三知道发生了事，他有些心疼地叫道，旗儿，你咋了？

旗儿自顾自跑了。她跑去的方向留下一声凄厉的哭叫。

黑三没有去追赶旗儿，他意识到旗儿是在她刚刚出来的那个屋里受的委屈，他想知道是谁欺负了旗儿，而对方又是如何欺负他心爱的人儿的。他猛地推开了那扇虚掩着的门，这时他看到丁一刀刚把裤子提上，正束着裤带。

丁一刀脸上是一种刚撒完尿后的快意。不过，在他回头看到有一个男人突然闯进来时，那快意很快消失了，取而代之的是惊恐和不安。

黑三看到对方的样子时，就什么都明白了。没等对方做任何抵抗的准备，他就像一条发疯的狗一般扑向了丁一刀。他用手卡住了对方的脖子，而此时，对方的手还在自己的裤腰带间摸索。丁一刀想抽出手去反抗对方，但是，却挓挲着使不上力。黑三的一双手是那么有力，他像卡兔子的脖子一样卡住丁一刀的喉结，让后者只有瞪眼的工夫没有喘气的工夫。终于，丁一刀的眼睛越瞪越大，后来翻出的都是白眼珠时，黑三才腾出一只手，从腰里抽出了他那把刀，他举起那把刀，在丁一刀的裤裆里连扎数刀。直到血从对方的棉裤里浸出来才罢休。看着一动不动的丁一刀，黑三骂道，狗日的，老子把你的鸡巴废了，看你还敢欺负旗儿不？他发现丁一刀死鳖一样在血窝里一动不动时，才有些恐慌，丁一刀，你别装死，我就想替旗儿出口气，我没准备杀死你，你不要吓我……

他惊慌地朝后退，可是，粪叉和箩头堵住了门，两人大叫着，杀人了！黑三杀人了！

我们回到北大洼时，整个北大洼都笼罩在一片肃杀和恐怖的气氛中。据听说，丁一刀被送进医院抢救了三天三夜，虽然命保住了，但却终身残废。这件事惊动了公社和县里，县里成立了联合专案组，专案组在桃河调查了半个月，搜集到的情况很不一致。有的说，黑三胆敢对工宣队长行凶，简直是秃子头上打伞——无发（法）无天，不杀黑三不足以平民愤；有的说，世界上没有无缘无故的爱，也没有无缘无故的恨，黑三这样做一定有原因的；也有人把黑三的过激行为与旗儿联系在了一起……

再看旗儿的表现，本来一个勤快活泼的女孩像得了大病一般，整天躲在窝棚里以泪洗面，不吃不喝，多少人劝都不听。有人看出了其中的端倪，怀疑黑三杀丁一刀与她有关，立时，旗儿被丁一刀糟蹋了的传言又弥漫开来。

专案组回到县里，把调查的情况如实向上边做了汇报。当时，革命正向纵深发展，阶级斗争的形势十分严峻。丁一刀是上边派来的工宣队长，受到阶级敌人的报复体现了阶级斗争的复杂性和尖锐性。至于专案组在调查中听到的绯闻，是不是阶级敌人释放的烟幕弹？是不是阶级敌人企图转移斗争的大方向？

领导既然拍板定性，黑三很快被定为现行反革命杀人犯。对黑三的处决从快从重。队里接到通知，说是一辆枪毙人的刑车要经过桃河。其实，也就是把那个被枪毙的人再游斗一次，让他死到临头再丢一次人。

当时，人们不知道被枪毙的人是黑三，都像过节似的等着刑车的到来。终于等来了。在滚滚尘烟中，十几辆大小不同的车辆浩浩荡荡地开了过来。开路的是几辆小“鳖盖”（小轿车），小“鳖盖”过去后，紧接着是一辆大卡车，被枪毙的人就在大卡车上。远远地看见一个蓬头垢面的人站在车上，胸前挂着一块大牌子，牌子上写着一行小字，又在上面打了一个血红的“×”，几个穿绿衣服的年轻人手握钢枪，紧押着那个犯人，很快有人认出那个人是黑三，仔细一看，果然是黑三。虽然不到一个月的时间，黑三已经大变样，他的脸上长满了杂乱的胡子，面孔又黑又瘦，眼睛塌陷进眼窝里，往日清澈明亮的眼神看不到了，取而代之的是浑浊中游移着的迷茫。我看到他抬起了头，目光在人群里寻觅着。过了好一会儿，我看到他非常失望地把头低下了。

那天，黑三娘和旗儿都没来。我想，他一定在寻找她们。我大声地喊着：黑三哥！黑三哥！我不知道他是否听到了我的呼叫。我看到他再也没把头抬起来。

泪水从我的眼里夺眶而出！

就在黑三被枪毙的第二天早起，人们发现旗儿死在了北大洼的窝棚里，她的身边放着一把菜刀。她用那把菜刀割断了自己手腕上的动脉。

那个时间，一大片的血已经凝固了。

（原载《牡丹》2008 年第 8 期）

扶贫博士

1

路继东因为有不正当的男女关系，被“晾”在了基层。

是这样的，路继东是某农大博士研究生，市里招聘的专业科技人才之一。按照市委的安排，这批博士生，先放到农村挂职锻炼两年，然后再提拔到市直单位任职。两年之后，博士们大都先后选调上来安排到市委或市直机关任职，唯有这个叫路继东的人，在对其进行考核时，却有人反映他犯有“严重的男女作风问题”，差点儿被人家告到监狱里去。既然有人把他的“男女作风问题”看得如此严重，市委就不得不慎重对待。

一年多过去了，如果再继续把路继东放到乡下不管，就违背了当初的招聘政策，失信于知识分子。一个博士在乡下当乡长，有些大材小用，也是对知识分子的不尊重。再说，时代不同了，“男女作风问题”也确实算不得原则问题。不能因了年轻人的一时冲动就影响人家一生的前途。只要能改正，还是好同志。组织部派我和师均再次对路继东进行考核，其实也不过走一下形式，该同志没有功劳也有苦劳，只要没有违纪违法等原则性的大问题，这一次铁定要调到市委重新任用的。

我和利县的组织部长老马是老同事，到他那儿去考核干部，自然要先和他打个电话通报一下。谁知马部长一听说要提拔路继东，便泼凉水道，咳，这个人呢，太“菜”！依我看，还是先别动他为好，让他在基层多磨炼几年，他就知道喇叭是铜锅是铁了。

我旁敲侧击，问此人如何“菜”法？“菜”到啥程度？

马部长在电话那头犹豫一下，说，详细情况我也不太清楚。只是听乡里的同志反映，菜……路继东这个人做事不按常规出牌……

组织部长对他如此印象，可见路继东的确“菜”到了极致。在我们那地方，“菜”含有贬义。说这个人“菜”，是说这个人太嫩，太幼稚，做事不够老练成熟。路继东得此称呼，说明其在基层挂职锻炼这几年没给人留下好印象。

不过，既然组织已经决定的事情，我们就必须把问题调查清楚，向市委汇报。至于能不能提拔重用他，是组织上的事情。

2

路继东挂职的地方在利县管辖的芳草店，地处偏僻，是有名的贫困乡。为了节省时间，我们没有走县城，而是绕道直接奔了芳草店。

乡政府大院掩映在一片茂密葱郁的绿树丛中，如果不是在低矮的大门口看到那儿挂着一个写着“芳草店乡政府”的牌子，我们怀疑走进的是一个林场。院子里，一棵棵杨树、桐树、国槐等不同的树木拔地而起，金色的阳光透过满院的绿荫倾泻下来，如在地面铺上了一层金黄色的大豆。下了车，才看到一排红砖青瓦的房子。房子的前檐带有出厦，每间房之间立着一个柱子。房子看上去十分破旧，却很整洁。像上世纪八十年代的建筑。空气新鲜而又湿润，鸟儿在绿树间欢叫，叫声有高有低，有张有弛，犹如进行着一场歌咏比赛，倒也不觉得吵闹。优雅的环境彰显着一种自然的生态美，对于我们这些整日生活在繁华闹市的人来说，犹如走进了一个天然氧吧。

正左顾右盼找人，突然从背后传来一个嘶哑的声音：“喂，那谁，干啥的？”

回头看去，见一位四十多岁的男子，提着裤子从远处的一堵矮墙后走出来。矮墙上写着歪歪扭扭的两个字：“方便”——厕所叫方便，倒也更切实际。

看他邋遢的模样，不像个政府工作人员的样子，便问：“乡干部都去了哪儿？怎么一个也不见？”

男子翻了翻眼皮，从鼻腔里“哼”了一声，以示他就是这儿的负责人。

我急忙道：“我们是从市委来的……”

一听说从市委来的，男子阴沉的脸上立刻多云转晴天，说话的声调也缓和了许多：“以为是来讨债的呢，原来是市领导大驾光临，快屋里请。”说话间，已打开一扇房门。

房子是里外两间的格局，套间的门紧闭着，外间靠后墙有一张办公桌，桌上零乱地堆放着报纸和杂志，桌子角放着一部电话。墙角摆放着一对木质沙发。墙上贴着一些表格、工作制度什么的东西。在屋内巡视一遍，便问他路继东去了哪里？

“找菜乡长呀？我打个电话问问他在哪儿？”男子说着去拨打电话。

“菜乡长？”我用狐疑的目光盯着男子的脸——那张脸饱满黝黑，眼仁黑白分明，乍看上去很诚实憨厚的样子，“你们都喊路继东叫菜乡长吗？”

男子不好意思地笑道：“叫习惯了，改不过口了。不过，他自己也习惯了，人家喊他路乡长，他倒癔症着不知道喊谁哩！”

这解释多少有些怪异。我不相信一个博士生会“菜”到如此地步，连自己的姓都忘记了。他难道不知道人家喊他“菜”，是对他的嘲笑和轻视？

男人听了，忙解释道："开始喊他'菜'，倒真有些瞧不起他，可是，现在喊他'菜'，就不是那个意思了，倒觉得他'菜'得实实在在……"说到这儿，突然闭了口，拿眼睛警惕地看着我们。

看他不愿意讲下去，我便告诉他："你和路乡长联系一下，我们要找他了解些情况。"

师均补充道："就说，市委派人来考核他。"

男子有些迷茫地说："不是说不走了吗？怎么又来考他？"犹豫一下，还是拨了电话，可是，拨了几次，也没联系到人。回头对我们说："菜乡长骑车下去的，这阵儿不知在哪个旮旯里窝着呢！他那个破手机，不是坏，就是停电，再不然就是没信号——每天都这样，一下去就是一天，到天落黑时才回来。"

这个路继东，究竟是怎样一个人呀，都这个年代了，一个博士乡长还像七八十年代的土老帽似的，骑自行车下乡，走村串户……我无奈地对男子说："既然联系不到他本人，就先把书记找来吧。"

男人说："雷书记在家里养病，早没来上班了——和县里领导请过假的。乡里也就是菜……路乡长主持全盘。要不然这样，咱们先吃饭，等吃完饭，找个人下去寻菜乡长。"这男子总改不了口，看来真的喊习惯了。

也只能这样了。再说，肚子确实饿了，就跟着他找地儿去吃饭。乡里没有食堂，只有到街上的餐馆里去。路上，得知男人姓廖，家就住在乡政府所在地，是乡党委秘书兼行政秘书。

廖秘书是个很健谈的人，一路走，一路向我们介绍。

廖秘书说，乡干部大多"一头沉"（指老婆在家种地），都是"走读生"，吃住在家里，方便。乡里没有工作任务就不用急着来上班。乡政府本来有食堂，后来吃饭的人越来越少，最后，只剩菜乡长一个人。一个食堂就供一个人吃饭，不划算，只有停了。

我不解地问："那么，菜乡长到哪儿吃饭？他自个做饭吃？"

廖秘书说："菜乡长不会做饭，他走哪吃哪……"说话间，已到了一家餐馆门前。

掌勺的师傅正忙着炒菜，一见廖秘书领着我们朝屋里走，说：“油秘书，来晚了，没地儿了。”

廖秘书说：“老扛，市里来的领导呢，敢说没地儿？”

叫老扛的师傅毫不客气地说：“谁来了也没地儿！”

廖秘书探头向屋里瞄了一眼，说：“那不还有个空桌。”

老扛说：“已经被人定下了。你就再改个门吧！”后边的话，让人听着就如打发叫花子似的。

廖秘书只得领着我们去“改个门”。可是，又寻了几家，不是没地儿了，就是说，饭菜都卖完了，要吃等到晚上吧——我听着都是推辞，就问廖秘书：“这些人都傻了吧，咋放着生意不做？”

师均也愤愤地怨道：“这个鬼地儿，真是邪了怪了！”

廖秘书笑笑，也不向我们解释，又去找餐馆，终于在街头的边缘地带找到一家卖烩面的饭铺。

老板是个五十多岁的老头儿，一脸胡子邋遢，没有朝外撵我们，相反倒很热情。在一张分不清是黑色还是紫色的桌子旁坐了。廖秘书点了几个菜，一会儿就端上来。一盘猪脸，一盘牛肉，还有凉拌芹菜和油炸豆腐，看着盘子里灰不溜秋的菜肴，我和师均都没有胃口。烩面端上来了，每人热腾腾的一大海碗，放上辣子和醋，吃出一身汗，肚子也撑饱了。廖秘书倒不客气，见我们不吃菜，风卷残云般地把四盘子菜全倒进了自己的肚子里。

3

回到乡政府，廖秘书打开另一套房子的门，也是里外两间，说是菜乡长的办公室兼住室，让我们休息一会儿，他去寻菜乡长。安排完就走了。

我和师均都有午休的习惯，加上一上午的颠簸劳累，困得要命，歪在沙发上昏昏沉沉地进入梦乡。

不知过了多久，蒙眬中听到外边有人低声说话，还以为路继东回来了，急忙起来，打开虚掩的门，却见外边站着两个男人。仔细一看，一位是叫作老扛的那人，另一位是那位满脸胡楂的老头。

两人看到我，歉意地笑笑。老扛说："领导，对不起，打扰了。"

老头也立刻附和，满口道歉话。

我问他们，是来找路乡长的吗？

老扛说："俺不找乡长，找您的。"

我有些奇怪，和他们只是一面之交，而且连句话也没搭上，来找我们干啥？我满怀狐疑地把他们让到屋里。

师均看到两人，也发呆。

老扛掏出一包揉得皱巴巴的烟，让我们抽，我们表示不会抽烟，他自个抽上了。

我问他："老扛同志，找我们有什么事情？"

老头听我这样唤老扛，嘿嘿直笑。老扛也红了脸，说："俺不叫老扛，俺叫位村海。原来俺在乡畜牧站上班，早不完地给骡子、马瞧个病，油秘书就出俺的洋相……"说着，自嘲地笑起来。

满脸胡楂的老头笑道："本来是出他的洋相，说他是专扛骡子屌的家伙，就和他那好出风头抬硬杠（与人争执）的脾性对上号了。"

老扛反击道："呸！一把手，我不掀你的底根子你心里痒？"

乡下人就是这样，互相拿别人的短处取乐子。每个绰号的来历都有一个故事。位村海被人喊着老扛，廖秘书被称为油秘书，连路乡长也成了菜乡长。入乡随俗，看来当不得真的。

位村海见我们等着下文，有些不好意思地说："俺来找领导，是向您反映一些问题……"

我一听，要麻烦了。这些人把我们当成信访干部了，别遇到啥棘手的冤案把我们缠住了。我打断他的话，说："老乡，我们不是来了解信访案件的，您有冤案可以通过法律程序解决。”

师均也不耐烦地说：“我们不是纪检信访干部，也不是法院的法官，我们是组织部门派来考核路继东同志的。”

位村海说：“俺反映的问题，和菜……路乡长有关。”

既然反映路继东的问题，就不好推辞了。我说：“好，老位，希望你要实事求是，客观公正。”

位村海连声说：“一定公正，一定实事。”连着咳了几声，却把话题拐到了中午的饭局上，“中午那啥……领导去吃饭，不是俺不给安排，都是事先定好的调，上边来了领导，先到几个档次高的饭店照个面，最后，还是落脚到老韩那里吃烩面。”

我和师均都可笑。我说：“老位，这与路乡长有啥关系？”

叫老韩的老头说：“咋没关系，是他定的制度，把俺那儿定为乡政府定点饭店，凡来了客人都要在那儿招待。就是到俺那去，也有限定的，四菜一汤，超标了乡财政不给结账。”

我笑着说：“这不算大问题……”

位村海瞪着眼说：“还不算大问题？他挡了俺的财路，他没来之前，乡政府在俺餐馆里吃喝招待，哪一年不消费几十万？”

师均说：“我们这次来，是考核他，把他调走的。他走了，就没有人挡你发财的路了。”

位村海一听，愣了一下，突然道：“不能让他走！他走了，俺还不如现在呢。”

我和师均都感到奇怪。我问：“老位，你这话啥意思？”

位村海说：“您听俺讲。”说着把鞋子脱下来，连腿带脚盘在沙发上，“过去乡干部到俺那吃喝，都是打的欠条，也没个规章，谁都可以去吃，谁吃谁打条，欠条摞起来一大沓，算算账，加起来几十万呢。后来餐馆被吃垮了，开不了门了。俺到乡政府去要账，腿都跑细了，领导们你推我，我推你，瞎忽悠俺，一个子儿也没要到。有的乡领导还说，谁吃的找谁要钱去！吃的时候都打着乡里旗号，一个个公事公办的样子，这会儿又不认账了，和那些街头无赖有啥区别？对了，那个老廖，咋叫他油秘书呢？来了领导，有时候也没来领导，到餐馆吃了喝了，嘴一抹，他大笔一挥记着招待某某上级了，谁的官大记到谁头上。去找他要钱，他嘴上抹蜜似的把你哄走。人一走，他就说，没看到乡政府穷得要破产了，到哪儿给你弄钱？乡里又没有印票子机器！等着吧！老油那人，别看他面相忠厚老实，办事油滑得很，确（骗）死人不偿命！办事刁钻油滑，大家才喊他老油！油秘书！”咬牙切齿的样子，恨不得把油秘书一口咬死。

老韩说：“其实，也不能都怨老油，乡政府每年就那几个办公费，别说办事儿，就是都用来吃喝也填不满那么多张嘴！只有寅吃卯粮，吃了上顿没下顿。没钱也得吃，先吃了再说。乡里干部吃，上边来了领导检查工作要吃，吃了喝了还要拿着，就是那些一般乡干部见领导吃也嘴馋，逼着让老油去安排酒场。老油不安排中吗？他是个万金油秘书，也不容易！”

两人扯了半天，也没说到正题上，我问：“这些和路乡长有关系吗？”

位村海埋怨道：“都怪一把手，尽打岔——菜乡长来后，情形就不一样了。听说换了新乡长，俺去要账，一进屋子，人家比咱还早呢。餐馆的老板，还有烟酒店的老板，包工队的老板，聚了一大屋子，沙发上坐不下，就地儿蹲一大溜，嘴里说着几七几八的难听话。有急红眼的，挽袖子立锤，指手画脚，不给钱就索命一般。菜乡长被这阵势吓愣了，干瞪眼，不知咋应酬。喊油秘书，油秘书不知躲哪儿去了，喊财政所长，财政所长在城里开会呢。想想也是，人家刚来的一个博士，也不是人家吃的喝的，债也不是人家落下的，大家就逼宫似的对待人家，让人家咋招架？大家正闹着，没想到菜乡长突然站了起来，也不是刚才那个畏缩的样子了，大声说，各位大爷们，不要吵了，今儿小路给大家赔不是。说着，竟‘扑通’一声跪下，‘咚咚咚’磕了三个响头。把一个乡长难为得给大家跪下磕头，一屋子人都愣了。过去来乡里要账，钱要不到还受难听的话，欠钱的成了黄世仁，要账的都成了苦大仇深的杨白劳。正愣着不知咋办好，菜乡长说，自古以来杀人偿命，欠债还钱。我一个乡长为啥喊大伙爷？因为我欠大家的，我就是大家的孙子，大家就是我的爷！我为啥要给大爷们跪下，因为我今天还不了大爷们的债，我请求大爷们宽限我些日子！等我把大爷们的债还清了，我就不再是你们的孙子，我还是你们的乡长！菜乡长一番话把咱爷们儿震住了！人家那么大的学问，不给咱打一句官腔，说话实实在在，贴心贴肺，有那些心肠软的讨债户主当场直抹泪花子。三天后，菜乡长领了油秘书和财政所长，到各家对账，然后，与各家签订了还款计划，按欠款比例定期分批还款。还款的时候，不等俺去催就送来了。欠俺的钱已经还了一半，俺的餐馆有了资金周转，生意也能继续做下去了。听油秘书说，领导来要把菜乡长‘考’走，菜乡长若走了，剩下的欠款俺找谁去要？再换个新乡长不认账咋办？”

老韩指着位村海，骂道：“你个龟孙，光想着你自个，咋不考虑菜乡长的前程？”

位村海回骂道：“你个驴嘴，来的时候还说，咱多说菜乡长些坏话，领导就不提拔他了。这会儿你又变卦了？”

老韩被揭了短，抢白对方：“你那是坏话吗，都是为自个着想的。”

位村海咽了口唾沫，嘿嘿笑道：“本来是说菜乡长的不好的，咋绕了一圈子，又都说到好上了。”

老韩说：“关键是菜乡长帮你解决了大问题，你得了大实惠，想说人家的坏话良心上过不去。”

位村海说：“人是得有良心，要说菜乡长的坏话还真张不开口……不过，鸡蛋里挑骨头也得挑他点……毛病。一把手，你挑，你先挑，你和菜乡长接触得多……”

老韩“呸”的一声，说：“你这个扛骡子屌的家伙，埋汰俺哩。啥一把手，还不是因为买菜做饭打杂都是俺一人的活计，吃饭的少，老是闲得没事干。”说着挠着头皮，一副为难的样子，“咳……要让俺挑菜乡长的毛病，还真不好找……还是老扛说吧。”

位村海说：“你这个老好人，得罪人的话一句都不敢说。你不说俺说！”接着，清了清喉咙，继续讲述道，“自打国家免了农民的税，不让再收提留款，也不让到超生户家罚款了，乡干部清闲多了，百十口人整天闲得没事干，不是打牌就是摆大方，再不然就是相互扯皮磨嘴子，喝酒喷大空。上边的领导号召年轻干部再创业。再创业可不是件容易的事，资金啊、技术啊，都不是一句话的事，也只是嘴上说说罢了，砸人饭碗的缺德事，谁敢动真格的呀？到了菜乡长这一任，他六亲不认，唰唰，搞了个选优淘劣，把我、老韩等一下子撸掉四五十人，自谋出路，说得好听点叫‘再创业人员’。”

我和师均都吃了一惊，看来，路继东真把自己陷在这里了，你把人家的饭碗敲了，还不把人得罪死？你一个挂职干部，咋敢冒这么大的风险？

位村海继续讲道：“当初，这几十人都对菜乡长怀着深仇大恨，你一个鸟乡长，敢把俺这些在乡政府干了大半辈子的人都撵走，是活得不耐烦了吧？俺们一个个找上他的门，坐在他办公室里软磨硬泡，他喝茶夺他的茶杯，他吃饭抢他的饭碗……”

我不由替路继东担心起来，看来，最严重的问题不是他的男女作风，而是他的群众基础问题，这么多人被他得罪了，路继东恐怕很难被重用的，若把他调到一个新单位去，这些人联合起来去上访就麻烦了。

位村海像看出了我的担忧，眨了眨眼，才继续讲道：“没想到，菜乡长对俺们的许诺竟然都一一兑现了，俺们这才相信他，这个菜乡长，原来不是要俺们的，是真的要干大事的……”

师均急切地问：“他许诺大家的啥？”

位村海抽了一口烟，说：“贷款呀、资金呀、项目呀。俺们这些被他撸掉的人，他都给选好了项目，有的办家庭企业，搞农副产品加工，有的办起了大型养鸡场、养猪场，更多的人搞塑料大棚种蔬菜，搞一个大棚乡里补贴两万元，谁不干呢？俺家的餐馆除了按期收回一些欠款外，他又帮俺贷了一笔小额贷款，用这笔款子，把餐馆重新装修，又置买了新餐具。”

我问：“把餐馆装修得像城里的餐馆似的干净漂亮，有那么多客人吃饭吗？”

位村海道：“领导你不知道，菜乡长要干大事呢！”

我不解地问：“干大事，与餐馆有啥关系？”

位村海说：“怎么没有关系！菜乡长要搞生态农业开发，说是观光农业，吸引城里人到我们这儿参观旅游。说城里人夏天怕热，吸引城里人到俺们这儿避暑休闲……你看看俺们乡里的大街，就是学着外边旅游景点的样子建设的。就拿俺们乡政府大院来说，生态不生态？原始不原始？”

我和师均相互看了一眼，明白了乡政府大院原来是要保持原生态的。

老韩瞪位村海一眼，说：“别扯他那个生态观光了。这事等会儿再说。俺说说俺的情况。”接着拉开了话匣子，“乡里食堂不是没人吃饭吗，菜乡长让俺把食堂搬到了原来乡政府的市场管理所，那儿临街，生意好做，挂的还是乡政府的牌子，成了乡政府定点接待饭店。俺在那儿开了饭店，公私兼顾，每年房租节省了一两万，还赚了一些钱。一些人眼红了，说俺沾了乡里光。菜乡长听说了，在会上给大家掰扯这件事，都说老韩沾光了，这话不假，我就是要让每个再创业的人都要沾乡里的光！再创业的人减轻了乡里负担，本身就对乡里做出了贡献，让人家沾点光是应该的！再说，临街那房子，老韩没用的时候不一直闲着吗？看人家赚点钱就眼红了！谁眼红，你和老韩去换换！结果，就把那些人的嘴堵上了。”

位村海道：“老韩你别得意，不就为了这些，菜乡长才落了个‘菜’。其实，菜乡长根本不菜，说话办事，当初看都像忽悠人似的，后来，不都给兑现了，这才看出菜乡长是干实事的，是真心为老百姓着想。”

老韩说：“油秘书让咱来说菜乡长的坏话，你倒好，光拣好听的说，咋能留住他呢？”

位村海一拍脑瓜，醒悟道：“就是，本来反映他问题的，咋替他表功呢？不过，问题嘛，还真有。这个菜乡长，人是好人，可是，问题吗，还是有的……菜乡长虽然把老规矩改了，换成了新一套，群众搞大棚的多了，栽果树的多了，养猪啊、养羊啊、养鸡啊、养牛啊都多了，办厂子的也多了，老百姓腰里的钱包是鼓起来了。可是乡政府这个破院子，恁都看见了，他就是不让新建，乡干部屋里的家什，都是二十年前的老货，他也不让换。这几年，乡里也不是穷得开不了门吧，每年都有进项，钱花哪去了？建敬老院了，建学校了，原先乡中学规划的教学楼，钱上不去停了，地荒得都长草了，学生没地儿上课，家长有意见呢。现在你到学校看看，五层的大楼建起来了，比美国的白宫还气派呢。不改变办公条件，算个大问题吧？这是一。第二，菜乡长年轻气盛，不尊重雷书记，他说雷书记思想不解放，占着茅坑不拉屎，不为老百姓着想。和雷书记闹得只差动了拳头……雷书记一生气，有病住院去了，随你咋折腾。第三，他在一部分村干部眼里成了活阎王。有个村长，给自己的爹娘哥嫂儿子媳妇老婆妹子都办了低保，他逼着村长把吃的低保吐了出来。还有个村干部，连媳妇还没娶，先给自己将来的孙子划了片宅基地，他把这个村干部撸了，宅基地没收了……这样的事多了，反正，那些屁股不干净的乡、村干部都怕他，巴望他早点儿滚蛋。第四呢，菜乡长有不正当男女关系……”

我打断他：“老位，捕风捉影的事可不能胡乱说！”

师均似乎很感兴趣：“又是不正当男女关系，不妨讲讲。”

位村海说：“为了领导的形象，这一条就不说了吧？”

老韩说：“咋能不说，实事求是嘛。你不说俺说。菜乡长和乡中学的李老师恋也恋了、睡也睡了，又要给人家打离婚。”

位村海说：“连证都没扯呢，咋能叫离婚？”

老韩说：“都睡到一个被窝里了还不算结婚？——他要跟李老师离，李老师娘家人不愿意，百十口人找他理论，这事闹得全乡谁不知道……”

正说着，廖秘书走进来，看到两人，一本正经地说：“老扛、一把手，恁俩在这瞎白话啥？捣乱领导休息！”

位村海刚要辩解，他便把两人朝外撵：“都大半天了，还没把冤屈诉完？快走，我有大事向领导汇报！”

4

把两人撵走，廖秘书把门关上，骂了一句：“这两人，没一个省油的灯！他俩说啥，领导全当听野鸡叫唤……”

门一响，老韩把头探进来，说：“油秘书，菜乡长和李舒云老师的事，还没给市领导汇报完……”

廖秘书骂了一句：“裤裆里转木梳——胡梳（说）。快滚！”又站起身，把门关好。

看他一脸严肃的样子，我觉得非常可笑。问他：“廖秘书，和路继东联系上了吗？”

他没有正面回答，从兜里掏出一个笔记本，然后正襟危坐在沙发上，清了清嗓子，道：“现在向市领导汇报。”打开笔记本，两眼盯着上边，一字一句地像背课文似的念着：“尊敬的市委领导，你们好！我代表芳草店乡乡党委、乡政府、乡人大，还有全乡四万六千三百八十七口父老乡亲，热烈欢迎两位领导，位（莅）临我乡检查指导工作，对我乡乡长路继东同志的工作做全面考核。并预祝市领导在芳（草店）期间，精神愉快，工作顺利，万事如意！”

我和师均都忍不住笑起来，我说："廖秘书，能不能简化点程序，来点实在的。"

廖秘书却不笑，继续说："谢谢领导的掌声！下面汇报第二点。按照市领导的安排，通知菜……不，路乡长回乡政府接受考核一事，本人经过很大努力、费尽周折，终于和路乡长取得了联系。路乡长于今晨六点半和本乡一位种植大户去山东寿县学习日光大棚经验，返程时间尚不确定。特在电话中责成廖秘书向市委领导说明原因并代为道歉。"念到这儿，廖秘书突然站起来，向我和师均鞠了三个躬。我和师均被搞得猝不及防，还没反应过来如何应对，他已经重新坐下念道："第三点，市领导来考核路乡长一事，已全面向芳草店乡党委书记雷雨同志汇报。不过，据有关部门透露，雷雨同志即将被县委组织部免去我乡党委书记职务，任命为县科技局局长。尽管如此，雷书记还是指示我们，考核路乡长，他最有发言权。他邀请市委领导到县城会语（晤），因为县城接待条件好，芳草店接待条件差，怕委屈了市领导。第四点，县委组织部马部长已经得知市委领导轻车简从来到我乡，非常感动，恳请市委领导马上启程去县城会语（晤）。第五点……"

我打断他的话，学着他的腔调说："第五点，市领导要到芳草店乡各行政村、乡中学、乡敬老院等地方，做深入调查了解，请廖秘书陪同！"

廖秘书一愣，稍停，有些为难地说："市领导非下去不可吗？为了市领导的人身安全，我奉劝市领导还是不要下去了！"

师均问："有黑社会吗？我们不是身价百万的富翁，还怕谁打劫我们！"

廖秘书却竭力劝阻："黑社会倒是没有，就是怕那些个……那些个'刁民'给市领导办难堪……"

师均说："倒是要看看，究竟怎样办难堪？"

我强调说："我们是来考核路继东同志的，完不成考核任务，难以向组织汇报。希望廖秘书配合我们。"

廖秘书嘟哝着："听市领导的口气，不像考核干部，倒像调查一个案犯似的。"

我笑了，说："本来是好事，可你廖秘书为啥如临大敌一般横加阻拦我们呢？"

"嘿嘿！哪敢呢。俺一个小秘书，哪里见过您这么大的领导？当钦差大臣一样看呢！"廖秘书一脸狡黠的神情，"市领导既然不怕辛苦，俺就通知下边做好汇报工作。"不等我们答话，匆匆忙忙走了。却把笔记本落在了沙发上。

我拿起笔记本，要看看他的第五点是啥，翻了半天，没看到本子上写一个字！

这个油秘书，真够油的，把我和师均都给涮了！瞧他那一本正经的样子，还真的以为他"念"的那个一二三四点是准备好的汇报材料呢，原来是吃柳条屙簸箕——现编的。我把笔记本拿给师均看，师均又生气又可笑，感叹道，听说基层有"奇人"，还真让咱碰上一个。说是"通知下边"，不定又要啥花招呢？

我说，倒不如先去学校把路继东和女教师的作风问题调查清楚。

师均也赞成我的意见，两个人便悄没声地走出了乡政府大院。

5

按照老乡的指点，很快到了乡中学。原来距乡政府很近。很大的一个院子，除了一座崭新的五层主楼，还有两座三层的配楼。主楼前边一个大花坛，栽满了黄杨、月季一类的花木，长势葳蕤多姿。

门卫是位和善的老头，听说我们是从上头来的，要找他们校长，很热情地指给我们，说王校长在东边那座小楼的一楼办公室。还要亲自领我们过去，被我们谢绝了。

离那座小楼五十米远的时候，看到从一个门里走出一位男子，衣着打扮很讲究，戴着一副眼镜，头发不很稠密，却很有文化人的气质。男子在门口向楼上喊道：“李老师，舒云老师，你到我办公室来一下！”

从二楼一个门里出来位女子，站在走廊上向下看一眼，问：“王校长，是喊我吗？”见王校长点头，才款款下楼，走进王校长的办公室。

我和师均走到校长门口，对望一眼，相视一笑。决定在外边等一会儿，让他们把话说完。

过了五分钟左右，李舒云从屋里出来，走到门口，对王校长说一句：“王校长放心，我知道话该怎么说。但是，我和路继东同志……”一抬头，看见我们，愣怔一下，莞尔一笑，匆匆向楼上走去。

王校长用询问的目光盯着我们：“你们是……”

我说：“你就是王校长吧？我们是从市里来的……”

王校长有些惊讶：“廖秘书打过电话，说陪你们一块儿来的呀？”

师均也忽悠道：“廖秘书临时有些事要办，让我们自己来了。”

我打着圆场：“从乡政府到这儿也就几百米的路，不需要他陪的。”

王校长朝屋里让我们：“远是不远，不陪领导不礼貌吧？快请进。”

比着廖秘书和路继东的办公室，王校长的办公室倒阔绰得多，办公桌和椅子都是崭新的，木质沙发也是新的，深红的颜色，能映出人脸来，一股淡淡的油漆味，弥漫在空气中。

师均以赞赏的口气说：“王校长，办公条件不错啊。”

王校长给我们倒上茶水，放到茶几上，谦虚地说：“哪里哪里，做得还不够，请领导对我们的工作多提宝贵意见！”

我笑道：“师科长是说，你们的办公条件很好。”

王校长不好意思地说：“啊？还以为领导评价我们的工作呢。”

他喝了一口水，也让我们喝，然后，才咳了一声，说："关于办公条件嘛，是这么回事，原来还是相当糟糕的！老房子被定为危房，扒了，教学楼盖不起来，上不成课呀！学生家长有意见，我们也有意见！有意见有什么办法？包工头拿不到钱到法院告，县里下来查，还有报社记者也来曝光……建楼的钱去了哪儿？我哪儿知道钱去了哪儿？建教学楼是县里乡里直接管的，我们根本见不到钱！从乡里查到县里，又从县里查到乡里，查来查去，也没查出个所以然来，不了了之。一拖三四年，茬子楼（没建成的楼房）荒了，荒芜得不像个学校了。后来，路……"说到这儿，忽然笑笑，转了话题，"现在，这里的情况你们都看到了。我就不多说了。"

我说："发生这么大的变化，不太容易吧？"我知道他想说什么，又猜到了他突然不说的原因，但还是引导他说下去。

"不容易，是不容易。"他扶了扶眼镜，又把耷拉到额上的一绺头发朝上抿了抿，却不愿说下去，一副言多必失的样子。

我这才看清，他头顶那部分，原来是光光的，全靠右侧的一绺长发来掩盖那块光滑的头皮。我突然想起"绝顶聪明"这个词语。

我试图解除他的顾虑，用开玩笑的口吻说："看来，王校长为改变学校面貌做了大贡献呢。看看，头发都累脱了。"

王校长又抹了抹那绺长发，说："见笑见笑。我们这些教书匠有多大能力？多亏领导呢。没有领导的辛苦努力，能改变成这个样子吗？"

我乘胜追击："领导？哪位领导？县里的，还是乡里的？"

王校长沉吟一下，一脸坦诚地说："领导别问了，廖秘书已经给我打过电话，我得和乡政府保持一致，不能乱说……"

师均有些恼火地说："乡政府怎能这样安排？我们代表组织来考核一个人，这个廖秘书为啥要捣鬼？"

王校长劝道："领导别生气。其实，也并不是廖秘书非要这样做，是有人要他这样做……我知道市领导是来考核路乡长的，本来应该实话实说，可是，上级布置，非要让我说路乡长的坏话。我不能违背自己的良心，硬朝一个好人头上泼污水。”

王校长把话说得这样袒露，我和师均倒不知该如何应对了。没想到，让一个人说实话竟然这么困难，我只得转变话题，迂回问道：“听说，路乡长和你们学校的李老师正谈恋爱？”

王校长对这个话题很感兴趣，说：“这个倒是，就刚才你们看到的那位教师，李舒云，教英语的，人长得漂亮吧？两人谈了快三年，都知道的。郎才女貌，这很正常。不像有人传的那样，说我搞美人计。当初，路乡长第一次到学校来检查工作的时候，我喊李舒云为领导倒过一杯茶，后来，这成了我笼络路乡长的一条证据（笑），其实，这是他们两人的缘分。有人说，路乡长为一美女，把精力投入到了学校里……”说到这里，似觉言多，“这是人家的隐私，不好瞎说的。”

我笑道：“乡长的私密生活成了工作中的焦点，这很正常。听说他们的感情发生过危机？李老师家人还为此要告路乡长？”

王校长颇感意外地说：“你们连这个也听说了？不过，不是感情危机问题，完全是一场误会。要不，让李老师亲自讲给你们？”

师均连声说：“好好，把李老师喊来吧。”

王校长走出去喊人，不多时，李老师走进来，朝我们笑笑，和我们握手，问好，然后坐在了对面的沙发上。

王校长说：“李老师，两位是市里来的领导。你们慢聊，我去处理点事。”说着走了出去。

我说：“李老师，打扰你了。”

李舒云说：“领导不辞辛苦来到我们穷乡僻壤指导工作，让人感动。”她倒是一腔官方辞令。

师均倒很沉着，他字斟句酌地说：“我们是市委派来的考核组，来考核路继东同志的工作业绩。想从多方面了解一些他的情况，包括他的私人生活，这牵涉到他个人的政治前途。”

李舒云坦然笑了笑，说："王校长已经给我讲过领导来的目的。我不说工作方面的事情，只说我和路继东的关系。我和路继东同志是非常正常的恋爱关系，没有掺杂政治因素，我爱他，他也爱我。我爱他，并不是因为他是乡长，也并不是因为他在仕途上有着更大的发展空间，我没有攀高枝的想法。我喜欢他的'菜'、他的憨、他的实、他的孩子气，即使现在他不当官了，他成了一个农民，我还会爱他的，我不会舍弃他！至于他喜欢我的啥，我不管。我只知道他很爱我，割舍不掉我。他说过，他现在是个乡官，即使做了县官、市官、省官，他也爱我，不会抛弃我，也绝不会找情人和二奶。他甚至说过，如果非要让他在官职和爱人两者之间做出选择的话，他宁愿抛弃做官的机会也不会舍弃我。情况就这么简单，可是，我俩的事却被有些人编排得那么复杂！"

从她清澈的眸子里，我看到了她对路继东的一往情深，也相信她的话才是发自肺腑的真实表白。可是，有关他们的传言，究竟是怎么回事呢？我试探地问："李老师，你和路乡长的爱情故事真是催人泪下。不过。我想问一下，你们的感情有没有发生过危机？他似乎提出过要和你分手？"

李舒云缓缓地说："和这次一样，其实是一个阻拦他上调的理由。去年县里来考核他，为了不让他走，从工作业绩上阻拦不了他，就从生活作风方面来损他。学校派我到外地学习去了，有人到我家去说，路继东要走了，人还没走，先放出风来，要和李舒云打'离婚'。我父亲不明真相，领了族里一帮人找路继东讨说法，结果，事情就闹腾得沸沸扬扬……"

所谓的"不正当男女关系"问题原来是这么回事！我不由气愤地责问："是谁这么不负责任？路继东完全可以把情况向组织汇报清楚的。"

李舒云笑笑说："路继东就是这么'菜'，他宁愿自己受委屈，也不愿让大家失望……"

我不明白地问："失望？什么意思？"

李舒云说："这就牵涉到工作方面的问题了，我也说不清楚，请领导谅解。"说着已经站了起来。

我们告别王校长和李舒云，刚走出学校大门，就见廖秘书满头大汗地迎面跑来，一副焦急的样子，就像房顶着了火似的，离老远就嚷道："哎呀领导，咋突然失踪了？可把你们找到了，再找不到你们，我就要挨批了。快走吧，马部长，还有雷书记都从县里赶来了，迎接两位领导进城呢！"

6

回到乡政府，果见马部长和雷雨已经等在那里。马部长一边向我们致歉，说是来晚了，让市领导久等了，一边批评廖秘书等人慢待了市委领导。

雷雨四十岁上下的样子，一双精明的眼睛里透露出一丝狡黠，给人一种疲沓和阅尽沧桑的感觉。果然，和他一聊，得知他从普通工作人员干起，一步步升到乡党委书记的位子，在芳草店乡竟然干了十八年！说起在乡里的情况，雷雨满肚子牢骚："烦了，腻了，一天也不愿在乡里待了，幸亏领导可怜我，准备把我从万丈深渊中救出来。"说着，讨好地看了马部长一样。

马部长说："雷雨你不用说风凉话。你上赶着缠我给你下那个任职的文件，原来知道市领导要来考核小路。小路果真走了，你还得乖乖地给我回芳草店当你的书记！"

雷雨急了，说："我又不是领导肚里的蛔虫，哪知道上级领导来考核路继东？再说，路继东早表过态，不把芳草店搞出个样子来他不会走的。求领导高抬贵手，即使市里硬调他走，另派个人来吧，别再把我往火坑里扔了。"

马部长绷着脸，教训他说："乡里工作是火坑？你不跳让人家跳？小路咋不怕是火坑？你的党龄也不短了，一点觉悟没有！"

两个人半真半假的样子，让我和师均如坠五里雾里。

想起位村海曾说过路继东和雷雨干仗气病住院的事情，觉得好像不真实。就问他："听说你身体不好，一直住院治病……"

雷雨道："谁这么咒我？又是老扛那家伙吧，他巴不得我死呢！这些人，为了能把路继东留下，啥样的瞎话都敢说，啥样的故事都能编。"

我说："那么，你和路继东中间没有什么矛盾呀，你的书记位置也不是他'篡党夺权'搞来的？"

雷雨苦笑道："实话实说，矛盾是有的，也吵过也闹过。不过要说他'篡党夺权'争我的位子，那是胡编！刚才你都听见了，其实，书记的职务我早不想干了，还怕他争？路继东也不是把权力看得多重的人，他就是想干点事，为老百姓干点实实在在的事。我呢，想平平安安把我这一任干完，别出乱子，别得罪人——你把人得罪了，上边领导来考核的时候，哪怕有一个人说你不是，就都不是了。能顺顺当当调到县里去，是我的目的。芳草店是个贫困乡，遗留问题多，矛盾多，欠债多，吃闲饭的多，乡里穷，老百姓穷，一穷三分赖……问题都是老大难问题，也不是一任干部留下来的，是日积月累遗留的，很难解决。欠的债务也不是我这一任留下的，也是一茬一茬累积下来的，上任没有本事解决的问题到我这一任就能解决了？我才不去戳那个马蜂窝呢。能掩盖就掩盖，能躲开就躲开，不能触及矛盾！可是，路继东呢，老给我打顶板。有两件事让我俩闹翻了脸。先说第一件事。有个出外打工的年轻人，在外边挣了些钱，要回来建个造纸厂，我一听，好事啊。县里招商引资有量化指标，正发愁没有人到咱这个鬼不下蛋的穷地方投资呢。建厂的事弄成了算有了政绩，为能调进城里增加一个砝码。可是，在开工奠基那天，路继东却提出了反对意见，说造纸厂是污染企业，城市里都关闭了，咱们不能只顾眼前利益，不为子孙后代着想等等。我一听就烦了，冲他说，眼前利益就是造福百姓。芳草店还没有建过一个工厂，就是将来厂里流点废水，也不至于把全乡都污染吧。他和我据理力争，可是我被政绩工程激励着，哪里会听他的？再说，他一个挂职干部，说走就走，把事情管得太宽了。我把他的建议挡了回去。造纸厂打桩、砌墙开始了紧张的施工。后来，两天不见他，原来他去找环保部门投诉去了。刚巧，国家出台了政策，对于污染企业项目必须无条件取缔和下马，我招的那个政绩项目造纸厂，正是取缔的范围。有了国家文件，环保部门对我引进的造纸厂项目重新进行审核，最后宣布取缔。通过那件事，我心灰意冷了。对路继东，我的态度不冷不热，心里也有些矛盾。建厂这件事，尽管因为他的坚持，没有造成更大损失，没有让我的错误决策造成更严重的后果，可是，我总觉得有些别扭，因为我是一把手啊，你个挂职乡长不过给我当个助手而已，怎么表现得比我有远见，有水平呢？我对他满肚子意见又不好说出来。

“过了不久，又发生一件事。路继东异想天开，弄了个生态农业发展规划，说要大力发展观光农业、集约农业，生态农业与旅游业挂钩，把芳草店建成城市人的后花园。这不是胡扯淡吗？我坚决投反对票，我认为这一次我要比他站得高看得远。民以食为天！农民种地是为了吃饭。咱们大平原是国家的粮仓，每年要保障为国家储备足够的粮食！从来没听说过种田要让人来观光的。还有什么后花园，全国大山名川多了去了，谁稀罕到你这个偏僻的乡村来休闲旅游？好高骛远，不切实际，好大喜功！我给他的远景规划下了定语。

“我的强烈反对，他当了耳旁风，继续搞自己的，他把同学，还有农大的教授都请来了，帮他修改规划，出主意，拿方案。没多久，从省里下来一笔资金，通过县财政拨到了我们乡财政账户上。乡财政所长给我汇报了这笔专项资金的来历，说是路乡长跑到省里争取的集约农业项目款，用于支持和发展农田水利改造和建设的。过去，这样的款项也有，拿出一部分去搞项目，留一部分乡里安排支出。我得知资金到账了，就对财政所长说，这笔款子先不要动。后来，我召开班子会，说了这笔资金的事，又说了自己的打算。乡大院的办公房是上个世纪七十年代留下来的，早该翻修了，临近的乡政府早建得像美国白宫似的，拉屎撒尿不用出门，套间里有卫生间呢。宾馆似的办公条件！而咱们这个寒酸样儿，上级领导下乡视察工作拉屎都要隔过俺这个乡——方便的地方太简陋了。因此，我想用这笔款子，建座办公楼，改变一下办公条件。我这么一说，班子成员大都赞成支持。可是，轮到路继东表态时，却说，雷书记要建办公楼，这是好事，咱这办公房也确实够破旧落后的，谁看了都打不起精神。我那些同学和老师，笑话咱们，说咱们保持发扬了艰苦朴素的光荣传统，说得我脸红呢！那是夸我们吗？是挖苦我们！办公楼应该建，办公环境也应该改善。可是，要动用农业发展专项资金建办公楼，我不同意！

“他说得如此坚决，是我没想到的。当时都冷了场，大部分人都赞成我的意见，可也知道要挪动那笔资金不是小事。如果大家都没意见，把楼建了，开发项目少投入些，也不会出大问题。然而，如果有一个人反对这件事，把挪用专项资金的事捅出去就麻烦大了。何况是乡长不同意呢！

“看他如此固执，当时我也不太冷静，认为这个家伙不给我面子，没拿我当一把手看待，专拆我的台。我被一股火顶着，说话就没了好声气：‘路继东同志，你眼里还有我这个书记吗？怎么老和我唱对台戏？’

“路继东红了脸，争辩道：‘不是我故意要和你唱对台戏，是你决策不对。你是书记，我是乡长，我对你的做法持反对意见不该提出来吗？’

“同志们看到我俩争吵，没一个敢吭气的。我想，当了这么多人的面，我得树立自己的威信，不能再让他一个挂职的小年轻占了上风。便提高了嗓门说：‘国有国法，党有党纪。我是书记，是芳草店乡一把手。下级服从上级，你这个乡长应该服从组织的决定！’

“路继东同志那时候还不是正式党员，才刚候补。能不能转正我这个乡党委书记有决策权。我想用这样的话来敲击他，他不能不考虑自己的政治前途。

“路继东愣怔了一阵，突然大声说：‘雷书记，你别拿这个压我！如果非要我服从你的错误决定，我宁愿推迟党员转正的时间！’

“他这一声吼，把我弄得又羞又怒。可是，对他的固执和倔强又无可奈何。面对班子成员，我骑虎难下，脑子一热，一拍桌子，赌气道：‘路继东，你是市里下派来的干部，你英明！你牛逼！你有本事！让你当家！老子不干了，现在就给你让位！’

“说完，气冲冲走了。从那以后，我就告假休息，把一大摊子事都扔给了路继东。”

7

正说到紧要处，廖秘书慌里慌张跑进来，一迭连声地报告，不好了，要出大事了！

我和师均都紧张地站了起来。

雷雨训斥他，老油，啥大不了的事，大惊小怪的？

廖秘书向雷雨挤了挤眼，故意拖了哭腔说，不得了了。听说要“铐”路继东走，村民都赶过来了，开着车，扛着家伙，胡七乱八地吆喝，说谁敢把路乡长“铐”走，就和谁拼了，让他们有来的路没回去的路！领导们快去看看吧，不然，把停在门口的小轿车砸坏就麻烦了。

我和师均面面相觑，怎么会出现这样的状况？本来是考核提拔路继东同志的，怎么变成了来“铐”他的谣传了？我们用不解的目光询问马部长。马部长倒很沉着，不动声色地盯着廖秘书。

雷雨看一眼廖秘书，说，老油，你不要给领导办难堪！想留下路继东，也不能采取这种阴损的办法！挑拨不明真相的群众来捣乱，这是你老油惯用的伎俩。告诉你，领导都不会出面的，你把那些人给我挡回去！别说车子砸坏，就是蹭掉一点漆，我扣你老油仨月的工资，不知你信不信！

廖秘书再也不敢朝雷雨挤巴眼了，低声嘟哝着，雷书记，我去我去。可是，拦不下路乡长，继续把你留在芳草店可不关我的事。

说着，人已经走远了。

我来了兴致，对马部长说，廖秘书可会真真假假，倒要看看去，究竟来了人没有。

师均也说，走，看看路继东究竟给这些人灌了啥迷魂汤。

几个人走到大门口，就见黑压压的人群把乡政府门口堵了个水泄不通，嘈杂的声音乱哄哄的，听不出一句真切的话来。

雷雨说，各位领导都先回屋歇着去吧。我去把那些喝了迷魂汤的捣蛋鬼劝回去。

……

暮色四合的时候，我们才走出芳草店。

车上，雷雨向我们解释，其实，完全是个误会。上一段时间，有人写匿名信送到检察院，告路继东挤走了我，工作独断专行，把项目款挥霍掉了等等，检察院不派人来查了吗？今天，听说你们来考核他，还以为用铐子来铐他呢！

马部长说，听说那个匿名信是你指使人干的？

雷雨大喊冤枉，马部长，你可要明察秋毫！我雷雨再不是人，也不会背后打人黑枪。再说，那个书记位子，别人看是我和路继东争吵不干的，其实，早就想让领导给我在县直局委找个位子，还不是借那个理由故意扔的挑子！后来，路继东还找过我，向我道歉，说自己不该那么幼稚、固执，劝我回去继续当班长，保证不再和我争吵了，即使工作有分歧，也要耐着性子沟通等。实话说，小路还是很通情达理的。可是，我自己实在不想干了，说自己有病，让他放开胆子去干……没想到，路继东干得确实不错，有胆量，有知识，按照制定的发展规划一步步地搞，生态农业发展和休闲旅游也有了成效。人家的工作我佩服！我竭力推荐他任党委书记，还能鼓动人写匿名信？

马部长道：“你急着回城当局长，才竭力推荐他的。”

雷雨说：“领导的批评，让我无地自容。不过，对路继东我真服气了，绝不会在背后捣鼓他。”

师均突然插话道：“如果有人怕他走掉，故意写匿名信损他，把他的名誉搞坏，让市里对他的考核不过关。这不正合乎雷书记的意愿吗？”

师均的话让雷雨更难堪，也让雷雨有了跳进黄河洗不清的委屈感：“领导这么说，倒把我看得里外不是人了！可我现在还要大讲人家的好话干吗？”

我看他有些急，就故意逗他说：“雷局长好话反说，还不是怕我们把他考核走嘛。”

雷雨真的急了：“领导们不要把我看得那么有心计，其实，最有心计的还是路继东！”

我和师均都被他说愣了：“路继东？”

雷雨说：“领导来考核当事人，当事人连个面也不露，领导不觉得有些反常吗？”

是有些反常。

我说：“廖秘书不是说路继东去山东了？”

师均反问：“难道，路继东没去山东？”

雷雨说：“我估计路继东在菜农的温室大棚里蹲着呢。我怀疑，你们今天所经历的一切，都是他导演的。他遥控指挥廖秘书，让廖秘书逐步去落实。”

雷雨的“实话实说”，把我和师均都讲愣了！

（原载《延安文学》2018 年第 5 期）

短篇小说

脱贫记

1

挂断电话，心情是惬意的。

电话是贺玉庭打来的。贺玉庭向我透露，近期县里就要进行人事调整，如果不出意外的话，我这个代理书记就能转正了。可是，这种惬意的心情还没能保持三分钟，就被一个人给破坏了。

走进我办公室的人四十多岁，长着一张面团脸，一双小眯眼迷迷糊糊地半睁半闭。这张脸很眼熟，却一时想不起究竟在哪里见过。

问他找谁？

他把小眯眼一瞪，两撮眉毛撩了上去，眼神贼亮，口气很生硬地说，找谁？找你秦书记呀！难道不认识俺是谁了？装吧！

听他出言不逊，我忙说，别别，我是乡长，你别忙着给我加官晋级。

小眯眼道，咋，你在上级领导面前弄虚作假，还不是为了高升？

我头皮都麻了！但又想不起这个刺儿愣究竟是何方大神？听他说话十分强硬，怀疑是来讨账的“黄世仁”。便放缓口气说，这位大爷，您先到财政所那边排上号，等账面上有了钱我安排先给您结账。由于乡财政吃紧，入不敷出，又赶上年底到处都是使钱的地儿。因此，凡遇来讨账的，没钱还人家，就得拣好听话说。对这位充满了火药味的主儿，我特别用了个“您”字，以表达对他的关照。

小眯眼却不买账，仍旧用那种腔调说，俺不讨钱，俺来讨命的！

咦，遇到难缠户了！既然不使敬，我便软中带硬地说，我还就不怕讨命的人！说说，谁欠了你的命？

那人一副苦大仇深的样子，满肚子苦水朝外倒，谁？你秦乡长！你领着市长到俺家访贫问苦，把俺害苦了。俺小舅子找上门来骂俺丢人现眼、装穷卖傻，小孩家大姨也和俺断了亲。俺儿子二十多岁了，正是找对象的时候，媒人介绍个姑娘，本来谈得好好的，一打听俺是贫困户主，还在报纸电视上丢过丑，一脚把俺儿子踹了。儿子要和俺断绝父子关系，老婆要上吊喝药投坑寻死……

听他这么一说，我这才猛然记起，这个人叫左什么，对，叫左光荣。一个月前曾经被市长慰问过的贫困户主。祝市长去慰问的时候，还千恩万谢地说了许多感恩的话，怎么刚过去这么几天，就发生了反差极大的变化？看那一双小眯眼像米老鼠似的亮着贼光，是不是要借这个理由来提点新要求呢！想着，便说，老左，别光发牢骚。看你这精神头儿，可不像贫困户主呀？

左光荣“嗤”的一声，道，俺本来就不是贫困户主！俺承包的鸭场每年进项好几万，老婆种香菇也挣一两万。那穷样儿都是假装出来的，是给逼出来的！

我心里一惊，急问，谁逼你装穷了？你住在那个房顶漏天的草屋里也是人家逼的？

草房子是俺老娘住的。俺老娘早些年过世了，房子没来得及拆，俺当猪窝用了。

左光荣的坦率让我更为吃惊，你那身破烂穿戴难道也是装出来的?

那是俺爹活着时穿的破衣裳，俺老婆没舍得扔。

锅里的糊糊呢，不是你家吃剩下的饭?

龟孙吃那玩意儿，那是给猪煮的食儿。

听完这些，我脑袋“轰”一声大了。如果左光荣讲的是实话，那么，贫困户主左光荣肯定是包装出来的，是假造的。造个假贫困户主欺骗市长，这事情要是传出去，问题就大了。

我有了一种不祥的预感!

尽管现在“假”东西到处流行，假文凭、假职称、假记者、假数字、假牛奶、假烟、假酒、假药、女人的假乳房以及男人的假感情等等，把人糊弄得真假难辨。但是，造个假贫困户主欺骗市长，这可是丢丑的事儿。老鸭窝乡几万人，又不是没有真正的贫困户，何必要造个假的来欺骗上级领导呢?

我得调查清楚，这个假贫困户主究竟如何造出来的。

眼下，先把这个叫左光荣的假贫困户主哄走，不能让他和我纠缠下去。想到此，便安慰他说，事情已经过去了，你贫困户主也当过了，祝市长还给你发了救济款……

不提救济款还好，一提救济款，左光荣更恼火，从兜里掏出一沓崭新的票子，抽出两张，“啪”地甩到茶几上，财大气粗地道，别提钱。提钱俺更生气!一个大市长来慰问，大袋子里就装了“两毛钱”，不糟蹋人吗!俺不稀罕这俩钱。还给市长!

上级领导来慰问，慰问金要由地方政府事先准备好。县里领导给我打招呼，要我准备个两千元的红包。可是，当时乡财政一时拿不了那么多钱，只筹了二百元。二百元装在袋子里分量轻，财政所长便裹了几层红纸，使袋子变得鼓囊囊的。袋子里的钱本来就是一个忌讳，自己一着急就把这事戳弄出来了。本来要安慰人家，却成了火上加油。我急忙说，老左，二百元是少了点，我安排财政所长再给你补一百，算是对你的照顾。

左光荣一口回绝，不中!

那就二百。

左光荣说，别在钱上费心思了。现在就是给俺两万、二十万，也解决不了俺的家庭矛盾，挽回不了俺的名誉和精神损失！

我哭笑不得，不就一个养鸭子的专业户嘛，还上升到名誉和精神损失的高度？这不是借故刁难人吗！当地人把这种一根筋的人叫“鬼不缠”，是说这种人犟得连鬼都拿他没办法。我是遇到“鬼不缠”了。见他如此固执，没好气地说，老左，你说，这事咋办？

左光荣说，好办。俺没有大想法，就一点儿小要求，你和俺一块儿去见市长。俺要给市长当面说清楚，俺不是贫困户，俺有钱有粮，住的小楼，骑的电驴子，日子过得舒坦着呢！

我一听，脑袋都涨了。我说，还就一点小要求，你这要求一点也不小！老左，你别得了便宜来卖乖。当初贫困户主是你自个愿意当的。想染坊里掴白布呀，没门！

“染坊里掴不出白布”是本地老百姓的俗语，意思是说自己做过的事情就像把白布送进染坊里染，再从染坊里把白布拿出来是不可能的事情了。

左光荣却狡辩道，秦乡长，就是在染坊锅里涮三涮，你也得还俺个清白！

这不逼着死人尿尿吗？看他像一只斗鸡似的朝我伸着头，一副随时应战的样子，我缓了口气劝他，老左，市长是几百万人的市长，哪里有空见你？

左光荣毫不退让地说，你说他没空，他咋得空闲来拜见俺！

我讥讽道，你一个养鸭子的，还拜见？是慰问！市长慰问你！

左光荣说，慰问就慰问。市长既然来慰问了俺，俺也去慰问慰问他。俺把新鲜鸭蛋给他提一篮子，把俺这个假贫困户主的事给他讲个清楚明白！秦乡长，你如果没空陪俺去，俺就自个去慰问市长！

看来这个左光荣真不是个省油的灯。真让他提了鸭蛋去见市长，把假冒贫困户主的事戳个透亮，不是打我秦丰的脸吗?

我说，老左，如果几百万人都像你一样去找市长，还让他办不办公？这样吧，你先回去，等我把情况落实一下给你答复。

我使出缓兵之计，先把他哄走。

左光荣却不买账，说，俺不走，等你去“落实”！说着，大大咧咧坐在我对面的椅子上，端起桌上的茶杯，慢悠悠地喝着茶水——那是我刚泡上的新茶。

我气得七窍生烟，又担心矛盾激化，只得压了火气，说，愿意等就等吧，要想染坊里掴出白布来，除非太阳打西边出来！

左光荣说，长这么大还真没见过太阳从西边出来。秦乡长，你要能把太阳从西边弄出来，还不是大科学家?

我没好气地道，茶杯还堵不住你的嘴?

左光荣“噗”一口把嘴里的茶吐出来，眯着眼问，这水啥味道啊，一点儿也不甜，一股子苦涩味儿，别是坏了吧?

我说，那是猫尿味儿!

左光荣大为惊奇，啊，原来你们领导每天都喝猫尿！这猫尿有啥喝头呢?

一不小心，把自己绕了进去。没心思和这个“鬼不缠”纠缠下去，便下了楼，径直来到乡政府办公室。

贫困户主是刘桂兰负责挑选的，我给刘桂兰拨了电话，让她来对付这个“鬼不缠”。

2

一个月前，县里通知，说市里新任市长要来慰问贫困户。春节前慰问贫困户是领导们必做的一个课题，也体现了政府对老百姓的体恤和关怀。这很正常。新市长到老鸭窝乡来慰问，让我颇感意外。老鸭窝地处偏僻，历史上曾经是一个老区。抗日和解放战争时期是老革命根据地。这里有鸡鸣听三省之说，与市所在地的直线距离为二百余公里。按照以往的惯例，市领导是不会跑这么远的路子走这种形式的。

这个市长有点怪，却点名要到老鸭窝，什么意图？让人猜不透。只因为猜不透市长的意图，我才有了想法。

乡党委书记刘哲到省党校学习去了，据可靠消息透露，派刘哲学习，是作为处级后备干部培养的。刘哲提了副处，空缺出来的乡党委书记一职，我是近水楼台。关键的是，在主持工作期间，绝不能出什么纰漏。市长要来，与刘哲的提拔有没有因果关系？若与刘哲的提拔有关系，就必定与我有关系。其实，我倒是希望刘哲能一帆风顺地从老鸭窝乡走出去。只有如此，我接任党委书记一职才不会有变数。

市长既然非来老鸭窝，无论什么意图，我都不敢麻痹大意，总是要做充分准备的。如何准备，我要寻个高人请教。县政府办主任贺玉庭和我是大学同学，虽然不在一个班级，但是关系甚好。我和他又同是县里中层干部，平时，互相关照和利用是少不了的。

我向贺玉庭请教应该做哪些准备工作。贺玉庭告诉我，大象，不必兴师动众大动干戈“迎驾”。祝市长这次下去不看亮点，就是慰问贫困户，用老话说是“访贫问苦”。

我长了一个如同欧洲男人一样挺拔的大鼻子，配着一双豹眼，看上去挺男人的。因此，别人都戏称我大象。好在大象也不是可恶的动物，谁爱喊就让他们喊去。

我却不明就理，问，单为访贫问苦，有必要跑这么远的冤枉路？

贺玉庭说，听栾书记讲，祝市长的父亲是老干部，曾在老鸭窝那一带打过游击。老人家最大的愿望是在有生之年看看他当年打游击的地方的老百姓日子过得怎么样了。可是，老人家病得连床也下不了，还能来吗？得知祝市长来这里工作，便嘱咐他无论如何要到老鸭窝看一看。

我这才明白市长来老鸭窝的真正原因。可是，既然是为了了却老人家的心愿，你直接来视察工作不就得了吗，为啥要选择这样一种方式呢？

作为一个基层干部，在下边拼死拼活地苦干，还不是有朝一日能让自己进入领导的视野，为提拔升迁创造条件。老鸭窝乡虽地处偏僻，但是，亮点很多，比如全乡的养殖业和种植业，在全县都是名列前茅的。还有传统的手编麦秸工艺，在豫鲁皖这一带也堪称一绝。用麦秸秆编织草帽、茶杯垫以及其他装饰品，远销全国各地，还越洋过海出口到韩国、新加坡、欧洲等国家、地区。好不容易盼到市领导来一次，人家却不看亮点，专看贫困户。这让我有些失落。

贺玉庭似乎猜透了我的心思，开导我说，大象，“金杯银杯不如老百姓的口碑”，市长不看你的亮点，你就不能借百姓的嘴夸夸你自己吗？

贺玉庭的话让我茅塞顿开。

我把乡干部召集到一起，研究挑选一位贫困户主供领导“慰问”。我提出要求，供领导慰问的贫困户主，不能选那些瞎子瘸子瘫子哑巴之类的残疾人，年龄大口齿不清的不中，木头疙瘩不中，八脚踩不出个屁来的不中，见了领导只会抹眼泪的更不中，总之，要找一位语言表达能力强，并且有一定思想觉悟的贫困户主才中。

计生办主任刘桂兰当场提出异议，秦乡长，这不是挑选贫困户，是电视台选美吧？

刘桂兰的话引起共鸣，会场立刻乱成一团。是啊，秦乡长的条件太苛刻了！大多是老弱病残、丧失了劳动能力的人家才造成贫困的，哪里有能说会道又有思想觉悟的贫困户主？

面对大家的疑问，我没有降低标准，说，市长来慰问，在我乡历史上尚属首次，这是件政治上的大事，体现了党和政府对人民群众的关心和爱护。我们要抓住这次机遇，挑选一位思想觉悟高能说会道的贫困户主，展示一下咱们乡改革开放以来、特别是近几年来的工作成就，把全乡干部群众的精神风貌展示给全市人民。这有什么不好？

听我如此一解释，大家都兴奋起来。说还是秦乡长高瞻远瞩，政治水平高，连市领导来访贫问苦的机会也不忘展示自己的光辉形象！

我纠正道，不是哪一个人的光辉形象。咱们同甘苦共荣辱，成绩大家共享。

可是，在挑选贫苦户主时，大家讨论了半天，竟挑不出一位合适的人选来。

之所以挑选不出合适的贫困户主，除了条件太过苛刻外，再有，就是因为大家都有私心。情况是这样的，为明确职责，我把全乡分成若干片，乡干部包片开展工作。年底考核时按照各人包片工作的先进与落后发奖金。大家担心在自己分包的片里弄个贫困户主影响年终的考核成绩，因此，都不愿在自己片里挑选贫困户。

看着大家你推诿他扯皮地研究不出个子丑寅卯来，我有些烦，说，争低保时这家穷那家贫，选贫困户又都成了小康人家！我就不信咱乡真就选不出一户贫困户？既然大家都有顾虑，还用老法子办——抓阄。

这办法行之有效，谁抓到也只有认命。算是公平公正透明的民主方式。

抓到阄的是计生办主任刘桂兰，又出现了新的问题。刘桂兰是计生专干，没有包片，要让她推举贫困户，是拿公鸡下蛋。刘桂兰当场就提出翻供，说她抓的不算数，她没有包片，本来就不该参与抓阄。最好的办法是重新抓。她的说法，大家都持反对意见。有人建议，你刘桂兰若是选不出贫困户，就把自己当成贫困户主供市领导“慰问”。这当然是笑谈。

我本来支持刘桂兰的意见，同意重新抓阄。可是，看到坐在一旁咧着嘴只顾傻笑的冯修东，便改变了主意，道，大兰子既然抓了阄，就要完成这项光荣而艰巨的任务！

大伙儿一窝蜂散了。烫手的芋头捧在刘桂兰手里，她吊耷着脸，不依不饶地撵着我摆客观。

我道，大兰子，不就选一个贫困户主嘛，别那么悲伤好不好？生孩子那么大的事情你都摆弄好了，何况这碟子小菜呢！

刘桂兰瞪圆了一双好看的杏仁眼，剜了我一下，道，一大群站着尿泡的大男人，把这么艰巨而又困难的任务推给一个弱女子，亏你大乡长还做得出？

我使出杀手锏，笑道，“谁说女子不如男”，女子能顶半边天，这不是你大兰子常说的吗？再说，这件事办得好，考核干部时大伙儿心里都有数了不是？

早就传出风声，县里近期要考核干部，提拔一批优秀的年轻干部进乡镇领导班子。刘桂兰自我感觉各方面条件都很优秀，正朝这方面努力，还向我明确表示过这层意思。关键时候，我把这个诱饵抛了出来。

刘桂兰一听，果然上钩，就不再讨价还价了，叹了一口气，说，谁不想为领导排忧解难呢。只是现在的老百姓，跟过去大不一样了。一个个财大气粗的样子，哪一个愿意装穷孙子被人朝低了瞧去？

我和她开玩笑，道，别怕。你是寡妇生孩子，上边有人帮忙。

刘桂兰上边帮忙的人是冯修东。冯修东和刘桂兰是夫妻。我之所以把任务交给刘桂兰，其实是交给了冯修东。

一提冯修东，刘桂兰果然不再摆客观，面部表情也多云转晴天，和我耍笑一番，风摆摇柳般地走了。

3

刘桂兰接了我的电话，以为县里考核干部的事情有了消息，十万火急地跑来了。

一照面，我就劈头盖脸地批评她，责怪她没把工作做好，留下了不安定隐患。

刘桂兰十分委屈，没想到费尽心机挑选的贫困户主，为领导解忧排难倒落下不是了。

从刘桂兰的话里，我才知道，造假贫困户主的具体情况她也不清楚，具体工作是冯修东做的。那天晚上，两口子饭后做功课之前，刘桂兰把冯修东的馋猫劲儿挑逗起来，却提出一个要挟的条件。冯修东箭绷在弦上，夫人要上天也得给搬梯子的，就答应了刘桂兰。事毕后冯修东想要赖皮翻供，刘桂兰就扯了冯修东的耳朵骂他“忘恩负义”。冯修东疼得龇牙咧嘴，一边骂夫人“拔×无情”，不该揪耳朵惩罚他，一边答应了这事。刘桂兰办事也是只着重结果，不关心过程，假贫困户主是怎样造出来的她也被蒙在鼓里。我鼻子不是鼻子脸不是脸地训斥她，让她感到委屈，噘着嘴反抗道，你别鼻子大压嘴。俺出了力干了活给你秦大乡长补了台还落下不是了？他是真贫困还是假贫困俺哪里知道，要造假也不是俺造的。冯修东龟孙子把俺也瞒得严严实实，回家跟他没完！

为了尽快把左光荣这块烫手的红薯甩出去，我对刘桂兰说，原来是冯修东这小子骗了你，把你给冤枉了，我向你赔不是。说着，向刘桂兰鞠了一躬。

刘桂兰“扑哧”一笑，道，呸，猪鼻子上插大葱——装象哩！谁领你这份情？有良心到考核时多替大姐美言几句。

我说，放心吧。不过，左光荣这事弄得太窝囊。冯修东要实在选不到合适的贫困户，就别接受这任务。现在弄个假贫困户主在这里瞎闹腾，还要找祝市长说理。真让他去了市长那里，咱们想进步的事儿不都黄了？

刘桂兰是个直心肠的女人，听我一分析，觉得问题十分严重，便说，我把冯修东叫来，让龟孙儿把左光荣领走！

这正是我求之不得的。

夫人一个电话，冯修东就骑着电驴子从左庄赶回来了，一进乡政府大门就嚷嚷，这大天白日的，喊老公到大院里能干成啥事，就不能等到……这边胡吣的话还没有完，就被刘桂兰揪了耳朵拽进屋里。见到我，苦大仇深地嚷道，秦乡长，家庭暴力，绝对的家庭暴力！你亲眼看到了，可得替咱们男同胞做主啊！

我正色道，揪你耳朵还是最轻惩罚！你弄虚作假，推荐个假贫困户主骗取市长的感情，家庭暴力是轻的。这事处理不好，问题大了，说不定还要报警来打假！

看到我如此严肃，冯修东感到了问题的严重性，急忙向我解释，当时挑选贫困户主，是为了完成老婆交给的光荣任务。但是，这项工作是左庄支部书记左觉悟具体落实的。要追究责任也只能追究到左觉悟身上。

4

左觉悟有个坏毛病，爱半夜出来在村里转悠，光转圈还好，时不时还要喊两嗓子，像夜猫子似的叫。他说喊几声吓唬贼娃子哩。村里人骂他，又是找咪猫（雌猫）走窝子哩！面上喊他左支书，背后叫他夜猫子。

左觉悟和冯修东的关系，除了工作之外，两人还有共同的偏爱，一是都以怕老婆为荣。怕老婆的理由是，维护好和老婆的亲密关系，是保持家庭和谐的前提，符合当前“构建和谐社会”的伟大战略方针。二是都爱喝酒，两人在一起喝酒，不用酒杯，也不用碗，直接对口抽，有两瓶子酒更好，一人一瓶，一碰酒瓶子，干了，谁不喝干谁是小舅子。都不愿意当小舅子，瓶底儿就朝了天上去。若只有一瓶酒，就一替一口喝，捡根草棍当尺子量，谁喝得少谁是小舅子。

那天，一只老狼，一只夜猫，喝得烂醉。老狼发话，你小舅子左觉悟，工作得听我的！

左觉悟蒙眬着醉眼，说，老狼，你鼻子大压嘴，当个鸡巴片长，整天把俺支应得屁股不连地。俺不听你的中吗？你家母老虎又给派下啥活了？说，只要为了你和母老虎能步步高升，有困难俺帮你克服！左觉悟夸下海口，就把任务从冯修东那里接了过去。

当了我的面，刘桂兰恼火得要把他一口吞掉的样子，让冯修东急出一身冷汗。可是，贫困户主究竟是如何造出来的，冯修东也不了解内情，他把任务交给了夜猫子左觉悟，是左觉悟负责把贫困户主推上来的。市长来那天，冯修东作为贫困户主所辖区的片长，也荣幸地远距离陪同“慰问”，当时情况蛮好的，市长还掉过眼泪。为此，我还表扬过刘桂兰，表扬刘桂兰就等于表扬了他冯修东，怎么事情过去这么多天又出了问题？

我要冯修东赶快把左光荣弄走。可是，冯修东和左光荣隔着一层皮，要把人弄走有一定困难，便急忙给左觉悟打电话，让他速到乡里来。

左觉悟一进乡政府大院，就扯着喉咙喊，老狼！老狼！你在哪旮旯里窝着哩？

冯修东从屋里伸出头，骂道，你个小舅子，让人踩着肚子了，像夜猫子似的叫？快过来！

左觉悟不依不饶地说，俺不叫，咋知道你在哪窟窿里钻着呢！一进门，看到我也在，才闭了口。

我没好气地道，左觉悟，你这个支部书记能耐大呢，造假造到市长那儿去了。左光荣那事你咋日弄的？

刘桂兰也埋怨道，夜猫子，你不是陷害俺两口子吗？弄个假贫困户主骗人，让秦乡长对俺是个啥印象？

冯修东也骂道，夜猫子，你小舅子打了包票，说左光荣是自觉自愿要当贫困户主的，你还对他进行了培训。现在咋又反悔了？

左觉悟被三个人骂得直愣怔，却不敢发火，便拿左光荣出气，骂左光荣狗日的不守信用，染坊里还想掏出白布来，没那么容易！他当贫困户主和村支部签了协议的，要违反协议，俺到法院告他龟孙！

听左觉悟如此说，我才放了心，说，既然还签过协议，再胡搅蛮缠是没道理的。不过，签协议这事最好不要张扬，毕竟是造假的事，村支书和村民签协议造假欺骗市长，总是不光彩的事。左光荣在我屋里，你把他弄走。一是不能让他找市长告状，二是不要再来找我纠缠。去法院告的话免提吧。毕竟让他当贫困户主委屈了他！

左觉悟说，他委屈？不花一分钱在报纸电视上露了脸，不占了大便宜？市长和他握了手，高兴得几天没洗呢！俺堂堂的村支书还没有握过那么高级领导的手呢！

冯修东给他打气，说，就是，夜猫子还怕米老鼠？再来给秦乡长添乱，我不放过你！

左觉悟说，瞅好吧，只要听见俺“喵”一声叫，那龟孙找个地缝也钻！

我领着三人来到楼上，见屋门大开，哪里还有左光荣的影子！

5

左光荣是听到左觉悟的声音溜走的。

左光荣不怕我，却怕左觉悟，一听到左觉悟的叫声，逃得飞快。原因是，他有把柄握在左觉悟手里。

从左觉悟的解释中，我才知道左光荣和左觉悟签订协议自愿当贫困户主的原因。

左庄村北地有个占地近百亩的废水塘，左光荣和村里签了三十年的承包合同，把废水塘改造放养鸭子，收入相当可观。不过，近期传出一些风声，说村里要收回水塘使用权，另行承包。原因是合同到期，原来包给左光荣的价格太低，让左光荣讨了三十年的便宜，另行承包是要提高承包价格的，村里要采取叫价的形式，谁出的价格高包给谁。村里早有人对左光荣红了眼，还不趁这个机会和他叫价竞争承包权。左光荣担心的是，水塘被人争走了，他刚购进来的两万只雏鸭将使他蒙受大的损失。左光荣不愿受损失，就得延长承包期，要延长承包期，就有求于村支书。左光荣虽然害怕见夜猫子左觉悟，但是，还是硬着头皮去找了他。

左觉悟虽然在冯修东那里夸下了海口，但是，在村里找贫困户供领导慰问却有些困难，何况还要挑选能说会道的贫困户主呢。不是说左庄没有贫困户，现在的贫困户，再贫，也没有穷到揭不开锅的地步，也没有过不去的日子。更重要的是，左庄群众的思想觉悟提高了，谁家贫穷谁家丢人，证明你没能才，没本事。国家政策是一样的，人家有两只手你也有两只手，人家挣得吃香喝辣，住着小楼，屋里电视冰箱空调洗衣机明光光地摆了一屋子，你家穷得要啥没啥，是被村里人瞧不起的，大人被瞧不起，连小孩子也被瞧不起。倒是有两家特困户穷得家里叮当响，男人患的是脑瘫，说话嘴漏风，女人是个哑巴，连漏风的话也说不出来。另一户更不像样子，男人在外边打工时从脚手架上摔下来就断了气，女人疯得吃屎喝尿，一见男人就脱裤子。这样的贫困户能让市长去慰问吗？只能留给乡级和村级领导慰问。

左觉悟连去了几家，一听说市长要来家慰问，还有机会和市长合影照相，比娶媳妇还高兴，把家里收拾得干干净净利利索索的，电视冰箱挪到了明眼处，茶几上摆上了果盘，果盘里盛满了大枣、花生。左觉悟说，这哪像贫困户，简直就是过去的地主老财家。过去的地主老财家谁又用得上电视冰箱呢？左觉悟让人家把电视冰箱大枣花生等撤掉，屋子收拾邋遢些，越邋遢越好，找些要饭用的破碗、破篮子摆上，另备打狗棍之类。这些东西几十年前谁家没有啊，可是，现在却找不到了。那好，屋里光光的也行，要啥没啥，跟猪窝差不多最好。

左觉悟这么一铺摆，大家都不干了，说要猪窝就让你家是猪窝，打扮得跟要饭似的和市长合影照相，丢人呢！被人瞧不起，连媳妇也找不到的。

都不愿当贫困户被慰问，左觉悟也不能强按牛头去喝水。正发愁作难时，左光荣找上门来。

左光荣来找左觉悟当然不是要申请当贫困户主的。左光荣来的时候，还在腋下夹了两条帝豪烟，手里提了一箱太子奶，能拿这么高级的礼品来贿赂支书申请当贫困户主，简直是不可思议的事情。但是，左光荣的到来，让左觉悟顿感“柳暗花明又一村”。他心里有了主意。

左觉悟觑了对方一眼，说，要拜年还早点吧。弄这些干啥哩？

按辈分，左光荣和左觉悟是同辈，年龄比他还大几岁。在左庄，同辈人之间是不兴拜年的，何况他又年长呢。左觉悟如此说，是戏弄他，就像猫戏老鼠。

左光荣尴尬地笑笑，说，兄弟的话差了，哪有老鼠给猫拜年的？弟兄们之间，相互走走不显更亲了？

左觉悟了解左光荣，虽然养鸭子挣了不少钱，但是，钱都在肋条骨上拴着呢，若没事求你，想让他出血是不容易的。便笑着说，米老鼠给夜猫子送礼，的确稀罕哩。说说，要俺办啥事？

左光荣眼小聚光，被村人戏称米老鼠，支书如此戏谑他也习以为常。两人耍笑一阵，左光荣转入正题，把继续承包水塘的想法说了。

左觉悟听他要求迫切，心想，那水塘也就是片废水坑，除了他没有人能把废水坑变宝。有人见他挣了大钱，眼红议论也是正常的，可要真收回来搞竞争，恐怕傻子才去跟他争。倒不如送人情给他。想到此，便故意拿话刺激他，大家都铆足劲要争一争那水塘呢，好几个人都打了招呼，说水塘是块风水宝地，能挣大钱呢；有人还说，要把水塘改造成个游泳池，岸边栽上柳树，养上花，夏天让城里人来避暑游泳呢。

左光荣一听，急道，兄弟，这事你可得帮大哥一把。哥刚进了两万只鸭苗，若被人争了去，可要大赔了。再说，让城里人都光着腚到咱这儿洗澡，伤风败俗的，是个啥样子？

左觉悟说，你说得有道理，村里那么多大闺女小媳妇，如果看到那些臭男人光了腚来洗澡，不定啥想法呢？你既然提出来了，俺就做做那些人的工作。

左光荣连忙说，谢谢支书了！领导能为俺排忧解难，让俺说啥好哩。

左觉悟说，你也别高兴太早，都眼巴巴地盯着呢。工作能不能做成，很难说！故作思索了一会儿，下了决心似的又说，这样吧，村里有件事请你帮个忙，这个忙你若能帮，俺做别人的工作也有话可说了。

左光荣连忙说，只要俺能办的事，领导尽管吩咐。

左觉悟说，这事嘛，其实很好办。最近两天，不是那谁，市长要来咱村吗？来慰问贫困户，多好的机会呀！能和市长亲切握手照相，还能上报纸电视，说不定还能拿到慰问款子呢！你能答应当这个贫困户主，照村里安排的去做，就把水塘承包合同给你续签了。

当一次贫困户主，有那么多便宜可占，又能把水塘的承包合同续签下来，真是好事呢。左光荣立刻千恩万谢答应下来。临走时，左光荣怕左觉悟反悔，就试探着说，支书，咱们是不是先把合同签下，到时候，别空口无凭。

左觉悟说，那就签合同。染坊里不能掴白布！

左光荣后来了解到，村里真正要和他竞争承包水塘的人并没有，大家只不过是看他养鸭子挣了钱有些眼红而已。左光荣发现自己上了左觉悟的当。随着风言风语的升级，让他感受到了众叛亲离的苦恼，连到他这里批发鸭蛋的小商贩们也用一种怪怪的目光打量他，让他有了一种做贼的感觉。这种感觉压得他喘不过气来，让他产生了要找人出口气的念头。可是，当初当贫困户主，他和村里签了协议，左觉悟那狗日的还和他咬过牙印，找他说理是行不通的。因此，就到乡里找我，是我陪着市长慰问的他，他认为找我说理是没错的。

6

左光荣怕左觉悟，但不怕我，他没有和我签订协议，也就是说，他没有把柄落在我手里。相反，左光荣倒还抓住了我的软肋。我最怕事情弄到市长那里，左光荣不怕。他倒希望市长知道他这个贫困户主是个假冒的，让市长知道他假冒贫困户主事出有因，是左觉悟胁迫他假冒的。左光荣希望和市长体体面面地重新照个相，市长穿西装他也穿西装，市长打领带他也打领带，市长穿皮鞋他也穿皮鞋！有了这样的愿望，左光荣一有闲空，就跑来找我，到我这里软磨硬泡，要求恢复名誉，要我陪他去找市长，非要染坊里掏出白布来不可。我一见左光荣来，躲又不能躲，怕躲了他他越级去找市长。不躲又撵不走他，只有打电话喊刘桂兰。刘桂兰接了电话，又忙不迭地通知冯修东，冯修东拉了左觉悟来寻左光荣。而等到两人来到乡政府大院，左光荣早跑得没了影子。

那一段时间，乡政府大院里呈现出一道奇怪的景观。这道奇怪的景观可以用小学生数学课本中的等法算式表示：

左光荣来纠缠我＝我召见刘桂兰＝刘桂兰传唤冯修东＝冯修东拉来左觉悟＝左觉悟吓跑左光荣

如此循环往复，五个人形成一个连环套。这个连环套套来套去，不知不觉过去了大半年时光。

7

那天，我又接到贺玉庭的电话。

贺玉庭向我通报了一个好消息，说县里干部考核方案已经定了，最近就要下来考核。还说，县里对你的工作给予了充分肯定，如果没有意外，接任乡党委书记一职不会有什么问题。考核也不过走个形式。不过，还是把大象鼻子嗅觉放灵敏些，千万不要在关键时刻出了漏子。

我表示谢意后，通报了当前乡里存在的不稳定因素。其中说到了左光荣，把左光荣的纠缠给我带来的烦恼讲了。

贺玉庭说，左光荣假冒贫困户主的事情已经传到了栾书记那里。你要抓紧时间消化掉，别让他关键时刻搅了你的好事。

我为难地说，啥法子都用了，这家伙一根筋，非要染坊里捯腾出白布来不可。

贺玉庭笑道，染坊里咋能捯出白布来呢？我有一法，你可以试一试。说着把自己的想法说了。

我一听，连声道，好主意！这么简单的方法我咋就想不起来呢！看起来，还是贺老兄高屋建瓴！佩服！

没过几天，市县电视台先后播出了一档专题节目：昔日贫困户主，今日百万富翁。副标题是，老鸭窝乡左庄村养鸭专业户左光荣致富巡礼。

节目内容是：老鸭窝乡乡长秦丰在支书左觉悟的陪同下，视察了左光荣的养鸭场和该专业户很气派的两层小楼。左光荣穿着西装，打着领带，腰里围着围裙，正在给鸭子喂食，一双细长的小眯眼笑得天真可爱，内里有一种难以掩饰的得意。左光荣在女记者高举着的话筒前兴奋地说，俺养鸭子靠的是科学饲养，产蛋多，蛋黄儿香。这都是秦乡长领导得好，秦乡长科学水平高，染坊里也能捯腾出白布来呢……

看节目样片时，我要求记者把这段话删掉，可是，记者却解释说，这句话朴实而又生动，表达了一个专业户的心声，起画龙点睛作用呢！没舍得删去。

乡里给电视台出了一笔赞助款，为左光荣摘掉了贫困户主的帽子，也捎带着对乡里这些年的工作政绩进行了宣传。明眼人从节目中看出，乡里工作取得这么大的成绩，与秦乡长的敬业精神和工作能力是分不开的。

没想到这个专题节目却给我惹下了大麻烦。县常委会上传出的信息是，在组织部提名让我担任老鸭窝乡党委书记一职时，栾书记大为不满，批评道，秦丰沽名钓誉，搞形象工程，自我标榜，还要染坊里去掴白布，这不是胡搞吗？他在电视台搞那个专题节目，连祝市长都看到了。祝市长给我打电话，问怎么回事？一位穷得揭不开锅的贫困户主，不到半年时间，就穿西装，打领带，住上了小楼，牛皮吹得太大了吧？这种人说假话怎么不脸红呢？老栾呢，对这种浮躁虚夸、弄虚作假的不良作风要狠狠地治理一下！

连市长都把我当成了浮躁虚夸、弄虚作假的典型，谁会同意提拔一个造假者当乡党委书记呢！后来又有人提出，老鸭窝乡弄虚作假，责任也不全在乡长秦丰，书记刘哲也有责任。刘哲提拔副处级的事情也应该放一放。

刘哲书记的位置没挪出来，我只能继续在老鸭窝乡当乡长。

我不免有些懊丧，心想，这个世界怎么变成这个样子了？说假话做假事的时候有人相信是真的，说真话干实事还倒没人相信你了！

（原载《阳光》2016 年第 12 期）

驾辕

我下乡那个村子叫桃河。村子的南边有一条河，河里长了蒲子和苇子，没有长蒲子和苇子的水面上长着浮萍，夏天里开着黄色的小花，一片碧绿中有星星点点的黄，也蛮可爱。河里有鱼，有虾，也有青蛙。印象中，好像青蛙更多些，一到春天，青蛙就放开了喉咙歌唱，一天到晚不知疲倦地唱，从春唱到夏，又从夏唱到秋，直到凉风刮起来了，满河的碧绿一日一日地变得枯黄了，青蛙的歌喉才渐渐停止，它们潜到水底去寻找自己的安乐窝，借以度过那个冰天雪地的寒冬。

青蛙虽然冬眠了，但社员还得出工。只要天不下雨雪，就没有休息日。也就是说，社员的假日也就是雨雪天不能出工的日子。虽然该收的已经颗粒归仓，种下的已在土里孕育着新的生命，但生产队长孙运生有的是农活铺摆着让你干。比如挖沟、修路，比如把农家肥往地头运以备明年春上为麦苗追肥，比如为牲口屋拉垫土等等。反正农忙有农忙的活，农闲有农闲的活，你别想闲着。别人都去挣工分，你若偷懒不出工，待来年秋后决算，你的工分少，别人分的粮多，你分的就少。别人可以使几个余粮钱，你还要倒贴钱去买工分，哪划算呢？不如河里尿泡随大流，人家出工你也出工，只要熬到场，就有工分可挣。

干得最多的活是给牲口屋拉垫土。

队里喂着十几头牲口，有牛，有马，也有骡。它们都是队里的宝贝，是庄稼人的命根子。它们拉了一春一夏一秋的套，到冬天，它们的节假日到了。冬天里，它们除了吃就是睡，不吃不睡的时候，还要愉快地叫几声。

牲口屋是一溜八间的筒子房。房子的一侧养着牛，另一侧养着马和骡。它们的性情不一样，就不能在一个槽上喂养。牛吃的是麦秸。饲养员把麦秸用铡刀铡成一寸长左右，在大水缸里淘净，捞出来放到石槽里，然后抓一把磨碎的黄豆料撒在上边，不等饲养员用拌草棍搅拌，牛们便争相吃起来。它们抢吃着上边粘着豆料的麦秸。马和骡则喂的是晒干的青草，也是铡碎、淘净、拌了豆料的。有太阳的日子，饲养员们便把牲口从屋里牵到院子里晒太阳，把它们排泄的粪便清理出来，然后铺上新鲜干燥的垫土。牲口比人金贵，它们屁股下的垫土，需要人去给它们拉。拉垫土的车是胶轮大马车，队里有两辆这样的车。春夏秋用它的时候，是黄老犄、黑旋风分别驾辕，再配上帮套的牲口，或运肥料，或拉收割的庄稼等。到冬天拉垫土的时候，牲口们都放假休息了，驾车辕的活计便由人来接替。

驾车辕可不是轻活，既要有力气，又要有技巧，同时身材还要适中。孙运生队长是最合适的一个。孙队长那年四十七八岁，长得敦敦实实，一米七的个头，黑旋风用过的牛皮套挎在他的双肩上，就像为他定身做的。再说，他是队长，他不驾这套辕谁驾呢？

另一辆车上的驾辕人就不好物色。原来是侯二叔驾的，侯二叔年纪大了，在家挑水时又闪了腰，就派到牲口屋喂牲口去了。孙队长就想让孙秋林去驾。孙秋林的身材正适宜驾车辕。再说，人正年轻，整天像吃奶的牛犊子似的，浑身有使不完的劲。但是孙队长给他一说，他却把脖儿梗一扭，眼一瞪，道，爱找谁找谁，俺不驾！孙队长被噎得够呛，正要发火，便有人在旁边道，队长，没看他夜里“烧窑”把眼圈都累黑了，你还让他驾辕？把一圈人都逗笑了。

说这话的人叫桃大鞭，当年四十岁上下，身材瘦小，却长了一个硕大的头，那头和身材乍一看觉得不成比例，就像秤杆子挑了个盛粮的斗，因此人都唤他桃大头，倒把他的真名叫没了。桃大头这话的本意是向着孙秋林的，他见孙队长欲对孙秋林发火，便用此话提醒孙队长。孙队长一想对呀，秋林这牛犊子准是被那大屁股蛋子媳妇掏成了空筒子，才不愿驾辕，城里人结婚还过啥蜜月呢，若累了他，岂不影响他给咱队里制造劳力？便把火气压了下去。

可是孙秋林却不领这份情，见大伙都取笑他，便认为是桃大头故意拿他开涮，心里窝了一股火，再加上自家妹子孙春草三天两头往桃家跑，村里人有了闲话，便认为是桃家勾引了自家妹子。气不打一处来，便冲了脑门，出口也没有好声音，日你爹桃大头！

一下子把桃大头骂闷了口，半天才道，孙秋林，你小子真是狗咬吕洞宾——不识好人心！

见秋林拉着架势还要骂，孙队长便说，谁再骂就扒谁一天的工分！大头，那辆车你驾辕！走，拉垫土去！秋林怕扒工分，再说，孙队长让桃大头驾车辕也给了他台阶下，便不再吭声。而桃大头却窝了一肚子火，心想，孙秋林真是个混账东西，就是因你家妹子勾引了俺家老二，老二当兵走那天她还偷偷去送了的，又隔三差五地到俺家来，咱早晚快成了亲戚，便替你解围，没料到你竟如此不解活。哥这般混账，可见妹子也好不到哪里去，这门亲事成不成还在两说！孙队长让他驾车辕，他不好推脱，毕竟也是日挣十分的壮劳力，总不能自己说自己瘦小驾不了这辕子吧？便赌气地去收拾马车上驾辕的皮套。两人心里便都窝了气，不想这股气日后竟惹出一场大祸来。

其余男女劳力便分了两班，一班拉帮套，一班装卸车。拉帮套的人数或多或少，一辆车上二十人也可，三十人也可，男男女女参差在一起，都把自带的麻绳前前后后拴在马车上的两根绠上，就像两棵瓜蔓上长出的分枝。人把麻绳的另一头挽了套，挎在肩上，活像那蔓上结出的南瓜。逢到空车和下坡，只要驾辕的挺着劲掌着把，车就飞也似的跑起来，拉帮套的便乱了阵脚，绳子都成了荡秋千的弧线形，跑得快的还跟得上，跑得慢的被后边的踩掉了鞋后跟，便丢了绳子，钻到队外去提鞋。有人踩了掉在地上的绳头，绊得趔趔趄趄的，又顾了前边的照应不了后边的，拉车的队伍便嘻嘻哈哈闹成一团。要稳着这阵脚，要扭转这局面，驾辕人就要使出十倍的力量来。一是脚下要稳，腰要挺直，帮套的步伐再乱，驾辕人的步伐绝不能乱；二要胸挺直，那重量都压在双肩上，胸挺不直，就压趴了；三要两臂伸直，伸直两臂，便缓解了背上的压力；四要眼神集中，以防发生意外。除此之外，驾辕人手里还攥着一根缆绳，那根缆绳系在闸上，控制着车轮的速度。真遇了意外，驾辕人猛拉缆绳，车便停了下来。

卸车的每辆车上不能超过十个人，都是男劳力的活。

拉垫土要到离村子二里远的北大洼去，那里留了一片旱划地，是明年春上栽红薯用的地块。把上边的土起一虎口深，起过土的地块还要保持平整。装土必须是男劳力的原因也就在于此。车装满后，前后用锨拍结实，拍整洁，虽然拉到牲口院里就卸了，却也像砌过的墙又用泥抹子抹了一般。装了垫土的重车回去的时候，装卸车的劳力们便背了手像大爷似的在后边跟着。车遇了上坡，也不帮着推。

终于拉到牲口屋前的空场上，拉车的都丢了绳子，到一边擦汗歇息。卸车的男劳力便去卸车，看有站得近的媳妇们在那儿说笑，便故意用锨把土扬了过去。那细粉的土末便借了风势落到媳妇们的身上头上。媳妇们嗔骂着躲到更远一点的地方去了，卸车的汉子们便一阵得意地大笑。笑着并没停下手里的活，一车土很快卸完了。驾辕的便集中了拉帮套的，又拉起空车去了北大洼。

我和耙齿都在桃大头驾的车上拉帮套，活虽不累，但得来来往往跟着跑，一步也不能少。若是一天两天倒还新鲜，但整整一个冬天就这样来回地跑，却也让人乏味。

耙齿却不乏味。我见他每日都来得早早的，抢了好位置把绳拴了，又在自己前边的地方，为孙春草抢个位置。孙春草那年十八岁，个子不太高，上身穿了紧身的蓝底黄花的小棉袄，小棉袄太瘦，就把胸前的那两块凸出来了。一张圆脸上长着一双小眯眼，虽然不大，却很聚光，若是直直地看了你，会让你心跳加快，滋生起想啃那圆脸一口的欲望。这当然是耙齿的感受。耙齿姓侯，那年十八岁，和哑巴是近门弟兄。他给我讲这些时，眼里便有了异样的光。

孙春草、侯耙齿和桃二鞭是小学的同学，三人一块儿念到小学毕业，孙春草嫌读书不划算，既不能挣工分还得花钱，又累脑子，便回队里当了女劳力，每日挣七个工分。耙齿见孙春草不念书了，便也回队里当了挣工分的社员。只有桃二鞭到公社中学里去读书。桃二鞭之所以到中学里去读书，完全是他爹桃木棍的主意。在桃木棍的思想里，桃河就应该是他桃姓的天下，五百年前，若不是他桃家的祖先从山西大槐树下千里迢迢来到这里扎根创业，哪里能有现在的桃河生产队？若不是他桃家的祖先发了慈悲，收留了为躲避灾难而流落此地的孙、侯两家的祖上，哪里有他们孙、侯两家的后代在桃河生产队称霸天下？可是自从收留了孙、侯两家，桃姓的人丁便日益衰败，到桃木棍这一辈上，已是六代单传。而孙、侯两姓却子孙绵延，人丁兴旺，桃河也早该改名为孙河或侯河了。可喜可贺的是，桃家单传的接力棒到了桃木棍手里，却出现了奇迹。桃木棍做了大儿子桃大鞭后，又连三赶四做了五个丫头片子，使尽九牛二虎之力想再做个儿子，但却不能如愿。谁知过了四十岁他已泄气时，却又弄出一个胖小子。把个桃木棍喜得趴在祖坟上连烧三天香，三天里哭了笑，笑了哭。后来又到庙里烧了高香，又暗里请二神仙给两个儿子算命起名。二神仙说，汝桃家之所以香火不旺，皆因“孙、侯”爱吃“桃”矣。随后便赐二子贵名为桃大鞭和桃二鞭。用意很明确，“孙、侯”若再来偷吃桃就用鞭子抽他们。桃木棍大喜，连称两个名字起得有学问。千恩万谢之后，便把年底分红得来的五元人民币孝敬了二神仙。

桃二鞭上完学，本来打算和孙春草、侯耙齿回生产队挣工分的。桃木棍不同意，桃木棍家里不缺劳力，不靠这个老生儿子挣工分，他要桃二鞭去上学，学问大才有真本事。有真本事才能支撑门户，这简单的道理桃木棍是懂的。他计划着，等二鞭上完中学，最起码可到大队当个民兵营长，即使当不了民兵营长，能当个团的书记也不差了。桃二鞭便到公社中学去读书，到初中快毕业时，一桩大喜事又降临到桃家府上。原来，国家招空军飞行员，桃二鞭个头一米七五，身材不胖不瘦，长相英俊、潇洒，后经体检、政审均合格，一张入伍通知书便以喜报的形式从县上传到公社，又从公社传到生产队再经过生产队长孙运生之手递到了桃木棍的手上。孙运生说，木棍叔，二鞭为咱桃河争光啦！桃木棍喜得更是手舞足蹈，接过入伍通知书正看反看，横看竖看，心里道，老天爷终于开眼了，咱桃家祖坟上冒青烟了！

桃二鞭临走的时候，悄悄地跟桃木棍说，爹，以后孙春草若到咱家走得勤，您也别烦，给哥和嫂子也透透，对人家热情点。

桃木棍一惊，道，咋，勾连上了？啥时的事？

桃二鞭脸一红，道，小学毕业那年暑假，俺一块儿割草，在粟菽地里，她拉了俺的手。俺就……俺就亲了她。

桃木棍一听，把脚一跺，“哎”了一声道，没出息的东西！

二鞭走后，孙春草就经常去桃家，有时帮桃木棍洗件衣服，有时看大鞭的媳妇做饭时顾不过来就帮助烧烧锅，虽然没正式换帖子，但桃二鞭和孙春草的婚事在队里社员们看来已成定局。

然而，自从发生了那次驾辕之争事件后，孙春草每次再来桃家，桃家人的态度便发生了一百八十度的大转弯。特别是桃大鞭，一见孙春草进门，便指东骂西，摔盆子打碗。孙春草给桃木棍洗衣裳，桃大鞭便骂自家媳妇，外活勤家活懒的贱女人，自家爹的衣裳不去洗等着让外人去洗？孙春草若再去烧锅，桃大鞭便把媳妇端的红薯茶倒进猪盆子里，骂道，一股子燎烟气，不吃！你不会自己去烧锅？

一连几天，孙春草看够了桃家人的冷脸子，听够了桃大鞭的指桑骂槐，却不知船弯在了哪里，便有了一肚子委屈，回到家只是哭。

嫂子美菊便来劝她，有啥事给嫂子说，嫂子替你出气。孙春草便断断续续地把自己在桃家受到的冷遇讲了。听是这事，美菊也没有替妹子出气的好办法，便把此事讲给了孙秋林。

孙秋林一听，便火了，道，这桃大头真不是东西，那天他骂俺一句俺就骂他一句，本来两够本，没想他心里还记恨这事，竟报复到春草头上了。又对春草道，桃二鞭当了飞机驾驶员，还会要你？早死了那心吧！见春草哭得越发厉害了，便恨恨地咬着牙道，早晚要摆治那桃大头一家伙！

以上这些都是耙齿断断续续讲给我的，因为桃家和孙秋林家闹翻之后，耙齿便渔翁得利，最后终于黏上了孙春草，成就了一段美好的姻缘，这是后话不提。事情就发生在拉垫土的最后一天。

那天，本来有日头的，到了下午，却被西北风刮没了。虽然还没有下雪，但风却像刀子般地刮割着人们的脸。女人都用围巾兜了头和脸，只露出两只眼瞅着前边的路。男人没有围巾兜脸，就把头尽量往衣领里缩，再缩也不能像乌龟那样全缩进壳里去，便把留在外边的那部分任凭风刀宰割了。

牲口院里已堆起了两大堆垫土，像两个小山包似的，足够一个冬天用的了。孙队长道，公社通知明儿下大雪，今儿拉最后一趟，走！

终于即将结束了这机械性的长途奔波，即便明儿不下雪，换其他活干，起码新鲜些，大家便都提了精神跑最后一趟。

然而回来下熊背坡时却出了事。熊背坡是一个将近一百米长的陡坡，下坡的时候，帮套的不需要加劲，只要抓牢绳子跟上趟跑就行了。重量全压在驾辕人的肩上，驾辕人若掌握得好，也不太费劲，虽然装了满满一车土，顺着坡匀着劲往下滑，也很省力的。可是那天下坡时，耙齿跟春草跟得紧，便踩了春草的鞋后跟，春草回头骂了耙齿一句，便蹲下身去提鞋后跟。但此时却不是提鞋后跟的时候，耙齿急忙去拉春草，没把春草拉起来，自己也绊倒了。我和后边的几个人也被绊倒压在了一起。但马车轮子却顺着陡坡毫无阻拦地向下滚着。我抬头一看，桃大鞭的脸都白了。只见他伸手去拉节制轮子速度的缆绳，那要命的缆绳却“嘭”的一声断了，马车便像脱缰的野马般往前奔。桃大鞭拼命向后坐着，他企图阻止马车轮下滑的速度，然而却无济于事。眼看马车将要压碾在人堆上，一场灾难即将降临！

在紧急关头，桃大鞭朝下一蹲，马车的车杆便着了地，车上的黄土轰然塌落，车轮便停在了那里。那险情离我们绊倒的地方仅剩半步的距离！

桃大鞭先被压在了车辕下，后来塌落的黄土也压在了他身上。

孙队长驾的那辆车已下了熊背坡，见这辆车出了事，急忙停下，拐回来急忙领人去扒桃大鞭。孙队长拿起断了的缆绳头仔细地看着，只见十股麻经合成的缆绳一多半断得齐整整的，像是刀砍过的，只有极少数的几股有毛茬儿，是才挣断的样子。孙队长看着，眉头皱了起来，低声骂道，这阶级斗争还真的怪坚硬（尖锐）弯曲（曲折）哩！

桃大鞭真是命大。人们把他扒出来送到公社卫生院抢救，命是保住了，肋骨却断了八根，造成了终身残废。

（原载《青年文学》2007 年第 8 期）

出　窑

最苦最累的活有一项就是出窑。

砖坯整整齐齐码进窑里，由请来的烧窑师傅开始点火烧砖。当然，在点火之前，孙运生队长一定要在百忙中抽出时间到窑场去慰问烧窑师傅的。通常是让队里会计买瓶烧酒，买两包在当时比较流行的“前进”牌香烟，再准备几个小菜，孙队长就陪了师傅在窑场的小屋里慢慢地喝。一边喝，一边云天雾地、海阔天空却又上不着天、下不连地地闲扯着。酒瓶干底的时候，师傅便站了起来，红着眼圈说，酒不喝了，点火！孙队长便赔着笑说，点火也没个早晚，再弄瓶吧？这实际上是句礼让的话，孙队长心里巴不得他早点火呢！之所以陪他喝这场酒，还不是让师傅在烧砖中下点功夫，别把一窑的砖烧毁了。临近的李庄生产队在烧窑时，就是因为没把师傅伺候好，结果一窑砖烧成了“琉璃头”。

劈柴是准备好的，早已塞进了窑洞里。先点燃麦秸或豆秸把劈柴燃着，待劈柴噼噼啪啪地轰轰烈烈着了起来，就把已拌好的煤一锨一锨地撒到劈柴上，煤见了火没有不着的道理。很快地劈柴燃尽，煤的火焰渐渐地旺盛起来。火焰升腾着，顺着砖坯之间预留的空隙，一直升腾到窑顶。窑顶一侧留有两个烟筒，煤把它的光和热留在了窑肚里，赐予了那些坯块，而把那缕缕黑烟通过烟筒送给了蓝天和白云。

烧窑的时间大致是一星期，停火之后，还要担了水送上窑顶，把水从窑顶泼到窑肚里的砖上。窑肚里的砖坯经过几天几夜的淬炼，经过数百度的烧烤，已经从里到外发生了质的变化，它们已经不再怕雨淋怕水泡，它们的躯体变得坚硬。趁它们余热未尽时，劈头盖脸地给它们浇水，是让它们灰不溜秋的躯体变成藏青的颜色。而泼水的火候，泼多少水为宜，都是师傅说了算。这就是本事，这就是技术！一次开会，孙队长熊那些男劳力，别瞅着俺和师傅喝两小酒你就眼气，有本事你也给俺点一窑？

孙队长急着出窑。火才停一天，他就找师傅问能不能出窑？师傅却不紧不慢地说，不忙！不忙！过了两天，孙队长又来问师傅，师傅还是不紧不慢地说，等等，再等等！又过了一天，孙队长又来找师傅，师傅仍是不紧不慢地说，别急，别急！孙队长咋能不急呢！他说，修渠等着砖用，另外，砖坯子又干出来了，趁着天气好，时间赶紧点，能多烧几窑呢。师傅便说，那也不能慌！

到第六天，师傅勉强同意出窑了。

出窑的活便分配到了我们这些半大孩子头上。为啥要把这最苦最累的活让我们干？孙队长自有他的道理。这一带有个风俗，就是在烧窑期间，妇女不得进入窑场，因此，出窑的活就先把女劳力排除了。那么男壮劳力呢，他们都被分配到技术性较强的工作岗位上去了，比如喂牲口、使牲口，比如砌水渠、垒墙等等，最不济的也去摔砖坯子了。几挑几拣，只剩下我们这一帮十几岁的毛蛋孩子去接受那热与灰的“考验”了。

哑巴也被派来出窑，因为他还没结婚，没结过婚的人，孙队长就不当成年人对待，既然不是成年人，对那些稍有技巧的活计都是不胜任的，这便是孙队长的理论。哑巴自然不服气，但他有啥办法？孙队长派他的活，他敢不来吗？

还有一个也算不得毛孩子，他叫留尾，留尾都二十五岁了，比哑巴还大一岁，只是没哑巴长得敦实健壮，个头也没哑巴高。

照他这个年龄，在当时的桃河生产队应该是当爹的人了，可连给他提媒的也没有。后来，我才知道个中的原因。原来，他爹在新中国成立前，跟着一个名叫赵豁子的土匪干过，后来被镇压了。他娘生下他就把他扔给了他的奶奶而自己跑了。他奶奶东家一口西家一口把他拉扯大，给他起个名叫留尾，意思是好赖给祖上留个续香火的尾巴。如此的家庭背景，在那时谁敢嫁给他？他被派来出窑，是天经地义的事，如果孙队长不派他来出窑，在别人看来又是不正常的事了。留尾不像哑巴那样怨气冲天，他是习以为常了。生产队里哪一件最苦最累最脏最臭最没有人愿意去干的活，不都是让他去干吗？

出窑的时候先把窑顶上盖的黄土和煤渣铲干净，那瓷瓷的青砖便露了出来。但随之，一股股热浪冲击着依附在青砖上的灰尘也向我们扑来。热浪扑在脸上和身上，有着隐隐的烧灼感。灰尘飞扬着，冲击着我们的鼻孔、耳孔、眼睛和口腔！我第一次出窑，没有丝毫的经验和准备，被那灼热和灰尘熏蒸得皮肤灼疼，眼睛流泪，喉咙发干。我大声地咳嗽着，叫道，哎呀，呛死人了！

留尾拉了我一下，我抬头一看，见他把一条湿毛巾从嘴上捂过去，在脑后系紧了，脸上头上都落满了灰尘，只有那双眼睛没有被灰尘遮盖，透着清澈的光。再瞅一眼别的孩子，也都学着留尾的样子，用湿毛巾捂了嘴。我便也用湿毛巾捂了嘴，立即就不那么呛喉咙了。

留尾低声对我说，停火后凉八到十天出窑，热气就不那么大了。我这才明白师傅不让急于出窑的原因。而孙队长这个孬种，却不顾人的死活，一个劲地催着快出窑，快出窑！你咋不过来出窑啊？大家都低声骂着孙运生。

孙队长正站在窑下和师傅说话。一会儿，他也向窑顶上爬来，边爬边问，砖出来了没有？也没人理他。不是没听见他问，而是用湿毛巾捂了嘴都不便于回答。再说，我们已把最上边的砖从窑里运出来摆在了窑顶的边沿晾着，等砖的表面温度降下去后，把它们运到窑下的空场上垛起来。砖在那儿摆着呢，他自己也能看得到。

孙队长爬上窑顶，看我们一个个用湿毛巾捂了嘴，便道，都戴了“口罩”呀，怪能的，像拉磨驴的嘴套似的！给拉磨驴戴上嘴套是防止它偷吃磨盘上的粮食，而我们捂上毛巾是防灰尘和热气。孙队长如此戏谑我们，也没有谁敢吭声，若遇上秋林那帮人，早和他“咬”个狗血喷头了！

哑巴见孙队长上来，便把刚从窑里出的两块砖递给了孙队长。我看到孙队长接过砖，两手不停地倒腾着，皱着眉头，嘴里嘘嘘地说，这砖头怪热的，像刚出锅的热红薯。哑巴这家伙虽然不会说话，精着呢！他把热砖递给孙队长，让孙队长尝尝烫手的苦头，也算是对孙队长派他来出窑的报复。

孙队长虽然烧了手，但看着一窑青瓷瓷的砖，还是非常高兴的。只听他骂道，娘的，好窑出好砖，还得靠手艺。又扭头对我们说，抓紧时间出，三天能出完，每人加十工分。说完便掂了几块青砖下去了。

若是三天再加十分，我们比壮劳力每天挣的工分还高。受这十个工分的刺激，我们多少得到些安慰。出砖的进度也快了。留尾、哑巴等几个人负责把砖从窑肚里搬出来，他们虽然热得很，但不至于来回上上下下地爬窑顶了。我们负责把冷凉的砖从窑顶背下来，一次背十多块砖。十多块砖的重量是六七十斤，肩背上负荷着这六七十斤的重量，从陡峭的窑顶上下来，那砖硌在背上已经麻木了，已感觉不到背的疼痛，只感觉是火辣辣的难受。走一步喘一口气，每走一步，腿直打哆嗦。汗从全身的每个毛孔里流出来，落在身上的灰尘很快便成了泥灰。终于把砖背到了窑下的空地上。趁码砖的机会，还可以歇口气，但也不可停得太长，因为别人已上去背下一趟了，我也不好装“焦包”，便又爬上窑顶，咬了牙，重新背了砖向下走去。

出窑的速度还是相当快的，第二天上午，已出到了窑的二门口，二门在窑的半坡。这样，我们的劳动强度相对减少了，再不需要爬到顶上去背砖了。我们便排成一溜儿，从二门口排到码砖场。砖从我们手里传递着，从二门口送到了码砖场，比背着砖来回爬坡轻松多了。

最辛苦的还是留尾他们几个。因为越往下，窑内的温度越高，几个人的裤衩被汗溻湿又沾满了灰尘，都如泥兜子一般，穿在身上倒成了负担，便干脆脱掉扔在一旁。虽然都是一丝不挂，但由于汗把灰沾在了身上，斑斑斓斓的，倒像人人都穿了一身迷彩服。

快晌午的时候，我听到有人喊，六儿六儿，你妈来了！我抬头一看，果见母亲站在窑下边正向我摆手。她身边放着个草篮子，显然是从菜园子下了工特意拐到这儿来看我的。我一惊，暗暗埋怨道，妈，你怎么上这儿来了，窑场是不许女人来的！我便急忙下来，跑到她跟前，低声道，妈，快走！不然孙队长见了要吵你的。母亲说，刚才见孙队长回去了才拐来的。说着，把她的干净毛巾递给我，让我擦着脸上的汗，又弯了腰，在草篮子里摸着，终于摸出几根黄瓜来。黄瓜已不太嫩，颜色都由青变黄了。母亲说，这是从拔园的黄瓜架上寻的，都洗干净了，快吃吧，又解渴又顶饱。我的心一阵酸楚和激动，只觉得眼眶湿润了。我接了黄瓜，对母亲说，你先回去吧。看着母亲背了草篮子慢腾腾地走了，我才用毛巾包了黄瓜，又回到了窑上。

中午收工的时候，我悄悄地把黄瓜给了留尾一根。

下午天阴了，渐渐下起了小雨。这正是出窑的好时候，窑内的温度不似先前那么高了。趁着凉快，我们加快了出砖的速度。我们决定把主要力量都放在窑内，先把窑内的砖出到二门以外，然后再集中力量把砖运到砖场上去。我们便排了两溜，就像两条龙，从窑肚里排到二门口。留尾和哑巴就是两条龙的头，两人把砖从砖摞上掂下来，递给下边的一个人，再由这个人朝外传，一直传到我和耙齿的手里。我和耙齿是龙的尾巴。我们把砖摆在二门外，等着积了一定的高度再朝下运。两条由人组成的龙就这样滚动着，砖从我们手里传递着，汗从我们的身上滚下来。不怕溻湿衣裳了，因为我们都脱了裤衩，脱得一丝不挂，但谁也不取笑谁。人人都是如此，有什么可笑的呢?

快到天黑的时候，忽然听到窑内“嗵嗵”一声响，接着一股巨大的浓烟从门里往外冒。只听哑巴在里边“啊啊”地狂叫着，接着便有人在里边喊，不好了！砖摞子歪了，留尾砸底下了！

外边的人都被这意外惊呆了，但很快回过神来，没等狼烟散尽，便冲了进去。在烟雾的笼罩下，你东我西地撞成一片，也不知留尾被砸在了哪里！还是看到哑巴正在一个角落里拼命地扒着砖，才料定留尾就砸在那里，便都七手八脚地去扒。终于扒出了留尾，但已被砸得血肉模糊，昏了过去，便急忙抬了往外走。有人喊，快找留尾的裤衩子，给他穿了往卫生室送。在进窑洞时，我见留尾把裤衩放在了一片草丛里，便去寻了来，却发现中午给他的那根黄瓜还没舍得吃，被裤衩裹了存放着。

给留尾穿上裤衩，我们也都穿了裤衩，便抬了留尾匆匆往村里赶。可是，当我们把留尾送到卫生室，卫生员翻了翻留尾的眼皮，又趴在胸口听了听，道，瞳孔都散了，人早断气了。

（原载《青年文学》2007 年第 8 期）

暖　芽

桃河人把育红薯苗叫暖芽。

暖芽须在春节前下种。在生产队的大院子里，用土坯先垒了长方形的大池子，池子下边挖了能烧火的地灶，池子里装了用牛粪、草木灰合成的肥料，把红薯种精挑细选了——那种没有破皮的长条薯块最适宜。把选好的薯种整整齐齐摆在池子里，盖上肥料，淋上水，池子的上边用麻秆或高粱秆搭成棚架，再覆盖上麦秸苫子。麦秸苫子厚实稠密，既保暖又防风隔雨。暖芽人便在地灶里烧火。烧多大的火，关键看池子里的温度。温度低了，芽儿暖不出来；温度高了，薯种就会“气死”的，不但暖不出芽，连薯种也报废了。

暖芽需要技术！桃河生产队会这种技术的人不多。桃木棍会，他暖出来的红薯芽既稠密又粗根，茎壮叶茂，绿油油的，出芽率高成活率也高。他上了年纪后，便把技术传给了大儿子桃大鞭。这几年，生产队里暖芽的活儿就交给了桃大鞭。凭良心说，暖芽这活操心，责任大，但比到大田里干活轻松、自由。好多男劳力都争着去暖芽，但孙队长不应允，他对别人不放心。若把红薯芽暖砸了，到春季栽红薯时岂不误了大事！

可是，今年暖芽的人选遇到了麻烦。冬天拉垫土时，桃大鞭被马车压趴了，命虽然保住了，肋骨却断了几根，养仨月，能起床动动了。虽然没好利索，但暖芽这种技术性较强的活，他到场铺摆铺摆，还是可以的。

孙队长去找桃大鞭时，桃大鞭正和老婆凤妮剥玉米。玉米是秋天分的，编成一坨，用麻绳捆了，吊在屋里的梁头上放着。现在该过年了，卸下来脱子后，磨了面，和白面一齐蒸花卷。

桃大鞭正用锥子把玉米棒上的玉米子隔一行捅掉一行，凤妮便拿起他捅过的玉米棒，用手去揉搓，玉米粒便哗啦哗啦地落进了笸箩里。

孙队长坐了，也不接桃大鞭递的烟，一手拿了桃大鞭用过的锥子，一手拿起一个玉米棒捅着。

桃大鞭便在一边咧了嘴笑。桃大鞭知道孙运生来他家的真正目的，是让他去暖芽。别看桃大鞭脸上笑着，心里却有气。他生孙秋林的气，也生孙运生的气。他决定用暖芽这件事来要挟孙运生整治孙秋林一下，或者让孙秋林到他家登门道歉赔个不是也中。如果这两条都达不到，桃大鞭决不去暖芽。

马车轮上的刹车缆绳挣断，造成严重后果，孙运生本来说要查原因的，可是到最后却不声不响把事搁下了。明明是有人使坏，若把那使坏的人揪出来，重则被公社的李公安带走坐牢，轻则被批斗游街。孙队长在一次社员大会上说，刹车上的缆绳断是因为缆绳老旧、马车太重、熊背坡太陡等若干原因造成的，桃大鞭舍己救人因公负伤治疗费由队里全部负担，养伤期间，工分照记，再加上全队社员每人捐两个鸡蛋以示慰问。桃大鞭虽然享受了“高干”待遇，但却对孙运生包庇那个使坏的家伙有意见。

唠会儿闲嗑，孙运生果然入了正题。孙运生道，大头，时令不等人，马上要打春了，薯种再不暖上，可就打急慌了。

不等桃大鞭搭腔，凤妮便道，孙队长，别看大鞭这会儿坐着像个人样，昨下夜腰疼得在床上直打滚，也没人问，暖芽还是请别人吧。

孙运生狎昵地笑道，大头腰疼还不是你给掏腾的。

风妮抢白道，他是俺男人，俺爱咋掏腾就咋掏腾，总比让外人使坏点子往死里整强！

孙运生便皱了眉头道，也不要老把过去的事窝心里。大头受伤，纯是偶然的。毛主席他老人家说，要奋斗就会有牺牲，何况大头还没牺牲哩！再说，大头伤了，队里照顾得咋样，人得使敬……

风妮便有些气了，道，孙队长是说，俺不使敬了？俺男人受的是工伤，队里出钱看病，记工分是常理，俺也用不着谢哪个，也不欠哪个！

桃大鞭也道，俺窝心的是，明明知道有人破坏，却遮着盖着，让那些人在背里看俺的笑话，俺伤了残了，他却没事人似的。

风妮道，不把使坏的人揪出来，俺男人就不出工。

孙运生道，给公社说的就是偶然事件，再揪出个坏人咋说哩？再说，都是祖辈的好邻居，低头不见抬头见的，真撕破了脸皮，以后还不结下仇账？

桃大鞭听了，半天没吭声。

风妮便揉了眼圈说，这不是欺侮俺桃家人少。

孙运生道，话也不能这么说……

桃大鞭倒壮了英雄胆，不等孙运生把话说完，便理直气壮地说，毛主席他老人家还不让搞门子风哩！俺桃家人虽少，但也没少为队里做贡献。不说俺家老二当了空军驾驶员给队里争了光，就说俺桃大鞭，队里哪样脏活苦活累活不是俺干？俺为啥要干？俺就是想争口气，俺就是想挺起腰板，让全队人看看，俺弟兄俩哪个也不是熊包！俺桃大鞭活能干累能受就是不能受气！孙队长俺把话挑明了，使坏的人就是孙秋林。你包着他护着他俺不管。俺伤了这俩月，全队老少都来看过俺，来的人不拿一个钱的东西，俺也感激。可孙秋林两口子，没踩过俺的门，还在外说风凉话。

孙运生听了，便在心里埋怨孙秋林，真混！叮嘱你几遍，让你来看看桃大头，也许就把疙瘩解开了。偏不来，就把怨结下了。

看一时说不通，孙运生只得告退。

桃大鞭受伤的确是孙秋林使的坏。事发之后，孙运生没怎么调查就弄清楚了事情的原委。原来，桃二鞭给春草写信，要春草劝劝孙秋林，别把桃大鞭像仇人一样看待。春草竟把这封信看成了桃二鞭的绝情信，在对桃二鞭恼恨的同时，也对孙秋林产生了怨恨，一见孙秋林就横眉竖眼，摔摔打打，待孙秋林弄明白咋回事后，就把祸根刨到了桃大鞭身上，自是恨之入骨、咬牙切齿。亲戚不成，就成了仇家。孙秋林为了报复桃大鞭，出出心口的恶气，便在半夜人脚落定时，偷偷溜进生产队大院，用刀子割断了几股缆绳。当险情发生后，孙秋林曾产生过一丝恐惧，他害怕桃大鞭果真被压死了，公社李公安就会把事情查个水落石出，自己被枪毙不说，全家还会落个坏分子家属的名声。好在桃大鞭大难不死，孙秋林才松了一口气。只要没有人命案，李公安就不会细查的，割缆绳的事天知地知没有第四个人知道，只要孙秋林死不认账，这事也就不了了之。他自以为神不知鬼不觉，但这事偏偏就被人瞧见了。这个人就是侯二叔。

那天，侯二叔偷吃把豆料，口干了又喝瓢凉水，便拉起肚子来。夜里出来解溲，就看见一个人影鬼鬼祟祟溜进了队部院。还以为是偷生产队里仓库里存放的麦种，便悄悄地跟在后边，结果却见那人在马车下磨蹭了一会儿，并没到仓库那边去。那人出来的时候，认出是孙秋林，心里好生奇怪，心想这小子三更半夜跑这来干啥，是梦游哩？也没细想。直到出了车祸，才想到与那天孙秋林到马车下有关，便悄悄告诉了孙运生。孙运生当即来到孙秋林家，眼睛先在新媳妇脸上、身上盯了盯。后来，便看也不看孙秋林，说，是你自个到李公安那自首呢，还是让大队营长派人押着你去？声音虽不高，却咄咄逼人，孙秋林自我筑起的防线不攻自破，但仍强装镇静地道，运生哥，总不能把屎盆子往自家弟兄头上扣呀。孙运生一拍桌子道，是谁扣你屎盆子啦？你以为神不知鬼不觉，告诉你，有人盯着你呢，你啥时使的坏，咋使的，都有人看见了，你若不认账，就让李公安来查，查出来可是抗拒从严的罪。这一番话，把孙秋林吓得目瞪口呆，心想把账赖下去，嘴里却没了词。还是新媳妇美菊心里活泛些，眼瞅着自家男人要吃亏，便倒杯水递给孙运生，道，运生哥，秋林就是有千错万错，也是你家弟兄，总不能看着他遭罪吧。说着，眼便直直勾了孙运生，先把孙运生勾得神魂颠倒。女人的面子要给的，何况是新媳妇呢！

孙运生便道，弟妹说得在理，可桃大头那里也得有个说法呀。

美菊道，哥，缆绳用旧了还有不断的道理？

孙运生点头道，秋林，看在弟妹的面子上，这件事俺就替你兜着。说着，拿眼去瞟美菊，把美菊羞得低下了头。

美菊攒了十多个鸡蛋，打算去看桃大鞭，被孙秋林瞅见了鸡蛋，钻到厨房里烧开水，打了一碗荷包蛋，吧唧吧唧吃了。美药去找鸡蛋，孙秋林拍了自己的肚皮道，别找了，在这儿呢。美菊埋怨道，攒几个鸡蛋，打算去看桃大鞭的，你吃了，拿啥去瞧看他？

孙秋林道，自家男人吃了你心疼，去瞧他？

美菊道，毕竟是你惹的祸，看看他心里才安生。

孙秋林道，亏你是个精明人哩，咱去瞧他，不正让他怀疑咱？

美菊听了，也不吭了。

转眼便到了年底，过了腊八就是小年。队里除了暖芽的活儿没安排着，其他都已停当。年是一天一天地近了，有的把藏了一冬的麦子挖出来，用清水淘净晾干，然后到村头的小钢磨上去打，磨房里排了长长的队，小钢磨便日夜不停地响起来。还有的紧忙着把自己家养的猪拉到公社食品站去卖。一头猪养到一百三十斤，够着国家收购的标准了，便叫标猪。卖掉标猪，买些猪下水过年，余下的钱，给老婆、孩子每人扯件布料，再买些香蜡纸炮门画之类的年货，算得上暄活人家。还有的在忙着下粉条，秋天打的粉芡没舍得吃，晒干了放到腊月里，支上大锅，把粉芡加上水搅均匀，再用勺子舀进漏瓢里，粉芡便源源不断地落到翻滚的水锅里，便成了粉条。粉条是桃河村人过节的当家菜肴。客人来了，把粉条泡软和了，拌上干面，用大盐猪油炒炒就是一道菜，能和萝卜、白菜烩在一起，也不错，当然能加上点猪肉或者羊肉那味道更美了。但是，那时候哪有那么多肉可吃呀！

孙运生窝了一肚子火从桃大鞭家出来，走在村街上，便嗅到了过年的气息。年越近，他的心越烦躁。他在心里骂着孙秋林个龟孙子，孙秋林个犟种，屙屎屙了一裤裆，你替他擦干净了，他偏又坐进去。要不是看新媳妇的面子，早把你交给了李公安。也不知为啥，孙运生眼看奔五十的人啦，但时不时地就想起了美菊那双勾人的狐媚子眼，那双狐媚子眼撩拨得他血脉翻滚。孙运生想，孙秋林搂了狐媚子几个月了，还没下上种，换上自己，生产队长的接班人早他娘地造出来了！但想想自己毕竟是干部，又是新媳妇的大伯子哥，因此人前人后便把对新媳妇的那份念想遮掩得严严实实的。就是面对了新媳妇本人，心里恨不得搂过来亲一口，脸上却是一本正经的样子。

孙运生到孙秋林家，见院门虚掩着，便推开门，走进院子，边走边喊，秋林，秋林呢？

美菊应声从屋里出来，见是孙运生，便道，以为是谁呢？原来是哥啊。秋林打面去了，快屋里坐会儿。

孙运生朝屋里瞅瞅，道，秋林不在家，我过会儿再来找他。说走却不走，站在那里直盯着美菊。

美菊和他对了光，便羞得红了脸，急忙把头低了，低声道，哥，屋里坐会儿吧。

孙运生进了屋，埋怨道，桃大头不愿去暖芽，怪秋林没去看他呢。

美菊笑道，以为啥事难了哥哩，他不去让秋林去。

秋林？秋林连自己的芽子还暖不出来呢。说了便拿眼去看美菊的肚子。

美菊拿眼狠狠剜了孙运生一眼，嗔怪道，哥，你又胡说哩。见孙运生只顾坏坏地笑着瞅她，又道，就让秋林去吧，俺娘家哥也是暖芽的行手，秋林不会了让他教。

孙运生喜得一把抓了美菊的手，连声道，中！中！就让你娘家哥来帮咱暖芽。

美菊的手被他握得生疼，却不挣开，低了声道，哥，你手上的茧子恁厚？

孙运生把美菊的手握得更紧，也低声笑道，弟妹，你的手真软和，比你嫂子的手细巧多了。正说着，听见门外有脚步声，急忙放开手，回身向外走，边走边大声说，就这么定了，明儿就让秋林去暖芽。走到门口，正碰上秋林扛着面袋子回来。

孙秋林卷了铺盖住进暖芽房，把美菊的娘家哥刘发也请来了。孙运生、孙秋林陪刘发喝了一场酒，然后由队里每天补助美菊三斤粮，给美菊每天记十分，让美菊专职专业为秋林、刘发做饭。

红薯种很快下到了池子里。火也点上了，不紧不慢地烧了三天，池子里的温度便渐渐上来了，刘发和孙秋林掀开草苫子查看，见盖在薯种上的草粪鼓了起来，顺手扒开看看，白嫩的芽子顶破了薯皮，正朝外冒。

刘发道，温度正合适，长势也好，再有两天，芽就拱出来了。

孙秋林得意地道，暖芽也没啥难哩，往年都让桃大头拣了便宜，今年他还拿架子，让他拿呀，离了张屠户，咱也不吃带毛的猪！

刘发道，活是轻松，但得操心。这几天正是催芽的时候，黑夜白天火都不能停，但也不能旺火。

第五天头上，刘发对秋林说，你嫂子让人捎信，说你侄儿病啦，发高烧，我得回去看看。

秋林道，放心吧，哥，不就是烧火查温度吗？我会了。

刘发又叮嘱了几遍才走。

吃罢晚饭，孙运生到暖芽房来了，见只有秋林一个人，便问，刘发呢？听秋林回答回去看孩子啦，便有些担心。问啥时能回来？

秋林听他对自己不放心，便不耐烦地道，谁知道呢！

孙运生道，公社通知明天有雪，气温要下降。你可得上心些。

孙秋林道，队长，你就是对我不放心。你相信桃大头，他咋就不来呢？

孙运生被这话噎了，停好长一会儿才道，早知你能把芽子暖好，龟孙才求他桃大头哩。

孙秋林狠狠地道，春草现在见了我还不搭腔，都是桃大头惹的，我早晚还得治他一回。

孙运生道，你把他摆治得还轻？

孙秋林从鼻子里“哼”了一声，也不说话。

孙运生出了队部院，回头看看，见孙秋林弯了腰往地灶口抱柴火，便向前走去。他没朝自己家的方向走，而是溜了墙根朝西走。孙秋林家住在村西头。

到了后半夜，孙秋林把柴续满了地灶，又披了大袄在暖芽池转了一圈，捏了手电查查温度，都还正常。抬头看看天，也没有下雪的样子，便骂孙运生谎报军情。一时兴起，便想起美菊来。想到和美菊结婚几个月了，美菊的肚子也没个动静。这几天在这儿陪了刘发，也没得空和美菊热乎。越想越耐不住寂寞，便出了队部院，向自己家走去。

接下来的故事可能有三个结果：一是孙秋林把孙运生和美菊按到了床上，孙运生吓得屁滚尿流，跪在地上求孙秋林不要把此事声张出去，美菊吓得缩在墙角，哭哭啼啼，也是颤了声地连连求饶。二是孙秋林摸回家，听到了屋里有动静，像侦察员一样摸清了敌情，但却畏惧孙运生的权威，便悄没声地又回了暖芽房，任孙运生和美菊胡弄到天亮。三是孙秋林敲门的声音惊动了孙运生，孙运生急忙穿了衣服朝外跑，但却被孙秋林堵了门，慌不择路只得跳墙而逃，孙秋林掂了棍去追却没撵上，便回来找美菊算账，美菊却不承认，直到孙秋林在床上拣到了孙运生落下的花裤头，美菊才跪了求他。

这三个结果不知道哪个更合乎情理些，一段时间内，这成了桃河人谈论的话题。

天快亮的时候，果然下了一场大雪，把暖棚都压塌了。要不是桃大鞭起得早赶来抢救，几池子红薯芽非被冻死不可。

第二年秋天出红薯的时候，美菊生了个大胖小子。村里人都去喝了满月酒。这小子长相仿谁啊？背里都说，简直和孙运生是一个模子刻的。

（原载《青年文学》2007年第8期）

图书在版编目（CIP）数据

扶贫博士 / 钱良营著. -- 北京：作家出版社，2024. 9
（钱良营作品集）
ISBN 978-7-5212-2907-3

Ⅰ. ①扶… Ⅱ. ①钱… Ⅲ. ①中篇小说 - 小说集 - 中国 - 当代 ②短篇小说 - 小说集 - 中国 - 当代 Ⅳ. ①I247.7

中国国家版本馆CIP数据核字（2024）第105766号

扶贫博士

作　　者： 钱良营
封面题字： 李纯博
责任编辑： 宋辰辰
装帧设计： 老　左
出版发行： 作家出版社有限公司
社　　址： 北京农展馆南里10号　　**邮　　编：** 100125
电话传真： 86-10-65067186（发行中心及邮购部）
86-10-65004079（总编室）
E-mail:zuojia@zuojia.net.cn
http://www.zuojiachubanshe.com
印　　刷： 三河市紫恒印装有限公司
成品尺寸： 152×230
字　　数： 260千
印　　张： 19.75
版　　次： 2024年9月第1版
印　　次： 2024年9月第1次印刷
ISBN 978-7-5212-2907-3
定　　价： 268. 00元（全五册）

草帽壳之恋

钱良营作品集·长篇小说

作家出版社

作 者 简 介

钱良营

河南周口市淮阳区人，中国作家协会会员。

在《十月》《当代》《青年文学》《北京文学》《清明》等杂志和报纸发表作品多篇。著有长篇小说《包公下陈州》《老街坊》《丁国庆的幸福梦》《草帽虎之恋》等六部，出版中短篇小说集《会走的湖》《陈州故事》等。《老街坊》获河南省精神文明建设“五个一工程奖”等多个奖项。另有二十余部作品获奖。

目录

第一章　神奇的子孙窑

舒语决定回去见舒慧岚时，她的心情除了由于兴奋和激动带来的紧张不安，还有少许的踌躇与忐忑。

由于和母亲在长期的生活中有着难以言说的分歧，她已经很多天没见过母亲。在决定要不要把自己的隐秘告诉母亲时，她的内心是非常矛盾的。经过反复思考，她最终在内心里说服了自己。因为，母亲毕竟是这个世界上她唯一的亲人，牵涉到她人生非常重要的一件大事，如果不向母亲透露，从情理上是说不过去的。再说，这种事早晚会让母亲知道。这次见母亲舒慧岚，是“礼节性”地征求对方的意见。其实，用“征求”一词，不过是一种婉转的说法。舒语是一位性格独立的女性，是非常有主见的人，做什么事都是自己拿主张，基本不依赖别人。其实，她的这种独立性格是舒慧岚遗传给她的。而就是母亲遗传给她的这种性格，使她在舒慧岚的眼里成为桀骜不驯的“疯女子”。

舒慧岚在文化馆从事民俗文化研究。特殊的职业习惯使她养成了清高严谨而又孤傲冷漠的性格。她寡言少语，不苟言笑。舒语自从记事起，难得看到从母亲脸上流露出笑意。她一直认为，母亲是一位不苟言笑的人。母亲对她严格的管教几乎达到了苛刻的程度。然而，也许是从母亲身上继承了孤傲和固执的秉性，这种秉性使她对母亲苛刻的管教产生了发自内心的抵触和叛逆。正如当时比较流行的一句口语那样，“压迫越重，反抗越烈”。常常是，在母亲高压苛刻的管教下，舒语从表面上看似被驯服了，其实不然，在舒语的心里，正酝酿着一场更能让母亲气得发疯的糗事。一段时间，母女俩的关系几乎达到了水火难以相容的冰点。母亲对舒语的苛刻管教“冷酷无情”，几乎让舒语感受到了绝望。她曾经怀疑自己不是舒慧岚的亲生！自己究竟是不是舒慧岚的亲生，她无从考究。母女之间的关系和感情，从她的少女时代起，就处于一种若即若离的状态中。

舒语是在单亲家庭里长大的女生。一直以来，家里只有她和舒慧岚两个女性。两个人的世界里，好像从来没有男人这种概念。舒语的印象中，舒慧岚对男人的仇视厌恶程度达到了让她难以理解的地步。她们似乎没有亲戚，也没有朋友来往。和邻居基本不相往来。舒语隐隐约约地记得，在她很小的时候，她们家里曾经来过一个男人——一个官方模样的中年男人。那个男人给她母亲送来一份材料。那时，舒语还认不出那张纸上写的啥内容。母亲舒慧岚只是粗略地看一眼，然后，便声嘶力竭地叫喊道，这个混账男人！这个骗子！骗子！母亲一边吼叫着，一边要把那份材料撕掉。母亲的愤怒发作，让还不明事理的舒语感受到恐惧，她不知道，母亲所诅咒的男人是眼前的这个男人，还是别的男人？由于男人的阻止，舒慧岚没能把材料撕碎——只是撕成两半。男人对她说，这是人民政府对他的认可，也是他的荣誉。留着它会有用的——后来，舒慧岚把那份材料重新粘起来，放进一个带有暗锁的皮箱里。舒语懵懵懂懂意识到，母亲所诅咒的那个男人，也许与母亲有关。这些即将消失的记忆变成一些碎片，残缺不全地留在她的脑海里。

长大一些的时候，也就是在她上了小学之后，她才知道，别人家的孩子既有妈妈，又有爸爸，别人家既有女人也有男人。她开始对她家没有男人，也就是没有爸爸产生了疑问——没有爸爸，她是从哪儿来的呢？她曾用试探的口吻问母亲：“妈妈，别人家的孩子都有爸爸，我家怎么没有爸爸？”

母亲奇怪她为什么会突然提出这个问题，对她小小年纪提出这样的问题有一种莫名其妙的恼火。母亲用眼白盯了她足足两分钟，用一种不容置疑的口吻告诉她：“是的！你是一个只有妈妈没有爸爸的孩子！”

舒语不满意母亲这样的回答，便刨根问底地继续问道：“没有爸爸，我是从哪里来的呢？”

母亲愣怔一下，不耐烦地回答她：“你是从路边沟里捡来的孩子！”

母亲的谎言让舒语幼小的心灵感受到了一种冷酷无情！

她委屈地说：“你原来不是我的亲妈妈。”

母亲皱紧眉头，没有正眼看她，只是轻描淡写地说：“你也可以这样理解。”

就是这种既没有父爱而又缺乏母爱的成长经历，让她养成了胆大、利落、胸有主见、敢承敢当的性格。除非牵涉到与自己利害攸关的人生大事外，一些鸡毛蒜皮的小事，她是不会找具有冷血动物特质的母亲舒慧岚征求意见的。

舒语从乡下风尘仆仆地赶来，走进了太昊陵庙——那时，太昊陵庙已经不能称为庙。庙内供奉的人祖伏羲的巨大塑像被人为拉倒，损坏的残骸不知丢到哪里去了。往昔进香谒祖朝圣的肃穆壮观景象不复存在，偌大的陵园内一派萧条冷落。此地已经改为县文化馆职员们的办公所在地。文化馆的男女职员们，没有把高大宏伟的古老殿宇作为办公场所，而是在紧靠伏羲墓的空地上，建起一排砖木结构的瓦房，作为男女职员寝办合一的立足之地。

从某种意义上讲，文化馆迁址太昊陵庙办公，的确对这座千年古刹起到了保护作用。

舒语沿着青石铺砌的长长神道向里走。神道已经有了很难预测的年月，经年不息的踩踏、摩擦，脚下的青石变得光滑，又有些凸凹不平——这些记录了古庙苍老而又沧桑的历史。神道两侧是高耸挺立的松柏，一棵棵虬枝繁叶，苍劲古朴，却不失生机，像一群跨越了数个世纪的老人，沐浴着风尘穿越而来。鸟雀在枝叶之间唧唧鸣叫，为这肃穆的陵园增添了喧嚣和生机。

舒语的心情愉快起来。在一棵高大的乌柏前，她扬起头，对着“唧唧”鸣叫的雀儿，发出一阵愉悦的叫声。

进入太极门，是太昊陵庙建筑群的核心区域，树木少了，楼台亭阁多了。红墙绿瓦的古建筑鳞次栉比，钟鼓二楼林立两侧，遥相呼应。虽然晨钟暮鼓的声音销声匿迹了，但是仍不失其庄严和肃穆。坐北朝南的统天殿、显仁殿、太始门三座建筑依次排开，气势恢宏。房顶上象征着神权至高无上的装饰物被人为涂鸦了，但是，丝毫不减其威严和庄重。舒语沿着东侧的青石板路向里走。在这静谧而略显清冷的空间，失去了昔日的热闹和喧嚣。

经过显仁殿右侧时，一块光滑而又洁净的青石映入她的眼帘。那块青石镶嵌在显仁殿高高的基座上，与其他石块有着明显的区别。青石的中间有一个大小如鹅卵石般的圆形凹臼。让舒语惊讶的是，凹臼的光滑细腻与周边青石的粗糙形成了鲜明的对比。凹臼似乎被人着意打磨过。是什么人又是用什么工具打磨的这个凹臼呢？为什么要打磨这个凹臼呢？怀着强烈的好奇心，舒语走到那块青石前，青石的高度与舒语踮起脚尖、伸直手臂的高度恰巧一致。舒语觉得很好玩，在探秘的心理支配下，伸直自己的右胳膊，把右手手指伸进凹臼。立时，青石的细腻和光滑透过五指传导她的全身，她感受到了一股莫名其妙的润滑沁入心肺，让她有一种难以言说的舒适和清爽。

她沉浸在那种惬意中。

舒慧岚从太始门北边走过来。

拐过墙角，她看到一个年轻的女子在显仁殿的青石前驻足摸石，先是感到诧异。怎么这个时候会有人来摸石头？她是怎么进来的？自从县文化馆搬迁到这里办公，为了太昊陵庙的建筑物免遭损坏，非文化馆工作人员是不得随便入内的。及至走近一些，她才认出，摸石头的女子不是别人，原来是自己的女儿舒语！

看到女儿的右手还在青石的凹臼中摩挲，她不由又气又急，厉声呵斥道："把手放下！"

舒语正自顾欣赏着凹臼的光滑和细腻，被这突如其来的呵斥声吓了一跳。她回头向声音传来的方向看去，看到母亲正气急败坏地朝自己走来。她不明白母亲为何生气，舒语自懂事起，就讨厌又惧怕母亲这种乖戾的脾气。母亲总是为点滴微不足道的鸡毛蒜皮小事借题发挥大发脾气。她不明白今天自己又犯了什么错，让母亲一看到自己就如此光火。对付母亲这种喜怒无常的性格，舒语有自己的独特方式，那就是你"刚"我"柔"，用我的"柔"克你的"刚"。何况今天来见母亲，是要向母亲禀报个人的大事呢！想到这，舒语嬉皮笑脸地说："母亲大人，为何如此严肃呢？差点把本女儿的魂吓出了窍！"

舒慧岚并没有为舒语嘻嘻哈合的模样放下脸来，继续板着脸，责备道："你怎么随便去触摸青石呢？你知道那是什么灵物吗？"她把"灵物"两个字的语音咬得很重。

舒语知道，母亲对民俗文化情有独钟，乃至达到走火入魔的程度。母亲对民俗物品的喜爱胜于喜爱自己。而这块青石为何受到母亲的尊崇，以至于自己触摸一下，就受到她如此严格的训斥？

舒语假装不解地说："不就是一块石头吗！算什么灵物？这石头挺好玩的，这个凹臼又光滑又细腻，不知道谁这么有耐心，把它打磨成这个样子？"

舒慧岚看到舒语满脸不在乎的样子，便用说教者的口吻道："真是缺乏教养。"

舒语听母亲这样说，也不好反驳，脑海里突然闪现出一句"子不教、父之过"的古语，只是不知道这句古语出自何处，便随口道："古人言，女不教，母之过。还望母亲大人对女儿多多赐教。"说着，两手合十，故作调皮地向舒慧岚鞠了一躬。

舒慧岚听到女儿把自己失教的责任推卸到她身上，虽然心里恼火，但是也不好推卸责任予以反驳，只得咽下一口气，用责备的语调问道：“你知道这块青石从何而来，又代表着什么吗？”

舒语摇摇头，道：“青石从何而来，女儿不知。不过，女儿懂得这块石头代表着坚硬、冰冷、固执……”

舒慧岚从女儿的话音里听出对自己的怨言和不满，也不再追究，便放缓口气说：“你在课堂上没学过女娲补天的故事吗？”不等舒语回答，继续说，“女娲采撷四海石头弥补苍天，一块石头却遗落人间。这块青石就是女娲遗落人间的那块石头。其实，这块石头不是遗落的，而是女娲娘娘特意赐给人类的‘送子石’——是人类繁衍生息求子求孙的活化石。你看，那个凹臼，被尊称为子孙窑！这显仁殿内，祭拜的就是送子娘娘女娲。凡来求子求孙的，怀着一颗虔诚之心，到这里触摸子孙窑，右指在窑内左转三圈右转三圈，就会求得子、孙而归！而你一个大姑娘家，尚未婚配，却在光天化日之下，触摸神灵求子求孙，岂不自取其辱而令人耻笑？”

舒语听了舒慧岚一番话，半信半疑，女娲补天的故事她在上小学时就熟悉了，那是一个非常美丽的神话。她对女娲不畏艰辛、造福人类的精神很敬佩。但是，她怀疑母亲说的这块石头是女娲补天时遗留下来之说，世界上哪有这么巧合和神奇的事情！发生在远古时期的女娲补天故事本来就是一个神话，而母亲所讲述的这块石头的来历，也不过是个传说罢了。除此，舒语更不相信触摸一下这块冰凉的石头就会使女人受孕怀胎，那只是盼子心切的善男信女们对他们所信仰的神灵寄托着一种美好的愿望罢了！想到这，心里不由暗暗嘲笑母亲的迷信，只是没能溢于言表。

舒慧岚看舒语满不在乎的样子，没有好声气地说：“来这里触摸子孙窑求子的女人，都是那些婚后没能生育的女人。她们求子心切，希望女娲娘娘早日赐予她们一个儿子或女儿。你呢？一个连对象还没有的大闺女，摸子孙窑求子，真是把脸丢尽了！”

舒语听母亲这么一解释，方明白不是摸摸子孙窑就能使女人怀孕的。只有结过婚的女人摸子孙窑才有可能怀上孩子。舒语稍觉放心。可是少顷，她的心又悬了起来！在母亲眼里，她还是一个没有对象的大闺女，然而，她内心隐藏的秘密却是母亲难以窥视到的。只有她自己知道，她已经有了心仪的男人，并且，她和他……她不敢再想下去。母亲那句话如重锤敲打着她的心扉，使她的心绪立刻慌乱起来。“只有结过婚的女人，摸了子孙窑才能怀孕！”她没有结婚，可是，她和他算不算结过婚？她和他已经有了肌肤之恋，那种疼彻骨髓的肌肤之恋和结婚有什么两样？想到这些，她又惊又怕，突然感到触摸子孙窑的右手有些麻木，与此同时，浑身似乎涌动着一股暖流。她怕女娲娘娘显了灵，她怕子孙窑真的要送给她一个儿子或者女儿！

惊慌之际，她急忙掏出手绢，反复地擦拭着触摸过子孙窑的右手。她连把右手砍掉的心都有了。

舒慧岚冷冷地看着女儿神情的变化，像是从中看出了什么，用冰冷的语调嘲讽道：“别擦了！已经侵入骨髓和肉体的东西，一块手帕擦得掉吗？”

舒语哭丧着脸说：“妈妈，您就……这么相信……一块石头？”

其实，她想说的是：妈妈，我该怎么办呢？

第二章 青涩的记忆

甄维十五岁那年，考上县城唯一的一所高中。当他背着母亲为他浆洗得干干净净却打着补丁的行李卷到学校报到时，那散发着皂角气味的粗棉布铺盖与城里干部家子弟崭新的花洋布铺盖形成了鲜明的对比。仅是这种差异就让一位自尊心极强的涉世未深的乡村少年感到脸红。那时候，他强烈地意识到，人，是有区别的。尽管老师在课堂上不遗余力地大讲特讲，我们这个社会，是人人平等、自由、民主的国度。但是，从城里干部子弟洋溢着甜蜜笑容的脸上，甄维看到了不一样的平等——乡村和城市有着巨大的差别，乡下的穷孩子和城里的干部子女生活在不同的环境里，在不同的背景下长大，性格、脾气、志向、爱好等都有着千差万别。甄维是一位虚荣心极强的男生，当他意识到自己和那些在优越的家庭背景下长大的同学们之间的差距时，他暗暗下定决心，要改变自己，要让自己的性格、脾气、志向、爱好等等，和城里的学生保持一致。他要让自己的生活习惯适应城里人的生活习惯。他要从他那个破落贫穷的村子里走出来，走进城市。他要做个城市人，做个体面的吃官饭的人——这是一个少年埋藏在心底的梦想。然而，当下，粗棉布铺盖是无法改变的。但是，每天起床后，他都把被子叠得整整齐齐，放在床头一角，让人看不出那是打着补丁的粗棉布。他的衣服原来皱巴巴的，他把它洗干净，晒半干的时候，折叠整齐，然后，用盛满了热水的搪瓷茶缸小心翼翼地熨烫。直到熨烫得板板正正，并且留下了整齐的衣缝。他穿着熨烫得整齐的衣裳，内心里感觉好极了，与那些城里的学生穿着上基本差不多了。他有一头很浓密的黑发，在乡下的时候，总是蓬蓬松松，像鸟窝一样。有时候，帮助大人在打麦场里干活，麦芒和麦糠钻进他的黑发里，让他变成了一只刺猬。

如今他要和城里学生接轨，他的头发再不能成为一个刺猬。他把自己微薄的菜金节省下来，每天节省两分钱，十天节省两角钱。他攥着两角钱，走进一家国营理发店。理发的人很多，他学着别人的样子，在一块小黑板上写下一个数字，数字是他排队的号。等了大约半个小时，他听到一个女理发员喊他写下的那个号。他应了一声，走向女理发员身边的一把椅子——那是一张理发专用的椅子，高靠背，宽敞舒适，他坐上去——他是第一次坐在这样的椅子上理发，稍微有些紧张。椅子很柔软，他尽量让自己平静下来。女理发员为他戴上一件如同小孩子围裙的白色外套。那种白很洁净，比他身上穿的粗布白衬衣干净多了。甄维的心里产生一种自惭形秽的羞耻感。女理发员的手上已经攥着一把理发工具——一把带着多个齿的推子，在推子与他的黑发接触时，女理发员问他，留大点还是留小点？他听不懂这种专业术语代表什么意思，只得含糊其词地回答，留中学生样式的……

二十多分钟后，甄维看到了镜子中的自己，他又怀疑那不是自己。如刺猬般的发型不见了，女理发员真是善解人意，为甄维剪的发型长短正是他心仪的那种干部子弟的学生发型，不长不短，整洁清爽，温水洗过后，显得更加黑亮稠密，使镜子中的甄维充满了朝气和阳光。

甄维的努力，使他不但具备了城里男孩子的气质，而且，在他身上，还有着城里的干部子弟所缺少的那种吃苦耐劳的品质。在同学和老师们眼里，他是一位学习优秀、相貌俊朗的男生。的确，他有一个颇具魅力的外表，他身材健硕，五官端正，美眉皓齿，头发乌黑，完全不像从庄稼院里走出来的乡下孩子。他是一个自尊心极强的人。在和同学们交谈中，他从来不讲他的出身以及家庭，和他同班三年的同学一直到高中毕业，还不知道他的家在哪里。他的家庭对于同学们来说是一个谜。一次，班主任用嘲讽的口吻批评他，在个人基本情况“成分”一栏，“革命家庭”不能作为“成分”填写。成分是指一个人的家庭出身在我们这个社会主义国家中的社会地位，比如：贫农，下中农，富农，地主等，这些才能当作成分填写。而“革命家庭”“光荣之家”等只能代表一个家庭所拥有的荣誉。班主任稍带揶揄的口吻让他无地自容，他红了脸，内心却对班主任滋生一种不满。

甄维的父亲的确是一位在战争年代入伍的战士，然而，让他难以启齿的是，父亲没有跟着大部队打过长江去，而是中途开小差离开部队，回村里当了农民。这真是令人遗憾的事情！等甄维对世界有了一些认知之后，了解到发生在父亲身上的那段故事，不由为父亲的小农意识感到悲哀和惋惜。如果父亲不开小差，能随着大部队南下、将革命进行到底的话，他不就是革命的后代？尽管如此，由于虚荣心的促使，他才在填写个人基本情况时，坚持填写“革命家庭”。

班主任姓刘，是同班女生刘雪莹的父亲。长得娇小伶俐的刘雪莹，平常总是用一种奇怪的眼神盯着他。甄维看不明白刘雪莹的眼神里是什么含义。因为，他没有认真地去琢磨研究那种含义。在他眼里，她和其他女生一样，都不过是普通的同学关系罢了。

班主任对他的揶揄和批评，在他心里投下了阴影。下课后，他看到刘雪莹向他投来的目光似乎与往常有所不同，那目光里含有怜悯和同情。是的，是怜悯和同情。他蓦地记起，这位娇小玲珑的女生是班主任的女儿。立时，烙印在心头的阴影变成了一种怨言。他向刘雪莹埋怨道，在个人成分一栏中，他看到别的同学有的填写“干部家庭”、有的填写“工人家庭”等等，他便填写了“革命家庭”。因为他的父亲曾经是一名解放军战士，和反动的国民党的军队打过仗，只是因为负重伤才退役当了农民。他把父亲的开小差篡改为负伤（这也是父亲经常向乡亲们讲述的他从部队回来的理由），使父亲由一名军人而转变为农民身份的理由更为充足。

向刘雪莹陈述自己的理由时，他是带着情绪的。他发泄情绪的对象本来是班主任，但是，他没勇气直接到班主任那里去发泄，便选择在小女生面前发泄。他要通过小女生向班主任表达他的不满。

甄维对班主任的不满，没有让作为班主任女儿的刘雪莹感到难堪，她反而安慰甄维，班主任这种做法是错误的，她要让班主任更正他的错误，给甄维一个清白的家庭成分。后来，在小女生的力争下，班主任终于认可了他的“革命家庭”成分。刘雪莹把这个消息告诉他时，她希望甄维能从她的目光里看到她的内心。可是，没有，甄维只是对她说了两个字：“谢谢。”她觉得那两个字缺乏人情味。

那个叫舒语的女生，是学期中间插班的。据说是从一个很遥远的大城市转来的。舒语的到来，让甄维所在的班级着实喧嚣了一阵子。这个从大城市来的小姑娘，与小县城土生土长的男女学生们的确有着天壤之别。从相貌上比，舒语的灵秀、美艳透露出一股洋气，是大城市女孩特有的那种气质和韵味。而小县城的女生，虽然长相也不差，但与舒语相比，缺少的是灵性和气质。再从穿着打扮上看，舒语穿着带泡泡袖的天蓝色白点花衬衫，下身穿一条水红色带黄花的百褶裙。仅是这条裙子，就让那些小县城的女生们羡慕得不得了。更让同学们惊讶的是，舒语落落大方，性格开朗而又天真，不像小城的女生那样羞羞答答，又小心眼儿。她是一位让男生和女生都喜欢的女同学。在此之前，男女生是羞于接触的，别说握手，甚至连说一句话都脸红心跳。而舒语是班里第一个敢于和男生拉手的女生。上体育课时，体育老师领着同学们做一项游戏活动，需要女生和男生扯着手，围成一个圆。没有女生愿意去牵男生的手。尽管有些女生的内心并不排斥牵男生的手。舒语毫无顾忌地牵了男生的手，终于打破了班级内男女生“授受不亲”的清规戒律。

和她牵手的男生是甄维。甄维第一次握着女生的手，浑身不由一阵战栗。对方细腻而柔软的肤质带给他的是一种如沐膏脂般的感受。短暂的战栗后，一股温热而又香甜的暖流涌遍了他的全身。此后，那种美妙的感受一直伴随着他。

高中毕业前夕，一场特殊的运动开始了。甄维从不愿回忆那场运动给他带来的狂躁和失落。在经历了近乎疯狂的追求后，他意识到，这场特殊的运动伤害的不仅仅是那些学识渊博而被打入牛棚的知识分子们，像甄维和舒语这些曾经狂热地投身于运动的人，同样遭受了巨大的损失。他失去了把学业完成的机会，失去了考大学的机会，失去了前程似锦的未来。连要做一位城市人的梦想也破碎了！如果不是运动的到来，以他品学兼优的成绩，他有信心以自己的能力考入一所名牌大学。经过狂热的折腾后，他和同学们仅拿到一张一文不值的高中毕业文凭，便各奔东西。

甄维回到了金桥村，这是他的家乡，也是他上高中前离开的村庄。他曾经发誓，既然离开了金桥，就要做展翅高飞的雄鹰，去遨游天下，再也不会回到这个贫困、落后、愚昧、荒蛮的村庄里栖息。一场狂热的追求结束了，一个美丽的梦想被打破了，他身不由己而又无可奈何地回来了。接纳他的是目光短浅、满脑袋高粱花子的父亲。

金桥是个大村子，村子从东到西有三里长，居住着三千多口人，是一个大队的建制，下辖十多个生产小队。它虽然贫穷落后，却是坐落在豫东平原上的一个“王国”。统治这个王国的是大队长，谁当大队长谁就拥有这个权力，谁就拥有在金桥大队说一不二的话语权。甄维的家所在的位置是金桥一队。那个时候，甄维的父亲甄节俭靠他的精明算计，当上了一队的政治队长。这个特定的职位是那个特殊的年代所应运而生的一个主管全小队社员群众政治思想工作的官职，这个官职相当于乡镇政府替代人民公社之后行政村下辖的一个村民组的副组长。满脑袋瓜小农意识的父亲靠什么攫取了小队政治队长职位的，甄维不得而知，而又莫名其妙。无论如何，政治队长在一个小队是有话语权的。甄维回乡知识青年的身份最满足、最感到骄傲和荣耀的莫过于他的父亲了。父亲利用他政治队长的话语权，为他谋划到一份不错的工作——小队仓库保管员的职务。保管员不用和社员们一齐顶着烈日到田间去锄地、去收割，不用和社员们一样跳进臭烘烘的粪池里去起粪，更不用在寒冷的冬季跳进刺骨的河道里去挖河。仓库里储存着牲口饲料、各种农作物的种子以及杈把扫帚牛（念 ou）笼嘴之类的物什，是生产队全部家当的存放处，也是闲人免进的重要场所。甄维当上仓库保管员之后，他自己就不再是干部家属的身份，他确切地成为一名掌管生产队实权的小队干部（在社员们眼中，仓库保管员所掌管的权力不在队长之下）。

对父亲精心为他谋划的这份既轻松而又实惠的差事，甄维却郁郁寡欢。仓库里陈旧的农具和散发着尘土气味的饲料、种子让他感到悲哀和孤独，而那些蛰伏在洞穴里的老鼠时不时地结队出来对他进行调谑和骚扰，更给他增添了惆怅和烦恼。他度日如年地打发着缓慢而煎熬的时光。而他鼠目寸光的父亲正在为他张罗着一桩大事。父亲全然不顾他忧心忡忡的样子是对所处环境的不满。父亲以为他的儿子应该和他一样乐于过一种“老婆孩子热炕头”的生活。儿子所表现出来的低落情绪不过是对女人的渴望。所以做父亲的必须为儿子的婚姻大事操心，这关系到为甄家传宗接代延续烟火的大事。

很快就有热心的媒人走进甄家。说的是距金桥村五里远的叫位楼村的一户农家的女子。媒人说，女方虽然没有读过书，但是，干活挣工分却是一把好手。媒人还暗示鼠目寸光的父亲，未来的儿媳妇可是个生小子的坯子，说女人长了一个如磨盘般的大屁股。在父亲带有强制性的胁迫下，甄维硬着头皮去和女人见面。地点是在金桥和位楼之间的一条公路上。那条公路虽然不太宽，却是条省道，一头连着县城，一头穿越许多小县城到达省会城市。当时，陈县每天开往省城一趟班车，从早晨六点出发，二百多公里的路程要走八九个小时。之所以选择这个地点，这是媒人权衡之后定下的。公路距男女双方的村子距离相当，又是被乡下人认定的公共场所。男女双方初次见面，成与不成还在两可。若见面后双方没有意见，商议下次会面的地点，或是男方到女方家，让女方的长辈看看未来的女婿是什么样子，或是女方到男方家，让男方的长辈过目未来的媳妇是不是过日子的人。假如男女双方有一方相不中对方，说上一两句客套话告别离去（当然，也有一句话不说就离去的），这样不至于给对方以后再和别人相亲见面造成不好的影响。

甄维到的时候，女人好像已经等了很久。女人站在路边的一棵杨树下。杨树挺拔、笔直，翠绿的树叶被来自原野的风吹动着，发出一阵阵“沙沙”的响声。女人的脸蛋不丑，圆圆的像农历十五的满月，皮肤也不粗糙，红光满面，看上去很健硕。女人的个子却粗矮，显得敦实实的，与挺拔的杨树站在一起，更显出她的低矮来。正像媒人介绍的那样，女人的臀部很突出，微微地向外翘起，把她宽大的上衣下摆高高地撩起。女人手里攥着一把在乡间的路边俯拾即是的毛毛草。女人的手指关节很粗壮，但是，却很灵巧，毛毛草在她手指下辗转腾挪，一会儿，一只毛茸茸的小兔子就编成了。

甄维当时刚满十八岁，从道理上说，正是求偶的最佳年龄阶段，见了女人没有不动心的。但是，面对这个看上去健硕而又实诚的乡姑，他心里没有掀起哪怕一丁点儿波澜。他走近女人，发现女人的个头与他一米八五的身材相比只及他的腋下，她一米五多点的样子。他和女人说了几句不咸不淡的话。那女人一副诚惶诚恐的样子，满月似的脸庞变得绯红。她需要仰视才能面对甄维。因此，她干脆低下了头，两只浑圆的手搅动着，把那个用毛毛草编织的小兔子撕扯得面目全非。

甄维说："可惜了。"

女人错误地理解了他的话语，慌乱地说："俺再编一只。"

甄维说："不用了。天已经不早了，咱们该回去了。"

女人抬起头，茫然地看着他。

甄维笑了笑，把话重复了一遍。

女人突然明白了，把手里的毛毛草扔在地上，回转身跑走了。

甄维从此再没有见过那个女人。但是，女人满月般的脸庞却经常浮现在他的脑海里。

甄维给父亲的理由，是女人拒绝了他。

父亲骂了一句，她以为她是皇帝家的金枝玉叶啊，还看不上俺家小子？呸！

此后，又有几次迫不得已的见面，都没能成功。

父亲终于从媒人那里得到真实的原因，并非人家的黄花大闺女看不上他家的小子，而是他家的小子看不上人家的闺女。确认是受了儿子的哄骗，父亲掂起院子里的扫帚，劈头盖脸地把儿子打了一顿。父亲气愤的同时，更多的是无奈。儿大不由爹娘，强扭的瓜不甜。儿子读的书多，眼界高了，心气儿高了，看不上乡下的闺女哩，不愿意像他一样过"老婆孩子热被窝"的凡人日子哩。既然这样，老子何必要替你操这份儿心。爱找啥个样的女人随你。反正狗浪了跳墙，猫浪了叫春，你小子总不会这辈子不想女人！

秋收过罢，转眼到了立冬，一场雪把村子、河流、田野、树梢都下白了。村人们揣着手、吸溜着鼻子、跺着脚在村街上白话，议论着谁家的鸡子昨儿夜里被黄鼠狼叼跑了，谁家的女人昨儿夜里不知啥原因把自家男人一脚踹到了床头下……正议论到热闹处，忽见一辆马车载着满车人从村外向村子里"哒哒"地驶来。村人们停止了议论，好奇地伸着脖颈，探究着这大雪天里怎么会来了一车人。等到车子进了村子，才看到是大队长鲁旺亲自驾驭马车。

车上坐着十多个青年男女，女娃都用围巾裹着头脸，男娃们戴着三块瓦的帽子（当时比较流行的一种棉帽子），从娃们嘴里呼出的热气很快被寒气裹挟着变成了白霜。男女娃们挥着手向惊讶的村人们打着招呼。

鲁旺吆喝道："县里给咱村派来的知青娃，还不拍巴掌热烈欢迎！"

村人们把手从袖口里掏出来，村街上便响起了稀稀拉拉的掌声。

甄维刚好从村头的茅房里出来，惊奇地向车上瞄觑一眼。还没等他看清车上的那些面孔，一个女人的声音惊喜地从车上传来："甄维！甄维！"

他听出女人的声音是刘雪莹。他睁大眼睛向车上的人群搜寻着，可是，还没看到刘雪莹，却看到另一张熟悉的面孔。仅那么一眼，就给他带来了一种意外的惊喜。是她，绝对是她，尽管一条红围巾把她的脸裹得严严实实的，但是，那一双清澈的眼睛，让他一眼就认出了她——舒语！

他的血液似乎沸腾了！

第三章　长官收留的勤务兵

李树源爹娘死得早，他是吃百家饭长大的。十六岁那年，村里遭了大灾，庄稼被洪水淹没了，家家户户颗粒无收，人们只能靠吃野菜啃树皮活命。村里的亲戚邻居再也接济不了李树源，他们自己也是泥菩萨过江——自身难保啊！李树源饿得前胸贴后背，实在受不了的时候，就舀瓢清水喝。清水毕竟不能用来抵挡饿魔所带来的那种撕心裂肺般的痛苦。他想，自己躺在家里，早晚也是饿死，不饿死也要被饥饿带来的痛苦折磨死。不如趁着还能动，出门去讨口吃。

孤儿李树源拉一根打狗棍，端一个要饭碗，开始自己的讨饭生涯。出了村子，他不知道朝哪个方向走。后来，看到有人向西走，他也跟着人家走。他跟着的那家人是一对夫妻拉扯着三个孩子，大的比李树源小不了多少，最小的三岁大小。老二七八岁的样子。进了村子，那对夫妻让三个孩子去村里挨家挨户讨饭，他们却在村头等孩子。三个孩子进了村，分成两班挨家挨户要，老大领着老三，老二单挑。到人家门口，不管人家给多给少，拿了就走，又转向下一家。李树源跟在他们后边，看哪家肯舍一口半口的，就去哪家。没想到等李树源刚走过去，门就“砰”一声关上了。在村里转了一圈，也没要到一口吃的。看到人家一家老小坐在村头分吃着要来的剩饭，喉咙里似乎要伸出一只小手，把人家吃到嘴里的东西掏出来，然后塞进自己嘴里。有了这样的欲望，便有了眼泪巴巴的样子。男人看到他可怜的样子，叹了一口气，给他一个馍头，说：“孩子，要饭不能总跟在人家屁股后头，主家本来就不富足，哪能打发那么多要饭的？不是俺嫌弃你不让你跟着俺，俺这仨孩子都跑好些家了，站门口就能看出来哪家善心，哪家大方。你争不过他们，还是自个去要吧。”

没想到要饭也有学问，怪不得自己总是吃闭门羹。李树源只得自己一个人走。按照男人的指点去做，李树源果然能要到馍头了。

走了一天，到了一个叫凤凌渡的村子。天渐渐黑下来，村子里没有冒烟的人家了。也就是说，他错过了饭时，再到人家门口讨吃的等于自寻没趣。幸好晌午要的馍头还有一个，他从怀里掏出来，狼吞虎咽地吃了下去，肚子里不提意见了，却感到口渴。一抬头，看到村头一所茅屋里，走出一位老人，那老人提了罐子，看样子要去提水。李树源灵机一动，走过去，对老人说：“大爷，你这是去提水吧？俺帮你提！”

老人抬起头，眯着眼看了看他，问：“你谁家的孩子，这么勤快？”

李树源说：“大爷，俺叫李树源……你不认识俺。这样吧，俺帮你去挑水，把水缸给你挑满，你留俺住一宿，哪怕是锅底门口的柴窝堆里也中。”

老人说：“你这孩子，出来讨口吃的吧？”

李树源说：“大爷，俺家遭了水灾，不出来讨吃的只能等着饿死。”

“孩子，大爷也讨过饭，知道讨口人的艰辛，咋能让你滚柴窝堆呢！大爷孤老一个，正愁着没个伴呢。你若不嫌弃大爷，就和大爷打通腿，爱住多久就住多久。只是俺的口粮也不多，只能管你睡觉，管不了你的肚子。”

李树源说：“大爷也不容易，在你这儿能有水喝，能有落脚的地方俺就知足了。这样吧，俺白天出去要饭，晚上来你家歇脚。”

老人说：“有你这么懂事的孩子陪大爷，大爷巴不得呢。”

凤凌渡紧靠着黄河，是黄河边上的一个码头。黄河两岸来往的人，要从码头上乘船渡到对岸。李树源在这里住了些时日，和码头上撑船的艄公熟了，就来帮艄公忙。艄公姓阮，是个实诚人，看他勤快又肯卖力，再加上过渡口的人多，自己一个人忙不过来，便收他做了徒弟，管他吃管他住，还早不晚地给他几个零花钱。李树源在阮师傅这里有了落脚地，便与先前收留他住的那户老人家告辞，说了些感谢的话。老人听说李树源在码头上拜了老阮为师，并跟着老阮摆渡，便说了一句意味深长的话：“孩子，黄河湾里水大浪急，漩涡子里啥样的王八都有，你可要防着点儿！”

听了老人的话，李树源心里犯嘀咕，阮师傅看上去是个老实人，能收留自己是一番好意。再说，自己除了身上这身补丁摞补丁的衣裳，再没有值钱的东西，还怕谁打劫自己？也没把老人的话放在心上。

其实，老人忠告李树源要防备的人不是老阮，而是另外一个姓贾叫贾套的人。这个人是个混混，整日游手好闲不干正事，专靠吃码头混日子。所谓吃码头，就是靠在码头上抽份子钱，凡在码头上做生意和小买卖的人，他都要抽份子钱。他说这里的码头是他老祖爷开创的，是他家的传世家业。摆渡送客的老阮更是他敲诈的对象，每个月来老阮这里收份子钱，都是狮子大张口。给得慢了或者迟了，轻的把老阮撑船摆渡的篙扛走，重的要把老阮摆渡的船封起来。

那日老阮家里有事来迟一步，正赶上贾套来收份子钱。贾套上了船，没看到老阮，见一个半大小子顶替了老阮，怀疑老阮故意躲避自己，便问老阮去了哪儿？

李树源还以为这人是坐船过河的，便道：“大哥，阮师傅家里有点急事，要迟来一会儿。你放心，小弟也能把你安稳地送到对岸去。”

贾套把眼一瞪，骂道：“安稳你娘个 ×！老子不是过河的，是来要钱的！”

李树源一听，这人怎么一张口就骂上了？还说是来要钱的，你过河俺还没管你要钱，怎么还来找俺要钱？李树源是个老实人，但凡老实人也有个犟脾气，你不欺负他他绝对不去惹你，你若是欺负他，他也不是好惹的。

李树源反驳道：“你这人咋一张嘴就骂人，吃狗屎了？”

贾套勃然大怒，哪来的毛小子，竟然敢骂老子，不给你点儿厉害瞧瞧，你小子往后还不成精？老阮不露头，让你小子出面，还不是想赖掉份子钱？想到这儿，便破口大骂：“龟孙子敢骂爷爷吃狗屎，爷爷倒让你尝尝狗屎的味道！”说着，一手掴在李树源脸上，一手拽了李树源朝岸上拉。

李树源脸被打得火辣辣的。那时候，他也顾不得脸疼，心想，若被这赖种拉到岸上，自己吃亏更大了。一边挣扎，一边举起手中的船篙向对方打去。

船篙不是铁家伙，是竹子做的，用来撑船摆渡的。一般情况下，作为武器，它没有太大的杀伤力。但是，在特殊情况下，它的伤害对人也存在很大的威胁。那时候，李树源满腔怒火，哪里还顾得前因后果，只是要对抗这个骂他打他还要拉他去吃狗屎的坏家伙。他挥着船篙一阵乱打猛砸，那竹做的船篙便变成了锋利的钢刀和利剑，雨点一般打在贾套头上、身上。贾套看上去还算个人物，但是，长期的吃喝嫖赌抽，早把身上的精髓抽干，哪里还有气力抵挡一个怒火中烧的健壮少年？贾套满头满身血肉模糊，仅剩下招架之力，没有还手之力，在李树源毫不留情的攻击下，身子摇摇晃晃、晕头转向，竟然一头栽到河里。

岸上等着过河的人，先是焦急地等着坐船，接着是耐心而又担忧地观赏一场武打戏，随后又为那得胜的小艄公捏一把汗。也是贾套作恶多端，眼看着他被一个孩子打得落花流水，口鼻流血，竟然没有一个人帮他说话，也没有一个人去劝阻那孩子。看贾套被打得落进水里，恐怕闹出人命案来，才有人张罗着下河捞人。也有数叨李树源的，孩子，教训他一下不就得了，咋能把人朝死里打？也有人劝说李树源，孩子，你闯下大祸了，还是快去报官吧。就有人说那人，报啥官？打死他活该，谁让他平常作恶多端呢！

正闹腾着，老阮从家里赶来了。贾套已经被人打捞上岸，虽然人还在昏迷之中，但是，摸摸胸口，还喘着气，看上去不会死的。老阮看到这情景儿，为李树源能教训贾套一顿暗自舒心。没想到整日受这无赖的气，徒弟这一出武打戏，也算为他出了口气。舒心的同时为李树源担心，贾套这恶人活过来，断不会善罢甘休，一定会纠集他那帮子狐朋狗友来报复的。李树源一个外地流浪过来的孩子，咋是这恶人的对手？想到这儿，便低声对李树源说：“孩子，去投条生路吧，这里已经没有了你的生存之路！”

李树源也知道自己闯下了大祸，师傅劝自己走，是为了救自己。可是，自己一走，就把祸事留给师傅，于心何忍？便哭着说：“师傅，俺不走，祸是俺闯的，就由俺承担。俺不能让师傅替俺受过。”

这孩子如此仁义，让老阮鼻子一酸，下定了要救这孩子的决心，便说：“孩子，人不是俺打的，他赖不到俺身上。倒是你不走，他会赖俺哩，因为，你是俺收留的徒弟。”

李树源想想，阮师傅说得有道理，便朝地下一跪，给阮师傅磕三个头，说：“阮师傅大恩大德，李树源不会忘记的！”

阮师傅急忙把李树源拉起来，然后匆忙回到家里，拿出一个小包裹让他带好，又从口袋里掏出两块银元，塞到李树源口袋里，指着西北方向，嘱咐道：“孩子，你要逃就朝西北去，过了那几座山头，去一个叫太原城的地方，俺兄弟阮基在阎锡山手下扛枪，你去投奔他吧。见到他把这小包裹交给他，对他说明咱爷俩的交情，他会收留你的！”

李树源照阮师傅的指点，一路向西北奔行。担心恶人来追他，便挑拣难行的无人小路走。一个月后，来到太原城。进了城，李树源傻了眼，这么大个地儿，人海茫茫，到哪里找到阮师傅的兄弟阮基？还是先找个落脚的地儿，谋个吃饭的门路住下来。一条小巷子里，开着一家莜面馆，门头上挂着一块雇小工的招牌，李树源大字不识一个，还以为牌子是这家掌柜遗忘到外边的。怕人家的牌子丢了，便把牌子取下来抱在怀里，走进面馆。

面馆的掌柜看到一个人抱着牌子走进来，还以为是来应聘的。上下打量着来人，发现李树源是个半大小子，便说："你谁家的孩子，不好好在家读书，来这里捣乱个啥？"

李树源急忙把牌子递过去，解释道："俺不是捣乱的。俺看您家的牌子挂在外边，怕坏人偷走，就摘下来给您送回屋里。"

李树源的实诚样子让面馆掌柜哭笑不得，埋怨道："俺把牌子挂在外边是雇端茶倒水的小工子的，谁会偷这么个不值一文的牌子呢！"说着，接过牌子，又走出去，挂在外边的门头上。

李树源听掌柜这么说，也觉得自己多管了闲事。又听说，要招聘端茶倒水的小工子，自己何不试一下。等掌柜的重新挂好牌子走进来，便说："掌柜的，俺想留在您这里端茶倒水，您看中不中？"

掌柜听他这么一说，又重新上下打量他一番，笑着说："听你这口音，像是从河南过来的娃哩？"

李树源一惊，他咋知道俺是河南人哩，难道他和贾套是亲戚？是贾套给他写信让他帮着找俺哩？但是，看这人面善又不像恶道人，便说："掌柜的，俺是河南的不假。俺老家那儿遭了灾，人活不下去了，俺是逃荒要饭来的。"

掌柜的说："河南人好啊。河南人实诚，干活不藏奸，不要小心眼儿——你说啥来着？想在俺这里端茶倒水？"

李树源说："掌柜的，俺不要工钱，俺只要管吃管住就中了。"

掌柜的学着李树源的腔调说："这么便宜的好事，咋不中哩？中中中，俺留下你！"

李树源说："掌柜的，您也会说'中'，您也是河南来的？"

掌柜的笑了："你这孩子，真实诚。今儿先歇下，明儿开始干活。"

李树源说："掌柜的，俺饿一天了……"

掌柜的说："开饭店的还怕大肚汉？正宗莜面管你吃个肚儿圆。"

李树源是个勤快人，一转眼，在面馆里干了半年多，掌柜喜欢上了他，说："孩子，你这么勤快，俺不能白用你，往后除了管你吃住外，每个月再给你一块钱的工钱。"

李树源说："掌柜的，能把俺留下，管吃管住俺就知足了，说好的不要工钱俺就不要，再说，俺要了工钱也没啥用。"

掌柜的说："你这孩子，咋恁实心眼哩。眼下要钱没啥用，往后，你要成亲，要娶媳妇儿，使钱的地儿多了，存下钱总是有用的。"

李树源听掌柜这么关照自己，才说："掌柜的，俺在您这儿干活也不过是临时迁就。俺要找一个人，能找到这个人，俺就走了。"

掌柜的笑着说："看你这模样憨憨的，心眼儿还挺多哩，把俺这儿当成旅馆了？"

李树源不好意思地说："掌柜的，俺兜里一个子儿也没有了，不然，俺就不会白吃白住你这儿了。"

掌柜的说："算不上白吃白住。这样吧，等找到你要找的人，俺也不拦你。对了，你要找的人是干啥的？叫啥名？太原城这么大，人找人可不好找。要不，俺也帮你打听打听。"

"掌柜的，你真是个好人。"李树源吸溜一下鼻子，才说，"俺找的这人姓阮，叫啥来着？对，叫阮基，是个当兵的……"

掌柜的一拍巴掌，说："你说的这个人，俺还真听说过。不过，这人不是当兵的，而是当师长的，阮师长，是阎锡山的部下。前些年，阎锡山与老蒋争地盘，打得不可开交。阮师长这人，打起仗来不要命，为阎锡山立了大功哩。"

李树源急忙问："阮长官现在在哪儿？"

掌柜的说："几个月前，阮师长的部队驻扎在大同，俺估摸，他应该还在大同。"

"大同？大同在哪儿？"李树源急不可待地问。

"孩子，你急着要去找阮师长，俺也不拦你。去大同出了太原城朝北边走，离这里有五百多里路哩，起码要走十天半月才能到。能找到人更好，如果找不到，你还回俺这儿来。"掌柜的说着，为李树源准备了一些干粮。

李树源想到自己出来讨饭，一路上遇到这么多好人，将来自己一旦有出息了，一定要报答这些好人。看到掌柜的为自己带了那么多干粮，不由鼻子一酸，一时竟不知说啥好。

掌柜的说："趁着天早凉快，快赶路吧。"

李树源告别掌柜的，一路风尘艰辛，自不必说。走了十多天，还没到大同，在一个山脚下，遇到两杆子队伍正在打仗，打得炮火连天，不可开交。李树源不免有些后悔，早知道仗打得这么凶，哪胜在太原的面馆子里多待些时日？现在可好，朝前走吧，枪子儿可不长眼，打到哪儿钻个血窟窿人都没命了。拐回去吧，后边的路也不知被哪家的兵堵死了，若被当了俘虏和密探抓回去哪里还有自己的活路？正考虑着该咋办的时候，只见半空里飞过来一个棒槌样的黑家伙。那黑家伙尾巴上冒着烟火，发出"哧哧"的怪叫声。李树源情知大事不好，也顾不得多想，抱着头就地儿一滚，滚落到路边的水沟里。只听惊天动地一声响，就啥也不知道了。

李树源醒来的时候，发现自己躺在一块木板上，头被白绷带缠得像个葫芦，只露两眼、两鼻孔和一张嘴。这是在哪儿？自己是死了还是活着？只感到喉咙干涩，像着了火似的难受！"水！水！水！"渴望能有碗水，来浇灭喉咙里燃烧的一团火。

似乎有人发现他活了过来，向他这边跑来。同时，听到一个声音："快喂他水！"

接着，一股温水灌进他嘴里，熄灭了喉咙里燃烧的那团火。

他睁开眼，看到两张脸伏在他面前：一张充满了稚气的脸，看上去年龄和他差不多；另一张脸秀气而又白嫩，一绺刘海从白色的护士帽里露出来，贴在白亮的额头上——这是一张女人的脸。

两张脸虽然没让李树源感到丝毫危险，但是，他还是非常警觉地审视着他们。他似乎觉得，他们偷走了他最为珍贵的东西。他突然记起来了，阮师傅交给他的那个小包裹不见了。他虽然不知道里边装着啥金贵的东西，但是，在他心里，那比他的命都贵重！阮师傅把小包裹交给他，是把一种信任交给了他，把一份真诚交给了他。世界上，没有比信任和真诚更珍贵的东西了！可是，他还没把小包裹交到阮师长手里，小包裹却不见了。他把那份信任和真诚丢失了，这比让他丢了小命都让他着急！

“包呢？俺背的包裹呢？”他企图从床上爬起来，可是，一阵剧烈的疼痛，阻止了他的行动。他近乎歇斯底里喊叫着。

“别喊了！不是发现身上背着那个小包裹，谁会把你当好人救呢！”那个充满了稚气的孩子，穿着一身不太合体的军装，就他那身打扮，谁也不会把他当个大兵看。他自己却神气得像个班长似的！

“小吴说的是哩！”戴着护士帽的女人说，“打扫战场时，在路边沟里发现了你，看到你的小包裹，还以为啥稀罕物件呢。士兵取了包裹，交给了上级领导，最后转到阮师长手上。阮师长看到包裹中的东西，不由号啕大哭……”

原来，阮师傅和阮基是亲兄弟，阮基自从完婚离开家，很少回家。那次，阮基的部队从凤凌渡过黄河北上，路过家门口时，阮基惦念着老娘，回家一趟。老娘因思儿心切，已经双目失明、卧床不起。日思夜想的儿子终于回来了，老娘一下子精神许多。在和老娘告别时，老娘骨瘦如柴的手抓住阮基，一直不肯松开。可是，大部队已经渡过黄河走了一段路，阮基再不追赶，恐怕就有脱离部队的可能。阮基怕伤娘的心，只得求助身旁的大哥。

大哥伏下身子，趴在娘身边劝说好一阵儿，娘才撒开手。大哥送阮基出门的时候，对他说，娘是怕你这一走再也见不到你，才舍不得让你走。俺告诉她，你把部队送过黄河，就会回来的。她要俺告诉你，可不要骗她。娘有两副银簪，是咱姥娘家陪送的嫁妆，上边刻着刘氏两个字。娘想着在她临老（死）的时候，送给咱弟兄俩一人一副，给咱俩留个念想。看到你要走，怕死的时候你在不了她身边，才不放你走。俺知道兄弟这一走，不一定能看到咱娘了。等咱娘没有了，俺会想办法把银簪给你送去——哪天你见到银簪，就看到了咱娘。这是咱娘的心愿啊！

阮基手捧着银簪，泪水盈眶，哽咽不止。他叮嘱手下人，一定全力抢救还处在昏迷状态中的人。一旦等人醒来，要立即报告他。

李树源醒来之后，看到一位身材魁梧的军官来到他面前。军官伏下身子，询问他："是谁让你来送包裹的？俺娘是啥时候过世的？"

李树源一脸茫然。他不知道，阮师傅让他捎过来的小包裹里，还隐藏着这么难解的故事。他哪里知道长官的娘是啥时候没的？只记着阮师傅把小包裹交给他时，千叮咛万嘱咐，在没有见到阮基的情况下，千万不能打开这个小包裹。只能让阮基亲手打开它。听了长官的询问，只得告诉他，是俺师傅让俺把包裹交给一个叫阮基的长官。你是不是阮基？你如果不是，快把包裹还给俺！

站在旁边的女人急忙说："他就是阮基，阮师长。"

其实，李树源在心里已经猜出这个人就是阮师长。不然，他不会对那个包裹里的东西感兴趣的。他故意"啊"了一声，似乎才明白似的，像个小大人似的劝说着对方，长官大人，俺师傅让俺告诉您，看到这个小包里的东西，让您千万别哭。人死了不能复活，活着的人只要记着她的好，她在地下就知足了。

阮基抹了眼泪，手捧着银簪，向着家乡的方向跪下磕了三个头。

李树源伤口治好后，在阮基手下当了一名勤务兵。李树源是个勤快的人，端茶倒水、跑腿送信等一应差事都包揽下来，连长官夫人那里的活儿都包揽了。

长官夫人就是那个穿白大褂的女护士，长官老是喊她“小鱼”。过了很长时间，李树源才弄明白，小鱼的真实名字叫于凤芷，是长官的夫人。于凤芷比李树源大两岁，比长官要小十多岁。于凤芷把李树源当了小弟对待。

一转眼就是两年，李树源也长成了大小伙子。按照阮基的意思，要安排李树源到下面的连队去，先当个副班长，以后有了功绩再提拔。可是，李树源不愿带兵打仗，他说自己不是当班长的料，只能在长官身边踮踮跑跑，央求长官不要赶他走。

长官夫人替他说话：“小李在你身边干顺手了，你把他放下去，一时半会儿也难找到合适的人，还是不要让他走吧。”

阮师长说：“不是不想留他。总跟在我身边干些杂碎活，不会有大出息的。”

李树源说：“长官，俺一个要饭的孩子，跟着您吃得好，穿得好，已经知足了。就是俺爹俺娘在天有灵，也会稀罕俺的，俺还图个啥出息？只要长官大人不嫌弃，一辈子为您端茶倒水、跑腿送信俺都情愿。”

阮师长叹了口气，说：“这战乱年月，谁都难预料到自己的生死祸福，不定哪一天，我，也许……”

李树源知道长官大人下面的话，他不愿让长官大人说出一个“死”字，便拦着道：“长官大人是贵人哩，贵人自有神仙保佑，连枪子儿看见您都会拐弯哩。”

阮师长笑了，说：“小李越来越会说话了。好，既然不愿离开，咱爷俩有福同享有难同当，生死与共！”

阮师长带领部队要上前方打仗，长官夫人只能留在后方。部队出发前，阮师长把李树源叫到身边，对他说：“小李，我没看错你，你是个实诚正直的人。”

长官大人突然对他说这些，李树源知道他有话要嘱托自己，便说:“长官大人，俺一直把您当恩人。没有您收留俺，俺怕早就死了。您有啥安排俺做的，即使上刀山下火海，俺也不眨眼。”

阮师长说:“其实，我在老家有一房夫人，带着一个还不满周岁的孩子。只是因为战乱进不了城，她娘俩生死不明。这个‘小鱼’，是我在一次战斗中救下的一名女学生，救她时也没想到娶她当夫人。可是，为了答谢我的救命之恩，她偏要以身相许。我告诉她我已经有了夫人，她说，她宁愿做二房，也不负我的救命之恩。其实，到现在，她，还是个女儿身，我从来没有和她同床共枕过。我要上战场了，只能把她托付给你照顾。一旦我回不来了，你根据她的自愿，是把她送回老家去，还是让她重新嫁人。一切都遂她所愿。”

没想到阮师长是这么个有情有义的人，李树源听了这番话，不由一阵心酸，一是为阮师长。阮师长身居高位，还有那么多的难处，原配夫人相隔两地，生死不明，泪眼向望。新夫人虽然以身相许报答救命之恩，他却坐怀不乱，也算得上天下千古绝唱的故事了。二是为新夫人，看起来也和自己一样是个苦命人，沦落天涯，有家难归，为报大恩，舍生取义。

李树源想到这儿，便对阮师长说:“长官大人如此信赖俺，是对俺的厚爱。大人只管放心打仗，只要有俺小李在，俺就不会让夫人吃一点苦。俺保证，长官大人走时夫人啥样，长官大人回来时夫人依旧是啥样！”

第四章　平原的窑洞

一个麦收后的下午，舒语和她的伙伴们在地里干了一晌活，累得连腰都直不起来。午饭的时候，其他人都回宿舍了。舒语磨磨蹭蹭没有回去。她已经有所预感，“祸事”将要发生了！整个上午，她肚子里的那个小“精灵”折腾她三次，每一次都把她折腾得如撕心裂肺一般，让她有一种生不如死的感觉。每一次疼得难以忍受时，她都借小便为由，匆匆忙忙跑到附近的那座破窑洞里去。

平原的窑洞与黄土高坡的窑洞不同，黄土高坡上的窑洞是供人生活起居温暖的家，而豫东平原的窑洞是用来烧砖烧瓦的。正值麦收季节，烧砖的活儿停了，窑洞闲置下来。这为舒语提供了便利。舒语把窑洞当作她的临时避难所。

舒语穿着深蓝色的上衣。上衣虽然肥大，但是，穿在臃肿的身上，有欲盖弥彰的感觉。舒语管不了那么多，面对着向她投射过来的各种各样的目光，她坦然处之。其实，知青点上的伙伴们早已经察觉到发生在她身上的故事，但是，她却矢口否认。她掩饰说，金桥的水好，把她养胖了。有知己的同伴劝她，别硬撑了，回城里去吧，把孽种打掉，在家里养些日子再来。她摇摇头，不认可也不否认。其实，她心里有一种抵触。她不愿回家去，她已经好久没回家了。她不愿面对母亲舒慧岚。舒慧岚对她的严厉、冷酷，几乎让她怀疑舒慧岚缺乏一位做母亲最基本的特质——也就是母亲对女儿本该具有的温柔和爱抚。

上次她回城里去见母亲，本来要把自己的隐私告诉母亲的。她爱上了一个男人，男人也爱上了她。她和他坠入了爱河不能自拔，两人的关系已经发展到如胶似漆的程度。她名义上是征求母亲的意见，其实，是向母亲通报这件事。也就是说，无论母亲同不同意她对自己婚姻的选择，她都会把与甄维轰轰烈烈的爱情进行到底。木已成舟，生米做成熟饭，母亲即使反对也毫无意义了。

母亲听她自作主张，不是让自己为她的婚姻大事当参谋提意见，而是用带有“通牒”的口吻讲述了她与一个乡下男人生米做成熟饭的结果，不由恼羞成怒。如果把舒语触摸子孙窑的事看着是在舒慧岚的心头点燃的第一把火，那么，舒语通报她和一个乡下男人相恋，则是在舒慧岚心头之火上又浇了一壶油！两把火烧得舒慧岚怒不可遏，她伸出带有骨干的右手，狠狠地照舒语的脸上打了两耳光。如霹雷闪电般的巴掌，在舒语白皙的面庞上，留下了几道血红的指痕。舒语被那无情的耳光打愣了，她感到脸颊一阵火辣、疼痛。她不知道看上去柔弱的母亲为何如此凶狠，她的眼泪注满了眼眶，但是，她没让眼泪流出来。而是克制着，把眼泪吞咽下去。接下来，她迎来了平时寡言少语的舒慧岚的一阵如疾风骤雨般的咒骂：“你这个缺乏教养的妮子，竟然做下如此见不得人的丑事！怪不得去摸子孙窑，呸！天呢！我舒慧岚怎么这么命苦啊！结婚一个月，那个无情的男人一去不返。我为他生养一个闺女又如此任性……难道，我上辈子做下了什么缺德事，佛祖才如此惩罚我？我最信赖的佛祖啊，请饶恕您的信徒吧！”

舒语倔强、任性、刚直、有主见，这样的性格是从母亲身上遗传过来的。上小学之前，她一直以为自己没有父亲。直到上了中学，母亲才告诉她，她是有父亲的，只不过她的父亲已经死了。

舒语听了有关父亲的故事，并没有放在心上。从此父亲对她来说更为生疏。她甚至更加仇恨父亲。父亲既然与母亲结婚，为什么离去不复返，甚至连一封家书都不回？这是个怎样的父亲呀？简直禽兽不如！禽兽还有舐犊之情，而她所谓的父亲，难道不知道他播下的种子已经开花结果？

没有父爱的女人是不是都有一种固执、倔强的性格？别人是不是这样，舒语不知道。然而，舒语就是这样！面对母亲的诅咒、眼泪，舒语的心没有软下来，更没有对自己的选择有丝毫的悔过之意。她知道自己对爱情的选择不会得到母亲的认可——母亲决不会同意她唯一的女儿嫁给一个乡下男人——然而，她更不会因为母亲的不认可而和甄维解除恋情关系。

她在母亲的埋怨和诅咒声中，走出了那间小屋。

窑洞里留着烧窑师傅没有弄走的麦草——那是用来烧窑点火时用的。麦草柔软得像她小时候母亲为她铺设的床铺。她躺在麦草上，感觉疼痛减少了不少。她轻轻地抚慰着鼓胀的肚子，希望那个小小的精灵永远安静下去。不要闹腾，不要出来，外边没什么好玩的。你就这样安安静静地待在妈妈的肚子里，多好！至于什么时候出来，要等到你的爸爸大学毕业以后吧。到那个时候，你的爸爸在城里有了一份正式的工作，再没有人能把他怎么样了，你再从娘的肚子里出来，你的爸爸就会接咱娘俩到城里去。

舒语就这么安慰着肚子里的孩子，也是安慰自己。可是，肚子里的孩子似乎没有听到她的劝告，孩子似乎急于想看到外边的世界是什么样子，像钻进铁扇公主肚子里的孙猴子，在她的肚子里不安稳地踢蹬起来。又好像要在她的肚皮上急于打开一条通道。她疼得撕心裂肺！她感到天旋地转！她觉得自己如踏进了地狱的大门。她似乎看到那惨烈的一幕幕，刀山上血肉模糊的横尸、油锅里散发着焦臭的气味、石磨下披头散发的狰狞面目……她的耳边响着各种各样奇怪的声音：凄厉的尖叫，疯狂的吼叫，得意的狞笑，阴冷的嘲笑……她承受着人间炼狱的煎熬！疼痛，让她绝望，让她感到了末日的来临，让她体验到了生不如死是一种什么样的滋味！她拼命地咬着嘴唇，不让自己叫出来。可是，她的嘴唇很快被自己咬破了，血随着嘴唇朝下流淌。她用手抹一把血水模糊的下巴，却没能阻止住血水的喷涌。她预感到自己再这么固执地熬下去，她的血会流干的。她死了也就罢了，可是肚子里的孩子怎么办？她不能让孩子死去！要让孩子活着，她就要活下去。她不能再这么忍受下去了。她要喊出来，她要叫起来！只有喊出来叫起来，才能释放剧烈的疼痛，才能让自己活下去。到了这个时候，她什么都不怕了，她什么顾虑都没有了。她不怕被人发现，她不怕别人的嘲笑、讽刺、诅咒、谩骂！一个死到临头的人，还怕丢不起一张脸面吗？何况，她和他，是纯洁的！是真心相爱的！是海枯石烂的！是天长地久的！何况，孩子是无辜的，是有着生存的权利的，是不能被扼杀的！扼杀一个无辜的孩子，是一个母亲最大的犯罪！她要活下去——为了孩子！这样想着的时候，她让自己叫出声来！这果然是一种释放，疼痛感消减了。她不知道自己的叫声多么的尖锐和凄厉，她不知道自己的叫声是血的喷溅，是刀光剑影的闪烁，是母狼嗜血的长啸，是母狮绝望的呜咽，是地动山摇般的震颤，是天塌地陷般的轰鸣！

突然，她的眼前一亮，一道闪电般的光束在窑洞的门口一闪即逝。她揉了揉自己映花的眼，确认那不是闪电，而是一个浑身上下穿着白衣服的男人。那个人在窑洞口向里边探视一眼，似乎犹豫一下，又退出去了。那个人的身影给舒语留下了仙风道骨般的印象。出现的时候，有些飘飘欲仙的样子，走出去的时候，是那么从容不迫。他是谁？他不像金桥的人。金桥的男人没有一个像他这么镇定自若。他是邻近村子里的人？抑或只是个路人？他是被她喊叫的声音惊扰过来的，还是别的原因，比如是路过此地，想找个地方方便一下？可是，既然发现这儿躺着一个生命垂危、需要帮助的人，他为什么回避了？是怕给自己惹下麻烦，还是感觉不方便？也许是后者。这么想着的时候，舒语竟然不那么疼痛了。好像孩子闹腾一阵累了。孩子也需要休息一会儿。

舒语想到这些的时候，不由苦笑一下。

此时，她已经停止喊叫，她要让自己的喉咙休养生息，让自己储备一些体力，以备应付难以确定何时到来的疼痛。

不过，她想，不能就这么待下去。可是，能到哪儿去呢？她没有和同伴们回宿舍，就是为了规避。规避是她回避同伴们嘲弄眼神唯一的方式。她选择了这个窑洞。尽管她知道她面临着多么大的危险，但是，她也只能这样。她其实很希望能尽快把孩子生下来（让孩子躲在肚子里等到他大学毕业和她结婚那只是一种幻想），她就卸掉了自身的负担。至于怎样处置孩子，是送给他的家人？不！她虽然和甄维热恋着，但是，却讨厌他的父亲。甄维上大学之前，她仅去过他家一次。那个长着一双三角眼的老男人给她的印象是狡黠、油滑，即使在笑的时候，也给人一种皮笑肉不笑的令人起鸡皮疙瘩的感受。甄维和这个老男人的差异，让舒语曾怀疑，这个老男人究竟是不是甄维的亲生父亲？此后，甄维无论再用什么理由要她去他家，都被她拒绝了。那时候，她已经在心里暗自决定，即便两人结婚了，她也不会和他的父亲生活在同一个屋檐下。他们必须分家另住。她怎么会把孩子交给那个老男人呢！送给母亲抚养？是更不要想的事！母亲为她的先斩后奏，气得扬言要和她断绝母子关系。她怎么会收养这个名不正言不顺的婴儿？其他再没有她所熟悉的与肚子里的婴儿有着血缘关系的人！既然无处可寄养，那就顺其自然，走一步讲一步。俗话说，车到山前必有路，活人不能被尿憋死。她不再思考婴儿生下来之后的打算。

窑洞门口又响起轻轻的脚步声，她仄着身子瞅了一眼，看到这次走进来的不是一个人，除了那个身着白衣的男人外，还有一位穿着灰色衣服的女人。女人显然是被男人喊来的。

两人走到她身边。

女人俯下身子，关切地看她一眼，轻轻地问她一声：“几个月了？”似乎很专业的样子。

她不知道如何回答。她的心一下子慌乱起来。她真的记不得自己怀孕多长时间了。她只记得和他的第一次，是一个没有月亮的晚上。他和她在生产队的保管室里。她躺在高高的粮食囤上，身下是麦子，那是为明年存储的种子。麦子虽然不太坚硬，但是，其硬度也足够硌疼她的后背了。但是，她顾不得那么多了。她决定把自己的初次给他，把自己的贞操和纯洁交给她最爱的人。

那时候，她的眼前闪现出一个女人妒忌而又仇恨的目光。她知道那个叫刘雪莹的女人把她当成了情敌。起初，她并没有理解那种目光，她们在中学时期的关系说不上好，也说不上差。二者之间从没有发生过利害冲突，甚至没有产生过误会、误解之类的些微小事。刘雪莹的父亲是她们的班主任，刘雪莹曾一度被班里的男生们称为“公主”。刘雪莹长相并不差，是那种小巧玲珑型的好看。“公主”的自身条件和家庭背景，受到班内不止一个男生的青睐。但是，她对那些向她示好的男生从来没有正眼相看过。而对从不敢用目光直视她的那个“功臣”出身的男生——也就是曾经接受过她帮助的男生——她的目光里却从不失温情和火辣。舒语原来并没有意识到，同班同学刘雪莹一直暗恋着甄维。她只知道，甄维是那么痴情地追求自己。当刘雪莹如刀子般的目光刺疼了她的时候，她曾经产生过退却的念头。甄维爱她，她也爱上了甄维。爱情是自私的！虽然，她曾经产生过退出的念头，试图远离甄维，和甄维保持一定的距离，但是，她没能成功。爱情的力量是伟大的，势不可挡！甄维对她海誓山盟，发誓非她不娶！甄维像一棵生命力极强的青藤一样缠绕着她这枝盛开的茉莉花，使她无力挣脱他对她的吸引和眷恋！

与此同时，一个掌握着她前途命运的男人，企图占有她。他借和她谈心的理由把她带进了那间肮脏的小屋。他向她许诺，上边一旦有招工指标和推荐上大学的名额，他会第一个推荐她。他还用党性向她保证，他不会食言的。在和她装模作样地寒暄一阵后，他便对她动手动脚。她对他的举动厌恶极了。在他企图把她压在床上时，她一脚踹向他的裆部。她的那一脚稳准狠，使他立刻弯下腰去。她看到对方恼羞成怒地瞪着她，好像要把她一口吞下去。他的额头上冒出了汗。她趁机逃离了那间肮脏的小屋。她想她把他得罪死了，她不会再有回城或者上大学的机会了。

然而，让她没有想到的是，他并没有记恨她，他好像比以往更关心她。在一次只有他们两人在的场合下，他低声对她说，我喜欢你这种脾气的女人，够刺激的！那次你把我踢肿了，肿才消下去，要不要看看？

她咬着牙说，你不要好了伤疤忘了疼！记着，想在我身上找便宜，没门！小心，我会把你的蛋卵子割下来喂狗！

她说完，头也不回地走了！她听到身后传来他的声音，你记着，任何从这里走出去的女人，都要从我的裤裆里钻过去！

那句话刺疼了她！也让她认识到了她所处的危险。正是那个男人的威胁，才使她不顾一切地把自己交给了疯狂地追求着她的甄维。

那是个多么隐蔽的地方，除了墙缝里的老鼠，没有任何人会看到或者想到高高的粮食囤会成为他们做爱的天堂。他把她压在身下，看上去那么笨手笨脚。那一定是他的第一次，他有些慌不择路的样子。又像一只偷吃主人家放在橱柜里的鱼的一只猫。她不敢看他，就那么仰面躺在麦子上。他终于进入了她的身体。她先是感到一阵剧烈的疼，接着是一阵晕眩——那种让她感到舒适的眩晕。温热的激流流遍全身，每一根毛细血管都张开了嘴巴，噬咬着她的每一根神经，她感到麻木而又酥痒。是的，她的骨头要酥了，她的皮肉要酥了！那种难以形容的感受让她浑身战栗！

她感到自己快要死了！

等那种翻江倒海般的浪潮从她的体内消退时，她突然意识到自己的身子底下有一股又热又黏的液体在流淌，如体内的浪潮流到了体外。当她恐慌地从高高的粮食囤上爬起来时，她看到一摊殷红的液体已经把垫在她身下的那块破布浸透了。她被眼前的情景吓坏了！她一时没弄明白那摊血从哪里来的。

他和她一样紧张。在紧张的同时，他一边轻声地安慰着她，一边手忙脚乱地收拾着那块破布。破布下面的麦种也被染红了，他把那层染红的种子小心翼翼地捡起，用破布兜了起来。

有了第一次，就有了第二次和接下来的多次。

他一次一次向她发誓，他只爱她一个人，他会让她幸福一辈子。他还告诉她，当他第一次看到她时，他就对她动了心。她的镶着好看花边的上衣，她的红底黄花的百褶裙，当然，给他留下最美好印象的还是她那一双清澈无瑕的丹凤眼！

他说，她是他心中的茉莉花！是上帝送给他的天使！

第五章　“领”回来的媳妇

爸从生产队里干活回来，就钻进西间房里。一进去就是好半天，直到娘把饭做好了，喊他出来吃饭，他才支奓着两只沾着泥巴（有时候是涂着颜料）的大手，从西间里走出来。

有一次，趁爸吃饭不注意时，妮妮走进西间，看到一张宽阔的木板上摆放着许多泥泥狗。那些惟妙惟肖、憨态可掬的泥泥狗令妮妮十分兴奋和新奇。在此之前，爸没有让她走进过西房间。原来，不让她进这个房间，是因为这里藏着这么多好看好玩的东西！

妮妮爬上木板，把那些列队排放的泥泥狗归拢到一堆，又用爸的上衣盖在泥泥狗身上，学着娘的样子，哄泥泥狗睡觉：

天黑了，夜长长，
小乖乖，睡得香。
睡着了，不闹娘，
呼噜呼噜到天亮。

没有等到泥泥狗睡，妮妮又把堆在一起的泥泥狗分开。把猴子摆在一起，把小狗摆在一起，把戴草帽的小老虎摆在一起……妮妮正玩得开心，忽然听到爸从外边走过来的“踢踏踢踏”的脚步声。妮妮急忙把泥泥狗摆放到原来的位置去。可是，这么一慌，就有些手忙脚乱。一手忙脚乱，木板上的泥泥狗也乱了起来，有几个不听话的还朝地上滚。滚到地上的摔破了，有的摔破了鼻子，有的摔破了耳朵。戴草帽的小老虎摔破了草帽。

妮妮吓得哭起来。

爸走进来，看到一片狼藉，却没有对妮妮发脾气。他把那些摔破的泥泥狗捡起来，一边叹口气，一边对妮妮说，看看，把它们的鼻子耳朵都摔破了，它们会很疼的。以后，可不要再摔了它们。

妮妮不哭了，她鼓起勇气对爸说："爸，俺也要捏泥泥狗。您教俺！"

爸低头看妮妮一眼，抚摸着她的头，说："爸不是不愿教你，是现下不时兴这个。"

妮妮仰起小脸，好奇地问："爸为啥还要捏泥泥狗？"

爸说："还是有人喜欢泥泥狗的。"

妮妮嘟起小嘴说："爸，妮妮也喜欢泥泥狗。妮妮要学捏泥泥狗！"

爸为难地说："我闺女要好好读书，只有多读书，才能有出息。咱不学捏泥泥狗。"

妮妮固执地说："爸，我要读书，也要捏泥泥狗。读书有出息，捏泥泥狗也有出息。"

妮妮这么懂事，俨然一个小大人似的。爸为妮妮小小年纪能说出这么懂事的话感到惊奇，心里不由一阵快慰。他蹲下身子，把妮妮揽在怀里，颤着声音对妮妮说："乖，捏泥泥狗有出息。爸教你！"

爸叮嘱妮妮："咱家捏泥泥狗的事，可千万不能对外人讲。"

妮妮不明白爸不让讲的原因。但她还是认真地点了点头。

人祖伏羲庙（太昊陵）是祭奠人类祖先伏羲爷的庙宇。有很长一段时间，伏羲爷和女娲奶奶的"真身"被那些没有教养的人打碎弄走了。作孽呀作孽！爸说，捏泥泥狗的手艺就是从人祖伏羲爷和女娲娘娘那个时代传下来的。女娲娘娘抟土造人，既繁衍人类，又捏出了各种各样的动物，才有了好多好多的人，才有了大千世界的今天！

人祖伏羲庙虽然关闭了，不再让善男信女们去祭祖上香祭拜人祖，但是，总有一些人，在人祖伏羲庙周围溜达。这些人在四周溜达的时候，都怀着虔诚的心。他们看似在无意地溜达，其实是在祈福。

爸和妮妮唠叨这些的时候，娘抿着嘴在一边儿笑。对于爸讲的故事，娘似乎相信，又好像不完全信。但是，即使不信，也不去反驳。她就那么哧哧地笑，似乎在笑爸的憨直，笑爸的虔诚。

为了让妮妮和娘能吃饱肚子，能吃上一些带油腥的食物，爸总是想办法多挣些钱。偷偷地捏制泥泥狗，就是为了去换点儿钱。

爸把捏好的泥泥狗拿出去卖的时候，也是偷偷摸摸的，就像倒卖文物的贩子。爸肥胖的黑色大袄里，揣着泥泥狗，一大早去了人祖伏羲庙。

到人祖伏羲庙，爸遇到那些同他一样怀着虔诚之心的人，就低声地询问，请生灵吗？生灵——爸把泥泥狗看着是一种有生命的物体。泥泥狗和人一样有生命，泥泥狗又和神一样有灵性。总有人喜欢泥泥狗的，也总有人相信人祖伏羲爷和女娲奶奶能保佑自己和一家人平安幸福。所以爸捏的泥泥狗总能遇到一些主顾。他们把手里的硬币给父亲，爸从怀里小心翼翼地取出泥泥狗，恭恭敬敬地递到对方手里。善男信女们把泥泥狗请回家去，供奉起来，心里踏实了许多。

但是，爸偷偷摸摸捏泥泥狗、卖泥泥狗的事还是被人发现了。有人举报到大队，大队来了一帮人，把爸捏好的泥泥狗收走扔到了河里。泥泥狗经过河水的浸泡，又变回了泥巴。那些收走泥泥狗的人说，泥泥狗是“封资修”，凡是“封资修”都要被打倒，都不能让它们存在。变回泥巴活该！

又过几年，生产队里已经不再割资本主义尾巴，泥泥狗也不再被视为“封资修”。喜欢泥泥狗的人越来越多起来。爸到太昊陵庙会上去卖泥泥狗，再也不偷偷摸摸掖掖藏藏的了。而是摆放在最显眼的地方，供逛庙会的游客挑挑选选。爸拿到庙会上的泥泥狗，有很大一部分是妮妮捏的。妮妮捏的泥泥狗与爸捏的泥泥狗一样好看，外人是看不出来哪个是大人捏的哪个是小孩子捏的，只有爸能看出来。爸夸妮妮“青出于蓝胜于蓝”，妮妮捏的泥泥狗比爸捏的还好看呢！妮妮受到爸的夸奖，捏泥泥狗的时候更用心了。

妮妮十多岁的时候，已经是非常懂事的姑娘了。在她眼里，这个世界上只有两个人对她最亲，也只有这两个人最疼她。他们总是把最好吃的食物留给她，给她穿最好看的衣服。她娘于凤芷是个手巧的妈妈，会做带有花边的上衣，还会做带兜兜的裤子。这样的衣服在当时的乡下都很时尚，妮妮穿着妈妈亲手缝制的衣裳，显得格外洋气。人家说她像个城里的“洋”学生。妮妮总是赢来一些羡慕的目光。特别是那些男生，和她走碰头的时候，总要多看她几眼。

妮妮已经上了三年级。爸怕影响妮妮的学习成绩，便不让妮妮再捏泥泥狗了。爸说，总有挣不完的钱。他一个人捏多捏少，挣下的钱足够家里用了。妮妮的学习当紧，无论如何，不能让妮妮再捏泥泥狗了。

娘也支持爸的意见。妮妮放了学再朝西间去，娘总是会把她拉出来。娘把她拉出来安置在当门的桌子旁，自己搬条凳子坐在旁边，看着妮妮趴在桌子上做作业、读书。娘是读过书的人。妮妮做作业的时候，有不懂的地方，娘就给她讲，讲得头头是道，比起学校的老师也不差。妮妮奇怪娘这么有学问，为啥没有当老师，而要跟着爸一块儿下地干活？

在妮妮眼里，娘总不像个种地的人。娘和村里那些大婶大娘比，一点儿也不像，身子不像，脸也不像。那些大婶大娘身子长得矮墩墩的，又壮实，而娘的身子却是细高细高的。娘扤着篮子下地，扭动着腰肢在前头走，就有几个和娘年龄差不多、辈分相当的男人，跟在娘身后，学着娘的样子扭呀扭的。娘回过身，看到那些男人的怪样子，不由红了脸。虽然脸红了，却也不恼，掂起篮子佯装去砸那些男人。砸也不是真砸，只是做做样子罢了。那些男人便嬉笑着跑远了。

娘的脸蛋儿白白的，站在太阳下晒也晒不黑。旁院的大婶大娘总喊娘是个“洋学生”，还有人说她是“美人胚子”。大婶大娘们总夸爸好福气，“领”回来个漂亮而又贤惠的媳妇儿。

大婶大娘夸得多了，连妮妮也感觉到娘真是个漂亮的人坯子，是个洋学生。再稍大些的时候，妮妮从那些人的夸赞中，听到了一个非常奇怪的字：“领”。别人家的媳妇都是娶回来的，怎么娘是被爸“领”回来的呢？乡下人娶媳妇没有“领”媳妇这一说。妮妮再听到别人说娘是被爸“领”回来的时候就感到别扭，也有些生气。

一次，妮妮听邻居花大娘又说到爸“领”回来的媳妇怎么怎么的，就抢白花大娘，俺娘是俺爸娶回来的，可不是“领”回来的！

花大娘愣怔一下，突然哈哈笑道：“你这小妮子，知道个啥？你爸‘领’着你娘进咱村子时，大家伙都看到了。没有响器，没有花轿，你爸背着个包袱在前头走，你娘掂着个小包裹在后头跟。两人一前一后进的村子，可不就是你爸把你娘‘领’回来的呀！”

花大娘的解释，并没有让妮妮感到释怀，而是更加迷惑和不解。村子里，别人家娶媳妇的场面，妮妮也看到过几家。那场面可够热闹的。男方家为了迎娶新媳妇，总要布置一番，院子打扫得干干净净，门上、院子里外的墙上，都贴上大红的喜字和对联。有条件的人家，还在院子里扎上花棚，地上铺着席子。新媳妇来的时候，花轿是没的坐的了，就用马车把媳妇娶回来。大马车扎裹一番，挺喜庆的，起码比轿子跑得快。马车进村子的时候，鞭炮噼里啪啦响着。虽然没有响器班子，但是，有大喇叭。大喇叭上吹的响器比响器班子吹的还好听。响器不吹了，就不停地唱歌、唱戏，好不热闹。一村子人都到娶媳妇的人家看热闹。

而从花大娘的讲述中，爸娶娘的时候，却不是这番热闹的样子，这究竟是咋回事呢？

妮妮听婶子大娘们老说爸是把娘领回来的而不是像村里大伯小叔那样把婶子大娘娶回来的，她心里总感觉有些别扭。她想问问爸，可是嘴张了几次，却没有问出口。又想问问娘，话到嘴边又咽了下去。这的确是让一个孩子难以启齿的问题，也是一个孩子不该询问的问题。爹娘生养了你，把你带到世上，他们是你的恩人，是这个世界上你最亲的人。爹娘是最疼爱你的人，你也应该成为最疼爱爹娘的人，孝敬爹娘的人！这才是一个女儿应该担当的责任。至于娘是爹领回来的还是娶回来的，都不是妮妮应该操心和纠结的事情。事情已经过去多年，也许爹和娘都把这事忘了，妮妮有什么放不下的呢！

然而，没过多久，花大娘的又一次失言让妮妮陷入更加疑惑和纠结中。

妮妮从花大娘家门前过，听到花大娘正在和旁院一个婶子聊天，她们看到妮妮走过来，就住了嘴。

妮妮甜甜地和两人打招呼，让两人喜得眉开眼笑。

大婶说：“妮妮越来越懂事了，你听听，这闺女说话多耐听。”

花大娘说：“是啊，妮妮真讨人喜欢。”

妮妮不好意思地走开了。可是，她的身后却飘来一句让她震惊的话：不知道李树源和老于能不能享上这闺女的福？

“老于”就是妮妮的妈于凤芷，村里人不习惯直呼其名字，都喊她老于。老于是妮妮的娘，李树源是妮妮的爸，花大娘这句话是啥意思？在乡下，养儿育女是为了防老。把儿女养大了，爹娘也老了，儿女该当的养活爹娘，让爹娘过幸福舒心的日子。可是，花大娘却说爹娘能不能享上她的福，这究竟是说，妮妮不是个孝顺的女儿呢，还是有别的原因？

花大娘这句话像烙铁一样在她心里烙下了一道印痕。那是妮妮十二岁时听到的这句话。此后的许多年，这句话一直伴随着她，鞭策着她。她要做个有能力的人，要做个让爸妈享福的女儿！

爸和妈的所作所为，除了让妮妮觉得奇怪外，村里的人也感到两口子总是怪怪的。特别是李树源的老婆，那个叫于凤芷的女人，其做派和穿着打扮同村里女人有着明显的区别。李树源领着女人回村子时，女人穿着上身和下身连在一起的大褂，相当于男人穿的大衫子。村里人不认识那是旗袍，看着这么个妖冶的女人穿着这么一件奇怪的衣服，都觉得李树源和这个女人不搭配。这个细皮嫩肉的女人是不是被李树源拐骗来的？村里人用疑问的眼神考量了这对夫妻好几年，他们既害怕两人闹起来，又希望两人闹起来。他们都担心这两人的日子不会过到头，迟早要分散的。可是，过去了这些年，两口子竟然没有磨过一句嘴，吵过一次架，就这么波澜不惊地过来了！真是让人匪夷所思的一对夫妻。

时间过得飞快，一转眼，妮妮已经上初中。如果不是家里发生一件大事，妮妮断不会辍学的，爸也断然不会同意她停止学业，用她稚嫩的肩膀过早地担起家中的重担。爸在一次去水塘的岸边挖黄胶泥时，被突然塌陷的巨大土块埋在了沟里，等人们发现他把他从土堆里扒出来时，人已经窒息昏迷过去。人们手忙脚乱地把他送到医院，治疗一个月，才有了生还的迹象。医生说，人虽然救活了，但是，恐怕后半辈子要在病床上度过了。也就是说，爸成了只能吃喝拉撒睡而不能干活的残疾人。

看到躺在床上病魔缠身的爸，妮妮再也不去学校读书了。她用稚嫩的肩膀扛起了一个三口之家。

第六章　戴草帽的小老虎

妮妮从爸那里学会了捏制泥泥狗的手艺，却比爸捏制得还要精致和神似，这让她被县里推选为捏制泥泥狗的非物质文化传承人。

从一团黄胶泥，到一只着色艳丽、形态可掬的泥泥狗，要经过多道烦琐的程序。采集黄胶泥要到坑塘边，把覆盖在表层上边的沙土铲除掉，把黄胶泥挖出来搬回家。然后是第一道工序，把黄胶泥放在一块青石板上，用一根木棒去捶，经过反反复复地捶，黄胶泥变得柔软细腻，犹如厨师手下的面团。把捶好的黄胶泥用遮阳的东西盖好，以防止黄胶泥干裂。啥时候用，啥时候挖出一块。第二道工序便是捏制了。捏制的过程是泥泥狗捏制艺人精心创作的过程，要捏制啥动物，也可能是计划好的，也可能是随心境的，反正只要捏得顺心、捏得随意就好。第三道工序是晾干，把捏制成形的泥泥狗，放在木架子上晾干。晾泥泥狗的地方既要阴凉，又要干燥，既要通风，但又不能让风直接吹进来，否则，泥泥狗会干裂。干裂的泥泥狗是残品。最后一道工序是着色。着色看上去复杂，其实也很简单，说起来简单，其实要有一定的技巧。先把晾干的泥泥狗涂上一层褐色，这种褐色，过去是用麦苗子榨出来的水调和成的。现在科技发达了，再不用麦苗子制造颜色了，不再糟蹋麦苗了。现在用的是商店里卖的颜料，这种颜料既便宜又省事。涂上褐色，使胶泥色的泥泥狗全身变了样，然后，用白、黄、红、绿四种颜色分别画出泥泥狗的嘴巴、耳朵、鼻子、花衣裳等等，一个个栩栩如生的泥泥狗便制作完成了。

外地经常有人来向妮妮探讨和学习泥泥狗的捏制方法和技巧，可是，妮妮对于泥泥狗的传承历史，泥泥狗所包含的意义等等了解甚少，她说不好，那都是有学问的人总结出来的。妮妮只会捏泥泥狗，并且捏啥像啥。在妮妮眼里，泥泥狗就是一团黄胶泥，只因为心里想着啥，手上就把那团黄胶泥捏成啥。妮妮想到山上的猴子，手上的黄胶泥就成了猴子；妮妮看到院子里跑着觅食的老公鸡，她手上的黄胶泥就变成一只老公鸡；妮妮听到村街上“汪汪”叫的老黄狗，手里的黄胶泥就被捏成一只老黄狗或者小花狗。那些从城里来参观的人都说，这闺女简直长了一双有魔力的手，咋就捏啥像啥？

有个研究民俗文化的专家说，泥泥狗是一种古老的民间艺术，这种传统的民间艺术至少有五千年的历史，它源于中华民族的上古时代，它是中华民族历史文化的活化石。那些和他一起来的专家们也讲，很早很早以前，地球还处于蛮荒时代。后来有了伏羲爷，有了女娲娘娘。女娲娘娘抟土造人，才有了人类。女娲娘娘捏制出各种各样的泥泥狗，世界上便有了成群结队的各种动物和家畜家禽。这么玄妙的道理，妮妮听得似懂非懂。虽然不懂，但是，有一点她听懂了，看似不起眼的泥泥狗，却有着不平凡的身世。

那个专家问她：“妮妮，你捏制泥泥狗的技术，难道天生就会吗？”

这么一问，真把妮妮问愣住了。是啊，自己生下来是不会的，是爸教会她的。

“你爸是跟谁学的？难道他是天生就会的吗？”专家真是个打破砂锅纹（问）到底的人。但是，她还是去问李树源：“爸，您是跟谁学会捏泥泥狗的？是跟爷爷学的吗？”

李树源奇怪妮妮为啥会提出这样的问题。但是，还是对她说，爸也不是天生就会的，爸是很小时候跟你爷爷学的。

“爷爷是怎么会的呢？”

“爷爷是跟老太爷学的……”

通过专家们的启发，妮妮醒悟到，泥泥狗的捏制过程还真是大有学问哩！妮妮终于认可了专家的说法，泥泥狗的捏制技术是祖上一代一代传下来的，不是谁想捏就能捏成的。妮妮还记得，有一次一个“作家考察团”，到她这里参观她捏泥泥狗，那些男女作家们，看到她那一双灵巧的手，神奇地捏制出一只只活灵活现的小动物们，都瞪大了一双双惊异的眼睛。他们说她的一双手简直太神奇了，怎么一团团的泥巴，在她手上一忽儿就变成一只只似乎要飞似乎要跑的小动物呢？那些男男女女们都争先恐后地和她合影照相，就如她是在电视里走红的明星似的！有位女作家，还好奇地抓了一团黄泥巴，模仿着妮妮的样子，在手里捏呀揉呀，可是，摆弄了半天，手里的泥巴变成了一个“四不像”！

看着女作家手里的四不像，妮妮笑得眼泪都流出来了。其实，妮妮捏制的泥泥狗中，还真有一种四不像。不过，妮妮捏制的四不像也可以叫着四像，说它像条狗吧，它的确有狗的灵性；说它像只猴吧，它的确有猴子的顽皮；说它像只鹿吧，它又有鹿的温驯；说它像头猪吧，它又的确有猪的憨实。总之，妮妮捏制的四不像，汇聚着各种动物的特征，也可以称得上四像。而女作家捏制的四不像才的的确确是四不像哩！

在众多形态的泥泥狗中，有一种头上戴着一个如锅盖似的小老虎。妮妮小的时候，不知道爸爸为啥要给小老虎头上戴一个锅盖，便好奇地问爸爸，为啥要给小老虎头戴一个锅盖？它会不会很累？

爸笑了，笑得很含蓄，却没有回答妮妮天真的追问——那似乎是一道很难回答的问题。不过，在妮妮的印象中，爸从来没有这么笑过。爸的笑里好像隐藏着啥秘密，又好像有不好说出口的难为情的话。妮妮问得急了，爸才说：“那不是锅盖，是草帽。”

草帽？妮妮更加惊奇了，为啥要给小老虎戴一顶草帽？是它夏天怕热，还是冬天怕冷呢？

爸不再向她解释为啥要给小老虎戴草帽。不但不向她解释，还收敛了笑容，非常认真地告诉她，往后不要再打听为啥要给小老虎戴草帽。一个女孩家，不该打听的事不要打听！

爸这么严肃地回答她，是从来没有过的。她不懂得这么小小的一件事，为啥要瞒着她，还让她以后不许打听。真弄不明白究竟有着啥不可告人的丑事。

除了为啥要给小老虎戴草帽的事不让妮妮知道，爸似乎还有很多秘密瞒着她。妮妮知道爸是爱她的，爸既然不想让她知道的事，就一定有不让她知道的道理。她不怪罪爸。可是，妮妮又总觉得爸与别家的孩子的爸不同。至于不同的地方，妮妮在她七岁之前还没有感觉到他与别人家的大人有哪些不同。当她懂事一些的时候，她才看出爸与别人家的爸相比，爸似乎很古怪，古怪得让她难以捉摸。爸和妈说话的时候，总是不敢正视妈的眼睛，爸从来没有大声和妈说过话，说话的时候一副小心翼翼的样子。爸的个子很高，和妈说话的时候，总是俯下身子，似乎担心妈听不到他说话的声音。而在外边的时候，爸的腰板挺得很直，说话的声音硬朗朗的。他似乎从来没有低三下四地和妈以外的女人说过一句话。

还有一个奇怪的现象，妮妮从来没有看到过爸和妈在一张床上睡过觉。是的，妮妮小的时候，她和妈睡在房子东间的大床上，那张床又长又宽，即使爸也同她们一起睡在那张床上，也很宽敞，可是，爸不愿意和她们睡在一起。妈也不强求爸。东间和西间，隔着两道墙，中间是客厅。爸独自一人睡在西间的一张小床上，西间除了一张供爸睡觉的床，还有爸捏泥泥狗的地方，还是存储一家人一年口粮的地方。妮妮长大一些的时候，不再让妈搂着她睡，她要一个人睡到西间的小床上去。她到西间里，把爸的铺盖卷起来抱到东间的大床上，把自己的铺盖放到西间的小床上。可是，等到晚上睡觉的时候，爸又把两人的铺盖换了过来。爸对她说：“妮妮，爸已经习惯自己一个人睡。还是你和你妈睡在一起。听话，啊！”见妮妮不情愿的样子，爸解释说，爸睡觉打呼噜像放炮哩，闹得你妈睡觉不安稳。对于这样的解释，妮妮小的时候信以为真。到她成年以后，对男女之间的事情有些了解后，对爸和妈从不同床的原因产生了疑惑。

她预感到，爸和妈之间，一定有啥事情瞒着她。甚至瞒着所有的人！

另外一个让妮妮感到奇怪的是，爸和妈说话的时候，总是喊妈为“夫人”，这在村子里很少见。妮妮听别人家孩子的爸喊自己老婆的时候，总是喊“孩儿娘”，或者喊“孩他妈”，从来没有一个乡下男人喊自己的老婆叫“夫人”的。妮妮初次听到爸喊妈“夫人”时，有些意外，而爸似乎对自己的破口而出也有些不好意思。他讪讪地笑着解释道，古书上写的那些读书的男人才喊自家女人为“夫人”，你妈是读书人哩，爸才这么喊她。妮妮，可不要把爸这事讲给别人，不然，人家会笑话爸哩。虽然这么解释，后来，妮妮还是多次听爸喊娘为“夫人”。

第七章　父亲是个“功臣”

甄节俭长着一双三角眼，稀疏的眉毛。每当他稀疏的眉毛皱起时，甄维就预感到，这个被他喊着爸的老男人，马上就会为一些鸡毛蒜皮的小事大发脾气了。甄维自小就怯父亲，又很讨厌他。

一辈子要强的甄节俭把他那个小队政治队长的职位看得很高，也为此感到荣耀。他认为那是他为解放大军当了几个月伙夫应该得到的奖赏。有了这个职务，再加上他个性强的性格，他与大队长鲁旺便经常发生一些剪不断、理还乱的矛盾纠葛。在甄维的记忆中，父亲甄节俭算得上是村里的“能”人，也算得个强人。生产队里大小事他都要管，甚至大队里的事他也要插一手。大队长鲁旺对他这个“管得宽”很讨厌。但是，甄节俭常常以“功臣”自居，常常奚落鲁旺娶了个大地主的老姑娘当老婆，没能与阶级敌人划清界限。抓着鲁旺的这个软肋，便在鲁旺面前表现出一种强势。

甄节俭是十七岁那年被拉的丁，跟着国民党的部队跑到长江边上。他怕死到外边，借口去路边沟拉屎的机会逃走了。逃了几十里，还没找到回家的路，又碰上一支部队。那支部队见他惊慌失措的样子，把他当作奸细抓了起来。还好，那些人并没有为难他，反而给他发了一身衣裳，让他成了那支部队的伙夫。跟着部队打了一次仗，才知道队伍不是国民党的部队，而是共产党的部队。甄节俭常常后悔地说，如果跟着那支部队过长江去，就不会是后来任鲁旺随便欺负的政治队长了。这不能怪甄节俭的觉悟低，只能怪他没远见。那个时候，他根本想不到共产党的部队能打败国民党的部队。他不愿当国民党的兵，也不愿当共产党的兵。甄节俭故技重演，在两支部队战斗正激烈的关头，他顺着战壕跑进了青纱帐。不幸的是，他的右腿被一颗不长眼的子弹打中了，所幸只伤及一层皮，流血并不多。他在路边抓一把“老娘土”，附在流血的皮肉上，又把自己的衣袖撕掉一只，把伤处缠上。这样，他已经不像一个逃兵，而更像一个从战场上撤下来的伤兵。

半个多月后，他回到豫东平原上那个灰蒙蒙的村子，开始追寻他“老婆孩子热被窝”的美梦。甄节俭把他那段从被抓壮丁到逃亡的历程，向乡亲们讲述的时候，掐头去尾，只保留了他为解放大军当伙夫的那段经历，并把逃跑时受的伤说成是在战场上受的伤。诚实善良的乡亲们，没有人怀疑他的话掺了假，更没有人怀疑他是逃兵。还倒从他穿回来的那身如蚂蚱屎一样颜色的破烂如缕的衣服上留下的血迹，认定他是负伤回乡的功臣。乡亲们那种羡慕的眼神，让他产生了自豪感，他当然更应该把自己那段不光彩的逃跑经历忘掉。挂在他嘴边的是他如何冒着敌人“嗖嗖”的子弹和敌人搏斗的，又是如何受伤不下火线最后被人抬到后方的等等。他那条被“不长眼”的子弹打伤的右腿上的伤口已经结痂，只是绑扎伤口的那半条衣袖已经换成了一块白粗布，这让他更像一位从硝烟弥漫的战场上荣归的战士。

凭借腿上的伤疤和那身破旧的衣服，他在金桥成了一个“功臣”人物。连大队长鲁旺也让他三分。

鲁旺和李树源一样也是靠吃百家饭长大的孤儿。不过，他的脸皮比李树源的脸皮粗糙厚实，他在金桥这一带成了出名的泼皮孩子。“泼皮”是泼辣顽皮的意思。虽然遭了灾，但是大户人家总有吃不完的粮食。鲁旺不到外地去讨饭，他专到大户人家去讨饭。大户人家不给他饭吃，他就用头撞人家的大门，撞得“咚咚”响，吓得主家怕人死在自家大门口，赶忙着拿些吃的打发他走。还有的人家放狗咬他，他用打狗棍专打人家的狗头，狗挨了打，疼得“嗷嗷”叫着朝院子里跑，他也学着狗叫跑进人家院子，躺在人家院子里不肯起来。说狗把他的裤裆咬烂了，把他的蛋卵子咬伤了。主人家看到他的裤子的确烂得一缕一缕的。至于蛋卵子伤没伤也不好意思去查验，便赔了他条破裤子，送给他些吃的才把他打发走。村里老地主屈子能被镇压后，屈子能的两个老婆各自携带儿女作鸟兽散。只剩下一个嫁不出去的老姑娘独自过日子。这老姑娘是老地主的妹子，由于长相丑陋，再加上脑瓜不灵性，有钱人家的少爷谁也不愿娶她，老地主又不愿把自己的妹子嫁到穷汉家吃苦受累，便一直在家里养着。那时候鲁旺还是条光棍，在带头斗地主、挖浮财、分田地中，他把老地主家的老姑娘“挖”到了自己的床头上，成了自己合法的老婆。

甄节俭看不起鲁旺并敢与之抗衡的原因，就是鲁旺睡了老地主家的老姑娘。一个泼皮竟然和地主家的老姑娘睡到了一个被窝里，这在甄节俭看来，鲁旺是敌我不分，是腐化堕落，是和阶级敌人合穿一条连裆裤！由此，甄节俭对鲁旺当上大队干部很不服气。他甄节俭可是从枪林弹雨中闯荡出来的“功臣”，才当了个小队的政治队长。他希望自己能取代鲁旺当上大队长。一次，上级领导到村里视察工作，他把鲁旺立场不坚定的事反映给领导，希望领导能把鲁旺的大队长撸掉。听了他的举报，领导笑了笑，说：“鲁旺娶地主家的老姑娘做老婆，享受到了穷人翻身当家做主人的幸福生活和成果，也体现了政府统一战线的政策英明……”

甄节俭听得目瞪口呆，他不懂啥享受成果，啥统一战线。他只是明白了，自己要替代鲁旺当大队长的愿望是实现不了了。

甄节俭把希望寄托在了儿子身上。儿子是村里第一位从县城中学毕业的高中生，虽然经历了运动耽搁了一些学业，但是，论文化，论能力，论年龄，比着大字不识几个的鲁旺要强上一百倍。为了让儿子当大队长，就必须把鲁旺拉下台。怎样才能把鲁旺拉下台呢？鲁旺娶地主家的老姑娘做老婆这件事已经过去这么多年，并且连上级领导也没撸掉鲁旺。要扳倒鲁旺，必须寻找理由，查找新的问题。鲁旺干了这么多年村干部，不信他就没做过一件坏事。俗话说，常在河边走，哪有不湿鞋的！鸡蛋里挑骨头也要找出他的毛病来。甄节俭经过了一个多月的明察暗访，终于总结出金桥村现任大队长鲁旺的三大罪状：

一、鲁旺是个流忙（氓），经常和村里年轻媳妇子们拉拉扯扯，搂搂抱抱。有一次，粪堆家的媳妇和他开玩笑，说他个子矮，裤裆里家伙也不会大。他就脱了裤子让人家媳妇看他的“家伙”有多大——这不是耍流忙（氓）是啥？

二、鲁旺是个贪污犯，经常多吃多占集体的财产。一次，上级来人检查工作，他陪着领导吃饱喝足不说，还把吃剩的饭菜兜回自己家里，让地主老姑娘享受公家的饭菜——这不是贪污犯是啥？

三、鲁旺是个恶巴（霸），经常殴打和吵骂年轻干部。有一次下大雨，雷暴大雨下了三天三夜，下得沟满河平。他到一队来，看到队里牲口屋塌了，砸死了一头牛，一头驴，他跳着脚大骂队长不理事，还掂起拌草棍打了饲养员甄老三——这不是恶巴（霸）是啥？

甄节俭认为这三条罪状有理有据，足可以扳倒鲁旺，为儿子接任大队长扫平障碍。他准备把鲁旺的三条罪状搞三份，一份送到公社，一份送到县上，另一份，他计划直接交给鲁旺——他明人不做暗事——让鲁旺看了自己的罪状，如果自愿从大队长的位置上退下来，就省得他再去公社和县里递材料。

可是，他目不识丁，怎样才能把鲁旺的三条罪状表现出来呢？如果让甄维帮他写下来，甄维肯定不干。再说，他也不愿连累儿子。找识字的人帮忙更不合适。担心人家和甄维争当大队长。甄节俭想了想，终于想出一个办法。他找到甄维用过的作业本和笔，在作业本的背面列举鲁旺的三条罪状。虽然不识字，但是，一、二、三，还是会写的。“一”是一根木棍，木棍是直的，他画了一根木棍。然后，在一根木棍下，画了两个人，一个短头发，代表的是男人，另一个是长头发，代表女人。男人搂抱着女人做睡觉的样子。他又画了两根木棍，两根木棍下只画了一个男人。男人两只手掂着一包东西，一副东张西望的样子。最后，他又画了三根木棍，三根木棍下画了两个男人，一个男人正举着一根棍打另一个抱头鼠窜的男人。

他正在顾自欣赏自己的“佳作”，突然听到院门响，探头一看，见甄维从外边走进来。他急忙把自己的“佳作”收藏起来。

甄维一脸激动、兴奋，又焦躁不安的样子，端起桌子上一碗水，一口气喝干。

甄节俭想，这小子一定遇到了啥好事，不然，不会这个样子的。甄节俭试探地询问儿子，是不是和那姓舒的女娃勾连上了？甄节俭几次看到儿子和那女娃在村头小树林里像捉迷藏似的溜达，巴不得儿子早点儿把媳妇娶回家。可是，甄节俭是剃头的挑子一头热，他热人家不急，多次催促儿子。儿子就一句话堵他：“哪有的事呢！闲聊呢！”

甄节俭怀疑儿子说瞎话，“呸”了一声，道：“闲聊个啥？剜到篮子里的才是菜，煮熟的鸭子飞不了。我看那姓舒的女娃不赖，你上赶着把她勾连上——我等着当爷爷抱孙子呢！”

甄维的脸红了，他急忙躲开甄节俭那双固执的三角眼。听到他再三追问遇到了啥好事，这么高兴，怕他再扯到和舒语的事上，便把金桥大队分到了一个推荐上大学名额的消息告诉了他。

“啥名额？”甄节俭显然没有听明白。

甄维只得又详细地向甄节俭解释，全国大学要招录大学生，不是考试，而是推荐。县里分一个名额给咱们金桥大队……

不等甄维说完，甄节俭听明白了，他急忙道："你不是早就埋怨耽搁了考大学吗？既然有了机会，赶快去报名啊！"

甄维伸出一个指头，不自信地摇摇头，说："你以为是容易的事吗？一个名额，咱大队那么多年轻人，和鲁旺那些大队干部们沾亲带故的十多个，能摊到我头上吗？"

甄节俭说："鲁旺算个屎！老子可是功臣！"

甄维说："老说自己是功臣，你的功臣证呢？能到县里查到你的功臣证件，倒是还有希望。"

甄节俭听儿子这么一说，心凉了半截。功臣是自己封给自己的，哪里有啥证件？如果儿子逼着自己去找人家要证，说不定查起来，那段"逃兵"的经历还会被查出来。到那时，自己可是网包里兜猪娃——露蹄爪了。想到这儿，便说："都过去这么多年了，哪里去找证件？只是，上大学总得凭个学问吧？村子里年轻人是不少，可他们哪个有你文化高？你是高中生，他们一个个连初中都没读完，又咋能上大学？"

甄维说："现在招大学生，可不是讲学问高低，而是靠推荐。即使只读过两年村小，只要大队里推荐，就能上大学。"

甄节俭恼火了，嘴里不干不净地骂道："他妈了个 ×，这是哪个龟孙定的规矩？过去，皇帝老儿考秀才，还要看谁读的书多哩！"

甄维吓得急忙去捂甄节俭的嘴，低声吓唬道："你这话让别人听了，告到大队，我连报名的资格也会被取消！"

甄节俭听儿子这么说："你也能报名？"

甄维点了点头，说："我各项条件都符合报名资格，并且比村里的所有青年都不差。我要报名试一试，即使不推荐我，他们也得给个说法。"

甄节俭一拍大胯，道："小满，报名！咱老甄家的孩子非上这个学不可！"小满是甄维的乳名，也只有甄节俭和他的老婆才喊他这个名字。

甄维抢白父亲道："你要当了大队长，才能说这个大话。"

甄节俭被儿子这么一激，便拍了胸脯道：“他鲁旺算个屌！我去找他理论，这大学生要摊不到我儿子头上，让他没好果子吃！”他准备用他为鲁旺罗列的三条罪状“先礼后兵”。如果鲁旺看了他的三条罪状，痛哭流涕地求他放他一马，他就提出，让他推荐儿子去上大学作为交换的条件。

那天晚上，甄节俭去了鲁旺家。在家里没见到鲁旺，甄节俭又到大队部去找。大队部里黑灯瞎火。甄节俭正要离开，突然听到一阵异常的声音。那声音是甄节俭非常熟悉的，他和自己的老婆在床上干那种见不得人的事时，老婆会在他的身子底下发出那种喘息声。听到这种声音，他血脉沸腾了，他裤裆里的玩意儿似乎蠢蠢欲动地要拱出来。他克制着自己，屏着呼吸，急忙躲到房子的暗影里。

喘息的声音停止了，传来一个女人细微的声音：“好像听到外边有人的脚步声。”

“别疑神疑鬼，这么晚了谁会来？自己吓唬自己！”听到这是鲁旺的声音，甄节俭兴奋得几乎要喊出来！

屋里窸窸窣窣一阵声音，大概是在打扫战场。不一会儿，灯亮了，门打开一条缝，一个娇小的女人从里边钻出来，看到门外立着一个黑影，吓得“哎呀”一声昏倒过去。

甄节俭认出，此女子是那个叫刘啥的……对，叫刘雪莹的女娃，这女子曾经去过甄节俭的家。甄节俭听儿子说过，这个女娃稀罕甄维，可是，甄维并不稀罕她。甄维稀罕的是那个叫舒语的女娃。甄节俭暗自庆幸，幸亏儿子不稀罕她。不然，媳妇还没娶进门，就被这狗日的泼皮鲁旺给戴了绿帽子。庆幸的同时又自鸣得意，来时还担心给鲁旺总结的三条罪状他肯不肯服软哩，这下可好了，那三条罪证算自己白费了心思，仅睡女娃这桩事俺甄节俭给他捅出去，还不让他身败名裂？说不定还要坐牢子哩。

站在门口的鲁旺早吓得面色如土。

甄节俭是全大队让他最惧怕的一个人。鲁旺听说过，这个自称从枪林弹雨中活过来的“功臣”曾到上边举报过他，他也想靠自己的权势报复对方，可是，却抓不到对方的任何把柄。再加上甄节俭的强势性格，天不怕，地不怕，是个惹不起的刺头儿。鲁旺尽管是大队长，却对他很无奈，只能惹不起他躲着走。

看到鲁旺狼狈的样子，甄节俭说：“别怕，俺不是来给你抢官做的。今儿，只和你谈一件事。”

听到甄节俭声音不是过去那种强势的样子，鲁旺回过神来，急忙道：“好好，有事你说，俺能办的都办。”

甄节俭说：“这就好。”看到姓刘的女娃醒了过来，安慰道，“闺女，别害怕，谁欺负你，大叔给你做主。咱们进屋里说话。”

刘雪莹又羞又怕，坐在地上不肯起来。

鲁旺说：“老甄，让她走吧。咱俩进屋说话。”

甄节俭说：“俺没说不让她走。这闺女差点儿就成了俺儿媳妇。你糟蹋了差点儿成为俺儿媳妇的女人，鲁队长，你认罪不认罪？”

鲁旺急忙说：“认罪认罪。”

甄节俭对刘雪莹说：“闺女，听好了，他认罪。是他强奸了你——这事只有你知道，他知道，还有俺知道！如果，接下来本功臣和他说的事能让本功臣满意的话，这事情就算过去了，咱们三人都把它沤烂到肚里也不朝外说，就是自己的亲爹亲娘亲老婆也不说！你同意吗？”

刘雪莹满脸羞愧，泪水涟涟，急忙点了点头。

“还有，如果鲁旺对本功臣说的事办不成，那就别怪你叔不客气了——好了。闺女，你走吧。天黑，路道不平，你慢点儿走！”

看到刘雪莹消失在夜幕中，甄节俭走进了鲁旺那间昏暗的小屋里。

让全大队人意料不到的是，金桥大队唯一的一个推荐上大学名额，落到了甄维头上。大队长鲁旺发表的充足理由是，甄维是全大队唯一的一个高中毕业生，他父亲老甄当过兵，打过仗，是个功臣。

第八章　一封来信

他已经很多天没有给她写信了。

被推荐上大学临走前的那个夜晚，两人在保管室里最后一次约会。

屋外传来一阵阵蟋蟀的叫声，屋内的房梁上，不时有老鼠迅疾地窜过。除此之外，四处便是如墨染过的漆黑。

她搂着他，恐惧得浑身发抖。她流着泪说：“你走了，我怎么办？我怎么办？”

她的眼泪让他心疼，他低下头，吻着她的泪水。他信誓旦旦地对她说：“语，我等着你，我在省城等着你！”那是他的真心话。那时候，他心里想的是，她是他心中的茉莉花，是他的最爱，他上了大学，即便不会再回到金桥当农民，即使她一辈子走不出金桥，他也不会抛弃她！

然而，不知从什么时候起，他心里的她渐渐地淡薄了，取而代之的是那些如鲜花般的一簇簇、一团团美女的笑靥！啊，想起来了。是在收到那封信后，他的内心产生了微妙的变化。他虽然怀疑那封信中所讲述的关于舒语的作风问题不过是捕风捉影，是有人搬弄是非，但是，他没有回信驳斥对方。他甚至没有给对方回信。他要让对方误解他没有收到她的信。他不是没有勇气回复对方，而是担忧对方把这件事闹得更大，传播得更广泛。他抱着息事宁人的态度，以冷落对方。

那封信是刘雪莹写给他的。刘雪莹是在他上大学走出金桥后的第二年离开的金桥。刘雪莹没有他幸运，她被推荐到县城的纺织厂当了一名女工。能被推荐回城当工人，也算得上一同坐着马车来到金桥的同学们中的佼佼者了！她是在那些艳羡的目光下离开金桥的。那些目光中，其中有一双眼睛是舒语的。

刘雪莹在信中，写了她现在的生活很幸福。她已经结了婚，她的丈夫是一位公办教师，他们有了一个女儿。从刘雪莹自豪的口吻中，甄维看出对方是在向他炫耀自己。让甄维感受到当年他对她的拒绝是一个极大的错误。这是一种心理上的报复。那意思包含的是，你不是没有看上我吗？可是，我现在的丈夫，比你的水平高，比你长得帅。我刘雪莹比嫁给你幸福多了！在信的末尾，刘雪莹随便把舒语埋汰一阵。说舒语是个道德败坏的女人，你上大学走后，她已经和多名男子不清不白。特别是和鲁旺，更有说不清道不明的关系。她的肚子已经被男人搞大了。但是，究竟是哪个男人把她的肚子搞大的，连她自己也说不清……

甄维没有把信读完。刘雪莹对舒语侮辱性的指责，他不相信，但也稍有疑惑。他知道刘雪莹仇恨舒语，一直把舒语当作自己的情敌。在高中时，刘雪莹就已经表现出对他的好感，她那么积极热情地靠近甄维，除了用“爱”这个字没有别的原因可解释。她到金桥插队后，接触最多的人是甄维。她把甄维当成知己。她经常“不请自来”地走进甄维家那个夏天里墙头上爬满了喇叭花的小院子。甄维家只有三间茅草房和一间更低矮的灶房，可是，在刘雪莹的口里，这个院子又宽敞又舒适。甄维听出来这是刘雪莹讨好他和父母亲。父亲把刘雪莹的话当真，热情邀请人家“集体宿舍不方便就来家里住”。如果不是甄维的阻拦，刘雪莹或许就真的把自己的铺盖卷背进了甄家。甄维不喜欢她。不为别的原因，就是因为他已经另有所爱。他和舒语的交往开展的是“地下活动”。直到两人在保管室的粮囤上跨越了那道人生的鸿沟，秘密还仅限于两个人的世界。在刘雪莹强势的追踪下，甄维不得不向这个痴情的女子表白："对不起，我已经另有所爱。"刘雪莹对他的直白拒绝震惊了。因为她太喜爱这个身材高大、相貌俊朗的男人——他的优秀一点儿也不比那些城里的同龄男人差。在她眼里，他是古人"潘安"。潘安是个什么样的人，又是哪个朝代的人，她不知道。她只是从大人的嘴里常常听说"潘安是一个美男子"。她一直把甄维当作潘安追求的！可是，"潘安"却残酷地拒绝了她，这让她感到痛苦和自卑，连死的心都有了。她不知道他的"所爱"是谁。经过了痛苦的阵痛之后，她决定要打听到他的"所爱"是谁，她要从他的"所爱"那里夺回她的"潘安"！可是，当她千方百计得知他和舒语已经爱到水乳交融时，她已经没有能力再把自己的爱情进行到底。她彻底绝望了——她一个人坐在村头的小河边无声地哭泣到半夜。她想投进河里结束自己十九岁的青春。可是，她终于没有。不是她不想死，而是她没有足够的勇气。她有了新的想法，恋爱失败，她要离开金桥。尽快离开金桥，离开这个让她绝望痛苦的地方。她还要对夺走自己所爱的情敌进行报复！

她回城一趟，在家里住了三天。在父亲那里，她听到了大学在全国招生的消息。这对她来说，是一剂治疗内心痛苦的最好的良药。她一定要抓住这个机遇，离开金桥。可是，她又失败了。她本来已经得到了那个掌握着她命运的男人的口头许诺，但是，却被那个长着三角眼的老男人给打破了。第一个推荐上大学走出金桥的由她变成了甄维。她恨那个三角眼男人，她更恨甄维。她或许更恨舒语！她怀疑那个三角眼老男人那天晚上突然出现在大队长的小屋门前，不是三角眼老男人能想到的，一定是甄维或者舒语指使他去的。舒语的可能性更大。也许，那天晚上，舒语发现她走出了宿舍，对她夜晚不归产生了怀疑，让三角眼男人去寻找她。对于刘雪莹的怀疑和猜测，没有人能为她分析、提供参考意见。但是，毕竟发生了无法挽回的局面。两天后，她再次与那个占了她便宜的男人见面，她向对方讨要说法。对于刘雪莹的哭诉和埋怨，男人只能好言相劝，并向她保证，明年一定让她达成所愿。如果再闹下去，让更多的人知道这件事，垮台的不仅是他鲁大队长，恐怕刘雪莹要比他的下场更惨。

刘雪莹在信中指责舒语的事无论真假，都让甄维内心产生了动荡和摇摆。是的，他曾经那么爱她，也曾经海誓山盟和她白头偕老。可是，那是在一种特定的时期特定的环境下。那时他还年轻，思想还不成熟，用一句时髦的官话说，他的世界观还没有形成。他一个小队保管员能娶到一个城里的漂亮姑娘做老婆，和他结婚生子，安安稳稳地过一辈子，对他来说，已经满足了。然而，没想到有一天他会走进城市，走进大学。他现在已经不是几年前的那个他了！他的期望值提升了，他的眼界开阔了，他不再是那个只有十八岁没有出过远门的回乡知青，他已经不那么狂热了。他身边不缺少优秀女人。环境让他的目光充满了挑剔，他对女人的渴望有了节制，他不会再轻易冲动地去爱一个女人。他想，如果能回到过去，自己肯定不会和她在那间肮脏简陋的保管室里发生关系。而且还不止一次。他再不能，也不愿像他目光短浅的父亲一样过那种守着老婆孩子热被窝的生活了。老甄家要从他这一代改换门庭，要从他起，从乡下人变为城里人。他要让自己从打牛腿的庄稼人变成穿着整洁的西装坐在办公桌后签约文件的领导干部。这是他走进大学后经常做的一个梦。

可是，他做了城里人，她怎么办呢？根据目前的情况，她要进城是十分困难的事情。照她的性格，她那从来不低三下四求人的高傲脾气，她只能“扎根金桥一辈子”。如果舒语要当一辈子农民的话，甄维若和她结婚生子，即使他能留在城里工作，他也就成了“一头沉”。“一头沉”的家庭是很麻烦的，除了生活中的柴米油盐，更重要的是夫妻两地分居，长期过着牛郎织女般的生活，给两人的感情世界将留下一片片空白。

他已经很长时间没有给她写信。是没有时间，还是忘了写？这都不是原因。主要的原因，是她在他心目中变得不那么重要了。

之所以产生这种变化，他意识到，其实，刘雪莹写给他的那封信起到了关键性的作用。刘雪莹对舒语的诽谤，其实他不相信。可是，他身体中的另一个他，却逼着他相信刘雪莹写的都是事实。刘雪莹把舒语说成一个道德败坏、和众多男人胡搞的女人。这个他逼迫他“宁可信其有，不可信其无”。两个他在他的心灵和肉体中争执时，他情感的天平逐渐地向另一个他倾斜。这给他向她摊牌，也就是和对方解除恋爱关系找到了充足的理由。有了这样的理由，他的良心稍微得到了安慰。尽管他知道，自己的这个理由不充分，是架构在沙盘上的楼阁，是没有任何事实根据的谣言诬陷。

那个时候，他接到了她的一封信。她在信中告诉他，她快要临产了。这简直是晴天霹雳！如果舒语一口咬定他就是孩子的爸爸，按照当时学校的规定，他将被开除学籍，甚至还会受到法律的制裁。事情变得如此严重，令他惊慌失措，不知如何是好。经过一天一夜的深思熟虑，他决定给她摊牌。他给她写了一封长达数十页的信。他在信中详细地介绍了他的学习情况，并介绍了学校的一些规章制度。比如，男女生在校期间不许谈恋爱，更不许结婚等等。他把这些规定说得很严厉。他要通过这些告诉她，他和她也许不可能再把恋爱关系延续下去，因为这关系到他的前途，也关系到她的名誉和命运！他只字未提她怀孕的事情，只是暗示她，他不会承认他和她有了孩子，他要推卸责任！他告诉她，她的怀孕与他无关。他甚至把刘雪莹信中有关对方的那些句子转抄给舒语。他只是把听“刘雪莹”说的改成了听“村里人”说的。他信中的择词很谨慎，每一句每一字都进行了反复地推敲。他要尽量做到既不伤害对方的自尊心，又能让她对他死了心。同时，他还很隐晦地表明，他“忍痛”和她分手，并不全是他的责任，她也要承担一部分责任。他随信给她汇去二十元钱——那是他省吃俭用节俭下来的助学金。对于当时的他来说，二十元已经是一笔不小的数目。他要用这笔钱对她进行弥补，也是对两人爱情关系的一个终结。

信发出去后，没有回信，二十元钱退了回来，说是查无此人。他知道她一定受到了伤害，她会记恨他一辈子的。为此，他内心纠结了很久，也怅然若失了很久。那个学期结束，他没有回家。直至大学毕业，他也没有回那个村子。他怕再见到她！

时间悄悄地流逝，曾经的一个梦渐渐地淡出了他的世界。

第九章　滚动的篮球

当他对自己的初爱产生动摇时，他感到了失落和孤独。

失落和孤独像一味难以下咽的苦药，给一个生活在繁华城市的乡下男人带来一种无法治愈的痛苦。那种痛苦的感受是难以用语言表达的。其实，不仅仅是痛苦，还有良心的鞭笞，还有伦理道德的谴责。痛苦、矛盾、担忧、害怕、后悔等搅拌融合为一体，敲打着他的心扉，叩问着他的灵魂，让他无法释然！初秋的傍晚还不会给人带来太大的寒意，他却把上衣领子竖起来，遮盖着自己的头部和耳朵。他彷徨不安，他惆怅缠绵。他像一个跳进人家院子，偷了人家鸡窝里的鸡，害怕被人家抓到现行的贼而心惊胆战！他担心有一天那个女人突然出现在学校门口，点着他的名字吆喝他睡了女人。很长一段的课余时间，他总是像不愿见到阳光的硕鼠一样躲避到人迹稀少的地方。

在这个城市里，没有一个知心人能为他解除这种精神和心理上的折磨。他只能读书，让自己进入伟大的作家们所描述的另一个世界里。那时候，许多禁书已经解禁。他在校图书馆里，借到了他过去只听到过名字的书籍，如《红与黑》《包法利夫人》《简·爱》等等。他暂时忘却了寂寞，忘掉了烦恼，沉醉在书中的那些男主人翁们的爱情世界里。

他常去读书的地点是学校大操场附近的一个林荫公园。公园里生长着一排排香樟树，它们的枝叶异常繁茂，像一顶顶巨大的遮阳伞，遮盖着这块面积不太大的园子。有青石凳子供人休憩。这里偏离生活区和教学楼，视野也很开阔。唯一的缺陷是距离大操场稍微近一点。但是，这并不妨碍沉入另一个世界的读书人。

那天，甄维正沉醉在“包法利夫人对爱情的痴迷”中，忽然听到一个声音传过来：“喂！哥们儿，帮忙把篮球扔过来！”

甄维从书页里抬起头，环顾一下公园四周，除了他没有第二个人。他把自己的视野放远一些，才看到从篮球场那边跑过来一个人。是那个人在向他喊话。

一个篮球以势不可挡的态势从操场那边滚过来。滚进了公园附近，遇到一棵香樟树的阻碍，才停下来。

喊话那人穿着一身红色的球衣，两手叉在腰间，在距离一百多米远的地方站着，看样子不准备过来捡篮球。对方看到甄维站了起来，便把叉在腰间的右手举起向甄维招了招。

甄维手里捧着书。他走向篮球，并没有弯腰去捡，而是伸出右脚，踢了一下篮球。可是，却踢偏了，篮球没能向等待它的人滚动，而是向另一个方向滚动不远又停下来。

那人“嘎嘎”笑起来，更大声地吆喝道：“哥们儿，那可不是足球！是篮球——用手投过来它才听话！”

甄维有点感觉对不起这个“哥们儿”，既然帮忙就帮到底吧。他走过去，弯腰捡起篮球，刚要准备投过去，却看到那人已经跑了过来。

“哥们儿，挺有爱心啊。”那人已经走到他面前。甄维这才识别出，这个“哥们儿”留着女人才有的齐耳短发，脸盘如满月，皮肤缺乏男性的粗糙，四肢虽然也很发达，但与真正的老爷们儿相比，还是缺乏男人的阳刚之气——她原来是个娘儿们。

这个娘儿们大约一米八的身材，站在甄维面前，倒让一米八五的他有了相形见绌的尴尬。

女人从他手里接过篮球，说：“我好像应该说声谢谢？”

甄维急忙说:“不客气，举手之劳。”

“瞧你这身板，干我们这行当也够条件。哥们儿，啥专业？”

“中文。”

“怪不得手不离书呢。未来一定是个大作家！”

“哪里呀，消磨时光罢了。”

女人左手举着篮球，向甄维伸出右手，说:“认识一下，鄙人单秀丽，七四届体育系的。请问贵姓大名？”

甄维急忙握了一下对方的手，回答道:“在下姓甄名维。七五届中文系。”

“真伟——大，你爸一定是个大文人，给你起这么个伟大的名字。”

甄维心虚地说:“我爸……是个功臣。”

“功臣？功臣是什么职业？”单秀丽不解地问。

甄维的脸红了。他急忙解释说:“功臣不是职业，他打过仗。”

“啊，原来你爸上过战场，了不得！”

仅仅这次邂逅，单秀丽并没有给他留下什么好的印象。她的大大咧咧，她稍有男人特征的身高和做派，缺乏了女性的细腻和甜美。甄维不喜欢这样的女人。

然而，后来从一个同学那里听到了女人的有关信息，他却对她上了心。她原来是HN省副省长的千金！一个四肢发达头脑简单的女人，竟然是副省长的女儿，这让他匪夷所思。在他的想象中，副省长的千金应该是文质彬彬的才女样子。但是，经过再三认证，证明之前听到的信息十分确切。她不但是副省长的千金，而且是唯一的千金。那时候，他正面临着毕业分配的关键时刻。他的同学们大多都有了去留的意向，那些有着资深背景的同学们早已经胸有成竹，志得意满地等待着即将到来的似锦前程。而他还在苦苦地为自己的何去何从纠结着。按照目前的状况，他只能回到豫东平原上那个叫陈县的小城去，如果幸运的话，他会留在县城的某一所中学，当一名语文教师。当然，能当上一名国家教师，在他目光短浅的父亲眼里，已经很不错了。然而，对于他来说，却是于心不甘的一件事情。他从那个偏僻的乡村走出来，就暗暗发誓，自己决不会再回到那个贫穷得连一家像样的小卖部都没有的地方去了（由于对初恋的背叛，他觉得自己无论如何也不能再回到那里去）。为了能达到自己的目的，他勤奋地学习，努力地表现自己，使自己在同学和老师们眼里成为优秀的学生。可是，只因为他是地地道道的农民的儿子，没有任何背景，在他所有的人脉关系中，官职最大的就数他那担任过小队政治队长的父亲了。在他苦苦为自己的前途命运犯愁烦恼时，那个四肢发达头脑简单的体育系的女生在他眼里成了一道亮丽的风景。四肢发达有什么不好呢？在他的家乡，男孩子相亲首先要看女孩子是不是身体强壮，还要看臀部是不是宽大，只有身体强壮、臀部宽大的女人，在乡下人的眼里，才是好女人，才是拿得起放得下的家庭主妇。他想到第一个相亲的女人，与这个副省长的千金相比，其实也不算丑。所不同的是，那个女人只能当老婆，而这个女人既可以当老婆，更重要的，可以成为他通向自己梦想的桥梁和阶梯！经过反复思考和衡量，他毅然决然地做出决定，向寻梦道路出发。他有把握，凭借他一米八五的身高，魁伟俊朗的男人气质，和优秀的毕业鉴定（她的父亲有充足的条件到学校对他摸底调查），来征服四肢发达头脑简单的体育系女生和她的家人。

确定目标后的两个月后，他俘获了她。那时候，她的母亲正为女儿的婚事发愁。出生于优越家庭中的她，却长了一副不尽如人意的相貌，这让她选择配偶对象的标准不得不大打折扣。她成了高不成低不就的老大闺女。在这种境况下，魁伟俊朗的帅哥自己找上门来，甚至表露出要做单家的上门女婿，这让单夫人大喜过望。在几次的见面验明正身后，果然，副省长又差人到学校查看了他的档案。在他的个人档案里，确认他有一个“功臣”的父亲，是由贫下中农推荐上来的品学兼优的学生，家庭政治背景清白。副省长及其夫人便认可了这门婚事。

被副省长选定的乘龙快婿，就这么顺水顺风，如愿分配到省会城市一所重点高中工作。没多久，在老丈人的提携下，他从教育转行到行政单位，并且一步步升迁，前途一片光明。而他的老丈人，也凭借着自己的资格和阅历，由副省长晋升为副书记，进入 HN 省权力的中心。

他和她的裂痕是发生在他们婚后不久。

那时候，他们刚从老丈人家搬进属于他们自己的新房里，是两居室的房子，单秀丽所在的单位分配的改制房（他们要出一些费用，但要远远低于市场价格。这种改制房，是福利房向商品房过渡时期各单位的一种短暂的住房分配方式）。搬进自己的新房，甄维舒畅了许多，住在老丈人家的日子里，他感到憋屈、压抑，过着谨小慎微的日子。他见过乡下的上门女婿几乎被剥夺了男人权利的那种自卑的生活，他曾讥笑那些男人活在女人的裤裆里，没想到自己也像那些男人一样成了女人的玩偶。尽管在单位里他因工作努力受到好评，但是，在家庭中，他排在倒数第一的位置。他不敢大声说话，更不敢颐指气使地指挥别人去干这干那。不是人家不让他大声说话，也不是人家不让他指使别人而只能让别人指使他，是他自己不去那样做，也不敢那样做。他要在老丈人和老岳母面前保持着他一贯的老实和谦谨，一贯的勤快和让人顺心。夜里和女人做爱时，他不敢尽情地宣泄。他压抑着自己，尽量不让自己发出哪怕是一丝轻微的声响。女人在他的身下止不住“哼哼唧唧”时，他用他宽大的手捂住了对方的嘴，直到女人停止了“哼唧”。

乡下那个满脑袋高粱花子的父亲听说儿子在大城市里有了自己的“窝”，父亲便把儿子的“窝”想成了是他老甄家的“窝”。老甄家的“窝”可不就是他的“窝”！既然老甄家在城里有了“窝”，他决定到城里的“窝”里住一段时间，过一段城市人的日子，享受城市人才能享受到的福。父亲带着自己的女人，背着自家院子里枣树上长出来的红枣，自家亲手挑拣的红薯干，自家自留地里长的长豆角，装了满满一袋子。坐汽车，转火车，一路风尘地寻到了儿子媳妇住的“窝”。

老夫妻俩被堵在了新房门外。

当时的情况是，儿子甄维出差在外，女人刚下班换上拖鞋。女人听到“笃笃”的敲门声，把门打开一条缝。女人怀着不耐烦的声调问：“找谁？”

“找谁？找俺儿子！”长着三角眼的父亲对女人冷若冰霜的声调很不满意，用高八度的同样冷若冰霜的声调回答女人对他的“见面礼”。

女人仔细看了一眼这对“不速之客”，才认出站在自家门前的两位乡下男女，原来和自己有着某种关系。

女人从门缝里钻出来，那道暗红色油漆的铁门在女人身后发出“咔嚓”一声响，然后，那道裂开的缝消失了。

随着那声铁与铁的碰触发出的怪叫声，老甄的心一下子碰疼了。他刚要扯开嗓子和眼前这个女人理论一番，身后的老女人扯了他的衣襟，劝他说：“他爸，咱是不是走错了门——这不是咱儿子家吧？”

已经和两位乡下人面对面的女人脸上勉强挤出一丝笑，说：“甄维出差了。得两天才能回来。”

老甄可着嗓门说：“那俺就等他两天！”

女人皱了皱眉头，内心里产生了厌恶，说：“这房子地方太小，不能委屈了你俩。”

婆婆没听出媳妇是在驱赶他们，急忙说：“乡下人啥委屈不委屈的？打个地铺也能将就。”

女人说：“哪能让两位老人睡地板？附近有家宾馆。还是去住宾馆吧。”

老甄瞪圆了眼：“住宾馆？俺又不是客官。放着自家的‘窝’不住，花那冤枉钱干啥？”

“这……”女人毫不客气地说：“不是怕花钱。老人家从乡下来，还带来一些……东西。啥细菌没有？”

老夫妻的心像被针扎着一样疼。他们站在门口，伸着头向紧闭着的铁门看了最后一眼，然后，默默地转回身走了。

听到身后“砰”的关门声，眼泪从两位老人满脸皱纹的脸上流下来。

老夫妻俩并没有立即回乡下。甄节俭决定等儿子回来，向儿子讨要住老甄家“窝”里的权利。他们在不远的地方找一家小旅馆住了下来。

两天后，老夫妻等回了儿子。可是，儿子仍然没能让他们回到老甄家的“窝”。儿子劝慰二老，那“窝”太小，公爹和媳妇同住在那狭窄的空间里，的确不方便，媳妇才让您住旅馆。儿子还埋怨说，大老远带这么多东西，不是自找累受？城里啥东西买不到啊！

儿子为二老换了家条件好的宾馆，领着二老在省城的几个公园玩了两天，好吃好喝地让二老享受了几天城市人的生活。父亲没有强求难为儿子，他知道儿子娶个大官的女儿，就如娶了公主的驸马。驸马哪一个不是对公主百依百顺的！是媳妇不让他们住老甄家的“窝”，儿子拗不过她，他不能难为儿子。住了几天，老夫妻看上去脸色好看了些，其实那是强装出来的。

老夫妻要回乡下去，甄维把二老送到车站。

甄节俭临上车时，对儿子说了一句话：“早知道是这个样子，老子就不会费劲巴力地要挟鲁旺推荐你上那个啥鸡巴大学了！”

这是他憋在心里几天最想说的一句话！

第十章　难以缝合的裂缝

父亲在车站临别时的话一直响在甄维的耳边。就是那句话，在他心里竖起了一道墙，把女人和他隔膜了起来。他没有因为女人对自己父母的冷漠态度而与之争吵，他甚至连一句责备的话也没说。他知道，她不会承认自己的错误。相反，如果他责怪她，对方还可能会借题发挥，变本加厉地指责和嘲讽他的父母亲。与其那样，倒不如不去计较她。但是，内心里的疙瘩却怎么也解不开，才形成了一道墙。他用那道墙把自己封闭起来，让她再难以走进他的心里去。其实，他对她的自负、孤傲、任性、盛气凌人等诸多的臭毛病早已经厌恶到极点。但是，他是一个善于见风使舵的男人，也是一个应变能力极强的男人。其实，他和她结识以来，他对她并没有产生过由衷的爱，他对她只是逢场作戏。严格地说，他对她没有真爱！他像一个戴着面具的人，把自己真正的面目藏了起来。及至和她结了婚，也没感受到新婚所带来的激情和幸福。做爱，只是出于一种本能，出于一种应酬。他从来没有直视过她的脸，更没有认真地去看过她的眼睛。当她向他发出求偶的渴望时，他把她当成躺在粮食囤上的舒语，他把豪华舒适的婚床当成了那间丑陋肮脏的保管室。所不同的是，在保管室里结束后，他感到了甜蜜和舒畅。而每一次和这个女人在婚床上做完事，他却毫无道理地后悔和失落。他不知道这究竟是怎么一回事，可是，他从来没有拒绝过她，无论她提出什么，无论她提出的条件多么苛刻，他从不反驳她。他要么违心地去做那些他本不想去做的事，要么采取迂回或者变通的方式应付她。他之所以这么忍辱负重地活在一个女人的阴影里，是因为他要让自己尽快融入这座城市上层的群体中去。他想让自己比他的所有同学活得更好。他要得到自己想得到的一切。他忍痛割舍了他一生中最为珍贵的东西——初恋——就是为了向这个世界索取更多。金钱、美女、地位、权力等等，需要追求的东西太多了。然而，所有的一切，再没有“权力”这样一个字眼更吸引他了。他已经向成功之路迈出一步，他想得到更多，就必须韬光养晦，伪装自己，就必须在合法的妻子面前忍气吞声、委曲求全。他的岳丈已经成为省委第三号人物。而他，在老岳丈的关照下，被提升为处级。在这么短的时间内，能提拔为正处级领导干部，和他的同学们相比，已经有了居高临下的优势。同学们都说他是坐着飞船去太空——一步登天了。而他并没有满足，他还要进步。依靠老岳丈升迁，是最为捷径的路子，也是他唯一的路子。他活在事业成功的快乐里，而没有真爱的婚姻里。

老岳丈退居下来的那年，他被破格提拔为 Z 市市长。

在他大学时期同班级的同学中，他是唯一一个升迁到如此高位的人。同学们大多还在基层工作，有几个被提拔为科级干部，有的还在学校里教书。他成为同学们高山仰止而又不可企及的一座高峰！

他记得大概是两年前的一天，秘书告诉他，说从陈县来了一对夫妻，自称是他的朋友，问甄市长要不要见他们。他正在审阅一个文件，抬起头回答秘书时，从窗户看到院子里一对男女正朝他的办公室这边张望——显然，他们已经打听到他在办公室的信息。那女人有些眼熟，及至仔细一看，认出是刘雪莹。

人都找到门上了，如果不见，怎么说也不合适。

刘雪莹虽然个子还是那么矮，但是，却比过去发福多了，由小巧玲珑变得风姿绰约。女人很注重自己的形象，她的衣着穿戴，既雅致又鲜亮，白皙的面部显露出被乳霜滋润过的光滑。看上去她的生活过得很好。甄维想到她找班主任为他解围的那件事，觉得还是应该感谢她的。尽管现在看来那是一件微不足道的小事。

他客气地把二人让到沙发上。秘书已经为两人沏上茶水。

女人介绍那个一直面带微笑却没有说一句话的男人。男人是她的丈夫，看上去憨厚沉稳，又稍显木讷。介绍她的丈夫时，刘雪莹突然问甄维，认不认得她丈夫？甄维对刘雪莹的问话感到莫名其妙，他摇了摇头。刘雪莹说，他和刘老师——也就是咱们的班主任，曾经是同事。只不过刘老师已经退休十多年了，她丈夫还在教学第一线，是县城高中的一位数学老师。她丈夫是咱们“上山下乡”那年到高中任教的。刘雪莹在介绍她的丈夫时，十分婉转地说出了她和丈夫这次来找甄维的目的。她要求对方帮她的丈夫解决高级职称。刘雪莹向他讲述，按照丈夫的能力、各项条件，早就应该晋升高级职称了。可是，就因为人太老实，一次一次都轮不到他！刘雪莹的话里充满怨愤和不满。

一直坐着没有说话的丈夫，在刘雪莹端起茶杯喝茶的间隙，赧然一笑，说：“具备高级职称条件的人太多，而每年分到学校的指标却有限……”

刘雪莹放下茶杯，抢过丈夫的话头说：“有限的指标，和学校、教育局领导有关系的人还争得不可开交，哪能轮到你？甄维，这次老同学来找你，就是想请你给县领导写封信，介绍介绍咱们老同学的关系，把他的高级教师职称问题解决了——他五十多岁的人了，青春年华都献给了教育，连比他小十多岁的小青年都晋了高级，他还是个中级。你说他这人肉头不肉头？”

在陈县民间，“肉头”是说男人笨、憨、没能力。听刘雪莹这么埋汰她的丈夫，甄维不由心里好笑，面上却很关切地询问了男人的一些基本情况，然后对刘雪莹说：“为这么点儿事，还大老远地跑来，打个电话不就得了。”

刘雪莹说："老同学哎！对你来说是小事，举手之劳。可是，对俺两口子可是天大的事，没有老同学帮忙，俺老公这辈子恐怕难以晋升高级职称——不来见你的面说，心里总不踏实。"

甄维想想，也是这个道理，便拿起桌上的固定电话，拨通了当地县委书记的电话。

对方接到他的电话，似有些受宠若惊的样子，忙问甄市长有什么吩咐。当得知是一位老师晋级职称的事，满口答应"马上办"。

甄维和县委书记通电话的时候，有意按了免提键。这样，县委书记的明确表态让刘雪莹夫妇都听到了。可是，刘雪莹还是不放心，非要甄维给县委书记写封信让她带回去。这让甄维可气又可笑。他为这位老同学的迂腐而可笑。都什么年代了，谁还靠关系信去办事？这不是给别人留下口实吗？不由为刘雪莹的固执有些心烦，事情都给你安排好了，还要缠着写信，是拿着这封信向别人炫耀？甄维最终没写信，这让刘雪莹很不高兴，开玩笑似的说他"拿大"。一句话说得甄维很不舒服，脸色也晴天转多云。她老公急忙解围道："雪莹，甄市长把事情都安排妥当了，咱还要信干啥？不要！甄市长挺忙的，咱们不再打扰他了。"

出门送客的时候，刘雪莹支应丈夫先走，站在门口，说起舒语的事。舒语是甄维心中永远的内疚和疼痛。如果说，在这个世界上有一个最让他有负罪感的人，那就是舒语。而让他负心地背叛舒语的原因，除了他对权贵的向往和追求外，这个女人写给他的那封信，对他对舒语的负心起到了推波助澜的作用。他不愿再从这个女人那里得到有关舒语的任何信息。

三个月后，他接到刘雪莹打来的电话，说丈夫晋升高级职称的事搞定了。没想到老同学一个电话比他"求爷爷告奶奶"地跑了多少趟都管事，这真是上边有人说话没有办不成的事。谢谢老同学，你举手之劳可帮了我大忙。

不知道为什么，挂断电话，甄维感到一阵悲哀。由刘雪莹丈夫晋升职称的事联想到自己。是的，自己仅仅是举手之劳，可是，刘雪莹哪里明白，这“举手之劳”的背后是权力的象征。如果他不在市长这个位置，如果他们县的县委书记不是有求于他，他的举手之劳能解决问题吗？他想到自己从一个小队政治队长的儿子，一步步走上高官的位置，这背后的每一步，不都是权力的象征吗？即便他走出金桥的第一步，也是靠他强势的父亲，抓到了掌管着他命运权力的鲁旺的把柄，才幸运地走进大学之门。他其实很佩服他那个头脑里充满着小农意识的父亲。父亲总是用失去一些小节而保持大节，吃点小亏而占大便宜。他遗传了父亲的这种秉性。这也是他的哲学。他就是靠这种哲学才一步步稳稳妥妥扎扎实实地登上了自己人生的高峰。但是，他明白他之所以能有今天，与老岳丈的“举贤不避亲”分不开。他的哲学是用在了女人和老丈人身上。老岳丈的“举贤不避亲”背后其实是一种权力，他用他的哲学操纵了这种权力。他在女人和老丈人面前仰人鼻息地生活，他虽然吃了小亏，可是，却占了大便宜。他在这座城市扎了根，结成一张隐形的网。如果按照父亲的话，早点把女娃（舒语）娶回家给他生个胖孙子，他会有今天吗？他或许会在金桥待一辈子，做一辈子农民。他也可能像求助他晋级职称的刘雪莹一样求别人写一封“关系信”，才能改变自己的命运。从这些方面来说，他对真爱的背叛，虽然是无耻的，也给他留下了遗憾和痛楚，但是，对于他人生价值的取向，却得到的更多。有得必有失，他常常以此来慰藉自己，以此来原谅自己曾经丧失的良心和人伦道德。

他的命运已经掌握在自己手中，他已经长成一棵枝繁叶茂的大树，他不再靠她的父亲“举手之劳”为自己做什么事了。她的父亲，那个权居高位的 HN 省前省委副书记，在退位之后，本应该享几天清福，可是，只因为在位时作风不够检点，留下隐患，没有擦干净屁股，被人举报到有关部门。有关部门正要立案对他进行调查，前副书记也许是闻到风声吓破了胆，也许真的是积劳成疾突发脑溢血，拉到三甲医院抢救三天三夜，也没能起死回生。

这样也好，前省委副书记只能盖棺论定，有关调查终止。作为前省委副书记唯一的女儿，的确有着让别人难以超越的优越感。而父亲的离世，在她心中留下的创伤是难以治愈的。在这种情况下，她丝毫没有改变对丈夫颐指气使的态度，她在丈夫面前还是那么盛气凌人。在她心中，丈夫能有今天，全是她的功劳，全是她父亲的提携。因此，他应该对她感恩戴德。他即便升迁到更高的位置上去，他也是她丈夫，他也不能对她忘恩负义。有了这样的想法，女人全然没有顾及夫妻间的裂痕正一步步加大。她没去想，也从来不去想他们的婚姻已经走向了悬崖。

是的，看上去是一些微不足道的小事，但是，正是这些小事的日积月累，酿成了大事，酿成了悲剧。所有一切，让甄维对女人越来越反感。如果说，在此之前，他还能迁就她的话，那么，现在已经发展到让他难以容忍的地步。老头子病逝后，女人对他变本加厉地苛刻。他意识到了，那是女人的心绪。她的父亲才是她精神的支柱，而他在她面前只不过是个玩偶，是她性欲望的满足者。她从来没有看起过他，她不尊重他，不尊重他的家人，她把他和他的家人一概视为肮脏愚昧的乡下人。她从来没有去过他在金桥的老家一趟。她告诫他，让他所有的亲戚朋友都不要来她家。她嫌弃他们！对这样一个妻子，能容忍这么多年，能和她在一起生活这么多年，换作没有足够的承受能力的男人，是做不到的。

她父亲死了，她应该反思，应该收敛起她的任性、高傲、霸道、蛮横的性格。然而，她的失落，她精神支柱的坍塌，使她成了一个神经质的女人！

第十一章　维系夫妻关系的纽带

儿子刚读完硕士，依甄维的意见，还要儿子继续读博。但是，女人却死缠硬磨，非要让儿子就业不可。她的理由很简单。她说，他近五十岁的人了，再有几年就要从现在的位置上退下来。趁着还在台上，为儿子谋求一个理想的工作岗位，然后，再为儿子的发展和进步奠定基础、聚集一些人脉。女人总是那么市侩和现实，又总是那么急功近利。为此，他和夫人冷战两个多月，虽然为夫人的固执和市侩感到悲哀，但是，为维护日渐风雨飘摇、摇摇欲坠的夫妻关系，他不得不又一次让步妥协。

其间，儿子夹在两人中间，左哄右劝，以避免两人之间的矛盾为自己而急剧升级。儿子不像有些干部子弟那样娇惯任性，儿子在他和夫人之间是一剂润滑剂，调节着二人之间逐渐加剧的摩擦。其实，儿子内心是倾向于甄维的意见，他想继续进行自己的学业，他想出国留学。作为市长的儿子，出国留学深造有着足够优越的条件。可是，他难以突破母亲这道防线。母亲的固执己见成为他的羁绊。儿子自幼就畏惧母亲，不敢违逆母亲，这是因为母亲有一种骄横跋扈的性格。

单秀丽年轻的时候，在激烈的赛场上拼搏了多年，直到嫁给甄维，才恋恋不舍地从叱咤风云的赛场上退下来，到一家财政全供的机关工作。然而，球场上的博弈锻造了她的性格。她豪放、粗野、大大咧咧，缺乏女人的细腻和温柔。连和自己的丈夫说话都带着满腔的火药味。她是身居高官的父亲唯一的女儿，从小就被父母娇惯得任性。正因为此，她才有条件和理由骄横，儿子的一切才能由她主宰！其实，如果她稍微理性一些，她会遵从甄维的意见。然而，和丈夫唱反调并且一定要丈夫顺从于她（哪怕她已经意识到自己的坚持是一种错误），是她行事的逻辑，是她一贯的作风。儿子对甄维的妥协并不满意。但是，儿子又不愿看到父亲和母亲继续冷战下去。儿子早已经看到了貌似风平浪静的家庭中潜伏的危机，他不愿为自己的事情让父亲和母亲的矛盾再次升级。他一边顺从了母亲的意愿，一边又答应甄维，即便参加了工作他还可以去考博。

儿子表面上顺从了母亲的安排，可是，他一直没到单位去上班。在这期间，他把自己的时间交给了他非常要好的同学们，也把自己的喜怒哀乐交给了他的挚友们。他和他们去唱歌，去网吧，去郊游，总之，他不想过早地把自己埋葬在繁杂而又市侩的琐事中，他像一条被人扔到岸上的鱼，蹦跳着，挣扎着，想跳回到水中去。

初夏的那个上午，他和几位同学去郊外的湖边游玩。那是个阳光明媚的日子，谁也没有预料到要发生危险的事情。正因为没有预料到，才失去了戒备和预防。一位叫艾薇薇的女同学不小心滑到了湖里。他毫不犹疑地跳进湖里去救那位女同学，女同学被他用尽全力托举出湖面，他却沉入了湖底。

甄维记得，那个叫艾薇薇的女生曾经来过家里一次——是在甄扬溺水死亡的半个月前。

甄扬把她带进家里之前，笑着向单秀丽炫耀：“妈，您不知道艾薇薇长得多漂亮，同学们都夸她像西施呢！”

单秀丽抢白儿子：“西施，谁是西施？老娘不管她是西施还是东施，要做老娘的媳妇必须让老娘把关——别把青菜萝卜都朝家里搬！”

甄维心里好笑，连西施都不知道是谁，让外人听见你这话不把嘴笑歪，一边向儿子使个眼色，一边说：“儿子，你就说长得像你妈年轻时那般漂亮不就是了。”

这句话蹬散了单秀丽的柴火捆，她狠狠瞪了甄维一眼：“是不是嫌弃我老了？当年，你觍着脸来巴结老娘时，老娘让你钻裤裆你敢说个不字？”

面对女人恶毒的嘲讽，甄维没有再和她争辩下去。本来开个玩笑，为她的无知做遮掩，谁知又惹恼了她。如果和她较真下去，不定又说出什么难听的话呢！他便避开单秀丽，回头郑重地对儿子说：“婚姻大事不能完全靠自己想当然，要依靠组织来决定！这个组织是由你妈和我二人组成，你妈是这个组织的一把手，凡重大事件以你妈的意见为准。”

甄维甘于屈居二把手，是对单秀丽的恭维。他相信在儿子婚姻的选择上，单秀丽会和他有着同样的意见。

而单秀丽却不买他的账。如果不是甄维竭力反对儿子谈这个女朋友，她或许会干涉儿子的自由婚姻，就是因为丈夫提出了反对意见，才让她的态度有了一百八十度的大转弯。她认为丈夫的反对理由都太过牵强附会。什么知识浅薄？你不也是个“工农”大学生吗？儿子是正经八百的硕士研究生。我单秀丽能为你老甄家养出个硕士生还不够吗？你还要让他读博，是要让他读到扎白胡子呀！还有，嫌弃人家是乡下小妞，你不是乡下人？你祖宗八代都是乡下人，倒嫌弃起人家来了！我偏要找个乡下姑娘做儿媳妇。乡下姑娘实诚、能干，不像城里的姑娘，吃嘴怕受累，娶个媳妇就是娶回家个公主。

单秀丽就是这么个怪脾气女人，无论在任何事情上，她都与甄维打顶板、唱反调。在儿子的婚姻大事上，是她首先提出了反对意见，甄维不过在某些方面附和她一下，她却蛮不讲理地否定了丈夫的意见，并且自作主张地邀请未来的儿媳妇来家中让她过过目。单秀丽是个强势的女人，也是个目光短浅的女人，更是个犟脾气的女人，她认准的事，甄维只能顺其自然。为了维护这个家的和谐和安定，也为了在邻居们心目中保持一个和睦家庭的印象，他委曲求全，修改了自己对儿子人生的设计。在就业的问题上，儿子首先表白，坚决不去考公务员，且不说报考公务员的大军令人生畏，仅公务员每月打到卡上的那点儿薪水，就让人有一种沿街行乞的乞丐感，还要低三下四地谄媚上司。从办事员做起，一个台阶三年，要爬到处级的位置怎么着也得个十几二十年。不靠点外力，说不定长出白胡子还在科员的凳子上熬日子。到企业呢，既能享受高薪水，又能展示自己的才华，干一年半载就能买车，干个三五年，就能买房子，干个十年八年，说不定自己就当老板了！你看看人家马云，自己砸了自己人民教师的铁饭碗，现在成了叱咤风云的电商大咖！还有那个戚什么，对，叫戚大印的大哥大，可是吃红薯面窝头、喝盐水长大的半个孤儿，跳跃龙门后本来端的也是铁饭碗，但最终把自己的铁饭碗砸了，不但没有把自己饿死在沙滩上，反倒成了大富翁，几千亿的身家……他惊叹于儿子竟然有这么好的口才。在他的印象中，甄扬上高中时，还是个闷葫芦哑巴。在省外国语高中读书，吃住在校。假期和星期天回到家里，就钻进他自己的那方小天地里，很少和人交流。而他很少在家，即便星期天能回到家里，也等于把自己的办公室搬进了家中，来找他汇报工作、请示工作，或者连汇报带请示工作的人络绎不绝地找上门来，真可谓门庭若市。在他的印象中，甄扬的初高中阶段，父子之间基本没什么交流，爷老子的时间都交给了那些来找他汇报、请示工作的男男女女们。而儿子的时间，似乎凝固在那间十几平方米的空间。在个人职业的选择上，甄扬不等他发表意见，自己先表达了自己的愿望。甄扬的坦诚，让他吃惊，也让他第一次意识到，儿子已经不再是个小孩子，而是个男人了。他第一次从儿子的身上，看到了二十多年前的自己。是的，儿子已经长大，儿子有了自己的思想，有了自己的主见，他不会再按照别人的设计去生活，包括和他最亲近的人。好在，已经不是二十多年前，儿子现在的条件与他过去的条件有着天壤之别，有着天翻地覆的变化。

单秀丽的独断让甄维很无奈。在外边他是个一言九鼎的人物，但是，在夫人面前，他永远是弱者。对他熟悉的人都知道他有个诙谐的诨号，叫“妻管严”，有了解他家庭背景的同事，都说他惧内，是老婆的应声虫。的确，单秀丽的强势让他无能为力去抵挡，唯一的方式只能听之任之。不然，家庭矛盾就会逐步升级，冷战将会无限期地延长下去。对儿子在婚姻上的选择他之所以提出不同意见，是因为之前听到单秀丽曾发表过对儿子谈对象不满的牢骚，他才敢于大胆地谈了他的真知灼见。可是，他在表达自己的不同意见时，没能从根本上与单秀丽保持高度一致。单秀丽只是责怪儿子没有把未来的儿媳妇的基本情况向她汇报清楚，儿媳妇的基本情况如果达到她的满意程度，她不会阻拦的。而他是要棒打鸳鸯，从根本上阻止这桩姻缘。其实，甄维只是说了几句一个父亲想说的话。这是天下父亲对自己的儿子寄托的希望。单秀丽把他对儿子的劝导当成了与她唱反调。在儿子的婚姻大事上她是主导，她竭力主张让儿子就业，然后是结婚生子。为了阻止他不再和她唱反调，她私下里告诉他，你没看到吗？那闺女……咳，你儿子看上去老实巴交，不和你一样……是个老实旋！自己做下的事，全不考虑后果，等人家姑娘腆着大肚子找上门来，你这个当市长的脸上有光吗？

单秀丽的话把他说得无言对答。当年，和单秀丽见了两次面，就在单秀丽那间装饰豪华的闺房里，他便猴急地与对方上了床。宽阔舒适的席梦思大床，比起乡下保管室里的粮食囤要舒服得多。尽管如此，他还是像做贼似的，一边在女人的肚皮上耕作，一边警惕地支棱着耳朵，听着门外的些微动静——他未来的丈母娘出去逛超市了，他担心丈母娘随时闯进来打搅他们的好事。其实，他的担心是多余的。未来的丈母娘对他这个未来的女婿虽然只见过两次面，但是，从甄维的相貌、人品、待人接物等方面，都是满意得不得了。她巴不得女儿能和这个看着顺眼的女婿早日成婚。见女儿领着未来的女婿进了家，她借口去了超市。

那虽然是和单秀丽的第一次，让甄维疑惑的是，却缺少和舒语的初次之后获得的愉悦感。单秀丽在他的身下虽然亢奋，但是，却缺乏激情。而他感受到的只是慌乱和疲惫。

单秀丽的话堵了他的嘴。他没有和她争辩。争辩没有丝毫的意义。但是，总感觉儿子在对待婚姻这件事上，过于草率。他想找他好好谈谈，告诉他，婚姻是一个人一生中的大事，选择正确，可能带给你一辈子幸福，反之，也可能让你后悔一辈子。当不称心的婚姻折磨你的身心时，会让你痛苦、无奈、挣扎。但是，到了那个时候，你就如落入了猎人为你设计的陷阱内，等你认识到你的选择是错误的时候，你已经失去了重新选择的机会。你只能把这苦涩的果子吞咽下去。你会永远陷入后悔、怨恨的苦海中。他想用自己对婚姻选择的得失，来说服儿子！

平常看上去驯顺、听话的儿子，在对婚姻的选择上，却是那么固执、坚定。每当他张开口要和他谈论他心目中的女神时，他总是顾左右而言他。要么岔开话题，要么像孩童时期那样搂着他的脖子，撒娇地央求不让他干涉他的私人领域。他知道儿子已经坠入情网不能自拔。他无法把他从二人罗织的情网中拉出来。不过，他对那个女孩产生的疑虑始终让他放心不下。他曾经和单秀丽谈过自己的忧虑，这个缺心眼的女人讥笑他是杞人忧天。他如果再说下去，两个人就会抬杠。抬杠已经成为俩人的家常便饭。强势的女人，常常以绝对的优势击败他，让他偃旗息鼓。

单秀丽想，等那女孩儿来了，让甄维过目一下，再放他走，免得出啥难堪的事！人家第一次来咱家，不能让她心理负担太重。毕竟是小户人家的闺女，没见过大世面。让他看看未来的儿媳妇是个啥样子，也不过走个过场，真正地拿主意，还得靠她把关。女孩儿长相在那儿摆着，是掩盖不住的事，儿子有眼力。但是，脾气是个啥样儿，有没有教养？娘家是个啥情况？都要摸摸底，打听清楚。靠老甄去了解这些情况是不行的，让他看一眼就走，就是这个意思。

那个周末的上午，一位亭亭玉立的女孩走进了市长家。从形象和气质上看，这女孩子是无可挑剔的，她举止文雅、落落大方。甄维的目光在对方脸上停留了大约一分钟的时间。按道理说，第一次见面用这么长的时间观察儿子的对象，作为有可能成为对方老公公的男人，似乎有些太过冒昧。但是，乍一看到那张俊俏的瓜子脸和那双闪着盈盈波光的黑白分明的大眼睛，他内心突然产生一种难以言说的惊异，直到冷静下来审慎思考后，他才弄清楚让自己产生惊异的原因。这张脸让他想起了一个人！只是一瞬间，那张面孔在他的脑海里一闪即逝！

他奇怪自己，为啥看到这个女孩儿，会突然想起了刘雪莹？哦，还有，儿子介绍这个女孩儿姓艾。让他又猛然记起，刘雪莹在向他介绍她的丈夫时，好像也是这个姓。难道……不可能！事情不会如此巧合！

本来和女孩儿招呼一声就要走的，司机在外边等着他，十点钟还要参加一个会议。他不能待在家里婆婆妈妈地陪她们聊天。可是，看到这个女孩让他产生的惊异，令他无法释然地坐了下来，和她进行了简单的交流：

“家是哪儿的？”连他自己都感觉，这话问得有点儿像查户口。

女孩儿笑了笑，说：“甄叔这是要查我家户口吧？也好，其实，早该把家庭的情况介绍给甄扬了。可是，每当向他介绍时，甄扬都阻止我说下去。他不要了解我家的情况，也不谈他自己的家庭。他说，婚姻是我们两个人的事情，是我们两个人的私生活。至于家庭父母，不是我们依靠一生的港湾。我们总要独立自主地生活，靠我们自己创造幸福的生活，而不是靠父母、靠家庭坐享其成。”女孩儿长了一张灵巧的嘴巴，说起话来滔滔不绝。但是，这么长的一段表白，并没有解开甄维内心的疑问：她究竟是哪里人？她的父母亲的有关情况，女孩儿都回避不谈！

由于内心产生了疑窦，甄维的神情似乎很难堪。

单秀丽白了他一眼，替他解围道：“闺女，你甄叔可不是要查你家的户口。他是职业习惯。当了官，总是一副体贴关爱百姓的样子：家庭几口人呀？父母身体健康吗？生活有什么困难呀？”

女孩儿说：“大姨，我理解甄叔的心情。尽管甄扬从没想过依赖自己的家庭和父母，但是，做父母的却无时无刻不在关爱自己的儿女，他们总觉得自己的儿女还小，还像在襁褓中那样需要他们的关心和照料。为了儿女，他们恨不得把自己身上的肉割下来一块送给子女。其实，做父母的不必这样。应该相信自己的儿女已经长大了。他们有能力创造自己的幸福家庭。现在干事创业的环境，比起父辈们，要宽松优越得多，你们在那么艰苦的条件下，都没有依靠父母，而奋斗拼搏得如此圆满，创造了这么美满的家庭。我们这一代，怎么能做啃老族呢！”

这个女孩儿快人快语，像打开的话匣子，滔滔不绝。可是，甄维却一句话也没有听进去，他的精力一直沉浸在对往日生活的搜索中，企图找到这个女孩与二十多年前的“她”的相似之处——可是，他没能找到。

这女孩在他眼里逐渐回归为陌生！

第十二章　灵狗吞吃了日头

甄扬被推进火化炉的那一瞬间，甄维浑身产生一种惊悸。

那种惊悸不单是看到甄扬的尸体即将被火化而产生的。

他突然想起舒语给他讲过的耶稣降生的故事——在生产队的保管室里，一个有月亮的夜晚，月光从狭窄的木窗棂里照进来，照在她和他的身上，留下一堆斑驳陆离的花纹——她说，耶稣的母亲玛利亚还没有和他的父亲约瑟结婚，就怀了孕。耶稣的父亲在得知他的爱人未婚先孕时，曾经想与玛利亚解除婚约。可是，神的使者却告诫他，如果抛弃你的爱人，你将受到上帝的惩罚……

甄扬的溺水死亡，既让他感到了生命的脆弱，又让他怀疑是不是上帝对自己的惩罚？

尽管他早已经是个无神论者，但是，那一刻，他的心头还是涌出了一个不祥的字眼——“因果报应”！

想到这一点，他浑身都是颤抖的！如果不是鲁修义手疾眼快地在身后扶着，他几乎要摔倒在地。他靠在鲁修义身上，心痛欲裂地看着那具年轻的尸体在烈火的燃烧下变成一堆骨灰。

一条鲜活的生命就这么消失了！

甄维被泪水模糊的双眼，看到一张女孩的脸，那张脸上有着淡淡的哀伤，但是，那哀伤很快消失了，女孩的脸幻化为一张中年女性的脸，那张脸上充满了嘲讽的神情。两张脸都很熟悉，可是，处在极度悲伤中的甄维却怎么也想不起她们的名字。他掏出手帕，要擦去眼泪，仔细辨认女人的脸时，女人的脸却幻化作一张满是皱纹的老脸。那张冷若冰霜的老脸上长着一双三角眼，正恼怒地瞪着他。

他耳边似乎响起一个沙哑的怪叫声，小满，你这个狗日的！你早晚要遭报应的！咱老甄家在你这一辈上绝了后，都是你作的！

父亲脾气粗野暴躁，骂起人来，不讲场合，不计后果，更不会考虑挨骂者的感受。

甄节俭是在那次没能如愿走进甄家的“窝”回去后不久去世的。照母亲的说法，你爸是气结于心气死的。父亲过早离世，在他心里留下了一个挥之不去的阴影。是的，的确是一个难以消失的阴影！

父亲躺在病床上的那些日子里，一直叨叨说：“我没有病！”

“我没有病！”

“我生气！”

“生气！”

“生气！”

除了反复唠叨这些，再有就是：

“不该让儿子上那个啥‘鸡巴’大学！”

“不该的！”

“不该的！”

父亲昏迷的时候，发出一阵阵呓语：

“小满，去把那个姓舒的女娃娶回来！”

“娶回来！”

“娶回来……”

是父亲让他走进了大学，如果不是狡黠而又要强的父亲帮助他，他现在可能是金桥村一个地地道道的农民。他和她说不定已经生下一群孩子，那些孩子也已经长大。按照乡下男孩子早婚早育的习惯，他和她或许已经当了爷爷和奶奶。而他的父亲也可能看到了他的重孙子。那正是他的父亲所热切盼望的！

父亲甄节俭希望他上大学，并没有想望他在省城做大官，更不希望他成为城里人。父亲只是希望他能替代鲁旺当上金桥大队的队长，就心满意足了。鲁旺那个二流子货，穿着露屁股的裤子，新社会让他翻了身，他竟然娶个地主家的老姑娘做老婆，还当了大队长。而他甄节俭，跟着解放大军背一个月的锅，娶的老婆也是个穷人，只当了个小队的政治队长！甄节俭不服气！甄节俭要从鲁旺手里夺权，他自己没能力了，就把夺权的希望寄托在儿子甄维身上。可是，儿子上了大学，翅膀硬了，不回来了。村里人都眼气他老甄家的坟头冒烟了！出个比县太爷还大的官！鲁旺见了他，再不是过去那种一副带搭不理的样子，离多远，就笑眯眯地给他打招呼：“老哥，喝罢茶了吗？甄维来信了没有？”

甄节俭的心理得到了满足。儿子大学的书没有白读，虽然没回来当大队长，鲁旺却再不敢小瞧他，还上赶着巴结他、讨好他。看来，能在省城做官也不错！小满，咱老甄家能出你这么个人物，算给老祖宗长了脸！鲁旺再敢骑到咱老甄家头上作福作威，小满，你给老子狠狠地“修理”他！“修理”这个词，意思很广泛，本义是对各种损坏的机器、家具等修整治理的意思。在他的嘴里，却赋予了新的含义，那就是揍或打的意思。对一个人进行“修理”，绝不是啥好事儿。父亲给甄维说这话的时候，甄维不过笑着点了点头。他没有理由去修理鲁旺，相反，对这个家乡的父母官，他不能像父亲那样充满敌意。父亲和鲁旺有过节，责任不全在鲁旺，甄节俭起码负一部分责任。因此，他没有按照父亲的意思“修理”鲁旺。

甄节俭终于没有等到小满“修理”鲁旺，就抱着很大的缺憾去世了。

甄节俭很害怕死。但是，不能因为他怕死，死亡就躲开他。

甄节俭的病很奇怪，能吃能喝，就是不长肉，人瘦得没了形。

乡卫生院、县医院，市三甲医院都去看过。最后，甄维把他送到省医院，一项一项查下来，各种先进的医疗器械都用上了，也没能查出他得的是一种什么病。还要到北京去检查。被各种各样的医疗设备折磨得死去活来的甄节俭对现代科学医术失去了信心，他坚决不到任何地方去治疗了，连县医院也不去了。从各级医院带回来的药，被他偷偷地扔进了茅坑里。

他对甄维说："任何药也治不了俺的病！"

病入膏肓中，甄节俭发出一阵阵呓语：甄家要遭报应了，甄家要断子绝孙了……

清醒过来的短暂时间里，他还在埋怨，儿子作下的孽，让他顶了缸。怕死的他在床上痛苦地呻吟着，让俺死吧！老天爷，疼死俺了！

那天，他突然来了精神，吃了小半碗炖的鸡蛋羹，还喝了半杯牛奶。肚子里有了这些食物垫底，他竟然让甄维搀扶着坐起来。当甄维要给他披上衣服时，他死死地抓着对方的手，睁大一双深陷在眼窝里的三角眼，恶狠狠地质问："小满，实话告诉老子，那个姓舒的女娃，肚子里怀的是不是你的种？"

甄维心虚地责怪他："都过去了这么多年，爸，你胡说些啥！"

甄维矢口否认父亲。担忧父亲的话被别人听了去——特别是他的妻子单秀丽，他急忙端起父亲还没有喝完的那杯牛奶放到他的嘴唇边，企图用那杯牛奶去堵他的嘴。

甄节俭伸出瘦骨嶙峋的手，把他端过去的杯子推开，苟延残喘地说："老子留心过，那个女娃生的娃，没有带走，就在……"

甄维用牛奶杯堵住甄节俭的嘴，说："爸，秀丽已经怀上……"

"呸！那个女人老子不稀罕！你把那个姓舒的女娃给我找回来！"

父亲突然歇斯底里向他喊着，让他有点慌乱。他急忙趴在他耳旁，低声说："姓舒的早已嫁了人，成了人家的媳妇儿！"

听甄维这么说，甄节俭似乎绝望了。从他的胸腔里断断续续地发出一阵埋怨，不该贪图富贵，不该休了姓舒的！那个女娃多好啊，人长得齐整，又勤快，来咱家那次帮你妈烧锅做饭，不怕脏不怕累，还长了一个生男娃的大屁股……

甄维担心他说出更难听的话，急忙打断他：“啥叫休啊？又没扯结婚证，只是谈……”

不说还好，这么一句话，更让他恼火：“你……你……你狗日的……作孽！”

甄节俭猝然咽下最后一口气。

甄维急忙呼叫医生。

医生放下听诊器，告诉他，刚才，老人家是回光返照。

那张满是皱纹的老脸在他眼前消失了。

此时突然想起往事，是因为父亲在咽气时那种绝望的目光曾让他心碎。由于与媳妇怄气，父亲到死也没能看到他的孙子，他一直担心老甄家这一血脉绝后，他希望在他活着的时候能看到老甄家的香火继承人。病魔夺走了他的生命，他是怀着深深的遗憾离开人世的。

在他的家乡那个叫金桥的村子，谁家院里没有男孩是最说不得话的。在乡下，男孩自小就是一个家族的骄傲，一根支撑家中房顶的栋梁，一颗延续家族血脉的种子。没有男孩，人家背后骂你断子绝孙，是你的父辈们做了坏良心的事才让你绝后的。这话够恶毒的。父亲之所以害怕老甄家绝后，正是因为他认为小满曾经做过“坏了良心”的事情。为那件事情，父亲常常地埋怨他，说他不该抛弃人家。是的，他也后悔过。但是，覆水难收，他已经陷入自作自受的泥潭中难以自拔！

父亲去世后的那个冬天，他的儿子降生了。他相信是上天宽恕了他，是那个女人饶恕了他——她或许根本没有诅咒过他。有了儿子，他对她的愧疚和内心的自责渐渐地平复了。他相信“和她没有缘分”这句话，上帝安排他和她轰轰烈烈地相爱，又安排他和她绝情地分手，上帝不怪罪他，才给他们老甄家送来了香火传承人。可是，在儿子学业有成，即将向美好的前程迈开自己奔跑的脚步时，是谁夺走了儿子年轻的生命？难道上帝反悔了对他的宽恕？

按照老家的风俗，他唯一的儿子去世了，他们老甄家到了他这一辈算是绝后了。没有了香火传承人，这对于他们这个家族，对于他们老甄家，都是一种最无情的打击。尽管他已经从乡下走出来多年，他几乎是把自己连根从那块土地上拔了出来，但是，那毕竟是生他养他的根基。他档案的履历表上，在籍贯一栏里，填写着那个在全国地图上难以找到的村名。他的父母和他的祖辈都在那里，他们被黄土掩埋着。也许他们的肉体早已经腐烂化为泥土，只剩下一堆骨骼。但是，那堆骨骼是他的根，是他的念想。他的脑海里时常交替浮现出那两张布满皱纹的满是沧桑的灰黄色的老脸。村里的老人都记得有一个名字叫小满的男人是从那里走出来的，走进了城市，一步步高升，成了他们可望而不可即的大官！他们不知道科级是多大的官，更不知道处级和厅级哪个级别更高一些。在他们心目中，在省城工作的干部都是大官。他们对外来的乡邻常常引以为豪地说，俺村子可是风水宝地，出个大官，在省城呢！

在老家，流传着一句俗语，叫“人生有三大不幸，即少年丧父、中年丧妻、老年丧子”。甄节俭死的那年，他已经三十多岁，算不得少年丧父；他的合法妻子比他的身体还壮实，因为她曾经是叱咤风云的女篮球队员，虽然发福得再也不能三大步上篮投球了，但是，能吃能喝睡眠充足。邻居们说她是不老的女金刚。这个“女金刚”在甄维听来，虽然有一种嘲讽的意味，但是，毕竟是夸她体格健壮，有望活到一百岁。已经五十岁的甄维与她比起来，体质却不容乐观。除了高血压、心脏病，还有糖尿病。让他难言的是，肾功能也出现了故障，与女人做起房事的时候，常常力不从心。从各种迹象预测，甄维都不会遭遇人生的第二大不幸。尽管甄维还没到“老态龙钟，白发苍苍”的年龄段，但是，儿子的伤逝，一下子让他像走到了人生沧桑的暮年。

他是一位在HN省会城市有着公众影响的人物。在Z市电视台的时政新闻栏目中，他几乎每天都会出现在荧屏上。他或严肃庄重，或笑容满面，而只有他自己知道，在那种伪装起来的感情背后，掩盖着他的真情实感。只有此时，才是他内心情感的表露。他的地位和身份，不允许他在大庭广众面前流眼泪。他要维护自己在民众中的形象，他要树立自己在民众中的威望。他只能把悲伤、痛苦掩藏在心里——他是一个善于掩藏自己内心情感的人。把真正的情感掩藏于心，而展示给公众的是他的另一面，这对于一个正常的人来说很难做到，但是，他能够做到。他必须做到！回望他踏入官场的历程，就是仰仗这种做人的原则，他一路走了过来。在上级领导的心目中，他是一位富有才华又踏实能干的难得人才。在同级别的同事眼中，他是一位有办法有竞争能力的对手。在下级眼里，他是一位有着卓越才能的将才。他从一个乡下农民的穷孩子，成为大城市的人，有了城市人的工作，并且娶了城里的女人做老婆。这在上世纪的八十年代，的确是令他的同龄人们艳羡的事情，也是许多乡村青年可望而不可即的事情。父亲骂他坏了良心，背信弃义，骂他是没有天良的“陈世美”。他没有怪罪父亲。他如果不那样做，他怎能成为同龄人的佼佼者？他怎么能走出那个落后而又贫穷闭塞的村庄？他的背弃，才有了自己的成就，才一步一步走上了他人生辉煌的顶点。他头顶上罩着一轮光环，他的身边，前呼后拥地围着一大群人。这群人是他的左膀右臂，是他志同道合的同志，又是忠诚于他的下属。他的面部表情成为他们揣测他内心情感的依据，不过，他们往往适得其反。但是，这不当紧，他会让他们感到他们是对的。他们可以继续做下去，做对了是他领导有方，做错了他要追究他们的责任。在他们痛哭流涕悔过自新后，他再原谅他们，给他们纠正错误的机会。这样，他们会更加敬重他，感激他。这是他在官场二十多年积累下来的丰富的处世经验，也是他为官为人的哲学，更是他一生积累的资本和财富。

儿子到了那边，能不能找到祖宗？能不能看到他的爷爷奶奶？当他这样胡思乱想时，悲哀再一次袭上心头。难道，真像父亲所诅咒的那样，世上有因果报应之说？

此时，他似乎走在一条无尽头的路上。路是那么漫长，漫长得让他感觉到他的一生都在这条路上奔波，又是那么短促，短促得还没容他来得及看一眼路两旁的风景！

他这才感受到，他的内心如此地空虚。他一生的努力都是虚无的——包括他现在的地位、他所拥有的财富，对他来说，都将成为虚无的飞尘。

他和那些普普通通的人一样，只不过是一个匆匆过客而已。

漫长和短促是两个相互矛盾的时间概念。他灰暗的心如这矛盾的概念。他希望火焰燃烧得慢一些，再慢一些。儿子睡熟了，请不要惊动他，不要把他烧得太疼。他自认为能控制自己的情绪。可是，儿子的突然死亡给他带来的巨大伤感让他难以从悲痛中自拔出来。他一直笼罩在巨大痛苦的阴影之中。他的心一直在流泪。他的泪是在心中流淌的，而不是从眼中流出来的。他不是生物学家，不知道眼泪这种咸涩的液体，从一个人的体内溢流出来之前，存储在身体内的哪个部位。更不知道，在一个人的体内，究竟蕴含着多少公升的泪水。他只知道，自从听到儿子逝去的噩耗，他浑身突然变得僵冷，他似乎感到大江大海一起向他扑来，它们把他淹没了。它们咆哮着，陪他一起大哭！

他的眼泪干枯了！

火化炉前，除了火化工和鲁修义，再没有能看到他的人，他希望把自己内心的感受宣泄出来。他不再用心哭，而要大声地宣泄，他希望自己的一双眼睛成为泪水的喷泉。然而，他终于没能喊出来，他的眼里一滴泪水也没能流出来，他的眼睛成了两眼枯竭的老井。

那撮骨灰化成一缕青烟，在他的眼前缥缈。那是儿子出窍的灵魂，萦绕在他的心头。他感觉大脑一阵晕眩，眼前突然呈现出一道奇异的景观，天地之间，无数只小老虎向他奔来。

是的，那是一群小老虎，不是一只。奇怪的是，那群小老虎都戴着草帽，它们的身上都穿着五颜六色的“服饰”，黑色、白色、红色、粉色，还有草绿色……虽然这些小老虎都是泥捏成的，但是一只只栩栩如生！

这些戴草帽的小老虎与众多种类的泥泥狗一样，被老家的乡亲们称作“灵狗”。

灵狗们呼叫着，欢笑着，跳跃着，焕发出充沛的生命力！

甄维是属虎的，他对那些小老虎特别喜爱，尤其喜欢头上戴着一顶圆圆的草帽的小老虎。草帽也涂着和小老虎的身上相同的花纹。他突然异想天开，如果自己是一只草帽虎多好！

“爸，小老虎会说话吗？”六岁的他仰起小脸，怯怯地询问着正在朝小老虎身上涂抹颜色的父亲。

“会的！你也是爷老子日弄出来的，你也是只小老虎！你不是也会说话嘛！”父亲咴咴地笑着，斜睨着眼，瞅了瞅母亲。

“瞧你那个熊样儿，给孩子胡说八道些啥？”母亲剜了一眼父亲，嗔怪地责骂父亲！

他不明白母亲为何要责骂父亲，更不懂父亲哪句话是“胡说八道”。他更不明白，为啥要给那些泥捏的小老虎头上戴一顶草帽？他害怕父亲再对他“胡说八道”，便问母亲：

“妈妈，为啥要给小老虎戴草帽，它们怕冷吗？”

母亲张了张嘴，好一阵才说：“小孩子家，别打听那么多事！”

父亲嘻嘻地笑着，说：“儿子，你妈怕羞，才不告诉你。来，爷老子讲给你……”

甄节俭这样说着的时候，那双丑陋的三角眼忽然睁大了。甄维听到的声音好像是从那双三角眼里迸发出来的：

“你个狗日的！是灵狗把日头吞吃了！”

随着一缕青烟的升起，幻觉在他的眼前消失了。

第十三章　假戏假做假难真

金桥渐渐出了名，成了远近闻名的泥泥狗专业村。村里的人大多都会捏泥泥狗。这些年，村里人把捏制泥泥狗作为主要营生，本来不起眼的泥玩儿，经有学问的人一宣传，都成了宝贝。

金桥下辖的李洼村，捏泥泥狗的人都赶不上妮妮手巧。妮妮捏制的泥泥狗真是成了精，一团团黄胶泥，在她手下，变成了飞禽走兽，一个个像活了一样。有一年电视台来采访，是鲁修义亲自陪着来的。鲁修义那时候还不是副县长，是管文化和旅游的股长。鲁修义对于凤芷炫耀说："婶，电视台的记者是俺特意请来的，为了宣传妮妮妹妹，俺可是尽了心啊。"于凤芷听出鲁家小子是在讨好她。可是，讨好也没用，妮妮不喜欢他，别说你当了股长，即便当了局长、县长也没用。俺家妮妮可不是那种攀龙附凤的人。

妮妮是于凤芷养大的，她最了解妮妮的脾性。这闺女任性、倔强，自己认准要做的事情，九头牛都拉不回，自己不想做的事，别人说得天花乱坠她也不动心。那年老李砸残疾后，本来该上高中读书的妮妮，却放弃学业，说啥也不去上学了。于凤芷好劝歹劝，也劝不到她心里去。于凤芷知道，妮妮是心疼她和老李。家里本来就不富足，仅有的一点儿积蓄花光了还欠人家一屁股债。家里的顶梁柱倒塌了，她即便考上大学，又哪里出得起一大笔学费？即使筹到了学费，家里躺着一个不能动的人她也不忍心走。

老李身边离不开人，吃喝拉撒都在床上。妮妮成了她的好帮手，家里活，地里活，她都包揽了。

老李更是个倔强人，虽然自己躺在床上不能动弹，但是，能不求人就不求人。特别是对她于凤芷，为他做任何一件事，他都过意不去，似乎自己犯了天大的错。虽然不说一句话，可是，从他的眼里，看出了他的内疚和自责。只有她理解他，也只有她来伺候他。两人相依为命这么多年，虽然没有同过一次床，但是，在外人眼里，他们就是夫妻。即便是假夫妻，于凤芷也要尽到自己的责任。老李为她，一辈子不娶，打一辈子光棍，这是一个有血性的男人很难做到的呀！

那年，阮师长带着部队上了战场，把她交给了他。他和她在那个陌生的城市里等着阮师长，等着阮师长回来把她交给他。可是，一直等啊，等啊。后来，传来阮师长阵亡的消息，他却不相信阮师长没了。他还在等。直到有一天，在大街上看到敲锣打鼓庆祝解放欢天喜地的人们，他才带着她回到老家。在村民们的眼里，当年外出逃荒要饭的叫花子，竟然领回来个天仙似的媳妇。听到人们这么议论，他的脸红了。但是，他没有向村里人解释：他领回来的不是老婆，而是长官夫人。那时刚解放，国民党的兵成为被村人诅咒的丧家之犬，死的死，伤的伤，没死没伤的跑到台湾去了。老李明白，他若要改变自己叫花子的身份，势必要暴露他跟着阮师长当勤务兵的身份，他就成了国民党的兵。尽管他没上过一次战场，也没打过一次仗，但是，仅有那种身份，他就成了村里人眼中的反革命。更为严重的是，还有长官夫人，她可是地地道道的国民党军官的小老婆啊。如果村里人知道她的真实身份，一百个李树源也救不了她。她不被村人打死也要被骂死，不被骂死也要被唾沫星子淹死。她死了，他咋对得起救他性命的阮师长？阮师长相信他才把她交给他，他一定要保护她，不能让她受到伤害，不能让她受任何的委屈。他默认了村人对他俩关系的判断。别人说他讨饭讨回个天仙似的老婆，他不再脸红了，而是一副乐呵呵的样子。别人要他买喜糖，他竟然真的去买了喜糖。可是，外人怎能知道，他和她上演的是“假戏假做”。白天，他和她是夫妻，到了晚上，他和她是仆人和长官夫人的关系。在村人眼里，他和她是亲亲热热的小两口，而回到家里，他又成了长官夫人的仆人。

日子就这么打发下去，一年，两年，三年……村里人终于有了怀疑，老李家的女人咋老是怀不上孩子？是老李有病还是女人的原因？

有好事者就试探着询问，有和李树源同辈的年轻汉子，和他开玩笑说：“哥，你那‘家伙’如果不好使，借兄弟们的帮帮你吧！”

李树源红着脸说：“你小子再胡说八道，小心俺割了你的鸡巴喂狗！”半真半假的样子，弄得人家也不敢和他开玩笑了。

咬嘴嚼舌的是那些长舌头女人，她们可不管李树源脸红不脸红，叫嚷着要扒掉李树源的裤子验证一下裤裆里的玩意儿是不是要饭时被人家的恶狗咬吃了。李树源对付这帮老娘儿们的方式只有落荒而逃。女人们便拿于凤芷开涮，荤的素的辣的咸的酸的苦的一起来，于凤芷哪里经过这阵势？但是又恼不得，只得把那些五味俱全的荤荤素素就着眼泪咽下去了。无论谁说啥，随她们说去，于凤芷是徐庶进曹营——一言不发。这就对了，如果于凤芷和她们去辩解、去争执，她们反倒更起劲、更疯癫。于凤芷不反驳，让那些老娘儿们自讨没趣，一个个偃旗息鼓了。

有了妮妮，家才更像个家，这对假夫妻才不被村人怀疑是假的。虽然村里人没有谁注意到女人是啥时候怀上的，但是，没有人说妮妮不是两人亲生的。如果说世上只有一道没缝隙的墙，那就是李树源和于凤芷两人砌的这道墙。他们的家本来就在村子的最外头，又很少有邻居来串门。李树源把那女人朝家里拉的时候，正是吃晚饭的时候，谁也没看到装着麦秸的架子车上还躺着个人。女人走的时候是傍晚趁黑走的，于凤芷把她送过桥，也没碰到一个人。为了更进一步掩人耳目，妮妮满月的时候，李树源和于凤芷商议，决定为妮妮摆几桌满月酒，把村子里远的近的乡邻都请来了。摆满月酒那天，于凤芷头上裹着一条花毛巾，故意敞着怀搂着妮妮，不时地按着妮妮的头，让她在自己的怀里拱。于凤芷的小动作，让村里人都确信这孩子是她的亲生，没有人产生怀疑。有了妮妮，再没有男人和李树源开玩笑，没有女人背后指着于凤芷的脊梁嘲笑她是不会下蛋的老母鸡。

没有妮妮的时候，于凤芷还时常担心这日子如何熬下去。就算人家不当面对他们说三道四了，可是，日子总不能就这么熬下去，这一辈子没个孩子确实说不过去。于凤芷曾经动过心，阮师长既然已经死了，二人的缘分也就断了，倒不如和这个“假戏假做”的男人“真戏真做”了。于凤芷毕竟是读过书的人，当年从家里逃出来，是为了躲避她爹强加给她的那桩不合理的婚姻。她爹是个财迷，为了讨好巴结当地一个富豪，把她许配给富豪做五姨太。娶亲的头一天，于凤芷跑了出来。在逃跑的路上饥饿交加，昏死在路边，醒来的时候，发现自己躺在担架上。她遇到的是阮师长的部队。阮师长救了她，了解了她的身世后，便把她留下来，安排她在卫生队当了一名卫生员。她向阮师长表露自己的爱慕之心的时候，正是阮师长告别新婚之妻回到部队的时候。那时候，她并不知道阮师长已经有了女人。当阮师长明确告诉她，他已经是结过婚的男人时，她已经不能从爱的情网中把自己解脱出来。她发誓要嫁给他，成为他终生的伴侣。她不单单是为了报答他的救命之恩，更重要的，是被他的魅力所吸引。他是她的偶像，她认定，这个男人会给她幸福。她不要婚礼，不要嫁妆，不要定亲的戒指。她把自己的被卷捆起来掂进了阮师长的住室里，就这样让自己成了阮师长的新娘。阮师长无奈地接纳了她，可是，却没有碰过她。阮师长把自己的床留给她睡觉，而自己却铺张席子睡在地上。阮师长告诉她，打完这一仗，若能活着回来，就和她拜堂成亲。阮师长活着回来了，可是，他并没有和她拜堂成亲，而是在做着下一场战斗的准备……就这么打了一仗又一仗，阮师长终究没能回来和她举行婚礼。

“他注定回不来了。”于凤芷手里摆弄着银簪，对李树源说。银簪是阮师长在临别时交给她的。阮师长把银簪交给她时告诉她，银簪是他母亲留给他的纪念，他担心丢失在战场上，才委托她代为保管。

于凤芷说：“阮师长只是托我代为保管，而不是送给我。”

李树源的目光从她手里的那副银簪上，移到头顶的木梁上，说：“阮师长说过，他会回来接你的。”

于凤芷重新把银簪包裹好，说：“你真是个痴人。”

“他救过俺的命。”他的目光始终没有离开头顶的木梁。

于凤芷愣怔一下，把头低下来，她的声音有些发涩：“他也是俺的救命恩人。”

也许，这是上天的旨意。阮师长把两个被他救下的人安排在了一起。

“俺不能背叛他，长官夫人。”他终于把目光从木梁上收回来，有些讨好地望着于凤芷。

“不要再喊长官夫人！其实，他一次也没有碰过我。”于凤芷有些激动。

李树源有些吃惊地望她一眼，然后，默默地走开了。

有一次，于凤芷把他的被卷从西间他的床上搬到东间，她坐在床上一直等到天亮。天快亮的时候，她起身悄悄地去西间看了他一眼，她看到他和衣睡在那张光板床上。

有一次，于凤芷听到西间发出的梦呓声：“长官夫人，他会回来的，他一定会回来接你的……”

还有一次，她已经睡下了，突然听到一阵轻轻的脚步声从外间屋响起，然后，脚步声又在她的房间里响起。她屏着呼吸，想让那脚步声再向她的床边靠近一些。可是，脚步声却越离越远了，最后又回到了西间。

有时候，也少不了无意中的尴尬。那天，她正在东间换衣服，他突然走进来，似乎要寻找啥东西。她来不及掩饰，雪白的奶子毫无保留地映入他的视野。他红着脸逃也似的退了出去。更让人难堪的一次，她去厕所里解手，不知道他在里边，贸然进去，看到他正抚慰着裆里的“家伙”。他见她突然走进来，羞得要寻个地缝钻进去！

有了妮妮后，两人都把精力放在妮妮身上，没有谁再提阮师长“回来不回来的事”。他们好像把阮师长忘掉了。有了妮妮，就有了希望，就有了盼头。有了妮妮，阮师长回不回来，对于二人，似乎不那么重要了。有了妮妮，他和她似乎就成了“真戏真做”的夫妻。没有人再怀疑他俩的关系，没有人人前背后说于凤芷是不会下蛋的老母鸡了。

只有一次，村子里有个男人大概喝多了酒，口出狂言，说：“俺敢打赌，妮妮不是李树源的种！你看她一点儿也不仿李树源，也不仿老于。他们肯定是从哪里捡来的一个野孩子，一个野种！”

这话传到李树源的耳朵里，李树源啥话也没说。当天夜里，李树源怀里揣着一把菜刀，跳进人家院子里，把那个男人从他老婆的被窝里拉了起来。男人看到李树源手里的菜刀，吓得跪在地上求饶：“李哥，饶命，饶命！”

李树源怒声说：“把舌头伸出来！”

男人不知道要他伸出舌头干啥，心想，只要不要他的命，伸出舌头有啥当紧。便战战兢兢地张开嘴，伸出了舌头。

李树源手起刀落，一道寒光划过，男人的舌头滚落在地。

李树源为此坐三个月的牢。但是，从此后，村里人再没有人敢说妮妮不仿他和于凤芷的话。无论是人前还是背后。

于凤芷最担心害怕的是那个女人反悔了来把妮妮带走。妮妮毕竟是人家的亲生，虽然有过口头约定，但是，人家要是较起真来，恐怕是留不住的。再说，即便留得住，闹得全村人都知道原来孩子真的不是她于凤芷亲生，先前的那些闲言碎语便成了真，两人的假戏假做也露了馅儿，啥都瞒不住了。人家会顺藤摸瓜查出她过去的一些事儿，她和阮师长的事情非要败露不可。还有李树源，都是她拖累了他，如果不是为了她，他恐怕早已经娶妻生子。她把自己的担心对李树源说了。她向李树源说这些话，一个是真的担心“鸡飞蛋打”，孩子早晚被亲娘领走。另一个用意，是暗示对方，咱们还是自己生一个孩子好，只有自己生了孩子才能彻底解除村里人对两人的关系产生怀疑，才不会有好事者去查他们的老底根子。

李树源只听明白了她的第一个担心，笑着安慰她说：“那个女人早已经回城了，不会再回金桥来的。和野男人生私孩子，毕竟不是光彩的事，她会回来自找难堪？”

李树源说得对，那个女人的确已经走多年，也许早已经成家，有了名正言顺的孩子，不会再来要这私生子。尽管她自己也这样想过，但是，总觉得没有底气，听了李树源的分析，才略觉安心。对于她来说，第二个目的没有达到。他像个木头人，怎么一点儿也不解话？他是真的记住了阮师长的恩，要死心塌地等阮师长回来，还是他身上有病，不能和女人同房？于凤芷想到那次在茅房里看到的情景，突然感到一阵心慌意乱。原来男人可以那样做，没有女人也能够解决自己的问题。

这个叫李树源的男人，真是犟得像头驴。

两人就这样硬挺着，在于凤芷那里便对男人有了埋怨，甚至在心里诅咒男人不识相。俺于凤芷哪点儿配不上你呢？你一个大字不识的叫花子，还看不上俺，白送的都不要，真是要饭的不要枣花馍——穷别！

于凤芷气上来，三五天不再搭理他，不和他说一句话。更可笑的是，他还不知道于凤芷生他的气，见于凤芷不吭不哈，连饭也吃得少了，还以为她病了呢。倒是关心地问她哪儿不舒服？是不是感冒了？要不要找医生去瞧瞧？于凤芷随他问，就是不回答，问得急了，丢下一句话，是死是活不用你管！便蒙头盖脑地躺在床上。这一下把男人吓坏了，还以为真的得了非常严重的病，急忙张罗着要把她朝县城医院里送。于凤芷当然不会去医院。可是，又怕吓着男人，便从床上起来，梳妆打扮一番，进厨房做饭去了。

李树源看着于凤芷忙活的样子，一副愣愣的神情，心里突然明白了啥。他脸一红，冲着她的背影，结结巴巴地说："长……官夫人，俺……不能做对不起阮……师长的事！"

于凤芷心头一震，似乎脊梁上被谁戳了一下。她没有再说什么，只是悄悄地擦去流到眼角的泪水。

倒是妮妮看出二人的不同寻常来。妮妮辍学后，坚持要自己一个人住在西间里。

西间一直是李树源住的地方，妮妮没住校之前，都是和妈妈于凤芷睡在东间，两人睡在一张大床上。小时候，她和于凤芷睡一头，可是，从来没有睡过一个被窝。于凤芷单独为妮妮叠一个小被窝，让她自己睡。大一些的时候，妮妮睡在大床的另一头。于凤芷总是穿着内衣睡觉，从来没有把自己脱光过。妮妮小的时候，伸出小手去抓她胸前的奶子。于凤芷遮严自己的上衣，以免妮妮的小手伸到她的胸前。妮妮达不到自己的目的，急得哇哇大哭起来。直到于凤芷喂她一些米糊糊，她才不哭。

小时候的这些事妮妮早记不得了，更没有意识到有哪些不对头。长大之后，她才感到自己的母亲和父亲与别人家孩子的父亲母亲不一样。首先，妮妮发现父亲和母亲从来没在一张床上睡过觉，父亲甚至很少到母亲和她居住的东间来，即使不得不进东间的时候，也是匆匆地进来，又匆匆地出去了。其次，父亲好像很害怕母亲，父亲从来没有大声和母亲说过话。别人家的父亲在母亲面前说话都像打雷，而父亲对母亲总是低三下四的样子，生怕大声说话吓着了母亲。还有一点，在妮妮看来，父亲和母亲两人之间似乎很客气。客气没有啥不好，但是，作为一家人，做啥事、说啥话都要客客气气的样子，让妮妮都替他们感觉累。

有一次，妮妮甚至听到父亲和母亲说话时，竟然用"长官夫人”这种称呼。这让妮妮感到惊奇，也很可笑，便和李树源开玩笑说：“爸爸，妈妈既然是长官夫人，您可就是咱们家的最高长官喽！”

李树源的脸立刻红了，他辩解说：“妮妮，不要瞎说，俺可没叫啥‘长官夫人’，俺是叫……”

于凤芷也替李树源打掩护，说：“俺咋没听到他叫夫人，俺只听见他喊‘凤芷凤芷’。”就这么把事情遮掩过去了。

妮妮在心里嘀咕，明明喊的是“长官夫人”，为啥不敢承认呢？

李树源已经是躺在床上不能动的人，妮妮和妈把他抬到东间去住，他已经不可抗拒，只好乖乖地听从了安排。可是，把他安置在大床上，他却坚决不肯。他从床上翻身摔下来，朝外边爬。

李树源的行动吓坏了妮妮。妮妮不知道李树源究竟是啥原因不愿和母亲睡到一张床上去。她用疑惑的目光盯着于凤芷，希望对方能够给她一个合理的解释。

于凤芷平静地说：“他这辈子，咳，一个人孤独惯了。”

接着，于凤芷亲自动手，在大床的对面，南墙的窗户下，为李树源铺了一张小床。于凤芷指着小床，对李树源说：“这样，总可以了吧？”

李树源这才点了点头。

妮妮和于凤芷把李树源抬到了小床上。

生活就这么重新开始。在以后的日子里，母亲的主要任务是伺候父亲，尽一个妻子的责任。妮妮也帮着母亲伺候父亲，但是，更多的时候，妮妮承担家中的重担，她要挣钱为父亲继续治病，她要挣更多的钱养活这个家中的三口人。

在妮妮的心里，始终留下一个心结，母亲和父亲身上，好像发生过难以言说的故事。

究竟是一个什么样的故事呢？

第十四章　南方来客

在舍玉娜眼里，这片曾经熟悉的土地变得如此陌生。最明显的变化，是那些低矮的草屋，弯曲狭窄的乡间小道被一座座白墙红瓦的楼房和宽敞的柏油马路所替代。

她记得第一次到金桥的时候，是坐着马车来的。那个寒冷的冬季，雪下了有一尺多厚。积雪把路边的河沟都填平了，放眼望去，大地一片白茫茫，难以分辨出哪里是田野，哪里是路。幸亏老马识途，不然舍玉娜和同车的同学们非翻进路边沟里不可！

舍玉娜是南方 GZ 市一家文化旅游产业发展公司的总经理。公司的主要业务是开发和孵化国内有着发展潜力的文化旅游产业项目。舍玉娜在美国读的是旅游管理专业。学业完成后，本来已经与一家企业签订协议，但是，母亲一封一封的家书终于唤醒了她的“爱国情操”，也是出于对母亲的孝道，她毅然决然地与人家毁约，承担了不菲的违约金。舍玉娜回国之时，正值国内文化旅游产业方兴未艾之际。舍玉娜以敏锐的目光看准了国内潜在的文化旅游产业这个庞大的市场。她毅然决然地注册了一家公司，投身于文化旅游产业的发展。文化旅游产业是朝阳产业，它所蕴含的市场潜力是巨大的，是一般的服务企业不可比拟的。

公司所选择的项目大多在南方。而这一次，舍玉娜决定介入豫东平原那个叫陈县的古城的一项旅游产品的孵化和推广项目，是公司的先例。总经理亲自参加推介会，也是前所未有的。

助理小黄在网页上看到这个消息，主办方招揽天下有识之士志同道合者前去莅临大会，门槛不高。小黄只是出于职业习惯，向舍玉娜介绍了一下。诸如此类活动和招商项目，在互联网上屡见不鲜，舍玉娜很少有感兴趣的。

然而，当从小黄的嘴里吐出“chenxian”两个音符时，看上去毫不在意的舍玉娜立刻停下手头的工作，凝视着对方，认真地说：“请把举办方的详细地址再读一下！”

小黄是南方人，卷舌音较重，“陈”和“郴”分辨不清。她干脆拿起笔，在一张纸上写下“陈县”两个字。

舍玉娜看到这两个字，神情发生一丝让人很难察觉的触动。但是，小黄却感觉到了。她试探着询问对方：“要不要参会？”

舍玉娜思索一下，好像下了很大的决心，点了点头。

三天之后，小黄把一个加盖着举办方印章的请柬放到了舍玉娜的老板桌上。

舍玉娜反复地端详着那份大红的请柬，封面上部印着“请柬”两个凸体的烫金字，下部是一个图案——小黄看出，舍总的注意力，主要集中在对那个图案的仔细观察上。那是一只憨态可掬的卡通动物形象。小黄在收到请柬时，已经注意到了那只难以辨认的动物，不知究竟是何物：是猿是猴？是虎是猫？小黄研究半天也没能认出是何方精灵。更让小黄疑惑不解的是，小动物的头上还顶着一个圆圆的如锅盖似的东西。

“草帽虎。”从舍玉娜的嘴里轻轻地吐出三个字。

“啊，还是舍总智慧，一眼就认出了这个小怪物！”小黄笑着说，口吻里不乏对舍玉娜的恭维，“只是，为一只小老虎戴一顶草帽，寓意什么？”

舍玉娜没有正面回答，只是笑了笑，含而不露地说：“你猜！”

小黄摇了摇头，表示自己理解不透其中的寓意。

按照请柬上的报到时间和地点，舍玉娜带着助理小黄到了陈县。

舍玉娜在心里盘算，自己离开陈县的时间，应该是 1978 年的春季，距今已经二十多年过去。舍玉娜企图寻找二十多年前的记忆。但是，一切面目全非，陈县古城今非昔比。记忆中狭窄的小巷和街道、低矮的房屋和污水横流、垃圾遍地的集贸市场都不见了，取代的是宽阔整洁的大马路，鳞次栉比的楼房、大型商场，装饰豪华的娱乐场所、酒店之类。大学毕业时，她曾参加一个社会实践活动，随一个采访团到一个县城，那个县城为展示改革开放的伟大成果，竟然在学校开展以“数大楼”为载体的爱家乡活动。现在想来，十分幼稚可笑。那时候，人们希望从狭窄的小巷里搬进宽敞明亮的高楼里去住。而现在，人们又希望从高楼里搬下来，住进方便舒适的民居。城市被由水泥和钢筋浇铸的“森林”填堵得密不透风，人们在钢筋和水泥浇筑的“森林”间游动，像一只只到处觅食的老鼠。城市的空间被压缩，那么乡村呢？清澈的河流干涸了，大片的田野正被悄悄地转化为所谓的“废闲地”而被侵蚀。然后，又被浇筑起一片片钢筋和水泥的森林！失地的农民大批地涌向城市，与城市居民分羹着最后的田野里所长出的最后一棵麦子！

舍玉娜被安排进一间装饰豪华的套房里。

晚宴上，分管文化旅游的副县长与她共进晚餐。

副县长三十岁左右的样子，穿着一身价格不菲的西装，体格健壮却举止优雅。他自我介绍姓鲁，叫鲁修义，是本县金桥镇人。

“金桥镇？”舍玉娜不禁脱口而出，一副怅然若失的样子。

“怎么？舍总好像对金桥镇很熟悉，您去过那里吗？”鲁修义关切地询问，眼神里却捕捉着对方神情变化的每一个细节。

“啊，金桥镇……不太熟悉。”舍玉娜欲言又止的样子。她还不能断定金桥镇和金桥村的区别。

“金桥镇就是原来的金桥村。家父鲁旺，当了二十多年支书。听家父说过，金桥曾经住过一批知青，是从城里下来的。后来，又一个一个离开了……”

话说到这个份儿上，舍玉娜已经知道金桥镇就是她曾经生活了九年的金桥村。明白了这个叫鲁修义的副县长是谁家的儿子了。她不经意地看对方一眼，眼前年轻帅气的副县长，突然幻化为一个小男孩。男孩五岁左右的样子，戴着一顶四块瓦的破棉帽子，穿着单薄的已经分辨不出是蓝色还是黑色的小棉袄，像老鼠皮颜色的黑粗布大腰棉裤，由于棉袄和棉裤都小，男孩黑色的肚脐眼露了出来。小男孩的脸颊冻得发紫，从他的鼻孔里流出两道发青的浓鼻涕。眼看就要流到嘴里的时候，小男孩深深吸溜一下鼻子，浓鼻涕便重新回到原来流淌出来的鼻孔里……

幻影消失了。舍玉娜难以把眼前的副县长和那个小男孩联系在一起。她的脑海里，突然闪现出两个字。她不由惊讶地叫出了声：“前门？”

副县长听到这两个字，脸红一下，不好意思地说：“那是俺的……绰号。舍总，您还记得村里人给俺起的这个绰号？”

是的，“前门”，给一个小孩送这个绰号的确有点儿另类。如果不是这个名字，舍玉娜有可能回忆不起来当年那个穿开裆裤的小男孩。舍玉娜还记得，村里那些和这个叫前门的父亲鲁旺同辈的男人，除了喊他前门，还戏谑地喊鲁旺叫“后门”。听男人们这么称呼父子俩，开始，舍玉娜和大多同学们还以为那就是父子俩的小名儿。过了好长时期，从村人断断续续的讲述中，才知道那是村人们在嘲笑大队长鲁旺！原来，鲁旺和他获得的“胜利果实”婚后许多年，也没能让那个大他四五岁的老姑娘的肚子鼓起来，这让鲁旺很沮丧。随着年岁的增长，看到村里同龄人的孩子遍地跑，鲁旺很着急，两口子身子骨都还硬棒，身上的零件啥都不缺，自己又没干过伤天害理的坏事儿，老天爷咋就让他断子绝孙？鲁旺不甘心，带着老婆去医院检查，如果真是老婆有病不能为他传宗接代，鲁旺准备“休了”这个不会下蛋的“老母鸡”。检查的结果，老姑娘的肚子鼓不起来的问题不在老姑娘身上，而在鲁旺身上。妇科医生检查老姑娘，发现老姑娘的“前门”还是片处女地，而老姑娘的“后门”，却红肿得像红萝卜头。妇产科医生的检查结果很快在村子里传开了。原来大队长和老姑娘睡了这么多年，都是走的老姑娘的“后门”，而把老姑娘的“前门”给撂荒了。

这个让女人们感到羞耻，让男人们获得笑料的荤段子，随着老姑娘肚子的逐渐鼓起，近乎荒唐的故事在村子里流传很长一段时间之后才渐渐消逝。而“后门”和“前门”却分别成为鲁旺和他新生儿子的标签留在村人们的记忆里。

这个叫鲁修义的副县长在竭力地拉近舍玉娜和金桥之间的距离，让她感到意外。从他的话中，确认那位叫鲁旺的男人已经不在人世。他生前有没有向他的后代讲述过他和她们的故事？也许讲过。但是，舍玉娜更确信他不会讲起她们。因为，那些故事毕竟不能够公之于众。有些味道的故事难以公开，没有味道的故事又没有可供人茶余饭后谈论的噱头。鲁修义有关他父亲生前的讲述，或许有，或许只是鲁修义为表示和她的亲近而临时编造的一种善意的谎言。人已经不在了，谁也不会去考证一个平凡的人在生前说过的每一句话、做过的每一件事的真伪性。除非他是个了不起的大人物。让舍玉娜感到释然的是，她这次来，终于可以不必担心看到那个她最不愿意看到的人。

除了提到他的父亲，鲁修义还提到另一个人的名字。这个人叫甄维。从鲁修义的话语里可以听出，甄维是陈县人的骄傲，更是金桥人的骄傲。因为他是金桥人。甄维是金桥在位的级别最高的“官”。为促进家乡的经济发展，县里邀请一大批本县籍在外工作的知名人士参加会议和活动，甄维在特邀之列。鲁修义解释说：“我亲自去Z市邀请甄维叔回来参加发布会。可是，他在省里参加一个重要会议，时间冲突了。他很遗憾不能回家乡参加发布会。”年轻的副县长讲到这儿的时候，讨好地看一眼舍玉娜。可是，当他发现对方并没注意听他讲这段话时，他结束了自己带有炫耀口吻的表白。

舍玉娜在听他讲到甄维的名字时，便走了神。她不愿听到他的名字，更不愿听到与他有关的任何信息。她的走神是故意装出来的。因此，鲁修义以上那段话透露出来的信息她还是捕捉到了。一个是，鲁修义没有称他的官衔，而是称他“甄叔”。可见，他并没能把自己的根彻底从金桥拔掉。他是金桥人，不像她，仅是金桥的一个过客而已。他身上烙印着金桥的标记，金桥人提到他，都会带着浓厚的地方方言自豪地说，甄市长是俺金桥人！而她，金桥镇的人也许大多都把她忘掉了。她在金桥待了九年。九年在一个人的一生中，算得上不短的时间，而对于一个村庄来说，却是一瞬间的事情。一个村庄那么多人，生生死死、男大当婚女大当嫁，来来往往，谁又能记得谁呢？金桥的年轻人记不得她，是很自然的事情。她其实更不愿让金桥的人记得她。她希望她在金桥那些年的痕迹永远被抹掉，永远不被人提起。

“那些知青叔叔阿姨在我们村插队的时候，我还是个穿开裆裤的娃娃——他们应算得上我的长辈。再说，鄙人父亲在世时，常常和我讲起他们在村子里插队时候的故事，他老人家临终前，还念叨着他们的名字，让鄙人有机会一定要去拜访他们。可见父亲与插队知青结下了多么深厚的友谊。”副县长真是一个健谈的年轻人，他意识到这位他视为长辈的女人对他刚才的话不感兴趣时，便换了话题，然而，这个话题还是没能离开金桥。

舍玉娜用警觉的目光打量着他。她感到年轻副县长的补充好像是有意冲着她来的。他似乎对自己很熟悉，并且知道她在金桥待过，才特别对金桥的现况做了解释。她似乎听到对方在内心里说，您可能不记得我，但是，我记得您。金桥的人谁不记得您呢，陈县的人谁不记得您呢！

她这次来陈县，内心里有过反复的纠结。她熟悉这里的一切，但是，又不希望看到她熟悉的一切。这个“一切”主要是指那些和她曾经有过交往的人。但是，她又希望能看到她想看到的人。

她的心情就这样矛盾着。但是，她却不露声色，连距离她最近的小黄也捉摸不透她的心思。

年轻的副县长用关切的目光注视着她，并没有再说话。她立刻意识到，那句好似听到对方说的“我记得您”的话，只是自己的一种臆想。自己是不是有些失态？按照这位副县长的年龄，舍玉娜在金桥时，他大概刚上小学的样子，他怎么会记得自己？

鲁修义看出了她神情的变化，关切地询问：“舍总身体不适吗？”

舍玉娜强打精神说：“没有。年岁大了，血压又高，上午坐飞机，有些疲惫而已。”

鲁修义很贴己地说：“既然这样，咱们速战速决。等会儿饭局结束，我安排人为您体检一下身体。”然后，举起酒杯，和在座的客人碰杯，“我代表陈县人民欢迎各位专家、学者、领导莅临本县指导工作。特别是舍总，前来参加我们的旅游产品发布会，我们倍感荣幸！作为东道主，对各位的到来深表谢意！对舍总表示最真诚的欢迎和感谢！干杯！”说着，端起酒杯，一饮而尽。

舍玉娜端着酒杯犹豫不决。她其实是能喝些酒的。但是，今天的场合，鲁修义的话牵动了她的思绪，内心产生一种百感交集的复杂感情。她不想喝酒。无论是白酒还是红酒，她都难以下咽。她担心一口酒喝到嘴里就会吐出来。满桌的人都附和着鲁修义的“干杯”把酒喝下去，有的人甚至讨好地对鲁修义的敬酒给予回敬，而舍玉娜端着酒杯却连碰一下嘴唇的举动都没有。

小黄是个善解人意的姑娘，她从舍玉娜手里接过酒杯，解释道：“舍总身体不适，不胜酒力，我替舍总干了这杯酒，以示对鲁副县长的盛情款待表示感谢。”说着，就要饮下杯里的酒。

“请少候！”鲁修义很绅士地拦着小黄，接过酒杯，客气地说，“舍总远道嘉宾，来此偏僻一隅，使小城蓬荜生辉！鄙人本应代表陈县父老乡亲敬舍总一杯。既然舍总不胜酒力，就让鄙人代为饮下。”说着，端起酒杯一饮而尽。

鲁修义的豪爽立刻引起一片叫好声和掌声。

舍玉娜勉强坚持到晚宴结束。

晚上八点，主办方举行一场文艺晚会，邀请她去观看。她不想参加，借口身体不适，让小黄全权代表去参加晚会。

她这次来参加陈县的文化旅游产品推广活动，的确有一个不能言说的目的。这个目的是个秘密，她不会向任何人透露。其实，她早就想回陈县来。可是，当年有约，她答应过人家，终生不得去寻找看望她的女儿。她坚守自己的诺言。二十多年了，她克制着自己强烈的欲望，坚守着那个秘密。而随着年龄的增长，她想见到女儿的欲望越来越强烈。哪怕看上她一眼，哪怕能了解到一些有关她的情况。她现在生活得好不好？结婚了没有？二十六岁了，应该到了嫁人的年龄。如果已经结婚，嫁了什么样的男人？有孩子没有？可别像自己，就这么“单身族”一个。作为女人，没有男人相伴是不完美的人生。可是，她没有男人，并没有感到不完美。但是，她不希望她所牵挂的人过像她一样的人生。

舍玉娜这次回陈县，唯一的愿望是能见女儿一面。哪怕仅仅看她一眼。

她把自己关在房间里，关闭了手机。她不想让任何人打扰她。她要整理一下思绪，谋划着寻找一个合适的理由去见那对老夫妻和他们养大的女儿——这是促使她下决心来陈县参加旅游产品发布会的真正原因。

如果没有记错的话，那对古怪的老夫妻应该住在金桥村外一个叫李洼的小村子。李洼和金桥隔着一条小河，两个村子大约相距二里地。她在金桥插队时，对李洼并不熟悉。只是听当地的村人讲，李洼有一对非常古怪的夫妻。这对夫妻相敬如宾，可是，结婚二十多年了，始终没有生养孩子。曾有人劝他们去城里医院检查一下，查查是男方的原因还是女方的原因。现在医学很发达，没准能把不孕症治好的。但是，那对夫妻对人家的好心劝说并不领情，反倒嫌人家狗咬耗子多管闲事。

她当初并没有对那对夫妻给予太多关注。世界如此之大，各色人等千奇百怪的多了去了，人家能不能生孩子是人家自己的事，用不着外人操心。想想也是这么个理儿。但是，后来发生的事，却让她和这对夫妻结下了不解之缘。

第十五章　大树的女儿和她的母亲

母亲除了热爱她所痴情的民俗文化研究外，还是一个虔诚的佛教徒。母亲偷偷地躲在她那间阴暗的内室里，跪在佛祖像前默默祈祷。从她口里发出的那种半咏半唱的“舍利弗　阿弥陀佛　成佛已来　于今十劫”的经文，让舒语既感到神秘，又感到惊讶。第一次发现母亲的诡异行为时，母亲的形象在她心中轰然坍塌。在此之前，母亲留给她的印象是一位坚强、勤恳、果断的女性形象，而母亲在佛祖面前的虔诚和温柔在她心里变成了懦弱和屈从!

母亲毫不隐讳地向她讲述过，她是大树生下的孩子，是母亲在一个路沟里把她捡回来的——为了把她抚养成人，母亲才终身不嫁。但是，母亲的讲述始终让她半信半疑。她不相信大树能生下孩子!

直到高中毕业前夕，她才知道，她是有父亲的。只不过，母亲企图隐瞒那段难以启齿的历史，才故意向她撒了谎。揭穿那段历史的，是母亲所工作的单位里一群戴着红袖章的人。那群人通过外调，查清了母亲隐瞒的历史，她原来是一位国民党军官的太太！国民党军官在新中国成立前夕死在了战场上。后来，又听人说，母亲很少和国民党军官在一起生活过。国民党军官和母亲结婚后，只在家待了半个多月，就再没回过家。母亲生下她，抱着刚满月的她行走千里寻找父亲，不知是没找到，还是别的原因，母亲又抱着她返回了那座城市。尽管如此，母亲在单位里还是被边缘化了。后来，母亲的单位要精简人员，有一部分人要离开那座城市，下放到偏远的县城去。凡是被精简的，都是有问题的人。他们或者是家庭出身问题，或者是个人历史问题，还有一部分与单位当权领导者格格不入。这些人将被原单位永远“精简”掉，到一个陌生的地方去。有些人早已成为了原单位领导心目中的异类，早就想换一个环境重新开始生活。母亲就是这种人，与其整天看人家的白眼，倒不如去一个新的单位。

母亲主动提出要把自己下放到县城里去。原单位领导还算“开恩”，为她提供两个地方让她选择，一个是“槐阳”，另一个是“陈县”。母亲是研究民俗文化的，对陈县这个地名不陌生。北宋时期，包拯赈灾放粮的故事就发生在那里。陈县是一座有着数千年历史的文化古城，那里的民俗文化是深厚的。母亲到陈县去，正可以发挥她的特长。至于槐阳，她感到陌生，毫不犹豫地选择了陈县。及至到了“陈县”，母亲才知道，陈县原来就是槐阳，槐阳也就是陈县。就如一个人一样，这座小城有两个名字。到那时，她才感受到了被人捉弄的羞辱——原来那些人所谓的“开恩”是对她的愚弄和欺骗。母亲的内心种下了怨恨的种子！

新单位并非风平浪静的港湾，母亲作为一个历史有问题的人下放到单位，在经过细致的“外调”后，做出结论，母亲被作为“封资修”的代表人物成为批斗的对象。这样，她将被戴上纸糊的高帽子，高帽子上写着“打倒国民党的老婆、阶级异己分子舒慧岚！”舒慧岚三个字写得歪歪扭扭，黑色的字体上还打着一个大大的红“×”。舒慧岚看到那顶为她特意定制的高帽子就要给她戴上，便对行使权力的人道:“慢！”她的声音不高，但包含的威严足可以对那些无法无天的人造成了威慑。那些人惊愕得暂停了举动，看着这个女人耍什么样的花招。舒慧岚不再说话，她走进屋内，从容地打开自己那个破旧的衣物箱，在里边拿出一件东西。

她抖开外边的包装，露出那张曾经被她撕烂又被她认真地粘在一起的一份证书——那是S省政府下发的一份奖励证明，上边的字是油印黑体：

> 原国民党少将阮基，在中华民族的解放战争中，能够顾全大局，深明大义，毅然弃暗投明，率部起义投诚。在解放D城的战斗中，作出重大贡献和牺牲。特此奖励，并追认其为民族英雄。
>
> S省人民政府
>
> ××年×月×日

那张发黄的证书，揭开了母亲向她隐瞒多年的秘密。原来，父亲是国民党军队的一个师长。新中国成立前夕，解放军在攻打D城时，父亲在一位朋友的游说下，计划起义投诚。就在起义投诚的前夜，父亲手下的一位团长反水，和父亲发生了内讧。父亲在混乱中被团长打死。这段历史，解放初期连母亲舒慧岚也不知道，她只知道父亲是国民党军队的师长。为此，母亲受到国民党丈夫的连累，吃尽了苦头。母亲之所以带着舒语从省城下到这个偏远的小县城，也是因为她这个国民党丈夫。母亲珍藏的这份纸片，介绍了父亲对共产党部队的投诚经过，他虽然没有真正归顺到解放军部队，但是，他的投诚，对于和平解放D城起到了很大作用。因此，人民政府甄别了那段历史后，为父亲正了名，也为被划为“五类”分子的国民党遗孀舒慧岚平了反。

被平反的舒慧岚并没有从丈夫笼罩的巨大阴影中走出来。她一直认为“丈夫欺骗了她”。丈夫和她结婚同床共枕的时间仅半月，就匆匆忙忙地走了。而且一去不返。她生下女儿后，给丈夫写信，要丈夫百忙之中回家看看他的女儿。可是，丈夫总是以战事紧张为由没能回家。在信中向她讲述他生活环境的恶劣和危险。丈夫告诫她，战争已经进入白热化的阶段，自己的脑袋就如悬挂在架子上的葫芦，随时都有落在地上摔碎的可能。他能活着回去，就再也不离开家和她，他要和她好好过日子。如果他死在战场上，请她带着女儿寻找一个好人家。

倔强的母亲没有听从丈夫的告诫，反而更激发了她要寻找丈夫的决心。那是 1949 年初，她背着襁褓中刚满月的女儿，循着丈夫信上的地址，跋涉千里，吃尽万般苦，终于找到了丈夫的驻扎地。然而，让她没想到的是，在丈夫那里，她遇到了那个比丈夫和自己年轻得多的女人。女子俨然家庭主妇一般和丈夫同居一室。她的心凉了，怪不得这么久不回家，原来已经有了新欢！丈夫再三向她解释，他和她从没同过床。舒慧岚根本听不进丈夫的解释，一男一女已经住到一间屋里，什么样的事干不出来？寻找各种理由拒绝回家，让她舒慧岚为他守活寡！让舒慧岚生气的是，即使再找女人，也不该瞒着她舒慧岚。看起来，写在信上的那些字句，只不过是一个狼心狗肺的男人欺骗女人的手段罢了。

尽管丈夫百般向她解释，他和那女子之间是清白的，但是，舒慧岚哪里肯相信！“骗子！骗子！”舒慧岚本想和丈夫大闹一场，可是，她毕竟是一位读过书的大家闺秀。再说，这里毕竟不是在家里，是在部队。如果闹下去，受到伤害的不是他这个负心的人，而是她和女儿。舒慧岚虽然性格刚烈，但是，却是个有理智的女人。她怀着一腔怨愤，一腔怒火，带着女儿离开了那个令她绝望的是非之地！

在以后的日子里，舒慧岚对女儿既承担了母亲的职责，也承担了父亲的职责。她对女儿的教育不缺乏女人的温柔，更不缺乏父亲的严厉。她从小就严格要求女儿独立做事。三岁时，舒语学会了做简单的家务活，比如扫地，洗自己的袜子、鞋子，帮母亲择菜、端水。五岁的时候，她开始学做饭，打稀饭、炒菜一类简单的程序她都能独立完成。女儿稍懂事的时候，她不允许女儿随便去接触异性。她告诫舒语，男人是不可以轻易信赖的。男人就如贪婪的狼，他们有时候装出温和的样子，其实他们的内心都是贪婪凶狠的！舒语没有完全相信母亲的这个比喻。她认为狼毕竟是狼，再狡猾的狼也斗不过好猎手。男人是狼，女人就是猎手。她要做个好猎手。

可是，她失败了，她的猎物从没有扎牢的篱笆墙里逃掉了。

第十六章　历史文明与民俗文化的交融

1977 年底恢复高考，她已经二十八岁。在金桥，像她这么大岁数的女人，早已经出嫁，成为两三个孩子的妈妈。和她一辆马车拉来的同伴们都陆陆续续离开了这里，知青点上仅剩下她孑然一人。那是因为，她和那个老男人较上了劲，她发誓，即便把自己埋在这片黄土地上，她也不会向那个老男人低头说一个“求”字。1977 年的那个秋天来了，她却感受到了春天般的温暖。经历数年之后国家恢复了高考制度，她终于盼来不需要任何人推荐，不再经过各级地方组织加盖公章，仅凭个人意愿就可以报名参加的高考了。她顺利地报上名，激动得一连数天还沉浸在憧憬和向往中。报名时，她改名叫舍玉娜——舍，舍得，她要把过去的一切都舍弃掉，她要重新开始新的生活。玉，是语的同音字，她祝愿以后的自己，少说话，多做事，像一块白玉一样，洁白无瑕。至于娜，她希望自己更女性化一些。的确，她的青春时代，性格比较直爽、倔强，缺乏女人的温柔和细腻。以至于她把自己融入社会中去，遇到了许许多多与自己格格不入的缠绕和麻烦。她希望能通过这次来之不易的机遇，靠自己的能力和智慧，走出金桥，走向更广阔的天地。

她凭借高中时期扎实的功底和勤奋的努力，终于拿到南方某著名大学的一张录取通知书。村民们在得知她要离开金桥时，来为她送行。鲁旺也来了，他说了几句言不由衷的告别话。他说，她在金桥这些年，他对她关照不周，希望她能够谅解。也希望她不要忘了金桥，一定要常回金桥看看。

她对男人的假情假意感到恶心。对于男人所谓的“希望”，她回答说：“现在的舒语可能再也不会来金桥了。不过，另一个舒语可能还会再来。我希望，另一个舒语回来的时候，金桥的一切会改变原来的样子。”

鲁旺虽然只读过扫盲班，但是，也听明白了舒语应答的话外音，他只是干笑几声。

金桥给她留下了太多的记忆和痛楚，她有理由把它忘掉。但是，随着岁月的流逝，年龄的增长，对世界有了新的认知后，她的心胸释怀了。她变得大度、宽容，一切都可以忘记，一切都没必要计较。世界那么大，天地那么广阔，生活那么丰富多彩，她为什么不把该舍掉的舍掉，该放下的放下呢？

在某天下着小雨的夜晚，或者在太阳刚刚升起的某天早晨，她的脑海里会忽然浮现出一张婴儿的小脸。那张稚嫩的小脸粉嘟嘟的，煞是可爱。她的心像蜂蜜融化了一般甜蜜。当那张小脸消逝后，她突然感到了寂寞和孤单。似乎丢弃了一件最宝贵的东西，让她坐卧不安。当她意识到，那件宝贵的东西已经丢失了很久很久，她很难让自己安静下来。

那件宝贵的东西毕竟是她难以割舍掉的一个情。她不能不去寻找。她发现自己如果不去寻找那件东西，亲眼看看那件东西，她的余生很难得到安宁。

正思虑着如何找个合适的理由和时间去一趟金桥的时候，她收到了那份请柬。

她终于回来了——这难道是母亲在佛祖面前为她祈祷的结果？

在泥泥狗展厅里，精心布置的展台上，摆放着各种形态和规格的泥泥狗。行走在泥泥狗展台前的通道里，精彩和瑰丽扑面而来。透过一个个活灵活现的泥泥狗，仿佛看到一群群小精灵正在穿越中华五千年的历史向她走来。

舍玉娜陶醉在这由历史文化与现代文明融汇为一体的艺术的海洋里。

鲁修义作陪，边走边向她介绍着这种古老民间艺术的起源、发展和今天。

这时候，从身后走来一群参观的人。作陪和负责讲解的是位二十多岁的女子。那女子声音甜润，极富感染力，引得听众发出一阵阵愉悦的笑声。

舍玉娜不由回头看一眼。不知为什么，她的心突然震颤了一下，忍不住又回过头去。

鲁修义注意到了舍玉娜的神情，向她介绍："舍总，这位讲解员叫李妮妮，是泥泥狗传人的女儿。我们已经向国家申报泥泥狗这项非物质文化遗产项目，妮妮是这个项目的传承人之一。妮妮可是泥泥狗捏制专家，咱们要不要听她讲讲？"

舍玉娜若有所思地点了点头。

鲁修义等妮妮走过来，向她介绍："妮妮，这位是GZ市文化旅游发展总公司的舍总。"

舍玉娜握着妮妮伸过来的手，自我介绍："我叫舍玉娜，应该是你的长辈了。你不要喊我舍总，喊我舍姨吧，从年龄上说，你不吃亏。"

说得大家都笑起来。

妮妮笑着说："好，舍姨。其实我认得舍姨，只是舍姨不认得我。"

舍玉娜愕然，正要探问究竟。对方笑着解释："昨天会场内，您坐在台上，我在台下一角，距离您很近的……"

啊！舍玉娜脑袋轰然一声响，这个聪明的姑娘，挺风趣幽默的。她点点头。是的，昨天在会场上，她就注意到了这张面孔。似乎还和对方的目光碰撞过。虽然稍纵即逝，但是，印象深刻。怪不得刚才看到这张面孔时，总觉得熟悉。这张脸清纯、俊秀，给人的观感带来极强的舒服感受。因此，她记住了这张脸。及至刚才回头多看几眼，似乎是要找回一些记忆。

舍玉娜这么想着的时候，妮妮已经再次热情大方地向她伸出了手：“舍姨，欢迎您。请您对我们的工作多多指导。”

这么个民间艺人，竟然一副官方辞令。显然是官方培训的结果。

舍玉娜再次握着妮妮的手。感觉这只手还算柔软，富有弹性，但略显粗糙，不够细腻。舍玉娜想，这就对了。一双整天和黄胶泥打交道的手就应该是这个样子。她现在有机会近距离观察这张年轻的面孔了。这是一张椭圆形的脸庞，她的眼睛虽然很明亮，却难掩盖一丝淡淡的忧伤。她的眉毛似乎精心修剪过，但是可以看出来，眉梢是用眉笔描过的。舍玉娜想，其实不应该去刻意描摹，自然一点更美。舍玉娜最欣赏的是女子的嘴唇，她的嘴唇似翘非翘，薄厚匀称，微微一笑，启唇之间露出一口洁白的牙齿，像一位美术大师着意绘制的杰作。舍玉娜判断不出她的真实年龄，十八？二十？二十五？其实，她的内心深处，并没有完全接受与这女子昨天才照过面的事实。她似乎在很久很久以前就看到过这样一张面孔。这张面孔是那么熟悉，又是那么陌生，难道是她？不！不可能那么巧合，也不可能那么偶然！一定是自己思念太深，才产生了这种意念。

鲁修义分别在两人的脸上瞅一眼，像发现了新大陆似的，突然叫道：“哎呀，舍总，我突然发现，妮妮多么仿您——喊您姨有点儿亏了，不如喊娘——妮妮快喊舍总娘！”

妮妮的脸红了，她不好意思地说：“鲁县长瞎说，俺咋能攀得上呢。”

舍玉娜心里埋怨，作为副县长，在这种场合说这种话，是不是太唐突了？突然又意识到，这人似乎借这种话在试探什么。看到妮妮难为情的样子，便说：“妮妮，别听你们副县长瞎说。”

妮妮这才缓过神来，向她介绍，来听讲解的这些人，都是她的客户，他们慕名与她签订供货合同。但是，她要负责任地向他们介绍一些有关泥泥狗的传说、文化内涵和各类品种所代表的含义，因此，才领着这些客户来展厅参观。

舍玉娜颔首道："正好，我也了解一下这方面的知识。"

展厅分为两大类别，一类是天空飞行的各种鸟的泥泥狗造型，大的如老鹰、秃鹫、仙鹤之类，小的如斑鸠、燕子、喜鹊之类；另一类是陆地奔行的动物之类，如山林间的虎、豹、熊、猴之类，被人类驯化的家畜之类，如牛马羊猪狗等。即使同样的动物，造型也分为不同的种类。如以猴子为题材捏制的泥泥狗，有骑马猴、双面猴、多首猴、猴骑猴、猴背猴等等，形态不同，所绘色彩也不尽相同。他们走到一个展台前。这个展台展出的是各具形态的泥老虎：下山虎、上山虎、双面虎、猴骑虎、人面虎、草帽虎……一个个活灵活现、憨态可掬。最惹人眼目的是草帽虎，一个精心捏制的泥老虎，通体被红、黄、绿、白等颜色描绘得栩栩如生，活灵活现，头上顶着如锅盖般的草帽，更显得憨态可掬。

有位客户突然插话问妮妮："为什么给小老虎戴一顶草帽？"

妮妮的脸微红一下，稍停，调皮地反问对方："您猜？"

询问那人又仔细地对草帽虎观察研究一番，摇了摇头说："猜不出。"

妮妮笑着说："给老虎戴上草帽，是古代文明的象征。早在原始时期，人类的祖先就对生殖系统充满崇敬之心……"

没等妮妮讲完，一位快言快语的男子打断她的话，意味深长地说："连泥老虎都有羞耻之心，而现在的一些年轻人，全然不讲社会公德，搞婚外恋、第三者插足、做小三、未婚先孕……咳咳，真是人心不古，人心不古啊！"

舍玉娜不由一阵战栗！

她突然想起二十多年前那个肮脏的保管室。在高高的粮食囤上，她把自己给了他。她为此从来没有后悔过，也没有感到羞耻过。尽管他后来做出了背信弃义的行为，她也从来没有怨恨过他，更没有诅咒过他。她没有像他担心的那样纠缠他，毁损他的名誉，成为他升迁路上的绊脚石。她还记得，在恢复高考之后，她考上大学的第二年，他不知道从哪里得到的她的消息和地址，曾给她写过一封长长的信。在那封信里，他向她倾诉，他对自己的所作所为有着深深的自责，他甚至把自己骂得猪狗不如，他说他这辈子最对不起的一个人就是她，他愿意用自己的后半生来偿还她。只要她愿意，只要她想要的，他都会答应她，满足她。他会舍弃自己的一切来补偿她。她已经不相信他能够像他说的那样真诚，他言不由衷的表白让她看透了他卑微的人性！一切都过去了，她觉得他不欠自己的，他也不必为自己的所作所为而歉疚。她把一切都归于那个特殊的岁月造成的，那个岁月造就了一桩畸形的爱情。是那个岁月欠她的！她把那封长长的信烧掉了。看着翻飞的黑“蝴蝶”，她在心里默默地祈祷，她愿所有的人都忘掉痛苦，忘掉仇恨。她希望未来的所有人都不需要忏悔，都不需要自责！

女人的心肠总是软的。可是，比起别的女人，她的心肠算不得软。因为经历，因为苦难，因为魂牵梦绕的不可磨灭的思念，让她的心肠和性格都成了坚硬的石头。她从来没有在任何困难面前低过头，也从来没有向任何人低三下四求过情。熟悉她的人都说她是铁打的心肠钢铸的性格。的确，果敢就是她的秉性。当在金桥的岁月像碎片的电影镜头般企图在她的脑海里回放时，她毅然决然地摈弃了它们。她不愿回忆那屈辱的过去，如果非要她去回忆那段不堪回忆的经历，那是非常残酷的要挟，会让她陷入巨大而又痛苦的涡流里。她的精神会崩塌，她坚毅的性格和铁打的心肠会变成一堆不堪收拾的碎豆腐。正因为如此，在她走出金桥后的那十几年，她才不去回忆，不向那个留着她骨血的地方迈出一步，她甚至没有朝那个方向回望过一眼。

而看到这个叫妮妮的姑娘，她再也难以克制自己。她想，如果她估计不错的话，她的“娇娇”应该和这个姑娘是同龄人。这样想着的时候，她如铁打的心肠和钢铸的性格在这个温柔似水的女子面前融化了，她心中的那种母性特有的软复苏了，她意念中的那种母性的爱也不可遏制地爆发了！尽管她不能也不敢确定妮妮就是她二十多年前舍弃的那个婴儿，尽管她不相信事情会如此地巧合、上苍会如此怜悯她善待她，但是，她还是相信奇迹有可能发生。所以，她决定违背自己的承诺，去李洼一趟。即便受到那对夫妻的谴责，她也要去！

第十七章 “亲大姑”

一声婴儿的啼哭伴着轰鸣的雷声从鲁家的院子里传出来。天亮之后，鲁大队长喜得贵子的消息几乎传遍了全村。

鲁旺和老地主家的老姑娘睡到一个大床上已经十多年了，也没鼓捣出一儿半女，乍一听说鲁家突然得了个儿子，村里人既感到意外又怀疑。各种流言便在村头巷角传播：

老姑娘不是不能生育吗，咋就有了娃子?

是不是鲁队长借窝下的蛋?

听说有个女娃子常往鲁家跑，当着老姑娘的面和鲁队长干那种事。

嘘，别瞎说，鲁旺本来就没“粮种”，再肥沃的土地也长不出“秧苗子”。

……

这话也传到了鲁旺的耳朵里，鲁旺便召开社员大会给自己辟谣：

日他娘的！俺现在辟个谣。本大队长和老姑娘好不容易才造出一个儿子，有人却造谣说儿子不是俺造的！还有人说俺的种子没籽。谁说俺没籽，借你老婆的 × 试试！实话给大家伙儿说，本大队长的老婆老姑娘前些年不生养，责任不在老姑娘，也不在本大队长没籽，是啥呢?是因为本大队长和老姑娘睡觉图省事，走的是“后门”。医生说，走“后门”是不科学的，要生孩子只能走“前门”。本大队长在这里强调两点：一是警告那些造谣的家伙，再胡说八道，俺上你家的大床上和你老婆走“前门”；二是刚结婚的年轻人和老婆睡觉时，别像我以前那样不讲科学走错了“门”。

鲁旺虽然大张旗鼓地为自己辟谣，但是，还是有人对鲁旺关于“前门”“后门”的科学理论持怀疑态度，难道鲁旺这货是伢狗托生的，只认后门不认前门？

鲁修义小的时候，常有人逗他说，老姑娘不是你亲妈，谁谁才是你亲妈。你亲妈比老姑娘年轻多了，也比老姑娘漂亮多了。还有人说，鲁旺不是你亲爸，谁谁才是你亲爸。大人们和一个懵懵懂懂的孩子开这种玩笑，造成的后果，是在孩子幼小的心灵中投下了一片阴影。鲁修义稍微记事一些的时候，便开始暗暗地对自己的身世进行探索。但是，一个少年的能力毕竟是有限的，何况他又是羞涩的。他的寻找和探索始终没有结果（也不会有结果）。但是，在他不懈的探索中，他发现了一个惊人的秘密。和他同班的那名叫李妮妮的女生，也被人们暗暗地传说着她难以言说的身世。同样的传说让鲁修义和妮妮产生了同病相怜的感受。然而，鲁修义为此传言向她表示同情时，对方却坚定不移地相信自己的身世是清白的——她就是李树源夫妇的亲生女儿，谁敢在她面前胡说八道，这个平时看上去十分温柔的小女孩，突然会成为一只发怒的小老虎一般，扑向对方，用她锋利的指甲把惹她发怒的那人的脸皮抓破。

鲁修义怀着复杂的心态度过了他的少年时代。随着那个被他喊着“娘”的老女人的去世，寻找亲生母亲的渴望渐渐地淡薄了。让他感到幸福的是，鲁旺对他的关切和疼爱使他不再怀疑像暗地里传说的那样他是一个私生子。

鲁修义上了初中，再没有人敢在他面前喊他“前门”，更没有人敢在他面前提到“后门”两个字。如果谁敢在他面前提到“前门”和“后门”，他会和谁拼命。他对男女之间的事情已经初始鸿蒙。

他已经懂得人家为他父子俩分别起的这两个奇怪的绰号是对父亲和母亲的嘲笑与讥讽，更是对父亲和母亲的一种蔑视与羞辱。

鲁旺已经从大队长的位置上退下来，有关父亲的一些绯闻成为村民热议的焦点。这些焦点集中在父亲难以说清的男女关系方面。鲁旺任职期间，金桥村长期流传着有关他与女人有着不正当关系的绯闻。他的女人为他生下唯一的一个孩子后，身体虚弱不堪，“前门”“后门”都对鲁旺关闭。正处于中年的鲁旺让村里的每一位稍有姿色的女人都置身于不贞不洁的蒙羞处境，而村里众多男人则被鲁大队长以各种理由“奖赏”了一顶绿帽子。

上世纪七十年代，鲁修义才是个刚牙牙学语的娃子。幼时发生的一些事情，如果不是十分特殊的话，是很难留下印象的。但是，舒语这位当时被他喊着大姑的人，给他的印象极深。喊她大姑，是父亲鲁旺让他这么喊的。作为鲁旺唯一的男孩，鲁修义受到父亲特殊的宠爱，他常常跟在鲁旺的屁股后边到父亲工作的地方去玩耍。父亲的屋里，常有人出出进进。这些人有男有女，他们看到鲁修义，总要和他逗耍一阵。有的还出其不意地从口袋里掏出一块水果糖，把水果糖高高举过他的头顶，引逗着他蹦高高。这些人看上去很喜欢他，其实，都是在讨好鲁旺。他们知道，这个小家伙是大队长的小宝贝。这些人来找大队长，有自己的目的。至于什么目的，鲁修义从来不去关心，他所关心的是那些叔叔或者姑姑口袋里装没装水果糖之类的让他喜欢的东西。舒语留给他的记忆，不是水果糖之类的小食物，而是在当时很稀少的玩具小皮球。小皮球比大人的拳头还要小，小皮球是花色的，是那种鲜艳的红、黄、绿三色组成的道道。那天，舒语出现在鲁修义的面前，突然从口袋里掏出小皮球，在鲁修义面前拍打着。鲁修义被花色的小皮球逗引得心痒难耐，他蹦着高要夺舒语手中的小皮球。舒语却引逗着他，喊大姑，喊声大姑，就把小皮球给你。鲁修义为得到小皮球，嘴里甜甜地喊：“大姑！大姑！”舒语把小皮球放在鲁修义眼前，继续逗引道：“不行，喊‘亲大姑’才行。”鲁修义为了得到小皮球，就喊“亲大姑”。

鲁修义喊“亲大姑”的声音传到鲁旺的耳朵里，让鲁旺十分尴尬。鲁旺明白舒语让孩子喊她“亲大姑”的意义是什么。一个“亲”字让俩人成了兄妹的关系。虽然不是那种一奶同胞的兄妹，但是，在乡下，兄妹关系意味着男女双方之间隔着一道道德的鸿沟，二者在交往中是不能跨越这道鸿沟的。鲁修义当时还是个三岁大的孩子，等他长大记事的时候，舒语已经离开金桥。舒语虽然走了，但是，一声“亲大姑”换来一个花皮球的事烙在鲁修义幼年时的记忆深处。多少年之后，每当想起这件事，他就会想到舒语和他的爸爸之间有着不同寻常的故事。至于有着怎样的故事，鲁旺活着的时候，他曾经很婉转地在父亲面前讲起那个小皮球的事。他讲这件事，是要唤起父亲的记忆，引导父亲讲述那个时候的其他故事，他可以刨根问底地挖出父亲和那些叔叔姑姑之间的故事。不知道为什么，他对父亲那个时期的故事很感兴趣。可是，父亲总是回避，总是闪烁其词，一旦提到舒语这个名字，父亲便黯然神伤，大不了发声感慨，“那个女人呀”，便没有了下言。

鲁修义从鲁旺口里得不到自己想要了解的秘密，便向母亲打听。母亲是一个大字不识的女人，她从来不关心丈夫在外边做了哪些事。她只知道丈夫在村里人的眼里，是个“官”。村里人没有哪一个人不听丈夫的。既然村里人都听从丈夫的，在她看来，丈夫是公家的人，是个了不起的人。她只负责丈夫的吃喝拉撒睡等有关生活方面的事。丈夫在外边是公家人，回到家里，是她的丈夫。丈夫只需要她伺候，从来不需要她打听他在外边的公事。因此，丈夫在外边所做的事，她一概不知。鲁修义向她打听父亲的事，她觉得奇怪，又非常茫然，儿子是怎么了？哪有做儿子的要打听老子的隐私的！母亲对他说：“小孩子家，不要打听大人的事。”

鲁修义上了学，父亲已经不怎么受到村里人的尊敬。有关父亲的一些传闻在村子里蔓延。传言最多的是关于父亲和一些女人的事情。有人说“鲁旺是老牛吃草，单拣嫩的啃”，作为对男女之事似懂非懂的大男孩，鲁修义听了有关父亲的这些非议，感到无地自容。

应该说，鲁修义是一个脑瓜儿非常聪明的孩子。但是，他的聪明并没有全用到学习功课上。按照他高中时期班主任的说法，鲁修义如果把他的聪明才智用到学习上三分之一，就有可能考进一所一类大学。然而，让班主任失望的是，鲁修义始终没把自己的聪明才智发挥到他应该发挥的地方去。按照班主任的预测，他考上大学的希望微乎其微。

那个时候，大学毕业生分配的改革方案已经传得沸沸扬扬。大学毕业生不再由国家统一分配工作，而是由用人单位自主招聘。也就是说，以往跳跃龙门就能成为机关正式工作人员而端上铁饭碗的美梦将被打破。所幸运的是，鲁修义这一届高考生，如果能考入大学，将是最后一届由国家统一分配工作的大学毕业生。也就是说，如果鲁修义当年不能被大学录取，他将失去成为国家正式工作人员的机会。能不能搭上这最后一班车，对鲁修义来说十分重要。

这让鲁修义陷入了十分苦恼和懊悔的痛苦中。

第十八章　投之以桃报之以李

鲁旺从大队长的位置上退下来后，和他曾经领导下的村民们一样成为“地球修理工”。儿子考大学的失利所表现出来的落魄情绪，让他感受到了权力的至高无上。他想到自己当大队干部那些年，从上面分配到大队里的招工、征兵，乃至上大学的推荐名额，都是他说一不二。他想让谁走，全村人没有谁能打绊的。当然，那些他决定让走的人，都在私下里和他有着鲜为人知的交易，抑或是小恩小惠的经济贿赂，抑或是暧昧肉体的“情感”投资……斗转星移，一切都已经是过眼烟云。前大队长在金桥大队一手遮天、一言九鼎的日子一去不复返了。何况上大学再也不用谁来推荐，只能凭自己的本事考试。儿子没能考出称心如意的分数所表现出来的懊恼，引发了他对当年岁月的向往和怀念。他希望时光倒回去十年，那么，他的儿子鲁修义不需要参加高考，甚至连高中初中都不需要读，就能名正言顺地去一所大学读书。可惜的是，那时候他的儿子还穿着开裆裤。这只能怨怪儿子生不逢时呀。时过境迁，权力不用过期作废，鲁旺只能如此感叹。然而，想到儿子一旦高考落榜，回家务农，鲁旺总觉得像是谁亏欠了他似的。村里许多人家的儿子都扎翅膀飞了，有的飞到了县里，有的飞到了省里，更有才能大的，甚至飞到了北京城。村里谁家小子考上了大学，或者在县里省里干了大事，就像中了黄榜，全村人登门贺喜。连爸妈脸上都有光。

为了让自己脸上也有光，更为了使儿子能成为吃皇粮的公家人，鲁旺决定去为儿子上大学的事情“跑跑”。“跑跑”是找门路、托关系的代名词。有些事情看上去很难办，但是，“跑跑”或许就能很顺利地解决了。有些水到渠成的事情，如果顺其自然不管不问，也有可能泡汤。在找谁“跑跑”的人选上，鲁旺颇费一番心思。他当政那些年，经他推荐出去的人有那么十来个，但是，真正成气候干成点事的却寥寥无几。甄家的那个小子算得上最有出息的一个。听他爸说，那小子已经当了啥秘书长！秘书长多大的官？比乡里书记乡长的官大不？后来才听说，他这个秘书长还是个副的，但是，却比县长县委书记的官都大！既然比县长县委书记的官大，说话一定管用的。那么，就找甄家的小子去“跑跑”！鲁旺自认为有恩于甄家小子，不是当年他推荐甄家小子去上大学读书，哪里有他秘书长的今天！然而，让鲁旺有所顾忌的是，这小子会不会买自己的账？对方会不会把曾经发生在他们二人之间的那件龌龊事忘掉？如果，他还把那件事记在心里，鲁旺去找他“跑跑”，等于把自己的老脸伸到人家的巴掌下任人家打。不是为了儿子的前程需要找人“跑跑”，鲁旺似乎已经把那件事忘掉了。即使想到找人“跑跑”，如果不是想到要找的人是甄家小子，鲁旺也不会记起那件让他尴尬难堪的事。

记不清那是个春天还是秋天的下午，只记得当时的天气既不冷又不热。就是因为这不冷不热的天气，人的衣着才不厚也不薄。而不厚不薄的衣服穿在女人的身上，把女人该凸的地方凸起来，该凹的地方凹下去。那些凸出来的地方让男人想入非非，那些凹下去的地方撩拨得男人心痒难耐。特别是那个情窦初开的女人，她娘的，简直是从天上下凡的仙女。那腰肢，那胸脯，那屁股……自己屋里的女人，和这个女人比起来，连豆腐渣都不如，连牲口屋里的牛粪都不如。就是因为被如牛粪般的屋里人熏得头昏脑涨，早已经倒了胃口，才渴望换换口味，亲身品尝这个水灵灵的浑身上下都散发着香气的女人的滋味。鲁旺当然不懂得“情窦初开”这个用来描写青春女子的词语。鲁旺只懂得，这个女子，就像阳春三月天，刚浇过水的菜园子里亭亭长起来的一棵嫩葱，更像秋天的田野里，亭亭玉立的玉米秆上长着的丰盈包实的玉米棒子那么诱人。

那是他把那些学生娃从城里接来不久的一天，女人来找他，好像是要请假几天回城里去看望她的母亲。按照女人的讲述，是她母亲病了，病得还很严重。母亲才托人捎信让她回去几天。有这种充足的理由，作为大队长没有任何理由阻止女人。可是，如果轻易就准女人假，岂不失掉大好的机遇。既然女人有求于自己，自己利用权力之便，享受一下女人给自己带来的快乐，也是理所当然的。更何况这是早就垂涎已久的美梦。对女人的请求，他既没有拒绝，也没有明确表态。他把自己刚刚坐过的一张凳子，让给女人坐。那张凳子面上还留着他的屁股传递的体温。女人对他的客气似乎稍感意外，又有些受宠若惊。女人有些拘束的样子，不愿坐屋内那仅有的一张凳子。女人意识到了，她若坐在凳子上，大队长只能站着。而这种情况是不适宜的。女人谦让着不愿坐下。大队长却很热情地去拉女人的手，女人没有把自己的手递给对方拉，而是扭捏着朝后退。大队长干脆放弃了去拉女人的手，而是直接走近女人，直接搂着女人的后背，要把女人朝凳子上安放。一张凳子的面积的确不大，只能安放下一个屁股。女人在那个时候，还没有过多的想法，她只是把领导的行为当着热情和客气。对这种过分的热情和客气，女人不再拒绝，而是忐忑不安地坐下了。可是，大队长却有自己的想法。在这里要补充一句，女人进到大队长简陋的办公室时，门是敞开着的。大队长把女人在那张凳子上安置下来后，顺手把门关上了。随着关门的声音，女人的心里一颤。但是，那个时候，女人仍旧没有想到大队长会对自己不轨。直到大队长转到女人身后，伏下身子，伸出又长又红的舌头在女人白皙的脖颈上舔着，两只粗糙的手同时不安分地放到了女人的胸脯上，企图去抓女人饱满坚实的奶子，女人才发现危险已经距她很近，她恐惧地也是不可名状地叫起来。女人的叫声不但没有阻拦住大队长散发着腥臭和烟草气味的舌头，那个舌头却更加急促地从她的脖颈游走到她的面部，并且企图接近她饱满的嘴唇。与此同时，男人粗壮的手臂已经牢牢抱紧了她的上身，使她失去了挣扎反抗的力量。女人有些绝望了，她唯一的逃脱方式，只有用声嘶力竭的叫喊，来挽救自己。

也许是上帝在冥冥之中护佑着她，她突然听到身后的门“砰”的一声被人踢开，门外的光线射进屋内。与此同时，那双像铁钳一般箍在她胸前的胳膊松开了，那根又长又臭的舌头倏忽间游走了。大队长和女人同时转过身，看到门口站着一个男人。男人年轻而又健壮的身躯把门堵严实了，只要男人不把身子让开，一只老鼠也休想从门口逃出去。男人眼里射出凶狠的光，两只拳头紧紧地攥着，似乎还发出咯咯吱吱的响声。大队长本来就比这个男人低矮得多，现在看上去更加矮小。不过，男人即使比他再高大，也不过是他管辖下的一个社员。不是吗？那攥着的拳头仅仅发出一阵轻微的“咯咯吱吱”的响声而已，怎敢轻易地砸向大队长的脑袋！

大队长让自己镇定下来。看着眼中冒火的男人，他讪讪地笑着，问道：“啊，是甄维呀，你也来请假？”

甄维让自己平静下来。应该说，他是一个相当理智的年轻人。他知道，自己如果硬碰硬地和对方硬抗，对自己和全家都没有啥好。再说，除了看到大队长伏在女人后背上外，他啥也没看到。也就是说，他心爱的女人还没有受到太大伤害，他没有抓到大队长侵害女人的任何把柄。如果闹下去，把这件事传扬出去，对谁都不好。尽管如此，他还是要警告这个老色鬼，以免自己心爱的女人以后再受到他的欺凌。

甄维把握紧的拳头松开，眼里的凶光也一点一点地散去，然后，用平静的声音说：“鲁大队长——我这样称呼你，是对你的尊敬——现在，我告诉你，刚才，你做了些啥，我没看到，就算你啥也没做！但是，我要警告你的是，舒语，她是我的恋人，是我心爱的女人，我不允许任何人碰她！往后，一旦我发现有哪个男人敢欺负我心爱的女人，我会不惜一切代价去杀掉他！杀死他全家！我要和他鱼死网破！”

其实，那时两人还只是相互倾慕，并没有明确恋爱关系，听甄维为保护自己这么说，舒语不由得泪流满面。

甄维说完，没等鲁旺回过神来，拉起低声哭泣的舒语走出那间狭窄肮脏的小屋。

后来，尽管看到舒语还是止不住想入非非，心情激荡，但是，终究有了忌惮。不是怕甄家的小子真有那个狗胆杀死自己，而是担心甄家小子把事情抖搂出去。他已经四十多岁的人了，大队干部也干了二十多年，他不能为一个女人坏了自己的名声。再说，按年龄，甄维比他年轻，是小弟辈，女人若嫁给甄维，他便成了大伯子哥。在村子里，大伯子哥不能扒小弟的灰。如果做下亏心事，人们会把他的脊梁骨戳塌！后来，大队长对甄家小子非但没有记仇，还答应甄家老爹的要求，推荐甄维上了大学，算是送甄家一份人情。无论当年那件事甄维还记不记得，都已经不重要了。因为，后来甄维并没有和那个叫舒语的女子结婚，他也不过是玩了舒语——只是甄维玩的方式比他老到而已。

鲁旺自认为有恩于甄家。如果不是他推荐甄维上大学，甄维能有光宗耀祖的今天？如今，他遇到困难，去找甄维帮忙，也算是讨回一份人情，难道他有理由拒绝吗？

甄维和父亲的关系，在鲁修义心中始终是一道难解的谜。鲁修义小的时候，常常听到父亲诅咒甄维，而在被他喊着的甄叔面前，却又极力讨好甄维。甄维上了大学，后来当了官。可是，在鲁修义的印象中，鲁旺一次也没找过甄维。无论谁在鲁旺面前讲到甄维，鲁旺都从口中嘘出一个字：“屌！”

“屌”在金桥人的话语中，是无所谓、不中用等多重含义。而在鲁旺的意思里，是他不情愿低三下四地去巴结甄维。

鲁修义在忐忑不安的等待中，萌生了让父亲去找甄维帮忙的想法。他的这种想法却始终不敢出口，就是因为鲁旺的那个“尿”字留给他的印象太深刻了。

“我去找他！”这句话鲁旺一定下了很大的决心。

某一天的下午，金桥村前大队长鲁旺，穿着他昔日的官服——一件褪了颜色的蓝色中山装，带着儿子鲁修义终于找到了甄维的办公室。

与鲁修义想象的完全不同，甄维并不像他父亲嘴里的“尿”那样“无所谓”。相反，在鲁修义心中，甄叔如此平易近人，温文尔雅，又和蔼可亲。他完全没有当官的架子。倒是父亲端着大队长的架子，坐在铮亮的皮沙发上，大腿跷在二腿上，抽着软包的中华烟，喝着刚泡好的清茶。

鲁修义感觉，父亲的架势，总给人留下一种外强中干的样子。

甄维倒是对鲁旺的做作没有丝毫在意。他笑着向对方说：“没想到你会来找我。”

鲁旺抽一口烟，说：“是的，你的官做大了，门槛高了，来一趟不容易。”

“再大的官，不出金桥也是你的民。”甄维半真半假地说。

“从金桥走出去的人，哪个还把我放在眼里？”鲁旺斜睨着眼，看了看对方。“就说那个姓舒的女学生，自从离开金桥，一点儿消息都没有。听人说，她从金桥走时就把自己的名字改了……”

甄维抛弃舒语在省城当了人家的上门女婿，舒语虽然没有找甄维大吵大闹，但是，金桥的人大多都知道了这件事。在金桥人的眼里，甄维就是个嫌贫爱富、忘恩负义、贪图富贵遭众人唾骂的“陈世美”！

甄维能够听出，对方在这个时候，突然提到舒语，是为了给平衡的天平加码。他冷笑一声，不置可否地“啊”了一声，然后是一阵沉默。许久，才岔开话题说：“家父去世的时候，鲁支书忙前忙后，没少费心。”

“乡里乡亲的，谁家没有求人帮忙的时候？”鲁旺把抽完的烟屁股丢在烟灰缸里，端起面前的茶杯喝口水，才说，“今天和你大侄子来找你，正是遇了一道过不去的坎。”

甄维含蓄地笑了笑，说：“别把我估计得太高了，我也是普通人。但是，只要我能办的事情，一定尽力而为。当年，不是鲁支书的鼎力推荐，哪有我甄维的今天。”

鲁旺听了这话，脸上露出了笑。他兴奋地脱掉鞋子，一下子蹲在沙发上，说：“你能这么说，我这心里一下子热了。村里有人说你是忘恩负义的人，这话真是胡说八道！修义，快把你的情况给你甄叔掰扯掰扯。”

鲁修义应了一声，急忙把自己的高考情况详细地向甄维讲了一遍。

后来，鲁修义真的接到了中原农大的录取通知书。能被中原农大录取，究竟是不是甄维在其中起到了作用，鲁修义不得而知，因为，那年高考录取后期，由于一部分高校没能完成招生计划，的确又降分补录了一批。

无论是什么原因起的作用，鲁修义把自己能被大学录取看着是甄维起到了作用。这样，他就把甄维当作自己的贵人。读四年大学毕业之后，鲁修义在毕业分配前，再一次找到甄维，希望他能帮他分配到一个较为理想的单位。那时候，鲁旺已经过世。鲁旺的死非但没能影响到鲁修义与甄维之间的联系，相反，甄维反倒更喜欢和器重这个勤快而又聪明的小老乡。鲁修义从毕业分配到走上副县长的仕途，每迈上一个台阶，都离不开甄维的关照。

甄扬伤逝后，鲁修义如亲生儿子一样跑前跑后地帮甄家处理后事。

就是在那个时候，甄维在极度的孤独和悲伤中，向他袒露了一些本不该透露的隐私。

第十九章　鲁修义的心路历程

很小的时候，听到有关我爸的“秘密”在村子里流传，那些男人在讲起我父亲和女人的故事时，从来不避讳一个还不懂事的孩子。

男人们除了拿“前、后门”奚落嘲笑我爸，还在背后悄悄地讨论我究竟是不是我妈生养的。一个男人说，谁谁才是我亲妈，就有人抬杠说另一个女人才是我亲妈。那些男人一连说出几个女人的名字。可是，我一个也没听懂。他们说到那些女人的名字时，总是像打哑语似的。除了说我妈不是我亲妈，他们还说我妈长得“漂亮”——漂亮这个词是我上小学之后才明白它的含意，这个词原来是丑陋的反义词。当我明白它的含意后，我才明白，那些男人和女人给我妈起这个绰号，原来是对我妈的讽刺，是对我妈的亵渎，是对我妈人格上的侮辱。我鄙视和仇恨那些人。再听到谁喊我妈“漂亮”，我就疯了似的扑向那人，用我的手抓破那人的脸，用我尖利的牙齿咬伤那人的手，让那些人为他们对我妈的侮辱付出血的代价。

终于没有人再敢在我面前侮辱我妈。俗话说，“狗不嫌家贫，子不嫌母丑”。我妈的确是一个相貌丑陋的女人。她个子不高，又很臃肿，走路的样子像极了肥胖的鸭子，一踿一踿的，迈着外八字在村路上走过时，常常招惹闲汉们不怀好意地评头论足。她的脸不像女人，倒像个经常喝醉酒的男人，整日一副迷迷糊糊的样子。关键是她那双几乎整天睁不开的眯眼上总有永远擦不干净的眵目糊在她的眼角里储藏着，让人担心她在眨巴眼皮的一刹那会有眼屎落下来。

尽管如此，我从来没有为有这样一个母亲感到羞耻过。我不嫌母丑。在我心里，母亲不丑——她虽然不是漂亮的女人，但是，她是我心中最疼爱我的女人——母亲三十八九岁时才生下我。母亲没有奶水，是用小米粥和面糊糊把我养大的。我记事后，常听母亲给我唠叨，生你时难产，我还到阎王爷那儿去走了一遭。只是阎王爷嫌我长得丑，才不肯收留我。我妈在给我讲这话时，眼神里有了满足和得意。那一刻，我突然觉得我妈很漂亮。

大概是1971年前后，或者是1973年前后，再不然就是1975年前后，具体是哪一年，我确实记不清了。只记得那个时候，从城里下来的那些叔叔和姑姑们，常常缠着我爸，他们希望鲁大队长能“开除”他们的“修理地球”籍，推荐他们回城里去。为了能让鲁大队长开除他们的“修理地球”籍，他们非但不与鲁大队长瞪眼抬杠吵架，还要看着鲁大队长的眼色行事，还要巴结奉承鲁大队长，还要在鲁大队长面前表现出自己是一个听话的好叔叔或者好姑姑，是一个积极要求上进的好叔叔或好姑姑，是一个有能力又善解人意的好叔叔或好姑姑，是一个不会忘本懂得感恩的好叔叔或好姑姑。为了能让自己比别人早一些时间被鲁大队长“开除”出金桥回到城里去，他们背靠背地展开了奉迎取悦鲁大队长的活动。那些叔叔和姑姑为讨好鲁大队长时，采取曲线迂回的方式，在我身上下了一番功夫。我成了他们争相娇宠的对象。他们从城里给我买来我最喜欢吃的糖果、饼干之类，还有各式各样的小玩具。讨好我就是讨好鲁旺，巴结我就是巴结鲁旺，我高兴了鲁旺就高兴，我喜欢了鲁旺才喜欢。那些人的曲线迂回方式果然奏效，那些在我身上下手最早最舍得投资的人，都先先后后被鲁旺“开除”出金桥村的“修理地球”籍。而一些不肯在我身上进行感情投资和物资投资的人，只能老老实实待在金桥的广阔天地里“修理地球”。这些人不在我身上投资倒还不让我生气，让我气愤的是那个长了一个大鼻子的叔叔，看见我，总让我喊他爸爸。大鼻子叔叔是想占我的便宜。我当然不会上他的当。他百般地哄劝挑逗，我就是不喊。直到他出其不意地从口袋里拿出一块水果糖，在我眼前晃来晃去，以此来引诱我。我才克制不住自己对水果糖香甜味的诱惑，几乎垂涎三尺，用比蝇子的“嗡嗡”声还要低八度的声音含糊其词地喊了一声“爹”。大鼻子叔叔就哈哈大笑起来，得意得就像他真的造出了自己的亲生儿子一般。

姑姑们逗我玩时，从来不让我喊她们爹和爸爸，我们金桥喊未婚的女人大多喊姑，她们偏让我在姑前边加了个“亲”字，很拗口。但是为了她们的糖块和小皮球之类的玩具，我投她们所好，就按照她们的要求喊。

每当我喊那些女人亲姑时，鲁旺总是用眼睛瞪我。我还以为他瞪我的原因是我喊亲姑的声音不够响亮，就提高了声音再喊一次。等亲姑转身离去的时候，鲁旺指着鼻子教训我，以后再不能喊亲姑！我不服气地犟嘴，我就喊！亲姑给我买糖吃！鲁旺骂道，娘那个 ×！你还给老子犟嘴？老子哪来的亲妹子，早十几年前就钻地窟窿眼里找恁爷奶去了！

让我喊亲姑的漂亮女人是舒语。不知啥原因，有些坏叔叔听我喊舒语亲姑，便悄悄地对我说，错了，那是你亲妈！喊亲妈才对。我当然不相信这些坏叔叔的话，因为我亲妈在家里给我做饭呢，我怎么会有两个亲妈？

那些希望被我爸开除“修理地球”籍的叔叔和姑姑常来我家。那些人的到来，常常让我爸像打了鸡血一样兴奋。这些人来巴结他、讨好他，让他觉得自己很了不起，让他有了成就感和自豪感。

我爸最喜欢的还是那些姑姑能经常来家里拜访他。姑姑来我家，都是分头来。不但分头来，似乎还防备着别的姑姑和她走碰面了。姑姑一来，鲁旺总是把我妈支应走，不是让她下地去割草，就是让她去村头的小河里洗衣裳。其实，我妈极不愿去做这些事。可是，没有办法，我爸让她出去她若是不出去，我爸会用一根绳子，把她拴在我家院子里的那棵榆树上。我妈被拴在榆树上听着屋里我爸和女人的嬉戏声，心里更加难受。后来，只要有女人来我家，我妈不等鲁旺赶她，就提了篮子或者端了洗衣盆走出去。我妈死的那天是个晚上，天上下着雨。鲁旺在外边喝醉了酒，醉醺醺地回来了。跟在她身后来我家的还有个姑姑。我妈看到女人，就端了洗衣盆朝外走。因为天黑得已经看不清人脸，又下着雨，她只能端洗衣盆去村头的河边洗衣而不能提着篮子到野地里割草。洗衣盆里并没有要洗的衣裳，只有一条又脏又破的毛巾。那条毛巾被我妈洗了一整夜。也就是说，她一整夜没再回家。第二天，村里人在村头的河里看到了她。她像一只癞蛤蟆似的漂浮在水面上。人们把她打捞上来的时候，她手里还紧紧攥着那条又脏又破的毛巾。

渐渐地，来我家的姑姑少了。最先不来我家的是那个叫刘雪莹的姑。我妈没死的时候给我讲，刘姑在离开金桥的时候，又到我家一趟，她说是来向鲁大队长表示感谢的——因为鲁大队长在那年分到金桥大队唯一的一个招工指标上推荐了她。刘姑虽然是向鲁支书感谢的，可是，却一直紧紧抱着我又亲又哄，直到鲁大队长强行从她手里把我接过来，交给了我妈，她才眼里噙着泪离开了我家。

那些常来我家的叔叔和姑姑们一个个在我们村子里消失了。他们去了哪儿，我不知道。后来，从大人的口里听说，他们回城了。他们为啥要回城？我不明白。我明白的是再也吃不到那些叔叔和姑姑口袋里的水果糖了。

其实，上边所讲述的事情对于我来说，都是很模糊的。在我稍大些的时候，看到别家的孩子都有亲妈疼爱着，我就想到了被河水淹死的我妈。别人虽然嫌弃我妈丑，但是，那个疼我爱我的丑妈死了给我带来的悲伤和痛苦是别人无法理解的。我时不时地对她产生怀念。这样的结果，让我对鲁旺越来越憎恨。我认为是他害死了我妈，害得我成了一个没有妈疼爱的孩子。特别是长大些的时候，村里人关于鲁旺是一条色狼的传说，既让我感到羞耻，又让我对他产生了仇恨和厌恶。在我考上大学之前的那几年，父子关系几乎成了老死不相往来的仇敌。

对鲁旺态度的转变，是在我高考时分数不理想的情况下，他带着我到省城去找了甄叔。

在我人生的关键时刻，他作为一个父亲拉了我一把，我对他的偏见有所改变。更为重要的是，他让我结识了甄叔，从而改变了我的命运。

甄叔留给我的印象，并不像鲁旺诅咒他的那样，是个忘恩负义的人。相反，我倒觉得他很平易近人，没有官架子。

第一学期结束放假时，我给甄叔打电话，告诉他我要回金桥过暑假，有没有事要给爷爷奶奶捎话。我喊的“爷爷奶奶”是指甄叔的父亲和母亲，那时候，两位老人还健在。我以为甄叔很忙，不会接我的电话。然而，他不但接了电话，而且还很热情。他问我啥时间回金桥，走之前到他那里去一趟。我按着他说的地址，去了一家大超市。在超市门口，有位穿着整洁的年轻人看到我，问我是不是叫“鲁修义”？我“嗯”了一声，奇怪这个年轻人咋会叫上我的名字。年轻人说：“我是甄市长的秘书小谭，是甄市长让我在这儿等你的。”年轻人说着，已经从他身后的车上，取下两个大礼包。

回到家后，我把两个大礼包全部送给了甄家“爷爷和奶奶”。

新学期开学后，我又给甄叔打电话，告诉他家里“爷爷奶奶”都好。他在电话里，一连说两个“好”，并随口说：“你这个孩子倒挺实诚的。以后有啥事给甄叔说。”

就这么来来往往，甄叔真帮了我不少忙。我毕业分配，安排工作，调动提拔等等，都是甄叔一句话的事儿。时间长了，甄叔也把我当作自家孩子一样看待。他在市里，回家一趟不方便，家里有啥事，都委托我帮着办。我是一个懂得感恩的人，凡是甄叔要我办的事，我当然要尽心尽力地办好。

丧子之痛给甄叔带来了致命的打击。看到他痛苦不堪的样子，我所能做的就是要像他的亲生儿子一样抚慰他，照料他，尽快让他从痛苦中走出来。我的真诚让甄叔向我讲了他隐藏了二十六年的秘密。他让我帮他找到那个孩子。尽管他还不知道那个孩子是女孩还是男孩，但是，他确定，那个过去叫舒语，现在叫舍玉娜的女人虽然远在广州，但是，孩子还在陈县。这是一道非常难解的“方程式”，但是，我还是一口答应甄叔。我向甄叔发誓，只要他或她还在陈县，我就一定要找到他（她）！

要找到那个孩子，我想应该从孩子的母亲身上入手。“舍玉娜”这个名字是甄叔为我提供的重要线索。我在百度上搜索了这三个字，叫“舍玉娜”的竟然只有一个！在百度百科词条上，介绍舍玉娜是南方某地文化旅游发展公司的董事长。从阅历、年龄、性别等基本情况看，这人与甄叔提到的舒语有着很高的相似度。随后，我决定筹划一次文化旅游活动，即陈县文化旅游产品发布会。安排人在网络上大造声势，还特意进入那家公司的网站，向对方提出热诚的邀请。这样的活动，对于热衷于文化旅游事业发展的业内人士是很有吸引力的。他们公司果然接受了邀请，回函说董事长要亲自来陈县参加活动。我大喜所望，立刻把这个消息告诉了甄叔。

甄叔听了，好一阵才感叹道，看来，她是放不下金桥情结。

舍玉娜带着她的助手如期而来。在和她初次见面的那天，我就有一种和见了别人不一样的感觉。我总觉得我不是和她第一次见面，好像早就在哪里见过她。直到她突然提出要到金桥去实地考察，我脑海里蓦地想起幼年时期的那个小皮球。是的，如果不是和那个我喜爱的小皮球有关联的人，我是没有任何记忆的。那个小皮球打开了我的记忆之门。我努力回忆和小皮球有关的点点滴滴，一个叫“书玉”或者叫“榆树”的女人在我脑海里复原了。

究竟是“书玉”还是“榆树”，我的确记不清了。我心里变得十分恍惚。她好像对我没有任何印象。这毫不奇怪，时光过去这么多年，她不会把一个穿着开裆裤、流着鼻涕的小男孩和一个神采飞扬的副县长联系在一起的。我确切地认定，她就是甄叔要我帮他寻找的那个女知青。

甄叔要我寻找的那个孩子在哪里？在和她交谈中，我试图从她的言谈举止间寻找到线索，但是，女人的沉稳、大度，丝毫没有流露出哪怕是一丝与业务无关的内容。到了第三天，事情突然有了转机。她突然提出要到李洼泥泥狗制作公司去现场考察，还提出要见妮妮的父母。这意外的要求让我愕然，难道妮妮就是……我不敢妄下结论，却产生一种按捺不住的激动和兴奋。

一个女商人为何寻找理由，要与一对未曾谋面的老人见面？唯一能解释的是他们曾经相识过，并且有着千丝万缕的关系。这也更加让我坚信，我的第一感觉不会错，她就是那个我曾经喊着“亲姑”的女人。而这个女人，也正是甄叔要寻找的女人。女人之所以要到金桥来，她的目的不仅是如她说的那样考察泥泥狗制作文化公司，她是来寻旧。寻找她在过去的岁月里遗留在这里最为珍贵的爱。

联想这么多年，村里流传的有关妮妮身世的传说，这个神秘的疑案似乎应该有了答案。

我拨通了甄叔的电话，抑制不住激动的心情，把这个消息告诉了他。

第二十章　她要保全自己的名誉

李洼是金桥大队的一个小队。与金桥有一条小河相隔，村子里仅有二十几户人家，且都姓李。舒语在金桥插队期间，分在距大队部比较近的生产一队，因此，与李洼的人很少接触，更没有什么来往。如果不是发生那样一件事，她甚至不知道金桥大队还管辖着一个叫李洼的小村子。更不知道还有个叫李树源的男人和他的女人。那女人好像是妇产科医生，若不然，舒语和婴儿的命能不能保住都很难说。舒语庆幸自己大难不死，是遇到贵人相助。

那天，李树源来接于凤芷。于凤芷在收割过的麦田里，拾了一些遗落下的麦草。麦草是那个时代最好的作为引火的烧草，村人们都要多捡拾一些存放起来，以备冬天引火做饭用。于凤芷把捡拾的麦草放在一堆，李树源用架子车把麦草拉回家。

李树源把架子车放在地头，要到窑洞里方便一下，才遇到了正在危难中挣扎的舒语。

舒语被李树源和于凤芷抬到铺着麦草的架子车上。架子车是那个时代豫东农家最先进的交通工具，拉柴、拉粪、拉分得的口粮等都离不开它。舒语躺在这种铺着厚厚麦草的架子车上，似乎不那么疼痛了。架子车在松软的土路上摇晃着，轻微地颠簸着。她竟然睡着了。醒来的时候，架子车已经进入一个农家小院。黄土砌的墙，脊架门楼上面苫着麦草。三间正屋也是黄土砌的墙，房顶上苫的也是麦草。

李树源和于凤芷把她从架子车上搀扶下来，安置在东间屋的一张床上。

舒语想到，自己好像应该对这对夫妻说些感谢的话，可是，嘴张开了，却发出的是："我口渴了。"

的确是渴了，口干得像着了火似的难受，如果再不喝口水的话，她担心会有一股火从她喉咙里喷薄而出。

于凤芷端来一碗温热的开水，放在她唇边。她一口气把水喝完，用手抹了下嘴角，才说声"谢谢"。

于凤芷问她："要不要再喝一碗？"她摇了摇头。

于凤芷叹口气，问她："男人是谁？要不要告诉他？"

她再次摇了摇头，怕对方怀疑，补充道："已经死了。"

她不是故意要诅咒他，自从看到他寄来的那封绝情信，她就认定他已经死了。他在她心里死了。她把那封信毫不犹豫地烧掉了，她把他所有的来信（有些来信中不乏甜言蜜语）都翻找出来，和那封信一齐烧掉了。他汇来的二十元汇票单，当投递员找到她要她盖章签收时，她毫不犹疑地对人家说，钱不是寄给她的，退回去吧！她的确很需要钱，但是，她觉得那二十元钱是对她的亵渎和侮辱。她的爱情、她的青春难道仅仅价值二十元钱？对于肚子里的婴儿，他在信中委婉地劝她去做掉，他甚至闪烁其词地不承认孩子是他的。她知道她已经成了他的累赘，成了他飞黄腾达的绊脚石。她看透了他的虚伪、自私、冷酷无情，但是，她并没有恨他。她只能怨恨自己，是自己把自己给了他，他并没有强加于她。她怨恨自己的幼稚、轻信，她怨恨自己不谙大千世界茫茫人海中的世态炎凉。对于他劝她打掉孩子的建议，她不会采纳的。孩子是无辜的，她无论如何不能把他（她）扼杀掉，她要把他（她）生下来——无论是男孩还是女孩，她都要把他（她）带到这个世界上来。

于凤芷叹一口气，十分同情地说："孩子还没生下来，爹就没有了。这，往后您娘俩可咋过呀！”

舒语从来没有思考过这个问题，把孩子带到这个世界，是她要和甄维赌气，也是她倔强性格的使然。可是，一个没结婚的女人生养一个孩子，这是天大的丑闻啊。有了这么个结果，自己恐怕再也回不了城了。自己只能在金桥待一辈子。自己不怕，可是，孩子怎么办？孩子的名誉怎么办？孩子很快会长大的，一旦孩子问起她的父亲是谁，她该如何解释？一旦孩子受到人家的歧视和嘲弄时，她该怎么办？这些都是舒语之前没有想到的。之前，她一门心思想着要把孩子生下来，全然没有考虑到这些实际的问题。现在，一经于凤芷提醒，她竟然不知道如何回答。

腹部一阵疼痛，舒语咬着牙尽量不让自己再叫出声来。她知道这是在人家家里。主人家把她拉回来时，避开了村人的目光。他们大概也不愿让别人知道这件事。这毕竟不是一件多么光彩的事情。舒语把二人刻意对村人的隐瞒理解为对自己的保护，所以，她才坚强地忍耐着。

于凤芷看出了她的刻意忍耐，劝她说：“忍不住就大声喊出来，别把自己憋得太难受。”

舒语凄然地一笑，并没有喊出来，而是对她说：“我好像觉得自己想要吃点儿食物。”

于凤芷惊喜地说：“这是马上要生了，您等等，我马上给您做点儿吃的。”说着，匆匆忙忙走进厨房。

疼痛越来越剧烈，并且由阵痛发展成为持续不断地疼。舒语感到，自己的五脏六腑都要破裂了！那种撕心裂肺的疼，犹如谁用一把尖锐的刀子捅进了她的腹内，并在腹内搅动着、撕裂着她的皮肉、内脏，让她有了生不如死的感受。如果此时上帝能把她带走，她会感谢上帝！她甚至在内心里暗暗地祈祷，上帝啊，发发慈悲吧，带走您可怜的女儿吧。豆大的汗珠从她额上流下来，流进了她的眼眶。汗水和着泪水，如一道道小溪，顺着她的面颊四处流淌，然后流进了她的脖子里。她身上的内衣已经被汗水浸湿，像刚从洗衣盆里捞出来还没等到拧干就穿在了身上。浸湿的衣服贴在皮肤上，让她感到自己浑身的皮肤都膀了起来、肿了起来。疼痛、难以言说的煎熬使她再也克制不了自己，她忍不住大叫起来。她的叫声尖厉而又恐怖，像深山老林中走在悬崖上的一头鹿遇到了恶狼的袭击，是那么凄凉，又是那么无助！

正在厨房里忙活的于凤芷听到她的叫声，连端着碗的手都颤抖起来，她嘱咐男人淘点小米下到锅里熬着，然后自己端着为她做好的面走回东间。

舒语已经没有了吃面的气力，她号叫着、挣扎着。于凤芷端给她的面险些被她打翻——幸亏没有打翻，不然，热汤洒在她身上会让她雪上加霜。

于凤芷把碗放到桌子上，然后，从箱子里翻出一条洗干净的布单，盖在了舒语的身上。她毫不犹疑地脱下她的裤子、内裤。她看到一股水从她的下身流出来，她懂得，那是羊水破了。是时候了，如果孩子再不生下来，就会胎死腹中，大人和孩子都难以保命。她顾不得什么了，她把对方的两条腿分开，抓着对方的双手，鼓励着对方："不要叫了！咬着牙！使劲、使劲！使劲！"

舒语知道最关键的时刻到了。她配合着对方，任凭对方的摆布。她咬着牙不让自己再叫出一声。她把全身的力量都用在"使劲"上。使劲！使劲！只有这两个字在她耳边回响，这两个字是她通向生路和希望的桥梁，如果她不按照对方的指令"使劲"，她将命悬一线。她只能使劲，别无选择。她在对方的指导下，使劲！使劲！

她终于成功了！

随着一声清脆的婴儿啼哭声，幸福立刻溢满了她的全身，疼痛的魔鬼被驱赶走了。她感到身心一阵轻松，浑身是酥软的。是疲惫的酥软，酥软得她连眼皮都睁不开了。

于凤芷的脸上身上也大汗淋漓，她来不及擦拭。她已经看清，是个女婴。她轻声地告诉舒语，并开始为初生的婴儿忙碌。她先为婴儿剪断脐带，然后认真、仔细地把婴儿身上擦拭干净。婴儿在她的服侍下，不停地“哇哇”地叫着。她一边为婴儿裹上一条被单，一边和她打趣，小家伙，在唱歌呢。听听，嗓门儿多亮堂。这么说着的时候，她已经把婴儿包裹好，放在舒语的身边。

舒语看着她熟练地为婴儿做着一切，内心不免庆幸。原来生孩子还有这么多繁杂程序，还以为如母鸡下个蛋那么轻松呢。多亏遇上了这位懂得接生的女人，不然，她和婴儿非死在那个破窑洞里不可。是她命大，还是这孩子命大？舒语看着襁褓中的婴儿，那婴儿的小脸粉嫩粉嫩的，此时躺在舒适的被单里，已经不再唱歌了，就那么静静地躺着，像是睡着了。舒语忍不住伸出手，抚慰一下那粉红的小脸。

米汤熬好了，问她要不要喝？这是男人在外间屋询问于凤芷。于凤芷应声走出去，不一会儿，端着一海碗小米汤走进来。

舒语这才感到肚子空瘪得像倒空了粮食的布袋，饿狼似乎要从胸腔里跳出来。她挣扎着坐起来，接过于凤芷手中的碗，有些感激地看了对方一眼，然后，埋下头喝起来。

襁褓中的婴儿突然哭起来，舒语放下碗要去哄哄她，还没有回过身子，看到于凤芷已经把她抱起来。舒语感到心里一阵温热。

时间过去了半个月，在这段时间里，舒语受到二人无微不至地照顾。舒语没有奶水，于凤芷要按照民间方子给她投投奶，舒语不愿投奶，她不想让孩子吃自己的奶，如果那样，她就真成了结过婚的农家妇女了。于凤芷只好为婴儿熬米汤、打糊糊，一勺一勺地喂婴儿。婴儿看上去也懂事许多，吃饱就睡觉，睡醒了就安安静静地躺在那里，饿的时候就吸舔自己的小手。每当看到婴儿吸舔小手的时候，于凤芷已经把熬好的米汤端了过来。

舒语的身体渐渐地恢复了。在这期间，对孩子的照顾她基本上插不上手，都是于凤芷为孩子洗洗擦擦，喂饭喂水。于凤芷是个手巧的女人。一天，舒语看到她在外间屋做针线活，开始她还没想到她做什么，直到第二天，于凤芷拿着做好的小衣裳来给婴儿穿，舒语才知道她是为婴儿忙活的。舒语想，给李家添的麻烦太大了，不知如何才能报答他们。她总不能长期在李家待下去，她决定离开李家。可是，一个非常现实的问题摆在面前，孩子怎么办？尽管大家都看出了她的肚子一天比一天大，但是，她还是没有承认自己怀孕。她穿着加肥的衣裳，把自己打扮得像个肥胖的村妇。虽然欲盖弥彰，但是，知青点上的人谁不是心知肚明？那个三角眼的老男人，也就是甄维的父亲，在路上看到她时，曾经和她搭讪，问她有没有人欺负她？要是有人敢欺负她，他去找人家算账，替她出气。甄维没上大学之前，她曾经去过他家一次。老男人用审视的三角眼打量她多时，之后，笑了。那是一种满意和得意的笑。时过境迁，他既然和她彻底地决断，她也只能把这个老男人当成陌生的路人，免得他对自己纠缠。面对那张讨好的脸，她没有回答一个字，转身走开了。她听到背后传来一声冷笑："不搭理我，肚子里的孩子也是俺甄家的种，得喊俺爷。"她一阵恼火，却克制了自己，只是从牙缝里蹦出两个字："休想！"

她不能带着孩子回宿舍，更不能让甄家知道她生了孩子。

她在这个世界上只有一个亲人，那就是她的母亲。可是，她也不能带着孩子到母亲那里去。自从显怀后，她再也没有回去过。她怕见到母亲。

她知道自己怀孕后，又回城一趟。距离上次回城触摸子孙窑那次，已经有一段时间。在那段时间里，她基本和母亲断了音信。母亲也没有联系过她，这是母亲的性格使然。她要女儿成为独立的女性，所以，她很少过问女儿的事情。女儿突然出现在家里，让她马上看出女儿的异常行为，当她确认女儿怀了身孕后，她没有严厉地责备她，而是询问男人是谁？她没有告诉母亲，她也不想告诉母亲。因为那个时候，男人已经在她心中死去。母亲在询问毫无结果的情况下，脸色突然变得严峻起来。母亲告诉她，如果不知道男人是谁，请离开这个家！如果再想走进这个家，就要和一个合法男人一起进来！

母亲对她的要求并不为过，可是，舒语却难以完成。舒语回到家没有喝上一口热水，便被母亲毫不客气地撵出了家门。

其实，母亲硬着心肠把她撵走后的第二天，曾经偷偷地一个人到过金桥。母亲在金桥看到舒语像个没事人儿似的，该干活干活，该吃饭吃饭，一副没心没肺的样子，一气之下，连面也不和舒语照，又回了城。

舒语不知道母亲来看过她。从那时起，她觉得自己就成了一个无家可归的女人。如今，她要离开这里，只能回到知青点去。可是，孩子怎么办？她想过把女儿送到母亲那里去，可是，她知道母亲断然不会接受。尽管母亲含辛茹苦地把一个没有父亲的孩子养大了，但是，她决不会再接受一个没有父亲的孩子。舒语了解母亲的性格，她如果把孩子硬送到家里去，她和孩子都会被撵出来。现在，只有一个办法，把孩子寄养在这对夫妻这里。通过这些天的观察，她已经看出，他们很喜欢这个婴儿，他们对婴儿的疼爱甚至超过了她。他们是那么毫无私欲地照料着孩子，喂孩子吃喝，为孩子擦屎把尿洗尿片，就像照顾从自己身上掉下来的一块肉。她已经知道，他们没有自己的孩子。他们为啥没有自己的孩子？她没有去过问原因。正像自己一样，他们也有隐私。她怎么能随便打听人家的隐私呢？既然他们喜欢孩子，那么就把这个孩子交给他们抚养，等孩子长大些的时候，或者等自己有了家，再来接走孩子。到那个时候，她会加倍地偿还他们。

她拿定了主意，但是，这又是一个难以启齿的要求。犹豫两天之后，她终于忐忑不安地向他们说出了自己的想法。

女人听了她的话，嘴张几次，没有说出话来。

看上去憨厚实诚的男人却说："既然让俺们抚养孩子，就不能接走了。"

女人这才说："是啊，孩子虽然是从你身上掉下来的一块肉，但是，也是俺们心头的一块肉。到时候再把这块肉从俺们心头挖去，那是啥滋味？"

男人放低声音，近乎哀求地说："既然是没有父亲的孩子，就把她留给俺吧。俺会像对待自己的亲生女儿一样对待她！"

女人说："俺们不想让这孩子成为一个只有母亲没有父亲的孩子。再说，你早晚要嫁人成家的，还会有自己的孩子。带着一个没有父亲的孩子，总是不太……方便。"

舒语沉默好大一会儿，才对他们说："再给我点时间，让我好好想想。"

舒语其实是一个不愿意多动脑筋的人，但是，那天夜里，她辗转反侧一宿，终于做出决定。

第二天，她和那对夫妻达成了口头协议，她愿把自己的骨肉送给他们。

她唯一的要求，是要他们保全她的名誉。

第二十一章　好事“难”磨

送走客户，妮妮接到鲁修义的电话。

鲁修义告诉她：“有好事了！舍总要到你那里实地考察泥泥狗产业发展情况。”

妮妮和舍总一面之交，且交流不多，如果不是鲁修义突然提到她，在妮妮的脑海里，对方已经成为一个过客。再说，自从电视台和网络播放了她捏制泥泥狗的报道后，她成了网红，到她这里来参观考察的人太多了，有时候一天要接待几批人，忙得她连捏泥泥狗的时间都挤掉了。听对方那么惊喜地告诉她这件事，便揶揄道：“来就来呗，有你大领导陪着，还给我讲啥？”

鲁修义急忙说：“别别，妮妮，你可不要拿大架！舍总可是咱们金桥镇的贵人——若想把泥泥狗打入南方的旅游市场，还要请她帮忙呢。再说，人家是冲着你才去的，你可要做好充足的准备工作！”

妮妮道：“冲着我？鲁大县长，别尽拣好听的说。她可是你请来的尊贵客人。”

鲁修义道：“确实是这么个情况。好，我挂了，咱们村里见。”

金桥镇传统的泥泥狗制作，已经不是李树源那个时期偷偷摸摸小打小闹的规模了。经过这些年的发展，已经形成公司加农户的产业模式。妮妮是金桥镇李洼村泥泥狗艺术发展有限公司的总经理，李洼村凡捏制泥泥狗的艺人，都是公司的成员单位。各成员单位捏制的泥泥狗，由公司统一验收，统一包装，统一销售。这种传统的泥玩，在北方民间很受青睐。如果像鲁修义说的那样，能让这种古老的民间艺术品进入南方城市的旅游市场，是妮妮巴不得的好事。

妮妮想不到的是，这次推介会，竟然吸引了那么多的客商来参加。客商们对泥泥狗产生的浓厚兴趣是妮妮意想不到的。特别是要到李洼来考察的南方公司的女老板，叫啥来着？叫舍……玉娜——好奇怪而又别扭的名字。不过，仔细琢磨琢磨，人家这名字挺洋气的。不愧是大城市的人，连起个名都有点外国人的洋味道。妮妮第一次听到百家姓中还有个舍姓。因为这姓氏稀少，妮妮一下子就记住了人家的名字。让妮妮费解的是，她和女老板第一次照面和握手时，从女老板的眼神里流露出来的目光让她产生一种莫名其妙的感受。那目光里饱含着啥样的内容呢，似乎有疑惑、有探视、有意外，甚至还有一丝惊喜。妮妮从来没有面对过如此复杂的目光。那目光照射得让她很不好意思地回避了。还有女老板那双手。女老板看上去很年轻，年轻得和她的年龄极不相称。女老板的手白皙而又纤细。妮妮回避了女老板的目光，一双手却被那双保养得细腻而又略显骨感的手紧紧而又不失温柔地握着不肯放开。

和鲁修义打几句嘴官司，已经习以为常了。

鲁修义比她大几岁，可是，上学晚，而妮妮上学又早。这样，两个人从小学到中学都在一个班级读书，小学的时候还同过桌，虽然同桌，却从来没说过话。到初中不同桌了，却有了话。总是鲁修义先和妮妮搭话。

鲁修义找妮妮说话是没话找话说，理由很简单：“哎，妮妮，今天的作业题真难，会不会？”

妮妮“哼”一声，没说什么。她不明白这个看上去有些傲气的男生为啥突然说这么一句话。

鲁修义有时候说："妮妮，你这身衣裳真好看。"

的确，一年四季，妮妮穿的衣裳，无论是棉衣还是单衣，从样式到衣料都是村里和班里其他女孩子不能相比的。村里人曾经怀疑，李树源两口子哪来那么多钱和布票，一年四季都要为妮妮添新衣？妮妮每天都像过年似的，穿着于凤芷为她准备的衣服上学。连老师们都说，如果不是干部家的孩子，怎么会整天穿着这么漂亮干净的衣服呢？

妮妮听出鲁修义是奉承她，便说："哪能和大队长家的人比呢？"

鲁修义并不为自己有个当大队长的父亲而骄傲，反倒对他父亲的做派有些看不惯，便说："妮妮，我说的是真心话，你穿什么都比别的女生好看，即便打补丁的衣服，也像绣了花一样好看。"

妮妮听他这么说，便笑起来，说："鲁修义，没想到你还会讨好女生。"

后来，妮妮发现，鲁修义并没有瞧不起自己，他夸奖自己也是真心，并不是反着说话的那种带有讽刺意味的嘲笑。渐渐地，两个人的话就多了起来。这时候的话题特别多，好像永远有说不完的事情。不像之前，挖空心思想要说几句都难。后来，发展到每天不说一段话，心里就感到空落落的，好像有什么事情还没有做，直到两个人又碰了面，说上一阵话，心里才踏实了。

让她和鲁修义产生隔膜的原因，是两人在初中读书时候发生的事情。李洼村那个曾被李树源割掉舌头的村民，由于气不过，把李树源每天下了工偷偷在家里捏制泥泥狗的事情举报到大队里。捏泥泥狗既是搞封建迷信，又是走资本主义道路，大队长鲁旺便领人到李家搜查。在李家的西间里，果然找到许多还没有卖出去的泥泥狗。鲁旺等人把这些"封资修"弄走扔进了村头的小河里。晚上开社员会，又让李树源在会上"交代"他的错误。这件事给一个十多岁的小女孩留下无尽的耻辱，也种下了仇恨。她恨那个举报爸爸的村民，更恨带着人到她家抄家的鲁旺。尽管鲁修义在她面前多次替鲁旺向她检讨，说尽了好话，但是，那种烙印在她心中的阴影却始终挥之不去。从那时起，她内心陷入矛盾的旋涡中。一方面，她排斥不了鲁修义对她的好感，另一方面，她又为对方有一个蛮横霸道的父亲而讨厌。有了这样的心态，妮妮在鲁修义的心里，变得若即若离。让鲁修义感受到，自己就如跳进河里抓鱼的人，眼看着一条鱼游过来了，可是，当自己怀着喜悦的心情准备去抓那条鱼时，鱼儿却倏忽不见了。

妮妮因为李树源瘫痪的原因，没把高中读完，鲁修义很替她惋惜。鲁修义没有了天天说话的人，很是失落。只好给妮妮写信。他每天写一封信，但是，却从来没寄出去过。他把信收藏了起来。

鲁修义读完高中，参加了高考，考上了省里的一所农业大学，读了四年书，回到县城农业局当了一名技术员。后来不知道怎么折腾的，一个学农的大学生竟然调到了文化局当局长，又过了两年，竟然被提拔当了副县长。可是，让人奇怪的是，在事业和官场上春风得意的鲁修义，尽管已经过了而立之年，个人婚姻问题却迟迟没有解决。

还是在鲁修义当了局长不久的时间里，妮妮突然收到一件快递。她打开快递，才发现里边装着一封封信件。看到那些信件，妮妮关上门，躲在屋里哭了一天。她翻出自己写给他的同样没有寄出去的信，她把他写给她的信放在一起，划根火柴烧掉了。

后来，两人见了面，都像没有发生过任何事情一样。鲁修义不提寄信的事，妮妮更不会提。鲁修义当了局长后，从业务这个层面，和妮妮打交道多了，可是，交往也仅限于工作方面，再没有了学生时期的那种单纯和幼稚。两人对过去的事心照不宣。鲁修义毕竟见过一些世面，和妮妮说话交往不再像学生时期那样畏畏缩缩，而是变得得体大方，有时候，语气里还充满了调侃和幽默。而在妮妮那里，却把那视为一种居高临下、高傲自大的表现。有了这种心态，便渐渐地产生了怨和妒。怨是那种说不出任何理由的怨恨，总觉得他不应该以这样的口吻和她说话，他过去的腼腆和细腻哪里去了？那种充满了童真和质朴的情感哪里去了？她怀念那个时期两人的对话和交往，正因为如此，她才对他有了怨。还有一种是妒，她确实有些嫉妒他。初中时，他的学习成绩一直没有她好，这也是他要和她说话的原因。他曾经问过她，那么难懂的数学题，老师讲一遍你都记住了，我怎么老记不住？她笑着说，你是榆木疙瘩脑袋吧。那时候，她是居高临下的，尽管他有一位当大队长的父亲，但是，因为他的学习成绩差，老师总是批评他，说他长了一个榆木疙瘩脑袋。他对她的揶揄并不恼，只是揪着自己的头发说，什么时候这个榆木疙瘩才开窍？这也是老师经常批评他时说的一句话。两个人常常为这个比喻开怀大笑。可是，就是这么个榆木疙瘩，竟然考上了大学，还当上了副县长！

其实，妮妮的妒不是那种妒忌层面上的妒，而是一种羡慕，一种向往。妮妮常想，如果不是爸有病，自己能把高中的学业读完，参加高考，那是一种什么样的结果？妮妮想，至少她不会比鲁修义差。可是，人这辈子要走什么路，会有个什么结果，都不是自己所能主宰的。有人说，自己的命运掌握在自己手里，只有靠自己的努力才能改变自己的命运。妮妮对这句话不完全相信，她认为这句话只说对了一半。在她看来，命运就像航行在汪洋大海中的一叶小舟，一旦遇到台风海啸什么的，无论你如何努力，哪怕你拼上性命去挣扎，去搏斗，你也很难改变它覆灭的命运。因此，一个人的命运是和自己生存的环境有关的，是和整个社会密切相关联的，是和生存在这个大千世界中的阶层息息相关的。没有谁能轻易挣过自己的命！

第二十二章　她要找回原来的自己

鲁修义陪着舍玉娜到李洼的时候，已经上午十点。

她先去了金桥。尽管在那里发生过太多不堪回首的往事，但是，她还是很希望到那里看看。她想在那里找到她曾经住过的房子。她记得那是一个大院子，中间隔着一道墙，院子的左边是大队部，右边是他们的宿舍，一共十间房，分别住着二十位男女。她和那位叫刘雪莹的女生住一个房间。

在她的印象中，刘雪莹是个比较傲慢的女子，不太好说话。两个人的世界，又都是女生，不应该计较什么。可是，刘雪莹把自己封闭得很严实，从来不和她交心。而她是个性情中人，是那种没心没肺的女生，做事大大咧咧，不计后果。刘雪莹对她很反感。可悲的是，她并没能意识到对方的反感。她更不知道，甄维为了她已经拒绝了刘雪莹。直到有一次，甄维又来了，一屁股坐到她的床上。房间本来就很狭窄，她的床对面是刘雪莹的床，两张床之间的距离不到一米宽。甄维的屁股坐在她的床上，腿伸到了刘雪莹的床边。她没有感到什么不适，因为她和甄维正在热恋中。而刘雪莹却极为反感，直言不讳地对甄维说："请把你的腿挪开，后退到五十公分的距离。"声音冷冰冰的，充满了敌意和不满。甄维当即红了脸，连声道歉，说："对不起！对不起！"她为了解除甄维的尴尬状态，揶揄地说："珍宝岛是我国神圣的领土，不容许侵略者在此横行霸道。”本来是一句玩笑，如果刘雪莹能够心胸开阔一些，三人哈哈一笑，事情便不了了之。然而，刘雪莹是个斤斤计较的人，并且满肚子里充满了醋意和仇视，没把她的玩笑话当着玩笑。刘雪莹从鼻子里哼了一声，说：“什么样的男人都朝屋里领，你不要脸我还要脸呢！”这话太尖刻损人了，她一下子愣在那里。她想和刘雪莹争吵一顿，可是，却没有张开口，眼泪止不住扑簌簌流下来。甄维脸上更难看，他“霍”地站起来，怒视着那个女生。她担心事态发展，急忙把甄维拉了出去。

从那时起，甄维再没有到知青点来过，更没有到她住过的那间房子里去。后来，她和甄维的关系如水乳交融一般密切时，她才知道，刘雪莹之所以那么仇视她，是因为她夺走了她的所爱。刘雪莹从高中，到金桥插队，一直追求着甄维。刘雪莹认为自己的条件，比这个所谓的“功臣”出身的乡下男人要优越得多。可是，当她向对方示爱时，对方却拒绝了她。甄维拒绝她的方式尽管很婉转，但是，给她的感受却是那么无情。她由此而气恨甄维。当她发现甄维拒绝她的原因是舒语夺走了她的所爱（她是这么认为的）时，她把对甄维的一腔怨恨转嫁到了舒语身上。

如今，知青点和大队部都不见了，取而代之的是一座座楼房。楼房的一侧，是文化大院。

鲁修义指着楼房和大院，侃侃而谈：“这是新农村建设的样板房。国家投资一部分资金，农户自筹一部分资金建起来的。金桥的泥泥狗文化产业链条带动了旅游业的发展，乡村农民过上了城市人的生活。您看，这是文化大院，一到晚上，这里可热闹了，打拳的，扭秧歌的。对了，还有担经挑的，您可能没看过担经挑——这是陈县所独有的一种民间舞蹈：一群男男女女，打扮得花枝招展，肩上担着自制的花篮，踏着节拍，边舞边扭，嘴里哼着小调……”

鲁修义滔滔不绝，舍玉娜只听进去一半。她在文化大院前伫立一阵儿，心头泛起一种莫名的凄凉。她曾多少次做梦回到这里。

可是，一旦回来了，却怎么也找不回原来的自己了。她在为那些住在小楼里的村民们感到幸福的同时，产生的却是落寞，还有怅然。她确定找不回自己的青春岁月了！她留在这里的痕迹全被时光的流水冲刷掉了，她在这里的向往、希望、追求、梦想，当然还有耻辱与怨愤都消失殆尽了！

可是，难以消失的是痛苦的记忆。

她记得从那对夫妻家走回知青点的那个昏黑的晚上，一双双惊异的目光盯在她身上，让她浑身不自在。人们问她，这些天去了哪里？怎么一走这么多天，连一点儿音信都没有？还有的看似非常关切的样子，上上下下地打量着她，啧啧着嘴说，这些天没少受罪吧？看，人都瘦了一圈。她听出这些人的话外音。从她们嘴里，她听出一种嘲笑和奚落，也内含着幸灾乐祸。她没有计较，她揣着明白装糊涂。她和那些人打着哈哈，说自己回城了，母亲有病了，她在家照顾母亲。

她的谎言很快被戳穿了。

刘雪莹一针见血地说："你母亲病了？前天从城里来了一位阿姨，来找你，自称是你的母亲。她大概是冒充你母亲的骗子吧？"

另一位同学说："真的！阿姨来找你，是我把她领到你的住室的。"

她的心一阵慌乱。但是，既然撒了谎，就要用另一种谎言来掩盖之前的谎言。她打着哈哈，勉强笑着说："怪不得那天护士打针找不到她，原来她老人家躲到这里来了。那天，为找她老人家，找得好焦急……"

她的谎话，逗得大家一阵嘻嘻哈哈的大笑。只有刘雪莹冲她撇了撇嘴。

事情好像就这么过去了，其实，也不尽然。第二天，大队长鲁旺找她谈心。谈心是当时比较流行的一种相互交流思想感情的方式。上级领导找下级谈心，表达上级对下级的关心和爱护。有许多用其他方式办不成的事情，通过一次或多次的谈心，也许就能办成。鲁旺曾经找她谈过心，但是，却在她面前碰了钉子，这让鲁旺一直对她耿耿于怀。鲁旺这些天没见到她，明白这个女知青去干什么了。这个高傲的女知青非但没有让他占上便宜，还倒让他吃了苦头。这让他于心不甘。当发现她已经怀孕以后，他曾找她谈过心，想从她的口里套出她肚子里的孩子是谁的种。

“是谁的种，你还不清楚吗？那天，就在这间屋里，只有你和我……”她的回答让他意料不到而又惊骇。事实是，那天，他的确想占有她，可是，他被她一脚踢肿了下身。然而，这样的事情又有谁来做证？又有谁能够作证？一旦对方死咬他诱奸了她而导致她怀孕，他跳进黄河也洗不清自己。他这个大队干部将落下道德败坏、破坏知青上山下乡的罪名。他的下场不会比她好。如果这个女人怀孕的事一旦传开，对谁都没有好。即便有人澄清不是他的孩子，作为大队长，在他的管辖范围内发生这种丑事，他也有不可推卸的责任。为了自保，他和她定下了一个口头协议。他不认可她怀孕的事情。只有他不认可，全大队的人包括全体知青才不会认可。她逐渐鼓起的肚子只能向大家解释为那是身体吃胖的缘故。而她，也决不再攀咬是他诱奸了她。鲁旺只能按照两人的口头协议，在任何场合下都否认她已经怀孕。事实上，他成了她的保护伞。尽管有人早已经看出她怀孕了，但是，既然大队长说她没有怀孕，谁也不再说她怀孕。谁愿意用一句与己无关的实话在自己的前途上埋下隐患呢。

鲁旺以貌似关心的样子找她谈心，是于心不甘：“怎么样，现在可以告诉我那个男人是谁了吧？”

她鄙视地说：“你难道要单方面否定当初的口头协议吗？”

鲁旺说：“其实，你没必要把他隐藏得那么深，他能帮你吗？他已经被我推荐去读大学。这人是个坏良心的人，是个喜新厌旧的人。他攀了高枝，就把你甩了，你还护着他。对他这种人，倒不妨到他们学校去吆喝他，让学校开除他……”

舒语打断他的话：“既然知道他是坏人，为啥要推荐他去读大学？”

鲁旺脸上现出难堪的样子，支支吾吾地说：“这个……也不是我一个人的意见……我的意思，让你到学校去找他，让他帮帮你……”

舒语坦然一笑，道：“我从来没有希望能从任何人那里得到施舍。我相信自己的能力。我也知道，我和这里所有人的命运都掌握在你的手中。”

鲁旺得意地笑道：“早一点明白这些，你就是第一个从金桥走出去的人。”

她鄙夷地说：“我不做第一个，也不做第二个，我只做最后一个。但也不是靠施舍和交易走出金桥。如果靠交易走出去，我宁愿在金桥选一块埋葬自己的墓地！”

恢复高考后，她凭借自己的实力考上大学。

她离开金桥走的那天，鲁旺对她说：“你是我最佩服的女人。这些年，有啥对不住的地方，请你原谅。”

那时候，鲁旺显得有些苍老，他鬓角的白发像丛生的杂草，使他看上去比他的实际年龄要大得多。

她对他说：“其实，你没有说实话，我不是你最佩服的女人，而是让你最失望的女人。请你记着，在这个世界上，不是所有的女人都是为权力、为利益而存在。我还要告诉你，女人不是都像刘雪莹那样市侩势利，靠交易和卖身而活下去！”

时间已经过去这么多年，该过去的都过去了，该忘记的也应该忘记。鲁旺，那个企图征服自己的男人，早已经化为一堆骨殖——这是鲁修义昨天告诉她的——他死于一场车祸。听到这个消息的时候，她没有表示出幸灾乐祸，当然也没有悲伤。他早已经和她没有任何关系，她甚至对他的长相也感到模糊了。在这个世界上，那只是她遇到的一个路人而已。

她想赶快离开这里，这个她人生中曾经的驿站，已经完全变得不是原来的样子，变得完全地陌生了。她甚至后悔到这个地方来了！

他们向李洼走去。如果不是鲁修义领路，她真的找不到这个叫李洼的小村子。村子完全变了样，过去一色麦秸苫顶的低矮草房，全部被两层的小楼所取代。小楼虽然比不上大城市带有玻璃幕墙的高楼大厦豪华气派，但是，却有着乡村特有的雅致和气象。

车子停在一座小楼前，鲁修义介绍说："这是妮妮的家，也是李洼村泥泥狗发展有限公司所在地。"

舍玉娜下了车，向那座看上去比村子里其他小楼规模大一倍的楼房里走去。门口挂着一块匾额。匾额上写着"金桥镇李洼村民间艺术品泥泥狗制作有限公司"。

妮妮听到车子的喇叭声，她迎了出来。跟在她身后出来的几个男女都很年轻。舍玉娜一个也认不得。她想，这些人大概那个时候还没有出生吧？心里不觉有些释然。鲁修义倒是和他们很熟悉，向他们介绍了舍玉娜，并向舍玉娜一个个介绍了他们的名字。她却一个也没记住。

走进楼内的大厅，看到高低错落而又整洁的架子上，摆满了各种样式的泥泥狗。这里的泥泥狗种类之多，并不比县城泥泥狗展厅的少。

妮妮介绍，二楼是她的工作室。

舍玉娜听到妮妮用"工作室"这个时髦的词，代替了手工作坊，一下子觉得自己仿佛置身在一座现代化的工厂里。

她随着妮妮上到二楼。

在通向二楼的拐角处，有一所单间，房门紧闭着。舍玉娜听到里边有轻微的说话声。不知为什么，她的心倏地一跳。似乎有了什么感应。她今天来这里的目的，的确不是仅为参观妮妮的泥泥狗生产基地。她的真正目的是此时围在她身前身后的人都不了解的。她更不愿意让任何一个人知道。下了车的那一瞬间，她曾经产生一种紧张和激动。她希望能看到她曾经熟悉的人。但是，又担心看到他们时所产生的尴尬局面。还好，在迎接她的人群里，她看到只有一群年轻人，没有一个和她年龄相当的人或比她略大一些的人。她稍觉放心。然而，单间房里传出的声音，令她稍微平静下来的心又莫名其妙地紧张和激动起来。房间里是什么人？他们为啥躲在屋里没有出来？他们会不会是她认识的人或者是认识她的人？

舍玉娜一直在想着这些问题，怎么也挥之不去。

在二楼的工作间，妮妮向她介绍捏制泥泥狗的流程时，她精力老是集中不起来，脑子里思考着如何向妮妮询问那一对老夫妻的事。她后悔当时没有询问二人的名字，她只记得男人姓李，女人连姓什么都不知道。男人曾称呼女人“长官夫人”，但大多的时间，和女人说话都是以“哎”相称。这一带乡村有个习惯，夫妇二人不好直呼其名的时候，便以“哎”搭话。她和人家口头约定，说是永远不会再回来讨要孩子，所以便没有打听人家的名字。现在要寻找他们，没名没姓的，的确不好打听。

从楼上下来，又经过那个单间房，房间门还是紧闭着。只不过里边没有了声音。她仔细地听一下，的确没有声音。

下了楼，趁鲁修义去卫生间方便的时机，她急忙询问妮妮：“妮妮，我想向你打听一个人，不知道你认识不认识。”

妮妮道：“只要是李洼村的人，没有不认识的。”

她连呼吸都急促起来：“这个人姓李……”

妮妮笑道：“舍总，我们这个村子的人都姓李，我也姓李。您能说出他的名字吗？”

“他……确实记不起他的名字了，只记得那是一对夫妻。对了，他家还应该有个女孩。”她一口气把话说完，用眼睛的余光仔细地观察着妮妮的神情。

妮妮的脸上倒没有什么特别的变化，等舍玉娜说完，才不慌不忙地回答：“你说的这种情况，在俺们李洼很普遍。一对夫妻只生一个娃，村子里好几对夫妻都是只有一个女孩。不过，你能说出他们家还有其他特征吗？或者，你和他们家的关系？如果能提供这方面的一些线索，我想是不难找到你要找的人。”

舍玉娜一时无语。她不知道该如何描述那一对夫妻与别的夫妻所不同的特点，时间已经过去二十多年，她确实记不得他们夫妻有什么特征了。要说和他们的关系，更难以讲述。

正不知如何回答才好，看到鲁修义从卫生间出来，舍玉娜便道:“也没有什么特殊的关系。这事以后再说吧。”

她不想让鲁修义知道这件事，因为鲁旺的原因。尽管鲁旺已死，但是，她感到鲁修义就是鲁旺的影子。

自从和他见过面，这个年轻的副县长就给她留下了让她说不清道不明的印象。她不想让更多的人知道这件事。

第二十三章　舒语的心路历程之一

再次看到她，不知道什么原因，我心里萌生了一种莫名其妙的冲动。这个女孩，既让我感到陌生，又感觉非常熟悉！女孩的神情，女孩的举动，连她说话的方式，都让我感到那么亲切、眼熟，似乎多年前已经见过。啊，啊！多么熟悉啊，看到她，心头蓦然涌起一种想要拥抱她的冲动！

为什么让我如此激动和不安？啊，原来是压抑在心头已久的期盼和思念全都涌动出来！它似乎是被禁锢在笼子里的一只老虎，突然跳出了牢笼，它是那么急不可待地奔向它的目标。它要紧紧地抓住那个目标，因为那是它的渴望，它的期待，它的思念，它的希望，它的幸福啊！

尽管多次在内心里劝告自己，把她忘掉吧，永远忘掉她吧！那已经是过去。那是一种痛苦、一段不堪回首的往事。可是，又怎能忘得掉呢？那是我初恋的结晶，那曾是我青春时期的伊甸园！

二十多年来，我一直思念着她——我的女儿！可是，我却把自己伪装起来。这些年来，我厌恶男人，厌恶孩子，厌恶谁在我面前提起“爱情”这两个字。我不再为男人所动。在别人眼里，我成了人们讥讽的“冷血美人”。我听到他们在背后议论我是个有病的女人。有人甚至猜疑我是个“石女”。我开始不明白石女是什么意思。后来，我查了辞海。辞海注释：石女，女性阴道堵塞的女人。咻！我觉得好笑。我是个阴道堵塞的女人吗？让那些专看别人笑话专挑别人毛病的男女们去猜疑吧，去议论吧。无论有多少口水洒在我的身后，我都把那些口水当成野狗洒在便道上的臊液。

我在金桥待了九年。九年啊，一百零八个月，三千二百八十五天，那是一段多么漫长的岁月！那是我一天一天数着过来的呀。人的一生有几个九年？我的青春，我的梦想，我的欢乐，我的痛苦，我的浪漫，都在那珍贵的九年时间里流失殆尽！自从考上大学之后，许多熟悉我的人，有的妒忌我，有的为我庆幸，有的向我祝贺。我离开了金桥，走向了城市，开始享受曾经梦寐以求的新生活。但是，我却没有幸福感，更没有感到幸运。我感到自己成了一具僵尸——一具只有呼吸而缺乏思维的僵尸。我的心已经死了。是的，心死了！我的心变成一块顽石，一块生铁！我没有了爱，没有了软，没有了慈悲，没有了善良。我把自己变成一架工作的机器。我成了一个被众多人嘲笑的工作狂。来我办公室的人，只能和我谈工作。谁若在我的办公室里提到爱情、婚姻、儿女情长，哪怕说些家长里短，我会毫不客气地请他（她）出去！

记得甄维从鲁旺那间肮脏的小屋里解救我，他正告鲁旺说我是他的恋人。其实，那个时候，我和他虽然默默地互相爱恋着，却还没有谁打破那道隐形的墙。听到甄维那句话，我的血一下子热了，我的泪水不可遏制地流出来！我泪水满面！甄维还以为我因受了委屈才流下眼泪。其实，我是被他的勇敢而感动，为他对我的真挚而流泪！在那么关键的时刻，甄维能够无所畏惧地闯进来救我，他需要多么大的勇气啊！这个大男孩，在权势和爱情之间，他不畏权势和报复，选择了爱情。这是一个值得信赖和托付终身的男人。让我一下子感到这个男人就是我要依赖的一座大山。

他走了，让我感到了孤独和失落，心情也复杂惆怅起来。开始，我们书信联系。后来，通信渐渐少了，直至最后，连一封信也没有了。我寄给他的信都石沉大海。我反思一下，是我把怀孕的消息告诉他之后，他才一反常态地再没有给我回信。岂止没有回信，后来，连他的通信地址也变化了。我寄给他的信都原封不动地退了回来。我的心凉了。我的心在相互矛盾中挣扎着。也许，他要抛弃我，抛弃我肚子里的孩子。不！不！他不会抛弃我的，他对我是那么爱！他曾经海誓山盟，要一辈子和我携手到老，相敬如宾。他怎么能轻易地就把我抛弃呢？难道仅仅因为他的地位产生了变化？不！也许，他的学习任务重，也许，还有别的原因。对了，他曾经在信中讲到，学校有规定，上学期间，大学生是不允许谈恋爱的，更不允许有对象。校方一旦查出已经订婚或者谈对象的学生就要开除学籍……难道，我和他频繁的书信来往引起了学校的怀疑？学校已经查出我和他之间的恋爱关系？哎呀！如果因我频频写给他的信暴露了我俩的恋爱关系，导致他被学校开除，岂不误了他的前途和终身？想到这些，我的心不由恐慌起来。想到我爱的人被我的信葬送了前程，我感到巨大的震惊和不安。亲爱的，我不该给你写那么多信，我不该告诉你我已经怀上了我们的孩子。我应该克制自己，把咱们的幸福储存起来，等到你大学毕业分配工作之后再讲给你。可是，现在是不是学校已经查到咱们恋爱的情况？学校已经掌握了我怀孕的情况？如果是因了我而使学校开除你的学籍，我十分地内疚和不安。我不知道该如何纠正我的错误，我不知道该怎么样弥补这样的失误。如果能保住你的学籍，保证你的前程不受到任何的影响，我，宁愿和你离别。不，我宁愿让你抛弃我和我们的孩子。亲爱的，能给我一个消息吗？有关你的消息——你的前程是不是因为我的频繁去信给你造成了影响？这是我最为关心的，也是我最为惦念的！

得不到你的任何信息，你就像人间蒸发了一样。

那一段时间，我像着了魔似的在你家附近的那片小树林里溜达。

那片小树林是我俩经常约会的地方。你家的那三间草屋在小树林的北边。你家的院墙很矮，是那种黄土掺和着碎麦草砌起来的。咱们俩相约在小树林里见面时，你总是很准时地以打篮球时三步上篮的动作越过矮墙。小树林的南面是一条小河，河水清澈得能看见鱼儿在水中嬉戏。约会的时间大都是在晚上。晚上看不到水中游戏的鱼儿，却能听到青蛙在河坡上的草丛里“咯哇咯哇”地叫。你曾经嬉皮笑脸地讲，青蛙也在谈恋爱，它们通过自己的叫声来吸引异性。不像人类，谈恋爱的方式总是那么隐秘和含蓄。

我去小树林的目的，是想从你家中窥探到一丝有关你的信息。哪怕是一丝信息，也会给我孤独渴望的心带来一些安慰。我不敢走进你家的门。你家那个院子和破旧的草房里，我很少进去过。不是不愿进去，是你没有让我去。你说你家太邋遢了，还有许多唧唧叫的老鼠。你一讲到老鼠，我心里直打寒战。我惧怕老鼠。那是一种可恶又肮脏的小动物。它们老是躲在黑暗的角落里行窃主人家的食物，糟蹋主人家的物品。你说等我和你结婚的时候，你会盖一套宽敞明亮的大房子迎娶我。你盖的房子要坚固，让老鼠打不成洞，钻不到我们的新房里去。我对你对未来生活的描写很向往。希望能早一天成为你的新娘。可是，我终于没能从你的家中得到一丝有关你的情况。在去了小树林察看无果的情况下，我离开了那里。我担心村里人对我产生怀疑。那时候，我已经怀了八个月的身孕。我穿着肥大的衣服在小树林里溜达，很容易让人家产生怀疑而说三道四。

鲁旺突然表现出对我异常地热情和关心，让我始料不及。我如雾里看花一般，辨不清鲁旺究竟是一个什么样的人。他在台上道貌岸然的样子使人不能不对他产生敬畏。自从你向他挑明我俩之间的恋爱关系，鲁旺的确没有再找过我的麻烦。我向他要求点事儿，他都答应了。鲁旺突然对我表现出的热情和关心，是从多方面表现出来的。其一，他看我的眼神不一样了。他的眼神似乎带着钩子，就那么剜一眼，眼角露出一丝笑意。稍停，又抬起头剜一眼，眼角又露出一丝笑意。他的眼神与钩子不同的是，钩子剜人的时候，会让人感到疼痛，而他的眼神剜人的时候，让人感觉不到疼痛，只会感觉到冷酷的阴柔。我奇怪这样一个大男人怎么会有这样一种本能！其二，他见了我，总是关心地问我，你妈的身体好吗？家里一切都好吗？要不要请假回家去照顾你妈？他说这些的时候，始终让我感觉到他的做作和虚情假意。其三，他对我在知青点的生活给予特殊的关照，嘱咐生产队长给我安排最轻的活儿。有时候也安排会计多分一些细粮给我。他如此地关照，让我感到他是猫给老鼠拜年——假慈悲。

他真相的再一次暴露，是在他喝醉酒的那个下午。那天，我现在回忆不起来我有什么事情要去找他。我去了他那间肮脏的小屋。门是虚掩着的，我不敢贸然进去，先是敲了敲破败的门板。我听到屋内传出“呜哇”一声，还以为是屋内的人让我进去。我推开门，看到不堪入目的一幕。他赤裸着上身躺在那张狭窄的小床上，下身的裤子褪到肚脐眼下面，浓密的汗毛向上张扬着。

看到我进来，他眯缝着眼睛道，快来！妹子——哥想你……

我逃也似的朝门外跑。他却敏捷地跳下床，一把抓住我。那时候，他的裤子已经从他的胯骨上掉下去，他基本上已经是赤身裸体。他的手臂很有力量，让我一时挣脱不掉。情急之中，我抬起脚向他踢去。我听到他“哎呀”大叫一声，抓着我的那双手松开了。

我趁机逃离了那间小屋。

一个月以后，他和我见面时，脸上是讪讪地笑。他似有歉意地向我解释：“人被酒精麻醉后，往往会干出一些畜生才会干的事。”

我没有看他一眼，只是说：“畜生比人高尚，因为它们不醉酒！”

后来，他虽然没有再找我的麻烦，但是，对我的态度却不冷不热。和我说话的时候，总是皮笑肉不笑的样子。

得知你做了高干的乘龙快婿的消息，是你爸和你娘去省城被你那刻薄的新娘堵在门外之后。两口子回到村里，气得逢人就大骂媳妇不是个东西，嫌弃乡下人脏。你爸还骂你忘本了，忘了祖宗，嫌贫爱富娶了个刁蛮媳妇儿准不得好！老两口在村里渲染得沸沸扬扬，真可谓达到了全金桥家喻户晓、人人皆知。

直到那时我才如梦初醒！原来你和我玩失踪，早已移情别恋！可是，我还在痴痴地等待着你，等待着你的消息。我把自己关在那间破败的小屋里躺了三天。我没有眼泪，没有怨恨，没有气恼，没有痛苦，没有悲伤。我就那么安静地躺着！我不知道别人失恋之后，是一种什么滋味，我只知道，我整个的身躯是麻木的：我的四肢麻木了，我的思维麻木了，我的灵魂也是麻木的。我没有了四肢，没有了思维，没有了灵魂。我只有一架被蛆虫蚕食剩下的骨骼！我就那么眼睁睁地瞪着屋顶。我看到屋顶的蜘蛛正在忙碌地罗织蛛网，它们企图要把这间破败的屋子结织成一张天罗地网。我看到老鼠潜伏在屋梁的角落里偷偷地窥视着我，它企图趁我对它放松警惕时，来偷食我的粮食，咬烂我的衣物，然后，逼我为它腾出地盘。我的思维渐渐被可恶的老鼠和不值得同情的蜘蛛唤醒了。我的整个身躯随着我思维的复活，也渐渐地有了知觉，它们不再麻木，它们渐渐有了生机。我的思维告诉我，我必须活下去，而且要活得坚强，要活得勇敢！我不能被可恶的老鼠所欺负，更不能被蜘蛛织下的罗网所俘虏。我要振作起来，与这个世界上的邪恶、欺骗、虚伪、市侩、背叛、阴谋进行较量。我要用我的善良、容忍、宽厚、真诚、包容改变这个世界，也改变我自己！我终于从麻木中醒来。我走出那间破败的小屋，走在金桥的村街上。我看到那些布满了皱纹和沧桑的脸上，写满了同情、惋惜、窃喜、幸灾乐祸等不同的表情。他们似乎每一个人都了解了我的秘密，也了解了我的痛苦、失落、孤独、惆怅和假装的镇定和无所谓。

我对那些各种各样的面孔视而不见，我昂着头从村街上走过。我要去一个地方，这个要去的地方只有我一个人知道，就是那座破败的窑洞。除了那座窑洞，金桥已经没有能够值得我留恋和怀念的地方。在我感到孤寂和茫然的时候，我要到那里去坐一坐。

我走过村街的时候，发现有许多双眼睛紧紧地跟着我走。那些眼睛盯在我的后背上，盯在我的后脑勺上，有的盯在我的脚跟上。我朝前走，眼睛们就跟着我朝前走。我疑惑地站着，眼睛们也似乎不解地站着了。这让我很讨厌它们。可是又奈何不得它们。好吧，就让它们跟着我走吧！我加快了脚步，在村里绕了一个弯，终于甩脱了那些眼睛。

那些令我讨厌的眼睛！

尽管你已经移情别恋，但是，我不恨你。我从侧面了解到，你的婚姻是没有爱情的婚姻。一个农民出身的儿子，娶一个达官贵人的女儿做老婆，二者的婚姻只不过是权贵与攀附的一种交易，充满的是对爱情的亵渎，也是对爱情的背叛！

爱情与婚姻是两码事。它们并非像文人所说的那样，爱情和婚姻是一对孪生兄弟。还有人说，婚姻是爱情的坟墓，爱情是婚姻的天堂。在我看来，爱情和婚姻是陌生的路人。既然是陌生的路人，就不可能殊途同归！

也许是对爱情和婚姻有了这么与众不同的理解，我才对爱情失去了信心。我不再相信爱情二字。爱情之于我，不过是古往今来的文人骚客们杜撰出来的幻想故事而已。动物之间没有爱情，它们照样繁衍生息。人类不过和动物一样罢了。是生理的需要，是欲望的本能！当我们在保管室的粮囤上媾和时，你情我愿——是两相情愿的放纵。那时候，没有爱情，只有情欲。爱情只是一块掩耳盗铃的遮羞布而已！如果真的有爱情的话，你难道那么快就忘记了小树林里的海誓山盟？忘记了粮囤上热烈的亲吻和抚慰？

呸！让爱情死亡吧！姑奶奶我再不相信爱情！世界上本来就没有真爱！即便有，也是那些扯淡的文人骚客编排出来的骗人故事！

对爱情的失望，让我自我封闭起来。我不再和男人打交道。

我不再指望靠鲁旺的推荐走出金桥。1977年的那个冬天，我靠自己的刻苦努力，也是靠自己的真才实学考入大学。我没有依赖权势、交易而跳跃龙门。我在人们刮目相看的目光凝视下骄傲地离开了金桥！

从此，舒语这个名字在金桥死亡了，在世界上消失了！

她脱胎换骨，一个叫舍玉娜的女人来到这个世界。她开始浪迹天涯！

在学校里，我不和男生交往，对男教员也敬而远之。在我眼中，男人不过是一个充满了情欲的狼族，他们没有心肝，没有良知，更没有爱情。他们有的只是贪婪、自我、欲望和索取！

我对婚姻充满了恐惧、担忧，甚至绝望！

我把自己的心血、精力献给了我所倾注的事业。

我成了人人皆知的女汉子。凡和我接触的人，都把我叫着女汉子！女汉子并非最近几年才流行的对强势女人的称谓。女汉子古今有之，唐朝的武则天，清朝的慈禧等等，都是能够驾驭男人的女汉子。我愿意别人喊我女汉子，但是，我不驾驭男人，也驾驭不了男人。我甚至不单独和男人说话和相处。我就这么一天天老去。我终于把自己从一个豆蔻年华的女人熬成了一个老太婆。虽然我看上去还年轻，由于肤色的润泽，气质的高雅，那些和我初次相识的人，都把我看成与我的实际年龄不相符的年轻人。他们惊讶于我这么年轻，完全不像是1949年出生的人。听着他们的赞美，我在心里不由暗自得意，这是我对爱情失望的结果。女人没有男人，没有爱情，照样可以生活得很好。当然，我这种独身主义决不会去传播给那些离开男人不能生活的女人。

读完大学，我考取了美国一所大学的研究生。谁都以为，我不会再回来了。可是，让那些人想不到的是，我回来了。我为什么要回来？开始，连我自己也说不清。后来，我心中隐秘的那种思念渐渐地复活了，她唤醒了我的灵魂。我这辈子最为宝贵的东西遗落在豫东平原上的那块黄土地上。虽然我曾竭力把她忘掉，可是，却怎么也忘不掉！我必须找到她，哪怕只看她一眼，哪怕只和她说上一句话，我的内心也会得到安慰，得到幸福。我希望带着那种满足的幸福离开这个世界！

是的，唯一让我忘不掉的是我的女儿——我的娇娇。我不知道那对善良的夫妻会给我的女儿起一个什么样的名字。但是，在我心里，我已经为她起了这样一个俗气却让我百般呵护的名字——尽管在当初，我和那对善良的夫妻有过口头的约定，不许再去找我的女儿，女儿已经成为他们的骨肉。但是，随着时间的推移，岁月的增长，我越来越思念娇娇，我的娇娇！我曾经想起过那份口头约定。可是，那份口头约定是一份不合理的约定，是一份没有任何法律效力的约定。那是在一种特殊的时期，特殊的情况下，迫使我不得不同意的约定。娇娇是我的女儿，这是铁定的事实。我有权利要回我的女儿。即使到法庭上，我也有足够的胜算打赢这场女儿争夺之战。但是，对那对善良的夫妻，我产生了怜悯之心。女儿虽然是从我身上掉下的一块肉，是我的骨血，但是，那对善良的夫妻把娇娇视若己出，把娇娇从他们身边夺走，等于拿一把锐利的刀去戳那对善良夫妻的心窝，等于到人家劳累了一个夏天的果园里采摘人家的血汗果子。

我在这种忐忑不安的矛盾思索中，度过一个个不眠之夜。我在思索着一个两全其美的计划，这个计划，一是让我能看到我的娇娇，让我对娇娇承担一个做母亲的责任和义务，让我的娇娇能受到一次亲生母亲的爱抚和温暖；二是不能因为我和娇娇的母女相认，而影响娇娇和那对善良的老夫妻之间的感情和亲情，我要尽我的全部偿还老夫妻的恩情。我会让老夫妻安享他们幸福的晚年，让他们过上暖心的生活。

我在为实现我的计划而行动时，你却突然给我打来电话，打听娇娇的下落。这让我很感意外。这么多年了，你从来没有打听过有关娇娇的情况。我只记得我向你透露过我怀孕的信息。我把这个秘密告诉你，是希望把这个有可能存在的风险告诉你，以引起你的关注，也是作为一种可能的幸福分享给你。然而，自从我把这个秘密告诉你之后，你一连数周没有给我回信。直到我将要离开金桥时，才收到你写给我的最后一封信。那封信只有简短的几行字，与其说是信，不如说是通牒。你在信中写道：“我已经结婚，并且妻子已经怀孕。我不希望任何人写信打扰我的幸福，破坏我美好家庭的团结。”天哪！你对我和你的美好时光只字不提，对我的海誓山盟只字不提。你对自己的背叛没有一丝的忏悔，你对别人的伤害没有一丝的歉意！我这才认识到，你是一个多么寡廉鲜耻的人啊！

时间过去这么多年，烙在心灵的伤口已经愈合，我们早已经成了陌路人。我不明白你怎么会突然提起我生下的那个孩子？直到一个月后，我才从一位同学那里得到消息，你的独生子夭折了，你的精神寄托坍塌了，你要寻找你留在这个世界上的曾经被自己抛弃和忘却的骨血，以此来重新搭建自己坍塌的精神支柱！

我想给你个让你感到满意的答复。但是，我自己还没能找到满意的答复，怎么能给你满意的答复？

我也在寻找我的宝贝娇娇。

我和你一样把我的娇娇丢失了。

在我考上大学离开金桥之前，那对夫妻带着襁褓中的娇娇不知去向。我知道他们是在刻意地躲避我。他们不想再让我见到娇娇。我离开金桥后，就再也没有回去过。我不知道那对夫妻和娇娇在我走之后，有没有重新回到金桥所辖的那个叫李洼的偏僻村子。即使他们回去了，已经过去这么多年，我还能见到他们吗？

所不同的是，我是出于无奈。不放弃娇娇，我将无法面对世俗的目光，那些目光尖利得能把我杀死！让我无法生存下去。即便我死了，也势必沦为道德人伦皆失的乞丐。

我知道，在那个时期，我和娇娇的存在，对于你是一个累赘，一道阻挡你攀附权贵、追求名利的羁绊。你才毫无人性地向我断绝了你的一切音信！

这么多年过去了，我本以为我和娇娇早已经在你的心中不会存在了。但是，在你失去唯一的儿子后，又想到要寻找你留在世上的另一个骨肉。我只能告诉你，一切都晚了！

我不会告诉你的，我不会把有关娇娇的任何信息透露给你！

第二十四章　装神弄鬼的女人

于凤芷听到敲门声，走过去，把一扇门打开。

门外，站着一位身着一袭黑色衣服的女人。

于凤芷惊讶地看她一眼，见她的上衣又肥又大，下摆掩盖着膝盖，使她看上去上半身长，下半身短，身材有些不成比例。黑色的头巾从头后部缠绕过来，裹着半边脸。如果不是需要一双眼睛看路和两个鼻孔呼吸新鲜空气，她有可能会把它们全部遮盖起来——她的头巾足够大，以至于把她脖颈以上的部位全部遮盖着也绰绰有余。她右边的肩上，斜挎着一个黑色的布包——是手工缝制的那种——布包鼓鼓的，很难让人看出里边装着啥东西。她的这身装束和打扮，让她更像一个游走于江湖的女巫师。

于凤芷对她客气地说："师傅，俺们不信神，请您再改一家吧。"她说着，要去关上那扇已经打开的门。

女人伸出左手，阻止于凤芷关门。又用右手把头巾朝下拉了拉，这样，她的整个脸部可以让对方看清楚了。她说："请原谅，我没有能力把神请到你家来。我只是路过此地，想讨口水喝。"

于凤芷"啊"了一声，便把另一扇门也打开："请进吧——只是屋子里太邋遢。"那时候，她心里在想，这女人的脸好像在哪里见过，她额头稍宽，眉毛微翘，两鬓有少许的白发。好眼熟啊！

女人随于凤芷走进屋内的时候，也萌生出一种奇异的冲动。

她努力地思索着是啥样的东西会让她突然产生这种冲动?

房子里外三间，从西间传出一阵微弱的声音。

是她！一定是她！不会错的！于凤芷倒水的时候，差点儿没把水洒在杯子外边。及至把杯子递到对方手里时，她感到一阵迷蒙。

女人急忙接过水杯，关切地问:“你不舒服吗？”

于凤芷说:“刚才头有点儿晕，这阵儿已经好多了。”

女人说:“那就好。”说着，喝下一口水，然后抬起头正视着对方。

于凤芷避开对方的目光，向西间屋喊道:“老李，来客人了。”

轻微的声音停止了，李树源从西间走出来。他的手上还沾着黄胶泥。看到穿着黑衣的女人，他一眼就认出这个女人是长官的原配夫人，但是又难以置信。他稍稍一愣，才用一种不失温度又稍带疑问的口吻和女人打了声招呼:“您来了？”

当确认这对男女正是多年前在丈夫那里见到的两个人时，舒慧岚也感到十分意外。不错，男的是老阮的勤务兵，女的是老阮当年的新欢——她曾为此事和老阮闹了一场——她无论如何也没想到会在这里见到两人。只有她自己知道，她不是来寻找他们的。所以，她假装没有认出他们。

看到两人脸上强装镇静背后隐藏的那种惴惴不安，舒慧岚只是笑了笑。她把水杯放到桌上，轻声说:“谢谢，李洼村的水真甜。”

于凤芷急忙说:“别客气，要不要再喝一杯？”她心里想，她好像没能认出自己。

李树源也说:“俺们村老井里的水，甜着呢，再喝一杯？”他心里想，她难道认不出俺了？当年，是首长安排俺把她和孩子送走的。

她是个见过世面的人，不像对方那样轻易地袒露自己的内心。她不会把意外和惊讶写在脸上。她并没有提起有关阮师长的一句话。甚至涉及阮师长的一个字也没有讲。

舒慧岚用温和的口气，询问李树源：“大兄弟，看你的身板骨，应该扛枪打过仗？”

李树源诚惶诚恐地回答：“大姐，您看人真准。在下虽然没有扛枪打过仗，但是，也是从死人堆里滚爬出来的。”

“真是见过世面的人。”舒慧岚又看一眼于凤芷，“妹子文质彬彬的，倒像读过书的人？”

于凤芷听对方这样说，意识到女人已经认出了他们。既然对方还在装假，于凤芷也就不把这层窗户纸捅破。她说：“哪里呀，识几个字，早就着粗茶淡饭吃没了！”

舒慧岚也意识到对方认出了自己，才自我介绍说：“我叫舒慧岚，是你们当年的长官阮基的夫人，咱们在阮基那里见过面！”

舒慧岚毫不掩饰地坦诚，让两人也装不下去了。他们一时稍显激动，又有些疑惑，对自己已经认出来人而没有表示出应有的热情感到内疚。

于凤芷稍显镇静些，解释道：“怪不得看着有些眼熟呢，可就是乍一下想不起在哪儿见过面。大姐，您可别见怪。”

李树源搓着两只手，也附和道：“一转眼二三十年过去了，再想不到是大姐您呢！”

两人说着客套话，内心里却在琢磨，长官夫人怎么知道他们住在这里？时间过去了这么些年，她找到门上来，一定是有紧要的事，难道与阮长官有关？

看着二人稍显惊慌和疑惑的目光，舒慧岚以居高临下的身份审视了二人一阵，然后，从她脸上露出一丝笑容。其实，猛一看到这两个人，她甚至比他们还要意外和震惊。

当年在阮基那里和二人见面，时间短促，她根本记不得二人的名字，更想不到二人会住在这里。其实，她来金桥，不是寻找他们，而是为寻找女儿的亲骨肉。尽管她对舒语苛刻得如同路人，但是，那毕竟是她的女儿，是她在这个世界上唯一的亲人。她狠心赶走了未婚先孕的女儿，是希望女儿能带回女婿。哪怕那个女婿不会让她称心如意，但是，女儿毕竟有了终身的依托。于她，于女儿，都是让街坊邻居们无可厚非的结果。然而，女儿并没有带回女婿，并且生下了私生子。女儿的倔强和任性让她感到羞辱而又无奈。她又生女儿的气，又可怜女儿，尤其可怜那个无辜的婴儿。婴儿何罪之有？一生下来就失去了母爱，失去了父爱。这让同样有着一颗慈母心肠的舒慧岚对未见过面的外孙产生了深深的忧思。她认定女儿舒语被她狠心撵走后，一定又回到了知青点。而女儿生下的孩子，也一定在那里。她曾多次向女儿询问婴儿的下落，舒语要么闭口无言，要么戗她说，哪里有什么婴儿？早打掉了。舒慧岚始终不相信女儿会把孩子打掉，才多次来到当年女儿插队落户的金桥，寻找外孙的下落。她从村人口中获得了有关舒语的一些支离破碎的信息。她把那些信息归拢、梳理，然后得出的结论是，舒语已经把孩子生下来，并且送了人。孩子送给了谁家？没有人给过她明确的答案。但是，有人提供了一个线索，李洼村有一个叫李树源的男人和他的老婆多年不育，在某一天突然添丁进口，养了一个女婴。有人曾传言他们收养的是一个私生婴儿。对于这样一个线索，她不会放弃的。她才怀着侥幸的心理推开了李家的院门。

她毕竟见过一些世面，从对方慌乱的神情中，意识到对方认出了自己。她不请自来让对方感到意外，她虽然是有目的而来却在意料之外。她的确没有想到，世界这么大，为什么会让他们在这么偏僻的一隅邂逅？难道这是佛祖的安排？难道这是老阮在天之灵佑护着他们？如果舒语真的是把自己的骨肉留给了他们抚养，那真是一种天大的缘分！

舒慧岚想，对方绝对想不到她来的真正目的。她要给对方一个错觉，让对方放下戒备的心理。

她喝一口女人递过来的茶水，然后把茶杯放到桌子上，说：“咳，你们让我找得好苦！”这话让对方听上去，是她已经找了他们很久。

李树源和于凤芷面面相觑，不知道这个不速之客究竟会给他们带来什么样的消息。

舒慧岚看一眼晒在院子里的小孩子衣服，漫不经心地问道：“你们的孩子多大了？”她的口吻中带着关切。

男女对望一眼，犹豫着不知道如何回答。少顷，于凤芷答非所问地说：

“那是隔壁邻居家孩子的衣裳。”

舒慧岚“哦”了一声，叹口气说：“你们也该有自己的孩子了。”

李树源抢白她道：“俺不要孩子。俺们在等阮长官。”

“阮长官不会回来了！”

“阮长官说，他会回来的！”

女人也说：“阮长官是好人，他会活着回来的！”

“不！老阮的烈士证明书已经下来很久了！”

李树源和于凤芷都愣住了，他们没想到，这个女人会给他们带来这样一个消息。

李树源有些失态地对舒慧岚吼道：“阮长官没有死！你骗人！你说的不是真的！”

他蹲在地上，竟然“呜呜”地哭了起来。

于凤芷用手绢抹着泪，忽然，她走进里间，在箱子里翻了好一阵，然后，走出来。

她手里捧着一个布包。她把布包一层层打开，里面是阮基在危急关头交给她代管的银簪。她把银簪双手递给舒慧岚，说：“这是阮长官留在世上唯一的一件念物，是阮长官母亲留给他的。大姐，您才有资格收藏它。现在，我把它交给您。”

舒慧岚把银簪接过来，仔细地看了看。这副银簪曾给她留下深刻的印象。当年婆婆梳头时，总是把这副银簪擦了又擦，才叉在纹丝不乱的发间。婆婆曾许诺，等她有一天“老了”之后，把这副银簪传给她。可是，没等到婆婆老的那天，她就离开了那个家。如今在这里发现了婆婆的遗物，让她意外而又吃惊。银簪既然被这个女人保管着，看来，这女人和阮家也是一种缘分。

舒慧岚掏出一块手绢，把银簪包好，说："既然阮基把银簪交给了你，想来，也有他的道理。不过——"她稍停一下，继续说，"这银簪是阮家血脉延续的传家宝。我为老阮生下一个女儿——那是阮基的骨血。我把银簪交给她，老阮在天之灵也会同意的。"

于凤芷急忙说："是的！是的！银簪本来就是阮家的纪念物，留给阮长官的女儿是再合适不过的。"

舒慧岚把银簪收起来。看着低着头一言不发的李树源，说：

"小李呀，阮长官知道自己生死难料，在临危关头把小于托付于你，难道你还不理解他的良苦用心吗？"

"这……"李树源涨红了脸，结结巴巴地说，"阮长官是我的救命恩人，我怎敢娶长官夫人贵体为妻？"

舒慧岚故作生气地说："小于和长官并没同床共枕，更没有花烛之夜，又怎能算得上夫妻？你二人还是趁早完婚，生下一男半女，长官在天之灵也能安息了。"

听了舒慧岚的话，两个人都低下头来，各自想着心事。

正此时，院门一响，从外边走进来个头上扎着牛角辫的小姑娘。舒慧岚抬头看去，小姑娘七八岁的样子，鸭蛋形的小脸，眉毛弯似月牙。舒慧岚仅看了那么一眼，便不由喃喃道："这小妮子，太仿她妈了。"

李树源和于凤芷似乎没有听清楚她说的话，急忙问："您说啥？"

舒慧岚忙掩饰地解释说："这小姑娘，太像一个人了。"

于凤芷急切地问："她像谁？"

李树源脱口而出："长官夫人，你可不要瞎说。这闺女可是俺的……亲闺女！"

舒慧岚指了指外边晒着的衣裳，意味深长地笑了笑说："那不是邻居家孩子的衣裳吗？"

“这个……”李树源毕竟是个憨直的人，怎么也不好自圆其说。

事情到了这个地步，于凤芷只得说：“女儿的确是俺们俩的亲生，只不过有难言之处，才谎称没有孩子。”

舒慧岚故作不相信地说：“哪有自己亲生的女儿不敢认可的。依我看，这闺女也不一定是两位的亲生！”

于凤芷一听舒慧岚这么说，急忙辩解说：“谁说闺女不是俺的亲生？”于凤芷边说，边翻箱倒柜，把妮妮在襁褓时期的物用都拿了出来，以佐证妮妮是自己的亲生。

李树源曾经嘲笑于凤芷放这些东西，难道是为了留给自己以后生孩子用？没想到，现在竟然派上了用场。李树源指着那堆物用，对舒慧岚说：“看看，看看，这都是俺妮妮小时候穿过的衣服，如果不是老于亲生的妮妮，她舍得给孩子买这么多东西？”

对二人反复无常地辩解，舒慧岚不由在心里笑了。在此之前，她还不能十分确定这个小姑娘就是舒语的女儿。她在村里询问多次，谁也没有明确告诉她李树源家的女儿不是他们的亲生。相反，她还听到了李树源为维护孩子的名誉而砍掉人家舌头的凶事。而此时，她已经确切地认定，这个小姑娘就是她的外孙女——舒语的女儿。

看着两人一副忐忑不安的样子，舒慧岚不忍把二人编排的善意谎言戳穿。她点到为止。舒语能把女儿送给这二人，二人也许到现在还不知道，他们收养的女儿，其实是他们视为恩人的老阮的亲外孙女。这真是难以想象的巧合。如果老阮在天之灵有知，他也会安息了！

小姑娘在这里生活得很好，她可以放心了！

她并不准备带走妮妮，而且还要把小姑娘当成两人的亲生女儿看待。

临走之前，她从那个黑色的布包里取出一炷香，然后，又变戏法般地拿出一个小香炉。她把香点燃，插在香炉里。默默地盘腿坐在香炉前，然后神仙入定一般，嘴里默默地念叨着。直到香炉里的香燃尽，她才抬起头来，对两位战战兢兢的男女说："好了！看到你们养了这么个懂事乖巧的亲生女儿，我很高兴，我把这个消息告诉了老阮，他也很高兴。老阮要我转告你们二人，一定要把这个小姑娘照顾好，把她抚养成人……"

舒慧岚的"装神弄鬼"，把李树源和于凤芷吓得心惊胆战。二人不知他们的恩人阮长官是真的知道他们有了一个女儿，还是这个女人在糊弄他们？

第二十五章　梦由心生

长官夫人走后的那天晚上，于凤芷做了一个噩梦。她梦见那个女学生也装扮成巫师的样子，来索要孩子。奇怪的是，她一会儿穿着体面的衣服，一会儿破衣烂衫形容憔悴。于凤芷看到她张着嘴，一副滔滔不绝的样子。还没等听清她都说了些啥，突然，从她背后冲过来一群人。那群人有男有女、有老有少，他们闯进屋里，拉着妮妮就走。妮妮挣扎着不愿走，哭着嚷着要爸爸妈妈救她。女儿的哭救声惊动了李树源。李树源掂着菜刀来了。李树源挥着菜刀砍那些男人和女人，砍那个冷笑着的女人。那些人被李树源砍得血肉模糊，东倒西歪。后来警车呼叫着来了，给李树源戴上铐子带走了。于凤芷吓得大叫起来。于凤芷的叫声惊醒了妮妮。

妮妮摇晃着于凤芷的胳膊，问她："妈，我听见你哭了？你为啥要哭？"

于凤芷被妮妮唤醒了，她对妮妮说："妈妈没有哭。你看，妈妈不是好好的吗？"

她侧耳听听西间房，从那边传来李树源喃喃的梦呓声。她披衣下床，敲了敲箔篱墙。李树源"哎呀"一声惊醒了。

于凤芷轻声地问："老李，你没事吧？"

李树源啧啧着嘴，含糊其词地说："没事，没事……天王老子我也不怕……”

于凤芷意识到，他也许和她一样做了噩梦，才这么说，便安慰他说：“梦都是胡编瞎想的，当不得真。快睡觉吧。”听李树源“嗯嗯”了两声，她才轻轻走回东间。

妮妮还没入睡，睁着一双大眼望着漆黑的屋脊。看到于凤芷走进来，问：“妈，你做梦了吧？我也做过梦，我梦见有人要带我走，说我是她的女儿。我挣扎着不肯走，她就用绳子捆我。我可不是那么好捆的，我咬破了她的手腕，扯断了绳子。”

于凤芷被妮妮的话吓坏了，怎么两人的梦都是有人要带妮妮走呢？

于凤芷又用同样的话哄劝妮妮：“梦都是瞎想的。我闺女这么懂事，谁能把你带走呢。”

妮妮说：“她们来了两个人，一个说来找女儿，另一个说来帮助女儿找女儿。”

于凤芷心里一惊，好一阵，才心有余悸地问妮妮：“后来呢？她们没再来过吧？”

妮妮说：“来过。一看见她走进咱家的门，我就藏起来，让她再也找不到我。妈妈放心，她即便找到我，我也不会跟她走。我怎么会跟着陌生人走呢？”

于凤芷把妮妮搂在怀里，亲着妮妮的脸，连声说：“我的小宝贝真乖。是不能跟着陌生人走。那些人都是骗子，她们把人骗走，会把人卖掉。卖到爸和妈找不到的地方去。”

妮妮不明白地问：“她为啥要把人卖掉？”

于凤芷说：“是给那些娶不到媳妇的男人当老婆……”

妮妮不等于凤芷说完，就说：“我才不去给那些臭男人当老婆呢，我要守着妈和爸一辈子！”

第二天早起，于凤芷看到李树源不同寻常的样子，就想到他和自己一样，一定被噩梦吓着了。老李和她一样，自从那个穿戴像黑蝙蝠似的女巫师来过之后，总是担心那个女学生不定哪一天突然找上门来和他们要走妮妮。不过，自己做了那么多次的梦，几乎每隔两天都要做噩梦，但是一次也没有应验过。做那些噩梦，也不过自己吓唬自己罢了，哪里当得了真？可是，看老李的样子，是把梦当了真。便劝说道："听金桥那边的人说，那女人到美国去了。越洋过海的，那么远，也许这辈子再不回来了，咱们别自己吓唬自己。"

李树源却是一副神秘的样子，压低声音说："我总怀疑长官夫人，咋就那么巧地找到了咱家？我怀疑她是魔鬼变的。你想想她那身打扮，多像个巫婆子。巫婆子虽然不像孙悟空会七十二变，但也能像白骨精一样变几个花样吧。她认出了咱们是长官身边的人，才把自己变成长官夫人来骗咱们。说不定哪天她再来，把咱妮妮哄走呢。咱得防备她。"

于凤芷心里倏地一跳，对李树源的话半信半疑，说："她不是说，她不会带走咱闺女吗？还叮嘱咱，长官让咱照顾好妮妮……"

李树源提高声音说："别听她瞎说。你没看她那双眼，一个劲地盯着咱妮妮瞅，瞅了上边瞅下边，瞅了下边又瞅上边，没完没了地瞅……"

于凤芷说："已经过去这么多天，她不是再没来过嘛。再说，妮妮一年一年长大了，也更懂事了，即使有人来找她，她也不会跟人家走的！"

两人就这么提心吊胆地打发着日子，穿着像黑蝙蝠一样的女巫师却再也没有来过。

可是，又发生一件让两人蹊跷的事。在女巫师走后的一个多月吧，他们家突然收到邮递员送来的一个包裹。说突然，是因为李树源和于凤芷从来没有收到过别人寄来的信和包裹。他们没有亲戚和朋友来往，谁会给他们寄东西呢？

李树源问邮递员是不是搞错了，把寄给别人家的东西错给了他家。

邮递员又把收件地址和收件人仔细核对一遍，告诉他："没有错。您看，李树源、于凤芷，和你俩身份证上的名字不差一个字。要错可能是你俩把自己的名字记错了。”

李树源红着脸辩白：“我就是李树源，她就是于凤芷。是不是寄东西的人粗心大意，把名字写错了？”

投递员说：“大叔，地址、收件人都是你俩。不会错的！”说着，骑着车子已经走远了。

于凤芷怀着疑窦的心，打开包裹。见包裹里除了装着一大包各种各样的儿童食品外，还有几件花花绿绿的小孩子衣裳。

于凤芷猛然想起，那天，那个女人临走的时候，还掏出一个小本本，在上边写了些啥。难道这些东西是她寄的？

李树源也想到了这一点。他说：“一准是那个女巫婆寄的。咱们不要她的东西，给她退回去！”

两人在包裹皮上查找半天，只看到收件人的地址和名字，却没有投寄者的地址和名字。他们只能等那个女人再来时，把东西退还给她。可是，那女人却再也没来过。

人没来过，包裹却又寄来了。并且，寄来的吃物还不相同，有时是干果，有时是水果，有时是饼干之类的甜食。衣物也在变化，主要的变化是衣物尺寸的大小。随着时间的推移，衣裳的尺寸越来越大。东西寄来的多了，食物再不吃就会放坏的。就吃了吧。反正她是情愿寄的，大不了以后见了面还她些钱罢了。衣裳明显是寄给妮妮穿的。从样式上，大小尺寸上看，妮妮穿上是再合适不过的。并且，妮妮穿上这些衣裳，着实漂亮好看许多，让同学和邻居家的孩子都羡慕得不得了。

时间又过去十多年，妮妮已经长成一个大闺女，李树源和于凤芷心里的担忧渐渐淡化了。

担忧又转换成忧愁。

于凤芷算了算，转过年，妮妮已经满二十六岁。村里像她这个年龄的人，早已经结婚生子。可是，妮妮老是说，自己还小呢，城里人三十多岁还没结婚的大有人在。

于凤芷说："入乡随俗，咱不能和城里人比。就这么耗着，把自己给耽搁了。"

妮妮宽着于凤芷的心："妈，您放心，到时候，妮妮给您领回来个包您满意的女婿。"

可是，让于凤芷满意的女婿一直没有领回来。

那天，于凤芷好不容易把李树源安置到床上。妮妮从城里回来了，说上级领导不定哪天就要到咱们这儿来参观，让她照顾好爸，千万别让爸当着领导的面闹出啥笑话来。

于凤芷说："这不，刚才还闹着呢，说魔鬼要来了。"

妮妮笑道："这大天白日的，哪里有魔鬼？爸，您看，咱家这么多'天兵天将'，魔鬼敢来吗？"

李树源没砸伤的时候，常把他和妮妮捏的泥泥狗，比喻为玉皇大帝派来的天兵天将。妮妮这么一说，李树源果然安静许多，嘴里嘟囔着，女巫师敢来，就让天兵天将赶她走。

妮妮心里嘀咕，怎么又扯上女巫师了？

想到李树源和于凤芷以往的一些表现，好像总有啥事瞒着她，妮妮不免心生疑窦。

第二十六章　舒慧岚的心路历程

语儿，我亲爱的女儿，别责怪妈对你那么苛刻。是的，妈自小就对你要求严厉。妈从来不允许你和男孩子接触。从你上学起，妈就提防着你，也警告过你，千万不要和男孩子交往过密。妈在心里疼你爱你，从吃饭穿衣等生活方面，尽力让你和那些有父亲的孩子一样，感受到生活的温暖和甜蜜。妈在别人眼里是个寡妇，其实，妈连寡妇都不如。那些死了男人的寡妇还有个名正言顺的丈夫，在丈夫的忌日去丈夫的坟头烧纸祭奠，哭上一阵，以倾诉内心的悲切和思念。可是，妈从来没有去祭奠过那个男人。因为妈不知道他的骨殖埋在哪里，他的灵魂在何处漂泊。妈的孤独和痛苦无从倾诉，妈只能自己咽下去，埋藏在心里。

其实，我早想把过去的一切事情忘掉。因为那些往事，只会给妈带来痛苦。但是，随着妈一天一天老去，那些往事却不时地在我眼前浮现。那些人和事，在妈眼前晃呀晃呀，任凭妈怎样驱赶也赶不走。人家说，人到老了都有健忘症。而妈经历的那些事，却越来越清晰。因为，那些事，已经烙印在妈心里。

语儿，我为啥一直反对你自作主张和男人交往，这是妈的教训，妈一辈子的教训！

我和你父亲的婚姻其实是一场悲剧。

第一次和你父亲阮基相亲的是我的妹妹。妹妹小我两岁，长的个头却比我高一些。我们一起去学堂读书的时候，老师常常把她当作姐姐把我误认为妹妹。妹妹的确很讨人喜欢，一次仅有的见面，就给年轻帅气的军官阮基留下了深刻的印象。

阮基和妹妹见面的时候，我在角落里暗自饮泣。他仪表堂堂的男人气魄，让我产生嫉妒和气愤。我气愤父亲和母亲偏心眼，我除了个子比妹妹矮点儿，其他都不比妹妹差，可是，为啥要让妹妹和他见面而不是我？我嫉妒比我小两岁的妹妹竟然比我还早就有了心仪的男人。由于误解，让我对妹妹产生了嫉妒和怨恨。不知道是我的诅咒和怨恨使然，还是妹妹的命运使然，不幸的事情发生在了妹妹身上。在阮家紧锣密鼓地准备迎娶新娘时，妹妹却突然患上一种叫猩红热的不治之症。妹妹在病床上煎熬不到半月，就病逝了。而老阮家要来娶亲，说儿子从部队请假回来专门完婚的。我父母让媒红到阮家说明情况，妹妹病死了，要么解除婚约，要么让姐姐替代妹妹去和新郎完婚。老阮家娶媳妇心切，他母亲也早想娶个媳妇拴着儿子的心，况且她之前也听说过未过门的媳妇家有个姐姐，除个头稍矮些，相貌、品行都不差。有他老母亲做主，我和阮基按照定下的好日子拜堂成亲。这种移花接木的婚姻是两家大人私下商议的，只是担心阮基不同意，才暂时瞒了他，等到生米做成熟饭他即便不同意也由不得他了。谁知阮基发现俺是姐姐不是妹妹时，非要说舒家欺骗了他，新房里的红蜡烛没燃尽就要休妻。阮基这不是冤枉死俺吗？一听他要休我，我在婆母面前哭着说，我既进了阮家门，就是阮家的媳妇，生是阮家人，死是阮家鬼。妈也是烈性子，不是被人拦着，便撞墙寻死了。

老阮是个孝子，他宁愿委屈自己，也不肯违逆母亲。生米做成熟饭，一盆水泼到地上，我既然被娶进阮家，老阮无论如何也抗拒不了命运对他的安排。可是，他心里一直装着的是妹妹。他不再提休妻的话，和我同床共枕半月，便离开了家。就是在那短暂的时间里，却让俺怀了孕。

老阮自那天一走，再没有回过家。老娘病死了，他没能回来。

我生下了你，到处打听他的下落，也没能得到他的消息。后来，好不容易打听到他在大同的消息，我带着襁褓中的你，千里迢迢到大同认亲。可是，没等我在大同喘一口气，喝一口热水，吃一口热饭，他就要我带着孩子离开他——连夜离开他。我在他屋里看到了那个女人，看到他屋里挂着女人的内衣，桌子上摆着女人的用品，满屋里到处散发着女人的气味。我啥都明白了。老阮看上去顺从了母亲，却在外边有了外室。怪不得家里一直联系不到他，原来他心里早就没有了这个家，没有了我这个只和他同床共枕半个月的女人。连他的亲骨肉他也不认！

他既然这么无情，我还待在那里有啥好结果？我只得带着孩子离开他。我没有回家，带着孩子去太原投奔一家亲戚。后来在太原，我听到有关他的消息，说是他带的部队发生了内讧，在我带着孩子离开他的那天夜里发生火并。我这才明白老阮为啥要在当天夜晚撵我离开，原来他是怕我和孩子有什么不测，才执意要我走。我如果当天晚上不离开那里，说不定骨头都化成灰了。

那时候，太原已经解放。我在亲戚家，不敢说出老阮是我的男人。我只说男人得病死了，我是逃难来的。

虽然明知道老阮已经死在战场上，但是，我还是怀着侥幸的心理，打听着老阮的下落，希望老阮还活着，希望能有一天与老阮重逢。怀着这样的痴心梦想，我独自拉扯着老阮留下的根苗——舒语（担心孩子受到牵连，我把舒语改随我的姓）生活。我不愿改嫁，谁若在我面前谈婚论嫁，我就愤愤地走开，谁若好心地给我介绍男朋友，我会告诉人家，我有男人。我在这种自欺欺人的日子里渐渐变老，你渐渐长大。直到有一天，我突然接到民政部门送给我的那份老阮阵亡并被追认为烈士的通知书，我才意识到，老阮不会回来了。我让等待老阮的希望在心里死亡了。代替老阮的是女儿你。你是我的希望，是我生命的延续。我这辈子只能这样了，我希望你能有出息。你承继着阮家和舒家血脉延续的双重使命。你应该长成一棵参天大树。

可是，你没等像我希望的那样长大成人，我突然从你的身上发现了异常——这让我万分震惊。等我弄明白了是怎么一回事时，我的精神崩溃了！我不可遏制地爆发了！一切太突然，一切都不是我希望的那样。耻辱、绝望、愤怒，使我难以克制自己。我的头脑毫不理智，也无法理智地对你下了驱逐令。要么带回那个男人，要么永远不要走进这个家门——要求你带回男人，是要对突然降临的奇耻大辱采取一种掩盖方式。而让你永远不要走进家门，是对希望的渴盼所产生的绝望。

你的性格秉承了我的基因，倔强、任性、不屈服于命运的摆布，是我和你身上共有的“劣根”。你终究没能带回令我憎恨的那个男人。你自己也从此消失了。直到我意识到你绝不会主动回来向我道歉时，我心目中那片爱的柔软复活了。那时，我一个人过着孤独的生活。在孤独的煎熬中，我突然想起我还有个女儿，她曾经是我的心肝，是我的希望。可是，忘记了是哪一天，我把她抛弃了。不！是她把我抛弃了。我狠心的女儿，妈十月怀胎生下了你，妈含辛茹苦把你养大，你却像白眼狼一样消失了！妈不就是骂了你两句吗？那是妈疼你爱你恨你才说出了如此绝情的话。可是，你却一走毫无踪迹！

我要找到你，我要向你忏悔。我唯一的女儿，我唯一的希望，是妈妈不该对你发脾气，不该把你赶出家门。舒语，我的女儿，你现在在哪里？还有，你肚子里的孩子，怎么样了？他（她）又在哪里？

我去了金桥，可是，你已经走了。

你在金桥九年，我很少看过你——是你不让我去，也是我不愿去。现在，我想看你了，却又找不到你了。

你离开了金桥，我却一趟一趟地朝金桥跑。我向金桥的人打听你的下落，可是，没有人知道你去了哪里。有人回忆说，你是在 1978 年初离开金桥的。你是只身一人走的。我想打听你生下的那个孩子在哪里，可是这样的话怎么开口？我判断，既然你是单身走的，那个孩子就有可能留在金桥。只要孩子还在金桥，我就能寻找到孩子的下落。

金桥的人大多不知道我是你的母亲。因为，他们从你那里，从来没有听到过有关我的一点儿信息。你在离开金桥时，把有关我的信息已经完全与金桥隔绝了。这也是我发现你怀上孩子后对你严厉的要求。现在，我只能像瞎子摸象般地去寻找。我一家家地走访。我帮人家洗衣做饭，帮人家割草、放羊。我从他们遮遮掩掩的谈话中，查寻着其中的蛛丝马迹。我去了那个叫鲁旺的大队长家。那人似乎患上了痴呆症，我向他询问有关你的情况时，他一会儿傻哈哈地胡言乱语，一会儿鼻涕一把泪一把地“呜呜”痛哭。我去了一个叫甄节俭的人家，那个老男人一听我说到你的名字，立刻对我变了脸色。他不再回答我提出的任何问题，而是装疯卖傻一问三不知。我还去过一个叫李丑的人家，那个叫李丑的男人舌头短了一截，说话不清晰，呜哇呜哇的。一听说我来打听有关你的情况，立刻神色大变，连“呜哇呜哇”也没有了。我从他突变的神情中，发现了隐藏的秘密。在我再三的询问下，男人的女人才吞吞吐吐向我讲述他的男人是如何从一个正常的人变成了一个“结巴嘴”。

从女人的讲述中，我听出了其中的隐秘。

我去了割掉人家男人舌头的那对夫妻家。接下来发生的事情，是我万万没有想到的。我不知道这究竟是上帝的安排，还是冥冥之中老阮对他的后人的呵护。

他家的墙上挂着一幅照片，是三个人的合影。男人和女人是这家的主人，中间那个小女孩……啊，仅看一眼，我就有些眩晕。我克制着不让自己晕倒，扶着身边的椅子，又细细地目不转睛地盯着照片上的女孩——我一眼就认了出来，那就是小时候的你！我怀疑照片上的小女孩是从咱家的相片匣上翻照过来的。我想到那个被剪掉舌头男人的女人闪烁其词的讲述，更加确认这个女孩是你的孩子，是我的外孙女！

我可怜的外孙女啊，你的外婆来寻你了！

我的眼睛湿润了。

尽管岁月在我们脸上刻上了沧桑的年轮，但是，我和那对夫妻还是相互认出了对方。我感到十分意外，而他们则显得更加意外和惊讶。

我不知道他们认出我的第一眼内心是如何的感受，我只是听到那个男人的第一句话竟然有些颤抖："是……是长官大人派您来……"

女人急忙掩饰地拦着男人，勉强笑着向我解释："我家男人脑袋有些问题，家里来了生人，就问这个。您千万别介意。"回头对男人说，"哪里有长官大人？还不忙你的去。"

我心里一震，百般滋味涌上胸口。都过去了这么多年，老阮的骨头也沤成灰了，还有人这么惦念着他。我坐了下来，对他们说："老阮在天之灵，会感谢你们的。"

女人说："哎，不！他早把我们忘记了。俺们惦念他，是因为他救过俺的命。"

我抬起头，指着照片上那个小女孩，说："能让我见见你家这个小女孩吗？"

男人一听，立刻警觉起来。他如临大敌一般凝视着我。

女人说："妮妮上学去了。住校，很少回来。"缓了一口气，继续说，"她正是用功学习的时候，不希望别人打扰她。"

我沉默好一阵儿，叹口气，采取了攻心的方式，说："看来，老阮托我……的事要泡汤了！"

女人疑惑地看着我，不解地说："我不明白您的话。"

男人一脸惊异的样子，他用轻蔑的话驳斥我："别在这里胡说八道！快走吧！"

我真担心这个粗暴的男人，发起怒来，会不讲任何方式地把我赶出去。从他失去理性的态度上，可以看出他是多么的爱妮妮。妮妮是他的宝贝，是他的掌上明珠。他不允许任何人来分享他的爱。哪怕是妮妮的亲生父母，他也不会把这种爱舍弃。何况是我这个突然而至的不速之客呢?

当那个小女孩放学回来，蹦蹦跳跳走进院子时，二人的谎言不戳自破。我看到两人既尴尬又紧张。特别是男人，脸色青紫，像一个一触即发的炸药包。

尽管如此，我还是感到了欣慰。当我确认妮妮的确就是你的女儿时，我的心平静下来。我不再为你焦虑和担忧。你为你的女儿选择了一个善良的人家，是你的福，也是孩子的福。这个女人和男人，在老阮生前，多次要报答老阮的救命之恩，都没有得到机会。可是，在老阮死后多年，却得到了报恩的机遇，这难道是仁慈的佛祖的安排?

意外的是，婆婆的那副银簪，我还以为已经成了婆婆的陪葬品。没想到，竟然通过女人之手又转到我手里——这难道也是佛祖的慈悲?舒语，我的女儿，这副银簪是老阮家血脉的延续，你是老阮家的血脉呀！妈妈我不定哪一天就要告别人世，我把银簪留给你。如果有一天，你能见到你的女儿，你就把银簪传给她。她，毕竟是你的爸爸阮基留在这个世界上的传承着阮家血脉的唯一。

第二十七章　我想和她单独谈谈

妮妮打电话告诉于凤芷，从南方来的老总要到公司来考察，让她做些准备。

所谓的准备，就是让于凤芷把李树源照料好。公司就在家里，而李树源和于凤芷也只能住在家里。于凤芷曾提出在村头盖两间房，她和老李搬出去住，以免影响妮妮的工作。妮妮不同意。她不放心两位老人单独去住。她笑着对于凤芷说："妈，人家都说养儿防老，在咱家就是养女防老。一天看不到您和我爸。我这心里都空落落的。我不会让您俩单独去住。"

听了妮妮的话，于凤芷心里一阵温暖，几乎掉下泪来。她没有再说啥。

可是，不知啥原因，最近一段时间，李树源老是出现不正常的表现，他常常无端地发脾气。一个常年卧床不起的病人，发起脾气来总是不讲道理。不讲道理就是他的道理。明明是饿了，于凤芷把饭做好，端过来喂他，他却不肯吃。有一次，甚至把饭碗打碎了，饭菜撒了一地。还有的时候，明明要大小便了，于凤芷慌忙到卫生间把便盆给他拿来，扯开他的被子朝他的身下塞，他却不配合，非但不配合，还拒绝于凤芷掀他的被子。即便强行把被子掀开了，却又阻拦于凤芷朝他身下塞便盆。硬塞到他身子下，他趁于凤芷不注意的时候又拿了出来。这样导致他只能把屎尿拉到被窝里。害得于凤芷三天两头要为他洗被褥、晒被褥。被褥只能在院子里晒，弄得满院子里常常像挂满了万国旗的国宾馆。

这就是妮妮给于凤芷打电话告知她来客让她稍作准备的原因。

客人来的时候，于凤芷正在房间里为李树源喂饭。不知啥原因，从早晨一醒来，李树源的表现就很反常。他本来是躺在床上的，趁于凤芷去厨房为他端饭的空隙，他自己从床上下来，向外爬。

于凤芷吓坏了，急忙把他朝床上拖，他又不肯朝床上去。于凤芷问他要去干啥？

他呜呜啊啊地说："她是个魔鬼，她是个魔鬼！我要杀了她！我要杀了她！"

没头没脑的话让于凤芷莫名其妙。她不知道他究竟中了啥邪，只能安慰他说："哪里有魔鬼？自己吓唬自己。"

他继续呜呜啊啊地说："她是个魔鬼，她夜里就来了，她就藏在门后边。我去杀了她！"

于凤芷看他这个样子，心想，或许又做了噩梦，才这么魔怔。于凤芷不由惊出一身冷汗。

舍玉娜来到的时候，李树源已经不那么狂躁了。

于凤芷把他关在房间里，和他悄悄说着话。李树源最喜欢听她讲他跟着阮师长当勤务兵那段时间发生的故事。

有一次部队打了胜仗，为庆祝胜利，阮师长喝多了酒。酒醉之后，阮师长讲起了女人。阮师长不讲别人家的女人，只讲自己家的女人。阮师长讲，他很爱他的母亲，但是，又生母亲的气。这是他违逆母亲在新婚期间仅待了半个月的原因。他母亲要他怎么也要在家待上半年或者一年，母亲甚至要求看到她的孙子或者孙女出生才让他离开。可是，他却在一个晨星没有落尽的凌晨离开了家。

之所以赌气，是因为他的前妻。新婚之夜，阮师长掀开新娘子的盖头，发现和他行了婚礼的女子并非他曾经相亲时见过面的女子。双方家长上演的“调包计”，让阮师长恼羞成怒，当晚就要休妻。为了阻拦儿子休妻，母亲竟以死相要挟。如果儿子再提休妻二字，她将撞柱而死！

阮师长讲的这段是让李树源最为走心的故事。每当李树源狂躁不安的时候，于凤芷总是给他讲，你看，阮师长是一位多么有涵养的人。你可要像阮师长学习。阮师长可不希望你是这么个样子。阮师长快要回来了。一听说阮师长快回来了，李树源马上安静下来，一副毕恭毕敬的样子。

于凤芷一边照料着李树源，一边听着外边的动静。那些人不走，她不能离开这间屋，不然，老李疯疯癫癫地吆喝起来，多不好。于凤芷听到那些人上了楼。既然是来看泥泥狗的，在楼上总要待一会儿。于凤芷想趁这个时间，把老李吃饭的碗端到厨房里，再把锅碗刷洗一下。这些事做完，也用不了多长时间，不等他们下楼就能做完。于凤芷是个讲究的女人，虽然在乡下已经这么多年，但是，却看不惯那种邋遢的样子。她总是把家中里里外外收拾得有条有理，干干净净。用过的锅碗不刷干净，心里总觉得别扭。这也是她和老李过了四十多年养成的习惯。虽然两人没同过一次床，但是，两人相敬如宾。老李打外，她打里，锅台上的家务活儿从来不让老李插手。在外人眼里，她是个贤惠、勤快而又讲究的女人。

于凤芷叮嘱李树源：“楼上有客人，在床上好好待着。我去把锅碗收拾一下，马上就回来。”说完把门关上，去了厨房。

李树源不点头也不摇头。如果不是于凤芷这么说，他还不知道家里已经来了客人，而且就在楼上。楼上来的啥人？有没有他梦中遇到的那个女巫师？这样想着的时候，眼前突然出现了幻觉。他看到一个女人向他走来，却不是那个女巫师。女人穿着一身黑色的衣服，却戴着一顶白色的帽子，黑色和白色形成强烈的反差，把他的眼都映花了。

李树源厉声问：“你是谁？你来干什么？”

女人道："您难道不认识我是谁？我是来感恩的。当年，您和大姐救了我，救了我的女儿……"

不等女人说完，李树源就打断她的话："我没有救过你，也没有救过你的女儿。你走吧，我不认识你！"

女人道："我知道您为啥不承认救了我，您是怕我把女儿带走！您是不想承认也不愿承认您和您的夫人曾经从窑洞里救过一个女人。那个女人在您家里生下一个女婴，女婴就是我的女儿！如果没有记错的话，我的女儿已经二十六岁。二十六年了，我没有一刻忘了我女儿。她在你们身边长大，可是，却在我心里长大。她是我的骨肉，也是我的牵挂！"

李树源有些惊慌失措地反驳："你说的都是鬼话，没有人会相信你这种鬼话。快走吧，走得远远的！"

女人道："您原来这么自私、贪婪！当年您救我，我还以为您和您的女人都有一颗慈悲的心，我还以为你们是世界上最好的人。原来您是要掠夺我的女儿，把我的女儿占为己有。"

女人的话刺疼了李树源，他急忙为自己辩解："不是那样，不是你想象的那样。我不是像你说的那样自私、贪婪。俺喜欢她，俺把她当成了自己亲生的一样。含在嘴里怕化了，捧在手上怕摔了。俺像爱自己的眼珠子一样爱她呀。她是俺的亲生女儿，她不是你的女儿，不是你的！"

女人嘲讽地笑道："你的亲生？呸！你和女人从来没有同床共寝过。金桥村的人谁不知道，你们是假夫妻，你们怎么能生出孩子来？"

李树源被戳到了痛处，他不由怒火中烧："你这疯女人，你才不能生孩子呢。你连男人都没有，哪里会生出孩子来？"

李树源从来没有这样苛刻地斥责过一个女人。他是被逼急了。这个女人既然不顾当时的口头协议来讨要女儿，李树源为了保住女儿，才这么不管不顾地把啥话都说出来了。

女人息事宁人地道："我看您也是疼爱女儿，才这么说。咱们别争吵了，您爱我女儿，我更爱她。可是，她已经跟着您生活了二十六年，就让她跟着我二十六年。等到二十六年后，我再把她还给您。怎么样？”

李树源“呸”的一声，道:“你休想。别说二十六年，就是一天也不能让她跟你走！你走吧，再不走我对你不客气！”说着，抓起身边的一把扫帚向女人打去。

女人倏忽不见了，像一缕风从门缝里刮走了。

李树源被自己刚才的紧张和气愤折腾得大汗淋漓。

他躺在床上，大口地喘着气，像一条被扔到岸上的鱼。

真可恶。他已经拎不清，幻觉中经常来找他要妮妮的女人是那个老女人，还是那个不太老的女人。那个老女人是长官的原配夫人，却对妮妮那么关心，好像对妮妮知根知底的样子。那个不太老的女人自称是妮妮的母亲。这究竟是怎么回事呢？这两个女人，李树源都有过交往。但是，李树源却装着不认识她们。她们既然来和他争夺女儿，他就不认识她们。在李树源眼里，她们毫不讲理。哪有随便把人家养了二十六年的大姑娘抢走的？

世道上真没有这么不讲道理的女人！

他在心里诅咒着两个女人，他希望女人不要再来了。他们一家生活得多幸福啊，你们还来这里捣乱。如果阮师长知道他把夫人照顾得这么好，他们还有了一个天仙般的女儿，阮师长一定会高兴的，阮师长一定会夸赞他的。

老李这么想着的时候，刚才的紧张和为之而产生的气愤渐渐地消失了。

从楼上传来一阵脚步声和男人女人的说话声，这是妮妮陪着来参观的那些人正朝楼下走。

刚刚平静下来的李树源听到声音，莫名其妙地紧张起来。他看到刚才从门缝里消失的那个女人扯着妮妮的手，从楼上飞下来——女人黑色的衣服像乌鸦的翅膀。妮妮抓着的不是她的手，而是她的翅膀。她们就这样从楼上飞下来，朝门外飞去。

李树源急了，他想大喊，可是，却怎么也张不开口，他想飞出去把那个女人拦下，可是，自己怎么也飞不起来。他就这么折腾着，一下子从床上摔到地上，他顾不得浑身的疼痛，向门口爬去。

好像是有心灵感应，于凤芷急忙从厨房里赶过来。可是，没等到她走进屋里，却在门口与从楼上下来的那群人不期而遇。

已经无可回避。

妮妮向那群人介绍说："这是我妈。"

舍玉娜走在人群的最前边，她第一个与于凤芷照面。舍玉娜只是看她一眼，就认出了她。这个女人看上去没有太大变化，只是鬓角出现一些白发，如果不仔细看，是不会注意到的。眼角有些许的皱纹，是那种纤细的，不仔细看是很难看出来的。

舍玉娜想，任何人都会老的。不知道她能不能认出变老的我？

于凤芷在看到舍玉娜的一刹那，似乎像触了电，不由得浑身战栗了一下。她急忙掩饰地对妮妮说："妮妮，照顾好客人。俺去照顾你爸。"说着，便急忙转身走进小房间。

她是在躲避我，她一定认出了我。她不会认不出我的！舍玉娜在心里说。如果这个女人就是当年救我的女人，那么，自己的怀疑没有错。从一看到妮妮，她心里一直在想，这个姑娘，自己好像在哪里见过。听鲁修义说她是李洼村的，她的心就倏地跳了一下，难道真有这么凑巧？难道慈悲的上帝要为她圆一个梦？不，不会那么巧合。她也从来不相信上帝就是拯救人们灵魂的救世主。她一生中遭遇的坎坷和波折太多了。她不会如此幸运。她觉得能见到自己的女儿是一件只可梦想而难以祈求的事情。不过，她还是怀着忐忑不安的心情来李洼村一趟，即便看不到女儿，她也了却了心愿。现在，她终于相信，亲人之间真的会有感应。她改变了自己不相信上帝的观念。她笃信上帝就在她身边。不是仁慈的上帝，她不会这么轻易地就看到自己的女儿。

她一下子握住妮妮的手，生怕对方跑掉似的。

她的失态让妮妮感到非常奇怪。妮妮看到情绪突然变得激动的舍玉娜，不由为眼前这个被称作舍总的老太婆的怪异而惊讶。之前，这个老太婆像普查户口的派出所户籍警一样，不时地向她提出一些与她本人毫不相干的问题。

“妮妮，知道你的生日吗？”

“妮妮，你妈妈是你的亲生母亲吗？”

“妮妮，村里没有人说过你是要的孩子吧？”

……

这些怪异的问题，让妮妮感到尴尬和难以回答。她实在不能理解，这个被她和许多人敬重的客人，为什么对她的私人问题如此关心？难道真的有什么秘密？对于她的身份，她从来没有怀疑过。尽管很小的时候，她曾听说过，爸爸曾经为了她把人家的舌头割掉了，还坐了牢房。妮妮认为爸爸做得对，那个人不该胡说八道。胡说八道的人虽然被割掉舌头有些可怜，但是，谁让他说一些不该说的话呢。

妮妮在看到舍总突然变得激动的时候，也发现妈妈于凤芷的神情有些异样。妈妈在客人面前，从来没有表现出这么惊慌失措过。妈妈总是落落大方地和客人打招呼，妈妈的涵养让那些凡是和她接触过的客人都感到她的确像一位文化素养极高的女教师，而不像整日在家操持家务的乡下老太婆。妈妈走进爸爸的房间时，显得十分仓促，好像要躲避什么灾难，好像看到了她不愿看到的结果。究竟是什么让妈妈改变了她一贯的沉稳和耐心，而突然慌乱和心神不安呢？又是什么原因让舍总突然激动起来了呢？

妮妮在心里揣测着这些怪异的现象，却始终找不到正确的答案。

妮妮把舍总送到车前，把车门打开。这个女人只要上了车，一切都恢复了原来的样子。妮妮这样想。

舍总在要上车的一刹那，突然对妮妮说：“我想和他们单独谈谈，你的母亲，还有……你的父亲。”

妮妮好半天没有反应过来对方说的什么。直到舍总把话又重复一遍，她才明白过来。

妮妮想，也许，一切都没有结束，故事才刚刚开始。

第二十八章　妮妮的心路历程之一

就要走了，又突然提出要和我父母见面，这让我深感意外。想到一直在我心中的那个忽明忽暗的疑问，又觉得这好像是意料之中的事情——如果我先前的猜疑是真的，相信她早晚会来的。

随着年龄的增长，我越来越觉得父母身上有着与村里人不同的地方。怀疑在我身上一定发生过与众不同的故事。我们这个家庭，与左邻右舍有着差别。但是，究竟有哪些差别，又很难一下子说清楚。二位老人看上去相敬如宾，但是，相敬如宾的背后似乎又隔着一道墙。俩人分别躲在那道无形的墙背后，谁也不愿跨越和打破那道墙带来的隔膜。他们有时候很诡异的样子，悄悄地议论着一个人，不，好像是两个人。他们在议论这俩人的时候，一旦发现我出现在他们面前，二人的议论便戛然而止。我稍微懂事的时候，意识到他们是有意要瞒着我，不愿让我知道两个人是谁以及发生在他们身上的故事。然而，他们越是要瞒着我不让我知道其中的秘密，我越是想要知道这两个人究竟是谁，越想了解其中的秘密。想到小的时候，村里人和我开的那些玩笑，加之父母之间的奇特现象，我怀疑那两个人是不是和我有关联？这只是我的猜测和怀疑。在父母面前，我丝毫不能流露出我的猜测和疑心。他们含辛茹苦地把我抚养大，他们那么爱我，疼我。特别是父亲，女儿要天上的星星他都要攀着梯子去给我摘下来啊，我怎么忍心去伤二老的心！

这位从南方来的舍总，见到我，像一位大姐姐似的关心地问这问那。她如果仅仅询问有关泥泥狗的问题，我都能从容自若地回答，给她一个满意的答案。比如，泥泥狗的制作程序；比如，每一只泥泥狗的造型所蕴含的意义。我的讲述都让她满意地连连点头。然而，她却出其不意地提一些让人匪夷所思的问题。比如，问我记不记得自己的生日；问我距村子二里远的一个叫北大洼的地方那座烧砖的窑还在不在；问我这么大了为啥还不嫁人。这些与我的私生活有关的事情我从来没和人谈起过。特别是她提到的北大洼那座窑洞，我从来没有注意过那里有没有一座窑洞。每个人都有自己的隐私，既然是自己的隐私，就不应该轻易示人。可是，这个女人，却怀着好奇心打听我的隐私，她是不是有病？她是不是有窥视人家隐私的恶习？尽管她在向我提出这些问题时，表现出一种迫切和急不可待的样子，但是，我却没有回答她。我不能把我的心交给一个陌生的人。

自从第一次看到她，我就觉得她的眼神里有一种奇异的光。那两束光，似乎像X光，要照彻我的内心，要窥探我心中的所有秘密。那光速虽然看上去那么急遽，但是，却又如此地细腻、温柔，它甚至让我感受到了阳光般的温暖。

鲁修义特意向她介绍了我。当她听说我是泥泥狗制作非物质文化遗产的传承人时，我发现她的眼神里那一束光发生了难以形容的变化。是意外？是惊喜？是惊异？还是别的什么？当我的内心还在琢磨那眼神里所包含的意义时，她却微笑着拉着了我的手。在那一刻，我发现她微笑的目光变得异常单纯，那种单纯让我感受到的是亲昵和爱抚。

会议结束后，她本来应该返程的。可是，她却突然改变了主意，要求到金桥镇实地考察泥泥狗制作基地，并提出要到我的公司参观。鲁修义喜出望外地把这一消息告诉我。他的话音里充满了炫耀，他的弦外之音是，这位舍总能到我公司视察，是他努力的结果，是他把这位女财神给请来的。我听出他是在向我邀功买好。一位副县长，向一位捏制泥泥狗的手艺人邀功买好，好像有些本末倒置。但是，我和他之间就是这样，他觉得他亏欠着我的，他在我面前有着永远还不清的人情债似的。我故意装作不领他的情，假装嫌麻烦地告诉他，领导爱到哪里考察去哪里考察，我这里不伺候！鲁修义急扯白脸，低三下四地哀求我："我的小姑奶奶，您就别拿大了。女财神点名要到您公司去考察，怎好阻拦人家？再说，您公司不是有困难要解决吗，说不定领导还能帮您解决呢。"

其实，舍总能到公司考察，也正是我求之不得的。因为我的公司虽然发展得很好，但是，也确实面临着一些亟待解决的问题。扩大影响，提高品牌的知名度，是公司最需要的。另外，在销售方面，也有亟待解决的问题。舍总能到公司来考察，帮助解决这些问题，岂不是一件对公司发展更有利的大好事？

本来是考察泥泥狗制作这项文化产业的，怎么突然提出要见我的父母亲？

父亲已经成了残疾人，糊涂得不知道他自己是谁。母亲说她最怕见生人，一旦和生人接触说上一两句话，她得三晚上睡不成囫囵觉。翻来覆去地想着和生人说的几句话有没有差错？得罪了人家没有？母亲这个怪毛病不是吃药能治愈的，唯一的方子是不让她与外人接触。现在这个女人突然提出要见我父母，我该怎样改变她这个突然的决定呢？

第二十九章　于凤芷的心路历程之一

看到这个女人的第一眼，我就认出了她。不错，就是她！二十六年前的那个女学生，妮妮的亲生母亲。

尽管岁月在她的脸上刻下了难以磨灭的细纹，尽管那些细纹被价格不菲的润肤霜精心地涂抹过，并且涂抹得很难让人看出原来的底色，尽管她发福了，比起那个瘦弱单薄的女生几乎要大了一圈，但我还是一眼就认出了她。她虽然比以前胖了，但是，却不臃肿，给人一种既丰满而又高雅的视觉感受。她的举止，优雅而得体，显示出知识型女性特有的气质。如果单从她的身材和外貌上，我很难认出是她。能够让我认出她的，是她那双眼睛！她的眼睛绝对与别人的眼睛不一样。我敢打赌，在金桥，甚至在我见过的所有的女人中，没有一双眼睛能与她的眼睛相媲美。她的眼睛并不像一些文人夸赞女人的漂亮时，总说女人长着一双大大的会说话的眼睛。这个女人的眼睛很传神。女人的眼睛如两眼深不见底的清泉，当你正视那双眼睛时，你的心会突然豁亮，你的灵魂甚至会有所触动。那双眼睛除了让你的心灵感到萌动以外，可能还会让你感到亲切和温暖。即使你用敌视的目光去审视它，它也不会给你任何的伤害和仇视。除此，她的那双美丽的眼睛给我一种很熟悉的感觉，我似乎早就与这双眼睛有过短暂的相识。是的，我敢肯定，我一定看到过这双眼睛。我终于想起来了，这双眼睛与我曾有过短暂的对望和交流。

不是二十六年前，而是五十多年前或许更早一些的时间。

阮师长救下我，我从死亡线上挣扎过来后，我决心以身相许，报答阮师长的救命之恩。可是，阮师长却不收留我。他说他已经有了家小。他虽然不喜欢他的妻子，但是，他不能辜负她，他不能在他母亲眼里做一个大逆不道的儿子。我说我愿意做你的二房，即使做妾，也心甘情愿。我就那么缠着阮师长，住在阮师长的房里不肯走。我为阮师长铺床叠被，我为阮师长洗衣做饭，我甚至把自己衣服脱了躺在床上……可是，阮师长对我的真诚奉献却无动于衷。他真是个铁心肠的汉子呀！这让我对他又爱又恨。一段时间，我甚至怀疑阮师长失去了男人的性功能。正是那段时间的一个黄昏，一位抱着孩子的女人来到部队的驻地，确切地说是来到了阮师长住宿的地方。当时，阮师长去参加一个重要会议，是李树源把那女人领进阮师长的屋里的。那个时候，我正在为阮师长整理床铺，我的行为和举止俨然是这屋里的女主人。

女人看到我当时的样子，似乎很意外，她用眼睛打量着我，又把疑问的目光转向李树源。

李树源急忙指着我，向那女人解释："这位是阮长官的夫人……"

"长官夫人？"女人毫不客气地责问，"她是阮长官的夫人，我是谁的夫人？"

李树源吓得不知如何回答好。

看到女人愤怒的样子，我的心里怦怦地跳了起来。难道，这就是阮师长的"家小"？当我意识到眼前这个女人和她抱着的孩子的确就是阮师长的原配和他们的骨肉时，我的心中泛起一种五味杂陈的感受。尽管已经从阮师长的口中听到过他有一个女人和孩子，但是，我却把那当成一件很遥远的事情。我一直怀着侥幸的心理，认为"家小"之说只不过是阮师长拒绝我的一个杜撰的理由——是的，我一直把那当成谎言。然而，当活生生的人来到了面前，当事实把我自欺欺人的侥幸心理打破时，我内心五味杂陈的滋味真的难以形容。

我强作镇静，却又手足无措的样子：“大姐，您……累了吧？快坐下歇歇。”

女人没有领我的情，她腾出一只手，把背上的包裹卸下来，然后，对李树源说：“去把你们长官找来，就说，他的女儿来认爸了！”

对方的声音不高，却像打雷似的击打着我颤抖的灵魂。我像一片挂在树梢上的叶片，被飓风吹打着，左右摇摆，摇摇欲坠！那时候，女人眼神里流露出来的目光不再温暖和亲切，而是倔强和怨恨。我意识到，如果我再不回避那目光，我会被那目光杀死。

我逃也似的跑出了那所让我百般眷恋的屋子。

天色渐渐暗下来，我像一个孤鬼野魂似的在旷野里游荡。我听到李树源寻找我的声音，他没有像以往那样喊我“长官夫人”，而是直呼我的名字：“凤芷！凤芷，你在哪里？”

我躲在山脚下的一块大石头后边，像一只被猎人追杀的野兔惊恐万状。我不敢答应，更不敢声张，我怕回到阮师长的屋里去，我怕再看到女人那双令我心惊胆战的眼神。那眼神是警犬的目光，它是要寻找一个罪恶的偷盗犯。而我正是那个偷盗犯，企图偷窃一个男人心的偷盗犯！

李树源的喊声越来越近。我的内心极其矛盾。我犹豫着是答应李树源跟着他回去，还是继续躲在这里？可是，躲在这里度过一个漫漫的长夜我将遇到难以预料的危险。如果回去，我又害怕看到那双令我心虚胆怯的眼睛。我不知道自己应该怎么办好，我不由唏嘘地低声哭泣起来。正是我嘤嘤的哭声，把李树源吸引了过来。

李树源把浑身颤抖的我从石头后边拉出来，说：“你这是怎么了？快回去！长官让我来寻你的！”

一听说是阮师长派他来找我，我的低声抽泣变成了号啕大哭。我像受到了天大的委屈似的难以克制自己的情绪，泪水顺着我的面颊朝下流，打湿了我的衣襟。是的，阮师长这么关心我，在意我，让我忘记了那个女人如芒刺般的眼神带给我的难堪和不安。

在往回走的路上，李树源告诉我，那个女人看上去那么温顺，其实是一个异常倔强和刚烈的女人。她和阮师长大吵大闹，非要阮师长对她做出承诺。她要阮师长承认他对她的背信弃义，她还要他把你赶走，立即把你赶走。

刚刚平复了心态的我一听这个女人要赶我走，不由又要放声大哭。

李树源急忙安慰我："别哭，别哭。阮师长没有答应……"

我的哭声戛然而止。我迫不及待地询问："那个女人呢？"

"她带着孩子走了——是我把她送走的。她走时还恨恨地骂长官大人是个白眼狼，是个忘恩负义的男人……"

听到女人带着孩子走了，我内心一阵空落。想到女人是因我而走，一种自责和歉疚又涌上我的心头。女人总是这么心软。刚才还恨不得那女人赶快离开这里，听到她真的走了，又不免为那孤单的母子担忧。女人呀，心胸为什么如此狭窄？在爱和恨之间，总是掺杂不进一粒沙子。

我跟着李树源走回阮师长的屋里，看到阮师长铁青的脸和复杂的眼神，才意识到，事情并不像李树源讲的和我想象的那么简单。

阮师长嘱咐李树源守在门外，没有他的命令，任何人不得走进屋内。他把门关上，转过身，对我说："小于，你必须马上离开这里！"

我不禁愕然，心想，那个女人已经走了，为什么还要赶我？我不解地问："难道你就这么讨厌我？"

"不！不是讨厌！"

"那是为什么？总得给我个理由！"我赌气地说。

阮师长点了一根烟，神色愈加沉重，我看出他有着非常难以启齿的话要说。我必须让他说出，不然，我是不会离开他的。

停了好一阵。阮师长才悠悠地说："我也没有预料到，她们母女俩会在这个时候来到这里……"

我仍旧按照自己的思路说："她不是已经赌气走了吗？"

"不，她不是自个赌气走的。是我让她走的。是我强迫她走的。就如此刻我命令你必须马上离开这里！"

我讶异道："究竟是为什么？"

"小于，谢谢你对我的信任。可是，我不能接受。我不能因一时的感情冲动毁了一个女人的美好年华。我是一名军人。在这个充满着战争和死亡的硝烟时代，军人只能把脑袋拴在自己的裤腰带上，什么时候掉脑袋，连我自己也难预料……"

"我不怕。只要让我跟着您，哪怕即刻去死，我也毫无怨言！"

"小于，不要太任性。你还年轻。日子长着呢，怎么就想到死？你要好好活着。活着比什么都重要！"

"可是，如果离开您，我活着还有什么意义？"

阮师长似乎为我的固执动了肝火，他厉声呵斥我："生死攸关，还谈什么意义！"对门外喊道："李树源，进来！马上收拾一下，带于凤芷离开这里！"

李树源走进来，听了阮师长的命令，和我一样愣怔在那里。他不明白长官要他把我带到哪里去，而我更不明白为什么非要在这个漆黑的夜晚要我离开这里。

看到我和李树源疑惑不解的样子，阮师长低声说："这里凌晨三点将发生一场火并——火并，你们懂吗？我要带部队弃暗投明，投诚共产党的部队。可是，有一小部分人要阻挠我，他们已经把我要带兵起义的消息密告了上峰。我估计，上峰派来围剿我的援军正朝这边进发……"

我和李树源如梦方醒。

怪不得阮师长这段时间以来情绪那么低落，常常流露出一种厌战情绪，原来他早就对国民党挑起的内战有了反感。得知阮师长让我们连夜离开的原因，我和李树源都向阮师长跪下了。

我流着泪说："阮师长，既然这样，我们更不能离开您！就是死也要死在一起！"

李树源也流着泪道："是啊，长官，不是您救下俺，俺早就化成灰了。大难临头之机，俺怎能逃命？让俺们留在您身边，关键时候还有个帮手不是？"

阮师长神色更加严峻，对我们的固执，他没有发作，而是也突然在我们面前跪下，动情地说："我是军人，为正义事业战死沙场义不容辞。可你们不是！你们是无辜的百姓。我当初救下你们收留了你们，就是因为你们是手无寸铁的百姓。我不能让无辜的百姓在战争中白白地丢掉生命。你们必须离开这里——我求你们了。如果你们不嫌弃，咱们三人结成亲兄妹。我若能起义成功，活着离开这里，咱们兄妹总有相逢的日子。万一我……"

没等他把话说完，我和李树源已经泣不成声。

我呜咽着说："您一定要活着，我等您！永远等着您！"

李树源也哭着说："长官放心。有我在，绝不让夫人受一点儿委屈！我等着您，到时候，我会把一个完好的长官夫人交给您！"

在敌人的增援部队来到的前一刻，我和李树源收拾了简单的行装，悄悄地离开了部队驻地。先去了太原，太原城里战火弥漫，难寻落脚之地。老李带着我辗转多日，回到了他的老家。

我和老李没有等到长官的任何信息。可是，意想不到的是，那个穿着如黑蝙蝠一样的女人却来到家里。她虽然把自己打扮成一个女巫师模样，但是，我还是一眼就认出了她，她那双眼睛，让接触过她的人都不会轻易地忘掉。

而眼前这个女人的眼睛与那位长官夫人的眼睛相似得让人难以置信。

我只能怀疑自己的眼睛！

第三十章　没有谁能料到自己对与错

对于甄维来说，家庭与婚姻于他已经名存实亡。他曾经想坐下来，心平气和地与她交换一下意见。然而，两人一见面就言不投机。单秀丽的蛮横无理，让他怎么也克制不住心里正在燃烧的怒火。儿子活着时，是他们两人之间的“润滑剂”。而今，这种“润滑剂”没有了，两人之间如水火难以相容，再没有调和的余地。

一个周末的晚上，他把事先拟好的离婚协议书拿出来，放到桌子上。他希望她能在协议书上签字。协议书是他起草的，每一款都有利于女方。家里的财产包括房屋，都留给她。他净身出户。

女人看一眼协议书，冷笑道：“又要做陈世美呀？没那么便宜的事！”

他勉强压着心头的火气，说：“你也不是秦香莲，我更不是陈世美。咱俩缘分已尽……”

“缘分已尽？”没等他说完，她便挖苦道，“老爷子活着的时候，你怎么不谈缘分已尽？老爷子尸骨未寒，这缘分就没有了？当年，你死皮赖脸地到我家求婚的时候，是副什么嘴脸？你这种势利小人，伪君子，那时候，老娘的痔疮让你舔，你也不敢不舔！”

女人一顿狗血喷头的亵渎和辱骂，让甄维无地自容。身为市长，他不能和这个疯狂的女人纠缠下去，又和她讲不出任何道理来。女人的骂声已经影响四邻的安宁，他甚至听到邻居家的门厌恶而又烦躁的开关声。他不想打扰任何人，更不想让任何人了解他和她之间的任何事情。和她离婚，是因为他实在难以忍受她的无理、野蛮、粗俗、霸道！他忍受了她二十多年，他觉得再这样忍受下去，他的精神就要崩溃了。可是，离婚，看上去又是多么艰难的一件事，他要背负着忘恩负义、势利小人等恶名。现在来看，如果他真的能和她离了婚，他在别人的眼里的确是个忘恩负义的势利小人。当年，他选择她，的确有私心。她的容貌，她的品质，哪一点也比不得曾经对他爱得死去活来的那个女人。可是，舒语没有一个能给他光辉前途的父亲，他才抛弃了她。他后悔当初为什么做出那样的选择？现在来看，地位算得什么？金钱又算得什么？世间最难买到的是真情！是名誉！真情才是永远的财富，名誉才是一生的精神慰藉！如果让时间倒流回去，甄维绝对再不会像一条乞怜的狗一样去给人家当上门女婿！甄维也绝不会看着老丈人的眼色行事，再不会用讨好的眼神去面对老丈母娘那挑剔的目光！失去的才是最珍贵的！而得到的，并不一定都是自己需要的。现在，他宁愿一切从头再来，他宁愿回到自己的过去！他怀念家乡的麦秸垛，和那低矮破旧的保管室以及那座充实的粮食囤。他怀念那时的真挚和纯洁！难道自己真的如女人骂的那样，自己就是那种为了权力地位甘愿舔痔的势利小人？自己真的已经堕落成一个贪图享受、喜新厌旧的人了？自己真的从一个农民的儿子堕落为一只蠹虫？想到这些，他心里不由一阵阵疼痛，一阵阵胆寒！

在受到女人的诅咒和恶毒的攻讦后，他颓丧地走出家门。

门在他的背后尖厉地呼叫一声关上了，也把那个女人歇斯底里的叫声关在了屋内。他走在华灯初上的大街上。斑驳陆离的灯光透过茂密的树叶投射到他身上，让他看上去像个醉汉，一点儿也不像那个坐在豪华的办公桌后边向他的下属传达指示的市长。他来到一座酒吧间，想走进去，又怕遇到他熟悉的人或者认识他的人。那时候，他忽然想到，如果在三十年前，他还怕进酒吧遇到熟人吗？他想起自己初次踏进这座城市的时候，看到那些青年男女身着时髦的衣服，勾肩搭背地在宽阔的马路上走过；看到林立的高楼大厦之间，那些脸上贴着城市人标签的成功人士优雅地相互攀谈着；看到华灯初上的夜晚，从歌厅或者酒吧里射出来的神秘而又暧昧的灯光……城市的一切既让他感到陌生，又让他羡慕。他多么想把自己融入这座城市中去呀。可是，他从那个偏僻的叫作金桥的小村子来到这座大城市，他在这座城市举目无亲，这座城市的大门并没有对他打开。因为，他是农民的儿子，他靠着父母亲一年到头从土地里刨出来的工分在年底结算时才能兑换的角票勉强在这个城市生存下去。他甚至把学校里每月发给他的菜金节省下来，用于模仿那些有钱的城市人去购买一些生活用品，比如香皂和牙刷、搽脸的蛤蜊油等。而在乡下的时候，他从来没用过这些。他洗头用的是一种叫作碱面的白色粉末。把那种粉末用温水化开，洗头的时候浇到满是灰尘的发间，用水一冲，满盆的清水变得污浊不堪。他刷牙用的是盐水，捏一撮盐放在温水里化开，用牙刷蘸着盐水刷，既消炎又能使牙齿洁白。上大学之前，他从来没用过润肤霜之类的奢侈品，他认为只有那些资产阶级的大小姐才用化妆品。他的肤色生来就是那种健康的白润，虽然从没有搽过油膏，虽然也没少经历过日晒雨淋风吹打，但是，却没有把他的肤色变黑。他的父母亲从来没有用过那些东西，他们也从没想到要用那些东西。那些东西需要花大钱的，家里拿不出钱购买那些既不挡寒冷又不顶饥饿的东西。在乡下，只有被称为败家子的人才花那些不该花的钱。可是，进了城之后，甄维却越来越感到自己的“土”，越来越感到自己的生活缺乏城市人的生活质量。从那个时候起，他就暗暗下了决心，要让自己成为一个城市人，要让自己融入这座城市中去。可是，当他真的融入这座城市之后，当他已经成了这座城市的新贵，却还有那么多的烦恼在跟着他，还有许多令他难以跨越的障碍，还有那么多的不如人意！

他发现，这个世界画了很多圈子。自己绕了这么大个圈子，却没能从那个圈子里跳出来。也可以这么认为，他从一个圈子跳进另一个圈子，而这一个个圈子，就像套在孙悟空头上的紧箍儿。而套在他头上的紧箍儿，是被一双无形的大手操纵着。他想逃避那双大手，可是，却发现自己永远也逃不脱！

他累了，走到了一个叫作紫藤山的公园。公园里有一座不太高的小土山，小山是人工堆起来的。据说七十年代，城市和乡村普遍兴起深挖洞广积粮的高潮。这座城市挖了许多洞，却不是为了广积粮，而是为了防备外来侵略者而挖的防空洞。小山是从防空洞里挖出的土堆积起来的。山上种植一种叫紫藤的植物，这种植物一年四季常青，到春天开满紫色的小花。因此，公园取名叫紫藤山。公园原来是封闭的，到公园游玩的人，要花两元钱买张票才能走进来，后来，也就是甄维刚分到单位工作不久，公园对市民免费开放。

甄维走进公园，找张椅子坐下来。他看到不远处的一排椅子上，坐着一对银发飘然的老夫妻。妻子剥好一个橘子，掰下一瓣塞到丈夫嘴里，又掰下一瓣塞到自己嘴里。老人的牙齿大概不太好，他们的嘴咀嚼好一阵，才把嘴里的橘瓣咽下去。接着，妻子又掰下一瓣。

甄维看到这温馨的画面，突然感到心里一阵温暖，然后又冒出一种酸楚。莫名的失落侵蚀着他，使他感到凄凉。其实，天气并不凉，他的穿着也不单薄，可是，他却感到自己的心一阵阵发凉，他的身体一阵阵战栗。他把自己的衣领竖起来，却不管用。他知道自己缺少什么。其实，他早已经不缺金钱，不缺地位，甚至，他的身边也不缺少女人。直到看见这个温馨的画面，他才明白自己缺少的是什么，那就是真挚的爱。没有真挚的爱，让他感到了孤独和凄凉！

那对老夫妻好像看出了他的异常。他们走过来。

男人关切地问：“同志，是不是身体不舒服？”

女人说："吃个橘子吧，如果口渴，橘子能解渴呢。"说着，已经从手提袋里掏出一个橘子递过来。

甄维不好意思地站起来，对两位老人说："谢谢！没有什么。"他谢绝女人递给他的橘子。

送走两位老人，他突然想给一个人打个电话。他掏出手机，按下鲁修义给他提供的一个手机号码。手机上显示，这个手机号码的地址是广州。他踌躇一阵，又愣怔一阵，还是没有足够的勇气拨通这个电话号码。如果拨通这个电话，他觉得自己十分唐突，也有点儿无耻。是的，无耻！

根据鲁修义提供的信息——他比较确切地掌握了有关她的第一手资料——鲁修义为讨好他，像地下工作者一样，做了一些侵犯别人隐私的调查。

鲁修义为他提供的有关她的信息是，她是1977年恢复高考制度后第一批考进大学的高考生。大学毕业后，她去了美国，在美国读了两年研究生，又回到南方那座大城市定居。她的母亲在县文化馆退休后，她把母亲从小城接过去。她和母亲一起生活——其实，也没有完全生活在一起。她和母亲同住一个小区，一幢楼，一个单元，一个楼层，却不是一套房。母女两人是门对门的邻居。

最后，鲁修义又为他提供两条信息：一、她没有结婚，一直独身生活；二、她的母亲去年病故。

甄维想不起她母亲的样子来。也许，他没有见过她。和舒语在一起的时候，从舒语的描述中，她给他留下了印象——那是一个要强而又固执的母亲。他在心里默默祝愿，她一路走好。愿她的在天之灵得到安息。

舒语比自己还大一岁，虚岁应该是五十了。五十岁的女人没有结婚，是要做独身族了。她之所以这样，是他辜负了她——他毁掉了她一生的幸福。他应该为自己的背叛谴责自己。他应该向她说声对不起——尽管这三个字对她已经没有丝毫分量和意义。

想到这些的时候，他终于拨通那个已经留在手机上的号码。

手机响了几声，传来一个女人的声音："请问，您是哪位？"

甄维听出这个声音十分年轻，不是舒语的声音。他没有报上自己的名字，而是反问对方："舒总在吗？"

"对不起，我们这里没有舒总……"

甄维突然想起，鲁修义给他提供过最为关键的一条信息，那就是"舒语已经改名舍玉娜"。他急忙改口道："舍总，我请舍总接电话！"

"好，您稍等。"

接下来，他听到对方请舒语接电话的声音。

她接听他的电话时，并没有感到意外。她好像等待他这个电话已经很久了，又好像随时都在准备接听他的电话。她的从容不迫，倒让他感到有些急促。他很快让自己冷静下来，然后，用关切的口吻问："您还好吗？"

"好！"

她的回答简洁。他以为对方一定会滔滔不绝地炫耀她现在的自己。他沉默一阵，可是，并没有等来她的声音。

他只好说："很对不起您！"他觉得自己这句话说得苍白无力。

"没有谁对不起谁！"

他想听的是，对方对他的斥责、埋怨、嘲讽、奚落等等，可是，电话那头仍旧保持着克制的冷静。大约一分钟，当然，也许更长一些时间，他才艰难地说："这么说，您，原谅……我了？"说完这句话，他觉得自己很卑鄙。

"我说过，没有谁对不起谁。所以，就不存在谁原谅谁！"她的话音里没有丝毫的怨言，就像他俩之间根本没发生过什么事情。

"过去……"

没等他朝下说，她果断地打断了他："我不想回忆过去！"

"哦，对不起……可是，有什么需要帮助的吗？"

"没有！"她果断地回绝他。

他希望对方能像刘雪莹那样求他帮忙。如果女人能要求他帮着她做件事，他会感到那是对方对自己的施舍。他希望能够用对方的施舍来慰藉自己曾经泯灭的善良和真情。

可是，对方并没有向他提出任何要求，她甚至随时准备挂断电话。尽管他的声音里流露出继续想和她交谈的恳求。

“工作中有什么问题，可以直接找我。”抓着这样的机会，他急促地说，连他自己都感到自己的声音里有些乞求的意味。

“需要的时候……再说吧。”他听出，她并没有拒绝和他往来。这让他得到了一丝慰藉。

“能不能约个时间见见？”他试探着问道。

“都忙。以后再说吧。我先挂了！”没有等他回答，她便果断地挂断了电话。

听到电话那头传来“嘀嘀”的声音，他似乎有些茫然。在他的印象中，舒语是个有主见的女人，她对自己做过的事情从来没有后悔过，也从来没有埋怨过。她不依附于任何人，更不会低三下四地去求人。甄维给她打电话，的确是想帮她做些事，以弥补自己内心的愧疚。可是，她并没有给他机会。这样，让甄维觉得，他亏欠着她，让他心里不够踏实。

那一对老夫妻离开后，甄维突然感到孤单。是的，近来一段时间，他常常有这种感受。尽管他现在已经是别人眼中的成功人士，他有着让人艳羡的地位，名誉，尽管他不缺金钱，不再为衣食住行而焦虑，但是，他还是觉得自己空虚得如一片羽毛。这个城市，乃至这个世界，有多少与他知己的人？他的父母亲已经先后去世，而他的儿子，也是他最亲近的人又离开了他。他的那些朋友，那些下级，那些只有有求于他的时候才找上门来的人，哪一个是他的知己？没有一个！在他最孤独的时候，他能想到的一个人就是舒语。舒语才是他的知己！尽管这只是他的一厢情愿。但是，的的确确，他找不到第二个人能听他的倾诉。他很孤独。孤独得就像一个人行走在茫茫的沙漠里。

甄维又一次拨打了舒语的电话，可是，电话那头是忙音。越是没能接通对方的电话，他越感到孤独。大概拨了十多次，终于通了。

“喂，我是甄维。您现在忙吗？”他语速急切，生怕对方挂断了电话。

她应该是稍微迟疑一下，才问：“有事吗？”

“我很孤独，实在想见您！”连他自己也听出来，他的声音里满含着乞怜。

她断然拒绝：“没必要吧！”

他像落水的人，连最后一根稻草也没能抓到。他有些绝望地问：“您真的不能原谅我吗？”

她没有正面回答他，只是说：“没别的事，我挂了！”

“别别，舒语，别挂！我，想问您一件事。”他的语气里充满了试探。

“你说！”舒语似乎要随时挂断电话，去做另外一件事。

“我想知道，那个孩子……现在在哪里？”他终于艰难地说出自己想要了解的秘密。

“我不明白你在说什么！”在挂断电话之前，她还是保持着一贯的冷静，说，“希望以后不要再提这类问题——因为，你没有这种资格！”

是的，他早已经和她断绝关系，他怎么会有资格询问孩子的下落？

然而，他还是隔长不短地变换着号码拨打她的电话。

“您还好吗？”他像第一次给她打电话一样向她问好。

“你是谁？我好像不熟悉你！”她已经厌倦了他的声音。

“您是舒语，怎么会不认识我？”

“你找错人了！我叫舍玉娜！”

“您不用瞒我！舒语，您的情况我都知道，您上大学时才改名叫舍玉娜。您大学毕业去美国留学，回来后一直在 GZ 市。您事业发展得蒸蒸日上……请您不要挂断电话。我不是恭维您。我只是关心您，关心咱们的孩子……”

“我知道你有这种便利，派你的手下人，私自调查一个人——你不觉得自己很卑鄙吗？”

“我知道这样做，是对您的不尊。但是，我没办法克制自己！失子之痛，工作不顺心，夫妻不和，这一切，让我思念我的过去，思念我们在一起的美好岁月。我现在才感受到，失去的才是最宝贵的！我想念您，想念我们的孩子，我想要回孩子的抚养权……”

舒语一阵悲哀。她似乎看到一个龌龊的灵魂，正像一只可恶的狗一样摇尾乞怜。她克制着自己，用低缓的声调质问对方：

“你还有资格说这样的话吗？现在说这种话，你不觉得为时已晚吗？”

“是的。我知道，晚了二十六年。”

“那就没有必要了！”

“舒语，我知道，我在您面前犯下了不可饶恕的罪恶！我罪该万死！我罪不可赦！可是，我还是希望，能得到您的饶恕！得到您的谅解！”

“你讲完了吗？”舒语平静的声音里含着复杂的成分。她不想听他的表白和悔恨。她甚至感觉到，他已经不是当年那个让她为之倾情爱慕的男人。尽管他的地位高了，在官场上混迹了这么多年，但是，却缺少男人的骨气、男人的担当。她想，他在台上正襟危坐的时候绝不是这个样子的。她不知道他现在的低三下四和台上那个道貌岸然的正人君子形象哪个更真实一些。她的忍耐力已经达到了极限，再不想听他说一句话，哪怕是一个字，只要从他嘴里吐出来，都会给自己带来不可名状的烦恼！

可是，就在她将要挂断电话的一瞬间，对方却急促地吐出一句话：

“舒语，把孩子还给我吧！让我赔偿多少钱都可以！”

她一下子被激怒了，心里顿时涌起浪涛拍岸的怒潮。他竟然还提孩子！他怎么还有脸提起那个孩子？他非分的要求，让舒语感到他人格的卑微。当年，她渴望用孩子来挽救两人濒临灭亡的爱情，却没能打动他冷若冰霜的心。他如人间蒸发般地消失了。他的刻意逃避让她感受到世态炎凉，让她感受到虚伪的爱情如不堪一击的肥皂泡般脆弱。

老年失独，的确是人生一大悲剧。对他儿子的夭亡，舒语曾经流露出一丝怜惜，莫名的悲悯油然而生。突然逝去的是一条鲜活的生命，是一个花季的青年。舒语虽然从内心里为那条年轻的生命感叹和惋惜，但是，对他的无理要求又感到愤怒！连她自己还不知道女儿现在的生活状况是好是坏，怎么会答应他索取女儿抚养权的无理要求？何况女儿已经长大成人，何况女儿已经成了人家的女儿！

舒语不想和这种缺乏道德底线的男人再发生任何纠葛。

为了避免他再纠缠，她告诉他，没有孩子——孩子被我……丢失了！

随后，她让小黄给自己选了一个新的手机号码。

第三十一章　她患了精神分裂症

偌大的房子里，就剩下她。宽大开阔的空间，让她感受到了孤独和寂寞。

两人冷战多日，夫妻关系已经名存实亡。

独子的溺水死亡对她的打击更大，她变得郁郁寡欢，本来没心没肺爱说爱笑的一个人，却变得沉默寡言，像个泥捏的人儿一样，一天到晚呆坐着发愣。不发呆的时候，就是哀哀怨怨地哭泣。一天吃不下一顿饭。人一天天瘦下去，本来宽阔的方脸庞，瘦得像鱼脊梁骨似的一道。这下可好，再不用吃减肥药把“板砖脸”变成“瓜子儿脸”了。“人高马大”的身躯虚脱得像一张黄表纸似的弱不禁风。

那天，甄维深夜十二点回家，并且一副喝醉酒的样子，连呼出的口气都散发出酒精的难闻气味。

看到男人这个样子，女人愤愤地指责道：“堕落！堕落！纸醉金迷——早晚要作死你！”

她的声调很高，带着十足的火药味。对甄维来说，这无异于是火上浇油！

甄维的确患有冠心病，血压血脂都高，医生嘱咐他戒烟少酒。可是，由儿子的死亡凝结在他心头的愁绪久久难以散去。失独令他心灰意冷，让他看破了滚滚红尘中的冷酷与凄凉，让他感受到了一场大戏落幕后的无望和悲观。他曾经断掉了抽烟酗酒的坏毛病，这对于一位在官场上逢场作戏的官员来说，的确不是一件容易的事。他甚至冒着被同僚们视为“装酷”的嘲讽，也断然拒绝了同僚们向他敬的烟、酒。能戒掉烟酒，在单秀丽认为，是她的督导起到了作用。但是，她不知道的是，能让丈夫下决心戒掉这两样东西的原因，其实是甄维的身体已经难以接受这些身外之物。甄维除了“三高”以外，还有一个难以启齿的病，那就是烟酒给他的肾功能带来的麻烦，使他的性功能急剧下降。当他的阳具在那些有求于他的女人的两腿之间疲软得再也难以进入那道幽深的洞穴时，那种沮丧和懊恼带给他的是一种痛苦。这是真正让他断烟断酒的原因。他和她的结合本来就是一桩买卖，一个难以启齿的交易。他从来没有真爱过她，如果不是为了让自己留在省城，追求一个美好的前程，他怎么会娶这样一个缺乏姿色的女人做老婆？对他来说，真可谓鱼和熊掌不可兼得。他现在的女人与他的初恋相比较，在相貌、人品、性格等方面，都有着天壤之别。但是，为了攀附权势、为了追求名利和富贵、为了不劳而获能得到所谓的“锦绣前程”，他却把她背叛了！他为此而得到了名和利，他从一个农民的儿子成了令人艳羡的高官。然而，这一切，对他来说，已经毫无意义！他唯一的儿子溺水死亡了，支撑他维系和夫人以及这个家庭的唯一支柱坍塌了，他的精神支柱也坍塌了！他情绪低落，意志消沉。在痛苦和绝望中，他吸烟、酗酒，用烟酒麻醉自己，用烟酒驱赶愁绪。他和她没有真爱、没有互信，更没有幸福！没有幸福的婚姻，如一杯配着料酿成的苦酒！

由于心理的隔膜，单秀丽的埋怨在他那里，成了对他私人生活的横加干涉。他借着酒兴，用不可理喻的声调刺激对方：“我堕落？我纸醉金迷？他妈的！人活在世，不就是‘吃喝享乐’四个字！老子一个乡下‘功臣’的穷小子，活到这一步，容易吗？老子就是要吃！要喝！要享受！要玩女人！就这，老子比起那些贪官污吏还自愧不如呢！”

“呸！比不上贪官污吏？你作孽还不够吗？别以为老娘不知道，你敛了多少不义之财？在外边睡了多少女人？你说！你说！”单秀丽气得浑身发抖，她端起一盆水，朝着甄维的脸上头上泼去。

甄维一下子被凉水激醒了头脑。自己的失态，女人的绝情，让他感受到一个男人失去了应有的尊严。是的，他和这个女人本来就是门不当户不对。女人从来没有把他当成自己的男人对待！

他在她面前，不过是个面首，是个玩偶而已！女人泼在他头上的水，使他如陷入冰窟一般。在如泼妇般的女人的指责中，他毫不退却地吼道：“你以为你是谁呀？还把自己当成皇帝家的公主，指着鼻子教训我？记着，以后少用这种居高临下的态度和我讲话！”

面对甄维的指责，她越发地不够冷静，而是提高声音与对方争吵。她自小就被父母宠惯得任性、高傲、自私而又得理不让人。丈夫那句“你以为你是谁呀”，更是刺疼了她的神经，扯了她的柴火捆。她不依不饶地和丈夫大吵大闹，非要让甄维说出“她是谁”。

甄维担心两人的争吵惊扰了邻居，便息事宁人地说：“我不和你这种女人一般见识。”然后，把自己脱得精光，走进了洗澡间。

女人在外边仍不依不饶地吆喝着：“你这个忘恩负义的乡巴佬！你说，我见识咋了？我见识咋了？当初不是你上赶着缠着我，我会嫁给你这样的土包子？别以为我不知道，你在乡下的时候，就把一个女人的肚子搞大了！为了自己能留在城里，你甩掉了那个为你怀孕的女人。你的良心让狗吃了……”

女人的揭露让甄维体无完肤。他和舒语的关系，是父亲无意中透露出来的。父亲和母亲进城那次，被“恶”媳妇拒之门外。父亲气得啥话都说出来了，埋怨甄维不该蹬了已经怀孕的舒语，攀高门第娶这么个不讲道理的浑女人！这女人哪像个女人？简直是个凶神恶煞！父亲的话被人听了去，后来又传到单秀丽的耳朵里。单秀丽听到这个传言后，尽管半信半疑，但是，还是气愤难耐。她本来就是个存不住气的女人，为此事和甄维大闹三天，非要甄维把他在乡下睡女人的事情说清楚不可！可是，甄维死活不承认。他说，是村里人嫉妒他上了大学，才编排他的！闹三天也没闹出个结果，又冷战三月。后来，还是甄维解释说，有个女生确实要和他好，在上高中时就对他有好感，可是他并不喜欢她，因为那个女生太疯扯。最近，那个女生和她的丈夫还来找他办事。人家的孩子都上大学了。他把和舒语的关系转嫁到了刘雪莹身上。

单秀丽只是道听途说，并没有任何的真凭实据。再说，和那个女人真的有了孩子，按照当时的政策，他是难以被推荐上大学的。听甄维把他和那个女人撇得清清楚楚，单秀丽再折腾下去也没啥意义——到这般境地，还能和他离婚不成？虽然不再追究这件事，但是，这件事在单秀丽的心里留下的阴影却始终挥之不去。气头上又把这件事抖搂了出来。

甄维在洗澡间，脑瓜清醒了一些，不愿再和女人争吵下去。他背弃舒语，本来就是他的一个忌讳，在他心中留下一个伤疤。随着时间的过去，他越来越觉得对不起舒语，他的良心常常为此受到谴责。而单秀丽偏朝他这个伤疤戳，偏揭露他最忌讳的这件事，这让甄维刚刚灭下去的心头之火又腾腾燃烧起来。他从洗澡间冲出来，一张本来很周正的国字脸由于羞怒，变得十分狰狞和恐怖。他的牙齿咬得“咯咯”响，他的阳物垂落在两腿之间，随着浑身的颤抖而摇摆着——这一切，让他的形象坍塌得怎么也不像那个穿着白衬衣、蓝西装的一市之长！

女人并没有理会男人因恼怒而失态的样子。在她的意识中，这个乡巴佬之所以能飞黄腾达，一切都是她给的，都是她的父亲赐予他的。如果不是她的父亲，他怎么会有今天？女人无论如何也不会想到，这个男人早已对她产生了厌恶和排斥。当她还在喋喋不休地怒斥对方时，甄维已经挥起拳头打向女人——这是他第一次对这个女人动拳头。他压抑了太久，内心的屈辱沉淀太久。他是市长，一市之长，在外边他可以向众多的人发号施令，唯独回到家中，他处处受到女人的辖制和管教！每当女人对他发威时，他的心里就会突然浮现出另一个女人姣好的面容。那是舒语。如果他的妻子是舒语，她会不会是这个样子？不会的！他可以肯定。因为两人是真挚相爱！

那一拳头打下去的时候，十分凶猛，但是，落在肉体上时，却减少了力度。他当时想，要教训教训对方，让这个女人知道，他是个男人，是她的丈夫，他不是仰人鼻息的面首。当他的拳头落在半空时，突然想到了后果。他毕竟在官场上行走这么多年，韬光养晦是他行事做人的法宝。他是市长，他还要在这个城市生活下去，真把这个女人打出毛病来，后果十分严重。这么想着的时候，他的拳头只是轻轻地落在了她的肩膀上。

尽管如此，女人还是尖叫起来："你敢打我？姓甄的，你竟然敢打我！"

女人从沙发上跳起来，冲进厨房，掂着一把菜刀，两手举着菜刀，做出一副三大步上篮的预备动作。那样子，只要甄维再向她伸出一根指头，她就要剁掉甄维一条胳膊。

甄维已经穿好了睡衣。看到女人虎视眈眈的样子，突然笑了："疯了！你疯了！需要去精神病医院！"甄维之所以笑一下，是要缓和一触即发的危险局面。

女人丝毫没有把刀放下去的意思："你才疯了！你是个骗人的大疯子！"

甄维装出一副无可奈何的样子："是的，我也疯了，你就把我砍死吧！"说着，他走向女人。

女人正犹豫着要不要让手中那把锋利的菜刀砍到男人的头上时，男人却一把夺过她手中的刀。接下来，任凭女人挣扎、叫喊，甄维已经把她摁倒在沙发上，把女人捆绑起来。

他拨通了急救电话。

二十分钟后，救护车呼啸着开到家门口，几个穿白大褂的女人和男人，看到市长家当时的场面，似乎怀疑刚才接到的120急救电话是不是有误？听到市长不容置疑的声调命令："她患了精神分裂症，送她到精神病院去做全面检查！”

单秀丽疯狂地叫嚣着、挣扎着不肯上车，不承认自己精神不正常，她高叫着甄维送她去精神病院是要谋害她。可是，看到她那疯狂的样子，的确像个精神病患者。几个穿白大褂的年轻人硬是把她抬上了救护车。

救护车怪叫着闪着刺目的红绿灯远去了，女人的尖叫声像母狼的嗥叫回响在他的耳边：

“姓甄的！你这个流氓！你这个蠹虫！你这个道貌岸然的伪君子！我不会放过你的！我决不会放过你的！你等着吧，你送我上精神病院，老娘要送你下地狱！”

甄维沮丧地歪倒在沙发上，一股凄凉和伤感袭上心头，眼角似有一条温热的虫子爬过——那是从灵魂深处流淌出来的泪水——不为单秀丽，而是为还没有尝过男人滋味就殇失的儿子。儿子的死，虽然换来了一个“见义勇为”的名誉，但是，却没能给他带来一丝安慰！鲁修义提供的调查信息，那个叫艾薇薇的女孩，的确是刘雪莹的女儿。艾薇薇上高中的时候，就被刘雪莹送到了省实验高中。高考时，和甄扬考进了同一所大学……获得了这些信息，他曾经怀疑儿子是死于一个阴谋。但是，有关部门介入调查后，认定甄扬是临危不惧舍己救人，没有查出一丝“阴谋”的蛛丝马迹！

此时，儿子被湖水浸泡得变了形的脸庞浮现在他眼前。他的内心深处如被一场激烈的暴风骤雨折磨着、敲打着！

他想，如果当初他不是被自己的贪婪、欲望、膨胀的野心所腐蚀，他决不会对舒语背信弃义，更不会与单秀丽结合。没有与她的结合，也许，上帝不会让他断子绝孙！

他和她已经走到尽头。两人该分手了！

第三十二章　于凤芷的心路历程之二

你的一举一动，都显示出是一位成熟的女人。可以看出，你事业是成功的，生活是优越的。你有着让俺们这些乡下女人只可艳羡而不可乞求的生活方式。从你那双依旧清澈、深沉而不失温暖的眼睛里，看出这些年，你一直生活得很好，很舒心！你既然活得如此称心，为啥还要来……这里？是寻旧？是炫耀？是真的来考察泥泥狗项目还是另有图谋？从你不露声色的神情中，让人难以捉摸出你此行的真正目的。

从认出你的那一刻起，我心里就一直忐忑不安。我在心里埋怨，妹妹，你不该来这里。不该来的！这里难道还有值得你留恋和眷顾的生活吗？你应该忘掉这里，就像从来没有来过这里一样。这个让你蒙羞的地方带给你的耻辱和伤痛难道不足以让你把它永远忘掉吗？你不知道在你走后的这些年，金桥的人在议论你的时候，用他们最粗野庸俗的话语来诅咒你，来亵渎你。他们把你的生殖器挂在他们肮脏的嘴脸上。他们说，你和村里的每一个男人都有着说不清道不明的关系。你取悦所有的男人，和男人吊膀子，睡觉，成为所有男人发泄肉欲的工具。但是，所有的男人都抛弃了你，所有的男人都嫌弃你是一辆任何人都可以搭乘的破拖拉机。除了其他男人，还有大队长鲁旺，他靠权力占有你。他们说你成了鲁旺的“爱妃”。他们说，那个小时候叫“前门”，长大后叫鲁修义，后来当了副县长的人就是你为他生下的孩子。他们之所以说鲁修义是你的孩子，是因为他们曾经发现你怀过孕，肚子曾经鼓起来过，后来不知道什么时候又瘪了下去。就是在那段时间里，他们发现鲁旺家多一个小男孩。他们怀疑的另一个原因，是你对那个小男孩的娇宠，你送给那个男孩的小皮球是全村的小孩子从来没有玩过的稀罕物。

只有我和老李知道，你生下的不是一个男孩而是一个女婴（其实，那个小男孩比女婴大四岁，只不过是那些长舌头女人们胡乱的编排）。也只有我和老李知道，你不是那些人口中被许多男人睡过的破鞋。但是你毕竟和男人有过，并且生下一个没有父亲的女婴。我和老李询问谁是女婴的父亲时，你闭口不谈。你说你要承担起所有的责任和骂名，而不能让男人受到牵连和影响。听出来你十分爱那个男人。你的失身让你承受一辈子的痛苦和煎熬。我和老李都想为你洗清他们强加给你的污名。但是，我们不能。我们不能把那些市侩的目光吸引到我们这里来。我家突然添一个女婴，已经引起众多人的怀疑。他们在背后说些什么我和老李都不管，但是，只要传到我和老李耳朵里的那些不堪入耳的话，我和老李都会较真。我和老李洗白着自己，妮妮就是我们的亲生！谁敢说个不字，老李就和谁拼命！

我絮叨这些陈年旧事，是埋怨你不该回金桥来。可是，你就这么突然来了。你难道忘记了咱们当年有过的约定？你亲口说，把妮妮给我们，我们就是妮妮的亲生父母，你从此不再来认妮妮。我俩当时和你这么约定，并不是乘人之危为难你，而是看你一个未婚先育的大闺女，无论如何没办法把一个私生子养活大。除此，也是为了保全你的名誉和妮妮的名誉。

我和老李以夫妻的名誉回李洼多年，也没生孩子，早引起人家的怀疑。这个约定对你对我和老李都是再好不过的结果。时间过去这么多年，妮妮也一天一天长大。老李伤残后，妮妮辍学回家，承担起家里的负担，把老李祖传的手艺接了过去。起初，我和老李总觉得对不起妮妮，应该让妮妮把学业读完。妮妮的学习成绩那么好，从小学到中学，哪一年不考优秀？照妮妮的成绩，考大学是不成问题的。可是，妮妮为了她爸，却坚决不考了。并且放弃到城里工作的机会，回到李洼，一边照顾老李，一边继承了捏制泥泥狗的祖传手艺。让人想不到的是，妮妮就这么捏呀捏的，竟然捏出了大名堂！县里、省里，连北京都先后来了一拨拨的人，又是参观，又是考察，还推荐妮妮为泥泥狗制作非物质文化遗产的传承人。

妮妮出息了，我和老李从内心里感到愉快，满意。但是，也有担心。我和老李不担心妮妮对我和老李不孝顺。我俩一把屎一把尿地把她养大，是把她当成自己亲生的孩子养的呀！我和老李担心的是，妮妮名气越来越大，在县里省里出了名。在金桥有句俗话，叫“人怕出名猪怕壮”。妮妮出了名，若是被你认出来，让你知道这个出了名的人就是你当年亲生的闺女，你会怎么想？你会不会不顾当年的口头约定来认亲？

我心里有顾虑，但是，还算存气。我怀着侥幸的心理，哪有那么巧的事，正巧让你看到电视上播放妮妮成为非物质文化传承人的节目？已经过去这么多年，你也许早已经结婚生子，有了自己的家庭和儿女。如果你回城就结婚生子的话，可能连孙子也该抱上了。一个连孙子都抱上的女人，还会惦念她多年前生下的私生女吗？不可能，我总是这样安慰自己。

可是，老李却不这样想。这几年，他总是一副怪怪的样子，说你要来抢我们的女儿了。说得有鼻子有眼，就像真的一样。有时候，夜里做梦还和别人争吵。吵着吵着，又呜呜地哭起来，哭得那么伤心，一把鼻涕一把泪的。老李过去从不这样。老李年轻时是个硬汉子。他不怕吃苦，不怕受累。自从被塌方砸残后，他变得脆弱了，性情也变得古怪了。他心里藏着很多事，又不愿意把心里藏的事讲给任何人听。包括我在内。

我和老李在一起生活这么多年，我俩虽然从没有同床共枕过，但是，在外人眼里，我俩就是夫妻。外人这么看待，老李并不反对。他要的就是这种效果。一切已经习惯了。一切只能顺其自然了。

其实，在我和老李的心里，阮长官是我俩共同的恩人。长官的原配夫人突然找到我家，说阮长官已经过世。我和老李当时信以为真，可是，她走后，又怀疑她是故意来骗我们。没有真凭实据，我和老李怎么会相信她说的是真话?

不过，有时候也想到，阮长官也许真的不在了。时间过去那么多年，又经历了那么多事，一个能活在世上的人不会没有一点儿音信的。阮长官没有任何消息，换了别人，也许早已经死了心，不会再等了。已经等了这么多年，没有等到，也该有想法了。可是，我和老李，也都是倔。都认为阮长官不会死的！当然有时候对自己的这种侥幸想法也动摇过，他万一还活着呢?万一哪一天突然来找我们呢?特别是老李，心眼儿太实了。他认定阮长官还活着，阮长官总有一天会来找我俩的。这个死心眼的男人啊！就是跟着这个死心眼的男人，我才放心，我才感到安全。这么多年，经历了多少事呀，可是，都是老李一个人扛着。老李说，他是男人，男人是石头做的，石头做的男人就要扛事。女人是水做的，水做的女人不扛事。

老李这么对我，让我越发感到不安，越发觉得对不起他。他本来可以娶妻生子，如果不是为了我，他早就像别的男人那样，有了老婆，我说的是真正意义上的老婆。有了儿子，儿子娶了媳妇，媳妇给他生了孙子。村里像他这么大岁数的男人，孙男嫡女一大片。而老李为了我，却把自己耽搁了。老李始终坚信，长官会回来的。长官把我托付给他，他有责任保护我，把一个完整的我交给长官。

我和老李就这么一天天地过日子，就这么一天天地老去。

好在我和老李有了妮妮。应该感谢仁慈的上帝，上帝赐给了我和老李这么个乖巧伶俐的闺女！

妮妮是我和老李的心头肉，妮妮是我和老李的掌上明珠。自从有了妮妮，我就感到，太阳整天地照在我家的房顶上，我家的草屋里充满了阳光，充满了温暖，充满了温馨。院子里的树木常年盛开着鲜花，满院子里洋溢着桂花的芳香。妮妮咿咿呀呀的学语声和我与老李发自内心的笑声，替代了没有孩子时的那种沉闷和寂寞。

我常常想，这辈子有了妮妮，就这么和老李过一辈子，也值得了。一家三口，相依为命，等到我和老李行将年迈的时候，我俩有了靠山，有了依靠。这个靠山和依靠，是上帝赐给我俩的妮妮。

老李看上去是那么粗枝大叶的一个男人，在我和妮妮面前，却是那么细腻，那么温柔，有时候又是那么腼腆，就像一个天真的大男孩。特别是对妮妮的关照上，他比我还有耐心，比我还心细。妮妮小的时候是和我睡。可是，老李总是不放心，他怕我睡得死样，妮妮夜里蹬了被子，在我睡着之后，他一次又一次地从西间里走过来，把妮妮蹬散的被角重新掖好。还不放心，又拿来自己的枕头压在被子的角上。冬天冷的时候，他把一块砖头放进锅底里烧热，然后，把烧热的砖头用一块老粗布包严实，放在我和妮妮的被窝里，为我和妮妮暖被窝。妮妮尿湿了小褥子，又遇上阴天下雨的时候，他把妮妮尿湿的小褥子放在自己的身子下暖干。我让他放在锅灶门口烤，他说，怕锅灶里的烟灰把小褥子弄脏了——咱闺女虽然不是皇帝家的金枝玉叶，但也是上帝赐给咱的天女下凡，咱可不能脏了妮妮！哈哈……

大概是从妮妮上了中学后，老李突然变得神经兮兮的。妮妮去上学，他总是不放心，十天半月看不到妮妮，一副神不守舍的样子。他在院子里转来转去，听到外边有响动，便伸着头朝外看，但总是看不到妮妮的影子。实在熬不过去，就坐车到妮妮的学校去。在学校里，看到妮妮和同学们一样在教室里安心地学习，按时回寝室休息，他才放心。就这么魂不守舍的样子，他每学期要到妮妮的学校去几趟。

好心真的有好报。他疼爱妮妮，妮妮也孝敬他。妮妮早已经到了谈婚论嫁的年龄。在咱们乡下，哪还有二十五六岁的大闺女没有嫁人的？十里八乡的不说，就说金桥镇，也只有妮妮一个老大闺女。现在的人把这些不出嫁的老大闺女叫“胜女”。我不明白为啥把老大闺女叫“胜女”。难道是说这些女子都比一般的女子胜一筹，才喊她们胜女？后来，才明白，这些不愿出嫁的老大闺女不是胜女，而是“剩女”，是人家男人挑挑拣拣剩下的女人。听谁再喊妮妮叫剩女，老李几乎要和人家拼命。我家的妮妮是天仙女下凡，是王母娘娘的闺女现世，全金桥镇没有一个男人能和我家的妮妮相般配的！妮妮不是剩女是胜女！妮妮拿得起放得下，在学校里读书时胜人一筹，下了学捏泥泥狗更是胜人一筹。妮妮捏的泥泥狗卖给了外国人，赚取了外汇。妮妮捏制的泥泥狗被县里省里作为纪念品，赠送给了贵宾……妮妮不是被男人挑拣剩下的女人，而是她心气高，眼界宽，一般的男人她看不上眼，二般的男人她连瞧都不瞧！

虽然对外人这么硬气地说，但是，我和老李其实早就为妮妮不嫁人着急。前几年，说媒的几乎踏破我家的门槛，凭良心说，媒人介绍的男人大多都很优秀，有工人，有当兵的，还有大学生，也有做生意发了财的，也有出外打工挣到钱的。论长相都不差，论年龄也合适，轮家庭条件也说得过去。我和老李都觉得媒人介绍的对象都对得起我家的天仙女了。可是，让妮妮点头表态时，她却总是摇头。不是说这个个子矮，就是说那个脸上有个麻点。摇头的背后总有理由。

应该说，妮妮从小到大一直是我和老李的顺心丸，无论我俩有啥烦心事，只要一看到妮妮，啥烦恼都没有了，气也消了。而在妮妮的婚姻大事上，让我俩犯了愁。总不能让妮妮守着我和老李一辈子不嫁人吧？我和老李磨破了嘴唇，劝她，哄她，翻过来倒过去地给她讲道理，她就是听不到心里去。我怀疑她是不是真的像人家说的那样，身上有病，悄悄地催她去医院查查。她脸一红，赌气地对我说：妈，我没病！你再这样，我明儿就嫁人，嫁个瞎子、瘸子、呆子好了！看她生气的样子，我再不敢怀疑她了，不是怕她真的嫁给瞎子、瘸子或者呆子，而是怕伤了她的心。

说这么多，我只是想告诉你，这么多年，我和老李没有亏待过妮妮，我和老李是把她当了亲生的养的，甚至比亲生的还疼她、爱她。咱们当年口头协议时，我曾说过，把妮妮交给我，让你一百个放心。妮妮是从你身上掉下的一块肉，这块肉却长在了我和老李的心里——她是我俩的心头肉啊！

第三十三章　舒语的心路历程之二

那张富有阳刚之气的男人的脸，在我心中早已经颠覆得丑陋不堪。我曾经怨怪自己，自己怎么会与一个寡廉鲜耻的家伙在那个肮脏的保管室里产生爱情？随着岁月的逝去，那种怨怪和恼恨渐渐地化为一缕青烟消失了。

忘掉过去，忘掉烦恼，忘掉怨恨，是母亲遗传到我身上的基因。

小的时候，听别人家的孩子炫耀自己的父亲，我曾经非常惊讶。惊讶于别人家的孩子为什么有一个长着胡子的男人做父亲。我怀着疑问询问母亲。母亲凝视了我三分钟，然后一字一顿地告诉我："男人都是负心狼。世界上没有一个男人配做你的父亲！记着，以后再不许提这样的问题。"

从那时候起，我就把"父亲"二字在脑海里抹去了。

成年之后，我懂得了母亲那番话的含意，也理解了母亲的良苦用心，但是，男人，在我心底深处，渐渐滋生了一种神秘感。那种幽深的探险之路，像磁铁一样吸引着我，使我忽略了母亲对我的告诫。我怀着好奇的心，向那幽深的探险之路勇敢地迈进。我终于被那种刚烈的雄性折服了。我陷入了情网不能自拔。那时候，我对母亲对男人偏颇的见解有了不同的看法。"异性相吸引，同性相排斥"，这话似乎有点儿道理。人类是由男人和女人的结合才能延续的。没有男人和女人的结合，人类怎能传承后代、繁衍生息？

当我和男人的秘密被母亲得知后，母亲对我大发雷霆。可是，对我“头撞南墙不拐弯”的固执己见，母亲很无奈。“各人有各人的命运，任何人都难摆脱佛祖对你命运的安排！”母亲笃信每个人的命运都是佛祖的安排。

母亲还告诉我，世界上所有的男人都是不值得信赖的。他们像贪婪的狼，攫取了你的骨肉，你的身心，然后才舔着它被血染红的嘴脸离开你被抽空的躯壳。

母亲的话，让我的脑海里变得一片空白，我感到谁在我的心脏里塞进了一块冰似的。那块巨大而冷彻刺骨的冰挤压着我的心脏，彻骨的寒冷在我的心脏周围蔓延，渐渐地遍布我的全身。我的血液凝固了，我的思维凝固了。当我躺在床上三天三夜之后，肚子里那个幼小的生命向我发出了求生的信号。她也许在那个本来很温暖的摇篮里逐渐感受到了冷落，而那即将威胁到她幼小生命的冷落，促使她开始顽强地挣扎。这种挣扎传递的信号让我从冷却中苏醒过来。我不能这样下去，我要活下去。像母亲那样勇敢地活下去！女人离了男人照样活下去！我要活出个样子来，给那个负心的男人看一看！

不！为什么要活给他看呢？我和他，已经成为这个世界上毫不相干的两个人。他不认识我，我更不认识他！让他和我在对方的记忆中永远地消失吧。就像我们压根儿就不认识！至于肚子里的孩子，我和他是野合而受孕，那么，那就是个野种。野种也是一条生命。我不能无辜地伤害一条生命，就让她像自己一样，成为没有父亲的孩子吧。我决定把她生下来，无论多么困难，无论是什么样的结果，我也要把她生下来！因为那是我的血肉！我虽然因为受到冰块的侵袭变成了冷酷的心，但是，我没有残忍到要亲手扼杀自己的亲骨肉的残酷之心！那是只有禽兽才能做出的事情。

我不是禽兽！

他突然三番五次地向我打听孩子的下落，并且开出一个不菲的价格来赎回孩子的抚养权。这真是滑天下之大稽的一厢情愿的事情。男人的无理要求，被我严词拒绝了。

正是那个男人多次向我提出索要孩子的抚养权，才唤醒了我压抑多年的母爱，引发了我对女儿的思念，才有了这次金桥之行。

我要违约了。那对夫妻可能要谴责我是一个不守信用的人。

我请求他们原谅——原谅我的一次违约，也是最后一次违约！

在楼梯口和那个女人的不期而遇，使我心中已经有了数。从对方不易察觉的慌乱神色中，我判断出她也认出了我。

尽管时间过去那么多年，岁月毫不留情地剥蚀了我的青春，在我脸上刻满了沧桑，但是，潜藏在心灵深处的思念如刀刻在石头上的印记不是二十六年的风雨能够侵蚀掉的！那样的经历，对于我和她，都不会有第二次。虽然她脸上流露出的慌乱一闪即逝，但是，还是被我捕捉到了。她一定担心我来向她讨要女儿！即便我带不走女儿，会不会让真相大白于天下？会不会为娇娇和她们这对养父母之间留下阴影？真相曾经是我和她都竭尽全力掩盖的。我曾经希望这个真相能像空气一样在人间蒸发。

事情过去了这么多年，一切都不是原来的样子了，真相变得模糊不堪。那个被我遗弃的女婴已经不属于我。眼前的这个大姑娘，于我，不过是一个遥远的梦幻！

也许，我不该来打扰她们！

是的！她们生活得很好，比我想象得要好！既然这样，我为啥还要来打扰她们幸福而又平静的生活呢？

是血脉，是亲缘，是骨肉相连的爱！是对这种爱的思念！刻骨铭心的爱恋就如埋藏在底层的岩浆，一旦爆发是不可遏制的。它必将喷薄而出，势不可挡！

母亲去世前，曾向我透露，她去寻找并看望过我的女儿。母亲说，那个叫妮妮的小女孩太像我小时候的样子了。看到她时，她一眼就认定小女孩是我的女儿——不需要人证，更不需要查DNA——尽管那对夫妻反复强调说那是他们的亲生。

母亲把她精心收藏的一个布包交给了我。其实，布包里也没有多么珍贵的物品，除了曾经被她撕破，后来又被她精心粘在一起的那张烈士证书，还有一个银簪。

母亲告诉我，银簪是老阮家的老娘传下来的物件。如果有一天你能看到你的女儿，这个银簪也许会成为延续你们母女亲情的信物。

母亲虽然对我在婚姻上的固执己见十分气愤，以致发展到要和我断绝母女关系的地步，但是，直到她即将走完生命的那段时光里，我才感受到，浓厚的亲情早已经让她原谅了我——我感恩母亲！

我不想伤害任何人，特别是那对善良的夫妻！我和他们口头约定，把女儿送给他们决不反悔。然而，我不得不承认，我无法抗拒那种留在骨子里的思念时时刻刻都出现在我的梦里。恨也罢，爱也罢，一切都消失殆尽。而不能消失的是对骨肉的眷恋。我只是想亲眼看看我的娇娇现在长得怎么样。日子过得好不好。只要能亲眼看到她，看到她生活得很好，看到她很幸福，我就知足了！

追求幸福，追求完美，是人类的欲望和本能。但是，任何人把自己的幸福和完美建立在别人的痛苦和悲哀之上，都是自私和残酷的人性！上帝永远是公平的，他常常为饥寒交迫的乞讨者送去短暂的填饱肚子的温暖，也常常让那些朱门酒肉臭的贵族们感受到遭遇噩运的痛苦！

我希望女儿幸福。其实，我也渴望自己能得到一种幸福，那就是看到女儿幸福为我带来的幸福！

这些年，这种思念一直被我刻意地压抑着。我实际上有很多便利条件去了解这些。但是，我没有去了解。不仅是当年对那对夫妻的承诺，更重要的是，我不愿揭开被时光腐蚀下的那层伤害！

我怕那种伤痕伤及我所爱的人。

可是，我还是来了！其实，我心里一直充满了矛盾，一直忐忑不安。一贯雷厉风行、果断干脆的我突然反复无常。我怀疑是不是魔鬼的驱使？魔鬼在引诱着我，向一条看似铺满着阳光、其实充满着罪恶的峡谷里行走。其实，不是魔鬼，是刻骨铭心的爱，激励着我、鼓动着我，要我在我的有生之年去眷顾我留在这世间的唯一！

娇娇无辜而又疑惑的神情，女人恐慌不安的样子，鲁修义掩藏在内心深处的窥视，还有楼梯口那间房门背后所发出的奇异声音……

面对这一切，我突然改变了自己的决定，不再与那对夫妻相见！

我要走了。

就在我毅然地转过身，向门外走去的时候，突然听到身后传来“呼啦”一声响，楼梯口那间紧闭的房门打开了！

所有的人都转过身去，我也不由自主地转过了身。

我看到门口颤颤巍巍站着一位形容枯槁的男人。

男人的眼圈已经塌陷，眉毛变得稀疏，男人的颧骨由于他的瘦弱变得越发凸显。男人的喉结蠕动着，似有一群虫子在里边爬行。男人双手举着一只草帽虎——他的手有些颤抖，这让那只草帽虎产生了动态感，草帽虎似乎随时要向我扑来！

我一眼认出，就是这个男人——当年穿着白衬衣出现在窑洞口的男人——改变了我的命运。我突然醒悟，我的突然出现，会不会让这颗善良的心遭受伤害？如果女儿和我相认能给自己带来幸福和快乐，那么，失去幸福和希望的会不会是这位善良的男人和他的女人？

我不能剥夺他们的幸福和希望，我不能把自己的幸福和快乐建立在他们的痛苦之上！

我的眼睛潮湿了。

我明白男人向我举着草帽虎意味着什么。

是的，连草帽虎——这种野兽的化身都讲究礼义廉耻，何况人类呢，更何况一个女人呢！

我看到妮妮的养母还在小屋里。

我绕过妮妮的养父，走进小屋。

我走到妮妮的养母面前，对她说："对不起，我不该来的！我向您道歉！谢谢您！"

我看到对方眼里流露出一种十分复杂的感情。

我从挎包里取出一个精致的小匣子——那是我特意找人为母亲留给我的那副银簪做的包装盒——递给她，说："请您把这件东西收下，转交给您的女儿！"

我把"您"字那个读音加重了语气。

"这……"女人惊讶地望着我，犹豫着是不是要接过去。

"这是我父亲和我母亲留下的遗物。母亲去世前，特意嘱咐我要把这件东西送给您的女儿！"

"您母亲？"她用疑惑的眼神看了我一眼，然后，用颤抖的手接过小匣子，又颤抖着手把小匣子打开。

在看到那副银簪的第一眼，她睁大了一双意外而又震惊的双眼：

"啊！您，原来是阮师长的……"

没等她说完，我已经转身向门外走去。

第三十四章　妮妮的心路历程之二

这么多年，风言风语听到一些关于我出身的传言，但是，我从来不怀疑李树源就是我的亲生父亲，于凤芷就是我的亲生母亲。我从来不相信天下会有狠心的父母会把自己的亲生骨肉送给别人！

奇怪的是，鲁修义在听到南方女人要求见二老之后所表现出来的情绪是亢奋的，是含而不露的激动和兴奋。看样子，南方女人能和二位老人单独谈一谈，是他期待已久的事情。他究竟期待什么呢？

想到母亲看到南方女人时那种神色慌张的样子，还有父亲异常的表现，让人疑窦丛生。这里边究竟有着什么样的秘密？难道真的如村里的婶婶大娘们议论的那样，我不是父母的亲生？

父母之间的关系的确让我很不理解。小的时候，对于父母长期的分居并没有感到有什么不对，长大懂事以后，我才意识到父母的行为有些怪异。在我的印象中，父亲和母亲从来没有吵过一次嘴，甚至连一次别扭也没发生过。父母和睦、相敬如宾，固然是好事，但是，父母之间那种过度的谦让、客气却让我感受到了他们之间似乎隔离着一道无形的篱笆墙。这道墙把两人内心世界的另一面各自向对方封闭着，使对方难以跨越！究竟是什么原因让父母二人看上去相敬如宾而实际上隔膜着一道不敢也不能跨越的鸿沟呢？我曾多次试图打开父母内心的那道墙，走进二人的内心世界。但是，让二人隔绝的那把锁似乎已经生锈发霉，我无论如何努力，都没能打开。

南方客人来实地考察泥泥狗的制作生产情况，对公司的发展是一件好事。让我心生疑窦的是，从客人的举止上觉察到，考察不过是一个冠冕堂皇的借口，而真正的目的却含而不露！让我怎么也猜不透她的真实目的。及至她突然提出要和我父母见一面，才让我疑惑不解的心中突然茅塞顿开。也许，这个女人来的目的真的与我父母有关！也许，我费了很大努力都难以打开的那把生锈的锁，要被这个女人打开了。想到即将被女老板揭开的深藏在那扇门背后的隐秘，我心里不禁涌动起一种抑制不住的冲动。

也许，隐藏在父母之间的秘密就要解开了！

这是我的愿望，也是我到了二十六岁还不肯嫁人的唯一原因！

正在我急切地要窥透那扇门背后的故事时，事情却突然出现了逆转——那扇小门从里边打开了，早已卧床不起的父亲竟然蹒跚在门口。他手里托举着那只和他形影不离的草帽虎！

那只草帽虎，一直被父亲视若珍宝地收藏着。从我记事起，就记得父亲珍惜地收藏着它。如今，草帽虎身上的颜色已经光彩不再，但是，草帽虎的形象依旧栩栩如生，仍然保持着一副憨态可掬的样子！

平常日子里，草帽虎一直珍藏在他的床头里侧，我和母亲不小心碰触一下，他都要大发脾气。

女老板看到他手中的草帽虎，像突然遭遇雷击一般，浑身为之颤抖。她的脸色变得苍白。她突然绕过父亲，走进小屋内——我母亲还在里边。她在小屋里停留大约仅一分钟时间。在这一分钟里，我不知道她和我母亲说些什么。她出来的时候，没有再看我一眼，而是急遽地向大门外走去。我不知道那一分钟内究竟发生了什么事情，让她突然改变了自己要和我父亲母亲单独交谈的决定。

尽管她没再看我，但是，我还是看到了她异常沉静庄重的神情。她眼里闪烁着晶莹的泪花。

我的心突然被那泪花刺疼了！

我不知道，自己为什么会突然心疼起这个女人来？

父亲是在那个女人走后的当天晚上病情加重的。我要送他去医院，被他拒绝了。

他躺在床上，大口喘着气，他的气管已经老化得难以承受微弱的气流带来的冲击。突然，他的气管好像突然被什么堵塞了——他不再呼喘，而是转为咳嗽，咳嗽，声嘶力竭地咳嗽！

少顷，他突然挣扎着昂起头，然后连整个上身都在剧烈地震动。他几乎用尽全力的咳嗽声突然戛然而止，一口带血的浓痰从他嘴角流出，顺着他的下巴流下来。

我一边为他捶着背，一边急忙用餐巾纸擦拭掉他嘴角和下巴的血痰。

我看到他多皱的眼皮突然睁开了，从他昏暗的眼球里闪烁出一丝光亮，那丝光亮从妈妈的脸上，移到了我的脸上。我急忙俯在他身边，静听他要对我说些什么。

他重重吸了一口气，用微弱的声音告诉我："妮妮，不去医院……去医院……没用的。我的……大限已经到了，我要跟着长官走了。长官已经等……等了我很久。让长官等……那么久，是我不……放心把你妈……一个人留在这里。现在，有你陪……陪着她，我可以……放心地走了……"

父亲断断续续地讲述，使我心中忽明忽暗。我不知道，他要跟着走的长官究竟是何人——那一定是一个有恩于他的人，他才心甘情愿地跟着他走。看到他被病魔折磨得痛苦万状的样子，我的内心一阵阵战栗和凄凉。我泪如泉涌，跪在父亲的病榻前，止不住失声大哭。

我希望奇迹发生。我希望能和母亲、父亲一起去寻找他的恩人——那个让他念念不忘的长官大人！

“妮……妮，爸……爸告……诉你……你……要……永远记着，你……你是草帽虎的女儿……”

父亲断断续续说完最后一句话，闭上了眼睛，那束微弱的目光消失在房顶的天花板上。

他手中还紧紧攥着那只草帽虎！

埋葬父亲后的第二天，母亲拿出一个装帧精美的小匣子——我从来没看到过母亲还收藏着这么个漂亮的物什——交给了我。她颤抖着声音对我说：“妮妮，这是你的亲生母亲送给你的礼物。”

母亲虽然声音不高，却像一声炸雷把我震蒙了。我以为父亲的离去使母亲悲伤至极，才说出这样糊涂的话来。我把那个精美的小匣子扔在床上，发疯似的扑向母亲。

我抱着母亲，大声呼喊：“妈妈，妈妈！您是不是伤心得要糊涂了？我又哪来的一个亲生母亲？爸爸不要我们了，您不能不要我！您就是我的亲生母亲！妈妈，您不要骗我！您答应我，您就是我的亲生母亲！”

“妮妮，听妈妈给你说。”妈妈为我拭去满面的眼泪，捡起床上的小匣子，把小匣子打开，取出里边的银簪，然后，小心翼翼地给我戴在头上。

等我的情绪稍微安静下来的时候，妈妈向我讲述了那些遥远的往事。

妈妈如泣如诉的述说，让我更加悲痛。我跪在父亲的牌位前，哭泣着轻声地悼告：“爸爸，您醒醒，您告诉我，妈妈讲的这一切都不是真的！您就是我的亲生父亲，妈妈就是生我养我的亲娘！”

“妮妮，我的好女儿，一直以来，我和老李都是把你当成我们的亲生所养。”妈妈擦去眼角的泪花，继续说，“其实，我早就猜疑，那个曾经来咱家装神弄鬼的女人有可能是你的外祖母。她在咱村子里已经打听了好多人——她知道你的亲生母亲生下你无法养育而送了人。她到了咱家看到八岁的你，认定你就是她要寻找的外孙女。可是，她却没有把事情点破，而是借你外公的名义，要求我和老李照顾好你。后来，咱们家又收到那么多无名人氏寄来的物用和食品，也是她寄来的。一个和咱家无亲无故的人，怎会来到咱家，又给咱家寄那么多吃的、穿的和用的物品呢？”

妈妈的讲述，让我想起八岁那年那位穿黑衣的老太婆来到我家时的情景。她看到我背着书包放学回来走进家门，一双眼睛直直地盯着我好一阵。我害羞地躲开了她。我记得我当初看到那位老太婆时，虽然有些胆怯和害羞，但是，从老太婆慈祥的眼神里，感受到了一种亲切和慈爱的温暖。

我带着疑问询问妈妈：“即便后来给我家寄东西的人就是她，又怎么说明我的亲生母亲就是她的女儿？”

妈妈摘下我头上的银簪把玩一阵，意味深长地说：“这副银簪是你外公的母亲留给他的念想。他在危急时刻，把银簪交给我保存。你外祖母来咱家那次，我把银簪交给了她——她毕竟是你外公的原配夫人。直到这次你的亲生母亲带来这副银簪送给你，我才知道，原来她就是你外婆襁褓中那个刚满月不久的婴儿！”

天呢，妈妈绕口令般的一席话说得我一会儿明白，一会儿糊涂。难道南方来的那个叫舍玉娜的女老板真的是我的亲生母亲？

我果断地拨通了鲁修义的电话，告诉他：“喂，我要见……南方那个女老板！”

第三十五章　人格化的图腾形态

舍玉娜离开金桥，本来要立刻回南方。可是，她突然决定，要在陈县多待两日，她要到曾经留给她深刻印象的地方去走走，回味那些往昔的岁月。无论是给她带来愉悦还是痛苦的往事，对她来说，都变得弥足珍贵。她要把那些珍贵的回忆装进自己的行囊。她想，那些往事，随着时间的流逝，也许不会重现。她应该让自己安静下心来，好好地回味咀嚼一下那些往事。

她去了太昊陵。太昊陵虽然还是原来的格局，但是，给她的印象却截然不同。过去走进陵内那种阴冷和萧条的感受荡然无存，取而代之的是庄重和神圣。踏上午朝门的台阶，沿着长长的神道向里走，舍玉娜似乎感受到自己正走进一幅长长的历史画卷中。神道两侧郁郁葱葱的松柏投下的绿荫，把两侧的亭台楼阁装衬得忽隐忽现，随着她视野的移动，恰如一幅动态的浓墨山水画。

怀着朝圣的虔诚之心，她一步一步踏上统天殿的台阶。

母亲在这里工作期间，她也曾经到这里来过几次。在她印象中，统天殿以及太昊陵内所有的建筑物，都被损坏得残缺不全，破败不堪。房顶的装饰物被打碎，门窗被摧毁。而如今的统天殿以及与之遥相呼应的显仁殿、太始门、钟鼓二楼等建筑物，均被修葺得巍峨雄伟，气势恢宏。

高大雄伟的殿宇两侧镌刻着一副对联：

炎黄尧舜禹汤文武周孔老庄无不追踪人文始祖
帝王将相三教九流诸子百家若非羲皇谁敢统天

这对联意境浑厚、深远——很有意义。

统天殿内正中，端坐着手托八卦、赤脚袒腹的人祖伏羲氏，他头生双角，身披树叶，腰缠兽皮，双目如炬。

舍玉娜伫立良久，凝眉深思。她虔诚地跪在伏羲氏脚下——那一刻，在至高无上的人祖伏羲面前，她感到了自己的渺小，小得如一粒在微风中飘浮的粉尘。她想，即便一粒微不足道的粉尘，也会在这大千世界、沧海桑田中消逝！

走下统天殿的月台，她很想再去看看那块镶嵌在显仁殿台基上的“子孙窑”。可是，她终于放弃了自己的这一想法。都到了这般年纪，去了那么多地方，交往那么多人，经历了那么多事，啥样稀奇古怪的东西没看过？啥样的逸闻奇事没有听说过？那块青石上的凹臼——子孙窑，在母亲眼里是一件有灵性的神物，可是，它真的能满足虔诚的天下善男信女们的欲望？对于舍玉娜来说，她早就以为，那只不过是一个演绎了数千年的美好故事罢了！她浪漫的青春年华是从那里消失的，她诡谲的命运是从那里开始的。她不愿让自己再回到那个给了她痛苦和懊恼的起点！

在人祖伏羲墓的右侧，有一家旅游品展示商店。舍玉娜驻足观看，货架上泥泥狗琳琅满目。服务员指了指门口挂着的一幅宣传图片，热情地向舍玉娜介绍道：“大姨，俺们这里的泥泥狗，全是金桥镇李洼村李妮妮的作品，她可是非物质文化泥泥狗制作传承人。您看，她的作品，无论是飞禽，还是走兽，都给人的视觉带来一种栩栩如生的动态感。到这里朝拜人祖伏羲爷的外国友人都喜欢购买她的作品呢！”

舍玉娜仔细端详着那张图片——那是她的娇娇捏制泥泥狗的工作照——她面前的台子上，摆着几只已经制作好的草帽虎。

舍玉娜指着照片上的草帽虎，对服务员说："选几只与照片上同样的草帽虎吧！"

"好嘞！"服务员答应一声，很快挑选几只草帽虎，"大姨，您真有眼力，草帽虎是众多'人面兽身''人兽同体'泥泥狗种类中最具人格化的图腾形态！"

舍玉娜故作惊奇地询问："为啥要给小老虎戴一顶草帽呢？"

女服务员笑着道："大姨，这个问题您可难不倒我！早在很久以前，人类就对生殖系统充满了崇敬之心。人祖伏羲爷与女娲娘娘兄妹通婚时，女娲娘娘羞于情面，才'结草遮面'。您看，后来的男女结婚拜堂时，新娘子都要戴个红盖头——小老虎雌雄交配时，和人一样，害羞呀，才戴了小草帽……"

服务员真是好口才，舍玉娜不由赞叹她几句。

回到下榻的酒店，舍玉娜在脑子里过滤了一下来陈县几天所发生的一些事情，既感到失落又有些踏实。但是，打开包装盒，看到那几只栩栩如生的草帽虎，她的心情突然变得愉快起来。她想，终于可以告慰母亲了。母亲在离去的最后一刻曾经告诉她，一定要去看看你的女儿，看看她生活得好不好，有没有受到人家的欺负——她是这个世界上你唯一的亲人呢！

她终于完成了母亲的遗愿，告慰母亲的在天之灵。我女儿过得很好，她很幸福，她有一双比她的亲生父母还要疼爱她的父母！

她默默告诉母亲，她不再去打扰女儿和那对夫妻安宁平静的生活。她要走了，离开陈县，继续开始自己一个人的旅行！

下午，鲁修义来到她下榻的酒店。

和他一起来的，还有另外一个男人。

男人是甄维。

甄维走进舍玉娜的房间，随手把门关上，把鲁修义关在了门外。

舍玉娜看到甄维，并没有感到意外。

她说："我告诉过你——我不想见到你！"

他有些急促地说："我想和您一起去看看咱们的女儿！"

他看看身后的门，继续道，"我的时间……恐怕不多了。我恳求您，一定要带我去见咱们的女儿一面！"

什么时间不多了？舍玉娜对他的话感到莫名其妙，是不是又要编造什么谎言？她平静地说："时间已经过去了二十六年！当一件东西丢弃这么久，它还是原来的样子吗？"

甄维沉思一下，声音里饱含怨悔地说："那不是一件东西，那是我的亲骨肉！"

舍玉娜讥讽道："我希望你不要说出这么无耻又让你失去尊贵身份的话！你毕竟身居高官，在百姓和上级领导面前还要扮演冠冕堂皇的正人君子形象！"

甄维哑然。稍停又说："难道您就不想认下您的女儿？"

舍玉娜说："我的女儿一直在我心里，我无时无刻不在关爱着她！"她一副送客的样子。"如果没有别的事情，请你出去，我要休息了！"

甄维尴尬地笑了笑，还想说什么，嘴张了张，却没有说出话来。

"笃笃笃！"房间的门被轻轻叩响。

舍玉娜把门打开，走进来两位衣着整洁的中年男人。

舍玉娜用惊异的目光审视着他们："请问，你们找谁？"

一位年龄稍长的男人回答："对不起，打扰您了！我们是来找甄市长的！"

甄维脸上闪现出一丝不易察觉的慌乱，但是，他很快镇静下来："可是，我不认识你们！"

另一个人笑了笑，说："甄市长，我们认识您——我们是省纪检监察委的工作人员。我们在单位没找到您，才寻到这里，有些问题想找您了解。请您予以配合！"

“这……”甄维脸色变得苍白，他颓丧地低下了头。

“走吧，甄市长！”

“等等，我让司机把车开过来！”甄维掏出手机说。

年龄稍长的男人从甄维手里要过手机，用不容置疑的声调说：“不用了，您的司机已经回Z市。坐我们的车走！”

打开门向外走时，鲁修义陪着妮妮出现在门口——三个男人与二人擦肩而过，头也不回地向楼下走去。

鲁修义看到甄维铁青的面孔，不由惊异地发出一声：“甄叔，您……”

其中一位中年男子向他摆了摆手，果断地制止了他。

与此同时，妮妮的脸上现出惊愕和疑惑的神情！

她回过头，看到屋内的舍玉娜张开双臂，正快步向她走来！

图书在版编目（CIP）数据

草帽虎之恋 / 钱良营著. -- 北京：作家出版社，2024. 9
（钱良营作品集）
ISBN 978-7-5212-2907-3

Ⅰ. ①草… Ⅱ. ①钱… Ⅲ. ①长篇小说 - 中国 - 当代
Ⅳ. ①I247.5

中国国家版本馆CIP数据核字（2024）第105770号

草帽虎之恋

作　　者：钱良营
封面题字：李纯博
责任编辑：宋辰辰
装帧设计：老　左
出版发行：作家出版社有限公司
社　　址：北京农展馆南里10号　　**邮　　编：**100125
电话传真：86-10-65067186（发行中心及邮购部）
86-10-65004079（总编室）
E-mail:zuojia@zuojia.net.cn
http://www.zuojiachubanshe.com
印　　刷：三河市紫恒印装有限公司
成品尺寸：152×230
字　　数：208千
印　　张：16
版　　次：2024年9月第1版
印　　次：2024年9月第1次印刷
ISBN　978-7-5212-2907-3
定　　价：268.00元（全五册）

钱良营作品集·长篇小说

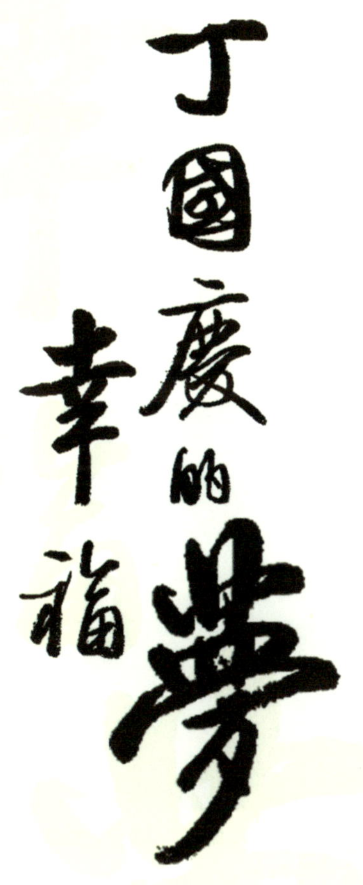

作家出版社

目录

上部

1

了解丁开心的人，都知道他这个人说话太粗鲁。在我们那座小城，不缺胳膊不少腿的大男人若娶个二婚头女人做老婆，羞得能把脸藏到裤裆里。而丁开心娶了我妈，却得意地逢人就讲："老子没花一分钱，娶个天仙似的老婆，还得了个大胖小子。老子太开心幸福了！"

我妈听丁开心到处乱讲，非常生气。为了让我明白丁开心没花钱咋就得了我，在我稍微记事的时候，她就对我讲，你爹那个老混账拉着我朝杀人的台子上走时，你就在娘的肚子里乱踢蹬。你踢呀踢呀，你可不管娘当时有多难受，更不管外边是个啥情景儿。当时的情景，是政府要杀你亲爹的头！那时候的说法是镇反。镇反，你懂不懂？你不懂？娘也不懂。政府要镇压你亲爹。四乡八里的人民群众，都像看大戏似的朝西门外的杀人场跑。大人拉着孩子，老人拄着拐杖，都看稀罕的呀！看政府竟然要把一个县长的头砍了！

人家去看稀罕，你爹那个老混账是拉着你娘为你亲爹去陪刑呀！

我妈给我唠叨的这些事，像用一把烙铁在我幼小的心里烙下了一道伤疤。在我感到隐隐作痛时，一个奇怪的影子不知从哪里突然飞了过来，在我眼前跳来跳去。我被那影子吓坏了！我挥着两只小手追赶影子，可是，怎么也赶不走，又捉不到。直到我急得“哇哇”大哭起来，那影子才不见了。

我妈还以为我被她唠叨的那件事吓坏了，连忙安慰我：“小国庆，别害怕，那个死鬼早就沤成灰了。妈往后再不给你讲死鬼的事了。”

尽管这样说，后来她还是时不时地给我唠叨这件事。而每当我妈给我唠叨这件事的时候，影子就神不知鬼不觉地出现在我眼前。不过，影子即便在我眼前跳来跳去，我也习以为常不害怕了。

一个影子我怕它干啥？它又不是什么可恶的怪物能把人吃掉！虽然不再害怕影子，但是，却对影子产生一种好奇感。为什么影子总是会时不时地出现在我眼前，又为什么总是让我捕捉不到它？

我不懂“陪刑”是怎么一回事儿。直到上了中学，才明白陪刑的人和死刑犯跪在一起，虽然毙的不是陪刑的人，但是，枪子儿“叭”的一声响，陪刑的人比死刑犯昏过去得还要早。死刑犯被枪子儿打碎了脑壳，脑浆流了一地，两条腿还要蹬爪一阵，而陪刑的人等不到枪子儿响，就吓得昏迷过去，瘫在地上一动不动。

在此之前，我妈给我唠叨的这件破事只是让我害怕，并没有想到会对我产生不良影响。什么老混账爹啦，还有被政府镇压的我的县长亲爹啦，我哪来那么多爹？不就一个叫丁开心的爹吗？

丁开心粗鲁是粗鲁，可是，对我还是蛮不错的。至于我妈说的那个被政府镇压的县长亲爹，姓啥名谁？有没有丁开心混账？也可能比丁开心更混账。不然，政府为啥要杀他的头？让我疑惑的是，我的县长亲爹为啥会被政府镇压？凡是被政府镇压的人没有一个好人！不是杀人犯，便是反革命。我的县长亲爹究竟是杀人犯还是反革命？这个问题成为我心中的一个谜，也成了我心头的一个结，并且一直在我脑海里萦绕。我想弄清这个问题，可是，又战战兢兢，不敢向我妈打听个中的原因。这件事好像是我妈心头的一个伤疤，我不愿去揭她的伤疤。我怕伤了她的心。

我妈叫花淑娴，“淑娴”这两个字是我读到小学五年级时才认识的。在此之前，我听丁开心埋怨我妈说，啥花……树……咸？这么难喊的名字，哪比得我这名字，丁开心，好记又好叫。依我看，就改名叫花喜欢算了。共产党领导咱们穷人翻身得解放，过上了幸福的日子。咱们两口子，你喜欢，我开心，才般配呢！啊嗬啊嗬啊嗬……

丁开心说着说着又笑起来，笑得毫无顾忌，仰着脖子“咯咯”地笑个不停。丁开心笑的时候显得更加难看，龇着的几颗大门牙毫无保留地暴露在厚嘴唇外边，大门牙上残存的焦黄色的牙垢颤动着，似乎一不小心就会掉下一层。

我妈红了脸，雪白的脸皮儿像刚刚涂抹上一层鸡血。她皱着眉头，一双好看的杏仁眼嗔怪地斜睨着丁开心，抬起她娇柔的小手，照着丁开心的肩膀打了一巴掌，怨道：“当着孩子的面，你胡扯个啥！”

丁开心看我妈给他急了眼，忙讨好地说：“淑娴，我这个要饭花子说话太粗鲁。往后我去扫盲班学识字，再不胡扯了。”

我妈“扑哧”一笑：“但愿你能成个文化人。”

丁开心见我妈被他逗乐了，便伸出胳膊搂着她，得意地说：“俺成了文化人，才和你更般配呢！”

我妈的怨怪非但没有让丁开心收敛，他反而更加狂癫，伸出两只胳膊，一把搂住她，一边张着他那露出大门牙的大嘴，在她的脸上啃着，一边道：“儿子，儿子，看你爸和你妈像不像一对母狗和伢狗？”

我本来喊丁开心叫爹，喊我娘叫娘，可是，在我三岁那年，丁开心非常严肃地对我说，现在新社会了，咱穷人翻身当家做了主人，我丁开心当上了街道干部。街道干部也是干部不是？区里县里干部的孩子都管爹叫爸，管娘叫妈。你，丁国庆，往后不许再喊我丁开心叫爹，只能喊爸，喊你娘叫妈，听见没有？

我听见了。可是，一开始很不习惯，被丁开心拧着耳朵教训了几次才记住，从此便喊丁开心叫爸，喊花淑娴叫妈。

那天，丁开心的粗野吓坏了我妈，我妈惊慌失措地推开丁开心，用衣袖擦着丁开心留在她脸上的口水，生气地道："这大天白日的，也不怕邻居们瞅见笑话！"

丁开心道："笑话？谁敢笑话我翻了身的街道干部丁开心，谁就是地主恶霸反革命，我街道干部丁开心让他不得好日子过！"

丁开心一边胆壮气粗地说着大话，一边从口袋里摸出二分钱，递给我，说："儿子，到齐老六的杂货铺买块麻糖吃。你爸我要和你妈办点儿事——正经事！"

只要有麻糖吃，我才不管他们办什么正经或者不正经的事呢。接了钱，屁颠屁颠地跑着买麻糖去了。

2

回来的时候，我家的门紧紧关闭着。我想，丁开心把我支应走，原来是要避开我带我妈去街上喝朱麻子的胡辣汤，吃杨大头的油果子（一种油炸的面食）。在我们那座小城，朱麻子的胡辣汤是出了名的好，至于怎么个好，我也说不清楚。反正喝着又香又酸又辣，喝了上一口还想着喝下一口，喝了下一口还要喝下下一口，香得沁心脾，酸得有味道，辣得很过瘾。除了香酸辣外，汤里的内容也很丰富，印象最深的也最让舌头回味的是羊肉墩，羊肉墩切得方方正正，嚼起来又香又烂，真是好味道！杨大头炸的油果子外焦里软，金黄酥脆，是我们那座小城的一绝……好了，我不能再说下去了，不然，连口水都流出来了。

周大伟的妈林兰芷经常带着周大伟去喝朱麻子的胡辣汤，吃杨大头家的油果子。而丁开心仅带着我去过一次。

那是我第一次去县幼儿园上学的时候，丁开心走在前头，尽管我当时十分高兴和激动，但是，也只能像丁开心的跟屁虫似的走在他后边。我不愿走在丁开心前头，更不愿和丁开心并排走，是因为我对丁开心糊着黄牙垢的大板牙从内心里感到讨厌。

我家住的那条街叫幸福街。只是我妈老是把幸福街说成衙门街。而每当我妈把幸福街说成衙门街时，丁开心总是批评她："老花，给你说了多次啦，咋老是记不住呀。现在这条街不叫衙门街，政府已经给它改名叫幸福街了！"我妈急忙改嘴道："是呀是呀，幸福街！瞧我这记性，咋老是记不住这名字呀！"丁开心便用教训的口吻对我妈说："你就记着，现在我丁开心再也不是拉棍要饭的穷光棍了，而且还有了老婆儿子，过上了幸福美满的日子——就会记着这幸福街了！"

我妈笑着说："幸福幸福，幸福街！"

从我家到县幼儿园，过了幸福街，还要穿一条小巷，路过一条大街，然后再过一条小巷。第一条小巷叫侯家门，齐老六的杂货店就开在侯家门。第二条小巷叫染坊口，路过的那条大街的名字最好记，叫解放路。丁开心叮嘱我，让我必须记着小巷和大街的名字。因为街道干部的工作很忙，他只能送我这一次，以后去幼儿园，要靠自己一个人去。如果迷了路，那些潜伏下来的美蒋特务会对我这个街道干部的革命后代下毒手的。丁开心给我讲这些的时候，我听得懵懵懂懂，不懂得啥是美蒋特务，啥是潜伏，啥是革命后代。但是从丁开心严肃认真的表情上看出，丁开心的确有着非常重要的工作要去做，他不可能天天送我去幼儿园。

那天，我跟在丁开心的屁股后边，刚拐过幸福街，也就是说，在幸福街与侯家门的交叉口，听到有人喊我："丁国庆，丁国庆！"

叫声是从巷子口朱麻子胡辣汤铺子里传出来的。我向声音发出来的地方瞅去，看到喊我的是我家的邻居周大伟。周大伟和我一般大小，个头却没有我高，像根豆芽菜似的精瘦。周大伟的精瘦不仿他爸周老铁，而是仿他娘林兰芷。周老铁身材矮墩墩的，头大，嘴大，耳朵大，眼睛也大。周老铁不是我们那座小城的人，是从黄河北领着部队打过来的。周老铁打仗很勇敢，听说是他冒着枪林弹雨第一个爬上城墙的。周老铁爬上城墙后，大吼一声："要活命的放下武器！"还真有那么几个不要命的顽抗者，举枪就朝周老铁射击。周老铁哪能给他们留机会，端着机枪，"叭叭叭……"一阵扫射，那些不要命的家伙就完蛋了！

后来县城解放了，周老铁就留在我们那座小城当了县长，而国民党的县长吕修身被周老铁镇压了。

周老铁虽然长得不怎么高大英俊，却是我们心目中的大英雄，他留给我们的这种美好印象一直持续到我们读完初中。

其实，周大伟的爸周老铁和周大伟的妈林兰芷像我爸丁开心和我妈花淑娴一样，长得不怎么般配。周大伟他爸长得又粗又壮。你见过农民家的大水缸没有？你若是见过农民家的大水缸，就算亲眼见过周大伟他爸了。所不同的是，水缸没有长头，而周大伟的爸周老铁却长着一个如笆斗子般大的脑袋。周大伟的妈林兰芷却长得细瘦，两条腿和胳膊都瘦得像麻秆。林兰芷因为腿瘦，夏天里只穿一条腿的裤子。一条腿的裤子是花格子颜色的。那天下午，我看到林兰芷穿着一条腿的花格裤子从她家的堂屋里走出来。两条腿的人穿一条腿的裤子让我非常好奇，她是怎么走路的呀？我急忙趴在地上看。当周大伟的妈林兰芷迈着小碎步从我眼前过去时，我看到了周大伟他妈穿在一条腿的花格裤子里的两条腿。我真的不骗你，那两条腿真是细如麻秆。不瞒你说，因为趴得低，我还看到了周大伟他妈穿着的花裤衩。花裤衩把周大伟他妈稍微有些肉的屁股蛋兜得紧紧的。就是这么两个胖瘦极为不均匀的男女，却成了周大伟他爸和他妈。后来我才知道，周大伟他爸和他妈之所以能成为他爸和他妈，是因为他妈爱慕他爸打仗勇敢，在战场上砍敌人脑壳的时候像拿着菜刀切西瓜，连眼都不眨。而他爸之所以愿意娶他妈做老婆，是因为他妈有文化，他妈是知识分子，又比他爸小了十多岁。真不懂男的娶比他小了一大截子年龄的女人有啥好处。

周大伟他爸周老铁在县政府工作，当的是县长，是我们那座小城最大的官。周大伟他妈林兰芷也在县政府大院里工作，没有周老铁的官大，但是，却比我爸丁开心的官大。周大伟是我们那座小城的高干子弟。

让我更为讨厌的是，丁开心除了粗野，还爱奉承人，看见周家的人，总是龇着大板牙笑着问人家，周领导，您吃过饭了吗？林领导，您吃过饭了吗？甚至看见周大伟，也龇着大黄牙，摸着人家的头，说，这孩子，吃得多富态，长大了准能像你爸那样做大官！

有一次，林兰芷刚从女茅房里走出来，丁开心刚从男茅房里走出来，丁开心问人家："林领导，您吃过饭了吗？"

弄得周大伟的妈林兰芷很不高兴，瞪了丁开心一眼，仰着脸走了。

丁开心这个人就是这么个德行，碰见比他官职大的领导，总要问人家吃饭没有，就像领导吃没吃过饭是他应该关心的大事，领导没吃饭的话，他就会请领导到朱麻子的汤馆里喝一碗炖肉胡辣汤似的。

看到周大伟和她妈林兰芷在汤铺里正吸溜吸溜地喝胡辣汤，满嘴油腻地吃着杨大头家的油果子，我馋得咽下几口口水，就定在那儿不走了。

丁开心已经顾自向前走去，他走得快瞅不见人影了，我还站在朱麻子胡辣汤铺门前为周大伟和他妈站岗。那时候，我眼馋，嘴也馋，心里更馋。我希望周大伟再喊我一声，把碗里剩下的那点胡辣汤让给我喝。我更希望周大伟的妈林兰芷能像丁开心一样，出来问我一声："丁国庆，你吃饭了没有？"可是，周大伟再没有搭理我，他把头埋在碗里，呼噜呼噜喝着碗底的胡辣汤。他妈林兰芷已经喝完最后一口胡辣汤，然后把碗放下，从口袋里掏出一块手帕，仔细地擦拭着残留在嘴角的酱黄色的汤汁。

我心里洼凉洼凉的。我知道，只有朱麻子的胡辣汤和杨大头家的油果子能把我洼凉洼凉的心暖热，哪怕一口呢！

丁开心不知啥时候又拐回来了，看他那气急败坏的样子，像要一口把我吞下去似的。

丁开心吼叫着："你这个小兔崽子，咋就长这儿了？这有啥好看的，比你妈唱大戏还好看？"

丁开心这样骂我，让我感到委屈，眼泪便流下来了。

丁开心上前拉我，我用力一甩，甩脱了他的手。丁开心这才注意到，我的泪眼一直盯着朱麻子胡辣汤铺子。那个时候，林兰芷扯着周大伟从铺子里走了出来。丁开心看到林兰芷，急忙扭过头问人家："林领导，您吃过饭了吗？"

林兰芷打了个饱嗝，算是做了回答，然后明知故问："老丁，送孩子去幼儿园啊？"

丁开心有些受宠若惊的样子，忙弯下腰，连连点头道："是的是的，林领导，多亏周领导说了话，幼儿园的阿姨才认可了我这个街道干部也是干部，她们才同意让我家的丁国庆去幼儿园……"

丁开心说这话的时候，林兰芷早已经扯着周大伟走远了。

丁开心讨了个没趣，看到我还站在朱麻子胡辣汤铺子门前不肯离开，便道："你这个小兔崽子，还不快走？"

我嗫嚅着说："我想喝胡辣汤。"

丁开心愣怔一下，道："你想喝胡辣汤，我也想喝哩，可是……"

我怕他说没钱，便急忙说："当干部的都有钱喝胡辣汤，周大伟他妈刚领着他喝完。"

丁开心听我这么一说，愣怔一下，说："你这小兔崽子，还怪会讲理哩。林兰芷那娘们有钱，老子也是干部，也有钱。爸请你喝胡辣汤！"

丁开心扯着我走进铺子里，高喉咙大嗓地吆喝道："朱麻子，来碗胡辣汤，多放点醋！”

朱麻子道：“丁开心，你可是稀客。”

丁开心把脸一扽，说：“朱麻子，我现在是街道办的副主任，丁副主任！你不能再喊我的名号了！”

朱麻子讪笑道：“是，是，丁副主任。这都解放几年了，丁……副主任再不是那个吃百家饭的丁开心了。我咋有眼不识金镶玉呢！”说话间，已经把胡辣汤盛好，端了过来。

“这才对嘛！朱麻子，我大小是个干部，以后有什么事要办，尽管找我。”

“少不了麻烦你。丁副主任，你慢用。”

丁开心接过碗，正要递给我，又道：“我先尝尝热不热。”说着端起碗，喝了一大口。

碗递到我手里，我迫不及待地一口气喝完剩下的小半碗胡辣汤，只觉得一股幸福的热流涌遍了全身。

3

周大伟喝胡辣汤让我眼馋，周大伟上幼儿园更让我眼馋。

其实，那天丁开心第一次带我去幼儿园，也是因为我看到周大伟上幼儿园才死缠活缠着非要上幼儿园不可。

那时候，我们那座小城就那么一所幼儿园，能上幼儿园的小朋友大多是干部家的孩子，有县政府干部家的孩子，有区政府干部家的孩子，还有各局子里干部家的孩子。这些孩子，在我们那座小城，都算得上是高干家的孩子。我爸丁开心只不过是个小小的街道干部，别看他整天扁担插到裤裆里——自己抬高自己，可是，他的儿子丁国庆就是上不了幼儿园。幼儿园的阿姨不收街道干部的孩子，说幼儿园班级少，若是街道干部家的孩子都来，会把幼儿园撑破的。幼儿园阿姨不收丁国庆，丁开心也没打算送丁国庆去幼儿园。上幼儿园要交一笔费用，这笔费用对于街道干部丁开心来说，不算小数目。因此，他对丁国庆死乞白赖上幼儿园的非分要求便置之不理。可是，看到周大伟每天蹦蹦跳跳地去幼儿园，我羡慕得不得了，我心里痒痒的。上幼儿园多好玩啊，除了能跟着阿姨们学识字，学唱歌，还能玩滑梯，玩跷跷板——这些都是周大伟从幼儿园回来后讲给我的。我和周大伟一般大年龄，周大伟能上幼儿园，我不能上，这让我很自卑，很委屈，也觉得很不公平。不中，周大伟能去，我也要去。在丁开心那里得不到支持，只好在花淑娴面前撒泼。

现在要详细地介绍一下我漂亮而又善良的妈妈花淑娴。当然，这些详细的情况是我长大后才知道的。在我上幼儿园之前和之后，我只知道她是硬被丁开心那个老混账让我喊着妈的娘。

我妈花淑娴嫁给丁开心做老婆，是一朵鲜花插到了牛粪上，是白天鹅嫁给了黑乌鸦，是一块香喷喷的肥肉落进了狗嘴里——这些话可不是我说的，我可不敢说丁开心的坏话。住在我们那座小城的人，凡是认识花淑娴和丁开心的人都这么说。事实也的确如此。花淑娴脸蛋儿白白的，丹凤眼水汪汪的，头发像一团云蒸霞蔚的乌云，腰肢儿细细的，胸脯子大大的，走起路来像风摆杨柳般婀娜多姿。二十世纪四十年代末，花淑娴是我们那座小城有名的花旦，是响破天梆子班的台柱子。响破天梆子班能在老戏迷们心中扎下根，全靠花淑娴担当主演的那几出戏。花淑娴扮相的巾帼英雄穆桂英，英俊潇洒，光彩照人。戏台上锣鼓喧天，戏台下人声嘈杂，乱得像集贸市场，可是，只要花淑娴一登场，台子下立刻鸦雀无声。

辕门外三声炮如同雷震，
天波府里走出来我保国臣。
头戴金冠压双鬓，
当年的铁甲我又披上了身。

帅字旗，飘如云，
斗大的“穆”字震乾坤。
上啊上写着，浑啊浑天侯，穆氏桂英，
谁料想，我五十三岁又管三军……

每当花淑娴唱到高潮时，台下便掌声雷动，叫好声、呐喊声不绝于耳。花淑娴如果一直把戏唱下去，或许会像常香玉、阎立品那些名声遐迩的老戏骨一样成为一代梆子戏大家。然而，有一个人没有让花淑娴继续唱下去。这个人就是吕修身。

后来，我在县地方志上看到过吕修身的名字，有一段豆腐块般大小的文字对他做了介绍。我把这段文字原封不动地照抄下来：

吕修身（1891—1949），字老芭，本县县城人，民国8年（1919年）毕业于中国大学。一生从事中国国民党的工作，进行反对共产党的活动。

自民国17年（1928年）以来，他历任国民党×县党部监察常务委员、干事、特派员，后任国民党×县政府县长等职。

吕修身早期奉行三民主义。民国25年（1936年），他创建私立爱才中学，对发展本县文化教育事业曾起到一定作用。日军投降后，他兴办一品茂绸缎厂、兴隆酒厂、华盛烟厂、文化书店等。对工人和店员进行残酷的剥削和压迫。在商业经营中，囤积居奇，垄断市场。他还在农村掠夺大量土地，鱼肉百姓，民愤较大。民国37年（1948年）解放军攻打县城时，吕修身带领保安团负隅顽抗，与人民为敌，后被解放军活捉，被人民政府镇压。

花淑娴说：“这个吕修身就是你爹。”

花淑娴还说："吕修身比你现在的爹丁开心强上一百倍！"花淑娴说这话的时候，当然没当着丁开心的面。

花淑娴继续说："吕修身在县衙里当县长的时候，丁开心给他掂尿罐子他都嫌寒酸。"

花淑娴不管我爱听不爱听，继续不厌其烦地说："吕修身人有人才，貌有貌才，是真真正正的一表人才。要学问，他是正牌的大学生，要论长相，他一米七八的高个头，白脸皮上没雀没麻，长得那个板正样是没的挑的。小国庆，你想想，他若长得差，你娘我当时还是个黄花大闺女，会愿意嫁给他个老头子？他别说是当着县长，他就是当着省长，你娘我也不稀罕。我当时就图他个人。他当时都五十多岁了，可是，看上去，像三十多岁，不，充二十多岁的小伙子也说得过去。"

我不满地嘟哝道："既然这好那好，咋就被政府镇压了？既然是被政府镇压的人，就不会这好那也好！"

花淑娴叹了一口气，拉开了话匣子，也不管我愿意不愿意听，继续絮叨着，谁也不是神仙，不能把事体看透！怪你娘看走了眼才心甘情愿地当了他的三姨太。你亲爹的大太太、二太太人老珠黄，一个个长着一张黄婆脸。你亲爹一表人才，有钱又有势，别说再娶一个三姨太，即便娶三五个也娶得起。该着你娘和你亲爹有那段姻缘。

那年，你亲爹过五十大寿，响破天梆子班接到了吕公馆的请帖，要梆子班去唱堂会。你爹亲自写了你娘一出戏，是《红娘》。你娘的拿手好戏他不写，偏偏地写了《红娘》。好吧，红娘就红娘。你娘那个时候正年轻，戏路子也广，无论是叱咤风云的穆桂英，还是娇小柔弱的崔莺莺，娘都拿得起放得下。锣鼓家伙一响，你娘迈着小碎步羞羞答答上了场。娘未曾开口，台下便一片喝彩声，是为你娘的扮相喝彩。娘翘着兰花指，两指夹着一个粉红的小手绢，娘用小手绢遮着半边脸，斜睨着眼，偷偷地朝台下一瞅，俺的娘耶，来捧场的人可真多，只见黑压压的一片。正中间坐着一位身穿毛蓝布长衫的男人。男人留着油光滑溜的偏分头，一双豹子眼正聚精会神地盯着台上看。娘知道娘这一身打扮和亮相已经迷了台下的人。娘是见过世面的人，台下无论是个啥景儿，娘都不怯不颤，只管唱好自己的戏。娘不慌不忙地唱道：

庭院内静悄悄花筛月影，
夜沉沉想起了那位书生。
初相识引得我心神不宁，
他身影却印在我的心中。
实可叹婚姻事父母主命，
女儿家虽有口难诉苦衷。

娘这板戏刚落音，台下便响起一片掌声和叫好声。

唱堂会后的第二天，李班主垂头丧气地找到我，似有话说，犹豫了半天才对我讲出来。原来是你亲爹来托人说媒。当时，娘听了班主的话，心里真是半喜半忧。又如十五个吊桶打水，七上八下。从内心来讲，娘一个女戏子能嫁给一个有地位有权势的男人也算不错了。可是，姓吕的虽然有权有势，毕竟是个五十岁的杂毛老头子，比你娘大了三十多岁。给一个老头子当小老婆，娘心里着实冤屈。再说，你娘嫁人了，这梆子班咋办？你娘可是这梆子班的台柱子呀。梆子班里十几号人全指着你娘吃饱饭呢！

李班主像看透了我的心思，哭丧着脸说，淑娴，胳膊拗不过大腿，姓吕的既然要娶你，俺拦也拦不住。你能嫁给县太爷当太太，算掉进福窝里了！这是你的福缘，也是咱响破天梆子班的荣耀。你就放心地走吧，只是以后别忘了咱们这些穷兄弟姐妹！

李班主的话说得我一阵心酸，止不住放声大哭。我七八岁就成了孤儿，没了家，跟着李班主当徒弟。在李班主多年的精心调教下，一步步走上台柱子的地位。没想到却被县长大人也就是你亲爹看中了我的容貌。想想那些年，我跟着梆子班走南闯北，吃了多少苦，经历了多少磨难呀！

你爹还算有良心，没有白娶你娘，他赠送给响破天梆子班一百块大洋，算是弥补了梆子班对你娘的栽培。

我不想再听花淑娴唠叨下去，花淑娴讲的那些破事，对于我这个越长越大、越大越懂事的生在新中国、长在红旗下的未来的共产主义事业的接班人来说是一种毒害。我打断她的话说：“妈，还是我爸丁开心说得对，如果不贪图那个死鬼的荣华富贵，你也不至于为那个死鬼陪刑。你不去为那个死鬼陪刑，丁开心也不会可怜你，娶你做老婆。不是丁开心娶你做老婆，你还不就是反革命分子的小老婆？你如果继续做反革命分子的小老婆，你哪里还能和翻了身的人民群众一样过着穷人翻身得解放的幸福日子？你过不上这幸福的日子，你儿子丁国庆能过上这幸福的日子吗？你儿子丁国庆就不配叫丁国庆，你儿子丁……不，你儿子有可能叫吕……什么，你儿子吕什么就会背上他亲爹的黑锅，那黑锅压得你儿子吕什么一辈子抬不起头，伸不直腰，别说上幼儿园，别说喝朱麻子家的胡辣汤吃杨大头炸的油果子，连人家的刷锅水他也喝不上！”

花淑娴听我小小年纪讲出这么一番大道理，一阵沉默不语，眼泪一串一串掉下来。

4

丁开心这个老混账总是戳我妈心头的伤疤。我妈嫁给吕修身当小老婆的时候，做梦也没想到吕修身会被政府镇压，更没想到吕修身会倒台。解放军的大炮轰隆轰隆地向我们那座小城开过来的时候，吕修身的大老婆、二老婆带着她们的子女，携带着她们的金银细软远走高飞，谁也不知道她们跑到哪里去了！偌大个吕公馆里，仅剩下我娘花淑娴陪着吕修身。吕修身若不是当着国民党的县长，也许会带着花淑娴远走高飞。就因为吕修身是国民党的县长，他才不甘心把那座小城拱手交给解放军。吕修身是蒋委员长的忠实追随者，那座小城是国民党的天下，正如中国偌大的地盘是国民党的天下一样，蒋委员长没有下命令让他撤离小城，他决不擅自撤离小城。相反，他还要组织力量，严防死守，抵抗解放军攻打我们那座小城。吕修身不离开小城，我妈花淑娴才不会离开小城。那时候，我妈已经有了八个月的身孕，那粒种子孕育的就是未来的丁国庆。吕修身当时也不会想到他播下的种子会成为人家的儿子，会成为翻了身的街道干部丁开心的后代。那段时间里，听到远处传来的枪炮声，花淑娴是慰藉他心神安宁的最有效的药物。解放军的炮声越来越近，先头部队已经兵临城下。吕修身组织他训练了八个多月的保安团负隅顽抗。吕修身身先士卒，誓死保卫小城，保卫他国民党县长的政权。吕修身真可谓是忠实党国、忠实蒋委员长的信徒。两千名保安队员在他严厉的监督下，与攻城的解放大军展开血战，做垂死的挣扎。然而，螳臂当车不自量力！秋后的蚂蚱怎能抵得过秋风扫落叶般的袭击？两千名保安队员死的死，伤的伤，解放军终于攻克小城，活捉了吕修身。那时候，如果吕修身能识时务、顾大局，老老实实地向新成立的人民政府坦白从宽，承认自己与人民为敌的罪恶，痛哭流涕地表示重新做人，争取宽大处理，人民政府也许会给他留下一条活命。可是，吕修身是个别筋头，他还梦想着老蒋派兵来救他，他还梦想着有朝一日国军能打过来，他更梦想着小城的天下还是他的！这个顽固的反革命分子与人民政府为敌，死扛着不肯交代自己的罪恶，死扛着不向人民政府低头认罪，结果，人民政府就不再对他“宽大”，人民政府要公开审判他，人民政府公开镇压了他！

反革命分子吕修身死有余辜，对于他的小老婆花淑娴的处理却让人民政府的主人们颇费一番心思，把她和吕修身一起杀了吧，可是，她不是国民党反革命，更没有吕修身罪大恶极，人民群众非但不恨她，反而对她有好感。她曾让那些铁杆戏迷如痴如醉，她给戏迷们带来的享受和快乐让戏迷们念念不忘！是吕修身那个老反革命夺走了戏迷们的快乐和幸福！花淑娴给吕修身当小老婆是迫不得已。花淑娴也是穷苦人家出身呀！

那时候，靠吃百家饭活命的丁开心已经翻了身，丁开心扔掉了打狗棍和要饭碗，脱掉了露着皮肉的破衣烂衫，换上了从地主老财家分得的新衣裳。丁开心再不流浪街头趴在人家的房檐下过夜，他分得了反革命分子吕修身家两大间带出厦的东厢房。丁开心成了打土豪分田地挖浮财的积极分子。丁开心还进了扫盲班学会了写自己的名字。这正是新旧社会两重天，旧社会把丁开心由人变成了鬼，新社会又把丁开心由鬼变成了人，并且当上了新中国的主人。

丁开心既然由鬼变成了人，便有了人的七情六欲。丁开心靠要饭过日子的时候，吃了上顿愁下顿，从来没有想过女人。丁开心翻身当了街道干部，过上了吃不愁穿不愁的好日子，精力充沛，便想女人。即便他想女人，但是女人也不会想他。也就是那时候，我落魄的娘便进入了丁开心的视野。我娘被赶到吕公馆下人住的茅草屋里。尽管她很落魄，没有心思打扮自己，但是，我娘的天生丽质是落魄掩盖不住的，她的美丽和端庄依然让男人艳羡。特别是丁开心这种从来没有沾过女人边又对女人有着迫切渴望的男人。

其实，在丁开心的潜意识里，早就对我娘垂涎三尺。那是我娘还在梆子班唱戏的时候，丁开心虽然靠百家饭养活自己，可是，这个没心没肺的家伙，在上顿填饱肚子之后，全然不考虑下顿能在哪里混口热饭吃。那么，他的业余时间去了哪里？有人发现，娘在戏台上唱戏时，总有一个穿着破衣烂衫的叫花子龟缩在戏台子一角，偷觑着戏台上光彩照人的我娘。娘在戏台上的一颦一笑，都让台下的叫花子流哈喇子。不用我介绍，亲爱的读者一定会猜出这个叫花子就是丁开心。

我娘做了吕修身的三姨太后，丁开心再也看不到戏台上光彩照人的我娘，她成了丁开心吃饱饭后的一个念想。有一天，他闲逛着走到一座高墙外，忽然听到高墙内响起一阵婉转悦耳的丝琴声，接着是一阵余音绕梁的梆子腔：

崔莺莺含羞把话讲，
有几句知心话告诉张郎。
我愿你早日的身体强壮，
我愿你读诗书苦用心肠。
老母亲常常地对我言讲，
俺举家从无有白衣儿郎。
但愿你进京去名登金榜。
老母亲的心欢喜她必招为东床。
我讲不尽知心的话再往下讲。

高墙内欢声笑语，高墙外丁开心心急难耐。我娘的声音早已经融进丁开心的血液里，别说是隔着砖墙，就是隔着铜墙铁壁，他也能听出那是我娘的声音。那个时候，他踮着脚尖，伸长了脖子，无奈墙太高，他蹦了几蹦，也看不到高墙内我娘的影子。他在心里怨恨我亲爹吕修身不该把我娘娶进吕公馆，更怨恨我亲爹吕修身即便把我娘娶进吕公馆，也不该让人把院墙垒那么高。丁开心正暗自怨恨，抬头一看，见不远处，墙头外长着一棵大柳树，他像遇见了救星一般，向大柳树跑去。丁开心是爬树攀墙的高手，他朝手心里吐口唾沫，然后两手抱着大柳树，手脚并用，“噌噌噌”几下子，便爬上了大柳树的树杈间。丁开心抬起头仰着脸朝院子里看，还没看到唱戏的人影儿，却被院子里的人看到了他。院子里的人便大声吆喝起来，那谁？咋爬到树上去了？是不是要跳进院子里偷东西？老黑，去咬他！

老黑是吕公馆的大黑狗，听到主子的命令，一边“汪汪”地大叫着，一边朝院子外边跑。丁开心吓得“哧溜”一下子从树上滑下来，老黑扑向他，毫不客气地朝他裤裆里咬了一口，他也顾不得疼，拾起地上的打狗棍和要饭碗逃走了。

解放军打进我们那座小城，丁开心丢掉打狗棍，扬眉吐气地做了新国家的主人。他跟着土改工作队打土豪、斗地主、挖浮财，把地主恶霸反革命赶下了台。

听说人民政府要镇压吕修身，丁开心拍手称快。丁开心对吕修身有深仇大恨啊！吕修身不但让他看不到花淑娴唱戏，还命令他家的大黑狗咬他，朝死里咬他。丁开心逢人就诉苦，说浑蛋大黑虽然没把他咬死，却用尖利的牙齿把他的蛋卵子咬伤了。后来有人说，有没有真咬伤，谁也没给他验证。丁开心谎称咬伤只是担心吕修身派人把他抓起来。吕修身罪大恶极，别说枪毙他一次，就是枪毙他一百次，也不解丁开心的心头之恨呀！

可是，为什么把花淑娴也拉到了刑场？难道花淑娴也要被枪毙？花淑娴虽然贪图富贵，嫁给吕修身做了小老婆，但是花淑娴也不至于死罪呀！花淑娴若被枪毙，实在太可惜了，往后再也听不到谁能唱那么好听的梆子戏了！

后来，才知道，原来不是枪毙花淑娴，而是要花淑娴陪刑。花淑娴哪里见过那阵势，早吓得魂不附体，瘫软在地上，连脚步也迈不动了。花淑娴的落魄样子让丁开心一阵心疼，一阵可怜。可是，他又不能去顶替花淑娴陪刑。那时候，丁开心灵机一动，上前搀住花淑娴，向杀人台上走去。其实，在场的人都看出来了，与其说是丁开心搀扶着花淑娴，倒不如说是丁开心架着花淑娴朝杀人台上走的。

吕修身的头被子弹打开花的同时，我娘瘫在了地上，血顺着她的裤腿朝下流。

就是那个时候，我急不可待地从娘的肚子里拱了出来。

5

丁开心娶了我娘做老婆，捡了个天大的便宜，才逢人便咧着大嘴讲：“老子没花一分钱，娶个天仙似的老婆，老子没费一点儿劲，得了个大胖儿子。”

有人笑他：“开心，没花钱娶个老婆的确是占了大便宜，没费劲就当了爹可不算占便宜，自家地里长着人家的秧苗子，算咋回事呢？”

“甭管谁家的秧苗，长在我地里就是我的！儿子的大号老子都替他想好了。老子姓丁他也姓丁！共产党领导咱穷人翻身得解放，把恶霸地主反革命一个个消灭镇压了，建立了新中国，咱要好好庆祝，俺就给他起名叫国庆，丁国庆！这名字咋样？”丁开心“啊嗬啊嗬”地笑着，一副自鸣得意的样子。

还有人问他：“丁副主任，你儿子究竟是谁的种，心里总得清楚吧？看着咋不像反革命县长的种呀，这脸盘，这眉毛眼睛，倒像那个……那个……男戏子……”

丁开心不耐烦地说：“你真是咸吃萝卜淡操心，我儿子是谁的种碍你蛋疼了？”

那人背过脸去骂道：“真是不知好歹的家伙！”

不能不佩服，丁开心这老混账在关键时刻还是很聪明的。他为我起了这么个富有时代感的名字，是向我们那座小城的人民群众宣布，丁国庆不是反革命分子吕修身的儿子，而是街道办副主任丁开心的儿子。后来的事实证明，丁开心为我起这个名字，的确具有前瞻性，在以后发生的许多事情中，我都占尽了“丁国庆”这三个字的光。

那天我买麻糖回来，看到我家的门紧紧关着。我回头向朱麻子胡辣汤铺子跑去，可是，等我跑到朱麻子胡辣汤铺子门前，朱麻子胡辣汤铺子的门已经下了门板。我这才想起，朱麻子胡辣汤只是早上卖，下午是不卖的。丁开心和花淑娴既然没来喝胡辣汤，能去哪儿呢？

我垂头丧气地往回走。

回到家里，看到我家的门依然关着。不过，这时候，我才突然发现，我家的门是反锁着的。这么说来，丁开心或者花淑娴至少有一个人在家里，当然，或许两个人都在家里。既然有人在家里，把门关那么紧干什么？是怕小偷过来偷我们家的东西？其实，我们家也没什么宝贵东西！丁开心本来就穷得叮当响，原来是靠一根打狗棍、一只烂了边的破碗讨生计。房里除了睡觉用的从反革命县长吕修身家分的一张板子床，一个盛杂物的破板箱外，还有一个锅台和一套做饭吃饭的锅碗瓢勺，也没有多余的东西，小偷能到我家里偷什么呢？

我走到门前，刚要去敲门，忽然听到屋内发出一阵奇怪的声音。我听到我家那张板子床“吱吱呀呀”地叫着。板子床为啥会发出这种奇怪的声音？难道要发生什么大事？随着那种奇怪的声音响起，我似乎感到房子就要倒塌了，我似乎感到我家那唯一一件值钱的板子床要折断了。我担心板子床折断，我以后睡觉就找不到地方了。那种奇怪的声音越来越响！我听到过城外环城湖里上万只蛤蟆一起高叫的声音，我听到过黑夜里城墙根下蛐蛐儿此起彼伏的鸣叫声，我还听到过夜猫子在屋脊上发出的那种撕心裂肺且焦躁不安的嘶哑而又尖锐的叫声。可是，那些声音从来没有让我如此恐怖过，也从来没有让我如此焦躁不安过！

我感到了莫名其妙的恐惧。一个影子突然跳了出来，在我眼前晃来晃去，我支撒着手驱赶它，它却不肯离开，我去捕捉它，却怎么也捉不到它。我吓得大叫起来：“妈！妈！你要死了吗？爸！爸！你也要死了吗？”

我的叫声使屋内那种奇怪的声音戛然而止！影子也突然消失了！世界立刻变得一片寂静！寂静得让我一下子忘记了自己的

存在。

当我刚要开始自己的第二轮大叫时，门开了。首先看到的是，丁开心脸上那种满足的笑容，他老人家龇着的大板牙似乎也不那么难看了。丁开心伸了一下懒腰，骂我道："小兔崽子，不爬一边儿玩去，来搅老子的好事！"

"穷吆喝个啥？别吓着了孩子！"花淑娴从丁开心身后走过来，照他肩膀上打了一下，然后匆匆去了茅房。

我不知道我搅了丁开心的啥好事。我只知道，在我们家，花淑娴总是迁就丁开心。花淑娴如果是面团的话，丁开心就是擀面杖，他要花淑娴那团面是长的，花淑娴那团面就不会是圆的。反过来说，丁开心如果是根搅屎棍子，花淑娴就是冲水的马桶，她得把搅屎棍子上的污秽冲洗干净（当然，这些只是表面现象）。在稍微长大一些的时候，我才明白，其实，花淑娴迁就丁开心，是一种礼让，是一种宽容。丁开心说话粗野，动不动就"靠娘妈×"。花淑娴不会骂人，也不会吵架，更害怕邻居们看我们家的笑话。除了这些，还因为丁开心是根红苗正的要饭花子出身，而我娘不但是旧社会过来的戏子，还当过反革命分子吕修身的小老婆。花淑娴这些身上的污点，不得不让她在丁开心面前礼让三分。还有一个更为重要的原因，花淑娴因为嫁给丁开心做了老婆，人民政府不再追究她的戏子身份和反革命分子小老婆的身份。花淑娴除了有一个新的干部家属的身份外，还有了一份工作做，成了一名自食其力的劳动者。

6

周大伟家和我家住在一个院子里，这个院子原来是吕修身的公馆。镇压了吕修身，吕公馆这个胜利的果实被人民群众分享了。周大伟家分享的是三间正房，正房也就是堂屋。堂屋是吕修身生前住过的老房子，冬暖夏凉。因为墙壁厚实，房顶上扣着一层八砖（一种八个角的方砖），八砖上布着一层青色的瓦，冬天里风刮不进屋里，夏天里太阳晒不透屋子。两道雕花的隔栅把房子分成三间，中间是客厅，东西两间是住室。周大伟的爸是县长，他一家才有资格享受这么高级的革命胜利的果实。

我们住的东厢房是分给丁开心的。比起周大伟家的房子来说，东厢房除了狭窄外，就是冬冷夏热。冬天里之所以冷，是因为西北风从门口和窗口刮过来，一下子就刮到了后墙根。夏天里之所以热，是因为西晒日头，毒日头像一个火球，从窗户和门缝里钻进屋内，把东厢房烤成了一个火炉。丁开心睡惯了人家的屋檐，不怕冷，却怕热，到了夏天的夜晚睡觉时，他总是敞着门。头冲着门口，铺一张席子，把自己脱得一丝不挂，躺在席子上呼呼大睡，也不怕蚊子嗡嗡叫着满天飞。

实话说，我家和周家做邻居，从等级上有着悬殊，这不但体现在我爸和周大伟他爸的官职级别上，就拿夏天的睡觉方式，我爸就赶不上周大伟他爸文明。周大伟他爸当然不会光着身子躺在门口睡。周大伟他爸睡在里间屋的藤子床上，藤子床上挂着雪白的纱布，后来才知道那叫蚊帐。蚊帐专门用来防止蚊子钻进帐子内吸人的血。蚊子在蚊帐外边“嗡嗡”地叫着，闻到了散发着汗臭味的血腥，急不可待地想把自己尖利的长嘴叮进周大伟他爸的皮肉里，饱饮一顿血宴。它们馋得简直要发疯，可是，就是不能接近躺在藤子床上的那堆肉。

我找周大伟玩的时候，看到他家的藤子床和架在藤子床上的蚊帐。我希望我家也有一张类似的藤子床和蚊帐。

丁开心听到我不切合实际的要求，嗤笑道：“你才是做梦娶媳妇儿，净想好事呢！头上的屎皮子还没退，裤裆里蛋卵子还没长大，就想睡藤子床？老子都当了街道办的副主任，还没那个福分呢！”

丁开心的混账话，说得我哑口无言。我正为不能和周大伟一样上幼儿园而心急难受呢。那天我对丁开心说："开心爸，周大伟管周老铁喊爸，周老铁就送周大伟去幼儿园。我也管你喊爸，你咋就不能送我去幼儿园？"

丁开心用一种奇怪的眼神看着我，又伸出手在我的额头上摸了摸，说："这小兔崽子，不发烧啊，咋会说胡话？是不是说梦话？"

我认真地说："开心爸，昨儿夜里，我睡着了，你还对我说，只要喊你爸，你就送我去幼儿园。"

丁开心扭头对花淑娴说："这小兔崽子，是说梦话吧？"

花淑娴叹了一口气，说："这孩子真是睡着了还嚷着要去幼儿园呢！就算是梦话，也不能伤了孩子的心。看见周家的孩子去幼儿园，他总是眼泪巴巴的。"

丁开心听花淑娴这么说，便又把上边类似的那番话重复了一遍："你才是做梦娶媳妇，净想好事呢！我和你这般大，别说做梦上幼儿园，就是连吃饱肚子的梦也没敢做过哩！"

花淑娴有些生气地说："这话就不是你当爹的说的话。谁家当爹的不想让自己的儿子上幼儿园？我看，你是瞧不起俺娘俩！"

丁开心急忙辩白道："你这是哪里话？我瞧不起你，你生孩子那阵儿，是我把你背回到那间茅草屋的。没人照顾你，我一趟一趟朝你屋里跑，我给你端屎端尿，我给你熬米糊糊，还放了红糖。那红糖是我到齐老六的杂货店里要来的。齐老六舍不得给我红糖，我朝他家红糖罐子里'叭'地吐了一口唾沫，他才舍得把沾了唾沫星子的红糖给了我。还有，我给小兔崽子洗屎布，小兔崽子那屎黄歪歪的，又腥又臭。我怕小兔崽子尿尿尿湿了床，我掂着小兔崽子的小鸡鸡，没想到，他竟然把尿滋到了我嘴里，那股子热尿，咸涩咸涩的，我都当糖水咽下去了……小兔崽子要去幼儿园的事，我厚着脸皮央求过人家好几次，人家都不同意。这又不是要饭的事儿，人家不给你块馒头你赖着不走。"丁开心说着，装出一副可怜相："可怜可怜俺吧，大爷，给口吃的吧。要不，俺饿死在你家门口，人家还当是你放狗把俺咬死的呢！”

花淑娴被丁开心装出的一副无赖相逗得“扑哧”一笑，她说：“无论咋说，也得让儿子去幼儿园。夜里，听着孩子做梦还说要去幼儿园，我心里也不好受！”

的确，能和周大伟一样上幼儿园，是我儿时的梦想。花淑娴说我做梦都说要上幼儿园，也许我说过这话，也许我做过那样的梦。时间过去那么长了，究竟有没有做过那样的梦我早记不得了。后来，我真的就能和周大伟一起去幼儿园了。能去幼儿园，靠丁开心这个街道办副主任是办不到的，还是我妈想的办法。关键时刻，我妈的脑瓜子总比丁开心那个老混账的脑瓜子灵活。

那天，我妈花淑娴把自己打扮一番，去了堂屋。堂屋就是周大伟家住的屋子。当然，在几年前，堂屋或许就是我妈住过的地方——我妈和那个我未曾谋过面的亲爹住过的地方。我妈早已经不去堂屋了，自从嫁给丁开心住进了东厢房，距堂屋虽然仅有咫尺之遥，但是，我妈从来没朝堂屋那边迈过一步。她甚至轻易不朝堂屋那边看一眼。

我妈迈着轻盈的步子，迈过了堂屋那道门槛。我妈俊俏的身影消失在了堂屋门后边。我妈的身影在那道门后边消失后我就看不到她了。在此之前，我曾试探着向我妈要求，让她带我一起去。我妈却严词拒绝了我。我妈说，她要向周大伟的爸请求让我去幼儿园，如果我非要跟着她去，她就不去求周大伟的爸。为了能和周大伟一起去幼儿园，我当然只能眼巴巴地望着我妈独自消失在周大伟家的堂屋门后边。

妈进去了很长时间还没出来。当然，也许是因为我心急，才感觉时间长。我的确心急难耐，便忘了我妈的叮咛，悄悄向堂屋走去。我怕我妈发现我去堂屋，便踮着脚走路，像一只小鸭子似的走进了堂屋。所不同的是，小鸭子走起路来嘴里会“呱呱”地叫，而我不叫，我甚至连大气都不敢喘。我进到堂屋里，才发现当门里没有人。东间里传出低微的说话声。我不敢贸然走进东间，只能隔着东间的门缝朝里瞅，那时候，你猜我看到了什么？也许你猜不到。那我就告诉你，我看到周老铁还躺在藤子床上睡午觉。天那么热，周老铁身上还盖着棉被，只是头露在外边。额头上包着条白毛巾，好像生病了似的。周老铁没有睡着，眯缝着眼躺在藤子床上。周老铁之所以没有睡着，是因为藤子床边坐着一个女人。那女人就是我妈花淑娴。我妈花淑娴低着头，两只嫩白柔软的小手像是没地方放，就那么揉搓着。正是那个时候，一只蚊子嗡嗡叫着要朝蚊帐子里钻。它是闻到了从周老铁身上散发出来的汗臭味儿，才急切地寻找能钻进去的突破口。为了不让蚊子得逞，我妈站起身来去驱赶那只蚊子。不巧的是，我妈站起来的时候，蚊帐的一角撩了起来。蚊子被赶跑了，我妈又低下头，弯着腰，去掖撩起来的蚊帐角。在我妈掖蚊帐角的时候，我看到周老铁伸出他那只同样长着浓密汗毛的手，指着桌子上的茶杯。

我妈端起桌子上的茶杯，说："周县长，打摆子是要多喝开水。我帮你倒去！"说着，向外屋走来。

听到这句话，我急忙向院子里走去。

我妈是如何向周大伟的爸请求的，我不好意思向我妈打听，那不是我所关心的事情。我关心的只是结果。

那天，我妈从周大伟家的堂屋里走出来的时候，她的脸有些绯红，又有一种难以压抑的惊慌。我妈快步地走出堂屋时，向左右看了一眼，才朝东厢房走来。

我妈看到我眼巴巴地守在东厢房门口，第一句话不是告诉我周大伟的爸答应没答应我去幼儿园，而是问我："你爸回来了没有？"

我回答道："没有。"

我想，下面，我妈准该告诉我她请求的结果。可是，我妈的第二句话是："国庆，刚才有人来过没有？"

我有些不耐烦，但是，还是告诉她："没有。除了我，连一个瞎鬼也没看到。”

花淑娴这才告诉我：“小国庆，你明儿就能去幼儿园了！”

7

我上了幼儿园，我妈花淑娴也有了一份工作。

花淑娴的工作是到新建的糕点加工厂当检验工。花淑娴能到糕点加工厂当检验工，不是丁开心起的作用。丁开心仅仅是一名街道办的副主任，他没有那么大的权力安排我妈进糕点厂。能让我妈进糕点厂当检验工的是周大伟的爸周老铁。周老铁之所以关心我妈，是因为我家和周家是邻居。这句话不是我说的，是周老铁说的。

那天，我在周家的外间屋和周大伟一块玩，听到里间屋周大伟的爸和周大伟的妈高一声低一声地说话。大人们说什么话，本来不是我们这些小屁孩子关心的事，可是，从周大伟妈嘴里说出来的那句话却吸引了我：“我看你是被花淑娴那个骚狐狸给迷了心窍！”

一听“花淑娴”三个字，我就不能不关心周大伟的妈为啥要说我妈的坏话。

周老铁说：“林兰芷，你少胡说八道！我和花淑娴说几句话，她帮我倒杯开水，你就吃醋了？”

林兰芷说：“你只是和她说几句话吗？你是在为她说话！她儿子上幼儿园你替她说话，她上糕点厂当工人你替她说话。以后，她要办的事多了，你都要替她说话吗？”

周老铁说：“咱和她家不是邻居嘛！再说人家有难求咱帮忙，咱能不帮？”

林兰芷说：“帮忙也要有个分寸。别忘了，她可是国民党反动县长的小老婆，她儿子是国民党反动县长的种！你是共产党的县长！我就不明白，你这个共产党的县长咋那么热心去帮一个国民党的反动县长的小老婆的忙！”

周老铁说：“你不要拿老眼光看人家，花淑娴给反动县长当小老婆，是被反动县长逼的！是迫不得已。新中国成立后花淑娴嫁给了丁开心，丁开心是街道干部，花淑娴就成了干部家属。再说，她到糕点厂当工人，就是咱们的同志。再再说，她儿子叫丁国庆，也算得上干部子弟！”

“屁！她儿子是反革命县长的种，叫什么也改变不了颜色！”

听到这儿，我哇的一声大哭起来。那个时候，我虽然还不懂什么是反革命，什么是改不了颜色，但从林兰芷咬牙切齿的声音中，我听出那绝不是好话。

我的哭声终止了周老铁和林兰芷的争论。周老铁从内间屋里走出来，接着，林兰芷也从内间屋里走出来。

周老铁从屋里走出来的时候，脸上挂着笑，问：“哭什么哭什么？一拃高的熊孩子也能听出来个好赖话？”

林兰芷铁青着脸。这个女人的脸本来就不太白，起码没有我妈的脸白。此时，她的脸色像烧过饭用水刷过后的铁锅底。林兰芷没有对我说什么，而是对周大伟说：“给你说过多少遍，不让你和他在一块玩，怎么又把他领咱家来了？”

周大伟可不怕他妈，噘着小嘴讲理：“不！我就要和他一起玩。咱院子就丁国庆一个小朋友，不和他一起玩，还能和谁一起玩？”

林兰芷动手要扯周大伟，周老铁急忙拦住道：“孩子们在一块玩有什么不好？也省得大人操心了！”

林兰芷铁青的脸更加阴沉，似有炸雷要从那张阴沉的脸上滚过。她低下头，俯瞰着我，用一种让人惊悸的声调问我：“丁国庆，是不是你妈派你来的？你是不是你妈派到我家打探消息的小特务？”

那个时候，我隐隐约约地意识到，特务不是个好东西，特务一定是坏蛋。林兰芷把我说成小特务，我不就是个小坏蛋？林兰芷把我当成小特务，让我感到很委屈，我几乎再次要哭出来。可是，我终于没有哭。我必须向林兰芷澄清一个事实。我说：“林阿姨，我不是小特务，也不是我妈要我来的，是我自己要来的。我要和周大伟一块儿藏猫猫，我要和周大伟一块儿走家家……”

周大伟他爸说：“小国庆不是小特务。小国庆怎么会是小特务呢！林阿姨和你开玩笑呢！”

林兰芷打断周大伟他爸的话说：“别说了。多大点儿个小人儿，就被那骚狐狸精调教得伶牙俐齿……”

我争辩道：“林阿姨，我妈不是骚狐狸精！”

周大伟他爸说：“乖孩子，你妈不是骚狐狸精。你林阿姨是说别人呢！”

林兰芷从牙缝里“哼”了一声，转身进了里屋。

林兰芷不但对我恶声恶气，对我家的每一个人都怀有深仇大恨似的。她和我妈走碰脸的时候，我妈低着头，连正眼也不敢看她一眼。而她却挺着胸脯，昂着头，仰着脸，一副鄙视的样子。丁开心和她碰脸的时候，丁开心依旧谄媚地笑着，问，林领导，您吃过饭了吗？林兰芷要么从鼻子里“哼”一声，要么把头一扭，鄙夷地朝地上吐口痰。至于我，见了她，则像老鼠见了猫。哪怕我和周大伟玩得正好着呢，只要听见林兰芷的声音，便急忙跑进东厢房，再不敢出来。

我始终不明白，林兰芷为什么那么仇视我家。林兰芷不但仇视我家，还要把我家撵走。那天我妈去上夜班，家里只有我爸丁开心和我，林兰芷破天荒第一次敲响了我家的门。当然，门被敲响的时候，我和丁开心还没有想到是林兰芷。直到我把门打开，林兰芷走进来，我才惊讶地张大了嘴巴。

林兰芷到我家来，感到意外的不仅是我，丁开心比我更加意外。丁开心慌忙从床上下来，把笑挂到脸上，然后才小心翼翼地问：“林领导，您吃饭了吗？”

林兰芷从鼻子里“哼”了一声，算是回答。然后，在屋子里仔细地看了一遍。林兰芷在屋里仔细查看的时候，像是要寻找什么东西。寻找什么呢？是她家的猫跑丢了，还是她家茶桌上的搪瓷茶杯不见了？可是，她什么东西也没有找到。

丁开心一直赔着笑，没话找话地说："林领导，您家吃饭这么早呀？"

林兰芷没找到什么东西，并没有失望。那时候，她的眼神里似乎有了一些温度，她的声音也不似过去那么严厉了。她似乎是用商量的口吻对丁开心说："老丁，今儿来和你说个事。"

丁开心一副受宠若惊的样子，连忙说："林领导，您说，您说，有什么事尽管吩咐。"

林兰芷说："是这样，当初，这两间东厢房本来是分给我家当厨房用的。你知道，老周那人爱帮助人，看到你新结婚，就把房子让给了你。可是，现在，我家的厨房下雨漏得不能用了……老丁，我说的意思你明白吗？"

我看到丁开心惊愕地张大了嘴巴，好半天没有说出一句话。

林兰芷见丁开心不吭声，继续说："你知道，老周是个很要面子的人，他不会安排下面的工作人员来把你全家撵走。其实，老周如果安排工作人员来撵你全家走，他也不丢什么面子，是工作人员把你全家撵走的，也不是他亲自把你全家撵走的。面子上不好看的其实是你老丁。你老丁毕竟是街道干部呀，怎么能不顾全大局呢？你说是不是，老丁？"

丁开心似乎回过神来，才"啊嗬"笑了一声，说："林领导，你是说，要我们搬出这东厢房？"

林兰芷说："老丁，你真是个明白人。"

丁开心拍了拍自己的脑瓜，说："林领导，这事我得给国庆他妈商量商量。"

林兰芷脸色变得难看了，连说话也没刚才那么好听了："老丁，有这个必要吗？这东厢房本来就是让给你住的，不是让给她住的！她是个什么样的人，你最清楚！"

丁开心听了这话，把笑凝固在脸上，变成了冷笑，说：“我知道她过去是个唱戏的，我更知道她现在是我老婆！我明媒正娶把她娶进了这东厢房，有人要我们搬出这东厢房，我就得和她商量，她同意搬出去，我们全家才肯搬出去，她假如不同意搬出去，我们全家就是死也要死在这屋里！”

林兰芷冷冷地道：“好吧。你和她商量吧！不过，我家老周连这座县城都能拿下，还拿不下一个戏子？”

8

我们全家终于搬进了我妈原来住过的那间茅草屋里。

丁开心跟我妈商量搬家的时候，还担心我妈不同意。如果我妈不同意搬，他就有理由拒绝林兰芷。林兰芷真的让工作人员来赶我们走的时候，我爸也有办法对付他们。丁开心是翻了身的贫农，丁开心还是街道干部副主任，就凭这两块硬招牌，他也要让我妈满意。还有第二个结果，我妈即便同意搬家，也不至于答复得那么爽快，她总得向周家提点要求。她如果向周家提要求，我爸坚决支持。我当时也想，我妈不会爽快地同意搬走的。是啊，傻子才同意从大瓦房里搬到茅草屋里去住呢！可是，让丁开心和我想不到的是，当丁开心吞吞吐吐地向我妈说出搬到茅草房去住时，我妈竟然爽快地答应了。我妈没有询问要搬家的原因，好像是他们二人早已经约定好的事情，又好像是丁开心吃过饭放下碗伸个懒腰放个屁似的那么简单自然。

我们新搬的家茅草屋不在幸福街，是在一个非常偏僻的地方。与周大伟家的大堂屋隔着一条小巷和两个胡同。这样，我就不能经常到周大伟家去玩了。当然，我不能到周家去玩，也正是周大伟他妈林兰芷所希望的。更为关键的是，我家的茅草屋距离幼儿园又远了一条小巷和两个胡同。这就有了点儿麻烦。因为远出的这条小巷和两个胡同总是让我迷失方向。和周家做邻居的时候，我爸送我去幼儿园仅仅一次，我就记住了路，过了幸福街，就是那条叫侯家门的小巷，再走一条大街叫解放路，另一条小巷叫染坊口，染坊口有朱麻子的胡辣汤铺子和杨大头的油果子店。我记得很清楚。可是，多出的这一条小巷和两条胡同老是让我迷路。往往走一个时辰，以为拐过前边那个房角大概就是幼儿园了，可是，拐过那个墙角又是一个胡同，过了那个胡同又是一个墙角，就这么绕来绕去，绕去绕来我又绕回了茅草屋。

绕回茅草屋的时候，我就不想再去幼儿园了，我怕自己绕来绕去仍然到不了幼儿园。那时候，我家茅草屋的门关着。不过，我敢断定，丁开心和我妈不是关着门在屋里做什么好事，因为，茅草屋的门是从外边锁上的，丁开心和我妈花淑娴不可能在外边锁上门然后躲到屋里去。他们大概上班去了。

我只能坐在门外边玩。

说实话，茅草屋的门口外边真没有什么好玩的，连一棵小草也没有，更说不上能有一棵小树。如果能有一棵小草，我会把它拔起来，然后再把它重新栽到地上。如果有一棵小树，我会和它比比个头，看看我俩谁长得快。可是，茅草屋门口什么也没有。这让我很孤单，也很无趣。

正是那个时候，从远处跑过来一只小花狗。小花狗跑得不紧不慢，它向我家门口跑来的时候，还不时地回头向后张望着，就像一个小偷偷了别人的东西，怕被人家追上一样。小花狗向后望一眼，又不紧不慢地跑几步。不紧不慢地跑几步，又回头望一眼。后来，我终于发现它不时回头张望的原因。原来，离它不远的地方，又跑来一只小白狗。小白狗吃得很胖，边跑边喘着气，伸着舌头，“呼哧呼哧”的。小白狗“呼哧呼哧”的声音好像是说，小花狗，跑恁快干啥？等等我呀！

小花狗就是不搭理它，就那么跑几步回头看它一眼。

小花狗离我越来越近，小白狗也离我越来越近。

我高兴极了，心想，周大伟不和我玩了，终于又有两个新朋友来找我玩了。

我正高兴的时候，小花狗却站在那里不动了。那时候，小白狗追上了它。小白狗追上小花狗，就朝小花狗的身上扑。我看到小花狗趴在小白狗身上不肯下来，就在地上捡起几个土坷垃蛋儿，向小白狗砸去。小白狗终于从小花狗身上下来，跑走了。

小花狗摇头晃脑地向我讨好，它用两条后腿支着地，翘起两条前腿扒在我的肩膀上，伸出它红润的舌头，舔着我的脸颊，然后，“汪汪”地叫两声，好像是向我告小白狗的状。

我用手拍拍它的脸，对它说：“好了好了，小花狗，别委屈了。以后，我再也不让小白狗欺负你了。”

小花狗从此住进了我家的茅草屋，成了我的好朋友。

花淑娴下班回来后，看到我收留了小花狗很不满意。再加上我那天没去幼儿园的事她也知道了，便教训我说：“这么点儿大就开始逃学，等长大了还会学好？小国庆，妈让你去幼儿园容易吗？是妈热脸贴了人家的冷屁股才好不容易求来的，你这么不珍惜，这一辈子就待在家里和那个狗娃子玩吧！和一个狗娃子玩一辈子会有啥出息？还有丁开心，你，咋就让小国庆把狗弄屋里来了？这么一间小屋子，人还转不开身呢，再养一条狗，真成狗窝了！”

花淑娴唠唠叨叨个没完没了，开始是骂小花狗，由小花狗又转移到我身上。我和小花狗都感到理屈词穷，谁也不敢和花淑娴顶嘴，随便她骂去。骂也沾不到身上！

丁开心挨了骂，不但不恼，还“啊嗬啊嗬”地笑了一阵，说：“可不就是狗窝。过去老财主骂我是要饭的大狗，小花狗后来的，就叫小狗。往后，说不定咱家还会添……‘狗’进口呢。”

第二天去幼儿园的时候，丁开心对我说：“我这个街道办副主任工作这么忙，还要送你去幼儿园。这次再送你一次，一定要记着路，以后自己去！”

丁开心扯着我的手送我去幼儿园，小花狗摇头摆尾地跟在我后边。我们走过一条小巷，丁开心对我说："这条小巷叫蚂蚁巷。你看，路这么窄，才配叫蚂蚁巷。记住了没有？"

我点了点头，说："记住了。"其实，这条小巷除了路稍微窄点，其他与别的小巷没什么两样。

小花狗见我点了点头，也"汪汪"地叫了两声。

丁开心骂道："你这个狗东西，也记住了这是蚂蚁巷？"

我们继续朝前走，经过了一个胡同。丁开心指着这条胡同说：

"这条胡同叫白胡同。你看胡同的墙都用白石粉刷过，才叫白胡同。小国庆，你记住了吗？"

我还没有点头，小花狗先"汪汪"叫了起来。

丁开心骂道："这个狗东西，比俺家小国庆还聪明！"

我们朝前走了一阵，又经过一个胡同。没等丁开心介绍，我便抢着说：

"丁副主任，这条胡同叫黑胡同。你看，胡同里的墙都是用黑石粉刷的。"

丁开心说："不是黑石粉刷的，是用锅底子灰刷的，锅底子灰刷的墙才叫黑胡同。"

小花狗又"汪汪"叫了几声。

丁开心表扬道："小花狗的确比小国庆聪明。"

我不满意地瞪了小花狗一眼，骂道："狗东西，逞的哪门子能！"

我们终于走到了幸福街。一到幸福街，我就知道去往幼儿园的路了。

在幸福街，我们碰见了周大伟和他妈林兰芷。周大伟看见我，高兴地叫道：

"丁国庆，丁国庆，你家搬到哪儿去了？"

还没等我回答，小花狗冲着周大伟"汪汪"地叫了几声。

周大伟惊喜地道："丁国庆，你养小狗了？"

还是没等我回答，丁开心便"啊嘀啊嘀"地笑着向林兰芷打招呼：

“林领导，你吃过饭了吗？”

林兰芷从鼻子里哼了一声，拉着周大伟的手就走。周大伟趔趄着身子，带着哭腔对他妈说：

“我要和丁国庆一块儿玩。我要和丁国庆的小狗一块儿玩。”

林兰芷的声音顺着风飘过来：

“大伟，乖，记着，丁国庆他妈是反革命的小老婆，丁国庆是反革命的小崽子，不要和他一块儿玩！”

我听林兰芷骂我是反革命的小崽子，虽然我还不懂反革命小崽子是什么意思，但从林兰芷恶声恶语的腔调中，我觉得反革命小崽子绝不是个好玩意儿。我不由得伤心地哭起来。

丁开心正为讨了个没趣烦恼着，见我鼻涕眼泪涂了一脸，说：“别哭，你是老子的儿子，是八代贫农的儿子！那娘们再敢说你是反革命小崽子，老子要和她说道说道！”说着，朝周大伟他妈的背后吐了一口痰，嘴里嘟哝道，要奶没奶，要屁股没屁股。“反革命”的小老婆就是比你的屁股大，比你的奶子大！呸！不就仗着有个县长男人吗！

9

小花——这是我给小花狗起的名字——和我形影不离，成了我的好朋友。有了小花，我再也不感到孤单。有了小花，我再也不让街道办副主任送我去幼儿园，而是让小花陪着我去幼儿园。小花的确比我聪明，我如果走错了小巷，小花就用嘴叼着我的裤脚，把我拽到该走的蚂蚁巷，我如果走错了胡同，小花又用嘴叼着我的裤脚，把我拽到该走的白胡同或者黑胡同。小花像个保镖似的跟在我的屁股后边。我们走过幸福街，走过解放路，走过杨大头的油果子店，杨大头看到我身后的小花，“啧啧”着嘴，说：

“这狗东西，挺精神的。来，用我的油果子换你这狗东西，中不中？”

“它不叫狗东西，它叫小花。”我舔了舔嘴唇，说，“你家的油果子不好吃，我才不和你换呢！”

我们走过朱麻子的胡辣汤铺子，朱麻子看到小花，“哧哧”地笑着说：

“这狗杂种，怪神气的。来来，我给你盛碗胡辣汤，把这狗杂种换给我。”

“它不叫狗杂种，它叫小花。”我咽了口口水，说，“我今儿吃饱了，不想喝你家的胡辣汤了！”

我和小花来到了幼儿园，守大门的李爷爷看到小花，脸上乐开了花，他弯下腰，用手摸着小花的头，笑眯眯地说：

“这小家伙，挺乖的。”

“李爷爷，您不要叫它小家伙，它叫小花。”我踮起脚尖，附在李爷爷的耳边说，“李爷爷，小花要和我一块儿上幼儿园。”

李爷爷听了，“咯咯”地笑着，用手抹去眼角流出来的泪花，说：

“乖孩子，幼儿园是给干部家的孩子上的，不是给小花上的。”

“小花也是干部家的孩子。小花的爸丁开心在街道办当副主任。”

“小花不是丁开心亲生的孩子。不是丁开心亲生的孩子是不能上幼儿园的。”

“小花不能上幼儿园，这可咋办呢？”我急得哭了起来。

李爷爷见我着急的样子，便安慰我说：

“别哭，别哭，乖孩子，让爷爷想想办法。”李爷爷拍了拍额头，说：“这样吧，小国庆，你到教室里和小朋友们一块玩，小花在大门口外边和李爷爷玩。小花饿了，我喂它口吃的，小花渴了，我就让它喝水，小花累了，我就让它躺在地上睡会儿觉。等小国庆回家去的时候，再让小花和你一块儿回家。”

我歪着头想了想，也只有这么办了。

不知不觉间，小花长高了，吃胖了。

丁开心看到小花渐渐鼓起的肚子，说："这狗东西，是不是要生狗崽子了？"

丁开心说这话的时候，用眼斜睨着我妈花淑娴。

花淑娴那天没上班，正在认真地为我缝补烂了裆的裤子。丁开心看到我妈没搭理他，便又说了一句：

"这狗东西的肚子真争气，小白狗就那么爬它一次，它就怀上了。"丁开心说这话的时候，又斜睨了我妈一眼。丁开心见我妈仍旧低着头为我缝裤裆，"啊嗬啊嗬"笑了一阵，又说：

"这狗东西的肚子比女人的肚子还争气。"

丁开心说完这话，还没来得及再斜睨我妈一眼，我妈就把我烂了裤裆的裤子一甩，生气地说：

"丁开心，我知道你想说啥！狗东西的肚子争气你去和狗东西爬呀！"

丁开心见我妈生气了，急忙赔着笑脸说：

"淑娴，淑娴，我不是那个意思。你别生气呀。我怎能和狗东西爬？我知道这是急不得的事情。我不急，我不急。女人的肚子不争气怨不得女人，都怨我丁开心。我会努力的，我会'大跃进'的……"

花淑娴"呸"地朝丁开心吐了一口。唾沫星子溅到了丁开心脸上，丁开心伸出舌头舔了舔，咂吧咂吧嘴，没再说什么。

到了秋天，小花生了四只小狗崽。小狗崽们"叽叽"地叫着，在小花的肚皮上拱来拱去。小花的奶头耷拉着，小狗崽们噙到嘴里，"吧唧吧唧"地吸着。只是吸了好大一阵儿，也没能吸出奶水来。

小花瘦得皮包着骨头了。原因是，我们家已经有两个多月没烧锅做过饭了。我家做饭的锅被丁开心送到街道办的炼钢炉上去了，我家的勺子、碗、锅、铲，凡是灶台上用的东西都被丁开心送到街道办的炼钢炉上去了。

当时，丁开心兴致勃勃地对我和花淑娴说：

“共产主义来到了。往后咱们再不用自己做饭吃了！咱们要吃大伙了。大伙里有大馒头，有炒鸡蛋凉面条，一天吃一顿糖醋鱼，两天吃一顿红烧肉。咱留下这些锅碗瓢勺还有啥用？咱们要把这些家什献给街道办，街道办支起了炼钢炉，炼钢炉要大炼钢铁大跃进呢！”

丁开心眉飞色舞，说得唾沫星子乱飞。我和我妈都不懂得“共产主义”是咋回事，也不懂得“大跃进”是咋回事，但是，一听说有大馒头和炒鸡蛋凉面条吃，还能吃到糖醋鱼和红烧肉，立时，一股幸福的暖流涌遍了全身，高兴得连嘴也合不拢了。

我问丁开心：“能喝到朱麻子的胡辣汤吗？”

丁开心鄙夷地回答我：“有糖醋鱼和红烧肉吃，朱麻子的胡辣汤有啥喝头！”

我想想也是这个道理，便又问：“能吃到杨大头的油果子吗？”

丁开心不耐烦地回答我：“杨大头炸的油果子太油腻，哪赶得上大伙上的炒鸡蛋捞面条？”

我想，是啊，能天天吃到炒鸡蛋捞面条也是不错的。我这样想着的时候，口水就不自觉地流下来了。

不过，我妈花淑娴考虑得比我多，她在高兴的同时，十分担心地问：

“那么多人一齐吃饭，得多大的锅啊？”

丁开心挠了挠头皮，自言自语地说：“得多大的锅？是啊，得多大的锅呢？”忽然一拍脑瓜，说：“咱街道办大炼钢铁，就是要制造一口大锅。这口锅多大呢，可能要比咱这房子还要大。”

我妈半信半疑地说：“就怕比咱这房子还大的锅制造不出来。”

我觉得我妈说得有些道理，便说：“是啊，比咱房子大的锅能造出来吗？不能。”

丁开心说：“能造出来，谁说不能造出来谁就是右派。”

丁开心这么一说，我和我妈都不吭气了，我和我妈都不愿意当右派，都相信比我家房子还大的锅能够造出来。

让我担心的是，我能到大伙上吃饭，小花咋办？大伙上的人肯定不会同意小花入大伙的。我把我的担心对丁开心讲了。丁开心说：“大伙上人多，一人吃剩一口，就够小花吃的了。把大家吃剩下的饭给小花带回来不就够它吃的了。”

丁开心这么一说，我就放了心。去吃大伙的时候，我带了个馍筐子。馍筐子不是钢铁造的，因此，没有被丁开心拿到锅炉上去。我拿着馍筐子，是为了把人民群众吃剩的馍给小花带回家。

我拿着馍筐子来到大伙上的时候，看到来大伙吃饭的人很多。来大伙吃饭的有男人，有女人，有老人，也有和我一般大的孩子，当然还有比我大些和小些的孩子，比我大些的孩子都是中学生或小学生，比我小些的孩子还没有上幼儿园。吃大伙的人民群众都是笑容满面、一脸幸福的样子。他们排着长队，手里拿着饭碗和筷子。在长长的队伍里，我看到了周大伟和他妈，还看到了杂货店的齐老六和他的老婆孩子，还有卖油果子的杨大头和他的孩子老婆，排在最后边的是胡辣汤铺子里的朱麻子和他的孩子老婆。这些人看到我手里除了拿着碗和筷子，还掂着个馍筐子，便“哧哧”地笑。

他们七嘴八舌地说：

“这小子，掂恁大个馍筐子，是要把馍都端回他们家吗？”

“想得美。人人都要平均分配，谁也不许多吃多占。”

“谁要多吃多占，就不让他进共产主义。”

“谁要多吃多占，就不让他大跃进。”

……

我被这些七言八语说得面红耳赤，急忙为自己辩解：“我不是多吃多占。我是给小花捎饭的……”

可是，再也没有人听我解释，因为开始打饭了。排队的人蠕动起来，排在前头的人领到了饭，有埋怨自己碗里的肉少的，有埋怨自己碗里的汤多的，铿铿锵锵，叽叽喳喳，呼呼啦啦，噼噼啪啪，吵吵嚷嚷，闹腾得乱成一片。排在后边的人领不到饭，急得一个劲地敲饭碗，敲碗的声音又“叮叮当当”响个不停。

到我领饭的时候，人家大多都吃完饭走了。我领到一个馍，领到半碗菜汤。馍并不像丁开心说的那样大，菜既不是糖醋鱼，也不是红烧肉。菜是老芹菜烩肉片。只是因为我来得晚，肉片所剩不多了，只有一些老芹菜。我用筷子在老芹菜里挑拣好一阵，才找到薄薄的一小片肥肉。我把那片肥肉含在嘴里，仔细地品味着。糟糕的是，还没等我品出它的味道，薄薄的肉片已经咽到了肚里。接下来，就着老芹菜，我三下五除二把馍吃完了。那时候，我才想到小花还关在家里等着我为它捎吃的。可是，人都走完了，连大厨房都关了门。我瞅了瞅地上，地上干干净净的，像谁用大扫帚扫过后，又用大拖把拖了一遍，别说馍头，连一粒馍渣也没剩。

我只好拎着空馍筐子朝家走。

小花看到我回来了，摇头摆尾地朝我跑来。小花扑在我身上，伸出舌头舔我的碗，又张开嘴咬着我手里的空馍筐子。小花贪婪地嗅着空馍筐子。可是，我手中的空碗和空馍筐子让小花很失望。最后，它又扑向我，用舌头舔着我的小手。我的小手上大概还残留着馍的味道，它就那么仔细地舔了一遍又一遍，吧吧唧唧的，把我的小手心舔得痒痒的。

就这么一连多天，我都没能给小花捎回来一个小馍头。小花渐渐地瘦了下去，隆起的肚子渐渐地瘪了下去。小花不想让它的肚子瘪下去，因为它的肚子刚生下它的崽子。如果它的肚子继续瘪下去，它生下的崽子就会饿死。它要让自己的崽子不饿死，就得吃饱自己的肚子。既然我不能给它找到吃的，它就自己去找吃的。它出去找吃的的时候，从来不和我打招呼，都是悄无声息地跑出去。回来的时候，却扑向我，在我跟前撒娇。我知道，它是在向我炫耀，它找到吃的了，它的崽子不至于饿死了。

我看看它的肚子，发现它的肚子并没有鼓起来。它并没有吃饱。

10

丁开心顾不上管我和小花的肚子问题了，仅我妈的肚子问题就够他忙活的了。原因是，我妈的肚子争气了。我妈的肚子像小花当初一样渐渐地鼓了起来。这让我爸丁开心整天欢天喜地，高兴得逢人就讲：

“我老婆有喜了。”

“我老婆都怀上几个月了。”

“我老婆再有几个月就要坐月子了。”

丁开心整天围着我妈的肚子转。他一会儿趴在我妈的肚子上听听里边的动静，一会儿又用手去摸摸我妈鼓起来的肚子。丁开心摸我妈肚子的时候，我妈就怪他：

“看你那只手，脏不拉叽的，把孩子的脸都摸脏了！”

丁开心便“啊嗬啊嗬”地笑着说：“是的，是的。我去洗洗手，不能把咱小跃进的脸蛋儿摸脏了。”

我爸丁开心最关心的是让我妈的肚子吃饱。我妈的肚子吃饱她肚子里的孩子才能吃饱，这道理和小花只要能吃饱小花的崽子就不会饿着一样。可是，小花吃饱吃不饱丁开心从来不关心，他只关心我妈花淑娴的肚子。

大伙上蒸的馍越来越小，大伙上做的菜也越来越少，大伙上做的稀饭越来越稀，大伙上下的面条放的红薯叶比面条子还多。

我妈的肚子越大越能吃，每顿吃一个小馍根本填不饱她的肚子。丁开心看到我妈整天一副吃不饱的样子，就把自己的馍掰给我妈一块。我妈开始还谦虚谦虚，后来就把丁开心分给她的馍一口吞了下去。我妈把馍吞下去后，才对丁开心说：

“这口馍是你儿子吃的。你儿子没有指标，只能吃你的指标。”

尽管我爸丁开心把自己的指标分一部分给了我妈，我妈还是整天吃不饱的样子。我爸丁开心怕饿死了我妈，饿死了我妈我妈肚子里的孩子也会饿死的。因此，丁开心又把留给自己的一半让给了我妈吃。这样丁开心留给自己吃的饭只剩下他指标的四分之一。我妈稍微能吃得饱一些的时候，看到丁开心渐渐瘪下去的肚子，看到丁开心塌陷了眼圈的瘦脸，我妈有些心疼丁开心了。我妈和丁开心商量：

“你还是把孩子的那一份吃了吧。”

“孩子还小，不扛饿。我在万恶的旧社会拉棍要饭，都饿习惯了。”

“我把我那一份让给孩子吃。”

“你千万不能让给孩子吃你那一份，孩子在你肚里，你更不扛饿。”

我妈没有再说话，她背过脸去，用右手在脸上抹了一下，又用左手在脸上抹了一下。

丁开心继续唠叨：“我要饭那阵，常常一天讨不到一口饭，就饿一天，两天讨不到一口饭，就饿两天。现在这日子，比那时候强多了！”

丁开心看到我妈一直背过身去用手朝脸上抹，便说：“你咋哭了？别哭别哭。好日子快来到了，社会主义来到了，共产主义也快来到了，就要有糖醋鱼吃了，就要有红烧肉吃了。你看，咱俩这么说话的时候，我就一点儿也不感觉饿了，因为我闻到糖醋鱼的味道了，我闻到红烧肉的味道了。”

丁开心这么说着说着，把我妈花淑娴逗笑了。

又过了一段时间，不但没能吃到糖醋鱼和红烧肉，而且，连火柴盒般大小的馍也吃不到了。

大伙散架了，各家各户又要自己做着吃了。做饭的家伙都捐出去大炼钢铁了。我家的锅碗瓢勺都是我爸积极捐出去的，我爸丁开心便忙着去置办锅碗瓢勺。

那个时候，小花下的小崽子饿得一天到晚“叽叽”地叫。

我妈花淑娴说："小国庆，把小花送给人家吧。不然，会饿死的。"

我说："不，把小花送给人家，谁陪我去幼儿园？"

花淑娴说："过了暑假，你要上小学了。小学生就不需要小花陪了。"

我说："小学生不需要小花陪，小花还要给咱看家。"

花淑娴让了步，说："小花要看家，小崽子不会看家，小崽子在咱家会饿死的，倒不如把小崽子送给人家。"

我想了想，觉得我妈说得有道理。四个小崽子就是四张嘴，我和丁开心、花淑娴加上小花才四张嘴。这多出来的四张嘴的粮饭的确是个大问题。这四张嘴都没有指标，把谁的指标让给它们吃呀？我的要让一半给小花，我爸丁开心的一半要让给我妈花淑娴，我妈花淑娴的一半要让给她肚子里的小跃进。要让小崽子不被饿死，只有给它们找个新家。

我同意了我妈这个建议，决定把四个小崽子分别送给周大伟家一只，朱麻子家一只，杨大头家一只和齐老六家一只。

我抱着一只狗崽子先去了朱麻子胡辣汤铺子。朱麻子愁眉苦脸地坐在铺子里，看到我进来了，问我：

"你是来喝汤的吗？"不等我回答，便赶我走，"大跃进了，人民群众都去吃大伙了，谁还来喝胡辣汤？我都几个月没开张了，你快走吧！"

"我不是来喝汤的，我是来给你送狗崽子的。"我说着，把狗崽子从怀里拿出来，递到他眼前。我想，看到狗崽子，他一定会高兴的。

谁知他吸溜了一下鼻子，连看也不看狗崽子一眼，说："我连自己的孩子也难养活，还去养狗崽子？你去把它送给别人吧。"

我心里道，这朱麻子真不识抬举，原来他曾经用胡辣汤换我的小花，现在，白送他都不要，真傻。你不要我送给别人。

我抱着狗崽子去了齐老六的杂货店。齐老六正在货架上打扫灰尘，看到我进了杂货店，说：

“你是买麻糖的还是买盐的？”没等我回答，继续说，“合大伙把我这杂货铺合关张了，杂货铺里的货都合到大伙上了。现在大伙散了，我的货也没有了，你过些天再来买吧。”

齐老六边唠叨，手里还不停地扫着货架。

我对他说：“我不是来买货的，是来给你送狗崽子的。”

齐老六这才停下手，用一种奇怪的眼神看着我，看着我手里捧着的狗崽子，问道：“你给我送狗崽子干啥？”

我说：“你不是喜欢狗崽子吗？你曾经要用你的麻糖换小花。现在，我不吃你的麻糖了，把狗崽子白送给你。”

齐老六摇了摇头，说：“那时候我卖着杂货，杂货堆得到处都是。老鼠夜里来捣乱，把我的杂货包装袋子都咬烂了。我要狗崽子，是因为狗爱管闲事，它能帮助猫捉老鼠。现在我没有货了，老鼠饿跑了，猫也饿跑了，我要狗崽子还有啥用？再说，我现在连自己的孩子都难养，我要狗崽子让它吃啥？我不要，你不吃我的麻糖我也不要。”齐老六说到这儿，头不摇了，而是很坚决地摆了摆手。

我心想，这齐老六也是个不识抬举的人，白给他狗崽子都不要，真傻。以后你家货架上有了货，让谁家的狗崽子来管闲事？

我抱着狗崽子又去了杨大头的油果铺子。杨大头正抬着头看什么东西，我仔细一看，原来杨大头油果铺子的墙角里有几只蜘蛛正在结网。蜘蛛们来来往往、上上下下忙得不得了，它们结下的网把四个墙角都覆盖严实了。目前，它们还在兴致勃勃地朝外扩张，看样子是要把整个屋子都网起来。

杨大头看见我进来，才把目光从蜘蛛身上转移过来，奇怪地问：“你来干啥？我铺子开张的时候，你爹丁开心都舍不得给你买根油果子吃。现在我没开张，你难道要来买油果子？”没等我回答，他又压低声音，神秘地说：“知道丁开心为啥不给你买油果子吃吗？丁开心不是你亲爸。我才是你亲爸！”

我知道他想占我的便宜，一次丁开心送我上幼儿园的时候，他当着丁开心的面让我喊他爸，丁开心对我说：“除了我以外，谁让你喊爸都是为了占你的便宜，你可不能喊。”杨大头又要占我的便宜，我朝他吐了口痰，说：“你不是我亲爸。丁开心才是我亲爸。”

杨大头坏笑道：“好好，我不是你亲爸。”

杨大头这才看到我怀里抱着的狗崽子，问：“你抱个狗崽子来干啥？”

我说：“我来给你送狗崽子。”怕他也不要，便补充道：“不用你拿油果子换。”

杨大头说：“这狗崽子一天得吃多少食呀。我自己的闺女还吃不饱肚子呢。”

我听出杨大头和朱麻子、齐老六一样都不愿白要狗崽子，便说：“白给都不要，真是傻子。”说着就朝外走。

杨大头看我走出门，突然叫着我：“小兔崽子，回来，回来！你说谁是傻子？”

我怕杨大头再骂我，便说：“我说我是傻子，白把小狗崽子送人。”

杨大头又“哈哈”地笑了，笑得泪都流出来了：

“这小兔崽子，嘴学刁了。好，狗崽子我要了。白送的我咋不要，我傻啊。大伙散了，老子的油果子铺马上要开张了，我还养不起个狗崽子。”

我终于送掉了一只狗崽子。回到家，我急忙又抱了一只狗崽子去找周大伟。

我在周大伟家的堂屋门前喊了半天“周大伟”，也不见周大伟出来，我正要去别处找他，周大伟的妈林兰芷出来了。这么多天没看到林兰芷，我觉得她比原来胖了，她的一条腿的裤子不见了，换上了两条腿的裤子。仔细一看，原来她和我妈一样，肚子里也怀上了崽子。我怕她再说我是我妈派来的反革命小崽子，因此，没等她问我来干啥，便急忙说：

“林阿姨，我不是我妈派来的反革命小崽子，我爸说我是八代贫农的儿子——八代贫农的儿子是找周大伟的。”

林兰芷撇了撇嘴说：“栽啥树结啥果，撒啥种子开啥花！——你找周大伟干啥？”

我听不懂她前边说的啥，只得回答她：“周大伟不是喜欢狗崽子吗，我来给他送狗崽子。”

“啥狗崽子？周大伟不喜欢，就是喜欢他也不能要！”

我说：“林阿姨，周大伟不会这么傻吧，白送给他的他都不要？”

“我要！我要！”周大伟从屋里探出头，一听说我送他狗崽子，稀罕地跑了出来。

我急忙把狗崽子递给周大伟，然后扭头跑掉了。我怕周大伟反悔。

在我身后，传来林兰芷咬牙切齿的声音：“周大伟，你敢把狗崽子抱进屋里，我就摔死它！”

我同时也听到了周大伟苦苦的哀求声：“妈，你不要摔死它。求求你了！”

我想，我终于又给一只狗崽子找了个家。假如林兰芷把它摔死，她会遭报应的。

11

家里虽然有了煮饭的锅，有了吃饭的碗，可是，罐子里米越来越少了。看着罐子里越来越少的米，我妈花淑娴说：

“别说吃大米饭，就是熬米糊糊喝也喝不了几顿了。丁开心，你是当家的，家里几张嘴都饿着，你得想想办法呀！”

“是得想办法。”丁开心点点头，又伸头看看罐子里的米，用手在里边捞摸一下，说，“还有好几把呢。节俭着吃，能吃好多天呢。”

花淑娴没好气地说：“咋节俭？不能把脖子都扎起来吧？”

丁开心说：“是不能扎脖子。这样吧，粮店分给咱的指标少了，咱就少吃点。现在，咱开个家庭会议，贯彻上级领导‘勒紧裤腰带，过艰苦日子’的指示精神。为了度过困难时期，咱家罐子里剩下的米，要仔细分配一下！”

花淑娴没好气地说：“这就是你想的办法？”

“这不是我想的办法，是上级领导想的办法。毛主席说，‘提倡勤俭节约，反对铺张浪费’，全国人民群众都要勒紧裤腰带过日子，度过困难时期。”

一听毛主席说要“提倡勤俭节约，反对铺张浪费”，花淑娴不吭气了。

听丁开心要把罐子里的米分配着吃，我倒非常兴奋。因为每次吃饭，丁开心总嫌我饭量大、吃得多。

丁开心说：“小国庆，你看看你，像个狼羔子不像？你妈肚子里还有个小跃进，她娘俩也没你一人吃得多。你爸我丁开心个子比你高了一大截，肚子比你大了一半，也没你吃得多。我和你妈都是高风格，都谦虚，就你没有风格，就你不谦虚。”

丁开心说我没风格不谦虚的时候，我就拍着自己瘪下去的肚皮给他讲理：“你看你看，丁副主任，不是我没风格，是我的肚子没风格，是我的肚子不谦虚。我有啥办法？”

丁开心“咳”一声，说：“你这是胡说八道。饭是你的嘴吃下去的，不是你的肚子吃下去的。”

丁开心的话听上去有道理，其实没有道理，饭的确是从嘴里吃下去的，可是，嘴里还没感觉出饭是什么味道，就已经到了肚里，嘴不过是饭进入肚子里的通道，肚子饿了才想吃饭，没有谁说，嘴饿了才想吃饭。想到这，我说：“丁副主任，不是我胡说八道，是你强词夺理。”接着，我把“肚子饿了，才想吃饭”的理论说了一遍。

我的理论把丁开心驳得张口结舌，丁开心这个蛮不讲理的老混账踢了我一脚，骂道："你这个小兔崽子，怪会讲理哩。往后，让你的肚子讲讲风格，谦虚一点。"

可是，我老感到肚子饿，一旦饿起来，哪里还讲什么风格和谦虚？丁开心说要把罐子里的米分配着吃，我只吃分配给我的那一份，再也不会被丁开心骂"风格低、不谦虚"了，所以心里才高兴。

丁开心开完家庭会议，便着手分配指标。丁开心的分配方案是这样的：

丁开心，因为个子高，肚子大，每顿分配大米30粒；

花淑娴，因为肚子里还有个小跃进，小跃进是祖国未来的花朵，每顿分配大米60粒；

丁国庆，因为肚子小，个子低，每顿应该分配大米15粒，可是考虑到丁国庆"风格低、不谦虚"的肚子，每顿增加大米10粒。

我虽然对丁开心的分配方案极为不满，但是，暂时没想出反对的理由。丁开心已经对我给予了照顾，我还能说什么呢？

倒是花淑娴看出了我的不满，对丁开心说："小国庆正是长个头的时候，每顿只吃25粒米，咋中呀？把我的指标匀给他5粒吧。"

丁开心说："只要不动'国库'的指标，你愿意匀给他就匀给他吧。"

尽管我妈高姿态匀给了我五粒米，我还是不满足，脱口而出："我要吃红烧肉，我要吃糖醋鱼！"

我的非分要求把丁开心吓了一跳，丁开心装着没听明白我的话，问："啥？小国庆，你要吃啥？"

"我要吃红烧肉！我要吃糖醋鱼！"我又把我的要求重复了一遍，并加重了语气。

丁开心"啊嗬啊嗬"地笑了一阵，然后非常严肃地说："小国庆，你这种想法很危险，是想变修哩。咱国家遭了灾荒，毛主席他老人家都不吃红烧肉了，全国的人民群众都不吃红烧肉了，就你一个人还想着吃红烧肉和糖醋鱼，你这不是想变修是什么？”

我可不管啥变修不变修，反正我就是想吃红烧肉和糖醋鱼。入大伙的时候，丁开心说入了大伙就能吃上红烧肉和糖醋鱼，可是，直到大伙塌了架，也没能闻到红烧肉和糖醋鱼的味儿。这些天，为了勤俭节约、避免铺张浪费，我家只做两顿饭，还都是定量吃，我的肚子从来没吃饱过。每天下午，太阳还有一竿子高，丁开心就催着我上床睡觉，说是一睡着觉就不饿了。一睡着觉的确是感觉不到饿的味道了，可是，老是做梦，梦见了红烧肉，还梦见了糖醋鱼，当然，还有堆得如小山似的大米干饭。看到那么多好吃的，我馋得真像个狼崽子见到了一块肥肉似的那么兴奋。不同的是，狼崽子嘴里叼着肥肉吃得津津有味儿，而我，只能眼馋地看着那些好吃的东西却抓不到手里。我急得手脚并用去抢那些好吃的东西，却怎么也迈不开步子，伸不出手。正在那个时候，来了一个穿白衣服、戴白帽子的人，把红烧肉呀，糖醋鱼呀，还有大米饭呀，统统地搬走了。我“哇哇”地叫着，给我留一碗！给我留一碗！那个穿白衣服、戴白帽子的人回头瞅了我一眼，怪怪地笑着说，你还想吃红烧肉和糖醋鱼呀，这是留给丁跃进吃的。我一看，那不是丁开心个老混账吗！

我以为梦中的情景都是现实生活中的反映。丁开心在我的梦中把红烧肉和糖醋鱼都搬走了，他现在又假惺惺地来开什么家庭会议，讨论指标分配问题，这些对策都是冲着我来的。因此，尽管我知道眼下吃到红烧肉和糖醋鱼是非常不现实的事情，但是，我还是提出要吃红烧肉和糖醋鱼，以表达对丁开心的不满。

我妈花淑娴对丁开心对我上纲上线的批评表示不满，她说：“小国庆想吃红烧肉和糖醋鱼没有啥错，怎么会变修呢？你丁开心不想吃吗？我花淑娴也想吃，可是，能吃到吗？如果能吃到红烧肉和糖醋鱼，就是变修了我也情愿！”

我妈的话把丁开心镇住了，丁开心又“啊嗬啊嗬”笑了几声，自我解嘲地说：“还是你妈有水平，比我会做工作。我是想吓唬小国庆，不再让他给我提歪把子意见。你妈比较实际，‘如果能吃到’，也就是说，现在还不能吃到。现在不能吃到，并不代表以后不能吃到。以后还是有希望吃到的。既然以后有希望吃到，咱们就先把肚子空着等红烧肉和糖醋鱼……”

丁开心就这么绕来绕去把我的歪把子意见给挡回来了。

按丁开心定的指标分配方案吃，罐子里的米也很快吃光了。当然，那个时候，断顿的不是我一家，我们那座小城的好多人家几乎都断顿了。“全城的好多人家几乎都断顿了”，是丁开心对我妈说的。丁开心是街道办副主任，是比较了解人民群众的生活状况的。当时，丁开心向我妈介绍着目前的严峻形势：“乡下发大水了，庄稼淹死了，遭灾了，遭大灾了，还有外国佬卡咱的脖子，咱国家暂时遇到了困难。咱要克服困难熬过去这段日子，就有捞面条吃，就有大米饭吃！”

听到这儿，花淑娴接腔道：“就怕吃不到捞面条，咱家的人都饿死了。”

丁开心说：“你咋光说晦气话？咱家的人一个也死不了。现在是共产党领导，是毛主席领导。共产党不会让人民群众饿死的，毛主席也不会让人民群众饿死的。共产党、毛主席正派人朝咱们这里运送救济粮呢……”

我急忙打断丁开心的话：“丁副主任，毛主席派来的人啥时候能把粮食给咱送来？”

“粮食距离咱这儿很远，得用火车运过来，恐怕得好几天。”

我和我妈都泄了气。我妈“哎”了一声，说：“怕等不到粮食运来，咱就饿……”

“花淑娴同志，你一定要坚持着不能饿死，困难是暂时的——人民群众都在坚持，咱们也要坚持！”丁开心打断我妈的话，给我妈鼓着劲。

后来，我才明白，丁开心对我妈说这个情况，来表明我家断顿的原因，不是他丁开心没本事搞到吃的，而是人民群众都这样，他丁开心作为街道干部，也应当和人民群众同甘苦、共命运。

我妈花淑娴对丁开心弄不到吃的给予了理解和原谅，可是，她的肚子却没能理解和原谅，她的肚子一天一天地瘪下去。最严重的问题不仅是瘪下去的肚子，而是她肚子里的小跃进一次次饿得挣扎着狂踢乱蹦。那时候，花淑娴瘪下去的肚皮像一张半透明的纸。透过那张半透明的纸，既可以看到花淑娴青筋暴跳的血管，又能隐隐约约看到她的五脏六腑。后来听说，在那段时间里，能通过肚皮看到五脏六腑的人民群众不止花淑娴一个。而花淑娴除了能让人看到她的五脏六腑，还能让人隐隐约约看到小跃进在她的肚子里栽跟头。瘦得像一只小老鼠一样的小跃进就在我妈的肚子里闹腾，闹腾得她有了生不如死的感受。我妈忍受不了小跃进的折磨时，就抓住我爸丁开心的手，哀求道："让我死吧，赶快让我死吧。"

我妈的声音很虚弱，蝇子寻找食物时发出的声音也比她的声音高。

丁开心无奈地挣开我妈的手，无奈地站起来，说："你不能死。花淑娴同志，你要坚持！既然粮食还没运到，你等着，我去找吃的。我这就去！"

丁开心摇晃着身子出了门。他去了大半天，才从外边回来，一进门就嚷道："人都饿得没风格了，榆树皮揭光了，柳树叶子也捋光了。就没想到我丁开心的老婆还饿着肚子给我家留一些。"

他的衣服里鼓囊囊的。我和我妈花淑娴的眼里都流露出急切的神情。他把衣服展开，那是一包新鲜的柳树叶。

丁开心说："这棵柳树长在河沿，没人敢爬上去。我丁开心才不怕呢，为了我的老婆花淑娴同志，为了我的孩子小跃进，就是掉进河里淹死也值得！"

丁开心这样说着的时候，已经把柳树叶放进了锅里，添上了水，烧火煮起来。

散发着苦味的柳树叶终于端到了我妈花淑娴跟前。我妈也顾不得烫手，抓起一把柳树叶就朝嘴里填。

看到我眼巴巴地看着她吃，她捞出几片柳树叶递给我。我拿在手里，顾不得多想，就朝嘴里填。可是，刚嚼了一口，就吐了出来。我怕被药死。柳树叶又苦又涩，舌尖和牙齿都变得麻木了。

丁开心看到我把吃到嘴里的柳树叶吐了出来，瞪着眼骂我：

“你这小兔崽子，咋吐了？你爸我冒着生命危险弄来的食物你都给抛撒了。你这是铺张浪费！你这是忘恩负义！你这是吃水忘了挖井人！你这是小地主小恶霸小资本家加小反革命的臭毛病！”

丁开心一顿臭骂把我骂得晕头转向，含在嘴里没有吐净的柳树叶不知是咽下去还是吐出来。眼里噙着泪，生怕街道干部丁开心再给我加上一顶牛鬼蛇神的帽子。那个时候，干部们都兴这个，看着谁不顺眼，就用地主恶霸资本家加反革命的臭毛病给你戴帽子，最后一顶帽子是牛鬼蛇神。感谢丁开心对我还比较客气，没有把牛鬼蛇神的帽子给我戴上。

看着我眼含泪水、咧着嘴巴的尴尬样子，花淑娴打圆场说：“丁开心，至于给孩子戴那么多高帽子吗？再说，他是小地主小恶霸小资本家加小反革命，你是他爹，你不就是大地主大恶霸大资本家加大反革命？”

丁开心挠着头皮道：“小兔崽子还真不能是小地主小恶霸小资本家加小反革命，叫他啥呢？”

花淑娴道：“他就叫小国庆，你再污蔑小国庆，你就是对人民群众翻身得解放做了国家主人心怀不满！”

花淑娴镇住了丁开心，回头对我说：“小国庆，这柳树叶子乍一吃有些涩苦，停一会儿还有甜味呢。”说着，伸出两根手指捏起一片柳叶，放在嘴里嚼着，认真地品味着，然后，一伸脖子，咽了下去。

花淑娴这么一说，留在我嘴里的柳树叶子果然不似刚入口时那般苦涩了，用牙齿咂吧咂吧，还真有一丝甜味儿呢！

12

小花一粒米的指标也没分到，它只能靠到外边乞讨过日子。在这里要补充的是，小花下的四只狗崽子，亲爱的读者已经知道的是，一只被杨大头收养了，另一只是我硬放在了周大伟家的门口，到现在是死是活不得而知。剩下的两只是在两个早上不见的。头天晚上，我到小花的狗窝里去查看，看到两只狗崽子趴在小花的肚皮上吸食，可是，第二天早晨去看的时候，小花的肚皮上仅趴着一只小崽子。又过两天去看，看到只有小花安静地卧在狗窝里。两只狗崽子去了哪里？是被人偷走了，还是被丁开心送了人？

我问丁开心："丁副主任，你把狗崽子送给谁家了？"

丁开心一脸无辜的样子，说："给你和你妈弄吃的还忙不过来，我哪里有时间操狗崽子的心！"

我几乎哭出了声："狗崽子去哪儿了？"

丁开心说："别哭别哭。为个狗崽子哪里值当哭？等你爸丁开心和你妈饿死了你才应该哭。"说着扯着我的手来到狗窝旁。

丁开心仔细地看了看狗窝，才说："准是小花这狗杂种把狗崽子吃了！你看看，这毛都是狗崽子身上的，这血迹也是狗崽子留下的。没错，一准是小花把它的崽子吃了。"

听丁开心说得有板有眼，我半信半疑，又仔细查看一遍狗窝里残留的狗毛和血迹，用脚踢一下小花，问："小花，说，是不是你把小崽子吃了？"

小花摇了摇尾巴，一副若无其事的样子。

丁开心不怀好意地说："这是牵涉到两条狗命的案子，小花会承认？它要承认是自己吃的，你还不杀了它？”

听了丁开心的分析，我无话可说。

小花没有了狗崽子的牵挂，经常到外边去转悠，常常吃饭时也不回家。它大概意识到，即使吃饭时它在家里守着，也只能有伸着长舌头流口水的份儿，因为丁开心分配指标时就没有把它考虑进去。小花只能自食其力，到外边寻找食物吃。小花每次回来，都是一副无精打采的样子，我能看出来，小花的运气并不好，它独自谋生的经历并不顺当。有一次，我看到小花是瘸着一条腿回来的。小花瘸的是后边的右腿。小花后边的右腿为啥会瘸？它不会说话，我很难了解它腿瘸的原因。我找了一块破布，为它缠绑瘸腿。看到它眼里汪着泪水，我心疼得直掉泪。我安慰小花：“别哭小花，告诉我，是谁把你打瘸的，我去替你报仇！”可是，小花连头也懒得摇，它就那样睡着了。

还有一次，小花回来的时候，它的左耳朵被砍掉一半，被砍掉的一半还有二分之一连在长着的那一半上。小花一定流了很多血，它的脖子上、身上都溅着血珠子。不过，那些血珠子都凝固了，颜色都变成酱紫色的了。耳朵上残留的血也凝固了。

小花虽然经常不断地带着伤痕回来，但是，可以明显地看出来，小花不但没有再瘦下去，而且，比起带小崽子的时候，还肥了一些。渐渐地，小花身上的伤结了痂，也没有再添过新伤痕。腿也不那么瘸了。每次回来，还都摇头摆尾，一副兴高采烈的样子。有一次，它竟然叼着一根大骨头回来了！

小花卧在窝里，嘴里啃着大骨头。其实大骨头早已经干干净净没有一丁点儿肉了，但是，小花还是啃得很仔细，很认真，就像上边残留着许多肉丝。

看到小花啃得津津有味的样子，我的口水流出来了。的确，我已经有很多天没有尝到过肉是什么滋味了。小花真的比我幸运，它竟然能有大骨头啃，这不能不让我对小花产生一种羡慕之情。

丁开心回来了，看到我眼巴巴地趴在狗窝边看着小花啃骨头，便踢了小花一脚，骂道：“这狗杂种，吃独食啊，弄到吃的也不让你的主子吃一口！”

说着，走进屋内，拿出一把菜刀，直奔小花。

我这时候才明白，丁开心是要杀死小花。那时候，我虽然对小花啃死人骨头的行为有所不满，但是，看到丁开心要杀小花，还是于心不忍。我急忙抱着丁开心的大腿，冲着小花喊道：“小花，快跑！丁开心要杀你！”

看到我和丁开心搅缠在一起，小花并没有跑，而是奔到我身边，用鼻子嗅着我，企图帮助我阻止丁开心。

丁开心可抢到了机遇，他握着菜刀的那只手，猛地举起向小花头上砍去。

小花比他更灵敏，没等到他的刀砍下去，便“汪”地叫一声躲开了。

小花并没有跑远，而是在距离丁开心不远处虎视眈眈地盯着丁开心手中的刀，这家伙也许对躲避刀这种锐利的武器积累了丰富的经验，因此，它才望刀而逃。然而，似乎对这个家还有着依恋，又不肯远去。

丁开心对小花敢于与他对峙有些恼怒，便举着刀向小花追去。小花看到丁开心怒气冲冲的样子，拔腿便跑。立时，人狗展开一场马拉松似的大赛。小花毕竟是四条腿，而丁开心仅有两条腿，两条腿的人要追上四条腿的狗绝不是一件容易的事情，何况还有我为小花呐喊助威呢！

其实，丁开心是与狗较量的老手，本来应该胜过小花的，这一次之所以输给小花，一是因为他的体力赶不上小花，小花啃骨头啃得膘肥体壮，丁开心连糠菜也没能填饱肚子而饿得皮包骨头；二是丁开心操之过急，凶相暴露太早，被小花一眼看穿了他的阴谋。这两个原因，导致丁开心杀狗填肚子阴谋的破产。

小花终于跑得无影无踪！

小花从此消失了！

我哭着闹着埋怨是丁开心把小花撵跑的，强烈要求丁开心把我的小花找回来。

丁开心惆怅而又惋惜地说：“到哪里去找呀？说不定早变成人家肚子里的狗屎了！”

13

因为缺乏原料，糕点厂停产了。花淑娴放了假，具体什么时候开工，那是厂长的事情。像花淑娴这样的普通工人，亟待开工，厂里开着工，工人还能寻个次品下渣填填肚子充饥。即使没有次品下渣填肚子，也能闻着糕点的香味充饥。而工厂停产，花淑娴和工人们一样都要饿着肚子待在家里。

花淑娴挺着大肚子在家里熬着，罐子里的米早分配完了，连柳树叶子也难以捋到了。丁开心每天都到外边找吃的东西，可是，能找回来的东西越来越少。

丁开心像是下了很大决心似的，在一个太阳还没有升起来的早晨起了床。其实那天，我刚刚做了一个梦，梦见一大盘红烧肉摆在我面前。我流着口水，刚要去抢吃盘子里的红烧肉，却被丁开心开门的响声惊醒了。我睁开蒙眬的双眼，昏暗中看到丁开心身上的穿着打扮与往日完全变了样子。他头上戴着一顶露着几个洞的破猴毛，上身穿件补丁摞着补丁的灰不溜秋的夹衣，下身是一条分不清颜色的带补丁的裤子，脚上趿拉着一双露着脚指头的烂布鞋——这是丁开心旧社会要饭时的行头。自从分了地主老财家的衣服，这身行头早已经扔到了墙旮旯里，没想到却又派上了用场。刚开始，我还没有意识到，丁开心换上这身衣服去干什么。等丁开心拿起放在门后的打狗棍，我才明白过来，丁开心这是要重操旧业，去要饭的呀！

丁开心要饭花子的身份曾经让我在同学们面前感到十足的荣

耀和自豪。这缘于我们学校开展忆苦思甜的日子里，学校为了教育我们这些生在新中国、长在红旗下的祖国花朵，不忘过去苦，牢记血泪仇，常常把街道办事处副主任丁开心请来为我们上“忆苦思甜”课。丁开心只上过识字班，当然不会教我们课本上的知识，学校领导也不是让他给我们上文化课的，而是让他讲述他在旧社会拉棍要饭的苦日子。丁开心每次讲起他拉棍要饭的苦难经历，常常声泪俱下，泣不成声。他爬上大柳树听反革命县长吕修身家唱堂会而被吕修身放恶狗咬伤的情节尤其讲得绘声绘色。每当讲完这段故事，他总要咬牙切齿地大骂吕修身，还要带头喊几句口号：

“打倒反革命分子吕修身！”

同学们受他的情绪感染，也举起小拳头随着他喊：

“打倒反革命分子吕修身！”

“不忘阶级苦，牢记血泪仇！”

“不忘阶级苦，牢记血泪仇！”

丁开心每次演讲，都能够激起同学们的激情，让同学们对这个叫花子出身的街道副主任充满了敬仰之情。后来，同学和老师们知道了丁开心是我爸，他们的眼神里充满了对我的羡慕，比起那些出身黑五类的同学，我这朵祖国的花朵更受老师们的关爱和同学们的喜爱。我曾经为丁开心当过叫花子而自豪和骄傲过。但是，那天看到丁开心又要出去要饭，一种莫名的耻辱和羞愧从心头升起。丁开心在旧社会里要饭是一种“光荣”，而在新社会里要饭，这不是给新社会抹黑吗？丁开心在新社会里要饭的事情若是传到学校去，我还会不会迎来羡慕和钦佩的目光？同学们还会不会把我看成红五类？我想阻止丁开心出去要饭，可是，张了张嘴，却没有发出声。我已经没有气力把阻止他去要饭的话说出来。再说，丁开心的身影已经消失在门外。再说，丁开心出去要饭的决定花淑娴一定知道，连花淑娴都不阻止他，我能阻止得了吗？

丁开心一走两天。

这两天的时间，我和我妈花淑娴只能靠喝清水充饥。我不知道亲爱的读者们，有没有品尝过饿着肚子喝清水是一种什么样的滋味。我可以负责任地向亲爱的读者们介绍一下，当肚子里没有一点食物的时候，能喝下去半碗清水，似乎还能缓解一下饥饿带来的痛苦，而当你饥饿的肚子历经了无数碗的清水充盈之后，再朝肚子里灌清水时，就有一种比喝毒药还要难挨的感受。当然，清水不是毒药，它不会药死人。我只是用来解释清水绝不会解决饥饿的问题，它起码不会让你的味觉感受到一丝食物能带给你的那种愉悦。清水灌满肚子，让你感觉到你的肚子变成了一只盛满水的气球，水在气球里晃动着，似乎随时都有把气球胀破的危险。

我不敢再喝清水了。尽管我妈花淑娴多次鼓励我，让我再喝一碗，再喝一碗，一定要坚持到丁开心把食物找回来，可是，我不愿意再喝一口清水。我宁愿就那么躺在床上等着死神来召唤我，也不愿意再喝一口清水！其实，当时的情况是，我已经没有气力再从床上爬起来去到水缸里舀水。

我昏昏沉沉地躺在床上，心情糟糕透了。那个奇怪的影子又突然出现了，它开始在我眼前晃来晃去，一副得意扬扬的样子。我想把它一刀劈死，身边却没有刀；我想把它撵走，却抬不起手；我想骂它几句，却张不开口。我只能任凭它在我眼前幸灾乐祸地晃动。不过，这样倒也好，有它陪伴，我暂时忘记了饥饿。我不再怕它，我像看皮影戏似的看着它晃来晃去。就这么看着看着，我睡着了。睡着了就不觉得饿了。等我醒来睁开眼的时候，影子不见了。我不知道它是什么时候逃遁的。看来，驱赶影子的最好方式不是用手和嘴，也不是用菜刀，而是让自己睡觉。

睡着了又老是做梦。梦见大米干饭红烧肉堆得满屋子都是。我吃得满嘴油腻，却怎么也吃不完。就想着能有盘子糖醋鱼换换口味才更幸福呢！这样想着，糖醋鱼就来了，而且是排着队来的。

糖醋鱼从盘子里跳起来，一条一条地蹦着跳着，争先恐后地朝我的嘴里跑。这些鱼都跑进我的肚子里，还不把我撑死？我吓得惊叫起来！

第二天的阳光消失在屋山墙的后边，丁开心依旧没有出现。那时候，我妈花淑娴似乎也失去了等待丁开心回来的耐心。她嘴里骂着丁开心是个没良心的东西，把我们娘仨丢在家里不管不问，是要把我们娘仨饿死家里，他到外边海吃大喝去了，他在外边胡吃狗游去了，等等。我妈之所以说我们是娘仨，是把她肚子里的小跃进也算上了。小跃进虽然还没有从我妈肚子里蹦出来，但是，他也有一张嘴，有一个肚子，他也需要食物来充饥。老实说，我妈花淑娴是一位非常坚强的妈妈，是一位非常称职的妈妈，为了肚子里的小跃进，她死命地喝清水。我看到她喝清水的时候，紧闭着眼，把水瓢放在嘴边，屏着呼吸，一口气把瓢里的水喝了下去。她的脖子伸得长长的，她的嘴成了一个漏斗，水从漏斗里灌进去，然后汩汩流淌着通过她长长的脖子，流进她的肚子里，她的肚子很快就鼓了起来。然后，她把水瓢扔进缸里，用手抹了一把挂在嘴角的水珠。她要用清水哺育她肚子里的一个幼小的生命！

对丁开心失去了耐心的我妈花淑娴，终于在天落黑时走出了家门。在走出家门时，她对我说：

“小国庆，看来，等丁开心来救咱娘仨是靠不住了，我得去找食吃，我不能看着你饿死，也不能让小跃进饿死！”

我妈花淑娴很晚才回来。

那时候，我有可能是在去往天堂或者地狱的路上。

那时候，我似睡非睡，头脑一片混沌。

那时候，我不知道自己是活着还是已经进入了地狱。

那时候，我突然听到了门“吱呀”一声响。

蒙蒙眬眬中，一个人向我走来。看不清那人的脸，只看到那人端着一个筐子，我一眼看到筐子里装着各种各样的吃食，有红烧肉，有糖醋鱼，有鸡蛋捞面条，有油炸丸子，有烧饼夹麻花，还有大白面蒸馍。看到那么多吃的东西，我高兴坏了。可是，这个人是谁呢？既不是丁开心，也不是花淑娴。我才不管他是谁呢！我挣扎着爬起来，可是，却怎么也起不来。我叫着，吆喝着，快把吃的拿给我，我要吃！我要吃！那个人站在那里，却不朝我身边来。我急了，我蹬开被子，一个翻身从床上跳到了地上。不，严格地说，我是滚落到了地上。我顾不得疼痛，从地上爬起来，向那人扑去。可是，那人一闪身，却不见了……

睁开蒙眬的双眼，借着微弱的光线，我看到花淑娴走进来。我看到她的怀里抱着一包东西。由于天黑，看不清那是什么东西，但是，凭感觉，我想那一定是吃的东西。我这才意识到，刚才梦见的那个端筐子的人，是骗我的。花淑娴才真真切切地给我带回来了吃的东西！我不知从哪里来的力量，从床上爬起来，扑向了我妈。

那是一包棉籽饼！

棉籽榨过油之后，剩下的残渣压成的饼。

多少年之后，我知道棉籽饼可以用来做肥料，除了做肥料还可以和其他饲料拌在一起喂牲畜！

可是，在特殊时期，棉籽饼却能够用来救人命！

我不知道我妈花淑娴从哪里弄来的棉籽饼，我也没有必要了解她是从哪里弄来的。

我妈小心翼翼地从布包里拿出一块棉籽饼递给我，我狼吞虎咽地咀嚼起来。

你看到过饿虎吃鸡时的情景吗？你见过饿狗吃屎的情景吗？我啃吃棉籽饼的动作不比饿虎吃鸡、饿狗吃屎谦虚！

棉籽饼真香啊！那简直是世界上最美味的食物。比梦中梦见的那些红烧肉和糖醋鱼要好吃得多！那如石块般坚硬的棉籽饼在我尖利的牙齿的咀嚼下，变成了齑粉。那些细微的齑粉，均匀地涂抹在我的牙床上，均匀地涂抹在我的口腔里，然后又和早已经等候在舌尖上的唾液搅和成泥状，很畅快地通过我的食道，进入我的肚子里。很快，我的肚子不再是一个装满了水的气球，它不再面临随时都可能被荡漾的清水撑破的危险。很快，我感觉到了什么是幸福。吃棉籽饼给我带来的那种幸福的感受在之前和之后是从来没有过的！我认定棉籽饼是天下最美味的食物。多少年之后，在灯红酒绿的宴席上，我品尝过海参鲍鱼，也品尝过鱼翅燕窝，但是，那却远远赶不上那个特殊时期啃食过的棉籽饼的味道美！

当晚，我妈花淑娴仅让我吃了一块棉籽饼，我向她要第二块的时候，她说："小国庆，美食不可多吃，悠着点吃，免得撑破了肚皮。"

她自己也仅吃了一块。把剩余的棉籽饼放在篮子里，篮子上系着一根绳，房顶的檩条上拴着一个钩子。那是专门挂馍篮子用的。

我妈花淑娴把盛着棉籽饼的馍篮子挂在了悬在屋梁上的钩子上。

14

第二天早晨，小跃进从我妈肚子里蹦出来了。小跃进是如何从我妈肚子里蹦出来的我不得而知，因为昨夜吃下去一块棉籽饼后，饥饿再没有折磨得我翻来覆去睡不着觉，整个下半夜我都沉睡过去，照我妈花淑娴的说法，就是人家把我抬走我也不知道。醒过来的时候，听到一阵婴儿的啼哭声。我惊讶地睁开双眼，看到花淑娴头上包着块破毛巾，正在把锅里冒着热气的水盛到一个碗里。让我感到更为惊奇的是，热水盛到碗里之后，竟然变成了深红的颜色。

我妈花淑娴看到我醒了过来，苍白的脸上现出一丝红润，但很快消失了，她嗔怪地看了我一眼，埋怨道：

“睡得真死相，打雷下雹子也惊醒不了你！我都喊你八遍子了，也没能把你叫醒。快起来，喝红糖茶。”

一听说有红糖茶，我激灵一下子从床上爬起来。

我妈花淑娴解释说：“这包红糖我已经存放一个多月，是留给小跃进喝的。你只能喝半碗。”

听了花淑娴的话，又听到小跃进躺在床上一个劲地“哇哇”大哭，我对花淑娴说：“妈，我不喝红糖茶了，留给小跃进喝。我吃块棉籽饼就可以了。”

花淑娴看我一眼，说：“小国庆真懂事。不过，还是喝点吧。”说着，给我倒了小半碗，递给我，端着另外的大半碗去喂小跃进。

我不再谦虚了。即使我心里想谦虚一下，可是，我的手上已经端着那半碗红糖水，把碗递到了嘴边，也不管红糖水烫不烫嘴，一口气便把它喝了下去。喝下去的时候，我并没有感觉出甜的滋味，甜的滋味是在红糖水全部灌到我肚里之后留在我舌尖上的。我想多享受一会儿那种甜的滋味，可是，那股甜的滋味很快就消失了。

小跃进从我妈肚子里蹦出来得真不是时候。他大概不会想到这个世界正在闹着大饥荒，更不会想到本来应该喝奶水的他只能喝到红糖水。在当时，红糖水对于我来说，是非常奢侈的饮品，但是，对于婴儿小跃进来说，那饮品太微不足道了，也就是说太缺乏营养了。

我把花淑娴匀给我的那半碗红糖水喝下去之后，来到床边。那时候，我妈花淑娴正用一个小勺子喂小跃进红糖水。花淑娴舀一小勺红糖水放自己嘴边吹了吹，使红糖水不至于太热而烫了小跃进，然后才小心翼翼地把红糖水灌到小跃进嘴里。当时的小跃进与其说是一个刚出生的婴儿，倒不如说是一个剥了皮的狸猫娃子，他的皮肤紫红，瘦得只剩下皮包着几根骨头。可是，不知道他哪来那么大的能量，他声嘶力竭地哇哇大哭着，好像要让全世界的人都知道他来到了人世上，成了芸芸众生的一分子。花淑娴把红糖水灌进他嘴里后，他声嘶力竭的哭声戛然而止，他的小嘴咂吧着，看上去吃得那么津津有味。当把舌尖上的那一点甜味咂吧干净后，他咧开小嘴，似乎又要哇哇大哭起来，可是，没等他哭出声来，我妈花淑娴已经把红糖水吹凉放到了他的嘴边。这时候，小跃进似乎对花淑娴灌他喝红糖水有了丰富的经验，他不再细细地品尝，也不再咂吧小嘴巴，红糖水灌进他嘴里的时候，只听见“咕咚”一声响，已经进入他的肚子里。

这小家伙，真没说的，是头猪也是好吃手。

丁开心是在小跃进从我妈花淑娴的肚子里蹦出来后的第四天回来的。准确地说，应该是第三天的夜里。第四天的早晨我妈花淑娴开门倒尿壶的时候，看到我家门口躺着一个衣衫褴褛的人。不知道那个人是睡着了还是死了过去。不过，我妈花淑娴很快就认出了那个睡着或者是死过去的人不是别人，正是我爸丁开心。我妈花淑娴还以为丁开心没寻到吃的，不好意思见我们娘俩，才躺在门外边睡觉呢。

我妈花淑娴蹲下身子，揪着丁开心的耳朵，骂道：“你这死鬼，跑哪儿去了？回来了也不进屋，在这儿装死卖活？”

丁开心并没有被揪醒，他躺在地上无视花淑娴的存在。直到那个时候，我妈花淑娴才发现了问题，丁开心不是睡过去了，而是死过去了！

我妈声嘶力竭地喊着：

“丁开心！丁开心！你这混球货，你可不能死！你死了这一家老小可咋办呢？”

我妈花淑娴喊着喊着就哭了起来。我妈的哭喊声惊动了左邻右舍和过路人。立时，丁开心身边围满了人，大家叹息着，说一些不关痛痒的话。街道干部副主任丁开心的死并没有引起大家的同情。有人低声安慰我妈花淑娴：

“人死了再不会复活，人死了也不会遭罪了。咱活着的人要好好活下去，替死去的人活下去！死去的人在天之灵也会感到幸福的！”

多少年之后，这段话还常常在我的脑海里萦绕。每当我遇到难以过去的坎时，我就想到了死。死，也许是一种解脱的方式，死，是对艰辛苦难生活的逃避。但是，你死了，却把痛苦留给了家人，留给了最爱你的人，从这点来说，你便是自私！所以，你不能死！你要活下去！

丁开心并没有死。

当邻居们议论着要为丁开心准备后事时，卖油果子的杨大头突然叫了起来：

“丁开心没有死！这赖货是装死！你们都摸摸，他的胸口还有热气，他的心还跳着！”那时候，他的手正放在丁开心的胸脯上试量着。他吩咐我妈花淑娴：“老花，快去端碗水，最好是热水！”

我妈刚冲好的红糖水，还没来得及喂小跃进，她急忙端来，递给了杨大头。

杨大头一只手把丁开心上身扶起来，一只手接过碗，放到丁开心嘴边。丁开心这混球货果然没死，盛着红糖水的碗刚碰到他的嘴唇，他的嘴就张开了。接下来，红糖水很快就流进他的嘴里，又通过他的嘴流进他的肚子里。当一碗红糖水全部下去的时候，丁开心咂吧咂吧胡子拉碴的大嘴，睁开了他那双长满了眼屎粑粑的小眼，突然哀叹一声，道：

“他娘的，我正在吃红烧肉呢，咋突然变成水了？”

杨大头笑着说：“这狗日的，还吃红烧肉呢，吃屎也没人给你屙！”

我妈花淑娴笑得眼泪都流了出来：“混球货，黄鼠狼想吃天鹅肉——想到云彩眼里去了，能吃口馍，也不至于饿死在自己家门口呀！”

丁开心听我妈这么一说，像突然想起了什么，一翻身坐起来，然后，从他的腰上解下一个鼓鼓囊囊的袋子。他把袋子递给我妈花淑娴，说："咋能没馍吃呢？看，半袋子呢！"

我妈解开袋子，看到里边果然装满了各种形状各种颜色的馍头子，小麦面馍头子是白色的，高粱面馍头子是红色的，红薯面馍头子是黑色的，玉米面馍头子是黄色的……无论什么颜色的馍头子，都有一个共同的特点，那就是硬邦邦的，像砖头一样硬实，如果用它砸狗也能把狗头砸流血。

原来，丁开心要来的馍头子自己没舍得吃，又担心放霉了，便放在日头下晒，晒干了才放进布袋里。

15

小跃进是喝着红糖水吃着干馍头子活下来的。应该说，我妈花淑娴是一个很会过日子的女人。丁开心要来的各种各样的馍头子，她算计着吃，小麦面的馍头子当然是留给小跃进吃的。馍头子不是被丁开心晒得像砸狗头的石头一样坚硬吗？这倒不用担心，花淑娴总有办法把它们变软和的。花淑娴把干馍头子泡在烧开的滚水里泡上一阵子，干馍头子便渐渐地泡软和了。仅仅软和了还不行，花淑娴把泡软的馍皮揭下来，只剩下馍瓤子。然后，花淑娴把馍瓤子用筷子捣碎，捣得稀巴烂碎，再然后，花淑娴捏几粒红糖撒在捣得稀巴烂的碎馍瓤子里，稀巴烂的碎馍瓤子便成了小跃进的美食。当然，有时候花淑娴会给小跃进调换口味，不放红糖的时候，就放几粒盐，使甜的稀巴烂的碎馍瓤子变成了咸的稀巴烂的碎馍瓤子。两种味道的稀巴烂的碎馍瓤子，小跃进都吃得津津有味。那时候，小跃进从来不挑食，花淑娴喂他吃甜的他就吃甜的，花淑娴喂他吃咸的他就吃咸的。花淑娴啥时候喂他他就张着小嘴吃，不喂他的时候，他就静静地躺在床上，睁着一双像玻璃球一样的大眼睛望着漆黑的屋顶。

虽然有了半袋子能砸狗头的干馍头子，花淑娴却舍不得让我敞开肚皮吃。即便是高粱面和红薯面的馍头子。她从哪儿弄来的棉籽饼还剩下一些，我的主食便以棉籽饼为主。

其实棉籽饼也是不错的食物，但是，当我的胃里一连数天被棉籽饼塞满的时候，胃就产生了极大的意见。不过胃不会说话，它不会把意见提出来，它表达意见的方式十分独特。它通过肠道、肛门这些和它密切关联的器官向我表达不满。这些和胃有着密切关联的器官表达不满的方式是集体罢工。它们把我吃到胃里的棉籽饼积累在我的胃里，我的胃渐渐地积累起了一座小山包。说起来十分吓人的，一个瘦得皮包骨头、四肢细如麻秆的孩子却腆着一个鼓鼓囊囊的大肚子，简直是一个奇迹。更为严重的是，肛门不工作，使我憋在肝门里的淘汰秽物总是排不下来。我常常在茅房里一蹲半个时辰或者一个时辰，憋得脸红脖子粗，因努力地使劲而累得满头大汗，可是，憋在肛门口的淘汰秽物就是不肯下来！

后来经常听人们说“占着茅坑不拉屎”这句话，我怀疑这些人是有意地敲打指责我。

是丁开心先发现的问题。那天我正在茅坑上蹲着，丁开心进来了，看我憋得脸红脖子粗的样子，骂了一句：“小兔崽子，吃得多屙得多，是头猪多好，可以多积肥。”骂一句就出去了。等一会儿，又进来了，看到我还在那里憋着，没好声气地怨道：“你就不会快点儿，老子要拉裤裆里了！”

我咧了咧嘴，操着哭腔道：“爸，我拉不下来。”

“啥？有屎拉不下来？听说过活人不会被尿憋死，还没听说过活人会被屎憋死的！”丁开心说着，便歪着头，趴在我屁股门上瞅。瞅了好一阵，骂道，“娘的，难道还真有被屎憋死的。来，老子帮你拉！”

丁开心不知从哪里找来根小棍，吭哧好一阵，终于用那根小棍帮我解决了问题。

我妈花淑娴得知我差点儿被屎憋死的情况，便为我调整了饮食结构。她不再光拿棉籽饼来填我的肚子，她把那些高粱面馍头，或者红薯面馍头，如给小跃进做稀巴烂的小麦面馍瓤子的方式泡制，使我吃上了高粱面馍头子或者是红薯面馍头子稀巴烂的馍瓤子饭，所不同的是，我吃的稀巴烂馍瓤子从来不放红糖，顶多放几粒盐。

棉籽饼留给丁开心吃。丁开心吃了很多棉籽饼，奇怪的是，却没有让他的肚子里堆起一座小山包，也没能让他的肛门憋得像塞了块石头似的坚硬。我用探讨的口吻向丁开心询问他是如何战胜肚子、肠道、肛门等器官的联合罢工而顺利把大便排出来的，丁开心笑了笑，说：

“我有绝密武器。”

我想知道丁开心的绝密武器。

丁开心不等我问，便说：“我的绝密武器是多喝清水。”

一听到“清水”二字，我吃到胃里的稀巴烂的馍瓤子几乎要吐出来。

丁开心津津有味地吃着棉籽饼，和花淑娴搭讪着：“这棉籽饼真好吃，又香又顶饱。”

花淑娴头也没抬地说：“好吃你就多吃点。”

“可是不多了。你从哪里弄来的？能不能再去弄点？”

花淑娴听了这句话，神情大变，却还是头也不抬地说：

“你去弄呀！有本事你去弄呀！一个大男子，还当着街道干部，连孩子老婆也养活不了！”

我妈花淑娴没头没脑的埋怨，让我感到惊奇。丁开心好心好意地询问她从哪里弄来的棉籽饼，他自己再去弄点，这有错吗？我没听出来有啥错啊！可是，花淑娴却用一种生气的声调来抱怨丁开心，这很不合乎常理。

丁开心听了花淑娴的话，并不恼，赔着小心道：

“淑娴，我没别的意思，就是随口问问。”

我妈花淑娴并没有善罢甘休，显然火气更大了：“我知道你在外边听见有人胡咧咧了。这棉籽饼就是周县长给的，连红糖也是他给的。不是他给了这些棉籽饼和红糖，丁国庆早饿死了，小跃进也早饿死了！你有本事也去当县长！去呀！”

听我妈花淑娴连珠炮似的摊牌，我才明白我妈花淑娴发火的原因。原来棉籽饼是从周大伟的爸周老铁那里弄来的。让我不明白的是，周老铁给我妈的棉籽饼与别人给我妈的棉籽饼有什么不同？周老铁给我妈的棉籽饼至于让别人在外边“胡咧咧”吗？别人在外边又能“胡咧咧”个啥？丁开心是不是真的在外边听到了别人的“胡咧咧”才故意回来问我妈的？这一连串的问题虽然让我感到好奇，但是却不敢询问他们，只希望我爸丁开心和我妈花淑娴继续接着刚才的话题争论下去。问题越争越明，或许能从他们的争论中把问题搞清楚。可是，我爸丁开心这个软家伙，在我妈花淑娴理直气壮的态度面前很快败下阵来，他不但没有继续和我妈花淑娴把问题探讨下去，还赔着笑脸道：

“周县长给咱家的好啊。周县长是共产党的好干部，共产党的好干部救了咱小国庆、小跃进的命，咱们要感谢共产党，要感谢周县长呢。”

丁开心说了这番话，还讨好地看着花淑娴。可是，花淑娴并不买丁开心的账，她依然板着面孔没有好声气地数道着：

“周县长是干部，你丁开心不也是干部吗？周县长的老婆坐月子住在医院里，一群穿白大衫子的女人伺候着，吃着荷包蛋，还有鸡蛋挂面，烧饼油果子满屋子墙上都挂满了……你老婆生孩子的时候，你拉棍要饭去了！你老婆别说吃荷包蛋，连个鸡蛋皮子也见不上！你老婆想喝碗红糖水也得自个烧……俺的命咋恁苦啊！”

我妈花淑娴声泪俱下地哭诉着，哭得我心里很不好受。

丁开心吸溜着鼻子，一脸惭愧的样子。看到花淑娴掀起衣角擦眼泪，急忙拿了手巾递给她，检讨似的说：

“老花，我不该惹你生气。别哭了，苦日子就要过完了。咱遭饥荒挨饿的事情，毛主席都听说了，毛主席连红烧肉都不吃了，他要节省下来救济咱们呢。他还号召中央领导、省领导和县领导都要勒紧裤腰带过紧巴日子，节俭下来的粮食救济咱们呢。咱很快就有大米白面吃了。”

听了丁开心的话，我好像看到了满屋子堆满了大米白面，我和小跃进坐在小山一样高的大米白面堆上，吃着大米干饭，啃着大白蒸馍。

我的口水流了下来。

我急忙咽下口水，问丁开心：“爸，有红烧肉吗？”

丁开心回答我：“有，到时候，红烧肉让你吃个够。”

“光吃红烧肉不中，我还想吃糖醋鱼。”我得寸进尺地要求道。

“糖醋鱼也让你吃得不耐烦。”丁开心说。

16

语文课的蒋老师——不知道蒋老师为什么也姓蒋，这不是和“人民公敌”蒋介石一个姓吗？在一个时期内，我们班的男同学曾经怀疑蒋老师是美蒋派来的特务，即便不是美蒋派来的特务，蒋老师也和蒋介石有着千丝万缕的关系。大胆的推测让我们对蒋老师增强了极大的戒备之心，我们时时提防着蒋老师会不会向我们灌输封资修的东西来毒害我们——给我们上的是作文课，她给我们出了一个作文题目，叫《我的理想》。接着，向我们讲解了如何开头、如何结尾等一些写作知识，然后提问我们，让我们每个人都说一下自己的远大理想。

“我的远大理想是像我爹一样，能开个杂货铺子，赚更多的钱，养活全家不愁吃不愁穿。”在那时候，做生意赚钱的人都被看作不劳而获的小资产阶级，齐老六的杂货铺子早已经归为公有制，齐老六的儿子齐小利还梦想着子承父业继续过不劳而获的生活。

他的远大理想不但没有受到蒋老师的表扬，而且同学们听了也嗤之以鼻。

周大伟尤其看不起齐小利的远大理想，他站起来，把两只手背在身后，仰着头，从鼻子里“哼”了一声，说：

“我的远大理想是和我爸爸一样当县长，不，我要当的官比我爸还大，我要当市长，当省长。”这样说话的时候，他的举止和动作完全模仿他爸的样子，连说话的声调也和他爸平时差不多。他的远大理想让同学们对他肃然起敬。

蒋老师等周大伟讲完自己的远大理想，说：

“周大伟的远大理想的确非常宏大。当然每个人的志向不同，周大伟要当县长或者省长，也是为人民服务，齐小利要开杂货铺，也是为人民服务，从这一点说，他们两个无论职位高低，都是人民的公仆……”

周大伟不服气地说：“老师，齐小利要做小资产阶级，怎么是为人民服务呢？”

蒋老师摇了摇头说：

“齐小利要开杂货铺子，为人民群众提供必需的日常生活用品，这难道不是为人民服务吗？”

经蒋老师这么一说，我们才意识到，齐小利要开杂货铺子的远大理想还真的算不上小资产阶级。

周大伟张了张嘴，似乎还有话说，蒋老师对他摆了摆手，指着我说：

“丁国庆，你的远大理想是什么？你也谈谈。”

我本来不准备谈我的远大理想，我怕把自己的远大理想说出来，让同学们笑话。蒋老师点名让我谈，我犹豫了一下，嗫嚅着说道：

“我的远大理想……我的远大理想……”

我结结巴巴的声音引起同学们一阵嘲笑，同学们的嘲笑反倒给我增添了勇气，我舔了舔嘴唇，提高声音说：

“我的远大理想是当一个农民伯伯。我要在田野里种上大树，我要让树上都长满麦子、玉米、大豆和高粱，我要让树上长满红烧肉和糖醋鱼，让全天下的人，天天都能吃到红烧肉、糖醋鱼！”

我不切合实际的远大理想引起了同学们的哄堂大笑。蒋老师摆摆手，制止了大家，却对我给予了很高的评价：

“丁国庆同学的远大理想听上去不太现实，但是，却可以说明，丁国庆同学的确是一个有远大抱负的共产主义事业接班人。毛主席说，农村是一个广阔的天地，在那里是可以大有作为的。丁国庆同学的理想是当一位有知识有文化的农民，搞科学种田，是值得表扬的！”

蒋老师的表扬让我心里十分得意，也赢得了同学们羡慕的目光。

接下来，蒋老师又点名朱有才谈理想。

“我的远大理想是……是……”朱麻子的儿子朱有才站起来，他挠了半天头，也没能说出他的远大理想是什么，正在他绞尽脑汁苦思冥想时，突然，一个响屁在寂静的教室里骤然响起。经历了短暂的愣怔之后，教室里立刻爆发出一阵哄堂大笑。接下来，围绕着放屁的源头展开了激烈的争论。

周大伟说：“这个屁是齐小利放的，齐小利能顺快地说出自己的远大理想，而朱有才却没能说出自己的远大理想，齐小利有些不满，便用放屁的方式表达对朱有才的不满。”

周大伟的分析有理有据，很快大家倾向于他，要把放屁筒子的绰号送给齐小利。

齐小利感到冤枉，说：“我不是放屁筒子，我没有对朱有才不满。我的理想还不够远大，我正在想着自己新的远大理想，哪里有空对朱有才不满呢？”

齐小利说得十分有道理，这时候，朱有才说：“这个屁一定是丁国庆放的。大家没闻到吗，屁里还有一股臭棉籽饼的味道呢！丁国庆吃了那么多的棉籽饼，周大伟可以证明，周大伟的爸周老铁送丁国庆的妈很多棉籽饼。为这个事，周大伟的妈还和周大伟的爸干过仗。周大伟，是不是真的？”

蒋老师拿起教棍在讲课桌上连连敲了三下，制止了大家的争论。教室里逐渐静下来，唯有杨晓英嘤嘤的哭声却还在继续。

蒋老师批评道：“杨晓英，你哭什么，别人又没指名道姓地说你！”

蒋老师的用意看上去是要为杨晓英解脱，却适得其反，让大家笃信屁是杨晓英放的。但同学们没有再就这个屁大的小事争论下去。

杨晓英也终止了嘤嘤的哭声。

漂亮而又活泼的杨晓英从此变得一蹶不振，也让她变得古怪而又强悍，从那时起，谁若是敢在她面前说一个“屁”字，她就和谁拼命，轻了用她锋利的指甲给你的脸上留下一道道血印痕，重了把你的嘴巴撕烂。有一次，齐小利个贱货大概是嘴痒了，突然从他那张臭嘴里冒出了“放屁筒子”四个字，这四个字正巧灌进杨晓英的耳朵里，杨晓英先是羞红了脸，然后像一头母狮子似的扑向齐小利，一边嘴里骂着：“你才是放屁筒子！你全家都是放屁筒子！”一边用她那刻意留下的长指甲，连抓带挠地在齐小利的小脸上划拉着，立时，齐小利的小脸伤痕累累，比鹰叼的还厉害，血珠子鼓着泡地朝外冒。

齐小利嘴贱惹火烧身，疼得龇牙咧嘴，却奈何不了杨晓英，一路哭哭啼啼回家告状去了。

齐老六的老婆——一个矮个子女人扯着齐小利告到杨大头的油果子铺，扯着嗓子要杨大头赔她的儿子。杨大头还没有闹明白是咋回事，听人家要他赔儿子，便有些恼火。杨大头的老婆一口气为他生了三个闺女，一个带把儿的还没生出来，本来就让杨大头感到憋屈，这女人又嚷着要他赔儿子，这不是拿巴掌打他的脸吗？这不是讥讽他只会生闺女不会生儿子吗？这不是埋汰他要绝后吗？杨大头放下手里的菜刀，换上了擀面杖。杨大头只是想教训教训这个寻到门上的女人，万没有要伤害这个女人的意思。擀面杖没有菜刀锋利，即使动起手来，也不会把人伤到哪里去。

杨大头手里握着擀面杖，站在门口，问那女人：

“让老子赔你儿子，老子还弄不出儿子来呢，哪里有儿子赔你？”

齐小利的妈道：“弄不出来儿子怨你没本事，你家的疯妮子把俺儿子脸上挖得跟鹰叼的一样，你不赔谁赔？”

杨大头这才看清齐小利血乎流拉的脸，听齐小利的妈说是他闺女挖的，便有些心虚。虽然心虚，但是，想到闺女挖他总要有挖他的理由，便回屋里问杨晓英为啥挖齐小利。杨晓英只顾捂住脸呜呜地哭，却不回答。那时候，我正在门口看热闹，见杨大头要打杨晓英，便说：

“杨伯，齐小利先骂杨晓英‘放屁筒子’，杨晓英才挖的齐小利。”

杨大头把举起的擀面杖放下来，回头对齐小利的妈说：“听听，听听，老齐家，是你家儿子先骂我家闺女，我家闺女才挖了你家儿子。这是两半子理，我不找你赔闺女，你也别来找我赔儿子！”

齐小利的妈说：“骂你闺女一句又沾不到身上，俺儿子脸上的肉可是吃粮食长的……”

“骂沾不到身上？你家臭小子骂我家漂亮的闺女是放屁筒子，我家漂亮的闺女将来找不到好婆家，你负不负责任？”

齐小利的妈听杨大头这么一说，自知理亏。毕竟齐小利脸上的肉会很快长好的，杨大头家的漂亮闺女找不到好婆家可是一辈子的大事，她可负不起这个责任。只得认输了理，扯了齐小利往回走。

杨大头拿了几根油果子追上她，说：“别走，老齐家，你家儿子骂了我家闺女，我闺女挖了你家儿子，虽然是两半子理，可是，看在咱们是街坊邻居的分上，把这油果子拿上，算是我杨大头对你儿子的慰问。”

齐小利的妈接过油果子，脸上露出了笑，说：“小孩子家闹着玩儿，不值当认真的。还劳你破费，真是！”

走的时候，却回头狠狠剜了我一眼，骂道：“你才是狗咬耗子，多管闲事。”

17

从那以后，齐小利见了我就骂我是“舔屁眼子货”。

“舔屁眼子货”是我们那座小城最恶毒最损人的话。

齐小利对朱有才讲，丁国庆不但喜欢闻杨晓英的臭屁，还喜欢舔杨晓英的屁眼子。除了对朱有才讲，还对周大伟讲，除了对周大伟讲，还对周大伟的弟弟周二伟讲，除了对周二伟讲，还对我兄弟小跃进讲，除了对小跃进讲，还对其他人讲。齐小利这么讲来讲去，就把我和杨晓英画到了一个同盟圈子里。

为这句损人的话，我和齐小利干了十二仗。齐小利啥时候骂我是“舔屁眼子货”，我啥时候就和他干仗。齐小利个子比我高，吃得比我胖，但是，他没有我手脚麻利。干仗的时候，我利用自己矮小精悍的优势，趁他没有防备的时候，一头顶在他的肚子上。齐小利仗着个子高，企图把我压垮，但是，我的头死死地顶着他的肚子，两只手搂着他的腰，让他缓不过劲来。我像一头长着犄角的公羊，把他顶得连连倒退，一直把他顶到一个墙旮旯里，使他转不过身，他高大的个子便派不上用场，发挥不了优势。我俩的干仗常常以我的胜利而告结束。

只有一次我吃了败仗，那一次是因为我在想着一件事。那件事与杨晓英有关，不是与杨晓英有关的事情，还不至于让我花费那么大的脑筋去想。

事情的经过是这样的：

那天放学的时候，我发现我的书包里多了一根油果子。书包里突然飞进一根油果子，这对于一个很长时间没有品尝过油星味儿的人来说，无疑是一件好事情。关键的是，这根油果子上的油把我的书包浸上了一块油污。而这个书包，是我向我妈花淑娴要求了多次，她才用一块破布亲手为我缝制的。虽然是块破布缝的，但是由于我妈心灵手巧，书包缝得很精致，上面还用红线绣着一个五角星。花淑娴把书包给我背在肩上的时候，再三告诫我，要我一定爱惜这个书包，说是等我上中学时，再给我缝个大些的书包，这个小书包留给小跃进用。

毫无疑问，油果子是杨晓英装进我书包里的。她爸会炸油果子，她才舍得把油果子当饭吃，她才舍得把油果子拿到学校里来吃。她早就让我吃她的油果子，我怕齐小利看见我吃了她的油果子会多骂我几句“舔人家的屁眼子”，因此，很谦虚地谢绝了杨晓英的好意。没想到她竟然偷偷地把油果子塞进了我的书包里。杨晓英送给我油果子吃是好事，但是，把我的书包弄油污了是件坏事，我妈花淑娴知道了一定会责怪我，这让我本来应该感到欣喜的心情多少增添一些烦恼。带着这种烦恼，我找到杨晓英，问她：

“是你把油果子塞进我书包里的吗？”

杨晓英用黑眼珠翻了我一眼，又用白眼球翻了我一眼，放着明白装糊涂地说：

“你咋知道是我把油果子塞你书包里的？”

“除了你爸会炸油果子，你家油果子多，谁舍得把油果子塞人家书包里？”

“不是我塞的怎么样？是我塞的又怎么样？”杨晓英歪着脑袋斜睨着我，这时候，她的一双大眼睛又显得黑白分明了。

杨晓英这句话把我问住了。是啊，是她塞的我又能把她怎么样？她也是一番好意，齐小利想吃她的油果子还吃不上呢！

我只能嘴里吃着油果子，心里想着如何把书包上的油污去掉。就是那个时候，齐小利像条狗一样，吸溜着鼻子走过来了。我想把油果子藏起来，可是，已经晚了。齐小利看到我手里吃剩下的半截油果子，皮笑肉不笑地说：

“丁国庆，舔屁眼子还真舔出好吃的来了。”

我脸一红，道：“齐小利，你再说一句，谁舔屁眼子？”

齐小利这次是先下手为强，没等我把手里的油果子吃完，就扑向我，用两只手紧紧地抱着我的头——他怕我用头顶他的肚子。的确，我的功夫都在头上，齐小利一抱我的头，我全身的力气就使不上了，任凭如何挣扎，也摆脱不了齐小利。齐小利抱着我的头，用尽全身力气朝下压，终于把我压倒了。接着，他骑在我身上，问我：

“丁国庆，你舔杨晓英的屁眼子，是不是和她有了关系？你只要承认和她有了关系，我就饶了你！”

我的双手被他紧紧握着，我的身子被他庞大的身子压在下边，我使出吃奶的力气想挣扎着翻过身来，可是，都没有成功。他带有侮辱性的话使我不能接受，我不能承认舔过杨晓英的屁眼子。你想，我即使想舔她的屁眼子，她会允许我舔吗？齐小利让我承认和她有关系，我更不能承认。在我们那座小城，说男的和女的有了关系是一种特殊的指向。我和杨晓英还都是十二三岁的少男少女，我们俩怎么会有关系呢！可是，齐小利这个孬种，非让我承认我和杨晓英有关系，我不承认，他就不放过我，我若是承认，正中了他的诡计，把话柄落给了他，他会在同学们那里到处去吆喝我，去臭我和杨晓英的名声。我一个破小子倒没什么，若是坏了杨晓英的名声可是了不得的，后果是非常严重的。因此，我不能承认，我宁愿被齐小利打死，也不能承认和杨晓英有关系！

齐小利骑在我身上，像一名骑士骑在一匹战马背上。他一边一起一伏地活动着身子，一边嘴里“嘚嘚”地吆喝着：“丁国庆，说不说？丁国庆，说不说？”

那是我受到的最大的一次侮辱，那时候，我把齐小利恨到了心里去。

正在万般无奈的时候，齐小利突然号叫着从我身上歪倒在地上。我不知道发生了什么事。我可不管发生么了什么事，趁齐小利歪倒的时候，我迅速从地上爬起来。当我从地上爬起来以后，才看到杨晓英叉着腰站在我面前，杨晓英的一只脚还踩在倒在地上的齐小利身上。

齐小利用刚才抓着我的手捂着他自己的耳朵，睁着一双害怕的眼睛瞪着威风凛凛的杨晓英，嘴里不停地“哎呀哎呀”叫着：

“杨晓英，你把我的耳朵揪掉了，你得赔我的耳朵！”

“把手放开，我赔你耳朵。”杨晓英说着，把叉在腰间的右手向他伸过去。

杨晓英伸过去的手在齐小利眼里变成了五根齿子的钢叉，吓得他“嗷嗷”大叫：“不让你赔了，不让你赔了。俺妈说，好男不跟女斗。俺是好男，俺斗不过你，俺走！”齐小利从地上爬起来，一溜烟地逃走了。

我虽然嘴上从来没有承认过和杨晓英有关系，但是，心里却认可，我和杨晓英的确有着不同寻常的关系。这种不同寻常的关系不知道杨晓英认可不认可，反正我认可。首先，我爸丁开心死而复生是杨晓英她爸杨大头的功劳，如果不是杨大头，丁开心有可能就真的成死鬼被埋掉了。其次，我和杨晓英的座位排在一前一后，她的同桌和她的前排都是女生，因此全班同学能够近距离接触杨晓英的男生只有我一个。再次，在放屁事件中，我是唯一一位没有喊过她放屁筒子的男生，在某种程度上，我曾经竭力想掩护她——这一点她是有感受的，我看到她看我的眼神与看其他男生的眼神绝对不一样。又次，齐小利的妈去杨大头的油果子铺告状的时候，是我打抱不平，说明了事情的真相，替杨晓英解了围。最后，在我受到齐小利的欺负时，杨晓英能够大义凛然地出手相救……综合以上种种原因，我和杨晓英的关系是不是就显得暧昧和复杂了呢？

我得承认，从内心里说，我是喜欢杨晓英的。杨晓英除了放那个不该放的屁以外，哪儿哪儿都是好的。杨晓英是吃油果子长大的，她的脸很白，但是又透着红润，杨晓英的眼睛很大很亮，像是黑夜里两颗闪闪发亮的夜明珠，杨晓英乌黑的大辫子在她的背后甩来甩去，我多次想伸出手去摸摸她那油光滑溜的大辫子。

18

自从我爸丁开心被校长请到学校给我们“忆苦思甜”之后，我的“地位”一下子提升了不少，就连周大伟看我的眼神里也充满了羡慕和赞赏。还有齐小利，见了我再也不喊我是舔屁眼子货。而是挑选一些好听的话来巴结我。还有朱有才，也和我建立了“三边关系”。所谓“三边”，是指我、周大伟和朱有才三个人互不侵犯、互不诋毁，结成统一的同盟战线。

我们已经是初中生。初中阶段虽然没有把“忆苦思甜”课写在课程表上，但是，却是每个班级必上的课。学校校长为防止我们这些“生在新中国（有的同学生在新中国的前夕），长在红旗下”的未来的共产主义事业接班人变成修正主义的苗子，便每个星期增设了一节“忆苦思甜”课，为的是让我们“不忘阶级苦，牢记血泪仇”。学校的老师大多是从旧社会过来的知识分子，让他们上忆苦思甜课，是太难为他们了。校长便亲自到街道上去物色在旧社会苦大仇深的贫下中农来给我们上课。丁开心是拉棍要饭的叫花子出身，在旧社会吃尽了苦头，新中国成立后翻身做了国家的主人，当上了街道干部，又进过扫盲班学会了写自己的名字，饱尝了新社会的甜头。丁开心便被校长看中了，学校聘他为“辅导员”，简称“丁辅导”。

实话说，丁开心由于受我妈花淑娴的影响和熏陶，早已经膨胀起一股高涨的表现欲。学校聘他一个要饭花子到讲台上为学生娃讲课，对于他来说，是莫大的荣幸，是他这辈子做梦也想不到的事情。一天正规学堂也没进过的要饭花子要当老师了，这是只有新社会才会发生的事情，因此，丁开心非常珍惜这来之不易的机会。如何把“忆苦思甜”课讲好，丁开心为此确实花费了一番心思做了准备。他要饭时的那身行头没舍得扔，露着破棉絮的小袄，补丁摞补丁的裤子，又脏又烂几乎分辨不出颜色的破猴帽，都被他找了出来，他把那些破烂穿在身上，从门后拎起那根打狗棍，从锅台上拿个碗，问花淑娴：

“老花，老花，看看我像不像旧社会时要饭的样子？”

我妈花淑娴撇着嘴讥笑他：“像，像个下三烂。”

丁开心一脸严肃地说：“老花，可不能这么说！无产阶级的叫花子咋能是下三烂呢？这可是感……情问题！”

我妈花淑娴见丁开心一副认真的样子，便又看了他一眼，说：“这身穿戴倒还可以，只是……”

“老花，你是登过大台面的人，哪儿不像你指点指点。”丁开心谦虚地说。

我妈花淑娴从上到下仔细看了看丁开心，说：“一是你的脸不像，要饭花子的脸应该是黄皮寡瘦的，你看看你那张脸，才过上几天吃饱肚的日子，就黑胖黑胖的……”

丁开心摸了摸自己的脸，说：“俺的个娘！共产党领导的新社会就是好！这大灾过去，过上了不愁吃穿的好日子，喝口凉水也上膘——老花，我总不能把脸上的肉割下来一块呀。”

“割死你也瘦不了。”我妈花淑娴从锅底里掏一把灰，抹在丁开心两颊，说，“照照镜子，看看是不是显瘦了？”

丁开心对着镜子照了照，看上去真的比原来又瘦又邋遢。

花淑娴说：“二是你手里那个碗也不像，叫花子的要饭碗有这么新？”

散罢大伙后，我妈又买了一套新餐具，碗都是镶着花边的白瓷碗。而丁开心要饭用过的那个粗糙的大海碗还留着豁豁牙牙的口子，后来成了小花的饭碗。小花变成了人家肚子里的狗屎后碗早就被扔了，现在到哪里找那只破碗？不过我妈花淑娴有办法，她把镶着花边的白瓷碗敲碎几个豁口，然后又涂上一层泥巴，撒上一层草木灰，等泥巴晾干，便和丁开心用过的要饭碗差不多了。

丁开心便穿着他那身行头，把自己打扮一“旧”，去我们学校上“忆苦思甜”课。丁开心在进入我们学校的门口时遇到了一点儿麻烦。看大门的老魏怎么也不让他进校园。老魏像驱赶一条野狗似的对丁开心说：

“哪儿来的要饭的？你这身打扮不是给社会主义抹黑吗？去去，哪儿凉快去哪儿，别让学生娃们看见了恶心。”老魏也是贫下中农出身，对社会主义新中国有着很深的感情。

丁开心急赤白脸地辩白：“我，我可是你们校长请来的！”

老魏“嘿嘿”笑道：“鬼才信你的话。校长会请一个叫花子到学校来……”

“你别不信，我是被你们校长请来上课的丁辅导。”丁开心一着急，头上便冒出了汗珠，他把帽子从头上取下来，擦了一下脸，结果，把我妈花淑娴涂在他脸上的很均匀的锅底子灰弄得像花狗屁股一般脏乱。

老魏指着他的脸，笑得弯了腰，像岔了气似的吸溜着嘴说：“你……你……配给学生娃讲课吗？”

喜爱热闹的学生已经把我爸丁开心围了起来，他们像看猴戏似的看着老魏指责戏弄丁开心。老魏笑，那些看热闹的学生也跟着笑。

有好事者，飞也似的去报告校长了。

校长替丁开心解了围，批评老魏缺乏无产阶级感情，说：“丁辅导是我们特聘的辅导员，你怎么能把他拒之门外呢！”

老魏这才不敢小觑丁开心，忙向丁开心赔不是，说：“还真是我们校长请来的辅导呀，对不起，对不起。我老魏旧社会也拉棍要过饭，咱们还同行过呢。”

丁开心大度地摆摆手：“误会！误会！大水冲了龙王庙，一家人不认识一家人了。”

我们校长对丁开心情景再现的“忆苦思甜”的演讲形式十分满意。丁开心从他十二岁拉棍要饭讲起，每当讲到反革命县长吕修身放恶狗咬他的情节时，总是声泪俱下。丁开心在讲台上声泪俱下，学生们在讲台下“呜呜”不止，教室里哭声一片，犹如为一位德高望重的亡者举行追悼会。

校长赞叹说，丁辅导讲得很好，他用自己的亲身经历给同学们上了一堂生动深刻的政治思想课，使同学们了解了万恶的旧社会，更珍惜今天来之不易的幸福生活！

校长虽然高度赞扬了丁开心，但是，后来却很少再请他去“忆苦思甜”。这其中的原因校长没说，也很少有人知道。其实，我知道。还有周大伟和朱有才也知道，我们“三边”在一起说起过这事。

这个细微的枝节后来成了丁开心的一个罪状，叫“恶毒攻击社会主义”。

19

时间很快过去了，我们即将读完初中，面临着考高中。高中将是实现我们远大理想的又一座里程碑。我们正准备向这座里程碑进发的时候，我们所居住的那座小城，发生了一件大事。

这件大事是周大伟的爸周老铁被打倒了。

周老铁的头上戴着一顶纸糊的高帽子，高帽子上歪歪扭扭地写着一行字，那行字我是认得的：

“打倒走资本主义道路的当权派——周老铁！”周老铁三个字还用红笔打了一个大大的“×”。

我虽然认识那些字，但是，却不明白打那个红 × 是啥意思。红 × 在我的作业本上标志着我把题做错了。老师把我做错的作业题打上红 × 是让我把那道题重做一遍，可是，“周老铁”三个字并不错呀，为啥要打个红叉？

我满心狐疑地回到家，想把自己的见闻和疑问向我妈花淑娴讲一下。我刚进家门，我爸丁开心也回来了。

丁开心右手拎着一个蓝花瓷瓶子，左手拿着一卷纸。丁开心一进门，右手把蓝花瓷瓶子放在地上，左手把那卷纸朝床上一扔，嚷道：“他娘的，抄了一天家，累死老子了！”

说着，从缸里舀瓢凉水，“咕咚咕咚”一口气喝了下去。

我这才注意到，丁开心的右胳膊上套着一个印着黄字的红袖章，与红卫兵的袖章不同的是，上边的字不是“红卫兵”，而是“红造总”。

丁开心的红造总袖章让我很羡慕。前些日子，在我们学校里，也成立了红卫兵组织。我也想加入红卫兵，弄个红袖章套在胳膊上。可是，不知道为啥，他们的头头不同意。不但不同意我，连齐小利、朱有才、周大伟、杨晓英等人也被拒绝加入红卫兵组织。齐小利、朱有才和杨晓英不被批准加入红卫兵组织，是因为他们的爹走的是资本主义道路。周大伟的爸成了我们那座小城走资本主义道路的最大的当权派，他更不能加入造反队伍中来。除非他和他爸划清界限。周大伟要和他爸划清界限，牵涉到吃饭住宿问题。也就是说，他要和他爸划清界限，他就不能在家里吃住。所以，他还在犹豫着自己能不能和周老铁划清界限过独立的生活。至于我不能加入造反派组织，是因为他们说丁开心不是我亲爹。至于我的亲爹是谁，他们和我一样说不清楚。既然说不清楚，那就是我个人的历史不清白。一个个人历史不清白的人是革命的对象，不把你揪出来批斗还不便宜了你，你还想加入红卫兵？简直是白日做梦！简直是癞蛤蟆想吃天鹅肉！简直是猪八戒照镜子——自己给自己找难看！

听了他们对我的奚落和蔑视，我的心变得哇凉哇凉！我痛苦极了！我回到家，蒙头盖脑睡了一天一夜。我想，我再也不会去“猪八戒照镜子自找难看了”！

看到丁开心胳膊上的红袖章，我心里产生一种酸溜溜的妒忌！

花淑娴并没有注意到丁开心的红袖章。她对丁开心拿回来的东西很感兴趣。那时候，她已经把丁开心扔在床上的纸卷打开。那几张纸卷上有的画着画，有的写着字。

花淑娴说：“老丁，给谁家要的这些字和画，咱家墙上，也不趁贴这些字画呀！”

丁开心抹拉一下挂在胡子上的水珠，回答：“哪里是给人家要的，是从‘牛鬼蛇神’家抄来的——我看到红卫兵都抄这些东西，这些东西肯定主贵。他们抄我也抄，不抄白不抄，抄了白抄。还有这个瓷瓶子，在一个老地主家抄的。在他家桌子上摆着，还插着几朵花，可惜那几朵花被红卫兵拿走毁了，说那些花是毒草……”

花淑娴的脸渐渐变得阴沉难看起来，没等丁开心说完，便道：“老丁，你这不是强盗吗？怎么随便到人家家里去抢人家的东西？”

丁开心说：“啥强盗？老子是红造总！老子要造那些牛鬼蛇神的反！牛鬼蛇神家这些封资修的东西，都是剥削来的，老子把他们剥削来的封资修的东西抄来，是造他们的反！”

我见缝插针地问：“爸，啥是牛鬼蛇神？”

丁开心一愣，说：“牛鬼蛇神？牛鬼蛇神就是……就是地主、右派、反革命。”

我想到了第二个问题：“爸，周大伟的爸不是地主右派反革命，他是县长，他还和日本鬼子打过仗，还和国民党反动派打过仗，他咋也被红卫兵拉到大街上游街去了？他也是牛鬼蛇神？”

丁开心“呸”地朝地上啐了一口痰，幸灾乐祸地说：“他呀，比牛鬼蛇神还孬！牛鬼蛇神也没有他孬！”

花淑娴听到我提起周大伟他爸的事，脸色便不好看了，听到丁开心说他比牛鬼蛇神还孬，便没好气地说：“丁开心，你说说，人家哪儿比牛鬼蛇神孬？牛鬼蛇神给咱家棉籽饼吃了？牛鬼蛇神给咱家红糖吃了？不是他救济咱棉籽饼，小国庆还不饿死？不是他救济咱一大包红糖，小跃进一落地喝啥？做人得讲个良心！不讲良心的人连猪狗都不如！咱不能看着人家倒台了就把人家的好忘掉了，咱不能落井下石跟着瞎起哄！”

花淑娴说着这些，眼里噙着泪花，脸色绯红。

丁开心被花淑娴这么一吵嘟，又看到花淑娴生气的样子，便赔着小心地解释道：“老花，我只不过是拿牛鬼蛇神打个比方。其实，我心里再明白不过，周县长怎么着也比牛鬼蛇神好！周县长救济咱贫下中农，咱咋也不能忘掉他。可是……可是，他要领着咱贫下中农走资本主义道路，要让咱贫下中农重吃二遍苦，重受二茬罪，我才骂他几句。”

花淑娴说：“啥是资本主义，啥是二遍苦，啥是二茬罪，我不懂，我就知道，在困难的时候，周县长不但救济咱，还救济了很多快要饿死的人。他是个好人，你不能骂他！”花淑娴愤愤地说着，越说越有气：“依我看，那些孩娃子都是老蒋和美帝国主义派来的特务！连日本小鬼子和国民党反动派都没能动周老铁一根汗毛，这些孩娃子竟然把咱们的好县长拉到街上批斗游街，他们不是美蒋派来的特务是啥？”

听到我妈花淑娴这样不管不顾地说，可把丁开心吓坏了。丁开心紧张地朝门外边看了几眼，见外边没人，才压低声音，说：“老花，你这话可不敢到外边瞎说，这话要是被人家听到了，告诉那些人，咱也要挨批的。”

我妈花淑娴却说：“我说的都是实话，他们能把我怎么样？”

“我的姑奶奶，红卫兵是毛主席派来的，你说是美蒋特务派来的，这不是污蔑毛主席和红卫兵吗？污蔑毛主席和红卫兵就是反革命……”丁开心伸出一根手指，指着花淑娴的脑门。

花淑娴把丁开心的手指打开，说：“我不信，毛主席会派人来整治周老铁！”

我急忙插嘴问：“爸，是不是红卫兵把周县长打错了？我看到周老铁的名字上还打着一个红叉，大字报上好多人的名字上都打着红叉，红卫兵把这些人的名字上都打了红叉，一定是他们误会了！”

丁开心先是一愣，继而便“啊嗬啊嗬啊嗬啊嗬”地笑起来，笑得前仰后合。

我被他笑得莫名其妙，又不明白哪句话说错了，便小声嘟囔着：“不是吗？我作业本上做错了题，老师就打个红叉。”

丁开心笑得捂着肚子说：“小国庆，你真是个笨蛋，比我丁开心还笨的笨蛋。周老铁那个红叉，可跟你作业本上那个红叉不一样。周老铁那个红叉，是红卫兵要判周老铁的死刑！”

我和花淑娴都大吃一惊：“红卫兵要枪毙周老铁？”

我还补充了一句：“难道大字报上那些被打红叉的人都要被枪毙？”

丁开心解释说：“枪毙倒不会的，也就是那个意思……是打倒的意思。要把他打倒，再踩上一只脚，让他永世不得翻身！”

花淑娴说：“也就是说，周老铁的县长干不成了？”

“肯定干不成了。”丁开心十分有把握地说。

周老铁当不成县长了，周大伟再也不会在我们面前摆出一副趾高气扬的样子了，还有周大伟的妈林兰芷再也不会一见到我家的人就是一副瞧不起的样子。想到这些，我不免产生一种幸灾乐祸的心理。有了这种心理，我便问丁开心：“爸，还有谁能当县长呢？你能不能当呢？”

我这话问得有些唐突，连丁开心也没能预料到我会这样问他。我敢肯定，在我问这句话之前，丁开心对于当县长的事连想也不敢去想。

听了我的话，丁开心愣怔了半天，才说：“毛主席说，打倒恶霸地主反革命，咱穷人才能翻身当家做主人。新中国成立后，地主恶霸打倒了，周老铁当了主人。现在又来了‘革命’，才知道周老铁原来是反革命。把周老铁打倒了，我这个要饭花子的穷光蛋才能成为国家真正的主人。可是，可是……”

丁开心脸憋得通红，也没能说出可是的背后是什么。我着急地问：“爸，可是什么呀？”

“可是，你爸文化低，是个大老粗，县长当不了，当个副县长还差不多。”

我高兴地说：“爸，能当个副县长也不错了。”

花淑娴听我爷俩议论得这么热闹，就如丁开心已经走马上任当了副县长似的，她撇了撇嘴，说：“你一个穷要饭花子，还想当副县长，做梦娶媳妇吧！”

丁开心不服气地说：“老花，你别瞧不起我丁开心。我丁开心祖宗八代都是贫农，我丁开心根正苗红。”他指着右臂上的红造总袖章，继续说：“瞧瞧，红造总——红色造反总司令！我现在就是红色造反总司令部的司令。”

花淑娴不屑一顾地瞥了一眼丁开心的袖章，用泼冷水的声调说：

“不就是一绺子红布吗，还总司令部。老丁，古人有句话，叫‘龙生龙，凤生凤，老鼠生儿会打洞’，你呀就是个穷人的命。我嫁给你，不贪图荣华富贵，只图咱一家人能吃饱肚子，过上安稳平和的日子，比啥都强，我不稀罕你去当那个没有影儿的副县长。”

20

我妈花淑娴的话并没有说到丁开心心里去，他一天到晚在外边跑。丁开心有一个毫无争议的红色身份——祖宗八辈都是贫农。丁开心祖宗八辈贫农的身份注定他对地主右派反革命加上走资本主义道路的当权派有着刻骨的仇恨。丁开心因此成了那些人团结和依靠的人。

随着斗争的深入，更多的人被揪出来了。我比较熟悉的齐老六、朱麻子、杨大头等人也都被揪出来了。齐老六、朱麻子和杨大头被揪出来的理由，不是地主右派反革命，也不是走资本主义道路的当权派，而是走资本主义道路的急先锋。这些人搞投机倒把，扰乱了社会主义的市场经济。比如齐老六,一斤红糖进价是三毛钱，他卖三毛六一斤，卖一斤红糖从中牟利六分钱。卖十斤就牟利六毛钱，卖一百斤牟利六块钱，卖一千金牟利六十块钱，乖乖，这还得了！这不是渔利人民群众吗？齐老六除了卖红糖，还卖其他货，如柴米油盐之类等，算下来齐老六就成了小资本家。不过，在新社会没有资本家这个称呼，齐老六就成了投机倒把的坏分子。投机倒把分子齐老六被红造总的那些人揪到大街上批斗，每天批斗后再去游街，沿着小城的石板路转圈儿，游完街再关到“圣人庙”里去。圣人庙本来是供奉祭拜孔老夫子的庙堂，运动一开始，庙堂里的夫子像被砸碎填到湖里去了，成了关押地主右派反革命的地方。

朱麻子卖胡辣汤也是走资本主义道路的急先锋。朱麻子与齐老六相比，罪稍微要轻一些。朱麻子卖一碗胡辣汤只能赚两分钱，一天卖几十碗胡辣汤也赚不了多少钱。再说，朱麻子的胡辣汤是他自个起早做出来的，不像齐老六卖的东西，都是从别人那里倒腾过来的现货，因此，朱麻子算不上投机倒把，充其量也就算个走资本主义道路的小先锋。朱麻子被批斗了两场，参加游了两次街，就被红造总的那些人释放了。

再一个就是杨大头。杨大头本来也没有多大罪恶，至多和朱麻子差不多，算得上个走资本主义道路的小先锋。可是，杨大头这个人性格刚强、嘴硬，是个吃软不吃硬的主儿。造反的革命小将问他一天能炸多少根油果子，他歪着脑袋想了半天，也说不出一天能炸多少根油果子。问他一天能炸多少根油果子的目的，是要计算出他一天能赚人民群众多少血汗钱。既然他自己说不出来（或者是他不老实要隐瞒自己的罪恶），人家就帮助他计算。一个小时炸十根油果子，一天工作八个小时，就是八十根油果子？杨大头听了，把头一摇，瞪着眼说："怎么只炸八十根，炸这么少，要把人闲死的。"

那些人就说："是不是一小时炸八十根，一天要炸八八六百四十根？"

杨大头还是继续把头摇得像个拨浪鼓子："哪能炸那么多？炸那么多要把人累死的。"

杨大头这么两摇头，把那些人给惹恼了。炸少了闲死你，炸多了又累死你，那就让你炸个不多不少的。一个腰扎皮带留着平头的小将伸出拳头，照着杨大头肥厚的老脸上打过去，这一拳把杨大头的鼻子打出了血，血顺着他的两个鼻孔朝外冒。杨大头掂起围在腰间的围裙，擦去流在嘴巴上的血，愤愤地训斥那个小平头：

"你谁家的孩子？咋三句话不说就动手呢？"

小平头说："你不老实，老子就是要揍你！"

杨大头不识相地骂道："屎皮子还没蜕干净，就在老子跟前称老子，真是没教养的孩子。"

这句话惹恼了那些人。立时，十多个人蜂拥而上，你一拳、他一脚，把杨大头打倒在地。

杨大头若是在那个时候能说句软话，那些人或许会手下留情，不至于朝死里去整治他。可是，杨大头是个认死理的人，他始终以为天下自有王法在，这伙人打他打得毫无道理，王法会为他做主的，王法会给他公道的。因此，那些人打他一拳，他就喊一声："打得好！"那些人踢他一脚，他也喊一声："踢得好！"就这样打来踢去，那些人累得手软脚疼，呼呼喘气，他还在那里喊"打得好""踢得好"。

那时候，有个人看到杨大头遭这么大的罪看不下去了，便哭着喊着："别打了，别打了！"

这个人是杨晓英。杨大头和那些人发生争执的时候，杨晓英并不在油果子铺，她是听到邻居报信才跑来的。杨晓英跑来的时候，杨大头已经被打得鼻青脸肿，两只鼻孔像打开的自来水管一样朝外冒着血，浑身上下涂满了各种各样的鞋印子。杨晓英看到他爸倒在血泊里，还在喊着"打得好""踢得好"，心疼得眼泪哗哗地朝下流。那时候杨晓英什么也不顾了，她一边喊着"别打了"，一边扑向倒在地上的杨大头，用自己的身子护着杨大头。

那些人这才住了手脚，虽然住了手脚，嘴却没有停下来，七嘴八舌地说：

"打倒杨大头！打倒走资本主义道路的急先锋！"

"杨大头不投降，就叫他灭亡！"

……

还有转移斗争大方向的：

"杨晓英是保皇派，打倒保皇派！"

"杨晓英是保爹派，打倒保爹派！"

两个小将因为"保皇派"和"保爹派"又争执起来，眼看两人争论得脸红脖子粗的下不了场，这时候小平头出来为二人解和说：

"杨晓英既是保皇派，也是保爹派，咱们勒令她陪斗！"

第二天批斗杨大头的时候，那些人勒令杨晓英去陪斗，可是却不见了杨晓英的影子。

杨晓英去了哪里？只有我知道。

杨晓英要被那些人拉去陪斗的消息是丁开心讲给我和我妈花淑娴的。

丁开心说："杨大头吃亏就吃在他那个犟驴脾气上。都到这个时候了，怎么能和那些人戗着茬子来硬的呢？这不，把自己扯进去了，还把闺女牵连上了。"

我妈花淑娴问："他闺女还是个学生，那些人能把她怎样？"

“怎样？保爹派，陪斗呗！”

“才十来多岁个闺女，啥保爹派，这不是要害人家闺女吗？”

丁开心“咳”了一声，说：“想当年，你跟着老吕也没享几天福，不是还陪过死刑吗？”

真是哪壶不开提哪壶。我妈花淑娴最忌讳谁说她陪死那桩事，听丁开心把她陪死与杨晓英陪斗相提并论，不由得发火道：“丁开心，你个混球货，不是你拉着我朝那个杀人台上去的吗？你现在嫌弃我了。你嫌弃我，咱俩离婚！”

丁开心一听，急了，忙解释道：“老花，我哪里嫌弃你？我喜欢你还喜欢不够呢，我只是打个比方。”

花淑娴说：“我不喜欢听你这个比方。”

“不喜欢听我就不比方。”丁开心赔着笑脸说。

花淑娴说：“那你去告诉那些人，让他们不要拉杨大头的闺女去陪斗。”

丁开心一听，脸上现出一副为难的样子：“老花，那些人都是吃了熊心豹子胆，我哪里管得了他们？”

花淑娴冷笑道：“你不是什么鸡巴司令吗？司令还管不了什么‘兵’？”

我妈花淑娴要救杨晓英，一是因为她把杨晓英即将受到的陪罪与她当年的陪死联想到了一起。当年让她陪死，她是无辜的，现在让杨晓英陪罪，杨晓英也是无辜的。一个十四五岁的女孩子被拉到台子上批斗，想想那场面也够龌龊的。二是因为杨大头为人耿直善良。杨大头虽然性格要强，但是在街坊邻居面前却落下了好口碑。杨大头做生意不像齐老六那样斤斤计较，你到杨大头那里买油果子，有钱没钱只管拿了走，啥时有钱啥时还，杨大头从来不撵着你要账。谁家的小孩子走到门口眼馋嘴馋了，杨大头给孩子一根油果子不带算账的。我妈花淑娴生小跃进那阵儿，杨大头听说了，专门让他老婆送来十几根油果子，让我妈花淑娴过月子。我妈常常念叨这档子事。更让我家对杨大头感恩的是，杨大头还救过丁开心的命，若不是杨大头，丁开心早在乱葬岗被野狗拉吃了。做人不能忘恩负义。杨大头有恩于咱家，如今杨家遭了难，咱咋能不出手相帮呢？照花淑娴的意思，连杨大头也要一块儿救。可是，杨大头戴着走资本主义道路急先锋的帽子，是难以救助的。杨晓英不过是个孩子，说到大天上去能有多大的罪？说到大天上去也没有陪斗的道理！

我妈花淑娴决意要救杨晓英。丁开心拗不过我妈，便给自己打气说："好，我去救杨大头和他家的丫头。我一个造反派副司令还救不了这俩人？"

"就是。既然救连齐老六和朱麻子一块儿救，都是街坊邻居。再说，人家不就做点小生意养家糊口嘛，咋就朝死里整人家？"花淑娴说。

丁开心想了想说："老花，你真是个明白人，只是那些人都昏了头，怕他们不听我的。"

"你不是造反司令吗？谁不听你的你就让谁靠边站！"花淑娴为丁开心鼓着劲。

"听老婆的，谁不听我指挥就让谁靠边站！"丁开心像打足了气的皮球一样朝外走。

等丁开心走出门，花淑娴对我说："要做好两种准备。丁国庆，你把杨晓英喊咱家来躲一阵。万一你爹那个混球货不济事，拦不住那帮人呢！"

21

事情的发展比我妈花淑娴预料的还要严重。

丁开心非但没能说服那些人放过杨大头和杨晓英等人，还被驱逐出了红造总，理由是丁开心立场不坚定。丁开心虽然是红五类出身，祖宗八代都是贫下中农，但是，丁开心是蜕化变质分子，丢掉了贫下中农的本色，充当了走资本主义道路急先锋的黑后台。还有人揭发，丁开心的老婆花淑娴原来是反革命分子吕修身的小老婆。丁开心和反革命分子的小老婆花淑娴同床做梦，上了反革命分子的贼船，受到了糖衣炮弹的腐蚀，没有不变质的道理。还有一项更为严重的罪恶是恶毒攻击社会主义。丁开心在被学校聘为丁辅导期间，为同学们“忆苦思甜”时，把六十年代初大饥饿时期那次要饭的经历混淆为旧社会要饭时的事，这不是对社会主义的恶毒攻击吗！这个细节当时被校长忽略不计（这也是校长再没有请丁开心为学生忆苦思甜的原因），却没有逃过广大革命师生的火眼金睛。就这么几扯几不扯，就把丁开心的真实面目揭露了出来。立时，那帮人扯下丁开心胳膊上的红袖章，举着拳头，喊着口号：

“打倒丁开心！”

“打倒混进革命队伍中的异己分子丁开心！”

“丁开心恶毒攻击社会主义绝不能让他开心！”

“打倒反革命分子吕修身的小老婆花淑娴！”

……

一夜之间，丁开心和我妈花淑娴成了阶下囚。我在我们那座小城的广大革命群众眼里，也变成了反革命的小崽子！

后来，开心爸埋怨我妈，若不是我妈让他去为杨大头等人说情，也不至于引火烧身把一家子都赔进去。

我妈花淑娴对自己做过的事从来没有后悔过，她说：“能救下杨晓英不受牵连，咱遭罪也值了。再说，当时，我已经有预感，我和老吕的事早晚要被人揪着不放。我们即使不去救杨晓英，他们也会找到咱家门上。只是……小国庆不应该受到连累呀，小国庆连老吕的面也没见过，咋就成了反革命的小崽子？你不是口口声声说小国庆是你八辈贫农的儿子吗？”

丁开心挠着头皮，一脸无奈的样子：“他们说，龙生龙，凤生凤，老鼠生儿会打洞——他们都知道小国庆不是我丁开心的种……”

没等丁开心把话说完，我妈花淑娴“呸”的一口，差点儿啐到丁开心脸上。

其实，丁开心并没有赔进去什么，他只是被开除出了红造总，他毕竟是红五类出身，那些人并没有对他采取极端措施。还有杨大头和齐老六等人，毕竟不是罪大恶极的黑五类，都先后被放了出来。可怜的是我妈花淑娴，被一群人扭走了。花淑娴被扭到了哪里？当时我们也不知道。过了两天之后，花淑娴出现在大街上。

我成了反革命的小崽子后，许多同学都不敢再与我玩耍，只有杨晓英不怕。那天，她气喘吁吁地跑到我家，告诉我：“丁国庆，快去看你妈。你妈被拉到大街上游街呢！”

我和小跃进鞋子都没来得及提上，便飞也似的朝大街上跑去。

我们来到小城的十字街口，那是我们那座小城最热闹的地方。那里已经被人围得水泄不通。杨晓英告诉我说我妈花淑娴就在人围子里边。我扯着小跃进朝人缝子里钻，我不管那些被我挤了的人如何骂我向我使白眼。我和小跃进的鞋子被人踩掉了，也顾不得去捡。我和小跃进终于挤进了人围子的正中心。那时候，我看到几个年轻的男人正架着一个女人站在那里高喊口号，由于人声嘈杂，没有听清他们喊的是什么。我看到那个女人低垂着头，一个男人还不断地揪着她的头发让她的脸朝上仰，为的是让更多的人看到她那张脸。我终于认出来了，那张脸就是我妈花淑娴的脸。不过，花淑娴已经不是两天前的花淑娴了，花淑娴也已经不是那个爱穿着干净衣裳爱漂亮的花淑娴了。花淑娴被剃了个阴阳头。所谓的阴阳头，就是头发剃了一半，留下一半。被剃的那一半头皮泛着清白的光，显得格外刺眼，而留下的那一半也剪短了，剪得长短不齐的。仅是这个阴阳头，已经把原来爱漂亮的花淑娴糟蹋得男不男女不女了。花淑娴的脸才两天就瘦得脱了形，原来白皙的瓜子脸蛋儿，现在成了涂抹着锅底子灰的刀背子脸，眼睛里失去了往日的光泽，变得混浊而迷惘。最让我难以理解的是，我妈花淑娴的脖子里竟然挂着一双鞋！

一双破鞋？

我妈花淑娴脖子上挂着的那双破鞋突然变成了一个人的影子在我眼前跳来跳去，我急于看到那是一双什么样的破鞋，便挥着手驱赶影子。影子终于退缩了，只不过不是被我吓跑的，而是被那些人的口号吓跑的！

我终于看清了那双破鞋的颜色，那是一双蓝色的布鞋，正是我妈平常穿在脚上的那双鞋。我这才注意到，由于那双鞋挂在了我妈的脖子上，她现在只能赤着脚站在地上。我不明白那些戴红袖章的人为啥要把我亲爱的母亲脚上穿的鞋挂到她的脖子上。后来我听到那些人的口号里增加了新的内容，就是“打倒破鞋花淑娴”。我妈明明有名字，为啥这些人又给她加了个如此不光彩的名字？说她是反革命分子的小老婆还有据可查，而把她说成破鞋是绝对冤枉了她！

那些人喊着口号，围观的老街坊们七嘴八舌地议论着。他们议论的话题大多是围绕“破鞋”二字展开的。我不知道这些讨厌的老街坊为啥对“破鞋”那么感兴趣，他们津津有味地“啧啧”着嘴，他们神秘地窃窃私语着，他们不时爆发出一阵阵怪笑声……总之，那些人把我妈花淑娴叫成了破鞋，他们似乎很意外，也很震惊，意外震惊之后是幸灾乐祸，是嘲笑，是鄙夷！有的甚至朝我妈站着的方向“呸呸”地吐着口水。

我发现，那些人高喊打倒反革命分子的小老婆花淑娴时，我妈花淑娴低垂着她的阴阳头不肯抬起，而一旦那些人高喊打倒破鞋花淑娴时，我妈花淑娴便昂起了她的阴阳头。她不但昂起了头，而且她的嘴唇还嚅动着。我听到那是她在为自己辩护。从她嘶哑的喉咙里，发出的声音是：“我不是破鞋！我没有和周县长睡过觉！”

我终于明白了那些人把我妈叫作“破鞋”的含义。原来，是林兰芷揭发举报了我妈。那些人把周老铁打倒之后，要周老铁交代他走资本主义道路的罪行。周老铁是个硬汉子，在日本小鬼子和国民党反动派面前他还不怯不颤，几个乳毛未蜕的人怎能吓唬得了他？那些人在周老铁面前无计可施，便把林兰芷抓来陪斗。林兰芷的罪名是“走资本主义道路当权派的追随者”，这个罪名多少有些牵强，让林兰芷感到委屈。林兰芷辩白说：“老周是县长，我不过在县里做些妇女工作，怎么会是他的追随者？只有那些副县长、局长才称得上是追随者！”那些副县长和局长已经被那些人打倒了，林兰芷没有立新功的表现，那些人绝不放过林兰芷，要林兰芷举报周老铁的其他罪行。林兰芷实在想不起来周老铁还有哪些罪行，那些人便让林兰芷坐“飞机”。所谓的坐“飞机”，就是两个人拉着林兰芷的胳膊，使劲朝她的背后拽，另外一个人把她的身子朝前推，这种新型的在那个特殊时期发明的惩罚方式产生的结果，不是把受罚人的胳膊扭断，就是把受罚人的骨盆扭碎。我在前边对林兰芷女士的形象做过介绍，想必亲爱的读者还一定记得林兰芷长着一个什么样的身材。林兰芷如麻秆似的四肢哪里抵得过两个疯狂的年轻人的拽扯？林兰芷忍受不了钻心刺骨的疼痛，只得揭发了周老铁新的罪行。其实，对于周老铁和我妈花淑娴有没有睡过觉的问题，林兰芷始终没有抓到任何把柄，林兰芷只是通过两件事对周老铁和我妈的关系产生过怀疑。这两件事一件和我有关，就是周老铁让我上了幼儿园。第二件事是大困难时期，周老铁写了条子，救济了我家一袋子棉籽饼和一包红糖。在林兰芷看来，周老铁不会平白无故地替我说话让我上幼儿园，更不会平白无故地救济我家一袋子棉籽饼和一包红糖。周老铁既然不会平白无故地做这些事，周老铁就一定得到了花淑娴的好处。而花淑娴能给周老铁的好处是什么呢？也就是说，花淑娴拿什么与周老铁做这些交易呢？林兰芷认为，花淑娴除了靠她那个半拉门子 × 再不会有其他能让周老铁动心的东西。因此，林兰芷认定周老铁与花淑娴发生过不正当的男女关系。林兰芷忍受不了那些人施行的“坐飞机”的酷刑，再说，她对周老铁和花淑娴的来往早就嫉恨在心，便把周老铁的这一罪行揭发了出来。

那些人得到了周老铁这一新的罪行如获至宝，他们先是对周老铁严审逼讯，可是周老铁只承认帮助过花淑娴，也承认喜欢过花淑娴，至于“发生男女关系”这一特殊的指向，周老铁却不承认。周老铁慷慨陈词地对那些人说，花淑娴那娘们长得可人，是男人都会喜欢的。可是，我喜欢她她并不喜欢我。她不喜欢我咋会愿意和我睡觉？我没有和她睡过觉。我帮她儿子上幼儿园是有此事，我救济她家棉籽饼和一包红糖也确有此事。那是因为她向我诉说，她家马上就要饿死人了，我不能见死不救吧？我看到她腆着个大肚子马上就要生孩子了才救济她一包红糖。你们谁若是当县长，看到她那可怜巴巴的样子也会帮助她救济她的。

周老铁的坦诚交代并没有让那些人放过他，那些人说他避重就轻，非要逼他交代和花淑娴发生男女关系的具体细节。可是，那些人使用了各种手段，周老铁咬紧牙关就是不承认。那些人在周老铁面前黔驴技穷，只得把主攻方向转向了花淑娴。那些人认为，只要花淑娴交代了和周老铁的男女关系，周老铁就赖不掉账。可是，没想到花淑娴拒不承认和周老铁睡过觉。那些人用对待林兰芷的方式对待花淑娴，没想到这个反革命分子的小老婆比共产党的妇女干部林兰芷的骨头还硬。那些人除了让花淑娴坐“飞机”，还让花淑娴“打秋千”。“打秋千”是另一种惩罚方式，就是用一根绳子拴着受刑者的两只手，然后把绳子拴到梁头上，把人吊起来，下面的人来回推动受刑者。后来听说，我妈花淑娴在“打秋千”时，昏死过去六次。每昏死一次，那些人便把她从梁头上放下来，给她灌点水，让她醒过来，让她交代和周老铁睡觉的细节。我妈花淑娴仍旧不交代，又被那些人挂到梁头上继续“打秋千”，就这样反复多次，我妈花淑娴也没有承认和周老铁睡过觉。那些人啥手段都使用了，也没能熬过我妈。

看到那些批斗我妈的人如此蛮不讲理地揪我妈的头发，按我妈的头，逼我妈交代和周老铁睡觉的事，我的心肺都要气炸了。我握着拳头，咬着牙，几乎就要冲过去和那些人拼命，我要去救我妈。

那时候，花淑娴抬起了头，看到了人群中的我和小跃进。我妈大概意识到我要和那些人拼命的举动，便用一种严厉的目光盯了我一眼。我已经是个懂事的孩子，我明白那一眼是对我的制止，她是告诉我，不要贸然行动，你斗不过他们！你在他们眼里，是反革命的小崽子。你如果贸然行动，不是引火烧身吗？不但会给自己惹来祸端，还会让她罪加一等。

我的舌头咬出了血，我泪流满面地看着我最挚爱的人遭罪却束手无策。考虑到冲动的后果，我控制住了自己。可是，小跃进却没能克制着自己，他还是个不懂事的娃娃，也不是反革命小崽子，他是八辈贫农丁开心的小崽子。他怕什么？他什么也不怕！他是初生牛犊不怕虎！在泪水模糊了我的双眼的时候，我看到小跃进像一只飞奔的小狗一样冲到了台子上。那时候，一个挽着衣袖的人正揪着我妈花淑娴的头发把她的头朝上扬。小跃进灵巧地朝上一蹿，咬住了那人的手腕。小跃进下嘴之快、下嘴之狠，使在场的任何人都始料未及。我看到那人“哎呀哎呀”叫着松开了揪着我妈头发的手，我看到血顺着那人的手腕朝下流，我看到血把那人挽起的衣袖都浸透了，我还看到那人正用力挣脱小跃进的嘴巴。可是，他越想挣脱小跃进咬得越紧，小跃进的嘴和牙齿似乎变成了吸铁石，而那人的手腕似乎变成了一块废铁，嘴和牙齿变成的吸铁石紧紧地吸着变成废铁的手腕。

另外几个人看到他们的战友受到了突然的袭击，纷纷奔向“吸铁石”和“废铁”。他们拳打脚踢，他们厮打硬拽，终于把难舍难分的“吸铁石”和“废铁”分开了。不过让人胆寒的是，“吸铁石”上竟然“吸”着一块血水模糊的肉！

22

小跃进的复仇非但没有减轻我妈花淑娴的罪行，反而把他自己也赔了进去。小跃进当天没能回来，他和我妈一齐被那些人带走了。小跃进的罪名是“保妈派”，还有一个罪名是“小反革命”。保妈派是名副其实，而“小反革命”却有些牵强附会。小跃进是响当当的八辈贫农的后代，怎么成了小反革命？小跃进还是个不懂事的孩子，你给他戴上什么样的罪名他都无所谓。可是，我爸丁开心对于那些人强加给小跃进的“小反革命”帽子十分不满。丁开心考虑问题比较深远。

丁开心说，小跃进才六岁大个孩子，就戴上了“小反革命”的帽子，等长大了不就成了老反革命？

丁开心还说，小跃进如果戴上了“小反革命”的帽子，他这辈子算完了，他长大了会找不到工作，更找不到老婆，谁家的大闺女愿意嫁给一个自小就成了“小反革命”的坏蛋呢？

丁开心还说，小跃进成了“小反革命”，咱一家就成了反革命家属，我就成了“小反革命”的爹，你妈就成了“小反革命”的妈，你丁国庆就成了“小反革命”的哥哥。

听丁开心这么一分析，我才认识到了问题的严重性。在那个时代，一家人若是与“反革命”挂上了钩，有了牵连，这一家人就成了无产阶级专政的对象，就成了人人喊打的过街老鼠，就成为人类所不齿的一堆臭狗屎！

认识到了这些，我内心感到极度恐慌。我在心里埋怨小跃进，小跃进呀小跃进，你咋就那么不冷静呢？你难道没看到咱妈花淑娴制止咱们不要冲动的目光吗？不光埋怨小跃进，我还责怪自己，你怎么就没能制止小跃进像小狗似的跑到台上去呢？你为啥要带着小跃进去参加妈妈的批斗会呢？你如果不带小跃进去看那些人批斗花淑娴，怎么会发生小跃进怒咬革命小将的重大反革命事件？如果不发生那样的重大事件，小跃进也不至于被打成“小反革命”，小跃进不被打成“小反革命”，我们家也就不会成为反革命家属。我顶着一个小反革命崽子的帽子就够糟心的了，再戴上一顶“小反革命”的哥哥帽子还不把我累死？这么一想，小跃进被打成“小反革命”我就有了不可推卸的责任，我成了“小反革命”的哥哥是罪有应得。而我爸丁开心成了“小反革命”的爸爸才是冤枉的！

我爸丁开心是贫农，祖宗八代都是红得发紫的革命依靠对象，打土豪分田地的时候，丁开心是革命的积极分子，反右派、大跃进的时候，丁开心也是革命的积极分子，现在他却被驱逐出了“革命造反”的队伍红造总。仅仅是被赶出了红造总还罢，哪想到又背上了和反革命分子的小老婆同床同梦的罪名。仅仅是背上了同反革命分子的小老婆同床同梦的罪名还罢，更没想到天上飞来横祸，他又成了“小反革命”的爸爸！

丁开心唉声叹气，咽不下这口气，他决定去找那些人讨个说法。

丁开心是在第二天的上午去找那些人讨要说法的。

丁开心走的时候，满怀信心地又把那句至理名言重复了一遍：自古以来，就有这种说法，叫“龙生龙，凤生凤，老鼠生儿会打洞”，我八辈贫农出身的红五类生出来的儿子怎么会是“小反革命”？我八辈贫农生出来的儿子只能是红五类！他们把小跃进打成“小反革命”，一定是搞错了，一定是误会了，一定是大水淹了龙王庙一家人不认识一家人了！我要找他们协商，协商不成我就和他们辩论，辩论不成我就和他们斗争！毛主席说，不是东风压倒西风，就是西风压倒东风。我八辈贫农出身的红五类就是东风，他们是西风！我要以“金猴举起千斤棒，宇宙看清万里爱”（丁开心平常就是这么引用毛主席诗词的）的精神，压倒他们的西风！

丁开心理直气壮而又满怀信心地去找他们“协商”“辩论”“斗

争”去了。当天，丁开心没有回来。我等到他很晚，我眼巴巴地瞅着门口那条路，希望丁开心出现在那条路上。可是，夜幕降临了，整个天地变成了一片黑暗，丁开心的影子仍然没有出现。那时候，我的眼皮开始上下打架，我强撑着让自己不要睡觉，可是，睡魔已经钻进了我的脑瓜里，我无论如何也驱除不了睡魔的纠缠。我坐在门口，倚在门框上，很快被睡魔吸走了灵魂。后来，我就什么也不知道了。

等我睁开眼的时候，日头已经挂到了树梢上。我是被几只黑色的大鸟给吵醒的。那几只黑色的大鸟“哇哇”地叫着，在我家附近的几棵大桐树上盘旋。这种黑色的大鸟被我们那座小城的老街坊们叫作“老鸹”，我读小学的时候，才知道它还有一个名字叫“乌鸦”。乌鸦被我们那座小城的老街坊们看成是一种不吉祥的鸟，每当它“哇哇”大叫的时候，往往会预兆要有祸事发生。我听大人们常常讲起这些事，因此，我们从小对乌鸦就很讨厌。我们还编了顺口溜诅咒乌鸦：

老鸹哇，老鸹叫，
老鸹嘴里磨白泡。
白泡一出水，
疼死老鸹嘴。

除了编顺口溜诅咒乌鸦，还朝着乌鸦飞去的方向吐唾沫，以希冀乌鸦的叫声预兆的祸事不要发生。

我揉了揉蒙眬的双眼，听到乌鸦还在头顶上讨厌地叫着，它们在大桐树上蹦来蹦去，不肯离去。我有些生气，便从屋里找出一根竹竿，举着竹竿驱赶那些乌鸦。乌鸦受到惊吓，才展开翅膀“哇哇”地叫着飞走了。

我回到屋内，到水缸里舀碗水，学着丁开心的样子“咕咚咕咚”把水灌下去，然后，决定去找丁开心。

我刚走到门口，突然一个黑影一闪走了进来。我还以为又是那个讨厌的影子来捣乱，正要伸手驱赶那影子，却发现影子长着眼睛和鼻子，还有嘴巴。仔细一看，原来又是杨晓英。杨晓英的双眼红红的，像刚哭过的样子。我心里“咯噔”一下，难道老鸹的叫声所预兆的祸事竟然真的灵验？不过，老鸹是在我家门前叫，有祸事也是我家有，杨晓英咋就把眼泡子哭肿了？

我安慰她说：“杨晓英，别怕。说说你家出了啥事，我去帮你。”

杨晓英哭着说：“我爸让我来喊你，说是，说是……”杨晓英哽咽着说不下去了。

我急得搓着两只手，催促她：“你倒是说呀，究竟出了啥事？”

杨晓英抹了一把泪，说：“我爸说，你爸快要死了……”

“啊！”我一听，脑袋像被谁扔进了一颗炸弹似的“轰”的一声响，不祥的预兆终于应验了！影子像个魍魉似的突然出现在我眼前。我真的很讨厌这个影子，它总是在我遇到不吉祥的事情时出现在我眼前，它真是个可恶的家伙。不过，那时候我可没办法把它赶走，只有任它在我眼前跳来跳去。想到我爸丁开心遭遇的厄运，我“哇”地大哭一声，脚下像踩着一团棉花似的失去了重心。

杨晓英上前扶着我。我俩相跟着向出事地点跑去。

圣人庙坐落在我们那座小城的边沿地处，紧靠着护城河。这座原来供奉至圣先师孔子的神圣庙宇，现在却成了关押许许多多的“牛鬼蛇神”的地方。我们赶到那里的时候，那里已经聚集了很多早起的人。在护城河的边沿上，人们围成了一个半圆形的人圈。我挤进人圈，看到躺在地上的丁开心不是快要死了，而是已经死了。丁开心张着一张大嘴，他那几颗大门牙显得更加张狂和丑陋，无血的脸上涂抹着泥灰，身上的衣裳被血水浸得黑一块紫一块。

我愣愣怔怔地站在已经变得冰凉的丁开心的尸体旁，脑袋里一片空白。

我想质问丁开心："丁开心！丁开心！你不是找他们协商去了吗？你不是找他们辩论去了吗？你不是找他们斗争去了吗？可是，你怎么像一条死狗一样躺在这里不动了？"我想让自己哭出来，可是，却怎么也发不出声。我想用自己的泪水冲洗掉丁开心脸上的污秽、身上的污秽以及他身上所有的耻辱，可是，我无论如何努力都没有让自己的眼泪流出来！我的眼睛变得异常干涩，我的眼睛里似乎燃烧着一团火！我的血管里涌动着翻江倒海般的浪潮，我的胸腔里滚动着轰轰隆隆的惊雷！

可我就是哭不出来！

杨大头是个什么都不怕的主儿，可是，看到我呆怔怔地站在那儿，大概被我的样子吓坏了。他朝着我的屁股踢了一脚，骂道：

"你这个小赖种！丁开心比你亲爹都疼你。丁开心死了，你连号一声都不会？"

杨大头这一脚踢得并不多疼，我顺势跪在了丁开心的尸体旁。我胸腔里轰轰隆隆的惊雷喷薄而出，我血管里翻江倒海的浪潮倾泻千里！

后来杨晓英对我说：

"丁国庆，你那一声号叫你知道像什么吗？比挨了刀砍的狼羔子叫唤得还要凄惨！那时候也不知道你哪来那么多眼泪，'泪水化作倾盆雨'，鼻涕涂满了你的脸！"杨晓英这样描写我当时悲痛的表情。

我妈花淑娴和丁跃进早已经哭干了眼泪、哭哑了嗓子。

丁跃进是在我爸跟那些人打斗的时候，用他那尖利的牙齿咬断了捆绑他的绳子，然后，他又把我妈从梁头上放下来。丁跃进搀扶着我妈赶到门外的时候。那些人已经把我爸撵到了护城河边。等到我妈和丁跃进赶到护城河边时，丁开心已经被那些人打倒在了护城河边。那些人用各自手中的武器把倒在地上的丁开心身上又戳了一些大小不等的窟窿，直到确认丁开心已经失去了反抗和报复的能力，才一个个扬长而去。

从围观者七嘴八舌的议论中，我听出了事情发生的来龙去脉。

丁开心找到关押花淑娴的地方的时候，那些人正在让花淑娴“打秋千”。这次给花淑娴“打秋千”，是花淑娴自己“争取过来”的。原因是，那些人要报复“小反革命”丁跃进。那些人报复小跃进的方式是要敲碎小跃进的牙齿，以防止“小反革命”再用他反革命的狗牙咬烂革命小将的胳膊或者手腕。那些人用一根绳子把小跃进捆到一根柱子上。当然，那些人在捆绑小跃进的过程中也费了不少力。小跃进尽管人小，但是，兔子逼急了还咬人呢，何况小跃进要比一只兔子的力量大得多。小跃进手脚并用，竭力挣扎，虽然最终被那些人捆缚在了柱子上，但是，那些人也一个个累得气喘吁吁，其中，还有一个人的脸被小跃进挖破，两个人的手被小跃进抓伤，三个人的上衣被小跃进撕烂。这样的结果，让那些人对小跃进采取的报复手段便升了级。原来他们计划的是敲掉小跃进一颗牙，也就是长在小跃进嘴里的那颗大门牙。现在他们要改变计划，敲掉小跃进七颗牙。比原计划多出来的六颗牙的其中一颗是那个被小跃进挖破脸的人提出来增加的，那两个手被抓破的人见那个脸被挖破的人提出增加了一颗牙数，便也各自提出再增加一颗，这样敲掉小跃进的牙齿数就变成了四颗。那三个被撕烂衣服的人听到被抓破脸和被抓破手的人都各自提出增加一颗牙齿，便说自己身穿的军绿上衣比那些人的脸和手还要贵重，因此也各自提出要增加一颗牙齿。最后，这些人敲掉小跃进牙齿的计划就由一颗增加到七颗！

那些人为顺利实施计划，找来一把虎头钳子，两根撬棍，三个扳子，四把锤子，五把螺丝刀。虎头钳子是用来卡着小跃进的脖子使他的脖子不至于乱摆动，只有脖子不至于乱摆动才能保证头不至于乱摆动。两根撬棍是用来把小跃进的嘴撬开，把嘴撬开后一个嘴角放一根撬棒使他不至于再把嘴合上。三个扳子是用来协助虎头钳子和撬棍而使它们保持稳定性，四把锤子是用来实施敲碎牙齿用的。为什么要准备四把？这些人考虑问题周全，担心小跃进的牙齿坚硬，一把锤子难以把小跃进的牙齿敲碎，所以才多准备了三把，这叫有备无患。五把螺丝刀对于敲碎小跃进的牙齿起不到直接作用，而是防备钳子、扳子这两样工具损坏了作为临时修理钳子和扳子的工具。

那些人把一把虎头钳子，两根撬棍，三个扳手，四把锤子和五把螺丝刀摆在小跃进面前的时候，小跃进还不明白那些用来修理机器的工具对他有什么用，更不明白危险距离他的牙齿越来越近。小跃进不明白这些，也就无所畏惧，他还在声嘶力竭地叫唤着，别人听不懂他叫唤些啥，只有我妈花淑娴听懂了小跃进是在用他儿童般的咒语诅咒那些人。小跃进诅咒那些人一个个都不得好死，不是像吊死鬼一样被绳子勒死，就是像饿死鬼一样被饿死；不是像饿死鬼一样被饿死，就是像落水鬼一样被水淹死；不是像落水鬼一样被水淹死，就是像冤死鬼一样被气死；不是像冤死鬼一样被气死，就是像血糊鬼一样流干净身上的血疼死；不是像血糊鬼一样流干净身上的血疼死，就是像无头鬼一样被砍了头疼死……小跃进把自己所想到的鬼都喊来惩罚那些恶人，可是，那些被他点名的鬼却一个也没来。只有一个勾魂鬼却没喊自来。勾魂鬼来是来勾小跃进的魂魄的！小跃进不喊勾魂鬼，勾魂鬼对小跃进有意见，才不请自来，守在小跃进身边等着勾小跃进的魂魄。

那些人已经拿起了地上摆着的各种工具，向小跃进走去。

我妈花淑娴看到危险正一步步向小跃进逼近。那时候，我妈的舐犊之心油然而生，我妈花淑娴不忍那些人向她的儿子下毒手，她满脸耻笑地对那些人说：

“你们这些人，欺负一个不懂事的孩子算什么本事？有能才朝着我来呀！”

花淑娴的调谑让那些人面面相觑。是啊，这个女人才是他们征服的对象！只有让这个女人承认和周老铁睡过觉，才能掌握到周老铁更大的罪行，才能在打倒周老铁的天平上再增加一个砝码。

才能把周老铁打翻在地，再踏上一只脚，使他永世不得翻身。而这个小毛孩子，只不过是个保妈派，把他打成小反革命的理由不充足。即便把他的牙齿敲碎也不能证实周老铁的罪有多大，相反，一直把斗争的矛头聚集在这个小毛孩子身上，就有了转移斗争大方向之嫌。那些人权衡再三，便放下了手中的那些工具，向花淑娴走来。既然周老铁的姘头这样调谑他们，他们就给她点颜色看看。

丁开心就是在那个时候找到这里的。丁开心躲过看守人员的目光，悄悄地靠近了圣人庙。空旷的庙宇内被分割成一座座大小不等的单独房间，这些房间成了临时羁押周老铁、花淑娴等黑五类人的场所。丁开心扒着窗户，一间间房子地寻找，终于在西边最角落的那间房子里看到了花淑娴。

丁开心看见花淑娴的时候，花淑娴并没有看到丁开心。一是丁开心在暗处，她在明处；二是花淑娴被吊在梁头上，她的目光注视不到窗外。丁开心看到他心爱的女人被吊在梁头上，那些人还在你一拳他一脚地踢打着她。丁开心只觉得是自己被吊在了梁头上，那些拳和脚踢打在了他自己的身上。丁开心感到自己全身的血在朝头上涌，丁开心感到自己的血化成了一团火。那团火把他的脑瓜烧昏了，他忘记了自己要与这些人先“协商”，再“辩论”，而后才“斗争”的计划，烧昏了脑瓜的丁开心直接进入了“斗争”阶段，他一脚踹开了门。其实那扇木质结构的门还是挺结实的，丁开心没想到自己竟然一脚就把它给踹开了。丁开心不但把门踹开了，还把门踹得裂开一道大缝，使那扇门已经不成为一扇门，至多称得上羊圈里的一截儿篱笆。

丁开心把门踹开之后，一只手叉在腰间，一只手指点着那些人，嘴里喊道：“伟大领袖毛主席教导我们说，要文斗，不要武斗！我强烈要求你们放了我祖宗八代贫农的老婆花淑娴！”

被捆在柱子上的小跃进看到丁开心，像遇到了救星一般，他呼应着丁开心：“快放了八代贫下中农的老婆花淑娴，还有八代贫下中农的儿子丁跃进！”

那些人看到突然破门而入的丁开心，先是愣怔，接着是震怒，继而是狂笑。狂笑表示出他们对丁开心的轻蔑。因为他们看到，被他们踢出红造总的阶级异己分子丁开心只不过是一个人来的。既然是一个人来的就没有什么可怕的，既然是一个人来的那就好办了。让他们更为可笑的是，这个落水狗还打着伟大领袖毛主席的旗号来教训他们，啊呸！伟大领袖还教导我们要“文攻武卫”呢！对于黑五类，对于反革命分子的小老婆兼走资本主义道路当权派的小姘头，我们怎么能“温良恭俭让”？

从理论上，丁开心怎么也辩论不过他们。经过短暂的对峙，丁开心向花淑娴冲过去。丁开心料到那些人不会放下花淑娴，他才要亲自动手去救花淑娴。可是那些人没等到丁开心冲到花淑娴跟前，便拦着了丁开心。接下来，丁开心就和那些人推推搡搡，有了肢体上的接触。丁开心虽然是一个人，但是，他始终认为真理在自己这边。既然真理在自己这边，他就能够战胜那些人。但是，丁开心忽略了一个最为重要的问题，就是那些人人多势众。丁开心孤军作战，即便有三头六臂也敌不过众多人的袭击。何况，丁开心又没长着三头六臂！

那些人看到“蜕化变质”分子丁开心如此藐视他们，便决定对丁开心实行无产阶级专政。那些本来准备用来敲碎小跃进牙齿的工具派上了用场，一把虎头钳两根撬棍三个扳子四把锤子五把螺丝刀正好成为在场的那些人每人手中的一件武器，那些人各自用手中的武器对丁开心展开了“文攻武卫”。那些人举着手中的武器，一步步逼向丁开心。丁开心一边反抗，一边节节败退。丁开心退出了那间房子，那些人追到了院子里；丁开心退到了黑暗里，那些人追到了黑暗里；丁开心退到了护城河边，那些人追到了护城河边。丁开心边退边声嘶力竭地吆喝着：“要文斗，不要武斗！”那些人边追击丁开心，边理直气壮地喊着：“革命不是请客吃饭，不是做文章！革命要文攻武卫！”

丁跃进看到那些人不但没有按照丁开心的“强烈要求”放掉我妈花淑娴和他，还朝死里打丁开心，急得哇哇大哭，边哭边诅咒那些人是吊死鬼的儿子，是饿死鬼的孙子，是血糊鬼的娘，是落水鬼的爹，是无头鬼的爷爷，是僵尸鬼的奶奶，是欠债鬼的姥爷，是还魂鬼的姥娘，是冤死鬼的大姨，是勾魂鬼的小舅……丁跃进把自己能想到的鬼都诅咒在那些人身上，以希望用众多的孤魂野鬼来缠住那些人，达到救援我爸丁开心的目的。

我妈花淑娴虽然在戏台子上曾经多次扮演过那些孤魂野鬼的形象，但是，她却从来不相信世上真有那么多孤魂野鬼，她更不相信那些孤魂野鬼会过问人间的不平事。从看到丁开心破门而入的那一刻起，花淑娴就埋怨丁开心：“你这混球货，谁让你来的？你滚回去！你快滚回去！这里没有你的事！”

在丁开心与那些人从对峙到厮打的过程中，花淑娴一直用嘶哑而又凄惨的叫声驱赶丁开心离开这里，直到那些人和丁开心消失在门外，消失在黑暗里，花淑娴还在吆喝着让丁开心滚开！

花淑娴嘶哑而又凄惨的吆喝声与丁开心如狼嚎般的惨叫声此起彼伏，在我们那座小城的夜空里回荡了大半夜。很长时间，我们那座小城的老街坊们还心有余悸地谈论着那个恐怖的夜晚。

23

杨大头已经买来了一顶席子，把我爸丁开心卷了起来。他对我妈说：“老花，人死不能复活。再哭，老丁也活不过来了。还是早点入土为安。”

我妈花淑娴抹了一把泪，哽哽咽咽地说：“老丁死得屈呀！你看，他的眼都没合上——他是死不瞑目呀！”

杨大头说：“老花，啥都别说了。老丁是凶丧，就不朝家里抬了，直接送到乱葬岗埋了算了。免得给家里带来后患，吓住了孩子……”

我妈花淑娴没等杨大头把话说完，就打断了他的话：“他杨大爷，老丁虽然是穷要饭花子出身，可他也是个汉子！是个男人！我不能像狗一样打发他走。他死得本来就屈，我不能再委屈他。他活着的时候没人看得起他，他到了那边不能再受欺负。我要按老规矩办，体体面面地送他走。让他走得开心，走得幸福！该有的程序一个都不能减，我花淑娴披麻戴孝送他走！”

听我妈说得如此果决，杨大头和在场的人都唏嘘哀叹，说我妈真是贤惠女人，真是有情有义的女子。夫妻一场能这样，老丁在天之灵也能安息了！

按照我们那座小城丧葬的规矩，死去的人要在家停柩三天或者七天，以供亲人哀悼和纪念。停柩期间，除了亲戚朋友来吊唁外，家里还要请响器班子或者戏班子热闹几天，叫“丧事喜办”。一是显示死者在这个家庭中的地位很高，二是让街坊邻居们不至于小瞧了这个家族，还有一成意思是，我爸丁开心和花淑娴是半路的夫妻，花淑娴如此高规格地殡葬丁开心，说明我妈和丁开心是恩爱夫妻，也是对扣在她头上的破鞋帽子的一个有力反驳！

我妈把家里的所有积蓄都用来操持我爸丁开心的丧事。她托杨大头去为我爸丁开心定做了一副桐木棺材。桐木棺材抗朽，价格也比较便宜。那个时代，一般人家能用上桐木做的棺材就很不错了。我妈又委托齐老六替她操办丧葬和祭祀所需的香蜡纸炮、鸡鸭鱼肉等一应物品，这些物品在当时比较紧俏，但是，齐老六是开过杂货铺的，他有门路能买到这些东西。结果，他买来了一包香，一对蜡烛，一刀火纸，一盘鞭炮，一只鸡，一只鸭，一条鱼，一块猪肉。在那个时代，我爸丁开心能享受到这么多东西，已经算得上很奢侈了。为我爸布置灵堂的事，我妈委托给了朱麻子。朱麻子虽然是卖胡辣汤出身，但是，他是个热心肠的人，街坊邻居谁家有了红白喜事，都请他主持照应。

我妈把一应杂事交给了街坊邻居们操办，又安排我和小跃进跪棚守孝。那时候，我和小跃进已经全身大孝：我们戴着白布缝制的孝帽，上穿着白布缝制的孝大衫子，腰里系着白孝带，脚上的鞋子也缝上一块白孝布。我和小跃进上上下下一身白，就像大雪天从雪窝里滚出来的两团白雪球。我妈花淑娴叮嘱我，凡是家里来了人，无论是男是女，是老是少，你和小跃进都要给他们跪下磕头。光磕头还不中，还要大哭，哭的声音越高越说明你是孝顺孩子，哭的声音越高人家越可怜你！

小跃进说："妈，我哭不出来了。我的喉咙都哑了。"

我妈责怪他说："小跃进，丁开心可是你亲爹。再说，他还是为救你被打死的。你喉咙哑了也要哭，你不哭人家说你没良心！"

小跃进苦着脸说："妈，我哭。"说着尖着嗓子号了一声，问："妈，我这样哭中不中？"

我妈花淑娴说："中！"

回头又对我说："丁国庆，丁开心虽然不是你亲爹，可是，他待你比你亲爹还亲。人要知道感恩，只有知道感恩的人才有好运。丁开心就要走了，你再不哭他，以后想哭也见不着他了。"

我鼻子一酸，说："妈，我哭。我就把丁开心当我的亲爹哭。"

花淑娴赞许地说："还是丁国庆懂事。你领着小跃进在家哭你们的爸。我去找李老板，要他领几个人来为丁开心唱台戏送行——丁开心这个混球货最喜欢听戏，临走了我得让他听出戏。让他开开心心地走！"

花淑娴把家里安顿好，便去找她当年的师父李老板。

花淑娴去了一天回来了。回来的时候，一副没精打采的样子。

我焦急地问："妈，找到李老板没有？"

花淑娴没有搭理我。她走到水缸旁，拿起水瓢，舀了一瓢水，"咕咚咕咚"一口气把瓢里的水喝光了，才抹拉一下嘴，说："离了张屠户，不吃带毛猪。这出戏你妈花淑娴一个人也要唱！"

第三天是出殡的日子，花淑娴一身素装，连头上也用白布系了一个蝴蝶结。她这样一身打扮，完全成了一个孝子的模样。在我们那座小城，夫妻之间一般是不必戴孝的。花淑娴如此打扮，可见她对我爸丁开心是多么有情有义。前来观看的老街坊们对我妈这身穿着打扮，没有不啧啧称道的。他们议论道：

“老花这个样子送丁开心，这家伙死也值了。”

“还有人给老花挂破鞋，看起来是假的，是朝人家头上泼污水。”

……

就要出殡了。花淑娴把我和小跃进叫到一起，叮嘱我们说：“没请来响器班子和戏班子，你妈要一个人唱戏送你爸走。你妈要唱着送你爸，可是没有拉弦伴奏的，你和小跃进就为你妈拉弦伴奏。”

我一下子糊涂了，说：“妈，你让我哭我就哭，可是，拉弦伴奏我可不会。”

小跃进也苦着脸说：“妈，你别是逼着小公鸡下蛋吧？”

花淑娴说：“妈就是要逼着小公鸡下蛋——等会儿，棺材一起架，你俩扯着嗓子大哭一声，这一声哭要哭得长一点儿，算是为妈拉的过门——你俩哭一声，妈唱一句，等妈唱完这一句，你俩再哭一声。咱娘仨，就这么着，你俩哭一声，妈唱一句；妈唱一句，你俩哭一声，你俩一声声的哭就是为妈伴奏，记住了吗？”

一听是这样为妈伴奏，我和小跃进可说是无师自通。都哭了两天了，我和小跃进已经哭出了经验。长哭，短哭，高声呐喊，低声呜咽，呜呜，啊啊，饱含热泪的，干号无泪的，等等，各种哭技，已经掌握娴熟，并能灵活运用。既然哭声能为我妈伴奏，我和小跃进都点头应允，答应我妈，一定哭出水平来，哭出节奏来，很好地配合我妈。

杨大头一声喊：“小心遭碰！起架了！”

架子队“咳”的一声，抬起了棺木。

花淑娴用手碰了我一下胳膊，我明白是让我和小跃进为她拉过门，便放开喉咙，大哭一声：

“我的爸呀！哎哎哎哎哎……”

我的这一声“哎”如行云流水般响彻我们那座小城的大街小巷。我似乎看到无数双眼睛向我投来，我的声音盖过了杨大头的“小心遭碰、一路平安”的吆喝声，我的声音盖过了齐老六燃放的爆竹声，我的声音压倒了我们那座小城的一切喧嚣声！

如果把我的声音比作高音唢呐的话，小跃进“呜呜呜呜”的哭声就是低沉而缓慢的笙箫声。我和小跃进的哭声一高一低，节奏时缓时急，真可谓珠联璧合。

在路过通向圣人庙那个路口时，我俩的哭声戛然而止。接着，是我妈肝肠寸断的一句唱腔：

“我哭呀，哭呀，哭我的夫君丁氏开心……”

我妈唱完这句慢板，已经泣不成声，我急忙大哭起来，给我妈留下喘息的时间：“哎哎哎哎哎哎……”

小跃进也不甘落后地哭起来：“呜呜呜呜呜呜……”

我妈终于缓过气来，等我们哭够一个段落，她接唱道：

“哭一声丁开心，我还叫……叫一声丁郎夫啊，哎！我的丁郎夫！”

“哎哎哎哎哎哎……”

“呜呜呜呜呜呜……”

“花淑娴送丁夫悲声大放，

哭一声开心呀我那短命的丁夫郎。”

“哎哎哎哎哎哎……”

“呜呜呜呜呜呜……”

接下来，我妈的声音也如行云流水般响彻了我们那座小城的大街小巷：

实指望嫁给你妇随夫唱，
苦也罢甜也罢福祸同当。
实指望相依相靠白头到老，

有谁知你就狠心撇下这可怜的儿郎。
实指望你八代红能抵风霜，
却不料阎王爷他改变了王法典章！
实指望你街道干部是根顶梁柱，
谁料想你麻秸秆充梁头瓤子太瓤。
花淑娴我今日穿上孝衣裳，
送你去西天一路彷徨。
丁郎啊，有苦有冤你就去阴间诉，
这阳间已没有你讲理的地方。

一段唱完，我妈花淑娴口干舌燥。我和小跃进急忙接上我妈的声调哭起来：

“哎哎哎哎哎哎……”

“呜呜呜呜呜呜……”

我和小跃进一阵长哭短号，使我妈又缓过一口气，她接唱道：

哭丁郎哭得我咽哑喉锁，
哭夫君哭得我晕头转向。
左瞻望右顾盼棺材一个，
阴森森情惨凄使人难活。
闭目去只见那洪水烈火，
睁眼来又见那鬼怪妖魔。
心恍惚眼花乱肝肠欲破，
我的丁郎夫啊，你一死能否再还阳？
撇下俺孤儿寡母人三个，
你可知道途中有多少虎狼？
来来来花淑娴我随你把天上，
咱逃出这尘世间免受祸殃！

花淑娴唱到这儿泣不成声，围观的人都吸溜着鼻子哀叹连声，连抬棺的架子们也止不住眼泪汪汪，一个劲地掀起衣襟擦拭眼泪。

后来，我才知道，我妈花淑娴哭丧的这段梆子腔，正是依据梆子戏《秦雪梅吊孝》哭灵一节改编的。她声情并茂的演唱，哭疼了我们那座小城，使全城的人都为之落泪。再加上我和小跃进声嘶力竭的配合，产生了最佳的效果。多少年之后，我们那座小城的老街坊们一提到我妈花淑娴哭丧的事，都竖着大拇指说，了不得！老花了不得！咱小城里谁家办丧事也赶不上老花一个女人家！

中部

24

我妈虽然保住了一条命，但是，腰椎被折腾断了，原来她是强撑着为我爸丁开心办完了那个排场而又体面的丧礼。把我爸丁开心送走后，她再也爬不起来。在医院里治疗三个月，才把腰椎治好。虽然折断的腰椎又长在了一起，但是，本来亭亭玉立的一个美人，却过早地成了一个腰弯得像大虾似的老太婆。不过，我妈形象的转变，让一个人放了心，这个人就是周大伟的妈林兰芷。让林兰芷放心的是，我妈花淑娴既然被折腾成了如大虾似的老太婆，周老铁也就对她不会有什么想法了。

让林兰芷意料不到的是，其实，通过这场事件，周老铁不但对我妈有想法，而且想法还挺多。

那时候，周老铁已经复出工作，继续当了县里的领导。所不同的是，周老铁不再是县长，而是主任。人民县政府改成了革命委员会，革命委员会的头头就不能再称为县长，只能称为主任。我当时的理解是，县长是人民的县长，而主任则是革命的主任。周老铁从人民的县长摇身变成革命的主任后，思想觉悟大大提高。他不再专心致志地带着人民走资本主义道路，而是以革命工作高于一切。周老铁之所以由周县长变成周主任而没有被打翻在地再踏上一只脚使他永世不得翻身，一是因为周老铁过硬的老资格，周老铁出身农民家庭，又是身经百战从战火中闯出来的革命军人，这样的革命军人怎么会成为走资本主义道路的当权派？周老铁的第二项罪行是腐化堕落乱搞女人。这项罪行如果属实的话，会比走资本主义道路的罪恶还要严重恶劣。一个县长睡了自己不该睡的女人，这给全县人民带来什么样的影响？假如全县的男公民都向县长学习，不睡自己的女人而去睡别人家的女人，还不引起天下大乱？所幸的是，周老铁坚决不承认和老婆以外的女人睡过觉。而他不承认并不代表他没有和别人的女人睡过觉，不然，他老婆为什么要检举揭发他？革命不是请客吃饭，不是做文章，革命既不能放过一个坏人，也不能冤枉一个好人。他不承认而他老婆又出来作证，这种事情过去了多天又没有任何仪器去验证。这种让任何人都难以验证的案子只能靠第三者来证实。第三者是我妈花淑娴。其实，我妈应该是第二者，林兰芷才是第三者。可是，事情的本末倒置在那个时代是见怪不怪的事情。作为第三者的我妈花淑娴在坐了一百零八次“飞机”和三百一十六次“打秋千”后，也没有承认和周老铁睡过觉。我妈花淑娴对那些人的严刑逼讯的回答就是一句话：

“没有就是没有！我花淑娴不能把屎盆子朝自己头上扣！周县长是个正派人，我更不能朝他身上泼污水！”

无论那些人用什么样的方式让我妈花淑娴承认她和周老铁的两性关系，我妈就只有上边那句话。第三者的死不承认让周老铁成为一位不为女色所动的坚强的革命者，成为一个拒腐蚀永不沾的好干部，他才理所当然地成为革命委员会的主任。

周主任复出后的第一件事，就是让那些人把我妈花淑娴从圣人庙里放了出来。周主任做这件事的时候，没有让林兰芷知道。周主任做的第二件事，是安排我妈花淑娴住进了我们那座小城最高级的医院里治疗她被打折的腰椎。有了周主任的特意安排，才有了医院骨科专家对我妈无微不至的关切和精心治疗，有了医院骨科专家无微不至的关切和精心治疗，才有了我妈腰椎的康复。周主任做的第三件事，是在我妈花淑娴康复出院后，把我妈从县糕点厂调到了县政府。不，县政府已经改成了革委会，应该是县革委会。周主任把我妈调到了县革委会收发室工作。周主任调动我妈的理由很充足。他在我妈的工作调动报告上这样批示：

> 花淑娴同志在阶级斗争的大风大浪中经受住了严峻的考验，她以大无畏的牺牲精神，保护了革命的领导干部。鉴于花淑娴身体受到严重伤害，已经不适宜原来的工作，因此，特批准花淑娴调到县革委会收发室继续为革命事业作出更大贡献。

接下来是周老铁龙飞凤舞般的亲笔签名。

周老铁为我妈做了三件事，都含有感恩的成分在里边。通过这场你死我活的斗争，在周老铁眼中，花淑娴成了一个有情有义的女子，花淑娴成了一个敢于坚持真理不畏强暴的女子。在周老铁心目中，花淑娴比他的老婆林兰芷要强一百倍！林兰芷在关键时刻落井下石，造谣诽谤革命领导干部，和他哪里还有夫妻情分？当然，革命的情分高于夫妻情分是一个真正的革命者不可动摇的信念，但是，你也不能为了表现自己，为让自己蒙混过关，就无中生有陷害同一条战壕中的战友啊！

林兰芷的“无”义灭亲让周老铁伤透了心。

周老铁为我妈做的三件事中的前两件，林兰芷都不知情，她才怀着侥幸的心理，认为周老铁和已经成了虾腰老太婆的花淑娴再也不会有什么来往，而第三件事是纸里包不住火的事情。我们那座小城本来就小得几乎让人转不开身子，城南有人放个响屁城北的人都能听到像放炮似的。花淑娴从糕点厂调到县革委会上班不是捂着盖着的事情。花淑娴从我家小茅草房里出来到县革委会大院里去，要经过一条大街两个小巷三个胡同。花淑娴一路走来都和熟人打着招呼，这样，全城的人都知道我妈花淑娴要到县革委会去上班。既然全城的人都知道了，林兰芷就没有理由不知道。何况林兰芷也在县革委会大院里上班呢。这样，我妈花淑娴就和我们家原来的老邻居林兰芷成了低头不见抬头见的同事。这让林兰芷既意外又震惊！

周大伟给我说，他妈林兰芷在他爸没有复出之前，已经带着周二伟毅然决然地和他爸划清了界限，搬进了自己的办公室里去住，坚决不与走资本主义道路的当权派和作风腐化分子周老铁同床异梦。他爸复出后，他妈林兰芷带着周二伟又毅然决然地从办公室搬回家里，坚决与革命委员会周主任同“床”共济。

周大伟给我讲这些的时候，不免唉声叹气。

我吸溜着鼻子说：“大伟，你爸和你妈总算又躺到了一张床上。可是，我爸和我妈呢，永远不会再躺到一张床上睡觉了。”

周大伟说：“我爸和我妈过去在一张床上睡觉是脸对脸，现在他们在一张床上睡觉是屁股对屁股，谁也不搭理谁。有一次，我妈想把屁股调过来睡，我爸一脚就把我妈踹开了。你知道的，我妈哪里经得住我爸那一脚？我妈捂着脸呜呜地哭到大半夜。从那以后，她再不敢把屁股调过来调过去地睡觉了。”

我笑着说：“你这家伙真玄，半夜里还看你爸和你妈睡觉！”

周大伟脸红脖子粗地辩解道：“自从我妈领着二伟回家后，我爸就把我和二伟的床搬进了里间屋，和他们的床并排放。我不想看他们睡觉也没有办法。”

林兰芷这个人总爱疑神疑鬼，自从看到我妈到革委会收发室上班后，就经常光顾收发室。收发室是收发报纸和信件的地方，她又没有那么多报纸和信件要拿，频繁地出入收发室，她总要找点儿充足的理由。林兰芷是做妇女工作的，因为我妈是妇女，她就以开展妇女工作为理由来收发室。每次到收发室来，林兰芷都以妇女领导干部的身份，向我妈询问和探讨一些有关妇女方面的问题。比如，你对中国的女权运动有什么看法啊？你认为新中国妇女的地位和待遇提高了没有？如果提高了又提高多少？如果没有提高应该从哪些方面进行提高？等等，这些高深的问题问得我妈张口结舌，手足无措。

我妈花淑娴心里明白，林兰芷之所以来向她提这些问题，是醉翁之意不在酒，是黄鼠狼给鸡拜年没安好心。那时候我妈已经听说，她之所以被那些人抓走游街批斗，都是林兰芷举报揭发的。林兰芷的揭发举报没有把她害死，她反而因祸得福，从糕点厂调到县革委会大院里工作。林兰芷对于我妈调到县革委会大院工作，真的是又嫉妒又恼恨又恐慌又紧张，如兵临城下一般。她一直怀疑我妈和周老铁一起上床睡过觉。我妈现在又调到周老铁身边工作，成了周老铁的下属，和周老铁睡起觉来岂不更方便？

林兰芷在我妈那里声东击西、旁敲侧击，也没能得到她所需要的任何有效线索。林兰芷在我妈那里一无所获，只得迂回到周老铁那里去开展策反工作。林兰芷从妇联的领导干部，变成了周老铁的生活秘书。林兰芷和周老铁变成了形影不离的上下级关系。周老铁在办公室里批阅文件时，林兰芷在办公室帮他端茶倒水；周老铁下机关检查工作时，林兰芷成为夹着工作包的随行人员；周老铁在台子上作报告时，林兰芷坐在台子下的第一排认真聆听；周老铁上饭场吃饭时，林兰芷等他吃完就把他用过的碗筷洗刷干净；周老铁上厕所时，林兰芷守在厕所门口为他送便纸；周老铁睡觉的时候，林兰芷和他屁股对屁股地一起打呼噜。林兰芷最了解周老铁曾经是个馋女人的男人，三天不让他吃饭他能熬过去，三天不让他和女人睡觉他急得抓耳挠腮、坐卧不安。让林兰芷奇怪的是，周老铁像突然换了个人，竟然变成了一个不近女色的正人君子！

林兰芷想不明白这些的时候，便起了疑心。疑心周老铁和我妈一直保持着不正当的关系。在我妈那里得不到任何蛛丝马迹的线索，才自愿把自己降为周老铁的生活秘书。林兰芷哪里料到，她生活秘书的生涯，非但没有让周老铁在床上同意她扭转她如蒜头般大的小屁股，反倒让周老铁的阳具长期处于休眠状态。

25

埋葬丁开心后没多久，家里突然来了个陌生的男人。那个男人四十多岁的样子，身材不高，却很精练。戴着一顶鸭舌帽，脖子里围条花格格的围巾，上身穿着华达呢中山服，下身是一条蓝的卡其裤子。从这身着装穿戴上，标志着这个男人是从远路来的。鸭舌帽和花格格围巾在我们那座小城都是很时髦的饰物。以往，我只是在电影上看到过穿戴这种饰物的人。电影上穿戴这种饰物的人大多是特务或者地下工作者。

花淑娴猛一看到那个男人走进屋里，似乎很意外，有些惊讶地问:“你怎么来了？”

男人笑了笑，说:“我解放了，才从里边放出来几天，就来看你了。”

我妈“啊”一声，说:“解放了就好好工作，别到处乱跑，免得再被人家揪了辫子。”

男人说:“解放是解放了，还没安排工作。”

我妈又“啊”了一声，才对我和小跃进说:“这是你们李伯伯。快叫伯伯。”

小跃进乖巧地叫了一声:“李伯伯。”

我立刻明白了这就是我妈常提起的那个唱戏的李班头。我虽然是第一次和他见面，并且对他的长相和穿戴也没有什么反感，但是，看到这个人，心里总觉得有些别扭。至于为什么别扭，连我自己也说不出个子丑寅卯来。因此，我妈让我喊他李伯伯，我喊不出来，便“嗯啊”一声，蒙混过去。

李班头也不计较，从随身的一个布包里掏出两个纸包——那是两包饼干——分别递给小跃进和我，说:“饼干，吃吧，孩子。”

小跃进一听说是饼干，抢也似的从李班头手里接过纸包，把纸包撕开，小心地捏着一块饼干，津津有味地吃起来。

我可不好意思像小跃进那样一副如狼似虎的样子。我心里虽然也渴望吃饼干，可是，嘴里却谦虚地说：“我不要。”

小跃进虎视眈眈地望着李班头手里的另一包饼干，说：“丁国庆不吃，我吃。”

我妈说：“小跃进，你这孩子总是贪心，吃着碗里还看着锅里。”说着，从李班头手里接过饼干，杵到我手里：“你李伯伯给的你就吃，还作假？”

我随势接过饼干，走出了屋。

我妈嫁给丁开心后不久，李班头曾经来找过她。那时候，李班头的戏班子已经入了县里的剧团，李班头成了县剧团的台柱子。没过多久，李班头又被省里一家剧团调走了。李班头来找我妈的时候，正是李班头在省剧团红火的时候。当时省剧团缺女花旦，李班头向省剧团领导推荐了我妈，省剧团领导便让李班头来找我妈。我妈听说要调她去省剧团，心里十分矛盾，经过再三考虑，她婉言谢绝了李班头的好意。我妈当时之所以不同意去省剧团，主要原因有这么两点。一是当时“戏子”的名声还不太好，我妈不愿意再去唱戏，也就是说，我妈把去省剧团唱戏与过去跟着李班头的草班子唱戏视为同等职业。好牛不吃回头草，她既然从“下九流”的戏班子里跳了出来，就不想再拐回去。第二个原因是，当时翻了身当家做了新中国主人的丁开心正是扬眉吐气的时候。丁开心已经把我妈娶到了他的大床上。丁开心娶我妈的时候，还邀请了我们那座小城许多有头脸的人物参加了婚礼。叫花子丁开心能娶上如花似玉的花淑娴成了我们那座小城的一条大新闻，县领导大会小会都拿丁开心娶我妈的婚事做例子。也就是说，他们二人的婚事代表了穷人翻身做主人的一个典型。叫花子丁开心对我妈关怀备至，我妈要上天他也要给她搬梯子，丁开心的热心肠，丁开心知冷知热的呵护，让我妈十分满足。鉴于这两个原因我妈才没同意去省剧团。她对李班头说，她既然嫁给了丁开心，就哪儿也不去了。她要好好地和丁开心过日子。

这些情况，因为当时我年龄小，自然记不得。都是后来从我妈嘴里听说的。

我爸丁开心出殡的时候，我妈曾经去找过李班头，求他带几个人来为丁开心唱台戏。我妈最终没有把他们请来。没能请来的原因，不是李班头不愿意来，而是李班头来不了，我妈连李班头的面也没能见上。李班头被打成“黑戏霸”，已经不能唱戏了，当时还在“牛棚”里关着。我妈没请到李班头，她才黯然回来亲自唱一出“吊孝”戏为丁开心送行。

从李班头的穿着打扮和精神头上可以看出，李班头一定是又能唱戏了。我想，李班头这次来，大概是向我妈解释他不能来为丁开心唱戏的原因。

我不想听他向我妈解释什么。

我拿着那包饼干，百无聊赖地在我们那座小城的大街和小巷里溜达着。大街和小巷的大字报经过日晒雨淋，早已经脱落干净。现在剩下的是一块块白底红字的毛主席语录。除此，还有一些在当时比较流行的标语口号。在一条“阶级斗争一抓就灵”的标语背景下，依稀还能看到“打倒”“砸烂”一些字迹，那是前边的标语被白灰水覆盖后，经过雨水冲洗，白灰水脱落，原来的字便露了出来。

不知不觉间转到了染坊口，我倚在染坊口一所门面房的墙上。我打开了那包饼干，饼干做得很精致，上边还雕刻着花纹。我妈原来所在的县糕点厂做不出这么精致的饼干。他们做的饼干像我妈烙的饼一样坚硬，不带任何花纹。而我手里捏着的饼干，除了颜色好看外，花纹也好看，好看得你舍不得把它吃下去。我把饼干放在鼻子下闻了闻，一股香甜的味道立刻钻进了我的鼻孔里，然后，顺着我的呼吸道，钻进我的食管，最后进入胃里。我抵挡不住饼干香甜味道的诱惑，便捏一块饼干填进了嘴里。饼干的味道的确不错，香甜而又酥脆，刚一入口，还没来得及咀嚼，已经被唾液溶化了。在此之前，我还从没吃到过如此美妙的食物。

一想到吃下去了这么美妙的食物，我立刻明白了我之所以游逛到这里的目的。其实，我在家门口或者任何一个地方都能把那包饼干解决掉。之所以百无聊赖地游逛到这里，我的潜意识里要在这里等一个人。其实也不是等，而是怀着侥幸的心理希望在这里能遇到一个人。这儿距离杨大头的油果子铺不远，大约有三十米的距离，站在这儿，能看到出出进进油果子铺的人，甚至能闻到油果子的香味。我以往经常免费吃人家放在我书包里的油果子，现在，我手上有了一包在我们那座小城很难买到的饼干，我想，应该让那个人和我一起分享它。我当时有没有这样的想法，也许有，也许没有。无论有没有都是这种意念指使着我，才让我来到了这里。聪明的读者一定明白了我在等谁，也许聪明的读者会怀疑我恋上了她。其实，我脸红地告诉你，我并没有恋上她。我才十七岁，还不懂得什么叫“恋”，我只是想“感恩”。感恩是我妈花淑娴教我人生必做的一件事。丁开心虽然不是我亲爹，但是，他像亲爹一样呵护我，我才像死了亲爹一样地去哭他。除了哭以外，还有无尽的思念。杨晓英多次把油果子塞进我的书包里，杨晓英对我的好，我得感恩。所以，当我手里有了那包饼干之后，我就想到找一个人分享。这个首选的人就是杨晓英。

我数了一下，纸包里共有十块饼干，我已经吃下去四块。我不能再吃了，即便饼干是天下最美的食物，我也要克制着欲望，不能一个劲把它吃完。我把剩余的六块饼干重新包好。

我没等来杨晓英，齐老六的儿子齐小利走了过来。齐小利一看到我，就咋呼着问：“丁国庆，你站在这儿干啥？是不是等杨晓英？”

我红着脸说：“我谁也不等。我就站这儿看热闹。”

齐小利说：“这儿有啥热闹可看？你准是在等杨晓英。杨晓英给我说过，她和你有关系。”

我急赤白脸地辩驳说：“你才和她有关系。”

齐小利嘿嘿笑道："我想和她有关系，她却不想和我有关系。咦，你手里拿的啥好东西？"他发现了我手里的纸包。

我把纸包放到背后，对他说："啥也没有。你快走吧，我想一个人在这儿清静一会儿。"我希望齐小利赶快走开。我有点讨厌他。

齐小利却转到我的身后，执意要看我手里的纸包。我虽然讨厌他，但是，想到齐老六曾经为我爸丁开心的丧葬跑前跑后地忙活过，便决定把饼干分给他一块。我打开纸包，从中捏一块饼干递给他。还没等我把纸包重新包好，饼干已经在他手里消失了。

他舔了舔嘴唇，说："是啥东西，这么好吃？"他眼巴巴地盯着我手里的纸包。

我怕他抢我手里的纸包，急忙又取出一块给了他。然后，我走开了。

我向油果子铺方向走去。我希望杨晓英能在油果子铺里，我从油果子铺门口经过，她能看到我，她就会出来找我的。

我路过油果子铺时，果然看到杨晓英正在铺子里帮助他爸杨大头炸油果子。可是，她只顾忙，却没看到我。我又不能在门口久停，我害怕杨大头骂我勾引他闺女。

我走过油果子铺，在大约三十米的地方继续等杨晓英出来。可是，等了一阵，还是没等到杨晓英，却把朱麻子的儿子朱有才等来了。我怕朱有才也像齐小利那样缠着要吃饼干，就急忙把纸包藏到怀里。

朱有才奇怪地问我："丁国庆，你鬼鬼祟祟地在这儿干啥？"

我辩白说："我没有鬼鬼祟祟呀！"

"那你在这儿干啥？"

我脱口而出："我在等你。"

"等我？"朱有才笑道，"我知道了，你在等杨晓英，怕我说你和她有关系，才说等我。"

我的脸又红了，辩白道："我谁也不等，我就在这儿玩呢。"

“这儿有啥好玩的？”他左右看了看，又看了我胸脯一眼，问，“丁国庆，你怀里是啥，鼓鼓囊囊的，像女人的包包？”

我急忙捂着胸脯，又立刻感到自己是欲盖弥彰，便从怀里把纸包拿出来，抖开纸包，把饼干递给他一块，说：“饼干，这是李伯伯给我家买的。”

朱有才接过饼干，在嘴里咬了一口，说：“这饼干真好吃。丁国庆，谢谢你！”

我说：“不用谢。我爸丁开心埋葬的时候，你爸出了那么多力，我家应该感谢你们的。”

朱有才笑了笑说：“我爸说，咱们都是街坊邻居，就该互相帮忙照应，有福同享，有难同当嘛。”

我鼻子一酸，说：“你爸说得真好。朱有才，我再给你一块饼干。”我说着，又把饼干给了他一块。

朱有才接过饼干，连声感谢着走了。

纸包里还剩下最后两块饼干，如果再碰上其他熟人，就肉包子打狗，一点儿也剩不下了。我只好又回头向油果子铺走去，希望杨晓英能看到我。

终于等到杨晓英从油果子铺里走了出来，她端着半盆污水朝外泼，虽然没有劈头盖脸地泼到我头上，却溅了我一身。

杨晓英埋怨道：“早不来晚不来，偏偏人家泼污水你来了。”说着，解下围裙，要为我擦身上的污水。

杨大头笑着数叨杨晓英：“你泼人家身上污水，人家还没怪你，你倒埋怨起人家来了。依我看，你得替丁国庆去把衣裳洗干净。”

我急忙说：“不碍事的。一会儿衣裳就干了，哪里要她帮助洗。”

杨晓英红着脸说：“爸，你咋胳膊肘朝外弯，光替人家说话。”

杨大头道：“谁是人家，谁是咱？丁国庆他爸活着的时候，没少帮咱，咱该感谢人家才对。”

杨大头和杨晓英这么你一句她一句，倒让我不知道说什么好。

我急忙把剩下的两块饼干塞到杨晓英手里，逃也似的离开了油果子铺。

我还没到家门口，就看到小跃进迎面走过来，惊惊乍乍地对我说："丁国庆，你跑哪儿去了？咱妈和李伯伯吵起来了！"

我一听，头皮都麻了，头发梢子支棱了起来。我焦急地问："咋就吵起来了？本来不是好好的吗？"

"本来是好好的，说着说着就吵起来了。"

"总得有个原因吧？"

"李伯伯要让咱妈跟他去省里，咱妈不愿意。李伯伯好说歹说的，把咱妈说烦了。咱妈就说，你走你的阳关道，俺走俺的独木桥。老丁尸骨未寒，俺不能走，俺不能把话柄留给那些嚼舌头的人。"小跃进虽然还是个小孩子，学起话来蛮像个大人。亏他能把大人说的话记得这么全。

我从小跃进的学舌里，弄明白了我妈和李伯伯吵架的原因。其实，二人只不过话不投机而已，说话的声调高了些而已，算不得吵架。我走到门口的时候，还听到我妈和李班头在高一声低一声地说着：

"淑娴，我没有别的意思。我是说，你学了那么多年戏，就这么倒了自己的嗓子，实在太可惜了。"

"我没觉得可惜。李师傅，当年我无依无靠，是你收留了我。我八岁跟着你学戏，才有了碗饭吃，那时候我多么感谢你。你的恩德我一辈子忘不掉。后来，你忍痛让我嫁给了吕修身，那也是为活命的需要。我要活命，你也要活命，咱响破天梆子班的人都要活命。如果我不嫁给吕修身，咱谁也好不了。"我妈叹了口气，继续说，"我和吕修身就没那缘分。幸亏解放了，丁开心救了我。你知道吗？不是丁开心，我不仅是陪死的罪，说不定和吕修身一样被打死了。丁开心祖宗八代都是贫农。靠丁开心硬邦邦的好成分，我才能好好地活了下来，才没有人来欺负我。没想到，丁开心又为了救我被人打死了。丁开心尸骨未寒，我哪有心思去唱戏？再说，我现在已经有了一份轻松而又体面的工作，我才舍不得丢掉呢！”

沉默了好一阵，李伯伯才说：“你的心我懂。我只是想，咱们都才四十多岁，日子还长着呢。你就这样熬磨自己，我……心里很难过。”

“你不要难过，也不要等我了。我就守着俩孩子过！我就这样熬磨吧，日子都是熬磨的，再苦的日子是熬磨的，再好的日子也是熬磨的！等把孩子熬大成人，我也就安心了！”

“淑娴，这不是你的真心。我知道，你心里有我，其实，我心里也有你，我等你等了这么多年……”

“李师傅，快别说了。过去的事都让它烂到肚里吧。别让孩子们听说了那些破事……你，遇到合适的就赶快把事办了吧。我毕竟是两个孩子的娘了，和你不般配。”

“不，淑娴，我这次来，就是向你求……”

“哥，你去劝劝他呀，别让他把咱妈带走了！”小跃进在我身后说。小跃进的声音惊动了李伯伯，李伯伯没有把话说完，我也就不知道他要向我妈求什么了。

我妈花淑娴从屋里走出来，对我说：“这两个熊孩子，躲在门口干啥？快进来，你李伯伯要走了，快跟他说句话。”

26

丁开心死后，我成了家里的顶梁柱。我妈花淑娴对我说，国庆，学你不能再上了，读完初中已经不错了。再说，即使你去上学，又能学到多少知识呢？还是先找个工作干吧。

我妈花淑娴和我说这些的时候，我已经年满十七岁。十七岁的孩子，的确还是读书的时候，但是，学校里又的确无书可读。学校放了假，其实也不是放假，而是停课。停课的时候，我们除了跟在那些比我们大一些的同学屁股后边，观看游斗黑五类，跟着那些人喊喊革命口号，再不然就是胡吃狗游做一些“偷鸡摸狗”的坏事。

所谓的偷鸡摸狗，并非真的是偷鸡摸狗，只是用来比喻我们这些半大孩子不干正经事。在那时候，我们哪里有多少正经事要做呢？学校里不管我们，家长也不管我们，我们只能胡吃狗游地瞎折腾。

“偷鸡摸狗”这个词是我们的蒋老师加到我们头上的。那时候，我们的蒋老师已经“赋闲”在家休息。她之所以“赋闲”，是因为她的一条腿被人打折了。在那个老师不是老师、学生不是学生的风起云涌的特殊年代里，那些上课捣蛋受到她教训的人，便野蛮地把蒋老师揪了出来。蒋老师的罪名是“黑帮”，一个“黑”字把蒋老师推到了阶级斗争的风口浪尖上。那些人采取的斗争方式很独特。他们没有让蒋老师去大街上游行，也没有在公开的批判大会上批斗，而是把蒋老师关在一间教室里，让蒋老师站在课桌上。当蒋老师战战兢兢地站到课桌上后，站在老师背后的人猛地把课桌一拉。蒋老师在没有丝毫防备的情况下，突然从课桌上摔了下来，在落地的时候，她的右腿的骨头在接触地面时，发出“砰”的一声响，蒋老师便瘫在了地上。

人只有两条腿健全才能参与各种各样的社会活动，一条腿的蒋老师只能把自己关在家里。

那天，我，还有周大伟、齐小利、朱有才几个人闲得好无聊，便去了学校的生物实验室。让我们对生物实验室感兴趣的是，那里有许多的生物标本。有各种各样的鸟的标本，有各种各样的虫子的标本，还有许多大动物的标本，比如山羊啊，猫啊，狗啊，等等，甚至还有狐狸和狼的标本。这些标本，包括生物实验室，在以前我们是不能随便进来和接近的，只有在生物教师的带领下，我们才能远距离地观看。可是，现在，生物实验室已经像公共厕所一样能让人随便出入了。各种鸟类的标本，虫子的标本和其他动物类的标本早已经被各种各样的手，从标本盒子里“请”了出来，扔得满地都是。那些手，只对那些装着标本的精美的盒子感兴趣，而对那些干硬的各种动物的尸体很不待见。我们这次光顾生物实验室，就是企图能在某个角落寻找到一个或者两个被无数双的手遗弃的标本盒子。周大伟说，他上次来只找到一个猫头鹰盒子，周二伟老是缠着要他的猫头鹰盒子，他希望能找到一只乌鸦盒子，把乌鸦盒子送给周二伟。齐小利说，他上次找到的是一个知了盒子，他爸齐老六把知了盒子当了收钱的匣子，可是，知了盒子太小，装不了多少钱，他要找个狐狸盒子才能装更多的钱。朱有才说，他这次不找盒子了，他要带只山羊标本回家。因为朱麻子做的胡辣汤放的羊肉越来越少，顾客都很有意见。朱麻子说，羊肉放得少不能赖他，也不知道啥原因，乡下养羊的人家越来越少了。买不到羊肉，他只能在汤里少放点儿。朱有才把山羊标本背回去，是学着山羊标本的样子回家自己养几只羊。我也不要标本盒子，上次我带了两个标本盒子回去，一个给了小跃进，一个我自己存放钥匙链等贵重物品。我这次来是找条标本狗牵回家。自从小花丢失后，我一直对狗念念不忘。标本狗既不需要喂食，也不需要狗窝，把它放在窗台上就可以了。

结果，我们翻遍生物实验室的各个角落，把生物实验室几乎翻了个底朝天，也没能找到各自想得到的东西。

有个好心人告诉我们，生物实验室里剩下的东西，都被送往废品站了。

我们很失望地在校园里游荡着。

我们没有了目标，才感到空虚和失望。

我们走到了操场的边缘。操场的最南边是一排房子的后墙。那些房子是老师们的家属房。我们在老师们的家属房后边游走。当我们走过家属房的第五个窗户时，忽然听到一阵缓慢而又有节奏的读书声从窗口里飘出来。这让我们感到十分惊奇，我们早已经没有听到读书声了，读书声如荒漠里长出的一片绿洲，使我们空虚而又失望的心情为之一振。

我们循着声音找到了房子的门口。

那是很普通的一间教师住室，窗户上的玻璃糊着一层白纸，蓝色的单扇门紧闭着。读书声已经停止，接着，还是那个声音响起：

“同学们，刚才我为大家朗读的课文题目是：‘东郭先生和狼的故事’，现在，我为大家分析一下这篇课文的主题思想……”

已经有许多日子没有听到这种声音了，但是，我还是听出来了，讲课的正是那位摔折腿的我们的蒋老师。我不知道屋内有多少学生在听老师讲课，十个？十五个？二十个？或者更多一些？可是，除了蒋老师的声音外，屋内再也没有发出其他声音。

我向几个伙伴使了个眼色，他们便和我一起静静地伫立在门口外边，像屋内的学生一样认真地听着蒋老师讲课。我们屏着呼吸，生怕打扰了屋内。我们沉浸在蒋老师讲述的故事中。

“东郭先生的善良举措没有换来狼的感恩，反倒为自己惹来了杀身之祸。因为狼毕竟是野兽，狼缺乏感恩之心。而作为人类，是不可缺少感恩之心的，不能因为狼没有感恩之心就丢掉慈悲之心。世界上最美好的德行是慈悲，人与人之间，最不可缺少的是感恩！”

蒋老师结束了她对这堂课的总结，屋内却依然鸦雀无声。

世界变得一片宁静，我们沉醉在宁静的世界里。

门打开了，却没有一个学生走出来。我们伸着头朝屋里看一眼，屋内只有几个小板凳孤零零地放在空地上。

蒋老师拄着一根拐杖，出现在门口。看到我们，她没有表现出特别的惊讶，而是微笑着对我们说：“谢谢你们。谢谢你们能认真地听我讲这节课。”

原来，蒋老师早已经发现我们在外边听她讲课。

我看到蒋老师眼里闪烁着泪花。不知道为什么，我的眼泪也止不住流了下来。

我说："蒋老师，以后我们每天都来听您讲课。"

蒋老师激动地说："谢谢，谢谢你们！"

27

后来的一些时日里，我们不再去"胡吃狗游、偷鸡摸狗"了。我们每天都按时来到蒋老师的寝室里听她讲课。我们就像沙漠中的那片绿洲，汲取着从沙漠的深层溢流出来的甘泉滋润着自己。那时候，我突然感觉到自己一天比一天长大了，一天比一天懂事了。那些时日里，我逐渐懂得了，人应该是一种最有感情的动物，人应该懂得什么叫爱，什么叫恨。对爱你的人和你爱的人，你应该永远记着别忘记感恩。对恨你的人和你恨的人，你也应该记着别把仇恨放在心里，而应该学会把它们忘记！

可惜，这样的时日没过多久，我们就要从蒋老师的临时课堂上走出来了。

学校要复课闹革命。复课闹革命仅仅是个过渡。其实，既没有老师讲课，也没有闹什么革命。很快，在学校里，我们拿到了一张毕业证书，这张毕业证书标志着我们已经完成了初中的学业，标志着我们已经成为一名知识青年。接下来，我们就要永远地告别教室和学校，到广阔的天地里去经风雨见世面。

知识青年上山下乡在我们那里就是到农村去插队落户当农民。县里成立了知青办，我们那座小城近几年毕业或者没毕业的初、高中生（俗称老三届）都在知青办的花名册上，也就是说，无论你报不报名，无论你愿意不愿意到广阔天地里扎根落户，你都得去。去与不去不是你能主宰了的事，积极要求去的，说明你思想进步，听毛主席的话，给你佩戴纸糊的大红花，敲锣打鼓欢送你。被动去的，也就是说经过反复做工作，或者几乎是强迫着你才去的，也说明你通过学习毛主席著作，武装了思想，有了转变，只是不给你佩戴大红花了，也不会敲锣打鼓地欢送你了。

当然，在当时的背景下，谁不愿意做毛主席的好学生呢？谁不愿意到大风大浪中去锻炼自己呀？我们这些小青年，都是热血沸腾，都是满腔激情啊！都积极地报名到乡下去，到祖国最需要的地方去！还担心报名晚了，组织上就不批准去了。更担心报名晚了，落下个落后的名声，连大红花也捞不着戴。我和朱有才、杨晓英都是第一批报的名。

并不是所有的人都像我们那样积极，齐老六的儿子齐小利就不愿意到广阔天地去锻炼，他一心要继承齐老六的事业，把齐家的杂货生意做大做强（值得说明的是，那时候，齐老六的杂货铺子因运动的开展已经关张。但是，齐老六总是希望东山再起，伺机开张）。他不愿意去，就要有不能去的理由。当时知青办内部掌握的不能下乡的条件其中有一项，就是身患疾病或者残疾知青可以不下乡。齐小利既没有疾病又不残疾，但是齐小利心眼灵活，有没有疾病知青办的人看不出来，只有医院才能证明。齐小利让他爸花了五元钱，买了一些橘子汁、鱼罐头等高级食品，走了医生的后门，拿到一张患有疾病的证明。知青办的领导看到齐小利的疾病证明，看到齐小利虎头虎脑的样子，怎么也不像有病的样子。但是，知青办有政策，齐小利又有证明，只得在下乡知青的名单里把他的名字划掉。齐小利留在了城里。齐小利对自己能留在城里很得意。关键是，你要得意就在家里暗自得意，而齐小利是个爱张扬的人，他对自己能留在城里引以自豪，一张破嘴到处宣扬，结果把走后门开假证明的事暴露了出来。齐小利既然能开假证明不下乡，人家也能开假证明。不就是五元钱的橘子汁和鱼罐头吗？在齐小利的示范作用下，我们那座小城的老三届知青们患疾病的便多了起来。那么多看上去活蹦乱跳的人都能拿到医院证明，引起了知青办领导们的怀疑。知青办的领导们决定深入医院，查清那些医院开的证明的真伪性。结果，知青办的领导们顺藤摸瓜，便查实了医院假证明的来源。齐小利等假疾病患者的医院证明统统作废。齐小利等人成为思想转变愿意下乡的知青，他们既没有红花可戴，更没有敲锣打鼓者欢送。为此事受到牵连的医生们，除了把吃下去的橘子汁和鱼罐头照价退赔外，还一个个被扣上破坏知青上山下乡的帽子，受到了严厉的处分。

周大伟的妈林兰芷不想让周大伟下乡，但是周大伟是县领导的儿子，更应该积极响应号召上山下乡。周大伟的爸周老铁积极支持周大伟到广阔天地里去经风雨见世面，林兰芷企图阻拦也阻拦不了。林兰芷便到知青办，要求知青办的领导把周大伟分配到距离县城较近条件比较好的生产队去。周大伟去的是县城郊区，叫宋庄。宋庄人多地少，每人平均五六分地，还不够村民自己种的，所以不欢迎外来户，更不欢迎知识青年。宋庄的贫下中农担心自己的口粮不够吃，再添几张嘴，恐怕更吃不饱肚子。他们的理由是，知识青年在广阔天地里大有作为，而宋庄既不广，也不阔，没有知青的用武之地。周大伟是个例外，周大伟的爸是县里领导，他们没有理由不接收周大伟。因此，宋庄就一个插队知青周大伟。宋庄的贫下中农从来不依靠周大伟干活。他们把周大伟看作可有可无的人。周大伟既不用下地干活，也不用参加生产队的会议，他基本上是个闲民。周大伟因为闲，便无所事事。开始，他到生产队的牲口屋、仓院里、菜园地等地方去转转，就如公社来视察工作的干部。社员们看他穿着干净的衣服，干净的鞋子，白白净净的脸蛋，鼻梁上还架着一副眼镜，都把他当干部看。问他：

“周领导，视察工作呢？”

人家这样问他，其实是讽刺挖苦他，他却不置可否地点点头，说：“随便转转，随便转转。”

时间长了，周大伟自己也感到闲得无聊。回家住几天，他爸周老铁又老骂他不务正业，不好好在乡下锻炼。后来，他就经常来找我们玩。

28

我们插队的村子叫柳庄。柳庄距县城二十多公里，是我们那座县城最边缘的地方。柳庄大队下面又分成五个小队。我们十个知青，统一住在大队部的知青点，干活的时候，却分散到各个小队。我和朱有才分到一队，杨晓英和一个叫陈司俊的分到三队。齐小利和其他几个人有分到二队的也有分到四队五队的。柳庄和宋庄正好相反，柳庄人少地多，每人平均三亩地。柳庄还有一个特点，就是位置偏僻。柳庄北边有条东西走向的河，叫清水河。过了清水河就是泰县的地盘。柳庄东边有条南北走向的河叫浑水河。过了浑水河就是礼县的地盘。住在柳庄，大早起可以同时听到三个县的鸡叫唤。柳庄人自称鸡鸣听三县。

柳庄由于地多人少，所以，柳庄的贫下中农十分欢迎我们来。听说，柳庄五个小队的队长为了争取我们这些知青到他们的队里去，差点儿打起架来。后来，大队柳支书为了分配公平，把我们的名字写在烟盒纸上，然后揉成五个小纸团，由五个小队长抓小纸团，小纸团上写的谁，谁就到那个小队里去干活。这样倒也公平合理。小队长们的架终于没能打起来。

小队长把我们如获至宝般地争取过去，却又像对待牛马般地给我们安排活计。他们以为我们这些小青年都是身强力壮的好劳力，能为生产队撑起一片江山。其实，我们这些小青年不过是花拳绣腿，一个个长了个像葵花秆般的高个子，只有个子没有力气。

我和朱有才到队里接受的第一件任务，就是到牲口院里的大粪池里出粪。粪池大约有五米宽，十米长。粪池的粪是去年秋后沤上的，已经沤了一个冬天，要趁着现在农闲时节，把粪起出来，再晾干捣碎，然后拉到麦田里，为麦苗追肥。

和我们一齐出粪的还有两个人，一个二十多岁的年轻人，一个四十多岁的中年人，年轻人叫抓钩，中年人叫老掘。抓钩不爱说话，看到我们，只是笑了笑，算和我们打了招呼。老掘很健谈，问我们叫啥名字，家里都有什么人，像查户口似的问得很详细。对于他的热情，我们也不能冷脸对热屁股，都一一作了回答。

粪池很大，我们四个人各占一个角，朝外撂粪。

抓钩和老掘先跳进粪池里，一人占一个角。二人分别朝手心里吐口唾液，又搓了搓手，拿起粪叉就干。粪叉在他们手里运用自如，一叉叉粪便像小燕子似的飞到池子外边。不一会儿，脚下就挖出一个坑，池子外边堆起了一座小山。

我和朱有才不甘落后，也学着他们的样子跳进粪池里。下粪池的时候，还穿着我们来时刚买的白色回力鞋，谁知一跳到粪池里，问题就来了。粪池的水分还没有浸干，从表面上看，好像粪挺干的，一踩上去却软乎乎的。原来，粪是由牲畜粪便和沙土、草木灰等沤成的，沙土容易浸水，表面看上去已经干燥了，人一踏上去崴崴，水就朝上冒。我们拿着粪叉，笨拙地朝外撂了几叉粪，没把粪撂到粪池外边，只是落在了池子边沿。有时候粪粘在叉上，使出浑身的力气也甩不掉。粪叉在手里不听使唤，脚下是稀软的粪便，人直朝下陷。白色的回力鞋被溢上来的粪水给浸透了，白色逐渐变成了黑色，比自己的脚伤了还心疼。我和朱有才急忙扔掉粪叉，要朝粪池外边跳，可是，越要朝外跳却越陷越深，粪水很快淹没了鞋子，淹到膝盖上。

抓钩和老掘急忙跳出粪池，把我俩拽了上来。

我俩的白色回力鞋被粪便浸泡得黑乎乎的，裤腿上也沾满了粪便，心疼得一边抖落着回力鞋上的粪便，一边埋怨粪便太稀了。

抓钩和老掘看到我俩的狼狈相，偷偷地笑。

老掘说："又不是去相亲，穿恁高级的鞋子干啥？净碍事，脱了，脱了。"

我哭丧着脸说："总不能光着脚干活呀？"

老掘说："来，穿我的鞋子，我光着脚。"说着，脱掉鞋子扔给我，他自己赤着脚跳到了粪池里。

我看着老掘给我的鞋子，哪儿还像鞋子样？只有一个胶皮的鞋底子，鞋帮子是用麻绳子连在一起的。

老掘看着我为难的样子，劝说道："穿上试试，比你那鞋强多了，鞋底不透水，鞋帮子不怕水泡。"

我照着他说的样子穿上试了试，果然和穿着回力鞋不一样的感觉。

抓钩看我穿上了老掘的鞋，也闷声不响地把自己的鞋脱下来，让朱有才穿了。抓钩的鞋不比老掘的鞋好到哪儿去。

换好了鞋继续干活。这是第一天上工，我们得给队长和社员们留下好印象。因此，我们使出了吃奶的力气，学着老掘和抓钩的样子干起来，尽管我们很卖力，可是，还是赶不上他们的速度。收工的时候，我们起出的粪连他们的十分之一也没有。

出粪这活，的确又脏又累。我和朱有才的手心里都磨出几个大水疱，水疱烂了，现出缕缕血丝，不是一般的疼，是钻心的疼。看过《红岩》那本书，其中有个情节，敌人向江姐逼供，把竹签子钉进她的手指里，十指连心，疼得钻心。我们比起江姐的遭遇要好得多。要向江姐学习，做无产阶级革命事业的接班人，手上磨几个水疱就不算什么了。到赤脚医生那里去包扎了一下，忍着吧。还有就是腰酸背疼。干活的时候还没觉得疼，收了工朝床铺上一躺才开始疼，就如许多小虫子钻进了皮肉里，钻进了骨头缝里，疼得连死的心都有了。既没有外伤，也没有内伤，赤脚医生也解决不了我们的腰酸背疼，只好忍着。一躺下就不愿起来，甚至连饭也不想吃。还有更让人难受的是一种痒，比疼还折磨人。痒主要表现在下肢。粪水里有毒，我们的双脚经过几天的粪水浸泡，便鼓起一层紫红色的小包。小包们看上去个头不大，能量却不小，它们带来的是入骨三分的痒。那种痒真是很难说清，比浑身的疼还让人难受。用手去抓，却越抓越痒，痒得想把双脚放到沸腾的水锅里去煮，放到熊熊的烈火上去烤，甚至连把脚砍掉的心都有了。小紫红包真是害人不浅！和我们同样跳进粪池里的抓钩和老掘却什么事也没有！抓钩的脚和老掘的脚像熊掌，所不同的是熊掌长着茂密的黑毛，抓钩和老掘的脚上没有浓重的黑毛。俩人的脚是黑褐色，脚指头粗大，脚关节凸着，脚底板上长着厚厚的老茧，皮肤粗糙，粪池里的毒液浸透不了他们的皮肤，奈何不了他们的双脚，连蒺藜窝里的蒺藜也奈何不了他们。怪只怪我们的脚太娇嫩。到赤脚医生那里去看过，给我们抹了点儿碘酒，其他也没好办法，说是多用清水洗几遍，别再朝粪池子里边跳了。你们这脚，细皮嫩肉的，哪里经得住粪汤里毒水的浸泡？赤脚医生的方子好是好，却不能用，她是站着说话不腰疼，我们难道心甘情愿地朝有毒的粪水里跳吗？柳队长派我们这个活，为了表现自己，我们要竭尽全力干好。那时候有句口号叫“一不怕苦、二不怕死”，连死都不怕，皮肉受点儿苦算啥？还有点儿私心，就是希望能用我们的表现换得柳队长的表扬。柳队长代表贫下中农，还代表着对我们进行再教育的一种权利。能得到柳队长的表扬算是对我们能够很好地接受贫下中农再教育的一种肯定。

柳队长看到我们红肿的脚，嘿嘿笑着说：“看来，还是毛主席他老人家伟大哩，不让恁这些知青娃到咱乡下吃点儿苦头，一个个还不都变成河里小福（赫鲁晓夫）。”

柳队长担心我们成为中国的赫鲁晓夫，才挑拣最脏最累的活磨炼我们。

一连干了三天，都是我们四个人出粪，其他劳力都被安排干别的活儿去了，那些活儿与出粪相比，都比较轻松，也比出粪干净。为什么偏派我们四个人出粪？那么大一个粪池，再多安排一些人不是能早点儿把粪出完吗？我和朱有才开始也没意识到什么，看到抓钩和老掘一直闷着头干活，也学着他们的样子干。干到半晌的时候，抓钩向老掘看了一眼，说：“我去方便方便。”方便是柳庄人上厕所的又一种说法。抓钩向老掘说那句话的时候，老掘也抬起头看了抓钩一眼，那一眼有些心领神会的意思。抓钩便把粪叉扎到粪池里，然后跳出粪池走了。抓钩这一去，有半个多小时。我当时还想，抓钩是不是便秘？或者拉稀跑肚？如果不是便秘或者拉稀跑肚，他这一趟去厕所比航天员绕着地球转几圈子用的时间还长。

半个小时以后，抓钩才慢腾腾地走回来。重新跳到粪池里的时候，还伸了个懒腰。

老掘像和抓钩预先商量好了似的，等抓钩跳到粪池里干活的时候，他把粪叉朝池子里一扎，说："我也去放放腰水（柳庄的男人把解小便也说成放腰水）。"

老掘去了不到半个小时，也就是说，还没有等宇航员坐宇宙飞船围着地球转几圈子，柳队长来了。

柳队长见只有我们三人干活，便问："老掘弄啥去了？"

抓钩连头也不抬，继续干着活。

我说："老掘方便去了。"

柳队长把眉头一皱，骂道："这个老地主羔子，屡教不改，又去'屙滑屎'了！"

正说着，老掘颠颠地跑来了，见柳队长来了，急忙跳到粪池里干起来。

其时，已经到了下工的时间。我和朱有才跳出了粪池，准备收工。

柳队长说："恁几个先收工，老掘把刚才屙滑屎尿滑尿耽搁的时间补过来，罚加班半个小时。"

抓钩慢吞吞地跳出粪池，扛着粪叉回村里了。

我和朱有才相互看了一眼。我鼓足勇气，对柳队长说："管天管地管不住屙屎放屁。柳队长，老掘去屙屎你就罚他加班，太不公道了吧？"

柳队长看也不看我一眼，说："你懂个屁！快走你的！"

柳队长这样蛮不讲理，让我对他怀了一肚子怨气，但又不好和他争辩。扛了粪叉，和朱有才回了知青点。

后来，我才了解到，老掘和抓钩都是老地主的后代，那时候，老地主的后代被叫作地主羔子。老掘年龄大一些，叫老地主羔子，抓钩年龄小一些，叫小地主羔子。地主羔子是民间的叫法，官方的称呼是可以教育好的子女，简称“可教子女”。可教子女与老地主不同，老地主随时都可以拉出来批斗，而可教子女不被批斗，但是，必须老老实实干活。生产队里最脏最累的活都留给可教子女干。比如，打扫厕所、挑大粪、出粪池等。除此，可教子女干活的时候，也不能像贫下中农那样，中间有休息时间。怪不得抓钩和老掘二人分时间去方便呢，他们也就是在方便的同时喘一会儿气。

我这才明白，这些天来下到大粪池出粪的社员为啥只有抓钩和老掘。明白了个中原因的同时，我和朱有才也一下子醒悟到，之所以让我俩去出粪，原来把我俩作为可教子女，和老掘、抓钩划为一个类别。想到是这个原因，我和朱有才都大骂柳队长，说柳队长比地主资本家的心肠都黑，把我们知青不当人看。我们不怕磨炼，可是，柳队长把我们当作可教子女对待，让我们受到了侮辱！我和朱有才商量，决定找柳队长要求给我们派新任务。我们要和贫下中农同吃同劳动，我们是来接受贫下中农的再教育的，不是接受可教子女的再教育的。

见到柳队长，我说：“柳队长，出粪的活，我和朱有才不干了，你重新给我们派活。”

柳队长说：“为啥？怕脏？怕累？”

我红着脸说：“不是怕脏怕累，我们不愿意和抓钩、老掘一块儿干活。”

“咋？他欺负恁了？”

朱有才抢着说：“谁也没有欺负我们，可是，我们不是可教子女。”

柳队长愣了一下，突然明白过来，说：“上边领导说，恁是来接受再教育的，还不和可教子女一个样？”

“不一样，我们向贫下中农学习，不向可教子女学习。柳队长，你不派我们新任务，我们向大队柳支书要求，到别的队里去。”我振振有词地说。

我和朱有才若去找大队长要求换地方，必然要说明原因，而这样的原因显然说明柳队长对我们苛刻不公。再说，我们走了，其他知青也不会再来，一队便平白失去两个劳力。

柳队长急忙说：“好好，给恁派新活计干，明儿就派。”

29

给我们派的新任务是把地里的土拉到生产队的牲口院里。牲口院很大，一排七八间大房子，是牲口屋，生产队里十几头大牲口都在里边养着。畜生们除了干活就是吃，吃得多拉得也多。畜生们方便的时候不像人那样有固定的茅房，吃饭的地方就是它们方便的茅房。有时候上边吃着，下面“扑哧扑哧”拉着。吃进去的是草料，拉出来的是肥料，不拉的时候，就“淅淅沥沥”地尿，像瀑布一样倾泻下来。一头牲畜就成了一座小型化肥厂。畜生们拉屎和撒尿的时候是牲口屋里的一道风景。浓重的草味儿和骚味儿便在偌大的空间里弥漫开来。

从地里拉回来的土是为牲畜们准备的。饲养员称为“垫土”，也恰如其分。把垫土堆在牲口院里存着，以备掩盖畜生们的排泄物。

拉垫土的车是胶轮大马车，大马车本来是由牲畜拉的。可是，柳队长说，过了年就要春耕了，春种秋收全靠这些畜生出大力呢。得让它们将养好身子，养得膘肥体壮的，铆足劲儿留着春耕秋收时出力呢。拉垫土的活儿就让人来干。活儿的确不太累，一辆车上二十人左右，一人一根麻绳子拴到车上。只要把绳子抓紧，使没使劲儿不会有人看出来。除了驾辕的是身强力壮的男劳力外，其余大多是妇女和半大小子。半大小子是十五六岁的半劳力，和妇女挣一样多的工分，干满一天七个工分，早上一分，上午和下午分别是三个工分。按当时的行情，一个工分价值二分钱，七个工分值一毛四分钱。我和朱有才出粪的时候，挣的是十工分，拉垫土的时候，就改成七个工分。拉垫土的活儿既不累，又不需要什么技术，照社员们的话说，“河里尿泡随大溜”，上坡的时候人家走你跟着走，下坡的时候，人家小跑你跟着小跑，别掉队就行。可是，拉了一天垫土，我和朱有才便泄了气。不是嫌工分少，工分多少我们不在乎，在乎的是柳队长没有把我们当成年人看待。成年劳力安排的都是技术性很强的活计，而拉垫土不需要任何技术。那时候我们的理解是，让我们这些知识青年到农村来就是要学会种庄稼的技术，只有学到种庄稼的技术，才算是接受了贫下中农的再教育，才能成为一名扎根农村的新时代的农民。可是，柳队长不是让我们出粪，就是让我们拉垫土，显然是不想让我们学习种庄稼的技术，他从心里瞧不起我们这些从城里下来的知青。

还有让我们感到尴尬和难堪的是和妇女们在一起，简直让人难以接受。在此之前，我以为妇女们对男女之事都羞于开口，特别是在大众场合。没想到，妇女们一旦扯起男女们之间的裤裆性事，更为直观和露骨。有个叫乔花的女人，三十多岁，长着一张圆盘大脸。她已经是两个孩子的妈妈。乔花是个性情开朗的女人，说起和男人的事没有任何顾忌，男社员喊她“老骚”，她也不在乎，说我骚，你老婆不骚？你老婆不骚你儿子是从狗 × 里钻出来的？驾车辕的根柱喊她嫂子，老想占她的便宜，趁她不防备的时候，伸手在她的大屁股上摸一把，还说：“老乔这屁股像磨盘大，男人得了这屁股都把持不住。”乔花道：“把持不住就来，谁不来谁是龟孙！”说着就要扒根柱的裤子。根柱吓得落荒而逃，女人们撵野狗似的追赶根柱。

乔花和根柱嬉闹一阵子，又把目标转向我和朱有才。说我俩“嫩得像青蛋子甜瓜，一掐一股水”。

乔花这么一说，引得那些大姑娘小媳妇“嘻嘻哈哈”一阵笑。我和朱有才听不懂她的话，只是意识到与男女之间的性事有关，便红了脸，说不出话来。

一个叫喜鹊的媳妇子接腔道：“乔花既然喜欢这俩小雏鸭，何不让你家婆妹子招一个做上门女婿？”

没待乔花开口，旁边一个姑娘红了脸，骂喜鹊道：“喜鹊你想男人想疯了吧，自己想招一个野姑老，倒胡咧咧地说人家。”

这个姑娘叫素英，正是乔花的婆妹，长着一个瓜子脸，满嘴的玉米牙，腰身儿瘦瘦的，屁股却很大，黄底红花的小布衫子穿在她身上，只盖着大半个屁股。

喜鹊听了也不恼，笑着说：“咱俩一家一个，就怕人家不愿意倒嫁给俺。”

……

我和朱有才哪里见过这种阵势，被这些乡野俚俗挑逗得尴尬难堪，逃也似的跑走了。

我们去找柳队长，要求他重新给我们派个活。他把眼一瞪，不满地说：“出粪恁嫌脏，拉车又嫌累。恁这些城里娃啊，不好调教哩！”

我就怕柳队长嫌我们挑三拣四，急忙笑着说：“柳队长，其实，我们不是怕脏怕累，我们只是想学点技术……”

柳队长没等我说完，便打断了我的话：“啥技术？庄稼活不用学，人家咋做你咋做就是了。乡下比不得城里工厂，工厂里干活要技术，乡下干活凭的是力气，我看你俩缺少的就是力气！”

朱有才嗫嚅着说：“柳队长，我俩有的是力气，只是……只是……”

“只是个啥？”

我壮着胆子说：“那些女人老给我俩胡咧咧。”

柳队长明白了，“哈哈”笑着说：“那些娘们，一个个骚起来屁股蛋子比母狗撅得还高。真拿鸡巴去操她们的屁股，还不嚼死你！”不等我俩搭腔，又说：“别怕别怕，谁再跟恁聊骚，把恁俩的鸡巴掏出来吓唬吓唬她！”

柳队长不给重新派活，我俩只能和那些女社员和半劳力一块儿拉垫土，但是，却有了消极怠工的想法，时不时地窝在知青点上不出工。

没过多久，公社里要进行浑水河治理大会战。浑水河是黄河故道上的一条河流，由于土质松软，每年都有大量的泥沙从上游冲击下来，淤塞了河道。治理浑水河，是要把淤塞的河道疏通。疏通河道全靠人力，清淤挖沟，人拉肩挑，是一项既苦又累的强度体力活儿。各小队都要选派一批身强力壮的男劳力参战。干活虽然苦累，但是，伙食要比在家里强一些。工地上吃的是大伙，生产队保管室里存储几百斤小麦，是专门应付这些事的。上边发些补助，正好用来购买油盐酱醋、蔬菜、猪肉、粉条之类的副食品。大会战上的伙食，比过春节那几天吃得不差。过春节时，在家里也只能陪着来拜年的客人吃个花卷，白面蒸馍要紧着客人吃。而到了工地上，白面蒸馍、猪肉熬粉条尽可以放开肚子吃。因此，不用开会动员，年轻人都争着报名上河工第一线。可是，柳队长在宣布参加治理浑水河的名单里，却没有我和朱有才。除了我俩，还有老掘和抓钩。不让老掘和抓钩去的原因，因为他俩是“地主羔子”，以防他们去浑水河工地搞破坏。实际原因是，不能让他俩享受比过春节还要好的生活待遇。而不让我和朱有才去的理由，柳队长解释说，是对我俩的照顾。挖河这活儿太苦，你俩细胳膊嫩肉的，一筐河泥抬下来，还不把恁压趴下？我和朱有才不领柳队长的情，前后黏着他，说我俩下乡来，就是接受锻炼的。温室里长不出万年松，不经风雨哪能见世面？这么一次很好的锻炼机会，你不让我们参加，我们怎么能把自己锻炼成如钢铁一般的庄稼汉？我们又怎么能把自己的心练红？在我俩的软磨硬泡下，柳队长终于在治理浑水河的名单上，加上了朱有才和我。后来，朱有才偷偷地告诉我，其实他要求去浑水河工地，不是为了把自己锻炼成万年松，而是为了能吃上比过春节还要丰盛的饭菜。

到了工地，才感受到，挖河的确是一种强体力的活计。那个时候，是没有挖掘机之类的先进机械的，即使有好像也派不上用场——挖河打的就是人海战术。十几里的河道中，黑压压的都是民工（大约有上万人。至于有没有上万人，谁也没工夫去数数）。整个工地上喇叭轰响，歌声嘹亮，号子连天，红旗招展！浑水河上下一派热气腾腾，挖河民工战天斗地情绪高涨（当时要的就是这种气氛）！

挖河的民工大致分为两类，一类人跳到冰冷刺骨的淤泥里，挥着铁锹，把淤泥从河道里甩到半坡。派到河道里挖淤泥的人，大多都是三四十岁的壮劳力。他们身强力壮，似乎是刀枪不入的钢铁人，冰冷的淤泥浸透不进他们的皮肤和骨肉，奈何不了他们！另一类人像我和朱有才一样，体质稍微差些，身子骨嫩些，皮肤和骨肉都经不得冰冷的浸泡。我们这些人，是把那些人从河道里挖出来的淤泥抬到岸上去。我和朱有才搭帮，抬着一大筐泥朝岸上爬。来来往往，上坡下坡，一晌下来，感觉到双腿先是麻木，接着是酸疼，酸疼之后又是剧烈的疼痛！比起双腿疼痛还要难受的是肩膀火辣辣的疼，那种疼是透彻骨髓的疼！用手一摸，才发现衣服已经磨烂，肩膀上的皮肉磨得血乎淋拉的！

朱有才在家时，常常和他爸抬着一大桶胡辣汤，从家里朝街上的铺子里去。他在那个时候，已经积累了肩负重担的经验。他不但没有让自己肩膀上的皮肉磨破，他的衣服也没有磨烂——在他的肩部与扁担之间，隔着一层厚厚的棉垫子——这家伙真是个有丰富经验的抬筐人。我这才想起，来工地时，我曾看见他把个破棉垫子裹在铺盖卷里，以为他是为休息时用来垫屁股准备的，还笑话他多此一举。没想到这家伙早有了思想准备，棉垫子派上了用场。

朱有才拿着那个破棉垫子跑走了，一会儿又跑回来。在他手里，那个破棉垫子已经被截为两半。他把一半递给我，说，垫在肩上，会好一些的。

我把棉垫子放在肩上，似乎感觉肩膀磨烂的部位充满了温暖，火辣辣的疼痛也减轻了许多。我的眼里立刻注满了泪水。

为了不让柳队长发现我的伤情，我咬着牙，继续和朱有才搭帮，抬着一筐筐淤泥奔走在河坡上。

我肩负重伤不下火线的事迹还是被柳队长发现了。他不但没有讽刺我是“温室里的秧苗”难以长成万年松，还把我的事迹报告到大队，大队又报告到公社。结果，大喇叭里广播了“丁国庆轻伤不下火线”的先进事迹。浑水河疏通工程胜利竣工大会上，公社领导还给我颁发了一张印着毛主席他老人家头像的奖状！

30

我和朱有才回到村里，又困又累，疲惫得躺在床上睡了个天昏地暗。

周大伟来了，看到我俩躺在床上，一副要死不活的样子，说：“丁国庆，别下地干活了，歇歇。我陪你两个玩。咱三个人再添上齐小利，斗地主，正够手。”

朱有才说：“让柳队长知道了，不嚼死你！”

“劳逸结合嘛！再说，你俩都累成了这个样子，还不该歇歇？”

我想了想说：“大伟，还是得出工，俺们得给队长留个好印象。等收了工再陪你玩。”

周大伟脸上很不好看，说：“啥好印象？我在宋庄一天活没干呢。咱们是知青，不是来给他们当牛马的。我妈说，知青下到农村就是镀金的。等镀完金，还要回城里安排工作。”

周大伟的爸妈都是县里干部，对上头的政策了解得多，从周大伟嘴里说出来的话基本上都是国家的大政方针。下乡的时候，是凭着一股热情，究竟要不要在乡下当一辈子农民，要不要在乡下娶妻生子，也没有认真地考虑过，但是，也没想到下乡只是镀金，将来还会回城当工人的事。听周大伟这么一说，便兴奋起来。想到下乡只是个过程，是受锻炼来的，是接受贫下中农的再教育的，受苦受累也只是暂时的，浑身的疼痛立刻消失了。

我从床上跳下来，说："既然还能回城，更应该多锻炼自己。走，朱有才，咱们出工。"

周大伟见拦不了我们，很扫兴，等我们从床上爬起来，他钻进了我的被窝，说："我睡觉。你们早点回来啊！"

收工的时候，天已经快黑了。我们回到知青点，周大伟还在床上躺着。听说周大伟来了，杨晓英和齐小利等人都来到我们屋里，说说笑笑一阵子，无非是下乡以来的所见所闻以及自己的感受。

周大伟看到我们愉快地交流着，脸上现出羡慕的神情。他虽然距城里很近，又可以不干活，但自己一个人孤零零的，时间长了，也怪没意思的。哪像我们这么多人聚在一起，虽然苦点累点，但是，精神上总是愉快的。

我看到周大伟郁郁寡欢的样子，就说："走，吃饭。吃了饭咱们挑灯夜战，打升级！"

我们一同到柳庄插队落户的十个知青，虽然不在一个小队里干活，但是，从管理的角度上，大队统一给我们安排了大伙（厨房）。那时候，我们还吃着县里的商品粮供应指标，据说，可以吃到明年麦收罢。麦收后就不能再吃商品粮，我们将和社员们一样分生产队里的粮食和蔬菜。大队还算不错，特意给我们安排了一位炊事员。炊事员也姓柳，我们喊他柳师傅。柳师傅原来在县印刷厂里当炊事员，不知啥原因被人家解聘了。柳师傅四十岁左右，脸比柳庄大队任何一个社员的脸都白，但是白得有些硌硬（豫东方言：不舒服）人，不是那种自然的白，而是像涂着一层白灰。白灰中间还有一块块的黄斑。后来才知道，柳师傅的脸是一种病所致，称为白癜风。不过，那时候，我们不懂得啥叫白癜风。柳师傅大概是因为脸上的白癜风被解聘的。工人们都不愿吃柳师傅做的饭，怕他的白癜风传染给大家。柳师傅自己说，他的病是不传染的，既然不传染，大队里就让他为我们做饭。

初开始，我们和柳师傅相处很好，可是，过了一段时间，我们发现柳师傅为我们做饭不是多么用心。蒸的馍老是半生不熟，吃到嘴里黏牙。打的稀饭不是稀就是稠，稀的时候能照出人脸来，稠的时候像糊大字报的糨子，没法下咽。炒的菜不是盐放多了就是放少了。

初来乍到，也不好讲究，毕竟是来接受再教育的，有人能把饭做好已经不错了。可是，人和人不一样，十个人中有不讲究的，也有讲究的。齐小利就特别讲究，齐小利向柳师傅提了几次意见，柳师傅要么装没听见，要么回敬他一句："就这样，爱吃不吃。"

不吃只能饿着，齐小利只得忍下这口气。

周大伟第一次在我们知青点吃饭，感到十分新鲜。还有专业的炊事员做饭，以为饭做得一定很可口。可是，一旦吃起来，没想到那么难吃，仅仅难吃还好对付，因为我们吃的也是同样的饭，并且都没有挑剔的。然而，吃着吃着，周大伟突然呕吐起来。吐又吐不出来什么东西，只是在那里干呕。他这么一呕，大家都以为出了什么大事，便放下饭碗，关切地问他咋回事。

周大伟指着盛菜的碗，说："看，看，里边，那是……呃……呃……"

我仔细地看了看他的菜碗，发现碗里有个黑不溜秋的东西，那东西椭圆形，有黄豆那么大。可惜不是黄豆，如果是黄豆倒不至于让周大伟恶心。我说到这儿，亲爱的读者一定明白了那是什么东西。对，那就是一粒老鼠屎！老鼠是什么东西？是四害中的头一害！老鼠、苍蝇、蚊子，还有跳蚤，都够可恶的。全国人民大灭四害的时候，我们还是娃娃，那时候，以老鼠为首的四害就在我们心里留下了很深刻的印象。因此，我们对这些害虫有着天然的厌恶和抵制。老鼠已经让我们感到恶心的了，而周大伟的菜碗里竟然出现了一粒老鼠排泄出来的秽物，这不能不让我们更恶心！虽然我们的菜碗里没有发现老鼠屎，但是，周大伟碗里的菜和我们吃的菜是同一个锅里盛出来的，说明那粒老鼠屎已经污染了锅里所有的菜。通常说“一只老鼠坏一锅汤”，难道一粒老鼠屎不能坏一锅菜？我们也和周大伟一样吃到了被老鼠屎污染过的菜，一想到这些，大家便都恶心起来，一时间，一片“呃呃呃……”的呕吐声此起彼伏地响起。

柳师傅还没走，看到我们一个个呕吐的样子，不知道发生了什么事。乃至了解到是周大伟的碗里发现了一粒老鼠屎，才放下心来，不以为然地说：“还以为把一六〇五（一种农药的名字）当着酱油倒锅里了呢，原来是一粒老鼠屎？老鼠屎吃不死人。有人还把老鼠屎当药引子呢！”

他这么轻描淡写地一说，激怒了我们所有的人。做出了这么恶心的事他连一句道歉的话也没有，这不是没把我们当人看吗？特别是齐小利，早就对柳师傅窝着一肚子气，只是势单力薄，没有抓到柳师傅的把柄，今儿借了老鼠屎事件，是要讨个公道的。

“你说老鼠屎能当药引子，是不是你家经常吃？”齐小利瞪着眼质问柳师傅。

柳师傅的白脸上难得地现出一丝红润，他说：“就你齐小利是个捣蛋鬼！”

我替齐小利帮腔说：“柳师傅，话不能这么说。菜里边发现了老鼠屎，你一句道歉的话也没有。还说人家捣蛋，这就是你的不对了。”

柳师傅说：“我道歉？我把菜淘得干干净净的，咋会有老鼠屎？”他指着周大伟得理不让人地说：“这人是谁？不是知青点的吧？就他碗里有，其他人碗里没有，是不是他故意带了老鼠屎搁碗里搞破坏的？”

周大伟还在“呕呕”地吐着，听柳师傅这么一说，便“嗝”

的一声停止了呕吐，指着柳师傅的鼻子骂道："你这个老东西，是个反革命，破坏知识青年上山下乡。我要到县里告你！"

柳师傅不清楚周大伟的背景，竟然扬言要告他，不服气地说："告呀，你去告呀！我是工人阶级，我是贫下中农，我还怕你去告！"

周大伟脸气得发紫，去告柳师傅不是很现实的事，眼下要解决的是教训这个十恶不赦的老头子。他转变了战术，说："你说老鼠屎能当药引子，你把它吃下去让我们看看。"周大伟说着，端着菜碗走到柳师傅跟前。

齐小利和另外几个人也走上前，起哄着让柳师傅吃下碗里的老鼠屎。

柳师傅一边躲避，一边骂着："恁这些学生娃，毛主席让恁到乡下来，就是让恁来锻炼的。别说让恁吃老鼠屎，就是让恁吃狗屎恁也得吃。"

他这么一骂，把我们都骂恼了，激怒了！好吧，既然让我们吃狗屎，就让你先尝尝老鼠屎的味道。

齐小利等人按着柳师傅的胳膊和腿，还有人捧着他的头，使他不至于再挣扎动弹，周大伟先把那粒老鼠屎用筷子夹起来，填进了柳师傅嘴里。柳师傅吐出来，掉到了地上，周大伟又从地上夹起来塞到他嘴里，这一次捏住他的鼻子，使他不至于再朝外吐。我看到柳师傅哼哼着，"呸呸"地吐着，挣扎着。按着他胳膊和腿的人感到恶心，便放开了手。柳师傅趁机爬起来，一边骂着，一边跑走了。

柳师傅吃了亏，并不善罢甘休，他回去搬救兵去了。

到了傍晚的时候，他领了一帮人气势汹汹地来到知青点。那帮人有男有女，男的手里握着铁锨粪叉，女的肩上扛着扫帚擀面杖。男男女女十几张嘴杂七杂八地骂着一些不堪入耳的话。

看到这阵势，我们一时慌了手脚。和他们打吧，怕闹出人命来，和他们对阵叫骂吧，那些粗俗污秽的字眼咋也张不开口。兵临城下，我们只好打出免战牌，关紧房门，任凭他们跳着脚骂翻天就是不开门迎战。

31

这件事惊动了县里，县知青办来人调查。调查来调查去，评了个两半子理。事情源于菜里边混进了老鼠屎，让无产阶级革命事业的接班人吃坏了的菜汤，这是柳师傅的不对。柳师傅应该对知青们赔情道歉。柳师傅不但没有赔情道歉，还说让知青们吃狗屎一类的话，从而激化了矛盾，才激起大多数知青的反感，导致知青们做出了过激的行为。知青办拿出的处理意见是：

> 一、免掉柳师傅炊事员的职务，令其写出书面检讨，报送县知青办。
>
> 二、柳庄大队党支部要对下到该大队的知识青年加强管理，从生活到作风，从思想教育到劳动锻炼，都应当制定出一套完整的管理措施。
>
> 三、对知青们的过激行为（指朝柳师傅嘴里喂老鼠屎的事），要提出严厉批评，对当事人要批评教育，坚决杜绝此类事件再次发生。

知青办拿出的意见，显然有利于知青。这表明知青办对我们是一种爱护的态度。后来，才知道，是周大伟的妈去知青办做了工作。事情都是周大伟引起的，周大伟又不在我们那个知青点，他不在下乡的地方好好锻炼，串到我们点上来玩，换了别人，一定会受到批评。周大伟在我们知青点惹下了事，他妈林兰芷生怕影响了周大伟将来推荐回城，才出面去协调这件事。

其实，在知青办没有拿出处理意见时，我们已经意识到朝柳师傅嘴里喂老鼠屎的确有些过分，再怎么着，柳师傅也为我们做了这么多天饭，做的饭好吧歹吧，总算下了工就能吃到热饭。自从老鼠屎事件发生后，柳师傅就罢了工，再不来为我们做饭。大队里再也找不出合适的炊事员，一日三餐就成了问题。

大队柳支书说："恁这些孩子娃呀，不好伺候，不懂事呀，老柳伺候着恁，一天三顿有稀有稠，热乎乎的，恁还不满足，整天这一条那一条，嫌馍不熟呀，嫌糊涂（稀饭）稀呀，真是一帮子捣蛋鬼。现下没人给恁做饭了，恁看着咋办吧。"

柳支书的教训并没有让我们对做下的事后悔。其实，我们私下里对柳师傅的脸也议论过，柳师傅在城里印刷厂当厨师，厂里把他辞退，还不是嫌弃他的脸？大队派柳师傅为我们做饭，碍于情面，我们不好意思对柳师傅说什么。没想到发生了老鼠屎事件，并且闹腾得这么大，即使柳师傅再愿意回来为我们做饭，我们还担心他把一六〇五放到锅里报复我们呢。他不来也是我们巴不得的事。柳支书说，大队里再也找不到来为我们做饭的厨师了，也许是真的，也许是柳支书刁难我们。无论是啥情况，我们也得吃饱肚子才能接受再教育。我们商量了一下，便决定分班轮流做饭，每天两个人，提前一个小时回到知青点做饭。

大多是男知青，男知青在家里从来没有做过饭，因此，做出来的饭比起柳师傅做的饭更难吃。但是，我们吃着自己亲手做的饭，不好吃也装出一副狼吞虎咽的样子，都说，比柳师傅做的饭强多了。这样说，是鼓励值班做饭的知青。女知青做的饭比男知青做的饭要好得多。杨晓英和另一个叫李娟的女知青，两人做的饭真的比柳师傅做的饭好吃。她俩还会擀面条。来过豫东的人，都了解豫东人喜欢吃面条。面条能做出不同的吃法来，汤面条、捞面条、蒸面条、炒面条、糊汤面条、炝锅面条、茄丝面条、芝麻叶面条、干菜叶面条、酸面叶儿……几十种吃法，让豫东人百吃不厌。

那天轮到杨晓英和李娟值班做饭。大伙放工回到知青点吃饭时，离多远就闻到了香味儿。杨晓英和李娟为大伙做了一锅手擀面条。面条已经下好了，锅盖掩盖不住飘溢出来的面条香味。说实话，我们还没有尝到过手擀面条的味道，一个个拿着碗，迫不及待地等着把面条盛到碗里。杨晓英揭开锅盖，一大锅面条冒着热气，散发着诱人的香味。碧绿的青菜叶夹杂在面条中，更吊起了我们的胃口。

杨晓英说：“大家不用急，今儿管饱。都把肚子撑圆了吃。”

李娟说：“对了，还为大家炸了点辣椒油呢，不怕辣的放碗里点吃着更香。”

实话说，那是我们下到柳庄以来吃得最香的一顿饭。

后来，调整了一下值班做饭的搭档，把杨晓英和李娟分开值班，再配一个男知青打下手。这样，就把我和杨晓英分到了一块，李娟和朱有才分到了一块。

我和杨晓英值班的时候，基本上是杨晓英一个人做，我只不过干一些挑水、烧锅等粗活。我不会和面，也不会炒菜，杨晓英也不让我干这些，她老是说：

“丁国庆，笨手笨脚的，一边凉快去！”

有时候也安排我：“丁国庆，锅里添点儿水。”

我烧锅的时候，还不客气地批评我：“锅灶里少放点柴，把柴塞满了锅灶不透气，还不窝火？”

一边批评着我，一边蹲下身子，把我塞进锅灶里的柴抽出一些，又用烧火棍挑了挑留在里边的柴，火便“轰”的一声着了起来。

有一次，搬柴火的时候，我的手上扎进一根刺，手上的刺带来的疼不比水疱带来的疼轻松。但是，由于是和杨晓英在一起干活，我干的又是打下手的活，本来重活累活都让杨晓英干了，我搬点柴火还受了伤，自己也不好意思说出来，便忍着疼一身不吭，但是，还是被杨晓英发现了。

杨晓英说：“受伤了？还愣充英雄。来，我帮你把刺挑出来。”

她这么一说，我还真愣充英雄说：“没事，比起董存瑞舍身炸碉堡不算啥。”

杨晓英嗔怪地瞪我一眼，说：“看把你能的。肉里边是不能掺假的，必须把刺挑出来。”说着，找来一根针，抓着我的手，低下头，细心地挑起来。

刺挑出来了，是一根类似于现在的牙签大小的一根木刺。刺挑出来的同时，血也流了出来。我要缩回手，把血擦掉。可是杨晓英却抓着我的手不放，在我疑惑间，杨晓英突然勾下头，用嘴吸吮了我手指上的血。在我们那地方，如果身上的哪个地方突然受伤流血，用嘴吸吮是最好的止血方法。杨晓英的举动突然而又果断，让我感到浑身战栗，心头一股热流涌遍全身，无名的冲动从我的血管里喷薄而出。我不能克制地要去拥抱杨晓英，渴望用自己的嘴唇去亲吻杨晓英的嘴，渴望自己紧绷的神经能释放出一定的能量来，让我紧紧地把杨晓英抱在怀里。可是，杨晓英已经放开了我的手，没事人似的说：“好了，现在可以继续干活了。”

我还沉浸在一种难以平静的状态中，然而，我企图拥抱杨晓英的欲望已经不能实现了。我不知道说什么好，连一个最应该说的“谢”字也没能说出来。

32

收罢麦，知青的商品粮供应取消了。我们吃的粮食由自己插队的生产队分配，和社员们一样，我们每个人分得了几十斤小麦，这些小麦是一年的细粮。到了秋季，又分配一部分杂粮，杂粮是玉米和大豆之类，大豆产量低种得少，每人分不了多少。主要粗粮是红薯。红薯产量高，一亩地几千斤。当地农民一家每年要分几百斤甚至数千斤。红薯难储存，只留一小部分挖个地窖存起来，吃的时候，下到地窖里拾上来。爱喝酒的人是不能下地窖的，鲜红薯最怕酒味儿，被酒味儿熏了，很快就会烂掉的。除了储存的，余下的大部分都旋成了红薯片晒干存放。

旋子是为旋红薯片而特制的一种工具，一块木板中间，挖一块长方形的槽，把一片刀片镶嵌在槽内，就成了旋子。到了旋红薯片季节，人都集中到出过的红薯地里旋红薯片，满地里响着一片“嗖嗖”声，是红薯经过旋子的刀口变成红薯片发出的声音。旋好的红薯片还要摊在地上一片片摆开，经过日晒和风吹，变成了干红薯片。家家户户用秫秸织成一个大箔，把晒干的红薯片圈起来，要吃到来年的秋天。

晒红薯片的季节最怕遇到阴天下雨尤其是连阴天，如果遇到连阴天，摊在地上的红薯片就会发霉烂掉。烂掉的红薯片苦得连猪也不肯吃。

经历的第一个红薯收获季节，我和朱有才每人分了一大堆红薯，至于多少斤，谁也说不太准确。因为分的时候连秤也没过，用一个特制的大箩筐约的。我和朱有才每人分了五大筐。五大筐红薯堆起来，像一座小山包。望着像小山包似的一大堆红薯，我既激动又发愁，激动的是这一大堆红薯是自己辛勤的劳动所得。那时候，我突然想到几年前吃柳树叶子和棉籽饼的情景，如果当时有这么多红薯，小花也不至于死掉，丁开心也不会出去要饭差点儿饿死。发愁的是，这么一大堆红薯该咋办？

社员们已经开始旋红薯片，他们熟练地操作着旋子，右手拿起一块红薯，握在手掌上，然后飞快地在旋子上推拉着，眨眼之间，一块块红薯已经被旋成一片片雪白的红薯片。随着持续的“嗖嗖”声，雪白色的红薯片渐渐地覆盖了大片褐色的土地。

我和朱有才正束手无策地望着那两大堆红薯，柳队长过来了。看到我们尴尬的样子，便笑着说：

“这可是技术活儿，好好干呀，咋愣在那儿？”

我听出来了，柳队长是挖苦我们。对于柳队长的挖苦，我心里有一种说不出来的苦涩，但是，却装出一副无所谓的样子，回敬柳队长："我们正向贫下中农学习呢。放心，贫下中农能干的活我们一定要学会。"

"好好好，但愿恁早点儿学会。"柳队长说。其实，柳队长这个人说话虽然难听，心眼挺不错的。在浑水河工地上，他能把我当成典型推荐上去，转变了我对他的看法。

柳队长走后，我和朱有才向社员们借来两个旋子，学着社员的样子旋起来。可是，红薯握在手掌上，却不听使唤，一会儿朝前去，一会朝后滑，旋出来的红薯片，不是薄就是厚。我这边正急得头上冒汗珠，朱有才那边"哎呀"一声叫起来。我抬头一看，见朱有才脸色惨白，原来他的手掌被旋掉了一块儿肉，血把旋子和红薯都染红了。

我急忙停下手里的话，陪着朱有才回村里找赤脚医生去包扎伤口。

等我和朱有才回来的时候，两大堆红薯已经被旋成了红薯片，是柳队长找了几家劳力多的人帮我们旋的。

自从取消了商品粮供应，知青点的伙食越来越差。每个人从队里分得的几十斤小麦，是一年的指标。在平常的日子里，当地的社员是舍不得吃小麦的，都是等到过年时才舍得吃。而我们可等不到过年，刚过两个月，每人分的小麦已经吃光了，接下来只能吃粗粮。粗粮分为大豆、绿豆、玉米和红薯（红薯片）几个品种。大豆不太多，每人也就是二十多斤，绿豆更少，这两类其实算不得粗粮，它们甚至比小麦还要精贵。大豆可以用来兑换黄豆芽和豆腐，一斤大豆能换二斤黄豆芽或者豆腐。绿豆大多用来熬汤。这两样东西都不禁吃，很快和小麦一样被我们这些如狼似虎的吃货吃光。仅剩下玉米和红薯片。玉米磨成面粉，蒸出来的饼子虽然比不上小麦面蒸出来的蒸馍口感好，但是基本能够下咽。特别是头两天吃的时候，感觉还是很新鲜的。然而吃了几天，便感觉到它的劣势了，首先是涩粗，那种留在舌尖上的粗糙，通过味觉遍及全身的神经细胞，产生了一种强烈的排斥。其次是坚硬，粗糙的玉米面用地锅贴出来的玉米饼对于现在的人来说，也许是一道美食，然而我们的牙齿一天三顿咀嚼着坚硬的玉米面饼子，那种滋味越来越让人难以下咽。要说红薯可是个好东西，红薯淀粉高，淀粉又细腻，下粉条做凉粉都是好东西，但是，不可能每天每顿都吃粉条和凉粉。红薯可以蒸着吃、煮着吃，当地流行着一首打油诗，对红薯的吃法给予高度的概括："早起红薯茶，中午茶红薯，晚上改改调，红薯剁轱辘（把红薯切成像车轱辘形状的红薯块）"，吃到嘴里口感还算不错，但是，吃饱肚子便打嗝连连，满肚子胀气，放出来的屁散发出坏红薯那种酸臭味儿。更难受的是，喉咙眼里老觉得有一股酸水要朝外冒，呕了半天又吐不出一口水，渐渐地胃里便如烧红的烙铁炙烤着一般难受。我们便到村里卫生室找赤脚医生。赤脚医生叫巧眉，一个很秀气的乡村姑娘。巧眉在县卫校接受过短期培训，对于治疗胃酸胃疼这种乡村常见的胃病有着丰富的经验。她告诉我们，之所以老打嗝，是因为红薯吃得太多，红薯虽然好吃，但是，也不能可着肚子吃呀。之所以放的屁如坏红薯味儿，也是因为肚子里装的红薯太多。红薯虽然很甜很面，像白糖瓜一样甜，像面甜瓜一样面，但是，白糖瓜和面甜瓜都不能当饭来吃，只能当水果吃，红薯和白糖瓜、面甜瓜也同样不能用来当饭吃。胃里炙烤着疼，也是因为胃里装满了来不及消化掉的红薯，形成了一种气场，这种气场相当于……啥呢？巧眉歪着头想了好一会儿，才说，恁都看到村头的茅厕了吧？到了夏天，村头的茅厕池里来不及起走的粪经日头一晒，便发热发酵，冒起白泡，产生一种气体，那种气体的热量很高，只要一根火柴点燃就会燃烧起来……

经过巧眉这么形象地一说，我们都吓得不轻，怪不得我们的胃里如烙铁炙烤着般难受，原来我们的胃里形成了一个气场，来不及消化的红薯已经发热发酵，产生了大量的气体，只是没有被火柴点着而已。

实事求是地说，巧眉真是一个非常称职的赤脚医生，她向我们解释这些的时候，眉眼之间都露出笑，如玉米般整洁的小白牙闪着瓷一样的光。我们不得不承认，巧眉讲得很有道理，但是，如果不吃红薯，我们用什么解决饥饿问题呢？我们的小麦、大豆、绿豆和玉米等粮食都已经吃光，不吃红薯，我们只能饿死。

巧眉笑着说："这就是恁不会算计着过日子，队里分的细粮，要细水长流，搭配着吃，哪像恁不到一个月就吃光了，这怨得了谁呢？村子里那么多人都是这么算计着过日子的。"

巧眉的话让我们很颓丧，也很后悔，后悔没有精打细算，今儿吃饱肚子忘了明天吃啥，才造成这样的后果。

巧眉给我们每人包了几片酵母片，说是帮助肠胃消化的，但是，酵母片不能从根本上治疗胃酸胃疼胃灼热，要治疗胃酸胃疼胃灼热，必须少吃点红薯，搭配细粮粗粮和蔬菜……

没等她把话说完，齐小利便哭丧着脸说："你肚子里吃灯草，说得轻巧，谁不知道细粮和蔬菜好吃，可是，到哪里寻这些好吃的东西呢？"

巧眉对齐小利的抢白并没有生气，她斜睨了齐小利一眼，说："也不是没有办法解决。把红薯片打成粉，可以做成和细粮一样的饭食。"

经巧眉这么一开导，我们把红薯片在小钢磨上打成面粉，学着村民的样子，用红薯片面粉擀面条、下"蝌蚪"、贴饼子、捏窝头，多配些青菜，果然，吃起来又是一种味道，肠胃也不似过去那种翻江倒海般的折腾了。

蔬菜渐渐地少了，副食类奇缺，特别是肉类，鸡肉、鸭肉、鱼肉、羊肉、猪肉、牛肉、驴肉、狗肉甚至马肉，都成为让我们梦寐以求的美食。对于一群嚼起食来如狼似虎的年轻人，几个月闻不到一丝荤腥儿是个啥概念？巧眉的方子虽然让我们的肠胃缓解了胃酸胃疼胃灼热，但是，却解决不了我们对美好食物的垂涎。我们每个人的喉咙里都似乎长出了一双筷子，或者一把叉子，随时都会伸出来对摆在面前的美食进行一场饿虎抢食般的争夺赛。

这样的机会竟然真的来了。那是齐小利和另一个叫申亭的男知青值勤做饭的晚上，我们下了工，从地里回来，竟然闻到一股奇异的香味从厨房里冒了出来。真不知道我们的鼻子怎么能那么灵敏。连正在患着鼻炎的朱有才也连连地吸溜着鼻子说："我敢说，齐小利这个家伙是把自己屁股上最肥的那块肉割下来煮熟了。"

朱有才这句玩笑话，更加坚定了大家今天能吃到近几个多月来最美味的晚餐了。于是，大家来不及到宿舍洗手洗脸，便蜂拥进厨房。

齐小利还真像那么回事，用一块儿毛巾包着头，以防备燃烧的草木灰屑落到他的偏分头上，肩膀上也搭着一条毛巾，是用来擦汗的。腰里围着一条油腻的破围裙，手里掌着一把勺子，正从热气腾腾的锅里舀出一口汤品尝咸淡。看到我们回来了，便说："你们这群吃货，可真会算计，我这里刚把饭做熟，还没来得及偷吃一口，你们就回来了。来来来，各位把自己的碗拿过来，今天请大家品尝齐氏大盘麻辣鸡。"

一听说有鸡肉可吃，大家也顾不得询问鸡肉的来历，便急忙各自找到自己的碗筷，拥到锅台前等着齐小利朝碗里盛齐氏麻辣鸡。

盛到我碗里的，除了三块带着鸡骨头的鸡肋外，大多是配菜，配菜以粉条和茄子为主，也有少量的黄花菜。虽然鸡肉并不多，但是有了鸡汤味道，配菜比以往用白水煮的味道强多了。

吃饱之后，才想起询问鸡肉的来历。

齐小利神秘地笑了笑，说："这鸡肉嘛……大家只管吃，就不要问从哪里来的了。"

齐小利卖关子，我们也不好再追问鸡肉的来历。

自从上次到赤脚医生巧眉那里治疗过胃病之后，齐小利一得闲空就朝村卫生室跑。巧眉是大队柳支书的宝贝闺女，我们担心他朝卫生室跑，是醉翁之意不在酒，便警告他说，那可是皇上的公主，你可动不得人家。

齐小利撇了撇嘴，说："一个乡下小妞，我才不稀罕呢。我早晚要回城去的，不会那么傻，去黏上一个累赘。"

话是这么说，我的第三感觉意识到，齐小利不是如他说的"不会那么傻"，而是很傻，他和巧眉的关系已经发展到半公开化。既然和巧眉有了那种说不清道不明的扯连，他为大家搞到鸡肉吃想必也是轻而易举的事情了。

第二天一大早，我们刚起床，忽然听到外边一阵吵嚷声。不知道发生了什么大事，急忙走出屋门，看到面团脸女人手里捏着几根鸡毛，站在我们的厨房门口，气势汹汹地吵嚷着："是哪个挨千刀的把俺的九斤黄给昧起来了？不把俺的九斤黄放出来，俺把恁八辈祖先日腾翻！"

我立刻明白了，昨儿美妙的晚餐原来来自面团脸的九斤黄，而不是来自巧眉的支援。可是，九斤黄连骨头都被我们尖利的牙齿嚼碎通过我们的消化系统化成了粪便，谁有本事把她的九斤黄放出来？

齐小利听说这女人来找九斤黄，脸色煞白不敢出屋。

尽管我明白九斤黄已经被我们吃了，但是，也万不可承认既成的事实。我赔着笑脸说："嫂子，你家九斤黄说不定被黄鼠狼叼去了，咋跑到俺这里找？"

面团脸女人说："大天白日的黄鼠狼敢去俺家叼鸡？白瞎话！俺的鸡是昨儿不见的，找了一晚上也没找到。今儿一大早，俺又满村子找，才循着九斤黄落下的鸡毛一路找到恁这儿。看看，看看，这就是九斤黄的毛，一路掉到恁这儿，就没有了，还不是被恁这些贪嘴的吃货给昧起来了？"

"嫂子，可不能这么冤枉好人。抓不到真凭实据，仅凭几根鸡毛就诬赖俺把鸡给昧起来了，这可是诬陷罪。"既然不能承认，就要把话堵死，不能留给面团脸女人任何话柄。我心里思谋着，才倒打一耙。

朱有才也帮腔说："是啊是啊，我们都是一清二白的好人，咋会去干那些偷鸡摸狗的坏事？你坏了俺们的名声，俺们是要告你的。"

申亭也理直气壮地说："俺们这些人，是要在村里当上门女婿扎根落户的，你这样诬陷俺，谁家的闺女还愿意嫁给俺当老婆？"

面团脸女人"呸"的一口，吐在地上，道："就恁这些街痞子，肩不能担手不能提的，还想娶俺村的姑娘做媳妇，做梦去吧！"

这时正巧巧眉走过来，听面团脸女人这么说，便批评她道："根柱婶子，咋这样说人家？人家响应毛主席号召扎根农村是来接受锻炼的，咋就肩不能担手不能提？还说人家是街痞子，这话太严重了吧？"

面团脸女人红了脸，急忙解释说："巧眉，俺不是那个意思。俺是说那个把俺家的九斤黄给昧起来的人才是街……街痞子。"

巧眉疑惑地问："九斤黄？"

我急忙说："她家的九斤黄丢了，就凭着几根鸡毛诬赖是俺把九斤黄给昧起来了。正好，你领着她把这里搜一搜。"

这时候，齐小利从屋里出来，壮着胆子说："搜一搜可以，不过，搜不出来她要敲锣打鼓满村子去为咱恢复名誉，还要赔咱三只九斤黄！"说着，伸出三根指头在面团脸女人眼前晃了晃。

齐小利这么一说，吓得面团脸女人再不敢到屋里去搜查了。她怕万一搜不到鸡，敲锣打鼓满村子去游村是小事，若再赔进去三只鸡可是大事。

巧眉伸头朝屋里看一眼，说："这么个地方，哪里能藏得住一只鸡？再说，如果鸡在里边，还不叫唤？根柱婶子，还是快到别处去找找吧。"

巧眉为面团脸女人铺了个台阶下，她便识趣地走了。走的时候还对我们说："恁要是看见俺家的九斤黄，一定要告诉俺，俺全指望九斤黄屙的鸡蛋换盐吃呢！"一边走，一边嘴里还发出"喔喔"的唤鸡声。

原来，我们昨天晚上美妙的晚餐是以面团脸女人家的九斤黄为主要食材做成的。

齐小利解释说：“我也没想到九斤黄是有主的，还以为是只野鸡呢！”

后来听说，面团脸女人家的九斤黄从自家院子里跑出来觅食时，遭遇到一只流浪狗。流浪狗对九斤黄产生了好感，便尾随在九斤黄的屁股后面图谋不轨。九斤黄牢记“鸡不跟狗斗”的祖训，“咯嗒咯嗒”地叫着夺路而逃。九斤黄的逃跑更激起了流浪狗的兴趣，它便更加放肆地向九斤黄穷追不舍。流浪狗的穷追不舍让九斤黄迷失了方向。如果它没有迷失方向就能逃回它出来时的那个门洞里，或许不至于成为人家碗里的一道美餐。遗憾的是它逃错了方向，一路没头没脑地疯狂逃窜，并且完全忘记自己是在逃命而应该放低声调不应该毫无顾忌地大喊大叫而嘶哑了嗓门。它逃窜的方向正是我们的知青点，它声嘶力竭的求救声吸引了齐小利。齐小利从厨房里走出来，便看到了一只流浪狗正追击一只同样拼命逃窜的流浪鸡（齐小利当时就是这样的判断）的情形，齐小利心头立刻涨满了一种豪壮气魄，他决定上演一场“英雄救鸡”的壮举，试图争当一次时代的典型。齐小利毫不犹豫地挥起手中的菜刀，向穷追不舍的流浪狗扑去。流浪狗本来稳操胜券，突然遭遇这意想不到的横路杀出来的“程咬金”，经过短暂的思路调整，便放弃老目标，冲着齐小利“汪汪”大叫几声，那汪汪的叫声翻译成中文可以理解为是这样一句话：

“你才是半路杀出来的程咬金！我和鸡斗碍你蛋疼了，你来横路挡道？”

尽管对半路杀出来的“程咬金”怀了满腹牢骚一肚子意见，但是，流浪狗出于对齐小利手中菜刀的畏惧，只得落荒而逃。

回头看那只惊慌失措的九斤黄，从狗嘴里逃出来，却飞进了虎狼窝。在齐小利举着菜刀扑向流浪狗的同时，九斤黄还以为真的遇到了救星，便一展翅膀飞进了齐小利走出来的那个门洞，它以为能够搭救它性命的人一定是个好人，好人走出来的那所房子一定是个能保命的安全地方。九斤黄当时是不是这样想的，已经无法考证，但是，九斤黄确切地飞进了厨房里是不争的事实。

本来是搭救九斤黄的齐小利反身回到厨房，看到躲在灶台后边惊恐万状的九斤黄还在“咯嗒咯嗒”地叫着，便心生歹意。肚子里早已经饥肠辘辘且很久没闻到荤腥儿的肠胃让他顿起杀机。齐小利说，他当时是这么想的，既然九斤黄被一只流浪狗追杀没有人来寻找，九斤黄便是一只无主的鸡。既然是无主的鸡，若把它放走，它还有可能成为流浪狗追杀的对象乃至成为流浪狗的美餐。与其让它成为流浪狗的美餐倒不如让它成为我们碗里的美餐。齐小利想到这些，接下来的程序便方便多了。杀鸡、拔毛、分割、腌制、炒炖，这些程序在他十三岁时就跟着他妈学会了，因此，不需要任何人帮忙，九斤黄已经从最初的寻找生路成为我们知青点锅里的一道美味可口的麻辣鸡。及至齐小利的助手申亭从地里回来帮他打下手时，整个程序基本完成，地上残存的一地鸡毛留给了他去收拾。

面团脸女人在巧眉的劝说下离开后，我们听了齐小利的详细介绍，还是产生了后怕。幸亏面团脸女人没有到厨房里搜索，而一旦她走进厨房搜索时，很容易就会查到九斤黄的蛛丝马迹。到那时候，齐小利“草菅鸡命”的罪行便被坐实，除了大家凑钱赔偿面团脸女人外，恐怕柳村两千余贫下中农往后都会把我们当偷鸡贼防备的。

产生了后怕之后，我们集体对九斤黄留在厨房里的痕迹进行了认真的清除，一根鸡毛，一滴鸡血，甚至一股气味都不放过。捡起来的鸡毛掩埋到屋后的杨树林里，齐小利宰杀九斤黄溅在墙上或者地上的血迹用清水仔细地冲洗掉，至于残留在厨房里的九斤黄的味道，由杨晓英和李娟负责处理，两人分别用破报纸折叠了扇子，把厨房的各个角落都仔细地扇过，使厨房的空气达到了从未有过的清新。

面团脸女人最终也没找到她家的九斤黄（她也不可能找到），心疼了半年多。在那半年多的时间里，只要听到有人在她面前提到个“鸡”字，她就会骂声不迭，诅咒遭瘟的、该死的、雷劈的、车轱辘轧死的等一类人或者黄鼠狼、流浪狗之类的动物吃了她的九斤黄，一定不得好死，一定要烂肠烂肚烂屁眼！我和朱有才与面团脸女人在一个队里干活，是听到面团脸女人诅咒最多的。我和朱有才都憋了一肚子气，是齐小利杀死的九斤黄，倒让我们经常听骂，因此，便把听到的面团脸女人恶毒的咒语一字不漏地学说给齐小利。齐小利倒是豁达大度，笑着说：

“骂粘不到身上，咒也箍不到头上，谁要是再抱只九斤黄送给咱吃，我让她指着鼻子骂我咒我。”

齐小利这种宁愿挨骂也要让我们吃到肉的舍己为人的精神，得到了大家的一致好评。

没过多久，还是齐小利和申亭值班做饭的时候，他俩果然又给了我们一个很大的惊喜。不过，这一次吃到的不是鸡肉，而是狗肉。原来，那只曾经追杀九斤黄的流浪狗，被齐小利赶走之后贼心不死，它以为九斤黄还躲在我们厨房里避风险，便多次来我们知青点外围守候蹲点，伺机寻找它的猎物。其实，我们也曾多次看到过流浪狗摇头摆尾的影子，但是，谁也没有想到要用它的肉解我们的馋，而齐小利这个自小就受到他爹商业理念熏陶的人，却再一次寻到了商机，不花一分钱，让我们饱尝了一顿狗肉美餐。更值得幸运的是，享受了狗肉的美味后，还没有听到任何骂声和诅咒声，甚至连一个找上门来寻狗的也没有。

通过吃九斤黄和流浪狗，我们总结出一个经验，那就是，在现实情况下不是没有肉吃，而是看你动不动脑子，敢不敢动杀机。如果大家都像齐小利那样，多动些脑子，经常产生杀机，不但有肉类食物可吃，而且还都是免费的。这样的便宜谁要是不占那可是傻瓜！

于是，我们酝酿了一个能隔长不短改善伙食吃到肉食的方案。

这个完整的方案就是，凡是在村街上遇到的鸡鸭猪羊狗之类的家禽家畜，都视为这些家禽家畜是没有主人的，而没有主人的家禽家畜我们都把它们视为流浪者。既然是流浪者，擒之宰杀使这些家禽家畜成为我们碗中的美餐既合情合理又不违背法律和道德的准则。当然，我们在擒获这些无主的家禽家畜时，要绝对避免它们声嘶力竭的嚎叫和挣扎，以免遇到那些贪心者来冒充家禽家畜的主人而向我们不依不饶地索赔。由于做得大胆、果断而又谨慎，因此没有留下任何蛛丝马迹，使那些遭受厄运的家禽家畜在没有任何反抗的情况下，已经被油炸、被蒸炖、被烧烤、被煎炒，被我们尖利的牙齿咀嚼成粉状或者泥状通过食道进入肠胃，然后又经过我们健康的消化系统，进行了筛选和分离，有的融入我们的血肉中，成为我们肌体的一部分，另一部分则转化为糟粕，通过大肠小肠直肠和肛门排泄出去，成为麦子、大豆、绿豆、芝麻、玉米或红薯等各种农作物的有机肥料。到了年底，我们吃到的流浪鸡有二十余只，流浪鸭十三只，流浪狗五条，流浪羊两只，流浪猪一头。从以上数字可以看出，羊和猪两类家畜是最被村民们宠爱的，它们被遗弃的机会很少（其实，它们不是被村民们遗弃的，而是因为圈门不牢固自己偷跑出来的），因此，我们能吃到的机会也就少。

还有一个情况值得讲述，那就是我们吃完每一只（条或头）家禽家畜之后，再没有类似面团脸女人的那种人找上门来寻衅滋事。据朱有才分析，这里边有三种原因，一是那些家禽家畜或许真是没有主人的。二是那些家禽家畜即使有类似面团脸女人那样的主人，他们也不会寻到我们这里来，在他们眼里，我们这些从城里来的知青都是有着很高思想觉悟的人，怎么会偷吃他们的家禽家畜？我们吃的都是无主的流浪动物！第三个原因也是最主要的原因，当时谁家养了鸡鸭猪羊等一类家畜家禽，被视为资本主义尾巴，大队干部知道了是要割尾巴的。因此，猪羊丢了也就丢了，谁也不敢大张旗鼓地吆喝着寻找，只能吃个哑巴亏。

虽然没有人找上门来寻衅滋事，但是，却经常听到一些污言秽语的诅咒以及能让人的祖先蒙羞的谩骂声在柳村的村巷里响起，而那些诅咒和谩骂声又经常遭受到柳支书严厉的呵斥：

“恁这些娘儿们，就会扯着喉咙眼子胡吣吣！自家的鸡了鸭了没堵好门洞洞，还不便宜了野狐子（黄鼠狼）？这会儿日人家八辈子祖先，野狐子的祖先八辈恁够得着日？谁再胡吣吣，破坏咱柳村的大好形势，就让谁到大队部来说道说道！”

“到大队部说道说道”绝不是啥好事，那些胡吣吣的娘儿们只得把一肚子怨气咽到肚里去，扯喉咙大嗓的诅咒和谩骂是不敢了，总要捂着心疼的胸口子絮絮叨叨地向左邻右舍摆上半年几个月的理。

33

周大伟又来了，这一次是来向我们告别的。他报名参了军，并且已经通过体检和政审，不久就要换上军装，成为一名光荣的中国人民解放军战士。

作为年轻人，能参军入伍是梦寐以求的事情，可是，并不是每个人都能梦想成真。我们知青点的七八个男知青，在征兵开始初期，也曾经积极报名。后来，又以不同或者相同的原因被刷了下来。其实，周大伟身体条件并不比我们好，我们的身体素质并不比他差，他能顺利通过各项严格的检查和政审，非常幸运地参军入伍，这其中的原因不言而喻。周大伟来向我们告别时，从他眉宇间透露出来的快乐和得意，显示出他的骄傲和炫耀。作为同时代的青年，我们在为周大伟感到高兴的同时，心里还产生一种无奈的酸楚和落寞，心灵上经受着一种痛苦的挣扎和磨砺。周大伟能顺利当上兵而我们却被各种原因刷下来，让我们这些涉世未深的小青年第一次醒悟到，世态炎凉和人性的残忍要比我们肉眼所看到的复杂得多。社会是由无数个人构成的，而人与人之间的关系正是构成了这个社会的复杂性的细胞。说起来人和人是平等的，其实，那只是一句骗人的鬼话。人和人从来没有平等过，过去没有平等过，现在也没有平等，即使人人都在向往和渴望着人人平等的到来，但是，那确实是非常渺茫的希望。周大伟是幸运的，他的幸运只是缘于一种看似平等其实蕴含着不平等的蓄意的竞争！

周大伟当天没有走。正巧徐家庄放电影，周大伟要和我们一起去看电影。

徐家庄是清水河北岸的一个村子，属于泰县地界，和我们所住的柳庄不属于一个县管辖，两个村子距离较近，中间仅有一条清水河相隔，河上架着一座桥。只因这座桥的连通，两个村子的村民相互来往频繁，结亲的不少。亲戚多，少不了常来常往。徐家庄放电影的消息上午就传了过来，说是放战斗故事片《地道战》。有亲戚关系的半下午就赶了过去，为的是抢个好位置。没亲戚的大多是喝罢晚茶走过去。

杨晓英患了感冒，本来不准备去的。杨晓英不去，我也要找个借口不去。周大伟一听我和杨晓英都不去，很扫兴。正犹豫着，巧眉来了，巧眉是来找齐小利的。自从第一次吃流浪鸡事件巧眉为我们解了围之后，齐小利有事没事就朝卫生室跑。齐小利朝卫生室跑了三个多月后，巧眉开始朝我们知青点跑，巧眉来我们知青点访问的重点对象当然是齐小利。齐小利和申亭住一间屋，巧眉一来，齐小利就朝外撵申亭。申亭没地方去，就到我和朱有才的屋里凑热闹。申亭一进到我们屋里，就忧心忡忡地说：

“完了完了！看来齐小利非要做驸马不可了！”或者是：

“危险危险！看来齐小利非要当爸爸不可了！”

那天巧眉是来找齐小利一起去看电影的，一听说杨晓英感冒没好不愿去，便说：“这么好的电影不看可惜了。俺去给恁拿点感冒药，吃了咱一块儿去。”说着，便风也似的跑走了。不一会儿返回来，把药递给杨晓英，说：“快吃下去，速效的，吃下去出点汗就好了。”

巧眉这么热情，杨晓英再不好意思说不去。杨晓英既然要去，我也就没有再挖空心思寻找不去的理由。周大伟见杨晓英同意去了，非常高兴，甚至比我还高兴。

一行九男三女便结伴去了徐家庄。

那天电影是在徐家庄大队部的院子里放的。说是院子，其实只是一块面积比较大些的开阔地。相当于现在城市里的广场。院子的北边是一排房子，是大队部室，院子是徐家庄大队会场中心。大队里每年都要召开许多场内容和形式不同的社员会，所以，必须要有一个足够容纳几百人的会场。

我们来到的时候，会场上已经黑压压的一片，吊悬在半空中的银幕前，人头攒动。银屏上正在播放一部农业纪录片，庞大的拖拉机轮胎碾压过乡间的黄土地，轰鸣着在田间奔驰……观众席一片噪声四起，有孩子呼唤爹娘的，有爹娘叫喊孩子的，大人和小孩子都不喜欢看纪录片，才不管不顾地大声吆喝着，完全把这里当了自家院子一样放纵自己。

直到加演片结束，喇叭里响起极其诡异诱人的音乐，满场的嘈杂声才渐渐地平息下来。正式片开始了。虽然没有了嘈杂的喊叫声，但是，人群却不断地拥挤起来。扣人心弦的故事情节吊起了观众的胃口，坐在前边的观众把头扬得高高的，有些半大小子甚至站了起来。站起来的人遭到后排的激烈反对，反对多次没有效果的情况下，便也站了起来，并且站到了本来在屁股下坐着的凳子上。这么一来，遭到了后边本来站着的观众的激烈反对。在反对了多次仍旧没有效果的情况下，便向前拥挤起来，企图挤到那些站在凳子上的观众前边去。而那些站在凳子上的观众却誓死捍卫自己的地盘，强行阻拦后面的观众不至于挤到自己前边去。场面由此开始混乱起来，银幕上放映的是真枪实弹的血肉枪战，银幕下上演的是你挤我扛的激烈争夺战！

我和周大伟、杨晓英等几个人本来站在外围的一个土台子上，一股人流涌过来，把人挤散了。周大伟和杨晓英等人不知道被挤到了哪里。我的一只鞋子被挤掉了，在地上寻摸了好一阵，才把鞋子找到。穿上鞋子，急忙吆喝着寻找周大伟和杨晓英。

其实，周大伟和杨晓英也被挤散了，两人也不在一块。我们一齐来的九男三女，除了齐小利和巧眉两个人还在一起（两个人是扯着手的，齐小利一到场上，就紧紧地拉着了巧眉的手），其余的人都各自一方，焦急地寻找着同来的伙伴。

我在拥挤的人群中穿来穿去，寻找着杨晓英。那时候，场子里的局面越来越混乱，争执声和叫骂声不绝于耳，把喇叭里的枪战声和诡异的音乐旋律压了下去。我心里产生了一股莫名的恐慌，我怕出事，我必须赶快找到杨晓英。至于周大伟和其他几位男生，我都不担心，最让我牵挂的就是杨晓英。杨晓英还得着病，不是我和周大伟劝她，她是不会来的。杨晓英要是出了事，我心里会很难受。我当时后悔没有拉着杨晓英的手。其实，我和杨晓英的关系，我们知青点的人大都心知肚明，只是没有挑明，好像还处在地下阶段。我回忆当时的情况，齐小利和巧眉走在前边，齐小利一直拉着巧眉的手。齐小利和巧眉的关系已经半公开化，我们知青点的人都知道。齐小利也不隐瞒我们，有时候，他甚至敢搂着巧眉的肩膀喊老婆，把巧眉喊得脸色绯红。我和周大伟、杨晓英走在后边，杨晓英走在中间，我走在杨晓英左边，周大伟走在杨晓英右边。当时，我还没有意识到周大伟要追求杨晓英，我根本没朝这方面想。周大伟亲近杨晓英，只不过是同学关系，我们在小学时一个班级，在初中时还是一个班级。上学时我们顺路一块儿去学校，放了学又顺路一块儿回家，彼此来往多一些而已。再说，周大伟他爸是县长，他妈林兰芷也绝不会答应一个炸油果子的女儿做她家的儿媳。我本来也想像齐小利那样大胆地拉着杨晓英的手，可是，由于周大伟在杨晓英的右边，我没好意思去拉。当时我认为我要拉杨晓英的手我就显得太自私。现在找不到了杨晓英，我有些后悔。心里埋怨周大伟不该来，你当了兵就走你的呗，来这里显摆个啥！

在我焦急地寻找杨晓英的时候，杨晓英却出事了。

杨晓英被挤散后，一个人被拥挤的人流扛来扛去，完全失去了掌控能力。就那么随着人流从东边挤到西边，又从北边挤到南面，挤来扛去，让杨晓英感到了恐惧，杨晓英便歇斯底里喊叫起来。事后，杨晓英告诉我，她一直在喊叫我的名字："丁国庆——"由于人声嘈杂，她的叫声被淹没了。在她无助的时候，有一个陌生人向她伸出了手。那个人先是向他伸出右手，用右手拉着她的左手，接着，又向她伸出左手，用左手在她的胸脯上抓挠着。杨晓英看到那是一张陌生的脸，便惊恐地叫了起来。杨晓英边叫"流氓！抓流氓啊！"边用力挣脱那人的右手，然后是左手。杨晓英把挣脱的右手挠在那张陌生的脸上，那张陌生的脸立刻留下了几道血印子。那张陌生的脸便变得狰狞无比，他举起右手向杨晓英打去，那人的右手打在杨晓英头上，把杨晓英打得头晕眼花。没等杨晓英头脑清醒过来，那人搂着杨晓英朝人群外边挤去。那人搂着杨晓英的样子像丈夫搂着自家女人的样子，没有人怀疑一个男人要对一个女人图谋不轨。杨晓英被男人拉到场子外边的时候，她终于从混沌状态中清醒过来。杨晓英开始挣扎，而杨晓英越是挣扎，男人把她搂得越紧。杨晓英并不是一个软弱可欺的女孩子，她拼命地反抗。这时候，两人的争执已经引起一些人的围观。不过，围观的人还不知道男人是在耍流氓，还以为两人是一对夫妻发生了口角，因此，并没有人去劝阻他们，而是把注意力从银屏上转移到别开生面的一对男女争执上。杨晓英得不到任何人的施救，渐渐力不能支，眼看要被那个男人制服。就在那个时候，周大伟过来了。周大伟看到杨晓英受到了欺负，便不问青红皂白向那个男人扑去。周大伟的个头要比那个男人高出一个头顶，周大伟以绝对的优势把那个男人压在了身下。然后，用自己的拳头朝那个男人的脸上和头上打去。如果周大伟仅仅是用拳头打在那个男人的头上和脸上，也不至于对那个男人造成多大的伤害。那个男人在挨了周大伟的皮拳头后，不甘示弱地进行着反抗。碰巧的是，男人的身子下有一个生硬的物体把他硌得生疼。男人把那个生硬的物体抓出来，才看出是一块半截砖。男人便用手中的半截砖作为反抗的武器，向周大伟反攻。男人手中的半截砖打在周大伟的胳膊上，虽然打疼了周大伟，但是，却没有给周大伟造成太大的伤害，因为，男人毕竟在周大伟的身子底下，失去了一定的杀伤力。接下来，男人手中的砖头很快被周大伟夺走，成为周大伟手中的武器。周大伟手中的半截砖头，砸在那人的头上和脸上，产生的威力远远大于周大伟的拳头，使男人的五官很快地变成血肉模糊的一片。至此，那人完全丧失了反抗的能力，甚至连鼻腔里发出的哼哼声也停止了。

后来，才知道，那个男人叫徐中保，是徐家庄大队支书徐三坡的儿子。徐三坡有五个闺女，只有这么一个宝贝疙瘩儿子，平日娇宠得要上天也要给他搬梯子的。没想到在自家门口被人打得奄奄一息。徐三坡自然要查清是哪个狗胆包天的小子竟敢在光天化日之下在太岁头上动土。徐三坡很快查出敢在他的一亩三分地里行凶的人是柳庄知青点上的知青。不过，那时候，他要发动他属下的贫下中农报复知青们为时已晚，因为“行凶”的知青们早已逃之夭夭，不见踪影。

徐三坡毕竟是一个有着一定思想觉悟的基层干部，他没有贸然带人到我们知青点上寻人报复，而是采取冷静克制的态度，到县里去告发了我们。徐三坡组织人抬着他那被周大伟用砖头砸得血肉模糊的宝贝儿子，到了县革委会大院。县革委会的负责人在了解到肇事者是柳庄的知青后，便让他们把人抬到县知青办，让县知青办去处理这件事。

徐中保看上去伤势很重，其实，性命无大碍。血肉模糊的样子只是一些皮外伤，最严重的伤害是鼻梁子被砸塌了，但是距致命的要害部位还差着一定的距离。不过，当知青办的领导看到伤者血沽淋拉的样子吓得不轻，生怕闹出人命来。一边安排人把徐中保送进县医院抢救治疗，一边着手调查处理此事。

事情很快查出了结果，事发的原因和肇事者查得一清二楚。按照程序，这件事处理起来并不困难，把肇事者抓起来严肃处理就可以了。但是，这件恶性事件发生的原委并不那么简单。首先，事件的起因是由徐中保图谋不轨。而徐中保的图谋不轨只是杨晓英的一面之词，并没有给杨晓英造成任何伤害，杨晓英又没有任何证据证明徐中保对她图谋不轨。再说，即使徐中保要对她图谋不轨，杨晓英应该通过组织解决，而不应该违背组织纪律与当地贫下中农打架。其次，让知青办的领导更感到棘手的是，为杨晓英打抱不平者竟然是革委会主任的儿子周大伟！林兰芷在得知周大伟闯下大祸之后，在第一时间里赶到知青办，要求知青办领导先对整个事件进行保密，更不能认定肇事者就是周大伟。因为周大伟根本不是柳庄知青点的知青，他怎么会出现在距离三四十里外的徐家庄的现场？再说，周大伟已经通过体检和政审，换上了军装，马上就要启程入伍了，他怎么会为那些争风吃醋的男女之事打抱不平呢？

林兰芷提出的问题听上去很有道理，但是，事实证明她提出的问题并不是问题。因为周大伟毕竟长着两条腿，三四十里的路程对周大伟来说算不得遥远，有人能够证明周大伟并不是第一次用他的两条腿丈量过那段路的距离。还有，周大伟虽然换了军装马上要入伍，实际情况是他还没有入伍。他既然还没有入伍，谁也不会保证他在关键时刻不去做“英雄救美”的事情。

让知青办领导为难的是，即使他们认可林兰芷的说法，为周大伟解脱责任，使周大伟不至于因为犯了严重的错误把已经穿上的军装再脱下来。但是，由谁为徐中保砸塌的鼻梁负责？徐中保已经认定是那个长着鹰鼻子的大个子知青把他打伤的。再说，我们知青点的七八个男知青还没有一个傻到要冒充打人犯而影响到自己进步从而影响自己的前途。

尽管知青办按照林兰芷的安排，低调处理此事，但是，徐家庄知青打人事件还是在我们那座小城传得沸沸扬扬。我们那座小城本来就是好事者云集之地，没有的事还要添油加醋地往大了折腾呢，发生了这么史无前例的事件还不弄得满城风雨？让林兰芷感到要命的是，风声已经传到了县武装部，县武装部已经着手调查落实此事，要对周大伟重新政审。对周大伟重新政审的提议是来带兵的部队领导提出来的，县武装部的领导无力改变被动的局面。如果一旦落实周大伟就是打人凶手，周大伟不但要脱下已经换上的军装，甚至还要受到严厉的处分。林兰芷那一头知青办的领导得罪不起，而武装部这一头军令如山，来不得丝毫的儿女情长。知青办领导经过研究决定，给林兰芷透露出信息，要保证周大伟穿到身上的军装不被脱掉，唯一的办法就是证明把徐中保鼻梁打塌的人不是周大伟，而是另有其人。要证明周大伟不是打塌了徐中保鼻梁的那个人，就必须有一个知青要承认是自己打塌了徐中保的鼻梁而甘愿受到处罚，否则，再没有其他办法。

知青办把这个难题交给了林兰芷，要林兰芷在最短的时间内为周大伟找一个替身。对于林兰芷而言，这的确是一个最好的解决问题的方法。可是，又有谁傻到心甘情愿地为周大伟顶替打人凶手的罪名呢？

34

林兰芷经过再三考虑后，走进了我家那间茅草屋。

自从搬到茅草屋，我妈很少再去幸福街。即便去上班的路要经过幸福街，她也要多走一段路绕过幸福街。她不愿看到林兰芷。林兰芷突然降临，让我妈甚感意外。那时候，我妈花淑娴对柳庄知青点发生的打人事件毫不知情，她看到林兰芷走进茅草屋时大惑不解。在此之前，林兰芷对我妈花淑娴的态度一直处于鄙夷的状态，即使两个人在路上碰了面不得不寒暄一句的时候，从林兰芷的鼻腔里发出来的声音也让我妈产生一种莫名的战栗。那天，我妈看到的林兰芷一改过去的威严和鄙夷，脸上堆积着灿烂的笑容。没等我妈脸上惊异的疑问画上句号，她便用一种无比亲切的声音招呼道：

“哎呀，淑娴，这么多天不见您，看上去您比过去精神多了。”

我妈花淑娴听了这难得的恭维之词，有了受宠若惊的感觉。不过，我妈也算得上见过世面的女人，对于林兰芷态度的突然改变，在经历了短暂的疑惑后，内心里立刻警觉起来。林兰芷来干什么？无是无非她是断然不会来踏我家的门槛的。今儿能到这破草房里来一定发生了什么事！究竟发生了什么事呢？我妈首先想到的是林兰芷是不是因为周老铁为她安排工作的事情又来找她的麻烦？可是，这件事早已经过去了，周老铁为这件事和她打了两年冷战，最后是以林兰芷的妥协而告终，她再为此事来找麻烦是没有任何道理的。再说，看她脸上的表情，也不像寻衅滋事的样子。

在短暂的几分钟里，我妈花淑娴想破了脑壳也没能猜到林兰芷突然到我家的来意。在我妈疑惑不定时，林兰芷反宾为主地坐在了我家那张低矮的凳子上，对我妈说：

“来来，淑娴，坐下坐下！咱老姊妹俩多日没能说上话了。整天忙得脚爪不停闲，难得今儿碰到一起，咋着也得唠唠心里话。”

林兰芷的表白并没有解除我妈心中的那道警戒线，她认定林兰芷无事不登三宝殿，不会像她自己说的那样只是来唠唠嗑。我妈花淑娴也是个识大体的女人，尽管对林兰芷没有好感，心里疑惑不定，但是，还是强装笑脸应酬道：

“林主任，您能到我这茅草屋里来坐会儿，是高瞧了我家。只是，这屋里邋遢得很……”

“淑娴，快别这么说。当初，让您家从幸福街那两间东厢房里腾出来也是无奈，我也纠结了好长时间呢。今儿，我来是要请您搬回东厢房住的。”林兰芷试探地说着，拿眼瞧着我妈的脸。

我妈花淑娴断然想不到林兰芷是来说这件事的，她还以为自己的耳朵听错了。当初林兰芷把我们全家从东厢房赶出来的时候，是那么绝情，没有丝毫回旋的余地。我妈明白，林兰芷之所以那么绝情地把我们全家赶出来，是因为她对我妈和她的丈夫周老铁不放心。事情已经过去了这么多年，林兰芷突然提出来要我们搬回东厢房，难到林兰芷真的要“放下屠刀立地成佛”？

我妈用惊讶的目光去审视林兰芷的时候，看到对方也在窥视她，我妈心里有了主意，镇静地说：“林主任，谢谢您的好意。东厢房我们不回去住了，我们已经在这儿住习惯了，挺好的。”

林兰芷似乎有些失望，说：“淑娴，是不是还生我的气？”

“您多心了，没有的事。像我这样的人，能过上安安稳稳的日子就知足了。哪里还敢和人家斗气？”

我妈这话刺激了林兰芷，使她脸上立刻布满了一层红晕。她转变话题，说：“淑娴，其实，家家都有一本难念的经。别看老周当着革委会主任，可是，背后向他打黑枪的人多了，有些人恨不得置他于死地。”

我妈吃惊地张大了嘴巴：“怎么，周主任，他出事了？”

林兰芷说：“出事倒是没有。只不过，有人想把他搞下台，便拿他儿子周大伟说事。”

“周大伟还是个孩子，能有啥事？”我妈不解地问。

林兰芷还以为我妈故意揣着明白装糊涂，便轻描淡写地说：“淑娴，国庆没给你说吗？周大伟和国庆他们在乡下惹了事——其实，也不算个多大的事，不就几个年轻人磨了几句嘴，吵了架……”

听林兰芷这么一说，我妈倒有些急了：“你是说，国庆和人家吵架了？这熊孩子早就没回来过了，前些时朱有才回来还捎话说，在乡下挺好的，吃得好，干活也不累……咋就和人家吵嘴了？”

林兰芷看我妈急成了这个样子，说：“仅是吵嘴能算个多大的事，是打架了，把人打伤了……”

我妈不等林兰芷说完，就从凳子上站起来："咋就把人打伤了？为啥呢？我得去乡下问问他！"说着，就要收拾东西准备下乡。

林兰芷拦着我妈说："淑娴，你别急。乡下那边的事我已经处理好了。只是……县里这边，有人抓着这件事不放，要借这件事整治老周……"

我妈不解地问："国庆惹下的事，与周主任有啥关系？"

林兰芷这才说："打架的时候大伟也在场，那些人就咬定是大伟打的，把责任都赖到大伟身上……"

听到这儿，我妈放下心来，说："是谁打的就是谁打的！虽然都是孩子，但也是十七大八的男人了，还能辨不出个好坏？"我妈知道我不是惹是生非的人，相信我不会和别人打架才这样说。

林兰芷脸色阴沉下来，又掏出手绢在眼睛上擦了几下，似乎要擦出几滴眼泪来，停了一阵才说："黑灯瞎火的，是谁打的谁又能看得清？可是那些人就认准是大伟打的，还不是借这件事来整治老周！"

我妈说："即使是大伟惹下的事，又碍周主任啥事？小孩子家咋能不犯点错，吵他一顿打他一顿教训教训就是了。"

林兰芷又擦了几下眼，虽然没有泪，可是眼圈却红了。林兰芷红了眼圈，就有些可怜巴巴的样子了，她用一种在我妈面前从来没有过的可怜巴巴的声调说："淑娴，树大招风呀！老周他不在台上当这个官，咋着也好说。放在你家国庆身上，也就是吵他几句的事儿。可是，搁在大伟身上，就不单是批评教育的事了，这还牵涉到……政治！"

我妈不懂小孩子打架咋就和政治牵扯上了，更想知道林兰芷到我家来转弯抹角地说了这么多究竟是啥意思，便说："林主任，啥政治不政治的俺不懂。俺只记得有个老理，'孩子哭了抱给大人哄'，既然大伟他们打了人家，咱做家长的去给人家赔个不是就是了。"

林兰芷脱口说："人家不要赔不是。人家只要处分周大伟！"

"处分周大伟？"我妈惊讶地问，"周大伟不是去当兵吗？他当兵走了，谁还够得着处分他？”

林兰芷叹一口气，说：“淑娴，我今儿来就是和你说这事的。大伟要当兵走了，有人眼红，把打人的事赖在大伟头上。大伟要是受了处分，这当兵的事就黄了，已经穿上的军装还要脱下来。”

林兰芷一会儿说周主任要受牵连，一会儿又说大伟当不成兵了，我妈听得云里雾里，不知道林兰芷葫芦里究竟要卖啥药，便不再吭声，等着听林兰芷还要说些什么。

林兰芷见我妈垂下头一声不吭，便说：“淑娴，我知道你这人心好，才来求你。”说完这句话，又看了我妈一眼，见我妈没有啥反应，继续说：“能帮大伟迈过这道坎的只有你家国庆。”

“国庆？”一听林兰芷扯到了我，我妈便沉不住气了。

“打架的事是由杨大头家的闺女引起的，国庆和那闺女走得最近。打架的时候大伟和国庆都在场，只要国庆把打架的事兜揽下来，周大伟就不会受处分了，也不会把穿上的军装脱下来了。”林兰芷终于一口气把找我妈的真正目的说了出来。

我妈听了，好一阵才说：“林主任，你的意思俺明白了，是要国庆把打人的责任全部承担下来？”

林兰芷说：“淑娴，国庆只是在名义上担下责任，人家的治疗费用都由我解决。”

我妈断然地说：“林主任，如果真是我家国庆把人家打伤的，国庆不但要承担全部责任，人家的治疗费绝不让别人出。俺儿子惹的祸，当娘的有责任，治疗费就该我出！”

林兰芷说：“淑娴，你还是这么个耿直脾气，做事一是一二是二。这样吧，治疗费由我这里出，你把费用送过去就是了。”说着，从手提包里掏出一沓子钱放在桌子上，然后，又展开一张纸：“这是责任书，淑娴，你在这上边签个字，剩下的事你就甭管了。”

我妈看了一眼纸上的字，说：“林主任，这个字我现在不能签。我得去找国庆把情况了解清楚，如果真是俺家国庆打伤了人家，上级如何处分他那是应该，哪怕让他坐牢俺眼都不眨！如果不是俺家国庆打的人，俺签了这个字，不是拿屎盆子朝他头上扣吗？”说着拿起桌子上的钱递给林兰芷：“林主任，俺家是穷，可是俺家不穷的是志气！俺家没权势，可俺有的是人格！”

听了我妈的话，林兰芷脸上红一阵、白一阵，稍停才强笑着说：“淑娴，其实，今儿来找你商量这件事儿，不是我要来的，是老周让我来找你的！老周自己不好来，才托我来的。老周还对我说，你去找花淑娴，她肯定同意帮咱家这个忙。咳，看来，当初老周白帮了你的忙，如今脸面掉地下了！”

林兰芷的要挟让我妈好一阵说不上话来。的确，在我家最困难的时候，若不是周老铁相助，我家很难跨过那些坎。就是我妈现在称心如意的工作调动，若不是周老铁一句话，也是很难实现的。尽管我妈说“我家虽然没权势却不缺乏人格”，但是，在许多现实面前，人格算得了啥，人格是微乎其微的，只有权势才是最重要的。谁拥有了权势谁就拥有了一切。

我妈虽然把志气和人格看得很重，但是林兰芷最后这段话却戳到了她的软肋。她能在林兰芷面前展示自己的志气和人格，但是，却不能在周老铁面前显示自己的志气和人格；她可以拒绝林兰芷，但是却不忍心拒绝周老铁。我妈把那份写着检讨的责任书从林兰芷手里接过来，低声说：“先放这吧。容我再考虑考虑。”

林兰芷脸上流露出一丝不易察觉的得意神情，如果我妈当时能捕捉到那种神情，她会为自己后来的做法后悔一辈子的。

林兰芷说：“淑娴，明天我来拿吧！”

我妈说：“后天！”

35

第二天一大早，我妈来到柳庄。

我妈即使心里已经同意让我替周大伟顶缸，但是，她一定要把事情真相弄个清楚明白，也一定要征求我的意见。林兰芷找她签字而没有让我签字，我妈怀疑可能是林兰芷在我这里遭到拒绝。其实，林兰芷根本没有找过我。林兰芷之所以没有找我而直接找我妈是她经过深思熟虑后决定的。林兰芷的精明之处就在于她很会动脑子。她动脑子策划出来的事情一般情况下都是滴水不漏。有些事情看上去违背常理，放在别人身上是不可能办成的事，但是，在她那里，一些违背常理的事情就成了合情合理水到渠成的事情。就拿让我为周大伟顶缸这件事来说，这明明是一件替他人受过的坏事，林兰芷挖了坑让我朝里边跳，林兰芷放了一把火让我往火海里钻，林兰芷端了屎盆子朝我头上扣。林兰芷准备做这些的时候已经想好了各种各样的理由，一个理由说不通她还有第二个理由，第二个理由不行她还有下一个理由，总之她要达到自己的目的。在那个把政治看得高于一切的年代，谁若犯下了这样的错误就背上了一辈子黑锅，就会影响一辈子前程！只有傻子才朝坑里去跳，只有傻子才朝火洞里钻，只有傻子才心甘情愿地让人家把屎盆子扣到自己头上——不，就是傻子被人无缘无故泼了一头屎尿也不会善罢甘休的！其实，在我妈来之前，对于为周大伟顶缸这件事我连想都没想过。如果是林兰芷来找我说这件事，我决不会答应她。乃至我妈突然来到知青点，我也没想到她是为这件事来找我。周大伟和徐中保打架的风波在我们知青点已经平息，没有人再提起或者过问这件好像与我们不太相干的事情。因为谁若再说起这件事就触动了杨晓英心头的伤疤。事情因杨晓英而起，又绝对不是一件多么光彩的事，谁愿意去触这个霉头呢！尽管大家心里都没有忘记这件事，但是，都装着把这件事忘记了。在我们知青点好像根本没发生过这件事。

我妈来到知青点的时候，一副神不守舍的样子。她不时地朝自己的身后边看着，就像逃避什么人的追赶。朱有才先看到我妈来的。当时我正在那间邋遢不堪的住室里耐心地安慰着杨晓英，突然听到朱有才在门外喊：“丁国庆，你妈来了！”

朱有才的喊声让我十分意外。我来知青点已经两年了，这是我妈第一次来知青点看我。我想，如果没事，我妈绝不会跑这么远的路来看我。家里一定发生了什么事，并且还是不小的事。可是，能是什么事呢？从她那布满乌云的脸上，我已经看出来了，家中发生的这件事似乎与我有关。我心里疑惑着，脑瓜里却一片空白。

我把我妈让进屋里。杨晓英一看是我妈来了，忙着为她搬凳子、倒水，寒暄了几句话，然后知趣地走了出去。

我这才急切地询问她："妈，您怎么有空来了？"

"谁是你妈？我是丁开心！"

我吓了一跳，仔细地看了我妈一眼，见她脸色除了乌青，还是一副呆怔怔的样子，像中了什么魔似的。看到她这般模样，我吓得腔调都变直了："妈，妈，您有什么话就直说。您可别吓我。"

"你这个小兔崽子！给你说，我不是你妈，我是丁开心，是你爸。你连你爸都不认识了？你这个白眼狼。"我妈的腔调也不似以往温柔软弱了，她的声音变得拿腔捏调，仔细听听，还真有点像开心爸的声音。

我心里更害怕了。正不知如何应对这突然出现的变故，我妈，也就是自称是我爸丁开心的我妈花淑娴，突然朝地上一坐，"呜呜呀呀"地哭起来，一把鼻涕一把泪哭得十分伤心。一边哭一边还骂骂咧咧地数叨着。至于我妈，不，是开心爸，数叨的都是些什么内容，我一句也没有听明白，我也无心去弄明白。那个时候，我心乱如麻，劝也不是吵也不是，呆呆地站在那里，不明白是什么原因让我妈突然变成了我死去几年的开心爸。

我妈的哭声把知青点上的知青们都吸引过来了。大家看到我妈哭得伤心的那个样子，都纷纷指责我：

国庆，大姨跑这么远的路来看你，你怎么把她老人家气哭了？

是啊！有啥事商量着办嘛，怎么能吵老人家呢。

有什么为难事，大家可以帮着办呀。咋能难为老人家？

……

听了大家的指责，我有口难辩，又哭笑不得。只有杨晓英没有指责我，她弯下腰仔细查看了我妈的神情，便起身走了出去。不一会儿，她端着一碗清水走进来，手里还拿着一双筷子。

齐小利问她："杨晓英，你知道大姨饿了，也不能只给她端碗清水喝呀。咋着也得为你未来的婆婆做碗手擀面条啊。"

杨晓英也不反驳他，只是狠狠瞪了他一眼。她把盛满了清水的碗放到桌子上，然后，一边把手里的筷子竖在水碗里，一边嘴里默默地祈祷着。大家看她一副仙人入定的样子，都屏着呼吸，看她究竟要干啥。神奇的是，那双筷子竟然在水中稳稳地立直了。不歪不斜，大约直立有十秒钟！而随着那双筷子的直立，我妈的哭声也渐渐地低了下去。

杨晓英端了放在桌上的水碗向外走时，向我使了个眼色，示意我跟在她后边。走到门口，低声对我说："国庆，你心里默念着：开心爸，你走吧，回头我给你送钱花。啊，记着了？"

对杨晓英这种装神弄鬼的样子，我不全信，但又不能不信，只得点了点头，跟在她身后，在心里默默地祈祷着：开心爸，你走吧，我给你送钱花。开心爸……

我跟在杨晓英的后边走到通向村外的路上。那条路正是我们从城里来时走的路，也是我妈来时走的路。杨晓英把碗里的清水洒到那条路上，然后，回过身，头也不回地往回走。我刚迟疑了一下，杨晓英一把拽了我的胳膊，把我拉回到了知青点。

我回到屋里的时候，我妈已经从地上坐到了凳子上，脸上恢复了往日的平静。我想问她刚才是怎么一回事儿，她却像什么事儿也没有发生过，更没有再说她不是我妈而是我爸。不等我问她来找我有什么事，便详细地向我讲述了林兰芷找她的全过程，又让我向她讲述了事情发生的细枝末节。当我妈确认把人打伤的的确不是我而是周大伟后，我妈陷入了沉思。在经过长达十分钟也许更长一些时间的深思后，我妈突然问："国庆，这件事如果是你做的他们会怎样处理你？”

我怕我妈为我担心，便故作轻松地说：“他们也不会怎么处理我。我没有任何职务，也没有工资，能把我怎样？不过写个检讨而已。”

“国庆，这件事如果是你做的会不会影响到你的前途？”

“我就这个样了，还能影响到我的什么前途？难道要开除我的地球籍？真把我的地球籍开除了，倒是巴不得的好事呢！”我嬉皮笑脸地说着，内心里却充满了酸楚。

我妈忽然一拍巴掌，说：“这就好！”

我吃了一惊，不知道我妈说的好在哪里，不等我说话，我妈就拉开了话匣子般说了起来：

“国庆，这件事是因杨大头的闺女杨晓英而起的，咱和杨家的关系虽然还没有挑明，但是，早晚一天会挑明的。杨大头已经几次托人捎话要把你和杨晓英的婚事定下来，是我没同意。我没同意的理由不是因为我不同意恁俩好，是因为咱家现在的条件不成熟，我想等一段时间家里能有些积蓄再办这件事。人家欺负杨晓英，如果你在场的话，出面保护杨晓英的应该是你而不应该是周大伟，和人家打架的也应该是你而不应该是周大伟，把人家打伤的更应该是你而不应该是周大伟。”

听我妈这样一字一句地分析着，我有些哭笑不得。我说：“妈，没有如果。出面保护杨晓英的的确是周大伟而不是我，把徐中保的鼻梁子打塌陷的也的确是周大伟而不是我！”

我妈花淑娴却用不容置疑的口吻说：“国庆，杨晓英将来要做咱家的媳妇，保护杨晓英不受欺负应该是你的责任，与欺负杨晓英的坏人打架的也应该是你。”

我以为我妈一定受到了什么人的恐吓，精神受到了刺激，才说出这些不合情理的话，我妈精神正常的时候是绝不会说出这样的话的。我说：“妈，挨了打的徐中保咬定是周大伟打了他而不是我。他爹徐三坡已经把周大伟告到了县里，这事你就别搅和了……”

我妈生气地打断我的话，说：“我咋是搅和了？你是我儿子，儿子犯了错娘难道不该出面管管？”

“妈，关键是我没有犯错，我没有打人！”我几乎被我妈的固执惹火了。

“儿子，打坏人并不是犯错！姓徐的欺负杨晓英一准是坏人，就该打！杨大头如果听说你为了他闺女不受欺负和别人打架，他一准会高兴的。”

“妈，你难道这么希望你儿子和别人打架吗？如果被打伤的不是徐中保而是我，你会是啥心情？”

我妈愣了一下，嗫嚅着说：“你不是……没受伤吗？”

我没好气地说：“那是因为你儿子让你省心，你儿子没有惹是生非的德行！”

我妈听了，好一阵没吭声。

她决定走了，出门时，却突然对我说：“国庆，妈明白了，这件事如果是你干的对你影响不太大，可是，对周大伟来说，影响就太大了，周大伟穿上的军装就得脱下来，是吗？”

我有些幸灾乐祸地说：“他爸是当官的，他有的是机会。”

我妈说：“这样的机会毕竟不多，就因为犯了这么一次错就耽搁了周大伟的前程，太可惜了。”

“你倒同情起他了！他妈那个老狐狸精，欺负咱家还少？”

我妈说：“她是她，大伟是大伟。再说，看在周主任的面子上咱也得帮他……”

我有些生气地说：“妈，你是要我为他顶缸？”

我妈一把拉了我的手，颤抖着声音说：“国庆，你同意了？”

“我不同意！”我从来没有用过这么生硬的声调和我妈说过话。

我妈还是在那份拟好的检讨书上签了字。

周大伟是在我妈签过字的第三天踏上了开往部队的列车。打人事件没有给周大伟造成任何影响，他成了一名让我们这一代人十分羡慕的解放军战士。至于我，暂时也没受到什么影响，甚至没有一个人找我谈过话，更没有人找我了解事情的真相。因此，我妈在检讨书上替我签字的事我是在两年之后才知道的。周大伟能顺利入伍当兵，知青办没有对我处分而仅是把我妈替我代签的那份检讨书装进了我的档案里，全是林兰芷活动的结果。

我妈从知青点回去的当天下午，林兰芷就第二次来到我家。当林兰芷把那份事先拟好的检讨书又从她的手提袋里掏出来时，我妈已经拿定了主意。我妈决定在那份检讨书上签字前，先把自己已经谋划好的三个条件提出来，如果林兰芷答应这些条件，她就签字，如果林兰芷答应不了这些条件，她就拒绝签字。结果，林兰芷很爽快地答应了我妈提出的三个条件。应该说我妈也算得上是一位有心计的女人，林兰芷的口头承诺她并不完全放心，为了防止林兰芷出尔反尔，她又让林兰芷把答应的三个条件写了下来。不让我为此事受到任何处分是我妈的条件之一。我不知道林兰芷是用了什么手段把一件闹腾得沸沸扬扬的“知青打人”事件由大化小由小化了的，最后的结果我在前边已经交代了，周大伟光荣入伍当兵，我没有受到任何处分和批评。徐三坡也没再领人到知青点和县知青办闹事索赔，一切恢复了原来的样子，日子波澜不惊地继续着。

36

下年开春，突然传来了在知青中推荐选拔大学生的好消息。这消息在知青点引起了爆炸性的喧哗。一连数日，我们知青点的十位男女知青都在乐此不疲地谈论着这件事，幸福时刻马上就要到来了，每个人都沉浸在一种期待中的幸运时光里，只是不知道幸运的那颗星究竟会降落到谁的头上。从知青办传来的消息越来越具体了，推荐大学生的人数有一定的限制，是按比例分配的。我们知青点十个人，按照八比一的指标，我们只有一个半指标，一个指标是定死的，半个指标可有可无。知青办分配给我们的推荐指标是两个，至于能走一个或者两个，就由上边定了。这充分体现了推荐和选拔是两回事。推荐是基层的权利，推荐谁不推荐谁大队领导说了算，选拔上选拔不上是上级领导说了算。说起来是非常简单的事情，其实有着非常复杂的因素。复杂的原因之一是僧多粥少，如何把少量的粥盛到众多的僧中的一位的碗中，不是看哪一位僧的道行高，而是要看哪一位僧的人脉资源丰富。

我们从最初的狂欢中冷静下来。只有冷静下来才能思考问题，各自在内心里盘算着自己的胜数，又把自己的胜数与别人的胜数相比较，努力寻找自己胜数的优势，是否能战胜别人的优势？最终是否会成为推荐的两位中的一位？是否会成为选拔中的一位或者那个半位？

经过三年多的生活磨砺，初下乡时的那种狂热已经渐渐地淡薄了，理智和对人生的追求、对美好未来的向往渐渐地回归到每一个人的灵魂深处，我们不能不重新考虑自己的未来。我们已经不再年轻，我们的下巴上已经生长起浓密的胡须，这标志着我们由懵懂的青少年向成年人过渡，这标志着我们已经逐渐成熟。我们应该用思想和理智生活。我们开始审视自己，审视现实和摆在自己面前的难题，然后，如何去处理现实中的矛盾和难题。初下乡的时候，我们还没想到能有一天会离开这里。那时候的决心是“扎根农村志不移”，“扎根”的含义就是把一棵树的根须埋在一块土地上，让生命和那块土地建立起血肉的联系。一旦维系命运的根须和土地分离，树就会干枯死亡。我们是不是那棵树？我们曾经是那棵树，在这块土地上生长了三年多。我们的根须还没有健全，我们还没有把自己的血肉之躯融入那片广袤的土地。命运之神向我们伸出了幸运的橄榄枝。在关系到每个人的前途和命运的关键时刻，在人生的十字路口，我们每个人都毫不犹豫地选择了离开，选择了彻底地从这片土地上把根须拔起。忘掉了当初的誓言，忘掉了雄心壮志和海誓山盟，仅余的是想尽一切办法离开。每个人都很优秀，每个人都是十个人中最为优秀的那一个，而最为优秀的自己在别人那里却是最为差劲的一个。每个人都很自私，都把自己当着最应该被推荐的那一个半名额中的一个或者半个，而在别人那里却是最不应该被推荐的一个或者半个。往日的欢歌笑语被沉闷和压抑所替代，冲突和较量却如隐藏在岩洞深处暗河里的激流悄悄地进行着。

一个没有太阳的早晨，酝酿了已久的推荐名单终于在知青点揭晓了。怎么会是他？他怎么有资格被推荐上大学？他可是十个人中表现最差的一个呀！然而就是他，并且是一个不可更改的事实。是大队领导班子集体研究、大队柳支书亲自拍板定下的，并且已经上报到公社，由公社报到了县里！

在一片惊愕之中，杂货店老板齐老六的儿子齐小利脸上布满着矜持的笑容，和柳支书的宝贝女儿赤脚医生柳巧眉勾肩搭背地出现在知青点。大家这才蓦然想起，杂货店老板的儿子其实已经一个星期没有来知青点了。杂货店老板的儿子回了城里还是去了哪儿已经不是大家所关心的事情。而齐小利的突然出现，让大家突然醒悟到：意料之外情理之中——这是哪位哲人创造的词汇，高度概括了唯有齐小利才是上大学的唯一人选。如果推荐上大学的名单上没有柳支书的乘龙快婿还会有谁？

齐小利是第一个从我们知青点走出去的知青。

齐小利走后，知青点又恢复了往日的平静，剩余的九个人有了共同的落魄感，也有了同舟共济、命运相连的沧桑感，只是谁也不再提起刚刚过去的“推荐”。更没有人再说起齐小利，就像齐小利这个人根本没在我们柳庄知青点待过。

又过去一年，突然又下来了招工指标。这一次招工指标不是一个而是三个，大家听到这个消息仍旧表示出异常兴奋和激动的情绪。虽然招工没有上大学前途光明，但是，能早日离开这片洒着我们汗水和泪水的黄土地，是每一个人内心里滋生的越来越强烈的欲望。这一次的招工方式与推荐上大学的方式基本相同，先要由基层推荐，再由县里政审、批准。推荐上大学时，我们笃信“公平、公正、公开”原则能在自己身上得到充分体现。齐小利被推荐上了大学，粉碎了大家寄予希望的美梦。这一次，谁也不会再坐等别人能给自己带来好运气。虽然还像上次一样，知青点进入了剑拔弩张的争锋阶段，所不同的是上一次是思想和理智的交锋，而这一次是行动上的交锋。大家各显其能，各使手段，托亲拜友，向大队柳支书巴结逢迎，希望柳支书的“三公”推荐名单里有自己的名字。

由于高度的紧张和期待，我开始失眠了，整夜睡不着觉，翻来覆去想着招工这件事。想着怎么样才能让大队里推荐自己，怎么样在队长、支书等领导面前好好表现自己，怎么样才能通过政审……就这么想着，脑瓜越来越混浊，越来越混乱。讨厌的是，在我还没有理出一个清晰的思路时，我的后脊背下面，也就是我的坐股夹缝中，突然有一丝酸疼的感觉。我伸手一摸，一个毛茸茸的玩意儿正从坐骨的夹缝中“哧哧”地朝外冒。并且越长越长，越长毛越多！

我害怕极了！不由得失声大喊起来。

久违的影子突然从黑暗里跳了出来。它嘻嘻地笑着，钻进了我的脑瓜里。它像一片风筝似的，在我的脑瓜里晃啊晃啊，晃得我心烦意乱。我没办法赶它走，只得和它商量：

喂，我心烦着呢，你能不能走开？

影子开口说：

我知道你心烦——任谁屁股上长个尾巴都不高兴。可是，你别赶我走。我能帮你把屁股上的尾巴割掉。

我有些怀疑地说：

你又不是医生，怎么能帮我割掉尾巴？

影子说：

医生割不掉你的尾巴，只有我能帮你割尾巴。来来来，把你的屁股撅起来，我帮你割尾巴。

影子说着，“啊嗬啊嗬”地笑了起来。它这一声笑，让我听出来了，他原来是丁开心。

我埋怨道，开心爸，你捣什么乱？你八辈贫农也割不掉我屁股上的尾巴。

影子道，你还瞧不起我？说着，手起刀落。

我眼前寒光一闪，吓得惊叫起来！

我这一声惊叫，把影子吓跑了，把和我同屋睡觉的朱有才惊醒了。

朱有才迷迷糊糊地问：丁国庆，黑灯瞎火的，你和谁吵架？

我不耐烦地回答：和我自己。

朱有才折起身子，朝我这边瞅了一眼，安慰我，别跟自己过不去。这次走不了，还有下一次，下下次……

听他这么说，我怀疑他已经得到了什么消息，知道我这次又没希望走掉了。我把他从被窝里拉起来，质问他：说，你是不是得到了什么小道消息？

他睁着蒙眬的双眼，说，这批轮不到我。我爹只是个卖胡辣汤的小资产阶级。更轮不到你，你……上次推荐上大学时，齐小利已经把你的出身举报给了柳支书，说你是……反革命县长的种……

他没有把话说完，就倒头睡着了。

朱有才的话，像万根钢针穿透了我的心脏，一霎时，使我的心脏剧烈地颤动、痉挛、撕裂、阵疼、粉碎、麻木。

我像一只被猎人击中要害即将毙命的兔子，挣扎、狂吼、呼啸、呐喊、怒号、哀叫。

我的大脑变得一片空白！在空白之间，流淌着泪水、汗水、血水、唾液、脑浆、精液。

我的眼前一片漆黑。

我睁着眼熬到天亮——我希望出现一道耀眼的光芒把漆黑赶走!

影子再没敢来捣乱。

让人想不到的是，柳支书却把第一道推荐关交给了我们自己，让我们推荐出招工名单。柳支书如此民主在此前是从来没有过的，我们为柳支书的民主政策而叫好。然而，在进入民主推荐的程序时，我们遇到了尴尬的事。每个人只能无记名推荐一个人（推荐两个人以上者此票作废），推荐的票数民主集中制，上交后由大队支部统计后公布结果。结果可想而知，九个人各得一票。这样的结果让柳支书十分感慨，你们这些城里娃啊，一个个私心太重了，怎么只想到自己不想别人？上次上大学大队支部推荐了齐小利，你们一个个还不满意，说我不民主，不公平，不公开，不公正，这一次我可是民主了，结果怎么样？你们各自推荐自己一票，九个人每人一票，怪平均的，让支部怎么决定？

柳支书原来是考验我们，让我们既感到羞耻又十分气恼，但又无可争辩。只有我心里纳闷，我那一票明明推荐的是杨晓英，难道她那一票推荐给了我？会后，我向杨晓英询问此事，她笑而不答。我埋怨说：“先走一个多好。”

杨晓英却说：“即使比别人多一票，咱俩谁也先走不了。”

我有些大惑不解：“难道还要玩猫腻？”

“不是玩猫腻，是在玩咱们。”

“我怎么没看出来？”

“明明是三个指标，却只让推荐一个，这是预料之中的结果，把他的假民主虚晃一遭，然后，冠冕堂皇地实施他的‘集中制’。老柳是个既重财又重色的人，你我家中背景都有些问题，又没有能说得上话的人，又无钱送礼，咱俩都是揉好的蒸馍——只能等到下一箅子蒸了！”

尽管朱有才的提醒已经让我有了心理准备，但是，杨晓英的话还是让我惊出一身冷汗。我没想到事情真的如此复杂，更没想到杨晓英能把问题看得如此透彻。

一个星期后，推荐招工的名单终于定了下来，三个人分别是李娟、申亭、朱有才。

我不解地说："朱有才能走，让我意外。他爸是小资产阶级……"

杨晓英打断我的话："别听他放烟幕弹，那是稳你的！他爸早已经把他走资本主义道路赚的钱贡献给了人家——如果你妈的积蓄比朱有才他爸的积蓄多，并舍得拿出来贿赂人家，走掉的不是朱有才而一定是你！"

我不服气地说："那么申亭呢？我哪一点儿也不比他差。"

"是的，你哪一点儿也不比他差。可是，你缺少的是一个能为你说话的舅舅。"

"他舅舅是谁？"

"地区某领导的秘书。如果不是齐小利做了'驸马'，上大学的只能是申亭。"

听了杨晓英的话，我的心变得冰凉，我如梦初醒般"啊"了一声，内心里仅余的是愤懑和无奈！

李娟、申亭和朱有才三个人踌躇满志地走了，他们把自己连根拔起，拔得毫无牵挂。尽管柳支书在欢送会上，再三邀请他们常回柳庄看看，可是，三个人像商量好了似的，谁也没有再回来过。

到了10月，征兵任务下来了。知青点五个男生都跃跃欲试，希望能抓住这次机会让自己展翅高飞。批准当兵的权力不在大队而在县里，大队只要开个证明就可以了。对每个要求当兵的人大队没有理由不开证明，至于能不能当上兵，全在体检和政审这两个关口上。我和陈司俊，还有一个叫吴华的都被政审掉了。另外两个男生通过了体检和政审，顺利地被批准入伍。这样，柳庄知青点仅剩下三个有问题的男生和一个女生。我的政审出现的问题是什么，我不需要去询问，更不需要向任何人包括亲爱的读者说明。我哑巴吃饺子——心里有数。陈司俊的问题是他爸当过三青团骨干，当时我们还不知道三青团是干什么的，后来才听说三青团是国民党的“助手”。在那个时候，有个为国民党当助手的父亲，他的政治生命将会永远钉在耻辱的十字架上。被钉在耻辱架上的陈司俊像我一样，别说当兵，即便上学招工恐怕也难有机会。所幸的是在这年的年底挖河中，陈司俊被塌方的河堤砸伤了腿，送到医院治疗半年，治成了跛子。陈司俊用他的半条腿换来了回城的机会。吴华的爸问题更加严重，新中国成立前当了国民党的兵，后跟着蒋介石逃到了台湾，现在还在台湾和蒋介石叫嚣着反攻大陆，这样的国民党的残渣余孽要参加解放军，简直是痴心妄想。回去过春节的时候，吴华突然患了急性肝炎，后来凭一张医生开出的乙肝诊断证明办理了回城的手续。

知青点只剩我和杨晓英。我之所以错过了一次次机遇，我心里明白，在人家眼里，我一直是个“反革命小崽子”。可是，我的个人出身一栏里，明明写着“贫农”二字。贫农还不够清白的吗？他们为啥要在我的名字后边打上一个大大的问号，又因出身模糊一次次判了我的“死刑”？难道真的是因为那个我从来没有见过面的亲爹吕修身的阴影罩着我？可是，我是八代贫农丁开心名正言顺的儿子呀！我姓丁，我从我妈肚子里蹦出来时就姓丁而不姓吕，我从来不认识也从来没见过姓吕的，为什么要让我背上他的枷锁？为什么要在我的头上罩上他的阴影？

在恍惚迷惑中，我想到了那个自己长出尾巴的梦。我下意识地摸了摸自己的屁股，和别人的没有什么不同。也许，屁股上长出的那个尾巴，真的已经被丁开心那个混球爸割掉了。

杨晓英的原因是她不服从基层领导，所谓的基层领导就是柳支书。杨晓英从来不求柳支书怜悯自己，柳支书甚至找她谈话她也不去。杨晓英在柳支书跟前永远是大姑奶奶！“哼，想占大姑奶奶的便宜，想瞎你的狗眼！”我不知道杨晓英和柳支书中间究竟发生了什么事，有几次我想问一下杨晓英。因为在我眼里柳支书是个一身正气的正人君子，是基层领导的化身和代表，他的一言一行都代表着党的形象，他对我们知青应该是爱护关怀的。可是，杨晓英为什么像仇敌一样对待他？为什么像藐视地富反坏右一样藐视他？

我终于没能张开口。因为，每当我提到柳支书的时候，杨晓英总是让我滚开。我不愿意滚开，只得闭上了我的臭嘴。杨晓英和柳支书之间的矛盾成了一道难解的数学题。直到多少年之后我和杨晓英的新婚之夜，杨晓英伏在我的身上，突然激动地抽泣起来。我抚慰着她进入她的体内，她咬着我的耳朵，轻声说："丁国庆，丁国庆，为了留给你，我在柳庄多待了三年！"

知青点只剩我和杨晓英。奇怪的是，两年之内县里再没有招工指标下达到柳庄。我希望能有指标下来，只需再有两个指标，我和杨晓英都能回城。可是，怎么就没有了招工指标？

一次回城里和同学们聚会时，才得知原来县里每年都有招工指标。之所以我们那里没下指标，是因为被当地政府拒绝了。拒绝的原因是本地没有符合招工条件的知青。得到这个消息，我和杨晓英肺都气炸了！这是柳支书在报复我们。在柳庄这几年，我的确和柳支书很少交往，有时候见了面我都懒得和他打招呼，更没有打着汇报思想的名义登门去拜访过他。了解我的人都知道，我是个不善言辞的人。丁开心活着的时候，骂我是泥捏的人儿三脚踩不出个屁来。我妈说我木讷，是下架的葫芦不开瓢，杨晓英说我是没嘴的酒壶——肚里有倒不出来。周大伟说我是哑巴吃饺子，嘴上不说心里有数。无论人家怎么说我，我就是不爱多说话。自己不爱说话，对那些话唠还特别反感。柳支书是一个极爱面子的人，又是一个极爱听奉承话的人。像我这样一个既不给他面子又不奉承他的人，他怎么会待见我？怎么会推荐我去上学当兵当工人？我这样说，并不是有意去贬低和我一起下乡插队的那些伙伴。我的那些伙伴，他们其实都很可爱，都很优秀。他们去逢迎巴结甚至贿赂别人，并不是他们市侩，而是他们要改变自己的命运，他们为自己的前途着想，才顺应时代的潮流做出了那些羞于开口的事。如果他们像我一样与时代的潮流格格不入，也只能像我一样被淘汰出局。

杨晓英没有被推荐的原因，是她彻底把柳支书得罪了。过了多少年之后，杨晓英亲口给我讲，她曾经一脚把一个男人的生殖器给踢肿了。那个男人便是被我的那些知青伙伴奉为神明的柳支书。具体的细节杨晓英没有讲，尽管那时她已经是我的老婆，她还是有所保留地只讲了个粗枝大叶。我当然想得到一些比较翔实的细节，杨晓英便骂我："狗日的丁国庆，你怀疑姑奶奶失过身？姑奶奶第一次流出的血把你狗日的吓得魂都飞了，你难道忘了？"确有此事。只不过我不是怕，而是惊讶。惊讶于一个女人在做那种事情后还要流血，如果每次做完那种事都要流血，岂不是很麻烦的事！所幸杨晓英以后再没有发生过流血事件。

我对杨晓英说："咱们不能等死，得去找柳支书问个明白。"

杨晓英"呸"的一口吐在地上，说："要去你去，我才不去求他呢！大不了姑奶奶把骨头埋在这里！"

杨晓英这话让我有点伤心。

这时，忽然有个声音说，丁国庆，杨晓英不陪你我陪你去。

我抬头寻找说话的人，身边除了杨晓英没有第二个人。

我怔怔地望着杨晓英，问："你同意陪我去了？"

杨晓英惊讶地说："没有呀。"

我晃了晃脑袋，嗫嚅着说："一定是……讨厌的影子要陪我去。"

杨晓英惊奇地问："影子？谁是影子？"

我没好气地说："你管谁是影子，影子就是影子！"

杨晓英骂了我一句："神经病！"

我只得一个人硬着头皮去找柳支书。我虽然很木讷，不善言辞，但是那天我在心里打了腹稿，把准备说的话做了反复的理顺。先说什么，后说什么，哪一句话怎么说，对方问起来怎么回答等，都考虑周全了。然而，一见到柳支书，看到他那张面团脸上一副似笑非笑的样子，脑子里立刻变得一片空白，甚至连一个标点符号都记不得如何标记了。

柳支书大概猜出了我找他的目的，用他那熊掌般的大手拍了拍我的肩膀，说："小丁，有进步呀。"

柳支书语焉不详的话令我更加难堪。我不明白他是说我的工作表现有进步，还是说对我这一次能登门拜访他的行为有进步？这个问题在我脑子里闪现的时候，我突然产生了一种想要表达的冲动，那种冲动像脱缰的野马，又像决堤的洪水。立时，脱缰的野马在茫无边际的原野上放纵地奔腾，决堤的洪水一泻千里！我不知道我都说了些什么，我不知道我为什么有那么多话要说。我只想倾诉，我只想表达，我只想能有人理解我。我把我的孤独、痛苦、欢乐、犹豫、彷徨都用那些带着泪水的语言淋漓尽致地表达了出来。

柳支书简直被我的滔滔不绝惊呆了，等我为我的最后一句话画上句号时，柳支书只说了一句话："小丁，你原来不是哑巴呀。"

我谦虚地说："谢谢柳支书，我本来不会说话，是影子帮我说的。"

"影子？"柳支书奇怪地看我一眼，"影子是谁，它在哪儿？"

我的头脑一下子清醒了，忙解释说："柳支书，你别误会，影子不是谁。我是说，我脑瓜里想着要说这些话，就说了出来。"

柳支书"哦"了一声，似乎明白了，"原来影子在你脑瓜里"。

我不置可否地点了点头。

稍停，他又说了一句话，算是对我和杨晓英没有被推荐作出的解释："你和杨晓英没能走掉的原因，不在我这里，而在县里。县知青办的档案里存有你俩在徐家庄打架的记录。还有，有人告杨晓英和你大搞封建迷信……"

我的脑子变成了一片空白！我突然从凳子上站了起来。站起来的时候，又下意识地拍了拍我的屁股。

柳支书笑着说："凳子上干干净净的！"

我说："我不是嫌脏，是怕尾巴再长出来。"

柳支书有些瞠目结舌："尾巴？"

37

其实，柳庄大队的干部早已不待见我们，柳庄的贫下中农也早已经不待见我们。我们初下来时，他们还以为能给生产队里增添一些壮劳力。事实证明，我们只是花拳绣腿，根本起不到壮劳力的作用，非但不能为生产队做出多大贡献，甚至成了生产队里的累赘。我们要分他们的粮，要分他们的菜，要分他们每年过春节时才舍得宰杀的一头猪的一小部分肉。他们已经怀疑，那些不断莫名其妙丢失的鸡鸭猪狗与我们有关，只是没有查找到与我们相关联的蛛丝马迹，才不敢贸然赖到我们头上……总之，他们希望我们早些走，走得越快越好。至于我们先前怀疑是柳支书报复所造成的原因，那是我们心胸狭窄的表现。

"柳支书不会计较过去那些琐事的。"我对杨晓英说。

杨晓英"哼"了一声，从牙缝里挤出几个字："笑面狐狸。"

我和杨晓英询问的结果，正如柳支书所说，我们的个人档案里，都有一份县知青办的处分决定。

了解到每次都不能回城的真正原因，我回到家里，和我妈大吵了一架。我从来没有对我妈发过那么大的脾气，也从来没有在我妈面前用过一个尖刻的字来表达我的不满。可是，那天我像疯子一般发泄着，把我的满腔怨恨、满肚子委屈都泼洒到了那个让我既爱又恨的女人身上。

我妈被我的疯狂举动惊呆了。她像一株狂风暴雨中的小草浑身痉挛着，她意想不到平时那么温顺的孩子竟然突然变得如狮子般暴怒，更意料不到平常八脚跺不出个屁来的人竟然会说出那么多刻薄的话。

我妈在惊呆之余号啕大哭。她一边捶打着自己的头，一边哭着诉说："我真傻呀，我怎么能听信那个女人的鬼话呢？国庆，是妈对不起你。妈不该替你签下那个该死的检讨呀！"

看着我妈撕心裂肺的样子，我心里一阵阵战栗。我扑下身子，搂着我妈，哭着大声说："妈，我不该埋怨您！都是我的错。不让我回城，我就在乡下待一辈子，我再不会埋怨您。"

我们娘俩抱在一起哭成一团。我妈擦了一把泪，说："不，国庆，是妈糊涂！妈不该轻信那个女人的话！那个女人说，只要我在那份检讨书上签个字，既为周大伟解了围，又不会对你造成任何影响。她还向我保证，将来你回城的事由她负责，她保证为你安排个好工作。谁知道这个女人言而无信啊！"

我妈还说："我去知青点找你时，还特意到丁开心坟上烧了纸，让他在阴间保佑你……"

我明白了我妈之所以到知青点那次她怎么会突然变成了我爸丁开心，原来，是开心爸附了她的体。她所做的一切都是为了我好。为了我，她竟然祈求阴间的鬼魂来佑护我。

那一刻，我突然意识到，我妈并没有什么错。有错的是林兰芷！林兰芷利用我妈的轻信善良，欺骗了我妈。我妈万万没有想到，她的一个轻信会给她的儿子造成如此严重的后果。而林兰芷为了她自己儿子的前程，却不惜牺牲另一个母亲的儿子的前程。

我妈决定去找林兰芷讨要说法。

周大伟当了两年兵，已经转业到我们县城的百货公司工作。百货公司在当时来说是比较有实权的单位。在那个买什么紧俏物资都需要购物券的年代，能到百货公司当一名职员不是一般人能做到的。周大伟的爸虽然已经从革委会主任的位置上退了下来，但是，林兰芷凭着周大伟他爸的人脉资源，上下活动，还是把周大伟安排进了县里最好的工作单位。

我妈去找林兰芷的时候，林兰芷没在家，而周大伟刚下班回到家。周大伟看到我妈，倒很热情，一边为我妈让座倒茶，一边关切地询问我的情况，一听说我还在柳庄没回城，便说："花姨，知青办那帮子浑蛋，凭什么要把他一直搁在乡下不管啊！比他表现差得多了，不都进城安排工作了吗？丁国庆就是太老实。现下这情况，人不能太老实，老实受人欺，老实人吃亏。我爸可是枪林弹雨中闯过来的人，是革命的功臣，就是因为人老实才被人整下了台。"

我妈还不知道周老铁被人整下台的事，只知道周老铁一直在医院里住着打针吃药，还以为当官的身体金贵，大多是无病呻吟小病大养。反正当官的吃药看病都有公家报销，才把药拿来当饭吃。一听周老铁是气病才住进医院的，心里便有一种莫名其妙的同情。真没想到，曾经在全县叱咤风云的人物，还有小人给他使绊子向他砸砖头。看来这个世道也算公平，大人物有大人物的难处，老百姓有老百姓的难处。两项难处虽然不同，却都是给人制造难题磨害人的。我妈本来是找林兰芷讨要说法的，听周大伟讲了周老铁面临的处境，心肠不由得软了下来。

看到我妈唉声叹气的样子，周大伟还以为她是担心周老铁的病，便说："花姨，其实我爸也没多大病，就是一个生气。他本来是不准备住院的，是我妈非要他住院。住院是给那些整他的人看的。"

我妈"哎"了一声，才说："大伟，我是为国庆的事来找你妈的。"

"找我妈？花姨，你知道，我妈办事……不太靠谱。"周大伟了解他妈的为人，也知道她妈对我妈有成见，所以才这样说。

我妈说："你妈答应过我，说丁国庆回城安排工作她会帮忙的。"

"我妈这样说过？"周大伟不相信她妈会有这样的善心。

"你妈让我在检讨书上签字时，亲口答应我的。"

"检讨书，什么检讨书？"周大伟显然不知道我为他顶缸的事。

我妈以为周大伟把他打架的事忘了，便敲打他说："大伟，做人要讲良心。你和徐家庄的人打架，不是丁国庆为你背黑锅，你咋能当上兵？”接着把林兰芷找她签字的过程详细地讲了一遍。

周大伟一听，沉默了好一阵才说：“花姨，我真的不知道事情是这个样子，还以为人家没追究我打架的事是我爸替我说了情呢。既然国庆是为我受了连累，他的事我家不能不管。你放心，花姨，我会让我妈管这事的。”

听了周大伟的话，我妈放下心来，说：“大伟，你和国庆都是从小光腚在一块儿长大的孩子，你都成家立业了，国庆还待在乡下，还有杨大头家的大闺女，听说也是受那次打架的连累……”

“杨晓英怎么会受连累？她可是受害者呀！”周大伟不解地问。

“听国庆说，打架的事是杨晓英引起的，不给杨晓英摊点责任，徐家不愿意，要继续闹事。你妈怕事情闹大，影响了你当兵，才让知青办给杨晓英下了个处分。”

周大伟没想到为了他竟然让我和杨晓英都背上了黑锅，不由得黯然神伤。毕竟在部队锻炼受教育几年，因此成熟理智了许多。他告诉我妈，丁国庆和杨晓英都受了他的连累，他俩的事他家都要管。

没过多久，我和杨晓英回城的事果然都有了消息，县里给我们知青点定向下了两个招工指标。既然是定向指标，就没有了竞争对手。接下来是填表、体检、政审等必不可少的程序。柳支书为了讨好我们，以证明不是他阻拦了我俩两年时间，在我们下乡鉴定一栏里，特别让大队会计填上了一段赞誉之词，说我们如何能吃苦耐劳，能服从领导等，把我俩夸成了两朵花。我被分配到县化肥厂，杨晓英被分到了县纺织厂。走的时候，柳支书特别为我俩召开了欢送会。因为我俩是最后一批离开柳庄的，中间又发生了许多误会，柳支书特别感慨，在会上讲了许多话，似有依依不舍之情。那时候，我突然意识到，其实，柳支书是个蛮不错的人，只是我缺少和他沟通。而整个欢送会上，杨晓英一句话都没说，她一直紧绷着脸，甚至连看也没看柳支书一眼。

事后，我才知道，我和杨晓英之所以能返城招工，是林兰芷做了大量工作。林兰芷这个女人很有本事，虽然只是在县直机关工委里当着一个副职，但是，上上下下却都能使得动风。周老铁靠边站并没有影响到她的活动能量，似乎脱离了周老铁的羁绊，她反而更加游刃有余。原来我妈还担心林兰芷会寻找理由推诿这事，没想到这么快我俩就进了工厂。直到周大伟来看我的时候，我才知道，我和杨晓英之所以能那么快被招工，原来是周大伟要挟了他妈林兰芷。林兰芷如果不兑现她在我妈那里许下的诺言，他将把当年徐家庄打架的整个真相披露出来，他愿意承担所有的责任。哪怕开除他自己的公职，也要为我和杨晓英讨个公道。尽管已经过去了多年，林兰芷也断然不同意把徐家庄知青打架的真相告白于天下。那样，周大伟受到什么样的处分且不说，最让林兰芷不能接受的是，她弄虚作假的行为将会影响到她的后半生。特别是在周老铁停职靠边站的关键时刻，这样的丑事一旦暴露，又会给对立面留下一个口实，为周老铁增加一条罪状。林兰芷要极力掩盖这桩丑事，不得不答应了周大伟的要求。从某种意义上说，林兰芷把我和杨晓英调回城里的意愿不是为了我和杨晓英，而是为了她自己和周大伟。

下部

38

小跃进初中没毕业就辍了学。

小跃进辍学的原因有两个，一是逃避上山下乡。那时候，城里的男女青年无论有没有学到多少知识，只要是高、初中毕业生，都被称为“知识青年”，要经历上山下乡这道“接受贫下中农教育”关。小跃进不愿意下乡，便放弃了读初中的机会。小跃进思路对头，但是，却缺少远见。多年之后，他和外国人做起生意时，才后悔自己文化知识的浅显。他在订单上连自己的名字都写得如蝌蚪一般歪歪扭扭。人家还以为他有一个阿拉伯人的名字呢。第二个原因是，我妈一个人的微薄工资能把几口人的肚子填饱已经不错了，要为小跃进付一笔学费便有些捉襟见肘，常常因迟交或者交不上使小跃进难堪而在同学们面前抬不起头来。

辍了学的小跃进闲在家中没事干，便整天胡吃狗游地在我们那座小城的旮旯里转悠，不转悠的时候就在家里蒙头睡大觉。小跃进睡起觉来能一连睡三天三夜，睡觉虽然是一件很享受的事情，但是不吃不喝躺在床上睡得天昏地暗，常人一般很难做到。而小跃进却能做到，可见小跃进不是常人。我妈拿小跃进没办法，骂他他不开口，打他他不还手，像木头人似的任你骂任你打。小跃进成了我妈心头的一块病。

一天晚上，小跃进回来得很晚。一进门，一副灰头土脸的样子，衣裳也弄得脏不拉叽的。我妈刚要吵嘟他，他却笑嘻嘻地从口袋里掏出几张揉得皱巴巴的角票，递给我妈说："妈，往后我再不胡吃狗游了。我找到工作了！"

我妈惊讶地睁大了眼，并没有去接他递过来的钱，而是像审贼似的询问他："从哪儿弄来的钱？"

小跃进理直气壮地说："我工作挣来的呀！"

我妈不相信小跃进找到了工作，她怀疑小跃进的钱来路不明。上次我妈骂他胡吃狗游被他抢白得无话可说。今儿又见他拿回了几张来路不明的角票，气不打一处来，便揪了小跃进的耳朵一边把他朝外拽，一边骂道："你这个小兔崽子，越来越不朝好处学！走，跟我去把钱还给人家！咱人穷志不能穷，当年你开心爸拉棍要饭也没拿过人家一根柴火把。你人没长成，倒学会做贼了！"

小跃进"哇"的一声大哭起来，边哭边争辩："妈，这钱不是偷的，是我挣的！我给人家推煤车子挣的呀！"

在距我们家一条大街两个胡同三个小巷子远的地方，有一个煤场。煤场大门外边有一条斜坡路，拉煤的车子上坡的时候，车夫非常吃力，有的甚至拉到半坡又倒了回去，还常常发生车翻人倒的事故。小跃进胡吃狗游到那里的时候发现了商机，便帮人家推煤车上坡，推一辆车人家给他五分钱，一天推了十六辆煤车，得了七角六分钱（有两个车夫只给了三分钱）。

我妈得知了钱的来历，看到小跃进摔得红肿的胳膊，心疼得抱着小跃进哭起来。边哭边唠叨："乖乖儿，是妈错怪了你。妈给你赔不是。你这么点儿就挣钱养家，都怪妈没本事给你找工作啊！"娘俩哭得鼻涕一把泪一把，我在一边也陪着流眼泪。

我上班的化肥厂要招收一批临时工，负责把生产的化肥运进仓库里。临时工每天工作八小时，一天的工资是八角。我想让小跃进来厂里当临时工，虽然钱少，总算是一份正式工作。和人家说起来，在国营企业里上班，即使谈对象找老婆也算得上一个优越条件，说不定时间长了，还有机会转正呢。小跃进一听却不买账，摇头说："我才不去挣那八毛钱呢，一天八小时被他们管得死死的。我钱不少挣，谁也管不了老子，老子想干多少是多少，多自在。"

小跃进张口老子、闭口老子，都是受我爸丁开心的影响。我讨厌他这种说话的口气，便随他去了。

后来才知道，那时候，小跃进已经垄断了煤场的所有活计，除了帮人家推车外，还帮人家朝车上装煤，装一车煤五角钱，少一分钱煤就装不到车上。活一多小跃进一个人干不了，便召集几个小兄弟组织一个服务队。小跃进自任服务队的队长，亲自推煤车装煤车的活干得少了，他只管揽活和收钱。虽然干活少了，钱却挣得多了，一天收入三元五元很正常。在这种情况下，他怎会舍得他的队长权力到化肥厂当临时工呢？

当时，对小跃进拒绝到化肥厂当临时工的态度我还有意见，向厂领导申请了几次才得到一个临时工指标不能白费了。和杨晓英商量一下，便让杨晓英的弟弟杨晓明顶替了小跃进。能在化肥厂给杨晓明争取到一个临时工指标，未来的门婿儿在杨大头眼里又增加了一些含金量。

杨晓英是杨家的老大，她不结婚她的几个兄弟妹妹就不能结婚，这是我们那座小城的老规矩。"都是大麦先熟，哪有小麦先熟的道理！"我未来的老岳丈杨大头把这样的道理给我妈讲了无数遍，可是，我妈就是一直拖着不给我俩张罗婚事。我妈并不是对杨晓英不满意，也不是对杨大头不满意。反而多次警告我一定要好好待人家闺女。杨家是对咱有恩的人，咱可不能忘恩负义。我妈之所以一直拖着我俩的婚事，是因为她怕委屈了杨晓英。婚姻毕竟是人生的一件大事，杨家养一个大闺女，还没为杨家做贡献，咱就白白地娶回来了，咱心里过意不去啊！以我妈的意思，咋着也得给杨家准备一些聘礼。除了聘礼还有最关键的问题，媳妇娶回家住在哪儿？我家那间破草屋早修缮了多次，一遇雨天还是七漏八淌的。我们娘仨勉强对付，可是总不能让才过门的媳妇和婆婆小叔子同堂为“伍”吧？

我妈决定凑够钱把茅草屋四角落地由一间翻修成三间大瓦房，光光面面地把儿媳妇娶进家门。

我妈的这个计划没有直接给杨大头讲。我把我妈的想法告诉了杨晓英，杨晓英又告诉了她爸。杨大头听了逢人就说，这个老花，真是个讲仁义的娘们，我闺女能摊上这么个明事理的婆婆，也算她的福气。

一听说我妈急着凑钱翻盖房子，小跃进一下子拿出五百元交给我妈。五百元可不是个小数，相当于我一年半不吃不喝才能节省下来的工资。我上班已经两年，省吃俭用才积攒了一百八十元钱呀。我妈看到小跃进把一大沓十元的票子递到她手上，再一次惊讶地张大了嘴巴。

小跃进看着我妈的样子，一边急忙捂着耳朵，一边笑着说：“妈，放心，这钱来得干净，都是靠力气挣下的！”

我妈用手轻轻地在小跃进头上拍了一下，说：“妈放心。只是乍一看见这么多钱，妈有点害怕。”

39

我和杨晓英结婚那天，我们在一起插队时的那帮兄弟姐妹都来了，齐小利、朱有才、李娟等。周大伟和他老婆也来了。周大伟结婚半年了，他老婆已经怀孕，挺着个大肚子。他老婆叫于婷婷，是个很时髦的女人，虽然怀着孕，但是很注重自己的仪表，戴着耳环，烫着卷发，像个翻毛鸡似的。那时候，女人烫发才刚刚兴起，一般的人是不敢去烫的，怕人家说自己追求小资作风。我和杨晓英的婚礼上，来了这么个时髦的女人，倒把打扮得非常中规中矩的杨晓英比了下去。朱有才和李娟那批招工单位是县机械厂。他俩已经结了婚，现在有个两岁的丫头。小丫头也来了，她是我们知青点上的第一个“知二代”。小家伙扎着两条小辫，一双大眼水灵灵的煞是可爱，大家都喜欢得不得了，你抱了他抱，把小丫头的脸蛋儿都亲红了。

我和杨晓英都是观念比较陈旧的人，我俩的婚礼形式是按照我们那座小城传统的方式举行的。因为两方的家庭都不富足，比传统的方式还节省了许多环节。比如传统的方式需要杨晓英那边有四个闺秀陪嫁，男方这边还要有四个女孩儿去接。这八个女孩儿就要多出一桌招待饭。要这么多人接送只是一种形式，为了节省一桌饭，杨晓英都不要了。还有，原计划是租辆马车把杨晓英拉来，杨晓英嫌招摇，坚决不坐马车，便改用架子车拉。小跃进有办法借到架子车，把架子车借来打扫干净上边的煤灰，再搭个篷子，拉新娘子也说得过去。

可是，当天小跃进借回来的不是架子车，却是一辆草绿色的北京吉普！这小跃进真长了能才了，他从哪儿弄来的北京吉普，当时，在我们县城，只有县革委会才有一辆北京吉普，精贵得连领导下乡都不舍得坐，生怕乡下的土路把吉普车颠簸坏了。问小跃进从哪里借来的北京吉普？小跃进说，别问这么多，反正不是偷来的！咱家娶媳妇，不能让人家瞧不起。用架子车拉俺嫂子，恁不嫌寒酸俺还嫌寒酸呢！

可是，杨晓英却不领小跃进的情，说啥也不坐吉普车，就那么步行走过来了。步行走过来的新娘子杨晓英惊动了我们那座小城的老街坊们，比看坐着花轿马车过门的新媳妇的人还多。

婚礼的场面也很简朴，墙上贴了一张毛主席像。我们向毛主席他老人家恭恭敬敬地鞠了三个躬，以表达对他老人家的敬爱。这是那个年代婚礼上必不可少的一个环节。然后拜高堂，高堂是指父母亲。丁开心虽然死了，但是，我妈却在她自己身边放了一把椅子。她说，那把椅子上坐着你爸丁开心。

我和杨晓英对着我妈和那把空椅子磕了三个头，刚要站起来，忽然，听到耳边响起一个声音。那声音说，别忙着站起来呀！你俩才磕了三个头，那是给你妈磕的，还有我的呢！

我吃了一惊，可是，四顾一周，却不见丁开心的影子。尽管如此，我还是拉着杨晓英又跪在地上磕了三个头。

事后杨晓英埋怨我，丁国庆，你搞的哪一套？已经拜过高堂了，为啥又多磕三个头？

我说，你难道没听见丁开心说的话？

杨晓英撇了撇嘴，道，俺那老公爹怕是骨头都沤成灰了，你还在这里装神弄鬼。

我仔细回忆那天的事情，也感到十分蹊跷。我明明听到丁开心的声音了，怎么是装神弄鬼？

夫妻对拜的程序就有些嬉闹了。齐小利、朱有才他们分别强按着我和杨晓英的头，强制着让我俩完成了这道程序。婚礼也由此达到了高潮。

还有一个小插曲不能不说，我妈喊着李师傅的那个人也来了。李师傅已经能唱戏了，不过不再唱过去的那些古装戏，只能唱八个样板戏。李师傅虽然嗓音好，但是，人毕竟是从旧社会过来的黑戏霸，戏中的主要角色轮不到他头上，他只能演一些配角或者是反面角色，比如《沙家浜》中的刁德一，《白毛女》中的黄世仁等。这些角色戏不多，但是李师傅却演得十分认真，把反面角色阴险毒辣的一面刻画得淋漓尽致，常常赢来台下观众一片的叫“骂”声。

我奇怪李师傅怎么会那么准确地在我和杨晓英结婚那天突然来到我家。

后来才得知是我妈提前写信把我的婚期告诉了他。在向李师傅行礼时，我和杨晓英向李师傅三鞠躬已经足够表达我们对他的尊重了。可是，我妈却坚持让我和杨晓英向李师傅行大礼，所谓行大礼就是下跪磕头。这样高的规格只有对自己的亲生父母以及血缘关系最亲近的长辈才使用。我妈让我对李师傅行如此大礼有自己的理由。她说李师傅是她的恩人，没有李师傅她活不到今天，而没有她哪里会有丁国庆。因此，我应该向李师傅行大礼。为了让我妈高兴，我和杨晓英只得向李师傅行了大礼。

最热闹的一个环节是闹洞房。闹洞房的环节应该我和杨晓英是主角，可是，后来，却转向了周大伟和他老婆于婷婷。齐小利起的哄，说周大伟结婚的时候没请咱们去闹洞房，今天要在丁国庆这里闹一闹他们。

小跃进因为杨晓英没坐他找来的北京吉普，本来情绪很低落。后来见大家闹周大伟和于婷婷，情绪马上好转了，加入了闹腾周大伟和于婷婷的行列。

于婷婷是个开放的女子，才不怕他们闹呢。齐小利要她和周大伟亲嘴她就亲，看到他俩当着那么多人的面亲嘴，我和杨晓英都觉得脸红。可是，他们俩却不管不顾，嘴巴亲得吧唧吧唧响。周大伟和于婷婷的亲吻让我们大开了眼界。这在我们那代人的眼里简直是大逆不道的事情。这时候，上演个小插曲。于婷婷刚把周大伟留在她腮边的口水擦干净，小跃进却从一边扑上去，抱着于婷婷，在她脸上“吧唧吧唧”亲了两口。小跃进的“小流氓”有些突然，把所有在场的人都惊呆了。我看到于婷婷两腮绯红，面有愠色。周大伟一副难堪的神情，坐也不是，站也不是。

朱有才充当了和事老的角色，训斥丁跃进道，去，你这个小屁孩，蛋泡子还没长全哩，就来占你嫂子的便宜。爬一边玩儿去，哥几个在这里好好闹腾闹腾！说着，把丁跃进撵了出去，也算为刚才的尴尬场面解了围。

40

没多久，于婷婷生下个孩子。生了孩子的于婷婷自恃对周家有功，于是那一种霸气便渐渐显示出来，常常颐指气使地指挥着周大伟干这干那，给孩子喂奶擦屁股洗屎布等一应家务全都摊派到周大伟头上。周大伟哪里吃得这般苦，只有请林兰芷帮忙。林兰芷升级当了奶奶，这些活也本应该承揽一些。然而，林兰芷是个闲悠惯的人，你让她处理大场面上的事她倒是很乐意，对婆婆妈妈的家务事却不屑于去做。她自己生养的两个孩子都是请保姆带大的，怎么会让自己一个女官人降低到保姆的身份去给孩子擦屎把尿？还有，小跃进亲于婷婷脸蛋的事不知怎么传到了林兰芷耳朵里，并且变成了于婷婷主动要和小跃进亲吻，这让林兰芷对于婷婷产生了更大的成见。她由此对于婷婷的作风问题产生了怀疑。因此，对于婷婷的态度越发不满。谁生的孩子谁伺候，我才不会帮小妖精去做那些家务事呢！“应奶奶是我的职责，伺候孩子是当娘的职责”，这是林兰芷创造的精辟理论。

林兰芷的这种态度让婆媳关系逐渐恶化。林兰芷对媳妇的懒惰和颐指气使不满，常常用教训的口吻为于婷婷上一堂家庭伦理课。而于婷婷对林兰芷的说教自有各种抨击的理由，常常一句话就把林兰芷顶翻了眼。俩人从最初的谨慎措辞发展到出口成“章”的恶语对阵，以至于升级到仇人相见分外眼红的水火难以相容的地步。婆媳之间成了仇敌，周大伟夹在中间，有了如履薄冰如陷火海如上刀山如入地狱般的难受。不能对妈说不是也不能责怪自家老婆，世界上两个和他最亲的女人成了冤家成了他的累赘成了他的克星！

周老铁又出来工作了，只是不再担任革委会主任，因为革委会的牌子已经换成了县委和县政府的牌子。周老铁的新职务是县委书记。这是他第二次被打倒后又重新恢复的职务。周老铁因此成为我们那座小城的不倒翁干部。听人们戏谑地叫他不倒翁，周老铁谦虚地说，我周老铁不过是二落二起，算什么不倒翁？

周老铁成了我们那座小城的一把手，最为扬眉吐气的不是周老铁，而是林兰芷。林兰芷不是和于婷婷正在进行一场场没有硝烟的战争吗？林兰芷决定借周老铁复出的这股强劲东风，结束和于婷婷的战争，即使不能结束战争，也要取得战争的全面胜利。也就是说，她要彻底征服于婷婷这个缺乏教养的儿媳妇！

周大伟和于婷婷的婚姻是在周老铁不得势时定下的。那时候，头戴走资派帽子的周老铁还被关在牛棚里。周大伟从部队退伍回来分配到县百货公司上班后，与同是百货公司职工的于婷婷一见钟情。周大伟钟情于婷婷只是剃头的挑子一头热。于婷婷的确长得貌美如花，如果我们那座小城当时要举行选美大赛的话，荣获冠军的非于婷婷莫属。于婷婷除了长相好看，更为重要的是，还有一个出身清白的家庭，她父亲是一位对共产党有着深厚的无产阶级感情的老工人，是县某中学的工宣队员。那时候，工宣队员的权力是至高无上的。也就是说，于婷婷有着一个“红五类”出身的身份。而周大伟是走资本主义道路当权派的儿子，在当时的情况下，应该划到“黑五类”的人群中去。高傲而又纯洁的红五类于婷婷怎么会嫁给黑五类周大伟呢。

周大伟由此犯上了相思病。当然，周大伟不会承认自己得的是相思病，因为患上相思病的人有可能被批判为有严重的资产阶级思想的落后分子。周大伟只承认自己得的是“心思病”。心思病与相思病的最大区别在一个“心”字。心里有病是可以治疗的，虽然古今中外医术治疗心病还没有研究出最有效的办法，但是，林兰芷却有最好的办法来治疗周大伟的心病。林兰芷看到周大伟为一个女人神魂颠倒的样子，一边骂自己的儿子没出息，一边要仔细调查一下究竟是什么样的女人能把儿子的魂魄给勾走了。

林兰芷是个很有办法的女人，也就是后来人们常说的女能人。在我们那座小城，一个有办法的女人的能力是既能成事，又能坏事。林兰芷就是这种人。具体地说，她不满意的事，她会想尽一切办法去阻止这件事、打破这件事。比如周大伟在当兵之前曾经流露出对杨晓英的好感。林兰芷发现这一苗头，果断地终止了周大伟对杨晓英刚刚萌生的“邪念”。林兰芷找到杨大头的油果子铺，对杨大头的手艺百般阿谀奉承之后，然后话锋一转，转到了周大伟的婚姻大事上。杨大头则从林兰芷的言谈话语中听出林兰芷对他杨大头的鄙视，别让他的女儿杨晓英缠上他家的宝贝儿子周大伟，以免闹出丑事来。杨大头弄明白了林兰芷的真正目的后，毫不客气地说:“告诉你家宝贝儿子，我家闺女比皇帝家的金枝玉叶不差，让他黄鼠狼要吃天鹅肉——早点死了他那个贼心！”林兰芷虽然在杨大头那里受到了侮辱和奚落，但是，她的目的达到了。这件事是周大伟在我家喝醉后讲给我和杨晓英的。这终于解开了藏在我心头多年的谜。

林兰芷了解到周大伟的心思病后，决定对于婷婷做一次深入细致的考察，如果于婷婷能胜任周家的儿媳，她会想尽办法让于婷婷转变思想心甘情愿地做周家的儿媳。如果于婷婷不能胜任周家的儿媳，也就是说，她林兰芷对周大伟圈定的候选儿媳妇不够满意的话，她也自有办法让周大伟回心转意。通过实地考察，林兰芷对于婷婷有了全面的了解。于婷婷高中毕业下乡插了两年队，工宣队员的女儿靠着又红又专的资本，第一批推荐回城，并安排到让人艳羡的县百货公司当了一名女会计。于婷婷还是一个文艺青年，在高中上学时，曾经作为毛泽东思想宣传队的队员参加过县文艺演出，饰演过《红灯记》里的李铁梅和《智取威虎山》中的小常宝。于婷婷虽然唱腔不好，但是形象佳，最适宜扮演革命的后代。好在唱腔有配音演员在幕后替她唱，于婷婷只要随着后台配音演员的唱腔动动嘴就赢得了台下观众的阵阵掌声。林兰芷了解了于婷婷的基本情况后，从各方面综合考虑，认为于婷婷的条件还是胜任做周家的儿媳妇的。林兰芷决定为周大伟医治心思病。

林兰芷不愧是县机关工委的政工干部。林兰芷为周大伟讲述了一堂爱情攻略课，她以自己的亲身体会告诉周大伟，要博取一个女人的爱，首先要抓着这个女人的心。要抓着女人的心，你要投其所好，思她所思，想她所想，爱她所爱，这叫上三招。如果上三招打动不了她的话，那么，你就把自己变成一条蛔虫，钻进她的肚子里去，再不然你就变成一张狗皮膏药，粘在她的屁股上。如果连蛔虫和狗皮膏药也不能让她对你动心的话，你就变成一粒沙子，钻进她那双水灵灵的美丽的大眼睛里去。什么时候她答应了你的要求，你再从她眼睛里滚出来。

周大伟听了林兰芷为他出的主意，担心地说："妈，这些办法中吗？我咋觉得都是些下三烂的馊主意。"

林兰芷生气地说："中不中你只管试。当年你妈就是被你爸的上三招和下三烂折服的。"

周大伟说："既然这是我爸创造的经验，那我就试试。"

林兰芷为周大伟鼓劲说："大伟，只管大胆去试，你不是孤军作战，你妈作为你的后援部队会全力支持你的。"

林兰芷支持周大伟的具体行动分为两步。第一步是以县委机关工委人员的身份找县百货公司的经理谈心，通过谈心活动很巧妙地表达了自己的意图，希望经理能从中做一下于婷婷的思想工作。林兰芷把周大伟与于婷婷的婚姻当成一项政治任务交给了县百货公司经理。县百货公司经理对这项光荣而艰巨的任务自然不敢推诿怠慢。第二步是林兰芷以县机关工委人员的身份拜访了丁工宣队员。丁工宣队员是县机械厂的一位老实憨厚的老工人，一辈子和车床扳手打交道，到了临退休时能荣幸地进入学校成为一名对“臭老九”们的管理者，对各级领导自然感恩戴德。林兰芷作为一名县委领导能光临他的寒舍，让他有了受宠若惊感。及至那双软绵白皙的手向他伸过来主动握着他那只长着老茧的右手时，竟然让他手足无措、涕泪横流。林兰芷没有嫌弃工宣队员破败甚至稍显邋遢的家，心里甚至产生了一种奇怪的疑问，那个如凤凰般的女人难道是在这个如狗窝般的家里养出来的？这种奇怪的念头只是一闪便消失了。林兰芷既然已经决定让于婷婷做自己的儿媳，对她的家庭状况也就忽略不计了。林兰芷和工宣队员寒暄之后，很委婉地说明了自己的来意。当丁工宣队员听明白了县领导的来意后，既感到意外而又荣幸。在他那里，自己的女儿能嫁给县委领导的儿子，算是掉到福窝里了。

周大伟的上三招和下三烂没能扭转乾坤，还是林兰芷的协同作战起到了巨大作用。在百货公司经理多次循循善诱的谈心活动和丁工宣队员一家之长的“包办”下，于婷婷终于答应委身于周大伟。

形势出现了逆转，丁工宣队员头上的光环早已黯然失色，于婷婷也失去了高傲的资本。然而，于婷婷自恃为周家生儿子有功，不识时务地与林兰芷反复较量。这就让林兰芷动了杀机——亲爱的读者千万不要误会。我这里所说的杀机并非林兰芷要行凶杀人。林兰芷还没有疯狂到杀人的程度，林兰芷只是对于婷婷烦透了，所谓的杀机也就是要把于婷婷从周家赶出去。俗话说，请神容易送神难，而于婷婷请来的时候不容易撵走的时候也非易事。当初母子俩协同作战把于婷婷请进周家的时候可谓煞费苦心，而今要赶走于婷婷，林兰芷只能孤军作战。

林兰芷的第一步是授意周大伟“休掉”于婷婷。她的最充足的理由是指责于婷婷作风有问题，与别的男人有染。当着那么多众人的面，她竟敢和别的男人接吻，谁又保证她背地里不和别的男人做肮脏事？

林兰芷对于婷婷作风问题的指责，令周大伟啼笑皆非。他没想到淘气的丁跃进开的一个调皮玩笑，竟然让林兰芷产生了如此大的误解。如果仅以此为理由，就说于婷婷有男女作风问题，这是对于婷婷的最大冤枉。林兰芷授意周大伟休掉于婷婷的命令，被周大伟严词拒绝，他反而在某一个夜晚的床头把林兰芷的阴谋活动密告给了于婷婷。周大伟把林兰芷的阴谋密告于婷婷的初衷并不是让于婷婷更加仇视林兰芷，而是要奉劝于婷婷能对他妈林兰芷礼让一些。而在于婷婷看来，这是母子俩精心合谋对她进行威胁。愤怒不已的于婷婷一脚把周大伟踹下床头，正告周大伟说：

“告诉你那个老不死的娘，想把我赶出周家，除非日头打西边出来！”

林兰芷没有让日头从西边出来的本事，但是，我们那座小城的第一夫人却有“磨动天”的本事。“磨动天”是对女强人的又一个称呼。老街坊们形容某个人有本事，会说：“那谁，能磨动天，没有人家办不成的事。”林兰芷为了达到赶走于婷婷的目的，制造了一桩在我们那座小城前所未有的奇案。某年某月某日的一个凌晨，关于于婷婷与百货公司前经理某某通奸的丑闻在我们那座小城不胫而走。消息的来源不知何处，而整个案情的细节却是有根有梢、有枝有叶。那时候，案情的男主角因在史无前例的运动中有问题而被停职检查，女主角在家中做着与老不死血战到底的斗争。二人对外边传得沸沸扬扬的绯闻还蒙在鼓里。这种难以落实的案情，对遭受厄运的百货公司前经理来说无疑是雪上加霜。而对于女主角来说，则让她原来清纯可爱的形象变成了浪荡风骚的下贱女人。

最先受到此消息刺激的不是周大伟而是周老铁。周老铁第二次走上领导岗位十分重视自己的形象和影响。儿媳妇成为街谈巷议的风骚女子，为他带来的只能是耻辱，他决不容忍在自己的革命家庭中有一个有着如此污点的人物。他首先对夫人林兰芷发难，风流女子是他蹲牛棚期间她教唆儿子用“三上三下”的伎俩引狼入室的。因此，她有不可推卸的责任。林兰芷在接受了丈夫的批评后，显示出一种无可奈何的痛苦状，并适时地把责任推给了儿子周大伟。周老铁把儿子周大伟叫到自己的办公室时，是连同民政局长一起叫来的。周老铁没有给周大伟留狡辩的机会，便作出重要指示，限于中午十二点之前，由民政部门负责协调办理他和于婷婷的离婚手续。至于孩子的抚养等其他枝节问题，则由县妇联主任林兰芷同志妥善处理，不能留任何后遗症！

41

为啥要把周家这件与我家毫无牵连的事情叙述得这么详细？原因是，后来，事情的发展让我妈、我以及周大伟全家都始料未及。

在林兰芷的操纵下，整个事情的发展都按照她的谋划进行着。周大伟在周老铁县委书记和家庭权力的双重威逼下，不得不和于婷婷办理了离婚手续。在林兰芷处理遗留问题时，于婷婷唯一的要求是把不满周岁的儿子带走。在她含恨离开周家时，她才深深体会到什么叫豪门怨深似海！

周大伟和于婷婷离婚的消息周家封锁得很严密。林兰芷担心这件事影响周老铁的声誉，便一再叮嘱民政局局长，要为两人的离婚保密。

在那段时间，我和杨晓英正处于蜜月阶段，哪里顾得管人家的闲事。可是，我顾不得管人家的闲事，却有人专门打听人家的闲事。

一天晚上，丁跃进笑眯眯地回来了。一进门就对我说："哥，告诉你个好消息。"

丁跃进近来生意越来越红火，我还以为他又赚到了一笔钱，便说："不义之财不可贪，合法挣来的钱无论多少，都是好消息。"

丁跃进哧哧笑道："哥，这一次不是挣钱的好消息，是周大伟和于婷婷离婚了。"

"啥？你说啥？"我有些意外和吃惊。

杨晓英也放下手中的活计，瞪着丁跃进说："不会吧，他俩感情挺好的呀。"

丁跃进说："你俩别不信，现在满城人都知道了。林兰芷想把这事瞒着，这又不是捂着盖着的事，能瞒得了吗？"

我说：“这不是啥好消息。”

丁跃进说：“怎么不是好消息？于婷婷出了周家，再也不受林兰芷那娘们的窝囊气了。”

杨晓英话中有话地说：“于婷婷受不受窝囊气，碍你丁跃进啥事？”

丁跃进挠着头皮，嘿嘿笑着说：“是啊，于婷婷受不受窝囊气是不关我的事。可是，我就是高兴。我就是感到……幸福！”

我没好气地熊他：“你幸福个屁！人家离婚咋轮到你幸福？”

丁跃进嬉皮笑脸地说：“不知道因为啥，我就是感到幸福！”说着，还贴着墙拿了个大顶。

看他那种幸灾乐祸的样子，我懒得理他。

我去了周大伟家。

周大伟正躺在床上生闷气，见我来了，一句话没说，竟然“呜呜”地哭起来。

我劝他说：“离婚是两厢情愿的事，没必要这么伤心。”

周大伟呜咽着说：“丁国庆，你不知道，我和于婷婷离婚，全是我妈在后边捣鼓的。我气呀！我气我妈，她太霸道了。”

我说：“也许，你妈是为你好。”

周大伟说：“她哪里是为我好。你还不了解我妈的脾气，她就是个自私、固执、霸道的女人！如果，她不是我妈……咳，丁国庆，我真羡慕你，有一个慈爱贴心的好妈妈。”

周大伟没把话说完，我也不知道他还想说什么。见劝不到他心里去，我坐了一会儿，便告辞出了周家。

杨晓英已经怀孕，这意味着我快要当爸爸了。我妈花淑娴在为杨晓英生孩子做着准备工作，她每天晚上都要加班做针线活。小孩子的帽子、鞋子、棉袄、棉裤、小褥子、小被子等，做了一套又一套。我说：“妈，我和小跃进小的时候，哪个也没这么多穿的用的。你倒是偏心，为孙子准备了这么多。”

我妈笑着说：“你和小跃进没摊上好时候。如今，咱国家改革开放了，咱们的日子一天比一天红火。俺孙子赶上了这好日子，俺可不能委屈他。”妈乐得眼泪都流出来了。

此时的确是我们这个家庭前所未有的好时光。我和杨晓英都成了工人阶级的一员，每月拿着固定的工资，如果加班的话，还有奖金和劳保。我妈在县委大院里已经不做收发工作，现在她在办公室里只是接听电话，再有半年就要退休了。我妈早惦念着退休了，退了休回家专门抱孙子。我妈对林兰芷不照管孙子的做法很有成见。周大伟每次到我家诉苦，我妈都向着于婷婷，而指责林兰芷。我妈说：“媳妇能给咱家生个传宗接代人，是为咱家立了大功，咱不能委屈了她。孙子是咱家的根，咱家的希望，咱不伺候他，难道要让别人伺候？”

除了三口人都有固定的工作，拿着固定的薪水外，小跃进的事业也越来越红火。那年春天，县里表彰了一批万元户。万元户披红戴花坐着小车在大街上游行夸富，敲锣打鼓响器震天。小跃进竟然成了万元户！小跃进穿着西装，打着领带，坐在小轿车里，在我们那座小城兜了一大圈。实话说，小跃进这么一打扮，蛮英俊潇洒的。知道他爹曾经是要饭花子丁开心的人，都啧啧着嘴说，这小子，可比他爹丁开心排场出息多了。

小跃进的万元户是街道居委会推荐上去的。小跃进服务队的范围已经扩大了，不再单一地帮人家推煤车，还建起了蜂窝煤球厂，人员发展到三十多人，有一大半是街道上的闲散人员。这些闲散人员大多是老弱病残。好在这些老弱病残还都能动。小跃进吸收他们进了服务队，无论干多少活，只要到场搭把手，都发一份工资。这些人原来是街道居委会的累赘，现在成了自食其力的劳动者。首功应该归于小跃进，因此，原街道办丁副主任的后代丁跃进成了街道居委会发家致富不忘乡邻的模范。

小跃进已经很少有时间在家里，用他自己的话说，他在外边干着大事业。对于家里其他三位成员小富即安的满足思想，他很不以为然。他对我和杨晓英按部就班领来的那几个“死钱”根本看不到眼里。他说，他没有工资领可他是在捡钱。形势变了，国家改革开放了，政府不再割资本主义尾巴，而是鼓励大家发家致富去捡钱。地上到处是钱，就看你有没有才能看见地上堆积如山的票子！谁捡的钱多谁英雄，谁捡不到钱谁狗熊。谁捡的钱多谁吃香的喝辣的，谁捡的钱多，谁腰里就能挂 BB 机手拿大哥大屁股下坐小轿车住小洋楼漂亮的小妞儿跟在身后一大溜。对于小跃进这种不切实际的胡言乱语，我和我妈都持反对意见，我们希望小跃进说话做事能切合实际一些。那时候，我和我妈为小跃进操心两件事，一是尽快为他找一份固定工作（为此事我妈已经找过周老铁一次，周老铁也答应了我妈，只是要再等一段时间）。二是小跃进已经过罢二十三岁生日，婚姻大事也该解决了。我让杨晓英物色她厂里的女工，看有没有合适的给小跃进介绍一个。杨晓英说：“这事还等你安排？我早物色了几个，可是，一打听跃进没有铁饭碗（正式工作）都没回音了。”看来，要完成第二件事，必须先落实第一件事，为小跃进找一份正式工作成了我们家的头等大事。

让我和我妈想不到的是，没过多久，小跃进领回家个女人。看到那个女人，我和我妈都愣住了。这个女人不是别人，正是周大伟的前妻于婷婷。一开始，我和我妈还没有想到于婷婷会和我家有什么关系，也就是说，我们没有意识到这是小跃进为自己找的女人。

看到我和我妈用疑问的眼神打量着他和于婷婷，小跃进笑着介绍说：“妈，哥，于婷婷你们都认识。过去是周家的媳妇，现在是咱丁家的媳妇！”

尽管我和我妈已经意识到于婷婷跟着小跃进到我家来非同寻常，但是，我和我妈还是感到十分意外。于婷婷曾经是我们那座小城的一枝花，当年嫁给周大伟的时候，她还觉得委屈呢。周大伟和她离了婚，成了二婚头，但是于婷婷是卖剩的红薯不掉价。我们那座小城的许多未婚男青年都像苍蝇看到了掉在地上的一块肥肉似的盯上了她。听说，于婷婷对向她求婚的男人开出了十个条件，每一个条件都苛刻得要命。多优秀的男人她还看不上眼，怎么会答应嫁给小跃进？我这样说并不是说小跃进不优秀，只是觉得小跃进和于婷婷要结成夫妻是一件很奇特的事——这件事让我感到突然，见到此情形，我脑瓜里竟然变成一片空白。

比我更意外和难以接受的是我妈。尴尬和难堪凝固在她的脸上，她的嘴张了半天，才说："小跃进，婚姻大事不可儿戏，八字还没一撇，咋能这么说呢？"

小跃进说："妈，你还不放心呢。婷婷，喊咱妈！"

于婷婷脸上现出一丝红润，轻轻喊了一声"妈"。

我妈含糊其词地"嗯"了一声，实心实意地说："闺女，不是当妈的不同意你俩的婚事，是俺家……咋也不如周家。俺家就这么个样子，小跃进连一份正式的工作也没有。你在周家受够了委屈，要重新迈个门槛，咋着也得挑个好人家。"

于婷婷抬起头，对我妈说："周家这好那好，就是缺一个好婆婆。咱家虽然赶不上周家的家境，却有一个贴心贴肺的善心婆婆……俺就是冲着这点才愿意嫁给丁跃进的！"

我妈听了这话，鼻子一酸几乎要哭出来，喉头哽咽着说："闺女，俺是怕委屈了你呀！"

于婷婷说："大姨，其实，俺也不是像大伟他妈说的那样是个吃嘴怕干活的人。是她不把媳妇当人待，俺进了她家她就把俺当保姆和用人一样使唤，苦活累活不说，吃的用的都管着俺。俺气不过，才和她赌气吵嘴。"于婷婷讲起这些，泪水在眼圈圈里直打转转。

听于婷婷讲了这些，我和我妈都很震惊。过去只听周大伟说于婷婷如何和他妈闹别扭，听林兰芷说于婷婷如何不孝顺不守妇道，却从来不知道于婷婷还有这么多的难言之隐。看来小跃进已经把自己和于婷婷的婚事生米做成了熟饭，不然，他也不会把于婷婷领回家来。只是这事让我和我妈感到唐突。我家和周家本来就有着剪不断理还乱的纠葛。林兰芷一直怀疑我妈和周老铁有着不清不白的关系，林兰芷对于婷婷满肚子意见和牢骚，小跃进像捡了她家便宜似的把于婷婷领回来做媳妇，林兰芷会更瞧不起我家。何况于婷婷还拖着个周家的“油瓶子”，本来是周家的孙子却成了丁家的孙子，不是给剪不断理还乱的两家更添了一团乱麻？再说，于婷婷是周家嫌弃的媳妇，小跃进不缺胳膊不少腿，全全活活的一个大小伙子，要找个媳妇也不难，何必非要找个二婚头！

面对这种局面，我这个当大辈子哥的不好说话，赞成不是反对也不是，只能徐庶进曹营——一言不发。

我妈也想到了这些，但是听于婷婷说得如此辛酸，也不好当面反对，只是模棱两可地对小跃进说：“妈不反对你和婷婷交往，只是结婚的事再等等。一是咱家现在的条件不成熟，住房窄狭，不能把人娶回来住到月亮地里吧？”

小跃进说：“妈，这个你放心，我已经找好了一套房子，我和婷婷就住在那里。”

我妈的第一个理由被小跃进驳回了，她沉吟一下，又说：“婚姻毕竟是一件大事，咱家咋着也得准备些家具啥的……”

不等我妈说完，小跃进又说：“妈，家具我都买现成的！床、衣柜、沙发、饭桌一应俱全，就是床上的被褥床单枕头也备得全全的。”

我妈是要借这些理由为他俩泼泼凉水，使他和于婷婷能冷静头脑重新考虑他们的婚姻合适不合适。如果能有一方在这个过程中认识到他们的结合是一种错误的选择，提出分手也比结婚后再闹着离婚强。可是，小跃进显然是铁了心要娶于婷婷，把一切都准备得这么充分，让我妈找不出任何反对的理由。

但是，我妈毕竟是过来人，她最了解女人的心，见小跃进一副吃了秤砣铁了心的样子，便瞪了他一眼，回头对于婷婷说：“小跃进的心眼儿太实，闺女，你跟了他怕是有吃亏的时候！”

于婷婷说：“大姨，跃进虽然文化水平不高，但是，他为人实诚、心地善良、贴心知己，人又聪明能干，比那种表面光鲜、内里空虚的男人强多了。”

我妈说：“跃进是心眼儿好，也能干。但是，我怕俺这个穷家，对不住你……以我看，你俩别忙着结婚，都再考虑考虑，多听听家里老人家的意见……”

于婷婷红了眼圈，说：“大姨，你是不是嫌弃俺是个过门女？”

我妈急忙摆手说：“闺女，我不是这个意思，我是为你好……”

小跃进说：“妈既然为俺俩好，就啥也不要说了。实话说，俺和婷婷已经谈了快一年了。俺已经商量好，也征求了她爸俺老丈人的意见，后天就把婚事办了！”

我在心里盘算一下，一年前，不正是周大伟和于婷婷离婚不久的时间吗？怪不得当时把人家离婚的事当成好消息来报告呢，原来，早就有了窥伺之心。后来听说，小跃进对前工宣队员的闺女倾羡已久。不是在一年前，而是在六年以前，在他还流着哈喇子的时候，趴在舞台下边对台上光彩照人的“李铁梅”怀着仰慕之心。这一点儿，倒很仿他的亲爹丁开心。

只有杨晓英似乎早已经料到于婷婷会嫁给丁跃进的。听了小跃进的表白，笑着揶揄道：“哪是才谈一年呢？早不就在于婷婷脸上盖了‘戳印’吗！”她说的是小跃进在我结婚时搂着于婷婷亲吻的那场游戏。

于婷婷脸立刻红了，嗔怪道：“嫂子，就是那次，周大伟他妈才编排俺这俺那的……”

杨晓英说：“就该你和小跃进成一家人。我早看出来了，跃进心里只有你。虽然你比跃进大三岁，老辈人讲，‘女大三，抱金砖’，一个男才，一个女貌，日子会过红火的。”

我妈听杨晓英这么说，心里的顾忌也打消了，说：“既然恁俩都没意见，我这当妈的还能有啥？中！啥事都按你俩商量的办。”

林兰芷听说于婷婷嫁给了小跃进，她家的孙子也改姓丁，取名叫丁太，那股子酸劲上来了，跑到我家，在我妈面前说了一些混账话。

我妈早就预料到林兰芷会找上门来，也准备了一些硬气话。林兰芷说一句她怼一句，毫不客气地把她打发走了，气得林兰芷回到家大病一场。

42

年底的时候，周老铁终于通知我妈，让丁跃进到县食品公司屠宰厂上班。屠宰厂虽然听上去有些瘆人，但毕竟是一份国有企业的正式工作。我和我妈都非常高兴，把这个消息告诉小跃进时，小跃进却不买账。

小跃进说："我才不去和那些畜生打交道呢！妈、哥，实话说，我现在挣的钱，比你俩挣的钱加起来还多。钱挣得多，又没人管，哪像俺哥和嫂子，上班晚去一会儿，还要扣工资，晚上还要加夜班，累死累活的。"

小跃进一番话让我和妈都很意外。能当上国家的正式工人是我们梦寐以求的希望，当了工人，等于端上了铁饭碗，不比你给人家推煤车强一百倍？我用教训的口吻对他说："跃进，这份工作是咱妈求爷爷告奶奶给你争来的，你别不知好歹！我告诉你，这可是国家的正式工，不是县化肥厂的临时工。"

对我推心置腹的劝说，小跃进却不以为然，他嬉皮笑脸地说："妈、哥，我知道你俩是为我好。可是，我真的不想去屠宰厂当那个正式工。您看，我推煤车、打煤球，舍得下力气，不是照样挣钱？我不偷抢，我不违法，靠出力挣钱，还受政府的表扬和奖励。我不羡慕国家正式工。我已经闲悠惯了，不端人家的碗，不受人家的管。再说，真让我整天和那些畜生打交道，我非发疯不可！"

丁跃进真真假假地说着，无论我和我妈如何苦口婆心地劝导，他就是不同意去屠宰厂。我以为小跃进是嫌弃屠宰厂的活脏，便和他商量，同他交换一下，让他去我们化肥厂，我去屠宰厂。

小跃进听了，感动地说：“哥，别为我的事费心了。国家改革开放，现在政府大力提倡发展民营企业，铁饭碗不吃香了。我的服务队没大的前景，现在只是小打小闹。我要当大老板，正筹划着建一座化工厂呢。”

小跃进的这番话让我和我妈目瞪口呆。天哪，放着铁饭碗他不端，连他自己辛苦拉起来的服务队他也看不上眼了，还要建化工厂！小跃进这种不切实际的妄想让我这个当哥的恨不得打他几巴掌，给他发昏的脑瓜泼一盆冷水，让他好好地清醒一下。我抬了抬自己的手，终于没有打下去。我看到小跃进的目光里充满了那种常有的固执和自信——他的这种眼神在我们的少年时代常常出现。我得承认，我这个兄弟是个非常有主见的家伙。当年我拿不定主意的时候，小跃进总是果断地为我这个当哥哥的出谋划策。小跃进为人处世的果敢坚决与我优柔寡断、前怕狼后怕虎的性格形成鲜明的对比。本来是要让小跃进的脑瓜清醒的，看到他自信的目光，我忽然冷静下来。时势造英雄，兴许这个家伙真能折腾出一番大事业呢！

我妈则认为小跃进是想钱想疯了。她握着小跃进的手，担忧地说：“小跃进，你可不能犯糊涂！办啥的工厂，那是你操心的事？那是政府的事。”

小跃进说：“现在政府允许私人办企业。”

我妈说：“就是政府允许咱也不办，办工厂得多少钱？咱到哪里去筹那么多钱？”

我虽然不准备再阻拦他，希望他能实现梦想，但是还是提醒他说：“不单是钱的问题，还有技术、管理等许多的问题。办工厂可不是说办就办的。”

小跃进眨巴眨巴眼，说：“妈、哥，这些恁都不用操心。将来，等我的工厂办起来了，你和嫂子都到咱厂里上班，你当副厂长，嫂子当……会计，你俩都不用加班加点拼命挣那几个小钱了！”

小跃进越说越不照趟，劝不动他去国营单位上班，也只得随他去了。

没过多久，小跃进要办化工厂的事在我们那座小城传开了，一个仅读过小学六年级的半吊子家伙要办化工厂，简直是异想天开的事情。最不相信丁跃进能办成化工厂的是我和我妈，因为我和我妈最了解丁跃进有几斤几两，他就是浑身是铁也打不了几颗铆钉，又怎能办起一座大工厂？说大话可以，吹牛皮不报税，要办工厂是需要实力的啊！那一段时间，小跃进东奔西跑地忙活，很少回家，比我们这些上班族不知要忙活多少倍。看着他一天天瘦下去，眼圈黑了下去，我妈心疼得直掉眼泪，劝他：“小跃进，你就别瞎折腾了，还是到屠宰厂去上班吧，挣一份牢靠的工资，安安生生地过日子，比啥都好！”

丁跃进说：“妈，我知道你和我哥都不相信我能建成化工厂，不单你和我哥不相信，咱们小城的许多人都不相信。他们说一个叫花子‘造’出来的货能有啥能才建工厂？我爸丁开心死这么多年了，他们还在讥笑他。他们看不起丁开心，看不起丁开心的儿子，看不起咱们丁家！为了我爸，为了咱丁家，我也要把化工厂建起来，我非要把化工厂建起来不可！”小跃进说着，竟然“哇哇”地大哭起来。

没想到看上去粗枝大叶的小跃进还有这么沉重的心思。小跃进这番话把我和我妈的心都说疼了。我妈也哭起来。我想起丁开心活着时为一家人讨口吃的情景，也不由得伤感流泪。

杨晓英看到我们母子三人伤心的样子，擦着眼泪说：“快别提过去那些伤心的事了。现在遇上了国家改革开放的好日子，政府提倡发展民营经济，跃进要办工厂是好事，正符合国家政策。咱帮不上他的忙，也别再打他的绊了。”

小跃进建化工厂的事终于有了眉目，立项，拿批文，选厂址等一些烦琐的手续都办了下来。让我惊讶的是，小跃进竟然熟悉和了解那么多复杂的程序！

小跃进向我解释，要办这些手续，我哪有恁大能才？我有一个团队，还有一个高参，是这个团队和高参帮我把这些手续拿下来的！

天哪，他还有团队，还有高参！

丁跃进这话让我目瞪口呆！

丁跃进的高参并不姓高，而是姓于。于高参是北京人，他的身份很神秘，连丁跃进对他也了解不多。不过，鼓励丁跃进决心办化工厂，并且为丁跃进提供资金、技术等支持的全是这位于高参。若不是这位于高参，丁跃进还只能是他那个服务队的一个队长。

讲到这儿，亲爱的读者一定以为我是故弄玄虚，把于高参说得如此神秘，如此神通广大，是不是为了吸引读者的眼球？亲爱的读者如果这样想的话，那就是误解了我。我是过了很长时间才了解情况的细枝末节的。那时候，我才相信发生在我们家的这个神话般的故事是事出有因。为了消除亲爱的读者对我的误解，我把我所了解的情况详细叙述一下。

事情其实很简单。简单是因为小跃进做了那件事情后很快就忘记了，他对谁也没有提起过。小跃进认为他做的那件事根本不足挂齿，是个正常的人在那样一种危急时刻都会伸出手去帮助人家的。小跃进说，帮助人家自己损失不了啥，不帮助人家情理上说不过去。

那是一年前的事儿，小跃进还没和于婷婷结婚。小跃进从服务队往家走，经过一个偏僻小巷的时候，看到地上躺着一个人。地上没有床，距离招待所宾馆饭店浴池啥的又很远，这个人为啥躺在这儿？小跃进想，正常人要睡觉不会躺在这儿的，只有醉汉才可能把马路当作床。小跃进向那人看了一眼，看出了异样来。那人脸色蜡黄，头上冒着汗珠。那个时候正是冬季，躺在冰冷的地上的人头上冒汗绝不是正常的事情。再看那张蜡黄的脸上一副痛苦不堪的样子，小跃进这才意识到，这个人不是醉汉。之所以在这儿躺着，是突然得了急病，得了连走路都不能走的病才躺在这儿的。小跃进意识到这些的时候，想把那人扶起来送往医院。可是，当他俯下身子，却发现要扶着那人走根本是不现实的——那人已经不能走路了！小跃进只得自认倒霉地蹲下身子，把那人背到背上，然后咬着牙把那人背进了我们那座小城条件最好的医院里。那人得的是急性胃穿孔。急性胃穿孔也不算多大的病。但是，如果不是小跃进及时把病人送进医院抢救的话，急性胃穿孔就成了大病，大到能夺走那个人的性命。

事情又很复杂。那个被救的人病好出院时，非要医生告诉他是谁把他从马路边拉到医院的。他说他从来没有坐过那样的“救护车”。那辆“救护车”一点儿也不颠簸，车上的“救生床”舒适软和，躺上去让他很踏实。使他消除了死亡带给他的恐惧和焦灼。他要亲自看一看那究竟是怎样的一辆“救护车”？他要好好地感谢那辆“救护车”！

医生面对患者的要求却很漠然。那时候，我们那座小城还没有一辆救护车，到哪里去帮他寻找那辆“救护车”？

一个护士忽然记起，是一个脸上涂抹着煤灰的年轻人把患者背进医院的。当时，那个年轻人还为他交了住院费，护士还以为那个年轻人是患者的亲属。现在想起来，自从年轻人看到患者被送进手术室后，他就离开这里，并且再也没有出现过。护士把送他来医院的年轻人对患者讲了一下。患者突然激动地说：“就是他！我要找的‘救护车’就是他！”

医院根据护士讲述的年轻人脸上有煤灰的特征，派人到我们那座小城的几个煤店去寻找，便在服务队找到了“救护车”小跃进。

被小跃进救助的那个人是北京某国有化工企业的总工程师，姓于，不知道啥原因来我们那座小城的。那天他从宾馆里出来，单独一人溜达着欣赏古老的小城独具特色的风物人情，没想到竟突发重病使他疼痛难忍倒在地上。后来，据小跃进讲述，他把病人朝医院送时，完全没想到要得到回报。他只是出于自己的本能。他说，看那人昏迷不醒地躺在地上，不救人家良心上咋也说不过去。

于总病愈出院后，到服务队拜见了小跃进，并拿出一沓人民币酬谢救命恩人。小跃进很谦虚地谢绝了于总的酬谢。他笑着对于总说："我这辆'救护车'拉着你往医院跑的时候，并没有想到钱。如果那时候想到钱的话我会讨价还价的。正如我们服务队帮人推一辆煤车，他给我五分，我向他要一毛一样。"

更为复杂的是，事情到这个时候并没有结束。于总的身份终于弄清楚了。原来，于总也是本小城的人，只不过他是幼年跟随父母去东北的。大学毕业后，于总分配到北京工作。父母亲先后在东北去世。二老闭眼前，叮咛于总一定要回豫东平原上的那个小城的老家一趟。家里还有他一个堂叔。父母希望他们的堂弟能在老家为他们寻找一片安置骨灰的地方。于总的堂叔就是前工宣队员。那时，小跃进不是正在死缠硬磨地追求着寡居在家的处于落魄悲愤时期的于婷婷吗？当时，于婷婷对小跃进的狂热追求还在犹豫不决，没有明确答复小跃进的求婚。而小跃进临危救人的感人故事却成了他求婚历程的助推器。当然，小跃进在救人的时候并没想到他做下的那件事会促成于婷婷对她的求婚不再犹豫不决，而是痛下决心把自己的后半辈子委托给这个有着美好德行的男人。小跃进就是这样走了狗屎运——桃花运和财运。一个要饭花子的后代俘获了我们那座小城一位最美丽的女人的心！于总把救他性命的未来的堂妹夫视为恩人。靠推煤车打煤球谋生的小富即安的服务队前队长，靠他老婆的堂哥的大力支持，得到了晋升著名民营企业家的机遇。

于总离开我们那座小城不久，就给小跃进寄来了信，说要帮丁跃进同志建一座化工厂，以帮助服务队的全体人员安排就业，使他们不至于再风尘仆仆地帮人推煤车而挣钱来养家糊口。丁跃进看到这封信还没有回过味来，于总便带着一班人马来到了我们那座小城。接下来，一个奇迹毫无征兆地在我们那座小城发生了。靠为别人推煤车挣几个血汗钱的叫花子的后代丁跃进，突然要建一座现代化的化工厂。这件事首先引起了我们那座小城各级领导的高度关注，上自县委书记、人民政府县长，下至街道居委会主任，都把这件利国利民更有利于我们那座小城经济发展的大事放在了重中之重的位置！丁跃进不再是靠推煤车打煤球的临时工，也不再是胸戴大红花游街夸富的万元户，丁跃进成了一座现代化工厂的厂长！丁跃进成了一颗耀眼的企业新星！丁跃进成为一个神话被我们那座小城的老街坊们传说着！

死了多年也许连骨头都已经沤成灰的丁开心突然被人们提起。人们提起街道办前副主任是因为他的灵魂在我们那座小城显现。有人说，某个凌晨，自己曾亲眼看到从丁家的房顶上腾飞起一条长着翅膀的金龙。还有人说，自己看到丁开心穿着西装、打着领带，背着手神气活现地在新建起的化工厂的大门口转悠……

各种传说不一。

我和我妈根本不相信那些没根没梢的传说。但是，小跃进建起了一座化工厂却是不争的事实！

43

丁改革已经能蹒跚着走路了。小家伙真是像气吹着似的长个儿。我妈说，小国庆和小跃进像丁改革这么大的时候，瘦得皮包骨头，胸脯上的几根肋骨挑着一个头，整日“哇哇”叫着朝我怀里拱。拱也是瞎拱，我的两个奶头子瘪得像倒空的破麻袋，哪里能挤出一滴奶水来？我妈讲起这些又心酸得流下了泪。

我和杨晓英不愿让我妈再讲那些令人痛苦的往事，总是和她打岔，说些让她高兴的事。我妈在单位退了休，却在我家里又上了岗。我妈的岗位职责主要是照顾丁改革。丁改革能这么健壮地生长着，与我妈贴心贴肺的照养分不开。其实照顾孩子是一件很累人的活儿，林兰芷就是因为怕累不愿为周大伟看孩子，才把一个家闹得分崩离析，鸡飞狗跳的。我和杨晓英怕我妈受累了也不愿说，多次提出来由杨晓英照管丁改革，可是我妈不同意。我妈说她的孙子别人照管她不放心（即便是孩子的亲妈她也不放心）！我妈还说，趁年轻你俩抓紧再生一个，名字我都想好了，叫丁开放。丁改革和丁开放放在一起更好养。我妈的这种论调是不是她的经验之谈我不知道。她的真实心愿是希望我和杨晓英再生一个女孩儿。我妈没有闺女，却喜欢女孩。我妈说，女孩是娘的小棉袄，也是奶奶的小棉袄，长到十多岁大，就能陪奶奶到浴池里去洗澡，帮奶奶搬小板凳了。

那时候，单位里已经开始宣传计划生育政策，鼓励我们这些四〇五〇六〇后（二十世纪四十年代和五六十年代出生的人）的青年夫妇少生优育。我和杨晓英也有想法，虽然觉得一个孩子有点儿少，但是，一个丁改革就够妈累的了，如果再生一个还要她照顾，不又添一份负担？因此，便借口有计生政策，等过个几年再说生孩子的事。

丁跃进和于婷婷结婚后一直在外边住，于婷婷没过多久就怀了孕，一直在家里休养。本来我妈要把丁太接回我家一块儿照看的，被于婷婷婉言拒绝了。于婷婷说一个丁改革就够妈忙活的了，再加一个丁太不是更累？丁太被送进了寄宿制幼儿园，每周接回家一次。我妈也没有坚持，不是怕受累，而是担心林兰芷找上门来惹是生非。

林兰芷对我妈变得客气多了，隔长不短地到我家来一趟，和我妈拉些家常话，不时地打听一些有关于婷婷的情况，问于婷婷回来过没有，多长时间才回来一次？周宝淘气不淘？周宝就是丁太。林兰芷认为，于婷婷即使改嫁，周宝也是他们周家的根，不应该叫丁太而应该叫周宝。于婷婷为孩子改名改姓是和她周家较劲。当时周大伟和她离婚的时候，是觉得孩子小，怕留在周家没人照顾才答应她带走的，却没想到她会给孩子改名换姓。于婷婷这个女人太不懂事理，明明是周大伟的孩子怎么能姓丁呢？林兰芷说着说着就上了火，牢骚满腹地把于婷婷说得一无是处。丁家不缺孙子，于婷婷坚持要把周宝改为丁姓，我家也不好阻拦。

林兰芷为此事在我妈面前说三道四，让我妈很不满意，便说：“孩子是你们周家自愿断给于婷婷的。于婷婷是孩子的妈，她想给孩子改名换姓，别人又如何管得了。你周家既然不要这个孩子，还操心孩子的事干啥？”

林兰芷把眼一瞪，盛气凌人地说：“谁说周家不要这个孩子？孩子姓周，是周家的根，于婷婷她就是再嫁一百个男人，这孩子也只能姓周，不能改为别人家的姓！”

我妈听林兰芷说话如此霸道，也没有好声气地说：“孩子是于婷婷辛辛苦苦操持大的，孩子叫啥姓啥，只有于婷婷说了算，谁也管不了。”

林兰芷认为我妈是向着于婷婷的，便说：“花淑娴，你家已经有了孙子，还要和俺争孙子呀？”

我妈听林兰芷这么说，故意气她说：“再有两个孙子我也不嫌多，照顾孙子再累，我心里痛快。孙子多，是我的福气。”

林兰芷就是因为怕苦怕累，不愿照顾孙子才和于婷婷闹掰的。听我妈夹枪夹棒地挖苦她，气得说不出话来，从鼻子里“哼”了一声，站起来走了。

小跃进忙着化工厂的事很少回家，于婷婷自从怀了孕就请了假。其实，不到临产期是没有必要请假的。但是小跃进心疼自己的老婆，到百货公司找到领导亲自为于婷婷请了长假。

当时，全国面临着计划经济向市场经济转型，各种商品不再被属于国营的百货公司垄断，过去凭票供应的自行车、缝纫机等类商品不再紧俏。百货公司已经是明日黄花，不再像过去那样有着特殊的优势，公司职工的思想处于动荡不安的混乱局面。小跃进为于婷婷请长期假的条件是“停薪留职”。也就是说，在请假期间不领工资只保留职位。这种请假方式在那个时期很流行，是我国改革开放初期，许多国有企业的职工干部一种长期请假的方式。这种请假方式给职工留了一条后路，一旦国家政策收紧，再由市场经济回到计划经济，仍旧回单位端自己旱涝保收的铁饭碗。国营企业转型之后，许多有权势有门路的人都转到了机关。机关工作人员是财政发工资，算得上是金饭碗。周大伟在他妈的运作下，转到县财政局去了。县财政局是管钱的地方，在我们那座小城算得上最好的单位了，不是谁想进去就能进去的。于婷婷如果还是周家媳妇的话，没准儿也能跳槽寻个好地方。于婷婷成了丁跃进的老婆，丁跃进没有权力改变于婷婷的工作岗位。可是，丁跃进已经不是当初靠推煤车打煤球的小工子，丁跃进已经成了我们那座小城的著名企业家。著名企业家丁跃进财大气粗，不靠老婆挣那几个钱养家糊口，所以才财大气粗地为老婆办理了“停薪留职”的手续。

于婷婷是我们那座小城第一位做专职太太的女人。

丁跃进新买的房子是个四合院，比我家住的房子宽敞多了。四合院也在幸福街上。丁跃进为啥要在幸福街买房子？是为了满足于婷婷的愿望。周大伟家不是住在幸福街吗？于婷婷被周家赶出幸福街时，怀了一肚子仇恨和怨气。她曾经在心里发誓，有朝一日一定要回幸福街，和那老不死的老狐狸精比个高低——气死她！气不死她也要磨瞎她的眼。

虽然和周家同在一条街上，但是，门与门却隔着一段距离。丁跃进和我妈商量多次，要我妈搬过去同他们一起住。我妈在这里住习惯了，不同意去。再说，她可不情愿与林兰芷天天抬头不见低头见的。于婷婷做了专职太太后，一个人待在空落落的大院子里，闲得怪没趣的，便隔长不短地到我家来。一次，我妈向于婷婷提起给丁太改名的事，劝于婷婷还是把丁太的名字改过去。因为丁太毕竟是周家的孙子。

于婷婷自从和丁跃进结婚后，还从来没有和我妈打过绊。一听我妈突然提到要给丁太改名，便冷下脸来，说："妈，我是丁家的媳妇，我生的孩子姓丁有啥错吗？"

我妈急忙说："婷婷，你别多心，我可没拿你当外人。只是……只是，林兰芷……"

没等我妈说完，于婷婷便说："妈，我知道了，准是林兰芷那个老狐狸精来咱家说三道四了。林兰芷就是个祸害精，是她把俺娘俩赶出的门，孙子也是她不要的，现在倒要管孩子姓啥名谁，管得着吗？俺就要孩子姓丁，气死她个老狐狸精！"

我妈叹了一口气，说："林兰芷是个铁嘴鸭子豆腐心，浑起来做啥事都不计后果，清醒过来又后悔得摔头找不到硬地儿。孩子毕竟是周家的根，等孩子长大懂事了，知道自己本来是周家的根却成了丁家的人，不定咋想呢？听妈的劝，还是把孩子送给周家吧！"

于婷婷眼里含着泪，说："妈，你说得有道理。可是，我就是舍不得孩子，我就是不愿意让孩子成个没有亲娘的孩子！"

我妈说："孩子没有亲娘娘心疼，孩子没有亲爹爹不心疼？婷婷，我不是多见这个孩子。你眼看着又要生了，这生下来的一个既有娘又有爹，等他长大了，就是咋苛酷他，他也不会怪罪你。而这个没有亲爹的孩子，你就是啥都依着他，他也不一定认为你疼他。"

于婷婷说："我就不信，我割给他块肉吃，他还能把我这亲妈不当妈！"

我妈无论如何劝说，也说不到于婷婷心里去，就是不愿把孩子送给周家。我妈担心早晚一天会出事。没过多久，果然出事了。

那个周末，于婷婷突然来找我妈，问我妈把丁太接来没有。

丁太上的幼儿园是寄宿制，每周末家长把孩子接回家一天，星期日下午再送到幼儿园。那个周末于婷婷去接丁太，幼儿园的阿姨说，丁太在两天前已经被他奶奶接走了。他奶奶说提前接走他是要出一趟远门。于婷婷一听急了，还和阿姨吵了几句嘴，说是咋随便让别人把孩子接走呢！阿姨也感到委屈，孩子的奶奶咋能是别人呢！于婷婷也顾不得和她解释，便直奔我家来寻丁太。

我妈意识到准是林兰芷把丁太接走的。我妈太了解这个女人了，兔子急了还咬人，何况林兰芷不是兔子，她比兔子要凶狠得多。她在我妈这里曾多次流露出要从于婷婷那里夺回孙子的念头，只是没想到她会采取这种方式把孙子抢走。我妈虽然这么想，心里也没底，万一不是林兰芷把孩子接走的呢？看到于婷婷急得要哭的样子，我妈也很着急，说："先弄清楚，我到她家去一趟，看是不是林兰芷把孩子接走的。你再到幼儿园仔细问问阿姨，究竟是个长得啥样的奶奶把孩子接走的？"

林兰芷正给丁太喂奶。丁太不听话，把喝下去的奶吐了一身。林兰芷气得要打孩子，看到我妈来了，慌忙要把丁太藏到里间屋去。

看到小丁太，我妈心里一块石头落了地。她对林兰芷说："不用害怕，我不是来跟你抢孙子的。"

林兰芷这才镇定下来，说："我家的孙子，你抢也抢不走！"

"你把孩子领回来，总得和于婷婷打个招呼呀，把她急得到处找。"

"她已经不是周家的媳妇，我把周家的孙子领回家为啥要给她打招呼？"

林兰芷这么蛮不讲理，把我妈气得好一阵说不出话来。可是，孩子究竟跟着谁，总得有个解决办法，想到这，便耐着性子说："林主任，咱们都是当长辈的，不能和小辈人计较。婷婷虽然不是你周家的媳妇了，可是孩子是她生的，她是孩子的妈。当初离婚时是你同意让她把孩子带走的，就表明你同意孩子让她抚养。

现在你想孙子了，也不是不可以把孙子接回来住两天，但是，你就这么把孩子领回来是个当长辈的该做的吗？如果于婷婷闹上门来，硬把孩子带走，你拦得住？”

我妈的话把林兰芷说得脸上白一阵红一阵，半天才说：“我这么做也是迫不得已。我想孙子，可是，于婷婷连孙子的面也不让我见，咋会同意我把孙子领回来？”

我妈从林兰芷的话音里听出了她对自己这一做法的悔改之意，便说：“人家说可怜天下父母心，咱们这些当奶奶的是孙子连着心。儿子大了，不让当娘的再牵挂了，孙子便成了奶奶心头的肉，这叫隔辈儿亲。没听人家说，现下‘娶个媳妇是买的，生个孙子是奶的’，咱家的媳妇不是买的，可孙子还真是奶奶心头的一块儿肉！”

林兰芷说：“淑娴，你这话说得在理。当初我不想管孙子，其实，是怕把于婷婷惯坏了。”

我妈说：“过去的事一巴掌拍到箱子里都不讲了，就说眼下的事咋办吧。你硬把孙子领回来，总不能就这么把他捂着盖着一辈子。孙子早晚还要去上学，于婷婷即便现在不来和你要孩子，等孙子上学的时候，她和你一样到学校不打招呼把孩子领回家，你拦得了？”

林兰芷听了，一把抓着我妈的手，哀求道：“淑娴，你是个通情达理的人。你劝劝于婷婷，就把孩子还给周家吧！”

我妈想了想说：“于婷婷也不是不讲道理的人，你得等我慢慢劝她。强扭的瓜不甜，等到她愿意把孩子还给你的时候，孙子才会跟你亲。不过，现在，我还是先把孩子领走。不然，于婷婷会急坏的，反而会把事情弄得更僵！”

林兰芷听了，沉吟好一阵，对我妈把孩子领走似有不舍。但是，考虑了好一会儿，还是同意我妈把丁太领走了。

44

本来不打算这么快就要第二个孩子，可是，就那么一不小心，杨晓英又怀上了。杨晓英发现自己怀孕后，非常沮丧，愁眉苦脸地说：“这肚子咋就那么不经折腾，不就一次吗，咋又怀上了？”

虽然计划过几年再要二胎，可是，既然怀上了，也算个好事。我抚摸着她的肚皮，戏谑道：“老婆，是因为你这块土地肥沃，种子一下去就发了芽！比周大伟第二任老婆的肚子强多了。”周大伟和他的第二任老婆折腾几年了，他老婆的肚子还没有动静。

杨晓英打开我的手，骂道：“去去，滚一边去！也不只是我这里地肥，还不是你播下的种子优良！”

我拍着她的肚皮说：“赶快生，咱妈单等着抱孙女呢。再过几年她老人家轱辘不能动了，你生了孩子她想抱也抱不动了。”

杨晓英突然担忧地说：“只是计划生育工作抓得越来越紧了，昨儿我们车间主任还说，近期县里要对适龄妇女进行孕检。”

“孕检？啥叫孕检？”我不明白地问。

杨晓英说：“傻瓜，就是检查妇女怀孕的情况。”

我明白了，说：“丁改革生下来之前，咱妈不是也领着你到医院进行过检查吗？说是检查胎位正不正，县里组织孕检，正好省了咱妈陪着你再跑一趟。”

杨晓英说：“孕检可不是检查胎位正不正，是检查不该怀孕的怀孕了没有。如果没有生育指标怀了孕就要流产、堕胎。”

我在化肥厂上班，化肥厂大多是男工，虽然领导也讲过让大家计划生育，把你那个播撒种子的“机器”控制一下，可是，从来没有讲过孕检啦、指标啦、流产啦、堕胎啦这些具体的名词。听杨晓英讲到这些，怪吓人的，便说：“庄稼苗子已经长起来了，还能拔掉不成？”

杨晓英说："庄稼苗子不会拔掉，可是计划外怀孕要刮掉。"

我说："那就不去孕检，谁还能拿根绳子绑你去？"

"人家不绑你，可是却有办法让你自个去。"

"这就奇怪了，只要你自个不愿去，谁有办法让你自愿去？"

杨晓英道："丁国庆，你是装疯卖傻还是真不懂？厂里端着你的饭碗，你敢不听厂领导的话，就停你的工，停发工资，往严重了说还要开除你。"

我不由得抽了一口冷气，说："生孩子和发工资是两回事，难道怀孕生孩子还犯法？"

杨晓英道："不是违法是违背了政策。政策不让你多生你就不能多生，多生了就要罚款、停职直至开除。"县纺纱厂女工多，是计划生育工作的重点单位，因此各项计划生育政策贯彻得既早又具体。杨晓英像朗诵似的把那些政策条文对我宣讲了一遍。

尽管我已经预感到，要保着杨晓英肚里的孩子会有许多麻烦，但是，我还是舍不得让杨晓英打掉这个孩子。而杨晓英为了工资，为了保住她来之不易的工作，却准备舍弃孩子。那些天，我和杨晓英暗暗地较着劲，一个要扼杀即将来到这个世上的一条生命，一个要竭尽全力地保护这条生命。为防止杨晓英一个人偷偷地去医院做流产，我和杨晓英形影不离，我在厂里请了假，一步不离地跟紧着她。就是她上班的时候，我也等在车间门口，成了她忠实的保镖。

我妈听说杨晓英又怀了孕，高兴得连脸上的皱纹都笑开了花，家里的活计她大包大揽了，不让杨晓英插手，怕杨晓英动了胎气。我请假监视杨晓英的行动在她看来是对杨晓英的关切照顾，还表扬我知道疼媳妇儿，比你那死鬼爹丁开心强多了。后来听说是怕杨晓英流产才这么做，便有些着急，说："丁改革他妈，可不要做傻事，咋说那也是一条命！说不定是老天爷派来的一颗星宿脱胎到咱家的，咱可不能坏良心断了他一条命！"

我妈说得神乎其神，把杨晓英吓得再也不敢提流产的事了。

可是，距县里大孕检的日子越来越近了，杨晓英只要参加了孕检，怀上二胎的事就网包兜猪娃——露蹄爪了。到那时肚子里的孩子不但要刮掉，说不定还要受到惩罚，因此，她整天一副愁眉苦脸的样子。

就这么熬着也不是办法，怎样才能既不流产也不受罚呢？要解决这些问题，首先必须过孕检这一关，只有过去孕检这一关，以后的事就好办了。是我和我妈坚持要保着这个孩子，我和我妈就得想办法解决眼下这个最迫切的问题。那些天，我和我妈都绞尽了脑汁想办法，可是，想得脑门子疼也没有啥好的办法。

正是那个时候，林兰芷又来了我家，询问我妈做通了于婷婷的思想工作没有。林兰芷为了要回孙子，对我妈非常客气，再不像以往那样，在我妈面前摆出一副居高临下的样子。林兰芷还破天荒地地给我家带来一些礼物，是非常流行的橘子汁和桃罐头。在当时来说，这些都算上等的礼品。为丁太的事，我妈还没来得及去做于婷婷的工作，看到林兰芷拿来那么多礼物，觉得受之有愧，便说："他林姨，你太客气了。我们这个家庭哪里能够享受这么贵重的礼物，你还是把东西拿回去，给周主任补补身子吧！"

林兰芷套着近乎说："淑娴，快别说客套话了！咱俩家咋说也搁过几年邻居。俗话说，远亲不如近邻，我现在是真体会到了，亲戚再亲也不如有家好邻居。咱两家过去虽然也因小孩子闹过别扭，那都是'四人帮'害的！咱谁也不能计较，往后咱都朝前看，好日子在后头呢！"

应该承认，林兰芷的确是一名优秀的政工干部，说起话来理论联系实际。林兰芷把她和我家的矛盾归结到"四人帮"身上，确实有些牵强附会。不过，那个时候，全国都在批判"四人帮"，她一直认为她和周老铁都是深受"四人帮"迫害的老干部。因此，才处处把一切责任归结到"四人帮"头上，倒也说得过去。

我妈听了林兰芷的表白，笑了笑，说："他林姨，大道理俺说不上来。俺只知道，做人做事要实诚，人和人之间不能隔心，不能要点子，你敬我三尺，我咋也得回报你一丈。人心都是肉长的，你对人家好了，人家才不会辜负你！”

林兰芷说：“淑娴，你说的都是大实话，我也是这么想的。就俺家孙子的事，你说怕于婷婷生气，先把他领回去，俺立马同意了。可是，时间已经过去了这么多天，于婷婷是咋说的呀？”

林兰芷终于扯到了正题上。其实，我妈把丁太给于婷婷送回去的时候，已经劝过于婷婷把孩子还给周家。当时于婷婷还在气头上，哪里把我妈的话听进去。现在见林兰芷盼孙子这么迫切，我妈心里十分过意不去，好像做了多大对不起人家的事，便自责地说：“他林姨，你别急，等过两天我再去劝劝她。”

林兰芷说：“我能不急吗！大伟结婚都两年了，他媳妇那个肚子也不争气。老周和我都退休在家，一家人出来进去都是四个大人。没个孩子在跟前跑着真没意思。哪比得你，跟前有大孙子热闹着，晓英又怀上了！”

听林兰芷说到杨晓英，我妈叹了口气说：“他林姨，一家不知一家的难题……”

林兰芷还以为我妈故意在她面前卖乖，便说：“淑娴，你别站着说话不腰疼，饱汉子不知饿汉子饥。于婷婷要把孙子还给我，我每天都唱着过！”

我妈说：“他林姨，你千万别多想。我不是那个意思，俺家真遇到了迈不过去的坎儿。”接着就把杨晓英要参加孕检流产的事说了。

林兰芷听了，沉吟一阵儿，道：“淑娴，国家号召年轻人实行计划生育，咱当老一辈的应该大力支持。不过，杨晓英既然已经怀上了，再打掉确实有些可惜。大人受罪不说，而还没见过天的孩子，说没就没了。咳！”

我妈听林兰芷这么一说，心里越发对她那还没见过面的孙子心疼，不由得发牢骚说：“自古道，‘管天管地不能管人家屙屎放屁’。这生儿育女虽然不是屙屎放屁的事，但是，两口子睡在一个被窝里，还能‘计划’出哪一次能生，哪一次不能生？”

林兰芷被我妈的话逗得“扑哧”一笑，说:“现在让年轻人‘计划’的方式多了，下环，戴套，吃药，还有结扎……”

我妈不等林兰芷说完，便打断她的话:“这‘计划’也确实够麻烦的。那个‘结扎’，是不是像乡下‘阉猪阉鸡’的那样？”

林兰芷笑得前仰后合，好半天才止住笑，说:“淑娴，结扎不是阉鸡阉猪，是把输精管或者输卵管扎住，不能让政策外的孩子怀上了。”

我妈还是不明白“计划”是怎么一回事。她始终认为，女人怀孕生孩子是天经地义的事情。自古以来，生儿育女传承后代，“不孝有三，无后为大”，多子多福，过去的人鼓励着生孩子呢。哪有不让人家生孩子的道理?

林兰芷毕竟是科级领导，比我妈懂的国家的政策多，听我妈这么不理解计划生育，便滔滔不绝地给我妈讲起计划生育政策来。可是，我妈却一句都没听进去。等林兰芷讲完，我妈求援似的对林兰芷说:“他林姨，你讲的这些大道理俺不懂。可是，孩子既然已经怀上了，就不能再打掉。那可是一条命啊。”

林兰芷叹口气，说:“你说的也是。可是，杨晓英若是违背计生政策是要受到处罚的。”

我妈最担心的是我和杨晓英为生孩子受处罚。听林兰芷这么说，越发害怕，她一把抓住林兰芷的手，说:“他林姨，你路子广，办法多，帮俺出个主意。能保着俺这个孙子，他林姨你就是孙子的亲奶奶。”

林兰芷突然变了声调，说:“我自己的孙子还要不回来呢，我要你的孙子干啥？”

我妈见林兰芷突然翻了脸，生怕得罪了林兰芷，急忙说:“他林姨，你放心，我一定劝说于婷婷把周家的孙子还给你。”

林兰芷听我妈这样说，喜得一拍大胯，说:“淑娴，我就等你这句话哩。只要于婷婷愿意把孙子还给周家，你家杨晓英的事交给我办，谁要动她一手指头，我林兰芷也不答应。”

听林兰芷说她能保杨晓英不流产，我妈放下心来。可是，又总是高兴不起来，她没想到自己不知不觉地就和林兰芷进行了一场交易。其实，我妈在心里一直对林兰芷隔着一层。我妈吃了那么多亏，对这个强势女人总是有一种畏惧。我们那座小城有句俗语，叫“好鞋不踩臭屎”，在我妈眼里，林兰芷就是一泡臭屎，斗不过你躲着就是了！可是，为要回孙子，林兰芷和于婷婷说不上话，也就是说，是她连媳妇带孙子一起赶走的，现在想要回孙子，于婷婷那里她张不了口，便缠上了我妈。我妈是个十分守旧的女人，认为于婷婷既然嫁给了丁跃进，并且又怀了孕，就没有必要再为周家操持孩子。孩子毕竟是周家的根，早晚一天孩子也要认祖归宗。还是把孩子还给周家好。晚还不如早还。可是，于婷婷却舍不得孩子，两家就这么一直僵局着。现在林兰芷找上门来，答应不要杨晓英去参加孕检流产。我妈像是落水的人突然抓到一根稻草，无论这根稻草能不能救命，她也要试一试。即使那泡臭屎再脏，为了救孙子，她也不怕脏了。

我妈又去找了于婷婷。

我妈找于婷婷的时候，特意把为于婷婷肚里的孩子做的那些小衣服、小鞋子带了过去。孩子还没生下来，婆婆就把一切准备好了，让于婷婷很感动。这与她和周大伟的孩子出生的时候，林兰芷不管不问的态度形成了鲜明的对比。自从我妈把丁太从周家领回来，于婷婷就没有让他去上幼儿园，怕林兰芷再把他领走。丁太正是淘气的年龄，上幼儿园的时候，有小朋友一起玩，让于婷婷省不少心，现在一天到晚把他关在家里，不是哭就是闹，在屋里爬高上梯的。我妈来之前，他把茶几上的水杯打碎了，所幸水杯里没有盛热水，打碎的玻璃碴子掉了一地。于婷婷一边扫地，一边训斥丁太。丁太咧着小嘴“哇哇”大哭。

我妈忙把丁太揽在怀里，为他擦着鼻涕眼泪，哄得不哭了才说："这娃子，和大伟小时候一模一样淘气。"

于婷婷听我妈又提到周大伟，便猜出我妈准是为丁太的事来的，抬头看我妈一眼，说："妈，你难道真不喜欢周家的孩子？"

我妈一愣，说："婷婷，看你说的，我不是不喜欢，也不是多见这个孩子。不过，往后日子长着呢，你就这么把他藏在家里，等他长大了咋办？总不能一辈子把他关在家里吧？"见于婷婷没吭声，继续说："人这一辈子吧，总会做错件事的。就说大伟他妈，为把你和孩子的事赶走后悔着呢。"

于婷婷说："妈，你总是好心为她说话，听跃进说，她没少欺负咱丁家。"

我妈说："过去的事就不提了。毕竟和周家搁了那么长时间的邻居，往后的日子还要互相帮衬着。"接着，把林兰芷主动要帮助杨晓英的事讲了。

于婷婷沉吟好大一阵，才说："妈，我明白了，林兰芷这是要拿丁太做交换条件，只有把丁太给她，她才肯帮咱家这个忙，是吧？"

我妈说："林兰芷是拿丁太做交换，可是，妈不是这样想的。妈认为把丁太还给周家，对谁都好，特别是对孩子更好，林兰芷会照顾好她这个孙子的。"

于婷婷终于同意把丁太送走了，她噙着泪说："妈，我是为了俺嫂子，为了咱丁家。"

45

不知林兰芷如何运作的，县里育龄妇女孕检的时候，厂里果然没通知杨晓英参加。虽然没参加孕检，但是，杨晓英怀了二胎的事情却有不少人知道。一天，厂里分管计划生育工作的女副厂长悄悄找到杨晓英，要杨晓英下了班到她办公室商量一件事。杨晓英只是位普通女工，平常与厂领导说话的机会都没有，副厂长会找她商量啥事呢？杨晓英隐隐预感到，副厂长找她商量的事一定与她肚里的孩子有关。

果然，杨晓英怀着忐忑不安的心情来到女副厂长的办公室时，女副厂长开门见山地说："晓英，你怀了二胎的事纸里包火掩盖不住了！"

尽管杨晓英已经预感到副厂长和她谈话的内容，但是，一旦面对这件事，她还是惊慌得不知如何回答好。她下意识地拽了拽自己的衣角，两手再不知放到何处好。

女副厂长笑了笑，说："晓英，你别太紧张，就像我马上要带你去流产似的。"

杨晓英怎么也放松不下来，她艰难地问："厂长，能不流吗？"

女副厂长收敛了脸上的笑，非常严肃地说："计划生育是我们国家的政策，每一位中国公民都应该遵守这项国策。作为国营企业的一名工人，更应该积极响应国家号召。"

女副厂长一讲大道理，让杨晓英回过神来，也不似刚才那样紧张了，等女副厂长讲完，便说："我们不是不响应号召。我是在计划生育政策下来之前怀上的。那时候还没谁说不要多生孩子，要是有人说不要生，我也不怀上呀！"

女副厂长道："正是因为政策下来之前怀上的才不罚款不受批评。可是，按照政策，孩子是不能要的，一定要流……"

杨晓英急赤白脸地说："不，这个孩子俺一定要生下来。"

"杨晓英，你等我把话说完。眼下，咱们厂里的生产和销售都出现了一些问题，产品滞销，生产亏损，职工的工资发放都成了问题。厂领导已经开会研究，决定先下岗一批职工。可是，先让谁下岗呢？手心手面都是肉长的，先让谁下岗领导都不好定。正巧，赶上计划生育，就让违背计划生育政策的职工先下岗。如果你执意要生这个孩子，就面临着下岗的可能。"女副厂长的一番话，把杨晓英说得心里冰凉。她张了张嘴，却没能说出话来，一副呆呆的无助的样子。

女副厂长看了她一眼，缓和了口气，说：“不过，县里的林主任和我打过招呼，说了你的情况，孕检时才没有让你去。如果真要你流产，会等到现在？”说到这，看了杨晓英一眼，突然问：“你和林主任是啥关系？”

杨晓英头脑还算灵活，回答说：“俺是亲戚。”

女副厂长说：“这就好，既然是亲戚，我不能不关照。”看了一眼杨晓英的肚子，继续说：“看上去有五六个月了？”

杨晓英说：“整整六个月了。”

女副厂长说：“生孩子这话你只能在我面前说，在别人那里是不能说的。如果都像你一样，咱厂的计划生育工作就没法开展了。既然要把孩子生下来，怀着个大肚子在厂里转来转去人家能不说闲话？依我的意见，请个长期病假，在厂里自己消失了，躲个让人看不见的地方去，等把孩子生下来再回来上班。”

杨晓英这才放下心来，感激地对女副厂长说：“谢谢领导，帮我出了个好主意。我和孩子他爸都会感激你一辈子的。”

女副厂长摆摆手说：“可别说是我出的主意，让上级领导知道了，我这个副厂长只能下台了。”

杨晓英急忙说：“不说，不说，沤烂到肚里也不会给人家说的！”

杨晓英回来向我和我妈讲了女副厂长对她怀了二胎所表达的不同态度，我们分析，是林兰芷的人情才让杨晓英得到了女副厂长的特别关照。女副厂长又要在杨晓英面前卖好，才说了前后不同的那番话。无论怎样，能受到女副厂长的帮助，应该感谢人家。当晚，我和杨晓英备了一份礼，趁着天黑登门酬谢了人家。女副厂长送我们出门的时候，还叮嘱我们要避一避风头。不然，被人举报出来，她不但再说不上话，甚至还会受到牵连。

回到家，和我妈商量一下，决定就按照女副厂长的建议，让杨晓英请假躲起来。可是，躲到哪里去呀，我家也没有亲戚在外地。

思来想去，我妈突然想起了在省城居住的李伯伯。李伯伯已经退休，早些日子还来过我家，说退了休闲得慌，老想到过去待过的地方转一转，还特别去了圣人庙。圣人庙已经恢复了原来的样子，庙里供奉的孔子和他的诸多弟子的塑像是请省里的专家来雕塑的，比红卫兵砸碎的那些并不差。香火也比原来更旺。

李伯伯走时，还亲切地说："家里有啥事可要告诉我。"

我妈说："这次可就要麻烦你李伯伯了，去他家躲一阵子吧。"杨晓英一个人去不方便，我上着班请不了假，我妈便陪着晓英去了李伯伯家。

他们刚走十多天，家里来了几个人，有男有女，有年龄稍大些的，有毛头小伙子。我认识年龄大的是街道办的侯主任，我爸丁开心死的时候她就在街道办上班，那时候她还不是主任，只是一名办事员。她作为办事员还为丁开心张罗过后事，后来我和杨晓英办理结婚证的时候还找她开过介绍信。侯主任指着几个年轻人给我介绍："国庆，这几位同志是县计生办的。"还没等我说句欢迎的话，他们就在我家的各个角落里寻查了一遍。寻查得很仔细，就像篦子梳头那样一丝不苟。里里外外都找遍了，也没找到杨晓英的影子。一个长着小眯眼的男计生工作者问我："你老婆去哪儿了？"

我一时还沉浸在自己的臆想中，听到他问我，便连忙回答："我老婆，去哪儿了？我怎么知道啊。"

一位留着短发的女计生工作者不满地说："我看这人太狡猾，装糊涂。"

侯主任摸了摸我的额头，说："这孩子，平常看上去没啥毛病呀，咋突然说起胡话来。是不是发烧烧的？"

另一位长着奔额头的男计生工作者生气地说："啥发烧有病，我看他是装的。"

短发女说："别和他废话了，要不带他去流产吧。"

侯主任说:“你这闺女，咋能带一个男人去流产？”

短发女急忙辩白说:“我说错了。男人不能流产，是结扎。”

奔额头把随身带的文件翻了翻，说:“按照上级文件，丁国庆还不够结扎条件，他老婆只有生了第二胎他才能结扎。”

侯主任急忙说:“还是按照政策办事吧。他爸丁开心就是受怨死的，别再让丁国庆受怨了。”

短发女批评侯主任说:“侯主任，计划生育工作可不能搞儿女情长。”

奔额头又随手翻了翻文件，说:“按照县计生委 × 号文件，丁国庆同志要停职停薪配合计生办寻找杨晓英……”

侯主任说:“停职停薪？这不等于开除了吗？”

奔额头说:“这不叫开除，叫下岗。提前下岗。”

侯主任担忧地说:“这孩子在乡下熬了多年，好不容易才回城安排工作，为这事又要人家下岗。可别……”

短发女不耐烦地说:“都像你这么优柔寡断，计划生育咋搞？”

侯主任听了短发女的批评，急忙点头说:“是的是的，我文化低，水平差，对政策理论了解少。可是，可是……”

小眯眼说:“侯主任，别急，别急。有话慢慢说。”

短发女瞪了小眯眼一眼，说:“找不到杨晓英，完不成流产指标，咱们这一个月的奖金谁都别想。”

侯主任缓过劲来，说:“小国庆，你家晓英去了哪儿？快把她喊回来吧，群众有举报，说她怀了二胎。这二胎一定要拿掉的！不拿掉，这几位同志不但交不了差，还领不到奖金……”

奔额头急忙拦着侯主任:“别提奖金的事。”

侯主任说:“我又说错了吗？奖金的事不是这位女领导说的吗？”

短发女说:“这是我们内部的事，不关别人。”

侯主任低声发着牢骚:“可不就是与我们这些街道干部无关，我们这些街道干部为你们带路抓人，把老街坊们都得罪了，把腿跑细了，还不少听话挨骂。到头来，功劳都是别人的，奖金都是别人的……”

侯主任絮絮叨叨地说个没完，短发女和奔额头没有再和侯主任计较，他们到门外边去了。

我松了一口气，说：“总算蒙混过去了。”

侯主任压低声音说：“国庆，你可不能麻痹大意，他们抓不到你媳妇是不会善罢甘休的，一准是商量对策去了。”说着伸头向门外看了一眼：“国庆，你可不要怪罪是我把他们领来的。姨干着这个差事，就得配合他们，不配合他们工作，就算失职了，领导会责罚我的。国庆，你能理解我吗？”

我急忙说：“侯姨，我能理解，我能理解。”

侯主任说：“理解就好，理解万岁嘛！当初，我和你爸在一起工作，我们是一条战壕的战友呢。你爸死的时候，我还来你家帮忙，你都忘了吗？”

听她这么一说，我突然感到心烦难耐，眼前一晃，猛地看到丁开心从她身后钻了出来，龇着牙笑嘻嘻地看着我。我心里一惊，急忙揉了揉眼睛，再抬头看时，丁开心已经从她背后消失了。

侯主任看我呆呆的样子，又把自己的话重复了一遍。

我急忙回答：“我咋会忘？我就是忘了我是谁，也忘不了您对我家的照顾。”

侯主任说：“这就好，这就好。等会儿他们再问起晓英去了哪儿，你就如实说，免得他们让你提前下岗。”

我点点头说：“好，我如实说，把晓英交代出来，争取宽大处理。”

侯主任一愣，说：“你这孩子，还这么实诚。他们宽大不了可不要怪我呀。”

男女计生干部走进来，倒是没再询问杨晓英的事，而是对我大讲了一番国策之类的条文，希望我原谅他们的不礼貌行为。也没再说让我提前下岗的话。

后来我才明白，他们这是对我进行政策攻心，也有让我在思想上产生麻痹的目的。

46

过了两天，我妈和杨晓英突然回来了。她们是坐了晚班车很晚才到家的。之所以赶晚班车，是担心被人看见。

我有些意外，怎么才住不到一个月就回来了？所幸躲过去了搜查，可是，谁又能保证那些人不会随时再来我家呀。

“回来了好，计生工作者已经来搜查过，我估计他们不会再来了。”我把计生办的人来家搜查的情况详细地讲了一遍。我妈听了，沉下脸来，担忧地说：“不怕一万，只怕万一。侯主任那人的脾气你不了解，她最爱耍两面三刀，当着你的面说一套，背后又搞另一套。在你跟前唱红脸，在那些人面前唱白脸。”

听我妈这么一说，我才意识到自己先前的判断是错误的。那些人肯定不会对杨晓英善罢甘休，他们演的是引蛇出洞的把戏。我不由得着急地埋怨说：“妈，既然这样，你和晓英不该回来。”

我妈听了我的埋怨，没有说话，只是显出一副无奈的样子。

杨晓英嘟着嘴说：“别人家再好，总归不如自己的穷窝。”

从杨晓英的话里，我听出她们提前回来一定是杨晓英的原因。就没再吭声，等睡到床上，我才小心翼翼地向她询问究竟是怎么回事。

原来，李伯伯在省城工作这么多年，还没有一套属于他自己的房子，他和自己的老伴就住在单位的两间筒子房里，厕所是公用的，厨房就在走廊上。杨晓英和我妈去了他家，一下子添了两口人，本来就促狭的地方显得更难以下脚了。对于我妈和杨晓英的到来，李伯伯倒很热情，腾出一间房让二人住。头几天还没有啥，可是，日子一长，李伯伯的老伴就没有好脸色了，特别是得知杨晓英为躲避计划生育才来她家的，更担心给她家惹下麻烦。李伯伯的老伴就想着让我妈和杨晓英走，毕竟是有些文化的人，直接撵又张不开口，便趁李伯伯不在家的时候，对我妈和杨晓英说："咳，老李和我本来打算多留你俩住些日子，可是，也不知哪个快嘴的人，把晓英躲避计划生育的事捅到单位里去了。我和老李受到牵连并不怕，只是担心计生办的工作者找到这里……"

我妈听了，说："她姨，你这是撵俺娘俩走吧？"

李伯伯的老伴叹了口气，无奈地说："你看，住在这么个地方，人多嘴杂。俺也是没办法。"

我妈说："那李伯伯啥意见？"

李伯伯的老伴说："老李那脾气你还不了解，他是死要面子活受罪。其实，单位领导早批评他不该收留逃避计划生育人员了，可是，他哪里张得开这个口？"

杨晓英说："妈，别说了，李伯伯他们有难处，咱不能在这给他添麻烦了，咱们走！"

我妈愁眉苦脸地说："走？去哪儿呢？"

杨晓英赌气地说："大不了不要这个孩子。咱们回家，听天由命吧，再不要这么做贼似的东躲西藏了。"

我抚慰着杨晓英说："老婆，你说得对，还是自己家好。走这么多天，快把我想死了。"

杨晓英半推半就地依了我，尽兴完毕，杨晓英嘴张了几张，一副欲言又止的样子。

我说："你好像还有话？"

杨晓英这才说："其实，李伯伯的老伴之所以撵我和咱妈，并不是全为我躲避生孩子这件事。"

我不解地问："难道还有其他原因？"

杨晓英迟疑了一下，才说："有，因为咱妈。"

"咱妈？咱妈咋了？"

"女人都能看出来，咱妈和李伯伯……的关系不一般。"

我“啐”了杨晓英一口，说:“别瞎说，咱妈和李伯伯就是师徒关系嘛。”

杨晓英说:“她俩的师徒关系可不一般。李伯伯看到咱妈去了，像换了一个人。李伯伯一辈子没有结婚，直到退休了才和他单位的一个管理戏装的老寡妇搭日子过。那老寡妇什么样的事没经历过，还看不出他俩的道道来？就连我也看出李伯伯对咱妈不一样的感情。李伯伯和咱妈在那老寡妇面前那副模样，还不让那老寡妇吃醋？”

听杨晓英越说越不像话，我有些生气地责问:“你咋就看出不一样了？”

杨晓英知道我对我妈的感情至深，不能容忍别人对我妈说个不字。见我一副羞恼的样子，便说:“咱两口子说些闲话，你生的哪般子气？好了，不说了。刚才的话算我瞎说。”

我不依不饶地说:“杨晓英，你必须给我讲清楚，不然，你就得向我和咱妈……道歉！”

杨晓英说:“你傻呀。我都说了是我瞎说，你还不依不饶，能怎么的？杀头不过头点地！”

这时，我听到我妈那间屋里有了响动，她大概听到了我们这屋里的动静，才起来的。我怕我和杨晓英的私房话被我妈听到了，便气呼呼地背过身去，不再理她。

第二天，听见车喇叭声在我家门前响。我出门一看，见一辆崭新的小轿车停在门口。一个年轻人恭敬地打开车门，从车上下来一个人。还没等我看清是谁，那人便开口问:“哥，咱妈回来了？”

我这才认出是丁跃进。原来跃进听说我妈回来了，便带于婷婷赶过来看我妈。丁跃进俨然一副民营企业家的形象，留着短平头，穿着名牌西装，打着红色的领带，黑皮鞋擦得油光锃亮。最为滑稽的是鼻梁上架了一副大蛤蟆镜。看他这副样子，我忍不住哈哈笑起来。

跃进回头叮嘱年轻人："吴师傅，把车开到不碍事的地方去。"吴师傅和丁跃进是发小，原来在县里给领导开车，嫌工资低，便辞了职，来给跃进当专职司机。跃进发给他的工资比他原来的高三倍，也算是对当年能借给他吉普车用的报答。

看到我一个劲地笑，丁跃进不好意思地对我说："哥，你可别耻笑我！我现在经常和外国人打交道，不武装武装自己，瞧不起咱老丁家人是小事，不能让他们瞧不起咱中国人！"说着，摘下鼻梁上的眼镜递给我，说："这副眼镜两千多块钱呢，你要喜欢我给你也买一副。"

我妈一听一副眼镜两千多块，啧啧着嘴说："有那么多闲钱买个那，不顶饱不顶暖的，净是败坏钱！"

丁跃进财大气粗地说："妈，咱现在不差钱。有机会我带你到北京上海去转转。"

我妈说："我才不去呢，把钱省下来给我孙子留着吧。"

于婷婷道："还是咱妈想得远，以后挣了钱要俭省着花。"

丁跃进刚从上海联系业务回来，本打算要带婷婷一块去省城看我妈的。丁跃进的孝心让我妈很舒心，可是又怎么也高兴不起来。对我家来说，杨晓英怀二胎本来是件好事，也是我妈最为迫切的希望，可是，没想到却违背了计划生育政策，打掉舍不得，留着又担惊受怕的。计生工作者万一再找上门来，躲没处躲，藏没处藏，还不落个鸡飞蛋打。

看我妈发愁的样子，丁跃进便问我妈有啥想不开的事，我妈就把自己的担心说了。丁跃进一听，便大包大揽地说："妈，你和嫂子都住到我家去。我家地儿大，把院门一关，谁敲门也不给他们开！他们还能从院墙上跳进去把我嫂子抬走？"

丁跃进的院子的确比我们这里安全得多，只是先前怕连累了于婷婷才没张开口，现在丁跃进主动提出来，我和我妈都很高兴。亲不亲自家人，我和丁跃进毕竟是一奶同胞的亲兄弟，在我最困难的关键时刻他能为我分担忧愁，让我很感动。可是，我抬起头的时候，看到于婷婷眼里流露出一丝不易察觉的忧郁神情时，心里不由得一怔，便说："跃进，你能这么想，让我和你嫂子都很感激你。可是，住你家也有许多不方便。一是弟妹也拖着个笨重的身子，怕累了她；二是万一被人举报了，连累了你……"

不等我把话说完，丁跃进就急了，说："哥，你和兄弟外道了？小的时候，嫂子她爸送你一根油果子，你舍不得一个人吃，拿回家分给兄弟一大半。那时候，咱弟兄亲的……"丁跃进说着，抹了一下眼角，哽咽着说不下去了。

我妈说："国庆，别拂了你兄弟的一番好意，我和丁改革他妈就去跃进那里住。"

于婷婷听我妈这么说，便顺水推舟，说："自家亲弟兄，还有啥说的？有福同享，有难同当，不怕天能塌下来。"

当晚，杨晓英和我妈就悄悄搬了过去。

47

街道办的侯主任又来了，这一次是她一个人来的，一进门就关心地问我："国庆，听说你妈和你媳妇回来了？"

我装聋作哑地说："没有啊，你看见她们了？"

侯主任说："不是我看见的，是有人看见的。"

"有人？连我也没看到，'有人'怎么看到的？"

侯主任很耐心地说："国庆，是谁举报的我当然不会告诉你。可是，我得给你说，少生优育是国家的政策！你年轻又有文化，又是工人阶级，比大姨我懂得政策。所以呀，违背政策的事可不能做，谁违背了政策，谁就要受到处罚。处罚还是小事，若是下岗停发工资，可是一辈子的大事！再说，老躲起来是办法吗？做超生游击队既受苦又受累。你没看那个黄啥还有那个姓宋的女人，为了多生个娃子，东躲西藏，住桥眼，住窑洞，受那个罪呀！你妈那么大岁数了，一辈子没享过福，到老了又为小的陪着受罪。国庆，你能忍心让你妈就这么陪着你媳妇在外边吃苦受累？”

侯主任真长了一副好口才，做起思想工作来入情入理。我不能不承认侯主任这样的基层干部是非常优秀的，她说得我鼻子都发酸了。庆幸我妈没有陪着晓英住桥眼和窑洞，也没有像她说的那样吃苦受累，不然，我真要被她的话打动了，我的良心会受到谴责，我会乖乖地听侯主任的话，把我妈和晓英接回来。

侯主任见我沉默着不开口，大概以为她的苦口婆心打动了我，便进一步劝我道：“国庆，大姨就爱说实话。常言说，胳膊扭不过大腿，一对夫妻只生一个娃是国家大计，谁也不能违背。你和晓英都是公家人，更应该响应国家的号召。”

我低着头，一副死猪不怕开水烫的样子。侯主任见我这个样子，便变了一种腔调，说：“计划生育光荣，超生多孕可耻。丁国庆，你要清楚目前的形势，不要再执迷不悟。要知道，躲是躲不过去的，俗话说，躲得了初一，躲不过十五，就是躲到天涯海角，也逃脱不了人民战争的汪洋大海！”

我被侯主任的慷慨正气吓坏了，我真担心杨晓英淹没在人民战争的汪洋大海中。那一瞬间，我突然绝望了，我不愿再受这种政治攻心的折磨，我要把杨晓英供出来，我要积极响应政府的计生政策，把我的第二个孩子扼杀掉。那样，也许一切都解脱了，我解脱了，杨晓英也解脱了。可是，我突然看到了我妈哀怨的目光。我妈说，那是一条生命呀，那是我们丁家的希望啊。我不得不承认，我是个非常守旧的人，我的骨子里有着我妈那种陈旧的观念。由于这种陈旧的观念在作祟，我只能做一个落后愚昧与时代格格不入的人，我只能让自己犯下大错，我没能像侯姨期望的那样成为一个思想进步的人。

不过，正如侯主任所预见的那样，杨晓英终于没有逃脱人民战争的汪洋大海。

计生工作者接到举报，得知计划外孕妇杨晓英就躲在丁跃进家中。他们决定采取秘密行动，抓获杨晓英，打掉她肚子里的孩子。这种非人道的做法现在看来是多么不可思议的事情！然而，在那个特殊的时期，却是再正常不过的强制手段。这种强制手段可以凌驾于包括国家宪法在内的一切法律条文之上！

计生工作者是在某天的凌晨时刻跳进丁跃进的院子的。他们已经掌握到这家的男主人出差在外，不会受到任何强有力的反抗。目标只是一条网中的鱼！

尽管他们的行动很诡秘，但是，还是惊醒了屋内所有的人。我妈的第一反应是把杨晓英藏了起来。而这家的女主人也就是我的弟媳于婷婷在经历了短暂的恐慌后，便冷静下来。她知道这些人的目标是什么，可是，作为这个家中的女主人，她想自己应该有责任来阻止这些人的非法入侵。即使他们打着多么冠冕堂皇的旗帜，有着多么理直气壮的理由。

于婷婷穿好衣服，走出房间。

亲爱的读者应该记得，于婷婷此时是个孕妇，她的大肚子让那些人红了眼，在微弱的灯光下，孕妇和孕妇之间的区别是很难让人区分出她们的不同来的。特别是对于那些早就急于抓到杨晓英的人，在他们或她们眼中，这个孕妇就一定是杨晓英。他们或她们认为，杨晓英还算明智，知道自己是落网的鱼而主动站了出来。这省去了很多麻烦，减少了许多程序。接下来，他们或她们没有给于婷婷说话的机会，更没有理会她的辩解、挣扎和愤怒，便把她架出了院子，然后，塞进车内。然后，车子一溜风似的开走了。

我妈惊魂未定地追到大门口时，车已经跑远了，剩下的是我妈号啕无奈的哭声打破了那个黎明前的沉寂。

于婷婷是在被人抬上手术台时才被明确了真实的身份。做手术的妇科医生很负责，当她问清即将要被她刮掉子宫里的孩子的孕妇，与手术单上的孕妇不是同一个名字时，她果断地终止了自己的手术。

计生工作者们在得知他们抓错了人时，并没有同意让于婷婷从手术台上下来。“宁可错杀一百，不可漏掉一个！”既然是个孕妇，就要查明她是不是怀的二胎。经过调查后，他们或她们了解到于婷婷怀的也是二胎，只不过于婷婷的二胎是再婚形成的，符合计划生育政策。不过他们或她们还掌握了于婷婷和杨晓英的关系，认定于婷婷是为了掩护杨晓英才被抓的。这样，他们或她们就找到了暂时不放走于婷婷的理由。除非于婷婷供出杨晓英的下落，抑或是杨晓英具有高风亮节的气节投案自首，于婷婷才能获得自由。

我得知出事的时候，是在于婷婷被抓走后。

杨晓英回来让我想办法去解救于婷婷，我头脑里一片空白。那个影子又适时地出现了，我不知道能有什么办法救出于婷婷，我大声地质问那个影子：

“我该怎么办？你说！你说！我该怎么办？”

我看到影子叉着腰，理直气壮地说：“毛主席说，要文斗，不要武斗，我强烈要求他们放了我八代贫下中农的儿媳妇杨晓英！”

我吃了一惊，这明明是丁开心的声音啊。

我揉了揉眼，再仔细去寻觑。影子却不见了，它逃遁了！

我不知道该怎么办！

我连于婷婷被拉到哪里去了都不知道。挨到天亮，没等我出门去找于婷婷，侯主任来了。她一脸幸灾乐祸，看到我愁眉苦脸的样子，又换上一副同情的神情，说：“国庆，我就说嘛，早晚逃不出人民战争的汪洋大海的。看看，还是出事了。”

我哭丧着脸说：“侯姨，他们不是要抓杨晓英吗，咋就把于婷婷给抓走了？”

侯主任说：“于婷婷包庇掩护杨晓英，不抓她抓谁？”

我哀求道：“侯主任，能不能想办法把于婷婷放出来？”

“办法只有一个，就是让杨晓英到案自首。”

我说：“让我去替杨晓英自首吧。”

侯主任说："你是男的，怎么能流产堕胎？要不然……"

我急切地问："侯姨，您还有啥好办法？"

"让你妈去替杨晓英自首。"

我一听急了，脱口而出："我们宁愿不要这个孩子，也不能让我妈去自首受罪！"

侯主任笑道："你真是个孝顺的孩子。还是赶快把杨晓英找出来吧。"

后来，我才知道，侯主任这次来，就是配合计生办来做我的分化瓦解工作的。出于万般无奈，我只得听从了侯主任的建议，让杨晓英去医院把手术台上的于婷婷换了回来。

杨晓英的手术做得很顺利。孩子拿掉了，大人却落下了后遗症，腰再也直不起来了。

杨晓英从此成了一个半残人。

48

杨晓英因为计划外怀孕做引产手术，留下了后遗症，一直在家休病假。因为按工伤待遇，还能领到基本工资，只是全勤奖啥的都停发了，每月少领七八元。

那时候到街上买青菜，一元钱买一提篮，猪肉才八毛钱一斤。这少领的八元钱让杨晓英很不满意，嘟囔着说："我休病假怨我吗？我是响应政府号召计划生育做手术留下的后遗症，应该和其他工伤一样待遇。其他工伤都能领全勤奖和生活补贴，咋就不发给我？"她还要找厂领导去理论。

我劝她说："算了！算了！在家里养着不上班，能发给你基本工资已经不错了！放到万恶的旧社会，资本家早把你撵滚球了。"

杨晓英不服气地说："资本家也不会逼着我去流产！"

我吓了一跳，压低声音说："开心爸要是活着，听了这话，非批判你忘本不可！”

我妈听见我俩议论着钱多钱少，从里间屋走出来，手里拿着一叠零碎钞票，递给杨晓英，说：“国庆说得对，现在的日子比过去好过多了！想想那时候吃柳叶、棉籽饼的日子，咱应该知足！别为少领那几块钱烦心了，钱多多花，钱少少花，吃不起肉咱就光吃青菜，吃不起青菜吃咸菜，吃不起咸菜咱啃干馍也饿不死！等丁改革大学毕业找了工作，咱的好日子在后头哩！晓英，先把这钱拿着，想吃啥去买！把身子养好，过几年你还得给我生孙女！我就不信，他们会一直把着不让生二胎。历朝历代也没立过不让人生孩子的规矩！”

杨晓英肚子里的孙女打掉了，让我妈心疼了好多天，才缓过神来。我怕她再絮叨这些事，急忙接过钱，装到她兜里，说：“买菜买面的钱还是不缺的。这钱您还先存着，等急用了再给您要。”

在我的劝说开导下，杨晓英没有到厂里找领导理论。可是，没过多久，她们纺织厂因为产品销售不出去，大量的产品积压，职工的工资发不下来了。厂领导便把棉布和棉纱分配给职工们去销售。杨晓英每月的基本工资也停发了，厂里分给她一些棉布和棉纱，让她去销售。

杨晓英可气坏了，先在我身上发泄。埋怨我不该阻拦她去找厂领导理论，如果能把全勤奖啥的争取过来，他们也不至于认为她软弱可欺，让她这个半残人销售产品。

自从流掉了孩子，杨晓英心情一直不好，家里事、厂里事一宗接一宗，没有一宗让人顺心的。其实，那个时候，我比她更忧愁心烦。我们化肥厂的情况也不比纺织厂好，厂里早传着亏损亏损，机器转动着亏损，机器停下来照样亏损。工人的工资几个月都不能按时发放了。只是我比杨晓英有耐性，烦恼窝在心里自己承受。再说，我也没地儿去发泄烦恼。杨晓英把厂里停发工资让她销售产品所产生的怨气都发泄到我身上，让我积压了很久的怨气再也难以控制，不由得发火道：“你别屙不下屎怨茅池（厕所），有能耐你去找厂长，找书记理论去！”

杨晓英果然佝偻着腰去了厂里，先找车间主任。车间主任当不了家，她又找到厂长那里，和厂长心平气和地理论一番。厂长皱着眉头把厂里的困难向她解释一番，希望她能顾全大局，帮助厂领导一起渡过难关。杨晓英并不买厂长的账，她说：

“我是为响应计划生育号召才伤残的，按照政策应该享受工伤假，在享受工伤假期间是不能上班的，既然不能上班就不应该分摊销售任务！”

厂长解释说：“我们分配的不是销售任务，我们发的是工资。我们的产品卖不出去，资金紧张，没有钱发工资，把纱和布代替工资发给职工……”

杨晓英听厂长这么一说，很生气，她的思维清晰，脑瓜灵活，和厂长争辩道：“纱和布不能当饭吃，我不要纱和布！”

厂长强硬地说：“杨晓英同志，其他职工都能拿纱和布换饭吃，你不要我也没办法。我要去县里参加一个会，你还有啥想法去找你们车间主任说。”

杨晓英像一个皮球似的被“踢”到车间主任那里，车间主任和杨晓英一样，领到的工资也是棉纱和白布。性格强硬的杨晓英坚决不要棉纱和白布，就这样，杨晓英就提前成了下岗职工。

提前下岗的杨晓英窝在家里生闷气，我怕她憋出病来，就劝她，说：“别和自己过不去，这又不是新中国成立前，下了岗就意味着失业，失了业就意味着饿肚子。要相信，人民政府不会让下岗职工饿肚子的！”

杨晓英说：“我就是纳闷，那么大的一个厂子，咋说倒闭就倒闭了。几千人啊，说没饭吃就没饭吃了。”

我说：“你倒是忧国忧民，人家有没有饭吃关你啥事？活人不能被尿憋死。既然厂里把纱和布当工资发给了你，咱就拿到地摊上去换工资。”

杨晓英铁青着脸说：“要去你去，我可不去！一个堂堂正正的国家工人，去打地摊做小买卖，被熟人看见还不笑话你？”

我说：“不偷人家，不抢人家，怕谁笑话？你不去我去。我戴上口罩去。”

我骑着破自行车，带着厂里分给杨晓英的纱和布，去了南城墙根外边的地摊上。到了那里，才看到纺织厂的职工来这里拿纱和布换工资的还真不少。遇到几个熟悉的人，和我打着招呼。问杨晓英怎么没来。从她们的话音中，能听出来，来拿纱和布换工资的本来应该是杨晓英，而不应该是我。我不能说出杨晓英怕人笑话才不愿来的原因，只得支支吾吾地应付她们。

我来到地摊市场的时间是傍晚六点多。那时候，人还不多。我找了个摊位，把纱和布从自行车上卸下来，放到摊位上摆好。等到七点多的时候，街灯亮了，人也逐渐多起来。我不好意思吆喝，眼巴巴地瞅着来来往往的人在我的摊位前走过。我渴望有人能在我的摊位前停留下来。那么多人，哪怕能有百分之一的人来买杨晓英的纱和布，杨晓英的纱和布也会很快变成工资的。可是，那些来来往往的人竟然无视我的存在，无视杨晓英的纱和布的存在。我看到不远处那些纺织厂的职工的摊位前，聚拢着许多人。我隐隐约约地听到了那些人的讨价还价声。不到一个小时的时间，那些人都渐渐散去了。那些人散去的时候，手上或者胳膊肘里，都拿着或夹着一块布，或者提着一袋棉纱。而那些职工正在收拾着摊位。她们摊位上的纱和布已经卖完了。她们准备离开了。

她们在经过我的摊位时，向我打着招呼：

“丁国庆，我们先走了。”

“丁国庆，你怎么不吆喝几声？还戴着口罩，哪像个做生意的人？”

“是啊，丁国庆，别不好意思。你不吆喝，人家还以为你是为纱和布作展览的呢？”

她们嘻嘻哈哈地笑着走过去了。

我摘下口罩，试图吆喝几声，可是，却怎么也张不开嘴。

我伸了伸脖子，咽了口吐沫，缓了一口气，终于张开了嘴。

我的嘴张开了，可是，喉咙里却发不出声音。我不知道该用哪些话招徕顾客来买杨晓英的纱和布？

我正在纠结作难时，一位看不出有多大岁数的气质高雅的女人从我的摊位前路过。我看到她抬头向我这里看了一眼，接着迟疑了一下，便向我的摊位前走来。我的心里抑制不住一阵激动。我想，终于有客户要来买杨晓英的纱和布了，终于有人要为杨晓英发工资了。

等那位年迈的女士站在我的摊位前时，我似乎觉得有哪些不对劲。可是，究竟哪里不对劲啊？我仔细看了看那女士，又仔细想了想。我终于明白了是哪里不对劲。

我终于认出了那位气质高雅的女士——她曾经是我的语文老师。她姓蒋。和蒋介石同姓。只是蒋介石已经死了，她还这么健康、气质优雅地活着！

我以为她也认出了我，才走到我的摊位前的。如果是这种情况的话，我应该向她问声好。

我忙不迭地向她表示了我的敬意，很礼貌地问候道："蒋老师，您好！"

蒋老师仔细地看了我一眼，用疑惑的神情凝视着我，问："你认识我？"怕我不明白，又追问一句："你是我的学生？"

我这才听出，蒋老师其实并没有认出我是她的学生。但是，既然我已经认出她是我的老师，就不好再回避这个事实了。我只好回答蒋老师："是的，我是您的学生。蒋老师，您曾经给我们讲过东郭先生和狼的故事。"

蒋老师突然笑了起来。尽管过去了这么多年，她笑起来，还是显得那么慈爱、年轻、自信！

她笑着说："我想起来了，你叫丁……"

我怕她再忘了，急忙说："我叫丁国庆。"

"对，你叫丁国庆。你的梦想是当一个有科学技术的农民伯伯，种出一棵能结出糖醋鱼和红烧肉的大树来！”

听蒋老师连我的梦想都记得这么准确，我的脸上不由得布满了红晕。我不好意思地说：“蒋老师，我辜负了您的期望。”

蒋老师说：“国庆，别这么说。没能实现梦想的不止你一个。不过，大家现在都在努力，把耽搁的时间补回来。我已经退休了，在家办了一个业余自修大学补习班，你如果有时间，可到我那里去听课。免费的。”

我激动地说：“谢谢您，蒋老师。”

蒋老师看了一眼我摊位上的纱和布，问：“怎么？还没卖完？”

我不好意思地回答：“不知道为啥，没有人光顾……”

蒋老师打断我的话：“我的女儿也是纺织厂的下岗职工，她分的纱和布两天前已经卖完了。你光出摊不吆喝，人家咋能来买你的东西？来，我帮你吆喝！”说着，站在我的摊位前，吆喝起来：

“各位顾客，快来看，快来瞧，纺织厂厂家直销的纱和布，物美价廉，结实耐用，质量上乘……”

蒋老师真是个有水平的人，不但教书教得好，连做生意也能做这么好。她的声音响彻了地摊市场，招徕了来来往往的顾客。

杨晓英的纱和布，渐渐地变成了杨晓英的工资。

49

在蒋老师的帮助下，杨晓英的纱和布换成了工资。而我们化肥厂的生产和销售，也越来越糟糕，正面临和纺织厂一样的危机。

前几年，我们厂里生产的化肥供不应求，许多商家都提前交钱订货。我们下乡插队那个村的柳支书为了买化肥，每年都到厂里找我，要我无论如何都得帮他买几吨化肥。柳支书奉承我说：我早看准了，咱柳庄知青点上的那些人，就数丁国庆仁义，懂得感恩，没忘了柳庄人。柳支书怕我不帮他买化肥，才这样奉承我。

亲爱的读者应该知道，我这个人听不得人家说好话。几句好话说得我心热肺热，哪怕是赴汤蹈火也要去帮人家做事。如果不帮助人家把事办成，面子上很是过意不去。可是，化肥卖给谁不卖给谁不是我说了算，是领导说了算。我硬着头皮找分管销售的白副厂长。

白副厂长是个年过半百的老好人，我们厂里的职工谁找他批化肥他都批，只是多少的问题。他在一张打印好的纸条上签字，拿着他签过字的条子到销售科交钱，销售科长在他签过字的纸条上盖上“现金收讫”的印章，就可以到仓库里拉化肥了。值得说明的是，每张纸条上的数量都不一样，有一吨的，有两吨的，最多的是五吨，最少的只有半吨，半吨就是十袋子。他给我签的大多是半吨，签过字把纸条交给我的时候，还笑呵呵地说：“小丁呀，今年指标紧张，只能给你签这么多。可不要嫌少啊。”

我拿着纸条，看了看，说：“不少，不少，谢谢白厂长。”

白副厂长谦虚地摆摆手，说：“不客气！不客气！”

我心里想，白副厂长真是个好领导，这样的好领导真不多见。

我不嫌少柳支书倒嫌少，看到纸条上只批半吨化肥，便皱着眉头，说：“就这么点儿，分不过来呀！”

我学着白副厂长的腔调说：“今年指标紧张，只能签这么多，可不要嫌少啊。”

柳支书抬头奇怪地看了看我，没再说什么，拿着纸条去交款了。

记不得从哪年开始，柳支书不再来找我买化肥了。不但柳支书不来了，那些预订化肥的商家也不来了，我们厂门口车水马龙的场面再也不见了！白副厂长整天坐在他的办公室里等着人来找他签字批条子。可怜的是，这个好领导的门前早已经从车水马龙变得门可罗雀。我们厂生产出来的化肥大量积压，仓库里装满了，几乎把屋顶都顶了起来，每个车间的角落里都堆满了。人没了下脚的地方，工人们的宿舍里堆满了，睡觉的时候只能侧着身子睡。

那些天，我最想见到的人是柳支书，我希望柳支书来托我买化肥。柳支书如果再来找我买化肥，我不会只给他半吨的条子，我会给他十吨甚至一百吨！我最怕见到的人是白副厂长。白副厂长见到我，总是笑眯眯地问我："小丁，现在指标不紧张了，你找我批条子呀。"我唯唯诺诺地答应着，贼也似的跑开了。

我心里说，我家连席面大的闲地都没有，我要化肥干啥？

真不知道，我们厂的化肥为啥突然卖不出去了。我只是一名普通的工人，只管生产化肥，至于销售化肥，是销售科的责任。化肥销售不出去那是他们的事。可是，没过多久，让我预感的事情发生了！我们厂里步纺织厂的后尘，每一位工人都像纺织厂的女工一样成为销售员。只不过她们销售的是棉纱和棉布，我们销售的是化肥。这看似突然其实酝酿了很久的决定还是让我目瞪口呆、束手无策！化肥不能当面粉吃，如果能当面粉吃，分给我的五十吨指标，我会找我的亲戚邻居同学朋友，凡是和我有过一面之交的人都买一些，以备遇到大灾之年不被饿肚子。可惜化肥不是面粉。化肥也不能当白糖吃，如果能当白糖吃，我会把分给我的指标一次兑给我老丈人杨大头。杨大头的油果子铺上了新产品，从单一的炸油果子发展到炸糖糕、炸油酥等一类甜味产品。这些甜味产品需要大量的白糖。我的五十吨指标足够我老丈人用五十年甚至一百年，这个时间我只是匡算，具体能用多少年，这要看我老丈人每天的销售量。可惜化肥不是白糖。如果是食盐也不错，人如果长期不吃食盐就浑身无力，甚至会枯萎。我要把我分到的五十吨食盐指标拉到街上叫卖，赶集的人你买一吨他买一吨，用不了一个早晨就会把五十吨指标抢购一空。可惜化肥不是食盐。我还梦想着把化肥变成白雪。白雪一见太阳就融化了。等化肥融化成雪水的时候，我就回厂里向领导汇报说，这不能怨我，我也希望很快把化肥变成票子交给厂里。可是，它们没等我把票子换回来就化成了水，让我有什么办法呢？

我的脑子里装满了化肥，装满了面粉，装满了白糖、食盐和白雪。我吃饭的时候，吃的是化肥、面粉、白糖、食盐和白雪。我睡觉的时候，我的周围被化肥、面粉、白糖、食盐和白雪包围着。五十吨化肥把我压得喘不过气来！我吃了那么多化肥、面粉、白糖、食盐和白雪，可是却变得面黄肌瘦，腰很快佝偻下去，整日唉声叹气。

杨晓英看到我因为卖不掉化肥愁成了这个样子，知道我心情不好，因为她自己也经历过这种阵痛。她并没有用我对她的那种态度对待我，而是劝我说："不就是五十吨化肥嘛，至于把自己折磨成这个样子吗？卖不完谁还能杀了你！"

我闷声闷气地说："被人杀了倒好，比自己愁死更好。"

杨晓英笑道："你这个呆子，光知道发愁就不会想想办法。"

我告诉她，我啥办法都想了就是行不通。接着把自己希望化肥变面粉、白糖、食盐、白雪的想法讲了一遍。杨晓英听了，笑得前仰后合，连眼泪都流出来了。

杨晓英擦着眼角的泪对我说："丁国庆，你不要闷在屋里瞎想了，再这样下去，你会变成疯子。"

我说："只要能把五十吨化肥卖掉，我就是变成疯子也认了。"

杨晓英叹了口气说："丁国庆，你变成了疯子，整日在家里发疯，这日子就没法过了。"

我说："我不在家里疯，我到大街上去疯！"

"那也不行，这会让咱儿子丁改革在老师和同学们面前很没面子的。"杨晓英想了想说，"对了，你不是说棉纱和布是蒋老师帮助你卖的吗？蒋老师是个有办法的好人，她又有那么多学生，你怎么不去找她老人家想想办法？"

我一拍脑瓜，说："是啊，我怎么把蒋老师忘了。蒋老师不但课讲得好，而且做生意也比我这个榆木疙瘩脑瓜强。"

杨晓英继续给我想办法："你还可以去柳庄找姓柳的支书帮帮你。这些年，他不是每年都来找你买化肥吗？"

我说："是啊，我怎么不去找他帮忙呢？以往，我可没少帮他的忙。杨晓英，你真是个聪明人，怎么不早点儿把这些门路讲给我呢？”

杨晓英说：“你不是也没问我吗？整天闷葫芦哑巴似的，一个人在心里瞎琢磨。”

杨晓英批评得对，我这个人就是这样，内向，不大爱说话。有事都是放在心里瞎琢磨，怕连累了别人。人家有困难找我帮忙的时候我会竭尽全力，可是自己有困难又不好意思打扰人家。

在杨晓英的再三怂恿下，我才下了决心，分别去找蒋老师和柳支书。

我先去找的蒋老师。蒋老师很热情地接待了我。她以为我是报名参加她老人家的免费夜大自学培训班的。忙着为我找教材，准备桌凳。

蒋老师盛情难却，热情可嘉。我不好意思向蒋老师讲，其实我来不是上夜大的，而是让她帮我销售化肥的。我怕辜负了蒋老师的一片心意，便拿了蒋老师发给我的教材，坐在蒋老师为我准备的凳子上，装着认真听课的样子。那样子在蒋老师看来，我一定是专门来向她求学的。

可是，第二天，我没能按照蒋老师的再三叮咛，按时间到她那儿去听课。因为，那五十吨化肥，让我废寝忘食。我哪里还有心思听蒋老师讲课？我只能在心里对蒋老师说，只能等把化肥卖完，我才能去听您老人家讲课。

我去了柳庄。

柳支书见了我倒是很热情，看上去对我的到来他很激动，以至于连说话的声音都变了腔调：“丁国庆，我就说嘛，知青点上的十个知青数你心眼好，是个有良心的人。走了这么多年，只有你一个人才想着回来看看我。”他握着我的手，一直把我拉到他家的堂屋里。

我试着张了几次嘴，还没有把话说出来，就被柳支书截下了。我和柳支书好像在进行一次问题抢答。而由于我的性格使然，每次得到抢答权的都是柳支书，而不是我。柳支书讲到了我们知青点上的每一个人，对每一个人都进行了一番评价。

在他讲得口干舌燥，咳嗽的间隙，我终于抢到了一次答题的机会。我艰难地说出了我来的主要目的。

柳支书听了一愣，然后才点燃一根烟，慢条斯理地说："丁国庆啊，你可给我出了个难题。你们厂生产的化肥，既没有人家产的化肥有劲（质量高），又比人家的价格贵，咋能好卖呢？"

我说："还是原来的价格，没有涨价啊。"

柳支书说："是没有涨价。可是人家卖得便宜，不就等于你们的涨价了。"

"那时候，我们厂里的化肥供不应求，大家都开后门托熟人找厂长批条子呢！"我这样说，是想唤起他对托我买化肥的回忆。

柳支书说："此一时彼一时。那时候，你们化肥厂是独一家，是独家生意，不买你厂的化肥没地方可买。这两年市场放开了，外地厂家的，外国进口的，供销社和市场上都堆满了化肥。价格又便宜质量又好，谁还会到你们厂里开后门去买化肥啊！"

我从来没有关心过市场的变化和发展。听柳支书这么一说，才恍然大悟，明白了我们厂化肥滞销的原因。

柳支书看我可怜巴巴的样子，说："这样吧，既然你是来推销化肥的，看在你那几年帮我批条子的分上，我买半吨。"

半吨与五十吨差距太大，但是，看到柳支书慷慨大方的样子，我还能说啥呢。

50

厂子要停产了，不但我们化肥厂要停，杨晓英上班的纺织厂也要停。接下来，机械厂、制药厂、酒厂等也像患了流行感冒似的，接二连三地打起"喷嚏"来。

正如杨晓英预感的那样，我们厂也停发了工资。我们厂的领导受到启发，也效仿纺纱厂的领导，把化肥当作工资发给每位职工。所不同的是，我们化肥厂的职工还要上缴厂里一部分钱，财务科给每位职工算好了应该上缴的比例。计算的方式是五十吨化肥应该卖的钱数，减去本人两个月的工资数，就是应该上缴的款数。按照这样的计算方式，每个职工应该向厂里上缴两万块钱左右。如果能把化肥卖掉，向厂里交钱是合情合理的。我们都是有觉悟的工人，谁也不敢贪污公家的钱。关键是化肥卖不出去，这就出现了问题。我们已经两个月没领到工资了，吃饭也成了问题，到哪里弄两万块钱上缴？厂里催着我们缴钱结账，催得每个人心里都发毛了。没办法，我们就去找厂长摆客观原因。可是，去了几次，总也见不到厂长的面，不知道他去了哪里。

那天，我们得到消息，厂长去县里参加企业改制会议了。企业怎么改制关系到我们每位职工的命运问题。还会不会用化肥、棉纱代替工人的工资？我们的饭碗还能不能保住？这是让大家最惦念最揪心的事。我们等不及厂长开会回来，便去了县里。纺纱厂、机械厂、制药厂、酒厂等许多和我们一样焦灼不安的兄弟姐妹们，一听说化肥厂的职工们去县里找领导解决吃饭问题，便一传十、十传百，很快组织起一支浩浩荡荡的产业大军，向县里进发。我们那座小城本来就是个弹丸之地，县委和县政府在一条狭窄的老街上，结果，数千人把那条狭窄的老街堵得水泄不通！

这就是后来被传得沸沸扬扬的“闹访”事件。其实，不是“闹访”，也不是上访，我们只是关心自己的工厂，没有和政府抗拒的任何想法。工厂能不能生存下去关系到我们的温饱问题，也可以说关系到我们每个家庭成员的命运问题。面临着这么重大的问题，我们不应该找厂长来问明情况吗？

我们没有见到厂长。在大家焦灼不安的等待中，一位鼻梁上架着眼镜、看上去文质彬彬的中年人站在县委大门口的高台阶上对大家讲话:“同志们，工人兄弟姐妹吧，你们辛苦了！”

闹闹嚷嚷的人群渐渐安静下来。

“我叫齐海勇，可能大家对我还不熟悉，因为我是到咱们县刚上任两个月的县委书记。”

一听说是新来的县委书记，人群里引起一阵骚动。

齐海勇摆了摆手，等大家安静下来，继续说:

“我这个县委书记生不逢时啊！我刚到咱们县上班，咱们县的几个支柱企业都一个个面临着停产倒闭的局面。看到这种情况，我和大家一样着急啊，我甚至比大家更焦急！我这么说，是因为我肩负的使命比在场的每一位都重。

“你们这些‘四〇五〇六〇’后的兄弟姐妹，朝大了说，曾经为国家做出过巨大贡献！朝小了说，曾经为咱们县的经济发展做出过重大贡献！你们曾经是祖国的脊梁！你们曾经是咱们县经济发展的台柱子！你们经历了那么多的辛苦和磨难，你们付出了那么多的心血和劳累，你们上有老人要孝敬，下有小辈要养活，你们辛劳了大半辈子。从道理上说，你们应该享受无忧无虑的天伦之乐，享受美好的幸福晚年，你们不应该再为自己的衣食住行发愁和担忧。可是，现在，你们每一位都面临着丢掉铁饭碗、要饿肚子的危机。作为父母官，我比你们更着急，我比你们更痛心。如果让你们饿肚子，我有不可推卸的责任。我不但无法向上级领导交差，同时，我的良心也会受到谴责！我将有愧于党对我的信任，有愧于人民对我的厚望！”

齐海勇这些贴心贴肺的话，把我们说得鼻头发酸，几乎要流下泪来。有几个女工失声哭道:“齐书记，您可要救救我们呀。厂里停了产，我们一家老小靠什么活下去呀！”

齐海勇摘下眼镜，抹了一下眼角，继续说:“兄弟姐妹们，我知道大家都很苦，都是上有老下有小的家庭支柱。可是，要保住大家的饭碗，让企业活下来、生存下去，靠我齐海勇一个人是不行的。要靠大家，靠我们在场的每一个人！”他重新把眼镜戴上，说："当前，我们正面临着改革大潮向纵深发展的新阶段，我们正经受着改革发展的阵痛时期。这个阵痛时期，是必然要来的——由于我们的企业技术落后，产品老化，管理滞后等多种原因，受到改革大潮的冲击是不可避免的。为了改变这种封闭落后的状况，为了冲出经济发展的瓶颈，为了摆脱当前所面临的困境，我们必须要解放思想，加大改革力度！我们只有加大企业改制步伐，调整产业结构，增强企业科技含量，给企业注入新的活力，才能够让我们县里的企业振兴起来，才能够让我们四〇、五〇以及六〇后的兄弟姐妹们解除后顾之忧，走向一条充满希望、光明、幸福的康庄大道！

"在大家来的时候，我和县长一起，正在组织召开企业改制会议。各厂的厂长都在这里。现在，我齐海勇代表县四个班子，向大家郑重许诺，我们正在打响一场企业改制的攻坚仗！我相信，也请大家相信，不久的将来，我们就会取得企业改制的丰硕成果！在这里，我代表县委、县政府郑重向大家承诺，无论企业如何发展，党和政府绝不会让人民群众饿肚子的！党和政府也绝不会让一个四〇五〇六〇后的工人兄弟姐妹饿肚子的！"

51

齐海勇的讲话给我们吃了定心丸。我们每一个人都希望企业改制成功。可是，企业究竟怎样改才算成功呢？在我们的想法里，能和过去一样，每天上八个小时的班，每月在工资表上签上自己的名字，然后怀揣着钞票，喜滋滋地骑上自行车，嘴里吹着口哨回到家中，把工资交给内当家。然后，品着老婆炒的小菜，呷一口小酒，那才是我们最大的幸福梦想啊！

可是，企业改制的结果与我们期待的幸福完全不一样。杨晓英所在的县纺织厂被上海的某家企业收购了。县纺织厂的五千名职工，只能留一千名。因为重组的新企业都换上了现代化机器，用不了那么多人，其余的四千人只有消化掉，也就是停职停薪，其实就是下岗。杨晓英属于四千人中的一员，她和其他三千九百九十九名姐妹们一样，都有了一个新的名称，叫“四〇五〇下岗职工”。

为此事，杨晓英在家里哭了三天。

她自卑地说，“四〇五〇下岗职工”这个称呼给了她无尽的耻辱。

她伤心地说，下乡插队熬了六年，好不容易招了工，这才过上几天舒心的日子，咋说下岗就下岗了？

她无奈地说，倒霉的事为啥都让我们这些“四〇五〇”摊上了——动荡不安的童年时代，大饥荒的少年时期，各种形式的运动，愚昧无知的打砸抢，懵懂的停课闹革命，一腔热血的上山下乡，失意落魄的回城待业，惶恐不安的流产节育，企业破产下岗，难道上天的旨意是要安排我们这一代人受尽九九八十一磨难？

她迷惑地说：“为啥厄运总像一个影子似的跟着我们不弃不离？”

听她说到影子，我急忙问：“晓英，你也经常看到有影子跟着？”

杨晓英怔了一下，说：“我也说不清是影子还是别的啥玩意儿。总是感觉自己在烦心时、苦闷时、紧张时心里便恍恍惚惚的，眼睛看东西也恍恍惚惚的。总觉得有人在看我的笑话……”

“好了！别说了！”以往，每当影子在我面前跳来跳去的时候，我也是同样的感受。听杨晓英这么说，我还以为她窥透了我的内心，故意奚落我的。我厉声制止了她。

杨晓英吓了一跳，说：“不说就不说，使那么高的调子干啥？”

我烦躁地说：“谁使高调了？你别没事找事！”

杨晓英说：“丁国庆，你今儿咋了？在外边受了气，回来在我头上撒！”

“谁是丁国庆，我是丁开心！”我脱口而出。

杨晓英本来在凳子上坐着，吓得一激灵站了起来："你，你究竟是谁？可别吓唬我。"

我意识到自己说错了，但是，却不肯承认自己的错误，还故意戏耍她："你说我是谁我就是谁。"

"开心爸，你可别来捣乱，赶快走！"杨晓英以为丁开心附了我的体，一边喊着，一边朝厨房走。

我这玩笑开大了，急忙朝杨晓英喊："我不是开心爸，你别又装神弄鬼。"

"啥开心爸？开心爸在哪儿？"随着声音在门外响起，门口一个黑影一闪，走进来个人。我一看，原来是丁跃进。

杨晓英已经从厨房里端来了半碗清水，拿来了一双筷子。她又要作法了。

我对丁跃进说："你嫂子说，开心爸回来了，她要把他哄走。"

丁跃进说："开心爸死了多年，哪里就回来了？嫂子，你别搞封建迷信。"

杨晓英说："不是我要搞封建迷信，是你哥说他是开心爸……"

我打断杨晓英的话，问丁跃进："你不好好在你的厂里工作，到这儿来干啥？"

丁跃进说："我来给你和嫂子商量点事，让你俩给我出出主意。"

我说："我和你嫂子都是下岗职工，大门不出二门不迈，能给你出啥主意？"

杨晓英看我不再是丁开心，把碗里水泼了，凑过来说："丁国庆，咱们毕竟比跃进大几岁，说不定还真能帮他点儿忙。"

丁跃进说："嫂子说得对。俗话说，打虎亲兄弟，上阵父子兵。我的事不找你和嫂子来帮，还能找谁呢？"

"究竟是什么事，你快说呀？"我有些不耐烦地说。

丁跃进说："我把你们化肥厂买下了！"

丁跃进声音不高，却把我和杨晓英都惊得目瞪口呆。我惊得连我自己是谁都不知道了。在我惊呆之间，看到丁跃进的嘴一直在张张合合，不停地说着什么。我的脑袋里一片空白，耳朵也像被什么东西堵住了，听不清他究竟说些什么！

我不由得怀疑起来，站在我面前的这个人不是丁跃进，也不是我的兄弟。即使他也叫丁跃进，也许他和我那个一奶同胞的兄弟同名同姓。我的那个拖着鼻涕跟在我的屁股后边到河里摸过鱼虾的兄弟丁跃进，我的那个把半根油果子藏到破棉袄兜里三天舍不得吃的兄弟丁跃进，我的那个脸上涂着煤灰把屁股撅得朝天帮人家推煤车的兄弟丁跃进，他竟然敢把我们的国营化肥厂据为己有，他竟然摇身一变成为一家大型企业的大老板。

这真是一个创造奇迹的年代！

一个叫花子的后代，一个连自己的名字还写不好的半文盲，竟然干出了一件惊动我们那座小城、令我们那座小城的街坊邻居们瞠目结舌的壮举！

千真万确，他就是我的亲兄弟丁跃进。

丁跃进成了名副其实的暴发户。

前两年，我和杨晓英还没有下岗时，丁跃进曾经邀请我和杨晓英到他的化工厂里上班，他许诺发给我和杨晓英双倍的工资。他说："哥、嫂子，我这个厂现在最缺的是人。你和嫂子得帮我，嫂子当会计把财务给我管起来。用外人我不放心。哥，委屈你给我当副手，不过，这只是个名头，你在县化肥厂干了那么多年，又比我读的书多。这么大年纪了，还读着自修大学……"

我打断他的话，谦虚地说："咳，哥读那点书，一瓶子不满半瓶子咣当。哥是要充充电。"

丁跃进说："比着哥，我连咣当也不咣当。以后呀，咱厂里的大事小事你说了算。也就是说，明着我是厂长，暗里你是厂长。哥，中不中？"

丁跃进这番话把我说得血热心跳，可是，我和杨晓英除了舍不得丢掉来之不易的国营企业职工的铁饭碗外，更多的是担心丁跃进的化工厂是兔子的尾巴长不了。我和杨晓英害怕鸡飞蛋打，才婉转拒绝了丁跃进高额工资的引诱。

我对丁跃进说："兄弟，不是哥和嫂子不愿意帮你，咱们兄弟们不能在一棵树上吊死。万一……"

没等我把话说完，丁跃进就打断了，说："哥，甭说了。兄弟明白，哥是端着那个铁饭碗不愿撒手。可是，到我这里来，端的是金饭碗，比你那铁饭碗强得多了。"

丁跃进说得天花乱坠，也没能说到我和杨晓英心里去。他无奈地说："哥和嫂子万一哪天在厂里待不下去的时候，咱家化工厂的大门随时都敞开着。"

跃进这次来找我和杨晓英商量的事，就是让我俩到他新买来的化肥厂去上班。原来他从于婷婷那里得知了我和杨晓英下岗的事，只是忙着收购我们的化肥厂，没顾得看我们。现在化肥厂的所有权已经转到了他名下，他才忙中抽闲地来请我和杨晓英去他的化肥厂上班。看到我俩吃惊的样子，还以为我们不相信他说的话是真的，便从他的牛皮包里取出一叠文件，一页一页地展开让我看。都是省里批文、市里批文、县里批文。还有合同。文件上的章盖得血红的一片。

我和杨晓英看着那些红头文件，如坠云里雾里。丁跃进急切地催促我和杨晓英："你俩到底同意不同意去化肥厂上班呀？"

我继续研究着那些文件，头也不抬地说："皇帝不急太监急了，等我审查完文件有没有毛病再做决定！"

杨晓英撇了撇嘴，瞪我一眼，说："你以为你是县里书记县长呀，还审查文件，跃进能让咱去他的厂里上班，还不是看在你和他是亲兄弟的情分上？去，跃进，我们去！"

跃进说："还是嫂子明白事理。"

我把头从那堆文件上抬起来，说："既然你嫂子决定的事，我只能服从命令。"

我去厂里那天，厂里正在搞交接。许多老职工听到化肥厂被卖掉的消息，都自发地到厂里来了。厂里像炸了营似的乱成一团。

许多人比死了亲爹娘还痛心，止不住“哇哇”大哭。是啊，厂是我们的家，是我们的命呀，家丢了，命没了，能不让人痛不欲生呀！

许多人都不知道我和丁跃进是一奶同胞的亲兄弟，因此，他们口无遮拦的胡言乱语像一支支毒箭直射我的心窝。我无缘无故地为丁跃进接受了那些污秽咒骂的洗礼。

不可更改的事实是，县化肥厂成了丁跃进化工厂的子厂，化工厂已经改名为“跃进化工集团”。丁跃进成为跃进化工集团的董事长。按照县委书记齐海勇的说法，化肥厂与化工厂的合并是资产重组，企业优化组合是企业改制的重大成果。

但是，在我们看来，那个曾给我们带来希望和幸福的县国营化肥厂已经不复存在了，它已经成了一家民营企业。不过，齐海勇的承诺兑现了，我们化肥厂的一千多名职工各有归宿。谁也不用再为那难以销售的五十吨化肥发愁了，跃进化工集团兜了底。年龄大的职工提前退休，统一办理社保手续，每月领到一份养老金。这可是做梦也想不到的好事！不到退休年龄的愿意在跃进化工集团继续工作的，享受原有的工资待遇，工人的身份不变，只是由原来的国有企业的主人变成了民营企业的打工者。即便这些打工者，一旦到了退休的年龄，也和已经退休的老职工们一样，每年都能享受到养老金待遇。接着，纺织厂、机械厂、酒厂、印刷厂等十多家企业，也传来好消息，四〇五〇的数千名下岗职工，按照国家政策，都办理了养老保险手续，月月都能领到养老金。

诅咒和谩骂的声音渐渐消失了，丁跃进带着他的团队牛逼哄哄地接收了化肥厂。丁跃进没有再同我商量，便委任我为跃进化工集团的副总。我当了跃进化工集团副总的消息所引发的震动，不亚于丁跃进收购化肥厂的消息引发的震动！

52

丁跃进把我安排在副总的位置上，他自己却不再过问厂里生产和管理上的事，整天坐着高级小轿车朝外跑，十天半月也难得见到他一面。

那天接到县政府办公室的通知，说下周三市政府要在跃进化工集团召开全市企业改制工作现场会。齐海勇书记亲自下了指示，要我们做好现场会的各项筹备工作，尽快开车投产，绝不能出任何纰漏。接到通知，我有些着急。距开现场会的时间仅有十天，各项准备工作理不出一点儿头绪，新设备还没安装好，谁能保证不出纰漏呢！

尽管我了解我的兄弟丁跃进并不比我能才大，但是，我还是要把这件事尽快告诉他，让他来应酬这件事。因为他是跃进化工集团的老总，我不过是个被他赶上架的鸭子。我这么说，绝不是推卸责任，更不是不给我的亲兄弟补台，而是我实在没有能力和水平应酬这么大的局面。尽管我已经在蒋老师的自修大学拿到了一张结业证书。

我到他的办公室去找他，看到一辆崭新的小轿车停在门口。丁跃进坐的轿车已经换了八辆，一辆比一辆高级，一辆比一辆价格昂贵。最先坐的是桑塔纳，没多久换了奥迪，屁股刚暖热坐垫又换了宝马啥的。换一辆车他坐的最长时间仅有一年，就借口车子出了毛病再换新的。有一次接了一辆叫啥“保时捷”的进口车，他只坐了三天就不知弄哪儿去了。后来，我询问司机小吴，那辆“保时捷”咋不见了？退回去了？

小吴笑了笑，神秘地对我说：“那辆‘保时捷’，丁总本来就不是给自己买的。他坐几天，只是体验体验，试试新。”

我不解地问：“那是给谁买的？”

小吴压低了声音，说："送给省里一位……大领导了。"

"啊！"我惊得张大了嘴，脑子里不由得冒出"败家子"三个字。"保时捷"可是价值上百万元呀，咋说送人就送人啦。

"丁总要和领导联络感情。先前他坐的那些车都是九成新送了人。"小吴见我吃惊的样子，轻描淡写地说。

"九成新？他干脆把车行里的新车都买来送人得了！"我生气地说。

"新车人家不敢要。九成新的车开走还说是借的。"小吴没听出我说的是气话，解释说，"其实谁也没还过。丁总也不希望他们还。"

怪不得换了一辆又一辆呢。丁跃进这么烧钱，得多少钱朝里砸呀？

小吴正把两个装着东西的鱼鳞袋子朝后备厢里装。看到小吴很吃力的样子，我急忙走过去帮他。小吴却躲闪着，似乎不愿让人帮。他笑着说："大哥，没多重，哪能劳驾您！"

我看了一眼那两个鱼鳞袋子，装着不经意地问："豪车里装着从哪里捡来的破袋子，多不相称！"

小吴抬头看了看我，说："大哥，袋子虽破，里边装的可是硬头货。"说着，伸出两根手指搓了搓，表示里边装的都是现钞。

我不由得吃了一惊。说实话，我长这么大，还从来没见过这么多钱，更没有看到有人竟然用破鱼鳞袋子装钱。我不由得担心地说："小吴，这么多……货，咋能用破鱼鳞袋子装？可别……"

不等我说完，小吴就趴在我耳朵边说："大哥，到上边送礼去呢！鱼鳞袋子装东西不打眼，外人还以为是乡下的土特产呢！"

听了这话，我简直目瞪口呆了！这种行贿的方式，于我来说，真是闻所未闻。我不知道这种方式是不是我那一奶同胞的兄弟丁跃进的首创。但是，我却清醒地意识到，我的这个小兄弟已经不是当年跟在我屁股后边到小河沟里捉鱼摸虾只为打打牙祭的小屁孩了。他已经是一个财大气粗的大老板。他已经把自己埋在了钞票堆里。他的钱多得数也数不过来，他才毫不吝惜地把钱装在鱼鳞袋子里朝外送。可是，这么多钱，他是从哪里搞来的？他原来的那个化工厂规模不大，根本不会产生这么大的效益，而兼并买下化肥厂花了六千万元，现在还没试车投产。添加新设备、检修费又投了两千万元，还有杂七杂八的其他开销，再加上他不停地更换豪华小轿车，也有千把万。花了八九千万元，还没生产出一粒化肥，没赚到一分钱的利润。这么多钱究竟是从哪里来的？

我得承认，与跃进相比，我的脑瓜太僵化了！太迂腐了！我们俩虽然都是要饭花子的后代，都是在茅草屋里长大的穷小子，可是丁跃进摇身一变，成了亿万富翁，而我，却还是个为了养家糊口不得不答应为亿万富翁打工的下岗职工！

这么想着，我把来找跃进要商量的正经事倒忘记了。我脑子里反复回忆着来找跃进是说什么事，什么事？可是就是想不起来！

我硬着头皮走进丁跃进豪华的办公室里。

我看到丁跃进正低着头在宽大的老板桌上的旧纸堆里寻找东西。他的鼻梁上架着一副眼镜，已经不是那种带颜色的蛤蟆镜，而是那种教授或者大作家之类的文化人才佩戴的金丝框的近视镜。你别说，跃进戴上这种眼镜，看上去“知识分子”了许多，与先前那个推煤车、打煤球的服务队长简直判若两人。

看到我用好奇的眼神打量着他，跃进急忙把眼镜摘下来，不好意思地笑了笑说：“哥，你别笑话兄弟。兄弟和上边那些人打交道，不能不包装包装自己。”

我说：“原来不是戴蛤蟆镜包装的吗，咋换了近视镜？眼睛真的近视了？”

“看着是近视镜，其实是平光镜。天然水晶石做的，一副两万多元。既保护眼睛，又……”

“又像个知识分子，是不是？”我打断了他的话。

“哥，时下知识分子吃香嘛。你不也拿个自修大学文凭吗？”

一听跃进提到我那个自修大学文凭，我就感到脸红，急忙说："兄弟，往后别再提我那个自修文凭。没有真才实学，那不过是废纸一张。"

跃进说："哥，你可别这么说。现在文凭特管用。我出去跑项目，跑资金，人家都要看我的文凭。我没有文凭，一副土豪的样子，啥事都难办成！"跃进说着，冲门外喊道："小吴，我才搞的那个大学毕业文凭呢，找了半天咋不见了？"

小吴应声走进来，拿着一个装帧精美的本本，说："丁总，在这儿呢。您昨儿让我先给您放到车上，说是去北京办事怕忘了带上。"

我瞄了一眼，看到本本的封面印着"××大学"四个烫金字，不由得瞠目结舌。

"看我这记性。怪不得找不到呢！"跃进回头对我说："哥，你找我有啥事？"

我这才想起来我的确是有急事要找他商量。可是，脑瓜里如缺了氧似的，怎么也想不起要和他商量啥事，只得说："一时也没想起有啥急事……不过……"

"哥要是没啥事，我得赶快走。我得去北京，于总帮我联系了几家银行的老总，他们都争着要朝咱们公司里放款呢！中午赶到郑州，还有个饭局，请几个重要部门的头头坐坐。"

我明白他说的"坐坐"，就是请人家吃饭。我脑子里突然一热，叮嘱丁跃进："请领导吃饭，可别忘了上红烧肉和糖醋鱼啊！"

丁跃进笑了起来，连司机小吴也在门外咧着嘴笑。

看着两人笑，我怪不好意思的，急忙解释说："跃进，这可是开心爸安排的。开心爸最疼你，你可得听他的话。"

跃进说："这都啥年代了，谁还吃红烧肉和糖醋鱼！"

听他这么说，我有些生气，以教训的口吻批评道："丁跃进，连红烧肉和糖醋鱼你都吃腻了？你这是好了伤疤忘了疼！想当年，你嫂子过门的时候，连辆马车都坐不上。你倒好，上百万的进口车送人情。照这样铺张浪费下去，不等厂子投产，钱会被你败干净的！”由生活上的奢侈联系到他的一掷千金，我作为他的长兄，不能不给他敲敲警钟。

跃进听我这么说他，并不恼，反而嘻嘻笑道：“哥，我这叫羊毛出到羊身上。我哪来的钱去讨好人家？这些钱都是那些有权的人帮我搞来的！他们帮我搞来了几千万元，我在他们身上花个几百万元，赚的不还是我？现下这个社会状况，钱就是爷，没钱的是孙子。爷把钱给孙子花，孙子就成了爷，爷就变成了孙子！开心爸活着时不是说过吗，‘有钱能使鬼推磨’。他活了一辈子，说了那么多废话，就这句话说得还算靠谱。哥，实话给你说，跃进化工集团生产不生产都无所谓，生产不出化肥也照样能赚到钱。我收购县化肥厂就是为了多捞钱，也就是向银行多贷款。有了这一片大厂房，又有改制企业这块硬招牌，现在几家银行都争着给我放款呢！为啥？是因为有领导替我说话，说我是改革前沿的弄潮儿，说咱的跃进化工集团是企业改制的典范。这个典范要树立起来……”

听了跃进这番话，让我更替他担忧。可是，又想不出批评他的理由。听他讲到典范，脑子突然来了电，才想起找他是和他商量筹备现场会工作的事，便打断他滔滔不绝的有关“鬼推磨”的胡说八道，把市里要来召开现场会的事说了。

跃进一听，更加兴奋，说：“哥，我说啥来着？现场会在咱这儿召开，等于给咱做了个大广告！那些银行的老板们，还不挤破头地朝咱这里砸钱？还有，我还筹划着办个投资公司，让那些有钱的人都把闲钱存到我这里来……”

我打断他的话：“你想得倒美，那么多家银行，谁有钱朝你这里投？人家傻子呀！”

丁跃进说：“哥，这你就不懂了。谁朝我的投资公司存钱，我给谁高利息，比银行高几倍的利息！那些爱占便宜的人，还不争着朝我的投资公司里投……”

我不耐烦地说："好了，别说你那个投资公司的事了！就说眼前的现场会，咱们的生产线还没有完全恢复，让人家来现场看个啥呀？"

跃进说："原来的生产线不是还有一条没拆吗？"

"是没来得及拆，可是螺丝帽都锈得拧不下来了！"

"加点儿机油，润滑润滑，凑合着开了车再说。"

"那可不是玩的物家！机器都老得掉了牙，哪里是修修补补的事儿！"听他这么说，我没好气地冲他说，"这么凑合，早晚非砸了锅不可！"

"哥放心，砸不了锅！这两天，厂里事你先应酬着。我办完事马上回来。"边走边对我说，"哥比我读的书多，水平比我高，有哥帮我掌着大舵，没有过不去的火焰山！"

跃进这么给我戴高帽子，让我的脑瓜突然变得晕乎乎的。我冲着丁跃进钻进小轿车的后背，喊道："丁跃进，咱不带这么玩的。火焰山会把哥俩烧死的！"

他也许没听到我的话，也许把我的话当成了耳旁风，小轿车一溜烟地驶出了厂门。

53

为筹备召开现场会，我是煮熟的鸭子被赶上了架——死撑着台面。亲爱的读者对我的能力和根底是再了解不过的了。就我喝的那点儿墨水，早就着那些盆盆罐罐里的柴米油盐酱醋酒茶熬干败净了！虽然在蒋老师的自修大学速成"深造"了几个月，但是，毕竟年龄大了，记忆力减退了。死记硬背学那点儿知识，还是如"蚂蚁尿尿，湿不多深"。我有几斤几两，大家都知道。可是，跃进硬让我当这个副总，硬逼着我去"应酬"。我怎么办？我只能装着学问人的样子，学着过去我们化肥厂那些厂长、副厂长等一干领导干部颐指气使的派头，指挥着那些和我差不多水平和能力的人干这干那。

经过几天的紧张忙碌，现场会的各项筹备工作总算有了一些眉目。各种材料、资料、宣传标语、会议室布置，来参加会议的宾客招待，吃喝拉撒睡，散会后送的礼品，等等，都做下来了。连最大的难题，现场会上必须保证有一条生产线开车投产的问题也解决了。那是我带领原化肥厂里的几位老哥们连天加夜地整修打磨的成绩。我调动那些老哥们的积极性所采取的有力措施，是发给他们双倍的加班费。那些老哥们与他们在国有化肥厂加班干活时判若两人。那时候，加班干活没有奖金，大多是磨洋工，而现在奖金当场兑现。我给他们发了奖金，他们才买我的账，还说，国庆这人实在，咱们得拼了命地干。这个铁的事实再一次证明我兄弟丁跃进引用的开心爸的名言“有钱能使鬼推磨”，是一条颠扑不破的“真理”。

无论怎么说，做完了这些，我对自己增强了信心。之前我是太自卑，我老是过低地估计自己。事实证明，我不是只有几斤几两，我或许要比几斤几两重得多。我突然想起，影子很长时间已经不来骚扰我了！影子也是个欺软怕硬的家伙！以往每当我担心、恐惧、自卑、无助、犹豫彷徨的时候，它总是跳出来，在我眼前晃来晃去。它取笑我，蔑视我，挑逗我，令我心烦意乱、六神无主。现在，我当了跃进化工集团的副总，那些和我一样的下岗职工看我的眼神不一样了。我能够给他们发奖金，还能请他们吃饭喝酒。发奖金与喝酒吃饭的钱都不是我的，都是丁跃进搞来的。丁跃进搞来的钱不能都让他自己败坏掉，我得为我那些下岗职工兄弟谋点儿福利。我能支配丁跃进搞来的钱，我的底气是硬的。我是从内心里要帮那些四〇五〇后的下岗职工兄弟姐妹渡过下岗潮给他们的家庭带来的窘迫。因此，我没有丝毫的犹豫。在我这么做的时候，影子那个可恶的家伙才不敢跳出来捣乱。

丁跃进是在现场会召开的前一天从北京赶回来的。我向他汇报（他虽然是我兄弟，但是，为维护他的权威，在职工面前，我也只能是汇报）了现场会的筹备工作。我磕磕巴巴地汇报了半个多小时。我想，跃进对我所做的工作应该是满意的。他即使不表扬我几句，也得点头认可。然而，听完汇报，他的眉头却皱了起来。

“哥，这么大的现场会，咱不能应付了事。”丁跃进一开口，我就听出了他对我所做的筹备工作不满意。

我生气地说：“哪儿是应付？不都面面俱到了嘛。”

跃进说：“哥，面面俱到不行，要突出亮点！”

我不服气地说：“管它亮点，黑点？只要能把这场事应付过去就是优点！”

跃进雄心勃勃地说：“哥，不能光为了应付。市里在咱们集团召开企业改制工作现场会，是对咱们的肯定，对咱们的认可，是为咱们鼓劲加油。咱们要借着这次现场会的东风，在全市、全省、全国叫响咱们的名望！因此，要把搞好接待工作放在亮点的重要位置上，让来参会的各级领导吃好、睡好、玩好，是亮点中的亮点！住宿安排到大富豪酒店，从咱们公司到大富豪酒店要铺上红地毯。迎宾小姐要统一服装，见了客人不会笑的一个也不能要！我从北京请来了一群记者，他们下午坐飞机到达省城，让小吴带着司机班去接他们。要按最高规格接待。这些大神一个个都能通天，全指望他们妙笔生花为咱们的公司好好宣传宣传呢！还有，公司内部的气氛不够热烈，要张灯结彩、悬挂灯笼气球，还有彩虹门，多请几家响器班子。那个才组织的洋乐团，也请来热闹热闹！中西结合嘛，必须像过年似的热闹！会场重新布置，要热烈隆重。还有，这个宴请宾客的菜单也不行。把那些站鸡卧鸭红烧肉糖醋鱼通通去掉！大哥，红烧肉和糖醋鱼你还没吃腻？再说，糖醋鱼的刺卡了领导们的喉咙可不是玩的。改成猴头燕窝鲍鱼海参。每张桌上再上半斤鱼翅，一对大龙虾，两个澳洲蟹……酒要用洋酒，洋酒劲大……”

丁跃进后来又说些什么，我一句也没有听清。我被他的诸多“亮点”吓得噤若寒蝉！我刚刚积累起来的点滴自信轰然坍塌，自卑和羞辱从我的骨头缝中“哧哧”地朝外冒烟，我恨不得寻个地缝钻进去。我恨不得掘地三尺把自己活埋进去！我不知道是我落后于时代的发展了，还是丁跃进超前进入了那个令许多人都向往的摩登时代。我甚至怀疑，丁跃进已经不是我兄弟了，他成了出手阔绰、一掷千金的富豪大佬。我也不是丁跃进的大哥了，而是拎着打狗棍靠吃百家饭沿街乞讨的叫花子丁开心。我成了丁开心？我不就是丁开心吗？我甚至连丁开心都不如！丁跃进从来没有鄙视过丁开心，而我正被丁跃进鄙视着。我成了一个封闭保守、落后愚昧，与时代的发展格格不入的稻草人！

久违的影子突然冒了出来，它在我眼前疯狂地跳着、笑着！他娘的，连影子也瞧不起我，来嘲笑我，羞辱我！我简直里外都不是人了。

我不能让可恶的影子来羞辱我，以致使我刚刚树立的尊严再次丧失。我站起来，奋不顾身地向影子扑去，可是，却扑了空，一下子栽倒在地。

我醒来的时候，发现自己躺在了家里的床上。杨晓英正坐在床边垂泪，见我醒过来，一边为我倒水，一边埋怨道：“都年过半百的人了，该享清福了，还这么拼命地去干。把自己累死了，亏不亏呀？”

杨晓英说我是累得晕过去的。是丁跃进派人把我送进医院，又从医院把我送回床上后告诉她的。丁跃进说，到医院检查过了，血压脉搏都正常，是加夜班累的，休息几天就会好了。

我身上的确没有多大毛病，只不过心里有阴影——这种阴影是对丁跃进的所作所为的担心造成的。这种阴影别人是看不到的，也是医院里的医疗器材不能检查出来的！我必须把这阴影驱走！如果不把阴影驱走，丁跃进……丁跃进这么个折腾法，会面临什么样的后果，是无法想象的！

杨晓英把水端给我。我把水碗一推，说："我不喝水，我要吃红烧肉和糖醋鱼！"

杨晓英一听，笑道："原来是肚子饿了，好，你等着，冰箱里现存有肉和鱼，我这就给你做。"

红烧肉和糖醋鱼很快做好了。说实话，杨晓英的厨艺真不赖，她不愧是炸油果子匠杨大头的亲闺女。做出来的红烧肉和糖醋鱼有着与油果子大同小异的油亮色彩，刚端上桌，一股类似油果子的清香扑鼻而来。立时，幸福的暖流在房间里汹涌流淌，直朝我身上扑来！

我不等杨晓英让，便毫不谦虚地拿起筷子吃起来。红烧肉油而不腻，又烂又香，刚放到嘴里，几乎没等到我咀嚼，就顺着我的食管进入了我的胃里。糖醋鱼与红烧肉不一样的味道，甜甜的，酸酸的，香香的，糯糯的，只是不像红烧肉那样一入口就能滑溜到胃里去。因为有刺，我得慢慢咀嚼，把那些讨厌的刺用我的舌尖剔除出来。我吃得满嘴流油，我吃得胃满肚圆！可是，我还是不停地吃。我要把世界上的红烧肉和糖醋鱼一下子吃光！

杨晓英被我的吃相吓坏了。她一边劝我别吃了，别吃了！再好的食物吃多了也会伤到胃的，一边把装着红烧肉和糖醋鱼的盘子朝她自己身边端。她这是要和我抢吃啊！我急忙夹起一块糖醋鱼放进嘴里，又夹起一块红烧肉填进嘴里。红烧肉和糖醋鱼掺和在一起，使我的舌尖突然失去了剔除鱼刺的功能。我的喉咙毫无征兆地被一根鱼刺卡住了。我大声地咳嗽，可是，越咳嗽鱼刺似乎越朝喉咙的深处钻。我突然感到眼花缭乱、呼吸急促、心跳骤停！

我的耳边响起了一个幸灾乐祸的声音：你这个坏小子，吃红烧肉和糖醋鱼也不让老子尝一口，活该让鱼刺扎了你的喉咙。

那好像是开心爸从地狱里发出来的声音。

54

扎在我喉咙里的刺，是送到医院里后，医生用喉镜为我挑出来的。虽然鱼刺挑出来的当天就没事了，但我一直窝在家里不肯去上班。我怕人家笑话我没出息，贪吃得差点儿没被鱼刺扎死。

我在家里休养期间，丁跃进到家里看我时，已经把现场会的盛况绘声绘色地向我讲述了多遍。半个月后我去上班时，看到现场会所造成的深远影响以及所产生的效应还是让我始料未及。作为企业改制的先进典型，跃进化工集团的典型经验在省市新闻媒体，乃至北京的部分新闻媒体上闪亮登场。民营企业家丁跃进的开拓创业故事在我们那座小城经过广大吃瓜群众的广泛传播后进而发酵，使一个叫花子的后代成为一个具有了三头六臂，拥有了八家银行、十六家上市公司的神奇人物！跃进化工集团也由一个还没来得及正式投产的企业成为一道亮丽的观光风景线！来自全国的，全省的，全市的学习企业改制成功经验的取经大军络绎不绝地来到我们那座小城。这些人吃喝拉撒睡都由跃进化工集团热情地全面负责。由于环境宽松优美，这些人乐此不疲地长期驻扎在集团提供的五星级宾馆里，认真地讨论着跃进化工集团企业改制的经验。这正是丁跃进迫切希望的效果。丁跃进还怕累坏了他们，不失时机地让服务人员为他们送去了“54 号文件”（扑克）和“一百单八将”（麻将），供那些人闲暇之余认真地研究。那些人玩腻了丁跃进为他们展示的所有项目后，无论取没取到真经或者自认为取到了真经（鬼才相信他们会取到真经），都打着饱嗝、喷着满嘴的酒气心满意足地满载而归！

丁跃进委任我当这个副总，使我有了一种危机感！特别是经历了现场会这场我从未经历过的场面后，我感到自己太落伍了！

我缺乏新时代新形势下当好私营企业副总的条件。简单地说，我一个五〇后的下岗职工没有当副总的能力！看到我上班后，那么多人大事小事都来向我请示汇报，让我表态决策。面对那些大事小事，我是张飞逮个地老鼠——只能大眼瞪小眼。其次，我还有整天忙不完的应酬，省里来了领导要陪，市里来了领导要陪，县里来了领导要陪，各个职能部门里的领导来了都要陪，客户来了要陪，银行的信贷员来了要陪，记者来了更要陪……要陪他们视察工厂里的生产情况，要向他们汇报生产经营情况，还要向他们介绍跃进化工集团是如何让倒闭的县化肥厂起死回生的宝贵经验等。除此，还要陪他们住，陪他们吃（最让我难以理解的是，吃还不让吃红烧肉和糖醋鱼，只能吃鱼翅鲍鱼之类的腥味海鲜。我着实不习惯吃那些东西），陪他们喝，如果遇到兴致不减的特殊客人，还要陪他们去唱歌跳舞，陪他们足疗、桑拿、按摩、踩背……我一个如此保守不开放的老工人，哪里能适应如此前端的现代化的时髦生活？我的胃里，已经习惯了清茶淡饭，现在突然换上装载那些海参鲍鱼、猴头燕窝之类的奢侈食物，弄得我的胃老提意见。如果不虚心接受它的意见，它就罢工，让我吃下去的那些奢侈食物变成稀里哗啦的排泄物，从肛门里倾泻而下。我这个年过半百的五〇后的身体，经不住那样日复一日、夜复一夜的连轴转的折腾！还有，我心里的那个阴影，始终没能驱赶走，它时时刻刻地折磨着我、缠绕着我，让我寝食不安。我实在熬不下去了，装也装不下去了，还怕耽误了跃进化工集团的大事。我突然决定，不当这个鸟鸡巴副总了！

我要辞职！

我找到丁跃进，对他说："跃进，你要让哥多活几天，这副总的差事，就再选一个人干吧。"

跃进听我说得如此严重，便问："哥，咋了？谁欺负你了？不听你指挥？"

"没有谁欺负我，是我自己不能欺负自己。"

“哥，这话我就听不明白了，你咋能欺负自己？”

“兄弟，我干不了副总这差事，硬让自己撑着活受罪，还不是欺负自己。”我没好气地说。

丁跃进挠着头皮说：“哥，你咋也比兄弟喝的墨水多，经历的事多。兄弟这大老板都干了，你不过当个二老板，有啥干不了的？”

我说：“哥喝的那点儿墨水早化作尿水尿净了。哥没本事，不是当老板的料。”

丁跃进嘿嘿笑着，低声说：“哥，啥叫没本事，啥叫有本事？这年头，有钱就有本事，没钱就没本事。你兄弟我有啥本事？我啥本事也没有！可是，兄弟我有钱，有钱就有了一切！开心爸不是说过，有钱能……”

他又要向我阐述那套“有钱能使鬼推磨”的歪理论，我不耐烦地打断他：“开心爸骨头都沤成灰了，你还指望他来帮你推磨？”

丁跃进耐着性子继续说：“哥，其实，这话我原来也不信，现在我信了！你看你看，咱集团现在多少人，六千多人呢！这些人啥学问的没有？有高中生，有大学生，还有研究生，还有那个叫啥的海归，他们都比我喝的墨水多，讲本事哪个都比我强。可是，他们哪个都要听我的，我让他们干啥他们就干啥，哪个不听我的他就得滚蛋。哥，你知道这是为啥？这就是钱的作用。这就是那个杠……子和力的作用……他们为我卖力，我给他们钱。就是这个道理！哥，咱有钱，你还怕二老板当不了？”

我突然冒出一句：“丁跃进，你这么个折腾法，非出幺蛾子不可！我奉劝你‘悬崖勒马回头是岸’。”

丁跃进愣怔一下，好一会儿似乎才明白我的话，说：“哥，我这不叫折腾，叫创业！这个‘业’，就是家业，家业就是靠钱置买的。因此说，创业，就是创钱的！从哪里创钱，当然从银行里创了。银行里钱最多，谁能‘创’出来算谁有本事！好些大老板，都是白手起家创出了业。人家能，我丁跃进也能。我的‘业’都是从银行里创出来的。是各家银行的老板主动‘创’给我的。我不偷不抢，没有砸银行的金库，我咋能会出幺蛾子？不会的，放心。我的好哥哥！”

丁跃进这番话把我说得头皮发麻，我不能不承认他这番话似乎有点儿道理。但是，又总觉得哪里不对头。我心里很不踏实。可是，我既然已经决定辞去副总职位，何必再管他哪里不对头。

“跃进，你要是想让哥在你这里挣份儿对得起良心的钱，就给哥安排个具体活儿，这副总的位置，哥确实干不了，也不愿意干。”

丁跃进听我说得如此决绝，叹了口气，说：“哥，你窝囊了大半辈子，兄弟就是想让你当这个副总，做个人上人。可是，你咋就五香狗肉上不了大席面呢？你说你想干啥，咱公司的活儿你随便挑拣。”

我说：“让我下车间吧，还干我的老本行。”

丁跃进口气果断地说：“不中！车间里的活你还没干够？又脏又累，还得出满勤干满点。我不能让咱妈骂我，让杨晓英埋汰我。”

“人家都能干，我咋就不能干？”

“人家是人家，你是我哥！董事长的亲兄弟在车间里为董事长卖命，还不让人家戳断我的脊梁骨？”

我想了想，说：“那就让我看大门吧，看大门的活儿既累不住哥，又不跌兄弟的脸面。”

丁跃进沉吟一下，勉强答应了我：“就当保卫科长吧。不过，现在的保卫科长让他干啥？他可是县公安局长介绍过来的。”

我说：“我不当科长，我只管看大门。”

丁跃进说：“哥，这不委屈你了？”

我笑着说：“一个下岗职工，能立马找到这么体面的活儿，还不多亏我有个有钱的兄弟？许多下岗职工还都窝在家里闲着呢！对了，和我一块下乡插队的朱有才几个人前儿来找我，说是想到咱厂里打工……”

“别说几个，就是百儿八十个也都让他们来！既然和哥是同吃苦共患难的好弟兄，咱都要帮他们！”丁跃进不等我说完，就表了态。

我说：“我替那些兄弟谢谢你。”

丁跃进说：“哥，跟我还用得着客气？咳！我真不知道对你说啥好！就这看大门的差事你先干着吧。不过，你的工钱还是拿副总那份，一分都不少！”

我急忙说：“别别，我和嫂子都在你这里拿工资，已经不少了。再说，咱妈那一份退休工资都补贴了我，你一分也不拿。我和你嫂子都过意不去呢！”

丁跃进说：“咱弟兄俩，一块棉籽饼分着啃那阵，你总是让我多啃一口，吃柳树叶子你也让我多吃一点儿！嫂子塞到你书包里的油果子，你舍不得自己独吃，总要分给兄弟一半……这些，兄弟到死都忘不掉！现在，你倒和我计较了？”

我得承认，我这个兄弟是十分重情义的。不然，他怎么会结交那么多有权有势又有钱的人物？

55

我挪出来的副总位置很快就被人顶上了。亲爱的读者，你大概不会想到，这位新上任的副总是谁？好，我就不卖关子了。

周大伟本来在县财政局干得好好的，可是，这个家伙就是个不安分的老叫驴——爱跳槽。那一阵不是提倡机关干部下海经商吗？周大伟看到人家下海都挣了大钱，连丁跃进这个帮人推煤车的小零工都做了大老板，他一个高中生，一个在解放军大学堂历练过的高素质人才，哪里耐得住这样的寂寞和挑战？一份辞职报告交到了领导那里成了商海的弄潮儿。

周大伟的第二任老婆和他妈林兰芷一听他要下“海”，两个女人拧成一股劲儿和他闹腾。一个连吵带骂加埋怨，这个女人的声调是林兰芷的。林兰芷吵他不动脑子，放着国家干部的铁饭碗不端，非要把自己下岗了，没看到成千上万的“四〇五〇下岗职工”都在街头摆地摊吗？你一个前县委书记的儿子难道也去摆地摊？你想干大事挣大钱？呸！干大事要有真本事，你有吗？挣大钱要有后台，你有吗？你爸退了休放个屁也不响了。想让他帮你说话，门儿都没有！我看，你是饱汉子不知饿汉子饥。你那些同学和战友，下岗的下岗，待业的待业，他们有哪个不眼气你那份工作？你倒好，把工作辞了。我看你是把自己的前程辞了，把自己的好日子辞了！

另一个女人也就是周大伟的第二任老婆，虽然没说一句埋怨的话，可是，却一个劲儿地张着嘴哭。这个女人的哭声如抒情音乐似的很有节奏，一时急一时缓，一时高一时低，一时如山洪瀑布，一时如小桥流水。女人的哭声配合着林兰芷喋喋不休的埋怨和吵骂叨唠，奏响了一曲永无休止符的交响乐！

周老铁闲赋在家，本来是享清福的，虽然是享清福的，回忆起戎马战场血洒疆土的峥嵘岁月，心里不免有些失落。这种莫名其妙的失落感没有得到任何人的理解和同情，却又免费享受到一场无休无止的“音乐会”。音乐会刺激了他的神经，更刺激了他的心脏，让他不再年轻的心再一次如上战场同敌人肉搏一样激动起来！这么一激动，人就倒了下来，拉到医院抢救，一检查是脑梗。若不是抢救得及时，人就见马克思去了。

周大伟受不了“交响乐”的骚扰，也不管他爹躺在医院里是死是活，背个包跑了！至于去了哪里谁也不知道。一走一年，回来的时候，形容落魄，与当年出外讨口吃的的丁开心有异曲同工之处。原来，去了南方的某个开放城市，本来要找一份儿挣大钱的生意做，结果把自己带的用来做诱饵的盘缠全赔了进去。按道理说，周大伟正是年富力强的时候，即使身无分文，靠卖力气在哪个城市也能生存下去。关键的是，周大伟不是个卖力气的人，他自小就养尊处优惯了，只想让人家伺候他，又哪里肯发扬伺候别人的风格？想找一份体面的白领工作，人家又看不上。后来，实在饿得没办法了，就帮人家贴小广告、送灌装水。想到丁跃进是靠帮人推煤车发的财，他也希望能像丁跃进那样靠贴小广告、送灌装水寻到发迹的机遇！可是，他没有丁跃进的运气好。就这么东一头西一头地闯荡了一年也没能让自己成为暴发户。想想自己本来的国家干部干得好好的，偏要朝大海里跳！不知道是谁带头兴起的国家干部下海经商的馊主意！他周大伟没捞到任何海鲜，差点儿被海水呛死在沙滩上！

周大伟硬着头皮回来了。在家里一连躺了三天，睡了个天昏地暗。他老婆和他亲亲的娘心疼得只掉眼泪，哪里还有时间去演奏“交响乐”？一个个嘘长问短、关怀得无微不至，生怕说一句不得体的话把刚归巢的鸟给惊跑了！周大伟呢，真真切切地感受到了家的温暖。

只有周老铁态度暧昧。

周大伟走的时候他正在与死神搏斗。这小子不帮他与死神搏斗倒也罢了，竟然硬着心肠跑了。幸亏他没死，他若是被死神战败，你小子可能也不回来哭爹！真是个不孝的犬子！周老铁一肚子气窝在心口一直没出来。现在见到小兔崽子回来了，总要发泄一番的。然而，周老铁毕竟当过县太爷，不像林兰芷那样如泼妇一般，骂起人来不讲任何方式，也不顾体面，纯粹是随心所欲，信口开河。

周老铁是这样发泄自己的怨气的：“大伟同志，我以为你永远不进这个家了？咋这么快就回来了？下海捞到大鱼了吧？一定是捞到了一条大鲨鱼，或者是一头鲸鱼！不然，不会累成这个样子！看看，都睡了三天！如果捞到两条鲨鱼和两头鲸鱼，你还不得睡一个月。”

可叹一位三〇后的革命老干部，思维还是那么敏锐，竟然能想出如此刻薄辛辣的比喻词句来嘲讽他的官二代！

任凭老子周老铁如何埋汰挖苦，周大伟一概装聋作哑不吱一声。

林兰芷便在中间劝道："好了好了，你少说两句吧。孩子既然回来了，就知道错了。你再吵他怨他有啥用？还是操心为他找个正经事儿干吧！"

林兰芷的劝说不但没有熄灭周老铁的心头之火，反倒火上浇油似的烧得更旺。周老铁道："他回来了，是谁请他回来的？有本事在外边混出个人样子再回来。老子白养了他这么多年，啥本事没有！你瞅瞅人家丁跃进，连小学都没毕业，就成了亿万富翁。还上了那个啥胡……润（富豪）榜。你呢？你呢？出去浪白一圈子，把自己浪白成了个叫花子。丢人！我都替你害臊！"

骂过了，也怨过了，周大伟以后的生计被提上了周家的议事日程。周大伟"下海"走的时候，在原来的工作单位拿了一笔卖断工龄的钱，意味着他已经和原单位解除了关系，是不能再回去上班了（即便没有解除关系，周大伟也没有脸再回去了）。再寻个单位上班吧，可是此一时彼一时，原县委书记人走茶凉，再不是一言九鼎的人物。找人家重新安排工作，人家解释说，现在各用人单位指标控制严格，一个萝卜一个窝。增加一个编制要报到市里，市里还要报到省里。即使县里能给他报上去，层层批下来周大伟也要等到胡子白。何况人家这么说是寻找理由推诿老领导呢！

公家的单位进不去，就让小兔崽子再到海里去试试。周老铁想到了丁跃进的化工公司，便对林兰芷说："去，你去把花淑娴叫来！"周老铁有恩于花淑娴，才这么理直气壮地命令林兰芷来喊我妈。

林兰芷撇了撇嘴，说："闲得没事，又想你那老相好了？"

周老铁瞪了他一眼，说："你这个人，歪嘴骡子卖个驴价钱，这辈子就吃在嘴的亏上！我是要为你那宝贝儿子找一份吃饭的门路！”

“你是要大伟到丁跃进的公司去上班？”林兰芷是个聪明人，一下子就猜透了周老铁让她喊我妈的用意。

“我不单要大伟去丁跃进手下上班，还要丁跃进给他一份重要差事干，让他好好历练历练，长长见识！”

林兰芷笑着说：“你这么待见丁跃进和他妈，他俩会听你的？”

周老铁不知林兰芷是试探他，十分有把握地说：“丁跃进初建化工厂时，不是我帮他立项、选厂址，这小子哪能有今天？我安排个人到他那里，他敢不接收？”

林兰芷听了这话，说：“放着家里亲生的不管不问倒去帮那个野生的忙。野生的成了大土豪，不是也没喊过你一声亲爹？”

周老铁勃然大怒，骂道：“林兰芷，你这个泼妇，不要在这里胡言乱语！”

林兰芷冷笑道：“周老铁，我胡言乱语？你把我当成三岁小孩子吧！我过去不说，是因为你在位置上，怕丢了你的面子！”

周老铁以进为退地说：“林兰芷，你以为还是那个特殊年代吗？你想咋诬陷人就咋诬陷人！”

林兰芷说：“周老铁，别把人家都看成傻子！那时我落井下石，举报了你和那个贱女人，是我的不对。可我是咽不下那股怨气啊！丁开心爬人家的院墙，被人家的狗咬伤了蛋卵子，成了废物，城里人谁不知道？那个贱女人和丁开心又哪里能生出孩子来？”

周老铁气得嘴唇哆嗦，说不出话来。

“丁跃进是谁的种？长相仿谁？老街坊们早看出个眉目来了！大家只是没有当你的面说，是因为你周老铁当着县太爷，没人敢得罪你！我林兰芷为你掖着藏着，还不是顾全你周老铁的老脸。到了这个时候，你还有脸在我面前要威风！”

周老铁嘴张了几张，气得没能说出话来。

“我知道你是想为那个贱女人打掩护，她有哪点好，把你迷得神魂颠倒。不就是个旧社会过来的戏子吗，旧社会过来的戏子有啥好？早就成了既卖艺又卖身的烂货。我早就听说了，不单丁跃进是个野种，连丁国庆也是个野种！丁国庆是那个戏班头下在她肚子里的野种。”

周老铁在林兰芷一针见血的慷慨陈词下，败下阵来，几乎是用哀求的声音对林兰芷说：“为了大伟，你不要再胡说八道了！你已经把我搞得身败名裂，再不要伤害孩子们了！老林，看在咱们夫妻一场的分上，放过花淑娴，放过丁跃进吧！”

林兰芷说：“为了大伟，我会放过任何人的。不过，你得保证，要丁跃进善待大伟，他们毕竟是一个爹的……”这句话有所保留，是担心周老铁再被救护车拉医院去！

56

我妈在丁跃进和于婷婷的再三劝说下，去了丁跃进家住。丁跃进的新家，是翻盖一新的一座二层楼的小别墅！

我妈和我一块居住了这么多年，操持着大孙子丁改革，每天都很充实。丁改革上了大学，逢假期才回来。这个家伙变得和我一样，成了个闷葫芦哑巴——不爱说话。放假回来后，整天把自己关在他那间小屋里，喊他出来吃饭不喊十声八声没有动静。喊得急了，才慢腾腾地走出来。我妈说，这孩子，越来越仿他爸了，咋就和小时候像变了一个人？丁改革小的时候是个爱说话的孩子，小嘴“叭叭”地像放鞭炮似的总也闲不住。我妈说他长大了一准是个话痨。杨晓英就说，既然爱说话，长大了让他当电视台的播音员！我妈说，当播音员好，风刮不住雨淋不住，还能出人头地。没想到人长大了却变得像个闷葫芦哑巴似的，到电视台去当播音员的事就甭想了。

我和杨晓英到丁跃进的公司上班后，家里就剩下我妈。我妈是个喜欢热闹和忙碌的人，三天闲得她浑身都不自在。于婷婷生了两个孩子，大的丁宇上了小学，小的丁苑才一岁多，正是黏人的时候。丁跃进和于婷婷让我妈去他们家住，说是把老太太请过去享清福。可是，我妈哪里是个闲得住的人，把家里活计全揽下了，倒把他家请的保姆晾了起来！

于婷婷对我妈说：“做饭打扫卫生是李姐的事儿。你和人家抢着干，不是要撵人家走吗？”

李姐就是我们知青点的李娟，她和朱有才下岗后，跟着朱有才帮朱麻子卖了一阵胡辣汤。李娟说，她闻不惯胡辣汤味儿，便又从朱麻子的胡辣汤铺第二次失业。第二次失业的李娟被丁跃进招聘为丁跃进家的保姆。

我妈理直气壮地说：“本来就不该让李姐来咱家！这些活咱都能干，还请人家李姐来帮忙。再说，李姐一天到晚在咱家忙活，她家的事都不干了？”

于婷婷笑着说：“妈，李姐是咱家请的保姆，咱家给她发工资的。”

我妈惊得张大了嘴巴，说：“请的保姆？你你……还有丁跃进个败家子，不是要当地主老财吧？只有地主老财家才请丫环保姆！”

于婷婷说：“妈，现在都啥年代了，请个保姆还算得上地主资本家？人家大城市的老板，不单家里有保姆，还有保安呢！保安就是过去的保镖，帮着看家护院的！”

我妈说：“这不又回到了万恶的旧社会吗？只有旧社会有钱人家才用得起看家护院的保镖。咳，那个死鬼吕……吕修身家也用过保镖呢。”

于婷婷不知道吕修身是谁，便埋怨我妈说：“人家请个保镖就是死鬼了？人家有钱，请保姆、保镖都是应该的！跃进也打算为咱家聘个保镖呢。”

我妈像被马蜂蜇了一般说：“他敢！他要是敢用保镖，我把他的腿给他打断！”说着从椅子上站起来：“你要是请保镖，我这就走。”

于婷婷看我妈变了脸色，不明白我妈为啥对保镖这么反感，便说：“咱家不请保镖，公司里有保卫科，光保安十几个呢，让保安轮流到咱家值班站岗！”

我妈说：“媳妇，你这话越说越不靠谱。咱家又不是银行、监狱，还让人家来值班站岗？”

于婷婷说：“妈，你儿子丁跃进是大企业家，还登上了胡润富豪榜，在别人眼里，他就是个腰缠万贯的大佬财。树大招风，人富招忌。没听说，那些抢劫的、绑票的，专瞄着像跃进这样的人家吗？”

听于婷婷这么一说，我妈不吭气了，额头上还冒出汗来。那是被于婷婷的几句话吓出的冷汗。虽然不再反对让人值班站岗的事，但是，却嘟嘟囔囔地埋怨道：“有钱了，日子好过了，反倒不让人省心了！过去穷得揭不开锅的时候，倒没怕过贼娃子。现在还要请保镖，这人都堕落成啥了？丁开心那个死鬼要是活着的话，断不肯让他儿子这么堕落的。”

于婷婷沉了脸说：“妈，再不要提老辈子人的事，死去的人让他在地下安生吧。”

于婷婷是听到了一些有关丁跃进身世的风言风语，才这么说我妈的。可是，我妈和丁开心毕竟做过患难夫妻，所以把对丁开心那一份感情看得很重。

我妈说：“咋就不能说说老辈子人的事了？不是丁开心，丁跃进早饿死了。无论别人咋说，丁跃进是我和丁开心养大的！丁开心就是丁跃进的亲爹！”

我妈大概也听到了别人对丁跃进身世的议论，可是，都过去了这么多年。当年，林兰芷曾揭发她和周老铁，不是丁开心救她，她就被人整死了。她容不得下辈人看不起丁开心！

于婷婷转变了话题，说：“妈，不是我小心眼。您就不该非要跃进同意周大伟到咱公司来上班，还当了副总！您知道，俺和周大伟的关系……”

我妈寒了脸说：“我看的是他爸的面子。大伟和你离婚，不是大伟的责任，是林兰芷逼的。你也知道这个情况，咋能把怨气撒到大伟身上？”

于婷婷看我妈生了气，忙说：“我是怕别人说闲话！”

她这么一说，我妈反倒更生气了，说：“谁说闲话让他们说去，我这辈子没少听人家说闲话。”

第二天，我和杨晓英正在家里吃午饭，于婷婷慌里慌张地跑来了，说是我妈不见了。于婷婷吃过早饭就出去赶赴“麻场”了。走的时候，还给我妈打招呼，说是回来晚一点儿，午饭若是赶不回来，让她和李姐带着孩子先吃。于婷婷回到家里的时候，却见只有李姐一个人领着孩子在家。于婷婷问婆婆去哪儿了？

李姐说：“你前脚走，她后脚就出了门，说是要出去转转，散散心。”

于婷婷埋怨李姐：“你就不问问她到哪里去转？天都这个时候了，还不回来？”

李姐委屈地说：“我是谁，老太太的事我敢问吗？”

自从我妈得知李姐是于婷婷花大钱雇来的保姆，对李姐的态度就变了。她整天阴沉着脸，一句话不说。其实，她这种心态的改变是因为对于婷婷的不满。于婷婷也不能说不是一个孝顺的儿媳妇，可是，我妈老把她与杨晓英比。杨晓英是个传统观念很旧的人，啥事都顺着我妈，从来没和我妈打过一个绊。而于婷婷是个赶潮流的新女性，她的做派甚至一言一行都让我妈看不惯。特别是在丁跃进发迹后，于婷婷做起了专职太太，的确像变了一个人。她把时间除了用在吃喝穿戴化妆打扮上外，其他时间迷上了打麻将，整晌整晌地玩。我妈看不惯于婷婷的奢侈浪费，又不好在于婷婷那里发泄，只有在李姐面前吊打脸子。我妈认为，于婷婷之所以出去玩，是因为她有了时间。她的时间是谁给的？是李姐。李姐把家里一切活计包揽了，把孙子也照管得妥妥帖帖的，才给于婷婷留下了足够打麻将的时间。

看到于婷婷一副着急的样子，我轻描淡写地说：“能到哪里去，是不是串门儿去了？”

“邻居家都找了，都说没见到！”

杨晓英分析说：“是不是走得远些，迷路了？”

于婷婷一听更急了：“咱妈要是跑丢了，丁跃进可要恨死我了。”

我笑着说：“不会那么严重，咱妈才六十多岁的人，身子骨硬朗着呢，咋会迷路？再说，咱们这座小城就这么个地儿，咱妈闭着眼也能摸到家。”

杨晓英说：“如果这么说，事情会不会更严重了？”

于婷婷说：“能有多严重，难道谁还能把咱妈拐走？”

杨晓英说：“拐走的可能性不大，绑走的可能性不是没有。”

我说：“杨晓英，你净是胡咧咧。咱妈一个老太太，人家绑她干啥？”

杨晓英说：“别忘了，咱妈有个大富豪儿子。”

听杨晓英这么一说，我脊梁骨上唰地冒出一股冷汗，脑子立刻一片空白！

难道我妈真的遭遇到了绑匪？

我的脑海里浮现出我妈被人强制坐“飞机”打“秋千”的景象，那是少年时期镌刻在我大脑中的记忆。那景象在我眼前变得一片恍惚。一个声音突然在我耳边响起，小国庆，快去找你妈！可别让你妈跟人家跑了！

又是死鬼开心爸来管闲事。他老是在关键时刻跑来吓我。

我说，开心爸，你这个人总爱操心。阴间还管阳间的事？

丁开心说，小国庆，你妈走了，可别赖我没提醒你。

我说，我妈能去哪儿？她就是到了天边我也得把她找回来。

丁开心说，就怕你找不回来。

我像吵架似的和他争论，你咋知道找不回来？

丁开心说，是她的心跑了。心跑了你能找回来吗？

我用手驱赶着他，不耐烦地说，你尽是瞎说，心咋会跑？好了，家里的事再不用你管。开心爸，你快走吧！

我走，我走。丁开心狂笑着不见了。

杨晓英拽着我的耳朵，大声说："丁国庆，咋说着说着话，就一迷糊眼睡着了？快商量商量去找咱妈的事。"

我揉着被杨晓英揪得生疼的耳朵，说："咱妈……开心爸说，是咱妈的心跑了。"

杨晓英说："尽是瞎说，心咋会跑？"

我说："杨晓英，你不愧是我老婆。咱们现在就研究个捉心的方案。"

杨晓英摸了摸我的额头，奇怪地说："丁国庆，你不发烧啊，咋老是胡说八道？"

"哥、嫂子，咱妈丢了，你俩还有闲心在这里瞎扯！"于婷婷在一旁早急了，揉着红眼珠说，"我跟咱妈说，现在坏人太多了，少让她出去转，她还不信。这可咋办呢？"

于婷婷的话又把我的心搞乱了！我看到丁开心在我眼前一闪，我慌忙伸手去抓，他却又跳到我身后去了。

我烦躁地嚷道："于婷婷，你别瞎捣乱了。咱妈是出去转圈儿，哪里是心跑了！"

其实，我想说的是："于婷婷别哭了，人真的被绑走了，哭有啥用。"可是，不知啥原因，从我嘴里冒出来的却是上边那段话。

于婷婷听我说话词不达意，逻辑混乱，前言不搭后语，大概以为我是埋怨她，不但没有停止哭，反而大放悲声了。

杨晓英瞪了我一眼，说："丁国庆，使那么大的调子干啥？有话就不会慢慢说！"

杨晓英是批评我不该在于婷婷面前发火。

的确，遇到了这种麻烦事，于婷婷看上去比我更着急，我是不应该对她发脾气。我理了理思路，说："这样吧，咱们兵分三路行动，我去公安局报警。杨晓英到城内咱妈以往常去的地方再寻找一遍，不，就是不常去的地方也要仔细寻找一遍。于婷婷，你负责通知丁跃进——丁跃进无论多忙，就是现在他正会见联合国秘书长，也要亲自回家一趟！妈是我和丁跃进俺俩的亲妈，婆婆是杨晓英和于婷婷你俩的亲婆婆，她若有个三长两短咱都有责任！所以，寻找她老人家是咱四个人共同的责任！”

布置完毕，想到刚才听到的开心爸的警告，觉得还应该补充一句，便说，“记着，一定不能让咱妈的心跑了”！

57

我匆匆向公安局跑去。影子却不知啥时候跟在了我身后。我跑它也跑，我跑得快，它也跑得快，我放慢了脚步，它也放慢了脚步。我试图抓住它，可是又怎么也抓不到它。好吧，这个无赖的家伙，就让它跟在我后边跑吧。反正它只是个影子。一个影子成不了大气候的。

跑到公安局门口的时候，突然听到身后有什么响动，我回头看去，一直跟在我身后的影子不见了。我大惑不解地嘀咕道，这个怪家伙，一定是做了见不得人的坏事，连公安局的门都不敢进。

我走进公安局，接待我的是位长相漂亮的年轻女民警。我喘着气，对女民警说：“同志，我要报案！”

女民警为我倒杯茶递给我，声音温和地说：“同志，别急，有事慢慢说。”

我把那杯茶接过来，只是端在手上，说：“我妈丢了，我能不急吗？”

女民警拿起笔，说：“好！说说你妈是怎么丢的？”

我对女民警的“好”字很反感。我妈丢了她还说好，能不让我反感吗？不过，那时，我可顾不得和她计较这些。我把我妈丢失的经过向她讲了一遍，最后，我补充说：“我妈的心可能被人绑架了。”

“心被绑架了？”女民警好看的眼睛里露出惊异的神情，不过，她好像过去遇到过类似这样的事情，因此，她很快镇静下来，一副屡见不鲜的样子。最后，她对我说：“谢谢您对我们公安的信任，我会很快把您反映的情况报告我们领导的。只是，按照规定，人在二十四个小时后找不到才算丢失。根据你反映的情况，时间还没超过十二个小时，因此，我们还不能出警。”

我急了，说：“同志，我报的可是急警！医院有急诊，公安局难道没有急警？”

女民警笑了笑说：“同志，我们不是医院。请您回去耐心等待吧。”

没有办法，我只有回家耐心等待。

让我讨厌的是，我刚走出公安局大门，影子又跟上了我。

杨晓英已经回到家，一看她那脸色，不用问，我已经知道了答案。

杨晓英姊妹几个都在我家，连杨大头也被惊动了。

杨大头一看到我，就问：“国庆，公安答应不答应帮助你找妈？”

我不知是点头好还是摇头好，只得含糊其词地回答：“答应不答应，谁知道呢？”

听我这么回答，杨大头不由得发了急：“人命关天的事，他们咋就这么个态度？”

我说：“急也没用，人丢了不到二十四个小时公安不出警。”

杨大头说：“二十四小时？杀一个人用不了两分钟。”

杨晓英说她爸：“爸，您就别说那些不吉利的话了。”

我习惯性地朝身后瞅了瞅，问：“于婷婷呢，她的任务完成了没有？”

杨晓英说：“于婷婷没来，李娟倒是来了，说她家出了事儿，于婷婷一时半会儿来不了。”

我心里一怔，脑袋里轰然一声，像倒塌了一堵墙。其实，我早就有了不祥的预感，是不是我最担心的事情要发生了？可是，我却假装镇静地说：“又出了啥事？难道比咱妈丢了的事还大吗？”

其实，我这样说，是希望我最担忧的事不要发生！可是，一个奇怪的声音却在我头顶响起：十年河东，十年河西，小跃进背运的时日来了，挡是挡不住的！

我抬头一看，看到我家的天花板上趴着一个影子。声音正是从天花板上发出来的！尽管我已经预料到我最担忧的事要发生了，但我还是希望不要发生。我怒斥着影子，你个乌鸦嘴，不要胡说八道！

影子却嘻嘻笑道，你才是乌鸦嘴。不是你说的吗？小跃进这么折腾下去，早晚会出事的！

我听出这又是丁开心的声音。丁开心阴魂不散，我非要抓着他不可！

我跳起来，伸手去抓影子，可是，却什么也没抓到。影子逃遁了！

我跳大神似的怪模样，把杨大头的几个闺女吓得大气也不敢出。只有杨大头看我一副痴呆呆的样子，疑惑不定地问：“国庆啊，你是不是有病了？”

我答非所问地回答：“不是丁国庆有病，是丁跃进有病。他病得不轻。”

杨晓英倒很镇定。她又要起了那套驱鬼的把戏，从厨房里端碗清水，拿了双筷子，默默地祷告起来。看到她神神道道的样子，我不由得一阵心烦，冲她发火道：“杨晓英，你搞啥鬼？我说没病就没病。”

杨大头伸着头在我脸上仔细瞅了瞅，息事宁人地说：“好像没什么病。咱们还是赶快商量寻找你妈的事。”

杨大头确定我没病，谁也不敢说我有病了。

我拉起杨晓英，说：“走，咱们去找咱妈。”

杨晓英说：“别慌，等我换件衣服。”

“换啥衣服，又不是去相亲！”我拉着她朝外走，突然看到一个影子在我眼前一晃，竟然进了屋。

我定睛一看，哪里是影子？分明是个大活人——周大伟。

周大伟的突然到来，让我甚感意外。周大伟自从当了副总，整日忙得手脚不停闲。我和他很少见面。他突然来我家，一定是有非常重要的事情。不然，他不会在这个时候来找我的。

周大伟看到屋子里坐满了人，向大家点点头，对我说：“国庆，有点事，咱们出去说。”

看到周大伟阴沉着脸，我心里直犯嘀咕。有啥见不得人的事呀，还要背着人说。我跟着大伟走出屋。影子也跟着我走了出来。

我对影子说：“你走开，这里没你的事。”

耳边却响起开心爸的声音：“丁国庆，我怕周大伟欺负你。”

“他敢！”我晃了晃脑袋，驱赶走了开心爸。

周大伟对我说：“国庆，发生了一件不好的事！”

我说：“是的。我妈丢了。”

周大伟严肃地说：“是一件比你妈丢了还要严重的事情！”

我说：“周大伟，对我来说，世界上发生的任何事情都没有比我妈丢了更严重。”

周大伟说：“国庆，你听着，不是我吓唬你，丁——跃——进被人带走了！！！”

周大伟以为这消息一定会把我吓倒，可是我连意外的感觉也没有。

我知道，这事早晚会发生的。我故意打岔说：“这算啥严重的事？丁跃进被人带走和丁跃进带着人走，是常有的事，也值得你大惊小怪？”

周大伟急得直跺脚：“丁国庆，丁跃进是被公安局的人带走的——公安局！”

我心里直犯嘀咕。我担心丁跃进把银行的钱捞进自己的公司里太多，都被他败坏了。我曾经因此到银行里找过行长，让银行少给丁跃进的公司放贷款，省得他拿着更多的钱去给人家送礼。可是，这事怎么折腾到公安局去了？难道银行行长到公安局告发了丁跃进？咳，真是祸不单行！我妈还没找到，我兄弟又出事了。不过，在我的潜意识里，丁跃进出事是早晚一天的事情。他搞那么多钱，又大把大把地朝外抛撒，不出事才怪呢！因为之前有预感，我无所谓地说："公安局的人带他干啥？他又不偷不抢。"在我的印象中，公安局是抓小偷和杀人犯的。丁跃进是民营企业家，他虽然从银行里拿了不少钱，但是，都是银行自愿贷给他的。白纸黑字，啥手续都齐全，怎么也算不得犯罪吧？

周大伟说："丁跃进不是小偷，也不是杀人犯，却涉嫌套取银行资金，也就是报纸上说的洗钱。另外，他还涉嫌非法集资。这些罪，与偷盗、抢劫、杀人放火同样都是犯罪！”

洗钱？非法集资？我第一次听说还有人能犯这样的罪！我曾经担心过丁跃进的钱来路不明，也劝过他不要搞不义之财。可是，丁跃进说，他没偷人家，也没砸银行，都是银行自愿贷给他的。社会上有钱的人把钱放给他，是因为他开给人家的利息要高出银行的几倍……怎么就变成了洗钱，涉嫌非法集资？

我埋怨周大伟说："周大伟，你这话说得不明不白，也许公安局误会了他，是不是把人抓错了？”

周大伟说："开玩笑！你以为公安局就那么不负责，随便能抓人？对，丁跃进还是县人大代表，抓人大代表是需要人大批准的。没有把罪给他坐实，人大也不会批准。人大不批准，公安局就不能抓他。"见我怔怔地看着他，又补充道："丁跃进非法捞钱，是有人举报了他。"

“有人举报了他”？难道，是我找行长……我脑袋“轰”的一声响，忽然变得焦躁不安起来。

我不耐烦地说："周大伟，我只是随便问问，你啰里啰唆说那么多干啥？给我上政治课呀。快说，丁跃进啥时候能出来？我还要和他一起寻找我妈。"

周大伟吃惊地说："丁国庆，你是不是得病了？不发烧啊！是不是吓坏了？那么大智若愚的一个人怎么竟然说出'小儿科'的话来！"

我和他急了，说："周大伟，你才小儿科呢！我妈丢了，本来就让我担心着急的了，你又来向我报告这样的坏消息，你是不是存心要和我过不去？你是不是要……欺负我？"我想到刚才开心爸对我的提醒。

周大伟说："坏了！坏了！"他朝屋里喊道："杨晓英，你快出来，送丁国庆去医院。去精神病医院！"

屋里的人听周大伟这么一吆喝，都跑了出来。

杨晓英埋怨道："周大伟，你开啥玩笑？丁国庆刚才还好好的，怎么要送他去精神病医院？"

我说："我不去医院！我要去监狱！我要把丁跃进找回来和我一起去找我妈！"

周大伟说："听听，杨晓英，我不是和你开玩笑吧？"

杨晓英说："听他说话是有些不正常。周大伟，你说了啥事，把他刺激成这个样子？"

周大伟说："杨晓英，别赖我。是丁跃进出事了，被关进了监狱。我能不告诉他吗？他和丁跃进是亲兄弟，这样的大事我才急着告诉他，谁知他承受能力这么差。……咳，早知道他会变成这个样子，打死我我也要瞒着他。我只有去告诉我老爸了，让他老人家想想办法，去打捞丁跃进。"说着，匆匆地走了。

杨晓英把惊叹号写在了脸上。她回头看我一副痴痴呆呆的样子，说："丁国庆，你可别吓我。告诉我，你是不是真的得了病？"

我告诉她："杨晓英，别害怕，我没有病。丁跃进被人抓了，找我有什么用？有公安局的人陪着，他不会丢的。再说，我虽然是他哥，可是，我救不了他呀。丁跃进按照周老铁的话，安排周大伟当了副总。丁跃进犯了事，周老铁不会不管。我就是吓唬吓唬他，让他去告诉他爸。”

杨晓英怪异地看着我，说：“丁国庆，你以往可不是这个样子，也不会说出这样的话来。依我看，你就是吓坏了。咱还是到医院里去检查一下，才放心！”

我固执地说：“杨晓英，我没有病，也没说混账话。咱们还是赶快去找咱妈，这才是最当紧的事！”

杨大头说：“我女婿说得对。丁跃进抓起来了，应该先告诉周老铁，还有于婷婷——于婷婷不是还有个在北京当官的亲戚吗？他来找我女婿有啥用？我女婿既没钱，又没权，哪能帮得了他？”

杨大头把事体看得这么清楚，让我不由得对他刮目相看。

我对杨晓英说：“还是我老岳丈明白事理！丁跃进犯了这么大的事，也是他咎由自取。不是我不愿去帮他，即使我有权，有钱，也帮不了他！”

杨晓英说：“无论怎样，咱先去于婷婷那里看看——她不定急成啥样子呢！”

“这个时候看于婷婷有啥用？要去你去，我不去！”连我自己也不知道，怎么竟然说出了这句毫无同情之心的话。

杨大头批评我说：“国庆，这就是你的不对了。你虽然没能力把你兄弟从里边捞出来，但是，总该关心关心于婷婷。于婷婷不嫌弃你这个穷家，屈尊嫁给了丁跃进。现在丁跃进犯了事，于婷婷心里能不难受？”

我正犹豫着，却听到耳边响起开心爸的声音：“杨大头说得在理，应该先去安慰安慰于婷婷。”

尽管我决定接受开心爸的建议，去看看于婷婷，但是，心里却十分烦躁，不由得吼了一声：“开心爸，都是你在这儿捣乱，把人搅得心神不宁的！你快走，不然，我可要去报案了！”

我拉着杨晓英正要朝外走，放在茶几上的电话突然响了。

杨晓英拿起电话，问了一声："哪位？"接下去，她的声音突然变得哽咽了："是李伯伯啊！我妈真的在您那里吗？"

"晓英，别哭！别哭！我还能骗你吗？就是怕国庆你几个担心，才打电话告诉你的！你听，你妈正在吊嗓子呢。"

杨晓英把电话按在免提键上，电话里果然传来了我妈优雅婉转的声音：

秦雪梅在绣楼自思自忖
想起来婚姻事扰乱我心
自幼儿与商郎两小亲近
弄青梅戏竹马烂漫天真

杨大头兴奋地说："我就说嘛，一个大活人咋会把自己给丢了呢？"

我嘟囔道："开心爸说，我妈的心跑丢了。"

杨大头瞅了我一眼，说："别听你开心爸瞎说。你开心爸娶了你妈，本来是要她享清福的。可是，他给了她福吗？挨饿受气，辛苦劳累半辈子，还差点儿把命给丢了！现在好了，你和晓英，还有你妈，不都拿到了养老金？吃药看病还报销，小孩子上学免学费，连俺们这些个体户，也享受到了政府的低保、医保。这都是咱国家富强了，有了好政策，让咱老百姓享受到了'国家改革开放的红利'——丁国庆，你别笑，这话可不是我说的，是在电视上跟那个女播音员学的——过去做梦想要的好日子终于实现了。你妈和那个李班头，也是前世修下的缘分，就让他们去享享清福，过安稳舒心的晚年吧。"

我老丈人虽然学历不高，讲起话来理论联系实际，总是一套一套的。就这么几句话，一下子把我的心说热了。立时，一股幸福的暖流洋溢我的全身。

我对杨晓英说："我老丈人讲话水平不比县长局长差。老婆，赶紧准备点钱。咱们今晚就走！"

杨晓英不解地问："准备钱干啥？去打捞丁跃进？"

我说："不！让丁跃进在里边好好反省吧。咱们去省城找咱妈，为她老人家和李伯伯补办一场隆重的婚礼。"

我和杨晓英出了门，匆匆向汽车站走去。我们要乘今天的最后一班车赶往省城。

路过四季广场的时候，一阵悠扬的歌声传来：

幸福的花儿心中开放
爱情的歌儿随风飘扬……

我止不住回头看去，只见一群打扮得花枝招展的人，正伴着歌声在广场上翩翩起舞。我仔细地看了看，才发现那些打扮得"花枝招展"的人，并非都是爱美的女人。那些穿着大红或大绿的男士，一个个鹤发童颜，夹杂在女人中间，令人眼花缭乱。让你根本分辨不出哪些是女人，哪些是男人！他们脸上洋溢着幸福的笑容，迈着矫健的舞步，时而如小桥流水，时而如大江奔腾，时而柔情舒缓，时而辗转腾挪……夕阳映红了半边天，火红的霞光把那些人的影子映在万花丛中，影子与花朵融合为一体，煞是好看。

我如入梦境一般，沉醉在这幸福而美丽的景象中！

突然听到一个声音喊我："丁国庆！丁国庆！你也来和我们一起跳广场舞啊！"

声音是从那群跳舞的人群中传过来的。

我仔细一看，原来是蒋老师！

蒋老师上身是红底黄花的蝙蝠衫，下身穿着葱绿色的紧身裤，脚穿一双水红的舞鞋，染成褐色的短发丛中还系着一个粉色的蝴蝶结。蒋老师这身打扮，哪里是八十多岁的老人，简直像个十七八岁的大姑娘！

远远近近的街灯亮了，好像早晨初升的太阳，把小城照耀得一片璀璨亮丽！

后记：他们有一个共同的称谓

大约是十年前的一天，我到人社局办事，看到朋友的办公桌上，放着一本厚厚的资料。资料的封面上，写着“四〇五〇”花名册。我非常惊奇，“四〇五〇”是什么意思？这两个数字怎么还会有花名册？

怀着好奇的心，我打开了花名册。一个个名字以及每个名字后面的简介，映入我的眼帘。让我突然明白了——那不是简单的两个数字，而是一个庞大的群体！在每个名字后面的简介栏目中，除了记录着他们的性别、民族、籍贯等内容外，还记录着他们各自的年龄。翻了几页看看，这些男男女女全是1940年至1959年这20年间出生的人。他们的职业都是国有企业的工人。

花名册上的人大多都不太熟悉，但是，那些名字却一个一个逐渐化作一张张面孔，在我脑海里交替闪现。那些面孔似曾相识、似曾知己、似曾相濡以沫、似曾相依为命、似曾患难与共、似曾同舟共济……啊，我终于记起了他们是谁——他们是赵、钱、孙、李，他们是周、吴、郑、王……他们曾经是祖国的花朵，他们曾经是新中国的骄子，他们曾经是新中国的未来和希望！他们生在新中国、在红旗下成长，他们是共产主义事业的接班人——

亲爱的四〇五〇后的兄弟姐妹们，我们很荣幸地和中华人民共和国一起诞生！我们能为成长在鲜艳的五星红旗下而自豪、而骄傲！

那些充满着灿烂阳光、青春朝气的面孔突然在我眼前消失了，幻化为一张张饱经沧桑、历经风雨洗礼却不失自信与洒脱的面孔。从那一张张充满着自信、坚毅、洒脱、幸福的面庞上，我看到了他们大写的人生！我看到了他们走过来的人生道路！

那是一条怎么样的道路啊，既宽阔光明又波澜曲折，既充满着希望幸福又荆棘丛生。是啊，他们经历了太多的风风雨雨，但是，他们没有在风雨中停下自己坚实的脚步。他们遇到了太多的困难和磨砺，但是，他们挺起了自己的胸膛，让困难在他们面前退却！他们摔倒过，但是，他们站起来继续前行！他们受过委屈，但是，他们擦干了眼泪，在追梦的路上笑对人生！他（她）很平凡、很普通，就是这些平凡而又普通的“四〇五〇”，挺起了中华民族的脊梁，成为新中国的建设者！他们追求过、拼搏过、奋斗过，他们心中有信仰，他们在充满着希望和阳光的大道上，在梦想、追求、拼搏和欢乐中一路走来！他（她）的命运随着时代的脉搏跌宕起伏。他们不弃不离地在美好的时光中追求着幸福的未来！

我的追忆打动了自己。我爱他们，我是他们中的一员！

我突然产生了一种欲望，我要回到我的少年、青年时代，去寻找我的“四〇五〇”后的兄弟姐妹们。我想和他们一起，寻找我们走过的路，寻找我们的脚印，寻找我们的影子，寻找我们的青春，寻找我们的年华，寻找我们的眼泪，寻找我们的汗水，寻找我们的时代，寻找我们的欢乐，寻找我们的梦想，寻找我们的幸福！

我要把那段珍贵的人生体验用我的笔记录下来。因此，便有了这部叫《丁国庆的幸福梦》的文字！

我希望我的这些文字，能够给读者们带来美好的回忆！

2023 年元月 19 日